经史百家杂钞

（清）曾国藩 ◇ 编

古书生 ◇ 标点

第 1 册

国家图书馆出版社

图书在版编目（CIP）数据

经史百家杂钞（全四册）/（清）曾国藩编；古书生标点.
—北京：国家图书馆出版社，2014.7
ISBN 978－7－5013－5381－1

Ⅰ.①经⋯ Ⅱ.①曾⋯ Ⅲ.①中国文学－古典文学－
作品综合集 Ⅳ.①I212.01

中国版本图书馆 CIP 数据核字（2014）第 125627 号

书　　名	经史百家杂钞（全四册）
著　　者	（清）曾国藩编；古书生标点
责任编辑	耿素丽　许海燕
出　　版	国家图书馆出版社（100034　北京市西城区文津街 7 号） （原书目文献出版社　北京图书馆出版社）
发　　行	010－66114536，　66126153，　66151313，　66175620 66121706（传真），66126156（门市部）
E-mail	btsfxb@ nlc. gov. cn（邮购）
Website	www. nlcpress. com→投稿中心
经　　销	新华书店
印　　装	河北三河弘翰印务有限公司
版　　次	2014 年 7 月第 1 版　2014 年 7 月第 1 次印刷
开　　本	850×1168（毫米）　1/16
印　　张	85
字　　数	1000 千字
印　　数	1—1000 套
书　　号	ISBN 978－7－5013－5381－1
定　　价	450.00 元

出版说明

　　曾国藩所编《经史百家杂钞》，成于清咸丰十年（1860），为清末民初继姚鼐《古文辞类纂》之后一部非常有影响的古文选本。原书共二十六卷，分"著述门""告语门""记载门"3门，包括论著、词赋、序跋、诏令、奏议、书牍、哀祭、传志、叙记、典志、杂记11小类，选文共计700余篇。

　　《杂钞》借鉴了姚鼐《类纂》，但在其基础上作了很大调整。《杂钞》改变了《类纂》偏重对古文的研读、摹习和应用，选文注重"辞章""义理"与"经济"（即"经邦济世""经世济民"）相结合，让读者研读文章的同时，也可据以了解历代的治乱兴衰、典章文物、学术思想和经世济民之道。书名"经史百家杂钞"，顾名思义是杂取经史百家之书。全书突破《类纂》以"唐宋八大家"为主流的框架，矫正长期以来谈古文必唐宋之弊，以六经为古文之源，全面收录各朝代、各时期的代表性文章，重视三代两汉、魏晋六朝文以及诸子、史传文的择选。所增经、史、子三类文章，约占全书四分之一。全书所选文章多为具有代表性的作品，选择精当，文体覆盖面广，分类也较为合理，兼具学术性与实用性。

　　该书清末民国间流传较广、影响较大，为当时古文选本的畅销书。民国初年，也有不少新式学校采用《杂钞》作为国文教本。我们根据各种书目数据粗略统计，其书现存各种版本多达20

种，其中刻本2种，石印、铅印本18种；民国以前6种，民国期间14种，1914、1915两年即有3种。可见此书当时流行之盛。毛泽东早年也非常推崇此书，认为《杂钞》"能孕群籍而抱万有"，是一部囊括经、史、子、集四部精华的优秀的古文选本，是一部研习国学的入门书。直到今天，该书仍为不可多得的古文选本，既可作为研读经、史、哲等国学知识的基础读物，也可作为各种古文文体的示范读本。

此次整理简体横排标点本，我们以清光绪二年（1876）传忠书局刻本为底本，文中字句严格按照底本，遇有漫漶不清处，可据他本补齐的，以"（ ）"表示；个别无法补齐的，以"□"代替。原文间有曾氏批语、注释，颇能反映曾氏编选思想和个人识见，此次整理全部照录，并以仿宋字体排印。书中各篇根据文气、内容酌情分段。异体字、繁体字参考国家语言文字委员会有关规定，改为正体、简体，以利今人阅读。

标点者

2014年6月

总 目 录

第一册目录

序　例

　　姚姬传氏之纂古文辞，分为十三类。余稍更易为十一类：曰论著、曰词赋、曰序跋、曰诏令、曰奏议、曰书牍、曰哀祭、曰传志、曰杂记九者，余与姚氏同焉者也。曰赠序，姚氏所有而余无焉者也。曰叙记、曰典志，余所有而姚氏无焉者也。曰颂赞、曰箴铭，姚氏所有，余以附入词赋之下编。曰碑志，姚氏所有，余以附入传志之下编。论次微有异同，大体不甚相远，后之君子以参观焉。

　　村塾古文有选《左传》者，识者或讥之。近世一二知文之士，纂录古文，不复上及六经，以云尊经也。然溯古文所以立名之始，乃由屏弃六朝骈俪之文而返之于三代两汉。今舍经而降以相求，是犹言孝者敬其父祖而忘其高曾，言忠者曰"我家臣耳，焉敢知国"，将可乎哉？余抄纂此编，每类必以六经冠其端，涓涓之水，以海为归，无所于让也。姚姬传氏撰次古文，不载史传，其说以为史多，不可胜录也。然吾观其奏议类中录《汉书》至三十八首，诏令类中录《汉书》三十四首，果能屏诸史而不录乎？余今所论次，采辑史传稍多，命之曰《经史百家杂钞》云。湘乡曾国藩识。

著述门三类

论著类　著作之无韵者。经如《洪范》《大学》《中庸》《乐记》《孟子》皆是；诸子曰篇、曰训、曰览，古文家曰论、曰辨、曰议、曰说、曰解、曰原皆是。

词赋类 著作之有韵者。经如《诗》之赋颂，《书》之"五子作歌"皆是；后世曰赋、曰辞、曰骚、曰七、曰设论、曰符命、曰颂、曰赞、曰箴、曰铭、曰歌皆是。

序跋类 他人之著作序述其意者。经如《易》之《系辞》，《礼记》之《冠义》《昏义》皆是；后世曰序、曰跋、曰引、曰题、曰读、曰传、曰注、曰笺、曰疏、曰说、曰解皆是。

告语门四类

诏令类 上告下者。经如《甘誓》《汤誓》《牧誓》等，《大诰》《康诰》《酒诰》等皆是；后世曰诰、曰诏、曰谕、曰令、曰教、曰敕、曰玺书、曰檄、曰策命皆是。

奏议类 下告上者。经如《皋陶谟》《无逸》《召诰》，及《左传》季文子、魏绛等谏君之辞皆是；后世曰书、曰疏、曰议、曰奏、曰表、曰札子、曰封事、曰弹章、曰笺、曰对策皆是。

书牍类 同辈相告者。经如《君奭》，及《左传》郑子家、叔向、吕相之辞皆是；后世曰书、曰启、曰移、曰牍、曰简、曰刀笔、曰帖皆是。

哀祭类 人告于鬼神者。经如《诗》之《黄鸟》《二子乘舟》，《书》之《武成》《金縢》祝辞，《左传》荀偃、赵简告辞皆是；后世曰祭文、曰吊文、曰哀辞、曰诔、曰告祭、曰祝文、曰愿文、曰招魂皆是。

记载门四类

传志类 所以记人者。经如《尧典》《舜典》，史则本纪、世家、列传，皆记载之公者也；后世记人之私者，曰墓表、曰墓志铭、曰行状、曰家传、曰神道碑、曰事略、曰年谱皆是。

叙记类　所以记事者。经如《书》之《武成》《金縢》《顾命》，《左传》记大战、记会盟，及全编皆记事之书，《通鉴》法《左传》，亦记事之书也；后世古文如《平淮西碑》等是，然不多见。

典志类　所以记政典者。经如《周礼》《仪礼》全书，《礼记》之《王制》《月令》《明堂位》，《孟子》之"北宫锜章"皆是；《史记》之八书，《汉书》之十志及三通，皆典章之书也；后世古文如《赵公救灾记》是，然不多见。

杂记类　所以记杂事者。经如《礼记·投壶》《深衣》《内则》《少仪》，《周礼》之《考工记》皆是；后世古文家修造宫室有记，游览山水有记，以及记器物、记琐事皆是。

卷一　论著之属一

书

洪范

惟十有三祀，王访于箕子。王乃言曰："呜呼！箕子。惟天阴骘下民，相协厥居，我不知其彝伦攸叙。"

箕子乃言曰："我闻在昔，鲧堙洪水，汨陈其五行。帝乃震怒，不畀洪范九畴，彝伦攸斁，鲧则殛死。禹乃嗣兴，天乃锡禹洪范九畴，彝伦攸叙。

"初一曰五行，次二曰敬用五事，次三曰农用八政，次四曰协用五纪，次五曰建用皇极，次六曰乂用三德，次七曰明用稽疑，次八曰念用庶征，次九曰向用五福，威用六极。

"一、五行：一曰水，二曰火，三曰木，四曰金，五曰土。水曰润下，火曰炎上，木曰曲直，金曰从革，土爰稼穑。润下作咸，炎上作苦，曲直作酸，从革作辛，稼穑作甘。

"二、五事：一曰貌，二曰言，三曰视，四曰听，五曰思。貌曰恭，言曰从，视曰明，听曰聪，思曰睿。恭作肃，从作乂，明作哲，聪作谋，睿作圣。

"三、八政：一曰食，二曰货，三曰祀，四曰司空，五曰司徒，六曰司寇，七曰宾，八曰师。

"四、五纪：一曰岁，二曰月，三曰日，四曰星辰，五曰历数。

"五、皇极：皇建其有极。敛时五福，用敷锡厥庶民。惟时厥庶民于汝极。锡汝保极。凡厥庶民，无有淫朋，人无有比德，惟皇作极。凡厥庶民，有猷有为有守，汝则念之；不协于极，不罹于咎，皇则受之。而康而色，曰：'予攸好德。'汝则锡之福。时人斯其惟皇之极。无虐茕独而畏高明，人之有能有为，使羞其行，而邦其昌。凡厥正人，既富方谷，汝弗能使有好于而家，时人斯其辜。于其无好德，汝虽锡之福，其作汝用咎。无偏无陂，遵王之义；无有作好，遵王之道；无有作恶，遵王之路。无偏无党，王道荡荡；无党无偏，王道平平；无反无侧，王道正直。会其有极，归其有极。曰皇极之敷言，是彝是训，于帝其训。凡厥庶民，极之敷言，是训是行，以近天子之光。曰天子作民父母，以为天下王。

"六、三德：一曰正直，二曰刚克，三曰柔克。平康，正直；强弗友，刚克；燮友，柔克。沈潜，刚克；高明，柔克。惟辟作福，惟辟作威，惟辟玉食。臣无有作福、作威、玉食。臣之有作福、作威、玉食，其害于而家，凶于而国。人用侧颇僻，民用僭忒。

"七、稽疑：择建立卜筮人，乃命卜筮。曰雨，曰霁，曰蒙，曰驿，曰克，曰贞，曰悔，凡七。卜五，占用二，衍忒。立时人作卜筮，三人占，则从二人之言。汝则有大疑，谋及乃心，谋及卿士，谋及庶人，谋及卜筮。汝则从，龟从，筮从，卿士从，庶民从，是之谓大同。身其康强，子孙其逢吉，汝则从，龟从，筮从，卿士逆，庶民逆，吉。卿士从，龟从，筮从，汝则逆，庶民逆，吉。庶民从，龟从，筮从，汝则逆，卿士逆，吉。汝则从，龟从，筮逆，卿士逆，庶民逆，作内吉，作外凶。龟筮共违于人，用静吉，用作凶。

“八、庶征：曰雨，曰旸，曰燠，曰寒，曰风。曰时五者来备，各以其叙，庶草蕃庑。一极备，凶；一极无，凶。曰休征：曰肃，时雨若；曰乂，时旸若；曰哲，时燠若；曰谋，时寒若；曰圣，时风若。曰咎征：曰狂，恒雨若；曰僭，恒旸若；曰豫，恒燠若；曰急，恒寒若；曰蒙，恒风若。曰王省惟岁，卿士惟月，师尹惟日。岁月日时无易，百谷用成，乂用明，俊民用章，家用平康。日月岁时既易，百谷用不成，乂用昏不明，俊民用微，家用不宁。庶民惟星，星有好风，星有好雨。日月之行，则有冬有夏。月之从星，则以风雨。

“九、五福：一曰寿，二曰富，三曰康宁，四曰攸好德，五曰考终命。六极：一曰凶、短、折，二曰疾，三曰忧，四曰贫，五曰恶，六曰弱。”

孟　子

齐桓晋文之事章

齐宣王问曰：“齐桓、晋文之事，可得闻乎？”孟子对曰：“仲尼之徒，无道桓文之事者，是以后世无传焉，臣未之闻也。无以，则王乎？”曰：“德何如，则可以王矣？”曰：“保民而王，莫之能御也。”曰：“若寡人者，可以保民乎哉？”曰：“可。”曰：“何由知吾可也？”曰：“臣闻之胡龁曰，王坐于堂上，有牵牛而过堂下者，王见之，曰：‘牛何之？’对曰：‘将以衅钟。’王曰：‘舍之！吾不忍其觳觫，若无罪而就死地。’对曰：‘然则废衅钟与？’曰：‘何可废也？以羊易之！’不识有诸？”曰：“有之。”

曰：“是心足以王矣。百姓皆以王为爱也，臣固知王之不忍也。”

王曰：“然。诚有百姓者。齐国虽褊小，吾何爱一牛？即不忍其觳觫，若无罪而就死地，故以羊易之也。”曰：“王无异于百姓之以王为爱也。以小易大，彼恶知之？王若隐其无罪而就死地，则牛羊何择焉？”王笑曰：“是诚何心哉？我非爱其财而易之以羊也。宜乎百姓之谓我爱也。”曰：“无伤也，是乃仁术也，见牛未见羊也。君子之于禽兽也，见其生，不忍见其死；闻其声，不忍食其肉。是以君子远庖厨也。”

王说，曰：“《诗》云：‘他人有心，予忖度之。’夫子之谓也。夫我乃行之，反而求之，不得吾心。夫子言之，于我心有戚戚焉。此心之所以合于王者，何也？”曰：“有复于王者曰：‘吾力足以举百钧，而不足以举一羽；明足以察秋毫之末，而不见舆薪。’则王许之乎？”曰：“否。”“今恩足以及禽兽，而功不至于百姓者，独何与？然则一羽之不举，为不用力焉；舆薪之不见，为不用明焉；百姓之不见保，为不用恩焉。故王之不王，不为也，非不能也。”曰：“不为者与不能者之形何以异？”曰：“挟太山以超北海，语人曰：‘我不能。’是诚不能也。为长者折枝，语人曰：‘我不能。’是不为也，非不能也。故王之不王，非挟太山以超北海之类也；王之不王，是折枝之类也。老吾老，以及人之老；幼吾幼，以及人之幼。天下可运于掌。《诗》云：‘刑于寡妻，至于兄弟，以御于家邦。’言举斯心加诸彼而已。故推恩足以保四海，不推恩无以保妻子。古之人所以大过人者，无他焉，善推其所为而已矣。今恩足以及禽兽，而功不至于百姓者，独何与？权，然后知轻重；度，然后知长短。物皆然，心为甚。王请度之！抑王兴甲兵，危士臣，构怨于诸侯，然后快于心与？”

王曰：“否。吾何快于是？将以求吾所大欲也。”曰：“王之所大欲，可得闻与？”王笑而不言。曰：“为肥甘不足于口与？轻暖不足于体与？抑为采色不足视于目与？声音不足听于耳与？便嬖不足使令于前与？王之诸臣皆足以供之，而王岂为是哉？”曰：“否。吾不为是也。”曰：“然则王之所大欲可知已。欲辟土地，朝秦、楚，莅中国而抚四夷也。以若所为求若所欲，犹缘木而求鱼也。”

王曰：“若是其甚与？”曰：“殆有甚焉。缘木求鱼，虽不得鱼，无后灾。以若所为，求若所欲，尽心力而为之，后必有灾。”曰：“可得闻与？”曰：“邹人与楚人战，则王以为孰胜？”曰：“楚人胜。”曰：“然则小固不可以敌大，寡固不可以敌众，弱固不可以敌强。海内之地，方千里者九，齐集有其一。以一服八，何以异于邹敌楚哉？盖亦反其本矣。今王发政施仁，使天下仕者皆欲立于王之朝，耕者皆欲耕于王之野，商贾皆欲藏于王之市，行旅皆欲出于王之涂，天下之欲疾其君者，皆欲赴诉于王。其若是，孰能御之？”

王曰：“吾惛，不能进于是矣。愿夫子辅吾志，明以教我。我虽不敏，请尝试之。”曰：“无恒产而有恒心者，惟士为能。若民，则无恒产，因无恒心。苟无恒心，放辟邪侈，无不为已。及陷于罪，然后从而刑之，是罔民也。焉有仁人在位，罔民而可为也？是故明君制民之产，必使仰足以事父母，俯足以畜妻子，乐岁终身饱，凶年免于死亡。然后驱而之善，故民之从之也轻。今也制民之产，仰不足以事父母，俯不足以畜妻子，乐岁终身苦，凶年不免于死亡。此惟救死而恐不赡，奚暇治礼义哉？王欲行之，则盍反其本矣！五亩之宅，树之以桑，五十者可以衣帛矣。鸡豚狗彘之畜，无失其时，七十者可以食肉矣。百亩之田，勿夺其时，八口之家可以无饥矣。谨庠序之教，申之以孝悌之义，颁白者不负戴于道路矣。老者衣帛食肉，黎民不饥不寒，然而不王者，未之有也。”

养气章

公孙丑问曰："夫子加齐之卿相，得行道焉，虽由此霸王，不异矣。如此则动心否乎？"孟子曰："否！我四十不动心。"曰："若是，则夫子过孟贲远矣。"曰："是不难，告子先我不动心。"曰："不动心有道乎？"曰："有。北宫黝之养勇也，不肤挠，不目逃，思以一毫挫于人，若挞之于市朝，不受于褐宽博，亦不受于万乘之君；视刺万乘之君，若刺褐夫，无严诸侯，恶声至，必反之。孟施舍之所养勇也，曰：'视不胜犹胜也；量敌而后进，虑胜而后会，是畏三军者也。舍岂能为必胜哉？能无惧而已矣。'孟施舍似曾子，北宫黝似子夏。夫二子之勇，未知其孰贤，然而孟施舍守约也。昔者曾子谓子襄曰：'子好勇乎？吾尝闻大勇于夫子矣。自反而不缩，虽褐宽博，吾不惴焉；自反而缩，虽千万人，吾往矣。'孟施舍之守气，又不如曾子之守约也。"曰："敢问夫子之不动心与告子之不动心，可得闻与？""告子曰：'不得于言，勿求于心；不得于心，勿求于气。'不得于心，勿求于气，可；不得于言，勿求于心，不可。夫志，气之帅也；气，体之充也。夫志至焉，气次焉，故曰：'持其志，无暴其气。'""既曰'志至焉，气次焉。'又曰'持其志，无暴其气'者，何也？"曰："志壹则动气，气壹则动志也。今夫蹶者趋者，是气也，而反动其心。"

"敢问夫子恶乎长？"曰："我知言，我善养吾浩然之气。""敢问何谓浩然之气？"曰："难言也。其为气也，至大至刚，以直养而无害，则塞于天地之间。其为气也，配义与道；无是，馁也。是集义所生者，非义袭而取之也。行有不慊于心，则馁矣。我故曰：告子未尝知义，以其外之也。必有事焉，而勿正，心勿忘，勿助长也。无若宋人然：宋人有闵其苗之不长而揠之者，芒芒然归，谓其人曰：'今日病矣！予助苗长矣！'其子趋而往视之，苗则槁矣。天下之不助苗长者寡矣。以为无益而舍之者，不耘苗者也；助之长者，揠苗者也，非徒无益，而又害之。""何谓知言？"曰："诐辞知其所蔽，淫辞知其所陷，邪辞知其所离，遁辞知其所穷。生于其心，害于其政；发于其政，害于其事。圣人复起，必从吾言矣。"

"宰我、子贡善为说辞，冉牛、闵子、颜渊善言德行，孔子兼之，曰：'我于辞命，则不能也。'""然则夫子既圣矣乎？"曰："恶！是何言也？昔者子贡问于孔子曰：'夫子圣矣乎？'孔子曰：'圣则吾不能，我学不厌而教不倦也。'子贡曰：'学不厌，智也；教不倦，仁也。仁且智，夫子既圣矣。'夫圣，孔子不居，是何言也？昔者窃闻之：子夏、子游、子张皆有圣人之一体，冉牛、闵子、颜渊则具体而微。""敢问所安。"曰："姑舍是。"曰："伯夷、伊尹何如？"曰："不同道。非其君不事，非其民不使；治则进，乱则退，伯夷也。何事非君，何使非民；治亦进，乱亦进，伊尹也。可以仕则仕，可以止则止，可以久则久，可以速则速，孔子也。皆古圣人也，吾未能有行焉。乃所愿，则学孔子也。"

"伯夷、伊尹于孔子，若是班乎？"曰："否。自有生民以来，未有孔子也。"曰："然则有同与？"曰："有。得百里之地而君之，皆能以朝诸侯，有天下；行一不义，杀一不辜，而得天下，皆不为也。是则同。"曰："敢问其所以异。"曰："宰我、子贡、有若，智足以知圣人，污不至阿其所好。宰我曰：'以予观于夫子，贤于尧、舜远矣。'子贡曰：'见其礼而知其政，闻其乐而知其德，由百世之后，等百世之王，莫之能违也。自生民以来，未有夫子也。'有若曰：'岂惟民哉？麒麟之于走兽，凤凰之于飞鸟，泰山之于丘垤，河海之于行潦，类也。圣人之于民，亦类也。出于其类，拔乎其萃，自生民以来，未有盛于孔子也。'"

神农之言章

有为神农之言者许行，自楚之滕，踵门而告文公曰："远方之人闻君行仁政，愿受一廛而为氓。"文公与之处。其徒数十人，皆衣褐，捆屦、织席以为食。陈良之徒陈相，与其弟辛，负耒耜而自宋之滕，曰："闻君行圣人之政，是亦圣人也，愿为圣人氓。"陈相见许行而大悦，尽弃其学而学焉。

陈相见孟子，道许行之言曰："滕君则诚贤君也。虽然，未闻道也。贤者与民并耕而食，饔飧而治。今也滕有仓廪府库，则是厉民而以自养也，恶得贤？"

孟子曰："许子必种粟而后食乎？"曰："然。""许子必织布而后衣乎？"曰："否，许子衣褐。""许子冠乎？"曰："冠。"曰："奚冠？"曰："冠素。"曰："自织之与？"曰："否，以粟易之。"曰："许子奚为不自织？"曰："害于耕。"曰："许子以釜甑爨，以铁耕乎？"曰："然。""自为之与？"曰："否，以粟易之。""以粟易械器者，不为厉陶冶；陶冶亦以其械器易粟者，岂为厉农夫哉？且许子何不为陶冶，舍皆取诸其宫中而用之？何为纷纷然与百工交易？何许子之不惮烦？"曰："百工之事固不可耕且为也。"

"然则治天下独可耕且为与？有大人之事，有小人之事。且一人之身，而百工之所为备，如必自为而后用之，是率天下而路也。故曰或劳心，或劳力；劳心者治人，劳力者治于人；治于人者食人，治人者食于人，天下之通义也。

"当尧之时，天下犹未平，洪水横流，泛滥于天下，草木畅茂，禽兽繁殖，五谷不登，禽兽逼人，兽蹄鸟迹之道交于中国。尧独忧之，举舜而敷治焉。舜使益掌火，益烈山泽而焚之，禽兽逃匿。禹疏九河，瀹济、漯而注诸海，决汝、汉，排淮、泗而注之江，然后中国可得而食也。当是时也，禹八年于外，三过其门而不入，虽欲耕，得乎？

"后稷教民稼穑，树艺五谷。五谷熟而民人育。人之有道也，饱食、暖衣、逸居而无教，则近于禽兽。圣人有忧之，使契为司徒，教以人伦：父子有亲，君臣有义，夫妇有别，长幼有序，朋友有信。放勋曰：'劳之来之，匡之直之，辅之翼之，使自得之，又从而振德之。'圣人之忧民如此，而暇耕乎？

"尧以不得舜为己忧，舜以不得禹、皋陶为己忧。夫以百亩之不易为己忧者，农夫也。分人以财谓之惠，教人以善谓之忠，为天下得人者谓之仁。是故以天下与人易，为天下得人难。孔子曰：'大哉尧之为君！惟天为大，惟尧则之，荡荡乎民无能名焉！君哉舜也！巍巍乎有天下而不与焉！'尧、舜之治天下，岂无所用其心哉？亦不用于耕耳。

"吾闻用夏变夷者，未闻变于夷者也。陈良，楚产也，悦周公、仲尼之道，北学于中国。北方之学者，未能或之先也。彼所谓豪杰之士也。子之兄弟事之数十年，师死而遂倍之！昔者孔子没，三年之外，门人治任将归，入揖于子贡，相向而哭，皆失声，然后归。子贡反，筑室于场，独居三年，然后归。他日，子夏、子张、子游以有若似圣人，欲以所事孔子事之，强曾子。曾子曰：'不可，江、汉以濯之，秋阳以暴之，皓皓乎不可尚已。'今也南蛮𫘝舌之人，非先王之道，子倍子之师而学之，亦异于曾子矣。吾闻出于幽谷迁于乔木者，未闻下乔木而入于幽谷者。《鲁颂》曰：'戎狄是膺，荆舒是惩。'周公方且膺之，子是之学，亦为不善变矣。"

"从许子之道，则市贾不贰，国中无伪。虽使五尺之童适市，莫之或欺。布帛长短同，则贾相若；麻缕丝絮轻重同，则贾相若；五谷多寡同，则贾相若；屦大小同，则贾相若。"曰："夫物之不齐，物之情也。或相倍蓰，或相什伯，或相千万。子比而同之，是乱天下也。巨屦小屦同贾，人岂为之哉？从许子之道，相率而为伪者也，恶能治国家？"

好辩章

公都子曰："外人皆称夫子好辩，敢问何也？"

孟子曰："予岂好辩哉？予不得已也。天下之生久矣，一治一乱。当尧之时，水逆行，泛滥于中国，蛇龙居之，民无所定。下者为巢，上者为营窟。《书》曰：'洚水警余。'洚水者，洪水也。使禹治之。禹掘地而注之海，驱蛇龙而放之菹。水由地中行，江、淮、河、汉是也。险阻既远，鸟兽之害人者消，然后人得平土而居之。以上禹。

"尧、舜既没，圣人之道衰，暴君代作。坏宫室以为污池，民无所安息；弃田以为园囿，使民不得衣食。邪说暴行又作，园囿、污池、沛泽多而禽兽至。及纣之身，天下又大乱。周公相武王诛纣，伐奄三年讨其君，驱飞廉于海隅而戮之，灭国者五十，驱虎、豹、犀、象而远之，天下大悦。《书》曰：'丕显哉，文王谟！丕承哉，武王烈！佑启我后人，咸以正无缺。'以上周公。

"世衰道微，邪说暴行有作，臣弑其君者有之，子弑其父者有之。孔子惧，作《春秋》。《春秋》，天子之事也。是故孔子曰：'知我者其惟《春秋》乎！罪我者其惟《春秋》乎！'以上孔子。

"圣王不作，诸侯放恣，处士横议，杨朱、墨翟之言盈天下。天下之言不归杨，则归墨。杨氏为我，是无君也；墨氏兼爱，是无父也。无父无君，是禽兽也。公明仪曰：'庖有肥肉，厩有肥马，民有饥色，野有饿莩，此率兽而食人也。'杨墨之道不息，孔子之道不著，是邪说诬民，充塞仁义也。仁义充塞，则率兽食人，人将相食，吾为此惧。闲先圣之道，距杨墨，放淫辞，邪说者不得作。作于其心，害于其事；作于其事，害于其政。圣人复起，不易吾言矣。以上孟子自叙。

"昔者禹抑洪水而天下平，周公兼夷狄、驱猛兽而百姓宁，孔子成《春秋》而乱臣贼子惧。《诗》云：'戎狄是膺，荆舒是惩，则莫我敢承。'无父无君，是周公所膺也。我亦欲正人心，息邪说，距诐行，放淫辞，以承三圣者，岂好辩哉？予不得已也。能言距杨墨者，圣人之徒也。"

离娄之明章

孟子曰："离娄之明，公输子之巧，不以规矩，不能成方员；师旷之聪，不以六律，不能正五音；尧、舜之道，不以仁政，不能平治天下。今有仁心仁闻而民不被其泽，不可法于后世者，不行先王之道也。故曰：徒善不足以为政，徒法不能以自行。《诗》云：'不愆不忘，率由旧章。'遵先王之法而过者，未之有也。圣人既竭目力焉，继之以规矩准绳，以为方员平直，不可胜用也；既竭耳力焉，继之以六律正五音，不可胜用也；既竭心思焉，继之以不忍人之政，而仁覆天下矣。故曰：为高必因丘陵，为下必因川泽，为政不因先王之道，可谓智乎？以上言为政宜遵先王之法。

"是以惟仁者宜在高位。不仁而在高位，是播其恶于众也。上无道揆也，下无法守也，朝不信道，工不信度，君子犯义，小人犯刑，国之所存者幸也。故曰：城郭不完，兵甲不多，非国之灾也；田野不辟，货财不聚，非国之害也。上无礼，下无学，贼民兴，丧无日矣。以上言上下皆当纳于法度之中。

"《诗》曰：'天之方蹶，无然泄泄。'泄泄犹沓沓也。事君无义，进退无礼，言则非先王之道者，犹沓沓也。故曰：责难于君谓之恭，陈善闭邪谓之敬，吾君不能谓之贼。"以上言为臣者当以道事君。

鱼我所欲也章

孟子曰："鱼，我所欲也，熊掌亦我所欲也，二者不可得兼，舍鱼而取熊掌者也。生亦我所欲也，义亦我所欲也，二者不可得兼，舍生而取义者也。生亦我所欲，所欲有甚于生者，故不为苟得也；死亦我所恶，所恶有甚于死者，故患有所不辟也。

"如使人之所欲莫甚于生，则凡可以得生者，何不用也？使人之所恶莫甚于死者，则凡可以辟患者，何不为也？由是则生而有不用也，由是则可以辟患而有不为也。以上言欲有甚于生，恶有甚于死。

"是故所欲有甚于生者，所恶有甚于死者。非独贤者有是心也，人皆有之，贤者能勿丧耳。一箪食，一豆羹，得之则生，弗得则死，呼尔而与之，行道之人弗受；蹴尔而与之，乞人不屑也。万钟则不辨礼义而受之。万钟于我何加焉？为宫室之美、妻妾之奉、所识穷乏者得我与？乡为身死而不受，今为宫室之美为之；乡为身死而不受，今为妻妾之奉为之；乡为身死而不受，今为所识穷乏者得我而为之，是亦不可以已乎？此之谓失其本心。"以上就恶有甚于死指出人之本心。

舜发于畎亩章

孟子曰："舜发于畎亩之中，傅说举于版筑之间，胶鬲举于鱼盐之中，管夷吾举于士，孙叔敖举于海，百里奚举于市。故天将降大任于是人也，必先苦其心志，劳其筋骨，饿其体肤，空乏其身，行拂乱其所为，所以动心忍性，曾益其所不能。人恒过，然后能改。困于心，衡于虑，而后作。征于色，发于声，而后喻。入则无法家拂士，出则无敌国外患者，国恒亡。然后知生于忧患而死于安乐也。"

孔子在陈章

万章问曰："孔子在陈曰：'盍归乎来！吾党之士狂简，进取，不忘其初。'孔子在陈，何思鲁之狂士？"孟子曰："孔子'不得中道而与之，必也狂狷乎！狂者进取，狷者有所不为也'。孔子岂不欲中道哉？不可必得，故思其次也。"以上由中行引入狂狷。

"敢问何如斯可谓狂矣？"曰："如琴张、曾皙、牧皮者，孔子之所谓狂矣。""何以谓之狂也？"曰："其志嘐嘐然，曰：'古之人，古之人。'夷考其行，而不掩焉者也。以上狂。

"狂者又不可得，欲得不屑不洁之士而与之，是狷也，是又其次也。以上狷。

"孔子曰：'过我门而不入我室，我不憾焉者，其惟乡原乎！乡原，德之贼也。'"

曰："何如斯可谓之乡原矣？"曰："'何以是嘐嘐也？言不顾行，行不顾言，则曰古之人，古之人。''行何为踽踽凉凉？生斯世也，为斯世也，善斯可矣。'阉然媚于世也者，是乡原也。"以上乡原与狂狷互说。

万章曰："一乡皆称原人焉，无所往而不为原人，孔子以为德之贼，何哉？"曰："非之无举也，刺之无刺也。同乎流俗，合乎污世。居之似忠信，行之似廉洁，众皆悦之，自以为是，而不可与入尧、舜之道，故曰'德之贼'也。"以上乡原之可恶。

"孔子曰：'恶似而非者：恶莠，恐其乱苗也；恶佞，恐其乱义也；恶利口，恐其乱信也；恶郑声，恐其乱乐也；恶紫，恐其乱朱也；恶乡原，恐其乱德也。'君子反经而已矣。经正则庶民兴，庶民兴，斯无邪慝矣。"

庄 子

逍遥游篇

北冥有鱼，其名为鲲。鲲之大，不知其几千里也；化而为鸟，其名为鹏。鹏之背，不知其几千里也；怒而飞，其翼若垂天之云。是鸟也，海运则将徙于南冥。南冥者，天池也。

《齐谐》者，志怪者也。《谐》之言曰："鹏之徙于南冥也，水击三千里，抟扶摇而上者九万里，去以六月息者也。"野马也，尘埃也，生物之以息相吹也。天之苍苍，其正色邪？其远而无所至极邪？其视下也，亦若是则已矣。

且夫水之积也不厚，则负大舟也无力。覆杯水于坳堂之上，则芥为之舟；置杯焉则胶，水浅而舟大也。风之积也不厚，则其负大翼也无力。故九万里，则风斯在下矣，而后乃今培风；背负青天而莫之夭阏者，而后乃今将图南。

蜩与学鸠笑之曰："我决起而飞，枪榆枋，时则不至，而控于地而已矣，奚以之九万里而南为？"适莽苍者，三飧而反，腹犹果然；适百里者，宿春粮；适千里者，三月聚粮。之二虫又何知？

小知不及大知，小年不及大年。奚以知其然也？朝菌不知晦朔，蟪蛄不知春秋，此小年也。楚之南有冥灵者，以五百岁为春，五百岁为秋；上古有大椿者，以八千岁为春，八千岁为秋。而彭祖乃今以久特闻，众人匹之，不亦悲乎！

汤之问棘也是已。穷发之北有冥海者，天池也。有鱼焉，其广数千里，未有知其修者，其名为鲲。有鸟焉，其名为鹏，背若泰山，翼若垂天之云，抟扶摇羊角而上者九万里，绝云气，负青天，然后图南，且适南冥也。斥鷃笑之曰："彼且奚适也？我腾跃而上，不过数仞而下，翱翔蓬蒿之间，此亦飞之至也。而彼且奚适也？"此小大之辩也。

故夫知效一官，行比一乡，德合一君，而征一国者，其自视也亦若此矣。而宋荣子犹然笑之。且举世而誉之而不加劝，举世而非之而不加沮，定乎内外之分，辩乎荣辱之竟，斯已矣。彼其于世未数数然也。虽然，犹有未树也。

夫列子御风而行，泠然善也，旬有五日而后反。彼于致福者，未数数然也。此虽免乎行，犹有所待者也。若夫乘天地之正，而御六气之辩，以游无穷者，彼且恶乎待哉！故曰：至人无己，神人无功，圣人无名。

尧让天下于许由，曰："日月出矣而爝火不息，其于光也，不亦难乎？时雨降矣而犹浸灌，其于泽也，不亦劳乎？夫子立而天下治，而我犹尸之，吾自视缺然。请致天下。"

许由曰："子治天下，天下既已治也。而我犹代子，吾将为名乎？名者，实之宾也。吾将为宾乎？鹪鹩巢于深林，不过一枝；偃鼠饮河，不过满腹。归休乎君，予无所用天下为！庖人虽不治庖，尸祝不越樽俎而代之矣。"

肩吾问于连叔曰："吾闻言于接舆，大而无当，往而不反。吾惊怖其言，犹河汉而无极也；大有径庭，不近人情焉。"连叔曰："其言谓何哉？"曰："藐姑射之山，有神人居焉，肌肤若冰雪，淖约若处子。不食五谷，吸风饮露，乘云气，御飞龙，而游乎四海之外。其神凝，使物不疵疠而年谷熟。吾以是狂而不信也。"连叔曰："然。瞽者无以与乎文章之观，聋者无以与乎钟鼓之声。岂唯形骸有聋盲哉？夫知亦有之。是其言也，犹时女也。

之人也，之德也，将旁礴万物以为一。世蕲乎乱，孰弊弊焉以天下为事！之人也，物莫之伤，大浸稽天而不溺，大旱金石流，土山焦而不热。是其尘垢秕糠，将犹陶铸尧舜者也，孰肯以物为事？"

宋人资章甫而适诸越，越人断发文身，无所用之。尧治天下之民，平海内之政，往见四子藐姑射之山，汾水之阳，窅然丧其天下焉。

惠子谓庄子曰："魏王贻我大瓠之种，我树之成而实五石。以盛水浆，其坚不能自举也。剖之以为瓢，则瓠落无所容。非不呺然大也，吾为其无用而掊之。"

庄子曰："夫子固拙于用大矣。宋人有善为不龟手之药者，世世以洴澼絖为事。客闻之，请买其方百金。聚族而谋曰：'我世世为洴澼絖，不过数金；今一朝而鬻技百金，请与之。'客得之，以说吴王。越有难，吴王使之将，冬与越人水战，大败越人，裂地而封之。能不龟手一也，或以封，或不免于洴澼絖，则所用之异也。今子有五石之瓠，何不虑以为大樽而浮乎江湖，而忧其瓠落无所容？则夫子犹有蓬之心也夫！"

惠子谓庄子曰："吾有大树，人谓之樗。其大本拥肿而不中绳墨，其小枝卷曲而不中规矩。立之涂，匠者不顾。今子之言，大而无用，众所同去也。"庄子曰："子独不见狸狌乎？卑身而伏，以候敖者；东西跳梁，不避高下；中于机辟，死于罔罟。今夫斄牛，其大若垂天之云。此能为大矣，而不能执鼠。今子有大树，患其无用，何不树之于无何有之乡，广莫之野，彷徨乎无为其侧，逍遥乎寝卧其下。不夭斤斧，物无害者，无所可用，安所困苦哉！"

养生主篇

吾生也有涯，而知也无涯。以有涯随无涯，殆已；已而为知者，殆而已矣。为善无近名，为恶无近刑。缘督以为经，可以保身，可以全生，可以养亲，可以尽年。

庖丁为文惠君解牛，手之所触，肩之所倚，足之所履，膝之所踦，砉然向然，奏刀騞然，莫不中音。合于桑林之舞，乃中经首之会。

文惠君曰："嘻，善哉！技盖至此乎？"庖丁释刀对曰："臣之所好者道也，进乎技矣。始臣之解牛之时，所见无非牛者。三年之后，未尝见全牛也。方今之时，臣以神遇而不以目视，官知止而神欲行。依乎天理，批大郤，导大窾，因其固然。技经肯綮之未尝，而况大軱乎！良庖岁更刀，割也；族庖月更刀，折也。今臣之刀十九年矣，所解数千牛矣，而刀刃若新发于硎。彼节者有间，而刀刃者无厚；以无厚入有间，恢恢乎其于游刃必有余地矣，是以十九年而刀刃若新发于硎。虽然，每至于族，吾见其难为，怵然为戒，视为止，行为迟，动刀甚微，謋然已解，如土委地。提刀而立，为之四顾，为之踌躇满志，善刀而藏之。"文惠君曰："善哉！吾闻庖丁之言，得养生焉。"

公文轩见右师而惊曰："是何人也，恶乎介也？天与，其人与？"曰："天也，非人也。天之生是使独也，人之貌有与也。以是知其天也，非人也。"

泽雉十步一啄，百步一饮，不蕲畜乎樊中。神虽王，不善也。

老聃死，秦失吊之，三号而出。弟子曰："非夫子之友邪？"曰："然。""然则吊焉若此，可乎？"曰："然。始也吾以为其人也，而今非也。向吾入而吊焉，有老者哭之，如哭其子；少者哭之，如哭其母。彼其所以会之，必有不蕲言而言，不蕲哭而哭者。是遁天倍情，忘其所受，古者谓之遁天之刑。适来，夫子时也；适去，夫子顺也。安时而处顺，哀乐不能入也，古者谓是帝之县解。"

指穷于为薪，火传也，不知其尽也。

骈拇篇

骈拇枝指，出乎性哉！而侈于德。附赘县疣，出乎形哉！而侈于性。多方乎仁义而用之者，列于五藏哉！而非道德之正也。是故骈于足者，连无用之肉也；枝于手者，树无用之指也；多方骈枝于五藏之情者，淫僻于仁义之行，而多方于聪明之用也。

是故骈于明者，乱五色，淫文章，青黄黼黻之煌煌非乎？而离朱是已。多于聪者，乱五声，淫六律，金石丝竹黄钟大吕之声非乎？而师旷是已。枝于仁者，擢德塞性以收名声，使天下簧鼓以奉不及之法非乎？而曾、史是已。骈于辩者，累瓦结绳窜句，游心于坚白同异之间，而敝跬誉无用之言非乎？而杨、墨是已。故此皆多骈旁枝之道，非天下之至正也。

彼正正者，不失其性命之情。故合者不为骈，而枝者不为跂；长者不为有余，短者不为不足。是故凫胫虽短，续之则忧；鹤胫虽长，断之则悲。故性长非所断，性短非所续，无所去忧也。意仁义其非人情乎？彼仁人何其多忧也？

且夫骈于拇者，决之则泣；枝于手者，龁之则啼。二者，或有余于数，或不足于数，其于忧一也。今世之仁人，蒿目而忧世之患；不仁之人，决性命之情而饕富贵。故意仁义其非人情乎？自三代以下者，天下何其嚣嚣也？

且夫待钩绳规矩而正者，是削其性也；待绳约胶漆而固者，是侵其德也；屈折礼乐，呴俞仁义，以慰天下之心者，此失其常然也。天下有常然。常然者，曲者不以钩，直者不以绳，圆者不以规，方者不以矩，附离不以胶漆，约束不以缠索。故天下诱然皆生而不知其所以生，同焉皆得而不知其所以得。故古今不二，不可亏也。则仁义又奚连连如胶漆、缠索而游乎道德之间为哉，使天下惑也！

夫小惑易方，大惑易性。何以知其然邪？自虞氏招仁义以挠天下也，天下莫不奔命于仁义，是非以仁义易其性与？故尝试论之，自三代以下者，天下莫不以物易其性矣。小人则以身殉利，士则以身殉名，大夫则以身殉家，圣人则以身殉天下。故此数子者，事业不同，名声异号，其于伤性以身为殉，一也。臧与谷，二人相与牧羊而俱亡其羊。问臧奚事，则挟策读书；问谷奚事，则博塞以游。二人者，事业不同，其于亡羊均也。伯夷死名于首阳之下，盗跖死利于东陵之上，二人者，所死不同，其于残生伤性均也，奚必伯夷之是而盗跖之非乎！天下尽殉也：彼其所殉仁义也，则俗谓之君子；其所殉货财也，则俗谓之小人。其殉一也，则有君子焉，有小人焉；若其残生损性，则盗跖亦伯夷已，又恶取君子小人于其间哉！

且夫属其性乎仁义者，虽通如曾、史，非吾所谓臧也；属其性于五味，虽通如俞儿，非吾所谓臧也；属其性乎五声，虽通如师旷，非吾所谓聪也；属其性乎五色，虽通如离朱，非吾所谓明也。吾所谓臧，非仁义之谓也，臧于其德而已矣；吾所谓臧者，非所谓仁义之谓也，任其性命之情而已矣；吾所谓聪者，非谓其闻彼也，自闻而已矣；吾所谓明者，非谓其见彼也，自见而已矣。夫不自见而见彼，不自得而得彼者，是得人之得而不自得其得者也，适人之适而不自适其适者也。夫适人之适而不自适其适，虽盗跖与伯夷，是同为淫僻也。余愧乎道德，是以上不敢为仁义之操，而下不敢为淫僻之行也。

马蹄篇

马，蹄可以践霜雪，毛可以御风寒，龁草饮水，翘足而陆，此马之真性也。虽有义台路寝，无所用之。及至伯乐，曰："我善治马。"烧之，剔之，刻之，烙之，连之以羁馽，编之以皂栈，马之死者十二三矣；饥之，渴之，驰之，骤之，整之，齐之，前有橛饰之患，而后有鞭筴之威，而马之死者已过半矣。陶者曰："我善治埴，圆者中规，方者中矩。"匠人曰："我善治木，曲者中钩，直者应绳。"夫埴、木之性，岂欲中规矩、钩绳哉？然且世世称之，曰"伯乐善治马而陶匠善治埴木"，此亦治天下者之过也。

吾意善治天下者不然。彼民有常性，织而衣，耕而食，是谓同德；一而不党，命曰天放。故至德之世，其行填填，其视颠颠。当是时也，山无蹊隧，泽无舟梁，万物群生，连属其乡，禽兽成群，草木遂长。是故禽兽可系羁而游，鸟鹊之巢可攀援而窥。夫至德之世，同与禽兽居，族与万物并，恶乎知君子小人哉！同乎无知，其德不离；同乎无欲，是谓素朴，素朴而民性得矣。

及至圣人，蹩躠为仁，踶跂为义，而天下始疑矣；澶漫为乐，摘僻为礼，而天下始分矣。故纯朴不残，孰为牺樽！白玉不毁，孰为珪璋！道德不废，安取仁义！性情不离，安用礼乐！五色不乱，孰为文采！五声不乱，孰应六律！夫残朴以为器，工匠之罪也；毁道德以为仁义，圣人之过也。

夫马，陆居则食草饮水，喜则交颈相靡，怒则分背相踶。马知已此矣。夫加之以衡扼，齐之以月题，而马知介倪、闉扼、鸷曼、诡衔、窃辔。故马之知而能至盗者，伯乐之罪也。

夫赫胥氏之时，民居不知所为，行不知所之，含哺而熙，鼓腹而游，民能已此矣。及至圣人，屈折礼乐以匡天下之形，县跂仁义以慰天下之心，而民乃始踶跂好知，争归于利，不可止也。此亦圣人之过也。

胠箧篇

将为胠箧、探囊、发匮之盗而为守备，则必摄缄、縢，固扃、镭，此世俗之所谓知也。然而巨盗至，则负匮、揭箧、担囊而趋，唯恐缄、縢、扃、镭不固也。然则乡之所谓知者，不乃为大盗积者也？

故尝试论之，世俗所谓知者，有不为大盗积者乎？所谓圣者，有不为大盗守者乎？何以知其然邪？昔者齐国邻邑相望，鸡狗之音相闻，罔罟之所布，耒耨之所刺，方二千余里。阖四竟之内，所以立宗庙社稷，治邑屋州闾乡曲者，曷尝不法圣人哉！然而田成子一旦杀齐君而盗其国。所盗者岂独其国邪？并与其圣知之法而盗之。故田成子有乎盗贼之名，而身处尧舜之安，小国不敢非，大国不敢诛，十二世有齐国。则是不乃窃齐国，并与其圣知之法以守其盗贼之身乎？

尝试论之，世俗之所谓至知者，有不为大盗积者乎？所谓至圣者，有不为大盗守者乎？何以知其然邪？昔者龙逢斩，比干剖，苌弘胣，子胥靡，故四子之贤而身不免乎戮。故跖之徒问于跖曰："盗亦有道乎？"跖曰："何适而无有道邪！"夫妄意室中之藏，圣也；入先，勇也；出后，义也；知可否，知也；分均，仁也。五者不备而能成大盗者，天下未之有也。由是观之，善人不得圣人之道不立，跖不得圣人之道不行；天下之善人少而不善人多，则圣人之利天下也少而害天下也多。故曰：唇竭则齿寒，鲁酒薄而邯郸围，圣人生而大盗起。掊击圣人，纵舍盗贼，而天下始治矣。夫川竭而谷虚，丘夷而渊实。圣人已死，则大盗不起，天下平而无故矣。

圣人不死，大盗不止。虽重圣人而治天下，则是重利盗跖也。为之斗斛以量之，则并与斗斛而窃之；为之权衡以称之，则并与权衡而窃之；为之符玺以信之，则并与符玺而窃之；为之仁义以矫之，则并与仁义而窃之。何以知其然邪？彼窃钩者诛，窃国者为诸侯，诸侯之门而仁义存焉，则是非窃仁义圣知邪？故逐于大盗，揭诸侯，窃仁义并斗斛、权衡、符玺之利者，虽有轩冕之赏弗能劝，斧钺之威弗能禁。此重利盗跖而使不可禁者，是乃圣人之过也。

故曰："鱼不可脱于渊，国之利器不可以示人。"彼圣知者，天下之利器也，非所以明天下也。故绝圣弃知，大盗乃止；擿玉毁珠，小盗不起；焚符破玺，而民朴鄙；掊斗折衡，而民不争；殚残天下之圣法，而民始可与论议。擢乱六律，铄绝竽瑟，塞瞽旷之耳，而天下始人含其聪矣；灭文章，散五采，胶离朱之目，而天下始人含其明矣；毁绝钩绳而弃规矩，攦工倕之指，而天下始人有其巧矣。故曰："大巧若拙。"削曾、史之行，钳杨、墨之口，攘弃仁义，而天下之德始玄同矣。彼人含其明，则天下不铄矣；人含其聪，则天下不累矣；人含其知，则天下不惑矣；人含其德，则天下不僻矣。彼曾、史、杨、墨、师旷、工倕、离朱者，皆外立其德而以爚乱天下者也，法之所无用也。

子独不知至德之世乎？昔者容成氏、大庭氏、伯皇氏、中央氏、栗陆氏、骊畜氏、轩辕氏、赫胥氏、尊卢氏、祝融氏、伏戏氏、神农氏，当是时也，民结绳而用之，甘其食，美其服，乐其俗，安其居，邻国相望，鸡狗之音相闻，民至老死而不相往来。若此之时，则至治已。今遂至使民延颈举踵，曰："某所有贤者"，赢粮而趣之，则内弃其亲，而外去其主之事，足迹接乎诸侯之境，车轨结乎千里之外，则是上好知之过也。

上诚好知而无道，则天下大乱矣。何以知其然邪？夫弓弩、毕弋机变之知多，则鸟乱于上矣；钩饵、网罟、罾笱之知多，则鱼乱于水矣；削格、罗落、罝罘之知多，则兽乱于泽矣；知诈渐毒、颉滑坚白、解垢同异之变多，则俗惑于辩矣。故天下每每大乱，罪在于好知。故天下皆知求其所不知，而莫知求其所已知者；皆知非其所不善，而莫知非其所已善者，是以大乱。故上悖日月之明，下烁山川之精，中堕四时之施；惴耎之虫，肖翘之物，莫不失其性。甚矣，夫好知之乱天下也！自三代以下者是已，舍夫种种之民而悦夫役役之佞，释夫恬淡无为而悦夫啍啍之意，啍啍已乱天下矣！

达生篇

达生之情者，不务生之所无以为；达命之情者，不务知之所无奈何。养形必先之物，物有余而形不养者有之矣；有生必先无离形，形不离而生亡者有之矣。生之来不能却，其去不能止。悲夫！世之人以为养形足以存生，而养形果不足以存生，则世奚足为哉！虽不足为而不可不为者，其为不免矣。

夫欲免为形者，莫如弃世。弃世则无累，无累则正平，正平则与彼更生，更生则几矣。事奚足弃而生奚足遗？弃事则形不劳，遗生则精不亏。夫形全精复，与天为一。天地者，万物之父母也，合则成体，散则成始。形精不亏，是谓能移；精而又精，反以相天。

子列子问关尹曰："至人潜行不窒，蹈火不热，行乎万物之上而不栗。请问何以至于此？"

关尹曰："是纯气之守也，非知巧果敢之列。居，予语汝！凡有貌象、声色者，皆物也，物何以相远？夫奚足以至乎先？是色而已。则物之造乎不形而止乎无所化，夫得是而穷之者，物焉得而止焉！彼将处乎不淫之度，而藏乎无端之纪，游乎万物之所终始，壹其性，养其气，合其德，以通乎物之所造。夫若是者，其天守全，其神无郤，物奚自入焉！

　　"夫醉者之坠车，虽疾不死。骨节与人同而犯害与人异，其神全也，乘亦不知也，坠亦不知也，死生惊惧不入乎其胸中，是故遻物而不慑。彼得全于酒而犹若是，而况得全于天乎？圣人藏于天，故莫之能伤也。复仇者不折镆干，虽有忮心者不怨飘瓦，是以天下平均。故无攻战之乱，无杀戮之刑者，由此道也。

　　"不开人之天，而开天之天，开天者德生，开人者贼生。不厌其天，不忽于人，民几乎以其真！"

　　仲尼适楚，出于林中，见痀偻者承蜩，犹掇之也。仲尼曰："子巧乎！有道邪？"曰："我有道也。五六月累丸二而不坠，则失者锱铢；累三而不坠，则失者十一；累五而不坠，犹掇之也。吾处身也，若橛株拘；吾执臂也，若槁木之枝；虽天地之大，万物之多，而唯蜩翼之知。吾不反不侧，不以万物易蜩之翼，何为而不得！"孔子顾谓弟子曰："用志不分，乃凝于神，其痀偻丈人之谓乎！"

　　颜渊问仲尼曰："吾尝济乎觞深之渊，津人操舟若神。吾问焉，曰：'操舟可学邪？'曰：'可。善游者数能。若乃夫没人，则未尝见舟而便操之也。'吾问焉而不吾告，敢问何谓也？"仲尼曰："善游者数能，忘水也。若乃夫没人之未尝见舟而便操之也，彼视渊若陵，视舟之覆犹其车却也。覆却万方陈乎前而不得入其舍，恶往而不暇！以瓦注者巧，以钩注者惮，以黄金注者殙。其巧一也，而有所矜，则重外也。凡外重者内拙。"

　　田开之见周威公，威公曰："吾闻祝肾学生，吾子与祝肾游，亦何闻焉？"田开之曰："开之操拔篲以侍门庭，亦何闻于夫子！"

　　威公曰："田子无让，寡人愿闻之。"开之曰："闻之夫子曰：'善养生者若牧羊然，视其后者而鞭之。'"威公曰："何谓也？"田开之曰："鲁有单豹者，岩居而水饮，不与民共利，行年七十而犹有婴儿之色；不幸遇饿虎，饿虎杀而食之。有张毅者，高门县薄，无不走也，行年四十而有内热之病以死。豹养其内而虎食其外，毅养其外而病攻其内，此二子者，皆不鞭其后者也。"

仲尼曰："无入而藏，无出而阳，柴立其中央。三者若得，其名必极。夫畏涂者，十杀一人，则父子兄弟相戒也，必盛卒徒而后敢出焉，不亦知乎！人之所取畏者，衽席之上，饮食之间；而不知为之戒者，过也。"

祝宗人玄端以临牢筴，说彘曰："汝奚恶死？吾将三月㹬汝，十日戒，三日齐，藉白茅，加汝肩尻乎雕俎之上，则汝为之乎？"为彘谋，曰不如食以糠糟而错之牢筴之中，自为谋，则苟生有轩冕之尊，死于腞楯之上、聚偻之中则为之。为彘谋则去之，自为谋则取之，所异彘者何也？

桓公田于泽，管仲御，见鬼焉。公抚管仲之手曰："仲父何见？"对曰："臣无所见。"公反，诶诒为病，数日不出。齐士有皇子告敖者曰："公则自伤，鬼恶能伤公！夫忿滀之气，散而不反，则为不足；上而不下，则使人善怒；下而不上，则使人善忘；不上不下，中身当心，则为病。"桓公曰："然则有鬼乎？"曰："有。沈有履，灶有髻。户内之烦壤，雷霆处之；东北方之下者，倍阿、鲑蠪跃之；西北方之下者，则泆阳处之。水有罔象，丘有峷，山有夔，野有彷徨，泽有委蛇。"公曰："请问委蛇之状何如？"皇子曰："委蛇，其大如毂，其长如辕，紫衣而朱冠。其为物也，恶闻雷车之声，则捧其首而立。见之者殆乎霸。"桓公辴然而笑曰："此寡人之所见者也。"于是正衣冠与之坐，不终日而不知病之去也。

纪渻子为王养斗鸡。十日而问："鸡已乎？"曰："未也。方虚憍而恃气。"十日又问，曰："未也。犹应向景。"十日又问，曰："未也。犹疾视而盛气。"十日又问，曰："几矣。鸡虽有鸣者，已无变矣，望之似木鸡矣，其德全矣，异鸡无敢应者，反走矣。”

　　孔子观于吕梁，县水三十仞，流沫四十里，鼋鼍鱼鳖之所不能游也。见一丈夫游之，以为有苦而欲死也，使弟子并流而拯之。数百步而出，被发行歌而游于塘下。孔子从而问焉，曰：“吾以子为鬼，察子则人也。请问，蹈水有道乎？”曰：“亡，吾无道。吾始乎故，长乎性，成乎命。与齐俱入，与汩偕出，从水之道而不为私焉。此吾所以蹈之也。”孔子曰：“何谓始乎故，长乎性，成乎命？”曰：“吾生于陵而安于陵，故也；长于水而安于水，性也；不知吾所以然而然，命也。”

　　梓庆削木为鐻，鐻成，见者惊犹鬼神。鲁侯见而问焉，曰：“子何术以为焉？”对曰：“臣工人，何术之有！虽然，有一焉。臣将为鐻，未尝敢以耗气也，必齐以静心。齐三日，而不敢怀庆赏爵禄；齐五日，不敢怀非誉巧拙；齐七日，辄然忘吾有四枝形体也。当是时也，无公朝，其巧专而外骨消；然后入山林，观天性；形躯具矣，然后成见鐻，然后加手焉；不然则已。则以天合天，器之所以疑神者，其是与！”

　　东野稷以御见庄公，进退中绳，左右旋中规。庄公以为文弗过也。使之钩百而反。颜阖遇之，入见曰：“稷之马将败。”公密而不应。少焉，果败而反。公曰：“子何以知之？”曰：“其马力竭矣，而犹求焉，故曰败。”

　　工倕旋而盖规矩，指与物化而不以心稽，故其灵台一而不桎。忘足，屦之适也；忘要，带之适也；知忘是非，心之适也；不内变，不外从，事会之适也。始乎适而未尝不适者，忘适之适也。

　　有孙休者，踵门而诧子扁庆子曰：“休居乡不见谓不修，临难不见谓不勇；然而田原不遇岁，事君不遇世，宾于乡里，逐于州部，则胡罪乎天哉？休恶遇此命也？"扁子曰："子独不闻夫至人之自行邪？忘其肝胆，遗其耳目，芒然彷徨乎尘垢之外，逍遥乎无事之业，是谓为而不恃，长而不宰。今汝饰知以惊愚，修身以明污，昭昭乎若揭日月而行也。汝得全而形躯，具而九窍，无中道夭于聋盲跛蹇而比于人数，亦幸矣，又何暇乎天之怨哉！子往矣！"孙子出。扁子入，坐有间，仰天而叹。弟子问曰："先生何为叹乎？"扁子曰："向者休来，吾告之以至人之德，吾恐其惊而遂至于惑也。"弟子曰："不然。孙子之所言是邪？先生之所言非邪？非固不能惑是。孙子所言非邪？先生所言是邪？彼固惑而来矣，又奚罪焉！"扁子曰："不然。昔者有鸟止于鲁郊，鲁君说之，为具太牢以飨之，奏《九韶》以乐之。鸟乃始忧悲眩视，不敢饮食。此之谓以己养养鸟也。若夫以鸟养养鸟者，宜栖之深林，浮之江湖，食之以委蛇，则平陆而已矣。今休，款启寡闻之民也，吾告以至人之德，譬之若载鼷以车马，乐鹦以钟鼓也。彼又恶能无惊乎哉！"

山木篇

庄子行于山中，见大木，枝叶盛茂，伐木者止其旁而不取也。问其故，曰："无所可用。"庄子曰："此木以不材得终其天年。"夫子出于山，舍于故人之家。故人喜，命竖子杀雁而烹之。竖子请曰："其一能鸣，其一不能鸣，请奚杀？"主人曰："杀不能鸣者。"明日，弟子问于庄子曰："昨日山中之木以不材得终其天年，今主人之雁以不材死，先生将何处？"庄子笑曰："周将处夫材与不材之间。材与不材之间似之而非也，故未免乎累。若夫乘道德而浮游则不然。无誉无訾，一龙一蛇，与时俱化，而无肯专为；一上一下，以和为量，浮游乎万物之祖；物物而不物于物，则胡可得而累邪！此神农、黄帝之法则也。若夫万物之情，人伦之传，则不然。合则离，成则毁；廉则挫，尊则议，有为则亏，贤则谋，不肖则欺，胡可得而必乎哉！悲夫！弟子志之，其唯道德之乡乎！"

市南宜僚见鲁侯，鲁侯有忧色。市南子曰："君有忧色，何也？"鲁侯曰："吾学先王之道，修先君之业；吾敬鬼尊贤，亲而行之，无须臾离居；然不免于患，吾是以忧。"市南子曰："君之除患之术浅矣！夫丰狐文豹，栖于山林，伏于岩穴，静也；夜行昼居，戒也；虽饥渴隐约，犹且胥疏于江湖之上而求食焉，定也；然且不免于网罗机辟之患。是何罪之有哉？其皮为之灾也。今鲁国独非君之皮邪？吾愿君刳形去皮，洒心去欲，而游于无人之野。南越有邑焉，名为建德之国。其民愚而朴，少私而寡欲；知作而不知藏，与而不求其报；不知义之所适，不知礼之所将；猖狂妄行，乃蹈乎大方；其生可乐，其死可葬。吾愿君去国捐俗，与道相辅而行。"君曰："彼其道远而险，又有江山，我无舟车，奈何？"市南子曰："君无形倨，无留居，以为君车。"君曰："彼其道幽远而无人，吾谁与邻？吾无粮，我无食，安得而至焉？"市南子曰："少君之费，寡君之欲，虽无粮而乃足。君其涉于江而浮于海，望之而不见其崖，愈往而不知其所穷。送君者皆自崖而反，君自此远矣！故有人者累，见有于人者忧。故尧非有人，非见有于人也。吾愿去君之累，除君之忧，而独与道游于大莫之国。方舟而济于河，有虚船来触舟，虽有惼心之人不怒。有一人在其上，则呼张歙之；一呼而不闻，再呼而不闻，于是三呼邪，则必以恶声随之。向也不怒而今也怒，向也虚而今也实。人能虚己以游世，其孰能害之！"

北宫奢为卫灵公赋敛以为钟，为坛乎郭门之外，三月而成上下之县。王子庆忌见而问焉，曰："子何术之设？"奢曰："一之间，无敢设也。奢闻之，'既雕既琢，复归于朴。'侗乎其无识，悦乎其怠疑；萃乎芒乎，其送往而迎来；来者勿禁，往者勿止；从其强梁，随其曲傅，因其自穷，故朝夕赋敛而毫毛不挫，而况有大涂者乎！"

孔子围于陈蔡之间，七日不火食。大公任往吊之曰："子几死乎？"曰："然。""子恶死乎？"曰："然。"任曰："予尝言不死之道。东海有鸟焉，名曰意怠。其为鸟也，翂翂翐翐，而似无能；引援而飞，迫胁而栖；进不敢为前，退不敢为后；食不敢先尝，必取其绪。是故其行列不斥，而外人卒不得害，是以免于患。直木先伐，甘井先竭。子其意者饰智以惊愚，修身以明污，昭昭乎如揭日月而行，故不免也。昔吾闻之大成之人曰：'自伐者无功，功成者堕，名成者亏。'孰能去功与名而还与众人！道流而不名，居德行而不名处；纯纯常常，乃比于狂；削迹捐势，不为功名；是故无责于人，人亦无责焉。至人不闻，子何喜哉？"孔子曰："善哉！"辞其交游，去其弟子，逃于大泽；衣裘褐，食杼栗；入兽不乱群，入鸟不乱行。鸟兽不恶，而况人乎！

孔子问子桑乎曰："吾再逐于鲁，伐树于宋，削迹于卫，穷于商周，围于陈蔡之间。吾犯此数患，亲交益疏，徒友益散，何与？"子桑乎曰："子独不闻假人之亡与？林回弃千金之璧，负赤子而趋。或曰：'为其布与？赤子之布寡矣；为其累与？赤子之累多矣；弃千金之璧，负赤子而趋，何也？'林回曰：'彼以利合，此以天属也。'夫以利合者，迫穷祸患害相弃也；以天属者，迫穷祸患害相收也。夫相收之与相弃亦远矣，且君子之交淡若水，小人之交甘若醴。君子淡以亲，小人甘以绝。彼无故以合者，则无故以离。"孔子曰："敬闻命矣！"徐行翔佯而归，绝学捐书，弟子无挹于前，其爱益加进。异日，桑乎又曰："舜之将死，真泠禹曰：'汝戒之哉！形莫若缘，情莫若率。缘则不离，率则不劳；不离不劳，则不求文以待形；不求文以待形，固不待物。’”

庄子衣大布而补之，正緳系履而过魏王。魏王曰：“何先生之惫邪？”庄子曰：“贫也，非惫也。士有道德不能行，惫也；衣弊履穿，贫也，非惫也；此所谓非遭时也。王独不见夫腾猿乎？其得柟、梓、豫、章也，揽蔓其枝而王长其间，虽羿、逢蒙不能眄睨也。及其得柘、棘、枳、枸之间也，危行侧视，振动悼栗；此筋骨非有加急而不柔也，处势不便，未足以逞其能也。今处昏上乱相之间，而欲无惫，奚可得邪？此比干之见剖心征也夫！”

孔子穷于陈蔡之间，七日不火食，左据槁木，右击槁枝，而歌猋氏之风，有其具而无其数，有其声而无宫角，木声与人声，犁然有当于人之心。颜回端拱还目而窥之。仲尼恐其广己而造大也，爱己而造哀也，曰：“回，无受天损易，无受人益难。无始而非卒也，人与天一也。夫今之歌者其谁乎？”回曰：“敢问无受天损易。”仲尼曰：“饥渴寒暑，穷桎不行，天地之行也，运物之泄也，言与之偕逝之谓也。为人臣者，不敢去之。执臣之道犹若是，而况乎所以待天乎！”“何谓无受人益难？”仲尼曰：“始用四达，爵禄并至而不穷，物之所利，乃非己也，吾命有在外者也。君子不为盗，贤人不为窃。吾若取之，何哉！故曰，鸟莫知于鷾鸸，目之所不宜处，不给视，虽落其实，弃之而走。其畏人也，而袭诸人间，社稷存焉尔。”“何谓无始而非卒？”仲尼曰：“化其万物而不知其禅之也，焉知其所终？焉知其所始？正而待之而已耳。”“何谓人与天一邪？”仲尼曰：“有人，天也；有天，亦天也。人之不能有天，性也，圣人晏然体逝而终矣！”

庄周游乎雕陵之樊，睹一异鹊自南方来者，翼广七尺，目大运寸，感周之颡而集于栗林。庄周曰：“此何鸟哉，翼殷不逝，目大不睹？”蹇裳躩步，执弹而留之。睹一蝉，方得美荫而忘其身；螳螂执翳而搏之，见得而忘其形；异鹊从而利之，见利而忘其真。庄周怵然曰："噫！物固相累，二类相召也！"捐弹而反走，虞人逐而谇之。庄周反入，三月不庭。蔺且从而问之："夫子何为顷间甚不庭乎？"庄周曰："吾守形而忘身，观于浊水而迷于清渊。且吾闻诸夫子曰：'入其俗，从其俗。'今吾游于雕陵而忘吾身，异鹊感吾颡，游于栗林而忘真，栗林虞人以吾为戮，吾所以不庭也。"

杨子之宋，宿于逆旅。逆旅人有妾二人，其一人美，其一人恶，恶者贵而美者贱。杨子问其故，逆旅小子对曰："其美者自美，吾不知其美也；其恶者自恶，吾不知其恶也。"杨子曰："弟子记之！行贤而去自贤之行，安往而不爱哉！"

外物篇

外物不可必，故龙逢诛，比干戮，箕子狂，恶来死，桀、纣亡。人主莫不欲其臣之忠，而忠未必信，故伍员流于江，苌弘死于蜀，藏其血三年而化为碧。人亲莫不欲其子之孝，而孝未必爱，故孝己忧而曾参悲。木与木相摩则然，金与火相守则流。阴阳错行，则天地大绞，于是乎有雷有霆，水中有火，乃焚大槐。有甚忧两陷而无所逃，螴蜳不得成，心若县于天地之间，慰暋沈屯，利害相摩，生火甚多，众人焚和，月固不胜火，于是乎有偾然而道尽。

庄周家贫，故往贷粟于监河侯。监河侯曰："诺。我将得邑金，将贷子三百金，可乎？"庄周忿然作色曰："周昨来，有中道而呼者。周顾视，车辙中有鲋鱼焉。周问之曰：'鲋鱼来！子何为者邪？'对曰：'我，东海之波臣也。君岂有斗升之水而活我哉？'周曰：'诺。我且南游吴越之王，激西江之水而迎子，可乎？'鲋鱼忿然作色曰：'吾失我常与，我无所处。吾得斗升之水然活耳，君乃言此，曾不如早索我于枯鱼之肆！'"

　　任公子为大钩巨缁，五十犗以为饵，蹲乎会稽，投竿东海，旦旦而钓，期年不得鱼。已而大鱼食之，牵巨钩，锠没而下，骛扬而奋鬐，白波若山，海水震荡，声侔鬼神，惮赫千里。任公子得若鱼，离而腊之，自浙河以东，苍梧已北，莫不厌若鱼者。已而后世辁才讽说之徒，皆惊而相告也。夫揭竿累，趋灌渎，守鲵鲋，其于得大鱼难矣！饰小说以干县令，其于大达亦远矣，是以未尝闻任氏之风俗，其不可与经于世亦远矣。

　　儒以《诗》《礼》发冢，大儒胪传曰："东方作矣，事之何若？"小儒曰："未解裙襦，口中有珠。《诗》固有之曰：'青青之麦，生于陵陂。生不布施，死何含珠为！'接其鬓，擪其颥，儒以金椎控其颐，徐别其颊，无伤口中珠！"

　　老莱子之弟子出薪，遇仲尼，反以告，曰："有人于彼，修上而趋下，末偻而后耳，视若营四海，不知其谁氏之子。"

　　老莱子曰："是邱也，召而来。"

　　仲尼至。曰："邱去汝躬矜与汝容知，斯为君子矣。"

　　仲尼揖而退，蹙然改容而问曰："业可得进乎？"

　　老莱子曰："夫不忍一世之伤而骛万世之患，抑固窭邪，亡其略弗及邪？惠以欢为骛，终身之丑，中民之行易进焉耳，相引以名，相结以隐。与其誉尧而非桀，不如两忘而闭其所誉。反无非伤也，动无非邪也。圣人踌躇以兴事，以每成功。奈何哉其载焉终矜尔？"

　　宋元君夜半而梦人被发窥阿门，曰："予自宰路之渊，予为清江使河泊之所，渔者余且得予。"元君觉，使人占之，曰："此神龟也。"君曰："渔者有余且乎？"左右曰："有。"君曰："令余且会朝。"明日，余且朝，君曰："渔何得？"对曰："且之网得白龟焉，箕圜五尺。"君曰："献若之龟。"龟至，君再欲杀之，再欲活之，心疑，卜之，曰："杀龟以卜吉。"乃刳龟，七十二钻而无遗筴。仲尼曰："神龟能见梦于元君，而不能避余且之网；知能七十二钻而无遗筴，不能避刳肠之患。如是，则知有所困，神有所不及也。虽有至知，万人谋之。鱼不畏网而畏鹈鹕。去小知而大知明，去善而自善矣。婴儿生无石师而能言，与能言者处也。"

惠子谓庄子曰："子言无用。"

庄子曰："知无用而始可与言用矣。夫地非不广且大也，人之所用容足耳。然则侧足而垫之致黄泉，人尚有用乎？"惠子曰："无用。"庄子曰："然则无用之为用也亦明矣。"庄子曰："人有能游，且得不游乎？人而不能游，且得游乎？夫流遁之志，决绝之行，噫，其非至知厚德之任与！覆坠而不反，火驰而不顾，虽相与为君臣，时也，易世而无以相贱。故曰至人不留行焉。夫尊古而卑今，学者之流也。且以狶韦氏之流观今之世，夫孰能不波，唯至人乃能游于世而不僻，顺人而不失己。彼教不学，承意不彼。

"目彻为明，耳彻为聪，鼻彻为颤同羶，口彻为甘，心彻为知，知彻为德。凡道不欲壅，壅则哽，哽而不止则跈，跈则众害生。物之有知者恃息，其不殷，非天之罪。天之穿之，日夜无降，人则顾塞其窦。胞有重阆，心有天游。室无空虚，则妇姑勃溪；心无天游，则六凿相攘。大林邱山之善于人也，亦神者不胜。

"德溢乎名，名溢乎暴，谋稽乎谂，知出乎争，柴生乎守，官事果乎众宜。春雨日时，草木怒生，铫鎒于是乎始修，草木之到植者过半而不知其然。

"静然可以补病，眦媙可以休老，宁可以止遽。虽然，若是，劳者之务也，非佚者之所未尝过而问焉。圣人之所以骇天下，神人未尝过而问焉；贤人所以骇世，圣人未尝过而问焉；君子所以骇国，贤人未尝过而问焉；小人所以合时，君子未尝过而问焉。

"演门有亲死者，以善毁爵为官师，其党人毁而死者半。尧与许由天下，许由逃之；汤与务光，务光怒之，纪他闻之，帅弟子而踆于窾水，诸侯吊之，三年，申徒狄因以踣河。

"筌者所以在鱼，得鱼而忘筌；蹄者所以在兔，得兔而忘蹄；言者所以在意，得意而忘言。吾安得夫忘言之人而与之言哉！"

秋水篇

秋水时至，百川灌河。泾流之大，两涘渚崖之间，不辨牛马。于是焉河伯欣然自喜，以天下之美为尽在己。顺流而东行，至于北海，东面而视，不见水端，于是焉河伯始旋其面目，望洋向若而叹曰："野语有之曰，'闻道百以为莫己若者'，我之谓也。且夫我尝闻少仲尼之闻而轻伯夷之义者，始吾弗信；今我睹子之难穷也，吾非至于子之门则殆矣，吾长见笑于大方之家。"

北海若曰："井蛙不可以语于海者，拘于虚也；夏虫不可以语于冰者，笃于时也；曲士不可以语于道者，束于教也。今尔出于崖涘，观于大海，乃知尔丑，尔将可与语大理矣。天下之水，莫大于海。万川归之，不知何时止而不盈；尾闾泄之，不知何时已而不虚；春秋不变，水旱不知。此其过江河之流，不可为量数。而吾未尝以此自多者，自以比形于天地而受气于阴阳，吾在于天地之间，犹小石小木之在大山也，方存乎见少，又奚以自多！计四海之在天地之间也，不似礨空之在大泽乎？计中国之在海内，不似稊米之在大仓乎？号物之数谓之万，人处一焉；人卒九州，谷食之所生，舟车之所通，人处一焉；此其比万物也，不似豪末之在于马体乎？五帝之所连，三王之所争，仁人之所忧，任士之所劳，尽此矣。伯夷辞之以为名，仲尼语之以为博，此其自多也，不似尔向之自多于水乎？"

河伯曰："然则吾大天地而小豪末，可乎？"

北海若曰："否。夫物，量无穷，时无止，分无常，终始无故。是故大知观于远近，故小而不寡，大而不多，知量无穷；证向今故，故遥而不闷，掇而不跂，知时无止；察乎盈虚，故得而不喜，失而不忧，知分之无常也；明乎坦途，故生而不说，死而不祸，知终始之不可故也。计人之所知，不若其所不知；其生之时，不若未生之时；以其至小求穷其至大之域，是故迷乱而不能自得也。由此观之，又何以知豪末之足以定至细之倪！又何以知天地之足以穷至大之域！"

河伯曰："世之议者皆曰：'至精无形，至大不可围。'是信情乎？"

北海若曰："夫自细视大者不尽，自大视细者不明。夫精，小之微也；垺，大之殷也，故异便。此势之有也。夫精粗者，期于有形者也；无形者，数之所不能分也；不可围者，数之所不能穷也。可以言论者，物之粗也；可以意致者，物之精也；言之所不能论，意之所不能察致者，不期精粗焉。

是故大人之行，不出乎害人，不多仁恩；动不为利，不贱门隶；货财弗争，不多辞让；事焉不借人，不多食乎力，不贱贪污；行殊乎俗，不多辟异；为在从众，不贱佞谄；世之爵禄不足以为劝，戮耻不足以为辱；知是非之不可为分，细大之不可为倪。闻曰：'道人不闻，至德不得，大人无己。'约分之至也。"

河伯曰："若物之外，若物之内，恶至而倪贵贱？恶至而倪小大？"

北海若曰："以道观之，物无贵贱；以物观之，自贵而相贱；以俗观之，贵贱不在己。以差观之，因其所大而大之，则万物莫不大；因其所小而小之，则万物莫不小；知天地之为稊米也，知豪末之为邱山也，则差数睹矣。以功观之，因其所有而有之，则万物莫不有，因其所无而无之，则万物莫不无；知东西之相反而不可以相无，则功分定矣。以趣观之，因其所然而然之，则万物莫不然；因其所非而非之，则万物莫不非；知尧、桀之自然而相非，则趣操睹矣。

"昔者，尧、舜让而帝，之、哙让而绝；汤、武争而王，白公争而灭。由此观之，争让之礼，尧、桀之行，贵贱有时，未可以为常也。梁丽可以冲城，而不可以窒穴，言殊器也；骐骥骅骝，一日而驰千里，捕鼠不如狸狌，言殊技也；鸱鸺夜撮蚤，察毫末，昼出瞋目而不见邱山，言殊性也。故曰，盖师是而无非，师治而无乱乎？是未明天地之理、万物之情者也。是犹师天而无地，师阴而无阳，其不可行明矣。然且语而不舍，非愚则诬也。帝王殊禅，三代殊继。差其时，逆其俗者，谓之篡夫；当其时，顺其俗者，谓之义之徒。默默乎河伯！女恶知贵贱之门，小大之家！"

河伯曰："然则我何为乎，何不为乎？吾辞受趣舍，吾终奈何？"

北海若曰："以道观之，何贵何贱，是谓反衍；无拘而志，与道大蹇。何少何多，是谓谢施；无一而行，与道参差。严乎若国之有君，其无私德；繇繇乎若祭之有社，其无私福；泛泛乎若四方之无穷，其无所畛域。兼怀万物，其孰承翼？是谓无方。万物一齐，孰短孰长？道无终始，物有死生，不恃其成。一虚一满，不位乎其形。年不可举，时不可止。消息盈虚，终则有始。是所以语大义之方，论万物之理也。物之生也，若骤若驰，无动而不变，无时而不移。何为乎，何不为乎？夫固将自化。"

河伯曰："然则何贵于道邪？"

北海若曰："知道者必达于理，达于理者必明于权，明于权者不以物害己。至德者，火弗能热，水弗能溺，寒暑弗能害，禽兽弗能贼。非谓其薄之也，言察乎安危，宁于祸福，谨于去就，而莫之能害也。故曰，天在内，人在外，德在乎天。知天人之行，本乎天，位乎得；蹢躅而屈伸，反要而语极。”

曰："何谓天？何谓人？"

北海若曰："牛马四足，是谓天；落马首，穿牛鼻，是谓人。故曰，无以人灭天，无以故灭命，无以得殉名。谨守而勿失，是谓反其真。"

夔怜蚿，蚿怜蛇，蛇怜风，风怜目，目怜心。夔谓蚿曰："吾以一足趻踔而行，予无如矣。今子之使万足，独奈何？"蚿曰："不然。子不见夫唾者乎？喷则大者如珠，小者如雾，杂而下者不可胜数也。今予动吾天机，而不知其所以然。"蚿谓蛇曰："吾以众足行，而不及子之无足，何也？"蛇曰："夫天机之所动，何可易邪？吾安用足哉！"蛇谓风曰："予动吾脊胁而行，则有似也。今子蓬蓬然起于北海，蓬蓬然入于南海，而似无有，何也？"风曰："然。予蓬蓬然起于北海而入于南海也，然而指我则胜我，鰌我亦胜我。虽然，夫折大木、蜚大屋者，唯我能也，故以众小不胜为大胜也。为大胜者，唯圣人能之。"

孔子游于匡，宋人围之数匝，而弦歌不辍。子路入见，曰："何夫子之娱也？"

孔子曰："来！吾语女。我讳穷久矣，而不免，命也；求通久矣，而不得，时也。当尧、舜而天下无穷人，非知得也；当桀、纣而天下无通人，非知失也，时势适然。夫水行不避蛟龙者，渔父之勇也；陆行不避兕虎者，猎夫之勇也；白刃交于前，视死若生者，烈士之勇也；知穷之有命，知通之有时，临大难而不惧者，圣人之勇也。由处矣，吾命有所制矣。"无几何，将甲者进，辞曰："以为阳虎也，故围之。今非也，请辞而退。"

公孙龙问于魏牟曰："龙少学先王之道，长而明仁义之行；

合同异，离坚白；然不然，可不可；困百家之知，穷众口之辩，吾自以为至达已。今吾闻庄子之言，汒焉异之。不知论之不及与，知之弗若与？今吾无所开吾喙，敢问其方。”

公子牟隐机大息，仰天而笑曰：“子独不闻夫坎井之蛙乎？谓东海之鳖曰：‘吾乐与！吾跳梁乎井干之上，入休乎缺甃之崖；赴水则接腋持颐，蹶泥则没足灭跗；还虷蟹与科斗，莫吾能若也。且夫擅一壑之水，而跨跱坎井之乐，此亦至矣，夫子奚不时来入观乎！’东海之鳖左足未入，而右膝已絷矣。于是逡巡而却，告之海曰：‘夫千里之远，不足以举其大；千仞之高，不足以极其深。禹之时十年九潦，而水弗为加益；汤之时八年七旱，而崖不为加损。夫不为顷久推移，不以多少进退者，此亦东海之大乐也。’于是坎井之蛙闻之，适适然惊，规规然自失也。

且夫知不知是非之竟，而犹欲观于庄子之言，是犹使蚊负山，商蚷驰河也，必不胜任矣。且夫知不知论极妙之言而自适一时之利者，是非坎井之蛙与？且彼方跐黄泉而登大皇，无南无北，奭然四解，沦于不测；无东无西，始于玄冥，反于大通。子乃规规然而求之以察，索之以辩，是直用管窥天，用锥指地也，不亦小乎！子往矣！且子独不闻夫寿陵余子之学行于邯郸与？未得国能，又失其故行矣，直匍匐而归耳。今子不去，将忘子之故，失子之业。”

公孙龙口呿而不合，舌举而不下，乃逸而走。

庄子钓于濮水，楚王使大夫二人往先焉，曰：“愿以竟内累矣！”庄子持竿不顾，曰：“吾闻楚有神龟，死已三千岁矣，王巾笥而藏之庙堂之上。此龟者，宁其死为留骨而贵乎？宁其生而曳尾于涂中乎？”二大夫曰：“宁生而曳尾涂中。”庄子曰：“往矣！吾将曳尾于涂中。”

惠子相梁，庄子往见之。或谓惠子曰：“庄子来，欲代子相。"于是惠子恐，搜于国中三日三夜。庄子往见之，曰："南方有鸟，其名曰鹓鶵，子知之乎？夫鹓鶵，发于南海而飞于北海，非梧桐不止，非练实不食，非醴泉不饮。于是鸱得腐鼠，鹓鶵过之，仰而视之曰'吓！'今子欲以子之梁国而吓我邪？"

庄子与惠子游于濠梁之上。庄子曰："儵鱼出游从容，是鱼乐也。"惠子曰："子非鱼，安知鱼之乐？"庄子曰："子非我，安知我不知鱼之乐？"惠子曰："我非子，固不知子矣；子固非鱼也，子之不知鱼之乐，全矣。"庄子曰："请循其本。子曰'女安知鱼乐'云者，既已知吾知之而问我，我知之濠上也。"

荀　子

荣辱篇

憍泄者，人之殃也；恭俭者，偋五兵也。虽有戈矛之刺，不如恭俭之利也。故与人善言，暖于布帛；伤人之言，深于矛戟。故薄薄之地，不得履之。非地不安也。危足无所履者，凡在言也。巨涂则让，小涂则殆，虽欲不谨，若云不使。以上以言取辱。

快快而亡者，怒也；察察而残者，忮也；博而穷者，訾也；清之而俞浊者，口也；豢之而俞瘠者，交也；辩而不说者，争也；直立而不见知者，胜也；廉而不见贵者，刿也；勇而不见惮者，贪也；信而不见敬者，好剸行也：此小人之所务而君子之所不为也。以上美德中亦有取辱之端。

斗者，忘其身者也，忘其亲者也，忘其君者也。行其少顷之怒而丧终身之躯，然且为之，是忘其身也；室家立残，亲戚不免乎刑戮，然且为之，是忘其亲也；君上之所恶也，刑法之所大禁也，然且为之，是忘其君也。忧忘其身，内忘其亲，上忘其君，是刑法之所不舍也，圣王之所不畜也。乳彘触虎，乳狗不远游，不忘其亲也。人也，忧忘其身，内忘其亲，上忘其君，则是人也而曾狗彘之不若也。

凡斗者，必自以为是而以人为非也。己诚是也，人诚非也，则是己君子而人小人也，以君子与小人相贼害也。忧以忘其身，内以忘其亲，上以忘其君，岂不过甚矣哉！是人也，所谓“以狐父之戈镯牛矢”也。将以为智邪？则愚莫大焉。将以为利邪？则害莫大焉。将以为荣邪？则辱莫大焉。将以为安邪？则危莫大焉。人之有斗，何哉？我欲属之狂惑疾病邪，则不可，圣王又诛之。我欲属之鸟鼠禽兽邪，则不可，其形体又人，而好恶多同。人之有斗，何哉？我甚丑之！以上好斗取辱。

有狗彘之勇者，有贾盗之勇者，有小人之勇者，有士君子之勇者：争饮食，无廉耻，不知是非，不辟死伤，不畏众强，恈恈然唯利饮食之见，是狗彘之勇也。为事利，争货财，无辞让，果敢而振，猛贪而戾，恈恈然唯利之见，是贾盗之勇也。轻死而暴，是小人之勇也。义之所在，不倾于权，不顾其利，举国而与之不为改视，重死持义而不桡，是士君子之勇也。

鯈䰽者，浮阳之鱼也，胠于沙而思水，则无逮矣。挂于患而欲谨，则无益矣。自知者不怨人，知命者不怨天，怨人者穷，怨天者无志。失之己，反之人，岂不迂乎哉！

荣辱之大分，安危利害之常体：先义而后利者荣，先利而后义者辱；荣者常通，辱者常穷；通者常制人，穷者常制于人：是荣辱之大分也。材悫者常安利，荡悍者常危害；安利者常乐易，危害者常忧险；乐易者常寿长，忧险者常夭折：是安危利害之常体也。

夫天生蒸民，有所以取之。志意致修，德行致厚，智虑致明，是天子之所以取天下也。政令法，举措时，听断公，上则能顺天子之命，下则能保百姓，是诸侯之所以取国家也。志行修，临官治，上则能顺上，下则能保其职，是士大夫之所以取田邑也。循法则、度量、刑辟、图籍，不知其义，谨守其数，慎不敢损益也，父子相传，以持王公，是故三代虽亡，治法犹存，是官人百吏之所以取禄秩也。孝弟原悫，軥录疾力，以敦比其事业，而不敢怠傲，是庶人之所以取暖衣饱食，长生久视，以免于刑戮也。饰邪说，文奸言，为倚事，陶诞、突盗，惕、悍、憍、暴，以偷生反侧于乱世之间，是奸人之所以取危辱死刑也。其虑之不深，其择之不谨，其定取舍楛僈，是其所以危也。

材性知能，君子小人一也。好荣恶辱，好利恶害，是君子小人之所同也，若其所以求之之道则异矣。小人也者，疾为诞而欲人之信己也，疾为诈而欲人之亲己也，禽兽之行而欲人之善己也。虑之难知也，行之难安也，持之难立也，成则必不得其所好，必遇其所恶焉。故君子者，信矣，而亦欲人之信己也；忠矣，而亦欲人之亲己也；修正治辨矣，而亦欲人之善己也。虑之易知也，行之易安也，持之易立也，成则必得其所好，必不遇其所恶焉。是故穷则不隐，通则大明，身死而名弥白，小人莫不延颈举踵而愿曰："知虑材性，固有以贤人矣。"夫不知其与己无以异也。则君子注错之当，而小人注错之过也。故孰察小人之知能，足以知其有余，可以为君子之所为也。譬之越人安越，楚人安楚，君子安雅。是非知能材性然也，是注错习俗之节异也。仁义德行，常安之术也，然而未必不危也；污僈、突盗，常危之术也，然而未必不安也。故君子道其常而小人道其怪。以上言荣辱在人之自取，材性、智能本同，因注错异而荣辱亦殊。

凡人有所一同：饥而欲食，寒而欲暖，劳而欲息，好利而恶害，是人之所生而有也，是无待而然者也，是禹、桀之所同也。目辨白黑美恶，耳辨音声清浊，口辨酸咸甘苦，鼻辨芬芳腥臊，骨体肤理辨寒暑疾养，是又人之所常生而有也，是无待而然者也，是禹、桀之所同也。可以为尧、禹，可以为桀、跖，可以为工匠，可以为农贾，在执注错习俗之所积耳。是又人之所生而有也，是无待而然者也，是禹、桀之所同也。为尧、禹则常安荣，为桀、跖则常危辱；为尧、禹则常愉佚，为工匠、农贾则常烦劳。然而人力为此而寡为彼，何也？曰：陋也。尧、禹者，非生而具者也，夫起于变故，成乎修修之为，待尽而后备者也。人之生固小人，无师无法则唯利之见耳。人之生固小人，又以遇乱世，得乱俗，是以小重小也，以乱得乱也。君子非得势以临之，则无由得开内焉。今是人之口腹，安知礼义？安知辞让？安知廉耻隅积？亦呻呻而噍，乡乡而饱已矣。人无师无法，则其心正其口腹也。今使人生而未尝睹刍豢、稻粱也，惟菽藿、糟糠之为睹，则以至足为在此也，俄而粲然有秉刍豢、稻粱而至者，则瞯然视之曰："此何怪也？"彼臭之而无嗛于鼻，尝之而甘于口，食之而安于体，则莫不弃此而取彼矣。今以夫先王之道，仁义之统，以相群居，以相持养，以相藩饰，以相安固邪？以夫桀、跖之道，是其为相县也，几直夫刍豢、稻粱之县糟糠尔哉！然而人力为此而寡为彼，何也？曰：陋也。陋也者，天下之公患也，人之大殃大害也。故曰：仁者好告示人。告之示之，靡之儇之，铅之重之，则夫塞者俄且通也，陋者俄且僩也，愚者俄且知也。是若不行，则汤、武在上曷益？桀、纣在上曷损？汤、武存则天下从而治，桀、纣存则天下从而乱。如是者，岂非人之情固可与如此，可与如彼也哉！

人之情，食欲有刍豢，衣欲有文绣，行欲有舆马，又欲夫余财蓄积之富也；然而穷年累世不知不足，是人之情也。今人之生也，方知蓄鸡狗猪彘，又蓄牛羊，然而食不敢有酒肉；余刀布，有囷窌，然而衣不敢有丝帛；约者有箧箧之藏，然而行不敢有舆马。是何也？非不欲也，几不长虑顾后而恐无以继之故也。于是又节用御欲，收敛蓄藏以继之也，是于己长虑顾后，几不甚善矣哉！今夫偷生浅知之属，曾此而不知也，粮食大侈，不顾其后，俄则屈安穷矣，是其所以不免于冻饿，操瓢囊为沟壑中瘠者也。况夫先王之道，仁义之统，《诗》《书》《礼》《乐》之分乎。彼固天下之大虑也，将为天下生民之属长虑顾后而保万世也。其流长矣，其温厚矣，其功盛姚远矣，非孰修为之君子莫之能知也。故曰：短绠不可以汲深井之泉，知不几者不可与及圣人之言。夫《诗》《书》《礼》《乐》之分，固非庸人之所知也。故曰：一之而可再也，有之而可久也，广之而可通也，虑之而可安也，反铅察之而俞可好也。以治情则利，以为名则荣，以群则和，以独则足，乐意者其是邪？

夫贵为天子，富有天下，是人情之所同欲也。然则从人之欲则势不能容，物不能赡也。故先王案为之制礼义以分之，使有贵贱之等，长幼之差，知贤愚、能不能之分，皆使人载其事而各得其宜。然后使悫禄多少厚薄之称，是夫群居和一之道也。故仁人在上，则农以力尽田，贾以察尽财，百工以巧尽械器，士大夫以上至于公侯，莫不以仁厚知能尽官职。夫是之谓至平。故或禄天下而不自以为多，或监门、御旅、抱关、击柝而不自以为寡。故曰："斩而齐，枉而顺，不同而一。"夫是之谓人伦。《诗》曰："受小共大共，为下国骏蒙。"此之谓也。

议兵篇

临武君与孙卿子议兵于赵孝成王前。王曰："请问兵要。"临武君对曰："上得天时，下得地利，观敌之变动，后之发，先之至，此用兵之要术也。"孙卿子曰："不然。臣所闻古之道，凡用兵攻战之本在乎壹民。弓矢不调，则羿不能以中微；六马不和，则造父不能以致远；士民不亲附，则汤、武不能以必胜也。故善附民者，是乃善用兵者也。故兵要在乎善附民而已。"临武君曰："不然。兵之所贵者势利也，所行者变诈也。善用兵者，感忽悠暗，莫知其所从出，孙、吴用之，无敌于天下，岂必待附民哉！"孙卿子曰："不然。臣之所道，仁人之兵，王者之志也。君之所贵，权谋势利也；所行，攻夺变诈也，诸侯之事也。仁人之兵，不可诈也。彼可诈者，怠慢者也，路亶者也，君臣上下之间滑然有离德者也。故以桀诈桀，犹巧拙有幸焉。以桀诈尧，譬之若以卵投石，以指挠沸，若赴水火，入焉焦没耳。故仁人上下，百将一心，三军同力，臣之于君也，下之于上也，若子之事父，弟之事兄，若手臂之扞头目而覆胸腹也，诈而袭之，与先惊而后击之，一也。且仁人之用十里之国，则将有百里之听；用百里之国，则将有千里之听；用千里之国，则将有四海之听。必将聪明警戒，和传而一。故仁人之兵聚则成卒，散则成列，延则若莫邪之长刃，婴之者断；兑则若莫邪之利锋，当之者溃；圜居而方止，则若盘石然，触之者角摧，案角鹿埵、陇种、东笼而退耳。且夫暴国之君，将谁与至哉？彼其所与至者，必其民也，而其民之亲我欢若父母，其好我芬若椒兰，彼反顾其上则若灼黥，若仇雠。人之情，虽桀、跖，岂又肯为其所恶贼其所好者哉！是犹使人之子孙自贼其父母也，彼必将来告之，夫又何可诈也？故仁人用，国日明，诸侯先顺者安，后顺者危，虑敌之者削，反之者亡。《诗》曰：'武王载发，有虔秉钺，如火烈烈，则莫我敢遏。'此之谓也。"孝成王、临武君曰："善！"以上言用兵贵附民。

"请问王者之兵设何道何行而可？"孙卿子曰："凡在大王，将率末事也。臣请遂道王者诸侯强弱存亡之效，安危之势：君贤者其国治，君不能者其国乱；隆礼贵义者其国治，简礼贱义者其国乱。治者强，乱者弱，是强弱之本也。上足印，则下可用也；上不足印，则下不可用也。下可用则强，下不可用则弱，是强弱之常也。隆礼效功，上也；重禄贵节，次也；上功贱节，下也：是强弱之凡也。好士者强，不好士者弱；爱民者强，不爱民者弱；政令信者强，政令不信者弱；民齐者强，不齐者弱；赏重者强，赏轻者弱；刑威者强，刑侮者弱；械用兵革攻完便利者强，械用兵革窳楛不便利者弱；重用兵者强，轻用兵者弱；权出一者强，权出二者弱：是强弱之常也。齐人隆技击，其技也，得一首者则赐赎锱金，无本赏矣。是事小敌毳则偷可用也，事大敌坚则涣焉离耳。若飞鸟然，倾侧反覆无日，是亡国之兵也，兵莫弱是矣。是其去赁市佣而战之几矣。

“魏氏之武卒，以度取之，衣三属之甲，操十二石之弩，负服矢五十个，置戈其上，冠𫐄带剑，赢三日之粮，日中而趋百里，中试则复其户，利其田宅，是数年而衰而未可夺也，改造则不易周也。是故地虽大，其税必寡，是危国之兵也。

“秦人，其生民也陿阸，其使民也酷烈，劫之以势，隐之以厄，忸之以庆赏，䲡之以刑罚，使天下之民所以要利于上者，非斗无由也。厄而用之，得而后功之，功赏相长也，五甲首而隶五家，是最为众强长久，多地以正。故四世有胜，非幸也，数也。故齐之技击不可以遇魏氏之武卒，魏氏之武卒不可以遇秦之锐士，秦之锐士不可以当桓、文之节制，桓、文之节制不可以敌汤、武之仁义，有遇之者，若以焦熬投石焉。兼是数国者，皆干赏蹈利之兵也，佣徒鬻卖之道也，未有贵上、安制、綦节之理也。诸侯有能微妙之以节，则作而兼殆之耳。故招近募选，隆势诈，尚功利，是渐之也；礼义教化，是齐之也。故以诈遇诈，犹有巧拙焉；以诈遇齐，辟之犹以锥刀堕太山也，非天下之愚人莫敢试。故王者之兵不试。汤、武之诛桀、纣也，拱揖指麾，而强

暴之国莫不趋使，诛桀、纣若诛独夫。故《泰誓》曰：'独夫
纣。'此之谓也。故兵大齐则制天下，小齐则治邻敌。若夫招近
募选，隆势诈，尚功利之兵，则胜不胜无常，代翕代张，代存代
亡，相为雌雄耳矣。夫是之谓盗兵，君子不由也。故齐之田单，
楚之庄𫏋，秦之卫鞅，燕之缪虮，是皆世俗之所谓善用兵者也，
是其巧拙强弱则未有以相君也。若其道一也，未及和齐也，掎契
司诈，权谋倾覆，未免盗兵也。齐桓、晋文、楚庄、吴阖闾、越
勾践，是皆和齐之兵也，可谓入其域矣，然而未有本统也，故可
以霸而不可以王。是强弱之效也。"以上王者之兵尚仁义，齐教化。

　　孝成王、临武君曰："善！请问为将。"孙卿子曰："知莫大
乎弃疑，行莫大乎无过，事莫大乎无悔，事至无悔而止矣，成不
可必也。故制号政令欲严以威；庆赏刑罚欲必以信；处舍收藏欲
周以固；徙举进退欲安以重，欲疾以速；窥敌观变欲潜以深，欲
伍以参；遇敌决战必道吾所明，无道吾所疑：夫是之谓六术。无
欲将而恶废，无急胜而忘败，无威内而轻外，无见其利而不顾其
害，凡虑事欲孰而用财欲泰：夫是之谓五权。所以不受命于主有
三：可杀而不可使处不完，可杀而不可使击不胜，可杀而不可使
欺百姓：夫是之谓三至。凡受命于主而行三军，三军既定，百官
得序，群物皆正，则主不能喜，敌不能怒，夫是之谓至臣。虑必
先事而申之以敬，慎终如始，终始如一：夫是之谓大吉。凡百事
之成也必在敬之，其败也必在慢之。故敬胜怠则吉，怠胜敬则
灭；计胜欲则从，欲胜计则凶。战如守，行如战，有功如幸。敬
谋无圹，敬事无圹，敬吏无圹，敬众无圹，敬敌无圹：夫是之谓
五无圹。慎行此六术、五权、三至，而处之以恭敬无圹，夫是之
谓天下之将，则通于神明矣。"以上论将。

　　临武君曰："善！请问王者之军制。"孙卿子曰："将死鼓，
御死辔，百吏死职，士大夫死行列。闻鼓声而进，闻金声而退，

顺命为上，有功次之。令不进而进，犹令不退而退也，其罪惟均。不杀老弱，不猎禾稼，服者不禽，格者不舍，奔命者不获。凡诛，非诛其百姓也，诛其乱百姓者也。百姓有扞其贼，则是亦贼也。以故顺刃者生，苏刃者死，奔命者贡。微子开封于宋，曹触龙断于军，殷之服民，所以养生之者也，无异周人。故近者歌讴而乐之，远者竭蹶而趋之，无幽闲辟陋之国，莫不趋使而安乐之，四海之内若一家，通达之属莫不从服，夫是之谓人师。《诗》曰：'自西自东，自南自北，无思不服。'此之谓也。王者有诛而无战，城守不攻，兵格不击，上下相喜则庆之。不屠城，不潜军，不留众，师不越时。故乱者乐其政，不安其上，欲其至也。"临武君曰："善！"以上论军制。

陈嚣问孙卿子曰："先生议兵，常以仁义为本。仁者爱人，义者循理，然则又何以兵为？凡所为有兵者，为争夺也。"孙卿子曰："非女所知也。彼仁者爱人，爱人，故恶人之害之也；义者循理，循理，故恶人之乱之也。彼兵者，所以禁暴除害也，非争夺也。故仁人之兵，所存者神，所过者化，若时雨之降，莫不说喜。是以尧伐驩兜，舜伐有苗，禹伐共工，汤伐有夏，文王伐崇，武王伐纣，此四帝两王，皆以仁义之兵行于天下也。故近者亲其善，远方慕其德，兵不血刃，远迩来服，德盛于此，施及四极。《诗》曰：'淑人君子，其仪不忒。'此之谓也。"

李斯问孙卿子曰："秦四世有胜，兵强海内，威行诸侯，非以仁义为之也，以便从事而已。"

孙卿子曰："非女所知也。女所谓便者，不便之便也；吾所谓仁义者，大便之便也。彼仁义者，所以修政者也，政修则民亲其上，乐其君，而轻为之死。故曰：'凡在于君，将率末事也。'秦四世有胜，谞谞然常恐天下之一合而轧己也，此所谓末世之兵，未有本统也。故汤之放桀也，非其逐之鸣条之时也；武王之诛纣也，非以甲子之朝而后胜之也，皆前行素修也，此所谓仁义之兵也。今女不求之于本而索之于末，此世之所以乱也。"以上二节申言兵以仁义为本。

礼者，治辨之极也，强国之本也，威行之道也，功名之总也。王公由之，所以得天下也；不由，所以陨社稷也。故坚甲利兵不足以为胜，高城深池不足以为固，严令繁刑不足以为威，由其道则行，不由其道则废。楚人鲛革犀兕以为甲，鞈如金石，宛巨铁钝，惨如蜂虿，轻利僄遬，卒如飘风，然而兵殆于垂沙，唐蔑死，庄蹻起，楚分而为三四。是岂无坚甲利兵也哉！其所以统之者非其道故也。汝、颍以为险，江、汉以为池，限之以邓林，缘之以方城，然而秦师至，而鄢、郢举，若振槁然。是岂无固塞隘阻也哉？其所以统之者非其道故也。纣剖比干，囚箕子，为炮烙刑，杀戮无时，臣下懔然莫必其命，然而周师至，而令不行乎下，不能用其民。是岂令不严，刑不繁也哉？其所以统之者非其道故也。古之兵，戈矛弓矢而已矣，然而敌国不待试而诎；城郭不辨，沟池不抇，固塞不树，机变不张，然而国晏然不畏外而明内者，无它故焉，明道而分钧之，时使而诚爱之，下之和上也如影向，有不由令者然后诛之以刑。故刑一人而天下服，罪人不邮其上，知罪之在己也。是故刑罚省而威流，无它故焉，由其道故也。古者帝尧之治天下也，盖杀一人、刑二人而天下治。《传》曰："威厉而不试，刑错而不用。"此之谓也。

凡人之动也，为赏庆为之，则见害伤焉止矣。故赏庆、刑罚、势诈，不足以尽人之力，致人之死。为人主上者也，其所以接下之百姓者，无礼义忠信，焉虑率用赏庆、刑罚、势诈，除厄其下，获其功用而已矣。大寇则至，使之持危城则必畔，遇敌处战则必北，劳苦烦辱则必奔，霍焉离耳，下反制其上。故赏庆、刑罚、势诈之为道者，佣徒鬻卖之道也，不足以合大众，美国家，故古之人羞而不道也。故厚德音以先之，明礼义以道之，致忠信以爱之，尚贤使能以次之，爵服、庆赏以申之，时其事、轻其任以调齐之，长养之，如保赤子。政令以定，风俗以一，有离俗不顺其上，则百姓莫不敦恶，莫不毒孽，若祓不祥，然后刑于是起矣。是大刑之所加也，辱孰大焉？将以为利邪？则大刑加焉，身苟不狂惑戆陋，谁睹是而不改也哉！然后百姓晓然皆知修上之法，像上之志而安乐之。于是有能化善、修身、正行、积礼义、尊道德，百姓莫不贵敬，莫不亲誉，然后赏于是起矣。是高爵丰禄之所加也，荣孰大焉？将以为害邪？则高爵丰禄以持养之，生民之属，孰不愿也？雕雕焉县贵爵、重赏于其前，县明刑、大辱于其后，虽欲无化，能乎哉！故民归之如流水，所存者神，所为者化。而顺暴悍勇力之属为之化而愿，旁辟曲私之属为之化而公，矜纠收缭之属为之化而调，夫是之谓大化至一。《诗》曰："王猷允塞，徐方既来。"此之谓也。以上言治国以礼为本，不以赏罚为先。

凡兼人者有三术：有以德兼人者，有以力兼人者，有以富兼人者。彼贵我名声，美我德行，欲为我民，故辟门除涂以迎吾入，因其民，袭其处，而百姓皆安，立法施令莫不顺比。是故得地而权弥重，兼人而兵俞强，是以德兼人者也。非贵我名声也，非美我德行也，彼畏我威，劫我势，故民虽有离心，不敢有畔虑，若是，则戎甲俞众，奉养必费，是故得地而权弥轻，兼人而兵俞弱，是以力兼人者也。非贵我名声也，非美我德行也，用贫求富，用饥求饱，虚腹张口来归我食。若是，则必发夫掌窌之粟以食之，委之财货以富之，立良有司以接之，已期三年，然后民可信也。是故得地而权弥轻，兼人而国俞贫，是以富兼人者也。故曰：以德兼人者王，以力兼人者弱，以富兼人者贫。古今一也。

兼并易能也，唯坚凝之难焉。齐能并宋而不能凝也，故魏夺之；燕能并齐而不能凝也，故田单夺之；韩之上地，方数百里，完全富足而趋赵，赵不能凝也，故秦夺之。故能并之而不能凝，则必夺；不能并之又不能凝其有，则必亡。能凝之，则必能并之矣。得之则凝，兼并无强。古者汤以薄，武王以滈，皆百里之地也，天下为一，诸侯为臣，无它故焉，能凝之也。故凝士以礼，凝民以政，礼修而士服，政平而民安。士服民安，夫是之谓大凝，以守则固，以征则强，令行禁止，王者之事毕矣。以上论兼人三术。

韩非子

说难篇

凡说之难，非吾知之有以说之难也，又非吾辩之难能明吾意之难也，又非吾敢横失能尽之难也。凡说之难，在知所说之心，可以吾说当之。

所说出于为名高者也，而说之以厚利，则见下节而遇卑贱，必弃远矣。所说出于厚利者也，而说之以名高，则见无心而远事情，必不收矣。所说实为厚利而显为名高者也，而说之以名高，则阳收其身而实疏之；若说之以厚利，则阴用其言而显弃其身。此不可不知也。

夫事以密成，语以泄败。未必其身泄之也，而语及其所匿之事，如是者身危。贵人有过端，而说者明言善议，以推其恶者，则身危。周泽未渥也，而语极知，说行而有功则德亡，说不行而有败则见疑，如是者身危。夫贵人得计而欲自以为功，说者与知焉，则身危；彼显有所出事乃自以为也，故说者与知焉则身危，强之以其所必不为，止之以其所不能已者身危。故曰：与之论大人，则以为间己；与之论细人，则以为鬻权；论其所爱，则以为借资；论其所憎，则以为尝己；径省其辞，则不知而屈之；泛滥博文，则多而久之；顺事陈意，则曰怯懦而不尽；虑事广肆，则曰草野而倨侮。此说之难，不可不知也。

凡说之务，在知饰所说之所敬而灭其所丑。彼自知其计，则无以其失穷之；自勇其断，则无以其敌怒之；自多其力，则无以其难概之；规异事与同计，誉异人与同行者，则以饰之无伤也。有与同失者，则明饰其无失也。大忠无所拂悟，辞言无所击排，乃后申其辩知焉，此所以亲近不疑，知尽之难也。得旷日弥久而周泽既渥，深计而不疑，交争而不罪，乃明计利害以致其功，直指是非以饰其身，以此相持，此说之成也。

伊尹为庖，百里奚为虏，皆所由干其上也。故此二子者，皆圣人也，犹不能无役身而涉世，如此其污也。则非能仕之所设也。

宋有富人，天雨墙坏，其子曰："不筑，且有盗。"其邻人之父亦云。暮而果大亡其财。其家甚知其子，而疑邻人之父。昔者郑武公欲伐胡，乃以其子妻之，因问群臣曰："吾欲用兵，谁可伐者？"关其思曰："胡可伐。"乃戮关其思，曰："胡，兄弟之国也，子言伐之，何也？"胡君闻之，以郑为亲己，而不备郑。郑人袭胡，取之。此二说者，其知皆当矣，然而甚者为戮，薄者见疑，非知之难也，处知则难矣。

昔者弥子瑕见爱于卫君。卫国之法：窃驾君车者罪至刖。既而弥子之母病，人闻，往夜告之，弥子矫驾君车而出。君闻之而贤之，曰："孝哉！为母之故，而犯刖罪。"与君游果园，弥子食桃而甘，不尽而奉君。君曰："爱我哉！忘其口而念我。"及弥子色衰而爱弛，得罪于君，君曰："是尝矫驾吾车，又尝食我以其余桃。"故弥子之行未变于初也，前见贤而后获罪者，爱憎之至变也。故有爱于主，则知当而加亲；见憎于主，则罪当而加疏。故谏说之士，不可不察爱憎之主而后说之矣。

夫龙之为虫也，可扰狎而骑也，然其喉下有逆鳞径尺，人有婴之，则必杀人。人主亦有逆鳞，说之者能无婴人主之逆鳞，则几矣！

贾　谊

过秦论上

秦孝公据殽函之固，拥雍州之地，君臣固守以窥周室，有席卷天下、包举宇内、囊括四海之意，并吞八荒之心。当是时，商君佐之，内立法度，务耕织，修守战之备；外连衡而斗诸侯。于是秦人拱手而取西河之外。

孝公既没，惠王、武王蒙故业，因遗册，南兼汉中，西举巴蜀，东割膏腴之地，北收要害之郡。诸侯恐惧，会盟而谋弱秦，不爱珍器重宝肥美之地，以致天下之士，合从缔交，相与为一。当是时，齐有孟尝，赵有平原，楚有春申，魏有信陵。此四君者，皆明知而忠信，宽厚而爱人，尊贤重士，约从离横，并韩、魏、燕、楚、齐、赵、宋、卫、中山之众。于是六国之士，有宁越、徐尚、苏秦、杜赫之属为之谋，齐明、周最、陈轸、昭滑、楼缓、翟景、苏厉、乐毅之徒通其意，吴起、孙膑、带佗、兒良、王廖、田忌、廉颇、赵奢之朋制其兵。尝以十倍之地，百万之众，叩关而攻秦。秦人开关延敌，九国之师，逡巡遁逃而不敢进。秦无亡矢遗镞之费，而天下诸侯已困矣。于是从散约解，争割地而奉秦。秦有余力而制其敝，追亡逐北，伏尸百万，流血漂櫓。因利乘便，宰割天下，分裂河山。强国请服，弱国入朝。

延及孝文王、庄襄王，享国日浅，国家无事。及至秦王，续六世之余烈，振长策而御宇内，吞二周而亡诸侯，履至尊而制六合，执棰拊以鞭笞天下，威振四海。南取百越之地，以为桂林、象郡。百越之君，俯首系颈，委命下吏。乃使蒙恬北筑长城而守藩篱，却匈奴七百余里。胡人不敢南下而牧马，士不敢弯弓而报怨。于是废先王之道，焚百家之言，以愚黔首。堕名城，杀豪俊，收天下之兵，聚之咸阳，销锋铸镶，以为金人十二，以弱黔首之民。然后斩华为城，因河为池，据亿丈之城，临不测之溪以为固。良将劲弩，守要害之处；信臣精卒，陈利兵而谁何！天下已定，秦王之心，自以为关中之固，金城千里，子孙帝王万世之业也。秦王既没，余威震于殊俗。陈涉，瓮牖绳枢之子，甿隶之人，而迁徙之徒也，才能不及中人，非有仲尼、墨翟之贤，陶朱、倚顿之富，蹑足行伍之间，而倔起什伯之中，率罢散之卒，将数百之众，转而攻秦，斩木为兵，揭竿为旗，天下云集响应，赢粮而景从，山东豪俊，遂并起而亡秦族矣。

且夫天下非小弱也。雍州之地，殽函之固，自若也。陈涉之位，非尊于齐、楚、燕、赵、韩、魏、宋、卫、中山之君；钽耰棘矜，非锬于勾戟长铩也；适戍之众，非抗于九国之师；深谋远虑，行军用兵之道，非及乡时之士也。然而成败异变，功业相反也。试使山东之国，与陈涉度长絜大，比权量力，则不可同年而语矣。然秦以区区之地，致万乘之权，招八州而朝同列，百有余年矣，然后以六合为家，殽函为宫。一夫作难而七庙堕，身死人手，为天下笑者，何也？仁义不施，而攻守之势异也。

过秦论中

秦并海内，兼诸侯，南面称帝，以养四海。天下之士，斐然乡风。若是者，何也？曰：近古之无王者久矣！周室卑微，五霸既没，令不行于天下。是以诸侯力政，强侵弱，众暴寡，兵革不休，士民罢敝。今秦南面而王天下，是上有天子也。既元元之民冀得安其性命，莫不虚心而仰上。当此之时，守威定功，安危之本，在于此矣。

秦王怀贪鄙之心，行自奋之智，不信功臣，不亲士民，废王道，立私权，禁文书而酷刑法，先诈力而后仁义，以暴虐为天下始。夫并兼者，高诈力；安定者，贵顺权：此言取与守不同术也。秦离战国而王天下，其道不易，其政不改，是其所以取之守之者异也。孤独而有之，故其亡可立而待。借使秦王计上世之事，并殷周之迹，以制御其政，后虽有淫骄之主，而未有倾危之患也。故三王之建天下，名号显美，功业长久。

今秦二世立，天下莫不引领而观其政。夫寒者利裋褐，而饥者甘糟糠。天下之嗷嗷，新主之资也。此言劳民之易为仁也。乡使二世有庸主之行，而任忠贤，臣主一心而忧海内之患，缟素而正先帝之过；裂地分民以封功臣之后，建国立君以礼天下；虚囹圄而免刑戮，除去收帑污秽之罪，使各反其乡里；发仓廪，散财币，以振孤独穷困之士；轻赋少事，以佐百姓之急；约法省刑，以持其后，使天下之人，皆得自新，更节修行，各慎其身；塞万民之望，而以威德与天下，天下集矣。即四海之内，皆欢然各自安乐其处，惟恐有变。虽有狡猾之民，无离上之心，则不轨之臣无以饰其智，而暴乱之奸止矣。二世不行此术，而重之以无道，坏宗庙与民更始，作阿房宫；繁刑严诛，吏治刻深；赏罚不当，赋敛无度。天下多事，吏弗能纪；百姓困穷，而主弗收恤。然后奸伪并起，而上下相遁，蒙罪者众，刑戮相望于道，而天下苦之。自君卿以下，至于众庶，人怀自危之心，亲处穷苦之实，咸不安其位，故易动也。是以陈涉不用汤、武之贤，不藉公侯之尊，奋臂于大泽，而天下响应者，其民危也。故先王见始终之变，知存亡之机。是以牧民之道，务在安之而已。天下虽有逆行之臣，必无响应之助矣。故曰：安民可与行义，而危民易与为非。此之谓也。贵为天子，富有天下，身不免于戮杀者，正倾非也。是二世之过也。

过秦论下

秦并兼诸侯山东三十余郡，缮津关，据险塞，修甲兵而守之。然陈涉以戍卒散乱之众数百，奋臂大呼，不用弓戟之兵，锄櫌白梃，望屋而食，横行天下。秦人阻险不守，关梁不阖，长戟不刺，强弩不射。楚师深入，战于鸿门，曾无藩篱之艰。于是山东大扰，诸侯并起，豪杰相立。秦使章邯将而东征。章邯因以三军之众，要市于外，以谋其上。群臣之不信，可见于此矣。子婴立，遂不寤。藉使子婴有庸主之才，仅得中佐，山东虽乱，秦之地可全而有，宗庙之祀未当绝也。

秦地被山带河以为固，四塞之国也。自缪公以来，至于秦王，二十余君，常为诸侯雄。岂世世贤哉？其势居然也。且天下尝同心并力而攻秦矣。当此之世，贤智并列，良将行其师，贤相通其谋，然困于阻险而不能进，秦乃延入战而为之开关，百万之徒逃北而遂坏。岂勇力智慧不足哉？形不利，势不便也。秦小邑并大城，守险塞而军，高垒毋战，闭关据厄，荷戟而守之。诸侯起于匹夫，以利合，非有素王之行也。其交未亲，其下未附，名为亡秦，其实利之也。彼见秦阻之难犯也，必退师，安土息民以待其敝，收弱扶罢以令大国之君，不患不得意于海内。贵为天子，富有天下，而身为禽者，其救败非也。

秦王足己不问，遂过而不变。二世受之，因而不改，暴虐以重祸。子婴孤立无亲，危弱无辅。三主惑而终身不悟，亡不亦宜乎？当此时也，世非无深虑知化之士也，然所以不敢尽忠拂过者，秦俗多忌讳之禁，忠言未卒于口，而身为戮没矣。故使天下之士，倾耳而听，重足而立，钳口而不言。是以三主失道，忠臣不敢谏，知士不敢谋，天下已乱，奸不上闻，岂不哀哉！先王知雍蔽之伤国也，故置公卿、大夫、士，以饰法设刑而天下治。其强也，禁暴诛乱而天下服；其弱也，五伯征而诸侯从；其削也，内守外附而社稷存。故秦之盛也，繁法严刑而天下震；及其衰也，百姓怨望而海内畔矣。故周五序得其道，而千余岁不绝；秦本末并失，故不长久。由此观之，安危之统，相去远矣。

野谚曰："前事之不忘，后事之师也。"是以君子为国，观之上古，验之当世，参以人事，察盛衰之理，审权势之宜，去就有序，变化有时，故旷日长久，而社稷安矣。

东湖王定安襄校

卷二 论著之属二

班 彪

王命论

昔在帝尧之禅曰：咨尔舜，天之历数在尔躬。舜亦以命禹。暨于稷契，咸佐唐虞，光济四海，奕世载德，至于汤、武而有天下。虽其遭遇异时，禅代不同，至于应天顺人，其揆一焉。是故刘氏承尧之祚，氏族之世，著于《春秋》。唐据火德，而汉绍之。始起沛泽，则神母夜号，以彰赤帝之符。由是言之，帝王之祚，必有明圣显懿之德，丰功厚利积累之业。然后精诚通于神明，流泽加于生民。故能为鬼神所福飨，天下所归往。未见运世无本，功德不纪，而得倔起在此位者也。世俗见高祖兴于布衣，不达其故，以为适遭暴乱，得奋其剑，游说之士，至比天下于逐鹿，幸捷而得之。不知神器有命，不可以智力求。悲夫！此世之所以多乱臣贼子者也。若然者，岂徒暗于天道哉？又不睹之于人事矣！

夫饿馑流隶，饥寒道路。思有短褐之袭，担石之蓄，所愿不过一金，终于转死沟壑。何则？贫穷亦有命也。况乎天子之贵，四海之富，神明之祚，可得而妄处哉？故虽遭罹厄会，窃其权柄，勇如信、布，强如梁、籍，成如王莽，然卒润镬伏锧，烹醢分裂。又况幺么不及数子，而欲暗干天位者也？是故驽蹇之乘，不骋千里之涂；燕雀之畴，不奋六翮之用；篡棁之材，不荷栋梁之任；斗筲之子，不秉帝王之重。《易》曰：鼎折足，覆公𫗧。不胜其任也。

当秦之末，豪杰共推陈婴而王之，婴母止之曰：自吾为子家妇，而世贫贱，今卒富贵不祥。不如以兵属人，事成，少受其利；不成，祸有所归。婴从其言，而陈氏以宁。王陵之母，亦见项氏之必亡而刘氏之将兴也。是时陵为汉将，而母获于楚。有汉使来，陵母见之，谓曰："愿告吾子，汉王长者，必得天下，子谨事之，无有二心。"遂对汉使伏剑而死，以固勉陵。其后果定于汉，陵为宰相封侯。夫以匹妇之明，犹能推事理之致，探祸福之机，全宗祀于无穷，垂策书于春秋，而况大丈夫之事乎？是故穷达有命，吉凶由人。婴母知废，陵母知兴，审此二者，帝王之分决矣！

盖在高祖其兴也有五：一曰帝尧之苗裔，二曰体貌多奇异，三曰神武有征应，四曰宽明而仁恕，五曰知人善任使。加之以信诚好谋，达于听受，见善如不及，用人如由己，从谏如顺流，趣时如响赴。当食吐哺，纳子房之策；拔足挥洗，揖郦生之说。悟戍卒之言，断怀土之情；高四皓之名，割肌肤之爱。举韩信于行阵，收陈平于亡命。英雄陈力，群策毕举。此高祖之大略，所以成帝业也。若乃灵瑞符应，又可略闻矣。初刘媪妊高祖而梦与神遇，震电晦冥，有龙蛇之怪。及长而多灵，有异于众。是以王武感物而折契，吕公睹形而进女。秦皇东游，以厌其气；吕后望云，而知所处。始受命则白蛇分，西入关则五星聚。故淮阴留侯谓之天授，非人力也。

历古今之得失，验行事之成败，稽帝王之世运，考五者之所谓，取舍不厌斯位，符瑞不同斯度。而苟昧权利，越次妄据，外不量力，内不知命。则必丧保家之主，失天年之寿。遇折足之凶，伏斧钺之诛。英雄诚知觉寤，畏若祸戒，超然远览，渊然深识。收陵婴之明分，绝信、布之觊觎，距逐鹿之瞽说，审神器之有授。毋贪不可冀，为二母之所笑，则福祚流于子孙，天禄其永终矣！

陆 机

辩亡论上

昔汉氏失御，奸臣窃命。祸基京畿，毒遍宇内，皇纲弛紊，王室遂卑。于是群雄蜂骇，义兵四合。吴武烈皇帝慷慨下国，电发荆南。权略纷纭，忠勇伯世。威棱则夷羿震荡，兵交则丑虏授馘。遂扫清宗祊，蒸裡皇祖。于时云兴之将带州，飙起之师跨邑；哮阚之群风驱，熊罴之众雾集。虽兵以义合，同盟戮力，然皆苞藏祸心，阻兵怙乱。或师无谋律，丧威稔寇。忠规武节，未有如此其著者也。

武烈既没，长沙桓王逸才命世，弱冠秀发。招揽遗老，与之述业。神兵东驱，奋寡犯众。攻无坚城之将，战无交锋之虏。诛叛柔服，而江外底定。饬法修师，则威德翕赫。宾礼名贤，而张昭为之雄；交御豪俊，而周瑜为之杰。彼二君子，皆弘敏而多奇，雅达而聪哲。故同方者以类附，等契者以气集，而江东盖多士矣。将北伐诸华，诛钼干纪。旋皇舆于夷庚，反帝座乎紫闼。挟天子以令诸侯，清天步而归旧物。戎车既次，群凶侧目，大业未就，中世而殒。用集我大皇帝，以奇踪袭于逸轨，睿心因于令图。从政咨于故实，播宪稽乎遗风。而加之以笃固，申之以节俭，畴咨俊茂，好谋善断。束帛旅于邱园，旌命交于涂巷。故豪彦寻声而响臻，志士希光而景骛。异人辐凑，猛士如林。于是张昭为师傅，周瑜、陆公、鲁肃、吕蒙之俦，入为腹心，出作股肱。甘宁、凌统、程普、贺齐、朱桓、朱然之徒奋其威。韩当、潘璋、黄盖、蒋钦、周泰之属宣其力。风雅则诸葛瑾、张承、步骘，以名声光国。政事则顾雍、潘濬、吕范、吕岱，以器任干职。奇伟则虞翻、陆绩、张温、张惇，以讽议举正。奉使则赵咨、沈珩，以敏达延誉。术数则吴范、赵达，以机祥协德。董袭、陈武，杀身以卫主，骆统、刘基，强谏以补过。谋无遗谞，举不失策。故遂割据山川，跨制荆吴，而与天下争衡矣。

　　魏氏尝藉战胜之威，率百万之师，浮邓塞之舟，下汉阴之众。羽楫万计，龙跃顺流，锐骑千旅，虎步原隰，谋臣盈室，武将连衡，喟然有吞江浒之志，一宇宙之气。而周瑜驱我偏师，黜之赤壁，丧旗乱辙，仅而获免，收迹远遁。汉王亦凭帝王之号，帅巴、汉之民，乘危骋变，结垒千里，志报关羽之败，图收湘西之地。而陆公亦挫之西陵，覆师败绩，困而后济，绝命永安。续以濡须之寇，临川摧锐，蓬笼之战，孑轮不返。由是二邦之将，丧气挫锋，势衄财匮，而吴莞然坐乘其弊。故魏人请好，汉氏乞盟，遂跻天号，鼎跱而立。西屠庸、益之郊，北裂淮、汉之涘，东包百越之地，南括群蛮之表。于是讲八代之礼，搜三王之乐。告类上帝，拱揖群后，虎臣毅卒，循江而守，长棘劲铩，望飙而奋。庶尹尽规于上，四民展业于下。化协殊裔，风衍遐圻。乃俾一介行人，抚巡外域。巨象逸骏，扰于外闲；明珠玮宝，耀于内府。珍瑰重迹而至，奇玩应响而赴。轺轩骋于南荒，冲辀息于朔野。齐民免干戈之患，戎马无晨服之虞，而帝业固矣。

　　大皇既没，幼主莅朝，奸回肆虐，景皇聿兴，虔修遗宪，政无大阙，守文之良主也。降及归命之初，典刑未灭，故老犹存。大司马陆公以文武熙朝，左丞相陆凯以謇谔尽规。而施绩、范慎以威重显，丁奉、离斐以武毅称，孟宗、丁固之徒为公卿，楼玄、贺劭之属掌机事，元首虽病，股肱犹存。爰及末叶，群公既丧，然后黔首有瓦解之志，皇家有土崩之衅。历命应化而微，王师蹑运而发。卒散于阵，民奔于邑；城池无藩篱之固，山川无沟阜之势。非有工输云梯之械，智伯灌激之害。楚子筑室之围，燕人济西之队。军未浃辰，而社稷夷矣。虽忠臣孤愤，烈士死节，将奚救哉？

夫曹刘之将，非一世所选；向时之师，无曩日之众。战守之道，抑有前符。险阻之利，俄然未改。而成败贸理，古今诡趣。何哉？彼此之化殊，授任之才异也。

辩亡论下

昔三方之王也，魏人据中夏，汉氏有岷益，吴制荆扬而奄交广。曹氏虽功济诸华，虐亦深矣，其民怨矣。刘公因险以饰智，功已薄矣，其俗陋矣。夫吴，桓王基之以武，太祖成之以德，聪明睿达，懿度弘远矣。其求贤如不及，恤民如稚子。接士尽盛德之容，亲仁馨丹府之爱。拔吕蒙于戎行，识潘濬于系虏。推诚信士，不恤人之我欺；量能授器，不患权之我逼。执鞭鞠躬，以重陆公之威；悉委武卫，以济周瑜之师。卑宫菲食，以丰功臣之赏；披怀虚己，以纳谟士之算。故鲁肃一面而自托，士燮蒙险而致命。高张公之德，而省游田之娱；贤诸葛之言，而割情欲之欢。感陆公之规，而除刑法之烦；奇刘基之议，而作三爵之誓。屏气蹑蹀，以伺子明之疾；分滋损甘，以育凌统之孤。登坛慷慨，归鲁子之功；削投恶言，信子瑜之节。是以忠臣竞尽其谟，志士咸得肆力。洪规远略，固不厌夫区区者也。故百官苟合，庶务未遑。

初都建业，群臣请备礼秩，天子辞而不许，曰：天下其谓朕何？宫室舆服，盖慊如也。爰及中叶，天人之分既定，百度之缺粗修。虽酽化懿纲，未齿乎上代。抑其体国经邦之具，亦足以为政矣。地方几万里，带甲将百万，其野沃，其兵练，其器利，其财丰。东负沧海，西阻险塞，长江制其区宇，峻山带其封域。国家之利，未见有弘于兹者矣。借使中才守之以道，善人御之有术。敦率遗典，勤民谨政，循定策，守常险，则可以长世永年，未有危亡之患也。

或曰：吴蜀唇齿之国，蜀灭则吴亡，理则然矣。夫蜀盖藩援之与国，而非吴人之存亡也。何则？其郊境之接，重山积险，陆无长毂之径；川厄流迅，水有惊波之艰。虽有锐师百万，启行不过千夫。舳舻千里，前驱不过百舰。故刘氏之伐，陆公喻之长蛇，其势然也。昔蜀之初亡，朝臣异谋，或欲积石以险其流，或欲机械以御其变。天子总群议而谘之大司马陆公，公以四渎天地之所以节宣其气，固无可遏之理，而机械则彼我之所共，彼若弃长技以就所屈，即荆、扬而争舟楫之用，是天赞我也。将谨守峡口，以待禽耳。逮步阐之乱，凭宝城以延强寇，重资币以诱群蛮。于时大邦之众，云翔电发。悬旆江介，筑垒遵渚，襟带要害，以止吴人之西。而巴汉舟师，沿江东下。陆公以偏师三万，北据东阬。深沟高垒，案甲养威，反虏跧迹待戮，而不敢北窥生路，强寇败绩宵遁，丧师大半。分命锐师五千，西御水军，东西同捷，献俘万计。信哉，贤人之谋，岂欺我哉！自是烽燧罕警，封域寡虞。陆公没而潜谋兆，吴衅深而六师骇。夫太康之役，众未盛乎曩日之师；广州之乱，祸有愈乎向时之难？而邦家颠覆，宗庙为墟。呜呼！人之云亡，邦国殄瘁，不其然与？《易》曰："汤、武革命，顺乎天。"玄曰："乱不极则治不形。"言帝王之因天时也。古人有言曰："天时不如地利。"《易》曰："王侯设险以守其国。"言为国之恃险也。又曰："地利不如人和"，"在德不在险"。言守险之由人也。吴之兴也，参而由焉，孙卿所谓合其参者也。及其亡也，恃险而已，又孙卿所谓舍其参者也。

　　夫四州之萌，非无众也，大江之南，非乏俊也。山川之险，易守也。劲利之器，易用也。先政之策，易循也。功不兴而祸遘者，何哉？所以用之者失也。是故先王达经国之长规，审存亡之至数，谦己以安百姓，敦惠以致人和，宽冲以诱俊乂之谋，慈和以结士民之爱。是以其安也，则黎元与之同庆；及其危也，则兆庶与之共患。安与众同庆，则其危不可得也；危与下共患，则其难不足恤也。夫然，故能保其社稷，而固其土宇，《麦秀》无悲殷之思，《黍离》无愍周之感矣。

李　康

运命论

　　夫治乱，运也；穷达，命也；贵贱，时也。故运之将隆，必生圣明之君。圣明之君必有忠贤之臣。其所以相遇也，不求而自合；其所以相亲也，不介而自亲。唱之而必和，谋之而必从，道德玄同，曲折合符，得失不能疑其志，谗构不能离其交，然后得成功也。其所以得然者，岂徒人事哉？授之者天也，告之者神也，成之者运也。

　　夫黄河清而圣人生，里社鸣而圣人出，群龙见而圣人用。故伊尹，有莘氏之媵臣也，而阿衡于商。太公，渭滨之贱老也，而尚父于周。百里奚在虞而虞亡，在秦而秦霸，非不才于虞而才于秦也。张良受黄石之符，诵三略之说，以游于群雄，其言也，如以水投石，莫之受也；及其遭汉祖，其言也，如以石投水，莫之逆也。非张良之拙说于陈项，而巧言于沛公也。然则张良之言一也，不识其所以合离？合离之由，神明之道也。故彼四贤者，名载于箓图，事应乎天人，其可格之贤愚哉？孔子曰："清明在躬，气志如神，嗜欲将至，有开必先。天降时雨，山川出云。"《诗》云："惟岳降神，生甫及申；惟申及甫，惟周之翰。"运命之谓也。岂惟兴主，乱亡者亦如之焉。幽王之惑褒女也，妖始于夏庭。曹伯阳之获公孙强也，征发于社宫。叔孙豹之暱竖牛也，祸成于庚宗。吉凶成败，各以数至。咸皆不求而自合，不介而自亲矣。

昔者圣人受命《河》《洛》曰：以文命者，七九而衰；以武兴者，六八而谋。及成王定鼎于郏鄏，卜世三十，卜年七百，天所命也。故自幽、厉之间，周道大坏，二霸之后，礼乐陵迟。文薄之弊，渐于灵景；辩诈之伪，成于七国。酷烈之极，积于亡秦；文章之贵，弃于汉祖。虽仲尼至圣，颜冉大贤，揖让于规矩之内，闾闾于洙泗之上，不能遏其端；孟轲、孙卿，体二希圣，从容正道，不能维其末。天下卒至于溺而不可援。夫以仲尼之才也，而器不周于鲁卫；以仲尼之辩也，而言不行于定哀；以仲尼之谦也，而见忌于子西；以仲尼之仁也，而取仇于桓魋；以仲尼之智也，而屈厄于陈、蔡；以仲尼之行也，而招毁于叔孙。夫道足以济天下，而不得贵于人。言足以经万世，而不见信于时；行足以应神明，而不能弥纶于俗；应聘七十国，而不一获其主；驱骤于蛮夏之域，屈辱于公卿之门，其不遇也如此。及其孙子思，希圣备体而未之至，封己养高，势动人主。其所游历诸侯，莫不结驷而造门。虽造门，犹有不得宾者焉。其徒子夏，升堂而未入于室者也，退老于家，魏文侯师之，西河之人，肃然归德，比之于夫子，而莫敢间其言。故曰："治乱，运也；穷达，命也；贵贱，时也。"而后之君子，区区于一主，叹息于一朝。屈原以之沈湘，贾谊以之发愤，不亦过乎！

然则圣人所以为圣者，盖在乎乐天知命矣。故遇之而不怨，居之而不疑也。其身可抑，而道不可屈；其位可排，而名不可夺。譬如水也，通之斯为川焉，塞之斯为渊焉，升之于云则雨施，沈之于地则土润。体清以洗物，不乱于浊；受浊以济物，不伤于清。是以圣人处穷达如一也。夫忠直之迕于主，独立之负于俗，理势然也。故木秀于林，风必摧之；堆出于岸，流必湍之；行高于人，众必非之。前监不远，覆车继轨。然而志士仁人，犹蹈之而弗悔，操之而弗失，何哉？将以遂志而成名也。求遂其志，而冒风波于险涂；求成其名，而历谤议于当时。彼所以处之，盖有算矣。子夏曰："死生有命，富贵在天。"故道之将行也，命之将贵也。则伊尹、吕尚之兴于商周，百里、子房之用于秦汉，不求而自得，不徼而自遇矣。道之将废也，命之将贱也。岂独君子耻之而弗为乎？盖亦知为之而弗得矣。凡希世苟合之士，蘧蒢戚施之人，俯仰尊贵之颜，逶迤势利之间。意无是非，赞之如流；言无可否，应之如响。以窥看为精神，以向背为变通。势之所集，从之如归市；势之所去，弃之如脱遗。其言曰：名与身孰亲也？得与失孰贤也？荣与辱孰珍也？故遂洁其衣服，矜其车徒，冒其货贿，淫其声色，脉脉然自以为得矣。盖见龙逢、比干之亡其身，而不惟飞廉、恶来之灭其族也。盖知伍子胥之属镂于吴，而不戒费无极之诛夷于楚也。盖讥汲黯之白首于主爵，而不惩张汤牛车之祸也。盖笑萧望之跋踬于前，而不惧石显之绞缢于后也。

故夫达者之算也，亦各有尽矣。曰：凡人之所以奔竞于富贵，何为者哉？若夫立德，必须贵乎？则幽、厉之为天子，不如仲尼之为陪臣也。必须势乎？则王莽、董贤之为三公，不如扬雄、仲舒之阒其门也。必须富乎？则齐景之千驷，不如颜回、原宪之约其身也。其为实乎？则执杓而饮河者，不过满腹；弃室而洒雨者，不过濡身；过此以往，弗能受也。其为名乎？则善恶书于史册，毁誉流于千载。赏罚悬于天道，吉凶灼乎鬼神，固可畏也。将以娱耳目、乐心意乎？譬命驾而游五都之市，则天下之货毕陈矣。褰裳而涉汶阳之邱，则天下之稼如云矣。椎绉而守敖庾、海陵之仓，则山坻之积在前矣。扱衽而登钟山、蓝田之上，则夜光玙璠之珍可观矣。夫如是也，为物甚众，为己甚寡，不爱其身，而啬其神，风惊尘起，散而不止。六疾待其前，五刑随其后。利害生其左，攻夺出其右，而自以为见身名之亲疏，分荣辱之客主哉！天地之大德曰生，圣人之大宝曰位。何以守位曰仁，何以正人曰义。故古之王者，盖以一人治天下，不以天下奉一人也；古之仕者，盖以官行其义，不以利冒其官也；古之君子，盖耻得之而弗能治也，不耻能治而弗得也。原乎天人之性，核乎邪正之分，权乎祸福之门，终乎荣辱之算，其昭然矣。故君子舍彼取此，若夫出处不违其时，默语不失其人，天动星回，而辰极犹居其所，玑旋轮转，而衡轴犹执其中。既明且哲，以保其身，贻厥孙谋，以燕翼子者，昔吾先友，尝从事于斯矣。

江　统

徙戎论

　　夫夷蛮戎狄，地在要荒。禹平九土，而西戎即叙。其性气贪婪，凶悍不仁，四夷之中，戎狄为甚。弱则畏服，强则侵叛。当其强也，以汉高祖困于白登，孝文军于霸上。及其弱也，以元、成之微，而单于入朝，此其已然之效也。是以有道之君牧夷狄也，惟以待之有备，御之有常，虽稽颡执贽，而边城不弛固守；强暴为寇，而兵甲不加远征，期令境内获安，疆场不侵而已。以上论御戎狄之道。

及至周室失统，诸侯专征，封疆不固，利害异心。戎狄乘间，得入中国。或招诱安抚，以为己用。自是四夷交侵，与中国错居，及秦始皇并天下，兵威旁达，攘胡走越。当是时中国无复四夷也。以上周、秦。

汉建武中，马援领陇西太守，讨叛羌，徙其余种于关中，居冯翊、河东空地。数岁之后，族类蕃息，既恃其肥强，且苦汉人侵之。永初之元，群羌叛乱，覆没将守，屠破城邑。邓骘败北，侵及河内。十年之中，夷夏俱敝，任尚、马贤仅乃克之。自此之后，余烬不尽，小有际会，辄复侵叛。中世之寇，惟此为大。魏兴之初，与蜀分隔，疆场之戎，一彼一此。武帝徙武都、氐于秦川，欲以弱寇强国，扞御蜀虏。此盖权宜之计，非万世之利也。以上汉、魏之世，氐、羌得居关中。

今者当之，已受其敝矣。夫关中土沃物丰，帝王所居，未闻戎狄宜在此土也。非我族类，其心必异，而因其衰敝，迁之畿服，士庶玩习，侮其轻弱，使其怨恨之气毒于骨髓。至于蕃育众盛，则坐生其心。以贪悍之性，挟忿怒之情，候隙乘便，辄为横逆。而居封域之内，无障塞之隔，掩不备之人，收散野之积，故能为祸滋蔓，暴害不测。此必然之势，已验之事也。当今之宜，宜及兵威方盛，众事未罢，徙冯翊、北地、新平、安定界内诸羌，著先零、罕开、析支之地；徙扶风、始平、京兆之氐，出还陇右，著阴平、武都之界。廪其道路之粮，令足自致，各附本种，反其旧土，使属国、抚夷就安集之。戎晋不杂，并得其所，纵有猾夏之心、风尘之警，则绝远中国，隔阂山河，虽有寇暴，所害不广矣。以上言氐、羌之敝，宜徙于外。

难者曰：氐寇新平，关中饥疫，百姓愁苦，咸望宁息，而欲使疲悴之众，徙自猜之寇，恐势尽力屈，绪业不卒，前害未及弭，而后变复横出矣。

　　答曰：子以今者群氏为尚挟余资，悔恶反善，怀我德惠而来柔附乎？将势穷道尽，智力俱困，惧我兵诛以至于此乎？曰：无有余力，势穷道尽故也。然则我能制其短长之命，而令其进退由己矣。夫乐其业者不易事，安其居者无迁志。方其自疑危惧，畏怖促遽，故可制以兵威，使之左右无违也。迨其死亡流散，离逿未鸠，与关中之人，户皆为仇，故可遏迁远处，令其心不怀土也。夫圣贤之谋事也，为之于未有，治之于未乱，道不著而平，德不显而成。其次则能转祸为福，因败为功，值困必济，遇否能通。今子遭敝事之终而不图更制之始，爱易辙之勤而遵覆车之轨，何哉？以上言群氏势穷，兵威可制。

　　且关中之人百余万口，率其少多，戎狄居半，处之与迁，必须口实。若有穷乏糁粒不继者，故当倾关中之谷以全其生生之计，必无挤于沟壑而不为侵掠之害也。我今迁之，传食而至，附其种族，自使相赡，而秦地之人得其半谷，此为济行者以廪粮，遗居者以积仓，宽关中之逼，去盗贼之原；除旦夕之损，建终年之益。若惮暂举之小劳，而忘永逸之弘策；惜日月之烦苦，而遗累世之寇敌，非所谓能创业垂统，谋及子孙者也。以上秦地之人得其半谷。

　　并州之胡，本实匈奴桀恶之寇也。建安中，使右贤王去卑诱质呼厨泉，听其部落散居六郡。咸熙之际，以一部太强，分为三率。泰始之初，又增为四。于是刘猛内叛，连结外虏。近者郝散之变，发于谷远。今五部之众，户至数万，人口之盛，过于西戎。其天性骁勇，弓马便利，倍于氐、羌。若有不虞风尘之虑，则并州之域可为寒心。正始中，毋邱俭讨句骊，徙其余种于荥阳。始徙之时，户落百数；子孙孳息，今以千计；数世之后，必至殷炽。今百姓失职，犹或亡叛，犬马肥充，则有噬啮，况于夷狄，能不为变！但顾其微弱，势力不逮耳。

夫为邦者，忧不在寡而在不安。以四海之广，士民之富，岂须夷虏在内，然后取足哉！此等皆可申谕发遣，还其本域，慰彼羁旅怀土之思，释我华夏纤介之忧。惠此中国，以绥四方，德施永世，于计为长也。以上并州之胡、荥阳之夷皆宜并徙。

韩　愈

原道

博爱之谓仁，行而宜之之谓义；由是而之焉之谓道，足乎己无待于外之谓德。仁与义为定名，道与德为虚位。故道有君子小人，而德有凶有吉。老子之小仁义，非毁之也，其见者小也。坐井而观天，曰天小者，非天小也。彼以煦煦为仁，孑孑为义，其小之也则宜。其所谓道，道其所道，非吾所谓道也；其所谓德，德其所德，非吾所谓德也。凡吾所谓道德云者，合仁与义言之也，天下之公言也。老子之所谓道德云者，去仁与义言之也，一人之私言也。

周道衰，孔子没，火于秦，黄、老于汉，佛于晋、魏、梁、隋之间。其言道德仁义者，不入于杨，则入于墨；不入于老，则入于佛。入于彼，必出于此。入者主之，出者奴之；入者附之，出者污之。噫！后之人其欲闻仁义道德之说，孰从而听之？以上正仁义道德之名。

老者曰："孔子，吾师之弟子也。"佛者曰："孔子，吾师之弟子也。"为孔子者，习闻其说，乐其诞而自小也，亦曰："吾师亦尝师之云尔。"不惟举之于其口，而又笔之于其书。噫！后之人虽欲闻仁义道德之说，其孰从而求之？甚矣，人之好怪也！不求其端，不讯其末，惟怪之欲闻。古之为民者四，今之为民者六；古之教者处其一，今之教者处其三。农之家一，而食粟之家六；工之家一，而用器之家六；贾之家一，而资焉之家六；奈之何民不穷且盗也！以上言举世习闻佛道之说而莫知其非。

古之时，人之害多矣。有圣人者立，然后教之以相生相养之道。为之君，为之师，驱其虫蛇禽兽而处之中土。寒然后为之衣，饥然后为之食。木处而颠，土处而病也，然后为之宫室。为之工以赡其器用，为之贾以通其有无，为之医药以济其夭死，为之葬埋、祭祀以长其恩爱，为之礼以次其先后，为之乐以宣其湮郁，为之政以率其怠倦，为之刑以锄其强梗。相欺也，为之符玺、斗斛、权衡以信之；相夺也，为之城郭、甲兵以守之。害至而为之备，患生而为之防。今其言曰："圣人不死，大盗不止；剖斗折衡，而民不争。"鸣呼，其亦不思而已矣！如古之无圣人，人之类灭久矣。何也？无羽毛、鳞介以居寒热也，无爪牙以争食也。是故君者，出令者也；臣者，行君之令而致之民者也；民者，出粟米、麻丝，作器皿，通货财，以事其上者也。君不出令，则失其所以为君；臣不行君之令而致之民，则失其所以为臣；民不出粟米、麻丝，作器皿，通货财，以事其上，则诛。今其法曰："必弃而君臣，去而父子，禁而相生相养之道，以求其所谓清静寂灭者。"鸣呼！其亦幸而出于三代之后，不见黜于禹、汤、文、武、周公、孔子也；其亦不幸而不出于三代之前，不见正于禹、汤、文、武、周公、孔子也。以上言圣人所作为皆切于民生不得已之事。

帝之与王，其号虽殊，其所以为圣一也。夏葛而冬裘，渴饮而饥食，其事虽殊，其所以为智一也。今其言曰："曷不为太古之无事？"是亦责冬之裘者曰："曷不为葛之之易也？"责饥之食者曰："曷不为饮之之易也？"以上言圣人因时立法，不必慕太古之无事。

《传》曰："古之欲明明德于天下者，先治其国；欲治其国者，先齐其家；欲齐其家者，先修其身；欲修其身者，先正其心；欲正其心者，先诚其意。"然则古之所谓正心而诚意者，将以有为也。今也欲治其心，而外天下国家，灭其天常，子焉而不父其父，臣焉而不君其君，民焉而不事其事。孔子之作《春秋》也，诸侯用夷礼则夷之，进于中国则中国之。《经》曰："夷狄之有君，不如诸夏之亡也。"《诗》曰："戎狄是膺，荆舒是惩。"今也举夷狄之法，而加之先王之教之上，几何其不胥而为夷也！以上言不宜离事而求心。

夫所谓先王之教者，何也？博爱之谓仁，行而宜之之谓义，由是而之焉之谓道，足乎己无待于外之谓德。其文，《诗》《书》《易》《春秋》；其法，礼、乐、刑、政；其民，士、农、工、贾；其位，君臣、父子、师友、宾主、昆弟、夫妇；其服，麻、丝；其居，宫、室；其食，粟米、果蔬、鱼肉。其为道易明，而其为教易行也。是故以之为己，则顺而祥；以之为人，则爱而公；以之为心，则和而平；以之为天下国家，无所处而不当。是故生则得其情，死则尽其常，郊焉而天神假，庙焉而人鬼飨。曰：斯道也，何道也？曰：斯吾所谓道也，非向所谓老与佛之道也。尧以是传之舜，舜以是传之禹，禹以是传之汤，汤以是传之文、武、周公，文、武、周公传之孔子，孔子传之孟轲。轲之死，不得其传焉。荀与扬也，择焉而不精，语焉而不详。由周公而上，上而为君，故其事行；由周公而下，下而为臣，故其说长。

然则如之何而可也？曰：不塞不流，不止不行。人其人，火其书，庐其居，明先王之道以道之，鳏寡孤独废疾者有养也。其亦庶乎其可也。

原性

性也者，与生俱生也；情也者，接于物而生也。性之品有三，而其所以为性者五；情之品有三，而其所以为情者七。曰：何也？曰：性之品有上中下三。上焉者，善焉而已矣；中焉者，可导而上下也；下焉者，恶焉而已矣。其所以为性者五：曰仁、曰礼、曰信、曰义、曰智。上焉者之于五也，主于一而行于四；中焉者之于五也，一不少有焉，则少反焉，其于四也混；下焉者之于五也，反于一而悖于四。性之于情视其品。情之品有上中下三，其所以为情者七：曰喜、曰怒、曰哀、曰惧、曰爱、曰恶、曰欲。上焉者之于七也，动而处其中；中焉者之于七也，有所甚，有所亡，然而求合其中者也；下焉者之于七也，亡与甚，直情而行者也。情之于性视其品。孟子之言性曰：人之性善。荀子之言性曰：人之性恶。扬子之言性曰：人之性善恶混。夫始善而进恶，与始恶而进善，与始也混而今也善恶，皆举其中而遗其上下者也，得其一而失其二者也。叔鱼之生也，其母视之，知其必以贿死。杨食我之生也，叔向之母闻其号也，知必灭其宗。越椒之生也，子文以为大戚，知若敖氏之鬼不食也。人之性果善乎？后稷之生也，其母无灾，其始匍匐也，则岐岐然，嶷嶷然。文王之在母也，母不忧；既生也，傅不勤；既学也，师不烦。人之性果恶乎？尧之朱，舜之均，文王之管、蔡，习非不善也，而卒为奸；瞽瞍之舜，鲧之禹，习非不恶也，而卒为圣人。人之性善恶果混乎？故曰：三子之言性也，举其中而遗其上下者也，得其一而失其二者也。曰：然则性之上下者，其终不可移乎？曰：上之性，就学而愈明；下之性，畏威而寡罪；是故上者可教，而下者可制也，其品则孔子谓不移也。曰：今之言性者异于此，何也？曰：今之言者，杂佛、老而言也；杂佛、老而言也者，奚言而不异？

原毁

古之君子，其责己也重以周，其待人也轻以约。重以周，故不怠；轻以约，故人乐为善。闻古之人有舜者，其为人也，仁义人也。求其所以为舜者，责于己曰："彼人也，予人也；彼能是，而我乃不能是！"早夜以思，去其不如舜者，就其如舜者。闻古之人有周公者，其为人也，多才与艺人也。求其所以为周公者，责于己曰："彼人也，予人也；彼能是，而我乃不能是！"早夜以思，去其不如周公者，就其如周公者。舜，大圣人也，后世无及焉；周公，大圣人也，后世无及焉。是人也，乃曰："不如舜，不如周公，吾之病也。"是不亦责于身者重以周乎！其于人也，曰："彼人也，能有是，是足为良人矣；能善是，是足为艺人矣。"取其一不责其二，即其新不究其旧，恐恐然惟惧其人之不得为善之利。一善易修也，一艺易能也，其于人也，乃曰："能有是，是亦足矣。"曰："能善是，是亦足矣。"不亦待于人者轻以约乎！

今之君子则不然。其责人也详，其待己也廉。详，故人难于为善；廉，故自取也少。己未有善，曰："我善是，是亦足矣。"己未有能，曰："我能是，是亦足矣。"外以欺于人，内以欺于心，未少有得而止矣，不亦待其身者已廉乎！其于人也，曰："彼虽能是，其人不足称也；彼虽善是，其用不足称也。"举其一不计其十，究其旧不图其新，恐恐然惟惧其人之有闻也。是不亦责于人者已详乎！夫是之谓不以众人待其身，而以圣人望于人，吾未见其尊己也。

虽然，为是者有本有原，怠与忌之谓也。怠者不能修，而忌者畏人修。吾尝试之矣。尝试语于众曰："某，良士；某，良士。"其应者，必其人之与也；不然，则其所疏远不与同其利者也；不然，则其畏也。不若是，强者必怒于言，懦者必怒于色矣。又尝语于众曰："某，非良士；某，非良士。"其不应者，必其人之与也；不然，则其所疏远不与同其利者也；不然，则其畏也。不若是，强者必说于言，懦者必说于色矣。是故事修而谤兴，德高而毁来。呜呼！士之处此世，而望名誉之光，道德之行，难已！

将有作于上者，得吾说而存之，其国家可几而理欤！

伯夷颂

士之特立独行，适于义而已，不顾人之是非，皆豪杰之士，信道笃而自知明者也。一家非之，力行而不惑者，寡矣；至于一国一州非之，力行而不惑者，盖天下一人而已矣；若至于举世非之，力行而不惑者，则千百年乃一人而已耳。若伯夷者，穷天地、亘万世而不顾者也。昭乎日月不足为明，崒乎太山不足为高，巍乎天地不足为容也！当殷之亡，周之兴，微子贤也，抱祭器而去之；武王、周公，圣也，从天下之贤士，与天下之诸侯，而往攻之，未尝闻有非之者也。彼伯夷、叔齐者，乃独以为不可。殷既灭矣，天下宗周，彼二子乃独耻食其粟，饿死而不顾。由是而言，夫岂有求而为哉？信道笃而自知明也。今世之所谓士者，一凡人誉之，则自以为有余；一凡人沮之，则自以为不足。彼独非圣人，而自是如此。夫圣人乃万世之标准也。余故曰：若伯夷者，特立独行，穷天地、亘万世而不顾者也。虽然，微二子，乱臣贼子接迹于后世矣。

获麟解

麟之为灵，昭昭也，咏于《诗》，书于《春秋》，杂出于传记百家之书，虽妇人小子，皆知其为祥也。然麟之为物，不畜于家，不恒有于天下。其为形也不类，非若马、牛、犬、豕、豺、狼、麋、鹿然。然则虽有麟，不可知其为麟也。角者吾知其为牛，鬣者吾知其为马，犬、豕、豺、狼、麋、鹿，吾知其为犬、豕、豺、狼、麋、鹿，唯麟也不可知。不可知，则其谓之不祥也亦宜。虽然，麟之出，必有圣人在乎位，麟为圣人出也。圣人者，必知麟，麟之果不为不祥也。又曰：麟之所以为麟者，以德不以形。若麟之出不待圣人，则谓之不祥也亦宜。麟，韩文公自况也。圣人必知麟犹云惟汤知伊尹也。出不以时，犹云处昏上乱相之间也。

杂说四首

龙嘘气成云，云固弗灵于龙也。然龙乘是气，茫洋穷乎玄间，薄日月，伏光景，感震电，神变化，水下土，汩陵谷，云亦灵怪矣哉！云，龙之所能使为灵也；若龙之灵，则非云之所能使为灵也。然龙弗得云，无以神其灵矣，失其所凭依，信不可与！异哉，其所凭依，乃其所自为也。《易》曰："云从龙。"既曰龙，云从之矣。龙以自喻其身，云以喻其文章，"凭依乃其所自为"，犹曰："文书自传道，不仗史笔垂。"

善医者，不视人之瘠肥，察其脉之病否而已矣；善计天下者，不视天下之安危，察其纪纲之理乱而已矣。天下者，人也；安危者，肥瘠也；纪纲者，脉也。脉不病，虽瘠不害；脉病而肥者死矣。通于此说者，其知所以为天下乎！夏、殷、周之衰也，诸侯作而战伐日行矣。传数十王而天下不倾者，纪纲存焉耳。秦之王天下也，无分势于诸侯，聚兵而焚之，传二世而天下倾者，纪纲亡焉耳。是故四支虽无故，不足恃也，脉而已矣；四海虽无事，不足矜也，纪纲而已矣。忧其所可恃，惧其所可矜，善医善计者，谓之天扶与之。《易》曰："视履考祥。"善医善计者为之。

谈生之为《崔山君传》，称鹤言者，岂不怪哉！然吾观于人，其能尽吾性而不类于禽兽异物者希矣，将愤世嫉邪长往而不来者之所为乎？昔之圣者，其首有若牛者，其形有若蛇者，其喙有若鸟者，其貌有若蒙倛者，彼皆貌似而心不同焉，可谓之非人邪？即有平胁曼肤，颜如渥丹，美而很者，貌则人，其心则禽兽，又恶可谓之人邪？然则观貌之是非，不若论其心与其行事之可否为不失也。怪神之事，孔子之徒不言，余将特取其愤世嫉邪而作之，故题之云尔。

世有伯乐，然后有千里马。千里马常有，而伯乐不常有。故虽有名马，只辱于奴隶人之手，骈死于槽枥之间，不以千里称也。马之千里者，一食或尽粟一石。食马者，不知其能千里而食也。是马也，虽有千里之能，食不饱，力不足，才美不外见，且欲与常马等不可得，安求其能千里也！策之不以其道，食之不能尽其材，鸣之而不能通其意，执策而临之曰："天下无马。"呜呼！其真无马邪？其真不知马也！

改葬服议

经曰："改葬缌。"《春秋穀梁传》亦曰："改葬之礼缌，举下缅也。"此皆谓子之于父母，其他则皆无服。何以识其必然？经次五等之服，小功之下，然后著改葬之制，更无轻重之差。以此知惟记其最亲者，其他无服，则不记也。若主人当服斩衰，其余亲各服其服，则经亦言之，不当惟云缌也。《传》称"举下缅"者，缅，犹远也；下谓服之最轻者也。以其远，故其服轻也。江熙曰："礼，天子诸侯易服而葬，以为交于神明者，不可以纯凶，况其缅者乎？是故改葬之礼，其服惟轻。"以此而言，则亦明矣。

　　卫司徒文子改葬其叔父，问服于子思，子思曰："礼，父母改葬缌，既葬而除之，不忍无服送至亲也。非父母无服，无服则吊服而加麻。"此又其著者也。文子又曰："丧服既除，然后乃葬，则其服何服？"子思曰："三年之丧未葬，服不变，除何有焉？"

　　然则改葬与未葬者有异矣。古者诸侯五月而葬，大夫三月而葬，士逾月。无故，未有过时而不葬者也。过时而不葬，谓之不能葬。《春秋》讥之。若有故而未葬，虽出三年，子之服不变，此孝子之所以著其情，先王之所以必其时之道也。虽有其文，未有著其人者，以是知其至少也。改葬者，为山崩水涌毁其墓，及葬而礼不备者。若文王之葬王季，以水啮其墓。鲁隐公之葬惠公，以有宋师，太子少，葬故有阙之类是也。丧事有进而无退。有易以轻服，无加以重服。殡于堂，则谓之殡；瘗于野，则谓之葬。近代以来，事与古异，或游或仕，在千里之外；或子幼妻稚，而不能自还；甚者拘以阴阳畏忌，遂葬于其土。及其反葬也，远者或至数十年，近者亦出三年，其吉服而从于事也久矣，又安可取未葬不变服之例，而反为之重服与？在丧当葬，犹宜易以轻服，况既远而反纯凶以葬乎？若果重服，是所谓未可除而除，不当重而更重也。或曰：丧与其易也宁戚，虽重服不亦可乎？曰：不然，易之与戚，则易固不如戚矣；虽然，未若合礼之为懿也。俭之与奢，则俭固愈于奢矣；虽然，未若合礼之为懿也。过犹不及，其此类之谓乎？

　　或曰，经称"改葬缌"，而不著其月数，则似三月而后除也。子思之对文子，则曰"既葬而除之"，今宜如何？曰："自启至于既葬而三月，则除之；未三月，则服以终三月也。"曰："妻为夫何如？"曰："如子。""无吊服而加麻则何如？"曰："今之吊服，犹古之吊服也。"

争臣论

或问谏议大夫阳城于愈："可以为有道之士乎哉？学广而闻多，不求闻于人也。行古人之道，居于晋之鄙，晋之鄙人薰其德而善良者几千人。大臣闻而荐之，天子以为谏议大夫。人皆以为华，阳子不色喜。居于位五年矣，视其德如在野，彼岂以富贵移易其心哉？"愈应之曰：是《易》所谓"恒其德，贞"而"夫子凶"者也，恶得为有道之士乎哉？在《易·蛊》之上九云："不事王侯，高尚其事。"《蹇》之六二则曰："王臣蹇蹇，匪躬之故。"夫不以所居之时不一，而所蹈之德不同也。若《蛊》之上九，居无用之地，而致匪躬之节；以《蹇》之六二，在王臣之位，而高不事之心；则冒进之患生，旷官之刺兴，志不可则，而尤不终无也。今阳子在位，不为不久矣；闻天下之得失，不为不熟矣；天子待之，不为不加矣；而未尝一言及于政。视政之得失，若越人视秦人之肥瘠，忽焉不加喜戚于其心。问其官，则曰谏议也；问其禄，则曰下大夫之秩也；问其政，则曰我不知也。有道之士固如是乎哉？且吾闻之，有官守者，不得其职则去；有言责者，不得其言则去。今阳子以为得其言乎哉？得其言而不言，与不得其言而不去，无一可者也。阳子将为禄仕乎？古之人有云：仕不为贫，而有时乎为贫，谓禄仕者也。宜乎辞尊而居卑，辞富而居贫，若抱关击柝者可也。盖孔子尝为委吏矣，尝为乘田矣，亦不敢旷其职，必曰"会计当而已矣"，必曰"牛羊遂而已矣"。若阳子之秩禄，不为卑且贫，章章明矣，而如此，其可乎哉？

或曰："否，非若此也。夫阳子恶讪上者，恶为人臣招其君之过，而以为名者。故虽谏且议，使人不得而知焉。《书》曰

'尔有嘉谋嘉猷，则入告尔后于内，尔乃顺之于外'；曰：'斯谋斯猷，惟我后之德。'夫阳子之用心，亦若此者。"愈应之曰：若阳子之用心如此，滋所谓惑者矣。入则谏其君，出不使人知者，大臣宰相者之事，非阳子之所宜行也。夫阳子本以布衣，隐于蓬蒿之下。主上嘉其行谊，擢在此位，官以谏为名，诚宜有以奉其职，使四方后代，知朝廷有直言骨鲠之臣，天子有不僭赏从谏如流之美。庶岩穴之士，闻而慕之，束带结发，愿进于阙下，而伸其辞说，致吾君于尧舜，熙鸿号于无穷也。若《书》所谓，则大臣宰相之事，非阳子之所宜行也。且阳子之心，将使君人者恶闻其过乎？是启之也。

　　或曰："阳子之不求闻，而人闻之，不求用而君用之，不得已而起，守其道而不变，何子过之深也？"愈曰：自古圣人贤士，皆非有求于闻用也。闵其时之不平，人之不乂，得其道，不敢独善其身，而必以兼济天下也。孜孜矻矻死而后已。故禹过家门不入，孔席不暇暖，而墨突不得黔。彼二圣一贤者，岂不知自安逸之为乐哉？诚畏天命而悲人穷也。夫天授人以贤圣才能，岂使自有余而已？诚欲以补其不足者也。耳目之于身也，耳司闻而目司见，听其是非，视其险易，然后身得安焉。圣贤者，时人之耳目也；时人者，圣贤之身也。且阳子之不贤，则将役于贤，以奉其上矣。若果贤，则固畏天命而闵人穷也，恶得以自暇逸乎哉？

　　或曰："吾闻君子不欲加诸人，而恶讦以为直者。若吾子之论，直则直矣，无乃伤于德而费于辞乎？好尽言以招人过，国武子之所以见杀于齐也。吾子其亦闻乎？"愈曰：君子居其位则思死其官；未得位则思修其辞，以明其道。我将以明道也，非以为直而加人也。且国武子不能得善人，而好尽言于乱国，是以见杀。《传》曰："惟善人能受尽言。"谓其闻而能改之也。子告我曰，阳子可以为有道之士也，今虽不能及已，阳子将不得为善人乎哉？

师说

古之学者必有师。师者，所以传道、授业、解惑也。人非生而知之者，孰能无惑？惑而不从师，其为惑也，终不解矣。生乎吾前，其闻道也先乎吾，吾从而师之。生乎吾后，其闻道也亦先乎吾，吾从而师之。吾师道也，夫庸知其年之先后生于吾乎！是故无贵无贱，无长无少，道之所存，师之所存也。嗟乎！师道之不传也久矣，欲人之无惑也难矣。古之圣人，其出人也远矣，犹且从师而问焉。今之众人，其下圣人也亦远矣，而耻学于师。是故圣益圣，愚益愚，圣人之所以为圣，愚人之所以为愚，其皆出于此乎！爱其子，择师而教之，于其身也，则耻师焉，惑矣！彼童子之师，授之书而习其句读者，非吾所谓传其道解其惑者也。句读之不知，惑之不解，或师焉，或不焉，小学而大遗，吾未见其明也。巫医、乐师、百工之人，不耻相师。士大夫之族，曰师、曰弟子云者，则群聚而笑之。问之，则曰："彼与彼年相若也，道相似也。位卑则足羞，官盛则近谀。"呜呼，师道之不复可知矣！巫医、乐师、百工之人，君子不齿，今其智乃反不能及，其可怪也欤！

圣人无常师，孔子师郯子、苌弘、师襄、老聃。郯子之徒，其贤不及孔子。孔子曰："三人行，则必有我师。"是故弟子不必不如师，师不必贤于弟子。闻道有先后，术业有专攻，如是而已。

李氏子蟠，年十七，好古文，六艺经传，皆通习之，不拘于时，学于余。余嘉其能行古道，作《师说》以贻之。

柳宗元

封建论

天地果无初乎？吾不得而知之也。生人果有初乎？吾不得而知之也。然则孰为近？曰：有初为近。孰明之？由封建而明之也。彼封建者，更古圣王尧、舜、禹、汤、文、武而莫能去之。盖非不欲去之也，势不可也。势之来，其生人之初乎？不初，无以有封建。封建非圣人意也。彼其初与万物皆生，草木榛榛，鹿豕狉狉，人不能搏噬，而且无毛羽，莫克自奉自卫，荀卿有言，必将假物以为用者也。夫假物者必争，争而不已，必就其能断曲直者而听命焉。其智而明者，所伏必众，告之以直而不改，必痛之而后畏，由是君长刑政生焉。故近者聚而为群。群之分，其争必大，大而后有兵有德。又大者，众群之长又就而听命焉，以安其属，于是有诸侯之列。则其争又有大者焉。德又大者，诸侯之列又就而听命焉，以安其封，于是有方伯、连帅之类，则其争又有大者焉。德又大者，方伯、连帅之类又就而听命焉，以安其人，然后天下会于一。是故有里胥而后有县大夫，有县大夫而后有诸侯，有诸侯而后有方伯、连帅，有方伯、连帅而后有天子。自天子至于里胥，其德在人者，死必求其嗣而奉之。故封建非圣人意也，势也。以上封建之初。

夫尧、舜、禹、汤之事远矣，及有周而甚详。周有天下，裂土田而瓜分之，设五等，邦群后，布履星罗，四周于天下，轮运而辐集。合为朝觐会同，离为守臣扞城。然后降于夷王，害礼伤尊，下堂而迎觐者。历于宣王，挟中兴复古之德，雄南征北伐之威，卒不能定鲁侯之嗣。陵夷迄于幽、厉，王室东徙，而自列为诸侯。厥后问鼎之轻重者有之，射王中肩者有之，伐凡伯、诛苌弘者有之。天下乖戾，无君君之心，余以为周之丧久矣，徒建空名于公侯之上耳。得非诸侯之盛强，末大不掉之咎欤？遂判为十二，合为七国，威分于陪臣之邦，国殄于后封之秦。则周之败端，其在乎此矣。以上周。

秦有天下，裂都会而为之郡邑，废侯卫而为之守宰，据天下之雄图，都六合之上游，摄制四海，运于掌握之内，此其所以为得也。不数载而天下大坏，其有由矣。亟役万人，暴其威刑，竭其货贿。负锄梃谪戍之徒，圜视而合从，大呼而成群。时则有叛民而无叛吏，人怨于下而吏畏于上，天下相合，杀守劫令而并起。咎在人怨，非郡邑之制失也。以上秦。

汉有天下，矫秦之枉，徇周之制，剖海内而立宗子、封功臣。数年之间，奔命扶伤之不暇。困平城，病流矢，陵迟不救者三代。后乃谋臣献画，而离削自守矣。然而封建之始，郡国居半，时则有叛国而无叛郡。秦制之得，亦以明矣。以上汉。

继汉而帝者，虽百代可知也。唐兴，制州邑，立守宰，此其所以为宜也。然犹桀猾时起，虐害方域者，失不在于州而在于兵，时则有叛将而无叛州。州县之设，固不可革也。以上唐。

或者曰：封建者，必私其土，子其人，适其俗，修其理，施化易也。守宰者，苟其心，思迁其秩而已，何能理乎？余又非之。周之事迹，断可见矣。列侯骄盈，黩货事戎。大凡乱国多，理国寡。侯伯不得变其政，天子不得变其君。私土子人者，百不有一。失在于制，不在于政，周事然也。秦之事迹亦断可见矣。有理人之制，而不委郡邑，是矣。有理人之臣，而不使守宰，是矣。郡邑不得正其制，守宰不得行其理，酷刑苦役，而万人侧目。失在于政，不在于制，秦事然也。汉兴，天子之政行于郡，不行于国，制其守宰，不制其侯王。侯王虽乱，不可变也；国人虽病，不可除也。及夫大逆不道，然后掩捕而迁之，勒兵而夷之耳。大逆未彰，奸利浚财，怙势作威，大刻于民者，无如之何。及夫郡邑，可谓理且安矣。何以言之？且汉知孟舒于田叔，得魏尚于冯唐，闻黄霸之明审，睹汲黯之简靖，拜之可也，复其位可也，卧而委之以辑一方可也。有罪得以黜，有能得以赏。朝拜而不道，夕斥之矣；夕受而不法，朝斥之矣。设使汉室尽城邑而侯王之，纵令其乱人，戚之而已。孟舒、魏尚之术，莫得而施；黄霸、汲黯之化，莫得而行。明谴而导之，拜受而退已违矣。下令而削之，缔交合从之谋，周于同列，则相顾裂眦，勃然而起。幸而不起，则削其半。削其半，民犹瘁矣，曷若举而移之以全其人乎？汉事然也。今国家尽制郡邑，连置守宰，其不可变也固矣。善制兵，谨择守，则理平矣。以上校论封建与郡县之治乱。

或者又曰："夏、商、周、汉封建而延，秦郡邑而促。"尤非所谓知理者也。魏之承汉也，封爵犹建。晋之承魏也，因循不革。而二姓陵替，不闻延祚。今矫而变之，垂二百祀，大业弥固，何系于诸侯哉？以上校论封建与郡邑祚之久暂。

或者又以为："殷周，圣王也，而不革其制，固不当复议也。"是大不然。夫殷周之不革者，是不得已也。盖以诸侯归殷者三千焉，资以黜夏，汤不得而废；归周者八百焉，资以胜殷，武王不得而易。徇之以为安，仍之以为俗，汤、武之所不得已也。夫不得已，非公之大者也，私其力于己也，私其卫于子孙也。秦之所以革之者，其为制，公之大者也；其情，私也，私其一己之威也，私其尽臣畜于我也。然而公天下之端自秦始。夫天下之道，治安斯得人者也。使贤者居上，不肖者居下，而后可以治安。今夫封建者，继世而理。继世而理者，上果贤乎？下果不肖乎？则生人之理乱未可知也。将欲利其社稷，以一其人之视听，则又有世大夫世食禄邑，以尽其封略。圣贤生于其时，亦无以立于天下，封建者为之也。岂圣人之制使至于是乎？吾固曰："非圣人之意也，势也。"以上论公私。

桐叶封弟辨

古之传者，有言成王以桐叶与小弱弟，戏曰："以封女。"周公入贺。王曰："戏也。"周公曰："天子不可戏。"乃封小弱弟于唐。吾意不然。王之弟当封耶？周公宜以时言于王，不待其戏而贺以成之也。不当封耶？周公乃成其不中之戏，以地以人与小弱者为之主，其得为圣乎？且周公以王之言，不可苟焉而已，必从而成之邪？设有不幸，王以桐叶戏妇寺，亦将举而从之乎？凡王者之德，在行之何若。设未得其当，虽十易之不为病。要于其当，不可使易也，而况以其戏乎？若戏而必行之，是周公教王遂过也。吾意周公辅成王，宜以道，从容优乐，要归之大中而已，必不逢其失而为之辞。又不当束缚之，驰骤之，使若牛马然，急则败矣。且家人父子尚不能以此自克，况号为君臣者邪？是直小丈夫䏆䏆者之事，非周公所宜用，故不可信。或曰：封唐叔，史佚成之。

欧阳修

本论

佛法为中国患千余岁，世之卓然不惑而有力者，莫不欲去之。已尝去矣，而复大集，攻之暂破而愈坚，扑之未灭而愈炽，遂至于无可奈何。是果不可去邪？盖亦未知其方也。

夫医者之于疾也，必推其病之所自来，而治其受病之处。病之中人，乘乎气虚而入焉。则善医者，不攻其疾而务养其气，气实则病去，此自然之效也。故救天下之患者，亦必推其患之所自来，而治其受患之处。佛为夷狄，去中国最远，而有佛固已久矣。尧、舜、三代之际，王政修明，礼义之教充于天下，于此之时，虽有佛无由而入。及三代衰，王政阙，礼义废，后二百余年而佛至乎中国。由是言之，佛所以为吾患者，乘其阙废之时而来，此其受患之本也。补其阙，修其废，使王政明而礼义充，则虽有佛无所施于吾民矣，此亦自然之势也。以上政教阙废，患所由生。

昔尧、舜、三代之为政，设为井田之法，籍天下之人，计其口而皆授之田，凡人之力能胜耕者，莫不有田而耕之，敛以什一，差其征赋，以督其不勤。使天下之人，力皆尽于南亩，而不暇乎其他。然又惧其劳且怠而入于邪僻也，于是为制牲牢、酒醴以养其体，弦匏、俎豆以悦其耳目。于其不耕休力之时，而教之以礼。故因其田猎而为搜狩之礼，因其嫁娶而为婚姻之礼，因其死葬而为丧祭之礼，因其饮食群聚而为乡射之礼。非徒以防其乱，又因而教之，使知尊卑长幼，凡人之大伦也。故凡养生送死之道，皆因其欲而为之制。饰之物采而文焉，所以悦之，使其易趣也。顺其情性而节焉，所以防之，使其不过也。然犹惧其未也，又为立学以讲明之。故上自天子之郊，下至乡党，莫不有学，择民之聪明者而习焉，使相告语而诱劝其愚惰。呜呼！何其备也。盖尧、舜、三代之为政如此，其虑民之意甚精，治民之具甚备，防民之术甚周，诱民之道甚笃。行之以勤而被于物者洽，浸之以渐而入于人者深。故民之生也，不用力乎南亩，则从事于礼乐之际，不在其家，则在乎庠序之间。耳闻目见，无非仁义，乐而趣之，不知其倦。终身不见异物，又奚暇夫外慕哉？故曰"虽有佛无由而入"者，谓有此具也。以上古者政修教明，佛不得入。

及周之衰，秦并天下，尽去三代之法，而王道中绝。后之有天下者，不能勉强，其为治之具不备，防民之渐不周。佛于此时，乘间而出。千有余岁之间，佛之来者日益众，吾之所为者日益坏。井田最先废，而兼并游惰之奸起，其后所谓搜狩、婚姻、丧祭、乡射之礼，凡所以教民之具，相次而尽废。然后民之奸者，有暇而为他；其良者，泯然不见礼义之及己。夫奸民有余力，则思为邪僻；良民不见礼义，则莫知所趣。佛于此时乘其隙，方鼓其雄诞之说而牵之，则民不得不从而归矣。又况王公大人往往倡而驱之曰："佛是真可归依者。"然则吾民何疑而不归焉？幸而有一不惑者，方魆然而怒曰："佛何为者，吾将操戈而逐之！"又曰："吾将有说以排之！"夫千岁之患遍于天下，岂一人一日之可为？民之沈酣入于骨髓，非口舌之可胜。

然则将奈何？曰：莫若修其本以胜之。昔战国之时，杨、墨交乱，孟子患之而专言仁义，故仁义之说胜，则杨、墨之学废。汉之时，百家并兴，董生患之而退修孔氏，故孔氏之道明而百家息。此所谓修其本以胜之之效也。今八尺之夫，被甲荷戟，勇盖三军，然而见佛则拜，闻佛之说则有畏慕之诚者，何也？彼诚壮佼，其中心茫然无所守而然也。一介之士，眇然柔懦，进趋畏怯，然而闻有道佛者则义形于色，非徒不为之屈，又欲驱而绝之者，何也？彼无他焉，学问明而礼义熟，中心有所守以胜之也。然则礼义者，胜佛之本也。今一介之士知礼义者，尚能不为之屈，使天下皆知礼义，则胜之矣。此自然之势也。*以上修礼义以胜之。*

朋党论

臣闻朋党之说，自古有之，惟幸人君辨其君子小人而已。大凡君子与君子以同道为朋，小人与小人以同利为朋，此自然之理也。然臣谓小人无朋，惟君子则有之，其故何哉？小人所好者，禄利也；所贪者，财货也。当其同利之时，暂相党引以为朋者，伪也。及其见利而争先，或利尽而交疏，则反相贼害，虽其兄弟亲戚不能相保。故臣谓小人无朋，其暂为朋者，伪也。君子则不然。所守者道义，所行者忠信，所惜者名节。以之修身，则同道而相益；以之事国，则同心而共济。终始如一，此君子之朋也。故为人君者，但当退小人之伪朋，用君子之真朋，则天下治矣。

尧之时，小人共工、驩兜等四人为一朋，君子八元、八凯十六人为一朋。舜佐尧，退四凶小人之朋，而进元凯君子之朋，尧之天下大治。及舜自为天子，而皋、夔、稷、契等二十二人并列于朝，更相称美，更相推让，凡二十二人为一朋，而舜皆用之，天下亦大治。《书》曰："纣有臣亿万，惟亿万心；周有臣三千，惟一心。"纣之时，亿万人各异心，可谓不为朋矣，然纣以亡国。周武王之臣三千人为一大朋，而周用以兴。后汉献帝时，尽取天下名士囚禁之，目为党人。及黄巾贼起，汉室大乱，后方悔悟，尽解党人而释之，然已无救矣。唐之晚年，渐起朋党之论。及昭宗时，尽杀朝之名士，咸投之黄河，曰："此辈清流，可投浊流。"而唐遂亡矣。

夫前世之主，能使人人异心不为朋，莫如纣；能禁绝善人为朋，莫如汉献帝；能诛戮清流之朋，莫如唐昭宗之世。然皆乱亡其国。更相称美推让而不自疑，莫如舜之二十二臣，舜亦不疑而皆用之。然而后世不诮舜为二十二人朋党所欺，而称舜为聪明之圣者，以能辨君子与小人也。周武之世，举其国之臣三千人共为一朋，自古为朋之多且大，莫如周，然周用此以兴者，善人虽多而不厌也。夫兴亡治乱之迹，为人君者可以鉴矣。

周敦颐

通书

【诚上第一】

诚者，圣人之本。大哉乾元，万物资始，诚之源也。乾道变化，各正性命，诚斯立焉，纯粹至善者也。故曰：一阴一阳之谓道，继之者善也，成之者性也。元、亨，诚之通；利、贞，诚之复。大哉《易》也，性命之源乎！

【诚下第二】

圣，诚而已矣。诚，五常之本，百行之源也。静无而动有，至正而明达也。五常百行，非诚非也，邪暗塞也，故诚则无事矣。至易而行难，果而确，无难焉。故曰：一日克己复礼，天下归仁焉。

【诚几德第三】

诚，无为；几，善恶。德爱曰仁，宜曰义，理曰礼，通曰智，守曰信。性焉安焉之谓圣，复焉执焉之谓贤，发微不可见，充周不可穷之谓神。

【圣第四】

寂然不动者，诚也；感而遂通者，神也；动而未形、有无之间者，几也。诚精故明，神应故妙，几微故幽。诚、神、几，曰圣人。

【慎动第五】

动而正曰道，用而和曰德。匪仁，匪义，匪礼，匪智，匪信，悉邪也！邪动，辱也。甚焉，害也。故君子慎动。

【道第六】

圣人之道，仁义中正而已矣。守之贵，行之利，廓之配天地。岂不易简？岂为难知？不守，不行，不廓耳！

【师第七】

或问曰："曷为天下善？"曰："师。"曰："何谓也？"曰："性者，刚柔善恶，中而已矣。"不达。曰："刚善：为义，为直，为断，为严毅，为干固；恶：为猛，为隘，为强梁。柔善：为慈，为顺，为巽；恶：为懦弱，为无断，为邪佞。惟中也者，和也，中节也，天下之达道也，圣人之事也。故圣人立教，俾人自易其恶，自至其中而止矣。故先觉觉后觉，暗者求于明，而师道立矣。师道立，则善人多。善人多，则朝廷正，而天下治矣。

【幸第八】

人之生，不幸，不闻过；大不幸，无耻。必有耻则可教，闻过则可贤。

【思第九】

《洪范》曰："思曰睿，睿作圣。"无思，本也；思通，用也。几动于彼，诚动于此。无思而无不通为圣人，不思则不能通微，不睿则不能无不通。是则无不通生于通微，通微生于思。故思者圣功之本，而吉凶之机也。《易》曰："君子见几而作，不俟终日。"又曰："知几，其神乎！"

【志学第十】

圣希天，贤希圣，士希贤。伊尹、颜渊，大贤也。伊尹耻其君不为尧、舜，一夫不得其所，若挞于市；颜渊不迁怒，不贰过，三月不违仁。志伊尹之所志，学颜子之所学，过则圣，及则贤，不及则亦不失于令名。

【顺化第十一】

天以阳生万物，以阴成万物。生，仁也；成，义也。故圣人在上，以仁育万物，以义正万民。天道行而万物顺，圣德修而万民化。大顺大化，不见其迹，莫知其然之谓神。故天下之众，本在一人。道岂远乎哉？术岂多乎哉？

【治第十二】

十室之邑，人人提耳而教且不及，况天下之广、兆民之众哉？曰：纯其心而已矣。仁、义、礼、智四者，动静、言貌、视听无违之谓纯。心纯则贤才辅，贤才辅则天下治。纯心要矣，用贤急焉。

【礼乐第十三】

礼，理也；乐，和也，阴阳理而后和。君君臣臣，父父子子，兄兄弟弟，夫夫妇妇，万物各得其理然后和，故礼先而乐后。

【务实第十四】

实胜，善也；名胜，耻也。故君子进德修业，孳孳不息，务实胜也；德业有未著，则恐恐然畏人知，远耻也。小人则伪而已。故君子日休，小人日忧。

【爱敬第十五】

有善不及，曰："不及则学焉。"问曰："有不善？"曰："不善则告之不善，且劝曰：'庶几有改乎，斯为君子。'有善一，不善二，则学其一而劝其二。有语曰：'斯人有是之不善，非大恶也？'则曰：'孰无过？焉知其不能改？改则为君子矣！不改为恶，恶者天恶之。彼岂无畏耶？乌知其不能改？'"故君子悉有众善，无弗爱且敬焉。

【动静第十六】

动而无静，静而无动，物也；动而无动，静而无静，神也。动而无动，静而无静，非不动不静也。物则不通，神妙万物。水阴根阳，火阳根阴。五行阴阳，阴阳太极，四时运行，万物终始。混兮辟兮，其无穷兮。

【乐上第十七】

古者，圣王制礼法，修教化。三纲正，九畴叙，百姓大和，万物咸若。乃作乐以宣八风之气，以平天下之情。故乐声淡而不伤，和而不淫。入其耳，感其心，莫不淡且和焉。淡则欲心平，和则躁心释。优柔平中，德之盛也；天下化中，治之至也。是谓道配天地，古之极也。后世礼法不修，政刑苛紊，纵欲败度，下民困苦。谓古乐不足听也，代变新声，妖淫愁怨，导欲增悲，不能自止。故有贼君弃父、轻生败伦，不可禁者矣。呜呼！乐者，古以平心，今以助欲；古以宣化，今以长怨。不复古礼，不变今乐，而欲至治者，远矣！

【乐中第十八】

乐者，本乎政也。政善民安，则天下之心和。故圣人作乐以宣畅其和心，达于天地，天地之气感而大和焉。天地和则万物顺，故神祇格，鸟兽驯。

【乐下第十九】

乐声淡，则听心平；乐辞善，则歌者慕。故风移而俗易矣。妖声艳辞之化也，亦然。

【圣学第二十】

“圣可学乎？”曰：“可。”曰：“有要乎？”曰：“有。”“请问焉。”曰：“一为要。一者，无欲也。无欲则静虚动直。静虚则明，明则通；动直则公，公则溥。明通公溥庶矣乎！”

【公明第二十一】

公于己者公于人，未有不公于己而能公于人也。明不至则疑生。明，无疑也。谓能疑为明，何啻千里！

【理性命第二十二】

阙彰阙微。匪灵弗莹，刚善刚恶，柔亦如之，中焉止矣。二气五行，化生万物：五殊二实，二本则一。是万为一，一实万分；万一各正，小大有定。

【颜子第二十三】

颜子，一箪食，一瓢饮，在陋巷，人不堪其忧，而不改其乐。夫富贵，人所爱也，颜子不爱不求，而乐乎贫者，独何心哉？天地间有至贵至爱可求而异乎彼者，见其大而忘其小焉尔！见其大则心泰，心泰则无不足，无不足则富贵贫贱处之一也。处之一，则能化而齐，故颜子亚圣。

【师友上第二十四】

天地间，至尊者道，至贵者德而已矣。至难得者人，人而至难得者，道德有于身而已矣。求人至难得者有于身，非师友则不可得也已。

【师友下第二十五】

道义者，身有之，则贵且尊。人生而蒙，长无师友则愚。是道义由师友有之，而得贵且尊，其义不亦重乎！其聚不亦乐乎！

【过第二十六】

仲由喜闻过，令名无穷焉。今人有过，不喜人规，如护疾而忌医，宁灭其身而无悟也。噫！

【势第二十七】

天下，势而已矣。势，轻重也。极重不可反。识其重而亟反之，可也。反之，力也。识不早，力不易也。力而不竞，天也；不识不力，人也。天乎？人也，何尤！

【文辞第二十八】

文，所以载道也。轮辕饰而人弗庸，徒饰也，况虚车乎？文辞，艺也；道德，实也。笃其实，而艺者书之，美则爱，爱则传焉。贤者得以学而至之，是为教。故曰："言之无文，行之不远。"然不贤者，虽父兄临之，师保勉之，不学也，强之不从也。

不知务道德，而第以文辞为能者，艺焉而已。噫！弊也久矣！

【圣蕴第二十九】

不愤不启；不悱不发。举一隅不以三隅反，则不复也。子曰："予欲无言，天何言哉！四时行焉，百物生焉。"然则圣人之蕴，微颜子殆不可见。发圣人之蕴，教万世无穷者，颜子也。圣同天，不亦深乎！常人有一闻知，恐人不速知其有也，急人知而名也，薄亦甚矣！

【精蕴第三十】

圣人之精，画卦以示；圣人之蕴，因卦以发。卦不画，圣人之精不可得而见；微卦，圣人之蕴殆不可悉得而闻。《易》，何止五经之源？其天地鬼神之奥乎！

【乾损益动第三十一】

君子乾乾不息于诚，然必惩忿窒欲、迁善改过而后至。乾之用，其善是，损益之大莫是过，圣人之旨深哉！"吉凶悔吝生乎动"。噫！吉一而已，动可不慎乎！

【家人暌复无妄第三十二】

治天下有本，身之谓也；治天下有则，家之谓也。本必端，端本，诚心而已矣；则必善，善则，和亲而已矣。家难而天下易，家亲而天下疏也。家人离，必起于妇人。故《暌》次《家人》，以"二女同居而志不同行也"。尧所以厘降二女于妫汭，舜可禅乎？吾兹试矣。是治天下观于家，治家观身而已矣。身端，心诚之谓也。诚心复其不善之动而已矣。不善之动，妄也；妄复，则无妄矣；无妄则诚矣。故无妄次复，而曰"先王以茂对时育万物"，深哉！

【富贵第三十三】

君子以道充为贵，身安为富，故常泰无不足。而铢视轩冕，尘视金玉，其重无加焉耳！

【陋第三十四】

圣人之道，入乎耳，存乎心，蕴之为德行，行之为事业。彼以文辞而已者，陋矣！

【拟议第三十五】

至诚则动，动则变，变则化。故曰：拟之而后言，议之而后动，拟议以成其变化。

【刑第三十六】

天以春生万物，止之以秋。物之生也，既成矣，不止则过焉，故得秋以成。圣人之法天，以政养万民，肃之以刑。民之盛也，欲动情胜，利害相攻，不止则贼灭无伦焉。故得刑以治。情伪微暧，其变千状。苟非中正明达果断者，不能治也。《讼》卦曰："利见大人。"以刚得中也。《噬嗑》曰："利用狱。"以动而明也。呜呼！天下之广，主刑者民之司命也。任用可不慎乎！

【公第三十七】

圣人之道，至公而已矣。或曰："何谓也？"曰"天地至公而已矣。"

【孔子上第三十八】

《春秋》，正王道，明大法也，孔子为后世王者而修也。乱臣贼子，诛死者于前，所以惧生者于后也。宜乎万世无穷，王祀夫子，报德报功之无尽焉！

【孔子下第三十九】

道德高厚，教化无穷，实与天地参而四时同，其惟孔子乎？

【蒙艮第四十】

童蒙求我，我正果行，如筮焉。筮，叩神也，再三则渎矣，渎则不告也。山下出泉，静而清也。汩则乱，乱不决也，慎哉，其惟时中乎！艮其背，背非见也；静则止，止非为也，为不止矣。其道也深乎！

张　载

西铭

乾称父，坤称母；予兹藐焉，乃混然中处。故天地之塞，吾其体；天地之帅，吾其性。民吾同胞，物吾与也。大君者，吾父母宗子；其大臣，宗子之家相也。尊高年，所以长其长；慈孤弱，所以幼其幼。圣其合德，贤其秀也。凡天下疲癃残疾、茕独鳏寡，皆吾兄弟之颠连而无告者也。于时保之，子之翼也；乐且不忧，纯乎孝者也。违曰悖德，害仁曰贼；济恶者不才，其践形，惟肖者也。知化则善述其事，穷神则善继其志。不愧屋漏为无忝，存心养性为匪懈。恶旨酒，崇伯子之顾养；育英才，颍封人之锡类。不施劳而底豫，舜其功也；无所逃而待烹，申生其恭也。体其受而归全者，参乎！勇于从而顺令者，伯奇也。富贵福泽，将厚吾之生也；贫贱忧戚，庸玉女于成也。存，吾顺事，没，吾宁也。

东铭

戏言出于思也，戏动作于谋也。发乎声，见乎四支，谓非己心，不明也；欲人无己疑，不能也。过言非心也，过动非诚也。失于声，缪迷其四体，谓己当然，自诬也；欲他人己从，诬人也。或者以出于心者归咎为己戏，失于思者自诬为己诚，不知戒其出汝者，归咎其不出汝者，长傲且遂非，不知孰甚焉！

司马光

汉中王即皇帝位论

天生烝民，其势不能自治，必相与戴君以治之。苟能禁暴除害以保全其生，赏善罚恶使不至于乱，斯可谓之君矣。是以三代之前，海内诸侯，何啻万国，有民人、社稷者，通谓之君。合万国而君之，立法度，班号令，而天下莫敢违者，乃谓之王。王德既衰，强大之国能帅诸侯以尊天子者，则谓之霸。故自古天下无道，诸侯力争，或旷世无王者，固亦多矣。秦焚书坑儒，汉兴，学者始推五德生胜，以秦为闰位，在木火之间，霸而不王，于是正闰之论兴矣。及汉室颠覆，三国鼎跱。晋氏失驭，五胡云扰。宋、魏以降，南北分治，各有国史，互相排黜，南谓北为索虏，北谓南为岛夷。朱氏代唐，四方幅裂，朱邪入汴，比之穷、新，运历年纪，皆弃而不数，此皆私己之偏辞，非大公之通论也。

臣愚诚不足以识前代之正闰，窃以为苟不能使九州合为一统，皆有天子之名，而无其实者也。虽华夏仁暴，大小强弱，或时不同，要皆与古之列国无异，岂得独尊奖一国谓之正统，而其余皆为僭伪哉！若以自上相授受者为正邪，则陈氏何所受？拓跋氏何所受？若以居中夏者为正邪，则刘、石、慕容、苻、姚、赫连所得之土，皆五帝三王之旧都也。若以有道德者为正邪，则蕞尔之国，必有令主，三代之季，岂无僻王！是以正闰之论，自古及今，未有能通其义、确然使人不可移夺者也。

臣今所述，止欲叙国家之兴衰，著生民之休戚，使观者自择其善恶得失，以为劝戒，非若《春秋》立褒贬之法，拨乱世反诸正也。正闰之际，非所敢知，但据其功业之实而言之。周、秦、汉、晋、隋、唐，皆尝混壹九州，传祚于后，子孙虽微弱播迁，犹承祖宗之业，有绍复之望，四方与之争衡者，皆其故臣也，故全用天子之制以临之。其余地丑德齐，莫能相壹，名号不异，本非君臣者，皆以列国之制处之，彼此均敌，无所抑扬，庶几不诬事实，近于至公。然天下离析之际，不可无岁、时、日、月以识事之先后。据汉传于魏而晋受之，晋传于宋以至于陈，而隋取之，唐传于梁以至于周，而大宋承之，故不得不取魏、宋、齐、梁、陈、后梁、后唐、后晋、后汉、后周年号，以纪诸国之事，非尊此而卑彼，有正闰之辨也。昭烈之于汉，虽云中山靖王之后，而族属疏远，不能纪其世数名位，亦犹宋高祖称楚元王后，南唐烈祖称吴王恪后，是非难辨，故不敢以光武及晋元帝为比，使得绍汉氏之遗统也。

苏　洵

易论

圣人之道，得礼而信，得《易》而尊。信之而不可废，尊之而不敢废，故圣人之道所以不废者，礼为之明而《易》为之幽也。生民之初，无贵贱，无尊卑，无长幼，不耕而不饥，不蚕而不寒，故其民逸。民之苦劳而乐逸也，若水之走下。而圣人者，独为之君臣，而使天下贵役贱；为之父子，而使天下尊役卑；为之兄弟，而使天下长役幼；蚕而后衣，耕而后食，率天下而劳之。一圣人之力固非足以胜天下之民之众，而其所以能夺其乐而易之以其所苦，而天下之民亦遂肯弃逸而即劳，欣然戴之以为君师，而遵蹈其法制者，礼则使然也。

　　圣人之始作礼也，其说曰：天下无贵贱，无尊卑，无长幼，是人之相杀无已也。不耕而食鸟兽之肉，不蚕而衣鸟兽之皮，是鸟兽与人相食无已也。有贵贱，有尊卑，有长幼，则人不相杀。食吾之所耕，而衣吾之所蚕，则鸟兽与人不相食。人之好生也甚于逸，而恶死也甚于劳，圣人夺其逸死而与之劳生，此虽三尺竖子知所趋避矣。故其道之所以信于天下而不可废者，礼为之明也。

　　虽然，明则易达，易达则亵，亵则易废。圣人惧其道之废，而天下复于乱也，然后作《易》。观天地之象以为爻，通阴阳之变以为卦，考鬼神之情以为辞。探之茫茫，索之冥冥，童而习之，白首而不得其源。故天下视圣人如神之幽，如天之高，尊其人而其教亦随而尊。故其道之所以尊于天下而不敢废者，《易》为之幽也。

　　凡人之所以见信者，以其中无所不可测者也。人之所以获尊者，以其中有所不可窥者也。是以礼无所不可测，而《易》有所不可窥，故天下之人信圣人之道而尊之。不然，则《易》者岂圣人务为新奇秘怪以夸后世耶？

　　圣人不因天下之至神，则无所施其教。卜筮者，天下之至神也。而卜者，听乎天而人不预焉者也，筮者决之天而营之人者也。龟，漫而无理者也，灼荆而钻之，方功义弓，惟其所为，而人何预焉？圣人曰：是纯乎天技耳，技何所施吾教？于是取筮。夫筮之所以或为阳、或为阴者，必自分而为二始；掛一，吾知其为一而掛之也；揲之以四，吾知其为四而揲之也；归奇于扐，吾知其为一、为二、为三、为四而归之也，人也。分而为二，吾不知其为几而分之也，天也。圣人曰：是天人参焉，道也，道有所施吾教矣。于是因而作《易》，以神天下之耳目，而其道遂尊而不废。此圣人用其机权以持天下之心，而济其道于无穷也。

书论

风俗之变，圣人为之也。圣人因风俗之变而用其权。圣人之权用于当世，而风俗之变益甚，以至于不可复反。幸而又有圣人焉，承其后而维之，则天下可以复治；不幸其后无圣人，其变穷而无所复入，则已矣。

昔者，吾尝欲观古之变而不可得也，于《诗》见商与周焉而不详。及今观《书》，然后见尧舜之时与三代之相变，如此之极也。自尧而至于商，其变也皆得圣人而承之，故无忧。至于周，而天下之变穷矣。忠之变而入于质，质之变而入于文，其势便也。及夫文之变，而又欲反之于忠也，是犹欲移江河而行之山也。人之喜文而恶质与忠也，犹水之不肯避下而就高也。彼其始未尝文焉，故忠质而不辞；今吾日食之以太牢，而欲使之复茹其菽哉？呜呼！其后无圣人，其变穷而无所复入，则已矣。周之后而无王焉，固也。其始之制其风俗也，固不容为其后者计也，而又适不值乎圣人，固也，后之无王者也。

当尧之时，举天下而授之舜。舜得尧之天下，而又授之禹。方尧之未授天下于舜也，天下未尝闻有如此之事也，度其当时之民，莫不以为大怪也。然而舜与禹也，受而居之，安然若天下固其所有，而其祖宗既已为之累数十世者，未尝与其民道其所以当得天下之故也，又未尝悦之以利，而开之以丹朱、商均之不肖也。其意以为天下之民以我为当在此位也，则亦不俟乎援天以神之，誉己以固之也。

汤之伐桀也，嚣嚣然数其罪而以告人，如曰彼有罪，我伐之，宜也。既又惧天下之民不己悦也，则又嚣嚣然以言柔之曰："万方有罪，在予一人。予一人有罪，无以尔万方。"如曰"我如是而为尔之君，尔可以许我焉尔"。吁！亦既薄矣。

至于武王，而又自言其先祖父皆有显功，既已受命而死，其大业不克终，今我奉承其志，举兵而东伐，而东国之士女束帛以迎我，纣之兵倒戈以纳我。吁！又甚矣。如曰"吾家之当为天子久矣，如此乎民之欲我速入商也"。

伊尹之在商也，如周公之在周也。伊尹摄位三年而无一言以自解，周公为之纷纷乎急于自疏其非篡也。夫固由风俗之变而后用其权，权用而风俗成，吾安坐而镇之，夫孰知风俗之变而不复反也。

诗论

人之嗜欲，好之有甚于生，而愤憾怨怒，有不顾其死，于是礼之权又穷。礼之法曰：好色不可为也。为人臣，为人子，为人弟，不可以有怨于其君、父、兄也。使天下之人皆不好色，皆不怨其君、父、兄，夫岂不善。使人之情皆泊然而无思，和易而优柔，以从事于此，则天下固亦大治。而人之情又不能皆然，好色之心驱诸其中，是非不平之气攻诸其外，炎炎而生，不顾利害，趋死而后已。噫！礼之权止于死生。

天下之事不至乎可以博生者，则人不敢触死以违吾法。今也，人之好色与人之是非不平之心勃然而发于中，以为可以博生也，而先以死自处其身，则死生之机固已去矣。死生之机去，则礼为无权。区区举无权之礼以强人之所不能，则乱益甚，而礼益败。今吾告人曰：必无好色，必无怨而君、父、兄。彼将遂从吾言而忘其中所自有之情邪？将不能也。

彼既已不能纯用吾法，将遂大弃而不顾吾法。既已大弃而不顾，则人之好色与怨其君、父、兄之心，将遂荡然无所隔限，而易内窃妻之变与弑其君、父、兄之祸，必反公行于天下。圣人忧焉，曰："禁人之好色而至于淫，禁人之怨其君、父、兄而至于叛，患生于责人太详。"好色之不绝，而怨之不禁，则彼将反不至于乱。故圣人之道，严于《礼》而通于《诗》。《礼》曰："必无好色，必无怨而君、父、兄。"《诗》曰："好色而不至于淫，怨而君、父、兄而无至于叛。"严以待天下之贤人，通以全天下之中人。

吾观《国风》婉娈柔媚而卒守以正，好色而不至于淫者也；《小雅》悲伤诟讟，而君臣之情卒不忍去，怨而不至于叛者也。故天下观之曰："圣人固许我以好色，而不尤我之怨吾君、父、兄也。"许我以好色，不淫可也；不尤我之怨吾君、父、兄，则彼虽以虐遇我，我明讥而明怨之，使天下明知之，则吾之怨亦得当焉，不叛可也。

夫背圣人之法而自弃于淫叛之地者，非断之不能也。断之始，生于不胜，人不自胜其忿，然后忍弃其身。故《诗》之教，不使人之情至于不胜也。

夫桥之所以为安于舟者，以有桥而言也。水潦大至，桥必解而舟不至于必败。故舟者，所以济桥之所不及也。吁！礼之权穷于易达，而有《易》焉；穷于后世之不信，而有乐焉；穷于强人，而有《诗》焉。吁！圣人之虑事也盖详。

乐论

礼之始作也，难而易行；既行也，易而难久。天下未知君之为君，父之为父，兄之为兄，而圣人为之君、父、兄。天下未有以异其君、父、兄，而圣人为之拜起坐立。天下未肯靡然以从我拜起坐立，而圣人身先之以耻。呜呼！其亦难矣。天下恶夫死也久矣，圣人招之曰："来，吾生尔。"既而其法果可以生天下之人，天下之人视其向也如此之危，而今也如此之安，则宜何从？故当其时虽难而易行。既行也，天下之人视君、父、兄如头足之不待别白而后识，视拜起坐立如寝食之不待告语而后从事。虽然，百人从之，一人不从，则其势不得遽至乎死。天下之人，不知其初之无礼而死，而见其今之无礼而不至乎死也，则曰圣人欺我。故当其时虽易而难久。

呜呼！圣人之所恃以胜天下之劳逸者，独有死生之说耳。死生之说不信于天下，则劳逸之说将出而胜之。劳逸之说胜，则圣人之权去矣。酒有鸩，肉有堇，然后人不敢饮食。药可以生死，然后人不以苦口为讳。去其鸩，彻其堇，则酒肉之权固胜于药。圣人之始作礼也，其亦逆知其势之将必如此也，曰："告人以诚而后人信之。幸今之时吾之所以告人者，其理诚然，而其事亦然，故人以为信。吾知其理，而天下之人知其事，事有不必然者，则吾之理不足以折天下之口，此告语之所不及也。"告语之所不及，必有以阴驱而潜率之。于是观之天地之间，得其至神之机，而窃之以为乐。

雨，吾见其所以湿万物也；日，吾见其所以燥万物也；风，吾见其所以动万物也；隐隐耾耾而谓之雷者，彼何用也？阴凝而不散，物蟄而不遂，雨之所不能湿，日之所不能燥，风之所不能动，雷一震焉而凝者散，蟄者遂。曰雨者，曰日者，曰风者，以形用；曰雷者，以神用。用莫神于声，故圣人因声以为乐。为之君臣、父子、兄弟者，礼也。礼之所不及，而乐及焉。正声入乎耳，而人皆有事君、事父、事兄之心，则礼者固吾心之所有也，而圣人之说又何从而不信乎？

谏论二首

古今论谏，常与讽而少直。其说盖出于仲尼。吾以为讽、直一也，顾用之之术何如耳。伍举进隐语，楚王淫益甚；茅焦解衣危论，秦帝立悟。讽固不可尽与，直亦未易少之。吾故曰：顾用之之术何如耳。

然则仲尼之说非乎？曰：仲尼之说，纯乎经者也。吾之说，参乎权而归乎经者也。如得其术，则人君有少不为桀、纣者，吾百谏而百听矣，况虚己者乎？不得其术，则人君有少不若尧、舜者，吾百谏而百不听矣，况逆忠者乎？

然则奚术而可？曰：机智勇辨如古游说之士而已。夫游说之士，以机智勇辨济其诈，吾欲谏者，以机智勇辨济其忠。请备论其效。周衰，游说炽于列国，自是世有其人。吾独怪夫谏而从者百一，说而从者十九，谏而死者皆是，说而死者未尝闻。然而抵触忌讳，说或甚于谏。繇是知不必乎讽谏，而必乎术也。说之术可为谏法者五，理谕之，势禁之，利诱之，激怒之，隐讽之之谓也。触奢以赵后爱女贤于爱子，未旋踵而长安君出质；甘罗以杜邮之死诘张唐，而相燕之行有日；赵卒以两贤王之意语燕，而立归武臣，此理而谕之也。子贡以内忧教田常，而齐不得伐鲁；武公以麋鹿胁顷襄，而楚不敢图周；鲁连以烹醢惧垣衍，而魏不果帝秦，此势而禁之也。田生以万户侯启张卿，而刘泽封；朱建以富贵饵闳孺，而辟阳赦；邹阳以爱幸悦长君，而梁王释，此利而诱之也。苏秦以牛后羞韩，而惠王按剑太息；范雎以无王耻秦，而昭王长跪请教；郦生以助秦陵汉，而沛公辍洗听计，此激而怒之也。苏代以土偶笑田文，楚人以弓缴感襄王，蒯通以娶妇悟齐相，此隐而讽之也。五者，相倾险诐之论，虽然，施之忠臣足以成功。何则？理而谕之，主虽昏必悟；势而禁之，主虽骄必惧；利而诱之，主虽怠必奋；激而怒之，主虽懦必立；隐而讽之，主虽暴必容。悟则明，惧则恭，奋则勤，立则勇，容则宽，致君之道尽于此矣。

吾观昔之臣，言必从，理必济，莫如唐魏郑公，其初实学纵横之说，此所谓得其术者与？噫！龙逢、比干不获称良臣，无苏秦、张仪之术也；苏秦、张仪不免为游说，无龙逄、比干之心也。是以龙逄、比干吾取其心，不取其术；苏秦、张仪吾取其术，不取其心，以为谏法。

夫臣能谏，不能使君必纳谏，非真能谏之臣。君能纳谏，不能使臣必谏，非真能纳谏之君。欲君必纳乎，向之论备矣。欲臣必谏乎，吾其言之。

夫君之大，天也；其尊，神也；其威，雷霆也。人之不能抗天、触神、忤雷霆亦明矣。圣人知其然，故立赏以劝之。《传》曰"兴王赏谏臣"是也。犹惧其选耎阿谀，使一日不得闻其过，故制刑以威之。《书》曰"臣下不正，其刑墨"是也。人之情非病风丧心，未有避赏而就刑者，何苦而不谏哉。赏与刑不设，则人之情又何苦而抗天、触神、忤雷霆哉。自非性忠义、不悦赏、不畏罪，谁欲以言博死者。人君又安能尽得性忠义者而任之。

今有三人焉，一人勇，一人勇怯半，一人怯。有与之临乎渊谷者，且告之曰："能跳而越，此谓之勇，不然为怯。"彼勇者耻怯，必跳而越焉，其勇怯半者与怯者则不能也。又告之曰："跳而越者与千金，不然则否。"彼勇怯半者奔利，必跳而越焉，其怯者犹未能也。须臾，顾见猛虎暴然向逼，则怯者不待告，跳而越之如康庄矣。然则人岂有勇怯哉，要在以势驱之耳。君之难犯，犹渊谷之难越也。所谓性忠义、不悦赏、不畏罪者，勇者也，故无不谏焉。悦赏者，勇怯半者也，故赏而后谏焉。畏罪者，怯者也，故刑而后谏焉。

先王知勇者不可常得，故以赏为千金，以刑为猛虎，使其前有所趋，后有所避，其势不得不极言规失，此三代所以兴也。末世不然，迁其赏于不谏，迁其刑于谏，宜乎臣之噤口卷舌，而乱亡随之也。间或贤君欲闻其过，亦不过赏之而已。呜呼！不有猛虎，彼怯者肯越渊谷乎？此无他，墨刑之废耳。三代之后，如霍光诛昌邑不谏之臣者，不亦鲜哉！

今之谏赏，时或有之，不谏之刑，缺然无矣。苟增其所有，有其所无，则谀者直，佞者忠，况忠直者乎！诚如是，欲闻谠言而不获，吾不信也。

辨奸论

事有必至，理有固然，惟天下之静者乃能见微而知著。月晕而风，础润而雨，人人知之。人事之推移，理势之相因，其疏阔而难知，变化而不可测者，孰与天地阴阳之事，而贤者有不知，其故何也？好恶乱其中而利害夺其外也。

昔者山巨源见王衍曰："误天下苍生者，必此人也。"郭汾阳见卢杞曰："此人得志，吾子孙无遗类矣。"自今而言之，其理固有可见者。以吾观之，王衍之为人，容貌言语固有以欺世而盗名者，然不忮不取，与物浮沈，使晋无惠帝，仅得中主，虽衍百千，何从而乱天下乎？卢杞之奸，固足以败国，然而不学无文，容貌不足以动人，言语不足以欺世，非德宗之鄙暗，亦何从而用之。由是言之，二公之料二子，亦容有未必然也。今有人口诵孔、老之言，身履夷、齐之行，收召好名之士、不得志之人，相与造作言语，私立名字，以为颜渊、孟轲复出，而阴贼险狠与人异趣，是王衍、卢杞合而为一人也，其祸岂可胜言哉。

夫面垢不忘洗，衣垢不忘浣，此人之至情也。今也不然，衣臣虏之衣，食犬彘之食，囚首丧面而谈《诗》《书》，此岂其情也哉？凡事之不近人情者，鲜不为大奸慝，竖刁、易牙、开方是也。以盖世之名而济其未形之患，虽有愿治之主、好贤之相，犹将举而用之，则其为天下患必然而无疑者，非特二子之比也。孙子曰："善用兵者无赫赫之功。"使斯人而不用也，则吾言为过，而斯人有不遇之叹，孰知祸之至于此哉？不然，天下将被其祸，而吾获知言之名，悲夫！

苏　轼

鲁隐公论

公子翚请杀桓公以求太宰。隐公曰："为其少故也，吾将授之矣。使营菟裘，吾将老焉。"翚惧，反谮公于桓公而弑之。

苏子曰：盗以兵拟人，人必杀之。夫岂独其所拟，涂之人皆捕击之矣。涂之人与盗非仇也，以为不击，则盗且并杀己也。隐公之智，曾不若是涂之人也，哀哉！隐公，惠公继室之子也。其为非嫡，与桓均尔，而长于桓。隐公追先君之志而授国焉，可不谓仁乎？惜乎其不敏于智也。使隐公诛翚而让桓，虽夷、齐何以尚兹。

骊姬欲杀申生而难里克，则优施来之；二世欲杀扶苏而难李斯，则赵高来之。此二人之智，若出一人，而其受祸亦不少异。里克不免于惠公之诛，李斯不免于二世之虐，皆无足哀者。吾独表而出之，以为世戒。君子之为仁义也，非有计于利害。然君子之所为，义利常兼，而小人反是。李斯听赵高之谋，非其本意，独畏蒙氏之夺其位，故勉而听高。使斯闻高之言，即召百官陈六师而斩之，其德于扶苏，岂有既乎？何蒙氏之足忧？释此不为而具五刑于市，非下愚而何？

呜呼！乱臣贼子，犹蝮蛇也。其所螫草木，犹足以杀人，况其所噬啮者欤？郑小同为高贵乡公侍中，尝诣司马师。师有密疏未屏也，如厕还，问小同："见吾疏乎？"曰："不见。"师曰："宁我负卿，无卿负我。"遂鸩之。王允之从王敦夜饮，辞醉先寝。敦与钱凤谋逆，允之已醒，悉闻其言，虑敦疑己，遂大吐，衣面皆污。敦果照视之，见允之卧吐中乃已。哀哉小同，殆哉岌岌乎允之也！孔子曰："危邦不入，乱邦不居。"有以也夫！

吾读史，得鲁隐公、晋里克、秦李斯、郑小同、王允之五人，感其所遇祸福如此，故特书其事。后之君子，可以览观焉。

战国任侠论

春秋之末，至于战国，诸侯卿相皆争养士。自谋夫说客、谈天雕龙、坚白同异之流，下至击剑扛鼎、鸡鸣狗盗之徒，莫不宾礼。靡衣玉食以馆于上者，何可胜数。越王勾践有君子六千人。魏无忌、齐田文、赵胜、黄歇、吕不韦，皆有客三千人。而田文招致任侠、奸人六万，家于薛。齐稷下谈者亦千人。魏文侯、燕昭王、太子丹，皆致客无数。下至秦汉之间，张耳、陈余号多士，宾客厮养，皆天下豪杰。而田横亦有士五百人。其略见于传记者如此。度其余，当倍官吏而半农夫也。此皆奸民蠹国者，民何以支，而国何以堪乎？

苏子曰：此先王之所不能免也。国之有奸也，犹鸟兽之有猛鸷，昆虫之有毒螫也。区处条理，使各安其处，则有之矣。锄而尽去之，则无是道也。吾考之世变，知六国之所以久存，而秦之所以速亡者，盖出于此，不可以不察也。夫智、勇、辨、力，此四者皆天民之秀杰者也，类不能恶衣食以养人，皆役人以自养者也。故先王分天下之富贵，与此四者共之。此四者不失职，则民靖矣。四者虽异，先王因俗设法，使出于一。三代以上，出于学；战国至秦，出于客；汉以后，出于郡县吏；魏晋以来，出于九品中正；隋唐至今，出于科举。虽不尽然，取其多者论之。六国之君，虐用其民，不减始皇、二世，然当是时，百姓无一人叛者，以凡民之秀杰者，多以客养之，不失职也。其力耕以奉上，皆椎鲁无能为者，虽欲怨叛而莫为之先，此其所以少安而不即亡也。

始皇初欲逐客，用李斯之言而止。既并天下，则以客为无用，于是任法而不任人，谓民可以恃法而治，谓吏不必才，取能守吾法而已。故堕名城，杀豪杰，民之秀异者散而归田亩，向之食于四公子、吕不韦之徒者，皆安归哉？不知其能槁项黄馘以老死于布褐乎？抑将辍耕太息以俟时也？秦之乱虽成于二世，然使始皇知畏此四人者，有以处之，使不失职，秦之亡不至若是速也。纵百万虎狼于山林而饥渴之，不知其将噬人，世以始皇为智，吾不信也。

楚、汉之祸，生民尽矣，豪杰宜无几，而代相陈豨，从车千乘，萧、曹为政，莫之禁也。至文、景、武之世，法令至密，然吴濞、淮南、梁王、魏其、武安之流，皆争致宾客，世主不问也。岂惩秦之祸，以为爵禄不能尽縻天下士，故少宽之使得或出于此也邪？

若夫先王之政，则不然，曰："君子学道则爱人，小人学道则易使也。"呜呼！此岂秦汉之所及也哉。

韩非论

圣人之所为恶夫异端，尽力而排之者，非异端之能乱天下，而天下之乱所由出也。昔周之衰，有老聃、庄周、列御寇之徒，更为虚无淡泊之言，而治其猖狂浮游之说，纷纭颠倒，而卒归于无有。由其道者，荡然莫得其当，是以忘乎富贵之乐，而齐乎死生之分。此不得志于天下，高世远举之人，所以放心而无忧。虽非圣人之道，而其用意，固亦无恶于天下。自老聃之死百余年，有商鞅、韩非，著书言治天下无若刑名之贤。及秦用之，终于胜、广之乱。教化不足而法有余，秦以不祀，而天下被其毒。

后世之学者，知申、韩之罪，而不知老聃、庄周之使然。何者？仁义之道，起于夫妇、父子、兄弟相爱之间；而礼法刑政之原，出于君臣上下相忌之际。相爱则有所不忍，相忌则有所不敢。不敢与不忍之心合，而后圣人之道得存乎其中。今老聃、庄周论君臣父子之间，泛泛乎若萍游于江湖而适相值也。夫是以父不足爱，而君不足忌。不忌其君，不爱其父，则仁不足以怀，义不足以劝，礼乐不足以化。此四者皆不足用，而欲置天下于无有。夫无有，岂诚足以治天下哉！商鞅、韩非求为其说而不得，得其所以轻天下而齐万物之术，是以敢为残忍而无疑。

今夫不忍杀人而不足以为仁，而仁亦不足以治民。则是杀人不足以为不仁，而不仁亦不足以乱天下。如此，则举天下惟吾之所为，刀锯斧钺，何施而不可？昔者夫子未尝一日易其言，虽天下之小物，亦莫不有所畏。今其视天下眇然若不足为者，此其所以轻杀人与！

太史迁曰："申子卑卑，施于名实。韩子引绳墨，切事情，明是非，其极惨核少恩，皆原于道德之意。"尝读而思之。事固有不相谋而相感者，庄、老之后，其祸为申、韩。由三代之衰至于今，凡所以乱圣人之道者，其弊固已多矣，而未知其所终。奈何其不为之所也！

长沙杨书霖襄校

卷三　词赋之属上编一

诗

七月

七月流火，九月授衣。一之日觱发，二之日栗烈。无衣无褐，何以卒岁？三之日于耜，四之日举趾。同我妇子，馌彼南亩。田畯至喜。

七月流火，九月授衣。春日载阳，有鸣仓庚。女执懿筐，遵彼微行，爰求柔桑。春日迟迟，采蘩祁祁。女心伤悲，殆及公子同归。

七月流火，八月萑苇。蚕月条桑，取彼斧斨。以伐远扬，猗彼女桑。七月鸣鵙，八月载绩。载玄载黄，我朱孔阳，为公子裳。

四月秀葽，五月鸣蜩。八月其获，十月陨蘀。一之日于貉，取彼狐狸，为公子裘。二之日其同，载缵武功。言私其豵，献豜于公。

五月斯螽动股，六月莎鸡振羽。七月在野，八月在宇，九月在户，十月蟋蟀入我床下。穹窒熏鼠，塞向墐户。嗟我妇子，曰为改岁，入此室处。

六月食郁及薁，七月亨葵及菽。八月剥枣，十月获稻。为此春酒，以介眉寿。七月食瓜，八月断壶。九月叔苴，采荼薪樗，食我农夫。

九月筑场圃，十月纳禾稼。黍稷重穋，禾麻菽麦。嗟我农夫，我稼既同，上入执宫功。昼尔于茅，宵尔索綯，亟其乘屋，其始播百谷。

二之日凿冰冲冲，三之日纳于凌阴。四之日其蚤，献羔祭韭。九月肃霜，十月涤场。朋酒斯飨，曰杀羔羊。跻彼公堂，称彼兕觥，万寿无疆！

东山

我徂东山，慆慆不归。我来自东，零雨其濛。我东曰归，我心西悲。制彼裳衣，勿士行枚。蜎蜎者蠋，烝在桑野。敦彼独宿，亦在车下。

我徂东山，慆慆不归。我来自东，零雨其濛。果臝之实，亦施于宇。伊威在室，蟏蛸在户。町畽鹿场，熠耀宵行。亦可畏也，伊可怀也。

我徂东山，慆慆不归。我来自东，零雨其濛。鹳鸣于垤，妇叹于室。洒扫穹窒，我征聿至。有敦瓜苦，烝在栗薪。自我不见，于今三年。

我徂东山，慆慆不归。我来自东，零雨其濛。仓庚于飞，熠耀其羽。之子于归，皇驳其马。亲结其缡，九十其仪。其新孔嘉，其旧如之何？

六月

六月栖栖，戎车既饬。四牡骙骙，载是常服。狎狁孔炽，我是用急。王于出征，以匡王国。

比物四骊，闲之维则。维此六月，既成我服。我服既成，于三十里。王于出征，以佐天子。

四牡修广，其大有颙。薄伐玁狁，以奏肤公。有严有翼，共武之服。共武之服，以定王国。

玁狁匪茹，整居焦获。侵镐及方，至于泾阳。织文鸟章，白旆央央。元戎十乘，以先启行。

戎车既安，如轾如轩。四牡既佶，既佶且闲。薄伐玁狁，至于大原。文武吉甫，万邦为宪。

吉甫燕喜，既多受祉。来归自镐，我行永久。饮御诸友，炰鳖脍鲤。侯谁在矣？张仲孝友。

采芑

薄言采芑，于彼新田，于此菑亩。方叔涖止，其车三千，师干之试。方叔率止，乘其四骐，四骐翼翼。路车有奭，簟茀鱼服，钩膺鞗革。

薄言采芑，于彼新田，于此中乡。方叔涖止，其车三千，旂旐央央。方叔率止，约軧错衡，八鸾玱玱。服其命服，朱芾斯皇，有玱葱珩。

鴥彼飞隼，其飞戾天，亦集爰止。方叔涖止，其车三千，师干之试。方叔率止，钲人伐鼓，陈师鞠旅。显允方叔，伐鼓渊渊，振旅阗阗。

蠢尔蛮荆，大邦为雠。方叔元老，克壮其犹。方叔率止，执讯获丑。戎车啴啴，啴啴焞焞，如霆如雷。显允方叔，征伐玁狁，蛮荆来威。

车攻

我车既攻，我马既同。四牡庞庞，驾言徂东。

田车既好，四牡孔阜。东有甫草，驾言行狩。

之子于苗，选徒嚣嚣。建旐设旄，搏兽于敖。

驾彼四牡，四牡奕奕。赤芾金舄，会同有绎。

决拾既佽，弓矢既调。射夫既同，助我举柴。

四黄既驾，两骖不猗。不失其驰，舍矢如破。

萧萧马鸣，悠悠旆旌。徒御不惊，大庖不盈。

之子于征，有闻无声。允矣君子，展也大成。

吉日

吉日维戊，既伯既祷。田车既好，四牡孔阜。升彼大阜，从其群丑。

吉日庚午，既差我马。兽之所同，麀鹿麌麌。漆沮之从，天子之所。

瞻彼中原，其祁孔有。儦儦俟俟，或群或友。悉率左右，以燕天子。

既张我弓，既挟我矢。发彼小豝，殪此大兕。以御宾客，且以酌醴。

节南山

节彼南山，维石岩岩。赫赫师尹，民具尔瞻。忧心如惔，不敢戏谈。国既卒斩，何用不监？

节彼南山，有实其猗。赫赫师尹，不平谓何？天方荐瘥，丧乱弘多。民言无嘉，憯莫惩嗟。

尹氏大师，维周之氐。秉国之均，四方是维。天子是毗，俾民不迷。不吊昊天，不宜空我师。

弗躬弗亲，庶民弗信。弗问弗仕，勿罔君子。式夷式已，无小人殆。琐琐姻亚，则无膴仕。

昊天不佣，降此鞠讻。昊天不惠，降此大戾。君子如届，俾民心阕。君子如夷，恶怒是违。

不吊昊天，乱靡有定。式月斯生，俾民不宁。忧心如酲，谁秉国成？不自为政，卒劳百姓。

驾彼四牡，四牡项领。我瞻四方，蹙蹙靡所骋。

方茂尔恶，相尔矛矣。既夷既怿，如相酬矣。

昊天不平，我王不宁。不惩其心，覆怨其正。

家父作诵，以究王讻。式讹尔心，以畜万邦。

正月

正月繁霜，我心忧伤。民之讹言，亦孔之将。念我独兮，忧心京京。哀我小心，癙忧以痒。

父母生我，胡俾我瘉？不自我先，不自我后。好言自口，莠言自口。忧心愈愈，是以有侮。

忧心茕茕，念我无禄。民之无辜，并其臣仆。哀我人斯，于何从禄？瞻乌爰止，于谁之屋？

瞻彼中林，侯薪侯蒸。民今方殆，视天梦梦。既克有定，靡人弗胜。有皇上帝，伊谁云憎？

谓山盖卑？为冈为陵。民之讹言，宁莫之惩。召彼故老，讯之占梦。具曰予圣，谁知乌之雌雄？

谓天盖高？不敢不局。谓地盖厚？不敢不蹐。维号斯言，有伦有脊。哀今之人，胡为虺蜴？

瞻彼阪田，有菀其特。天之扤我，如不我克。彼求我则，如不我得。执我仇仇，亦不我力。

心之忧矣，如或结之。今兹之正，胡然厉矣？燎之方扬，宁或灭之？赫赫宗周，褒姒灭之！

终其永怀，又窘阴雨。其车既载，乃弃尔辅。载输尔载，将伯助予！

　　无弃尔辅，员于尔辐。屡顾尔仆，不输尔载。终逾绝险，曾是不意。

　　鱼在于沼，亦匪克乐。潜虽伏矣，亦孔之炤。忧心惨惨，念国之为虐。

　　彼有旨酒，又有嘉肴。洽比其邻，昏姻孔云。念我独兮，忧心殷殷。

　　佌佌彼有屋，蔌蔌方有谷。民今之无禄，天夭是椓。哿矣富人，哀此茕独。

绵

　　绵绵瓜瓞，民之初生，自土沮漆。古公亶父，陶复陶穴，未有家室。

　　古公亶父，来朝走马。率西水浒，至于岐下。爰及姜女，聿来胥宇。

　　周原朊朊，堇荼如饴。爰始爰谋，爰契我龟。曰止曰时，筑室于兹。

　　乃慰乃止，乃左乃右，乃疆乃理，乃宣乃亩。自西徂东，周爰执事。

　　乃召司空，乃召司徒，俾立室家。其绳则直，缩版以载，作庙翼翼。

　　捄之陾陾，度之薨薨。筑之登登，削屡冯冯。百堵皆兴，鼛鼓弗胜。

　　乃立皋门，皋门有伉。乃立应门，应门将将。乃立冢土，戎丑攸行。

　　肆不殄厥愠，亦不陨厥问。柞棫拔矣，行道兑矣，混夷駾矣，维其喙矣！

虞、芮质厥成，文王蹶厥生。予曰有疏附，予曰有先后，予曰有奔奏，予曰有御侮！

皇矣

皇矣上帝，临下有赫。监观四方，求民之莫。维此二国，其政不获。维彼四国，爰究爰度。上帝耆之，憎其式廓。乃眷西顾，此维与宅。

作之屏之，其菑其翳。修之平之，其灌其栵。启之辟之，其柽其椐。攘之剔之，其檿其柘。帝迁明德，串夷载路。天立厥配，受命既固。

帝省其山，柞棫斯拔，松柏斯兑。帝作邦作对，自大伯、王季。维此王季，因心则友。则友其兄，则笃其庆。载锡之光，受禄无丧，奄有四方。

维此王季，帝度其心。貊其德音，其德克明。克明克类，克长克君。王此大邦，克顺克比。比于文王，其德靡悔。既受帝祉，施于孙子。

帝谓文王：无然畔援，无然歆羡，诞先登于岸。密人不恭，敢距大邦，侵阮徂共。王赫斯怒，爰整其旅，以按徂旅。以笃周祜，以对于天下。

依其在京，侵自阮疆，陟我高冈。无矢我陵，我陵我阿。无饮我泉，我泉我池。度其鲜原，居岐之阳，在渭之将。万邦之方，下民之王。

帝谓文王：予怀明德，不大声以色，不长夏以革。不识不知，顺帝之则。帝谓文王：询尔仇方，同尔兄弟。以尔钩援，与尔临冲，以伐崇墉。

临冲闲闲，崇墉言言。执讯连连，攸馘安安。是类是祃，是致是附，四方以无侮。临冲茀茀，崇墉仡仡。是伐是肆，是绝是忽，四方以无拂。

崧高

崧高维岳，骏极于天。维岳降神，生甫及申。维申及甫，维周之翰。四国于蕃，四方于宣。

亹亹申伯，王缵之事。于邑于谢，南国是式。王命召伯，定申伯之宅。登是南邦，世执其功。

王命申伯，式是南邦。因是谢人，以作尔庸。王命召伯，彻申伯土田。王命傅御，迁其私人。

申伯之功，召伯是营。有俶其城，寝庙既成。既成藐藐，王锡申伯。四牡蹻蹻，钩膺濯濯。

王遣申伯，路车乘马。我图尔居，莫如南土。锡尔介圭，以作尔宝。往近王舅，南土是保。

申伯信迈，王饯于郿。申伯还南，谢于诚归。王命召伯，彻申伯土疆。以峙其粻，式遄其行。

申伯番番，既入于谢。徒御啴啴，周邦咸喜，戎有良翰。不显申伯，王之元舅，文武是宪。

申伯之德，柔惠且直。揉此万邦，闻于四国。吉甫作诵，其诗孔硕。其风肆好，以赠申伯。

烝民

天生烝民，有物有则。民之秉彝，好是懿德。天监有周，昭假于下。保兹天子，生仲山甫。

仲山甫之德，柔嘉维则。令仪令色，小心翼翼。古训是式，威仪是力。天子是若，明命使赋。

王命仲山甫，式是百辟，缵戎祖考，王躬是保。出纳王命，王之喉舌。赋政于外，四方爰发。

肃肃王命，仲山甫将之。邦国若否，仲山甫明之。既明且哲，以保其身。夙夜匪解，以事一人。

人亦有言，柔则茹之，刚则吐之。维仲山甫，柔亦不茹，刚亦不吐。不侮矜寡，不畏强御。

人亦有言，德輶如毛，民鲜克举之。我仪图之，维仲山甫举之，爱莫助之。衮职有阙，维仲山甫补之。

仲山甫出祖，四牡业业，征夫捷捷，每怀靡及。四牡彭彭，八鸾锵锵，王命仲山甫，城彼东方。

四牡骙骙，八鸾喈喈。仲山甫徂齐，式遄其归。吉甫作诵，穆如清风。仲山甫永怀，以慰其心。

荀　子

赋篇

爰有大物，非丝非帛，文理成章。非日非月，为天下明。生者以寿，死者以葬。城郭以固，三军以强。粹而王，驳而伯，无一焉而亡。臣愚不识，敢请之王。王曰：此夫文而不采者与？简然易知而致有理者与？君子所敬而小人所不者与？性不得则若禽兽，性得之则甚雅似者与？匹夫隆之则为圣人，诸侯隆之则一四海者与？致明而约，甚顺而体，请归之礼。右礼赋。

皇天隆物，以示下民，或厚或薄，帝不齐均。桀、纣以乱，汤、武以贤。涽涽淑淑，皇皇穆穆。周流四海，曾不崇日。君子以修，跖以穿室。大参乎天，精微而无形。行义以正，事业以成。可以禁暴足穷，百姓待之而后宁泰。臣愚不识，愿问其名。曰：此夫安宽平而危险隘者邪？修洁之为亲，而杂污之为狄者邪？甚深藏而外胜敌者邪？法禹、舜而能弇迹邪？行为动静，待之而后适者邪？血气之精也，志意之荣也。百姓待之而后宁也，天下待之而后平也，明达纯粹而无疵也，夫是之谓君子之知。右知赋。

有物于此，居则周静致下，动则綦高以巨。圆者中规，方者中矩。大参天地，德厚尧、禹。精微乎毫毛，而大盈乎大宇。忽兮其极之远也，攭兮其相逐而返也，卬卬兮天下之咸蹇也。德厚而不捐，五采备而成文。往来惛惫，通于大神，出入甚极，莫知其门。天下失之则灭，得之则存。弟子不敏，此之愿陈，君子设辞，请测意之。曰：此夫大而不塞者与？充盈大宇而不窕，入郄穴而不逼者与？行远疾速而不可托讯者与？往来惛惫而不可为固塞者与？暴至杀伤而不亿忌者与？功被天下而不私置者与？托地而游宇，友风而子雨。冬日作寒，夏日作暑。广大精神，请归之云。右云赋。

有物于此，儵儵其状，屡化如神。功被天下，为万世文。礼乐以成，贵贱以分。养老长幼，待之而后存。名号不美，与暴为邻。功立而身废，事成而家败。弃其耆老，收其后世。人属所利，飞鸟所害。臣愚而不识，请占之五泰。五泰占之曰：此夫身女好而头马首者与？屡化而不寿者与？善壮而拙老者与？有父母而无牝牡者与？冬伏而夏游，食桑而吐丝，前乱而后治，夏生而恶暑，喜湿而恶雨。蛹以为母，蛾以为父。三俯三起，事乃大已。夫是之谓蚕理。右蚕赋。

有物于此，生于山阜，处于室堂。无知无巧，善治衣裳。不盗不窃，穿窬而行。日夜合离，以成文章。以能合从，又善连衡。下覆百姓，上饰帝王。功业甚博，不见贤良。时用则存，不用则亡。臣愚不识，敢请之王。王曰：此夫始生巨，其成功小者邪？长其尾而锐其剽者邪？头铦达而尾赵缭者邪？一往一来，结尾以为事。无羽无翼，反覆甚极。尾生而事起，尾邅而事已。簪以为父，管以为母。既以缝表，又以连里。夫是之谓箴理。右箴赋。

天下不治，请陈佹诗：天地易位，四时易乡。列星殒坠，旦暮晦盲。幽晦登昭，日月下藏。公正无私，反见从横。志爱公利，重楼疏堂。无私罪人，憼革贰兵。道德纯备，谗口将将。仁人绌约，敖暴擅强。天下幽险，恐失世英。螭龙为蝘蜓，鸱枭为凤凰。比干见刳，孔子拘匡。昭昭乎其知之明也，郁郁乎其遇时之不祥也。拂乎其欲礼义之大行也，暗乎天下之晦盲也。皓天不复，忧无疆也。千岁必反，古之常也。弟子勉学，天不忘也。圣人共手，时几将矣。与愚以疑，愿闻反辞。其小歌曰：念彼远方，何其塞矣！仁人绌约，暴人衍矣！忠臣危殆，谗人服矣！

璇玉瑶珠，不知佩也。杂布与锦，不知异也。闾娵、子奢，莫之媒也。嫫母、力父，是之嘉也。以盲为明，以聋为聪，以危为安，以吉为凶。呜呼上天，曷维其同！

屈　原

离骚

帝高阳之苗裔兮，朕皇考曰伯庸。摄提贞于孟陬兮，惟庚寅吾以降。皇览揆余于初度兮，肇锡余以嘉名。名余曰正则兮，字余曰灵均。纷吾既有此内美兮，又重之以修能。扈江离与辟芷兮，纫秋兰以为佩。汩余若将不及兮，恐年岁之不吾与。朝搴阰之木兰兮，夕揽洲之宿莽。日月忽其不淹兮，春与秋其代序。惟草木之零落兮，恐美人之迟暮。不抚壮而弃秽兮，何不改乎此度也？乘骐骥以驰骋兮，来吾导夫先路！

昔三后之纯粹兮，固众芳之所在。杂申椒与菌桂兮，岂维纫夫蕙茝？彼尧舜之耿介兮，既遵道而得路。何桀纣之昌披兮，夫惟捷径以窘步。惟党人之偷乐兮，路幽昧以险隘。岂余身之惮殃兮，恐皇舆之败绩。忽奔走以先后兮，及前王之踵武。荃不察余之中情兮，反信谗而齐怒。余固知謇謇之为患兮，忍而不能舍也。指九天以为正兮，夫惟灵修之故也。初既与余成言兮，后悔遁而有佗。余既不难夫离别兮，伤灵修之数化。

　　余既滋兰之九畹兮，又树蕙之百亩。畦留夷与揭车兮，杂杜蘅与芳芷。冀枝叶之峻茂兮，愿俟时乎吾将刈。虽萎绝其亦何伤兮，哀众芳之芜秽。以上言以道事君，见疑而不改。

　　众皆竞进以贪婪兮，凭不厌乎求索。羌内恕己以量人兮，各兴心而嫉妒。忽驰骛以追逐兮，非余心之所急。老冉冉其将至兮，恐修名之不立。朝饮木兰之坠露兮，夕餐秋菊之落英。苟余情其信姱以练要兮，长顑颔亦何伤。擥木根以结茝兮，贯薜荔之落蕊。矫菌桂以纫蕙兮，索胡绳之纚纚。謇吾法夫前修兮，非时俗之所服。虽不周于今之人兮，愿依彭咸之遗则。长太息以掩涕兮，哀人生之多艰。余虽好修姱以鞿羁兮，謇朝谇而夕替。既替余以蕙纕兮，又申之以揽茝。亦余心之所善兮，虽九死其犹未悔。怨灵修之浩荡兮，终不察夫人心。众女嫉余之蛾眉兮，谣诼谓余以善淫。固时俗之工巧兮，偭规矩而改错。背绳墨以追曲兮，竞周容以为度。忳郁邑余侘傺兮，吾独穷困乎此时也。宁溘死以流亡兮，余不忍为此态也！鸷鸟之不群兮，自前代而固然。何方圆之能周兮，夫孰异道而相安？屈心而抑志兮，忍尤而攘诟。伏清白以死直兮，固前圣之所厚。以上言谗人之害，而将挤于死。

　　悔相道之不察兮，延伫乎吾将反。回朕车以复路兮，及行迷之未远。步余马于兰皋兮，驰椒邱且焉止息。进不入以离尤兮，退将复修吾初服。制芰荷以为衣兮，集芙蓉以为裳。不吾知其亦已兮，苟余情其信芳。高余冠之岌岌兮，长余佩之陆离。芳与泽其杂糅兮，唯昭质其犹未亏。忽反顾以游目兮，将往观乎四荒。佩缤纷其繁饰兮，芳菲菲其弥章。人生各有所乐兮，余独好修以为常。虽体解吾犹未变兮，岂余心之可惩。以上言欲退隐不涉世患而不能。

女嬃之婵媛兮，申申其詈予。曰：鲧婞直以亡身兮，终然夭乎羽之野。汝何博謇而好修兮，纷独有此姱节？薋菉葹以盈室兮，判独离而不服。众不可户说兮，孰云察余之中情？世并举而好朋兮，夫何茕独而不予听？以上设为女嬃辞，劝其和光同尘。

依前圣以节中兮，喟凭心而历兹。济沅湘以南征兮，就重华而陈辞。启《九辩》与《九歌》兮，夏康娱以自纵。不顾难以图后兮，五子用失乎家巷。羿淫游以佚田兮，又好射夫封狐。固乱流其鲜终兮，浞又贪夫厥家。浇身被服强圉兮，纵欲而不忍。日康娱而自忘兮，厥首用夫颠陨。夏桀之常违兮，乃遂焉而逢殃。后辛之菹醢兮，殷宗用而不长。汤禹严而祗敬兮，周论道而莫差。举贤而授能兮，循绳墨而不颇。皇天无私阿兮，览民德焉错辅。夫维圣哲以茂行兮，苟得用此下土。瞻前而顾后兮，相观民之计极。夫孰非义而可用兮，孰非善而可服？阽余身而危死兮，览余初其犹未悔。不量凿而正枘兮，固前修以菹醢。以上言质之于舜，而又不敢不为善，不敢与世俗和同。

曾歔欷余郁悒兮，哀朕时之不当。揽茹蕙以掩涕兮，霑余襟之浪浪。跪敷衽以陈辞兮，耿吾既得此中正。驷玉虬以乘鹥兮，溘埃风余上征。朝发轫于苍梧兮，夕余至乎县圃。欲少留此灵琐兮，日忽忽其将暮。吾令羲和弭节兮，望崦嵫而勿迫。路漫漫其修远兮，吾将上下而求索。饮余马于咸池兮，总余辔乎扶桑。折若木以拂日兮，聊须臾以相羊。前望舒使先驱兮，后飞廉使奔属。鸾皇为余先戒兮，雷师告余以未具。吾令凤凰飞腾兮，又继之以日夜。飘风屯其相离兮，帅云霓而来御。纷总总其离合兮，班陆离其上下。吾令帝阍开关兮，倚阊阖而望予。时暧暧其将罢兮，结幽兰而延伫。世溷浊而不分兮，好蔽美而嫉妒。

朝吾将济于白水兮，登阆风而绁马。忽反顾以流涕兮，哀高邱之无女。溘吾游此春宫兮，折琼枝以继佩。及荣华之未落兮，相下女之可诒。吾令丰隆乘云兮，求宓妃之所在。解佩纕以结言兮，吾令蹇修以为理。纷总总其离合兮，忽纬𬤇其难迁。夕归次于穷石兮，朝濯发乎洧盘。保厥美以骄傲兮，日康娱以淫游。虽信美而无礼兮，来违弃而改求。览相观于四极兮，周流乎天余乃下。望瑶台之偃蹇兮，见有娀之佚女。吾令鸩为媒兮，鸩告余以不好。雄鸠之鸣逝兮，余犹恶其佻巧。心犹豫而狐疑兮，欲自适而不可。凤凰既受诒兮，恐高辛之先我。欲远集而无所止兮，聊浮游以逍遥。及少康之未家兮，留有虞之二姚。理弱而媒拙兮，恐导言之不固。时溷浊而嫉贤兮，好蔽美而称恶。闺中既以邃远兮，哲王又不寤。怀朕情而不发兮，余焉能忍与此终古！以上涉出世之遐想，即远游之意也。宓妃、有娀、二姚，冀有所遇合而皇皇尔。

索琼茅以筳篿兮，命灵氛为余占之。曰：两美其必合兮，孰信修而慕之？思九州之博大兮，岂唯是其有女？曰：勉远逝而无狐疑兮，孰求美而释女？何所独无芳草兮，尔何怀乎故宇？世幽昧以眩曜兮，孰云察余之美恶？人好恶其不同兮，惟此党人其独异。户服艾以盈要兮，谓幽兰其不可佩。览察草木其犹未得兮，岂珵美之能当？苏粪壤以充帏兮，谓申椒其不芳。欲从灵氛之吉占兮，心犹豫而狐疑。以上“两美必合”至“何怀故宇”，灵氛之词；“幽昧眩曜”至“犹豫狐疑”，屈子答灵氛之词。

巫咸将夕降兮，怀椒糈而要之。百神翳其备降兮，九疑缤其并迎。皇剡剡其扬灵兮，告余以吉故。曰：勉升降以上下兮，求矩矱之所同。汤禹俨而求合兮，挚咎繇而能调。苟中情其好修兮，何必用夫行媒。说操筑于傅岩兮，武丁用而不疑。吕望之鼓刀兮，遭周文而得举。宁戚之讴歌兮，齐桓闻以该辅。及年岁之未晏兮，时亦犹其未央。恐鹈鴂之先鸣兮，使百草为之不芳。何琼佩之偃蹇兮，众薆然而蔽之？惟此党人之不亮兮，恐嫉妒而折之。时缤纷其变易兮，又何可以淹留？兰芷变而不芳兮，荃蕙化而为茅。何昔日之芳草兮，今直为此萧艾也？岂其有他故兮，莫好修之害也！余以兰为可恃兮，羌无实而容长。委厥美以从俗兮，苟得列乎众芳。椒专佞以慢慆兮，樧又欲充其佩帏。既干进而务入兮，又何芳之能祗？固时俗之从流兮，又孰能无变化？览椒兰其若兹兮，又况揭车与江蓠。以上"升降上下"起至"百草不芳"止，巫咸之词；"琼佩偃蹇"起至"揭车江蓠"止，屈子答巫咸之词。

惟兹佩之可贵兮，委厥美而历兹。芳菲菲而难亏兮，芬至今犹未沫。和调度以自娱兮，聊浮游而求女。及余饰之方壮兮，周流观乎上下。

灵氛既告余以吉占兮，历吉日乎吾将行。折琼枝以为羞兮，精琼靡以为粻。为余驾飞龙兮，杂瑶象以为车。何离心之可同兮？吾将远逝以自疏。邅吾道夫昆仑兮，路修远以周流。扬云霓之晻蔼兮，鸣玉鸾之啾啾。朝发轫于天津兮，夕余至乎西极。凤凰翼其承旂兮，高翱翔之翼翼。忽吾行此流沙兮，遵赤水而容与。麾蛟龙使梁津兮，诏西皇使涉予。路修远以多艰兮，腾众车使径待。路不周以左转兮，指西海以为期。屯余车其千乘兮，齐玉轪而并驰。驾八龙之婉婉兮，载云旗之委移。抑志而弭节兮，神高驰之邈邈。奏《九歌》而舞《韶》兮，聊假日以偷乐。陟升皇之赫戏兮，忽临睨夫旧乡。仆夫悲余马怀兮，蜷局顾而不行。以上欲远逝以自疏，有浩然长往之意。末言蜷局不行，则睠睠君国不能忘也。

乱曰：已矣哉！国无人莫我知兮，又何怀乎故都？既莫足与为美政兮，吾将从彭咸之所居。

九歌

【东皇太一】

吉日兮辰良，穆将愉兮上皇。抚长剑兮玉珥，璆锵鸣兮琳琅。瑶席兮玉瑱，盍将把兮琼芳。蕙肴蒸兮兰藉，奠桂酒兮椒浆。扬枹兮拊鼓，疏缓节兮安歌。陈竽瑟兮浩倡，灵偃蹇兮姣服，芳菲菲兮满堂。五音纷兮繁会，君欣欣兮乐康。

【云中君】

浴兰汤兮沐芳，华采衣兮若英。灵连蜷兮既留，烂昭昭兮未央。蹇将憺兮寿宫，与日月兮齐光。龙驾兮帝服，聊翱游兮周章。灵皇皇兮既降，猋远举兮云中。览冀州兮有余，横四海兮焉穷。思夫君兮太息，极劳心兮忡忡。

【湘君】

君不行兮夷犹，蹇谁留兮中洲？美要眇兮宜修，沛吾乘兮桂舟。令沅湘兮无波，使江水兮安流。望夫君兮未来，吹参差兮谁思？驾飞龙兮北征，邅吾道兮洞庭。薜荔拍兮蕙绸，荪桡兮兰旌。望涔阳兮极浦，横大江兮扬灵。扬灵兮未极，女婵媛兮为予太息。横流涕兮潺湲，隐思君兮陫侧。桂棹兮兰枻，斫冰兮积雪。采薜荔兮水中，搴芙蓉兮木末。心不同兮媒劳，恩不甚兮轻绝。石濑兮浅浅，飞龙兮翩翩。交不忠兮怨长，期不信兮告余以不闲。朝骋骛兮江皋，夕弭节兮北渚。鸟次兮屋上，水周兮堂下。捐余玦兮江中，遗余佩兮澧浦。采芳洲兮杜若，将以遗兮下女。时不可兮再得，聊逍遥兮容与。

【湘夫人】

帝子降兮北渚，目眇眇兮愁予。袅袅兮秋风，洞庭波兮木叶下。登白蘋兮骋望，与佳期兮夕张。鸟何萃兮蘋中？罾何为兮木上？沅有芷兮澧有兰，思公子兮未敢言。荒忽兮远望，观流水兮潺湲。麋何为兮庭中？蛟何为兮水裔？朝驰余马兮江皋，夕济兮西澨。闻佳人兮召予，将腾驾兮偕逝。筑室兮水中，葺之兮荷盖。荪壁兮紫坛，播芳椒兮成堂。桂栋兮兰橑，辛夷楣兮药房。罔薜荔兮为帷，擗蕙櫋兮既张。白玉兮为镇，疏石兰兮为芳。芷葺兮荷屋，缭之兮杜蘅。合百草兮实庭，建芳馨兮庑门。九疑缤兮并迎，灵之来兮如云。捐余袂兮江中，遗余褋兮澧浦。搴汀洲兮杜若，将以遗兮远者。时不可兮骤得，聊逍遥兮容与。

【大司命】

广开兮天门，纷吾乘兮玄云。令飘风兮先驱，使冻雨兮洒尘。君回翔兮以下，逾空桑兮从女。纷总总兮九州，何寿夭兮在予？高飞兮安翔，乘清气兮御阴阳。吾与君兮齐速，导帝之兮九阬。灵衣兮披披，玉佩兮陆离。壹阴兮壹阳，众莫知兮余所为。折疏麻兮瑶华，将以遗兮离居。老冉冉兮既极，不寝近兮愈疏。乘龙兮辚辚，高驰兮冲天。结桂枝兮延伫，羌愈思兮愁人。愁人兮奈何，愿若今兮无亏。固人命兮有当，孰离合兮可为？

【少司命】

秋兰兮麋芜，罗生兮堂下。绿叶兮素枝，芳菲菲兮袭予。夫人兮自有美子，荪何以兮愁苦？秋兰兮青青，绿叶兮紫茎。满堂兮美人，忽独与予兮目成。入不言兮出不辞，乘回风兮载云旗。悲莫悲兮生别离，乐莫乐兮新相知。荷衣兮蕙带，儵而来兮忽而逝。夕宿兮帝郊，君谁须兮云之际？与女沐兮咸池，晞女发兮阳之阿。望美人兮未来，临风恍兮浩歌。孔盖兮翠旍，登九天兮抚彗星。竦长剑兮拥幼艾，荪独宜兮为民正。

【东君】

暾将出兮东方，照吾槛兮扶桑。抚余马兮安驱，夜皎皎兮既明。驾龙辀兮乘雷，载云旗兮委蛇。长太息兮将上，心低徊兮顾怀。羌声色兮娱人，观者憺兮忘归。緪瑟兮交鼓，萧钟兮瑶虡。鸣箎兮吹竽，思灵保兮贤姱。翾飞兮翠曾，展诗兮会舞。应律兮合节，灵之来兮蔽日。青云衣兮白霓裳，举长矢兮射天狼。操余弧兮反沦降，援北斗兮酌桂浆。撰余辔兮高驰翔，杳冥冥兮以东行。

【河伯】

与女游兮九河，冲风起兮横波。乘水车兮荷盖，驾两龙兮骖螭。登昆仑兮四望，心飞扬兮浩荡。日将暮兮怅忘归，惟极浦兮寤怀。鱼鳞屋兮龙堂，紫贝阙兮朱宫。灵何为兮水中？乘白鼋兮逐文鱼，与女游兮河之渚，流澌纷兮将来下。子交手兮东行，送美人兮南浦。波滔滔兮来迎，鱼邻邻兮媵予。

【山鬼】

若有人兮山之阿，被薜荔兮带女萝。既含睇兮又宜笑，子慕予兮善窈窕。乘赤豹兮从文狸，辛夷车兮结桂旗。被石兰兮带杜蘅，折芳馨兮遗所思。余处幽篁兮终不见天，路险难兮独后来。表独立兮山之上，云容容兮而在下。杳冥冥兮羌昼晦，东风飘飘兮神灵雨。留灵修兮澹忘归，岁既晏兮孰华予？采三秀兮于山间，石磊磊兮葛蔓蔓。怨公子兮怅忘归，君思我兮不得闲。山中人兮芳杜若，饮石泉兮荫松柏，君思我兮然疑作。雷填填兮雨冥冥，猿啾啾兮狖夜鸣。风飒飒兮木萧萧，思公子兮徒离忧。

【国殇】

操吴戈兮被犀甲，车错毂兮短兵接。旌蔽日兮敌若云，矢交坠兮士争先。陵余阵兮躐余行，左骖殪兮右刃伤。霾两轮兮絷四马，援玉枹兮击鸣鼓。天时怼兮威灵怒，严杀尽兮弃原野。出不入兮往不返，平原忽兮路超远。带长剑兮挟秦弓，首虽离兮心不惩。诚既勇兮又以武，终刚强兮不可陵。身既死兮神以灵，魂魄毅兮为鬼雄。

【礼魂】

成礼兮会鼓，传芭兮代舞，姱女倡兮容与。春兰兮秋菊，长无绝兮终古。

九章

【惜诵】

惜诵以致愍兮，发愤以抒情。所非忠而言之兮，指苍天以为正。令五帝以折中兮，戒六神以乡服。俾山川以备御兮，命咎繇以听直。竭忠诚以事君兮，反离群而赘肬。忘儇媚以背众兮，待明君其知之。言与行其可迹兮，情与貌其不变。故相臣莫若君兮，所以证之不远。吾谊先君而后身兮，羌众人之所仇也。专惟君而无他兮，又众兆之所仇也。壹心而不豫兮，羌不可保也。疾亲君而无他兮，有招祸之道也。

思君其莫我忠兮，忽忘身之贱贫。事君而不贰兮，迷不知宠之门。忠何罪以遇罚兮，亦非予心之所志也。行不群以颠越兮，又众兆之所咍也。纷逢尤以离谤兮，謇不可释也。情沉抑而不达兮，又蔽而莫之白也。心郁邑予侘傺兮，又莫察予之中情。固烦言不可结诒兮，愿陈志而无路。退静默而莫予知兮，进号呼又莫吾闻。申侘傺之烦惑兮，中闷瞀之忳忳。

昔予梦登天兮，魂中道而无杭。吾使厉神占之兮，曰有志极而无旁。终危独以离异兮，曰君可思而不可恃。故众口其铄金兮，初若是而逢殆。惩于羹而吹齑兮，何不变此志也？欲释阶而登天兮，犹有曩之态也。众骇遽以离心兮，又何以为此伴也？同极而异路兮，又何以为此援也？晋申生之孝子兮，父信谗而不好。行婞直而不豫兮，鲧功用而不就。吾闻作忠以造怨兮，忽谓之过言。九折臂而成医兮，吾至今而知其信然。

　　矰弋机而在上兮，罻罗张而在下。设张辟以娱君兮，愿侧身而无所。欲遭回以干傺兮，恐重患而离尤。欲高飞而远集兮，君罔谓女何之？欲横奔而失路兮，盖坚志而不忍。背膺牉以交痛兮，心菀结而纡轸。今称忧虑过甚有背痛者，有膺痛者。牉者，两体若分割，而仍交痛也。捣木兰以矫蕙兮，䰀申椒以为粮。播江蓠与滋菊兮，愿春日以为糗芳。恐情质之不信兮，故重著以自明。矫兹媚以私处兮，愿曾思而远身。

【涉江】

　　余幼好此奇服兮，年既老而不衰。带长铗之陆离兮，冠切云之崔嵬。被明月兮佩宝璐，世溷浊而莫予知兮。吾方高驰而不顾，驾青虬兮骖白螭。吾与重华游兮瑶之圃，登昆仑兮食玉英。与天地兮比寿，与日月兮齐光。

　　哀南夷之莫吾知兮，旦予济于江、湘。乘鄂渚而反顾兮，欸秋冬之绪风。步余马兮山皋，邸予车兮方林。乘舲船予上沅兮，齐吴榜以击汰。船容与而不进兮，淹回水而疑滞。朝发枉渚兮，夕宿辰阳。苟余心其端直兮，虽僻远之何伤！

　　入溆浦余遭回兮，迷不知吾所如。深林杳以冥冥兮，乃猿狖之所居。山峻高以蔽日兮，下幽晦以多雨。霰雪纷其无垠兮，云霏霏而承宇。哀吾生之无乐兮，幽独处乎山中。吾不能变心而从俗兮，固将愁苦而终穷。

　　接舆髡首兮，桑扈臝行。忠不必用兮，贤不必以。伍子逢殃兮，比干菹醢。与前世而皆然兮，吾又何怨乎今之人？予将董道而不豫兮，固将重昏而终身。

　　乱曰：鸾鸟凤凰，日以远兮。燕雀乌鹊，巢堂坛兮。灵申辛夷，死林薄兮。腥臊并御，芳不得薄兮。阴阳易位，时不当兮。怀信侘傺，忽乎吾将行兮。

【哀郢】

皇天之不纯命兮，何百姓之震愆？民离散而相失兮，方仲春而东迁。去故乡而就远兮，遵江夏以流亡。出国门而轸怀兮，甲之朝吾以行。

发郢而去闾兮，荒忽其焉极？楫齐扬以容与兮，哀见君而不再得。望长楸而太息兮，涕淫淫其若霰。过夏首而西浮兮，顾龙门而不见。心婵媛而伤怀兮，眇不知余所蹠。顺风波以从流兮，焉洋洋而为客。陵阳侯之泛滥兮，忽翱翔而焉薄？心䌛结而不解兮，思蹇产而不释。

将运舟而下浮兮，上洞庭而下江。去终古之所居兮，今逍遥而来东。羌灵魂之欲归兮，何须臾而忘反？背夏浦而西思兮，哀故都之日远。登大坟以远望兮，聊以舒吾忧心。哀州土之平乐兮，悲江介之遗风。

当陵阳之焉至兮，淼南度之焉如？曾不知夏之为邱兮，孰两东门之可芜？心不怡之长久兮，忧与愁其相接。惟郢路之辽远兮，江与夏之不可涉。忽若去不信兮，至今九年而不复。惨郁郁而不通兮，蹇侘傺而含慼。

外承欢之汋约兮，谌荏弱而难持。忠湛湛而愿进兮，妒披离而鄣之。尧、舜之抗行兮，瞭一无瞭字。杳杳而薄天。众谗人之嫉妒兮，被以不慈之伪名。憎愠怆之修美兮，好夫人之忼慨。众踥蹀而日进兮，美超远而逾迈。

乱曰：曼予目以流观兮，冀壹反之何时？鸟飞反故乡兮，狐死必首邱。信非吾罪而弃逐兮，何日夜而忘之！

【抽思】

心郁郁之忧思兮，独永叹乎增伤。思蹇产之不释兮，曼遭夜之方长。悲秋风之动容兮，何回极之浮浮！数惟荃之多怒兮，伤予心之忧忧。愿摇起而横奔兮，览民尤以自镇。结微情以陈辞兮，矫以遗夫美人。

昔君与我成言兮，曰黄昏以为期。羌中道而回畔兮，反既有此他志。憍吾以其美好兮，览予以其修姱。与予言而不信兮，盖为予而造怒。愿承间而自察兮，心震悼而不敢。悲夷犹而冀进兮，心怛伤之憺憺。

历兹情以陈辞兮，荃详聋而不闻。固切人之不媚兮，众果以我为患。初吾所陈之耿著兮，岂至今其庸亡？何独乐斯之謇謇兮？愿荃美之可完。望三五以为像兮，指彭咸以为仪。夫何极而不至兮？故远闻而难亏。善不由外来兮，名不可以虚作。孰无施而有报兮？孰不实而有获？

少歌曰：与美人抽怨兮，并日夜而无正。憍吾以其美好兮，敖朕辞而不听。

倡曰：有鸟自南兮，来集汉北。好姱佳丽兮，胖独处此异域。既茕独而不群兮，又无良媒在其侧。道逴远而日忘兮，愿自申而不得。望南山而流涕兮，临流水而太息。望孟夏之短夜兮，何晦明之若岁！惟郢路之辽远兮，魂一夕而九逝。曾不知路之曲直兮，南指月与列星。愿径逝而不得兮，魂识路之营营。何灵魂之信直兮？人之心不与吾心同！理弱而媒不通兮，尚不知予之从容。

乱曰：长濑湍流，溯江潭兮。狂顾南行，聊以娱心兮。轸石崴嵬，蹇吾愿兮。超回志度，行隐进兮。低徊夷犹，宿北姑兮。烦冤瞀容，实沛徂兮。愁叹苦神，灵遥思兮。路远处幽，又无行媒兮。道思作颂，聊以自救兮。忧心不遂，斯言谁告兮？

【怀沙】

滔滔孟夏兮，草木莽莽。伤怀永哀兮，汩徂南土。眴兮窈窈，孔静幽默。菀结纡轸兮，离愍而长鞠。抚情效志兮，俛屈而自抑。刓方以为圜兮，常度未替。易初本迪兮，君子所鄙。章画职墨兮，前图未改。内直质重兮，大人所盛。

巧倕不斲兮，孰察其揆正？玄文处幽兮，矇谓之不章。离娄微睇兮，瞽以为无明。变白而为黑兮，倒上以为下。凤凰在笯兮，鸡鹜翔舞。同糅玉石兮，一概而相量。夫惟党人鄙固兮，羌不知吾所臧。任重载盛兮，陷滞而不济。怀瑾握瑜兮，穷不知所示。

邑犬群吠兮，吠所怪也。诽骏疑桀兮，固庸态也。文质疏内兮，众不知吾之异采。材朴委积兮，莫知予之所有。重仁袭义兮，谨厚以为丰。重华不可遌兮，孰知予之从容？古固有不并兮，岂知其故也？汤、禹久远兮，邈不可慕也。惩违改忿兮，抑心而自强。离愍而不迁兮，愿志之有像。进路北次兮，日昧昧其将莫。舒忧娱哀兮，限之以大故。

乱曰：浩浩沅湘，分流汨兮。修路幽蔀，道远忽兮。曾吟恒悲，永叹喟兮。世既莫吾知，人心不可谓兮。怀情抱质，独无匹兮。伯乐既没，骥将焉程兮？民生禀命，各有所错兮。定心广志，予何畏惧兮？知死不可让，愿勿爱兮。明告君子，吾将以为类兮。

【思美人】

思美人兮，擥涕而伫眙。媒绝路阻兮，言不可结而诒。蹇蹇之烦冤兮，陷滞而不发。申旦以舒中情兮，志沉菀而莫达。愿寄言于浮云兮，遇丰隆而不将。因归鸟而致辞兮，羌迅高而难当。难当，不相值也。高辛之灵晟兮，遭玄鸟而致诒。欲变节以从俗兮，愧易初而屈志。独历年而离愍兮，羌冯心犹未化。宁隐闵而寿考兮，何变易之可为。

知前辙之不遂兮，未改此度。车既覆而马颠兮，蹇独怀此异路。勒骐骥而更驾兮，造父为我操之。迁逡次而勿驱兮，聊假日以须时。指嶓冢之西隈兮，与纁黄以为期。

开春发岁兮，白日出之悠悠。吾将荡志而愉乐兮，遵江夏以娱忧。掔大薄之芳茝兮，搴长洲之宿莽。惜吾不及古人兮，吾谁与玩此芳草？解篇薄与杂菜兮，备以为交佩。佩缤纷以缭转兮，遂萎绝而离异。吾且遭回以娱忧兮，观南人之变态。窃快在中心兮，扬厥冯而不俟。

芳与泽其杂糅兮，羌芳华自中出。纷郁郁其远蒸兮，满内而外扬。情与质信可保兮，羌居蔽而闻章。令薜荔以为理兮，惮举趾而缘木。因芙蓉而为媒兮，惮褰裳而濡足。登高吾不说兮，入下吾不能。固朕形之不服兮，然容与而狐疑。

广遂前画兮，未改此度也。命则处幽吾将罢兮，愿及白日之未莫也。独茕茕而南行兮，思彭咸之故也。

【惜往日】　此首不似屈子之词，疑后人伪托也。浅句以△识之。

惜往日之曾信兮，受命诏以昭时。奉先功以照下兮，明法度之嫌疑。国富强而法立兮，属贞臣而日娭。秘密事之载心兮，虽过失犹弗治。心纯厖而不泄兮，遭谗人而嫉之。君含怒而待臣兮，不清澂其然否。蔽晦君之聪明兮，虚惑误又以欺。弗参验以考实兮，远迁臣而弗思。信谗谀之溷浊兮，盛气志而过之。何贞臣之无罪兮，被谗谤而见尤！惭光景之诚信兮，身幽隐而备之。

临沅湘之玄渊兮，遂自忍而沉流。卒没身而绝名兮，惜壅君之不昭。君无度而弗察兮，使芳草为薮幽。焉舒情而抽信兮？恬死亡而不聊。独鄣壅而蔽隐兮，使贞臣为无由。闻百里之为虏兮，伊尹烹于庖厨。吕望屠于朝歌兮，宁戚歌而饭牛。不逢汤、武与桓、缪兮，世孰云而知之？吴信谗而弗味兮，子胥死而后忧。介子忠而立枯兮，文君寤而追求。封介山而为之禁兮，报大德之优游。

思久故之亲身兮，因缟素而哭之。或忠信而死节兮，或訑谩而不疑。弗省察而按实兮，听谗人之虚辞。芳与泽其杂糅兮，孰申旦而别之？何芳草之早夭兮？微霜降而下戒。谅聪不明而蔽壅兮，使谗谀而自得。自前世之嫉贤兮，谓蕙若其不可佩。妒娃冶之芬芳兮，嫫母姣而自好。虽有西施之美容兮，谗妒入以自代。愿陈情以白行兮，得罪过之不意。情冤见之日明兮，如列宿之错置。

乘骐骥而驰骋兮，无辔衔而自载。乘泛泭以下流兮，无舟楫而自备。背法度而心治兮，辟与此其无异。宁溘死而流亡兮，恐祸殃之有再。不毕辞而赴渊兮，惜壅君之不识。

【橘颂】

后皇嘉树，橘徕服兮。受命不迁，生南国兮。深固难徙，更壹志兮。绿叶素荣，纷其可喜兮。曾枝剡棘，圜果抟兮。青黄杂糅，文章烂兮。精色内白，类任道兮。纷缊宜修，姱而不丑兮。

嗟尔幼志，有以异兮。独立不迁，岂不可喜兮。深固难徙，廓其无求兮。苏世独立，横而不流兮。闭心自慎，终不失过兮。秉德无私，参天地兮。愿岁并谢，与长友兮。淑离不淫，梗其有理兮。年岁虽少，可师长兮。行比伯夷，置以为象兮。

【悲回风】

悲回风之摇蕙兮，心菀结而内伤。物有微而陨性兮，声有隐而先倡。夫何彭咸之造思兮，暨志介而不忘？万变其情岂可盖兮？孰虚伪之可长？鸟兽鸣以号群兮，草苴比而不芳。鱼葺鳞以自别兮，蛟龙隐其文章。故荼荠不同亩兮，兰茝幽而独芳。

惟佳人之永都兮，更统世而自贶。眇远志之所及兮，怜浮云之相羊。介眇志之所惑兮，窃赋诗之所明。惟佳人之独怀兮，折芳椒以自处。曾歔欷之嗟嗟兮，独隐伏而思虑。涕泣交而凄凄兮，思不眠而极曙。终长夜之曼曼兮，掩此哀而不去。寤从容以周流兮，聊逍遥以自恃。伤太息之愍怜兮，气于邑而不可止。纠思心以为纕兮，编愁苦以为膺。折若木以蔽光兮，随飘风之所仍。存仿佛而不见兮，心踊跃其若汤。抚佩衽以案志兮，超惘惘而遂行。

岁曶曶其若颓兮，时亦冉冉而将至。薠蘅槁而节离兮，芳已歇而不比。怜思心之不可惩兮，证此言之不可聊。宁溘死而流亡兮，不忍此心之常愁。孤子吟而抆泪兮，放子出而不还。孰能思而不隐兮？照彭咸之所闻。

登石峦以远望兮，路眇眇之默默。入景响之无应兮，闻省想而不可得。愁郁郁之无快兮，居戚戚而不可解。心鞿羁而不开兮，气缭转而自缔。穆眇眇之无垠兮，莽芒芒之无仪。声有隐而相感兮，物有纯而不可为。邈蔓蔓之不可量兮，缥绵绵之不可纡。愁悄悄之常悲兮，翩冥冥之不可娱。陵大波而流风兮，托彭咸之所居。

上高岩之峭岸兮，处雌蜺之标巅。据青冥而摅虹兮，遂儵忽而扪天。吸湛露之浮凉兮，漱凝霜之雾雾。依风穴以自息兮，忽倾寤以婵媛。冯昆仑以瞰雾兮，隐岷山以清江。惮涌湍之磕磕兮，听波声之汹汹。纷容容之无经兮，罔芒芒之无纪。轧洋洋之无从兮，驰委移之焉止？飘幡幡其上下兮，翼遥遥其左右。泛潏潏其前后兮，伴张弛之信期。观炎气之相仍兮，窥烟液之所积。悲霜雪之俱下兮，听潮水之相击。借光景以往来兮，施黄棘之枉策。求介子之所存兮，见伯夷之放迹。心调度而不去兮，刻著志之无适。

曰：吾怨往昔之所冀兮，悼来者之愁愁。浮江淮而入海兮，从子胥而自适。望大河之洲渚兮，悲申徒之抗迹。骤谏君而不听兮，任重石之何益？心绲结而不解兮，思蹇产而不释。

卜居

屈原既放，三年不得复见。竭智尽忠，蔽鄣于谗，心烦意乱，不知所从。乃往见太卜郑詹尹，曰："余有所疑，愿因先生决之。"詹尹乃端策拂龟，曰："君将何以教之？"

屈原曰："吾宁悃悃款款，朴以忠乎？将送往劳来，斯无穷乎？宁诛锄草茅，以力耕乎？将游大人，以成名乎？宁正言不讳，以危身乎？将从俗富贵，以偷生乎？宁超然高举，以保真乎？将哫訾栗斯、喔咿嚅唲，以事妇人乎？宁廉洁正直，以自清乎？将突梯滑稽、如脂如韦，以絜楹乎？宁昂昂若千里之驹乎？将泛泛若水中之凫，与波上下，偷以全吾躯乎？宁与骐骥抗轭乎？将随驽马之迹乎？宁与黄鹄比翼乎？将与鸡鹜争食乎？此孰吉孰凶？何去何从？世溷浊而不清：蝉翼为重，千钧为轻；黄钟毁弃，瓦釜雷鸣；谗人高张，贤士无名。吁嗟默默兮，谁知吾之廉贞？"

詹尹乃释策而谢，曰："夫尺有所短，寸有所长。物有所不足，智有所不明。数有所不逮，神有所不通。用君之心，行君之意，龟策诚不能知此事。"

远游

悲时俗之迫厄兮，愿轻举而远游。质菲薄而无因兮，焉托乘而上浮？遭沉浊之污秽兮，独菀结其谁语！夜耿耿而不寐兮，魂营营而至曙。惟天地之无穷兮，哀人生之长勤。往者予弗及兮，来者予弗闻。步徙倚而遥思兮，怊惝恍而乖怀。意荒忽而流荡兮，心愁凄而增悲。以上因时谷迫厄、人生勤劳，思出世而远游。

神儵忽而不反兮，形枯槁而独留。内惟省以端操兮，求正气之所由。漠虚静以恬愉兮，淡无为而自得。闻赤松之清尘兮，愿承风乎遗则。贵至人之休德兮，美往世之登仙。与化去而不见兮，名声著而日延。奇傅说之托辰星兮，羡韩众之得一。形穆穆以浸远兮，离人群而遁逸。因气变而遂曾举兮，忽神奔而鬼怪。

时仿佛以遥见兮，精皎皎而往来。绝氛埃而淑邮兮，终不反乎故都。免众患而不惧兮，世莫知其所如。以上思炼气以登仙。

恐天时之代序兮，曜灵晔而西征。微霜降而下沦兮，悼芳草之先零。聊仿佯而逍遥兮，永历年而无成。谁可与玩斯遗芳兮？晨乡风而舒情。高阳邈已远兮，予将焉所程？重曰：春秋忽其不淹兮，奚久留此故居？轩辕不可攀援兮，吾将从王乔而戏娱。以上恶人生勤劳，思出世而戏娱。

餐六气而饮沆瀣兮，漱正阳而含朝霞。保神明之清澄兮，精气入而粗秽除。顺凯风以从游兮，至南巢而壹息。见王子而宿之兮，审壹气之和德。曰：道可受兮，不可传。其小无内兮，其大无垠。无滑而魂兮，彼将自然。壹气孔神兮，于中夜存。虚以待之兮，无为之先。庶类以成兮，此德之门。以上思炼气而上升。

闻至贵而遂徂兮，忽乎吾将行。仍羽人于丹邱兮，留不死之旧乡。朝濯发于汤谷兮，夕晞予身乎九阳。吸飞泉之微液兮，怀琬琰之华英。玉色頩以脕颜兮，精醇粹而始壮。质销铄以汋约兮，神要眇以淫放。嘉南州之炎德兮，丽桂树之冬荣。山萧条而无兽兮，野寂漠其无人。载营魄而登霞兮，掩浮云而上征。以上浑写远游。

命天阍其开关兮，排阊阖而望予。召丰隆使先导兮，问大微之所居。集重阳入帝宫兮，造旬始而观清都。朝发轫于太仪兮，夕始临乎于微间。屯予车之万乘兮，纷容与而并驰。驾八龙之婉婉兮，载云旗之委移。建雄虹之采旄兮，五色杂而炫耀。服偃蹇以低昂兮，骖连蜷以骄敖。以上升天。

骑胶葛以杂乱兮，班曼衍而方行。撰予辔而正策兮，吾将过乎句芒。历太皞以右转兮，前飞廉以启路。阳杲杲其未光兮，陵天地以径度。以上东。

风伯为予先驱兮，氛埃辟而清凉。凤凰翼其承旂兮，遇蓐收乎西皇。擎彗星以为旍兮，举斗柄以为麾。叛陆离其上下兮，游惊雾之流波。时暧曃其晼莽兮，召玄武而奔属。后文昌使掌行兮，选署众神以并毂。路曼曼其修远兮，徐弭节而高厉。左雨师使径侍兮，右雷公以为卫。欲度世以忘归兮，意恣睢以担挢。内欣欣而自美兮，聊偷娱以淫乐。以上西。

涉青云以泛滥兮，忽临睨夫旧乡。仆夫怀予心悲兮，边马顾而不行。思故旧以想象兮，长太息而掩涕。泛容与而遐举兮，聊抑志而自弭。指炎帝而直驰兮，吾将往乎南疑。览方外之荒忽兮，沛罔瀁而自浮。祝融戒而跸御兮，腾告鸾鸟迎宓妃。张《咸池》奏《承云》兮，二女御《九韶》歌。使湘灵鼓瑟兮，令海若舞冯夷。列螭象而并进兮，形蟉虬而委移。雌霓便娟以曾挠兮，鸾鸟轩翥而翔飞。音乐博衍无终极兮，焉乃逝以裴回。以上南。

舒并节以驰骛兮，逴绝垠乎寒门。轶迅风于清原兮，从颛顼乎曾冰。历玄冥以邪径兮，乘间维以反顾。召黔嬴而见之兮，为予先乎平路。以上北。

经营四荒兮，周流六漠。上至列缺兮，降望大壑。下峥嵘而无地兮，上寥阔而无天。视儵忽而无见兮，听惝恍而无闻。超无为以至清兮，与太初而为邻。

宋 玉

九辩

悲哉！秋之为气也。萧瑟兮，草木摇落而变衰。憭栗兮，若在远行，登山临水兮送将归。泬寥兮，天高而气清。寂寥兮，收潦而水清。憭凄增欷兮，薄寒之中人。怆怳懭悢兮，去故而就新。坎壈兮，贫士失职而志不平。廓落兮，羁旅而无友生。惆怅兮，而私自怜。燕翩翩其辞归兮，蝉寂寞而无声。雁嗈嗈而南游兮，鹍鸡啁哳而悲鸣。独申旦而不寐兮，哀蟋蟀之宵征。时亹亹而过中兮，蹇淹留而无成。

悲忧穷蹙兮独处廓，有美一人兮心不绎。去乡离家兮来远客，超逍遥兮今焉薄？专思君兮不可化，君不知兮可奈何！蓄怨兮积思，心烦憺兮忘食事。顾一见兮道余意，君之心兮与余异。车驾兮揭而归，不得见兮心悲。倚结轵兮太息，涕潺湲兮沾轼。慷慨绝兮不得，中瞀乱兮迷惑。私自怜兮何极，心怦怦兮谅直。

皇天平分四时兮，窃独悲此凛秋。白露既下降百草兮，奄离披此梧楸。去白日之昭昭兮，袭长夜之悠悠。离芳蔼之方壮兮，余委约而悲愁。秋既先戒以白露兮，冬又申之以严霜。收恢台之孟夏兮，然坎傺而沉藏。叶菸邑而无色兮，枝烦挐而交横。颜淫溢而将罢兮，柯仿佛而委黄。萷橾椮之可哀兮，形销铄而瘀伤。惟其纷糅而将落兮，憾其失时而无当。擥骐辔而下节兮，聊逍遥以相羊。岁忽忽而遒尽兮，恐余寿之弗将。悼余生之不时兮，逢此世之俇攘。澹容与而独倚兮，蟋蟀鸣此西堂。心怵惕而震荡兮，何所忧之多方！仰明月而太息兮，步列星而极明。

窃悲夫蕙华之曾敷兮，纷旖旎乎都房。何曾华之无实兮，从风雨而飞扬。以为君独服此蕙兮，羌无以异于众芳。闵奇思之不通兮，将去君而高翔。心闵怜之惨凄兮，愿一见而有明。重无怨而生离兮，中结轸而增伤。岂不郁陶而思君兮，君之门以九重。猛犬狺狺而迎吠兮，关梁闭而不通。皇天淫溢而秋霖兮，后土何时兮得干！块独守此无泽兮，仰浮云而永叹。

何时俗之工巧兮，背绳墨而改错。却骐骥而不乘兮，策驽骀而取路。当世岂无骐骥兮？诚莫之能善御。见执辔者非其人兮，故驹跳而远去。凫雁皆唼夫梁藻兮，凤愈飘翔而高举。圆凿而方枘兮，吾固知其钼铻而难入。众鸟皆有所登栖兮，凤独遑遑而无所集。愿衔枚而无言兮，常被君之渥洽。太公九十乃显荣兮，诚未遇其匹合。谓骐骥兮安归？谓凤凰兮安栖？变古易俗兮世衰，今之相者兮举肥。骐骥伏匿而不见兮，凤凰高飞而不下。鸟兽犹知怀德兮，何云贤士之不处？骥不骤进而求服兮，凤亦不贪馁而妄食。君弃远而不察兮，虽愿忠其焉得？欲寂寞而绝端兮，窃不敢忘初之厚德。独悲愁其伤人兮，冯郁郁其何极！

霜露惨凄而交下兮，心尚幸其弗济。霰雪雰糅其增加兮，乃知遭命之将至。愿徼幸而有待兮，泊莽莽兮与野草同死。愿自直而径往兮，路壅绝而不通。欲循道而平驱兮，又未知其所从。然中路而迷惑兮，自厌按而学诵。性愚陋以褊浅兮，信未达乎从容。窃美申胥之气晟兮，恐时世之不固。何时俗之工巧兮？灭规矩而改凿！独耿介而不随兮，愿慕先圣之遗教。处浊世而显荣兮，非予心之所乐。与其无义而有名兮，宁穷处而守高。食不偷而为饱兮，衣不苟而为温。窃慕诗人之遗风兮，愿托志乎素餐。蹇充倔而无端兮，泊莽莽而无垠。无衣裘以御冬兮，恐溘死不得见乎阳春。

靓杪秋之遥夜兮，心缭悷而有哀。春秋逴逴而日高兮，然惆怅而自悲。四时递来而卒岁兮，阴阳不可与俪偕。白日晼晚其将入兮，明月销铄而减毁。岁忽忽而遒尽兮，老冉冉而愈弛。心摇悦而日幸兮，然怊怅而无冀。中憯恻之凄怆兮，长太息而增欷。年洋洋以日往兮，老嵺廓而无处。事亹亹而觊进兮，蹇淹留而踌躇。

何泛滥之浮云兮，猋雍蔽此明月？忠昭昭而愿见兮，然霠曀而莫达。愿皓日之显行兮，云蒙蒙而蔽之。窃不自料而愿忠兮，或黕点而污之。尧舜之抗行兮，瞭冥冥而薄天。何险巇之嫉妒兮，被以不慈之伪名？彼日月之照明兮，尚黭黮而有瑕。何况一国之事兮，亦多端而胶加。被荷裯之晏晏兮，然潢洋而不可带。既骄美而伐武兮，负左右之耿介。憎愠怆之修美兮，好夫人之慷慨。众蹀蹀而日进兮，美超远而逾迈。农夫辍耕而容与兮，恐田野之芜秽。事绵绵而多私兮，窃悼后之危败。世雷同而炫曜兮，何毁誉之昧昧！今修饰而窥镜兮，后尚可以窜藏。愿寄言夫流星兮，羌儵忽而难当。卒壅蔽此浮云兮，下暗漠而无光。

尧舜皆有所举任兮，故高枕而自适。谅无怨于天下兮，心焉取此怵惕？乘骐骥之浏浏兮，驭安用夫强策？谅城郭之不足恃兮，虽重介之何益？遭翼翼而无终兮，忳惛惛而愁约。生天地之若过兮，功不成而无效。愿沉滞而不见兮，尚欲布名乎天下。然潢洋而不遇兮，直怐愗而自苦。莽洋洋而无极兮，忽翱翔之焉薄？国有骥而不知乘兮，焉皇皇而更索？宁戚讴于车下兮，桓公闻而知之。无伯乐之相善兮，今谁使乎誉之？罔流涕以聊虑兮，惟著意而得之。纷忳忳之愿忠兮，妒被离而鄣之。愿赐不肖之躯而别离兮，放游志乎云中。乘精气之抟抟兮，骛诸神之湛湛。骖白霓之习习兮，历群灵之丰丰。左朱雀之茇茇兮，右苍龙之跃跃。属雷师之阗阗兮，通飞廉之衙衙。前轻辌之锵锵兮，后辎乘之从从。载云旗之委蛇兮，扈屯骑之容容。计专专之不可化兮，愿遂推而为臧。赖皇天之厚德兮，还及君之无恙。

贾　谊

鵩鸟赋有序

谊为长沙王傅。三年，有鵩鸟飞入谊舍，止于坐隅。鵩似鸮，不祥鸟也。谊既以谪居长沙。长沙卑湿，谊自伤悼，以为寿不得长，乃为赋以自广。其辞曰：

单阏之岁兮，四月孟夏。庚子日斜兮，鵩集予舍。止于坐隅兮，貌甚闲暇。异物来萃兮，私怪其故。发书占之兮，谶言其度。曰"野鸟入室，主人将去。"请问于鵩："予去何之？吉乎告我，凶言其灾。淹速之度兮，语余其期。"鵩乃叹息，举首奋翼，口不能言，请对以臆。

曰：万物变化兮，固无休息。斡流而迁兮，或推而还。形气转续兮，变化而蟺。沕穆无穷兮，胡可胜言？祸兮福所倚，福兮祸所伏。忧喜聚门兮，吉凶同域。彼吴强大兮，夫差以败。越栖会稽兮，勾践霸世。斯游遂成兮，卒被五刑。傅说胥靡兮，乃相武丁。夫祸之与福兮，何异纠缪？命不可说兮，孰知其极。水激则旱兮，矢激则远。万物回薄兮，振荡相转。云蒸雨降兮，纠错相纷。大钧播物兮，块圠无垠。天不可预虑兮，道不可预谋。迟速有命兮，焉识其时？

且夫天地为炉兮，造化为工。阴阳为炭兮，万物为铜。合散消息兮，安有常则？千变万化兮，未始有极？忽然为人兮，何足控抟？化为异物兮，又何足患？小智自私兮，贱彼贵我。达人大观兮，物无不可。贪夫徇财兮，烈士徇名。夸者死权兮，品庶每生。怵迫之徒兮，或趋西东。大人不曲兮，意变齐同。愚士系俗兮，窘若囚拘。至人遗物兮，独与道俱。众人惑惑兮，好恶积亿。真人恬漠兮，独与道息。释智遗形兮，超然自丧。寥廓忽荒兮，与道翱翔。乘流则逝兮，得坻则止。纵躯委命兮，不私与己。

其生兮若浮，其死兮若休。澹乎若深渊之静，泛乎若不系之舟。不以生故自宝兮，养空而浮。德人无累兮，知命不忧。细故蒂芥兮，何足以疑！

惜誓

惜余年老而日衰兮，岁忽忽而不反。登苍天而高举兮，历众山而日远。观江河之纡曲兮，离四海之沾濡。攀北极而一息兮，吸沆瀣以充虚。飞朱鸟使先驱兮，驾太乙之象舆。苍龙蚴虬于左骖兮，白虎骋而为右骓。建日月以为盖兮，载玉女于后车。驰骛于杳冥之中兮，休息乎昆仑之墟。乐穷极而不厌兮，愿从容乎神明。涉丹水而驰骋兮，右大夏之遗风。

黄鹄之一举兮，知山川之纡曲；再举兮，睹天地之圜方。临中国之众人兮，托回飚乎尚羊。乃至少原之野兮，赤松、王乔皆在旁。二子拥瑟而调均兮，予因称乎清商。澹然而自乐兮，吸众气而翱翔。念我长生而久仙兮，不如反予之故乡。黄鹄后时而寄处兮，鸱枭群而制之。神龙失水而陆居兮，为蝼蚁之所裁。夫黄鹄神龙犹如此兮，况贤者之逢乱世哉！

寿冉冉而日衰兮，固儃回而不息。俗流从而不止兮，众枉聚而矫直。或偷合而苟进兮，或隐居而深藏。苦称量之不审兮，同权概而就衡。或推迻而苟容兮，或直言之谔谔。伤诚是之不察兮，并纫茅丝以为索。方世俗之幽昏兮，眩白黑之美恶。放山渊之龟玉兮，相与贵夫砾石。梅伯数谏而至醢兮，来革顺志而用国。悲仁人之尽节兮，反为小人之所贼。比干忠谏而剖心兮，箕子被发而佯狂。水背流而源竭兮，木去根而不长。非重躯以虑难兮，惜伤身之无功。

已矣哉！独不见夫鸾凤之高翔兮，乃集大皇之野。循四极而回周兮，见盛德而后下。彼圣人之神德兮，远浊世而自藏。使麒麟可得羁而系兮，又何以异乎犬羊？

枚　乘

七发

楚太子有疾，而吴客往问之，曰："伏闻太子玉体不安，亦少间乎？”太子曰：“愆，谨谢客。”客因称曰：“今时天下安宁，四宇和平。太子方富于年，意者久耽安乐，日夜无极，邪气袭逆，中若结轖。纷屯澹淡，嘘唏烦酲，惕惕怵怵，卧不得瞑。虚中重听，恶闻人声。精神越渫，百病咸生。聪明眩曜，悦怒不平。久执不废，大命乃倾。太子岂有是乎？”太子曰：“谨谢客。赖君之力，时时有之，然未至于是也。”

客曰：“今夫贵人之子，必宫居而闺处，内有保母，外有傅父，欲交无所。饮食则温淳甘膬，腥酰肥厚；衣裳则杂遝曼暖，焯烁热暑。虽有金石之坚，犹将销铄而挺解也，况其在筋骨之间乎哉？故曰：纵耳目之欲，恣支体之安者，伤血脉之和。且夫出舆入辇，命曰蹷痿之机；洞房清宫，命曰寒热之媒；皓齿蛾眉，命曰伐性之斧；甘脆肥酿，命曰腐肠之药。今太子肤色靡曼，四支委随，筋骨挺解，血脉淫濯，手足惰窳。越女侍前，齐姬奉后，往来游讌，纵恣乎曲房隐间之中。此甘餐毒药，戏猛兽之爪牙也。所从来者至深远，淹滞永久而不废，虽令扁鹊治内，巫咸治外，尚何及哉？今如太子之病者，独宜世之君子，博闻强识，承间语事，变度易意，常无离侧，以为羽翼。淹沉之乐，浩唐之心，遁佚之志，其奚由至哉？”太子曰：“诺。病已，请事此言。”

客曰：“今太子之病，可无药石针刺灸疗而已，可以要言妙道说而去也。不欲闻之乎？”太子曰：“仆愿闻之。”

客曰：“龙门之桐，高百尺而无枝。中郁结之轮菌，根扶疏以分离。上有千仞之峰，下临百丈之溪。湍流溯波，又澹淡之，其根半死半生。冬则烈风漂霰飞雪之所激也，夏则雷霆霹雳之所感也。朝则鹂黄鸤鸠鸣焉，莫则羁雌迷鸟宿焉。独鹄晨号乎其上，鹍鸡哀鸣翔乎其下。于是背秋涉冬，使琴挚斫斩以为琴，野茧之丝以为弦，孤子之钩以为隐，九寡之珥以为约。使师堂操

《畅》，伯子牙为之歌。歌曰：'麦秀蕲兮雉朝飞，向虚壑兮背槁槐，依绝区兮临回溪。'飞鸟闻之，翕翼而不能去；野兽闻之，垂耳而不能行；蚑蛲蝼蚁闻之，拄喙而不能前。此亦天下之至悲也，太子能强起听之乎？"太子曰："仆病，未能也。"

客曰："犓牛之腴，菜以笋蒲。肥狗之和，冒以山肤。楚苗之实，安胡之饭，抟之不解，一啜而散。于是使伊尹煎熬，易牙调和。熊蹯之臑，勺药之酱，薄耆之炙，鲜鲤之绘，秋黄之苏，白露之茹。兰英之酒，酌以涤口。山梁之餐，豢豹之胎。小饭大歠，如汤沃雪。此亦天下之至美也，太子能强起尝之乎？"太子曰："仆病，未能也。"

客曰："钟岱之牡，齿至之车，前似飞鸟，后类距虚。穑麦服处，躁中烦外。羁坚辔，附易路。于是伯乐相其前后，王良、造父为之御，秦缺、楼季为之右。此两人者，马佚能止之，车覆能起之。于是使射千镒之重，争千里之逐。此亦天下之至骏也，太子能强起乘之乎？"太子曰："仆病，未能也。"

客曰："既登景夷之台，南望荆山，北望汝海，左江右湖，其乐无有。于是使博辩之士，原本山川，极命草木，比物属事，离辞连类。浮游览观，乃下置酒于虞怀之宫。连廊四注，台城层构，纷纭玄绿，辇道邪交，黄池纡曲。溷章、白鹭，孔雀、鹓鶵，鹧鸪、鸡鹊，翠鬣、紫缨，螭龙、德牧，邕邕群鸣。阳鱼腾跃，奋翼振鳞。溆漻菁蓼，蔓草芳苓。女桑河柳，素叶紫茎。苗松豫章，条上造天。梧桐并桐，极望成林。众芳芬郁，乱于五风。从容猗靡，消息阳阴。列坐纵酒，荡乐娱心。景春佐酒，杜连理音。滋味杂陈，肴糅错该。练色娱目，流声悦耳。于是乃发《激楚》之结风，扬郑、卫之皓乐。使先施、徵舒、阳文、段干、吴娃、闾娵、傅予之徒，杂裾垂髾，目窕心与。揄流波，杂杜若，蒙清尘，被兰泽，嬿服而御。此亦天下之靡丽皓侈广博之乐也，太子能强起游乎？"太子曰："仆病，未能也。"

客曰："将为太子驯骐骥之马，驾飞轮之舆，乘牡骏之乘，右夏服之劲箭，左乌号之雕弓。游涉乎云林，周驰乎兰泽，弭节乎江浔。掩青蘋，游清风。陶阳气，荡春心。逐狡兽，集轻禽。于是极犬马之才，困野兽之足，穷相御之智巧。恐虎豹，慑鸷鸟。逐马鸣镳，鱼跨麋角，履游麑兔，蹈践麏鹿。汗流沫坠，冤伏陵窘。无创而死者，固足充后乘矣。此校猎之至壮也，太子能强起游乎？"太子曰："仆病，未能也。"然阳气见于眉宇之间，侵淫而上，几满大宅。

客见太子有悦色也，遂推而进之曰："冥火薄天，兵车雷运；旌旗偃蹇，羽旄肃纷；驰骋角逐，慕味争先。徽墨广博，望之有圻。纯粹全牺，献之公门。"太子曰："善。愿复闻之。"客曰："未既。于是榛林深泽，烟云暗莫，兕虎并作。毅武孔猛，袒裼身薄。白刃砸砸，矛戟交错。收获掌功，赏赐金帛。掩蘋肆若，为牧人席。旨酒嘉肴，羞熊胹炙，以御宾客。涌觞并起，动心惊耳。诚必不悔，决绝以诺。贞信之色，形于金石。高歌陈唱，万岁无斁。此真太子之所喜也，能强起而游乎？"太子曰："仆甚愿从，直恐为诸大夫累耳。"然而有起色矣。

客曰："将以八月之望，与诸侯远方交游兄弟，并往观涛乎广陵之曲江。至则未见涛之形也，徒观水力之所到，则恤然足以骇矣。观所驾轶者，所擢拔者，所扬汨者，所温汾者，所涤汔者，虽有心略辞给，固未能缕形其所由然也。悦兮忽兮，聊兮慄兮，混汩汩兮；忽兮慌兮，俶兮傥兮，浩汗濩兮，慌旷旷兮。秉意乎南山，通望乎东海；虹洞兮苍天，极虑乎崖涘。流揽无穷，归神日母。汨乘流而下降兮，或不知其所止。或纷纭其流折兮，忽缪往而不来。临朱汜而远逝兮，中虚烦而益怠。莫离散而发曙兮，内存心而自持。于是澡概胸中，洒练五藏，澹澉手足，颒濯发齿。揄弃恬怠，输写淟浊，分决狐疑，发皇耳目。当是之时，虽有淹病滞疾，犹将伸伛起躄，发瞽披聋，而观望之也，况直眇小烦懑、酲醲病酒之徒哉？故曰：发蒙解惑，不足以言也。”太子曰：“善。然则涛何气哉？”

客曰：“不记也。然闻于师曰，似神而非者三：疾雷闻百里；江水逆流，海水上潮；山出内云，日夜不止。衍溢漂疾，波涌而涛起。其始起也，洪淋淋焉，若白鹭之下翔。其少进也，浩浩溰溰，如素车白马帷盖之张。其波涌而云乱，扰扰焉如三军之腾装。其旁作而奔起也，飘飘焉如轻车之勒兵。六驾蛟龙，附从太白。纯驰浩蜺，前后络绎。颙颙卬卬，椐椐强强，莘莘将将。壁垒重坚，沓杂似军行。訇隐匈礚，轧盘涌裔，原不可当。观其两旁，则滂勃怫郁，暗漠感突，上击下律，有似勇壮之卒，突怒而无畏。蹈壁冲津，穷曲随隈，逾岸出追。遇者死，当者坏。初发乎或围之津涯，荄轸谷分。回翔青篾，衔枚檀桓。弭节伍子之山，通厉胥母之场。陵赤岸，篲扶桑，横奔似雷行。诚奋厥武，如振如怒。沌沌浑浑，状如奔马。混混庉庉，声如雷鼓。发怒庢沓，清升逾跇，侯波奋振，合战于藉藉之口。鸟不及飞，鱼不及回，战不及走。纷纷翼翼，波涌云乱。荡取南山，背击北岸，覆亏邱陵，平夷西畔。险险戏戏，崩坏陂池，决胜乃罢。汩汩潺湲，披扬流洒，横暴之极，鱼鳖失势，颠倒偃侧。沈沈湲湲，蒲伏连延。神物怪疑，不可胜言。直使人踣焉，洄暗凄怆焉。此天下怪异诡观也，太子能强起观之乎？”太子曰：“仆病，未能也。”

客曰：“将为太子奏方术之士有资略者，若庄周、魏牟、杨朱、墨翟、便蜎、詹何之伦，使之论天下之精微，理万物之是非。孔、老览观，孟子持筹而算之，万不失一。此亦天下要言妙道也，太子岂欲闻之乎？”于是太子据几而起，曰：“涣乎若一听圣人辩士之言。”涊然汗出，霍然病已。

东方朔

答客难

客难东方朔曰："苏秦、张仪，一当万乘之主，而都卿相之位，泽及后世。今子大夫修先王之术，慕圣人之义，讽诵《诗》《书》百家之言，不可胜数。著于竹帛，唇腐齿落，服膺而不释。好学乐道之效，明白甚矣。自以智能海内无双，则可谓博闻辩智矣。然悉力尽忠以事圣帝，旷日持久，官不过侍郎，位不过执戟，意者尚有遗行邪？同胞之徒，无所容居，其故何也？"

东方先生喟然长息，仰而应之曰："是固非子之所能备。彼一时也，此一时也，岂可同哉？夫苏秦、张仪之时，周室大坏，诸侯不朝，力政争权，相禽以兵，并为十二国，未有雌雄，得士者强，失士者亡，故谈说行焉。身处尊位，珍宝充内，外有廪仓，泽及后世，子孙长享。今则不然，圣帝流德，天下震慑，诸侯宾服，连四海之外以为带，安于覆盂，动犹运之掌，贤不肖何以异哉？遵天之道，顺地之理，物无不得其所。故绥之则安，动之则苦；尊之则为将，卑之则为虏；抗之则在青云之上，抑之则在深泉之下；用之则为虎，不用则为鼠。虽欲尽节效情，安知前后？夫天地之大，士民之众，竭精谈说，并进辐凑者，不可胜数。悉力慕之，困于衣食，或失门户。使苏秦、张仪与仆并生于今之世，曾不得掌故，安敢望侍郎乎？《传》曰：'天下无害，虽有圣人，无所施才；上下和同，虽有贤者，无所立功。'故曰时异事异。以上言天下太平，有才亦无所用之。

"虽然，安可以不务修身乎哉？《诗》曰：'鼓钟于宫，声闻于外'；'鹤鸣于九皋，声闻于天'。苟能修身，何患不荣？太公体行仁义，七十有二；乃设用于文、武，得信厥说，封于齐，七百岁而不绝。此士所以日夜孳孳，修学敏行而不敢怠也。辟若鹡鸰，飞且鸣矣。《传》曰：'天不为人之恶寒而辍其冬，地不为人之恶险而辍其广，君子不为小人之匈匈而易其行'；'天有常度，地有常形，君子有常行'；'君子道其常，小人计其功'。以上言无论见用与否，总宜好学修身。

"《诗》云：'礼义之不愆，何恤人之言？'故曰：'水至清则无鱼，人至察则无徒'；'冕而前旒，所以蔽明；黈纩充耳，所以塞聪'。明有所不见，聪有所不闻。举大德，赦小过，无求备于一人之义也。'枉而直之，使自得之；优而柔之，使自求之；揆而度之，使自索之。'盖圣人之教化如此，欲其自得之。自得之，则敏且广矣。今世之处士，魁然无徒，廓然独居。上观许由，下察接舆，计同范蠡，忠合子胥，天下和平，与义相扶，寡耦少徒，固其宜也。子何疑于我哉？以上言人言不足畏，解"尚有遗行"一句。

"若夫燕之用乐毅，秦之用李斯，郦食其之下齐，说行如流，曲从如环；所欲必得，功若邱山；海内定，国家安。是遇其时也。子又何怪之邪？

"语曰：'以管窥天，以蠡测海，以莛撞钟。'岂能通其条贯，考其文理，发其音声哉？繇是观之，譬犹鼱鼩之袭狗，孤豚之咋虎，至则靡耳，何功之有？今以下愚而非处士，虽欲勿困，固不得已。此适足以明其不知权变，而终惑于大道也。"

司马相如

子虚赋
楚使子虚使于齐，王悉发车骑，与使者出畋。畋罢，子虚过姹乌有先生，亡是公存焉。坐定，乌有先生问曰："今日畋乐乎？"子虚曰："乐。""获多乎？"曰："少。""然则何乐？"对曰："仆乐齐王之欲夸仆以车骑之众，而仆对以云梦之事也。"曰："可得闻乎？"子虚曰："可。王车驾千乘，选徒万骑，畋于海滨。列卒满泽，罘网弥山。掩兔辚鹿，射麋脚麟。骛于盐浦，割鲜染轮。射中获多，矜而自功，顾谓仆曰：'楚亦有平原广泽游猎之地，饶乐若此者乎？楚王之猎孰与寡人乎？'仆下车对曰：'臣，楚国之鄙人也。幸得宿卫十有余年，时从出游，游于后园，览于有无，然犹未能遍睹也，又焉足以言其外泽乎？'齐王曰：'虽然，略以子之所闻见而言之。'

"仆对曰：'唯唯。臣闻楚有七泽，尝见其一，未睹其余也。臣之所见，盖特其小小者耳，名曰云梦。云梦者，方九百里，其中有山焉。其山则盘纡岪郁，隆崇嵂崒。岑崟参差，日月蔽亏。交错纠纷，上干青云。罢池陂陀，下属江河。其土则丹青赭垩，雌黄白坿，锡碧金银。众色炫耀，照烂龙鳞。其石则赤玉玫瑰，琳瑉昆吾。瑊玏玄厉，瑌石碔砆。<u>以上叙山土石。</u>

"其东则有蕙圃，衡兰芷若，芎藭菖蒲，茳蓠蘪芜，诸柘巴苴。其南则有平原广泽，登降陁靡，案衍坛曼，缘以大江，限以巫山。其高燥则生葴菥苞荔，薛莎青薠。其埤湿则生藏莨蒹葭，东蔷雕胡，莲藕觚卢，菴闾轩于。众物居之，不可胜图。<u>此叙南有平原广泽，似最宜畋猎之地，而下文叙猎，但在东西北三处，而不及南之广泽，盖虚实互相备也。</u>

"其西则有涌泉清池，激水推移，外发芙蓉菱华，内隐巨石白沙。其中则有神龟蛟鼍，玳瑁鳖鼋。其北则有阴林，其树楩楠豫章，桂椒木兰，蘗离朱杨。樝梨梬栗，橘柚芬芳。其上则有鹓雏孔鸾，腾远射干。其下则有白虎玄豹，蟃蜒貙犴。于是乎乃使剸诸之伦，手格此兽。<u>以上东西南北，开下畋猎之地。</u>

“楚王乃驾驯驳之驷，乘雕玉之舆。靡鱼须之桡旃，曳明月之珠旗，建干将之雄戟，左乌号之雕弓，右夏服之劲箭。阳子骖乘，孅阿为御。案节未舒，即陵狡兽。蹵蛩蛩，辚距虚，轶野马，穗陶駼，乘遗风，射游骐。倏眒倩浰，雷动猋至，星流霆击，弓不虚发，中必决眦。洞胸达掖，绝乎心系。获若雨兽，掩草蔽地。于是楚王乃弭节徘徊，翱翔容与。览乎阴林，观壮士之暴怒，与猛兽之恐惧。徼𠟗受诎，殚睹众物之变态。以上猎于阴林，即上文“北有阴林”也。

“于是郑女曼姬，被阿緆，揄纻缟，杂纤罗，垂雾縠。襞积褰绉，纡徐委曲，郁桡溪谷。衯衯裶裶，扬袘戌削。蜚纖垂髾。“襞积”至“溪谷”三句，“衯衯”至“垂髾”三句，皆下二句用韵。扶舆猗靡，翕呷萃蔡。下靡兰蕙，上拂羽盖。错翡翠之威蕤，缪绕玉绥。眇眇忽忽，若神仙之仿佛。于是乃相与獠于蕙圃，媻姗勃窣，上下金堤。掩翡翠，射鵕鸃。微矰出，孅缴施，弋白鹄，连驾鹅。双鸧下，玄鹤加。怠而后发，游于清池。浮文鹢，扬旌栧。张翠帷，建羽盖。罔玳瑁，钩紫贝。摐金鼓，吹鸣籁，榜人歌，声流喝。水虫骇，波鸿沸。涌泉起，奔扬会。礧石相击，硠硠礚礚。若雷霆之声，闻乎数百里之外。以上与众女猎于蕙圃，游于清池，即上文“东有蕙圃”“西有清池”也。

“将息獠者，击灵鼓，起烽燧，车按行，骑就队。纚乎淫淫，般乎裔裔。于是楚王乃登云阳之台，怕乎无为，憺乎自持。勺药之和具，而后御之。不若大王终日驰骋，曾不下舆，脟割轮焠，自以为娱。臣窃观之，齐殆不如，于是齐王无以应仆也。”以上息獠。

乌有先生曰：“是何言之过也！足下不远千里，来贶吾国。王悉发境内之士，备车骑之众，与使者出畋，乃欲戮力致获，以娱左右，何名为夸哉？问楚地之有无者，愿闻大国之风烈、先生之余论也。今足下不称楚王之德厚，而盛推云梦以为高奢，言淫乐而显侈靡，窃为足下不取也。必若所言，固非楚国之美也。无而言之，是害足下之信也。彰君恶，伤私义。二者无一可，而先生行之，必且轻于齐，而累于楚矣。且齐东陼巨海，南有琅邪。观乎成山，射乎之罘。浮渤澥，游孟诸。邪与肃慎为邻，右以汤谷为界。秋田乎青邱，傍偟乎海外。吞若云梦者八九，于其胸中曾不蒂芥。若乃俶傥瑰玮，异方殊类，珍怪鸟兽，万端鳞崒。充牣其中，不可胜记。禹不能名，卨不能计。然在诸侯之位，不敢言游戏之乐，苑囿之大，先生又见客，是以王辞不复，何为无以应哉？"以上乌有折子虚。

上林赋

亡是公听然而笑，曰："楚则失矣，而齐亦未为得也。夫使诸侯纳贡者，非为财币，所以述职也；封疆画界者，非为守御，所以禁淫也。今齐列为东藩，而外私肃慎，捐国逾限，越海而田，其于义固未可也。且二君之论，不务明君臣之义，正诸侯之礼，徒事争于游戏之乐、苑囿之大，欲以奢侈相胜，荒淫相越，此不可以扬名发誉，而适足以尊君自损也。

"且夫齐、楚之事，又乌足道乎？君未睹夫巨丽也，独不闻天子之上林乎？左苍梧，右西极，丹水更其南，紫渊径其北。终始灞、浐，出入泾、渭，酆、镐、潦、潏，纡余委蛇，经营乎其内，荡荡乎八川分流，相背而异态。东西南北，驰骛往来。出乎椒邱之阙，行乎洲淤之浦，经乎桂林之中，过乎泱漭之野。汩乎混流，顺阿而下，赴隘陜之口；触穹石，激堆埼，沸乎暴怒，汹涌彭湃。滭弗宓汩，逼侧泌㵾，横流逆折，转腾潎洌，滂濞沆溉。穹隆云桡，宛潬胶盭，逾波趋浥，莅莅下濑。批岩冲拥，奔扬滞沛，临坻注壑，瀺灂霣坠。沉沉隐隐，砰磅訇磕，潏潏淈湦，潝潗鼎沸。驰波跳沫，汩漶漂疾。悠远长怀，寂漻无声，肆乎永归。然后灏溔潢漾，安翔徐回，翯乎滈滈，东注太湖，衍溢陂池。以上水〇"触穹石"四句，始言水之变态有力。"泏弗"五句，极言其有力。"穹隆"四句，言其自然。"批岩"二句，承上言有力。"临坁"二句，承上言自然。"沉沉"二句，又言有力。"潏潏"二句，又言自然。"驰波"十句，皆言自然。脉络极分明地〇湃、溉、濑、沛、坠、礚、沸为韵，怀、归、回、池为韵。而一韵之中，上有数句，又各私自为韵，如沛、折、洌私自为韵，礚、泡私自为韵。古人平去通用，则"湃"至"池"本为一韵矣。

　　"于是乎蛟龙赤螭，鲔鳢渐离，鰅鰫鳍魠，禺禺魼鳎，揵鳍掉尾，振鳞奋翼，潜处乎深岩。鱼鳖谨声，万物众夥，明月珠子，的皪江靡，蜀石黄碝，水玉磊砢。磷磷烂烂，采色澔汗，藂积乎其中。鸿鹔鹄鸨，驾鹅属玉，交精旋目，烦鹜庸渠，箴疵鵁卢，群浮乎其上。泛淫泛滥，随风澹淡，与波摇荡，奄薄水渚，唼喋菁藻，咀嚼菱藕。以上水中之物。

　　"于是乎崇山矗矗，宠嵸崔巍，深林巨木，崭岩参差。九嵕嶻嶭，南山峨峨，岩陁甗锜，摧崣崛崎。振溪通谷，蹇产沟渎，谽呀豁閜，阜陵别隖，崴磈嵔廆，丘虚堀礨，隐辚郁㠝，登降施靡。陂池貏豸，沇溶淫鬻，散涣夷陆，亭皋千里，靡不被筑。以上山。

　　"掩以绿蕙，被以江蓠，糅以蘪芜，杂以留夷。布结缕，攒戾莎，揭车衡兰，稿本射干，茈姜襄荷，葴持若荪，鲜支黄砾，蒋芧青薠，布濩闳泽，延曼太原。离靡广衍，应风披靡，吐芳扬烈，郁郁菲菲。众香发越，肸蠁布写，晻薆咇茀。以上山上之草。

　　"于是乎周览泛观，缤纷轧芴，芒芒恍忽，视之无端，察之无涯，日出东沼，入乎西陂。其南则隆冬生长，踊水跃波；其兽则㺎旄貘犛，沉牛麈麋，赤首圜题，穷奇象犀。其北则盛夏含冻裂地，涉冰揭河；其兽则麒麟角端，騊駼橐驼，蛩蛩驒騱，駃騠驴骡。以上总写苑中气象，点出各兽，即为下文畋猎张本。

"于是乎离宫别馆，弥山跨谷。高廊四注，重坐曲阁。华榱璧珰，辇道缅属。步櫩周流，长途中宿。夷嵕筑堂，累台增成，岩穾洞房，俯杳眇而无见，仰扳橑而扪天。奔星更于闺闼，宛虹拖于楯轩。青龙蚴蟉于东厢，象舆婉僤于西清。灵圄燕于闲馆，偓佺之伦暴于南荣。醴泉涌于清室，通川过于中庭。盘石振崖，嵚岩倚倾，嵯峨嶵嵬，刻削峥嵘。玫瑰碧琳，珊瑚丛生，瑉玉旁唐，玢豳文鳞。赤瑕驳荦，杂臿其间，晁采琬琰，和氏出焉。以上宫室。

"于是乎卢橘夏熟，黄甘橙楱，枇杷橪柿，亭奈厚朴。梬枣杨梅，樱桃蒲陶，隐夫薁棣，荅遝离支。罗乎后宫，列乎北园，贶邱陵，下平原。扬翠叶，杌紫茎，发红华，垂朱荣，煌煌扈扈，照曜巨野。沙棠栎槠，华枫枰栌，留落胥邪，仁频并间。欃檀木兰，豫章女贞，长千仞，大连抱，夸条直畅，实叶葰楙。欑立丛倚，连卷欐佹，崔错癹骩，坑衡闾砢，垂条扶疏，落英幡纚。纷溶箾蔘，猗狔从风。藰莅卉歙，盖象金石之声，管籥之音。傺池茈虒，旋还乎后宫，杂袭累辑，被山缘谷，循阪下隰，视之无端，究之无穷。以上宫中草木。

"于是乎玄猿素雌，蜼玃飞蠝，蛭蜩蠼猱，獑胡毂蜼，栖息乎其间。长啸哀鸣，翩幡互经，夭蟜枝格，偃蹇杪颠。隃绝梁，腾殊榛，捷垂条，掉希间，牢落陆离，烂漫远迁。若此者数百千处，娱游往来，宫宿馆舍，庖厨不徙，后宫不移，百官备具。以上宫中畜兽及离宫之多。处舍具为韵。

"于是乎背秋涉冬，天子校猎。乘镂象，六玉虬，拖霓旌，靡云旗，前皮轩，后道游。孙叔奉辔，卫公参乘，扈从横行，出乎四校之中。鼓严簿，纵猎者。江河为阹，泰山为橹。车骑雷起，殷天动地，先后陆离，离散别追，淫淫裔裔，缘陵流泽，云布雨施。"施"读上声。地、裔、施为韵，而离、追、起亦平上与去为韵。生貔豹，搏豺狼，手熊罴，足野羊。蒙鹖苏，绔白虎，被班文，跨野马。凌三嵏之危，下碛历之坻，径峻赴险，越壑厉水。椎蜚廉，弄獬豸，格虾蛤，铤猛氏，羂騕褭，射封豕。箭不苟害，解腔陷脑；弓不虚发，应声而倒。以上天子校各部曲将帅之猎。

　　"于是乘舆弭节徘徊，翱翔往来，睨部曲之进退，览将帅之变态。然后侵淫促节，倏夐远去，流离轻禽，蹴履狡兽。轶白鹿，捷狡兔，轶赤电，遗光耀。追怪物，出宇宙，弯蕃弱，满白羽。射游枭，栎蜚遽。择肉而后发，先中而命处。弦矢分，艺殪仆。然后扬节而上浮，凌惊风，历骇猋，乘虚无，与神俱。蹴玄鹤，乱昆鸡，遒孔鸾，促鹓鶵，拂鹥鸟，捎凤凰，捷鸳雏，掩焦明。道尽途殚，回车而还；消摇乎襄羊，降集乎北纮，率乎直指，晻乎反乡。以上天子亲猎而还。蹴石阙，历封峦，过鳷鹊，望露寒，下棠梨，息宜春。西驰宣曲，濯鹢牛首，登龙台，掩细柳。观士大夫之勤略，均猎者之所得获，徒车之所辚轹，步骑之所蹂若，人臣之所蹈藉，与其穷极倦㕅，惊惮詟伏，不被创刃而死者，他他藉藉，填坑满谷，掩平弥泽。以上天子还历各处，数猎者之所获。

　　"于是乎游戏懈怠，置酒乎颢天之台，张乐乎胶葛之宇。撞千石之钟，立万石之虡，建翠华之旗，树灵鼍之鼓，奏陶唐氏之舞，听葛天氏之歌。千人唱，万人和，山陵为之震动，川谷为之荡波。巴、渝、宋、蔡，淮南《干遮》，文成、颠歌，族居递奏，金鼓迭起，铿锵闛鞳，洞心骇耳。荆、吴、郑、卫之声，《韶》《濩》《武》《象》之乐，阴淫案衍之音。鄢、郢缤纷，《激楚》《结风》，俳优侏儒，狄鞮之倡。所以娱耳目乐心意者，丽靡烂漫于前，靡曼美色于后。若夫青琴宓妃之徒，绝殊离俗，妖冶娴都，靓妆刻饰，便嬛绰约，柔桡嬛嬛，妩媚孅弱。曳独茧之褕绁，眇阎易以恤削。便姗嫳屑，与俗殊服。芬芳沤郁，酷烈淑郁。皓齿粲烂，宜笑的皪。长眉连娟，微睇绵藐，色授魂与，心愉于侧。以上置酒张乐。

"于是酒中乐酣，天子芒然而思，似若有亡，曰：'嗟乎，此大奢侈！朕以览听余闲，无事弃日，顺天道以杀伐，时休息于此。恐后叶靡丽，遂往而不返，非所以为继嗣创业垂统也。'于是乎乃解酒罢猎，而命有司曰：'地可垦辟，悉为农郊，以赡萌隶。隤墙填堑，使山泽之人得至焉。实陂池而勿禁，虚宫馆而勿仞。发仓廪以救贫穷，补不足，恤鳏寡，存孤独。出德号，省刑罚，改制度，易服色，革正朔，与天下为更始。'

"于是历吉日以斋戒，袭朝服，乘法驾，建华旗，鸣玉鸾，游于六艺之囿，驰骛乎仁义之涂，览观《春秋》之林，射《狸首》，兼《驺虞》，弋玄鹤，舞干戚。"干戚"疑当作"干羽"，此处当用韵，不似四句乃韵者。载云罕，掩群《雅》，悲《伐檀》，乐乐胥。修容乎《礼》园，翱翔乎《书》圃，述《易》道，放怪兽，登明堂，坐清庙。次群臣，奏得失。四海之内，靡不受获。于斯之时，天下大悦，乡风而听，随流而化，卉然兴道而迁义。刑错而不用，德隆于三王，而功羡于五帝。若此，故猎乃可喜也。若夫终日驰骋，劳神苦形，罢车马之用，抚士卒之精，费府库之财，而无德厚之恩。务在独乐，不顾众庶，忘国家之政，贪雉兔之获，则仁者不繇也。从此观之，齐楚之事，岂不哀哉！地方不过千里，而囿居九百，是草木不得垦辟，而人无所食也。夫以诸侯之细，而乐万乘之侈，仆恐百姓被其尤也。"

于是二子愀然改容，超若自失，逡巡避席，曰："鄙人固陋，不知忌讳。乃今日见教，谨受命矣。"

大人赋

世有大人兮，在于中州。宅弥万里兮，曾不足以少留。悲世俗之迫隘兮，朅轻举而远游。垂绛幡之素霓兮，载云气而上浮。建格泽之修竿兮，总光耀之采旄。垂旬始以为幓兮，曳彗星而为髾。掉指桥以偃蹇兮，又旖旎以招摇。揽欃抢以为旌兮，靡屈虹而为绸。红杳渺以眩湣兮，猋风涌而云浮。

驾应龙象舆之蠖略逶丽兮，骖赤螭青蛇之蚴蟉宛蜒。低卬夭蟜据以骄骜兮，诎折隆穷蠼以连卷。沛艾赳螑仡以佁儗兮，放散畔岸骧以孱颜。跮踱輵辖容以委丽兮，绸缪偃蹇怵奂以梁倚。纠蓼叫奡蹋以艐路兮，蔑蒙踊跃腾而狂趡。莅飒卉歙猋至电过兮，焕然雾除，霍然云消。

邪绝少阳而登太阴兮，与真人乎相求。互折窈窕以右转兮，横厉飞泉以正东。悉征灵圉而选之兮，部署众神于摇光。使五帝先导兮，反太一而从陵阳。左玄冥而右黔雷兮，前长离而后潏湟。厮征伯侨而役羡门兮，诏岐伯使尚方。祝融惊而跸御兮，清雾气而后行。

屯余车其万乘兮，綷云盖而树华旗。使句芒其将行兮，吾欲往乎南娭。历唐尧于崇山兮，过虞舜于九疑。纷湛湛其差错兮，杂遝胶葛以方驰。骚扰冲苁其相纷挐兮，滂濞泱轧洒以林离。钻罗列聚丛以茏茸兮，衍曼流烂疼以陆离。径入雷室之砰磷郁律兮，洞出鬼谷之崛礨崴魁。遍览八纮而观四荒兮，朅渡九江而越五河。经营炎火而浮弱水兮，杭绝浮渚而涉流沙。

奄息总极泛滥水嬉兮，使灵娲鼓瑟而舞冯夷。时若薆薆将混浊兮，召屏翳、诛风伯而刑雨师。西望昆仑之轧沕洸忽兮，直径驰乎三危。排阊阖而入帝宫兮，载玉女而与之归。登阆风而摇集兮，亢鸟腾而一止。低回阴山翔以纡曲兮，吾乃今目睹西王母暤然白首。戴胜而穴处兮，亦幸有三足乌为之使。必长生若此而不死兮，虽济万世不足以喜。

回车揭来兮，绝道不周，会食幽都。呼吸沆瀣兮餐朝霞，噍咀芝英兮叽琼华。媱侵浔而高纵兮，纷鸿溶而上厉。贯列缺之倒景兮，涉丰隆之滂沛。驰游道而修降兮，鹜遗雾而远逝。

迫区中之隘陕兮，舒节出乎北垠。遗屯骑于玄阙兮，轶先驱于寒门。下峥嵘而无地兮，上寥廓而无天。视眩泯而无见兮，听惝恍而无闻。乘虚无而上假兮，超无友而独存。

长门赋

孝武皇帝陈皇后，时得幸，颇妒。别在长门宫，愁闷悲思。闻蜀郡成都司马相如，天下工为文，奉黄金百斤，为相如、文君取酒，因于解悲愁之辞。而相如为文以悟主上，陈皇后复得亲幸。其辞曰：

夫何一佳人兮，步逍遥以自虞。魂逾佚而不反兮，形枯槁而独居。言我朝往而暮来兮，饮食乐而忘人。心慊移而不省故兮，交得意而相亲。

伊予志之慢愚兮，怀贞悫之欢心。愿赐问而自进兮，得尚君之玉音。奉虚言而望诚兮，期城南之离宫。修薄具而自设兮，君曾不肯乎幸临。廓独潜而专精兮，天飘飘而疾风。登兰台而遥望兮，神怳怳而外淫。浮云郁而四塞兮，天窈窈而昼阴。雷殷殷而响起兮，声象君之车音。飘风回而赴闺兮，举帷幄之襜襜。桂树交而相纷兮，芳酷烈之闾闾。孔雀集而相存兮，玄猿啸而长吟。翡翠胁翼而来萃兮，鸾凤翔而北南。

心凭噫而不舒兮，邪气壮而攻中。下兰台而周览兮，步从容于深宫。正殿块以造天兮，郁并起而穹崇。闲徙倚于东厢兮，观夫靡靡而无穷。挤玉户以撼金铺兮，声噌吰而似钟音。

刻木兰以为榱兮，饰文杏以为梁。罗丰茸之游树兮，离楼梧而相撑。施瑰木之欂栌兮，委参差以槺梁。时仿佛以物类兮，象积石之将将。五色炫以相曜兮，烂耀耀而成光。致错石之瓴甓兮，象玳瑁之文章。张罗绮之幔帷兮，垂楚组之连纲。抚柱楣以从容兮，览曲台之央央。

白鹤嗷以哀号兮，孤雌跱于枯杨。日黄昏而望绝兮，怅独托于空堂。悬明月以自照兮，徂清夜于洞房。援雅琴以变调兮，奏愁思之不可长。按流徵以却转兮，声幼妙而复扬。贯历览其中操兮，意慷慨而自卬。左右悲而垂泪兮，涕流离而纵横。舒息悒而增欷兮，蹝履起而彷徨。揄长袂以自翳兮，数昔日之𠎝殃。无面目之可显兮，遂颓思而就床。抟芬若以为枕兮，席荃兰而茝香。忽寝寐而梦想兮，魄若君之在旁。惕寤觉而无见兮，魂迋迋若有亡。

众鸡鸣而愁予兮，起视月之精光。观众星之行列兮，毕昴出于东方。望中庭之蔼蔼兮，若季秋之降霜。夜曼曼其若岁兮，怀郁郁其不可再更。澹偃蹇而待曙兮，荒亭亭而复明。妾人窃自悲兮，究年岁而不敢忘。

封禅文

伊上古之初肇，自昊穹兮生民。历选列辟，以迄乎秦。率迩者踵武，逖听者风声。纷纶葳蕤，湮灭而不称者，不可胜数。继《昭》《夏》，崇号谥，略可道者，七十有二君。罔若淑而不昌，畴逆失而能存？轩辕之前，遐哉邈乎，其详不可得闻已。《五》《三》《六经》载籍之传，惟风可观也。以上浑言古昔。

《书》曰："元首明哉！股肱良哉！"因斯以谈，君莫盛于唐尧，臣莫贤于后稷。后稷创业于唐尧，公刘发迹于西戎。文王改制，爰周郅隆，大行越成。而后陵迟衰微，千载亡声，岂不善始善终哉！然无异端，慎所由于前，谨遗教于后耳。故轨迹夷易，易遵也；湛恩庞洪，易丰也；宪度著明，易则也；垂统理顺，易继也。是以业隆于襁褓，而崇冠于二后。揆厥所元，终都攸卒。未有殊尤绝迹，可考于今者也。然犹蹑梁甫，登太山，建显号，施尊名。以上言周无殊异而封禅。

大汉之德，逢涌原泉，沕潏曼羡；旁魄四塞，云布雾散；上畅九垓，下溯八埏。怀生之类，沾濡浸润，协气横流，武节猋逝，迩陕游原，遐阔泳沫，首恶郁没，晻昧昭晰，昆虫闿怿，回首面内。然后囿驺虞之珍群，徼麋鹿之怪兽，导一茎六穗于庖，牺双觡共柢之兽。获周余放龟于岐，招翠黄乘龙于沼。鬼神接灵圉，宾于闲馆。奇物谲诡，俶傥穷变。钦哉！符瑞臻兹，犹以为德薄，不敢道封禅。以上言汉多符瑞而不封禅。

盖周跃鱼陨杭，休之以燎。微夫斯之为符也，以登介邱，不亦恧乎！进让之道，何其爽与！

于是大司马进曰：“陛下仁育群生，义征不憓；诸夏乐贡，百蛮执贽，德侔往初，功无与二。休烈浃洽，符瑞众变，期应绍至，不特创见。意者太山、梁甫，设坛场望幸，盖号以况荣。上帝垂恩储祉，将以庆成。陛下谦让而弗发也。挈三神之欢，缺王道之仪。群臣恧焉。或谓：且天为质暗，示珍符，固不可辞。若然辞之，是太山靡记，而梁甫罔几也。亦各并世而荣，咸济厥世而屈，说者尚何称于后，而云七十二君哉？夫修德以锡符，奉命以行事，不为进越也。故圣王弗替，而修礼地祇，谒款天神，勒功中岳，以章至尊；舒盛德，发号荣，受厚福，以浸黎民。皇皇哉，此天下之壮观，王者之卒业，不可贬也。愿陛下全之。而后因杂搢绅先生之略术，使获曜日月之末光绝炎，以展采错事。犹兼正列其义，被饰厥文，作《春秋》一艺。将袭旧六为七，摅之无穷。俾万世得激清流，扬微波，蜚英声，腾茂实。前圣所以永保鸿名，而常为称首者用此，宜命掌故悉奏其仪而览焉。"以上大司马请封禅。

于是天子沛然改容曰："俞乎，朕其试哉！"乃迁思回虑，总公卿之议，询封禅之事，诗大泽之博，广符瑞之富。遂作颂曰：

自我天覆，云之油油。甘露时雨，厥壤可游。滋液渗漉，何生不育！嘉谷六穗，我穑曷蓄？

匪惟雨之，又润泽之。匪惟偏之，泛布护之。万物熙熙，怀而慕思。名山显位，望君之来。君兮君兮，侯不迈哉！以上大泽之博。

般般之兽，乐我君圃。白质黑章，其仪可喜。旼旼穆穆，君子之态。盖闻其声，今亲其来。厥涂靡从，天瑞之征。兹尔于舜，虞氏以兴。以上驺虞。

濯濯之麟，游彼灵畤。孟冬十月，君徂郊祀。驰我君舆，帝用享祉。三代之前，盖未尝有。以上麟。

宛宛黄龙，兴德而升。采色炫燿，焕炳辉煌。正阳显见，觉悟黎烝。于传载之，云受命所乘。以上龙。

厥之有章，不必谆谆。依类托寓，谕以封峦。披艺观之，天人之际已交，上下相发允答，圣王之事，兢兢翼翼。故曰于兴必虑衰，安必思危。是以汤武至尊严，不失肃祗；舜在假典，顾省缺遗，此之谓也。以上因天人符瑞而进箴规。

长沙张华理襄校

卷四　词赋之属上编二

扬　雄

羽猎赋 并序

孝成帝时羽猎，雄从。以为昔在二帝、三王，宫馆台榭、沼池苑囿、林麓薮泽，财足以奉郊庙、御宾客、充庖厨而已。不夺百姓膏腴谷土桑柘之地，女有余布，男有余粟，国家殷富，上下交足。故甘露零其庭，醴泉流其唐，凤凰巢其树，黄龙游其沼，麒麟臻其囿，神爵栖其林。昔者禹任益虞而上下和，草木茂；成汤好田而天下用足；文王囿百里，民以为尚小；齐宣王囿四十里，民以为大。裕民之与夺民也。武帝广开上林，东南至宜春、鼎湖、御宿、昆吾，旁南山；西至长杨、五柞；北绕黄山，滨渭而东，周袤数百里。穿昆明池，象滇河。营建章、凤阙、神明、驵娑、渐台、泰液，象海水周流方丈、瀛洲、蓬莱。游观侈靡，穷妙极丽。虽颇割其三垂，以赡齐民，然至羽猎，甲车戎马、器械储偫、禁御所营，尚泰奢，丽夸诩，非尧、舜、成汤、文王三驱之意也。又恐后世复修前好，不折中以泉台，故聊因校猎，赋以风之。其辞曰：

或称羲农，岂或帝王之弥文哉？论者云：否。各以并时而得宜，奚必同条而共贯？则泰山之封，焉得七十而有二仪？是以创业垂统者，俱不见其爽，遐迩五、三，孰知其是非？遂作颂曰：丽哉神圣，处于玄宫。富既与地乎侔訾，贵正与天乎比崇。齐桓曾不足使扶毂，楚庄未足以为骖乘。狭三王之厄僻，峤高举而大兴。历五帝之寥廓，涉三皇之登闳。建道德以为师，友仁义与为朋。以上浑颂帝业。

于是玄冬季月，天地隆烈，万物权舆于内，徂落于外。帝将惟田于灵之囿，开北垠，受不周之制，以奉终始颛顼、玄冥之统。乃诏虞人典泽，东延昆邻，西驰阊阖。储积共偫，戍卒夹道。斩丛棘，夷野草。御自汧、渭，经营酆、镐。章皇周流，出入日月，天与地沓。尔乃虎路三嵕，以为司马，围经百里，而为殿门。外则正南极海，邪界虞渊。鸿濛沆茫，揭以崇山。营合围会，然后先置乎白杨之南，昆明灵沼之东。贲育之伦，蒙盾负羽，杖镆邪而罗者以万计。其余荷垂天之罼，张竟野之罘，靡日月之朱竿，曳彗星之飞旗。青云为纷，虹霓为缳，属之乎昆仑之虚。涣若天星之罗，浩如涛水之波。淫淫与与，前后要遮。欃枪为闉，明月为候。荧惑司命，天弧发射。鲜扁陆离，骈衍佖路。徽车轻武，鸿絧緁猎。殷殷轸轸，被陵缘岅，穷夐极远者，相与列乎高原之上。羽骑营营，昈分殊事。缤纷往来，轠轳不绝，若光若灭者，布乎青林之下。以上猎场之广，仪卫之盛。

于是天子乃以阳晁，始出乎玄宫。撞鸿钟，建九旒，六白虎，载灵舆。蚩尤并毂，蒙公先驱。立历天之旂，曳捎星之旃。霹雳烈缺，吐火施鞭。萃傱沇溶，淋离廓落，戏八镇而开关。飞廉云师，吸嚊潚率。鳞罗布烈，攒以龙翰。啾啾跄跄，入西园，切神光，望平乐，径竹林，蹂蕙圃，践兰唐。以上天子亲至猎所。

举烽烈火，辔者施技，方驰千驷，狡骑万帅。虓虎之陈，从横胶輵。猋拉雷厉，骈骈驳磕。汹汹旭旭，天动地岋。羡漫半散，萧条数千里外。

若夫壮士慷慨，殊乡别趣。东西南北，骋耆奔欲。扡苍豨，跋犀氂，蹶浮麇，斮巨狿，搏玄猿。腾空虚，距连卷，踔夭蟜，娭涧间，莫莫纷纷。山谷为之风猋，林丛为之生尘。以上正赋田猎。

及至获夷之徒，蹶松柏，掌蒺藜，猎蒙茏，轔轻飞，屦般首，带修蛇，钩赤豹，挃象犀。跐峦坑，超唐陂。车骑云会，登降暗蔼。泰华为旍，熊耳为缀。木仆山还，漫若天外。储与乎大浦，聊浪乎宇内。

于是天清日晏，逢蒙列眦，羿氏控弦。皇车幽辖，光纯天地，望舒弥辔，翼乎徐至于上兰。移围徙阵，浸淫蹴部。曲队坚重，各按行伍。壁垒天旋，神挟电击。逢之则碎，近之则破。鸟不及飞，兽不得过。军惊师骇，刮野扫地。及至罕车飞扬，武骑聿皇。蹈飞豹，绢噪阳。追天宝，出一方，应驷声，击流光。野尽山穷，囊括其雌雄。沇沇溶溶，遥噱乎纮中。三军芒然，穷冘阒与。亶观乎剽禽之绁逾，犀兕之抵触，熊罴之挐攫，虎豹之凌遽。徒角抢题注，蹶竦謺怖。魂亡魄失，触辐关脰。妄发期中，进退履获。创淫轮夷，邱累陵聚。以上获禽之多。

于是禽殚中衰，相与集于靖冥之馆，以临珍池。灌以岐梁，溢以江河。东瞰目尽，西畅无崖。隋珠和氏，焯烁其陂。玉石嶜崟，眩燿青荧。汉女水潜，怪物暗冥，不可殚形。玄鸾孔雀，翡翠垂荣。王雎关关，鸿雁嘤嘤，群娭乎其中，嗷嗷昆鸣。凫鷖振鹭，上下砰磕，声若雷霆。乃使文身之技，水格鳞虫。凌坚冰，犯严渊，探岩排碕，薄索蛟螭。蹈猵獭，据鼋鼍，拁灵蠵，入洞穴，出苍梧。乘巨鳞，骑京鱼，浮彭蠡，目有虞。方椎夜光之流离，剖明月之珠胎。鞭洛水之宓妃，饷屈原与彭胥。以上水嬉。

于兹乎鸿生巨儒，俄轩冕，杂衣裳，修唐典，匡《雅》

《颂》，揖让于前，昭光震耀，爰昌如神。仁声惠于北狄，武谊动于南邻。是以旃裘之王，胡貉之长，移珍来享，抗手称臣。前入围口，后陈卢山。群公常伯杨朱墨翟之徒，喟然并称曰："崇哉乎德！虽有唐虞大夏成周之隆，何以侈兹！夫古之覲东岳，禅梁基，舍此世也，其谁与哉？"

上犹谦让而未俞也。方将上猎三灵之流，下决醴泉之滋，发黄龙之穴，窥凤凰之巢，临麒麟之囿，幸神雀之林。奢云梦，侈孟诸。非章华，是灵台。罕徂离宫，而辍观游。土事不饰，木功不雕。丞民乎农桑，劝之以弗怠。侪男女，使莫违。恐贫穷者不遍被洋溢之饶，开禁苑，散公储，创道德之囿，弘仁惠之虞。驰弋乎神明之囿，览观乎群臣之有亡。放雉兔，收罝罦，麋鹿刍荛，与百姓共之。盖所以臻兹也。于是醇洪鬯之德，丰茂世之规。加劳三皇，勖勤五帝，不亦至乎！乃祗庄雍穆之徒，立君臣之节，崇贤圣之业，未遑苑囿之丽，游猎之靡也！因回轸还衡，背阿房，反未央。以上讽谏反之于道德。

长杨赋并序

明年，上将大夸胡人以多禽兽。秋，命右扶风发民入南山，西自褒斜，东至弘农，南驱汉中，张罗网置罦，捕熊罴、豪猪、虎豹、狖玃、狐兔、麋鹿，载以槛车，输长杨射熊馆。以网为周阹，纵禽兽其中，令胡人手搏之，自取其获，上亲临观焉。是时，农民不得收敛。雄从至射熊馆，还，上《长杨赋》，聊因笔墨之成文章，故藉翰林以为主人，子墨为客卿以讽。其辞曰：

子墨客卿问于翰林主人曰："盖闻圣主之养民也，仁沾而恩洽，动不为身。今年猎长杨，先命右扶风，左太华而右褒斜，椓巀嶭而为弋，纡南山以为罝，罗千乘于林莽，列万骑于山隅，帅军碎陷，锡戎获胡。捜熊罴，拖豪猪，木拥枪累，以为储胥，此天下之穷览极观也。虽然，亦颇扰于农人。三旬有余，其厘至矣，而功不图。恐不识者，外之则以为娱乐之游，内之则不以为干豆之事，岂为民乎哉？且人君以玄默为神，澹泊为德。今乐远出以露威灵，数摇动以罢车甲，本非人主之急务也。蒙窃惑焉。"

翰林主人曰："吁！客何谓兹耶？若客所谓，知其一未睹其二，见其外不识其内也。仆尝倦谈，不能一二其详，请略举其凡，而客自览其切焉。"客曰："唯唯。"

主人曰："昔有强秦，封豕其士，窫窳其民。凿齿之徒，相与磨牙而争之。豪俊糜沸云扰，群黎为之不康。于是上帝眷顾高祖，高祖奉命，顺斗极，运天关，横巨海，漂昆仑，提剑而叱之。所过麾城揿邑，下将降旗，一日之战，不可殚记。当此之勤，头蓬不暇梳，饥不及餐，鞲鍪生虮虱，介胄被沾汗，以为万姓请命乎皇天。乃展人之所讪，振人之所乏，规亿载，恢帝业，七年之间而天下密如也。以上高祖武功。

"逮至圣文，随风乘流，方垂意于至宁。躬服节俭，绨衣不敝，革鞜不穿，大厦不居，木器无文。于是后宫贱玳瑁而疏珠玑，却翡翠之饰，除雕琢之巧，恶丽靡而不近，斥芬芳而不御，抑止丝竹宴衍之乐，憎闻郑、卫幼眇之声，是以玉衡正而太阶平也。以上孝文俭约。

"其后熏鬻作虐，东夷横畔，羌戎睢眦，闽越相乱，遐眠为之不安，中国蒙被其难。于是圣武勃怒，爰整其旅，乃命骠卫，汾沄沸渭，云合电发，猋腾波流，机骇蜂轶，疾如奔星，击如震霆。碎轒辒，破穹庐，脑沙幕，髓余吾，遂躏乎王庭。驱橐驼，烧熿蠡，分剹单于，磔裂属国。夷坑谷，拔卤莽，刊山石，蹂尸舆厮，系累老弱。呛铤瘢耆、金镞淫夷者数十万人，皆稽颡树领，扶服蛾伏。二十余年矣，尚不敢惕息。夫天兵四临，幽都先加，回戈邪指，南越相夷，靡节西征，羌僰东驰。是以遐方疏俗、殊邻绝党之域，自上仁所不化，茂德所不绥，莫不跷足抗手，请献厥珍，使海内澹然，永亡边城之灾、金革之患。以上武帝兵事。

"今朝廷纯仁，遵道显义，并包书林，圣风云靡，英华沈浮，洋溢八区，普天所覆，莫不沾濡。士有不谈王道者，则樵夫笑之。意者以为事冈隆而不杀，物靡盛而不亏，故平不肆险，安不忘危。乃时以有年出兵，整舆竦戎，振师五柞，习马长杨，简力狡兽，校武票禽。乃萃然登南山，瞰乌弋，西厌月嶲，东震日域。以上元、成太平宴安，故讲武以安不忘危。

"又恐后代迷于一时之事，常以此为国家之大务，淫荒田猎，陵夷而不御也。是以车不安轫，日未靡旃，从者仿佛，骩属而还。亦所以奉太尊之烈，遵文武之度，复三王之田，反五帝之虞。使农不辍耰，工不下机，婚姻以时，男女莫违。出恺弟，行简易，矜劬劳，休力役。见百年，存孤弱，帅与之同苦乐。然后陈钟鼓之乐，鸣鞉磬之和，建碣磪之虡，拮隔鸣球，掉八列之舞。酌允铄，肴乐胥，听庙中之雍雍，受神人之福祐。歌投《颂》，吹合《雅》。其勤若此，故真神之所劳也。以上讽谏。

"方将俟元符，以禅梁甫之基，增泰山之高，延光于将来，比荣乎往号。岂徒欲淫览浮观，驰骋秔稻之地，周流梨栗之林，蹂践刍荛，夸诩众庶，盛狄猲之收，多麋鹿之获哉？且盲者不见咫尺，而离娄烛千里之隅。客徒爱胡人之获我禽兽，曾不知我亦已获其王侯！"

言未卒，墨客降席，再拜稽首曰："大哉体乎！允非小人之所能及也。乃今日发矇，廓然已昭矣！"

甘泉赋并序

孝成帝时，客有荐雄文似相如者，上方郊祀甘泉泰畤、汾阴后土，以求继嗣，召雄待诏承明之庭。正月，从上甘泉还，奏《甘泉赋》以讽。其辞曰：

惟汉十世，将郊上玄，定泰畤，雍神休，尊明号，同符三皇，录功五帝，恤胤锡羡，拓迹开统。于是乃命群僚，历吉日，协灵辰，星陈而天行。诏招摇与太阴兮，伏钩陈使当兵。属堪舆以壁垒兮，捎夔魖而抶獝狂。八神奔而警跸兮，振殷辚而军装。蚩尤之伦，带干将而秉玉戚兮，飞蒙茸而走陆梁。齐总总以撙撙，其相胶辖兮，猋骇云迅，奋以方攘；骈罗列布，鳞以杂沓兮，柴虒参差，鱼颉而鸟胻；翕赫曶霍，雾集而蒙合兮，半散昭烂，粲以成章。

于是乘舆，乃登夫凤凰兮而翳华芝，驷苍螭兮六素虬，蠖略蕤绥，漓乎襂缡。帅尔阴闭，霅然阳开，腾清霄而轶浮景兮，夫何旟旐邳偈之旖旎也！流星旄以电烛兮，咸翠盖而鸾旗。敦万骑于中营兮，方玉车之千乘。声駍隐以陆离兮，轻先疾雷而驱遗风。凌高衍之嵱嵷兮，超纡谲之清澄。登椽栾而羾天门兮，驰阊阖而入凌兢。

是时未辒夫甘泉也，乃望通天之绎绎。下阴潜以惨廪兮，上洪纷而相错。直峣峣以造天兮，厥高庆而不可乎弥度。平原唐其坛曼兮，列新雉于林薄。攒并闾与茇葀兮，纷被丽其亡鄂。崇邱陵之驳骆兮，深沟嵚岩而为谷。迋迋离宫般以相烛兮，封峦、石关施靡乎延属。

于是大厦云谲波诡，摧嗺而成观。仰挢首以高视兮，目冥眴而亡见。正浏滥以宏恍兮，指东西之漫漫。徒徊徊以徨徨兮，魂眇眇而昏乱。据轩轩而周流兮，忽坱圠而亡垠。翠玉树之青葱兮，璧马犀之瞵瑙。金人仡仡其承钟虡兮，嵌岩岩其龙鳞。扬光曜之燎烛兮，垂景炎之炘炘。配帝居之县圃兮，象泰壹之威神。洪台崛其独出兮，掔北极之嶟嶟。列宿乃施于上荣兮，日月才经于柍栘。雷郁律于岩窔兮，电儵忽于墙藩。鬼魅不能自逮兮，半长途而下颠。历倒景而绝飞梁兮，浮蠛蠓而撤天。

左欃枪而右玄冥兮，前熛阙而后应门。荫西海与幽都兮，涌醴汩以生川。蛟龙连蜷于东厓兮，白虎敦圉乎昆仑。览樛流于高光兮，溶方皇于西清。前殿崔巍兮，和氏玲珑。炕浮柱之飞榱兮，神莫莫而扶倾。闶阆阆其寥廓兮，似紫宫之峥嵘。骈交错而曼衍兮，崚嶒魏乎其相婴。乘云阁而上下兮，纷蒙笼以棍成。曳红采之流离兮，飐翠气之宛延。袭璇室与倾宫兮，若登高眇远，肃乎临渊。

回猋肆其砀骇兮，翍桂椒而郁栘杨。香芬茀以穹隆兮，击㮔栌而将荣。芗呹肸以棍批兮，声骈隐而历钟。排玉户而飐金铺兮，发兰蕙与芎䓖。帷弸彋其拂汨兮，稍暗暗而靓深。阴阳清浊穆羽相和兮，若夔、牙之调琴。般、倕弃其剟劂兮，王尔投其钩绳。虽方征侨与偓佺兮，犹仿佛其若梦。

于是事变物化，目骇耳回。盖天子穆然珍台闲馆、璇题玉英、蝡蝹蠖濩之中。惟夫所以澄心清魂、储精垂恩、感动天地、逆厘三神者。乃搜述索偶皋、伊之徒，冠伦魁能，函甘棠之惠，挟东征之意，相与齐乎阳灵之宫。靡薜荔而为席兮，折琼枝以为芳。吸清云之流瑕兮，饮若木之露英。集乎礼神之囿，登乎颂祇之堂。建光耀之长旓兮，昭华覆之威威。攀璇玑而下视兮，行游目乎三危。陈众车于东坑兮，肆玉钤而下驰。漂龙渊而还九垠兮，窥地底而上回。风泧泧而扶辖兮，鸾凤纷其衔蕤。梁弱水之溭淢兮，蹑不周之逶蛇。想西王母欣然而上寿兮，屏玉女而却宓妃。玉女亡所眺其清卢兮，宓妃曾不得施其蛾眉。方揽道德之精刚兮，侔神明与之为资。

于是钦柴宗祈，燎薰皇天，皋摇泰一。举洪颐，树灵旗。樵蒸昆上，配藜四施。东烛沧海，西耀流沙，北煐幽都，南炀丹厓。玄瓒觩醪，秬鬯泔淡，胪肷丰融，懿懿芬芬。炎感黄龙兮，熛讹硕麟。选巫咸兮叫帝阍，开天庭兮延群神。傧暗蔼兮降清坛，瑞穰穰兮委如山。

于是事毕功弘，回车而归，度三峦兮偈棠黎。天阊决兮地垠开，八荒协兮万国谐。登长平兮雷鼓磕，天声起兮勇士厉。云飞扬兮雨滂沛，于胥德兮丽万世。

乱曰：崇崇圜邱，隆隐天兮。登降峛崺，单埢垣兮。增宫嵾差，骈嵯峨兮。岭嵤嶙峋，洞无厓兮。上天之缭，杳旭卉兮。圣皇穆穆，信厥对兮。徕祇郊禋，神所依兮。徘徊招摇，灵迟迟兮。光辉眩耀，降厥福兮。子子孙孙，长无极兮。

河东赋

伊年暮春，将瘗后土，礼灵祇，谒汾阴于东郊。因兹以勒崇垂鸿，发祥隤祉，钦若神明者，盛哉铄乎，越不可载已！

于是命群臣，齐法服，整灵舆。乃抚翠凤之驾，六先景之乘。掉奔星之流旃，彉天狼之威弧。张耀日之玄旄，扬左纛，被云梢。奋电鞭，骖雷辎，鸣洪钟，建五旗。羲和司日，颜伦奉舆，风发飙拂，神腾鬼趡；千乘霆乱，万骑屈桥，嘻嘻旭旭，天地稠嶪。簸邱跳峦，涌渭跃泾。秦神下詟，跖魂负沴；河灵矍踢，爪华蹈襄。遂臻阴宫，穆穆肃肃，蹲蹲如也。灵祇既乡，五位时叙，絪缊玄黄，将绍厥后。

于是灵舆安步，周流容与，以览乎介山。嗟文公而愍推兮，勤大禹于龙门。洒沈菑于豁渎兮，播九河于东濒。登历观而遥望兮，聊浮游以经营。乐往昔之遗风兮，喜虞氏之所耕。瞰帝唐之嵩高兮，眽隆周之大宁。汩低回而不能去兮，行睨陔下与彭城。涉南巢之坎坷兮，易豳、岐之夷平。乘翠龙而超河兮，陟西岳之峣崝。云霏霏而来迎兮，泽渗漓而下降。郁萧条其幽蔼兮，滃泛沛以丰隆。叱风伯于南北兮，呵雨师于西东。参天地而独立兮，廓荡荡其无双。

遵逝乎归来，以函夏之大汉兮，彼曾何足与比功？建《乾》《坤》之贞兆兮，将悉总之以群龙。丽钩芒与骖蓐收兮，服玄冥及祝融。敦众神使式道兮，奋六经以摅颂。隃于穆之缉熙兮，过清庙之雝雝。轶五帝之遐迹兮，蹑三皇之高踪。既发轫于平盈兮，谁谓路远而不能从？

反离骚

有周氏之蝉嫣兮，或鼻祖于汾隅。灵宗初谍伯侨兮，流于末之杨侯。淑周楚之丰烈兮，超既离乎皇波。因江潭而沚记兮，钦吊楚之湘累。

惟天轨之不辟兮，何纯絜而离纷！纷絜以其溉涩兮，暗絜以其缤纷。

汉十世之阳朔兮，招摇纪于周正。正皇天之清则兮，度后土之方贞。图絜承彼洪族兮，又览絜之昌辞。带钩矩而佩衡兮，履欈枪以为綦。素初贮厥丽服兮，何文肆而质黿？资娵娃之珍髢兮，鬻九戎而索赖。

凤凰翔于蓬渚兮，岂驾鹅之能捷！骋骅骝以曲囏兮，驴骡连蹇而齐足。枳棘之榛榛兮，蝯狖拟而不敢下。灵修既信椒兰之唛佞兮，吾絜忽焉而不蚤睹？

衿荭茹之绿衣兮，被芙蓉之朱裳。芳酷烈而莫闻兮，固不如襞而幽之离房。闺中容竞淖约兮，相态以丽佳。知众嫭之嫉妒兮，何必飏絜之蛾眉？

懿神龙之渊潜兮，俟庆云而将举。亡春风之被离兮，孰焉知龙之所处？愍吾絜之众芬兮，飏爀爀之芳苓，遭季夏之凝霜兮，庆夭颏而丧荣。

横江、湘以南淮兮，云走乎彼苍吾。驰江潭之泛溢兮，将折衷乎重华。舒中情之烦或兮，恐重华之不累与，陵阳侯之素波兮，岂吾累之独见许？

精琼靡与秋菊兮，将以延夫天年。临汨罗而自陨兮，恐日薄于西山。解扶桑之总辔兮，纵令之遂奔驰。鸾皇腾而不属兮，岂独飞廉与云师！

卷薜芷与若蕙兮，临湘渊而投之。棍申椒与菌桂兮，赴江湖而沤之。费椒稰以要神兮，又勤索彼琼茅。违灵氛而不从兮，反湛身于江皋！

累既攀夫傅说兮，奚不信而遂行？徒恐鹈䴗之将鸣兮，顾先百草为不芳！

初累弃彼虙妃兮，更思瑶台之逸女。抨雄鸩以作媒兮，何百离而曾不壹耦？乘云蜺之旖旎兮，望昆仑以樛流。览四荒而顾怀兮，奚必云女彼高邱？

既亡鸾车之幽蔼兮，焉驾八龙之委蛇？临江濑而掩涕兮，何有《九招》与《九歌》？夫圣哲之不遭兮，固时命之所有。虽增欷以于邑兮，吾恐灵修之不累改。昔仲尼之去鲁兮，斐斐迟迟而周迈。终回复于旧都兮，何必湘渊与涛濑！溷渔父之铺歠兮，絜沐浴之振衣。弃由、聃之所珍兮，蹠彭咸之所遗！

解嘲并序

哀帝时，丁、傅、董贤用事。诸附离之者，起家至二千石。时雄方草创《太玄》，有以自守，泊如也。人有嘲雄以"玄之尚白"，雄解之，号曰《解嘲》。其辞曰：

客嘲扬子曰："吾闻上世之士，人纲人纪。不生则已，生必上尊人君，下荣父母，析人之珪，儋人之爵，怀人之符，分人之禄，纡青拖紫，朱丹其毂。今吾子幸得遭明盛之世，处不讳之朝，与群贤同行，历金门，上玉堂有日矣。曾不能画一奇，出一策，上说人主，下谈公卿，目如耀星，舌如电光，一从一横，论者莫当。顾默而作《太玄》五千文，枝叶扶疏，独说数十余万言。深者入黄泉，高者出苍天，大者含元气，细者入无间。然而位不过侍郎，擢才给事黄门，意者玄得无尚白乎？何为官之拓落也？"

扬子笑而应之曰："客徒欲朱丹吾毂，不知一跌将赤吾之族也。往昔周网解结，群鹿争逸，离为十二，合为六七，四分五剖，并为战国。士无常君，国无定臣，得士者富，失士者贫，矫翼厉翮，恣意所存。故士或自盛以橐，或凿坏以遁。是故邹衍以颉颃而取世资，孟轲虽连蹇，犹为万乘师。

"今大汉左东海，右渠搜，前番禺，后椒涂，东南一尉，西北一侯。徽以纠墨，制以锧铁，散以《礼乐》，风以《诗》《书》，旷以岁月，结以倚庐。天下之士，雷动云合，鱼鳞杂袭，咸营于八区。家家自以为稷、契，人人自以为皋陶。戴继垂缨，而谈者皆拟于阿衡。五尺童子，羞比晏婴与夷吾。当途者升青云，失路者委沟渠。且握权则为卿相，夕失势则为匹夫。譬若江湖之崖，渤澥之岛，乘雁集不为之多，双凫飞不为之少。

"昔三仁去而殷墟，二老归而周炽，子胥死而吴亡，种蠡存而越霸，五羖入而秦喜，乐毅出而燕惧。范雎以折摺而危穰侯，蔡泽以噤吟而笑唐举。故当其有事也，非萧、曹、子房、平、勃、樊、霍，则不能安；当其无事也，章句之徒相与坐而守之，亦无所患。故世乱则圣哲驰骛而不足，世治则庸夫高枕而有余。

"夫上世之士，或解缚而相，或释褐而傅；或倚夷门而笑，或横江潭而渔；或七十说而不遇，或立谈而封侯；或枉千乘于陋巷，或拥篲而先驱。是以士颇得信其舌而奋其笔，窒隙蹈瑕而无所诎也。当今县令不请士，郡守不迎师，群卿不揖客，将相不俯眉。言奇者见疑，行殊者得辟。是以欲谈者卷舌而同声，欲步者拟足而投迹。向使上世之士处乎今世，策非甲科，行非孝廉，举非方正，独可抗疏，时道是非，高得待诏，下触闻罢，又安得青紫？

"且吾闻之，炎炎者灭，隆隆者绝。观雷观火，为盈为实。天收其声，地藏其热。高明之家，鬼瞰其室。攫拿者亡，默默者存；位极者宗危，自守者身全。是故知玄知默，守道之极；爰清爰静，游神之庭。惟寂惟漠，守德之宅。世异事变，人道不殊，彼我易时，未知何如。今子乃以鸱枭而笑凤凰，执蝘蜓而嘲龟龙，不亦病乎？子之笑我玄之尚白，吾亦笑子病甚，不遇俞跗与扁鹊也，悲夫！"

客曰："然则靡《玄》无所成名乎？范、蔡以下，何必《玄》哉？"

扬子曰："范雎，魏之亡命也。折胁摺髂，免于徽索，翕肩蹈背，扶服入橐。激卬万乘之主，介泾阳、抵穰侯而代之，当也；蔡泽，山东之匹夫也。颔颐折頞，涕唾流沫。西揖强秦之相，撄其咽而亢其气，拊其背而夺其位，时也。天下已定，金革已平，都于洛阳，娄敬委辂脱輓，掉三寸之舌，建不拔之策，举中国徙之长安，适也；五帝垂典，三王传礼，百世不易，叔孙通起于枹鼓之间，解甲投戈，遂作君臣之仪，得也；《吕刑》靡敝，秦法酷烈，圣汉权制，而萧何造律，宜也。故有造萧何之律于唐虞之世，则悖矣；有作叔孙通仪于夏殷之时，则惑矣；有建娄敬之策于成周之世，则缪矣；有谈范、蔡之说于金、张、许、史之间，则狂矣。

"夫萧规曹随，留侯画策，陈平出奇，功若泰山，响若坻隤，虽其人之赡智哉，亦会其时之可为也。故为可为于可为之时，则从；为不可为于不可为之时，则凶。若夫蔺生收功于章台，四皓采荣于南山，公孙创业于金马，骠骑发迹于祁连，司马长卿窃资于卓氏，东方朔割炙于细君，仆诚不能与此数子并，故默然独守吾《太玄》！"

解难

客难扬子曰："凡著书者，为众人之所好也。美味期乎合口，工声调于比耳。今吾子乃抗辞幽说，闳意眇指，独驰骋于有亡之际。而陶冶大炉，旁薄群生，历览者兹年矣，而殊不寤。宣费精神于此，而烦学者于彼，譬画者画于无形，弦者放于无声，殆不可乎？"

扬子曰："俞。若夫闳言崇议，幽微之涂，盖难与览者同也。昔人有观象于天，视度于地，察法于人者；天丽且弥，地普而深，昔人之辞，乃玉乃金。彼岂好为艰难哉？势不得已也。独不见夫翠虬绛螭之将登乎天，必耸身于苍梧之渊。不阶浮云，翼疾风，虚举而上升，则不能撠胶葛，腾九闳；日月之经不千里，则不能烛六合，耀八纮；泰山之高不嶕峣，则不能浡滃云而散歊烝。

"是以宓牺氏之作《易》也，绵络天地，经以八卦。文王附六爻。孔子错其象而象其辞。然后发天地之臧，定万物之基。《典》《谟》之篇，《雅》《颂》之声，不温纯深润，则不足以扬鸿烈而章缉熙。盖胥靡为宰，寂寞为尸，大味必淡，大音必希，大语叫叫，大道低回。是以声之眇者，不可同于众人之耳；形之美者，不可棍于世俗之目；辞之衍者，不可齐于庸人之听。今夫弦者高张急徽，追趋逐耆，则坐者不期而附矣。试为之施《咸池》，揄《六茎》，发《箫韶》，咏《九成》，则莫有和也。是故钟期死，伯牙绝弦破琴而不肯与众鼓；矍人亡，则匠石辍斤而不敢妄斲。师旷之调钟，俟知音者之在后也；孔子作《春秋》，几君子之前睹也。老聃有遗言：贵知我者希。此非其操与?”

班　固

两都赋

【序】

或曰：赋者，古诗之流也。昔成、康没而颂声寝，王泽竭而诗不作。大汉初定，日不暇给。至于武、宣之世，乃崇礼官，考文章，内设金马、石渠之署，外兴乐府、协律之事，以兴废继绝，润色鸿业。是以众庶悦豫，福应尤盛。《白麟》《赤雁》《芝房》《宝鼎》之歌，荐于郊庙。神雀、五凤、甘露、黄龙之瑞，以为年纪。故言语侍从之臣，若司马相如、虞邱寿王、东方朔、枚皋、王褒、刘向之属，朝夕论思，日月献纳。而公卿大臣、御史大夫倪宽、太常孔臧、大中大夫董仲舒、宗正刘德、太子太傅萧望之等，时时间作。或以抒下情而通讽谕，或以宣上德而尽忠孝。雍容揄扬，著於后嗣，抑亦《雅》《颂》之亚也。故孝成之世，论而录之。盖奏御者千有余篇，而后大汉之文章，炳焉与三代同风。

且夫道有夷隆，学有粗密，因时而建德者，不以远近易则。故皋陶歌《虞》，奚斯颂《鲁》，同见采于孔氏，列于诗书，其义一也。稽之上古则如彼，考之汉室又如此。斯事虽细，然先臣之旧式，国家之遗美，不可阙也。

臣窃见海内清平，朝廷无事，京师修宫室，浚城隍，而起苑囿，以备制度。西土耆老，咸怀怨思，冀上之眷顾，而盛称长安旧制，有陋洛邑之议。故臣作《两都赋》，以极众人之所眩曜，折以今之法度。其词曰：

【西都赋】

有西都宾问于东都主人曰："盖闻皇汉之初经营也,尝有意乎都河、洛矣,辍而弗康,实用西迁,作我上都。主人闻其故而睹其制乎?"主人曰："未也。愿宾摅怀旧之蓄念,发思古之幽情,博我以皇道,宏我以汉京。"宾曰："唯唯。"

"汉之西都,在于雍州,实曰长安。左据函谷、二崤之阻,表以太华、终南之山。右界褒斜、陇首之险,带以洪河、泾、渭之川。众流之隈,汧涌其西。华实之毛,则九州之上腴焉。防御之阻,则天地之隩区焉。是故横被六合,三成帝畿。周以龙兴,秦以虎视。及至大汉受命而都之也,仰悟东井之精,俯协《河图》之灵。奉春建策,留侯演成,天人合应,以发皇明,乃眷西顾,实惟作京。

"于是睎秦岭,睋北阜,挟沣、灞,据龙首。图皇基于亿载,度宏规而大起。肇自高而终平,世增饰以崇丽,历十二之延祚,故穷泰而极侈。建金城而万雉,呀周池而成渊。披三条之广路,立十二之通门。内则街衢洞达,闾阎且千,九市开场,货别隧分。人不得顾,车不得旋。阛城溢郭,旁流百廛,红尘四合,烟云相连。于是既庶且富,娱乐无疆。都人士女,殊异乎五方。游士拟于公侯,列肆侈于姬、姜。乡曲豪举,游侠之雄,节慕原、尝,名亚春、陵,连交合众,骋骛乎其中。以上总写。

"若乃观其四郊,浮游近县,则南望杜、霸,北眺五陵,名都对郭,邑居相承。英俊之域,绂冕所兴,冠盖如云,七相五公。与乎州郡之豪杰,五都之货殖,三选七迁,充奉陵邑。盖以强干弱枝,隆上都而观万国也。

"封畿之内,厥土千里,逴跞诸夏,兼其所有。其阳则崇山隐天,幽林穹谷,陆海珍藏,蓝田美玉。商、洛缘其隈,鄠、杜滨其足,源泉灌注,陂池交属。竹林果园,芳草甘木。郊野之富，号为近蜀。其阴则冠以九嵕，陪以甘泉，乃有灵宫起乎其中。秦、汉之所极观，渊、云之所颂叹，于是乎存焉。下有郑、白之沃，衣食之源。提封五万，疆埸绮分。沟塍刻镂，原隰龙鳞。决渠降雨，荷插成云。五谷垂颖，桑麻铺棻。东郊则有通沟大漕，溃渭洞河，泛舟山东，控引淮、湖，与海通波。西郊则有上囿禁苑，林麓薮泽，陂池连乎蜀、汉，缭以周墙，四百余里。离宫别馆，三十六所，神池、灵沼，往往而在。其中乃有九真之麟，大宛之马，黄支之犀，条枝之鸟。逾昆仑，越巨海，殊方异类，至于三万里。以上郊畿。

　　"其宫室也，体象乎天地，经纬乎阴阳。据坤灵之正位，仿太紫之圜方。树中天之华阙，丰冠山之朱堂。因瑰材而究奇，抗应龙之虹梁。列梣橑以布翼，荷栋桴而高骧。雕玉瑱以居楹，裁金璧以饰珰。发五色之渥彩，光焖朗以景彰。于是左墄右平，重轩三阶，闺房周通，门闼洞开。列钟虡于中庭，立金人于端闱。仍增崖而衡阈，临峻路而启扉。徇以离宫别寝，承以崇台闲馆。焕若列宿，紫宫是环。清凉、宣温，神仙、长年。金华、玉堂，白虎、麒麟。区宇若兹，不可殚论。增盘崔嵬，登降炤烂。殊形诡制，每各异观。乘茵步辇，惟所息宴。以上浑言宫室。

　　"后宫则有掖庭、椒房，后妃之室，合欢增城，安处常宁。茝若椒风，披香发越，兰林蕙草，鸳鸾飞翔之列。昭阳特盛，隆乎孝成。屋不呈材，墙不露形。裹以藻绣，络以纶连。隋侯、明月，错落其间。金釭衔璧，是为列钱。翡翠、火齐，流耀含英。悬黎垂棘，夜光在焉。于是玄墀扣砌，玉阶彤庭。碝磩彩致，琳珉青荧。珊瑚碧树，周阿而生。红罗飒纚，绮组缤纷。精曜华烛，俯仰如神。后宫之号，十有四位。窈窕繁华，更盛迭贵。处乎斯列者，盖以百数。以上宫室中之后宫。

　　"左右庭中，朝堂百僚之位，萧曹魏邴，谋谟乎其上。佐命则垂统，辅翼则成化。流大汉之恺悌，荡亡秦之毒螫。故令斯人扬乐和之声，作画一之歌。功德著乎祖宗，膏泽洽乎黎庶。又有天禄、石渠，典籍之府，命夫惇诲故老、名儒师傅，讲论乎六艺，稽合乎同异。又有承明、金马，著作之庭，大雅宏达，于兹为群。元元本本，殚见洽闻。启发篇章，校理秘文。周以钩陈之位，卫以严更之署，总礼官之甲科，群百郡之廉孝。虎贲赘衣，阍尹阍寺。陛戟百重，各有典司。以上宫室中之官寺。

"周庐千列，徼道绮错。辇路经营，修除飞阁。自未央而连桂宫，北弥明光而亘长乐。凌隥道而超西墉，掍建章而连外属。设璧门之凤阙，上觚棱而栖金爵。内则别风嶕峣，眇丽巧而耸擢。张千门而立万户，顺阴阳以开阖。尔乃正殿崔嵬，层构厥高，临乎未央。经骀荡而出馺娑，洞枍诣以与天梁。上反宇以盖戴，激日景而纳光。神明郁其特起，遂偃蹇而上跻。轶云雨于太半，虹霓回带于棼楣。虽轻迅与僄狡，犹愕眙而不能阶。攀井干而未半，目眴转而意迷。舍棋槛而却倚，若颠坠而复稽。魂悗悗以失度，巡回涂而下低。既惩惧于登望，降周流以彷徨。步甬道以萦纡，又杳窱而不见阳。排飞闼而上出，若游目于天表，似无依而洋洋。前唐中而后太液，览沧海之汤汤。扬波涛于碣石，激神岳之嶈嶈。滥瀛洲与方壶，蓬莱起乎中央。于是灵草冬荣，神木丛生。岩峻崦崪，金石峥嵘。抗仙掌以承露，擢双立之金茎。轶埃壒之混浊，鲜颢气之清英。骋文成之丕诞，驰五利之所刑。庶松乔之群类，时游从乎斯庭。实列仙之攸馆，非吾人之所宁。以上宫室中之离宫苑囿。

"尔乃盛娱游之壮观，奋泰武乎上囿。因兹以威戎夸狄，耀威灵而讲武事。命荆州使起鸟，诏梁野而驱兽。毛群内阗，飞羽上覆，接翼侧足，集禁林而屯聚。水衡虞人，修其营表。种别群分，部曲有署。罘网连纮，笼山络野。列卒周匝，星罗云布。于是乘銮舆，备法驾，帅群臣，披飞廉，入苑门。遂绕酆鄗，历上兰，六师发逐，百兽骇殚。震震爣爣，雷奔电激。草木涂地，山渊反覆，蹂躏其十二三，乃拗怒而少息。尔乃期门佽飞，列刃钻镞，要跌追踪。鸟惊触丝，兽骇值锋。机不虚掎，弦不再控，矢不单杀，中必叠双。飑飑纷纷，矰缴相缠。风毛雨血，洒野蔽天。平原赤，勇士厉。猿狄失木，豺狼慑窜。尔乃移师趋险，并蹈潜秽。穷虎奔突，狂兕触蹷。许少施巧，秦成力折。掎僄狡，扼猛噬。脱角挫脰，徒搏独杀。挟师豹，拖熊螭，曳犀犛，顿象罴。超洞壑，越峻崖，蹶崭岩。巨石陨，松柏仆，丛林摧。草木无余，禽兽珍夷。于是天子乃登属玉之馆，历长杨之榭，览山川之体势，观三军之杀获。原野萧条，目极四裔，禽相镇压，兽相枕藉。然后收禽会众，论功赐胙。陈轻骑以行炰，腾酒车以斟酌。割鲜野食，举烽命釂。以上田猎。

"飨赐毕，劳逸齐，大辂鸣銮，容与徘徊。集乎豫章之宇，临乎昆明之池。左牵牛而右织女，似云汉之无涯。茂树荫蔚，芳草被堤。兰茝发色，晔晔猗猗。若摛锦布绣，烛燿乎其陂。鸟则玄鹤白鹭，黄鹄鸧鹳，鸧鸹鸨鶂，凫鹥鸿雁，朝发河、海，夕宿江、汉，沉浮往来，云集雾散。于是后宫乘輚辂，登龙舟，张凤盖，建华旗，祛黼帷，镜清流，靡微风，澹淡浮。棹女讴，鼓吹震，声激越，譬厉天，鸟群翔，鱼窥渊。招白鹇，下双鹄，揄文竿，出比目。抚鸿罿，御缯缴，方舟并骛，俯仰极乐。以上水嬉。

"遂乃风举云摇，浮游溥览。前乘秦岭，后越九嵕，东薄河、华，西涉岐、雍。宫馆所历，百有余区。行所朝夕，储不改供。礼上下而接山川，究休祐之所用，采游童之谨谣，第从臣之嘉颂。于斯之时，都都相望，邑邑相属，国藉十世之基，家承百年之业。士食旧德之名氏，农服先畴之畎亩，商修族世之所鬻，工用高曾之规矩，粲乎隐隐，各得其所。

"若臣者，徒观迹于旧墟，闻之乎故老，十分而未得其一端，故不能遍举也。"

【东都赋】

东都主人喟然而叹曰："痛乎风俗之移人也。子实秦人，矜夸馆室，保界山河，信识昭、襄而知始皇矣，乌睹大汉之云为乎？夫大汉之开元也，奋布衣以登皇位，繇数期而创万代，盖六籍所不能谈，前圣靡得言焉。当此之时，功有横而当天，讨有逆而顺民。故娄敬度势而献其说，萧公权宜而拓其制。时岂泰而安之哉？计不得以已也。吾子曾不是睹，顾曜后嗣之末造，不亦暗乎？今将语子以建武之治、永平之事，监于太清，以变子之惑志。

"往者，王莽作逆，汉祚中缺，天人致诛，六合相灭。于时之乱，生人几亡，鬼神泯绝，壑无完柩，郛罔遗室，原野厌人之肉，川谷流人之血。秦项之灾，犹不克半，书契以来未之或纪。故下人号而上诉，上帝怀而降监，乃致命乎圣皇。于是圣皇乃握乾符，阐坤珍，披皇图，稽帝文，赫然发愤，应若兴云，霆击昆阳，凭怒雷震。遂超大河，跨北岳，立号高邑，建都河、洛。绍百王之荒屯，因造化之荡涤。体元立制，继天而作。系唐统，接汉绪，茂育群生，恢复疆宇，勋兼乎在昔，事勤乎三五。岂特方轨并迹，纷纶后辟，治近古之所务，蹈一圣之险易云尔哉？

"且夫建武之元，天地革命。四海之内，更造夫妇，肇有父子，君臣初建，人伦实始，斯乃伏羲氏之所以基皇德也。分州土，立市朝，作舟舆，造器械，斯乃轩辕氏之所以开帝功也。龚行天罚，应天顺人，斯乃汤、武之所以昭王业也。迁都改邑，有殷宗中兴之则焉；即土之中，有周成隆平之制焉。不阶尺土一人之柄，同符乎高祖。克己复礼，以奉终始，允恭乎孝文。宪章稽古，封岱勒成，仪炳乎世宗。案六经而校德，眇古昔而论功。仁圣之事既该，而帝王之道备矣。以上光武。

"至于永平之际，重熙而累洽，盛三雍之上仪，修衮龙之法服。铺鸿藻，信景铄，扬世庙，正予乐，人神之和允洽，群臣之序既肃。乃动大辂，遵皇衢，省方巡狩，躬览万国之有无。考声教之所被，散皇明以烛幽。然后增周旧，修洛邑，扇巍巍，显翼翼，光汉京于诸夏，总八方而为之极。以上明帝。

"是以皇城之内，宫室光明，阙庭神丽，奢不可逾，俭不能侈。外则因原野以作苑，顺流泉而为沼，发蘋藻以潜鱼，丰圃草以毓兽。制同乎梁邹，谊合乎灵囿。以上宫室。

"若乃顺时节而蒐狩，简车徒以讲武，则必临之以《王制》，考之以《风》《雅》。历《驺虞》，览《驷铁》，嘉《车攻》，采《吉日》，礼官整仪，乘舆乃出。于是发鲸鱼，铿华钟，登玉辂，乘时龙。凤盖棽丽，和銮玲珑，天官景从，寝威盛容。山灵护野，属御方神，雨师泛洒，风伯清尘。千乘雷起，万骑纷纭。元戎竟野，戈铤慧云，羽旄扫霓，旌旗拂天。焱焱炎炎，扬光飞文，吐焰生风，欻野歊山。日月为之夺明，邱陵为之摇震。遂集乎中囿，陈师按屯。骈部曲，列校队，勒三军，誓将帅。然后举烽伐鼓，申令三驱，辒车霆激，骁骑电骛。由基发射，范氏施御，弦不睼禽，辔不诡遇。飞者不及翔，走者不及去。指顾倏忽，获车已实，乐不极盘，杀不尽物。马踠余足，士怒未渫，先驱复路，属车案节。以上田猎。

"于是荐三牺，效五牲，礼神祇，怀百灵。觐明堂，临辟雍，扬缉熙，宣皇风，登灵台，考休征。俯仰乎乾坤，参象乎圣躬。目中夏而布德，瞰四裔而抗棱。西荡河源，东澹海漘，北动幽崖，南耀朱垠。殊方别区，界绝而不邻。自孝武之所不征，孝宣之所未臣，莫不陆詟水栗，奔走而来宾。遂绥哀牢，开永昌。春王三朝，会同汉京。是日也，天子受四海之图籍，膺万国之贡珍。内抚诸夏，外绥百蛮。尔乃盛礼兴乐，供帐置乎云龙之庭，陈百寮而赞群后，究皇仪而展帝容。于是庭实千品，旨酒万钟，列金罍，班玉觞，嘉珍御，太牢飨。尔乃食举《雍》彻，太师奏乐。陈金石，布丝竹，钟鼓铿鍧，管弦晔煜。抗五声，极六律，歌九功，舞八佾，《韶》《武》备，泰古毕。四夷间奏，德广所及，《僸》《佅》《兜离》，罔不具集。万乐备，百礼暨，皇欢浃，群臣醉，降烟煴，调元气。然后撞钟告罢，百寮遂退。以上四夷来宾。

　　"于是圣上睹万方之欢娱，又沐浴于膏泽，惧其侈心之将萌，而怠于东作也。乃申旧章，下明诏，命有司，班宪度，昭节俭，示太素。去后宫之丽饰，损乘舆之服御，抑工商之淫业，兴农桑之盛务。遂令海内弃末而反本，背伪而归真。女修织纴，男务耕耘，器用陶匏，服尚素玄。耻纤靡而不服，贱奇丽而弗珍，捐金于山，沈珠于渊。于是百姓涤瑕荡秽，而镜至清，形神寂漠，耳目弗营，嗜欲之源灭，廉耻之心生。莫不优游而自得，玉润而金声。是以四海之内，学校如林，庠序盈门，献酬交错，俎豆莘莘，下舞上歌，蹈德咏仁。登降饫宴之礼既毕，因相与嗟叹玄德，说言弘说，咸含和而吐气，颂曰：盛哉乎斯世！以上归真返朴。

　　"今论者但知诵虞夏之《书》，咏殷周之《诗》，讲羲文之《易》，论孔氏之《春秋》，罕能精古今之清浊，究汉德之所由。唯子颇识旧典，又徒驰骋乎末流。温故知新已难，而知德者鲜矣。且夫僻界西戎，险阻四塞，修其防御，孰与处乎土中，平夷洞达，万方辐凑？秦岭、九嵕，泾、渭之川，曷若四渎、五岳，带河溯洛，图书之渊。建章、甘泉，馆御列仙，孰与灵台、明堂，统和天人？太液、昆明，鸟兽之囿，曷若辟雍海流，道德之富？游侠逾侈，犯义侵礼，孰与同履法度，翼翼济济也？子徒习秦阿房之造天，而不知京洛之有制也；识函谷之可关，而不知王者之无外也。"以上较论东西之长短。

主人之辞未终，西都宾矍然失容，逡巡降阶，怵然意下，捧手欲辞。主人曰："复位。今将子以五篇之诗。"宾既卒业，乃称曰："美哉乎斯诗！义正乎扬雄，事实乎相如，匪唯主人之好学，盖乃遭遇乎斯时也。小子狂简，不知所裁，既闻正道，请终身而诵之。"其诗曰：

明堂诗

于昭明堂，明堂孔阳。圣皇宗祀，穆穆煌煌。上帝宴飨，五位时序。谁其配之？世祖光武。普天率土，各以其职。犄欤绪熙，允怀多福。

辟雍诗

乃流辟雍，辟雍汤汤。圣皇莅止，造舟为梁。皤皤国老，乃父乃兄。抑抑威仪，孝友光明。于赫太上，示我汉行。洪化惟神，永观厥成。

灵台诗

乃经灵台，灵台既崇。帝勤时登，爰考休征。三光宣精，五行布序。习习祥风，祁祁甘雨。百谷蓁蓁，庶草蕃庑。屡惟丰年，于皇乐胥。

宝鼎诗

岳修贡兮川效珍，吐金景兮歊浮云。宝鼎见兮色纷缊，焕其炳兮被龙文。登祖庙兮享圣神，昭灵德兮弥亿年。

白雉诗

启灵篇兮披瑞图，获白雉兮效素乌。嘉祥阜兮集皇都，发皓羽兮奋翘英，容洁朗兮于纯精。彰皇德兮侔周成，永延长兮膺天庆。

幽通赋

系高顼之玄胄兮，氏中叶之炳灵。飘飖风而蝉蜕兮，雄朔野以飐声。皇十纪而鸿渐兮，有羽仪于上京。巨滔天而泯夏兮，考遭愍以行谣。终保己而贻则兮，里上仁之所庐。懿前烈之纯淑兮，穷与达其必济。咨孤蒙之眇眇兮，将圮绝而罔阶。岂余身之足殉兮，违世业之可怀。靖潜处以永思兮，经日月而弥远。匪党人之敢拾兮，庶斯言之不玷。

魂茕茕与神交兮，精诚发于宵寐。梦登山而迥眺兮，觌幽人之仿佛。揽葛藟授余兮，眷峻谷曰勿坠。昒昕寤而仰思兮，心矇矇犹未察。黄神邈而靡质兮，仪遗谶以臆对。曰乘高而遭神兮，道遐通而不迷。葛绵绵于樛木兮，咏《南风》以为绥。盖惴惴之临深兮，乃二《雅》之所祗。既讯尔以吉象兮，又申之以炯戒。盍孟晋以迨群兮，辰倏忽其不再。

承灵训其虚徐兮，佇盘桓而且俟。惟天地之无穷兮，鲜生民之晦在。纷屯邅与蹇连兮，何艰多而智寡？上圣迕而后拔兮，岂群黎之所御？昔卫叔之御昆兮，昆为寇而丧子。管弯弧欲弊仇兮，仇作后而成己。变化故而相诡兮，孰云预其终始。雍造怨而先赏兮，丁繇惠而被戮。栗取吊于逌吉兮，王膺庆于所感。叛回穴其若兹兮，北叟颇识其倚伏。单治里而外凋兮，张修襮而内逼。聿中和为庶几兮，颜与冉又不得。溺招路以从己兮，谓孔氏犹未可。安惕惕而不菀兮？卒陨身乎世祸。游圣门而靡救兮，虽覆醢其何补？固行行其必凶兮，免盗乱为赖道。形气发于根柢兮，柯叶汇而零茂。恐魍魉之责景兮，羌未得其云已。

黎淳耀于高辛兮，芊强大于南汜。嬴取威于伯仪兮，姜本支乎三趾。既仁得其信然兮，仰天路而同轨。东邻虐而歼仁兮，王合位乎三五。戎女烈而丧孝兮，伯徂归于龙虎。发还师以成命兮，重醉行而自耦。震鳞螯于夏庭兮，匝三正而灭姬。巽羽化于宣宫兮，弥五辟而成灾。道修长而世短兮，夐冥默而不周。胥仍物而鬼谪兮，乃穷宙而达幽。妫巢姜于孺筮兮，旦算祀于契龟。宣曹兴败于下梦兮，鲁卫名谥于铭谣。妣聆呱而劾石兮，许相理而鞠条。道混成而自然兮，术同原而分流。神先心以定命兮，命随行以消息。斡流迁其不济兮，故遭罹而赢缩。三栾同于一体兮，虽移易而不忒。洞参差其纷错兮，斯众兆之所惑。周贾荡而贡愤兮，齐死生与祸福。抗爽言以矫情兮，信畏牺而忌鹏。

所贵圣人至论兮，顺天性而断谊。物有欲而不居兮，亦有恶而不避。守孔约而不贰兮，乃辖德而无累。三仁殊于一致兮，夷惠舛而齐声。木偃息以蕃魏兮，申重茧以存荆。纪焚躬以卫上兮，皓颐志而弗倾。俟草木之区别兮，苟能实其必荣。要没世而不朽兮，乃先民之所程。观天网之纮覆兮，实棐谌而相训。谟先圣之大猷兮，亦邻德而助信。虞《韶》美而仪凤兮，孔忘味于千载。素文信而底麟兮，汉宾祚于异代。精通灵而感物兮，神动气而入微。养流睇而猿号兮，李虎发而石开。非精诚其焉通兮，苟无实其孰信？操末技犹必然兮，矧耽躬于道真。登孔、昊而上下兮，纬群龙之所经。朝贞观而夕化兮，犹喧己而遗形。若胤彭而偕老兮，诉来哲而通情。

乱曰：天造草昧，立性命兮。复心弘道，惟圣贤兮。浑元运物，流不处兮。保身遗名，民之表兮。舍生取谊，以道用兮。忧伤夭物，忝莫痛兮。皓尔太素，曷渝色兮？尚越其几，沦神域兮。

答宾戏 并序
永平中为郎，典校秘书，专笃志于儒学，以著述为业。或讥以无功，又感东方朔、扬雄，自喻以不遭苏、张、范、蔡之时，曾不折之以正道，明君子之所守，故聊复应焉。其辞曰：

宾戏主人曰："盖闻圣人有一定之论，烈士有不易之分，亦云'名'而已矣。故太上有立德，其次有立功。夫德不得后身而特盛，功不得背时而独彰。是以圣哲之治，栖栖遑遑，孔席不暖，墨突不黔。由此言之，取舍者，昔人之上务；著作者，前列之余事耳。今吾子幸游帝王之世，躬带绂冕之服，浮英华，湛道德，眢龙虎之文，旧矣。卒不能摅首尾，奋翼鳞，振拔污涂，跨腾风云，使见之者影骇，闻之者响震。徒乐枕经籍书，纡体衡门，上无所蒂，下无所根。独摅意乎宇宙之外，锐思于毫芒之内，潜神默记，缊以年岁。然而器不贾于当己，用不效于一世。虽驰辩如涛波，摛藻如春华，犹无益于殿最也。意者，且运朝夕之策，定合会之计，使存有显号，亡有美谥，不亦优乎？"

主人逌尔而笑曰："若宾之言，所谓见世利之华，暗道德之实，守爰奥之荧烛，未仰天庭而睹白日也。曩者王涂芜秽，周失其驭。侯伯方轨，战国横骛。于是七雄虓阚，分裂诸夏，龙战虎争。游说之徒，风飑电激，并起而救之，其余猋飞景附，雪煜其间者，盖不可胜载。当此之时，捎枿摩钝，铅刀皆能一断。是故鲁连飞一矢而蹶千金，虞卿以顾眄而捐相印。夫啾发投曲，感耳之声，合之律度，淫哇而不可听者，非《韶》《夏》之乐也。因势合变，遇时之容，风移俗易，乖迕而不可通者，非君子之法也。及至从人合之，衡人散之，亡命漂说，羁旅骋辞，商鞅挟三术以钻孝公，李斯奋时务而要始皇。彼皆蹑风尘之会，履颠沛之势，据徼乘邪，以求一日之富贵，朝为荣华，夕为憔悴，福不盈眦，祸溢于世，凶人且以自悔，况吉士而是赖乎？

"且功不可以虚成，名不可以伪立。韩设辨以激君，吕行诈以贾国。《说难》既遒，其身乃囚；秦货既贵，厥宗亦坠。是以仲尼抗浮云之志，孟轲养浩然之气，彼岂乐为迂阔哉？道不可以贰也。

"方今大汉洒扫群秽，夷险芟荒，廓帝纮，恢皇纲。基隆于羲农，规广于黄唐。其君天下也，炎之如日，威之如神，函之如海，养之如春。是以六合之内，莫不同源共流，沐浴玄德，禀仰太和，枝附叶著，譬犹草木之植山林，鸟鱼之毓川泽，得气者蕃滋，失时者零落。参天地而施化，岂云人事之厚薄哉？今吾子处皇代而论战国，曜所闻而疑所觌，欲从堥敦而度高乎泰山，怀氿滥而测深乎重渊，亦未至也。"

宾曰："若夫軮、斯之伦，衰周之凶人，既闻命矣。敢问上古之士，处身行道，辅世成名，可述于后者，默而已乎？"

主人曰："何为其然也？昔者皋繇谟虞，箕子访周，言通帝王，谋合神圣。殷说梦发于傅岩，周望兆动于渭滨；齐宁激声于康衢，汉良受书于邳垠，皆俟命而神交，匪词言之所信，故能建必然之策，展无穷之勋也。近者陆子优游，《新语》以兴；董生下帷，发藻儒林；刘向司籍，辨章旧闻；扬雄谭思，《法言》《太玄》。皆及时君之门闱，究先圣之壶奥，婆娑乎术艺之场，休息乎篇籍之囿，以全其质而发其文，用纳乎圣德，烈炳乎后人，斯非亚与？若乃伯夷抗行于首阳，柳惠降志于辱仕，颜潜乐于箪瓢，孔终篇于西狩，声盈塞于天渊，真吾徒之师表也。

"且吾闻之，一阴一阳，天地之方；乃文乃质，王道之纲；有同有异，圣哲之常。故曰：'慎修所志，守尔天符。委命供己，味道之腴。神之听之，名其舍诸！'宾又不闻和氏之璧，韫于荆石；隋侯之珠，藏于蚌蛤乎？历世莫视，不知其将含景曜、吐英精、旷千载而流光也。应龙潜于潢污，鱼鼋媟之。不睹其能奋灵德、合风云、超忽荒而躆昊苍也。

"故夫泥蟠而天飞者，应龙之神也；先贱而后贵者，和隋之珍也；时暗而久章者，君子之真也。若乃牙、旷清耳于管弦，离娄眇目于毫分；逢蒙绝技于弧矢，般输摧巧于斧斤；良乐轶能于相驭，乌获抗力于千钧；和、鹊发精于针石，研、桑心计于无垠。走亦不任厕技于彼列，故密尔自娱于斯文。”

张　衡

两京赋

【西京赋】

有凭虚公子者，心奓体忲，雅好博古，学乎旧史氏，是以多识前代之载。言于安处先生曰："夫人在阳时则舒，在阴时则惨，此牵乎天者也。处沃土则逸，处瘠土则劳，此系乎地者也。惨则鲜于欢，劳则褊于惠，能违之者寡矣。小必有之，大亦宜然。故帝者因天地以致化，兆民承上教以成俗。化俗之本，有与推移。何以覈诸？秦据雍而强，周即豫而弱，高祖都西而泰，光武处东而约。政之兴衰，恒由此作。先生独不见西京之事欤？请为吾子陈之：

"汉氏初都，在渭之涘。秦里其朔，实为咸阳。左有崤、函重险，桃林之塞，缀以二华。巨灵赑屃！高掌远蹠，以流河曲，厥迹犹存。右有陇坻之隘，隔阂华戎。岐、梁、汧、雍，陈宝鸣鸡在焉。于前则终南、太一，隆崛崔崒，隐辚郁律，连冈乎嶓冢，抱杜含鄠，欱沣吐镐，爰有蓝田珍玉，是之自出。于后则高陵平原，据渭踞泾。澶漫靡迆，作镇于近。其远则九嵕甘泉，涸阴冱寒，日北至而含冻，此焉清暑。尔乃广衍沃野，厥田上上。实惟地之奥区神皋。昔者大帝说秦缪公而觐之，飨以钧天广乐，帝有醉焉。乃为金策，锡用此土，而翦诸鹑首。是时也，并为强国者有六，然而四海同宅西秦，岂不诡哉？

"自我高祖之始入也，五纬相汁，以旅于东井。娄敬委辂，干非其议。天启其心，人甚之谋。及帝图时，意亦有虑乎神祇，宜其可定，以为天邑。岂伊不虔思于天衢？岂伊不怀归于枌榆？天命不滔，畴敢以渝？以上建都之地势。

"于是量径轮，考广袤，经城洫，营郭郛。取殊裁于八都，岂启度于往旧？乃览秦制，跨周法。狭百堵之侧陋，增九筵之迫胁。正紫宫于未央，表峣阙于闾阖。疏龙首以抗殿，状巍峨以岌嶪。亘雄虹之长梁，结棼橑以相接；蒂倒茄于藻井，披红葩之狎猎。饰华榱与璧珰，流景曜之韡晔。雕楹玉磶，绣栭云楣。三阶重轩，镂槛文㮰。右平左城，青琐丹墀。刊层平堂，设切厓隒。坻崿鳞眴，栈齴巉嶮。襄岸夷涂，修路陵险。重门袭固，奸宄是防。仰福帝居，阳曜阴藏。洪钟万钧，猛虡趪趪。负筍业而余怒，乃奋翅而腾骧。朝堂承东，温调延北。西有玉台，联以昆德。嵯峨崨嶪，罔识所则。若夫长年、神仙，宣室、玉堂，麒麟、朱鸟，龙兴、含章。譬众星之环极，叛赫戏以辉煌。正殿路寝，用朝群辟。大夏耽耽，九户开辟。嘉木树庭，芳草如积。高门有闶，列坐金狄。以上官室。

"内有常侍谒者，奉命当御。兰台金马，递宿迭居。次有天禄、石渠，校文之处。重以虎威、章沟、严更之署。徼道外周，千庐内附。卫尉八屯，警夜巡昼。植铩悬瞂，用戒不虞。以上官寺。

"后宫则昭阳、飞翔，增城、合欢，兰林、披香，凤凰、鸳鸯。群窈窕之华丽，嗟内顾之所观。故其馆室次舍，采饰纤缛。襄以藻绣，文以朱绿。翡翠火齐，络以美玉。流悬黎之夜光，缀随珠以为烛。金釭玉阶，彤庭辉辉。珊瑚琳碧，瑉珉璘彬。珍物罗生，焕若昆仑。虽厥裁之不广，侈靡逾乎至尊。于是钩陈之外，阁道穹隆。属长乐与明光，径北通乎桂宫。命般尔之巧匠，尽变态乎其中。后宫不移，乐不徙悬。门卫供帐，官以物辨。恣意所幸，下辇成燕。穷年忘归，犹弗能遍。瑰异日新，殚所未见。以上后宫。

“惟帝王之神丽，惧尊卑之不殊。虽斯宇之既坦，心犹凭而未摅。思比象于紫微，恨阿房之不可庐。覜往昔之遗馆，获林光于秦余。处甘泉之爽垲，乃隆崇而弘敷。既新作于迎风，增露寒与储胥。托乔基于山冈，直墆霓以高居。通天沙以竦峙，径百常而茎擢。上辩华以交纷，下刻陗其若削。翔鹍仰而不逮，况青鸟与黄雀！伏棂槛而頫听，闻雷霆之相激。柏梁既灾，越巫陈方。建章是经，用厌火祥。营宇之制，事兼未央。圜阙竦以造天，若双碣之相望。凤骞翥于甍标，咸溯风而欲翔。阊阖之内，别风嶕峣。何工巧之瑰玮，交绮豁以疏寮。干云雾而上达，状亭亭以苕苕。神明崛其特起，井幹叠而百增。跱游极于浮柱，结重栾以相承。累层构而遂跻，望北辰而高兴。消雰埃于中宸，集重阳之清澄。瞰宛虹之长鬐，察云师之所凭。上飞闼而仰眺，正睹瑶光与玉绳。将乍往而未半，怵悼栗而怂兢。非都卢之轻趫，孰能超而究升？駊娑骀荡，焘奡桔桀。枍栺承光，睽罛庨豁。櫼栌重棼，锷锷列列。反宇业业，飞檐辙辙。流景内照，引曜日月。天梁之宫，实开高闱。旗不脱扃，结驷方蕲。轹辐轻骛，容于一扉。长廊广庑，途阁云蔓。闬庭诡异，门千户万。重闺幽闼，转相逾延。望窗窱以径廷，眇不知其所返。既乃珍台蹇产以极壮，墱道逦倚以正东。似阆风之遐坂，横西洫而绝金墉。城尉不弛柝，而内外潜通。

“前开唐中，弥望广潒。顾临太液，沧池漭沆。渐台立于中央，赫眝眝以弘敞。清渊洋洋，神山峨峨。列瀛洲与方丈，夹蓬莱而骈罗。上林岑以垒嵬，下崭岩以嵒龉。长风激于别隯，起洪涛而扬波。浸石菌于重涯，濯灵芝以朱柯。海若游于玄渚，鲸鱼失流而蹉跎。于是采少君之端信，庶栾大之贞固。立修茎之仙掌，承云表之清露。屑琼蕊以朝飱，必性命之可度。美往昔之松乔，要羡门乎天路。想升龙于鼎湖，岂时俗之足慕！若历世而长存，何遽营乎陵墓？以上离宫。

"徒观其城郭之制，则旁开三门，参涂夷庭，方轨十二，街衢相经。廛里端直，甍宇齐平。北阙甲第，当道直启。程巧致功，期不陁陊。木衣绨锦，土被朱紫。武库禁兵，设在兰锜。匪石匪董，畴能宅此？尔乃廓开九市，通阛带阓。旗亭五重，俯察百隧。周制大胥，今也惟尉。瑰货方至，鸟集鳞萃。鬻者兼赢，求者不匮。尔乃商贾百族，裨贩夫妇。鬻良杂苦，蚩眩边鄙。何必昏于作劳，邪赢优而足恃。彼肆人之男女，丽美奢乎许史。以上市肆。

"若夫翁伯、浊、质、张里之家，击钟鼎食，连骑相过。东京公侯，壮何能加！都邑游侠，张、赵之伦。齐志无忌，拟迹田文。轻死重气，结党连群。实蕃有徒，其从如云。茂陵之原，阳陵之朱。赵悍趫豁，如虎如貙。睅眄蚩芥，尸僵路隅。丞相欲以赎子罪，阳石污而公孙诛。若其五县游丽辩论之士，街谈巷议，弹射臧否。剖析毫厘，擘肌分理。所好生毛羽，所恶成创痏。以上游侠。

"郊甸之内，乡邑殷赈。五都货殖，既迁既引。商旅联槅，隐隐展展。冠带交错，方辕接轸。封畿千里，统以京尹。郡国宫馆，百四十五。右极盭屋，并卷酆鄠。左暨河华，遂至虢土。

"上林禁苑，跨谷弥阜。东至鼎湖，邪界细柳。掩长杨而联五柞，绕黄山而款牛首。缭垣绵联，四百余里。植物斯生，动物斯止。众鸟翙翙，群兽骇骇。散似惊波，聚以京峙。伯益不能名，隶首不能纪。林麓之饶，于何不有。木则枞、栝、棕、楠，梓、械、梗、枫。嘉卉灌丛，蔚若邓林。郁蓊薆荟，棣爽棣惨。

吐葩飏荣，布叶垂阴。草则蒇莎菅蒯，薇蕨荔芛。王刍茵台，戎葵怀羊。苯蓴茸，弥皋被冈。篠荡敷衍，编町成篁。山谷原隰，泱漭无疆。以上郊畿。

"乃有昆明灵沼，黑水玄阯。周以金堤，树以柳杞。豫章珍馆，揭焉中峙。牵牛立其左，织女处其右。日月于是乎出入，象扶桑与濛汜。其中则有鼋鼍巨鳖，鱣鲤鲔鲖，鲉鲵鳣鲨，修额短项，大口折鼻，诡类殊种。鸟则鹔鹴鸹鸨，驾鹅鸿鸹。上春候来，季秋就温。南翔衡阳，北栖雁门。奋隼归凫，沸卉辇匐。众形殊声，不可胜论。以上昆明池。

"于是孟冬作阴，寒风肃杀。雨雪飘飘，冰霜惨烈。百卉具零，刚虫搏挚。尔乃振天维，衍地络。荡川渎，簸林薄。鸟毕骇，兽咸作。草伏木栖，寓居穴托。起彼集此，霍绎纷泊。在彼灵囿之中，前后无有垠锷。虞人掌焉，为之营域。焚莱平场，柞木翦棘。结罝百里，远杜蹊塞。麀鹿麇麇，駍田逼仄。天子乃驾雕軫，六骏驳。戴翠帽，倚金较。璇弁玉缨，遗光儵爚。建玄弋，树招摇。栖鸣鸢，曳云梢。弧旌枉矢，虹旃霓旄。华盖承辰，天毕前驱。千乘雷动，万骑龙趋。属车之簻，载猃猲獝。匪唯玩好，乃有秘书。小说九百，本自虞初。从容之求，实俟实储。于是蚩尤秉钺，奋髯被般。禁御不若，以知神奸，螭魅魍魉，莫能逢旃。陈虎旅于飞廉，正垒壁乎上兰。结部曲，整行伍。燎京薪，骇雷鼓。纵猎徒，赴长莽。迣卒清候，武士赫怒。缇衣韎韐，睢盱拔扈。光炎烛天庭，嚣声震海浦。河渭为之波荡，吴岳为之陁堵。百禽㥄遽，骙瞿奔触。丧精亡魂，失归忘趋。投轮关辐，不邀自遇。飞罔潚箾，流镝獟撰。矢不虚舍，铤不苟跃。当足见蹍，值轮被轹。僵禽弊兽，烂若碛砾。但观罝罗之所罥结，竿殳之所揘毕。义菆之所攙捔，徒搏之所撞拯。白日未及移其晷，已狝其什七八。

"若夫游鹇高羣，绝坑逾斥。麔兔联猭，陵峦超壑。比诸东郭，莫之能获。乃有迅羽轻足，寻景追括。鸟不暇举，兽不得发。青骹挚于韝下，韩卢噬于绁末。及其猛毅鬃髵，隅目高匡。威慑兕虎，莫之敢伉。乃使中黄之士，育获之俦。朱鬒鬡髦，植发如竿。袒裼戟手，蹠踦盘桓。鼻赤象，圈巨狿。搏狒猥，批猰狳。揩枳落，突棘藩。梗林为之靡拉，朴丛为之摧残。轻锐僄狡赽捷之徒，赴洞穴，探封狐。陵重巘，猎昆骈。杪木末，攐猴猢。超殊榛，撇飞鼯。以上田猎。

"是时后宫嫔人，昭仪之伦，常亚于乘舆，慕贾氏之如皋，乐《北风》之同车。盘于游畋，其乐只且。于是鸟兽殚，目观穷。迁延邪睨，集乎长杨之宫。息行夫，展车马。收禽举胔，数课众寡。置互摆牲，颁赐获卤。割鲜野飨，犒勤赏功。五军六师，千列百重。酒车酌醴，方驾授饔。升觞举燧，既醹鸣钟。膳夫驰骑，察贰廉空。炙炰夥，清酤歃。皇恩溥，洪德施。徒御悦，士忘罢。巾车命驾，回斾右移。相羊乎五柞之馆，旋憩乎昆明之池。登豫章，简矰红。蒲且发，弋高鸿。挂白鹄，联飞龙。磻不特絓，往必加双。以上宴飨。

"于是命舟牧，为水嬉。浮鹢首，翳云芝。垂翟葆，建羽旗。齐榜女，纵棹歌。发引和，校鸣葭。奏《淮南》，度《阳阿》。感河冯，怀湘娥。惊蜿蟺，惮蛟蛇。然后钓鲂鳢，缅鳏鲉，摭紫贝，搏耆龟。搤水豹，鼚潜牛。泽虞是滥，何有春秋！摘漻澥，搜川渎。布九罭，设罜麗。操鲲鲔，珍水族。蓑藕拔，蜃蛤剥。逞欲畋敽，效获麕麚。摎蓼浑浪，干池涤薮。上无逸飞，下无遗走。攫胎拾卵，蚔蝝尽取。取乐今日，遑恤我后。以上水嬉。

"既定且宁，焉知倾阤。大驾幸乎平乐，张甲乙而袭翠被。攒珍宝之玩好，纷瑰丽以参靡。临迥望之广场，程角觚之妙戏。乌获扛鼎，都卢寻橦。冲狭燕濯，胸突铦锋。跳丸剑之挥霍，走索上而相逢。华岳峨峨，冈峦参差。神木灵草，朱实离离。总会仙倡，戏豹舞罴。白虎鼓瑟，苍龙吹箎。女娥坐而长歌，声清畅而蜲蛇。洪涯立而指麾，被毛羽之襳襹。度曲未终，云起雪飞。初若飘飘，后遂霏霏。复陆重阁，转石成雷。礔砺激而增响，磅礚象乎天威。巨兽百寻，是为曼延。神山崔巍，欻从背见。熊虎升而挐攫，猿狖超而高援。怪兽陆梁，大雀踆踆。白象行孕，垂鼻辚囷。海鳞变而成龙，状蜿蜿以蝹蝹。含利飔飔，化为仙车。骊驾四鹿，芝盖九葩。蟾蜍与龟，水人弄蛇。奇幻倏忽，易貌分形。吞刀吐火，云雾杳冥。画地成川，流渭通泾。东海黄公，赤刀粤祝。冀厌白虎，卒不能救。挟邪作蛊，于是不售。尔乃建戏车，树修旃。侲僮程材，上下翩翻。突倒投而跟絓，譬陨绝而复联。百马同辔，骋足并驰。橦末之伎，态不可弥。弯弓射乎西羌，又顾发乎鲜卑。以上百戏。

　　"于是众变尽，心醒醉。盘乐极，怅怀萃。阴戒期门，微行要屈。降尊就卑，怀玺藏绂。便旋闾阎，周观郊遂。若神龙之变化，章后皇之为贵。然后历掖庭，适欢馆，捐衰色，从嫭婉。促中堂之陿坐，羽觞行而无算。秘舞更奏，妙材骋伎。妖蛊艳夫夏姬，美声畅于虞氏。始徐进而羸形，似不任乎罗绮。嚼清商而却转，增婵娟以此豸。纷纵体而迅赴，若惊鹤之群罢。振朱屣于盘樽，奋长袖之飒纚。要绍修态，丽服飐菁。眳藐流眄，一顾倾城。展季桑门，谁能不营。列爵十四，竞媚取荣。盛衰无常，唯爱所丁。卫后兴于鬓发，飞燕宠于体轻。尔乃逞志究欲，穷身极娱。鉴戒《唐诗》，'他人是偷'。自君作故，何礼之拘？增昭仪于婕妤，贤既公而又侯。许赵氏以无上，思致董于有虞。王闳争于坐侧，汉载安而不渝？以上微行淫乐。

　　"高祖创业，继体承基。暂劳永逸，无为而治。耽乐是从，何虑何思？多历年所，二百余期。徒以地沃野丰，百物殷阜。岩险周固，衿带易守。得之者强，据之者久。流长则难竭，柢深则难朽。故奢泰肆情，馨烈弥茂。鄙生生乎三百之外，传闻于未闻之者。曾仿佛其若梦，未一隅之能睹。此何与于殷人屡迁，前八而后五？居相、圮耿，不常厥土。盘庚作诰，帅人以苦。方今圣上，同天号于帝皇，掩四海而为家，富有之业，莫我大也。徒恨不能以靡丽为国华，独俭啬以龌龊，忘《蟋蟀》之谓何。岂欲之而不能，将能之而不欲欤？蒙窃惑焉，愿闻所以辩之之说也。"

【东京赋】

安处先生于是似不能言，怃然有间。乃莞尔而笑曰："若客所谓末学肤受，贵耳而贱目者也！苟有胸而无心，不能节之以礼，宜其陋今而荣古矣。由余以西戎孤臣，而悝缪公于宫室。如之何其以温故知新，研核是非，近于此惑？

"周姬之末，不能厥政，政用多僻。始于宫邻，卒于金虎。嬴氏搏翼，择肉西邑。是时也，七雄并争，竞相高以奢丽。楚筑章华于前，赵建丛台于后。秦政利觜长距，终得擅场。思专其侈，以莫己若。乃构阿房，起甘泉，结云阁，冠南山。征税尽，人力殚。然后收以太半之赋，威以参夷之刑。其遇民也，若薙氏之芟草，既蕴崇之，又行火焉。慄慄黔首，岂徒跼高天、蹐厚地而已哉？乃救死于其颈，驱以就役，唯力是视。百姓弗能忍，是用息肩于大汉，而欣戴高祖。

"高祖膺箓受图，顺天行诛，杖朱旗而建大号。所推必亡，所存必固。扫项军于垓下，绁子婴于轵涂。因秦宫室，据其府库。作洛之制，我则未暇。是以西匠营宫，目玩阿房，规摹逾溢，不度不臧。损之又损之，然尚过于周堂。观者狭而谓之陋，帝已讥其泰而弗康。

"且高既受命建家，造我区夏矣。文又躬自菲薄，治致升平之德。武有大启土宇，纪禅肃然之功。宣重威以抚和戎狄，呼韩来享。咸用纪宗存主，襫祀不辍，铭勋彝器，历世弥光。今舍纯懿而论爽德，以《春秋》所讳而为美谈，宜无嫌于往初，故蔽善而扬恶，只吾子之不知言也。必以肆奢为贤，则是黄帝合宫，有虞总期，固不如夏癸之瑶台，殷辛之琼室也。汤、武谁革而用师哉？盍亦览东京之事以自寤乎？以上言西京奢丽，乃秦之旧，非汉之制，甚不足法。

"且天子有道，守在海外。守位以仁，不恃隘害。苟民志之不谅，何云岩险与襟带？秦负阻于二关，卒开项而受沛。彼偏据而规小，岂如宅中而图大？昔先王之经邑也，掩观九隩，靡地不营。土圭测景，不缩不盈。总风雨之所交，然后以建王城。审曲面势，溯洛背河，左伊右瀍。西阻九阿，东门于旋。盟津达其后，太谷通其前。回行道乎伊阙，邪径捷乎轘辕。大室作镇，揭以熊耳。底柱辍流，镡以大伾。温液汤泉，黑丹石缁。王鲔岫居，能鳖三趾。宓妃攸馆，神用挺纪。《龙图》授羲，《龟书》畀似。召伯相宅，卜惟洛食。周公初基，其绳则直。芟弘魏舒，是廓是极。经途九轨，城隅九雉。度堂以筵，度室以几。京邑翼翼，四方所视。汉初弗之宅，故宗绪中圮。

"巨猾间衅，窃弄神器。历载三六，偷安天位。于时蒸民，罔敢或贰。其取威也重矣！我世祖忿之，乃龙飞白水，凤翔参墟。授钺四七，共工是除。欃枪旬始，群凶靡余。区宇乂宁，思和求中。睿哲玄览，都兹洛宫。曰止曰时，昭明有融。既光厥武，仁洽道丰。登岱勒封，与黄比崇。以上光武都洛。

"逮至显宗，六合殷昌。乃新崇德，遂作德阳。启南端之特闱，立应门之将将。昭仁惠于崇贤，抗义声于金商。飞云龙于春路，屯神虎于秋方。建象魏之两观，旌《六典》之旧章。其内则含德、章台，天禄、宣明，温饬、迎春，寿安、永宁。飞阁神行，莫我能形。濯龙、芳林，九谷、八溪。芙蓉覆水，秋兰被涯。渚戏跃鱼，渊游龟蠵。永安离宫，修竹冬青。阴池幽流，玄泉洌清。鹴鶋秋栖，鹘鸼春鸣。雎鸠、丽黄，关关嘤嘤。于南则前殿云台，和欢、安福。谚门曲榭，邪阻城洫。奇树珍果，钩盾所职。西登少华，亭候修敕。九龙之内，实曰嘉德。西南其户，匪雕匪刻。我后好约，乃宴斯息。于东则洪池清籞，渌水澹澹，内阜川禽，外丰葭菼，献鳖蜃与龟鱼，供蜗蠯与菱芡。其西则有平乐都场，示远之观。龙雀蟠蜿，天马半汉。瑰异谲诡，灿烂炳焕。奢未及侈，俭而不陋。规遵王度，动中得趣。

"于是观礼，礼举仪具。经始勿亟，成之不日。犹谓为之者劳，居之者逸。慕唐虞之茅茨，思夏后之卑室。乃营三宫，布教颁常。复庙重屋，八达九房。规天矩地，授时顺乡。造舟清池，惟水泱泱。左制辟雍，右立灵台。因进距衰，表贤简能。冯相观祲，祈禫禳灾。以上洛阳宫殿。

"于是孟春元日，群后旁戾。百僚师师，于斯胥泊。藩国奉聘，要荒来质，具惟帝臣，献琛执贽。当觐乎殿下者，盖数万以二。尔乃九宾重，胪人列。崇牙张，镛鼓设。郎将司阶，虎戟交铩。龙辂充庭，云旗拂霓。夏正三朝，庭燎晢晢。撞洪钟，伐灵鼓，旁震八鄙。轰磕隐訇，若疾霆转雷而激迅风也。

"是时称警跸已，下雕辇于东厢。冠通天，佩玉玺，纡皇组，要干将，负斧扆，次席纷纯，左右玉几，而南面以听矣。然后百辟乃入，司仪辨等。尊卑以班，璧羔皮帛之贽既奠，天子乃以三揖之礼礼之。穆穆焉，皇皇焉，济济焉，将将焉，信天下之壮观也。乃羡公侯卿士，登自东除。访万机，询朝政，勤恤民隐，而除其害。人或不得其所，若己纳之于隍。荷天下之重任，匪怠皇以宁静。发京仓，散禁财，赉皇寮，逮舆台。命膳夫以大飨，饔饪浃乎家陪。春醴惟醇，燔炙芬芬。君臣欢康，具醉熏熏。千品万官，已事而踆。勤屡省，懋乾乾。清风协于玄德，淳化通于自

然。宪先灵而齐轨，必三思以顾愆。招有道于侧陋，开敢谏之直
言。聘邱园之耿絜，旅束帛之戋戋。上下通情，式宴且盘。以上
朝会宴飨。

　　"及将祀天郊，报地功。祈福乎上玄，思所以为虔。肃肃之
仪尽，穆穆之礼殚。然后以献精诚，奉禋祀，曰允矣天子者也！
乃整法服，正冕带，珩纮纮綖，玉笄綦会。火龙黼黻，藻缫鞶
厉。结飞云之袷辂，树翠羽之高盖。建辰旒之太常，纷焱悠以容
裔。六玄虬之奕奕，齐腾骧而沛艾。龙辀华轙，金錽镂钖。方钘
左纛，钩膺玉瓖。銮声哕哕，和铃铗铗。重轮贰辖，疏毂飞轸。
羽盖威蕤，葩瑵曲茎。顺时服而设副，咸龙旂而繁缨。立戈迤
戛，农舆辂木，属车九九，乘轩并毂。斑弩重斿，朱旄青屋。奉
引既毕，先辂乃发。鸾旗皮轩，通帛绨旆。云罕九斿，阘戟緌
辂。髶髦被绣，虎夫戴鹖。驷承华之蒲梢，飞流苏之骚杀。总轻
武于后陈，奏严鼓之嘈嗽。戎士介而扬挥，戴金钲而建黄钺。清
道案列，天行星陈。肃肃习习，隐隐辚辚。殿未出乎城阙，斾已
反乎郊畛。盛夏后之致美，爰敬恭于明神。以上郊祀舆服。

　　"尔乃孤竹之管，云和之瑟。雷鼓叇叇，六变既毕。冠华秉
翟，列舞八佾。元祀惟称，群望咸秩。飏楒燎之炎炀，致高烟乎
太一。神歆馨而顾德，祚灵主以元吉。然后宗上帝于明堂，推光
武以作配。辨方位而正则，五精帅而来摧。尊赤氏朱光，四灵懋
而允怀。于是春秋改节，四时迭代，蒸蒸之心，感物增思。躬追
养于庙祧，奉蒸尝与禴祠。物牲辩省，设其楅衡。毛炰豚胉，亦
有和羹。涤濯静嘉，礼仪孔明。《万舞》奕奕，钟鼓喤喤。灵祖
皇考，来顾来飨。神具醉止，降福穰穰。以上郊庙诸祀。

　　"及至农祥晨正，土膏脉起。乘銮辂而驾苍龙，介驭间以剡
耜。躬三推于天田，修帝籍之千亩。供禘郊之粢盛，必致思乎勤
己。兆民劝于疆场，感懋力以耘耔。以上省耕。

"春日载阳，合射辟雍。设业设虡，宫悬金镛。鼖鼓路鼗，树羽幢幢。于是备物，物有其容。伯夷起而相仪，后夔坐而为工。张大侯，制五正，设三乏，厞司旌。并夹既设，储乎广庭。于是皇舆夙驾，羣于东阶，以须消启明，扫朝霞，登天光于扶桑。天子乃抚玉辂，时乘六龙。发鲸鱼，铿华钟。大丙弭节，风后陪乘。摄提运衡，徐至于射宫。礼事展，乐物具，《王夏》阕，《驺虞》奏。决拾既次，雕弓斯彀。达余萌于暮春，昭诚心以远喻。进明德而崇业，涤饕餮之贪欲。仁风衍而外流，谊方激而遐骛。日月会于龙狵，恤民事之劳疚。因休力以息勤，致欢忻于春酒。执鸾刀以袒割，奉觞豆于国叟。降至尊以训恭，送迎拜乎三寿。敬慎威仪，示民不偷。我有嘉宾，其乐愉愉。声教布濩，盈溢天区。以上大射养老。

"文德既昭，武节是宣。三农之隙，曜威中原。岁惟仲冬，大阅西园。虞人掌焉，先期戒事。悉率百禽，鸠诸灵囿。兽之所同，是谓告备。乃御小戎，抚轻轩。中畋四牡，既佶且闲。戈矛若林，牙旗缤纷。迄上林，结徒营。次和树表，司铎授钲。坐作进退，节以军声。三令五申，示戮斩牲。陈师鞠旅，教达禁成。火列具举，武士星敷。鹅鹳鱼丽，箕张翼舒。轨尘掩远，匪疾匪徐。驭不诡遇，射不翦毛。升献六禽，时膳四膏。马足未极，舆徒不劳。成礼三驱，解罘放麟。不穷乐以训俭，不殚物以昭仁。慕天乙之以弛罟，因教祝以怀民。仪姬伯之渭阳，失熊罴而获人。泽浸昆虫，威振八宇。好乐无荒，允文允武。薄狩于敖，既璱璱焉。岐阳之蒐，又何足数。以上大阅。

"尔乃卒岁大傩，驱除群厉。方相秉钺，巫觋操茢。侲子万童，丹首玄制。桃弧棘矢，所发无枲。飞砾雨散，刚瘅必弊。煌火驰而星流，逐赤疫于四裔。然后凌天池，绝飞梁。捎魑魅，斮獝狂。斩蜲蛇，脑方良。囚耕父于清泠，溺女魃于神潢，残夔魖与罔象，殪野仲而歼游光。八灵为之震慑，况魍蠁与毕方，度朔作梗，守以郁垒。神荼副焉，对操索苇。目察区陬，司执遗鬼。京室密清，罔有不韪。以上大傩。

　　"于是阴阳交和，庶物时育。卜征考祥，终然允淑。乘舆巡乎岱岳，劝稼穑于原陆。同衡律而壹轨量，齐急舒于寒燠。省幽明以黜陟，乃反旆而回复。望先帝之旧墟，慨长思而怀古。俟阊风而西遐，致恭祀乎高祖。既春游以发生，启诸蛰于潜户。度秋豫以收成，观丰年之多稌。嘉田畯之匪懈，行致赍于九庢。左瞰旸谷，右睨玄圃。眇天末以远期，规万世而大摹。且归来以释劳，膺多福以安怠。以上省方。

　　"总集瑞命，备致嘉祥。圉林氏之驺虞，扰泽马与腾黄。鸣女床之鸾鸟，舞丹穴之凤凰。植华平于春圃，丰朱草于中唐。惠风广被，泽洎幽荒。北燮丁令，南谐越裳。西包大秦，东过乐浪。重舌之人九译，金稽首而来王。

　　"是以论其迁邑易京，则同规乎殷盘。改奢即俭，则合美乎斯干。登封降禅，则齐德乎黄轩。为无为，事无事，永有民以孔安。遵节俭，尚素朴。思仲尼之克己，履老氏之常足。将使心不乱其所在，目不见其可欲。贱犀象，简珠玉。藏金于山，抵璧于谷。翡翠不裂，玳瑁不蔟。所贵惟贤，所宝惟谷。民去末而反本，咸怀忠而抱悫。于斯之时，海内同悦，曰：'吁，汉帝之德，侯其祎而！'盖蒉莽为难莳也，故旷世而不觌，惟我后能殖之，以至和平，方将数诸朝阶。然则道胡不怀，化胡不柔。声与风翔，泽从云游。万物我赖，亦又何求？德宇天覆，辉烈光烛。狭三王之趑趄，轶五帝之长驱。踵二皇之遐武，谁谓驾迟而不能属？以上嘉祥懿德。

　　"东京之懿未罄，值余有犬马之疾，不能究其精详。故粗为宾言其梗概如此。若乃流遁忘反，放心不觉，乐而无节，后离其戚。一言几于丧国，我未之学也。且夫挈瓶之智，守不假器。况篡帝业而轻天位。瞻仰二祖，厥庸孔肆。常翘翘以危惧，若乘奔而无辔。白龙鱼服，见困豫且。虽万乘之无惧，犹怵惕于一夫。终日不离其辎重，独微行其焉如？夫君人者，黈纩塞耳，车中不内顾。珮以制容，銮以节涂。行不变玉，驾不乱步。却走马以粪车，何惜騕袅与飞兔。方其用财取物，常畏生类之殄也。赋政任役，常畏人力之尽也。取之以道，用之以时。山无槎枿，畋不麋胎。草木蕃庑，鸟兽阜滋。民忘其劳，乐输其财。百姓同于饶衍，上下共其雍熙。洪恩素蓄，民心固结。执谊顾主，夫怀贞节。忿奸慝之干命，怨皇统之见替。玄谋设而阴行，合二九而成谲。登圣皇于天阶，章汉祚之有秩。若此，故王业可乐焉。

"今公子苟好剿民以偷乐，忘民怨之为仇也。好殚物以穷宠，忽下叛而生忧也。夫水所以载舟，亦所以覆舟。坚冰作于履霜，寻木起于蘖栽。昧旦丕显，后世犹怠。况初制于甚泰，服者焉能改裁？故相如壮《上林》之观，扬雄骋《羽猎》之辞，虽系以隤墙填堑，乱以收置解罘，卒无补于风规，只以昭其愆尤。臣济参以陵君，忘经国之长基。故函谷击柝于东，西朝颠覆而莫持。凡人心是所学，体安所习，鲍肆不知其臭，玩其所以先入。《咸池》不齐度于蛙咬，而众听或疑。能不惑者，其唯子野乎？"以上讯西京公子之失。

客既醉于大道，饱于文义，劝德畏戒，喜惧交争。罔然若醒，朝罢夕倦，夺气褫魄之为者，忘其所以为谈，失其所以为夸。良久乃言曰："鄙哉予乎！习非而遂迷也。幸见指南于吾子。若仆所闻，华而不实。先生之言，信而有征。鄙夫寡识，而今而后，乃知大汉之德馨，咸在于此。昔常恨《三坟》《五典》既泯，仰不睹炎帝帝魁之美。得闻先生之余论，则大庭氏何以尚兹？走虽不敏，庶斯达矣。"

思玄赋

仰先哲之玄训兮，虽弥高而弗违。匪仁里其焉宅兮，匪义迹
其焉追。潜服膺以永靖兮，绵日月而不衰。伊中情之信修兮，慕
古人之贞节。竦余身而顺止兮，遵绳墨而不跌。志抟抟以应悬
兮，诚心固其如结。旌性行以制佩兮，佩夜光与琼枝。缀幽兰之
秋华兮，又缀之以江蓠。美襞积以酷烈兮，允尘邈而难亏。既婳
丽而鲜双兮，非是时之攸珍。奋余荣而莫见兮，播余香而莫闻。
幽独守此仄陋兮，敢怠皇而舍勤。幸二八之遴虞兮，嘉傅说之生
殷。尚前良之遗风兮，恫后辰而无及。何孤行之茕茕兮，孑不群
而介立。感鸾鹥之特栖兮，悲淑人之希合。彼无合而何伤兮，患
众伪之冒真。且获谗于群弟兮，启金縢而后信。览蒸民之多辟
兮，畏立辟以危身。增烦毒以迷惑兮，羌孰可为言已。私湛忧而
深怀兮，思缤纷而不理。愿竭力以守谊兮，虽贫穷而不改。执雕
虎而试象兮，阽焦原而跟趾。庶斯奉以周旋兮，要既死而后已。
以上自修。

俗迁渝而事化兮，泯规矩之员方。宝萧艾于重笥兮，谓蕙茝
之不香。斥西施而弗御兮，索骖衰以服箱。行颇僻而获志兮，循
法度而离殃。惟天地之无穷兮，何遭遇之无常。不抑操而苟容
兮，譬临河而无航。欲巧笑以干媚兮，非余心之所尝。袭温恭之
黻衣兮，被礼义之绣裳。辫贞亮以为鞶兮，杂伎艺以为珩。昭彩
藻与琱琭兮，璜声远而弥长。淹栖迟以恣欲兮，耀灵忽其西藏。
恃己知而华予兮，鷍鸩鸣而不芳。冀一年之三秀兮，遒白露之为
霜。时霭霭而代序兮，畴可与乎比伉。咨姤嫮之难并兮，想依韩
以流亡。恐渐冉而无成兮，留则蔽而不彰。以上伤不遇。

心犹豫而狐疑兮，即岐阯而庐情。文君为我端蓍兮，利飞遁
以保名。历众山以周流兮，翼迅风以扬声。二女感于崇岳兮，或

冰折而不营。天盖高而为泽兮，谁云路之不平？勔自强而不息兮，蹈玉阶之峣峥。惧筮氏之长短兮，钻东龟以观祯。遇九皋之介鸟兮，怨素意之不逞。游尘外而瞥天兮，据冥翳而哀鸣。雕鹗竞于贪婪兮，我修洁以逸荣。子有故于玄鸟兮，归母氏而后宁。以上卜筮。

占既吉而无悔兮，简元辰而俶装。旦余沐于清源兮，晞余发于朝阳。漱飞泉之沥液兮，咀石菌之流英。翾鸟举而鱼跃兮，将往走乎八荒。过少皞之穷野兮，问三邱于句芒。何道贞之淳粹兮？去秽累而飘轻。登蓬莱而容与兮，鳌虽抃而不倾。留瀛洲而采芝兮，聊且以乎长生。凭归云而遐逝兮，夕余宿乎扶桑。饮青岑之玉醴兮，餐沆瀣以为粻。发昔梦于木禾兮，谷昆仑之高冈。朝吾行于旸谷兮，从伯禹乎稽山。嘉群神之执玉兮，疾防风之食言。以上东方。

指长沙之邪径兮，存重华乎南邻。哀二妃之未从兮，翩缤处彼湘滨。流目眺夫衡阿兮，睹有黎之圮坟。痛火正之无怀兮，托山阪以孤魂。愁郁郁以慕远兮，越印州而游遨。跻日中于昆吾兮，憩炎火之所陶。扬芒熛而绛天兮，水泫沄而涌涛。温风翕其增热兮，惄郁悒其难聊。以上南方。

颤羁旅而无友兮，余安能乎留兹。顾金天而叹息兮，吾欲往乎西嬉。前祝融使举麾兮，缅朱鸟以承旗。躔建木于广都兮，摭若华而踌躇。超轩辕于西海兮，跨汪氏之龙鱼。闻此国之千岁兮，曾焉足以娱余。思九土之殊风兮，从蓐收而遂徂。欻神化而蝉蜕兮，朋精粹而为徒。以上西方。

蹶白门而东驰兮，云台行乎中野。乱弱水之潺湲兮，逗华阴之湍渚。号冯夷俾清津兮，棹龙舟以济予。会帝轩之未归兮，怅徜徉而延伫。恤河林之蓁蓁兮，伟关雎之戒女。黄灵詹而访命兮，摎天道其焉如。曰近信而远疑兮，六籍阙而不书。神逵昧其

难覆兮，畴克谋而从诸？牛哀病而成虎兮，虽逢昆其必噬。鳖令
殪而尸亡兮，取蜀禅而引世。死生错其不齐兮，虽司命其不晰。
"晰"，《后汉书》作"晰"。窦号行于代路兮，后膺祚而繁庑。王
肆侈于汉庭兮，卒衔恤而绝绪。尉庞眉而郎潜兮，逮三叶而遘
武。董弱冠而司衮兮，设王隧而弗处。夫吉凶之相仍兮，恒反仄
而靡所。穆屈天以悦牛兮，"屈"，《后汉书》作"负"。竖乱叔而
幽主。文断袪而忌伯兮，阉谒贼而宁后。通人暗于好恶兮，岂昏
惑而能剖。赢摛谶而戒胡兮，备诸外而发内。或辇贿而违车兮，
孕行产而为对。慎灶显以言天兮，占水火而妄讯。梁叟患夫黎邱
兮，丁厥子而剚刃。亲所瞻而弗识兮，矧幽冥之可信。毋绵挛以
滓己兮，思百忧以自疹。彼天监之孔明兮，用棐忱而祐仁。汤蠲
体以祷祈兮，蒙庬褫以拯民。景三虑以营国兮，荧惑次于他辰。
魏颗亮以从治兮，鬼亢回以弊秦。咎繇迈而种德兮，树德懋于英
六。桑末寄夫根生兮，卉既凋而已育。有无言而不酬兮，又何往
而不复？盍远迹以飞声兮，孰谓时之可蓄？以上中央。国藩按：
自"近信远疑"至此，皆黄灵之词。"百忧自疹"以上，言天道难
测；"天监孔明"以下，言人事可凭。

　　仰矫首以遥望兮，魂懵愐而无俦。逼区中之隘陋兮，将北度
而宣游。行积冰之硱硱兮，清泉洹而不流。寒风凄其永至兮，拂
穹岫之骚骚。玄武缩于壳中兮，腾蛇蜿而自纠。鱼矜鳞而并凌
兮，鸟登木而失条。坐太阴之屏室兮，慨含欷而增愁。怨高阳之
相寓兮，佪颛顼而宅幽。庸织路于四裔兮，斯与彼其何瘳？望寒
门之绝垠兮，纵余缥乎不周。以上北方。

　　迅猋潇其媵我兮，鹜翩飘而不禁。越欿唫之洞穴兮，漂通川
之琳琳。经重瘴乎寂漠兮，慭坟羊之深潜。追荒忽於地底兮，轶
无形而上浮。出石密之暗野兮，不识蹊之所由。速烛龙令执炬
兮，过钟山而中休。瞰瑶溪之赤岸兮，吊祖江之见刘。聘王母于

银台兮，羞玉芝以疗饥。戴胜愁其既欢兮，又诮余之行迟。载太华之玉女兮，召洛浦之宓妃。咸姣丽以蛊媚兮，增婳眼而蛾眉。舒诊婧之纤腰兮，扬杂错之袿徽。离朱唇而微笑兮，颜的砺以遗光。献环琨与琛缡兮，申厥好以玄黄。虽色艳而赂美兮，志浩荡而不嘉。双材悲于不纳兮，并咏诗而清歌。歌曰："天地烟煴，百卉含花。鸣鹤交颈，雎鸠相和。处子怀春，精魂回移。如何淑明，忘我实多？"

将答赋而不暇兮，爰整驾而亟行。瞻昆仑之巍巍兮，临萦河之洋洋。伏灵龟以负坻兮，亘螭龙之飞梁。登阆风之层城兮，构不死而为床。屑瑶蕊以为糇兮，斟白水以为浆。抨巫咸使占梦兮，乃贞吉之元符。滋令德于正中兮，含嘉秀以为敷。既垂颖而顾本兮，亦要思乎故居。安和静而随时兮，姑纯懿之所庐。以上入地。

戒庶僚以夙会兮，佥供职而并迓。丰隆轷其震霆兮，列缺晔其照夜。云师魌以交集兮，冻雨沛其洒途。轪珚舆而树葩兮，扰应龙以服辂。百神森其备从兮，屯骑罗而星布。振余袂而就车兮，修剑揭以低昂。冠岳岳其映盖兮，佩纕缅以辉煌。仆夫俨其正策兮，八乘腾而超骧。氛旄溶以天旋兮，霓旌飘以飞扬。抚轮轵而还睨兮，心匀藻其若汤。羡上都之赫戏兮，何迷故而不忘。左青珥之捷芝兮，右素威以司钲。前长离使拂羽兮，后委衡乎玄冥。属箕伯以函风兮，澄湴涩而为清。曳云旗之离离兮，鸣玉鸾之謈謈。涉清霄而升逴兮，浮蠛蠓而上征。纷翼翼以徐戾兮，焱回回其扬灵。叫帝阍使辟扉兮，觌天皇于琼宫。聆广乐之九奏兮，展泄泄以彤彤。考治乱于律均兮，意建始而思终。惟般逸之无敦兮，惧乐往而哀来。素女抚弦而余音兮，太容吟曰念哉。既防溢而靖志兮，迨我暇以翱翔。出紫宫之肃肃兮，集太微之阆阆。命王良掌策驷兮，逾高阁之将将。建罔车之幕幕兮，猎青林之芒芒。弯威弧之拔剌兮，射嶓冢之封狼。观壁垒于北落兮，伐河鼓之磅硠。乘天潢之泛泛兮，浮云汉之汤汤。倚招摇、摄提以低回戮流兮，察二纪、五纬之绸缪遹皇。偃蹇夭矫娩以连卷兮，杂沓丛颣飒以方骧。馘泪飂泪沛以罔象兮，烂漫丽靡貌以迭逿。凌惊雷之砢礚兮，弄狂电之淫裔。逾庬鸿于宕冥兮，贯倒景而高厉。廓荡荡其无涯兮，乃今窥乎天外。据开阳而颊眄兮，临旧乡之暗蔼。悲离居之劳心兮，情惆惆而思归。魂眷眷而屡顾兮，马倚辀而徘徊。虽游娱以偷乐兮，岂愁慕之可怀。出阊阖兮降天途，乘焱忽兮驰虚无。云菲菲兮绕余轮，风眇眇兮震余旟。缤连翩兮纷暗暧，儵眩眃兮反常闾。以上升天。

收畴昔之逸豫兮，卷淫放之遐心。修初服之娑娑兮，长余佩之参参。文章焕以灿烂兮，美纷纭以从风。御六艺之珍驾兮，游道德之平林。结典籍而为罟兮，驱儒墨以为禽。玩阴阳之变化兮，咏《雅》《颂》之徽音。嘉曾氏之《归耕》兮，慕历阪之嶔崟。恭夙夜而不贰兮，固终始之所服。夕惕若厉以省諐兮，惧余身之未敕。苟中情之端直兮，莫吾知而不恧。默无为以凝志兮，与仁义乎逍遥。不出户而知天下兮，何必历远以劬劳？

系曰：天长地久岁不留，俟河之清只怀忧。愿得远渡以自娱，上下无常穷六区。超逾腾跃绝世俗，飘遥神举逞所欲。天不可阶仙夫稀，柏舟悄悄吝不飞。松乔高跱孰能离，结精远游使心携。回志揭来从玄谋，获我所求夫何思？以上反本自修。

王　粲

登楼赋

登兹楼以四望兮，聊暇日以销忧。览斯宇之所处兮，实显敞而寡仇。挟清漳之通浦兮，倚曲沮之长洲；背坟衍之广陆兮，临皋隰之沃流。北弥陶牧，西接昭邱；华实蔽野，黍稷盈畴。虽信美而非吾土兮，曾何足以少留？以上因楼中美景而生感。

遭纷浊而迁逝兮，漫逾纪以迄今。情眷眷而怀归兮，孰忧思之可任？凭轩槛以遥望兮，向北风而开襟。平原远而极目兮，蔽荆山之高岑。路逶迤而修迥兮，川既漾而济深。悲旧乡之壅隔兮，涕横坠而弗禁。昔尼父之在陈兮，有归与之叹音。钟仪幽而楚奏兮，庄舄显而越吟。人情同于怀土兮，岂穷达而异心？以上怀归。

唯日月之逾迈兮，俟河清其未极。冀王道之一平兮，假高衢而骋力。惧匏瓜之徒悬兮，畏井渫之莫食。步栖迟以徙倚兮，白日忽其将匿。风萧瑟而并兴兮，天惨惨而无色。兽狂顾以求群兮，鸟相鸣而举翼。原野阒其无人兮，征夫行而未息。心凄怆以感发兮，意忉怛而憯恻。循阶除而下降兮，气交愤于胸臆。夜参半而不寐兮，怅盘桓以反侧。以上悲世乱而不得所藉手。

刘　伶

酒德颂

有大人先生，以天地为一朝，万期为须臾，日月为扃牖，八荒为庭衢。行无辙迹，居无室庐。幕天席地，纵意所如，止则操卮执觚，动则挈榼提壶，惟酒是务，焉知其余。

有贵介公子，搢绅处士，闻吾风声，议其所以。乃奋袂攘襟，怒目切齿。陈说礼法，是非锋起。先生于是方捧罂承槽，衔杯漱醪。奋髯踑踞，枕麹籍糟！无思无虑，其乐陶陶。兀然而醉，豁尔而醒，静听不闻雷霆之声，熟视不睹泰山之形，不觉寒暑之切肌、利欲之感情。俯观万物扰扰焉，如江、汉之载浮萍。二豪侍侧焉，如螺蠃之与蟆蛉。

善化黄维申襄校

卷五 词赋之属上编三

左 思

三都赋并序

盖诗有六义焉，其二曰赋。扬雄曰：诗人之赋丽以则。班固曰：赋者，古诗之流也。先王采焉，以观土风：见"绿竹猗猗"，则知卫地淇澳之产。见"在其版屋"，则知秦野西戎之宅。故能居然而辨八方。然相如赋《上林》而引"卢橘夏熟"，扬雄赋《甘泉》而陈"玉树青葱"，班固赋《西都》而叹以"出比目"，张衡赋《西京》而述以"游海若"。假称珍怪，以为润色。若斯之类，匪啻于兹。考之果木，则生非其壤，校之神物，则出非其所。于辞则易为藻饰，于义则虚而无征。且夫玉卮无当，虽宝非用，侈言无验，虽丽非经。而论者莫不诋讦其研精，作者大氐举为宪章。积习生常，有自来矣。

余既思摹《二京》而赋《三都》。其山川城邑，则稽之地图；其鸟兽草木，则验之方志。风谣歌舞，各附其俗，魁梧长者，莫非其旧。何则？发言为诗者，咏其所志也；升高能赋者，颂其所见也。美物者贵依其本，赞事者宜本其实。匪本匪实，览者奚信？且夫任土作贡，《虞书》所著；辩物居方，《周易》所慎。聊举其一隅，摄其体统，归诸诂训焉。

【蜀都赋】

有西蜀公子者，言于东吴王孙曰：盖闻天以日月为纲，地以四海为纪。九土星分，万国错跱。崤函有帝皇之宅，河洛为王者之里。吾子岂亦曾闻蜀都之事欤？请为左右扬榷而陈之：

夫蜀都者，盖兆基于上世，开国于中古。廓灵关以为门，包玉垒而为宇。带二江之双流，抗峨眉之重阻。水陆所凑，兼六合而交会焉。丰蔚所盛，茂八区而菴蔼焉。以上总挈大纲。

于前则跨蹑犍牂，枕轪交趾，经途所亘，五千余里。山阜相属，含溪怀谷，冈峦纠纷，触石吐云。郁葆葿以翠微，崛巍巍以峨峨。干青霄而秀出，舒丹气而为霞。龙池漫瀑溃其隈，漏江伏流溃其阿。汩若汤谷之扬涛，沛若濛汜之涌波。于是乎邛竹缘岭，菌桂临崖。旁挺龙目，侧生荔枝。布绿叶之萋萋，结朱实之离离，迎隆冬而不凋，常晔晔以猗猗。孔翠群翔，犀象竞驰。白雉朝雊，猩猩夜啼。金马骋光而绝景，碧鸡倏忽而曜仪。火井沈荧于幽泉，高爓飞煽于天垂。其间则有虎珀丹青，江珠瑕英。金沙银砾，符采彪炳，晖丽灼烁。以上前，即南也。

于后则却背华容，北指昆仑。缘以剑阁，阻以石门。流汉汤汤，惊浪雷奔，望之天回，即之云昏。水物殊品，鳞介异族。或藏蛟螭，或隐碧玉。嘉鱼出于丙穴，良木攒于褒谷。其树则有木兰梫桂，杞檬椅桐，棕枒楔枞。梗楠幽蔼于谷底，松柏蓊郁于山峰。擢修干，竦长条。扇飞云，拂轻霄。羲和假道于峻歧，阳乌回翼乎高标。巢居栖翔，毳兼邓林。穴宅奇兽，窠宿异禽。熊罴咆其阳，雕鹗鸷其阴。猿狖腾希而竞捷，虎豹长啸而永吟。以上后，即北也。

于东则左绵巴中，百濮所充。外负铜梁于宕渠，内函要害于膏腴。其中则有巴菽、巴戟，灵寿、桃枝，樊以蒩圃，滨以盐池。蟃蜒山栖，鼋龟水处。潜龙蟠于沮泽，应鸣鼓而兴雨。丹沙赩炽出其坂，蜜房郁毓被其阜。山图采而得道，赤斧服而不朽。若乃刚悍生其方，风谣尚其武。奋之则賨旅，玩之则渝舞。锐气剽于中叶，骄容世于乐府。以上东，即左也。

　　于西则右挟岷山，涌渎发川。陪以白狼，夷歌成章。坰野草昧，林麓黝倏。交让所植，蹲鸱所伏。百药灌丛，寒卉冬馥。异类众夥，于何不育？其中则有青珠黄环，碧砮芒消。或丰绿荑，或蕃丹椒。麋芜布濩于中阿，风连莚蔓于兰皋。红葩紫饰，柯叶渐苞。敷蕊葳蕤，落英飘飖。神农是尝，卢跗是料。芳追气邪，味蠲疠痟。其封域之内，则有原隰坟衍，通望弥博。演以潜沬，浸以绵雒。沟洫脉散，疆里绮错。黍稷油油，秔稻莫莫，指渠口以为云门，洒滮池而为陆泽。虽星毕之滂沱，尚未齐其膏液。尔乃邑居隐赈，夹江傍山。栋宇相望，桑梓接连。家有盐泉之井，户有橘柚之园。其园则有林檎枇杷，橙柿榤樗，樆桃函列，梅李罗生。百果甲宅，异色同荣。朱樱春熟，素柰夏成。以上西，即右也。

　　若乃大火流，凉风厉，白露凝，微霜结。紫梨津润，樏栗罅发。蒲陶乱溃，若榴竞裂。甘至自零，芬芬酷烈。其园则有蒟蒻茱萸，瓜畴芋区，甘蔗辛姜，阳蓲阴敷。日往菲微，月来扶疏。任土所丽，众献而储。其沃瀛则有攒蒋丛蒲，绿菱红莲，杂以蕴藻，糅以蘋蘩。总茎柅柅，裛叶蓁蓁。蒉实时味，王公羞焉。其中则有鸿俦鹄侣，鷖鹭鹈鹕。晨凫旦至，候雁衔芦。木落南翔，冰泮北徂。云飞水宿，哜吭清渠。其深则有白鼋命鳖，玄獭上祭。鳝鲔鳣鲂，鲼鱤鲦鲎。差鳞次色，锦质报章，跃涛戏濑，中流相忘。以上都畿植物、动物，即中也。

于是乎金城石郭，兼匦中区。既丽且崇，实号成都。辟二九之通门，画方轨之广涂，营新宫于爽垲，拟承明而起庐。结阳城之延阁，飞观榭乎云中。开高轩以临山，列绮窗而瞰江。内则议殿爵堂，武义虎威。宣化之闼，崇礼之闱。华阙双邈，重门洞开，金铺交映，玉题相晖。外则轨躅八达，里闬对出，比屋连甍，千庑万室。亦有甲第，当衢向术。坛宇显敞，高门纳驷。庭扣钟磬，堂抚琴瑟。匪葛匪姜，畴能是恤？亚以少城，接乎其西。市廛所会，万商之渊。列隧百重，罗肆巨千。贿货山积，纤丽星繁。都人士女，祛服靓妆。贾贸墆鬻，舛错纵横。异物崛诡，奇于八方。布有橦华，面有桄榔。邛杖传节于大夏之邑，蒟酱流味于番禺之乡。舆辇杂沓，冠带混并。累毂叠迹，叛衍相倾。喧哗鼎沸，则唬聒宇宙；嚣尘张天，则埃壒曜灵。阛阓之里，伎巧之家。百室离房，机杼相和。贝锦斐成，濯色江波。黄润比筒，籯金所过。侈侈隆富，卓郑埒名。公擅山川，货殖私庭，藏镪巨万，钣摱兼呈。亦以财雄，翕习边城。以上城市货殖。

三蜀之豪，时来时往。养交都邑，结俦附党。剧谈戏论，扼腕抵掌。出则连骑，归从百两。若其旧俗，终冬始春。吉日良辰，置酒高堂，以御嘉宾。金罍中坐，肴槅四陈。觞以清醥，鲜以紫鳞。羽爵执竞，丝竹乃发。巴姬弹弦，汉女击节。起《西音》于促柱，歌《江上》之飚厉。纤长袖而屡舞，翩跹跹以裔裔。合樽促席，引满相罚。乐饮今夕，一醉累月。以上豪侠宴饮。

若夫王孙之属，郤公之伦，从禽于外，巷无居人。并乘骥子，俱服鱼文。玄黄异校，结驷缤纷。西逾金堤，东越玉津。朔别期晦，匪日匪旬。蹴蹋蒙茏，涉蹻寥廓。鹰犬倏眒，罻罗络幕。毛群陆离，羽族纷泊。翕响挥霍，中网林薄。屠麖麋，翦旄麈，带文蛇，跨雕虎。志未骋，时欲晚，追轻翼，赴绝远。出彭门之阙，驰九折之坂。经三峡之峥嵘，蹑五岨之寒泸。戟食铁之兽，射噬毒之鹿。晶貂泯于蓁草，弹言鸟于森木。拔象齿，戾犀角；鸟铩翮，兽废足。以上田猎山阜。

殆而竭来相与，第如滇池，集于江洲。试水客，舣轻舟，娉江斐，与神游。罦翡翠，钓鳢鲉，下高鹄，出潜虬。吹洞箫，发棹讴，感鲟鱼，动阳侯。腾波沸涌，珠贝泛浮。若云汉含星，而光耀洪流。将缯獠者，张帝幕，会平原，酌清酤，割芳鲜，饮御酺，宾旅旋。车马雷骇，轰轰阗阗，若风流雨散，漫乎数百里间。斯盖宅土之所安乐，观听之所踊跃也。焉独三川，为世朝市？以上水嬉及猎罢而宴。

若乃卓荦奇谲，倜傥罔已。一经神怪，一纬人理。远则岷山之精，上为井络。天帝运期而会昌，景福肸蚃而兴作。碧出苌弘之血，鸟生杜宇之魄。妄变化而非常，羌见伟于畴昔。近则江汉炳灵，世载其英。蔚若相如，皭若君平。王褒韡晔而秀发，扬雄含章而挺生。幽思绚《道德》，摛藻捴天庭。考四海而为俊，当中叶而擅名。是故，游谈者以为誉，造作者以为程也。以上人神奇伟。

至乎临谷为塞，因山为障。峻岨塍埒长城，豁险吞若巨防。一人守隘，万夫莫向。公孙跃马而称帝，刘宗下辇而自王。由此言之，天下孰尚？故虽兼诸夏之富有，犹未若兹都之无量也。

【吴都赋】

东吴王孙鞔然而哈曰：夫上图景宿，辨于天文者也；下料物土，析于地理者也。古先帝代，曾览八纮之洪绪，一六合而光宅，翔集遐宇。鸟策篆素，玉牒石记。乌闻梁岷有陟方之馆，行宫之基欤？而吾子言蜀都之富，禹同之有，玮其区域，美其林薮。矜巴汉之阻，则以为袭险之右；徇蹲鸱之沃，则以为世济阳九。龊龊而算，顾亦曲士之所叹也。旁魄而论都，抑非大人之壮观也。何则？土壤不足以摄生，山川不足以周卫，公孙国之而破，诸葛家之而灭。兹乃丧乱之丘墟，颠覆之轨辙，安可以俪王公而著风烈也！玩其碛砾而不窥玉渊者，未知骊龙之所蟠也；习其敝邑而不睹上邦者，未知英雄之所躔也。子独未闻大吴之巨丽乎？且有吴之开国也，造自太伯，宣于延陵。盖端委之所彰，高节之所兴。建至德以创洪业，世无得而显称，由克让以立风俗，轻脱蹻于千乘。若率土而论都，则非列国之所觊望也。以上抑蜀伸吴。

故其经略，上当星纪，拓土画疆，卓荦兼并，包括於越，跨蹑蛮荆。婺女寄其曜，翼轸寓其精，指衡岳以镇野，目龙川而带坰。尔其山泽，则嵬嶷嶕峣，嵚冥郁岪，溃渱泮汗，滇澌森漫。或涌川而开渎，或吞江而纳汉。魂魂魁魁，澔澔涆涆。磈磳乎数州之间，灌注乎天下之半。以上略指星躔山川。

百川派别，归海而会。控清引浊，混涛并濑。渍薄沸腾，寂寥长迈。濞焉汹汹，隐焉磕磕。出乎大荒之中，行乎东极之外，经扶桑之中林，包汤谷之滂沛。潮波汩起，回复万里，歊雾漨浡，云蒸昏昧。泓澄奫潫，颎溶沆瀁，莫测其深，莫究其广。澶湉漠而无涯，总有流而为长。瑰异之所丛育，鳞甲之所集往。以上水。

于是乎长鲸吞航，修鲵吐浪，跃龙腾蛇，鲛鲻琵琶。王鲔鰝鮐，鲫龟鳞鲻，乌贼拥剑，鼋鼊鲭鳄，涵泳乎其中。茸鳞镂甲，诡类舛错，溯洄顺流，唅喁沉浮。水中之鱼。

鸟则鹍鸡鹔䴗，鸧鹒鹭鸿，鹥鸥避风，候雁造江，漻鹴鹏鶂，鹄鹤鹜鸽，鹳鸥鹖鸨，泛滥乎其上。湛淡羽仪，随波参差，理翮整翰，容与自玩，雕啄蔓藻，刷荡漪澜。水中之鸟。

鱼鸟聱耴，万物蠢生。芒芒黗黗，慌罔奄欻，神化翕忽，函幽育明，穷性极形，盈虚自然。蚌蛤珠胎，与月亏全。巨鳌赑屃，首冠灵山。大鹏缤翻，翼若垂天，振荡汪流，雷抃重渊。殷动宇宙，胡可胜原？岛屿绵邈，洲渚冯隆，旷瞻迢递，回眺冥蒙。珍怪丽，奇隙充，径路绝，风云通。洪桃屈盘，丹桂灌丛。琼枝抗茎而敷蕊，珊瑚幽茂而玲珑。增冈重阻，列真之宇。玉堂对溜，石室相距。蔼蔼翠幄，袅袅素女。江斐于是往来，海童于是宴语。斯实神妙之响象，嗟难得而觇缕。水中之珍物灵异。

尔乃地势坱圠，卉木跃蔓。遭薮为圃，值林为苑。异荂苕蓲，夏晔冬蒨。方志所辨，中州所羡。草则藿蒳豆蔻，姜汇非一。江蓠之属，海苔之类，纶组紫绛，食葛香茅，石帆水松，东风扶留。布濩皋泽，蝉联陵丘，夤缘山岳之㟧，幂历江海之流。扪白蒂，衔朱蘤，郁兮菢茂，晔兮菲菲。光色炫晃，芬馥肸蚃。职贡纳其包匦，《离骚》咏其宿莽。以上草。

木则枫柙橡樟，栟榈枸桹，绵杬杶栌，文櫱桢橿，平仲桾梃，松梓古度。楠榴之木，相思之树。宗生高冈，族茂幽阜，擢本千寻，垂荫万亩。攒柯挐茎，重葩殗叶。轮囷虬蟠，坭塸鳞接。荣色杂糅，绸缪缛绣，宵露霮𩅾，旭日晻晻。与风飘飏，飚浏飕飗，鸣条律畅，飞音响亮。盖象琴筑并奏，笙竽俱唱。以上木。

其上则猿父哀吟，犭军子长啸。狖鼯猓然，腾趠飞超。争接县垂，竞游远枝。惊透沸乱，牢落翚散。其下则有枭羊麙狼，猰㺄狃象，乌菟之族，犀兕之党，钩爪锯牙，自成锋颖。精若燿星，声若震霆。名载于《山经》，形镂于夏鼎。木上动物。

其竹则箕笃箖箊，桂箭射筒。柚梧有篁，簬笋有丛。苞笋抽节，往往萦结。绿叶翠茎，冒霜停雪。槺蠹森萃，翁茸萧瑟。檀栾蝉蜎，玉润碧鲜。梢云无以逾，嶵谷弗能连，鵷鸧食其实，鹓雏扰其间。以上竹。

其果则丹橘余甘，荔枝之林，槟榔无柯，椰叶无阴。龙眼橄榄，棪榴御霜，结根比景之阴，列挺衡山之阳。素华斐，丹秀芳。临青壁，系紫房。鹧鸪南翥而中留，孔雀绰羽以翱翔。山鸡归飞而来栖，翡翠列巢以重行。以上果。

其琛赂则琨瑶之阜，铜锴之垠。火齐之宝，骇鸡之珍。赪丹明玑，金华银朴。紫贝流黄，缥碧素玉，隐赈崴嶵，杂插幽屏。精曜潜颖，硩陊山谷。碕岸为之不枯，林木为之润黩。隋侯于是鄙其夜光，宋王于是陋其结绿。以上珍宝。

其荒陬谲诡，则有龙穴内蒸，云雨所储。陵鲤若兽，浮石若桴。双则比目，片则王馀。穷陆饮木，极沉水居。泉室潜织而卷绡，渊客慷慨而泣珠。开北户以向日，齐南冥于幽都。其四野则畛畷无数，膏腴兼倍。原隰殊品，宄隆异等。象耕鸟耘，此之自与；稆秀菰穗，于是乎在。煮海为盐，采山铸钱。国税再熟之稻，乡贡八蚕之绵。以上荒陬异物、郊野恒产。

徒观其郊隧之内奥，都邑之纲纪，霸王之所根柢，开国之所基趾。郛郭周匝，重城结隅。通门二八，水道陆衢。所以经始，用累千祀。宪紫宫以营室，廓广庭之漫漫。寒暑隔阂于邃宇，虹霓回带于云馆。所以跨跱焕炳万里也。造姑苏之高台，临四远而特建。带朝夕之浚池，佩长洲之茂苑。窥东山之府，则瑰宝溢目；觇海陵之仓，则红粟流衍。起寝庙于武昌，作离宫于建业。阐阖闾之所营，采夫差之遗法。抗神龙之华殿，施荣楯而捷猎。

崇临海之崔巍，饰赤乌之韡晔。东西胶葛，南北峥嵘。房栊对栊，连阁相经。阍闼谲诡，异出奇名。左称弯碕，右号临硎。雕栾镂窠，青琐丹楹。图以云气，画以仙灵。虽兹宅之夸丽，曾未足以少宁。思比屋于倾宫，毕结瑶而构琼。高闱有闶，洞门方轨。朱阙双立，驰道如砥。树以青槐，亘以绿水。玄荫耽耽，清流亹亹。列寺七里，侠栋阳路。屯营栉比，解署棋布，横塘查下，邑屋隆夸。长干延属，飞甍舛互。以上宫室。

其居则高门鼎贵，魁岸豪杰，虞魏之昆，顾陆之裔。岐嶷继体，老成奕世，跃马叠迹，朱轮累辙。陈兵而归，兰锜内设。冠盖云荫，闾阎阗噎。其邻则有任侠之靡，轻訬之客。缔交翩翩，傧从奕奕。出蹑珠履，动以千百。里讌巷饮，飞觞举白。翘关扛鼎，拚射壶博。鄱阳暴谑，中酒而作。以上人材。

于是乐只衎而欢饫无匮，都辇殷而四奥来暨。水浮陆行，方舟结驷，唱棹转毂，昧旦永日。亍市朝而并纳，横阛阓而流溢。混品物而同廛，并都鄙而为一。士女伫眙，商贾骈坒。纻衣絺服，杂沓傱萃。轻舆按辔以经隧，楼船举帆而过肆。果布辐凑而常然，致远流离与珂珬。缣贿纷纭，器用万端。金镒磊砢，珠琲阑干。桃笙象簟，韬于筒中。蕉葛升越，弱于罗纨。儸譶澩漻，交贸相竞。喧哗喤呷，芬葩荫映。挥袖风飘，而红尘昼昏；流汗霡霂，而中逵泥泞。富中之甿，货殖之选。乘时射利，财丰巨万。竞其区宇，则并疆兼巷；矜其宴居，则珠服玉馔。以上市廛财货。

趫材悍壮，此焉比庐。捷若庆忌，勇若专诸。危冠而出，竦剑而趋。扈带鲛函，扶揄属镂。藏鍦于人，去戚自闾。家有鹤膝，户有犀渠。军容蓄用，器械兼储。吴钩越棘，纯钧湛卢。戎车盈于石城，戈船掩乎江湖。露往霜来，日月其除。草木节解，鸟兽腯肤。观鹰隼，诫征夫，坐组甲，建祀姑。命官帅而拥铎，将校猎乎具区。乌浒狼朜，夫南西屠，儋耳黑齿之酋，金邻象郡之渠。骎骖骉骄，靲雪警捷，先驱前涂。俞骑骋路，指南司方。出车槛槛，被练锵锵。吴王乃巾玉辂，韬骍骊，旃鱼须，常重光，摄乌号，佩干将。羽旄扬蕤，雄戟耀芒。贝胄象弭，织文鸟章。六军祫服，四骐龙骧。峭格周施，置尉普张。罘罜琐结，罠蹄连纲。陆以九疑，御以沅湘。轺轩蓼扰，毂骑炜煌。祖褐徒搏，拔距投石之部。猿臂骿胁，狂趣犷猣，鹰瞵鹗视，趁趣跛獠。若离若合者，相与腾跃乎莽罠之野。干卤殳铤，旸夷勃卢之旅。长矟短兵，直发驰骋，儇佻垒并，衔枚无声。悠悠旆旌者，相与聊浪乎昧莫之坰。钲鼓叠山，火烈熛林，飞熖浮烟，载霞载阴。菈擸雷硠，崩峦弛岑。鸟不择木，兽不择音。疏魋麢，颎麇麋，蓁六驳，追飞生。弹鸢鹖，射猱猚，白雉落，黑鸠零。陵绝嶻嶣，聿越巉险。跐逾竹柏，猱猱杞楠。封豨菹，神螭掩。刚镞润，霜刃染。于是弭节顿辔，齐镳驻跸，徘徊徜徉，寓目幽蔚。览将帅之拳勇，与士卒之抑扬。羽族以觜距为刀铍，毛群以齿角为矛铗。皆体著而应卒，所以挂挖而为创痏，冲踤而断筋骨。莫不衄锐挫芒，拉捹摧藏。虽有石林之岸崿，请攘臂而靡之。虽有雄虺之九首，将抗足而跐之。颠覆巢居，剖破窟宅。仰攀鹪鸡，俯蹴豺貘。刐剖熊罴之室，剽掠虎豹之落。猩猩啼而就禽，巂巂笑而被格。屠巴蛇，出象骼。斩鹏翼，掩广泽。轻禽狡兽，周章夷犹。狼跋乎纮中，忘其所以睒睗，失其所以去就。魂褫气慑而自踢蹖者，应弦而饮羽；形债景僵者，累积而增益，杂袭错缪。倾薮薄，倒岬岫，岩穴无豜豵，薆荟无麕鹮。思假道于丰隆，披重霄而高狩；笼乌兔于日月，穷飞走之栖宿。以上田猎。

嶻涧阆，冈岵童，曡罭满，效获众。回靶乎行睆，观鱼乎三江。泛舟航于彭蠡，浑万艘而既同。弘舸连舳，巨槛接舻。飞云盖海，制非常模。叠华楼而岛跱，时仿佛于方壶。比鹢首而有裕，迈馀皇于往初。张组帏，构流苏，开轩幌，镜水区。榜工楫师，选自闽禺，习御长风，狎玩灵胥。责千里于寸阴，聊先期而须臾。棹讴唱，箫籁鸣。洪流响，渚禽惊。弋磻放，稽鷿鹏。虞机发，留鸧鸹。钩铒纵横，网罟接绪。术兼詹公，巧倾任父。笭鮦鳝，鲡鲵鲨，罩两鲂，翼鲔虾。乘鲨鼋鼍，同罝共罗。沉虎潜鹿，帠𫚐倦束。徽鲸辈中于群牯，摤抢暴出而相属。虽复临河而钓鲤，无异射鲋于井谷。结轻兵而竞逐，迎潮水而振缗。想萍实之复形，访灵虁于鲛人。精卫衔石而遇缴，文鳐夜飞而触纶。北山亡其翔翼，西海失其游鳞。雕题之士，镂身之卒，比饰虬龙，蛟螭与对。简其华质，则剀费锦缋。料其虦勇，则雕悍狼戾。相与昧潜险，搜瑰奇。摸玳瑁，扪鼊蠵。剖巨蚌于回渊，濯明月于涟漪。毕天下之至异，讫无索而不臻。谿壑为之一罄，川渎为之中贫。晒儋台之见谋，聊袭海而徇珍。载汉女于后舟，追晋贾而同尘。汩乘流以砰宕，翼飙风之飚飚。直冲涛而上濑，常沛沛以悠悠。讫可休而凯归，揖天吴与阳侯。以上水嬉。

　　指包山而为期，集洞庭而淹留。数军实乎桂林之苑，飨戎旅乎落星之楼。置酒若淮泗，积肴若山丘。飞轻轩而酌绿酃，方双辔而赋珍羞。饮烽起，醮鼓震。士遗倦，众怀欣。幸乎馆娃之宫，张女乐而娱群臣。罗金石与丝竹，若钧天之下陈。登东歌，操南音，胤阳阿，咏韎任。荆艳楚舞，吴愉越吟。翕习容裔，靡靡愔愔。

　　若此者，与夫唱和之隆响，动钟鼓之铿眩。有殷坻颓于前，曲度难胜，皆与谣俗汁协，律吕相应。其奏乐也，则木石润色；其吐哀也，则凄风暴兴。或超延露而驾辩，或逾绿水而采菱。军马弭髦而仰秣，渊鱼竦鳞而上升。酣湑半，八音并。欢情留，良辰征。鲁阳挥戈而高麾，回曜灵于太清。将转西日而再中，齐既往之精诚。以上置酒作乐。

　　昔者夏后氏朝群臣于兹土，而执玉帛者以万国。盖亦先王之所高会，而四方之所轨则。春秋之际，要盟之主，阖闾信其威，夫差穷其武。内果伍员之谋，外骋孙子之奇。胜强楚于柏举，栖劲越于会稽。阙沟乎商鲁，争长于黄池。徒以江湖崄陂，物产殷充，绕溜未足言其固，郑白未足语其丰。士有陷坚之锐，俗有节概之风，睢眄则挺剑，暗鸣则弯弓。拥之者龙腾，据之者虎视。麾城若振槁，搴旗若顾指。虽带甲一朝，而元功远致；虽累叶百叠，而富强相继。乐湑衍其方域，列仙集其土地。桂父练形而易色，赤须蝉蜕而附丽。中夏比焉，毕世而罕见。丹青图其珍玮，贵其宝利也。舜禹游焉，没齿而忘归。精灵留其山阿，玩其奇丽也。剖判庶士，商榷万俗。国有郁鞅而显敞，邦有湫阨而蹜蹦。伊兹都之函弘，倾神州而韫椟。仰南斗以斟酌，兼二仪之优渥。

　　繇此而揆之，西蜀之于东吴，小大之相绝也，亦犹棘林萤燿，而与夫杶木龙烛也；否泰之相背也，亦犹帝之悬解，而与桎梏疏属也！庸可共世而论巨细，同年而议丰确乎？暨其幽遐独邃，寥廓闲奥，耳目之所不该，足趾之所不蹈，倜傥之极异，诡诡之殊事，藏理于终古，而未寤于前觉也。若吾子之所传，孟浪之遗言，略举其梗概，而未得其要妙也。

【魏都赋】

　　魏国先生，有晔其容，乃盱衡而诰曰：异乎交益之士！盖音有楚夏者，土风之乖也。情有险易者，习俗之殊也。虽则生常，固非自得之谓也。昔市南宜僚弄丸，而两家之难解。聊为吾子复玩德音，以释二客竞于辩囿者也。

　　夫泰极剖判，造化权舆。体兼昼夜，理包清浊。流而为江海，结而为山岳。列宿分其野，荒裔带其隅。岩冈潭渊，限蛮隔夷，峻危之窍也。蛮陬夷落，译导而通，鸟兽之氓也。正位居体者，以中夏为喉，不以边垂为襟也。长世字甿者，以道德为藩，不以袭险为屏也。而子大夫之贤者，尚弗曾庶翼等威，附丽皇极。思禀正朔，乐率贡职。而徒务于诡随匪人，宴安于绝域，荣其文身，骄其险棘。缪默语之常伦，牵胶言而逾侈。饰华离以矜然，假倔强而攘臂。非醇粹之方壮，谋踳驳于王义，孰愈寻靡蓱于中逵，造沐猴于棘刺。剑阁虽嶛，凭之者蹶，非所以深根固蒂也。洞庭虽浚，负之者北，非所以爱人治国也。彼桑榆之末光，逾长庚之初辉。况河冀之爽垲，与江介之湫湄。故将语子以神州之略，赤县之畿，魏都之卓荦，六合之枢机。以上嘲吴、蜀二客。

于时运距阳九，汉网绝维，奸回内赑，兵缠紫微。翼翼京室，耽耽帝宇，巢焚原燎，变为煨烬，故荆棘旅庭也。殷殷寰内，绳绳八区，锋镝纵横，化为战场，故麋鹿寓城也。伊洛榛旷，崤函荒芜。临菑牢落，鄢郢丘墟。而是有魏开国之日，缔构之初，万邑譬焉，亦犹犨麋之与子都，培塿之与方壶也。且魏地者，毕、昴之所应，虞、夏之余人，先王之桑梓，列圣之遗尘。考之四隈，则八埏之中；测之寒暑，则霜露所均。卜偃前识而赏其隆，吴札听歌而美其风。虽则衰世，而盛德形于管弦。虽逾千祀，而怀旧蕴于遐年。以上浑言魏都。

尔其疆域，则旁极齐秦，结凑冀道。开胸殷卫，跨蹑燕赵。山林幽岟，川泽回缭。恒碣砧碍于青霄，河汾浩洲而皓溔。南瞻淇澳，则绿竹纯茂；北临漳滏，则冬夏异沼。神钲迢递于高峦，灵响时惊于四表。温泉毖涌而自浪，华清荡邪而难老。墨井盐池，玄滋素液。厥田惟中，厥壤惟白。原隰畇畇，坟衍斥斥。或嵬垒而复陆，或黵朗而拓落。乾坤交泰而絪缊，嘉祥徽显而豫作。是以兆朕振古，萌柢畴昔。藏气谶纬，闷象竹帛。迥时世而渊默，应期运而光赫。暨圣武之龙飞，肇受命而光宅。以上山川相宅。

爰初自臻，言占其良。谋龟谋筮，亦既允臧。修其郛郭，缮其城隍。经始之制，牢笼百王。画雍豫之居，写八都之宇。鉴茅茨于陶唐，察卑宫于夏禹。古公草创而高门有闶，宣王中兴而筑室百堵。兼圣哲之轨，并文质之状。商丰约而折中，准当年而为量。思重爻，摹大壮，览荀卿，采萧相。俦拱木于林衡，授全模于梓匠。遐迩悦豫而子来，工徒拟议而骋巧。阐钩绳之筌绪，承二分之正要。揆日晷，考星耀，建社稷，作清庙。筑曾宫以回匝，比冈嗛而无陂。造文昌之广殿，极栋宇之弘规。对若崇山崛起以崔嵬，髣若玄云舒霓以高垂。瑰材巨世，垝塓参差。枌橑复结，栾栌叠施。丹梁虹申以并亘，朱桷森布而支离。绮井列疏以悬蒂，华莲重葩而倒披。齐龙首而涌溜，时梗概于澹池。旅楹闲列，晕鉴抉振。榱题黮黤，阶陴嶙峋。长庭砥平，钟虡夹陈。风无纤埃，雨无微津。岩岩北阙，南端逌遵。竦峭双碣，方驾比轮。西辟延秋，东启长春。用觐群后，观享颐宾。左则中朝有皽，听政作寝，匪朴匪斫，去泰去甚。木无雕锼，土无绨锦，玄化所甄，国风所禀。以上建都作室。

　　于前则宣明显扬，顺德崇礼，重闱洞出，锵锵济济。珍树猗猗，奇卉萋萋。蕙风如薰，甘露如醴。禁台省中，连闼对廊。直事所繇，典刑所藏。蔼蔼列侍，金蜩齐光。诘朝陪幄，纳言有章。亚以柱后，执法内侍。符节谒者，典玺储吏。膳夫有官，药剂有司。肴醑顺时，脎理则治。于后则椒鹤文石，永巷壸术。楸梓木兰，次舍甲乙。西南其户，成之匪日。丹青焕炳，特有温室。仪形宇宙，历像贤圣。图以百瑞，绰以藻咏。芒芒终古，此焉则镜。有虞作绘，兹亦等竟。

　　右则疏圃曲池，下畹高堂。兰渚莓莓，石濑汤汤。弱荔系实，轻叶振芳。奔龟跃鱼，有瞵吕梁。驰道周屈于果下，延阁胤宇以经营。飞陛方辇而径西，三台列峙以峥嵘。亢阳台于阴基，拟华山之削成。上累栋而重溜，下冰室而沍冥。周轩中天，丹墀临焱。增构峨峨，清尘影影。云雀踶甍而矫首，壮翼摛镂于青霄。雷雨窈冥而未半，曒日笼光于绮寮。习步顿以升降，御春服而逍遥。八极可围于寸眸，万物可齐于一朝。长涂牟首，豪徽互经。晷漏肃唱，明宵有程。附以兰锜，宿以禁兵。司卫闲邪，钩陈罔惊。以上宫殿前后左右。

于是崇墉浚洫，婴堞带浇，四门辚辚，隆厦重起。凭太清以混成，越埃壒而资始。巍巍标危，亭亭峻趾。临焦原而不悦，谁劲捷而无愳？与冈岑而永固，非有期乎世祀。阳灵停曜于其表，阴祇濛雾于其里。菀以玄武，陪以幽林。缭垣开囿，观宇相临。硕果灌丛，围木竦寻。篁篠怀风，蒲陶结阴。回渊灌，积水深。兼葭赞，菡萏森。丹藕凌波而的砾，绿芰泛涛而浸潭。羽翮颉颃，鳞介浮沉。栖者择木，雏者择音。若咆渤澥与姑余，常鸣鹤而在阴。表清篿，勒虞箴，思国恤，忘从禽。樵苏往而无忌，即鹿纵而匪禁。以上城郭苑囿。

腜腜坰野，奕奕菑亩。甘茶伊蠡，芒种斯阜。西门溉其前，史起灌其后。澄流十二，同源异口。畜为屯云，泄为行雨。水澍粳稌，陆莳稷黍。黝黝桑柘，油油麻纻。均田画畴，蕃庐错列。姜芋充茂，桃李荫翳。家安其所，而服美自悦。邑屋相望，而隔逾奕世。以上郊野。

内则街冲辐辏，朱阙结隅，石杠飞梁，出控漳渠。疏通沟以滨路，罗青槐以荫涂。比沧浪而可濯，方步櫩而有逾。习习冠盖，莘莘蒸徒。斑白不提，行旅让衢。设官分职，营处署居。夹之以府寺，班之以里闾。其府寺则位副三事，官逾六卿，奉常之号，大理之名。厦屋一揆，华屏齐荣。肃肃阶闼，重门再扃。师尹爰止，毗代作桢。其间阎则长寿吉阳，永平思忠。亦有戚里，置宫之东。闬出长者，巷苞诸公。都护之堂，殿居绮窗。舆骑朝猥，蹀躞其中。以上城内官寺及闾里。

营客馆以周坊，饬宾侣之所集。玮丰楼之闳闳，起建安而首立。茸墙幂室，房庑杂袭。剞厥罔掇，匠斫积习。广成之传无以畴，稿街之邸不能及。以上宾馆。

廓三市而开廛，籍平逵而九达。班列肆以兼罗，设阛阓以襟带。济有无之常偏，距日中而毕会。抗旗亭之峣嶭，侈所觌之博大。百隧毂击，连轸万贯。凭轼捶马，袖幕纷半。壹八方而混同，极风采之异观。质剂平而交易，刀布贸而无算。财以工化，贿以商通。难得之货，此则弗容。器周用而长务，物背窳而就攻。不鬻邪而豫贾，著驯风之醇酽。白藏之藏，富有无堤。同赈大内，控引世资。赍篠积塬，琛币充牣。关石之所和钧，财赋之所底慎。燕弧盈库而委劲，冀马填厩而骓骏。以上市廛物产。

至乎勍敌纠纷，庶土罔宁。圣武兴言，将曜威灵。介胄重袭，旃旗跃茎。弓眺解槃，矛铤飘英。三属之甲，缦胡之缨。控弦简发，妙拟更嬴。齐被练而铦戈，袭偏裻以遗列。毕出征而中律，执奇正以四伐。硕画精通，目无匡制。推锋积纪，铓气弥锐。三接三捷，既昼亦月。克荑方命，吞灭咆然。云撤叛换，席卷虔刘。祲威八纮，荒阻率由。洗兵海岛，刷马江洲。振旅辒辒，反旆悠悠。凯归同饮，疏爵普畴。朝无刜印，国无费留。丧乱既弭而能宴，武人归兽而去战。萧斧戢柯以柙刃，虹旃摄麾以就卷。斟《洪范》，酌典宪，观所恒，通其变。上垂拱而司契，下缘督而自劝。道来斯贵，利往则贱。囹圄寂寥，京庾流衍。以上削平祸乱，息马论道。

于时东鳀即序，西倾顺轨，荆南怀惪，朔北思騩。绵绵迥途，骤山骤水。襁负费贽，重译贡筐。鬌首之豪，镵耳之杰。服其荒服，敛衽魏阙。置酒文昌，高张宿设。其夜未遽，庭燎晰晰。有客祁祁，载华载裔。岌岌冠緌，累累辫发。清酤如济，浊醪如河。冻醴流渐，温酎跃波。丰肴衍衍，行庖旛旛。愔愔哑谦，酣湑无哗。延《广乐》，奏《九成》，冠《韶》《夏》，冒《六茎》。倘响起，疑震霆，天宇骇，地庐惊。亿！若大帝之所兴作，二嬴之所曾聆。金石丝竹之恒韵，匏土革木之常调。干戚羽旄之饰好，清讴微吟之要妙。世业之所日用，耳目之所闻觉。杂糅纷错，兼该泛博。鞮鞻所掌之音，眛眛任禁之曲，以娱四夷之君，以睦八荒之俗。以上外藩燕乐。

既苗既狩，爰游爰豫。藉田以礼动，大阅以义举。备法驾，理秋御。显文武之壮观，迈梁驺之所著。林不槎枿，泽不伐夭。斧斤以时，罞罜以道。德连木理，仁挺芝草。皓兽为之育薮，丹鱼为之生沼。矞云翔龙，泽马宁阜。山图其石，川形其宝。莫黑匪乌，三趾而来仪；莫赤匪狐，九尾而自扰。嘉颖离合以薿薿，醴泉涌流而浩浩。显祯祥以曲成，固触物而兼造。盖亦明灵之所酬酢，休征之所伟兆。

旻旻率土，迁善罔匮。沐浴福应，宅心醇粹。余粮栖亩而弗收，颂声载路而洋溢。河洛开奥，符命用出。翩翩黄鸟，衔书来讯。人谋所尊，鬼谋所秩。刘宗委驭，巽其神器。窥玉策于金縢，案图箓于石室。考历数之所在，察五德之所莅。量寸旬，涓吉日，陟中坛，即帝位。改正朔，易服色，继绝世，修废职。徽帜以变，器械以革。显仁翌明，藏用玄默。菲言厚行，陶化染学。雠校篆籀，篇章毕觌。优贤著于扬历，匪孽形于亲戚。以上嘉祥毕集，遂受汉禅。

本枝别干，蕃屏皇家，勇若任城，才若东阿。抗旍则威唅秋霜，摛翰则华纵春葩。英喆雄豪，佐命帝室。相兼二八，将猛四七。赫赫震震，开务有谥。故令斯民睹泰阶之平，可比屋而为一。以上人才之盛。

算祀有纪，天禄有终。传业禅祚，高谢万邦。皇恩绰矣，帝德冲矣。让其天下，臣至公矣。荣操行之独得，超百王之庸庸。

追亘卷领与结绳，眷留重华而比踪。尊卢赫胥，羲农有熊，虽自以为道，洪化以为隆。世笃玄同，奚遽不能与之踵武而齐其风？以上禅位于晋。

是故料其建国，析其法度，谘其考室，议其举厝。复之而无斁，申之而有裕。非疏粝之士所能精，非鄙俚之言所能具。此八句作一结束。

至于山川之倬诡，物产之魁殊。或名奇而见称，或实异而可书。生生之所常厚，洵美之所不渝。其中则有鸳鸯交谷，虎涧龙山，掘鲤之淀，盖节之渊。秪秪精卫，衔木偿怨，常山平干，钜鹿河间，列真非一，往往出焉。昌容练色，犊配眉连，玄俗无影，木羽偶仙。琴高沉水而不濡，时乘赤鲤而周旋。师门使火以验术，故将去而林燔。易阳壮容，卫之稚质，邯郸躧步，赵之鸣瑟。真定之梨，故安之栗，醇酎中山，流湎千日。淇洹之笋，信都之枣，雍丘之粱，清流之稻。锦绣襄邑，罗绮朝歌，绵纩房子，缣总清河。若此之属，繁富夥够。非可单究，是以抑而未罄也。以上山川人物之异。

盖比物以错辞，述清都之闲丽。虽选言以简章，徒九复而遗旨。览大《易》与《春秋》，判殊隐而一致。末《上林》之隤墙，本前修以作系。八句言此赋不贵丽而贵则。

其军容弗犯，信其果毅。纠华绥戎，以戴公室。元勋配管敬之绩，歌钟析邦君之肆，则魏绛之贤有令闻也。闲居隘巷，室迩心遐，富仁宠义，职竞弗罗。千乘为之轼庐，诸侯为之止戈，则干木之德自解纷也。贵非吾尊，重士逾山，亲御监门，嗛嗛同轩。搦秦起赵，威振八蕃，则信陵之名若兰芬也。英辩荣枯，能济其厄，位加将相，窒隙之策。四海齐锋，一口所敌，张仪、张禄亦足云也。以上数魏之五杰。

榷惟庸蜀与鸲鹊同窠，句吴与蛙黾同穴。一自以为禽鸟，一自以为鱼鳖。山阜猥积而崎岖，泉流迸集而映咽。隰壤瀸漏而沮洳，林薮石留而芜秽。穷岫泄云，日月恒翳。宅土熇暑，封疆障疠。蔡莽螫刺，昆虫毒噬。汉罪流御，秦余徙帑。宵貌蕞陋，禀质遳脆，巷无杼首，里罕耆耋。或魋髻而左言，或镂肤而钻发，或明发而嬥歌，或浮泳而卒岁。风俗以韰果为婳，人物以戕害为艺。威仪所不摄，宪章所不缀。由重山之束厄，因长川之裾势。距远关以窥阍，时高樔而陛制。薄戍绵幂，无异蛛蝥之网；弱卒琐甲，无异螳螂之卫。与先世而常然，虽信险而剿绝。揆既往之前迹，即将来之后辙。成都迄已倾覆，建邺则亦颠沛。顾非累卵于叠棋，焉至观形而怀怛？权假日以余荣，比朝华而菴蔼。览《麦秀》与《黍离》，可作谣于吴会。以上讥蜀、吴之陋。

先生之言未卒，吴蜀二客矆焉相顾，睩焉失所。有靦瞢容，神惢形茹，弛气离坐，愞墨而谢。曰："仆党清狂，怵迫闽濮。习蓼虫之忘辛，玩进退之惟谷。非常寐而无觉，不睹皇舆之轨躅。过以仭剽之单慧，历执古之醇听。兼重悂以贴缪，偭辰光而罔定。先生玄识，深颂靡测。得闻上德之至盛，匪同忧于有圣？抑若春霆发响，而惊蛰飞竞；潜龙浮景，而幽泉高镜。虽星有风雨之好，人有异同之性，庶觌蓓家与剥庐，非苏世而居正。且夫寒谷丰黍，吹律暖之也。昏情爽曙，箴规显之也。虽明珠兼寸，尺璧有盈，曜车二六，三倾五城，未若申锡典章之为远也。亮曰：日不双丽，世不两帝。天经地纬，理有大归，安得齐给，守其小辩也哉！

潘　岳

西征赋

岁次玄枵，月旅蕤宾，丙丁统日，乙未御辰。潘子凭轼西征，自京徂秦。乃喟然叹曰：

古往今来，邈矣悠哉！寥廓惚恍，化一气而甄三才。此三才者，天地人道。唯生与位，谓之大宝。生有修短之命，位有通塞之遇。鬼神莫能要，圣智弗能豫。当休明之盛世，托菲薄之陋质。纳旌弓于铉台，赞庶绩于帝室。嗟鄙夫之常累，固既得而患失。无柳季之直道，佐士师而一黜。武皇忽其升遐，八音遏于四海。天子寝于谅暗，百官听于冢宰。彼负荷之殊重，虽伊、周其犹殆。窥七贵于汉庭，讵一姓之或在？无危明以安位，只居逼以示专。陷乱逆以受戮，匪祸降之自天。孔随时以行藏，蘧与国而舒卷。苟蔽微以缪章，患过辟之未远。悟山潜之逸士，卓长往而不反。陋吾人之拘挛，飘萍浮而蓬转。察位偪其隆替，名节漼以隳落。危素卵之累壳，甚玄燕之巢幕。心战惧以兢悚，如临深而履薄。夕获归于都外，宵未中而难作。匪择木以栖集，鲜林焚而鸟存。以上言遭杨峻之难。

遭千载之嘉会，皇合德于乾坤。弛秋霜之严威，流春泽之渥恩。甄大义以明责，反初服于私门。皇鉴揆余之忠诚，俄命余以末班。牧疲人于西夏，携老幼而入关。丘去鲁而顾叹，季过沛而涕零。伊故乡之可怀，疚圣达之幽情。矧四夫之安土，邈投身于镐京。犹犬马之恋主，窃托慕于阙庭。眷巩洛而掩涕，思缠绵于坟茔。以上言授长安令，将西征而恋阙。

尔乃越平乐，过街邮。秣马皋门，税驾西周。对洛阳之东周言，则长安为西周；对巩县之东周言，则洛邑为西周。远矣姬德，兴自高辛。思文后稷，厥初生民。率西水浒，化流岐、豳。祚隆昌、发，旧邦维新。旋牧野而历兹，愈守柔以执竞。夜申旦而不寐，忧天保之未定。惟泰山其犹危，祀八百而余庆。鉴亡王之骄淫，审南巢以投命。坐积薪以待然，方指日而比盛。人度量之乖舛，何相越之辽迥！考土中于斯邑，成建都而营筑。既定鼎于郏鄏，遂钻龟而启繇。平失道而来迁，繄二国而是祐。岂时王之无僻？赖先哲以长懋。以上洛阳。

望圉北之两门，感虢郑之纳惠。讨子颓之乐祸，尤阙西之效戾。重戮带以定襄，宏大顺以霸世。灵壅川以止斗，晋演义以献说。咨景悼以迄丏，政凌迟而弥季。俾庶朝之构逆，历两王而干位。逾十叶以逮赧，邦分崩而为二。竟横噬于虎口，输文武之神器。澡孝水而濯缨，嘉美名之在兹。夭赤子于新安，坎路侧而瘗之。亭有千秋之号，子无七旬之期。虽勉厉于延吴，实潜恸乎余慈。眺山川以怀古，怅揽辔于中途。虐项氏之肆暴，坑降卒之无辜。激秦人以归德，成刘后之来苏。事回沇而好还，卒宗灭而身屠。以上新安。

经渑池而长想，停余车而不进。秦虎狼之强国，赵侵弱之余烬。超入险而高会，杖命世之英蔺。耻东瑟之偏鼓，提西缶而接刃。辱十城之虚寿，奄咸阳以取俊。出申威于河外，何猛气之咆勃。入屈节于廉公，若四体之无骨。处智勇之渊伟，方鄙客之忿悁。虽改日而易岁，无等级以寄言。当光武之蒙尘，致王诛于赤眉。异奉辞以伐罪，初垂翅于回溪。不尤眚以掩德，终奋翼而高挥。建佐命之元勋，振皇纲而更维。以上渑池。

登崤坂之威夷，仰崇岭之嵯峨。皋托坟于南陵，文违风于北阿。蹇哭孟以审败，襄墨缞以授戈。曾只轮之不反，缧三帅以济河。值庸主之矜愎，殆肆叔于朝市。任好绰其余裕，独引过以归己。明三败而不黜，卒陵晋以雪耻。岂虚名之可立？良致霸其有以。降曲崤而怜虢，托与国于亡虞。贪诱赂以卖邻，不及腊而就拘。垂棘反于故府，屈产服于晋舆。德不建而民无援，仲雍之祀忽诸。以上崤坂。

我徂安阳，言陟陕郭。行乎漫潡之口，憩乎曹阳之墟。美哉邈乎，兹土之旧也！固乃周邵之所分，二南之所交。《麟趾》信于《关雎》，《驺虞》应乎《鹊巢》。愍汉氏之剥乱，朝流亡以离析。卓滔天以大涤，劫宫庙而迁迹。俾万乘之盛尊，降遥思于征役。顾请旋于僮汜，既获许而中惕。追皇驾而骤战，望玉辂而纵镝。痛百寮之勤王，咸毕力以致死。分身首于锋刃，洞胸腋以流矢。有褰裳以投岸，或攘袂以赴水。伤桴楫之褊小，撮舟中而掬指。以上陕州。

升曲沃而惆怅，惜兆乱而兄替。枝末大而本披，都偶国而祸结。臧札飘其高厉，委曹吴而成节。何庄武之无耻，徒利开而义闭。以上曲沃误用。

蹑函谷之重阻，看天险之襟带。迹诸侯之勇怯，算嬴氏之利害。或开关以延敌，竞遁逃以奔窜。有噤门而莫启，不窥兵于山外。连鸡互而不栖，小国合而成大。岂地势之安危，信人事之否泰。汉六叶而拓畿，县弘农而远关。厌紫极之闲敞，甘微行以游盘。长傲宾于柏谷，妻睹貌而献餐。畴四妇其已泰，胡厥夫之缪官？昔明王之巡幸，固清道而后往。惧衔橛之或变，峻徒御以诛赏。彼白龙之鱼服，挂豫且之密网。轻帝重于天下，奚斯渐之可长？以上函谷、弘农。

吊庚园于湖邑，谅遭世之巫蛊。探隐伏于难明，委谗贼之赵虏。加显戮于储贰，绝肌肤而不顾。作归来之悲台，徒望思其何补？以上湖邑。

纷吾既迈此全节，又继之以盘桓。问休牛之故林，感征名于桃园。发阌乡而警策，诉黄巷以济潼。眺华岳之阴崖，觌高掌之遗踪。忆江使之反璧，告亡期于祖龙。不语怪以征异，我闻之于孔公。愠韩马之大憝，阻关谷以称乱。魏武赫以霆震，奉义辞以伐叛。彼虽众其焉用？故制胜于庙算。砰扬桴以振尘，缅瓦解而冰泮。超遂遁而奔狄，甲卒化为京观。以上潼关、华阴。

倦狭路之迫隘，轨崎岖以低仰。蹈秦郊而始辟，豁爽垲以宏壮。黄壤千里，沃野弥望。华实纷敷，桑麻条畅。邪界褒斜，右滨汧陇。宝鸡前鸣，甘泉后涌。面终南而背云阳，跨平原而连嶓冢。九嵕巀嶭，太一崔崒。吐清风之飚戾，纳归云之郁蓊。南有玄霸素浐，汤井温谷。北有清渭浊泾，兰池周曲。浸决郑、白之渠，漕引淮、海之粟。林茂有鄠之竹，山挺蓝田之玉。班述陆海珍藏，张叙神皋隩区。此西宾所以言于东主，安处所以听于凭虚也，可不谓然乎？以上通写关中气象。

劲松彰于岁寒，贞臣见于国危。入郑都而抵掌，义桓友之忠规。竭股肱于昏主，赴涂炭而不移。世善职于司徒，缁衣敝而改为。履犬戎之侵地，疾幽后之诡惑。举伪烽以沮众，淫褒襃以纵慝。军败戏水之上，身死骊山之北。赫赫宗周，灭为亡国。又有继于此者，异哉，秦始皇之为君也！倾天下以厚葬，自开辟而未闻。匠人劳而弗图，俾生埋以报勤。外罹西楚之祸，内受牧竖之焚。语曰：行无礼，必自及，此非其效与？以上骊山。

乾坤以有亲可久，君子以厚德载物。观夫汉高之兴也，非徒聪明神武，豁达大度而已也。乃实慎终追旧，笃诚款爱。泽靡不渐，恩无不逮。率土且弗遗，而况于邻里乎？况于卿士乎？于斯时也，乃摹写旧丰，制造新邑。故社易置，枌榆迁立。街衢如一，庭宇相袭。浑鸡犬而乱放，各识家而竞入。籍含怒于鸿门，沛踸踔而来王。范谋害而弗许，阴授剑以约庄。摗白刃以万舞,危冬叶之待霜。履虎尾而不噬,实要伯于子房。樊抗愤以卮酒,咀彘肩以激扬。忽蛇变而龙摅,雄霸上而高骧。增迁怒而横撞,碎玉斗其何伤?以上新丰、霸上。

婴胄组于轵涂,投素车而肉袒。疏饮饯于东都,畏极位之盛满。金墉郁其万雉,峻嵃峭以绳直。庾饮马之阳桥,践宣平之清闼。都中杂遝,户千人亿。华夷士女,骈田逼侧。展名京之初仪,即新馆而莅职。励疲钝以临朝,勖自强而不息。以上入长安。

于是孟秋爰谢,听览余日。巡省农功,周行庐室。街里萧条,邑居散逸。营宇寺署,肆廛管库。蔟芮于城隅者,百不处一。所谓尚冠修成,黄棘宣明,建阳昌阴,北焕南平。皆夷漫涤荡,亡其处而有其名。尔乃阶长乐,登未央,泛太液,凌建章。萦驳娑而款骀荡,窠枌诣而辚承光。徘徊桂宫,惆怅柏梁。鸷雉雊于台陉,狐兔辅于殿傍。何黍苗之离离,而余思之芒芒!洪钟顿于毁庙,乘风废而弗县。禁省鞠为茂草,金狄迁于霸川。以上叹故宫之芜废。

怀夫萧、曹、魏、邴之相,辛、李、卫、霍之将。衔使则苏属国,震远则张博望。教敷而彝伦叙,兵举而皇威畅。临危而智勇奋,投命而高节亮。暨乎祋侯之忠孝淳深,陆贾之优游宴喜。长卿、渊、云之文,子长、政、骏之史。赵张三王之尹京,定国释之之听理。汲长孺之正直,郑当时之推士。终童山东之英妙,贾生洛阳之才子。飞翠绥,拖鸣玉,以出入禁门者众矣。或被发左衽,奋迅泥滓。或从容傅会,望表知里。或著显绩而婴时戮,或有大才而无贵仕。皆扬清风于上烈,垂令闻而不已。想佩声之遗响,若铿锵之在耳。当音、凤、恭、显之任势也,乃熏灼四方,震耀都鄙。而死之日，曾不得与夫十余公之徒隶齿。才难，不其然乎？以上怀汉世之人才，以下周览长安城郭、郊原、古迹，吊古伤怀。

望渐台而扼腕，枭巨猾而余怒。揖不疑于北阙，轵樗里于武库。酒池鉴于商辛，追覆车而不寤。曲阳僭于白虎，化奢淫而无度。命有始而必终，孰长生而久视。武雄略其焉在？近惑文成而溺五利。侔造化以制作，穷山海之奥秘。灵若翔于神岛，奔鲸浪而失水。爆鳞骼于漫沙，陨明月以双坠。擢仙掌以承露，干云汉而上至。致邛蔗其奚难？惟余欲而是恣。纵逸游于角觝，络甲乙以珠翠。忍生民之减半，勒东岳以虚美。超长怀以遐念，若循环之无赐。以上吊汉武帝。

较面朝之焕炳，次后庭之猗靡。壮当熊之忠勇，深辞辇之明智。卫鬒发以光鉴，赵轻体之纤丽。咸善立而声流，亦宠极而祸侈。以上吊后妃四人。

津便门以右转，究吾境之所暨。掩细柳而抚剑，快孝文之命帅。周受命以忘身，明戎政之果毅。距华盖于垒和，案乘舆之尊辔。肃天威之临颜，率军礼以长揖。轻棘、霸之儿戏，重条侯之倨贵。以上吊周亚夫。

索杜邮其焉在？云孝里之前号。悯辍驾而容与，哀武安以兴悼。争伐赵以徇国，定庙算之胜负。扞矢言而不纳，反推怨以归咎。未十里于迁路，寻赐剑以刎首。嗟主暗而臣嫉，祸于何而不有？以上吊白起。

窥秦墟于渭城，冀阙缅其堙尽。觅陛殿之余基，裁岥岮以隐嶙。想赵使之抱璧，浏睒楹以抗愤。燕图穷而荆发，纷绝袖而自引。筑声厉而高奋，狙潜铅以脱膑。据天位其若兹，亦狼狈而可愍！简良人以自辅，谓斯忠而鞅贤。寄苛制于捐灰，矫扶苏于朔边。儒林填于坑阱，诗书炀而为烟。国灭亡以断后，身刑辗以启前。商法焉得以宿，黄犬何可复牵？野蒲变而成脯，苑鹿化以为马。假谰逆以天权，钳众口而寄坐。兵在颈而顾问，何不早而告我？原黔黎其谁听，惟请死而获可。健子婴之果决，敢讨贼以纾祸。势土崩而莫振，作降王于路左。以上吊秦之君臣。

萧收图以相刘，料险易与众寡。羽天与而弗取，冠沐猴而纵火。贯三光而洞九泉，曾未足以喻其高下也。以上吊项羽。

感市闾之菆井，叹尸韩之旧处。丞属号而守阙，人百身以纳赎。岂生命之易投，诚惠爱之洽著。许望之以求直，亦余心之所恶。思夫人之政术，实干时之良具。苟明法以释憾，不爱才以成务。弘大体以高贵，非所望于萧傅。以上吊韩延寿。

造长山而慷慨，伟龙颜之英主。胸中豁其洞开，群善凑而必举。存威格乎天区，亡坟掘而莫御。临掩坎而累抃，步毁垣以延伫。越安陵而无讥，谅惠声之寂寞。吊爰丝之正义，伏梁剑于东郭。讯景皇于阳丘，奚信谮而矜谑？陨吴嗣于局下，盖发怒于一博。成七国之称乱，翻助逆以诛错。恨过听而无讨，兹沮善而劝恶。訾孝元于渭茔，执奄尹以明贬。褒夫君之善行，废园邑以崇俭。过延门而责成，忠何辜而为戮？陷社稷之王章，俾幽死而莫鞫。怅淫嬖之匈忍，剿皇统之孕育。张舅氏之奸渐，贻汉宗以倾覆。刺哀主于义域，僭天爵于高安。欲法尧而承羞，永终古而不刊。瞰康园之孤坟，悲平后之专洁。殊厥父之篡逆，蒙汉耻而不雪。激义诚而引决，赴丹熖以明节。投宫火而焦糜，从灰煴而俱灭。以上吊汉代七陵。

鹜横桥而旋轸，历敝邑之南垂。门磁石而梁木兰兮，构阿房之屈奇。疏南山以表阙，倬樊川以激池。役鬼佣其犹否，矧人力之所为？工徒斫而未息，义兵纷以交驰。宗桃污而为沼，岂斯宇之独隳？由伪新之九庙，夸宗虞而祖黄。驱吁嗟而妖临，搜佞哀以拜郎。诵六艺以饰奸，焚《诗》《书》而面墙。心不则于德义，虽异术而同亡。以上吊秦始皇、王莽。

宗孝宣于乐游，绍衰绪以中兴。不获事于敬养，尽加隆于园陵。兆惟奉明，邑号千人。讯诸故老，造自帝询。隐王母之非命，纵声乐以娱神。虽靡率于旧典，亦观过而知仁。以上吊孝宣帝。

凭高望之阳隈，体川陆之污隆。开襟乎清暑之馆，游目乎五柞之宫。交渠引漕，激湍生风。乃有昆明，池乎其中。其池则汤汤汗汗，淲濴弥漫，浩如河汉。日月丽天，出入乎东西。旦似旸谷，夕类虞渊。昔豫章之名宇，披玄流而特起。仪景星于天汉，列牛女以双峙。图万载而不倾，奄摧落于十纪。擢百寻之层观，今数仞之余趾。以上吊汉武昆明池。

振鹭于飞，凫跃鸿渐。乘云颉颃，随波澹淡。瀺灂惊波，嗷喋薐芡。华莲烂于渌沼，青蕃蔚乎翠潋。伊兹池之肇穿，肆水战于荒服。志勤远以极武，良无要于后福。而菜蔬荒实，水物惟错，乃有赡乎原陆。在皇代而物土，故毁之而又复。以上池上风景。

凡厥寮师，既富而教。咸帅贫惰，同整楫棹。收罟课获，引缴举效。鳏夫有室，愁民以乐。徒观其鼓枻回轮，洒钓投网。垂饵出入，挺义来往。纤经连白，鸣桹厉响。贯腮系尾，挈三牵两。于是弛青鲲于网巨，解赪鲤于黏徽。华鲂跃鳞，素鲂扬鬐。饔人缕切，鸾刀若飞。应刃落俎，霍霍霏霏。红鲜纷其初载，宾旅竦而迟御。既餐服以属厌，泊恬静以无欲。回小人之腹，为君子之虑。以上池上观鱼。

　　尔乃端策拂茵，弹冠振衣。徘徊酆镐，如渴如饥。心翘勤以仰止，不加敬而自祗。岂三圣之敢梦？窃十乱之或希。经始灵台，成之不日。惟酆及鄗，仍京其室。庶人子来，神降之吉。积德延祚，莫二其一。永惟此邦，云谁之识？越可略闻，而难臻其极。子赢锄以借父，训秦法而著色。耕让畔以闲田，沾姬化而生棘。苏张喜而诈骋，虞芮愧而讼息。由此观之，士无常俗，而教有定式。上之迁下，均之埏埴。五方杂会，风流溷淆。惰农好利，不昏作劳。密迩猃狁，戎马生郊。而制者必割，实存操刀。人之升降，与政隆替。杖信则莫不用情，无欲则赏之不窃。虽智弗能理，明弗能察。信此心也，庶免夫戾。如其礼乐，以俟来哲。以上周与秦并举，明俗随教为转移。

　　秋兴赋 并序
　　晋十有四年，余春秋三十有二，始见二毛。以太尉掾兼虎贲中郎将，寓直于散骑之省。高阁连云，阳景罕曜。珥蝉冕而袭纨绮之士，此焉游处。仆，野人也，偃息不过茅屋茂林之下，谈话不过农夫田父之客。摄官承乏，猥厕朝列，夙兴晏寝，匪遑底宁。譬犹池鱼笼鸟，有江湖山薮之思。于是染翰操纸，慨然而赋。于时秋也，故以"秋兴"命篇。其辞曰：
　　四运忽其代序兮，万物纷以回薄。览花莳之时育兮，察盛衰之所托。感冬索而春敷兮，嗟夏茂而秋落。虽末士之荣悴兮，伊人情之美恶。善乎！宋玉之言曰："悲哉！秋之为气也。萧瑟兮，草木摇落而变衰。慄栗兮，若在远行，登山临水送将归。"夫送归怀慕徒之恋兮，远行有羁旅之愤。临川感流以叹逝兮，登山怀远而悼近。彼四戚之疚心兮，遭一涂而难忍。嗟秋日之可哀兮，谅无愁而不尽。以上引宋玉之言，自写秋怀。
　　野有归燕，隰有翔隼。游氛朝兴，槁叶夕陨。于是乃屏轻簟，释纤絺。藉莞蒻，御夹衣。庭树槭以洒落兮，劲风戾而吹帷。蝉嘒嘒而寒吟兮，雁飘飘而南飞。天晃朗以弥高兮，日悠扬而浸微。以上写秋日之景。

何微阳之短晷，觉凉夜之方永。月瞳胧以含光兮，露凄清以凝冷。熠耀粲于阶闼兮，蟋蟀鸣乎轩屏。听离鸿之晨吟兮，望流火之余景。宵耿介而不寐兮，独展转于华省。悟时岁之遒尽兮，慨俯首而自省。斑鬓髟以承弁兮，素发飒以垂领。仰群俊之逸轨兮，攀云汉以游骋。登春台之熙熙兮，珥金貂之炯炯。苟趣舍之殊途兮，庸讵识其躁静。以上历夜景而自伤。

闻至人之休风兮，齐天地于一指。彼知安而忘危兮，故出生而入死。行投趾于容迹兮，殆不践而获底。阙侧足以及泉兮，虽猴猿而不履。龟祀骨于宗祧兮，思反身于绿水。且敛衽以归来兮，忽投绂以高厉。耕东皋之沃壤兮，输黍稷之余税。泉涌湍于石间兮，菊扬芳于崖澨。澡秋水之涓涓兮，玩游儵之潎潎。逍遥乎山川之阿，放旷乎人间之世。优哉游哉！聊以卒岁。以上因世途危险，思欲投绂归去。

笙赋

河汾之宝，有曲沃之悬匏焉。邹鲁之珍，有汶阳之孤筿焉。若乃绵蔓纷敷之丽，浸润灵液之滋，隅隈夷险之势，禽鸟翔集之嬉，固众作者之所详，余可得而略之也。徒观其制器也，则审洪纤，面短长，剈生簳，裁熟簧。设宫分羽，经徵列商，泄之反谧，厌焉乃扬。管攒罗而表列，音要妙而含清。各守一以司应，统大魁以为笙。以上制笙之器。

基黄钟以举韵，望仪凤以擢形。写皇翼以插羽，摹鸾音以厉声。如鸟斯企，翾翾歧歧。明珠在咮，若衔若垂。修樾内辟，余箫外逶，骈田猎摍，鉀鞢参差。以上笙音之异。

于是乃有始泰终约，前荣后悴，激愤于今贱，永怀乎故贵。

众满堂而饮酒，独向隅而掩泪。援鸣笙而将吹，先喑哕以理气。初雍容以安暇，中佛郁以怫愲，终嵬峨以塞谔，又飒遝而繁沸。罔浪孟以惆怅，若欲绝而复肆。悗憿糅以奔邀，似将放而中匮。以上始贵后贱者，吹笙之象。

愀怆恻减，盷昕煜熠，泛淫泛艳，雪烨岌岌。或案衍夷靡，或竦勇剽急，或既往不返，或已出复入。徘徊布濩，涣衍葺袭。舞既蹈而中辍，节将抚而不及。乐声发而尽室欢，悲音奏而列坐泣。以上笙音之变。

攦纤翢以震幽簧，越上筩而通下管。应吹噏以往来，随抑扬以虚满。勃慷慨以慓亮，顾踌躇以舒缓。辍张女之哀弹，流《广陵》之名散，咏园桃之夭夭，歌枣下之纂纂。歌曰：枣下纂纂，朱实离离，宛其死矣，化为枯枝。人生不能行乐，死何以虚谥为？以上由悲转乐。

尔乃引飞龙，鸣鸧鸡，双鸿翔，白鹤飞。子乔轻举，明君怀归。荆王喟其长吟，楚妃叹而增悲。夫其凄唳辛酸，嘤嘤关关，若离鸿之鸣子也。含嘄咮谐，雍雍喈喈，若群雏之从母也。郁捋劫悟，泓宏融裔，哇咬嘲哳，壹何察惠！诀厉悄切，又何磬折！以上音之最极变态。

若夫时阳初暖，临川送离。酒酣徒扰，乐阕日移。疏客始阑，主人微疲。弛弦韬籥，彻埙屏篪。尔乃促中筵，携友生，解严颜，擢幽情。披黄包以授甘，倾缥瓷以酌醨。光歧俨其偕列，双凤嘈以和鸣。晋野悚而投琴，况齐瑟与秦筝。以上送别。

新声变曲，奇韵横逸，荣缠歌鼓，网罗钟律。烂熠爚以放艳，郁蓬勃以气出。秋风咏于《燕路》，《天光》重于《朝日》。大不逾宫，细不过羽。唱发《章》《夏》，导扬《韶》《武》。协和陈宋，混一齐楚。迩不逼而远无携，声成文而节有叙。彼政有失得，而化以醇薄。乐所以移风于善，亦所以易俗于恶。故丝竹之器未改，而《桑》《濮》之流已作。惟簧也，能研群声之清；惟笙也，能总众清之林。卫无所措其邪，郑无所容其淫。非天下之和乐，不易之德音，其孰能与于此乎？以上言声音与政通。

陶　潜

归去来辞

归去来兮，田园将芜胡不归。既自以心为形役，奚惆怅而独悲？悟已往之不谏，知来者之可追。实迷途其未远，觉今是而昨非。舟遥遥以轻扬，风飘飘而吹衣。问征夫以前路，恨晨光之熹微。以上悔悟思归。

乃瞻衡宇，载欣载奔，僮仆欢迎，稚子候门。三径就荒，松菊犹存。携幼入室，有酒盈樽。引壶觞以自酌，眄庭柯以怡颜。倚南窗以寄傲，审容膝之易安。园日涉以成趣，门虽设而常关。策扶老以流憩，时矫首而遐观。云无心以出岫，鸟倦飞而知还。景翳翳以将入，抚孤松而盘桓。以上初归之景。

归去来兮，请息交以绝游。世与我而相遗，复驾言兮焉求？悦亲戚之情话，乐琴书以消忧。农人告余以春及，将有事乎西畴。或命巾车，或棹孤舟，既窈窕以寻壑，亦崎岖而经邱。木欣欣以向荣，泉涓涓而始流。善万物之得时，感吾生之行休。以上谢绝交游，留连林壑。

已矣乎！寓形宇内复几时，曷不委心任去留？胡为遑遑欲何之？富贵非吾愿，帝乡不可期。怀良辰以孤往，或植杖而耘耔。登东皋以舒啸，临清流而赋诗。聊乘化以归尽，乐夫天命复奚疑？以上委心任命。

鲍　照

芜城赋

泳迤平原，南驰苍梧、涨海，北走紫塞、雁门。拖以漕渠，轴以昆冈。重江复关之隩，四会五达之庄。首七句言地势雄阔。

当昔全盛之时，车挂轊，人驾肩。廛闸扑地，歌吹沸天。孳货盐田，铲利铜山。才力雄富，士马精妍。故能侈秦法，佚周令，划崇墉，刳浚洫，图修世以休命。是以板筑雉堞之殷，井干烽橹之勤。格高五岳，袤广三坟。崒若断岸，矗似长云。制磁石以御冲，糊赪壤以飞文。观基扃之固护，将万祀而一君。出入三代，五百余载，竟瓜剖而豆分。以上言昔时之盛。

泽葵依井，荒葛罥涂。坛罗虺蜮，阶斗麏鼯。木魅山鬼，野鼠城狐。风嗥雨啸，昏见晨趋。饥鹰厉吻，寒鸱吓雏。伏虣藏虎，乳血餐肤。崩榛塞路，峥嵘古馗。白杨早落，塞草前衰。棱棱霜气，蔌蔌风威。孤蓬自振，惊砂坐飞。灌莽杳而无际，丛薄纷其相依。通池既已夷，峻隅又已颓。直视千里外，惟见起黄埃。凝思寂听，心伤已摧。以上言近日之衰。

若夫藻扃黼帐，歌堂舞阁之基。璇渊碧树，弋林钓渚之馆。吴蔡齐秦之声，鱼龙爵马之玩。皆薰歇烬灭，光沉响绝。东都妙姬，南国丽人，蕙心纨质，玉貌绛唇。莫不埋魂幽石，委骨穷尘。岂忆同舆之愉乐，离宫之苦辛哉？

天道如何？吞恨者多。抽琴命操，为芜城之歌。歌曰：边风急兮城上寒，井径灭兮丘陇残。千龄兮万代，共尽兮何言！

庾　信

哀江南赋

粤以戊辰之年，建亥之月，大盗移国，金陵瓦解。余乃窜身荒谷，公私涂炭。华阳奔命，有去无归。中兴道销，穷于甲戌。三日哭于都亭，三年囚于别馆。天道周星，物极不反。傅燮之但悲身世，无处求生；袁安之每念王室，自然流涕。以上叙所以作赋之由。

昔桓君山之志事，杜元凯之生平，并有著书，咸能自叙。潘岳之文彩，始述家风；陆机之词赋，先陈世德。信年始二毛，即逢丧乱，藐是流离，至于暮齿。《燕歌》远别，悲不自胜；楚老相逢，泣将何及。畏南山之雨，忽践秦庭；让东海之滨，遂餐周粟。下亭漂泊，高桥羁旅。楚歌非取乐之方，鲁酒无忘忧之用。追为此赋，聊以纪言，不无危苦之辞，惟以悲哀为主。以上言己遭逢丧乱，不能无言愁之作。

日暮途远，人间何世。将军一去，大树飘零；壮士不还，寒风萧瑟。荆璧睨柱，受连城而见欺；载书横阶，捧珠槃而不定。钟仪君子，入就南冠之囚；季孙行人，留守西河之馆。申包胥之顿地，碎之以首；蔡威公之泪尽，加之以血。钓台移柳，非玉关之可望；华亭鹤唳，岂河桥之可闻。以上言己奉使被留，不得生还。

孙策以天下为三分，众才一旅；项籍用江东之子弟，人惟八千。遂乃分裂山河，宰割天下。岂有百万义师，一朝卷甲，芟夷斩伐，如草木焉。江、淮无涯岸之阻，亭壁无藩篱之固。头会箕敛者，合从缔交；锄耰棘矜者，因利乘便。将非江表王气，终于三百年乎？是知并吞六合，不免轵道之灾；混一车书，无救平阳之祸。呜呼！山岳崩颓，既履危亡之运；春秋迭代，必有去故之悲。天意人事，可以凄怆伤心者矣。以上追痛梁亡。

况复舟楫路穷，星汉非乘槎可上；风飙道阻，蓬莱无可到之期。穷者欲达其言，劳者须歌其事。陆士衡闻而抚掌，是所甘心；张平子见而陋之，固其宜矣。以上言己不得东归而作赋。

我之掌庾承周，以世功而为族；经邦佐汉，用论道而当官。禀嵩、华之玉石，润河、洛之波澜。居负洛而重世，邑临河而晏安。逮永嘉之艰虞，始中原之乏主。民枕倚于墙壁，路交横于豺虎。值五马之南奔，逢三星之东聚。彼凌江而建国，此播迁于吾祖。分南阳而赐田，裂东岳而胙土。诛茅宋玉之宅，穿径临江之府。水木交运，山川崩竭。家有直道，人多全节。训子见于纯深，事君彰于义烈。新野有生祠之庙，河南有胡书之碣。以上叙世德。

况乃少微真人，天山逸民。阶庭空谷，门巷蒲轮。移谈讲树，就简书筠。降生世德，载诞贞臣。文词高于甲观，模楷盛于漳滨。嗟有道而无凤，叹非时而有麟。既奸回之敫逆，终不悦于仁人。以上叙信之祖父。

王子洛滨之岁，兰成射策之年，始含香于建礼，仍矫翼于崇贤。游洊雷之讲肆，齿明离之胄筵。既倾蠡而酌海，遂测管以窥天。方塘水白，钓渚池圆。侍戎韬于武帐，听雅曲于文弦。乃解悬而通籍，遂崇文而会武。居笠毂而掌兵，出兰池而典午。论兵于江汉之君，拭玉于西河之主。以上信自叙仕梁时事。

于时朝野欢娱，池台钟鼓。里为冠盖，门成邹鲁。连茂苑于海陵，跨横塘于江浦。东门则鞭石成桥，南极则铸铜为柱。橘则园植万株，竹则家封千户。西赆浮玉，南琛没羽。吴歈越吟，荆艳楚舞。草木之遇阳春，鱼龙之逢风雨。五十年中，江表无事。

王歙为和亲之侯，班超为定远之使。马武无预于甲兵，冯唐不论于将帅。以上追述梁承平之盛。

岂知山岳暗然，江湖潜沸。渔阳有闾左戍卒，离石有将兵都尉。天子方删诗书，定礼乐。设重云之讲，开士林之学。谈劫烬之灰飞，辨常星之夜落。地平鱼齿，城危兽角。卧刁斗于荥阳，绊龙媒于平乐。宰衡以干戈为儿戏，搢绅以清谈为庙略。乘渍水以胶船，驭奔驹以朽索。小人则将及水火，君子则方成猿鹤。敝箄不能救盐池之咸，阿胶不能止黄河之浊。既而鲂鱼赪尾，四郊多垒。殿狎江鸥，宫鸣野雉。湛卢去国，艅艎失水。见披发于伊川，知百年而为戎矣。以上言侯景兵起，梁君臣忽于武备。

彼奸逆之炽盛，久游魂而放命。大则有鲸有鲵，小则为枭为獍。负其牛羊之力，凶其水草之性。非玉烛之能调，岂璇玑之可正。值天下之无为，尚有欲于羁縻。饮其琉璃之酒，赏其虎豹之皮。见胡柯于大夏，识鸟卵于条支。豺牙密厉，虺毒潜吹。轻九鼎而欲问，闻三川而遂窥。以上叙侯景内附。

始则王子召戎，奸臣介胄。既官政而离逷，遂师言而泄漏。望廷尉之逋囚，反淮南之穷寇。出狄泉之苍鸟，起横江之困兽。地则石鼓鸣山，天则金精动宿。北阙龙吟，东陵麟斗。以上叙临贺王通侯景。

尔乃桀黠构扇，冯陵畿甸。拥狼望于黄图，填卢山于赤县。青袍如草，白马如练。天子履端废朝，单于长围高宴。两观当戟，千门受箭。白虹贯日，苍鹰击殿。竟遭夏台之祸，终视尧城之变。官守无奔问之人，干戚非平戎之战。陶侃空争米船，顾荣虚摇羽扇。以上叙景围台城。

将军死绥，路绝长围。烽随星落，书逐鸢飞。遂乃韩分赵裂，鼓卧旗折。失群班马，迷轮乱辙。猛士婴城，谋臣卷舌。昆阳之战象走林，常山之阵蛇奔穴。五郡则兄弟相悲，三州则父子离别。以上叙援兵不至。

护军慷慨，忠能死节。三世为将，终于此灭。济阳忠壮，身参末将。兄弟三人，义声俱倡。主辱臣死，名存身丧。敌人归元，三军凄怆。尚书多算，守备是长。云梯可拒，地道能防。有齐将之闭壁，无燕师之卧墙。大事去矣，人之云亡。申子奋发，勇气咆勃。实总元戎，身先士卒。胄落鱼门，兵填马窟。屡犯通中，频遭刮骨。功业夭枉，身名埋没。以上叙韦、江、羊、柳诸将。

或以隼翼鷃披，虎威狐假。沾渍锋镝，脂膏原野。兵弱虏强，城孤气寡。闻鹤唳而心惊，听胡笳而泪下。据神亭而亡戟，临横江而弃马。崩于钜鹿之沙，碎于长平之瓦。以上总言败军之状。

于是桂林颠覆，长洲麋鹿。溃溃沸腾，茫茫惨黩。天地离阻，神人惨酷。晋郑靡依，鲁卫不睦。竞动天关，争回地轴。探雀鷇而未饱，待熊蹯而讵熟。乃有车侧郭门，筋悬庙屋。鬼同曹社之谋，人有秦庭之哭。以上叙台城陷，武帝死，遂言信自赴秦。

尔乃假刻玺于关塞，称使者之酬对。逢鄂坂之讥嫌，值耏门之征税。乘白马而不前，策青骡而转碍。吹落叶之扁舟，飘长风于上游。彼锯牙而钩爪，又循江而习流。排青龙之战舰，斗飞燕之船楼。张辽临于赤壁，王濬下于巴邱。乍风惊而射火，或箭重而回舟。未辨声于黄盖，已先沈于杜侯。落帆黄鹤之浦，藏船鹦鹉之洲。路已分于湘汉，星犹看于斗牛。以上叙自金陵达江陵。

若乃阴陵路绝，钓台斜趣。望赤壁而沾衣，舣乌江而不渡。雷池栅浦，鹊陵焚戍。旅舍无烟，巢禽无树。谓荆、衡之杞梓，庶江、汉之可恃。淮海维扬，三千余里。过漂渚而寄食，托芦中而渡水。届于七泽，滨于十死。以上叙途中飘泊之状。

嗟天保之未定，见殷忧之方始。本不达于危行，又无情于禄仕。谬掌卫于中军，滥尸丞于御史。信生世等于龙门，辞亲同于河洛。奉立身之遗训，受成书之顾托。昔三世而无惭，今七叶而方落。泣风雨于梁山，惟枯鱼之衔索。入箕斜之小径，掩蓬藋之荒扉。就汀洲之杜若，待芦苇之单衣。以上叙复见用于元帝，而忧其不终。

于时西楚霸王，剑及繁阳。麾兵金匮，校战玉堂。苍鹰赤雀，铁轴牙樯。沈白马而誓众，负黄龙而渡江。海潮迎舰，江萍送王。戎车屯于石城，戈船掩于淮、泗。诸侯则郑伯前驱，盟主则荀罃暮至。剖巢熏穴，奔魑走魅。埋长狄于驹门，斩蚩尤于中冀。然腹为灯，饮头为器。直虹贯垒，长星属地。昔之虎踞龙蟠，加以黄旗紫气，莫不随狐兔而窟穴，与风尘而殄瘁。西瞻博望，北临元圃。月榭风台，池平树古。倚弓于玉女窗扉，系马于凤凰楼柱。仁寿之镜徒悬，茂陵之弓空聚。以上叙陈霸先灭侯景，而故都终不可复。

若夫立德立言，谟明寅亮。声超于系表，道高于河上。更不遇于浮邱，遂无言于师旷。以爱子而托人，知西陵而谁望？非无北阙之兵，犹有云台之仗。以上吊简文帝。

司徒之表里经纶，狐偃之惟王实勤。横雕戈而对霸主，执金鼓而问贼臣。平吴之功，壮于杜元凯；王室是赖，深于温太真。始则地名全节，终以山称枉人。南阳校书，去之已远。上蔡逐猎，知之何晚！以上吊王僧辩。

镇北之负誉矜前，风飙凛然。水神遭箭，山灵见鞭。是以蛰熊伤马，浮蛟没鸢。才子并命，俱非百年。以上吊邵陵王纶。

中宗之夷凶靖乱，大雪冤耻。云代邸而承基，迁唐郊而纂祀。反旧章于司隶，归余风于正始。沈猜则方逞其欲，藏疾则自矜于己。天下之事没焉，诸侯之心摇矣。既而齐交北绝，秦患西起。况背关而怀楚，异端委而开吴。驱绿林之散卒，拒骊山之叛徒。营军梁滗，搜乘巴渝。问诸淫昏之鬼，求诸厌劾之巫。荆门遭廪延之戮，夏口滥逮泉之诛。蔑因亲以教爱，忍和乐于弯弧。既无谋于肉食，非所望于《论都》。未深思于五难，先自擅于三端。登阳城而避险，卧砥柱而求安。既言多于忌刻，实志勇而形残。但坐观于时变，本无情于急难。地惟黑子，城犹弹丸。其怨则黩，其盟则寒。岂冤禽之能塞海，非愚叟之可移山。以上叙元帝中兴之业不终。

况以沴气朝浮，妖精夜殒。赤鸟则三朝夹日，苍云则七重围轸。亡吴之岁既穷，入郢之年斯尽。周含郑怒，楚结秦冤。有南风之不竞，值西邻之责言。俄而梯冲乱舞，冀马云屯。伐秦车于畅毂，沓汉鼓于雷门。下陈仓而连弩，渡临晋而横船。虽复楚有七泽，人称三户。箭不丽于六麋，雷无惊于九虎。辞洞庭兮落木，去涔阳兮极浦。炽火兮焚旗，贞风兮害蛊。乃使玉轴扬灰，龙文折柱。以上叙江陵之亡。

下江余城，长林故营。徒思钳马之秣，未见烧牛之兵。章曼支以毂走，宫之奇以族行。河无冰而马渡，关未晓而鸡鸣。忠臣解骨，君子吞声。章华望祭之所，云梦伪游之地。荒谷缢于莫敖，冶父囚于群帅。硎谷摺拉，鹰鹯批攒。冤霜夏零，愤泉秋沸。城崩杞妇之哭，竹染湘妃之泪。以上总叙国亡之惨。

水毒秦泾，山高赵陉。十里五里，长亭短亭。饥随蛰燕，暗逐流萤。秦中水黑，关上泥青。于时瓦解冰泮，风飞电散。浑然千里，淄、渑一乱。雪暗如沙，冰横似岸。逢赴洛之陆机，见离家之王粲。莫不闻陇水而掩泣，向关山而长叹。况复君在交河，妾在清波。石望夫而逾远，山望子而逾多。才人之忆代郡，公主之去清河。栩阳亭有离别之赋，临江王有愁思之歌。以上梁人被掠入关之苦。

别有飘飘武威，羁旅金微。班超生而望返，温序死而思归。

李陵之双凫永去，苏武之一雁空飞。上以信自叙羁旅无家可归。

　　若江陵之中否，乃金陵之祸始。虽借人之外力，实萧墙之内起。拨乱之主忽焉，中兴之宗不祀。伯兮叔兮，同见戮于犹子。荆山鹊飞而玉碎，隋岸蛇生而珠死。鬼火乱于平林，殇魂游于新市。梁故丰徙，楚实秦亡。不有所废，其何以昌。有妫之后，将育于姜。输我神器，居为让王。以上叙江陵之灭，禅陈之势成矣。

　　天地之大德曰生，圣人之大宝曰位。用无赖之子弟，举江东而全弃。惜天下之一家，遭东南之反气。以鹑首而赐秦，天何为而此醉！以上追咎武帝不能豫教子弟而乱生。

　　且夫天道回旋，民生预焉。余烈祖于西晋，始流播于东川。洎余身而七叶，又遭时而北迁。提挈老幼，关河累年。死生契阔，不可问天。况复零落将尽，灵光岿然。日穷于纪，岁将复始。逼迫危虑，端忧暮齿。践长乐之神皋，望宣平之贵里。渭水贯于天门，骊山回于地市。幕府大将军之爱客，丞相平津侯之待士。见钟鼎于金、张，闻弦歌于许、史。岂知灞陵夜猎，犹是故时将军；咸阳布衣，非独思归王子。以上自伤家世。

韩　愈

送穷文

　　元和六年正月乙丑晦，主人使奴星，结柳作车，缚草为船，载糗舆粮，牛系轭下，引帆上樯，三揖穷鬼而告之曰："闻子行有日矣，鄙人不敢问所涂。窃具船与车，备载糗粮。日吉时良，利行四方。子饭一盂，子啜一觞。携朋挈俦，去故就新。驾尘彍风，与电争先。子无底滞之尤，我有资送之恩。子等有意于行乎？"

屏息潜听，如闻音声，若啸若啼，촒㰟嘤嘤。毛发尽竖，竦肩缩颈，疑有而无，久乃可明。若有言者曰："吾与子居，四十年余。子在孩提，吾不子愚。子学子耕，求官与名，惟子之从，不变于初。门神户灵，我叱我呵，包羞诡随，志不在他。子迁南荒，热烁湿蒸，我非其乡，百鬼欺陵。太学四年，朝蘑暮盐，惟我保汝，人皆汝嫌。自初及终，未始背汝，心无异谋，口绝行语。于何听闻，云我当去？是必夫子信谗，有间于予也。我鬼非人，安用车船？鼻齅臭香，糗粪可捐。单独一身，谁为朋俦？子苟备知，可数已不？子能尽言，可谓圣智，情状既露，敢不回避？"

主人应之曰："子以吾为真不知也邪？子之朋俦，非六非四，在十去五，满七除二。各有主张，私立名字。掖手覆羹，转喉触讳。凡所以使吾面目可憎，语言无味者，皆子之志也。其名曰智穷：矫矫亢亢，恶圆喜方。羞为奸欺，不忍害伤。其次名曰学穷：傲数与名，摘抉杳微。高挹群言，执神之机。又其次曰文穷：不专一能，怪怪奇奇。不可时施，只以自嬉。又其次曰命穷：影与形殊，面丑心妍。利居众后，责在人先。又其次曰交穷：磨肌戛骨，吐出心肝。企足以待，置我仇冤。凡此五鬼，为吾五患。饥我寒我，兴讹造讪。能使我迷，人莫能间。朝悔其行，暮已复然。蝇营狗苟，驱去复还。"

言未毕，五鬼相与张眼吐舌，跳踉偃仆，抵掌顿脚，失笑相顾。徐谓主人曰："子知我名，凡我所为。驱我令去，小黠大痴。人生一世，其久几何？吾立子名，百世不磨。小人君子，其心不同。惟乖于时，乃与天通。携持琬琰，易一羊皮。饫于肥甘，慕彼糠糜。天下知子，谁过于予？虽遭斥逐，不忍子疏。谓予不信，请质《诗》《书》。"

主人于是垂头丧气，上手称谢，烧车与船，延之上座。

进学解

国子先生晨入太学，招诸生立馆下，诲之曰："业精于勤，荒于嬉；行成于思，毁于随。方今圣贤相逢，治具毕张。拔去凶邪，登崇畯良。占小善者率以录，名一艺者无不庸。爬罗剔抉，刮垢磨光。盖有幸而获选，孰云多而不扬？诸生业患不能精，无患有司之不明。行患不能成，无患有司之不公。"

言未既，有笑于列者曰："先生欺予哉！弟子事先生，于兹有年矣。先生口不绝吟于六艺之文，手不停披于百家之编。记事者必提其要，纂言者必钩其玄。贪多务得，细大不捐。焚膏油以继晷，恒兀兀以穷年。先生之业，可谓勤矣。觝排异端，攘斥佛老。补苴罅漏，张皇幽眇。寻坠绪之茫茫，独旁搜而远绍。障百川而东之，回狂澜于既倒。先生之于儒，可谓有劳矣。沉浸醲郁，含英咀华，作为文章，其书满家。上窥姚姒，浑浑无涯；周诰殷盘，佶屈聱牙；《春秋》谨严，《左氏》浮夸；《易》奇而法，《诗》正而葩。下逮《庄》《骚》，太史所录，子云相如，同工异曲。先生之于文，可谓闳其中而肆其外矣！少始知学，勇于敢为。长通于方，左右具宜。先生之于为人，可谓成矣。然而公不见信于人，私不见助于友，跋前踬后，动辄得咎。暂为御史，遂窜南夷。三年博士，冗不见治。命与仇谋，取败几时。冬暖而儿号寒，年丰而妻啼饥。头童齿豁，竟死何裨？不知虑此，而反教人为？"

先生曰："吁，子来前！夫大木为杗，细木为桷，欂栌侏儒，椳闑扂楔。各得其宜，施以成室者，匠氏之工也。玉札丹砂，赤箭青芝，牛溲马勃，败鼓之皮。俱收并蓄，待用无遗者，医师之良也。登明选公，杂进巧拙，纡余为妍，卓荦为杰。较短量长，惟器是适者，宰相之方也。昔者孟轲好辨，孔道以明，辙环天下，卒老于行。荀卿守正，大论是弘，逃谗于楚，废死兰陵。是二儒者，吐辞为经，举足为法，绝类离伦，优入圣域，其遇于世何如也？今先生学虽勤而不由其统，言虽多而不要其中，文虽奇而不济于用，行虽修而不显于众。犹且月费俸钱，岁靡廪粟。子不知耕，妇不知织。乘马从徒，安坐而食，踵常途之促促，窥陈编以盗窃。然而圣主不加诛，宰臣不见斥，兹非其幸与！动而得谤，名亦随之。投闲置散，乃分之宜。若夫商财贿之有无，计班资之崇卑，忘己量之所称，指前人之瑕疵。是所谓诘匠氏之不以杙为楹，而訾医师以昌阳引年，欲进其豨苓也。”

欧阳修

秋声赋

欧阳子方夜读书，闻有声自西南来者，悚然而听之，曰："异哉！"初淅沥以萧飒，忽奔腾而砰湃。如波涛夜惊，风雨骤至。其触于物也，铮铮铮铮，金铁皆鸣。又如赴敌之兵，衔枚疾走，不闻号令，但闻人马之行声。余谓童子："此何声也？汝出视之。"童子曰："星月皎洁，明河在天，四无人声，声在树间。"

余曰："噫嘻，悲哉！此秋声也，胡为乎来哉？盖夫秋之为状也，其色惨淡，烟霏云敛；其容清明，天高日晶；其气慄冽，砭人肌骨；其意萧条，山川寂寥。故其为声也，凄凄切切，呼号奋发。丰草绿缛而争茂，佳木葱茏而可悦。草拂之而色变，木遭之而叶脱。其所以摧败零落者，乃一气之余烈。

"夫秋，刑官也，于时为阴；又兵象也，于行为金。是谓天地之义气，常以肃杀而为心。天之于物，春生秋实。故其在乐也，商声主西方之音，夷则为七月之律。商，伤也，物既老而悲伤；夷，戮也，物过盛而当杀。

“嗟乎，草木无情，有时飘零。人为动物，惟物之灵。百忧感其心，万事劳其形。有动乎中，必摇其精，而况思其力之所不及，忧其智之所不能。宜其渥然丹者为槁木，黟然黑者为星星。奈何非金石之质，欲与草木而争荣？念谁为之戕贼，亦何恨乎秋声？”

童子莫对，垂头而睡。但闻四壁虫声唧唧，如助予之叹息。

苏　轼

前赤壁赋

壬戌之秋，七月既望，苏子与客泛舟游于赤壁之下。清风徐来，水波不兴。举酒属客，诵《明月》之诗，歌《窈窕》之章。少焉，月出于东山之上，徘徊于斗牛之间。白露横江，水光接天。纵一苇之所如，凌万顷之茫然。浩浩乎如冯虚御风，而不知其所止；飘飘乎如遗世独立，羽化而登仙。

于是饮酒乐甚，扣舷而歌之。歌曰：“桂棹兮兰桨，击空明兮溯流光。渺渺兮予怀，望美人兮天一方。”客有吹洞箫者，倚歌而和之。其声呜呜然，如怨如慕，如泣如诉，余音袅袅，不绝如缕。舞幽壑之潜蛟，泣孤舟之嫠妇。

苏子愀然，正襟危坐而问客曰：“何为其然也？”客曰：“‘月明星稀，乌鹊南飞’，此非曹孟德之诗乎？西望夏口，东望武昌，山川相缪，郁乎苍苍，此非孟德之困于周郎者乎？方其破荆州，下江陵，顺流而东也，舳舻千里，旌旗蔽空，酾酒临江，横槊赋诗，固一世之雄也，而今安在哉！况吾与子渔樵于江渚之上，侣鱼虾而友麋鹿，驾一叶之扁舟，举匏尊以相属。寄蜉蝣于天地，渺沧海之一粟，哀吾生之须臾，羡长江之无穷。挟飞仙以遨游，抱明月而长终。知不可乎骤得，托遗响于悲风。"

苏子曰："客亦知夫水与月乎？逝者如斯，而未尝往也；盈虚者如彼，而卒莫消长也。盖将自其变者而观之，则天地曾不能以一瞬；自其不变者而观之，则物与我皆无尽也。而又何羡乎？且夫天地之间，物各有主，苟非吾之所有，虽一毫而莫取。惟江上之清风，与山间之明月，耳得之而为声，目遇之而成色，取之无禁，用之不竭。是造物者之无尽藏也，而吾与子之所共适。"

客喜而笑，洗盏更酌。肴核既尽，杯盘狼籍。相与枕籍乎舟中，不知东方之既白。

后赤壁赋

是岁十月之望，步自雪堂，将归于临皋。二客从予，过黄泥之坂。霜露既降，木叶尽脱。人影在地，仰见明月。顾而乐之，行歌相答。已而叹曰："有客无酒，有酒无肴，月白风清，如此良夜何？"客曰："今者薄暮，举网得鱼，巨口细鳞，状如松江之鲈。顾安所得酒乎？"归而谋诸妇。妇曰："我有斗酒，藏之久矣，以待子不时之需。"

于是携酒与鱼，复游于赤壁之下。江流有声，断岸千尺，山高月小，水落石出。曾日月之几何，而江山不可复识矣！予乃摄衣而上，履巉岩，披蒙茸，踞虎豹，登虬龙，攀栖鹘之危巢，俯冯夷之幽宫，盖二客不能从焉。划然长啸，草木震动，山鸣谷应，风起水涌。予亦悄然而悲，肃然而恐，凛乎其不可留也。反而登舟，放乎中流，听其所止而休焉。时夜将半，四顾寂寥。适有孤鹤，横江东来，翅如车轮，玄裳缟衣，戛然长鸣，掠余舟而西也。

　　须臾客去，予亦就睡。梦一道士，羽衣翩跹，过临皋之下。揖余而言曰："赤壁之游乐乎？"问其姓名，俯而不答。"呜呼噫嘻！吾知之矣！畴昔之夜，飞鸣而过我者，非子也耶？"道士顾笑，余亦惊悟。开户视之，不见其处。

东湖王定安襄校

卷六 词赋之属下编一

诗

閟宫

閟宫有侐，实实枚枚。赫赫姜嫄，其德不回。上帝是依，无灾无害。弥月不迟，是生后稷。降之百福。黍稷重穋，稙稚菽麦。奄有下国，俾民稼穑。有稷有黍，有稻有秬。奄有下土，缵禹之绪。首章十七句。

后稷之孙，实维大王。居岐之阳，实始翦商。至于文、武，缵大王之绪，致天之届，于牧之野。无贰无虞，上帝临女。敦商之旅，克咸厥功。王曰叔父，建尔元子，俾侯于鲁。大启尔宇，为周室辅。二章十七句。

乃命鲁公，俾侯于东。锡之山川，土田附庸。周公之孙，庄公之子。龙旂承祀，六辔耳耳。春秋匪解，享祀不忒。皇皇后帝！皇祖后稷！享以骍牺，是飨是宜。降福既多，周公皇祖，亦其福女。三章十七句。

秋而载尝，夏而楅衡。白牡骍刚，牺尊将将。毛炰胾羹，笾豆大房。万舞洋洋，孝孙有庆。俾尔炽而昌，俾尔寿而臧。保彼东方，鲁邦是常。四章十二句。

不亏不崩，不震不腾。三寿作朋，如冈如陵。公车千乘，朱英绿滕，二矛重弓。公徒三万，贝胄朱绥，烝徒增增。戎狄是膺，荆舒是惩，则莫我敢承！五章十三句。

俾尔昌而炽，俾尔寿而富。黄发台背，寿胥与试。俾尔昌而大，俾尔耆而艾。万有千岁，眉寿无有害。六章八句。

泰山岩岩，鲁邦所詹。奄有龟、蒙，遂荒大东。至于海邦，淮夷来同。莫不率从，鲁侯之功。七章八句。

保有凫绎，遂荒徐宅。至于海邦，淮夷蛮貊。及彼南夷，莫不率从。莫敢不诺，鲁侯是若。八章八句。

天锡公纯嘏，眉寿保鲁。居常与许，复周公之宇。鲁侯燕喜，令妻寿母。宜大夫庶士，邦国是有。既多受祉，黄发儿齿。九章十句。

徂来之松，新甫之柏。是断是度，是寻是尺。松桷有舄，路寝孔硕，新庙奕奕。奚斯所作，孔曼且硕，万民是若。十章十句。

长发

浚哲维商，长发其祥。洪水芒芒，禹敷下土方。外大国是疆，幅陨既长。有娀方将，帝立子生商。

玄王桓拨，受小国是达，受大国是达。率履不越，遂视既发。相土烈烈，海外有截。

帝命不违，至于汤齐。汤降不迟，圣敬日跻。昭假迟迟，上帝是祗，帝命式于九围。

受小球大球，为下国缀旒，何天之休。不竞不绒，不刚不柔。敷政优优，百禄是遒。

受小共大共，为下国骏厖。何天之龙，敷奏其勇。不震不动，不戁不竦，百禄是总。

武王载旆，有虔秉钺。如火烈烈，则莫我敢曷。苞有三蘖，莫遂莫达。九有有截，韦、顾既伐，昆吾、夏桀。

昔在中叶，有震且业。允也天子，降于卿士。实维阿衡，实左右商王。

抑

抑抑威仪，维德之隅。人亦有言：靡哲不愚，庶人之愚，亦职维疾。哲人之愚，亦维斯戾。

无竞维人，四方其训之。有觉德行，四国顺之。訏谟定命，远犹辰告。敬慎威仪，维民之则。

其在于今，兴迷乱于政。颠覆厥德，荒湛于酒。女虽湛乐从，弗念厥绍。罔敷求先王，克共明刑。

肆皇天弗尚，如彼泉流，无沦胥以亡。夙兴夜寐，洒扫廷内，维民之章。修尔车马，弓矢戎兵，用戒戎作，用遏蛮方。

质尔人民，谨尔侯度，用戒不虞。慎尔出话，敬尔威仪，无不柔嘉。白圭之玷，尚可磨也。斯言之玷，不可为也！

无易由言，无曰苟矣，莫扪朕舌，言不可逝矣。无言不仇，无德不报。惠于朋友，庶民小子。子孙绳绳，万民靡不承。

视尔友君子，辑柔尔颜，不遐有愆。相在尔室，尚不愧于屋漏。无曰不显，莫予云觏。神之格思，不可度思，矧可射思！

辟尔为德，俾臧俾嘉。淑慎尔止，不愆于仪。不僭不贼，鲜不为则。投我以桃，报之以李。彼童而角，实虹小子。

荏染柔木，言缗之丝。温温恭人，维德之基。其维哲人，告之话言，顺德之行。其维愚人，覆谓我僭。民各有心。

於乎小子，未知臧否。匪手携之，言示之事。匪面命之，言提其耳。借曰未知，亦既抱子。民之靡盈，谁夙知而莫成？

昊天孔昭，我生靡乐。视尔梦梦，我心惨惨。诲尔谆谆，听我藐藐。匪用为教，覆用为虐。借曰未知，亦聿既耄。

於乎小子，告尔旧止。听用我谋，庶无大悔。天方艰难，曰丧厥国。取譬不远，昊天不忒。回遹其德，俾民大棘。

宾之初筵

宾之初筵，左右秩秩。笾豆有楚，殽核维旅。酒既和旨，饮酒孔偕。钟鼓既设，举酬逸逸。大侯既抗，弓矢斯张。射夫既同，献尔发功。发彼有的，以祈尔爵。

籥舞笙鼓，乐既和奏。烝衎烈祖，以洽百礼。百礼既至，有壬有林。锡尔纯嘏，子孙其湛。其湛曰乐，各奏尔能。宾载手仇，室人入又。酌彼康爵，以奏尔时。

宾之初筵，温温其恭。其未醉止，威仪反反。曰既醉止，威仪幡幡。舍其坐迁，屡舞仙仙。其未醉止，威仪抑抑。曰既醉止，威仪怭怭。是曰既醉，不知其秩。

宾既醉止，载号载呶。乱我笾豆，屡舞僛僛。是曰既醉，不知其邮。侧弁之俄，屡舞傞傞。既醉而出，并受其福。醉而不出，是谓伐德。饮酒孔嘉，维其令仪。

凡此饮酒，或醉或否。既立之监，或佐之史。彼醉不臧，不醉反耻。式勿从谓，无俾大怠。匪言勿言，匪由勿语。由醉之言，俾出童羖。三爵不识，矧敢多又。

敬之

敬之敬之，天维显思，命不易哉。无曰高高在上，陟降厥士，日监在兹。维予小子，不聪敬止。日就月将，学有缉熙于光明。佛时仔肩，示我显德行。

小毖

予其惩而毖后患。莫予荓蜂，自求辛螫。肇允彼桃虫，拼飞维鸟。未堪家多难，予又集于蓼。

左　传

虞箴

芒芒禹迹，画为九州，经启九道。民有寝庙，兽有茂草，各有攸处，德用不扰。在帝夷羿，冒于原兽，忘其国恤，而思其麀牡。武不可重，用不恢于夏家。兽臣司原，敢告仆夫。

李　斯

峄山刻石

皇帝立国，维初在昔，嗣世称王。讨伐乱逆，威动四极，武义直方。戎臣奉诏，经时不久，灭六暴强。廿有六年，上荐高号，孝道显明。既献泰成，乃降专惠，亲巡远方。登于峄山，群臣从者，咸思攸长。追念乱世，分土建邦，以开争理。攻战日作，流血于野，自泰古始。世无万数，阤及五帝，莫能禁止。乃今皇帝，壹家天下，兵不复起。灾害减除，黔首康定，利泽长久。群臣诵略，刻此乐石，以著经纪。

泰山刻石

皇帝临位，作制明法，臣下修饬。二十有六年，初并天下，罔不宾服。亲巡远方黎民，登兹泰山，周览东极。从臣思迹，本原事业，祗诵功德。治道运行，诸产得宜，皆有法式。大义休明，垂于后世，顺承勿革。皇帝躬圣，既平天下，不懈于治。夙兴夜寐，建设长利，专隆教诲。训经宣达，远近毕理，咸承圣志。贵贱分明，男女礼顺，慎遵职事。昭隔内外，靡不清净，施于后嗣。化及无穷，遵奉遗诏，永承重戒。

琅邪台刻石

维二十六年，皇帝作始，端平法度，万国之纪。以明人事，合同父子。圣智仁义，显白道理。东抚东土，以省卒士。事已大毕，乃临于海。皇帝之功，勤劳本事。上农除末，黔首是富。普天之下，抟心揖志。器械一量，同书文字。日月所照，舟舆所载，皆终其命，莫不得意。应时动事，是维皇帝。匡饬异俗，陵水经地。忧恤黔首，朝夕不懈。除疑定法，咸知所辟。方伯分职，诸治经易。举错必当，莫不如画。皇帝之明，临察四方。尊卑贵贱，不逾次行。奸邪不容，皆务贞良。细大尽力，莫敢怠荒。远迩辟隐，专务肃庄。端直敦忠，事业有常。皇帝之德，存定四极。诛乱除害，兴利致福。节事以时，诸产繁殖。黔首安宁，不用兵革。六亲相保，终无寇贼。欢欣奉教，尽知法式。六合之内，皇帝之土。西涉流沙，南尽北户，东有东海，北过大夏。人迹所至，无不臣者。功盖五帝，泽及牛马。莫不受德，各安其宇。

之罘刻石

维二十九年，时在中春，阳和方起。皇帝东游，巡登之罘，临照于海。从臣嘉观，原念休烈，追诵本始：大圣作治，建定法度，显著纲纪。外教诸侯，光施文惠，明以义理。六国回辟，贪戾无厌，虐杀不已。皇帝哀众，遂发讨师，奋扬武德。义诛信行，威燀旁达，莫不宾服。烹灭强暴，振救黔首，周定四极。普施明法，经纬天下，永为仪则。大矣哉！宇县之中，承顺圣意。群臣诵功，请刻于石，表垂于常式。

碣石刻石

遂兴师旅，诛戮无道，为逆灭息。武殄暴逆，文复无罪，庶心咸服。惠论功劳，赏及牛马，恩肥土域。皇帝奋威，德并诸侯，初一泰平。堕坏城郭，决通川防，夷去险阻。地势既定，黎庶无繇，天下咸抚。男乐其畴，女修其业，事各有序。惠被诸产，久并来田，莫不安所。群臣诵烈，请刻此石，垂著仪矩。

会稽刻石

皇帝休烈，平一宇内，德惠修长。三十有七年，亲巡天下，周览远方。遂登会稽，宣省习俗，黔首齐庄。群臣诵功，本原事迹，追道高明。秦圣临国，始定刑名，显陈旧章。初平法式，审别职任，以立恒常。六王专倍，贪戾慠猛，率众自强。暴虐恣行，负力而骄，数动甲兵。阴通间使，以事合从，行为辟方。内饰诈谋，外来侵边，遂起祸殃。义威诛之，殄息暴悖，乱贼灭亡。圣德广密，六合之中，被泽无疆。皇帝并宇，兼听万事，远近毕清。运理群物，考验事实，各载其名。贵贱并通，善否陈前，靡有隐情。饰省宣义，有子而嫁，倍死不贞。防隔内外，禁止淫泆，男女洁诚。夫为寄豭，杀之无罪，男秉义程。妻为逃嫁，子不得母，咸化廉清。大治濯俗，天下承风，蒙被休经。皆遵度轨，和安敦勉，莫不顺令。黔首修洁，人乐同则，嘉保太平。后敬奉法，常治无极，舆舟不倾。从臣诵烈，请刻此石，光垂休铭。

汉　书

安世房中歌依汉书刘敞注分十七章

大孝备矣，休德昭清。高张四县，乐充宫廷。芬树羽林，云景杳冥，金支秀华，庶旄翠旌。

《七始》《华始》，肃倡和声。神来宴娭，庶几是听。以上四句汲古阁入上章。粥粥音送，细齐人情。忽乘青玄，熙事备成。清思眑眑，经纬冥冥。

我定历数，人告其心。敕身齐戒，施教申申。乃立祖庙，敬明尊亲。大矣孝熙，四极爰臻。

王侯秉德，其邻翼翼，显明昭式。清明鬯矣，皇帝孝德。竟全大功。以上六句汲古阁入上章。抚安四极。

海内有奸，纷乱东北。诏抚成师，武臣承德。行乐交逆，《箫》《勺》群慝。肃为济哉，盖定燕国。

大海荡荡水所归，高贤愉愉民所怀。大山崔，百卉殖。民何贵？贵有德。

安其所，乐终产。乐终产，世继绪。飞龙秋，游上天。高贤愉，乐民人。以上三章汲古阁并为一章。

丰草葽，女罗施。善何如，谁能回！大莫大，成教德。长莫长，被无极。

雷震震，电耀耀。明德乡，治本约。治本约，泽弘大。加被宠，咸相保。德施大，世曼寿。

都荔遂芳，窅窊桂华。孝奏天仪，若日月光。乘玄四龙，回驰北行。羽旄殷盛，芬哉芒芒。孝道随世，我署文章。《桂华》。

冯冯翼翼，承天之则。吾易久远，烛明四极。慈惠所爱，美若休德。杳杳冥冥，克绰永福。《美芳》。

砣砣即即，师象山则。呜呼孝哉，案抚戎国。蛮夷竭欢，象来致福。兼临是爱，终无兵革。

嘉荐芳矣，告灵飨矣。告灵既飨，德音孔臧。惟德之臧，建侯之常。承保天休，令问不忘。

皇皇鸿明，荡侯休德。嘉承天和，伊乐厥福。在乐不荒，惟民之则。

浚则师德，下民咸殖。令问在旧，孔容翼翼。

孔容之常，承帝之明。下民之乐，子孙保光。承顺温良，受帝之光。嘉荐令芳，寿考不忘。以上三章汲古阁并为一章。

承帝明德，师象山则。云施称民，永受厥福。承容之常，承帝之明。下民安乐，受福无疆。

郊祀歌

练时日，侯有望，爇膋萧，延四方。九重开，灵之斿，垂惠恩，鸿祜休。灵之车，结玄云，驾飞龙，羽旄纷。灵之下，若风马，左仓龙，右白虎。灵之来，神哉沛，先以雨，般裔裔。灵之至，庆阴阴，相放怫，震澹心。灵已坐，五音饬，虞至旦，承灵亿。牲茧栗，粢盛香，尊桂酒，宾八乡。灵安留，吟青黄，遍观此，眺瑶堂。众嫭并，绰奇丽，颜如荼，兆逐靡。被华文，厕雾縠，曳阿锡，佩珠玉。侠嘉夜，茝兰芳，澹容与，献嘉觞。《练时日》一。

帝临中坛，四方承宇，绳绳意变，备得其所。清和六合，制数以五。海内安宁，兴文匽武。后土富媪，昭明三光。穆穆优游，嘉服上黄。《帝临》二。

青阳开动，根荄以遂，膏润并爱，跂行毕逮。霆声发荣，坼处倾听，枯槁复产，乃成厥命。众庶熙熙，施及夭胎，群生嗛嗟，惟春之祺。《青阳》三，邹子乐。

朱明盛长，敷与万物，桐生茂豫，靡有所诎。敷华就实，既阜既昌，登成甫田，百鬼迪尝。广大建祀，肃雍不忘，神若宥之，传世无疆。《朱明》四，邹子乐。

西颢沆砀，秋气肃杀，含秀垂颖，续旧不废。奸伪不萌，妖孽伏息，隅辟越远，四貉咸服。既畏兹威，惟慕纯德，附而不骄，正心翊翊。《西颢》五，邹子乐。

玄冥陵阴，蛰虫盖藏，草木零落，抵冬降霜。易乱除邪，革正异俗，兆民反本，抱素怀朴。条理信义，望礼五岳。籍敛之时，掩收嘉谷。《玄冥》六，邹子乐。

惟泰元尊，媪神蕃釐，经纬天地，作成四时。精建日月，星辰度理，阴阳五行，周而复始。云风雷电，降甘露雨，百姓蕃滋，咸循厥绪。继统共勤，顺皇之德，鸾路龙鳞，罔不肸饰。嘉笾列陈，庶几宴享，灭除凶灾，烈腾八荒。钟鼓竽笙，云舞翔翔，招摇灵旗，九夷宾将。《惟泰元》七，建始元年，丞相匡衡奏罢"鸾路龙鳞"，更定诗曰"涓选休成"。

天地并况，惟予有慕，爰熙紫坛，思求厥路。恭承禋祀，缊豫为纷，黼绣周张，承神至尊。千童罗舞成八溢，合好效欢虞泰一。九歌毕奏斐然殊，鸣琴竽瑟会轩朱。璆磬金鼓，灵其有喜，百官济济，各敬厥事。盛牲实俎进闻膏，神奄留，临须摇。长丽前掞光耀明，寒暑不忒况皇章。展诗应律铝玉鸣，函宫吐角激徵清。发梁扬羽申以商，造兹新音永久长。声气远条凤鸟羾，神夕奄虞盖孔享。《天地》八，丞相匡衡奏罢"黼绣周张"，更定诗曰"肃若旧典"。

日出入安穷？时世不与人同。故春非我春，夏非我夏，秋非我秋，冬非我冬。泊如四海之池，遍观是邪谓何？吾知所乐，独乐六龙，六龙之调，使我心若。訾黄其何不徕下？《日出入》九。

太一况，天马下，沾赤汗，沫流赭。志俶傥，精权奇，笮浮云，晻上驰。体容与，迣万里，今安匹，龙为友。元狩三年马生渥洼水中作。

天马徕，从西极，涉流沙，九夷服。天马徕，出泉水，虎脊两，化若鬼。天马徕，历无草，径千里，循东道。天马徕，执徐时，将摇举，谁与期？天马徕，开远门，竦予身，逝昆仑。天马徕，龙之媒，游阊阖，观玉台。《天马》十，太初四年诛宛王获宛马作。

天门开，诔荡荡，穆并聘，以临飨。光夜烛，德信著，灵浸鸿，长生豫。大朱涂广，夷石为堂，饰玉梢以舞歌，体招摇若永望。星留俞，塞陨光，照紫幄，珠烦黄。幡比翅回集，贰双飞常羊。月穆穆以金波，日华耀以宣明。假清风轧忽，激长至重觞。神裴回若留放，殣冀亲以肆章。函蒙祉福常若期，寂漻上天知厥时。泛泛滇滇从高斿，殷勤此路胪所求。佻正嘉吉弘以昌，休嘉砰隐溢四方。专精厉意逝九阂，纷云六幕浮大海。《天门》十一。

景星显见，信星彪列，象载昭庭，日亲以察。参侔开阖，爰推本纪，汾脽出鼎，皇祜元始。五音六律，依韦飨昭，杂变并会，雅声远姚。空桑琴瑟结信成，四兴递代八风生。殷殷钟石羽籥鸣。河龙供鲤醇牺牲。百末旨酒布兰生。泰尊柘浆析朝酲。微感心攸通修名，周流常羊思所并。穰穰复正直往宁，冯蠵切和疏写平。上天布施后土成，穰穰丰年四时荣。《景星》十二，元鼎五年得鼎汾阴作。

齐房产草，九茎连叶，宫童效异，披图案谍。玄气之精，回复此都，蔓蔓日茂，芝成灵华。《齐房》十三，元封二年芝生甘泉齐房作。

后皇嘉坛，立玄黄服，物发冀州，兆蒙祉福。沇沇四塞，假狄合处，经营万亿，咸遂厥宇。《后皇》十四。

华烨烨，固灵根。神之旗，过天门，车千乘，敦昆仑。神之出，排玉房，周流杂，拔兰堂。神之行，旌容容，骑沓沓，般似似。神之徕，泛翊翊，甘露降，庆云集。神之揄，临坛宇，九疑宾，夔龙舞。神安坐，羁吉时，共翊翊，合所思。神喜虞，申贰觞，福滂洋，迈延长。沛施祐，汾之阿，扬金光，横泰河，莽若云，增阳波。遍胪欢，腾天歌。《华烨烨》十五。

五神相，包四邻，土地广，扬浮云。扢嘉坛，椒兰芳，璧玉精，垂华光。益亿年，美始兴，交于神，若有承。广宣延，咸毕觞，灵舆位，偃蹇骧。卉汨胪，析奚遗？淫渌泽，汪然归。《五神》十六。

朝陇首，览西垠，雷电寮，获白麟。爰五止，显黄德，图匈虐，熏鬻殛。辟流离，抑不详，宾百僚，山河飨。掩回辕，鬗长驰，腾雨师，洒路陂。流星陨，感惟风，籋归云，抚怀心。《朝陇首》十七，元狩元年行幸雍获白麟作。

象载瑜，白集西，食甘露，饮荣泉。赤雁集，六纷员，殊翁杂，五采文。神所见，施祉福，登蓬莱，结无极。《象载瑜》十八，太始三年行幸东海获赤雁作。

赤蛟绥，黄华盖，露夜零，昼晻薆。百君礼，六龙位，勺椒浆，灵已醉。灵既享，锡吉祥，芒芒极，降嘉觞。灵殷殷，烂扬光，延寿命，永未央。杳冥冥，塞六合，泽汪濊，辑万国。灵禩禩，象舆轙，票然逝，旗逶蛇。礼乐成，灵将归，托玄德，长无衰。《赤蛟》十九。

叙传前叙及王命论，幽通赋，答宾戏均另录，此专录述赞

皇矣汉祖，纂尧之绪，实天生德，聪明神武。秦人不纲，罔漏于楚，爰兹发迹，断蛇奋旅。神母告符，朱旗乃举，粤蹈秦

郊，婴来稽首。革命创制，三章是纪，应天顺民，五星同晷。项氏畔换，黜我巴汉，西土宅心，战士愤怨。乘衅而运，席卷三秦，割据河山，保此怀民。股肱萧曹，社稷是经，爪牙信、布，腹心良、平，龚行天罚，赫赫明明。述《高纪》第一。

孝惠短世，高后称制，罔顾天显，吕宗以败。述《惠纪》第二，《高后纪》第三。

太宗穆穆，允恭玄默，化民以躬，帅下以德，农不供贡，罪不收孥，宫不新馆，陵不崇墓。我德如风，民应如草，国富刑清，登我汉道。述《文纪》第四。

孝景莅政，诸侯方命，克伐七国，王室以定。匪怠匪荒，务在农桑，著于甲令，民用宁康。述《景纪》第五。

世宗晔晔，思弘祖业，畴咨熙载，髦俊并作。厥作伊何？百蛮是攘，恢我疆宇，外博四荒。武功既抗，亦迪斯文，宪章六学，统壹圣真。封禅郊祀，登秩百神。协律改正，飨兹永年。述《武纪》第六。

孝昭幼冲，冢宰惟忠。燕盖诪张，实睿实聪，罪人斯得，邦家和同。述《昭纪》第七。

中宗明明，寅用刑名，时举傅纳，听断惟精，柔远能迩，烨耀威灵，龙荒幕朔，莫不来庭。丕显祖烈，尚于有成。述《宣纪》第八。

孝元翼翼，高明柔克，宾礼故老，优繇亮直。外割禁圃，内损御服，离宫不卫，山陵不邑。阉尹之呰，秽我明德。述《元纪》第九。

孝成煌煌，临朝有光，威仪之盛，如圭如璋。壶闱恣赵，朝政在王，炎炎燎火，亦允不阳。述《成纪》第十。

孝哀彬彬，克揽威神，凋落洪支，底剧鼎臣。婉娈董公，惟亮天功，《大过》之困，实桡实凶。述《哀纪》第十一。

孝平不造，新都作宰，不周不伊，丧我四海。述《平纪》第十二。

汉初受命，诸侯并政，制自项氏，十有八姓。述《异姓诸侯王表》第一。

太祖元勋，启立辅臣，支庶藩屏，侯王并尊。述《诸侯王表》第二。

侯王之祉，祚及宗子，公族蕃滋，支叶硕茂。述《王子侯表》第三。

受命之初，赞功剖符，奕世弘业，爵土乃昭。述《高惠高后孝文功臣侯表》第四。

景征吴楚，武兴师旅，后昆承平，亦有绍土。述《景武昭宣元成哀功臣侯表》第五。

亡德不报，爰存二代，宰相外戚，昭甚见戒。述《外戚恩泽侯表》第六。

汉迪于秦，有革有因，粗举僚职，并列其人。述《百官公卿表》第七。

篇章博举，通于上下。略差名号，九品之叙。述《古今人表》第八。

元元本本，数始于一，产气黄钟，造计秒忽。八音七始，五声六律，度量权衡，历算迨出，官失学微，六家分乖，壹彼壹此，庶研其几。述《律历志》第一。

上天下泽，春雷奋作，先王观象，爰制礼乐。厥后崩坏，郑卫荒淫，风流民化，涵涵纷纷。略存大纲，以统旧文。述《礼乐志》第二。

雷电皆至，天威震耀，五刑之作，是则是效，威实辅德，刑亦助教。季世不详，背本争末，吴孙狙诈，申商酷烈，汉章九法，太宗改作，轻重之差，世有定籍。述《刑法志》第三。

厥初生民，食货惟先。割制庐井，定尔土田，什一供贡，下富上尊。商以足用，茂迁有无，货自龟贝，至此五铢。扬榷古今，监世盈虚。述《食货志》第四。

昔在上圣，昭事百神。类帝禋宗，望秩山川，明德惟馨，永世丰年。季末淫祀，营信巫史，大夫胪岱，侯伯僭畤，放诞之徒，缘间而起。瞻前顾后，正其终始。述《郊祀志》第五。

炫炫上天，县象著明，日月周辉，星辰垂精。百官立法，宫室混成，降应王政，景以烛形。三季之后，厥事放纷，举其占应，览故考新。述《天文志》第六。

《河图》命庖，《洛书》赐禹，八卦成列，九畴迪叙。世代奫宝，光演文武，《春秋》之占，咎征是举。告往知来，王事之表。述《五行志》第七。

《坤》作坠势，高下九则，自昔黄、唐，经略万国，燮定东西，疆理南北。三代损益，降及秦、汉，革划五等，制立郡县。略表山川，彰其剖判。述《地理志》第八。

夏乘四载，百川是导。唯河为艰，灾及后代。商竭周移，秦决南涯，自兹距汉，北亡八支。文陻枣野，武作《瓠歌》，成有平年，后遂滂沱。爰及沟渠，利我国家。述《沟洫志》第九。

虑羲画卦，书契后作，虞夏商周，孔纂其业，纂《书》删《诗》，缀《礼》正《乐》，象系大《易》，因史立法。六学既登，遭世罔弘，群言纷乱，诸子相腾。秦人是灭，汉修其缺，刘向司籍，九流以别。爰著目录，略序洪烈。述《艺文志》第十。

上嫚下暴，惟盗是伐，胜、广熛起，梁籍扇烈。赫赫炎炎，遂焚咸阳，宰割诸夏，命立侯王，诛婴放怀，诈虐以亡。述《陈胜项籍传》第一。

张陈之交，姁如父子，携手遁秦，拊翼俱起。据国争权，还为豺虎，耳谏甘公，作汉藩辅。述《张耳陈余传》第二。

三桸之起，本根既朽，枯杨生华，曷惟其旧！横虽雄材，伏于海隅，沐浴尸乡，北面奉首，旅人慕殉，义过《黄鸟》。述《魏豹田儋韩信传》第三。

信惟饿隶，布实黥徒，越亦狗盗，芮尹江湖。云起龙襄，化为侯王，割有齐楚，跨制淮梁。绾自同闬，镇我北疆，德薄位尊，非胙惟殃。吴克忠信，胤嗣乃长。述《韩彭英卢吴传》第四。

贾塷从旅，为镇淮楚。泽王琅邪，权激诸吕。濞之受吴，疆土逾矩，虽戒东南，终用齐斧。述《荆燕吴传》第五。

太上四子：伯兮早夭，仲氏王代，莎宅于楚。戊实淫缺，平陆乃绍。其在于京，奕世宗正，劬劳王室，用侯阳成。子政博学，三世成名，述《楚元王传》第六。

季氏之诎，辱身毁节，信于上将，议臣震栗。栾公哭梁，田叔殉赵，见危授命，谊动明主，布历燕齐，叔亦相鲁，民思其政，或金或社。述《季布栾布田叔传》第七。

高祖八子，二帝六王。三赵不辜，淮厉自亡，燕灵绝嗣，齐悼特昌。掩有东土，自岱徂海，支庶分王，前后九子。六国诛毙，适齐亡祀。城阳济北，后承我国。赳赳景王，匡汉社稷。述《高五王传》第八。

猗与元勋，包汉举信，镇守关中，足食成军，营都立宫，定制修文。平阳玄默，继而弗革，民用作歌，化我淳德，汉之宗臣，是谓相国。述《萧何曹参传》第九。

留侯袭秦，作汉腹心，图折武关，解厄鸿门。推齐销印，驱致越信；招宾四老，惟宁嗣君。陈公扰攘，归汉乃安，毙范亡项，走狄擒韩，六奇既设，我罔艰难。安国廷争，致仕杜门。绛侯矫矫，诛吕尊文。亚夫守节，吴楚有勋。述《张陈王周传》第十。

舞阳鼓刀，滕公厩驷，颍阴商贩，曲周庸夫，攀龙附凤，并乘天衢。述《樊郦滕灌傅靳周传》第十一。

北平志古，司秦柱下，定汉章程，律度之绪。建平质直，犯上于色；广阿之廛，食厥旧德。故安执节，责通请错，蹇蹇帝臣，匪躬之故。述《张周赵任申屠传》第十二。

食其监门，长揖汉王，画袭陈留，进收敖仓，塞隘杜津，王基以张。贾作行人，百越来宾，从容风议，博我以文。敬艳役夫，迁京定都，内强关中，外和匈奴。叔孙奉常，与时抑扬，税介免胄，礼义是创。或哲或谋，观国之光。述《郦陆朱娄叔孙传》第十三。

淮南僭狂，二子受殃。安辩而邪，赐顽以荒，敢行称乱，窨世荐亡。述《淮南衡山济北传》第十四。

蒯通壹说，三雄是败，覆郦骄韩，田横颠沛。被之拘系，乃成患害。充躬罔极，交乱弘大。述《蒯伍江息夫传》第十五。

万石温温，幼寤圣君，宜尔子孙，夭夭伸伸，庆社于齐，不言动民。卫直周张，淑慎其身。述《万石卫直周张传》第十六。

孝文三王，代孝二梁，怀折亡嗣，孝乃尊光。内为母弟，外扞吴楚，怙宠矜功，僭欲失所，思心既霿，牛祸告妖。帝庸亲亲，厥国五分，德不堪宠，四支不传。述《文三王传》第十七。

贾生矫矫，弱冠登朝。遭文睿圣，屡抗其疏，暴秦之戒，三代是据。建设藩屏，以强守圉，吴楚合从，赖谊之虑。述《贾谊传》第十八。

子丝慷慨，激辞纳说，揽辔正席，显陈成败。错之琐材，智小谋大，祸如发机，先寇受害。述《爰盎晁错传》第十九。

释之典刑，国宪以平。冯公矫魏，增主之明。长孺刚直，义形于色，下折淮南，上正元服。庄之推贤，于兹为德。述《张冯汲郑传》第二十。

荣如辱如，有机有枢，自下摩上，惟德之隅。赖依忠正，君子采诸。述《贾邹枚路传》第二十一。

魏其翩翩，好节慕声，灌夫矜勇，武安骄盈，凶德相挺，祸败用成。安国壮趾，王恢兵首，彼若天命，此近人咎。述《窦田灌韩传》第二十二。

景十三王，承文之庆。鲁恭馆室，江都诊轻；赵敬险诐，中山淫酳；长沙寂寞，广川亡声；胶东不亮，常山骄盈。四国绝祀，河间贤明，礼乐是修，为汉宗英。述《景十三王传》第二十三。

李广恂恂，实获士心，控弦贯石，威动北邻，躬战七十，遂死于军。敢怨卫青，见讨去病。陵不引决，忝世灭姓。苏武信节，不诎王命。述《李广苏建传》第二十四。

长平桓桓，上将之元，薄伐猃允，恢我朔边，戎车七征，冲輣闲闲，合围单于，北登阗颜。骠骑冠军，猋勇纷纭，长驱六举，电击雷震，饮马翰海，封狼居山，西规大河，列郡祁连。述《卫青霍去病传》第二十五。

抑抑仲舒，再相诸侯，身修国治，致仕县车，下帷覃思，论道属书，谠言访对，为世纯儒。述《董仲舒传》第二十六。

文艳用寡，子虚乌有，寓言淫丽，托风终始，多识博物，有可观采，蔚为辞宗，赋颂之首。述《司马相如传》第二十七。

平津斤斤，晚跻金门，既登爵位，禄赐颐贤，布衾疏食，用俭饬身。卜式耕牧，以求其志，忠瘝明君，乃爵乃试。兒生亹亹，束发修学，偕列名臣，从政辅治。述《公孙弘卜式兒宽传》第二十八。

张汤遂达，用事任职，媚兹一人，日旰忘食，既成宠禄，亦罹咎慝。安世温良，塞渊其德，子孙遵业，全祚保国。述《张汤传》第二十九。

杜周治文，唯上浅深，用取世资，幸而免身。延年宽和，列于名臣。钦用材谋，有异厥伦。述《杜周传》第三十。

博望杖节，收功大夏；贰师秉钺，身衅胡社。致死为福，每生作祸。述《张骞李广利传》第三十一。

呜呼史迁，薰胥以刑！幽而发愤，乃思乃精，错综群言，古今是经，勒成一家，大略孔明。述《司马迁传》第三十二。

孝武六子，昭、齐亡嗣。燕刺谋逆，广陵祝诅。昌邑短命，昏贺失据，戾园不幸，宣承天序。述《武五子传》第三十三。

六世耽耽，其欲浟浟，文武方作，是庸四克。助偃淮南，数子之德，不忠其身，善谋于国。述《严朱吾邱主父徐严终王贾传》第三十四。

东方赡辞，诙谐倡优，讥苑扞偃，正谏举邮，怀肉污殿，弛张沈浮。述《东方朔传》第三十五。

葛绎内宠，屈氂王子。千秋时发，宜春旧仕。敞义依霍，庶几云已。弘惟政事，万年容已。咸睡厥海，孰为不子？述《公孙刘田杨王蔡陈郑传》第三十六。

王孙裸葬，建乃斩将。云廷讦禹，福逾刺凤，是谓狂狷，敞近其衷。述《杨胡朱梅云传》第三十七。

博陆堂堂，受遗武皇，拥毓孝昭，末命导扬。遭家不造，立帝废王，权定社稷，配忠阿衡。怀禄耽宠，渐化不详，阴妻之逆，至子而亡。秺侯狄挐，虔恭忠信，奕世载德，贻于子孙。述《霍光金日磾传》第三十八。

兵家之策，惟在不战。营平皤皤，立功立论，以不济可，上谕其信。武贤父子，虎臣之俊。述《赵充国辛庆忌传》第三十九。

义阳楼兰，长罗昆弥，安远日逐，义成郅支。陈汤诞节，救在三哲；会宗勤事，疆外之桀。述《傅常郑甘陈段传》第四十。

　　不疑肤敏，应变当理，辞霍不婚，逡遁致仕。疏克有终，散金娱老。定国之祚，于其仁考。广德当宣，近于知耻。述《隽疏于薛平彭传》第四十一。

　　四皓遁秦，古之逸民，不营不拔，严平郑真。吉困于贺，涅而不缁；禹既黄发，以德来仕。舍惟正身，胜死善道；郭钦蒋诩，近遁之好。述《王贡两龚鲍传》第四十二。

　　扶阳济济，闻《诗》闻《礼》。玄成退让，仍世作相。汉之宗庙，叔孙是谟，革自孝元，诸儒变度。国之诞章，博载其路。述《韦贤传》第四十三。

　　高平师师，惟辟作威，图黜凶害，天子是毗。博阳不伐，含弘光大，天诱其衷，庆流苗裔。述《魏相丙吉传》第四十四。

　　占往知来，幽赞神明，苟非其人，道不虚行。学微术昧，或见仿佛，疑殆匪阙，违众迕世，浅为尤悔，深作敦害。述《眭两夏侯京翼李传》第四十五。

　　广汉尹京，克聪克明；延寿作翊，既和且平。矜能讦上，俱陷极刑。翁归承风，帝扬厥声。敞亦平平，文雅自赞；尊实赳赳，邦家之彦；章死非罪，士民所叹。述《赵尹韩张两王传》第四十六。

　　宽饶正色，国之司直。丰繁好刚，辅亦慕直。皆陷狂狷，不典不式。崇执言责，隆持官守。宝曲定陵，并有立志。述《盖诸葛刘郑毋将孙何传》第四十七。夏姓

　　长倩忓忓，觍霍不举，遇宣乃拔，傅元作辅，不图不虑，见踬石许。述《萧望之传》第四十八。

　　子明光光，发迹西疆，列于御侮，厥子亦良。述《冯奉世传》第四十九。

　　宣之四子，淮阳聪敏，舅氏蓬蔽，几陷大理。楚孝恶疾，东平失轨，中山凶短，母归戎里。元之二王，孙后大宗，昭而不

穆，大命更登。述《宣元六王传》第五十。

乐安袖袖，古之文学，民具尔瞻，困于二司。安昌货殖，朱云作娸。博山惇慎，受莽之疢。述《匡张孔马传》第五十一。

乐昌笃实，不桡不诎，遭闵既多，是用废黜。武阳殷勤，辅导副君，既忠且谋，飨兹旧勋。高武守正，因用济身。述《王商史丹傅喜传》第五十二。

高阳文法，扬乡武略，政事之材，道德惟薄，位过厥任，鲜终其禄。博之翰音，鼓妖先作。述《薛宣朱博传》第五十三。

高陵修儒，任刑养威，用合时宜，器周世资。义得其勇，如虎如貔，进不跬步，宗为鲸鲵。述《翟方进传》第五十四。

统微政缺，灾眚屡发。永陈厥咎，戒在三七。邺指丁傅，略窥占术。述《谷永杜邺传》第五十五。

哀平之恤，丁、傅、莽、贤。武、嘉戚之，乃丧厥身。高乐废黜，咸列贞臣。述《何武王嘉师丹传》第五十六。

渊哉若人！实好斯文。初拟相如，献赋黄门，辍而覃思，草《法》纂《玄》，斟酌《六经》，放《易》象《论》，潜于篇籍，以章厥身。述《扬雄传》第五十七。

犷犷亡秦，灭我圣文，汉存其业，六学析分。是综是理，是纲是纪，师徒弥散，著其终始。述《儒林传》第五十八。

谁毁谁誉，誉其有试。泯泯群黎，化作良吏。淑人君子，时同功异。没世遗爱，民有余思。述《循吏传》第五十九。

上替下陵，奸轨不胜，猛政横作，刑罚用兴。曾是强圉，掊克为雄，报虐以威，殃亦凶终。述《酷吏传》第六十。

四民食力，罔有兼业，大不淫侈，细不匮乏，盖均无贫，遵王之法。靡法靡度，民肆其诈，逼上并下，荒殖其货。侯服玉食，败俗伤化。述《货殖传》第六十一。

开国承家，有法有制，家不臧甲，国不专杀。劀乃齐民，作威作惠，如台不匡，礼法是谓！述《游侠传》第六十二。

彼何人斯，窃此富贵！营损高明，作戒后世。述《佞幸传》第六十三。

於惟帝典，戎夷猾夏！周宣攘之，亦列《风》《雅》。宗幽既昏，淫于褒女，戎败我骊，遂亡酆鄗。大汉初定，匈奴强盛，围我平城，寇侵边境。至于孝武，爰赫斯怒，王师雷起，霆击朔野。宣承其末，乃施洪德，震我威灵，五世来服。王莽窃命，是倾是覆，备其变理，为世典式。述《匈奴传》第六十四。

西南外夷，种别域殊。南越尉佗，自王番禺。攸攸外寓，闽越东瓯。爰洎朝鲜，燕之外区。汉兴柔远，与尔剖符。皆恃其阻，乍臣乍骄，孝武行师，诛灭海隅。述《西南夷两越朝鲜传》第六十五。

西戎即序，夏后是表。周穆观兵，荒服不旅。汉武劳神，图远甚勤。王师骈骈，致诛大宛。妿妿公主，乃女乌孙，使命乃通，条支之濒。昭宣乘业，都护是立，总督城郭，三十有六，修奉朝贡，各以其职。述《西域传》第六十六。

诡矣祸福，刑于外戚，高后首命，吕宗颠覆。薄姬坠魏，宗文产德。窦后违意，考盘于代。王氏仄微，世武作嗣。子夫既兴，扇而不终。钩弋忧伤，孝昭以登。上官幼尊，类祸厥宗。史娣、王悼，身遇不祥，及宣繘国，二族后光。恭哀产元，夭而不遂。邛成乘序，履尊三世。飞燕之妖，祸成厥妹。丁、傅僭恣，自求凶害。中山无辜，乃丧冯、卫。惠张、景薄、武陈、宣霍，成许、哀傅，平王之作，事虽歆羡，非天所度。怨咎若兹，如何不恪！述《外戚传》第六十七。

元后娠母，月精见表。遭成之逸，政自诸舅。阳平作威，诛加卿宰。成都煌煌，假我明光。曲阳歊歊，亦朱其堂。新都亢极，作乱以亡。述《元后传》第六十八。

咨尔贼臣，篡汉滔天，行骄夏癸，虐烈商辛。伪稽黄虞，缪称典文，众怨神怒，恶复诛臻。百王之极，究其奸昏。述《王莽传》第六十九。

凡《汉书》，叙帝皇，列官司，建侯王。准天地，统阴阳，阐元极，步三光。分州域，物土疆，穷人理，该万方。纬《六经》，缀道纲，总百氏，赞篇章。函雅故，通古今，正文字，惟学林。述《叙传》第七十。

扬　雄

十二州箴

【冀州牧箴】

洋洋冀州，鸿原大陆。岳阳是都，岛夷皮服。潺湲河流，夹以碣石。三后攸降，列为侯伯。降周之末，赵魏是宅。冀土糜沸，炫沄如汤。更盛更衰，载纵载横。陪臣擅命，天王是替。赵魏相反，秦拾其敝。北筑长城，恢夏之场。汉兴定制，改列藩王。仰览前世，厥力孔多。初安如山，后崩如崖。故治不忘乱，安不忘危。周宗自怙，云焉有予隳。六国奋矫，渠绝其维。牧臣司冀，敢告在阶。

【扬州牧箴】

矫矫扬州，江汉之浒。彭蠡既潴，阳鸟攸处。橘柚羽贝，瑶琨篠簜。闽越北垠，沅湘攸往。犷矣淮夷，蠢蠢荆蛮。翩彼昭王，南征不旋。人咸踬于垤，莫踬于山。咸跌于污，莫跌于川。明哲不云我昭，童蒙不云我昏，汤武圣而师伊吕，桀纣悖而诛逢干。盖迩不可不察，远不可不亲。靡有孝而逆父，罔有义而忘君。泰伯逊位，基吴绍类。夫差一误，泰伯无祚。周室不匡，勾践入霸。当周之隆，越裳重译。春秋之末，侯甸畔逆。元首不可不思，股肱不可不挚。尧崇屡省，舜盛钦谋。牧臣司扬，敢告执筹。

【荆州牧箴】

幽幽巫山，在荆之阳。江汉朝宗，其流汤汤。夏君遭鸿，荆巫是调。云梦涂泥，包匦菁茅。金石砥砺，象齿元龟。贡篚百物，世世以饶。战战栗栗，至桀荒溢。曰在帝位，若天有日。不顺庶国，孰敢予夺！亦有成汤，果秉其钺。放之南巢，号之以桀。南巢茫茫，包楚与荆。风飘以悍，气锐以刚。有道后服，无道先强。世虽安平，无敢逸豫。牧臣司荆，敢告执御。

【青州牧箴】

茫茫青州，海岱是极。盐铁之地，铅松怪石。群水攸归，莱夷作牧。贡篚以时，莫怠莫违。昔在文武，封吕于齐。厥土涂泥，在邱之营。五侯九伯，是讨是征。马殆其衔，御失其度。周室荒乱，小白以霸。诸侯金服，复尊京师。小白既没，周卒陵迟。嗟兹天王，附命下土。失其法度，丧其文武。牧臣司青，敢告执矩。

【徐州牧箴】

海岱伊淮，东海是渚。徐州之土，邑于海宇。大野既潴，有羽有蒙。孤桐蠙珠，泗沂攸同。实列藩蔽，侯卫东方。民好农蚕，大野以康。帝癸及辛，不祇不恪。沈湎于酒，而忘其东作。天命汤武，剿绝其绪祚。降周任姜，镇于琅邪。姜氏绝苗，田氏攸都。事由细微，不虑不图。祸如邱山，本在萌芽。牧臣司徐，敢告仆夫！

【兖州牧箴】

悠悠济河，兖州之宇。九河既道，雷夏攸处。草繇木条，漆丝绨纻。济漯既通，降邱宅土。成汤五徙，卒都于亳。盘庚北渡，牧野是宅。丁感雊雉，祖己伊忠。爰正厥事，遂绪高宗。厥后陵迟，颠覆厥绪。西伯戡黎，祖伊奔走。致天威命，不恐不震。妇言是用，牝鸡是晨。三仁既知，武果戎殷。牧野之禽，岂复能耽？甲子之朝，岂能复笑？有国虽久，必畏天咎。有民虽长，必惧人殃。箕子欷歔，厥居为墟。牧臣司兖，敢告执书。

【豫州牧箴】

郁郁荆山，伊河是经。荥播枲漆，惟用攸成。田田相掔，庐庐相距。夏殷不都，成周攸处。豫野所居，爰在鄩墟。四隩咸宅，宇内莫如。陪臣执命，不虑不图。王室陵迟，丧其爪牙。靡哲靡圣，捐失其正。方伯不维，韩卒擅命。文武孔纯，至厉作昏。成康孔宁，至幽作倾。故有天下者，毋曰我大，莫或余败。毋曰我强，靡克余亡。夏宅九州，至于季世，放于南巢。成康太平，降及周微，带敝屏营。屏营不起，施于孙子。王赧为极，实绝周祀。牧臣司豫，敢告柱史。

【雍州牧箴】

黑水西河，横截昆仑。邪指阊阖，画为雍垠。上侵积石，下砐龙门。自彼氐、羌，莫敢不来庭，莫敢不来匡。每在季王，常失厥绪。侯纪不贡，荒侵其宇。陵迟衰微，秦据以戾。兴兵山东，六国颠沛。上帝不宁，命汉作京。陇山以徂，列为西荒。南排劲越，北启强胡。并连属国，一护攸都。盖安不忘危，盛不讳衰。牧臣司雍，敢告缀衣。

【益州牧箴】

岩岩岷山，古曰梁州。华阳西极，黑水南流。茫茫洪波，鲧堙降陆。于时八都，厥民不隩。禹导江、沱，岷、嶓启干。远近底贡，磬错砮丹。丝麻条畅，有粳有稻。自京徂畛，民攸温饱。帝有桀纣，湎沈颇僻。遏绝苗民，灭夏殷绩。爰周受命，复古之常。幽、厉夷业，破绝为荒。秦作无道，三方溃叛。义兵征暴，遂国于汉。拓开疆宇，恢梁之野，列为十二，光羡虞夏。牧臣司梁，是职是图。经营盛衰，敢告士夫。

【幽州牧箴】

荡荡平川，惟冀之别，北扼幽州，戎夏交逼。伊昔唐虞，实为平陆。周末荐臻，迫于獯鬻。晋失其陪，周使不徂。六国擅权，燕赵本都。东限狤貊，羡及东胡。强秦北排，蒙公城壃。大汉初定，介狄之荒。元戎屡征，如风之腾。义兵涉漠，偃我边萌。既定且康，复古虞唐。盛不可不图，衰不可或忘。堤溃蚁穴，器漏针芒。牧臣司幽，敢告侍旁。

【并州牧箴】

雍别朔方，河水悠悠。北辟獯鬻，南界泾流。画兹朔土，正直幽方。自昔何为？莫敢不来贡，莫敢不来王。周穆遐征，犬戎不享。爰貊伊德，侵玩上国。宣王命将，攘之泾北。宗周罔职，日用爽蹉，既不俎豆，又不干戈。犬戎作难，毙于骊阿。太上曜德，其次曜兵。德兵俱颠，靡不悴荒。牧臣司并，敢告执纲。

【交州牧箴】

交州荒裔，水与天际，越裳是南，荒国之外。爰自开辟，不羁不绊。周公摄祚，白雉是献。昭王陵迟，周室是乱。越裳绝贡，荆楚逆叛。四国内侵，蚕食宗周。臻于季赧，遂入灭亡。大汉受命，中国兼该。南海之宇，圣武是恢。稍稍受羁，遂臻黄支。杭海三万，来牵其犀。盛不可不忧，隆不可不惧。顾瞻陵迟，而忘其规摹。亡国多逸豫，而存国多难。泉竭中虚，池竭濑干。牧臣司交，敢告执宪。

赵充国颂

明灵惟宣，戎有先零。先零猖狂，侵汉西疆。汉命虎臣，惟后将军。整我六师，是讨是震。既临其域，谕以威德。有守矜功，谓之弗克。请奋其旅，于罕之羌。天子命我，从之鲜阳。营平守节，屡奏封章。料敌制胜，威谋靡亢。遂克西戎，还师于京。鬼方宾服，罔有不庭。昔周之宣，有方有虎。诗人歌功，乃列于《雅》。在汉中兴，充国作武。赳赳桓桓，亦绍厥后。

酒箴

子犹瓶矣，观瓶之居，居井之眉。处高临深，动常近危。酒醪不入口，藏水满怀。不得左右，牵于缧徽。一旦叀碍，为瓽所轠。身提黄泉，骨肉为泥。自用如此，不如鸱夷。鸱夷滑稽，腹大如壶。昼日盛酒，人复借酤。常为国器，托于属车。出入两宫，经营公家。繇是言之，酒何过乎？

班　固

封燕然山铭

惟永元元年秋七月，有汉元舅，曰车骑将军窦宪。寅亮圣皇，登翼王室，纳于大麓，惟清缉熙。乃与执金吾耿秉，述职巡御，治兵于朔方。鹰扬之校，螭虎之士，爰该六师。暨南单于、东胡、乌桓、西戎、氐、羌侯王君长之群。骁骑十万，元戎轻武，长毂四分，雷辐蔽路，万有三千余乘。勒以八阵，莅以威神，元甲耀日，朱旗绛天。遂凌高阙，下鸡鹿，经碛卤，绝大漠，斩温禺以衅鼓，血尸逐以染锷。然后四校横徂，星流彗扫，萧条万里，野无遗寇。于是域灭区殚，反旆而旋，考传验图，穷览其山川。遂逾涿邪，跨安侯，乘燕然，蹑冒顿之区落，焚老上之龙庭。将上以摅高，文之宿愤，光祖宗之元灵；下以安固后嗣，恢拓境宇，振大汉之天声。兹可谓一劳而久逸，暂费而永宁也。乃遂封山刊石，昭铭盛德。其辞曰：铄王师兮征荒裔，剿凶虐兮截海外，敻其邈兮亘地界。封神邱兮建隆嵑，熙帝载兮振万世。

高祖泗水亭碑铭

皇皇圣汉，兆自沛丰。乾降著符，精感赤龙。承魁流裔，袭唐末风。寸天尺土，无俟斯亭，建号宣基，维以沛公。扬威斩蛇，金精摧伤。涉关陵郊，系获秦王。应门造势，斗璧纳忠。天期乘祚，受爵汉中。勒陈东征，剟擒三秦。灵威神佑，鸿沟是乘。汉军改歌，楚众易心。诛项讨羽，诸夏以康。陈张画策，萧勃翼终。出爵褒贤，裂土封功。炎火之德，弥光以明。源清流洁，本盛末荣。叙将十八，赞述股肱。休勋显祚，永永无疆。国宁家安，我君是升。根生叶茂，旧邑是仍。於皇旧亭，苗嗣是承。天之福祐，万年是兴。

十八侯铭

耽耽相国，宏策不追。御国维纲，秉统枢机。文昌四友，汉有萧何。序功第一，受封于酂。右，酂侯萧何。

戣戣将军，威盖不当。操盾千钧，拔主项堂。兴汉破楚，矫矫忠良。卒为丞相，帝室以康。右，将军舞阳侯樊哙。

赫赫将军，受兵黄石。规图胜负，不出帷幄。命惠瞻仰，安全正朔。国师是封，光荣旧宅。右，将军留侯张良。

懿懿太尉，惇厚朴诚。辅翼受命，应节御营。历位卿相，土国兼并。见危致命，社稷以宁。右，太尉绛侯周勃。

蹇蹇相国，允忠克诚。临危处险，安而匡倾。兴代之际，济主立名。身履国土，秉御乾桢。右，将军平阳侯曹参。

洋洋丞相，势谲师旅。扰攘楚魏，为汉谋主。六奇解厄，扬名于后。右，丞相户牖侯陈平。

堂堂张敖，耳之遗萌。以诚佐国，序迹建忠。功成德立，袭封南宫。垂号万春，永保无疆。右，南宫侯张敖。

衍衍卫尉，德行循规。遭兄食其，陨殁于齐。横耻愧景，刎颈自献。金紫褒表，万世不刊。右，卫尉曲阳侯郦商。

煌煌将军，辅汉久长。威震吕氏，奸恶不扬。寇攘殄尽，躬迎代王。功显帝室，万世益章。右，将军颍阴侯灌婴。

斌斌将军，鹰武是扬。内康王室，外镇四方。诸夏乂安，流及要荒。声骋海内，苗嗣纪功。右，将军汝阴侯夏侯婴。

休休将军，如虎如罴。御师勒陈，破敌以威。灵金曜楚，火流乌飞。将命仗节，功绩永垂。右，将军阳陵侯傅宽。

斤斤将军，忠信孔雅。出身六师，十二四旅。折冲扞难，遂宁天下。金龟章德，建号传后。右，将军信武侯靳歙。

明明丞相，天赋挺直。刚德正行，不枉不曲。功业成著，荣显食邑。距吕奉主，昭然不惑。右，丞相安国侯王陵。

桓桓将军，辅主克征。奉使全璧，身泄项营。序功差德，履让以平。转北而游，云中以倾。右，将军襄平侯韩信。

岩岩将军，带武佩威。御雄乘险，难困不违。仇灭主定，四海是桢。功成食土，德被遐迩。右，将军棘津侯陈武。

晏晏曲成，舆从龙腾。安危从主，赤曜以升。赫赫皇皇，道弥光明。惟德御国，流及后萌。右，曲成侯虫达。

肃肃御史，以武以文。相赵距吕，志安君身。征诣行所，如意不全。天秩邑土，勋乃永存。右，御史大夫汾阴侯周昌。

邑邑将军，育养烝徒。建谋正直，行不匿邪。入军讨敌，项定天都。佩雀双印，百里为家。右，将军青阳侯王吸。

张 衡

绶笥铭

南阳太守鲍德，有诏所赐先公绶笥，传世用之。时德更理笥，衡时为德主簿，作《铭》曰：

懿矣兹笥，爰藏宝珍。冠缨组履，文章日信。皇用我赐，俾作帝臣。服其令服，鸾封艾绤。天祚明德，大赍福仁。垂光厥世，子孙克神。厥器维旧，中实维新。周公惟事，七涓有邻。

崔 骃

官箴三首
【太尉箴】

天官冢宰，庶僚之率。师锡有帝，命虞作尉。爰叶台极，妥平国域。制军诘禁，王旅惟式。九州用绥，群公咸治。干戈载戢，宿缠其纪。上之云据，下之云戴。苟非其人，致我帝载。昔周人思文公，而《召南》咏《甘棠》。昆吾隆夏，伊挚盛商。季世颇僻，礼用不匡。无曰我强，莫余敢丧。无曰我大，轻战好杀。纣师百万，卒以不艾。宰臣司马，敢告在际。

【司徒箴】

天监在下，仁德是兴。乃立司徒，乱兹黎烝。茫茫庶域，率土祁祁。民具尔瞻，四方是维。乾乾夕惕，靡怠靡违。恪恭尔职，以勤王机。敬敷五教，九德咸事。啬人用章，黔甿是富。无曰余恃，忘余尔辅。无曰余圣，以忽执政。匪用其良，乃荒厥命。庶绩不怡，疚于尔禄。丰其折右，而鼎覆其悚。《书》歌股肱，《诗》刺南山。尹氏不堪，国度斯愆。徒臣司众，敢告执藩。

【大理箴】

邈矣皋陶，翊唐作士。设为犴狴，九刑允理。如石之平，如渊之清。三槐九棘，以质以听。罪人斯殛，凶旅斯并。熙乂帝载，旁施作明。昔在仲尼，哀矜圣人。子罕礼刑，卫人释艰。释之其忠，勋亮孝文。于公哀寡，定国广门。复哉邈矣，旧训不遵。主慢臣骄，虐用其民。赏以崇欲，刑以肆忿。纣作炮烙，周人灭殷。夏用淫刑，汤誓其军。卫鞅酷烈，卒殒于秦。不疑加害，祸不反身。嗟兹大理，慎于尔官。赏不可不思，断不可不虔。或有忠而被害，或有孝而见残。吴沈伍胥，殷割比干。莫遂尔情，是截是刑。无遂尔心，以速以殛。天鉴在颜，无细不录。福善灾恶，其效甚速。理臣思律，敢告执狱。

崔　瑗

座右铭

无道人之短，无说己之长。施人慎勿念，受施慎勿忘。世誉不足慕，惟仁为纪纲。隐心而后动，谤议容何伤。无使名过实，守愚圣所臧。在涅贵不淄，暧暧内含光。柔弱生之徒，老氏诫刚强。行行鄙夫志，悠悠故难量。慎言节饮食，知足胜不祥。行之苟有恒，久久自芬芳。

巩　玮

光武济阳宫碑

惟汉再受命，曰世祖光武皇帝。考南顿君，初为济阳令。济阳有武帝行过宫，常封闭。帝将生，考以令舍下湿，开宫后殿居之。建平元年十二月甲子夜，帝生。时有赤光，室中皆明。使卜者王长卜之，长曰："此善事不可言。"岁有嘉禾一茎生九穗，长于凡禾，因为尊讳。

王室中微，哀、平短祚。奸臣王莽，偷有神器，十有八年，罪盈恶熟，天人致诛。帝乃龙见白水，渊跃昆潾。破前队之众，殄二公之师。收兵略地，经营河朔，戮力戎功，翼戴更始。义不即命，帝位阙焉。于是群公诸将，据河、洛之文，叶符瑞之珍，佥曰："历数在帝，践阼允宜。"乃以建武元年六月乙未，即位鄗县之阳，五成之陌，祀汉配天，不失旧物。享国三十六年，方内乂安，蛮夷率服。巡狩泰山，禅梁父，皇代之遐迹，帝者之上仪，罔不毕举。道德余庆，延于无穷。先民有言："乐，乐其所自生；而礼，不忘其本。"是以虞称妫汭，姬美周原。皇天乃眷，神宫实始于此，厥迹邈哉！所谓神丽显融，越不可尚。小臣河南尹巩玮，先祖银艾封侯，历世卿尹，受汉厚恩。玮以商箕余烈，郡举孝廉，为大官丞。来在济阳，顾见神宫。追维桑梓褒述之义，用敢作颂。颂曰：

> 赫矣炎光，爰耀其辉。笃生圣皇，贰汉之微。稽度虞则，诞育灵姿。黄孽作愆，篡握天机。帝赫斯怒，爰整其师。应期潜见，扶阳而飞。祸乱克定，群凶殄夷。匡复帝载，万国以绥。巡于四岳，展义省方，登封降禅，升于中皇。爰兹初基，天命孔彰。子子孙孙，保之无疆。

王　升

石门颂

惟坤灵定位，川泽股躬，泽有所注，川有所通。余谷之川，其泽南隆，八方所达，益域为充。高祖受命，兴于汉中，道由子午，出散入秦，建定帝位，以汉诋焉。后以子午，涂路涩难，更随围谷，复通堂先。凡此四道，垓鬲尤艰。至于永平，其有四年，诏书开余，凿通石门。中遭元二，西夷虐残，桥梁断绝，子午复循。上则县峻，屈曲流颠；下则入冥，顾写输渊。平阿泉泥，常荫鲜晏。木石相距，利磨确盘。临危枪砀，履尾心寒。空舆轻骑，遾碍弗前。恶虫蔽狩，蛇蛭毒蟃。未秋截霜，稼苗夭残，终年不登，匮馁之患。卑者楚恶，尊者弗安。愁苦之难，焉可具言。于是明知故司隶校尉楗为武阳杨君，厥字孟文，深执忠伉，数上奏请。有司议驳，君遂执争。百辽咸从，帝用是听。废子由斯，得其度经。功饬尔要，敞而晏平，清凉调和，烝烝艾宁。至建和二年仲冬上旬，汉中太守楗为武阳王升，字稚纪，涉历山道，推序本原，嘉君明知，美其仁贤，勒石颂德，以明厥勋。其辞曰：

> 君德明明，燡焕弥光，刾过拾遗，厉清八荒。奉魁承杓，绥亿衙疆。春宣圣日，秋贬若霜。无偏荡荡，真雅以方。宁静烝庶，政与乾通。辅主匡君，循礼有常。咸晓地理，知世纪纲。言必忠义，匪石厥章。恢宏大节，谠而益明。揆往卓今，谋合朝情，醳艰即安，有勋有荣。禹凿龙门，君执继踪，上顺斗极，下答坤皇。自南自北，四海攸通。君子安乐，庶土悦雍。商人咸憘，农夫永同。《春秋》记异，今而纪功。垂流亿载，世世叹诵。

蔡　邕

祖德颂

昔文王始受命，武王定祸乱，至于成王，太平乃洽，祥瑞毕降。夫岂后德熙隆，渐浸之所通也。是以《易》嘉"积善有余庆"，《诗》称"子孙保之"，非特王道然也，贤人君子，修仁履德者，亦其有焉。昔我烈祖，暨于予考，世载孝友。重以明德，率礼莫违。是以灵祇降之休瑞，兔扰驯以昭其仁，木连理以象其义。斯乃祖祢之遗灵，盛德之所贶也，岂我童蒙孤稚所克任哉。乃为颂曰：

> 穆穆我祖，世笃其仁。其德克明，惟懿惟醇。宣慈惠和，无竞伊人。岩岩我考，莅之以庄。增崇丕显，克构其堂。是用祚之，休征惟光。厥征伊何？于昭于今。园有甘棠，别干同心；坟有扰兔，宅我柏林。神不可诬，伪不可加，析薪之业，畏不克荷；矫贪灵贶，以为己华。惟予小子，岂不是欲，干有先功，匪荣伊辱。

京兆樊惠渠颂

《洪范》八政一曰食，《周礼》九职一曰农。有生之本，于是乎出；货殖财用，于是乎在。九土上沃为大田多稼，然而地有堆埒，川有垫下，溉灌之便，行趋不至。明哲君子，创业农事，因高卑之宜，驱自行之势，以尽水利而富国饶人，自古有焉。若夫西门起邺，郑国行秦，李冰在蜀，信臣治穰，皆此道也。

阳陵县东，其地衍陕，土气辛螫，嘉谷不植，草莱焦枯，而泾水长流，溉灌维首。编户齐氓，庸力不供。牧人之吏，谋不暇给。盖常兴役，犹不克成。光和五年，京兆尹樊君讳陵，字德云，勤恤人隐，悉心政事，苟有可以惠斯人者，无闻而不行焉。遂咨之郡吏，申于政府。金以为因其所利之事者，不可已者也。乃命方略大吏曲遂、令伍琼，揣度计虑，揆程经用，以事上闻，副在三府。司农遂取财于豪富，借力于黎元，树柱累石，委薪积土，基跂工坚，体势强壮。折湍流，款旷陂，会之于新渠；疏水门，通窬渎，洒之于畎亩。清流浸润，泥潦浮游。昔日卤田，化为甘壤，粳黍稼穑之所入，不可胜算。农民熙怡悦豫，相与讴谈疆畔，斐然成章，谓之樊惠渠云。其歌曰：

我有长流，莫或遏之；我有沟浍，莫或达之。田畴斥卤，莫修莫厘；饥馑困悴，莫恤莫思。乃有樊君，作人父母，立我畎亩。黄潦膏凝，多稼茂止。惠乃无疆，如何弗喜。我壤既营，我疆斯成，泯泯我人，既富且盈。为酒为酿，蒸彼祖灵。贻福惠君，寿考且宁。

史 岑

出师颂

茫茫上天，降祚有汉。兆基开业，人神攸赞。五曜霄映，素灵夜叹。皇运来授，万宝增焕。历纪十二，天命中易。西零不顺，东夷构逆。乃命上将，授以雄戟。桓桓上将，实天所启。允文允武，明诗说礼。宪章百揆，为世作楷。昔在孟津，惟师尚父。素旄一麾，浑一区宇。苍生更始，朔风变楚。薄伐猃狁，至于太原。诗人歌之，犹叹其艰。况我将军，穷城极边。鼓无停响，旗不暂褰。泽沾遐荒，功铭鼎铉。我出我师，于彼西疆。天子饯我，路车乘黄。言念伯舅，恩深渭阳。介珪既削，列壤酬勋。今我将军，启土上郡。传子传孙，显显令问。

高 彪

送第五永为督军御史箴

文武将坠，乃俾俊臣。整我皇纲，董此不虔。古之君子，即戎忘身。明其果毅，尚其桓桓。吕尚七十，气冠三军，诗人作歌，如鹰如鹯。天有太一，五将三门；地有九变，邱陵山川；人有计策，六奇五间。总兹三事，谋则咨询。无曰己能，务在求贤，淮阴之勇，广野是尊。周公大圣，石碏纯臣，以威克爱，以义灭亲。勿谓时险，不正其身。勿谓无人，莫识己真。忘富遗贵，福禄乃存。枉道依合，复无所观。先公高节，越可永遵。佩藏斯戒，以厉终身。

崔　琦

外戚箴

赦赦外戚，华宠煌煌。昔在帝舜，德隆英皇。周兴三母，有莘崇汤。宣王晏起，姜后脱簪。齐王好乐，卫姬不音。皆辅主以礼，扶君以仁，达才进善，以义济身。

爰暨末叶，渐已颓亏。贯鱼不叙，九御差池。晋国之难，祸起于丽。惟家之索，牝鸡之晨。专权擅爱，显己蔽人。陵长间旧，圮剥至亲。并后匹嫡，淫女毙陈。匪贤是上，番为司徒。荷爵负乘，采食名都。诗人是刺，德用不忧。暴辛惑妇，拒谏自孤。蝮蛇其心，纵毒不辜。诸父是杀，孕子是刳。天怒地忿，人谋鬼图。甲子昧爽，身首分离。初为天子，后为人螭。

非但耽色，母后尤然。不相率以礼，而竞奖以权。先笑后号，卒以辱残。家国泯绝，宗庙烧燔。末嬉丧夏，褒姒毙周，妲己亡殷，赵灵沙邱。戚姬人豕，吕宗以败。陈后作巫，卒死于外。霍欲鸩子，身乃罹废。

故曰：无谓我贵，天将尔摧；无恃常好，色有歇微；无怙常幸，爱有陵迟；无曰我能，天人尔违。患生不德，福有慎机。日不常中，月盈有亏。履道者固，仗势者危。微臣司戚，敢告在斯。

士孙瑞

剑铭

天生五才，金德惟刚。从革作辛，含景吐商。辨物利用，勋伐弥章。暨彼良工，欧冶干将。爰造宝剑，巨阙墨阳。上通皓灵，获兹休祥。剖山竭川，虹霓消亡。昭威耀武，震动遐荒。楚以定霸，越以取强。

汉镜铭

尚方御镜大无伤，巧工刻之成文章。左龙右虎辟不祥，朱雀元武顺阴阳。子孙备具居中央，炼治银锡清而明。长保二亲乐富昌，寿敝金石如侯王。

又

许氏作竟自有纪，青龙白虎居左右。圣人周公鲁孔子，作吏高迁车生耳。郡举孝廉州博士。少不努力，老乃悔吉。

长沙杨书霖襄校

卷七　词赋之属下编二

曹　植

制命宗圣侯孔羡奉家祀碑

维黄初元年，大魏受命。胤轩辕之高踪，绍虞氏之遐统。应历数以改物，扬仁风以作教。于是辑五瑞，班宗彝，钧衡石，同度量，秩群祀于无文，顺天时以布化。既乃缉熙圣绪，绍显上世，追存三代之礼，兼绍宣尼之后。以鲁县百户，命孔子二十一世孙议郎孔羡为宗圣侯，以奉孔子之祀。制诏三公曰："昔仲尼负大圣之才，怀帝王之器，当衰周之末，而无受命之运。在鲁、卫之朝，教化洙、泗之上，栖栖焉，皇皇焉，欲屈己以存道，贬身以救世。于是王公终莫能用之，乃退考五代之礼，修素王之事，因鲁史而制《春秋》，就太史而正《雅》《颂》，俾千载之后，莫不宗其文以述作，仰其圣以谋咨，可谓命世大圣，亿载之师表者也。遭天下大乱，百祀堕坏，旧居之庙，毁而不修。褒成之后，绝而莫继，阙里不闻讲诵之声，四时不睹烝尝之位，斯岂所谓崇礼报功，盛德必百世祀者哉。嗟乎！朕甚悯焉。其以议郎孔羡为宗圣侯，邑百户，奉孔子之祀。令鲁郡修起旧庙，置百户卒史，以守卫之。又于其外，广为屋宇，以居学者。"于是鲁之父老、诸生、游士，睹庙堂之始复，观俎豆之初设，嘉圣灵于仿佛，想祯祥之来集，乃慨然而叹曰："大道衰废，礼乐绝灭，三十余年。皇上怀仁圣之懿德，兼二仪之化育，广大包于无方，渊深沦于不测。故自受命以来，天人咸和，神气氤氲，嘉瑞踵武，休征屡臻。殊俗解编发而慕义，遐夷越险阻而来宾。虽太皞游龙以君世，虞氏仪凤以临民，伯禹命元宫而为夏后，西伯由岐社而为周文，尚何足称于大魏哉！"若乃绍继微绝，兴修废官，畴咨稽古，崇配乾坤，况神明之所福，作宇宙之所观，欣欣之色，岂徒鲁邦而已哉！尔乃感殷人路寝之义，嘉先民泮宫之事，以为高宗僖公，盖嗣世之王，诸侯之国耳，犹著德于三代，腾声于千载。况今圣王肇造区夏，创业垂统，受命之日，曾未下舆，而褒美大圣，隆化如此，能无颂乎？乃作颂曰：

　煌煌大魏，受命溥将。继体黄唐，包夏含商。降鳌下土，
廓清三光。群祀咸秩，靡事不纲。嘉彼元圣，有赫其灵。
　遭世霿乱，莫显其荣。褒成既绝，寝庙斯倾。阙里萧条，
靡绍靡馨。我皇悼之，寻其世武。乃建宗圣，以绍厥后。
　修复旧堂，丰其甍宇，莘莘学徒，爰居爰处。王教既新，
群小遄沮。鲁道以兴，永作宪矩。洪声岂遄，神祇来和。
　休征杂遝，瑞我邦家。内光区域，外被荒遐。殊方慕义，
搏拊扬歌。於赫四圣，运世应期。仲尼既没，文亦在兹。
　彬彬我后，越而五之。垂于亿载，如山之基。

陆　机

汉高祖功臣颂
相国酂文终侯沛萧何、相国平阳懿侯沛曹参、太子少傅留文

成侯韩张良、丞相曲逆献侯阳武陈平、楚王淮阴韩信、梁王昌邑彭越、淮南王六黥布、赵景王大梁张耳、韩王韩信、燕王丰卢绾、长沙文王吴芮、荆王沛刘贾、太傅安国懿侯王陵、左丞相绛武侯沛周勃、相国舞阳侯沛樊哙、右丞相曲周景侯高阳郦商、太仆汝阴文侯沛夏侯婴、丞相颍阴懿侯睢阳灌婴、代丞相阳陵景侯魏傅宽、车骑将军信武肃侯靳歙、大行广野君高阳郦食其、中郎建信侯齐刘敬、太中大夫楚陆贾、太子太傅稷嗣君薛叔孙通、魏无知、护军中尉随何、新城三老董公、辕生、将军纪信、御史大夫沛周苛、平国君侯公，右三十一人，与定天下安社稷者也。颂曰：

　　茫茫宇宙，上埙下黙，波振四海，尘飞五岳，九服徘徊，三灵改卜。赫矣高祖，肇载天禄。沉迹中乡，飞名帝录。庆云应辉，皇阶授木。龙兴泗滨，虎啸丰谷。彤云昼聚，素灵夜哭。金精仍颓，朱光以渥。万邦宅心，骏民效足。

　　堂堂萧公，王迹是因，绸缪睿后，无竞维人。外济六师，内抚三秦。拔奇夷难，迈德振民。体国垂制，上穆下亲。名盖群后，是谓宗臣。

　　平阳乐道，在变则通，爰渊爰嘿，有此武功。长驱河朔，电击壤东。协策淮阴，亚迹萧公。

　　文成作师，通幽洞冥。永言配命，因心则灵。穷神观化，望影揣情，鬼无隐谋，物无遁形。武关是辟，鸿门是宁。随难荥阳，即谋下邑。销印惎废，推齐劝立。运筹固陵，定策东袭。三王从风，五侯允集。霸楚实丧，皇汉凯入。怡颜高览，弥翼凤戢，托迹黄老，辞世却粒。

　　曲逆宏达，好谋能深。游精杳漠，神迹是寻。重玄匪奥，九地匪沉。伐谋先兆，挤响于音。奇谋六奋，嘉虑四回。规主于足，离项于怀，格人乃谢，楚翼寔摧。韩王窘执，胡马洞开。迎文以谋，哭高以哀。

灼灼淮阴，灵武冠世，策出无方，思入神契。奋臂云兴，腾迹虎噬，凌险必夷，摧刚则脆。肇谋汉滨，还定渭表。京索既扼，引师北讨。济河夷魏，登山灭赵。威亮火烈，势逾风扫。拾代如遗，偃齐犹草。二州肃清，四邦咸举。乃眷北燕，遂表东海。克灭龙且，爰取其旅。刘项悬命，人谋是与。念功惟德，辞通绝楚。

彭越观时，弢迹匿光，人具尔瞻，翼尔鹰扬。威凌楚域，质委汉王。靖难河济，即宫旧梁。

烈烈黥布，耽耽其眄。名冠强楚，锋犹骇电。睹几蝉蜕，悟主革面。肇彼枭风，翻为我扇。天命方辑，王在东夏。矫矫三雄，至于垓下。元凶既夷，宠禄来假。保大全祚，非德孰可？谋之不臧，舍福取祸。

张耳之贤，有声梁魏。士也罔极，自诒伊愧。俯思旧恩，仰察五纬。脱迹违难，披榛来洎。改策西秦，报辱北冀。悴叶更辉，枯条以肆。

王信韩孽，宅土开疆。我图尔才，越迁晋阳。卢绾自微，婉娈我皇。跨功逾德，祚尔辉章。人之贪祸，宁为乱亡。

吴芮之王，祚由梅鋗，功微势弱，世载忠贤。

肃肃荆王，董我三军。我图四方，殷荐其勋。庸亲作劳，旧楚是分。往践厥宇，大启淮坟。

安国违亲，悠悠我思。依依哲母，既明且慈。引身伏剑，永言固之。淑人君子，实邦之基。义形于色，愤发于辞。主亡与亡，末命是期。

绛侯质木，多略寡言。曾是忠勇，惟帝攸叹。云骛灵邱，景逸上兰。平代禽豨，奄有燕、韩。宁乱以武，毙吕以权。涤秽紫宫，征帝太原。实惟太尉，刘宗以安。挟功震主，自古所难。勋耀上代，身终下藩。

舞阳道迎，延帝幽薮。宣力王室，匪惟厥武。总干鸿门，披阅帝宇。耸颜诮项，掩泪悟主。

曲周之进，于其哲兄。俾率尔徒，从王于征。振威龙蜕，摅武庸城。六师寔因，克茶禽黥。

猗钦汝阴，绰绰有裕。戎轩肇迹，荷策来附。马烦辔殆，不释拥树。皇储时义，平城有谋。

颍阴锐敏，屡为军锋。奋戈东城，禽项定功。乘风藉响，高步长江。收吴引淮，光启于东。

阳陵之勋，元帅是承。信武薄伐，扬节江陵，夷王殄国，俾乱作惩。

恢恢广野，诞节令图。进谒嘉谋，退守名都。东窥白马，北距飞狐。即仓敖庾，据险三涂。辎轩东践，汉风载徂。身死于齐，非说之辜。我皇实念，言祚尔孤。

建信委辂，被褐献宝。指明周汉，铨时论道。移帝伊洛，定都酆镐。柔远镇迩，实敬攸考。

抑抑陆生，知言之贯。往制劲越，来访皇汉。附会平勃，夷凶翦乱。所谓伊人，邦家之彦。

百王之极，旧章靡存。汉德虽朗，朝仪则昏。穆嗣制礼，下肃上尊。穆穆帝典，焕其盈门。风晞三代，宪流后昆。

无知睿敏，独昭奇迹。察侔萧相，贶同师锡。随何辩达，因资于敌。纾汉披楚，唯生之绩。

皤皤董叟，谋我平阴，三军缟素，天下归心。

袁生秀朗，沉心善照。汉旆南振，楚威自挠。大略渊回，元功响效。邈哉惟人，何识之妙？

纪信诳项，轺轩是乘。摄齐赴节，用死孰惩。身与烟消，名与风兴。周苛慷慨，心若怀冰。刑可以暴，志不可凌。贞轨偕没，亮迹双升。帝畤尔庸，后嗣是膺。

天地虽顺，王心有违。怀亲望楚，永言长悲。侯公伏轼，皇媪来归。是谓平国，宠命有辉。

震风过物，清浊效响。大人于兴，利在攸往。宏海者川，崇山惟壤。韶濩错音，衮龙比象。明明众哲，同济天网。剑宣其利，鉴献其朗。文武四充，汉祚克广。悠悠遐风，千载是仰。

陆　云

荣启期赞

荣启期者，周时人也。值衰世之季末，当王道颓凌，遂隐居穷处，遗物求己，溯怀元妙之门，求意希微之域，天子不得而巨，诸侯不得而友。行年九十，被裘鼓琴而歌。孔子过之，问曰："先生何乐？"答曰："吾乐甚多：天生万物，惟人为贵，吾得为人矣，是一乐也。以男为贵，吾又得为男矣，是二乐也。或不免于襁褓，而吾行年九十，是三乐也。夫贫者，士之常也，死固命之终也。居常待终，当何忧乎？"孔子听其音，为之三日悲。常披裘带索，行吟于路曰："吾著裘者何求？带索者何索？"遂放志一邱，灭景榛薮，居真思乐之林，利涉忘忧之沼，以卒其天年。荣华溢世，不足以盈其心；万物兼陈，不足以易其乐。绝景云霄之表，濯志北溟之津。岂非天真至素，体正含和者哉。友人有图其象者，命为之赞。其辞曰：

芒芒至道，天启德心。自昔逸民，遁志山林。邈矣先生，如龙之潜。夷明收察，灭迹在阴。傲世求己，遗物自钦。景遒琼辉，响和绝音。恋彼邱园，研道之微。思乐寒泉，薄采春蕤。鸣弦清泛，抚节高徽。有圣庾止，永言伤悲。天造草昧，负道是嘉。於铄先生，既体斯和。熊黑作祥，黄发皤皤。耽此三乐，遗彼世华。翼翼彼路，行吟以游。的的皦晁，陋我轻裘。永脱乱世，受言一邱。媚兹常道，聊以忘忧。

张　华

女史箴

茫茫造化，两仪始分。散气流形，既陶既甄。在帝庖牺，肇经天人。爰始夫妇，以及君臣。家道以正，而王猷有伦。妇德尚柔，含章贞吉。婉娩淑慎，正位居室。樊姬感庄，不食鲜禽。卫女矫桓，耳忘和音。志厉义高，而二主易心。元熊攀槛，冯媛趋进。夫岂无畏，知死不吝。班妾有辞，割欢同辇。夫岂不怀，防微虑远。道罔隆而不杀，物无盛而不衰。日中则昃，月满则微。崇犹尘积，替若骇机。人咸知饰其容，而莫知饰其性。性之不饰，或愆礼正。斧之藻之，克念作圣。出其言善，千里应之。苟违斯义，同衾以疑。出言如微，而荣辱由兹。勿谓幽昧，灵鉴无象。勿谓元漠，神听无响。无矜尔荣，天道恶盈。无恃尔贵，隆隆者坠。鉴于《小星》，戒彼攸遂。比心《螽斯》，则繁尔类。欢不可以渎，宠不可以专。专实生慢，爱极则迁。致盈必损，理有固然。美者自美，翩以取尤。冶容求好，君子所仇。结恩而绝，职此之由。故曰翼翼矜矜，福所以兴。靖恭自思，荣显所期。女史司箴，敢告庶姬。

张 载

剑阁铭

岩岩梁山，积石峨峨。远属荆衡，近缀岷嶓。南通邛僰，北达褒斜。狭过彭碣，高逾嵩华。惟蜀之门，作固作镇。是曰剑阁，壁立千仞。穷地之险，极路之峻。世浊则逆，道清斯顺。闭由往汉，开自有晋。秦得百二，并吞诸侯。齐得十二，田生献筹。矧兹狭隘，土之外区。一人荷戟，万夫趑趄。形胜之地，匪亲勿居。昔在武侯，中流而喜。山河之固，见屈吴起。兴实在德，险亦难恃。洞庭孟门，二国不祀。自古迄今，天命匪易。凭阻作昏，鲜不败绩。公孙既灭，刘氏衔璧。覆车之轨，无或重迹。勒铭山阿，敢告梁益。

嵇 康

太师箴

浩浩太素，阳曜阴凝。二仪陶化，人伦肇兴。厥初冥昧，不虑不营。欲以物开，患以事成。犯机触害，智不救生。宗长归仁，自然之情。故君道自然，必托贤明。茫茫在昔，罔或不宁。赫胥既往，绍以皇羲。默静无文，太朴未亏。万物熙熙，不夭不离。爰及唐虞，犹笃其绪。体资易简，应天顺矩。绤褐其裳，土木其宇。物或失性，惧若在予。畴咨熙载，终禅舜禹。

夫统之者劳，仰之者逸。至人重身，弃而不恤。故子州称疾，石户乘桴。许由鞠躬，辞长九州。先王仁爱，愍世忧时。哀万物之将颓，然后莅之。下逮德衰，大道沉沦。智慧日用，渐私其亲。惧物乖离，□□擘仁。利巧愈竞，繁礼屡陈。刑教争施，天性丧真。季世陵迟，继体承资。凭尊恃势，不友不师。宰割天下，以奉其私。故君位益侈，臣路生心。竭智谋国，不吝灰沉。赏罚（之）存，莫劝莫禁。

若乃骄盈肆志，阻兵擅权。矜威纵虐，祸蒙邱山。刑本惩暴，今以胁贤。昔为天下，今为一身。下疾其上，君猜其臣。丧乱弘多，国乃殒颠。故殷辛不道，首缀素旗。周朝败度，嚣人是谋。楚灵极暴，乾谿溃叛。晋厉残虐，栾书作难。主父弃礼，毂胎不宰。秦皇荼毒，祸流四海。是以亡国继踵，今古相承。丑彼摧灭，而袭其亡征。初安若山，后败如崩。临刃振锋，悔何所增。故居帝王者，无曰我尊，慢尔德音。无曰我强，肆于骄淫。弃彼佞幸，纳此遻颜。谔言顺耳，染德生患。

悠悠庶类，我控我告。唯贤是授，何必亲戚。顺乃造好，民实胥效。治乱之原，岂无昌教。穆穆天子，思闻其愆。虚心导人，允求谠言。师臣司训，敢告在前。

潘　尼

乘舆箴

《易》称"有天地然后有人伦，有父子然后有君臣"。《传》曰："大者天地，其次君臣。"然君臣父子之道，天地人伦之本，未有以先之者也。故天生蒸人而树之君，使司牧之，将以导群生之性，而理万物之情。岂以宠一人之身，极无量之欲，如斯而已哉？夫古之为君者，无欲而至公，故有茅茨土阶之俭。而后之为君，有欲而自利，故有瑶台琼室之侈。无欲者天下共推之；有欲者天下共争之。推之之极，虽禅代犹脱屣；争之之极，虽劫杀而不避。故曰：天下非一人之天下，乃天下之天下。安可求而得，辞而已者乎！

夫修诸己而化诸人，出乎迩而见乎远者，言行之谓也。故人主所患，莫甚于不知其过；而所美，莫美于好闻其过。若有君于此，而曰予必无过，唯其言而莫之违，斯孔子所谓其庶几乎一言而丧国者也。盖君子之过，如日月之蚀。过也，人皆见之；更也，人皆仰之。虽以尧、舜、汤、武之盛，必有诽谤之木，敢谏之鼓，盘杆之铭，无讳之史，所以闲其邪僻而纳诸正道，其自维持如此之备。故箴规之兴，将以补过救阙。然犹依违讽喻，使言之者无罪，闻之者足以自诫，先儒既援古义，举内外之殊；而高祖亦序六官，论成败之要。义正辞约，又尽善矣。自《虞人箴》以至于《百官》，非唯规其所司，诚欲人主斟酌其得失焉。《春秋传》曰："命百官箴王阙。"则亦天子之事也。尼以为王者膺受命之期，当神器之运，总万机而抚四海，简群才而审所授，孜孜于得人，汲汲于闻过，虽廷争面折，犹将祈请而求焉。至于箴规谏之顺者，曷为独阙之哉！是以不量其学陋思浅，因负担之余，尝试撰而述之。不敢斥至尊之号，故以乘舆目篇。盖帝王之事至大，而古今之变至众，文繁而义诡，意局而辞野，将欲希企前贤，仿佛崇轨。譬犹邱垤之望华岱，恒星之系日月也，其不逮明矣。颂曰：

　　元元遂初，茫茫太始。清浊同流，元黄错跱。上下弗形，尊卑靡纪。赫胥悠哉，大庭尚矣。皇极启建，两仪既分。彝伦永序，万邦已纷。国事明王，家奉严君。各有攸尊，德用不勤。羲农已降，暨于夏殷。或禅或传，乃质乃文。太上无名，下知有之。仁义不存，而人归孝慈。无为无执，何欲何思？忠信之薄，礼刑实滋。既誉既畏，以侮以欺。作誓作盟，而人始叛疑。煌煌四海，蔼蔼万乘。匪誓焉凭，左辅右弼，前疑后丞。一日万机，业业兢兢。夫出其言善，则千里是应而莫余违，亦丧邦有征。枢机之动，式以废兴。殷监不远，若之何勿惩！且厚味腊毒，丰屋生灾。辛作璇室，而夏兴瑶台。糟邱酒池，象箸玉杯。厥肴伊何？龙肝豹胎。惟此哲妇，职为乱阶。殷用丧师，夏亦不恢。是以帝尧在位，茅茨不剪。周文日昃，昧旦丕显。夫德辁如毛，而或举之者鲜。故汤有惭德，武未尽善。下世道衰，末俗化浅。耽乐逸游，荒淫沉湎。不式古训，而好是佞辩。不遵王路，而覆车是践。成败之效，载在先典。匪唯陵夷，厥世用殄。故曰：树君如之何？将人是司牧。视之犹伤，而知其寒燠。故能抚之斯柔，而敦之斯睦。无远不怀，靡思不服。夫岂厌纵一人，而玩其耳目。内迷声色，外荒驰逐。不修政事，而终于颠覆。昔唐氏授舜，舜亦命禹。受终纳祖，丕承天序。放桀惟汤，克殷伊武。故禅代非一姓，社稷无常主。四岳三涂，九州之阻。彭蠡洞庭，殷商之旅。虞夏之隆，非由尺土。而纣之百克，卒于绝绪。故王者无亲，唯在择人。倾盖惟旧，白首乃新。望由钓夫，伊起有莘。负鼎鼓刀，而谋合圣神。夫岂借官左右，而取介近臣？盖有国有家者，莫云我聪，或此面从。莫谓我智，听受未易。甘言美疢，鲜不为累。由夷逃宠，远于脱屣，奈何人主位极则侈？知人则哲，惟帝所难。唐朝既泰，四族作奸。周室既隆，而管蔡不虔。匪我二圣，孰弭斯患？若九德咸受，俊乂在官。君非臣莫治，臣非君莫安。故《书》美康哉，而《易》贵金兰。有皇司国，敢告纳言。

释奠颂

元康元年冬十二月，上以皇太子富于春秋，而人道之始莫先于孝悌，初命讲《孝经》于崇政殿。实应天纵生知之量，微言奥义，发自圣问，业终而体达。

至三年春闰月，将有事于上庠，释奠于先师，礼也。越二十四日景申，侍祠者既齐舆驾，次于太学。太傅在前，少傅在后，恂恂乎弘保训之道；宫臣毕从，三率备卫，济济乎肃翼赞之敬。乃扫坛为殿，悬幕为宫。夫子位于西序，颜回侍于北墉。宗伯掌礼，司仪辨位。二学儒官、搢绅先生之徒，垂缨佩玉、规行矩步者，皆端委而陪于堂下，以待执事之命。设樽篚于两楹之间，陈罍洗于阼阶之左。几筵既布，钟悬既列，我后乃躬拜俯之勤，资在三之义。谦光之美弥劭，阙里之教克崇。穆穆焉，邕邕焉，真先王之徽典，不刊之美业，允不可替已。于是牲馈之事既终，享献之礼已毕，释元衣，御春服，弛斋禁，反故式。天子乃命内外群司，百辟卿士，蕃王三事，至于学徒国子，咸来观礼。我后皆延而与之燕。金石箫管之音，八佾六代之舞，铿锵阊阖，般辟俯仰，可以澄神涤欲、移风易俗者，罔不毕奏。抑淫哇，屏郑卫，远佞邪，释巧辩。是日也，人无愚智，路无远迩，离乡越国，扶老携幼，不期而俱萃。皆延颈以视，倾耳以听，希道慕业，洗心革志，想洙泗之风，歌来苏之惠。然后知居室之善，著应乎千里之外；不言之化，洋溢于九有之内。於熙乎若典，固皇代之壮观，万载之一会也。

尼昔忝礼官，尝闻俎豆；今厕末列，亲睹盛美。瀺渍徽猷，沐浴芳润，不知手舞口咏。窃作颂一篇，义近辞陋，不足测圣德之形容，光圣明之遐度。其辞曰：

二元迭运，五德代徽。黄精既亢，素灵乃晖。有皇承天，造我晋畿。祚以大宝，登以龙飞。宣基诞命，景熙遐绪。三分自文，受终惟武。席卷要蛮，荡定荒阻。道济群生，化流率土。后帝承式，丕隆曾构。奄有万方，光宅宇宙。笃生上嗣，继期挺秀。圣敬日跻，浚哲闳茂。留精儒术，敦阅古训。遵道让齿，降心下问。铺以金声，光以玉润。如日之升，如乾之运。乃延台保，乃命学臣。圣容穆穆，侍讲闿闿。抽演微言，启发道真。探幽穷赜，温故知新。讲业既终，精义既研。崇圣重师，卜日告奠。陈其三牢，引其四县。既戒既式，乃盟乃荐。恂恂孔圣，百王攸希。亹亹颜生，好学无违。曰皇储后，体神合机。兆吉先见，知来洞微。济济二宫，蔼蔼庶寮。俊乂鳞萃，髦士盈朝。如彼和肆，莫匪琼瑶。如彼仪凤，乐我《云》《韶》。琼瑶谁剖？四门洞开。《云》《韶》奚乐？神人允谐。蝉冕耀庭，细佩振阶。德以谦光，仁以恩怀。我酒惟清，我肴惟馨。舞以六代，歌以九成。莘莘胄子，祁祁学生。洗心自百，观国之荣。学犹莳苗，化若偃草。博我以文，弘我以道。万邦蝉蜕，矧乃俊造。钻蚌莹珠，剖石撝藻。丝匪元黄，水罔方圆。引之斯流，染之斯鲜。若金受范，若埴在甄。上好如云，下效如川。昔在周兴，王化之始。曰文曰武，时惟世子。今我皇储，济圣通理。缉熙重光，於穆不已。於穆伊何？思文哲后。媚兹一人，实副元首。孝洽家邦，光照九有。纯嘏自晋，永世昌阜。微微下臣，过充近侍。猥蹑风云，鸾龙是厕。身藻芳流，目玩盛事。竭诚作颂，祗咏圣志。

挚　虞

太康颂

于休上古，人之资始。四隩咸宅，万国同轨。有汉不竞，丧乱靡纪。畿服外叛，侯卫内圮。天难既降，时惟鞠凶。龙战虎争，分裂遘邦。备僭岷蜀，度逆海东。权乃缘间，割据三江。明明上帝，临下有赫。乃宣皇威，致天之辟。奋武辽隧，罪人斯获。抚定朝鲜，奄征韩貊。文既应期，席卷梁益。元憝委命，九夷重译。邛冉哀牢，是焉底绩。

我皇之登，二国既平。靡适不怀，以育群生。吴乃负固，放命南冥。声教未暨，弗及王灵。皇震其威，赫如雷霆。截彼江沔，荆舒以清。邈矣圣皇，参乾两离。陶化以正，取乱以奇。耀武六旬，舆徒不疲。饮至数实，干旌无亏。洋洋四海，率礼和乐。穆穆宫庙，歌雍咏铄。光天之下，莫匪帝略。穷发反景，承正受朔。龙马骙骙，风于华阳。弓矢囊服，干戈戢藏。严严南金，业业余皇。雄剑班朝，造舟为梁。圣明有造，实代天工。天地不违，黎元时邕。三务斯协，用底厥庸。既远其迹，将明其踪。乔山惟岳，望帝之封。猗欤圣帝，胡不封哉！

尚书令箴

明明先王，开国承家，作制垂宪。仰观列曜，俯令百官，政用罔僭。昔舜纳大麓，七政以齐。内成外平，而风雨不迷。山甫翼周，靡刚靡柔。补我衮阙，阐我王猷。王猷允塞，而四海咸休。虽圣虽明，必资良材。毋曰我智，官不任能。发言如丝，其出成纶。千里之应，枢机在身。三季道缺，天纲纵替。既无老成，改旧法制。法制不循，不长厥裔。尚臣司台，敢告侍卫。

郭　璞

山海经图赞

桂生南裔，拔萃岑岭。广莫熙葩，凌霜津颖。气王百药，森然云挺。桂。

爰有奇树，产自招摇。厥华流光，上映垂霄。佩之不惑，潜有灵标。迷谷。

彗星横天，鲸鱼死浪。鹈鸣于邑，贤士见放。厥理至微，言之无况。鹈鸟。

华岳灵峻，削成四方。爰有神女，是挹玉浆。其谁游之？龙驾云裳。太华山。

鸾翔女床，凤出丹穴。拊翼相和，以应圣哲。击石靡咏，《韶》音其绝。鸾鸟。

钟山之宝，爰有玉华。光彩流映，气如虹霞。君子是佩，象德闲邪。瑾瑜玉。

榣惟灵树，爰生若木。重根增驾，流光旁烛。食之灵化，荣名仙录。榣木。

昆仑月精，水之灵府。惟帝下都，西老之宇。桀然中峙，号曰天柱。昆仑邱。

肩吾得一，以处昆仑。开明是封，司帝之门。吐纳灵气，熊熊魂魂。神陆吾。

安得沙棠，制为龙舟。泛彼沧海，眇然遐游。聊以逍遥，任波去留。沙棠。

天帝之女，蓬发虎颜。穆王执贽，赋诗交欢。韵外之事，难以具言。西王母。

先民有作，龟贝为货。贵以文彩，贾以小大。简则易资，犯而不过。文贝。

质则混沌，神则旁通。自然灵照，听不以聪。强为之名，曰惟帝江。帝江。

鸟飞以翼，当扈则须。废多任少，沛然有余。轮运于毂，至用在无。当扈。

驳惟马类，实畜之英。腾髦骧首，嘘天雷鸣。气无不凌，吞虎辟兵。驳。

物以感应，亦不数动。壮士挺剑，气激白虹。鳋鱼潜渊，出则邑悚。鳋鱼。

涸和损平，莫惨于忧。诗咏萱草，带山则倏。壑焉遗岱，聊以盘游。倏鱼。

跖实以足，排虚以羽。翘尾翻飞，奇哉耳鼠。厥皮惟良，百毒是御。耳鼠。

幽颊似猴，俾愚作智。触物则笑，见人佯睡。好用小慧，终是婴系。幽颊。

磁石吸铁，玳瑁取芥。气有潜感，数亦冥会。物之相投，出乎意外。磁石。

狍鸮贪婪，其目在腋。食人未尽，还自龈割。图形妙鼎，是谓不若。狍鸮。

龙冯云游，腾蛇假雾。未若天马，自然凌鬻。有理悬运，天机潜御。天马。

蚌则含珠，兽胡不可？狪狪如豚，被褐怀祸。患难无繇，招之自我。狪狪。

犰狳之兽，见人佯眠。与灾协气，出则无年。此岂能为？归之于天。犰狳。

治在得贤，亡由失人。狱狱之来，乃致狡宾。归之冥应，谁见其津。狱狱。

水圆四十，潜源溢沸。灵龟爰处，掉尾养气。庄生是感，挥竿傲贵。蠵龟。

茫茫帝台，维灵之贵。爰有石棋，五彩焕蔚。筋祷百神，以和天气。帝台棋。

山膏如豚，厥性好骂。黄棘是食，匪子匪化。虽无贞操，理同不嫁。山膏兽黄棘。

爰有嘉树，厥名曰栯。薄言采之，窈窕是服。君子维欢，家无反目。栯木。

荀草赤实，厥状如菅。妇人服之，练色易颜。夏姬是艳，厥媚三迁。荀草。

厥苞橘櫾，奇者维甘。朱实金鲜，叶蒨翠蓝。灵均是咏，以为美谈。橘櫾。

大騩之山，爰有苹草。青华白实，食之无夭。虽不增龄，可以穷老。苹。

蝮维毒魁，鸩鸟是啖。拂翼鸣林，草瘁木惨。羽行隐戮，厥罚难犯。鸩鸟。

岷山之精，上络东井。始出一勺，终致森冥。作纪南夏，天清地静。岷山。

青耕御疫，跂踵降灾。物之相反，各以气来。见则民咨，实为病媒。跂踵。

清泠之水，在乎山顶。耕父是游，流光洒景。黔首祀禜，以弭灾眚。神耕父。

帝台之水，饮蠲心病。灵府是涤，和神养性。食可逍遥，濯发浴泳。帝台浆。

贱无定贡，贵无常珍。物不自物，自物由人。万事皆然，岂伊蛇鳞。自此山来，虫为蛇，蛇号为鱼。

三珠所生，赤水之际。翘叶柏竦，美壮若彗。濯彩丹波，自相霞映。三珠树。

有人爰处，圜邱之上。赤泉驻年，神木养命。禀此遐龄，悠悠无竟。不死国。

虽云一气，呼吸异道。观则俱见，食则皆饱。物形自周，造化非巧。三首国。

群籁舛吹，气有万殊。大人三丈，焦侥尺余。混之一归，此亦侨如。焦侥国。

圣德广被，物无不怀。爰乃殂落，封墓表哀。异类犹然，矧乃华黎。狄山，帝尧葬于阳，帝喾葬于阴。

聚肉有眼，而无肠胃。与彼马勃，颇相仿佛。奇在不尽，食之薄味。视肉。

笙御飞龙，果舞九代。云融是挥，玉璜是佩。对扬帝德，禀天灵诲。夏后启。

品物流行，以散混沌。增不为多，减不为损。厥变难原，请寻其本。三身国、一臂国。

彼姝者子，谁氏二女？曷为水间，操鱼持俎？厥俪安在？离群逸处。女祭、女戚。

十日并煤，女丑以毙。暴于山阿，挥袖自翳。彼美谁子？逢天之厉。女丑尸。

轩辕之人，承天之祜。冬不袭衣，夏不扇暑。犹气之和，家为彭祖。轩辕国。

飞黄奇骏，乘之难老。揣角轻腾，忽若龙矫。实鉴有德，乃集厥皂。乘黄。

万物相传，非子则根。无胷因心，构肉生魂。所以能然，尊形者存。无胷国。

苍四不多，此一不少。于野冥瞀，洞见无表。形游逆旅，所贵维眇。一目国。

神哉夸父，难以理寻。倾沙逐日，遁形邓林。触类而化，应无常心。夸父。

女子鲛人，体近蚕蚨。出珠匪甲，吐丝匪蛹。化出无方，物岂有种。欧丝野。

牢悲海鸟，西子骇麇。或贵穴倮，或尊裳衣。物我相倾，孰了是非。毛民国。

狌狌之状，形乍如犬。厥性识往，为物警辨。以酒招灾，自贻缨胃。狌狌。

昆仑之阳，鸿鹭之阿。爰有嘉谷，号曰木禾。匪植匪艺，自然灵播。木禾。

万物暂见，人生如寄。不死之树，寿蔽天地。请药西姥，焉得如羿。不死树。

醴泉睿木，养龄尽性，增气之和，祛神之冥。何必生知，然后为圣。甘水圣木。

金精朱鬛，龙行骏跱。拾节鸿鹜，尘不及起。是谓吉黄，释圣牖里。吉良。

怪兽五彩，尾参于身。矫足千里，倏忽若神。是谓驺虞，《诗》叹其仁。驺虞。

子夜之尸，体分成七。离不为疏，合不为密。苟以神御，形归于一。王子夜尸。

都广之野，珍怪所聚。爰有羑谷，鸾歌凤舞。后稷托终，乐哉斯土。都广之野。

吹万不同，阳煦阴蒸。款冬之生，擢颖坚冰。物休所安，焉知涣凝。款冬。

车前之草，别名芣苢。王会之云，其实如李。名之相乱，在乎疑似。芣苢。

草皮之良，莫贵于麻，用无不给，服无不加。至物在迩，求之好遐。麻。

萍之在水，犹卉植地，靡见其布，漠尔鳞被。物无常托，孰知所寄。萍。

夏侯湛

东方朔画赞

大夫讳朔，字曼倩，平原厌次人也。魏建安中，分厌次以为乐陵郡，故又为郡人焉。事汉武帝，《汉书》具载其事。

先生瑰玮博达，思周变通。以为浊世不可以富贵也，故薄游以取位；苟出不可以直道也，故颉颃以傲世；傲世不可以垂训也，故正谏以明节；明节不可以久安也，故诙谐以取容。洁其道而秽其迹，清其质而浊其文，弛张而不为邪，进退而不离群。若乃远心旷度，赡智宏材，倜傥博物，触类多能，合变以明算，幽赞以知来；自《三坟》《五典》《八索》《九邱》，阴阳图纬之学，百家众流之论，周给敏捷之辩，支离覆逆之数，经脉药石之艺，射御书计之术，乃研精而究其理，不习而尽其功，经目而讽于口，过耳而暗于心。夫其明济开豁，包含弘大，凌轹卿相，嘲哂豪杰，笼罩靡前，跆藉贵势，出不休显，贱不忧戚，戏万乘若寮友，视俦列如草芥，雄节迈伦，高气盖世，可谓拔乎其萃，游方之外者已。谈者又以先生嘘吸冲和，吐故纳新，蝉蜕龙变，弃俗登仙，神交造化，灵为星辰，此又奇怪惚恍，不可备论者也。大人来守此国，仆自京都言归定省，睹先生之县邑，想先生之高风，徘徊路寝，见先生之遗像；逍遥城郭，观先生之祠宇，慨然有怀，乃作颂焉。其辞曰：

> 矫矫先生，肥遁居贞。退不终否，进亦避荣。临世濯足，希古振缨，涅而无滓，既浊能清。无滓伊何，高明克柔；能清伊何，视污若浮。乐在必行，处沦罔忧。跨世凌时，远蹈独游。瞻望往代，爰想遐踪，邈邈先生，其道犹

龙。染迹朝隐，和而不同。栖迟下位，聊以从容。

我来自东，言适兹邑。敬问墟坟，企伫原隰。墟墓徒存，精灵永戢。民思其轨，祠宇斯立。徘徊寺寝，遗像在图。周旋祠宇，庭序荒芜。榱栋倾落，草莱弗除。肃肃先生，岂焉是居？是居弗形，悠悠我情。昔在有德，罔不遗灵。天秩有礼，神监孔明。仿佛风尘，用垂颂声。

袁　宏

三国名臣序赞

夫百姓不能自治，故立君以治之；明君不能独治，则为臣以佐之。然则三五迭隆，历世承基，揖让之与干戈，文德之与武功，莫不宗匠陶钧，而群才缉熙，元首经略，而股肱肆力。遭离不同，迹有优劣；至于体分冥固，道契不坠，风美所扇，训革千载，其揆一也。故二八升而唐朝盛，伊吕用而汤武宁，三贤进而小白兴，五臣显而重耳霸。中古凌迟，斯道替矣。居上者不以至公理物，为下者必以私路期荣；御圆者不以信诚率众，执方者必以权谋自显。于是君臣离而名教薄，世多乱而时不治。故蘧宁以之卷舒，柳下以之三黜，接舆以之行歌，鲁连以之赴海。衰世之中，保持名节，君臣相体，若合符契，则燕昭、乐毅，古之流也。夫未遇伯乐，则千载无一骥；时值龙颜，则当年控三杰。汉之得材，于斯为贵。高祖虽不以道胜御物，群下得尽其忠；萧、曹虽不以三代事主，百姓不失其业。静乱庇人，抑亦其次。

夫时方颠沛，则显不如隐；万物思治，则默不如语。是以古之君子，不患弘道难，遭时难；遭时匪难，遇君难。故有道无时，孟子所以咨嗟；有时无君，贾生所以垂泣。夫万岁一期，有生之通途；千载一遇，贤智之嘉会。遇之不能无欣，丧之何能无慨。古人之言，信有情哉！余以暇日，常览《国志》，考其君臣，比其行事，虽道谢先代，亦异世一时也。

文若怀独见之明，而有救世之心。论时则民方涂炭，计能则莫出魏武。故委面霸朝，豫议世事。举才不以标鉴，故久之而后显；筹画不以要功，故事至而后定。虽亡身明顺，识亦高矣。

董卓之乱，神器迁逼。公达慨然，志在致命。由斯而谈，故以大存名节。至如身为汉隶，而迹入魏幕，源流趣舍，其亦文若之谓。所以存亡殊致，始终不同；将以文若既明，名教有寄乎？夫仁义不可不明，则时宗举其致；生理不可不全，故达识摄其契。相与弘道，岂不远哉！

崔生高朗，折而不挠。所以策名魏武，执笏霸朝者，盖以汉主当阳，魏后北面者哉？若乃一旦进玺，君臣易位，则崔子所不与，魏武所不容。夫江湖所以济舟，亦所以覆舟；仁义所以全身，亦所以亡身。然而先贤玉摧于前，来哲攘袂于后，岂非天怀发中，而名教束物者乎？

孔明盘桓，俟时而动，遐想管乐，远明风流。治国以礼，民无怨声。刑罚不滥，没有余泣。虽古之遗爱，何以加兹！及其临终顾托，受遗作相，刘后授之无疑心，武侯处之无惧色，继体纳之无贰情，百姓信之无异辞，君臣之际，良可咏矣。

公瑾卓尔，逸志不群。总角料主，则素契于伯符；晚节曜奇，则参分于赤壁。惜其龄促，志未可量。

子布佐策，致延誉之美。辍哭止哀，有翼戴之功。神情所涉，岂徒塞愕而已哉！然而杜门不用，登坛受讥。夫一人之身，所照未异，而用舍之间，俄有不同。况沉迹沟壑，遇与不遇者乎？

夫诗颂之作，有自来矣，或以吟咏性情，或以述德显功，虽大旨同归，所托或乖。若夫出处有道，名体不滞，风轨德音，为世作范，不可废也。故复撰序所怀以为之赞云。《魏志》九人，《蜀志》四人，《吴志》七人。荀彧，字文若；诸葛亮，字孔明；周瑜，字公瑾；荀攸，字公达；庞统，字士元；张昭，字子布；袁涣，字曜卿；蒋琬，字公琰；鲁肃，字子敬；崔琰，字季珪；黄权，字公衡；诸葛瑾，字子瑜；徐邈，字景山；陆逊，字伯言；陈群，字长文；顾雍，字元叹；夏侯玄，字泰初；虞翻，字仲翔；王经，字承宗；陈泰，字玄伯。

火德既微，运缠大过，洪飙扇海，二溟扬波。虬虎虽惊，风云未和，潜鱼择渊，高鸟候柯。赫赫三雄，并回乾轴，竞收杞梓，争采松竹。凤不及栖，龙不暇伏，谷无幽兰，岭无亭菊。

英英文若，临鉴洞照，应变知微，探赜赏要。日月在躬，隐之弥曜，文明映心，钻之愈妙。沧海横流，玉石同碎，达人兼善，废己存爱。谋解时纷，功济宇内。始救生人，终明风概。荀彧。

公达潜朗，思同蓍蔡，运用无方，动摄群会。爰初发迹，遭此颠沛，神情玄定，处之弥泰。愔愔幕里，算无不经，亹亹通韵，迹不暂停。虽怀尺璧，顾哂连城。知能拯物，愚足全生。荀攸。

郎中温雅，器识纯素，贞而不谅，通而能固。恂恂德心，汪汪轨度，志成弱冠，道敷岁暮。仁者必勇，德亦有言，虽遇履虎，神气恬然。行不修饰，名节无怨，操不激切，素风愈鲜。袁涣。

邈哉崔生，体正心直，天骨疏朗，墙宇高嶷。忠存轨迹，义形风色。思树芳兰，剪除荆棘。民恶其上，时不容哲。琅琅先生，雅杖名节。虽遇尘雾，犹振霜雪。运极道消，碎此明月。崔琰。

景山恢诞，韵与道合，形器不存，方寸海纳。和而不同，通而不杂。遇醉忘辞，在醒贻答。徐邈。

长文通雅，义格终始，思戴元首，拟伊同耻。民未知德，惧若在己。嘉谋肆庭，谠言盈耳。玉生虽丽，光不逾把；德积虽微，道映天下。陈群。

渊哉泰初，宇量高雅，器范自然，标准无假。全身由直，迹污必伪，处死匪难，理存则易。万物波荡，孰任其累？六合徒广，容身靡寄。夏侯玄。

君亲自然，匪由名教，敬授既同，情礼兼到。烈烈王生，知死不挠，求仁不远，期在忠孝。王经。

玄伯刚简，大存名体，志在高构，增堂及陛。端委虎门，正言弥启，临危致命，尽其心礼。陈泰。

堂堂孔明，基宇宏邈，器同生民，独禀先觉。标榜风流，远明管乐。初九龙盘，雅志弥确。百六道丧，干戈迭用，苟非命世，孰扫雰雺？宗子思宁，薄言解控，释褐中林，郁为时栋。诸葛亮。

士元弘长，雅性内融，崇善爱物，观始知终。丧乱备矣，胜涂未隆，先生标之，振起清风。绸缪哲后，无妄惟时，夙夜匪懈，义在缉熙。三略既陈，霸业已基。庞统。

公琰殖根，不忘中正，岂曰模拟，实在雅性。亦既羁勒，负荷时命，推贤恭己，久而可敬。蒋琬。

公衡冲达，秉心渊塞，媚兹一人，临难不惑。畴昔不造，假翮邻国，进能徽音，退不失德。黄权。

六合纷纭，民心将变，鸟择高梧，臣须顾盼。公瑾英达，朗心独见，披草求君，定交一面。桓桓魏武，外托霸迹，志掩衡霍，恃战忘敌。卓卓若人，曜奇赤壁，三光参分，宇宙暂隔。周瑜。

子布擅名，遭世方扰，抚翼桑梓，息肩江表。王略威夷，吴魏同宝，遂献宏谟，匡此霸道。桓王之薨，大业未纯，把臂托孤，惟贤与亲。辍哭止哀，临难忘身。成此南面，实由老臣。张昭。

才为世出，世亦须才，得而能任，贵在无猜。昂昂子敬，拔迹草莱，荷担吐奇，乃构云台。鲁肃。

子瑜都长，体性纯懿，谏而不犯，正而不毅。将命公庭，退忘私位，岂无鹣鸽？固慎名器。诸葛瑾。

伯言蹇蹇，以道佐世，出能勤功，入能献替。谋宁社稷，解纷挫锐，正以招疑，忠而获戾。陆逊。

元叹穆远，神和形检，如彼白珪，质无尘玷。立上以恒，匡上以渐。清不增洁，浊不加染。顾雍。

仲翔高亮，性不和物，好是不群，折而不屈。屡摧逆鳞，直道受黜。叹过孙阳，放同贾屈。虞翻。

诜诜众贤，千载一遇，整辔高衢，骧首天路。仰挹玄流，俯弘时务，名节殊涂，雅致同趣。日月丽天，瞻之不坠；仁义在躬，用之不匮。尚想重晖，载挹载味，后生击节，懦夫增气。

孙　绰

聘士徐君墓颂

晋南昌相太原县君，白汉故聘士徐君之灵：

惟君风轨英邃，音徽远播，餐仰芳流，宗揖在昔。古人有言："闻伯夷之风者，懦夫有立志。"仰先生之道，岂无青云之怀哉！余以不才，忝宰兹邑，遐宗有道，思揖远风。乃与友人殷浩等，束带灵坟，奉瞻祠宇。虽玉质幽潜，而目想令仪；雅音永寂，而心存高范。徘徊墟垅，仰眄松林，哀有形之短化，悼令德之长泯，怃然有感，凄然增伤。夫讽谣生于情托，《雅》《颂》兴乎所钦。匪于咏述，孰寄斯怀？颂曰：

> 岩岩先生，迈此英风，含真独畅，心夷体冲，高蹈域表，淑问显融。昂昂五贤，赫赫八俊，虽曰休明，或婴险亏。岂若先生，保兹玉润，超世作范，流光遐振。坟茔磊落，松竹萧森，荟丛蔚蔚，虚宇愔愔。游兽戏阿，嘤鸟鸣林。嗟乎徐君，不闻其音。徘徊邱侧，凄焉流襟。何以舒蕴，援翰托心。

陶 潜

读史述

余读《史记》，有所感而述之。

二子让国，相将海隅。天人革命，绝景穷居。采薇高歌，慨想黄虞。贞风凌俗，爰感懦夫。夷齐。

去乡之感，犹有迟迟。矧伊代谢，触物皆非。哀哀箕子，云胡能夷？狡童之歌，凄矣其悲。箕子。

知人未易，相知实难。淡美初交，利乖岁寒。管生称心，鲍叔必安。奇情双亮，令名俱完。管、鲍。

遗生实难，士为知己。望义如归，允伊二子。程生挥剑，惧兹余耻。令德永闻，百代见纪。程、杵。

恂恂舞雩，莫曰匪贤。俱映日月，共餐至言。恸由才难，感为情牵。回也早夭，赐独长年。七十二弟子。

进德修业，将以及时。如彼稷契，孰不愿之？嗟乎二贤，逢世多疑。候詹写志，感鹏献辞。屈、贾。

丰狐隐穴，以文自残。君子失时，白首抱关。巧行居灾，枝辨召患。哀矣韩生，竟死《说难》。韩非。

易代随时，迷变则愚。介介若人，特为贞夫。德不百年，污我《诗》《书》。逝然不顾，被褐幽居。鲁二儒。

远哉长公，萧然何事？世路多端，皆为我异。敛辔揭来，独养其志。寝迹穷年，谁知其意。张长公。

傅 玄

拟金人铭作口铭

神以感通，心繇口宣。福生有兆，祸来有端。情莫多妄，口莫多言。蚁孔溃河，溜穴倾山。病从口入，祸从口出。存亡之机，开阖之术。口与心谋，安危之源。枢机之发，荣辱存焉。

裴子野

女史箴

膏不厌鲜，水不厌清。玉不厌洁，兰不厌馨。尔形信直，影亦不曲。尔声信清，响亦不浊。绿衣虽多，无贵于色。邪径虽利，无尚于直。春华虽美，期于秋实。冰璧虽泽，期于见日。浴者振衣，沐者弹冠。人知正服，莫知行端。服美动目，行美动神。天道祐顺，常与吉人。

卞 兰

座右铭

重阶连栋，必浊汝真。金宝满堂，将乱汝神。厚味来殃，艳色危身。求高反坠，务厚更贫。闭情塞欲，老氏所珍。周庙之铭，仲尼是遵。审慎汝口，戒无失人。从容顺时，和光同尘。无谓冥漠，人不汝闻。无谓幽宦，处独若群。不为福先，不与祸邻。守元执素，无乱大伦。常若临深，终始为纯。

王　褒

皇太子箴

臣闻教化爰始，咏歌不足；政俗既移，《风》《雅》斯变。伏惟皇明御宇，功均造物，改文为质，斫雕成素。皇太子淳雷居震，明两作离，春夏干戈，秋冬羽籥。叔誉惭五称之对，师旷降四马之恩。窃以太史官箴，《虞书》所诫。永树芳烈，丞相所以垂文；深睹安危，太傅以之陈训。敢自斯义，献箴云尔：

天生蒸民，司牧斯树。咸熙庶绩，式昭王度。惠民垂统，元良继体。丽正离晖，惟机天启。令问令望，闻《诗》闻礼。从曰抚军，守曰监国。秋坊通梦，春宫养德。桓荣献书，苟攸观则。元子为士，齿卿命秩。朝服寝门，回车作室。正阳君位，乔枝父道。臣子所崇，忠孝为宝。勿谓居尊，祸福无门。勿谓亲贤，王道无偏。无为虑始，无为事先。损之又损，全之亦全。无往不复，无平不陂。美疢甘言，鲜不为累。则哲惟难，知人未易。居室为善，分阴无弃。亡保其存，危安其位。神听不惑，天妖斯忌。文昌著于前星，秬鬯由于守器。庶僚司箴，敢告阍寺。

高　允

征士颂

昔岁同征，零落将尽，感逝怀人，作《征士颂》。盖止于应命者，其有命而不至，则阙焉。群贤之行，举其梗概矣，今著之于左。

夫百王之御世也，莫不资仗群才，以隆治道。故周文以多士克宁，汉武以得贤为盛。此载籍之所记，由来之常义。魏自神䴥以后，宇内平定。诛赫连积世之僭，扫穷发不羁之寇，南摧江楚，西荡凉域，殊方之外，慕义而至。于是偃兵息甲，修立文学，登延俊造，酬咨政事，梦想贤哲，思遇其人，访诸有司，以求明士。咸称范阳卢元等四十二人，皆冠冕之胄，著问州邦，有羽仪之用。亲发明诏，以征元等。乃旷官以待之，悬爵以縻之。其就命三十五人。自余依例州郡所遣者，不可称记。尔乃髦士盈朝，而济济之美兴焉。昔与之俱蒙斯举，或从容廊庙，或游集私门，上谈公务，下尽忻娱，以为千载一时，始于此矣。日月推移，吉凶代谢，同征之人，凋歼殆尽。在者数子，然复分张。往昔之忻，变为悲戚。张仲业东临营州，迟其还反，一叙于怀。齐衿于垂殁之年，写情于桑榆之末，其人不幸，复至殒殁。在朝者皆后进之士，居里者非畴昔之人，进涉无寄心之所，出入无解颜之地，顾省形骸，所以永叹而不已。夫颂者美盛德之形容，亦可以长言寄意。不为文二十年矣，然词切于心，岂可默乎。遂为之颂词曰：

> 紫气干霄，群雄乱夏，王龚徂征，戎车屡驾。扫荡游氛，克剪妖霸。四海从风，八垠渐化。政教无外，既宁且

一；偃武宁兵，惟文是恤。帝乃旁求，搜贤举逸。岩隐投竿，异人并出。

叠叠卢生，量远思纯。钻道据德，游艺依仁。旌弓既招，释褐投巾。摄齐升堂，嘉谋日陈。自东徂南，跃马驰轮。僭凭影附，刘以和亲。

茂祖茕单，凤雁不造。克己勉躬，聿隆家道。敦心《六经》，游思文藻。终辞宠命，以之自保。

燕常笃信，百行靡遗。位不苟进，任理栖迟。居冲守约，好让善推。思贤乐古，如渴如饥。

子翼致远，道赐悟深。相期以义，相和若琴。并参幕府，俱发德音。优游卒岁，聊以寄心。

祖根运会，克光厥猷。仰缘朝恩，俯因德友。功虽后建，禄实先受。班同旧臣，位并群后。

士衡孤立，内省靡疚。言不崇华，交不遗旧。以产则贫，论道则富。所谓伊人，实邦之秀。

卓矣友规，秉兹淑量。存彼大方，摈此细让。神与理冥，形随流浪。虽屈王侯，莫废其尚。

赵实名区，世多奇士。山岳所钟，挺生三李。矫矫清风，抑抑容止。初九而潜，望云而起。

诜尹西都，灵惟作傅。垂训王宫，载理云雾。熙虽中天，迹阶郎署。余尘可挹，终亦显著。

仲业渊长，雅性清到。宪章古式，绸缪典诰。时值险难，常一其操。纳众以仁，训下以孝。化彼龙川，民归其教。

迈则英贤，侃亦称选。闻达邦家，名行素显。志在兼济，岂伊独善。绳匠弗顾，功不获展。

刘许履忠，竭力致躬。出能骋说，入献其功。辎轩一举，挠燕下崇。名彰魏世，享业亦隆。

道茂夙成，弱冠播名。与朋以信，行物以诚。怡怡昆弟，穆穆家庭。发响九皋，翰飞紫冥。频在省闼，亦司于京。刑以之中，政以之平。

猗欤彦鉴，思参文雅。率性任真，器成非假。靡矜于高，莫耻于下。乃谢朱门，归迹林野。

宗敬延誉，号为四俊。华藻云飞，金声夙振。中遇沉疴，赋诗以讯。忠显于辞，理出于韵。

高沧朗达，默识渊通。领新悟异，发自心胸。质侔和璧，文炳雕龙。耀姿天邑，衣锦旧邦。

士元先觉，介焉不惑。振袂来庭，始宾王国。蹈方履正，好是绳墨。淑人君子，其仪不忒。

孔称游夏，汉美渊云。越哉伯度，出类逾群。司言秘阁，作牧河汾。移风易俗，理乱解纷。融彼滞义，涣此潜文。儒道以析，九流以分。

崔宗二贤，诞性英伟。擢颖闾阎，闻名象魏。謇謇仪形，邈邈风气。达而不矜，素而能贲。

潘符标尚，杜熙好和。清不洁流，浑不同波。绝希龙津，止分上科。幽而逾显，损而逾多。

张纲柔谦，叔术正直。道雅洽闻，弼为兼识。拔萃衡门，俱渐鸿翼。发愤忘餐，岂要斗食？率礼从仁，罔愆于式。失不系心，得不形色。

郎苗始举，用均已试。智足周身，言足为治。性协于时，情敏于事。与今而同，与古曷异？

物以利移，人以酒昏。侯生洁己，惟义是敦。日纵醇醪，逾敬逾温。其在私室，如涉公门。

季才之性，柔而执竞。届彼南秦，申威致命。诱之以权，矫之以正。帝道用光，边土纳庆。

群贤遭世，显名有代。志竭其忠，才尽其概。体袭朱裳，腰纽双佩。荣曜当时，风高千载。君臣相遇，理实难偕。昔因朝命，与之克谐。披衿散想，解带舒怀。此昕如昨，存亡奄乖。静言思之，中心九摧。挥毫颂德，潸尔增哀。

元　结

中兴颂

天宝十四载，安禄山陷洛阳。明年，陷长安。天子幸蜀，太子即位于灵武。明年，皇帝移军凤翔。其年复两京，上皇还京师。於戏！前代帝王，有盛德大业者，必见于歌颂。若今歌颂大业，刻之金石，非老于文学，其谁宜为！颂曰：

嘻嘻前朝，孽臣奸骄，为昏为妖。边将骋兵，毒乱国经，群生失宁。大驾南巡，百寮窜身，奉贼称臣。天将昌唐，繄睨我皇，四马北方。独立一呼，千麾万旟，我卒前驱。我师其东，储皇抚戎，荡攘群凶。复服指期，曾不逾时，有国无之。事有至难，宗庙再安，二圣重欢。地辟天开，蠲除祅灾，瑞庆大来。凶徒逆俦，涵濡天休，死生堪羞。功劳位尊，忠烈名存，泽流子孙。盛德之兴，由高日升，万福是膺。能令大君，声容沄沄，不在斯文。湘江东西，中直浯溪，石崖天齐。可磨可镌，刊此颂焉，何千万年！

韩　愈

五箴并序

人患不知其过，既知之不能改，是无勇也。余生三十有八年。发之短者日益白，齿之摇者日益脱，聪明不及于前时，道德日负于初心。其不至于君子而卒为小人也，昭昭矣！作《五箴》以讼其恶云。

【游箴】

余少之时，将求多能，蚤夜以孜孜；余今之时，既饱而嬉，蚤夜以无为。呜呼余乎，其无知乎？君子之弃，而小人之归乎？

【言箴】

不知言之人，乌可与言？知言之人，默焉而其意已传。幕中之辩，人反以汝为叛；台中之评，人反以汝为倾。汝不惩邪！而呶呶以害其生邪！

【行箴】

行与义乖，言与法违，后虽无害，汝可以悔；行也无邪，言也无颇，死而不死，汝悔而何？宜悔而休，汝恶曷瘳？宜休而悔，汝善安在？悔不可追，悔不可为；思而斯得，汝则弗思。

【好恶箴】

无善而好，不观其道；无悖而恶，不详其故。前之所好，今见其尤；从也为比，舍也为仇。前之所恶，今见其臧；从也为愧，舍也为狂。维仇维比，维狂维愧，于身不祥，于德不义。不义不祥，维恶之大，几如是为，而不颠沛？齿之尚少，庸有不思，今其老矣，不慎胡为！

【知名箴】

内不足者，急于人知；需焉有余，厥闻四驰。今日告汝，知名之法：勿病无闻，病其哗哗。昔者子路，惟恐有闻，赫然千载，德誉愈尊。矜汝文章，负汝言语，乘人不能，掩以自取。汝非其父，汝非其师，不请而教，谁云不欺？欺以贾憎，掩以媒怨，汝曾不寤，以及于难。小人在辱，亦克知悔，及其既宁，终莫能戒。既出汝心，又铭汝前，汝如不顾，祸亦宜然！

后汉三贤赞

王充者何？会稽上虞。本自元城，爰来徙居。师事班彪，家贫无书，阅书于肆，市肆是游，一见诵忆，遂通众流。闭门潜思，《论衡》以修。为州治中，自免归欤。同郡友人，谢姓夷吾，上书荐之，待诏公车，以病不行。年七十余，乃作《养性》，一十六篇。肃宗之时，终于永元。

王符节信，安定临泾。好学有志，为乡人所轻。愤世著论，《潜夫》是名。《述赦》之篇，以赦为贼，良民之甚，其旨甚明。皇甫度辽，闻至乃惊，衣不及带，屣履出迎，岂若雁门，问雁呼卿。不仕终家，吁嗟先生。

仲长统公理，山阳高平。谓高干有雄志而无雄才，其后果败。以此有声，俶傥敢言。语默无常，人以为狂生。州郡会召，称疾不就。著论见情，初举尚书郎。后参丞相军事，卒不至于荣。论说古今，发愤著书，《昌言》是名。友人缪袭，称其文章，足继"西京"。四十一终，何其短邪，呜呼先生！三句用韵略仿秦碑。

柳宗元

伊尹五就桀赞

伊尹五就桀。或疑曰："汤之仁，闻且见矣，桀之不仁，闻且见矣，夫胡去就之亟也？"柳子曰："恶，是吾所以见伊尹之大者也。彼伊尹，圣人也。圣人出于天下，不夏、商其心，心乎生民而已。曰：'孰能由吾言？由吾言者为尧、舜，而吾生人尧、舜人矣？'退而思曰：'汤诚仁，其功迟；桀诚不仁，朝吾从而暮及于天下可也。'于是就桀。桀果不可得，反而从汤。既而又思曰：'尚可十一乎？使斯人蚤被其泽也。'又往就桀。桀不可，而又从汤。以至于百一、千一、万一，卒不可，乃相汤伐桀。俾汤为尧、舜，而人为尧、舜之人，是吾所以见伊尹之大者也。仁至于汤矣，四去之；不仁至于桀矣，五就之。大人之欲速其功如此。不然，汤、桀之辨，一恒人尽之矣，又奚以憧憧圣人之足观乎？吾观圣人之急生人，莫若伊尹；伊尹之大，莫若于五就桀。"作《伊尹五就桀赞》：

圣有伊尹，思德于民。往归汤之仁，曰仁则仁矣，非久不亲。退思其速之道，宜夏是因。就焉不可，复反亳殷。犹不忍其迟，亟往以观。庶狂作圣，一日胜残。至千万冀一，卒无其端。五往不疲，其心乃安。遂升自陑，黜桀尊汤，遗民以完。大人无形，与道为偶。道之为大，为民父母。大矣伊尹，惟圣之首。既得其仁，犹病其久。恒人所疑，我之所大。呜呼远哉！志以为诲。

平淮夷雅

《皇武》，命丞相度董师，集大功也。

皇耆其武，于潋于淮。既巾乃车，环蔡其来。狡众昏嚚甚毒于醒。狂奔叫呶，以干大刑。

皇咨于度，惟汝一德。旷诛四纪，其徯汝克。锡汝斧钺，其往视师。师是蔡人，以宥以厘。

度拜稽首，庙于元龟。既祃既类，于社是宜。金节煌煌。锡盾雕戈。犀甲熊旂，威命是荷。

度拜稽首，出次于东。天子饯之，蠹罘是崇。鼎臑俎截。五献百笾。凡百卿士，班以周旋。

既涉于浐，乃翼乃前。孰图厥犹，其佐多贤。宛宛周道，于山于川。远扬迩昭，陟降连连。

我旆我旗，于道于陌。训于群帅，拳勇来格。公曰徐之，无恃额额。式和尔容，惟义之宅。

进次于郾，彼昏卒狂。哀凶鞠顽，锋猬斧蟥。赤子匍匐。厥父是亢。怒其萌芽，以悖太阳。

王旅浑浑，是伏是怙。既获敌师，若饥得铺。蔡凶伊窘，悉起来聚。左捣其虚，靡愆厥虑。

载辟载袚，丞相是临。弛其武刑，谕我德心。其危既安，有长如林。曾是谨诡，化为讴吟。

皇曰来归，汝复相予。爵之成国，胙以夏墟。度拜稽首，天子圣神。度拜稽首，皇祐下人。

淮夷既平，震是朔南。宜庙宜郊，以告德音。归牛休马，丰稼于野。我武惟皇，永保无疆。右皇武。

"方城"，命愬守也。卒入蔡，得其大丑，以平淮右。

方城临临，王卒崾之。匪徼匪竞，皇有正命。皇命于愬，往舒余仁。踏彼艰顽，柔惠是驯。

恝拜即命，于皇之训。既砺既攻，以后厥刃。王师巇巇，熊罴是式。衔勇韬力，日思予殛。

寇昏以狂，敢蹈恝疆。士获厥心，大祖高骧。长戟酋矛，粲其绥章。右翦左屠，聿禽其良。

其良既宥，告以父母。恩柔于肌，卒贡尔有。维彼攸恃，乃侦乃诱。维彼攸宅，乃发乃守。

其恃爰获，我功我多。阴谋厥图，以究尔讹。雨雪洋洋，大风来加。于燠其寒，于迩其遐。

汝阴之茫，悬瓠之峨。是震是拔，大歼厥家。狡虏既麋，输于国都。示之市人，即社行诛。

乃谕乃止，蔡有厚喜。完其室家，仰父俯子。汝水沄沄，既清而瀰。蔡人行歌，我步逶迟。　　　蔡人歌矣，蔡风和矣。孰颡蔡初，胡瓶尔居。式慕以康，为愿有余。是究是咨，皇德既舒。

皇曰咨恝，裕乃父功。昔我文祖，惟西平是庸。内诲于家，外刑于邦。孰是蔡人，而不率从。

蔡人率止，惟西平有子。西平有子，惟我有臣。畴允大邦，俾惠我人。于庙告功，以顾万方。右方城。

程　子

四箴

【视箴】

心兮本虚，应物无迹。操之有要，视为之则。蔽交于前，其中则迁。制之于外，以安其内。克己复礼，久而诚矣。

【听箴】

人有秉彝，本乎天性。知诱物化，遂亡其正。卓彼先觉，知止有定。闲邪存诚，非礼勿听。

【言箴】

人心之动，因言以宣。发禁躁妄，内斯静专。矧是枢机，兴戎出好。吉凶荣辱，惟其所召。伤易则诞，伤烦则支。己肆物忤，出悖来违。非法不道，钦哉训辞。

【动箴】

哲人知几，诚之于思。志士励行，守之于为。顺理则裕，从欲惟危。造次克念，战兢自持。习与性成，圣贤同归。

范　浚

心箴

茫茫堪舆，俯仰无垠。人于其间，眇然有身。是身之微，太仓稊米。参为三才，曰惟心尔。往古来今，孰无此心？心为形役，乃兽乃禽。惟口耳目，手足动静。投间抵隙，为厥心病。一心之微，众欲攻之。其与存者，呜呼几希！君子存诚，克念克敬。天君泰然，百体从令。

朱　子

六先生画像赞
【濂溪先生】

道丧千载，圣远言湮。不有先觉，孰开我人？书不尽言，图不尽意。风月无边，庭草交翠。

【明道先生】

扬休山立，玉色金声。元气之会，浑然天成。瑞日祥云，和风甘雨。龙德正中，厥施斯普。

【伊川先生】

规员矩方，绳直准平。允矣君子，展也大成！布帛之文，菽栗之味，知德者希，孰识其贵？

【康节先生】

天挺人豪，英迈盖世。驾风鞭霆，历览无际。手探月窟，足蹑天根。闲中今古，静里乾坤。

【横渠先生】

蚤悦孙吴，晚逃佛老，勇撤皋比，一变至道。精思力践，妙契疾书。订顽之训，示我广居。

【涑水先生】

笃学力行，清修苦节。有德有言，有功有烈。深衣大带，张拱徐趋。遗像凛然，可肃薄夫！

长沙杨书霖襄校

经史百家杂钞

第 2 册

（清）曾国藩 ◇ 编

古书生 ◇ 标点

国家图书馆出版社

第二册目录

卷八　序跋之属一

易

乾

【文言】

"元"者，善之长也；"亨"者，嘉之会也；"利"者，义之和也；"贞"者，事之干也。君子体仁，足以长人；嘉会，足以合礼；利物，足以和义；贞固，足以干事。君子行此四德者，故曰"乾：元、亨、利、贞"。

初九曰"潜龙勿用"，何谓也？子曰："龙德而隐者也。不易乎世，不成乎名，遁世无闷，不见是而无闷。乐则行之，忧则违之，确乎其不可拔，潜龙也。"

九二曰"见龙在田，利见大人"，何谓也？子曰："龙德而正中者也。庸言之信，庸行之谨，闲邪存其诚，善世而不伐，德博而化。《易》曰'见龙在田，利见大人'，君德也。"

九三曰"君子终日乾乾，夕惕若厉，无咎"，何谓也？子曰："君子进德修业。忠信所以进德也。修辞立其诚，所以居业也。知至至之，可与几也。知终终之，可与存义也。是故居上位而不骄，在下位而不忧，故乾乾因其时而惕，虽危无咎矣。"

　　九四曰"或跃在渊，无咎"，何谓也？子曰："上下无常，非为邪也。进退无恒，非离群也。君子进德修业，欲及时也，故无咎。"

　　九五曰"飞龙在天，利见大人"，何谓也？子曰："同声相应，同气相求。水流湿，火就燥，云从龙，风从虎，圣人作而万物睹。本乎天者亲上，本乎地者亲下，则各从其类也。"

　　上九曰"亢龙有悔"，何谓也？子曰："贵而无位，高而无民，贤人在下位而无辅，是以动而有悔也。"

　　"潜龙勿用"，下也。"见龙在田"，时舍也。"终日乾乾"，行事也。"或跃在渊"，自试也。"飞龙在天"，上治也。"亢龙有悔"，穷之灾也。乾元"用九"，天下治也。

　　"潜龙勿用"，阳气潜藏。"见龙在田"，天下文明。"终日乾乾"，与时偕行。"或跃在渊"，乾道乃革。"飞龙在天"，乃位乎天德。"亢龙有悔"，与时偕极。乾元"用九"，乃见天则。

　　乾"元"者，始而亨者也。"利贞"者，性情也。乾始能以美利利天下，不言所利，大矣哉！大哉乾乎！刚健中正，纯粹精也。六爻发挥，旁通情也。"时乘六龙"，以"御天"也。"云行雨施"，天下平也。君子以成德为行，日可见之行也。"潜"之为言也，隐而未见，行而未成，是以君子"弗用"也。

　　君子学以聚之，问以辨之，宽以居之，仁以行之。《易》曰"见龙在田，利见大人"，君德也。

　　九三重刚而不中，上不在天，下不在田，故乾乾因其时而惕，虽危无咎矣。

　　九四重刚而不中，上不在天，下不在田，中不在人，故"或"之。"或"之者，疑之也，故"无咎"。

　　夫"大人"者，与天地合其德，与日月合其明，与四时合其序，与鬼神合其吉凶，先天而天弗违，后天而奉天时。天且弗违，而况于人乎？况于鬼神乎？

"亢"之为言也，知进而不知退，知存而不知亡，知得而不知丧。其唯圣人乎！知进退存亡而不失其正者，其唯圣人乎！

坤
【文言】

坤至柔而动也刚，至静而德方，后得主而有常，含万物而化光。坤道其顺乎，承天而时行。积善之家必有余庆，积不善之家必有余殃。臣弑其君，子弑其父，非一朝一夕之故，其所由来者渐矣，由辩之不早辩也。《易》曰"履霜，坚冰至"，盖言顺也。

"直"其正也，"方"其义也。君子敬以直内，义以方外，敬义立而德不孤。"直、方、大，不习无不利"，则不疑其所行也。

阴虽有美，"含"之以从王事，弗敢成也。地道也，妻道也，臣道也，地道无成而代有终也。

天地变化，草木蕃。天地闭，贤人隐。《易》曰"括囊，无咎无誉"，盖言谨也。

君子黄中通理，正位居体，美在其中而畅于四支，发于事业，美之至也。

阴疑于阳必战，为其嫌于无阳也，故称"龙"焉。犹未离其类也，故称"血"焉。夫玄黄者，天地之杂也，天玄而地黄。

上系七爻

"鸣鹤在阴，其子和之。我有好爵，吾与尔靡之。"子曰："君子居其室，出其言善，则千里之外应之，况其迩者乎？居其室，出其言不善，则千里之外违之，况其迩者乎？言出乎身，加乎民；行发乎迩，见乎远。言行，君子之枢机。枢机之发，荣辱之主也。言行，君子之所以动天地也，可不慎乎！”

“《同人》：先号咷而后笑。”子曰：“君子之道，或出或处，或默或语。二人同心，其利断金。同心之言，其臭如兰。”

“初六，藉用白茅，无咎。”子曰：“苟错诸地而可矣，藉之用茅，何咎之有？慎之至也。夫茅之为物薄，而用可重也。慎斯术也以往，其无所失矣。”

“劳谦，君子有终，吉。”子曰：“劳而不伐，有功而不德，厚之至也。语以其功下人者也。德言盛，礼言恭；谦也者，致恭以存其位者也。”

“亢龙有悔。”子曰：“贵而无位，高而无民，贤人在下位而无辅，是以动而有悔也。”

“不出户庭，无咎。”子曰：“乱之所生也，则言语以为阶。君不密则失臣，臣不密则失身，几事不密则害成。是以君子慎密而不出也。”

子曰：“作《易》者，其知盗乎？《易》曰：‘负且乘，致寇至。’负也者，小人之事也。乘也者，君子之器也。小人而乘君子之器，盗思夺之矣。上慢下暴，盗思伐之矣。慢藏诲盗，冶容诲淫。《易》曰：‘负且乘，致寇至。’盗之招也。”

下系十一爻

《易》曰“憧憧往来，朋从尔思”。子曰：“天下何思何虑？天下同归而殊涂，一致而百虑。天下何思何虑？日往则月来，月往则日来，日月相推而明生焉。寒往则暑来，暑往则寒来，寒暑相推而岁成焉。往者屈也，来者信也，屈信相感而利生焉。尺蠖之屈，以求信也；龙蛇之蛰，以存身也。精义入神，以致用也；利用安身，以崇德也。过此以往，未之或知也；穷神知化，德之盛也。”

　　《易》曰："困于石，据于蒺藜，入于其宫，不见其妻，凶。"子曰："非所困而困焉，名必辱。非所据而据焉，身必危。既辱且危，死期将至，妻其可得见邪！"

　　《易》曰："公用射隼于高墉之上，获之，无不利。"子曰："隼者，禽也；弓矢者，器也；射之者，人也。君子藏器于身，待时而动，何不利之有？动而不括，是以出而有获，语成器而动者也。"

　　子曰："小人不耻不仁，不畏不义，不见利不劝，不威不惩。小惩而大诫，此小人之福也。《易》曰：'履校灭趾，无咎。'此之谓也。"

　　"善不积不足以成名，恶不积不足以灭身。小人以小善为无益而弗为也，以小恶为无伤而弗去也，故恶积而不可掩，罪大而不可解。《易》曰：'何校灭耳，凶。'"

　　子曰："危者，安其位者也；亡者，保其存者也；乱者，有其治者也。是故君子安而不忘危，存而不忘亡，治而不忘乱，是以身安而国家可保也。《易》曰：'其亡其亡，系于苞桑。'"

　　子曰："德薄而位尊，知小而谋大，力小而任重，鲜不及矣。《易》曰：'鼎折足，覆公餗，其形渥，凶。'言不胜其任也。"

　　子曰："知几其神乎！君子上交不谄，下交不渎，其知几乎？几者，动之微，吉之先见者也。君子见几而作，不俟终日。《易》曰：'介于石，不终日，贞吉。'介如石焉，宁用终日？断可识矣。君子知微知彰，知柔知刚，万夫之望。"

　　子曰："颜氏之子，其殆庶几乎？有不善未尝不知，知之未尝复行也。《易》曰：'不远复，无祗悔，元吉。'"

　　天地絪缊，万物化醇。男女构精，万物化生。《易》曰："三人行则损一人，一人行则得其友。"言致一也。

　　子曰："君子安其身而后动，易其心而后语，定其交而后求。

君子修此三者，故全也。危以动，则民不与也；惧以语，则民不应也；无交而求，则民不与也；莫之与，则伤之者至矣。《易》曰：'莫益之，或击之，立心勿恒，凶。'"

礼

冠义

凡人之所以为人者，礼义也。礼义之始，在于正容体、齐颜色、顺辞令。容体正，颜色齐，辞令顺，而后礼义备。以正君臣、亲父子、和长幼。君臣正，父子亲，长幼和，而后礼义立。故冠而后服备，服备而后容体正、颜色齐、辞令顺。故曰："冠者，礼之始也。"是故古者圣王重冠。

古者冠礼，筮日筮宾，所以敬冠事；敬冠事，所以重礼；重礼，所以为国本也。

故冠于阼，以著代也。醮于客位，三加弥尊，加有成也。已冠而字之，成人之道也。见于母，母拜之，见于兄弟，兄弟拜之，成人而与为礼也。玄冠玄端奠挚于君，遂以挚见于乡大夫乡先生，以成人见也。

成人之者，将责成人礼焉也。责成人礼焉者，将责为人子、为人弟、为人臣、为人少者之礼行焉。将责四者之行于人，其礼可不重与？

故孝弟忠顺之行立，而后可以为人；可以为人，而后可以治人也。故圣王重礼。故曰："冠者，礼之始也，嘉事之重者也。"是故古者重冠，重冠故行之于庙，行之于庙者，所以尊重事。尊重事而不敢擅重事，不敢擅重事，所以自卑而尊先祖也。

司马迁

史记

【十二诸侯年表序】

太史公读《春秋历谱谍》，至周厉王，未尝不废书而叹也。曰：呜呼，师挚见之矣！纣为象箸而箕子唏。周道缺，诗人本之衽席，《关雎》作。仁义陵迟，《鹿鸣》刺焉。及至厉王，以恶闻其过，公卿惧诛而祸作，厉王遂奔于彘，乱自京师始，而共和行政焉。以上因表首共和而叹厉王时事。

是后或力政，强乘弱，兴师不请天子。然挟王室之义，以讨伐为会盟主，政由五伯，诸侯恣行，淫侈不轨，贼臣篡子滋起矣。齐、晋、秦、楚其在成周微甚，封或百里或五十里。晋阻三河，齐负东海，楚介江淮，秦因雍州之固，四海迭兴，更为伯主，文武所褒大封，皆威而服焉。是以孔子明王道，干七十余君，莫能用，故西观周室，论史记旧闻，兴于鲁而次《春秋》，上记隐，下至哀之获麟，约其辞文，去其烦重，以制义法，王道备，人事浃。以上言五伯迭兴，孔子作《春秋》。

七十子之徒口受其传指，为有所刺讥褒讳挹损之文辞不可以书见也。鲁君子左邱明惧弟子人人异端，各安其意，失其真，故因孔子史记具论其语，成《左氏春秋》。铎椒为楚威王傅，为王不能尽观《春秋》，采取成败，卒四十章，为《铎氏微》。赵孝成王时，其相虞卿上采《春秋》，下观近势，亦著八篇，为《虞氏春秋》。吕不韦者，秦庄襄王相，亦上观尚古，删拾《春秋》，集六国时事，以为八览、六论、十二纪，为《吕氏春秋》。及如荀卿、孟子、公孙固、韩非之徒，各往往捃摭《春秋》之文以著书，不可胜纪。汉相张苍历谱五德，上大夫董仲舒推《春秋》义，颇著文焉。以上历数各家。

太史公曰：儒者断其义，驰说者骋其辞，不务综其终始；历人取其年月，数家隆于神运，谱谍独记世谥，其辞略，欲一观诸要难。于是谱十二诸侯，自共和讫孔子，表见《春秋》《国语》学者所讥盛衰大指著于篇，为成学治古文者要删焉。

【六国】

太史公读《秦记》，至犬戎败幽王，周东徙洛邑，秦襄公始封为诸侯，作西畤用事上帝，僭端见矣。《礼》曰："天子祭天地，诸侯祭其域内名山大川。"今秦杂戎翟之俗，先暴戾，后仁义，位在藩臣而胪于郊祀，君子惧焉。及文公逾陇，攘夷狄，尊陈宝，营岐雍之间，而穆公修政，东竟至河，则与齐桓、晋文中国侯伯侔矣。以上言秦之盛。是后陪臣执政，大夫世禄，六卿擅晋权，征伐会盟，威重于诸侯。及田常杀简公而相齐国，诸侯晏然弗讨，海内争于战功矣。三国终之卒分晋，田和亦灭齐而有之，六国之盛自此始。务在强兵并敌，谋诈用而从衡短长之说起。矫称蜂出，誓盟不信，虽置质剖符犹不能约束也。以上言六国之盛好用谋诈。秦始小国僻远，诸夏宾之，比于戎翟，至献公之后常雄诸侯。论秦之德义不如鲁卫之暴戾者，量秦之兵不如三晋之强也，然卒并天下，非必险固便形势利也，盖若天所助焉。

或曰"东方物所始生，西方物之成孰"。夫作事者必于东南，收功实者常于西北。故禹兴于西羌，汤起于亳，周之王也以丰镐伐殷，秦之帝用雍州兴，汉之兴自蜀汉。以上秦并天下亦有天意而兼地利。

秦既得意，烧天下《诗》《书》，诸侯史记尤甚，为其有所刺讥也。《诗》《书》所以复见者，多藏人家，而史记独藏周室，以故灭。惜哉，惜哉！独有《秦记》，又不载日月，其文略不具。

然战国之权变亦有可颇采者，何必上古。秦取天下多暴，然世异变，成功大。传曰"法后王"，何也？以其近己而俗变相类，议卑而易行也。学者牵于所闻，见秦在帝位日浅，不察其终始，因举而笑之，不敢道，此与以耳食无异。悲夫！以上《秦记》亦有可采。

余于是因《秦记》，踵《春秋》之后，起周元王，表六国时事，讫二世，凡二百七十年，著诸所闻兴坏之端。后有君子，以览观焉。

【秦楚之际月表序】

太史公读秦楚之际，曰：初作难，发于陈涉；虐戾灭秦，自项氏；拨乱诛暴，平定海内，卒践帝阼，成于汉家。五年之间，号令三嬗。自生民以来，未始有受命若斯之亟也。

昔虞、夏之兴，积善累功数十年，德洽百姓，摄行政事，考之于天，然后在位。汤、武之王，乃由契、后稷修仁行义十余世，不期而会孟津八百诸侯，犹以为未可，其后乃放弑。秦起襄公，章于文、缪，献、孝之后，稍以蚕食六国，百有余载，至始皇乃能并冠带之伦。以德若彼，用力如此，盖一统若斯之难也。

秦既称帝，患兵革不休，以有诸侯也，于是无尺土之封，堕坏名城，销锋镝，锄豪桀，维万世之安。然王迹之兴，起于闾巷，合从讨伐，轶于三代，乡秦之禁，适足以资贤者为驱除难耳。故愤发其所为天下雄，安在无土不王。此乃传之所谓大圣乎？岂非天哉，岂非天哉！非大圣孰能当此受命而帝者乎？

【汉兴以来诸侯王年表序】

太史公曰：殷以前尚矣。周封五等：公、侯、伯、子、男。然封伯禽、康叔于鲁、卫，地各四百里，亲亲之义，褒有德也；太公于齐，兼五侯地，尊勤劳也。武王、成、康所封数百，而同姓五十五，地上不过百里，下三十里，以辅卫王室。管、蔡、康叔、曹、郑，康叔盖唐叔字误。或过或损。厉、幽之后，王室缺，侯伯强国兴焉，天子微，弗能正。非德不纯，形势弱也。以上言周封国之多。

汉兴，序二等。高祖末年，非刘氏而王者，若无功上所不置而侯者，天下共诛之。高祖子弟同姓为王者九国，唯独长沙异姓，而功臣侯者百有余人。自雁门、太原以东至辽阳，为燕、代国；常山以南，太行左转，度河、济，阿、甄以东薄海，为齐、赵国；自陈以西，南至九疑，东带江、淮、穀、泗，薄会稽，为梁、楚、吴、淮南、长沙国：皆外接于胡、越。而内地北距山以东尽诸侯地，大者或五六郡，连城数十，置百官宫观，僭于天子。汉独有三河、东郡、颍川、南阳，自江陵以西至蜀，北自云中至陇西，与内史凡十五郡，而公主列侯颇食邑其中。何者？天下初定，骨肉同姓少，故广强庶孽，以镇抚四海，用承卫天子也。以上言汉封宗族之强。

汉定百年之间，亲属益疏，诸侯或骄奢，忕邪臣计谋为淫乱，大者叛逆，小者不轨于法，以危其命，殒身亡国。天子观于上古，然后加惠，使诸侯得推恩分子弟国邑，故齐分为七，赵分为六，梁分为五，淮南分三，及天子支庶子为王，王子支庶为侯，百有余焉。吴楚时，前后诸侯或以适削地，是以燕、代无北边郡，吴、淮南、长沙无南边郡，齐、赵、梁、楚支郡名山陂海咸纳于汉。诸侯稍微，大国不过十余城，小侯不过数十里，上足以奉贡职，下足以供养祭祀，以蕃辅京师。而汉郡八九十，形错诸侯间，犬牙相临，秉其厄塞地利，强本干，弱枝叶之势也，尊卑明而万事各得其所矣。以上言诸侯日削，强本弱枝。

臣迁谨记高祖以来至太初诸侯，谱其下益损之时，令后世得览。形势虽强，要之以仁义为本。

【高祖功臣侯者年表序】

太史公曰：古者人臣功有五品，以德立宗庙定社稷曰勋，以言曰劳，用力曰功，明其等曰伐，积日曰阅。封爵之誓曰："使河如带，泰山若厉。国以永宁，爰及苗裔。"始未尝不欲固其根本，而枝叶稍陵夷衰微也。

余读高祖侯功臣，察其首封，所以失之者，曰：异哉所闻！《书》曰"协和万邦"，迁于夏商，或数千岁。盖周封八百，幽厉之后，见于《春秋》。《尚书》有唐虞之侯伯，历三代千有余载，自全以蕃卫天子，岂非笃于仁义，奉上法哉？以上言古者封国之长由于忠谨。汉兴，功臣受封者百有余人。天下初定，故大城名都散亡，户口可得而数者十二三，是以大侯不过万家，小者五六百户。后数世，民咸归乡里，户益息，萧、曹、绛、灌之属或至四万，小侯自倍，富厚如之。子孙骄溢，忘其先，淫嬖。至太初百年之间，见侯五，余皆坐法殒命亡国，秏矣。罔亦少密焉，然皆身无兢兢于当世之禁云。以上功臣多坐法亡国。

居今之世，志古之道，所以自镜也，未必尽同。帝王者各殊礼而异务，要以成功为统纪，岂可绲乎？观所以得尊宠及所以废辱，亦当世得失之林也，何必旧闻？于是谨其终始，表其文，颇有所不尽本末；著其明，疑者阙之。后有君子，欲推而列之，得以览焉。

【建元以来侯者年表序】

太史公曰：匈奴绝和亲，攻当路塞；闽越擅伐，东瓯请降。二夷交侵，当盛汉之隆，以此知功臣受封侔于祖考矣。何者？自《诗》《书》称三代"戎狄是膺，荆荼是征"，齐桓越燕伐山戎，武灵王以区区赵服单于，秦缪用百里霸西戎，吴楚之君以诸侯役百越。况乃以中国一统，明天子在上，兼文武，席卷四海，内辑亿万之众，岂以晏然不为边境征伐哉！自是后，遂出师北讨强胡，南诛劲越，将卒以次封矣。

【太史公自序】

昔在颛顼，命南正重以司天，北正黎以司地。唐虞之际，绍重黎之后，使复典之，至于夏商，故重黎氏世序天地。其在周，程伯休甫其后也。当周宣王时，失其守而为司马氏。司马氏世典周史。惠襄之间，司马氏去周适晋。晋中军随会奔秦，而司马氏入少梁。

自司马氏去周适晋，分散，或在卫，或在赵，或在秦。其在卫者，相中山。在赵者，以传剑论显，蒯聩其后也。在秦者名错，与张仪争论，于是惠王使错将伐蜀，遂拔，因而守之。错孙靳，事武安君白起。而少梁更名曰夏阳。靳与武安君阬赵长平军，还而与之俱赐死杜邮，葬于华池。靳孙昌，昌为秦主铁官，当始皇之时。蒯聩玄孙卬为武信君将而徇朝歌。诸侯之相王，王卬于殷。汉之伐楚，卬归汉，以其地为河内郡。昌生无泽，无泽为汉市长。无泽生喜，喜为五大夫，卒，皆葬高门。喜生谈，谈为太史公。

太史公学天官于唐都，受易于杨何，习道论于黄子。以上叙述家世。太史公仕于建元元封之间，愍学者之不达其意而师悖，乃论六家之要指曰：

《易大传》："天下一致而百虑，同归而殊涂。"夫阴阳、儒、墨、名、法、道德，此务为治者也，直所从言之异路，有省不省耳。尝窃观阴阳之术，大祥而众忌讳，使人拘而多所畏；然其序四时之大顺，不可失也。儒者博而寡要，劳而少功，是以其事难尽从；然其序君臣父子之礼，列夫妇长幼之别，不可易也。墨者俭而难遵，是以其事不可遍循；然其强本节用，不可废也。法家严而少恩；然其正君臣上下之分，不可改矣。名家使人俭而善失真；然其正名实，不可不察也。道家使人精神专一，动合无形，赡足万物。其为术也，因阴阳之大顺，采儒墨之善，撮名法之要，与时迁移，应物变化，立俗施事，无所不宜，指约而易操，事少而功多。儒者则不然。以为人主天下之仪表也，主倡而臣和，主先而臣随。如此则主劳而臣逸。至于大道之要，去健羡，绌聪明，释此而任术。夫神大用则竭，形大劳则敝。形神骚动，欲与天地长久，非所闻也。

夫阴阳、四时、八位、十二度、二十四节各有教令，顺之者昌，逆之者不死则亡，未必然也，故曰"使人拘而多畏"。夫春生夏长，秋收冬藏，此天道之大经也，弗顺则无以为天下纲纪，故曰"四时之大顺，不可失也"。

夫儒者以六艺为法。六艺经传以千万数，累世不能通其学，当年不能究其礼，故曰"博而寡要，劳而少功"。若夫列君臣父子之礼，序夫妇长幼之别，虽百家弗能易也。

墨者亦尚尧舜道，言其德行曰："堂高三尺，土阶三等，茅茨不翦，采椽不刮。食土簋，啜土刑，粝粱之食，藜霍之羹。夏日葛衣，冬日鹿裘。"其送死，桐棺三寸，举音不尽其哀。教丧礼，必以此为万民之率。使天下法若此，则尊卑无别也。夫世异时移，事业不必同，故曰"俭而难遵"。要曰强本节用，则人给家足之道也。此墨子之所长，虽百家弗能废也。

法家不别亲疏，不殊贵贱，一断于法，则亲亲尊尊之恩绝矣。可以行一时之计，而不可长用也，故曰"严而少恩"。若尊主卑臣，明分职不得相逾越，虽百家弗能改也。

名家苛察缴绕，使人不得反其意，专决于名而失人情，故曰"使人俭而善失真"。若夫控名责实，参伍不失，此不可不察也。

道家无为，又曰无不为，其实易行，其辞难知。其术以虚无为本，以因循为用。无成势，无常形，故能究万物之情。不为物先，不为物后，故能为万物主。有法无法，因时为业；有度无度，因物与合。故曰“圣人不朽，时变是守。虚者道之常也，因者君之纲”也。群臣并至，使各自明也。其实中其声者谓之端，实不中其声者谓之窾。窾言不听，奸乃不生，贤不肖自分，白黑乃形。在所欲用耳，何事不成。乃合大道，混混冥冥。光耀天下，复反无名。凡人所生者神也，所托者形也。神大用则竭，形大劳则敝，形神离则死。死者不可复生，离者不可复反，故圣人重之。由是观之，神者生之本也，形者生之具也。不先定其神，而曰“我有以治天下”，何由哉？以上谈论六家要指。

太史公既掌天官，不治民。有子曰迁。

迁生龙门，耕牧河山之阳。年十岁则诵古文。二十而南游江、淮，上会稽，探禹穴，窥九疑，浮于沅、湘；北涉汶、泗，讲业齐、鲁之都，观孔子之遗风，乡射邹、峄；厄困鄱、薛、彭城，过梁、楚以归。于是迁仕为郎中，奉使西征巴、蜀以南，南略邛、笮、昆明，还报命。

是岁天子始建汉家之封，而太史公留滞周南，不得与从事，故发愤且卒。而子迁适使反，见父于河洛之间。太史公执迁手而泣曰：“余先周室之太史也。自上世尝显功名于虞夏，典天官事。后世中衰，绝于予乎？汝复为太史，则续吾祖矣。今天子接千岁之统，封泰山，而余不得从行，是命也夫，命也夫！余死，汝必为太史；为太史，无忘吾所欲论著矣。且夫孝始于事亲，中于事君，终于立身。扬名于后世，以显父母，此孝之大者。夫天下称诵周公，言其能论歌文武之德，宣周邵之风，达太王王季之思虑，爰及公刘，以尊后稷也。幽厉之后，王道缺，礼乐衰，孔子修旧起废，论《诗》《书》，作《春秋》，则学者至今则之。自获麟以来四百有余岁，而诸侯相兼，史记放绝。今汉兴，海内一统，明主贤君忠臣死义之士，余为太史而弗论载，废天下之史文，余甚惧焉，汝其念哉！"迁俯首流涕曰："小子不敏，请悉论先人所次旧闻，弗敢阙。"以上谈遗令迁论次史文。

卒三岁而迁为太史令，绅史记石室金匮之书。五年而当太初元年，十一月甲子朔旦冬至，天历始改，建于明堂，诸神受纪。

太史公曰："先人有言：'自周公卒五百岁而有孔子。孔子卒后至于今五百岁，有能绍名世，正《易传》，继《春秋》，本《诗》《书》《礼》《乐》之际？'意在斯乎！意在斯乎！小子何敢让焉。"以上迁有志作史。

上大夫壶遂曰："昔孔子何为而作《春秋》哉？"太史公曰："余闻董生曰：'周道衰废，孔子为鲁司寇，诸侯害之，大夫壅之。孔子知言之不用，道之不行也，是非二百四十二年之中，以为天下仪表，贬天子，退诸侯，讨大夫，以达王事而已矣。'子曰：'我欲载之空言，不如见之于行事之深切著明也。'夫《春秋》，上明三王之道，下辨人事之纪，别嫌疑，明是非，定犹豫，善善恶恶，贤贤贱不肖，存亡国，继绝世，补敝起废，王道之大者也。《易》著天地阴阳四时五行，故长于变；《礼》经纪人伦，故长于行；《书》记先王之事，故长于政；《诗》记山川溪谷禽兽草木牝牡雌雄，故长于风；《乐》乐所以立，故长于和；《春秋》辩是非，故长于治人。是故《礼》以节人，《乐》以发和，《书》以道事，《诗》以达意，《易》以道化，《春秋》以道义。拨乱世反之正，莫近于《春秋》。《春秋》文成数万，其指数千。万物之散聚皆在《春秋》。《春秋》之中，弑君三十六，亡国五十二，诸侯奔走不得保其社稷者不可胜数。察其所以，皆失其本已。故《易》曰'失之豪厘，差以千里'。故曰'臣弑君，子弑父，非一旦一夕之故也，其渐久矣'。故有国者不可以不知《春秋》，前有谗而弗见，后有贼而不知。为人臣者不可以不知《春秋》，守经事而不知其宜，遭变事而不知其权。为人君父而不通于《春秋》之义者，必蒙首恶之名。为人臣子而不通于《春秋》之义者，必陷篡弑之诛，死罪之名。其实皆以为善，为之不知其义，被之空言而不敢辞。夫不通礼义之旨，至于君不君，臣不臣，父不父，子不子。夫君不君则犯，臣不臣则诛，父不父则无道，子不子则不孝。此四行者，天下之大过也。以天下之大过予之，则受而弗敢辞。故《春秋》者，礼义之大宗也。夫礼禁未然之前，法施已然之后；法之所为用者易见，而礼之所为禁者难知。"以上与壶遂言《春秋》治人辅礼教之不及。

壶遂曰："孔子之时，上无明君，下不得任用，故作《春秋》，垂空文以断礼义，当一王之法。今夫子上遇明天子，下得守职，万事既具，咸各序其宜，夫子所论，欲以何明？"

太史公曰："唯唯，否否，不然。余闻之先人曰：'伏羲至纯厚，作《易》八卦。尧舜之盛，《尚书》载之，礼乐作焉。汤武之隆，诗人歌之。《春秋》采善贬恶，推三代之德，褒周室，非独刺讥而已也。'汉兴以来，至明天子，获符瑞，封禅，改正朔，易服色，受命于穆清，泽流罔极，海外殊俗，重译款塞，请来献见者，不可胜道。臣下百官力诵圣德，犹不能宣尽其意。且士贤能而不用，有国者之耻；主上明圣而德不布闻，有司之过也。且余尝掌其官，废明圣盛德不载，灭功臣世家贤大夫之业不述，堕先人所言，罪莫大焉。余所谓述故事，整齐其世传，非所谓作也，而君比之于《春秋》，谬矣。"以上言作史但记述事实，不敢希《春秋》之褒贬。

于是论次其文。七年而太史公遭李陵之祸，幽于缧绁。乃喟然而叹曰："是余之罪也夫！是余之罪也夫！身毁不用矣。"退而深惟曰："夫《诗》《书》隐约者，欲遂其志之思也。昔西伯拘羑里，演《周易》；孔子厄陈蔡，作《春秋》；屈原放逐，著《离骚》；左邱失明，厥有《国语》；孙子膑脚，而论兵法；不韦迁蜀，世传《吕览》；韩非囚秦，《说难》《孤愤》；《诗》三百篇，大抵贤圣发愤之所为作也。此人皆意有所郁结，不得通其道也，故述往事，思来者。"于是卒述陶唐以来，至于麟止，自黄帝始。

维昔黄帝，法天则地，四圣遵序，各成法度；唐尧逊位，虞舜不台；厥美帝功，万世载之。作《五帝本纪》第一。

维禹之功，九州攸同，光唐虞际，德流苗裔；夏桀淫骄，乃放鸣条。作《夏本纪》第二。

维契作商，爰及成汤；太甲居桐，德盛阿衡；武丁得说，乃称高宗；帝辛湛湎，诸侯不享。作《殷本纪》第三。

维弃作稷，德盛西伯；武王牧野，实抚天下；幽厉昏乱，既丧酆镐；陵迟至赧；洛邑不祀。作《周本纪》第四。

维秦之先，伯翳佐禹；穆公思义，悼豪之旅；以人为殉，诗歌黄鸟；昭襄业帝。作《秦本纪》第五。

始皇既立，并兼六国，销锋铸镰，维偃干革，尊号称帝，矜武任力；二世受运，子婴降虏。作《始皇本纪》第六。

秦失其道，豪桀并扰；项梁业之，子羽接之；杀庆救赵，诸侯立之；诛婴背怀，天下非之。作《项羽本纪》第七。

子羽暴虐，汉行功德；愤发蜀汉，还定三秦；诛籍业帝，天下惟宁，改制易俗。作《高祖本纪》第八。

惠之早霣，诸吕不台；崇强禄、产，诸侯谋之；杀隐幽友，大臣洞疑，遂及宗祸。作《吕太后本纪》第九。

汉既初兴，继嗣不明，迎王践阼，天下归心；蠲除肉刑，开通关梁，广恩博施，厥称太宗。作《孝文本纪》第十。

诸侯骄恣，吴首为乱，京师行诛，七国伏辜，天下翕然，大安殷富。作《孝景本纪》第十一。

汉兴五世，隆在建元，外攘夷狄，内修法度，封禅，改正朔，易服色。作《今上本纪》第十二。

维三代尚矣，年纪不可考，盖取之谱牒旧闻，本于兹，于是略推，作《三代世表》第一。

幽厉之后，周室衰微，诸侯专政，《春秋》有所不纪；而谱牒经略，五霸更盛衰，欲睹周世相先后之意，作《十二诸侯年表》第二。

春秋之后，陪臣秉政，强国相王；以至于秦，卒并诸夏，灭封地，擅其号。作《六国年表》第三。

秦既暴虐，楚人发难，项氏遂乱，汉乃扶义征伐；八年之间，天下三嬗，事繁变众，故详著《秦楚之际月表》第四。

汉兴已来，至于太初百年，诸侯废立分削，谱纪不明，有司靡踵，强弱之原云以世。作《汉兴已来诸侯年表》第五。

维高祖元功，辅臣股肱，剖符而爵，泽流苗裔，忘其昭穆，或杀身陨国。作《高祖功臣侯者年表》第六。

惠景之间，维申功臣宗属爵邑，作《惠景间侯者年表》第七。

北讨强胡，南诛劲越，征伐夷蛮，武功爰列。作《建元以来侯者年表》第八。

诸侯既强，七国为从，子弟众多，无爵封邑，推恩行义，其势销弱，德归京师。作《王子侯者年表》第九。

国有贤相良将，民之师表也。维见汉兴以来将相名臣年表，贤者记其治，不贤者彰其事。作《汉兴以来将相名臣年表》第十。

维三代之礼，所损益各殊务，然要以近性情，通王道，故礼因人质为之节文，略协古今之变。作《礼书》第一。

乐者，所以移风易俗也。自《雅》《颂》声兴，则已好郑卫之音，郑卫之音所从来久矣。人情之所感，远俗则怀。比《乐书》以述来古，作《乐书》第二。

非兵不强，非德不昌，黄帝、汤、武以兴，桀、纣、二世以崩，可不慎与？司马法所从来尚矣，太公、孙、吴、王子能绍而明之，切近世，极人变。作《律书》第三。

律居阴而治阳，历居阳而治阴，律历更相治，间不容翲忽。五家之文怫异，维太初之元论。作《历书》第四。

星气之书，多杂禨祥，不经；推其文，考其应，不殊。比集论其行事，验于轨度以次，作《天官书》第五。

受命而王，封禅之符罕用，用则万灵罔不禋祀。追本诸神名山大川礼，作《封禅书》第六。

维禹浚川，九州攸宁；爰及宣防，决渎通沟。作《河渠书》第七。

维币之行，以通农商；其极则玩巧，并兼兹殖，争于机利，去本趋末。作《平准书》以观事变，第八。

太伯避历，江蛮是适；文武攸兴，古公王迹。阖庐弑僚，宾服荆楚；夫差克齐，子胥鸱夷；信嚭亲越，吴国既灭。嘉伯之让，作《吴世家》第一。

申、吕肖矣，尚父侧微，卒归西伯，文武是师；功冠群公，缪权于幽；番番黄发，爰飨营邱。不背柯盟，桓公以昌，九合诸侯，霸功显彰。田阚争宠，姜姓解亡。嘉父之谋，作《齐太公世家》第二。

依之违之，周公绥之；愤发文德，天下和之；辅翼成王，诸侯宗周。隐桓之际，是独何哉？三桓争强，鲁乃不昌。嘉旦《金縢》，作《周公世家》第三。

武王克纣，天下未协而崩。成王既幼，管蔡疑之，淮夷叛之，于是召公率德，安集王室，以宁东土。燕易之禅，乃成祸乱。嘉甘棠之诗，作《燕世家》第四。

管蔡相武庚，将宁旧商；及旦摄政，二叔不飨；杀鲜放度，周公为盟；太任十子，周以宗强。嘉仲悔过，作《管蔡世家》第五。

王后不绝，舜禹是说；维德休明，苗裔蒙烈。百世享祀，爰周陈杞，楚实灭之。齐田既起，舜何人哉？作《陈杞世家》第六。

收殷余民，叔封始邑，申以商乱，酒材是告，及朔之生，卫倾不宁；南子恶蒯聩，子父易名。周德卑微，战国既强，卫以小弱，角独后亡。嘉彼康诰，作《卫世家》第七。

嗟箕子乎！嗟箕子乎！正言不用，乃反为奴。武庚既死，周封微子。襄公伤于泓，君子孰称。景公谦德，荧惑退行。剔成暴虐，宋乃灭亡。嘉微子问太师，作《宋世家》第八。

武王既崩，叔虞邑唐。君子讥名，卒灭武公。骊姬之爱，乱者五世；重耳不得意，乃能成霸。六卿专权，晋国以耗。嘉文公锡珪鬯，作《晋世家》第九。

重黎业之，吴回接之；殷之季世，粥子牒之。周用熊绎，熊渠是续。庄王之贤，乃复国陈；既赦郑伯，班师华元。怀王客死，兰咎屈原；好谀信谗，楚并于秦。嘉庄王之义，作《楚世家》第十。

少康之子，实宾南海，文身断发，鼋鳝与处，既守封禺，奉禹之祀。句践困彼，乃用种、蠡。嘉句践夷蛮能修其德，灭强吴以尊周室，作《越王句践世家》第十一。

桓公之东，太史是庸。及侵周禾，王人是议。祭仲要盟，郑久不昌。子产之仁，绍世称贤。三晋侵伐，郑纳于韩。嘉厉公纳惠王，作《郑世家》第十二。

维骥騄耳，乃章造父。赵夙事献，衰续厥绪。佐文尊王，卒为晋辅。襄子困辱，乃禽智伯。主父生缚，饿死探爵。王迁辟淫，良将是斥。嘉鞅讨周乱，作《赵世家》第十三。

毕万爵魏，卜人知之。及绛戮干，戎翟和之。文侯慕义，子夏师之。惠王自矜，齐秦攻之。既疑信陵，诸侯罢之。卒亡大梁，王假厮之。嘉武佐晋文申霸道，作《魏世家》第十四。

韩厥阴德，赵武攸兴。绍绝立废，晋人宗之。昭侯显列，申子庸之。疑非不信，秦人袭之。嘉厥辅晋匡周天子之赋，作《韩世家》第十五。

完子避难，适齐为援，阴施五世，齐人歌之。成子得政，田和为侯。王建动心，乃迁于共。嘉威、宣能拨浊世而独宗周，作《田敬仲完世家》第十六。

周室既衰，诸侯恣行。仲尼悼礼废乐崩，追修经术，以达王道，匡乱世反之于正，见其文辞，为天下制仪法，垂六艺之统纪于后世。作《孔子世家》第十七。

桀、纣失其道而汤、武作，周失其道而《春秋》作。秦失其政，而陈涉发迹，诸侯作难，风起云蒸，卒亡秦族。天下之端，自涉发难。作《陈涉世家》第十八。

成皋之台，薄氏始基。诎意适代，厥崇诸窦。栗姬偩贵，王氏乃遂。陈后太骄，卒尊子夫。嘉夫德若斯，作《外戚世家》第十九。

汉既谲谋，禽信于陈；越荆剽轻，乃封弟交为楚王，爰都彭城，以强淮泗，为汉宗藩。戊溺于邪，礼复绍之。嘉游辅祖，作《楚元王世家》第二十。

维祖师旅，刘贾是与；为布所袭，丧其荆、吴。营陵激吕，乃王琅邪；怵午信齐，往而不归，遂西入关，遭立孝文，获复王燕。天下未集，贾、泽以族，为汉藩辅。作《荆燕世家》第二十一。

天下已平，亲属既寡；悼惠先壮，实镇东土。哀王擅兴，发怒诸吕，驷钧暴戾，京师弗许。厉之内淫，祸成主父。嘉肥股肱，作《齐悼惠王世家》第二十二。

楚人围我荥阳，相守三年；萧何填抚山西，推计踵兵，给粮食不绝，使百姓爱汉，不乐为楚。作《萧相国世家》第二十三。

与信定魏，破赵拔齐，遂弱楚人。续何相国，不变不革，黎庶攸宁。嘉参不伐功矜能，作《曹相国世家》第二十四。

运筹帷幄之中，制胜于无形，子房计谋其事，无知名，无勇功，图难于易，为大于细。作《留侯世家》第二十五。

六奇既用，诸侯宾从于汉；吕氏之事，平为本谋，终安宗庙，定社稷。作《陈丞相世家》第二十六。

诸吕为从，谋弱京师，而勃反经合于权；吴楚之兵，亚夫驻于昌邑，以厄齐赵，而出委以梁。作《绛侯世家》第二十七。

七国叛逆，蕃屏京师，唯梁为扞；偾爱矜功，几获于祸。嘉其能距吴楚，作《梁孝王世家》第二十八。

五宗既王，亲属洽和，诸侯大小为藩，爰得其宜，僭拟之事稍衰贬矣。作《五宗世家》第二十九。

三子之王，文辞可观。作《三王世家》第三十。

末世争利，维彼奔义；让国饿死，天下称之。作《伯夷列传》第一。

晏子俭矣，夷吾则奢；齐桓以霸，景公以治。作《管晏列传》第二。

李耳无为自化，清净自正；韩非揣事情，循势理。作《老子韩非列传》第三。

自古王者而有司马法，穰苴能申明之。作《司马穰苴列传》

第四。

非信廉仁勇不能传兵论剑，与道同符，内可以治身，外可以应变，君子比德焉。作《孙子吴起列传》第五。

维建遇谗，爰及子奢，尚既匡父，伍员奔吴。作《伍子胥列传》第六。

孔氏述文，弟子兴业，咸为师傅，崇仁厉义。作《仲尼弟子列传》第七。

鞅去卫适秦，能明其术，强霸孝公，后世遵其法。作《商君列传》第八。

天下患衡秦无厌，而苏子能存诸侯，约从以抑贪强。作《苏秦列传》第九。

六国既从亲，而张仪能明其说，复散解诸侯。作《张仪列传》第十。

秦所以东攘雄诸侯，樗里、甘茂之策。作《樗里甘茂列传》第十一。

苞河山，围大梁，使诸侯敛手而事秦者，魏冉之功。作《穰侯列传》第十二。

南拔鄢郢，北摧长平，遂围邯郸，武安为率；破荆灭赵，王翦之计。作《白起王翦列传》第十三。

猎儒墨之遗文，明礼义之统纪，绝惠王利端，列往世兴衰。作《孟子荀卿列传》第十四。

好客喜士，士归于薛，为齐扞楚魏。作《孟尝君列传》第十五。

争冯亭以权，如楚以救邯郸之围，使其君复称于诸侯。作《平原君虞卿列传》第十六。

能以富贵下贫贱，贤能绌于不肖，唯信陵君为能行之。作《魏公子列传》第十七。

以身徇君，遂脱强秦，使驰说之士南乡走楚者，黄歇之义。作《春申君列传》第十八。

能忍诟于魏齐，而信威于强秦，推贤让位，二子有之。作《范睢蔡泽列传》第十九。

率行其谋，连五国兵，为弱燕报强齐之仇，雪其先君之耻。作《乐毅列传》第二十。

能信意强秦，而屈体廉子，用徇其君，俱重于诸侯。作《廉颇蔺相如列传》第二十一。

湣王既失临淄而奔莒，唯田单用即墨破走骑劫，遂存齐社稷。作《田单列传》第二十二。

能设诡说解患于围城，轻爵禄，乐肆志。作《鲁仲连邹阳列传》第二十三。

作辞以讽谏，连类以争义，《离骚》有之。作《屈原贾生列传》第二十四。

结子楚亲，使诸侯之士斐然争入事秦。作《吕不韦列传》第二十五。

曹子匕首，鲁获其田，齐明其信；豫让义不为二心。作《刺客列传》第二十六。

能明其画，因时推秦，遂得意于海内，斯为谋首。作《李斯列传》第二十七。

为秦开地益众，北靡匈奴，据河为塞，因山为固，建榆中。作《蒙恬列传》第二十八。

填赵塞常山以广河内，弱楚权，明汉王之信于天下。作《张耳陈余列传》第二十九。

收西河、上党之兵，从至彭城；越之侵掠梁地以苦项羽。作《魏豹彭越列传》第三十。

以淮南畔楚归汉，汉用得大司马殷，卒破子羽于垓下。作

《黥布列传》第三十一。

楚人迫我京索，而信拔魏赵，定燕齐，使汉三分天下有其二，以灭项籍。作《淮阴侯列传》第三十二。

楚汉相距巩洛，而韩信为填颍川，卢绾绝籍粮饷。作《韩信卢绾列传》第三十三。

诸侯畔项王，唯齐连子羽城阳，汉得以间遂入彭城。作《田儋列传》第三十四。

攻城野战，获功归报，哙、商有力焉，非独鞭策，又与之脱难。作《樊郦列传》第三十五。

汉既初定，文理未明，苍为主计，整齐度量，序律历。作《张丞相列传》第三十六。

结言通使，约怀诸侯；诸侯咸亲，归汉为藩辅。作《郦生陆贾列传》第三十七。

欲详知秦楚之事，唯周缫常从高祖，平定诸侯。作《傅靳蒯成列传》第三十八。

徙强族，都关中，和约匈奴；明朝廷礼，次宗庙仪法。作《刘敬叔孙通列传》第三十九。

能摧刚作柔，卒为列臣；栾公不劫于势而倍死。作《季布栾布列传》第四十。

敢犯颜色以达主义，不顾其身，为国家树长画。作《袁盎晁错列传》第四十一。

守法不失大理，言古贤人，增主之明。作《张释之冯唐列传》第四十二。

敦厚慈孝，讷于言，敏于行，务在鞠躬，君子长者。作《万石张叔列传》第四十三。

守节切直，义足以言廉，行足以厉贤，任重权不可以非理挠。作《田叔列传》第四十四。

扁鹊言医，为方者宗，守数精明；后世循序，弗能易也，而仓公可谓近之矣。作《扁鹊仓公列传》第四十五。

维仲之省，厥濞王吴，遭汉初定，以填抚江淮之间。作《吴王濞列传》第四十六。

吴楚为乱，宗属唯婴贤而喜士，士乡之，率师抗山东荥阳。作《魏其武安列传》第四十七。

智足以应近世之变，宽足用得人。作《韩长孺列传》第四十八。

勇于当敌，仁爱士卒，号令不烦，师徒乡之。作《李将军列传》第四十九。

自三代以来，匈奴常为中国患害；欲知强弱之时，设备征讨，作《匈奴列传》第五十。

直曲塞，广河南，破祁连，通西国，靡北胡。作《卫将军骠骑列传》第五十一。

大臣宗室以侈靡相高，唯弘用节衣食为百吏先。作《平津侯列传》第五十二。

汉既平中国，而佗能集扬越以保南藩，纳贡职。作《南越列传》第五十三。

吴之叛逆，瓯人斩濞，葆守封禺为臣。作《东越列传》第五十四。

燕丹散乱辽间，满收其亡民，厥聚海东，以集真藩，葆塞为外臣。作《朝鲜列传》第五十五。

唐蒙使略通夜郎，而邛笮之君请为内臣受吏。作《西南夷列传》第五十六。

子虚之事，大人赋说，靡丽多夸，然其指风谏，归于无为。作《司马相如列传》第五十七。

黥布叛逆，子长国之，以填江淮之南，安剽楚庶民。作《淮南衡山列传》第五十八。

奉法循理之吏，不伐功矜能，百姓无称，亦无过行。作《循吏列传》第五十九。

正衣冠立于朝廷，而群臣莫敢言浮说，长孺矜焉；好荐人，称长者，壮有溉。作《汲郑列传》第六十。

自孔子卒，京师莫崇庠序，唯建元元狩之间，文辞粲如也。作《儒林列传》第六十一。

民倍本多巧，奸轨弄法，善人不能化，唯一切严削为能齐之。作《酷吏列传》第六十二。

汉既通使大夏，而西极远蛮，引领内乡，欲亲中国。作《大宛列传》第六十三。

救人于厄，振人不赡，仁者有乎；不既信，不倍言，义者有取焉。作《游侠列传》第六十四。

夫事人君能说主耳目，和主颜色，而获亲近，非独色爱，能亦各有所长。作《佞幸列传》第六十五。

不流世俗，不争势利，上下无所凝滞，人莫之害，以道之用。作《滑稽列传》第六十六。

齐、楚、秦、赵为日者，各有俗所用。欲循观其大旨，作《日者列传》第六十七。

三王不同龟，四夷各异卜，然各以决吉凶。略窥其要，作《龟策列传》第六十八。

布衣匹夫之人，不害于政，不妨百姓，取与以时而息财富，智者有采焉。作《货殖列传》第六十九。

维我汉继五帝末流，接三代绝业。周道废，秦拨去古文，焚灭《诗》《书》，故明堂石室金匮玉版图籍散乱。于是汉兴，萧何次律令，韩信申军法，张苍为章程，叔孙通定礼仪，则文学彬彬稍进，《诗》《书》往往间出矣。自曹参荐盖公言黄老，而贾生、晁错明申、商，公孙弘以儒显，百年之间，天下遗文古事靡不毕集太史公。太史公仍父子相续纂其职。曰："於戏！余维先人尝掌斯事，显于唐虞，至于周，复典之，故司马氏世主天官。至于余乎，钦念哉！钦念哉！"罔罗天下放失旧闻，王迹所兴，原始察终，见盛观衰，论考之行事，略推三代，录秦汉，上记轩辕，下至于兹，著十二本纪，既科条之矣。并时异世，年差不明，作十表。礼乐损益，律历改易，兵权山川鬼神，天人之际，承敝通变，作八书。二十八宿环北辰，三十辐共一毂，运行无穷，辅拂股肱之臣配焉，忠信行道，以奉主上，作三十世家。扶义俶傥，不令己失时，立功名于天下，作七十列传。凡百三十篇，五十二万六千五百字，为太史公书。序略，以拾遗补艺，成一家之言，厥协六经异传，整齐百家杂语，藏之名山，副在京师，俟后世圣人君子。第七十。

太史公曰：余述历黄帝以来至太初而讫，百三十篇。

班　固

汉书

【艺文志】

昔仲尼没而微言绝，七十子丧而大义乖。故《春秋》分为五，《诗》分为四，《易》有数家之传。战国从衡，真伪分争，诸子之言纷然殽乱。至秦患之，乃燔灭文章，以愚黔首。汉兴，改秦之败，大收篇籍，广开献书之路。迄孝武世，书缺简脱，礼坏乐崩，圣上喟然而称曰："朕甚闵焉！"于是建藏书之策，置写书之官，下及诸子传说，皆充秘府。至成帝时，以书颇散亡，使谒者陈农求遗书于天下。诏光禄大夫刘向校经传诸子诗赋，步兵校尉任宏校兵书,太史令尹咸校数术,侍医李柱国校方技。每一书已,向辄条其篇目,撮其指意,录而奏之。会向卒,哀帝复使向子侍中奉车都尉歆卒父业。歆于是总群书而奏其《七略》,故有《辑略》,有《六艺略》,有《诸子略》,有《诗赋略》,有《兵书略》,有《术数略》,有《方技略》。今删其要,以备篇辑。

《易经》十二篇,施、孟、梁邱三家。

《易传·周氏》二篇。字王孙也。

《服氏》二篇。

《杨氏》二篇。名何,字叔元,菑川人。

《蔡公》二篇。卫人,事周王孙。

《韩氏》二篇。名婴。

《王氏》二篇。名同。

《丁氏》八篇。名宽,字子襄,梁人也。

《古五子》十八篇。自甲子至壬子,说《易》阴阳。

《淮南道训》二篇。淮南王安聘明《易》者九人,号九师说。

《古杂》八十篇,《杂灾异》三十五篇,《神输》五篇,图一。

《孟氏京房》十一篇,《灾异孟氏京房》六十六篇,五鹿充宗《略说》三篇,《京氏段嘉》十二篇。

《章句》施、孟、梁邱氏各二篇。

凡《易》十三家,二百九十四篇。

《易》曰:"宓戏氏仰观象于天,俯观法于地,观鸟兽之文,与地之宜,近取诸身,远取诸物,于是始作八卦,以通神明之德,以类万物之情。"至于殷、周之际,纣在上位,逆天暴物,文王以诸侯顺命而行道,天人之占可得而效,于是重《易》六爻,作上下篇。孔氏为之《彖》《象》《系辞》《文言》《序卦》之属十篇。故曰《易》道深矣,人更三圣,世历三古。及秦燔书，而《易》为筮卜之事，传者不绝。汉兴，田何传之。讫于宣、元，有施、孟、梁邱、京氏列于学官，而民间有费、高二家之说，刘向以中古文《易经》校施、孟、梁邱经，或脱去"无咎""悔亡"，唯费氏经与古文同。

《尚书古文经》四十六卷。为五十七篇。

《经》二十九卷。大、小夏侯二家。《欧阳经》三十二卷。

《传》四十一篇。

《欧阳章句》三十一卷。

大、小《夏侯章句》各二十九卷。

大、小《夏侯解故》二十九篇。

《欧阳说义》二篇。

刘向《五行传记》十一卷。

许商《五行传记》一篇。

《周书》七十一篇。周史记。

《议奏》四十二篇。宣帝时石渠论。

凡《书》九家，四百一十二篇。入刘向《稽疑》一篇。

《易》曰："河出图，雒出书，圣人则之。"故《书》之所起远矣，至孔子纂焉，上断于尧，下讫于秦，凡百篇，而为之序，言其作意。秦燔书禁学，济南伏生独壁藏之。汉兴亡失，求得二十九篇，以教齐鲁之间。讫孝宣世，有欧阳、大小夏侯氏，立于学官。《古文尚书》者，出孔子壁中。武帝末，鲁共王坏孔子宅，欲以广其宫。而得《古文尚书》及《礼记》《论语》《孝经》凡数十篇，皆古字也。共王往入其宅，闻鼓琴瑟钟磬之音，于是惧，乃止不坏。孔安国者，孔子后也，悉得其书，以考二十九篇，得多十六篇。安国献之。遭巫蛊事，未列于学官。刘向以中古文校欧阳、大小夏侯三家经文，《酒诰》脱简一，《召诰》脱简二。率简二十五字者，脱亦二十五字，简二十二字者，脱亦二十二字，文字异者七百有余，脱字数十。《书》者，古之号令，号令于众，其言不立具，则听受施行者弗晓。古文读应尔雅，故解古今语而可知也。

《诗经》二十八卷，鲁、齐、韩三家。

《鲁故》二十五卷。

《鲁说》二十八卷。

《齐后氏故》二十卷

《齐孙氏故》二十七卷。

《齐后氏传》三十九卷。

《齐孙氏传》二十八卷。

《齐杂记》十八卷。

《韩故》三十六卷。

《韩内传》四卷。

《韩外传》六卷。

《韩说》四十一卷。

《毛诗》二十九卷。

《毛诗故训传》三十卷。

凡《诗》六家，四百一十六卷。

《书》曰："诗言志，歌咏言。"故哀乐之心感，而歌咏之声发。诵其言谓之诗，咏其声谓之歌。故古有采诗之官，王者所以观风俗，知得失，自考正也。孔子纯取周诗，上采殷，下取鲁，凡三百五篇，遭秦而全者，以其讽诵，不独在竹帛故也。汉兴，鲁申公为《诗》训故，而齐辕固、燕韩生皆为之传。或取《春秋》，采杂说，咸非其本义。与不得已，鲁最为近之。三家皆列于学官。又有毛公之学，自谓子夏所传，而河间献王好之，未得立。

《礼古经》五十六卷，《经》七十篇。后氏、戴氏。

《记》百三十一篇。七十子后学者所记也。

《明堂阴阳》三十三篇。古明堂之遗事。

《王史氏》二十一篇。七十子后学者。

《曲台后仓》九篇。

《中庸说》二篇。

《明堂阴阳说》五篇。

《周官经》六篇。王莽时刘歆置博士。

《周官传》四篇。

《军礼司马法》百五十五篇。

《古封禅群祀》二十二篇。

《封禅议对》十九篇。武帝时也。

《汉封禅群祀》三十六篇。

《议奏》三十八篇。石渠。

凡《礼》十三家，五百五十五篇。入《司马法》一家，百五十五篇。

《易》曰："有夫妇父子君臣上下，礼义有所错。"而帝王质文世有损益，至周曲为之防，事为之制，故曰："礼经三百，威仪三千。"及周之衰，诸侯将逾法度，恶其害己，皆灭去其籍，自孔子时而不具，至秦大坏。汉兴，鲁高堂生传《士礼》十七篇。讫孝宣世，后仓最明。戴德、戴圣、庆普皆其弟子，三家立于学官。《礼古经》者，出于鲁淹中及孔氏学七十篇文相似，多三十九篇。及《明堂阴阳》《王史氏记》所见，多天子、诸侯、卿、大夫之制，虽不能备，犹愈仓等推《士礼》而致于天子之说。

《乐记》二十三篇。

《王禹记》二十四篇。

《雅歌诗》四篇。

《雅琴赵氏》七篇。名定，勃海人，宣帝时丞相魏相所奏。

《雅琴师氏》八篇。名中，东海人，传言师旷后。

《雅琴龙氏》九十九篇。名德，梁人。

凡《乐》六家，百六十五篇。出淮南刘向等《琴颂》七篇。

《易》曰："先王作乐崇德，殷荐之上帝，以享祖考。"故自黄帝下至三代，乐各有名。孔子曰："安上治民，莫善于礼；移风易俗，莫善于乐。"二者相与并行。周衰俱坏，乐尤微眇，以音律为节，又为郑、卫所乱，故无遗法。汉兴，制氏以雅乐声律，世在乐官，颇能纪其铿锵鼓舞，而不能言其义。六国之君，魏文侯最为好古，孝文时得其乐人窦公，献其书，乃《周官·大宗伯》之《大司乐》章也。武帝时，河间献王好儒，与毛生等共采《周官》及诸子言乐事者，以作《乐记》，献八佾之舞，与制氏不相远。其内史丞王定传之，以授常山王禹。禹，成帝时为谒者，数言其义，献二十四卷记。刘向校书，得《乐记》二十三篇。与禹不同，其道浸以益微。

《春秋古经》十二篇，《经》十一卷。公羊、穀梁二家。

《左氏传》三十卷。左邱明，鲁太史。

《公羊传》十一卷。公羊子，齐人。

《穀梁传》十一卷。穀梁子，鲁人。

《邹氏传》十一卷。

《夹氏传》十一卷。有录无书。

《左氏微》二篇。

《铎氏微》三篇。楚太傅铎椒也。

《张氏微》十篇。

《虞氏微传》二篇。赵相虞卿。

《公羊外传》五十篇。

《穀梁外传》二十篇。

《公羊章句》三十八篇。

《穀梁章句》三十三篇。

《公羊杂记》八十三篇。

《公羊颜氏记》十一篇。

《公羊董仲舒治狱》十六篇。

《议奏》三十九篇。石渠论。

《国语》二十一篇。左邱明著。

《新国语》五十四篇。刘向分《国语》。

《世本》十五篇。古史官记黄帝以来讫春秋时诸侯大夫。

《战国策》三十三篇。记春秋后。

《奏事》二十篇。秦时大臣奏事，及刻石名山文也。

《楚汉春秋》九篇。陆贾所记。

《太史公》百三十篇。十篇有录无书。

冯商所续《太史公》七篇。

《太古以来年纪》二篇。

《汉著记》百九十卷。

《汉大年纪》五篇。

凡《春秋》二十三家，九百四十八篇。省《太史公》四篇。

古之王者世有史官。君举必书，所以慎言行，昭法式也。左史记言，右史记事，事为《春秋》，言为《尚书》，帝王靡不同之。周室既微，载籍残缺，仲尼思存前圣之业，乃称曰："夏礼吾能言之，杞不足征也；殷礼吾能言之，宋不足征也。文献不足故也，足则吾能征之矣。"以鲁周公之国，礼文备物，史官有法，故与左邱明观其史记，据行事，仍人道，因兴以立功，败以成罚，假日月以定历数，藉朝聘以正礼乐。有所褒讳贬损，不可书见，口授弟子，弟子退而异言。邱明恐弟子各安其意，以失其真，故论本事而作传，明夫子不以空言说经也。《春秋》所贬损大人当世君臣，有威权势力，其事实皆形于传，是以隐其书而不宣，所以免时难也。及末世口说流行，故有《公羊》《穀梁》《邹》《夹》之传。四家之中，《公羊》《穀梁》立于学官，邹氏无师，夹氏未有书。

《论语》古二十一篇。出孔子壁中，两《子张》。

《齐》二十二篇。多《问王》《知道》。

《鲁》二十篇，《传》十九篇。

《齐说》二十九篇。

《鲁夏侯说》二十一篇。

《鲁安昌侯说》二十一篇。

《鲁王骏说》二十篇。

《燕传说》三卷。

《议奏》十八篇。石渠论。

《孔子家语》二十七卷。

《孔子三朝》七篇。

《孔子徒人图法》二卷。

凡《论语》十二家，二百二十九篇。

《论语》者，孔子应答弟子时人及弟子相与言而接闻于夫子之语也。当时弟子各有所记。夫子既卒，门人相与辑而论篡，故谓之《论语》。汉兴，有齐、鲁之说。传《齐论》者，昌邑中尉王吉、少府宋畸、御史大夫贡禹、尚书令五鹿充宗、胶东庸生，唯王阳名家。传《鲁论语》者，常山都尉龚奋、长信少府夏侯胜、丞相韦贤、鲁扶卿、前将军萧望之、安昌侯张禹，皆名家。张氏最后而行于世。

《孝经古孔氏》一篇。二十二章。

《孝经》一篇。十八章。长孙氏、江氏、后氏、翼氏四家。

《长孔氏说》二篇。

《江氏说》一篇。

《翼氏说》一篇。

《后氏说》一篇。

《杂传》四篇。

《安昌侯说》一篇。

《五经杂议》十八篇。石渠论。

《尔雅》三卷二十篇。

《小尔雅》一篇,《古今字》一卷。

《弟子职》一篇。

《说》三篇。

凡《孝经》十一家,五十九篇。

《孝经》者,孔子为曾子陈孝道也。夫孝,天之经,地之义,民之行也。举大者言,故曰《孝经》。汉兴,长孙氏、博士江翁、少府后仓、谏大夫翼奉、安昌侯张禹传之,各自名家。经文皆同,唯孔氏壁中古文为异。“父母生之,续莫大焉”,“故亲生之膝下”,诸家说不安处,古文字读皆异。

《史籀》十五篇。周宣王太史作大篆十五篇,建武时亡六篇矣。

《八体六技》。

《苍颉》一篇。上七章,秦丞相李斯作;《爰历》六章,车府令赵高作;《博学》七章,太史令胡母敬作。

《凡将》一篇。司马相如作。

《急就》一篇。元帝时黄门令史游作。

《元尚》一篇。成帝时将作大匠李长作。

《训纂》一篇。扬雄作。

《别字》十三篇。

《苍颉传》一篇。

扬雄《苍颉训纂》一篇。

杜林《苍颉训纂》一篇。

杜林《苍颉故》一篇。

凡小学十家，四十五篇。入扬雄、杜林二家三篇。

《易》曰："上古结绳以治，后世圣人易之以书契，百官以治，万民以察，盖取诸《夬》。""夬，扬于王庭"，言其宣扬于王者朝廷，其用最大也。古者八岁入小学，故《周官》保氏掌养国子，教之六书，谓象形、象事、象意、象声、转注、假借，造字之本也。汉兴，萧何草律，亦著其法，曰："太史试学童，能讽书九千字以上，乃得为史。又以六体试之，课最者以为尚书、御史、史书令史。吏民上书，字或不正，辄举劾。"六体者，古文、奇字、篆书、隶书、缪篆、虫书，皆所以通知古今文字，摹印章，书幡信也。古制，书必同文，不知则阙，问诸故老，至于衰世，是非无正，人用其私。故孔子曰："吾犹及史之阙文也，今亡矣夫！"盖伤其浸不正。《史籀篇》者，周时史官教学童书也，与孔氏壁中古文异体。《苍颉》七章者，秦丞相李斯所作也；《爰历》六章者，车府令赵高所作也；《博学》七章者，太史令胡母敬所作也；文字多取《史籀篇》，而篆体复颇异，所谓秦篆者也。是时始造隶书矣，起于官狱多事，苟趋省易，施之于徒隶也。汉兴，闾里书师合《苍颉》《爰历》《博学》三篇，断六十字以为一章，凡五十五章，并为《苍颉篇》。武帝时司马相如作《凡将篇》，无复字。元帝时黄门令史游作《急就篇》，成帝时将作大匠李长作《元尚篇》，皆《苍颉》中正字也。《凡将》则颇有出矣。至元始中，征天下通小学者以百数，各令记字于庭中。扬雄取其有用者以作《训纂篇》，顺续《苍颉》，又易《苍颉》中重复之字，凡八十九章。臣复续扬雄作十三章，凡一百三章，无复字，六艺群书所载略备矣。《苍颉》多古字，俗师失其读，宣帝时征齐人能正读者，张敞从受之，传至外孙之子杜林，为作训故，并列焉。

凡六艺一百三家，三千一百二十三篇。入三家，一百五十九篇；出重十一篇。

六艺之文：《乐》以和神，仁之表也；《诗》以正言，义之用也；《礼》以明体，明者著见，故无训也；《书》以广听，知之术也；《春秋》以断事，信之符也。五者，盖五常之道，相须而备，而《易》为之原。故曰"《易》不可见，则乾坤或几乎息矣"，言与天地为终始也。至于五学，世有变改，犹五行之更用事焉。古之学者耕且养，二年而通一艺，存其大体，玩经文而已，是故用日少而畜德多，三十而五经立也。后世经传既已乖离，博学者又不思多闻阙疑之义，而务碎义逃难，便辞巧说，破坏形体；说五字之文，至于二三万言。后进弥以驰逐，故幼童而守一艺，白首而后能言；安其所习，毁所不见，终以自蔽。此学者之大患也。序六艺为九种。

《晏子》八篇。名婴，谥平仲，相齐景公，孔子称善与人交，有《列传》。

《子思》二十三篇。名伋，孔子孙，为鲁缪公师。

《曾子》十八篇。名参，孔子弟子。

《漆雕子》十三篇。孔子弟子漆雕启后。

《宓子》十六篇。名不齐，字子贱，孔子弟子。

《景子》三篇。说宓子语，似其弟子。

《世子》二十一篇。名硕，陈人也，七十子之弟子。

《魏文侯》六篇。

《李克》七篇。子夏弟子，为魏文侯相。

《公孙尼子》二十八篇。七十子之弟子。

《孟子》十一篇。名轲，邹人，子思弟子，有《列传》。

《孙卿子》三十三篇。名况，赵人，为齐稷下祭酒，有《列传》。

《芈子》十八篇。名婴，齐人，七十子之后。

《内业》十五篇。不知作书者。

《周史六弢》六篇。惠、襄之间，或曰显王时，或曰孔子问焉。

《周政》六篇。周时法度政教。

《周法》九篇。法天地，立百官。

《河间周制》十八篇。似河间献王所述也。

《谰言》十篇。不知作者，陈人君法度。

《功议》四篇。不知作者，论功德事。

《宁越》一篇。中牟人，为周威王师。

《王孙子》一篇。一曰《巧心》。

《公孙固》一篇。十八章，齐闵王失国，问之，固因为陈古今成败也。

《李氏春秋》二篇。

《羊子》四篇。百章。故秦博士。

《董子》一篇。名无心，难墨子。

《俟子》一篇。

《徐子》四十二篇。宋外黄人。

《鲁仲连子》十四篇。有《列传》。

《平原老》七篇。朱建也。

《虞氏春秋》十五篇。虞卿也。

《高祖传》十三篇。高祖与大臣述古语及诏策也。

《陆贾》二十三篇。

《刘敬》三篇。

《孝文传》十一篇。文帝所称及诏策。

《贾山》八篇。

《太常蓼侯孔臧》十篇。父聚，高祖时以功臣封，臧嗣爵。

《贾谊》五十八篇。

河间献王《对上下三雍宫》三篇。

《董仲舒》百二十三篇。

《兒宽》九篇。

《公孙弘》十篇。

《终军》八篇。

《吾邱寿王》六篇。

《虞邱说》一篇。难孙卿也。

《庄助》四篇。

《臣彭》四篇。

《钩盾冗从李步昌》八篇。宣帝时数言事。

《儒家言》十八篇。不知作者。

桓宽《盐铁论》六十篇。

刘向所序六十七篇。《新序》《说苑》《世说》《列女传颂图》也。

扬雄所序三十八篇。《太玄》十九，《法言》十三，《乐》四，《箴》二。

右儒五十三家，八百三十六篇。入扬雄一家三十八篇。

儒家者流，盖出于司徒之官，助人君顺阴阳明教化者也。游文于六经之中，留意于仁义之际，祖述尧、舜，宪章文、武，宗师仲尼，以重其言，于道最为高。孔子曰："如有所誉，其有所试。"唐、虞之隆，殷、周之盛，仲尼之业，已试之效者也。然惑者既失精微，而辟者又随时抑扬，违离道本，苟以哗众取宠。后进循之，是以《五经》乖析，儒学浸衰，此辟儒之患。

《伊尹》五十一篇。汤相。

《太公》二百三七十篇。吕望为周师尚父，本有道者。或有近世又以为太公术者所增加也。

《谋》八十一篇，《言》七十一篇，《兵》八十五篇。

《辛甲》二十九篇。纣臣，七十五谏而去，周封之。

《鬻子》二十二篇。名熊，为周师，自文王以下问焉，周封为楚祖。

《管子》八十六篇。名夷吾，相齐恒公，九合诸侯，不以兵车也。有《列传》。

《老子邻氏经传》四篇。姓李，名耳，邻氏传其学。

《老子傅氏经说》三十七篇。述老子学。

《老子徐氏经说》六篇。字少季，临淮人，传《老子》。

刘向《说老子》四篇。

《文子》九篇。老子弟子，与孔子并时，而称周平王问，似依托者也。

《蜎子》十三篇。名渊，楚人，老子弟子。

《关尹子》九篇。名喜，为关吏，老子过关，喜去吏而从之。

《庄子》五十二篇。名周，宋人。

《列子》八篇。名圄寇，先庄子，庄子称之。

《老成子》十八篇。

《长卢子》九篇。楚人。

《王狄子》一篇。

《公子牟》四篇。魏之公子也。先庄子，庄子称之。

《田子》二十五篇。名骈，齐人，游稷下，号天口骈。

《老莱子》十六篇。楚人，与孔子同时。

《黔娄子》四篇。齐隐士，守道不诎，威王下之。

《宫孙子》二篇。

《鹖冠子》一篇。楚人，居深山，以鹖为冠。

《周训》十四篇。

《黄帝四经》四篇。

《黄帝铭》六篇。

《黄帝君臣》十篇。起六国时，与《老子》相似也。

《杂黄帝》五十八篇。六国时贤者所作。

《力牧》二十二篇。六国时所作，托之力牧。力牧，黄帝相。

《孙子》十六篇。六国时。

《捷子》二篇。齐人，武帝时说。

《曹羽》二篇。楚人，武帝时说于齐王。

《郎中婴齐》十二篇。武帝时。

《臣君子》二篇。蜀人。

《郑长者》一篇。六国时。先韩子，韩子称之。

《楚子》三篇。

《道家言》二篇。近世，不知作者。

右道三十七家，九百九十三篇。

道家者流，盖出于史官，历记成败存亡祸福古今之道，然后知秉要执本，清虚以自守，卑弱以自持，此君人南面之术也。合于尧之克攘，《易》之嗛嗛，一谦而四益，此其所长也。及放者为之，则欲绝去礼学，兼弃仁义，曰独任清虚可以为治。

《宋司星子韦》三篇。景公之史。

《公梼生终始》十四篇。传邹奭《始终》书。

《公孙发》二十二篇。六国时。

《邹子》四十九篇。名衍，齐人，为燕昭王师，居稷下，号谈天衍。

《邹子终始》五十六篇。

《乘邱子》五篇。六国时。

《杜文公》五篇。六国时。

《黄帝泰素》二十篇。六国时韩诸公子所作。

《南公》三十一篇。六国时。

《容成子》十四篇。

《张苍》十六篇。丞相北平侯。

《邹奭子》十二篇。齐人，号曰雕龙奭。

《闾邱子》十三篇。名快，魏人，在南公前。

《冯促》十三篇。郑人。

《将巨子》五篇。六国时。先南公，南公称之。

《五曹官制》五篇。汉制，似贾谊所条。

《周伯》十一篇。齐人，六国时。

《卫侯官》十二篇。近世，不知作者。

于长《天下忠臣》九篇。平阴人，近世。

《公孙浑邪》十五篇。平曲侯。

《杂阴阳》三十八篇。不知作者。

右阴阳二十一家，三百六十九篇。

阴阳家者流，盖出于羲和之官，敬顺昊天，历象日月星辰，敬授民时，此其所长也。及拘者为之，则牵于禁忌，泥于小数，舍人事而任鬼神。

《李子》三十二篇。名悝，相魏文侯，富国强兵。

《商君》二十九篇。名鞅，姬姓，卫后也，相秦孝公，有《列传》。

《申子》六篇。名不害，京人，相韩昭侯，终其身诸侯不敢侵韩。

《处子》九篇。

《慎子》四十二篇。名到，先申、韩，申、韩称之。

《韩子》五十五篇。名非，韩诸公子，使秦，李斯害而杀之。

《游棣子》一篇。

《晁错》三十一篇。

《燕十事》十篇。不知作者。

《法家言》二篇。不知作者。

右法十家，二百一十七篇。

法家者流，盖出于理官。信赏必罚，以辅礼制。《易》曰"先王以明罚饬法"，此其所长也。及刻者为之，则无教化，去仁爱，专任刑法而欲以致治，至于残害至亲，伤恩薄厚。

《邓析》二篇。郑人，与子产并时。

《尹文子》一篇。说齐宣王。先公孙龙。

《公孙龙子》十四篇。赵人。

《成公生》五篇。与黄公等同时。

《惠子》一篇。名施，与庄子并时。

《黄公》四篇。名疵，为秦博士，作歌诗，在秦时歌诗中。

《毛公》九篇。赵人，与公孙龙等并游平原君赵胜家。

右名七家，三十六篇。

名家者流，盖出于礼官。古者名位不同，礼亦异数。孔子曰："必也正名乎！名不正则言不顺，言不顺则事不成。"此其所长也。及警者为之，则苟钩鈲析乱而已。

《尹佚》二篇。周臣，在成、康时也。

《田俅子》三篇。先韩子。

《我子》一篇。

《随巢子》六篇。墨翟弟子。

《胡非子》三篇。墨翟弟子。

《墨子》七十一篇。名翟，为宋大夫，在孔子后。

右墨六家，八十六篇。

墨家者流，盖出于清庙之守。茅屋采椽，是以贵俭；养三老五更，是以兼爱；选士大射，是以上贤；宗祀严父，是以右鬼；顺四时而行，是以非命；以孝视天下，是以上同；此其所长也。及蔽者为之，见俭之利，因以非礼，推兼爱之意，而不知别亲疏。

《苏子》三十一篇。名秦，有《列传》。

《张子》十篇。名仪，有《列传》。

《庞煖》二篇。为燕将。

《阙子》一篇。

《国筮子》十七篇。

《秦零陵令信》一篇。难秦相李斯。

《蒯子》五篇。名通。

《邹阳》七篇。

《主父偃》二十八篇。

《徐乐》一篇。

《庄安》一篇。

《待诏金马聊苍》三篇。赵人，武帝时。

右从横十二家，百七篇。

从横家者流，盖出于行人之官。孔子曰："诵《诗》三百，使于四方，不能颛对，虽多亦奚以为？"又曰："使乎，使乎！"言其当权事制宜，受命而不受辞。此其所长也。及邪人为之，则上诈谖而弃其信。

孔甲《盘盂》二十六篇。黄帝之史，或曰夏帝孔甲，似皆非。

《大禹》三十七篇。传言禹所作，其文似后世语。

《伍子胥》八篇。名员，春秋时为吴将，忠直遇谗死。

《子晚子》三十五篇。齐人，好议兵，与《司马法》相似。

《由余》三篇。戎人，秦穆公聘以为大夫。

《尉缭》二十九篇。六国时。

《尸子》二十篇。名佼，鲁人，秦相商君师之。鞅死，佼逃入蜀。

《吕氏春秋》二十六篇。秦相吕不韦辑智略士作。

《淮南内》二十一篇。王安。

《淮南外》三十三篇。

《东方朔》二十篇。

《伯象先生》一篇。

《荆轲论》五篇。轲为燕刺秦王，不成而死，司马相如等论之。

《吴子》一篇。

《公孙尼》一篇。

《博士臣贤对》一篇。汉世，难韩子、商君。

《臣说》三篇。武帝时作赋。

《解子簿书》三十五篇。

《推杂书》八十七篇。

《杂家言》一篇。王伯，不知作者。

右杂二十家，四百三篇。入兵法。

杂家者流，盖出于议官。兼儒、墨，合名、法，知国体之有此，见王治之无不贯，此其所长也。及荡者为之，则漫羡而无所归心。

《神农》二十篇。六国时，诸子疾时怠于农业，道耕农事，托之神农。

《野老》十七篇。六国时，在齐、楚间。

《宰氏》十七篇。不知何世。

《董安国》十六篇。汉代内史，不知何帝时。

《尹都尉》十四篇。不知何世。

《赵氏》五篇。不知何世。

《氾胜之》十八篇。成帝时为议郎。

《王氏》六篇。不知何世。

《蔡癸》一篇。宣帝时，以言便宜，至弘农太守。

右农九家，百一十四篇。

农家者流，盖出于农稷之官。播百谷，劝耕桑，以足衣食，故八政一曰食，二曰货。孔子曰"所重民食"，此其所长也。及鄙者为之，以为无所事圣王，欲使君臣并耕，悖上下之序。

《伊尹说》二十七篇。其语浅薄，似依托也。

《鬻子说》十九篇。后世所加。

《周考》七十六篇。考周事也。

《青史子》五十七篇。古史官记事也。

《师旷》六篇。见《春秋》，其言浅薄，本与此同，似因托也。

《务成子》十一篇。称尧问，非古语。

《宋子》十八篇。孙卿道宋子，其言黄、老意。

《天乙》三篇。天乙谓汤，其言非殷时，皆依托也。

《黄帝说》四十篇。迂诞依托。

《封禅方说》十八篇。武帝时。

《待诏臣饶心术》二十五篇。武帝时。

《待诏臣安成未央术》一篇。

《臣寿周纪》七篇。项国圉人，宣帝时。

《虞初周说》九百四十三篇。河南人，武帝时以方士侍郎号黄车使者。

《百家》百三十九卷。

右小说十五家，千三百八十篇。

小说家者流，盖出于稗官。街谈巷语，道听涂说者之所造也。孔子曰："虽小道，必有可观者焉，致远恐泥，是以君子弗为也。"然亦弗灭也。闾里小知者之所及，亦使缀而不忘。如或一言可采，此亦刍荛狂夫之议也。

凡诸子百八十九家，四千三百二十四篇。出蹴鞠一家，二十五篇。

诸子十家，其可观者九家而已。皆起于王道既微，诸侯力政，时君世主，好恶殊方，是以九家之术蜂出并作，各引一端，崇其所善，以此驰说，取合诸侯。其言虽殊，辟犹水火，相灭亦相生也。仁之与义，敬之与和，相反而皆相成也。《易》曰："天下同归而殊涂，一致而百虑。"今异家者各推所长，穷知究虑，以明其指，虽有蔽短，合其要归，亦《六经》之支与流裔。使其人遭明王圣主，得其所折中，皆股肱之材已。仲尼有言："礼失而求诸野。"方今去圣久远，道术缺废，无所更索，彼九家者，不犹愈于野乎？若能修六艺之术。而观此九家之言，舍短取长，则可以通万方之略矣。

屈原赋二十五篇。楚怀王大夫，有《列传》。

唐勒赋四篇。楚人。

宋玉赋十六篇。楚人，与唐勒并时，在屈原后也。

赵幽王赋一篇。

庄夫子赋二十四篇。名忌，吴人。

贾谊赋七篇。

枚乘赋九篇。

司马相如赋二十九篇。

淮南王赋八十二篇。

淮南王群臣赋四十四篇。

太常蓼侯孔臧赋二十篇。

阳邱侯刘郾赋十九篇。

吾邱寿王赋十五篇。

蔡甲赋一篇。

上所自造赋二篇。

兒宽赋二篇。

光禄大夫张子侨赋三篇。与王褒同时也。

阳成侯刘德赋九篇。

刘向赋三十三篇。

王褒赋十六篇。

右赋二十家，三百六十一篇。

陆贾赋三篇。

枚皋赋百二十篇。

朱建赋二篇。

常侍郎庄匆奇赋十一篇。枚皋同时。

严助赋三十五篇。

朱买臣赋三篇。

宗正刘辟疆赋八篇。

司马迁赋八篇。

郎中臣婴齐赋十篇。

臣说赋九篇。

臣吾赋十八篇。

辽东太守苏季赋一篇。

萧望之赋四篇。

河内太守徐明赋三篇。字长君，东海人，元、成世历五郡太守，有能名。

给事黄门侍郎李息赋九篇。

淮阳宪王赋二篇。

扬雄赋十二篇。

待诏冯商赋九篇。

博士弟子杜参赋二篇。

车郎张丰赋三篇。张子侨子。

骠骑将军朱宇赋三篇。

右赋二十一家，二百七十四篇。入扬雄八篇。

孙卿赋十篇。

秦时杂赋九篇。

李思《孝景皇帝颂》十五篇。

广川惠王越赋五篇。

长沙王群臣赋三篇。

魏内史赋二篇。

东暆令延年赋七篇。

卫士令李忠赋二篇。

张偃赋二篇。

贾充赋四篇。

张仁赋六篇。

秦充赋二篇。

李步昌赋二篇。

侍郎谢多赋十篇。

平阳公主舍人周长孺赋二篇。

雒阳锜华赋九篇。

眭弘赋一篇。

别栩阳赋五篇。

臣昌市赋六篇。

臣义赋二篇。

黄门书者假史王商赋十三篇。

侍中徐博赋四篇。

黄门书者王广、吕嘉赋五篇。

汉中都尉丞华龙赋二篇。

左冯翊史路恭赋八篇。

右赋二十五家，百三十六篇。

《客主赋》十八篇。

《杂行出及颂德赋》二十四篇。

《杂四夷及兵赋》二十篇。

《杂中贤失意赋》十二篇。

《杂思慕悲哀死赋》十六篇。

《杂鼓琴剑戏赋》十三篇。

《杂山陵水泡云气雨旱赋》十六篇。

《杂禽兽六畜昆虫赋》十八篇。

《杂器械草木赋》三十三篇。

《大杂赋》三十四篇。

《成相杂辞》十一篇。

《隐书》十八篇。

右杂赋十二家，二百三十三篇。

《高祖歌诗》二篇。

《泰一杂甘泉寿宫歌诗》十四篇。

《宗庙歌诗》五篇。

《汉兴以来兵所诛灭歌诗》十四篇。

《出行巡狩及游歌诗》十篇。

《临江王及愁思节士歌诗》四篇。

《李夫人及幸贵人歌诗》三篇。

《诏赐中山靖王子哙及孺子妾冰未央材人歌诗》四篇。

《吴楚汝南歌诗》十五篇。

《燕代讴雁门云中陇西歌诗》九篇。

《邯郸河间歌诗》四篇。

《齐郑歌诗》四篇。

《淮南歌诗》四篇。

《左冯翊秦歌诗》三篇。

《京兆尹秦歌诗》五篇。

《河东蒲反歌诗》一篇。

《黄门倡车忠等歌诗》十五篇。

《杂各有主名歌诗》十篇。

《杂歌诗》九篇。

《雒阳歌诗》四篇。

《河南周歌诗》七篇。

《河南周歌声曲折》七篇。

《周谣歌诗》七十五篇。

《周谣歌诗声曲折》七十五篇。

《诸神歌诗》三篇。

《送迎灵颂歌诗》三篇。

《周歌诗》二篇。

《南郡歌诗》五篇。

右歌诗二十八家，三百十四篇。

凡诗赋百六家，千三百一十八篇。入扬雄八篇。

传曰："不歌而诵谓之赋，登高能赋可以为大夫。"言感物造耑，材知深美，可与图事，故可以为列大夫也。古者诸侯卿大夫交接邻国，以微言相感，当揖让之时，必称《诗》以谕其志，盖以别贤不肖而观盛衰焉。故孔子曰"不学《诗》，无以言"也。春秋之后，周道浸坏，聘问歌咏不行于列国，学《诗》之士逸在布衣，而贤人失志之赋作矣。大儒孙卿及楚臣屈原离谗忧国，皆作赋以风，咸有恻隐古诗之义。其后宋玉、唐勒；汉兴，枚乘，司马相如，下及扬子云，竞为侈丽闳衍之词，没其风谕之义。是以扬子悔之，曰："诗人之赋丽以则，辞人之赋丽以淫。如孔氏之门人用赋也，则贾谊登堂，相如入室矣，如其不用何！"自孝武立乐府而采歌谣，于是有代赵之讴，秦楚之风，皆感于哀乐，缘事而发，亦可以观风俗，知薄厚云。序诗赋为五种。

《吴孙子兵法》八十二篇。图九卷。

《齐孙子》八十九篇。图四卷。

《公孙鞅》二十七篇。

《吴起》四十八篇。有《列传》。

《范蠡》二篇。越王句践臣也。

《大夫种》二篇。与范蠡俱事句践。

《李子》十篇。

《娷》一篇。

《兵春秋》一篇。

《庞煖》三篇。

《兒良》一篇。

《广武君》一篇。李左车。

《韩信》三篇。

右兵权谋十三家，二百五十九篇。省伊尹、太公、《管子》《孙卿子》《鹖冠子》《苏子》、蒯通、陆贾，淮南王二百五十九种，出《司马法》入礼也。

权谋者，以正守国，以奇用兵，先计而后战，兼形势，包阴阳，用技巧者也。

《楚兵法》七篇。图四卷。

《蚩尤》二篇。见《吕刑》。

《孙轸》五篇。图三卷。

《繇叙》二篇。

《王孙》十六篇。图五卷。

《尉缭》三十一篇。

《魏公子》二十一篇。图十卷。名无忌，有《列传》。

《景子》十三篇。

《李良》三篇。

《丁子》一篇。

《项王》一篇。名籍。

右兵形势十一家，九十二篇。图十八卷。

形势者，雷动风举，后发而先至，离合背乡，变化无常，以轻疾制敌者也。

《太壹兵法》一篇。

《天一兵法》三十五篇。

《神农兵法》一篇。

《黄帝》十六篇。图三卷。

《封胡》五篇。黄帝臣，依托也。

《风后》十三篇。图二卷。黄帝臣，依托也。

《力牧》十五篇。黄帝臣，依托也。

《鹈冶子》一篇。图一卷。

《鬼容区》三篇。图一卷。黄帝臣，依托。

《地典》六篇。

《孟子》一篇。

《东父》三十一篇。

《师旷》八篇。晋平公臣。

《苌弘》十五篇。周史。

《别成子望军气》六篇。图三卷。

《辟兵威胜方》七十篇。

右阴阳十六家，二百四十九篇，图十卷。

阴阳者，顺时而发，推刑德，随斗击，因五胜，假鬼神而为助者也。

《鲍子兵法》十篇。图一卷。

《伍子胥》十篇。图一卷。

《公胜子》五篇。

《苗子》五篇。图一卷。

《逢门射法》二篇。

《阴通成射法》十一篇。

《李将军射法》三篇。

《魏氏射法》六篇。

《强弩将军王围射法》五卷。

《望远连弩射法具》十五篇。

《护军射师王贺射书》五篇。

《蒲苴子弋法》四篇。

《剑道》三十八篇。

《手搏》六篇。

《杂家兵法》五十七篇。

《蹴鞠》二十五篇。

右兵技巧十三家，百九十九篇。省《墨子》重，入《蹴鞠》也。

技巧者，习手足，便器械，积机关，以立攻守之胜者也。

凡兵书五十三家，七百九十篇，图四十三卷。省十家二百七十一篇重，入《蹴鞠》一家二十五篇，出《司马法》百五十五篇入礼也。

兵家者，盖出古司马之职，王官之武备也。《洪范》八政，八曰师。孔子曰为国者"足食足兵"，"以不教民战，是谓弃之"，明兵之重也。《易》曰"古者弦木为弧，剡木为矢，弧矢之利，以威天下"，其用上矣。后世燿金为刃，割革为甲，器械甚备。下及汤、武受命，以师克乱而济百姓，动之以仁义，行之以礼让，《司马法》是其遗事也。自春秋至于战国，出奇设伏，变诈之兵并作。汉兴，张良、韩信序次兵法，凡百八十二家，删取要用，定著三十五家。诸吕用事而盗取之。武帝时，军政杨仆捃摭遗逸，纪奏兵录，犹未能备。至于孝成，命任宏论次兵书为四种。

《泰壹杂子星》二十八卷。

《五残杂变星》二十一卷。

《黄帝杂子气》三十三篇。

《常从日月星气》二十一卷。

《皇公杂子星》二十二卷。

《淮南杂子星》十九卷。

《泰壹杂子云雨》三十四卷。

《国章观霓云雨》三十四卷。

《泰阶六符》一卷。

《金度玉衡汉五星客流出入》八篇。

《汉五星彗客行事占验》八卷。

《汉日旁气行事占验》三卷。

《汉流星行事占验》八卷。

《汉日旁气行占验》十三卷。

《汉日食月晕杂变行事占验》十三卷。

《海中星占验》十二卷。

《海中五星经杂事》二十二卷。

《海中五星顺逆》二十八卷。

《海中二十八宿国分》二十八卷。

《海中二十八宿臣分》二十八卷。

《海中日月彗虹杂占》十八卷。

《图书秘记》十七篇。

右天文二十一家，四百四十五卷。

天文者，序二十八宿，步五星日月，以纪吉凶之象，圣王所以参政也。《易》曰："观乎天文，以察时变。"然星事殙悍，非湛密者弗能由也。夫观景以谴形，非明王亦不能服听也。以不能由之臣，谏不能听之王，此所以两有患也。

《黄帝五家历》三十三卷。

《颛顼历》二十一卷。

《颛顼五星历》十四卷。

《日月宿历》十三卷。

《夏殷周鲁历》十四卷。

《天历大历》十八卷。

《汉元殷周谍历》十七卷。

《耿昌月行帛图》二百三十二卷。

《耿昌月行度》二卷。

《传周五星行度》三十九卷。

《律历数法》三卷。

《自古五星宿纪》三十卷。

《太岁谋日晷》二十九卷。

《帝王诸侯世谱》二十卷。

《古来帝王年谱》五卷。

《日晷书》三十四卷。

《许商算术》二十六卷。

《杜忠算术》十六卷。

右历谱十八家，六百六卷。

历谱者，序四时之位，正分至之节，会日月五星之辰，以考寒暑杀生之实。故圣王必正历数，以定三统服色之制，又以探知五星日月之会。凶厄之患，吉隆之喜，其术皆出焉。此圣人知命之术也，非天下之至材，其孰与焉！道之乱也，患出于小人而强欲知天道者，坏大以为小，削远以为近，是以道术破碎而难知也。

《泰一阴阳》二十三卷。

《黄帝阴阳》二十五卷。

《黄帝诸子论阴阳》二十五卷。

《诸王子论阴阳》二十五卷。

《太元阴阳》二十六卷。

《三典阴阳谈论》二十七卷。

《神农大幽五行》二十七卷。

《四时五行经》二十六卷。

《猛子闾昭》二十五卷。

《阴阳五行时令》十九卷。

《堪舆金匮》十四卷。

《务成子灾异应》十四卷。

《十二典灾异应》十二卷。

《钟律灾应》二十六卷。

《钟律丛辰日苑》二十二卷。

《钟律消息》二十九卷。

《黄钟》七卷。

《天一》六卷。

《泰一》二十九卷。

《刑德》七卷。

《风鼓六甲》二十四卷。

《风后孤虚》二十卷。

《六合随典》二十五卷。

《转位十二神》二十五卷。

《羡门式法》二十卷。

《羡门式》二十卷。

《文解六甲》十八卷。

《文解二十八宿》二十八卷。

《五音奇胲用兵》二十三卷。

《五音奇胲刑德》二十一卷。

《五音定名》十五卷。

右五行三十一家，六百五十二卷。

五行者，五常之刑气也。《书》云"初一曰五行，次二曰羞用五事"，言进用五事以顺五行也。貌、言、视、听、思心失，而五行之序乱，五星之变作，皆出于律历之数而分为一者也。其法亦起五德终始，推其极则无不至。而小数家因此以为吉凶，而行于世，浸以相乱。

《龟书》五十二卷。

《夏龟》二十六卷。

《南龟书》二十八卷。

《巨龟》三十六卷。

《杂龟》十六卷。

《蓍书》二十八卷。

《周易》三十八卷。

《周易明堂》二十六卷。

《周易随曲射匿》五十卷。

《大筮衍易》二十八卷。

《大次杂易》三十卷。

《鼠序卜黄》二十五卷。

《於陵钦易吉凶》二十三卷。

《任良易旗》七十一卷。

《易卦八具》。

右蓍龟十五家，四百一卷。

蓍龟者，圣人之所用也。《书》曰："汝则有大疑，谋及卜筮。"《易》曰："定天下之吉凶，成天下之亹亹者，莫善于蓍龟。”“是故君子将有为也，将有行也，问焉而以言，其受命也如向，无有远近幽深，遂知来物。非天下之至精，其孰能与于此！”及至衰世，解于齐戒，而娄烦卜筮，神明不应。故筮渎不告，《易》以为忌；龟厌不告，《诗》以为刺。

　　《黄帝长柳占梦》十一卷。

　　《甘德长柳占梦》二十卷。

　　《武禁相衣器》十四卷。

　　《嚏耳鸣杂占》十六卷。

　　《祯祥变怪》二十一卷。

　　《人鬼精物六畜变怪》二十一卷。

　　《变怪诰咎》十三卷。

　　《执不祥劾鬼物》八卷。

　　《请官除诀祥》十九卷。

　　《襄祀天文》十八卷。

　　《请祷致福》十九卷。

　　《请雨止雨》二十六卷。

　　《泰壹杂子候岁》二十二卷。

　　《子赣杂子候岁》二十六卷。

　　《五法积贮宝藏》二十三卷。

　　《神农教田相土耕种》十四卷。

　　《昭明子钓种生鱼鳖》八卷。

　　《种树臧果相蚕》十三卷。

　　右杂占十八家，三百一十三卷。

　　杂占者，纪百事之象，候善恶之征。《易》曰：“占事知来。”众占非一，而梦为大，故周有其官。而《诗》载熊罴虺蛇众鱼旐旟之梦，著明大人之占，以考吉凶，盖参卜筮。《春秋》之说诀也，曰：“人之所忌，其气炎以取之，诀由人兴也。人失常则讹兴，人无衅焉，讹不自作。"故曰："德胜不祥，义厌不惠。"桑谷共生，太戊以兴；雊雉登鼎，武丁为宗。然惑者不稽诸躬，而忌讹之见，是以《诗》刺"召彼故老，讯之占梦"，伤其舍本而忧末，不能胜凶咎也。

《山海经》十三篇。

《国朝》七卷。

《宫宅地形》二十卷。

《相人》二十四卷。

《相宝剑刀》二十卷。

《相六畜》三十八卷。

右形法六家，百二十二卷。

形法者，大举九州之势以立城郭室舍形，人及六畜骨法之度数、器物之形容以求其声气贵贱吉凶。犹律有长短，而各征其声，非有鬼神，数自然也。然形与气相首尾，亦有有其形而无其气，有其气而无其形，此精微之独异也。

凡数术百九十家，二千五百二十八卷。

数术者，皆明堂羲和史卜之职也。史官之废久矣，其书既不能具，虽有其书而无其人。《易》曰："苟非其人，道不虚行。"春秋时鲁有梓慎，郑有裨灶，晋有卜偃，宋有子韦。六国时楚有甘公，魏有石申夫。汉有唐都，庶得粗觕。盖有因而成易，无因而成难，故因旧书以序数术为六种。

《黄帝内经》十八卷。

《外经》三十七卷。

《扁鹊内经》九卷。

《外经》十二卷。

《白氏内经》三十八卷。

《外经》三十六卷。

《旁篇》二十五卷。

右医经七家，二百一十六卷。

医经者，原人血脉经络骨髓阴阳表里，以起百病之本，死生之分，而用度箴石汤火所施，调百药齐和之所宜。至齐之德，犹慈石取铁，以物相使。拙者失理，以愈为剧，以生为死。

《五藏六府痹十二病方》三十卷。

《五藏六府疝十六病方》四十卷。

《五藏六府瘅十二病方》四十卷。

《风寒热十六病方》二十六卷。

《泰始黄帝扁鹊俞拊方》二十三卷。

《五藏伤中十一病方》三十一卷。

《客疾五藏狂颠病方》十七卷。

《金创疭瘛方》三十卷。

《妇人婴儿方》十九卷。

《汤液经法》三十二卷。

《神农黄帝食禁》七卷。

右经方十一家，二百七十四卷。

经方者，本草石之寒温，量疾病之浅深，假药味之滋，因气感之宜，辩五苦六辛，致水火之齐，以通闭解结，反之于平。及失其宜者，以热益热，以寒增寒，精气内伤，不见于外，是所独失也。故谚曰："有病不治，常得中医。"

《容成阴道》二十六卷。

《务成子阴道》三十六卷。

《尧舜阴道》二十三卷。

《汤盘庚阴道》二十卷。

《天老杂子阴道》二十五卷。

《天一阴道》二十四卷。

《黄帝三王养阳方》二十卷。

《三家内房有子方》十七卷。

右房中八家，百八十六卷。

房中者，情性之极，至道之际，是以圣王制外乐以禁内情，而为之节文。传曰："先王之作乐，所以节百事也。"乐而有节，则和平寿考。及迷者弗顾，以生疾而陨性命。

《宓戏杂子道》二十篇。

《上圣杂子道》二十六卷。

《道要杂子》十八卷。

《黄帝杂子步引》十二卷。

《黄帝岐伯按摩》十卷。

《黄帝杂子芝菌》十八卷。

《黄帝杂子十九家方》二十一卷。

《泰壹杂子十五家方》二十二卷。

《神农杂子技道》二十三卷。

《泰壹杂子黄冶》三十一卷。

右神仙十家，二百五卷。

神仙者，所以保性命之真，而游求于其外者也。聊以荡意平心，同死生之域，而无怵惕于胸中。然而或者专以为务，则诞欺怪迂之文弥以益多，非圣王之所以教也。孔子曰："索隐行怪，后世有述焉，吾不为之矣。"

凡方技三十六家，八百六十八卷。

方技者，皆生生之具，王官之一守也。大古有岐伯、俞拊，中世有扁鹊、秦和，盖论病以及国，原诊以知政。汉兴有仓公。今其技术晻昧，故论其书，以序方技为四种。

大凡书，六略三十八种，五百九十六家，万三千二百六十九卷。入三家，五十篇，省兵十家。

【诸侯王表序】

昔周监于二代，三圣制法，立爵五等，封国八百，同姓五十有余。周公、康叔建于鲁、卫，各数百里；太公于齐，亦五侯九伯之地。《诗》载其制曰："介入惟藩，大师惟垣。大邦惟屏，大宗惟翰。怀德惟宁，宗子惟城。毋俾城坏，毋独斯畏。"所以亲亲贤贤，褒表功德，关诸盛衰，深根固本，为不可拔者也。故盛则周、邵相其治，致刑错；衰则五伯扶其弱，与共守。自幽、平之后，日以陵夷，至乎厄陜河洛之间，分为二周，有逃责之台，被窃铢之言。然天下谓之共主，强大弗之敢倾。历载八百余年，数极德尽，既于王赧，降于庶人，用天年终。号位已绝于天下，尚犹枝叶相持，莫得居其虚位，海内无主，三十余年。

秦据势胜之地，骋狙诈之兵，蚕食山东，壹切取胜。因矜其所习，自任私知，姗笑三代，荡灭古法，窃自号为皇帝，而子弟为匹夫，内亡骨肉本根之辅，外亡尺土藩翼之卫。陈、吴奋其白梃，刘、项随而毙之。故曰，周过其历，秦不及期，国势然也。以上周、秦封建。

汉兴之初，海内新定，同姓寡少，惩戒亡秦孤立之败，于是剖裂疆土，立二等之爵。功臣侯者百有余邑，尊王子弟，大启九国。自雁门以东，尽辽阳，为燕、代。常山以南，太行左转，度河、济，渐于海，为齐、赵。穀、泗以往，奄有龟、蒙，为梁、楚。东带江、湖，薄会稽，为荆、吴。北界淮濑，略庐、衡，为淮南。波汉之阳，亘九嶷，为长沙。诸侯比境，周匝三垂，外接胡、越。天子自有三河、东郡、颍川、南阳，自江陵以西至巴、蜀，北自云中至陇西，与京师内史凡十五郡，公主、列侯颇邑其中。而藩国大者夸州兼郡，连城数十，宫室百官同制京师，可谓挢枉过其正矣。虽然，高祖创业，日不暇给，孝惠享国又浅，高后女主摄位，而海内晏如，亡狂狡之忧，卒折诸吕之难，成太宗之业者，亦赖之于诸侯也。以上汉初分封之大。

　　然诸侯原本以大，末流滥以致溢，小者淫荒越法，大者睽孤横逆，以害身丧国。故文帝采贾生之议分齐、赵，景帝用晁错之计削吴、楚。武帝施主父之册，下推恩之令，使诸侯王得分户邑以封子弟，不行黜陟。而藩国自析。自此以来，齐分为七，赵分为六，梁分为五，淮南分为三。皇子始立者，大国不过十余城。长沙、燕、代虽有旧名，皆亡南北边矣。景遭七国之难，抑损诸侯，减黜其官。武有衡山、淮南之谋，作左官之律，设附益之法，诸侯惟得衣食税租，不与政事。以上诸侯渐以削弱。

　　至于哀、平之际，皆继体苗裔，亲属疏远，生于帷墙之中，不为士民所尊，势与富室亡异。而本朝短世，国统三绝，是故王莽知汉中外殚微，本末俱弱，亡所忌惮，生其奸心；因母后之权，假伊、周之称，颛作威福庙堂之上，不降阶序而运天下。诈谋既成，遂据南面之尊，分遣五威之吏，驰传天下，班行符命。汉诸侯王厥角稽首，奉上玺韨，惟恐在后，或乃称美颂德，以求容媚，岂不哀哉！是以究其终始强弱之变，明监戒焉。以上汉末宗藩之衰。

【货殖传序】

　　昔先王之制，自天子、公、侯、卿、大夫、士至于皂隶、抱关、击柝者，其爵禄、奉养、宫室、车服、棺椁、祭祀、死生之制各有差品，小不得僭大，贱不得逾贵。夫然，故上下序而民志定。于是辩其土地、川泽、邱陵、衍沃、原隰之宜，教民种树畜养；五谷六畜及至鱼鳖、鸟兽、雚蒲、材干、器械之资，所以养生送终之具，靡不皆育。育之以时，而用之有节。草木未落，斧斤不入于山林；豺獭未祭，罝网不布于野泽；鹰隼未击，矰弋不施于徯隧。既顺时而取物，然犹山不茬蘖，泽不伐夭，蝝鱼麛卵，咸有常禁。所以顺时宣气，蕃阜庶物，蓄足功用，如此之备也。然后四民因其土宜，各任智力，夙兴夜寐，以治其业，相与通功易事，交利而俱赡，非有征发期会，而远近咸足。故《易》曰"后以财成辅相天地之宜，以左右民"，"备物致用，立成器以为天下利，莫大乎圣人"，此之谓也。《管子》云古之四民不得杂处。士相与言仁谊于闲宴，工相与议技巧于官府，商相与语财利于市井，农相与谋稼穑于田野，朝夕从事，不见异物而迁焉。故其父兄之教不肃而成，子弟之学不劳而能，各安其居而乐其业，甘其食而美其服，虽见奇丽纷华，非其所习，辟犹戎翟之与于越，不相入矣。是以欲寡而事节，财足而不争。于是在民上者，道之以德，齐之以礼，故民有耻而且敬，贵谊而贱利。此三代之所以直道而行，不严而治之大略也。以上前世寡欲足财，民无争心。

及周室衰，礼法堕，诸侯刻桷丹楹，大夫山节藻棁，八佾舞于庭，《雍》彻于堂。其流至于士庶人，莫不离制而弃本，稼穑之民少，商旅之民多，谷不足而货有余。

陵夷至乎桓、文之后，礼谊大坏，上下相冒，国异政，家殊俗，奢欲不制，僭差亡极。于是商通难得之货，工作亡用之器，士设反道之行，以追时好而取世资。伪民背实而要名，奸夫犯害而求利，篡弑取国者为王公，圉夺成家者为雄桀。礼谊不足以拘君子，刑戮不足以威小人。富者木土被文锦，犬马余肉粟，而贫者裋褐不完，含菽饮水。其为编户齐民，同列而以财力相君，虽为仆虏，犹亡愠色。故夫饰变诈为奸轨者，自足乎一世之间；守道循理者，不免于饥寒之患。其教自上兴，繇法度之无限也。故列其行事，以传世变云。以上后世上下尚利，法度无限。

【西域传赞】

赞曰：孝武之世，图制匈奴，患其兼从西国，结党南羌，乃表河西，列四郡，开玉门，通西域，以断匈奴右臂，隔绝南羌、月氏。单于失援，由是远遁，而幕南无王庭。

遭值文、景玄默，养民五世，天下殷富，财力有余，士马强盛。故能睹犀布、玳瑁则建珠崖七郡，感枸酱、竹杖则开牂柯、越巂，闻天马、蒲陶则通大宛、安息。自是之后，明珠、文甲、通犀、翠羽之珍盈于后宫，薄梢、龙文、鱼目、汗血之马充于黄门，巨象、师子、猛犬、大雀之群食于外囿。殊方异物，四面而至。于是广开上林，穿昆明池，营千门万户之宫，立神明通天之台，兴造甲乙之帐，落以随珠和璧，天子负黼依，袭翠被，冯玉几，而处其中。设酒池肉林以飨四夷之客，作《巴俞》都卢、海中《砀极》、漫衍鱼龙、角抵之戏以观视之。及赂遗赠送，万里相奉，师旅之费，不可胜计。至于用度不足，乃榷酒酤，管盐铁，铸白金，造皮币，算至车船，租及六畜。民力屈，财用竭，因之以凶年，寇盗并起，道路不通，直指之使始出，衣绣杖斧，断斩于郡国，然后胜之。是以末年遂弃轮台之地，而下哀痛之诏，岂非仁圣之所悔哉！且通西域，近有龙堆，远则葱岭，身热、头痛、县度之厄。淮南、杜钦、扬雄之论，皆以为此天地所以界别区域，绝外内也。《书》曰"西戎即序"，禹即就而序之，非上威服致其贡物也。

西域诸国，各有君长，兵众分弱，无所统一，虽属匈奴，不相亲附。匈奴能得其马畜旃罽，而不能统率与之进退。与汉隔绝，道里又远，得之不为益，弃之不为损。盛德在我，无取于彼。故自建武以来，西域思汉威德，咸乐内属。唯其小邑鄯善、车师，界迫匈奴，尚为所拘。而其大国莎车、于阗之属，数遣使置质于汉，愿请属都护。圣上远览古今，因时之宜，羁縻不绝，辞而未许。虽大禹之序西戎，周公之让白雉，太宗之却走马，义兼之矣，亦何以尚兹！

【叙传】

班氏之先，与楚同姓，令尹子文之后也。子文初生，弃于瞢中，而虎乳之。楚人谓乳"穀"，谓虎"於檡"，故名穀於檡，字子文。楚人谓虎"班"，其子以为号。秦之灭楚，迁晋、代之间，因氏焉。

始皇之末，班壹避墬于楼烦，致马、牛、羊数千群。值汉初定，与民无禁，当孝惠、高后时，以财雄边，出入弋猎，旌旗鼓吹，年百余岁，以寿终，故北方多以"壹"为字者。

壹生孺。孺为任侠，州郡歌之。孺生长，官至上谷守。长生回，以茂材为长子令。回生况，举孝廉为郎，积功劳，至上河农都尉，大司农奏课连最，入为左曹越骑校尉。成帝之初，女为倢伃，致仕就第，资累千金，徒昌陵。昌陵后罢，大臣名家皆占数于长安。以上子文至况。

况生三子：伯、斿、稚。伯少受《诗》于师丹。大将军王凤荐伯宜劝学，召见宴昵殿，容貌甚丽，诵说有法，拜为中常侍。时，上方乡学，郑宽中、张禹朝夕入说《尚书》《论语》于金华殿中，诏伯受焉。既通大义，又讲异同于许商，迁奉车都尉。数年，金华之业绝，出与王、许子弟为群，在于绮襦纨绔之间，非其好也。

家本北边，志节慷慨，数求使匈奴。河平中，单于来朝，上使伯持节迎于塞下。会定襄大姓石、李群辈报怨，杀追捕吏，伯上状，因自请愿试守期月。上遣侍中中郎将王舜驰传代伯护单于，并奉玺书印绶，即拜伯为定襄太守。定襄闻伯素贵，年少，自请治剧，畏其下车作威，吏民竦息。伯至，请问耆老父祖故人有旧恩者，迎延满堂，日为供具，执子孙礼。郡中益弛。诸所宾礼皆名豪，怀恩醉酒，共谏伯宜颇摄录盗贼，具言本谋亡匿处。伯曰："是所望于父师矣。"乃召属县长吏，选精进掾史，分部收捕，及它隐伏，旬日尽得。郡中震栗，咸称神明。岁余，上征伯。伯上书愿过故郡上父祖冢。有诏，太守、都尉以下会。因召宗族，各以亲疏加恩施，散数百金。北州以为荣，长老纪焉。道病中风，既至，以侍中光禄大夫养病，赏赐甚厚，数年未能起。

会许皇后废，班倢伃供养东宫，进侍者李平为倢伃，而赵飞燕为皇后，伯遂称笃。久之，上出过临侯伯，伯惶恐，起视事。

自大将军薨后，富平、定陵侯张放、淳于长等始爱幸，出为微行，行则同舆执辔；入侍禁中，设宴饮之会，及赵、李诸侍中皆引满举白，谈笑大噱。时乘舆幄坐张画屏风，画纣醉踞妲己作长夜之乐。上以伯新起，数目礼之，因顾指画而问伯："纣为无道，至于是乎？"伯对曰："《书》云'乃用妇人之言'，何有踞肆于朝？所谓众恶归之，不如是之甚者也。"上曰："苟不若此，此图何戒？"伯曰："'沉湎于酒'，微子所以告去也；'式号式呼'，《大雅》所以流连也。《诗》《书》淫乱之戒，其原皆在于酒。"上乃喟然叹曰："吾久不见班生，今日复闻谠言！"放等不怿，稍自引起更衣，因罢出。时，长信庭林表适使来，闻见之。

后上朝东宫，太后泣曰："帝间颜色瘦黑，班侍中本大将军所举，宜宠异之，益求其比，以辅圣德。宜遣富平侯且就国。"上曰："诺。"车骑将军王音闻之，以风丞相御史奏富平侯罪过，上乃出放为边都尉。后复征入，太后与上书曰："前所道尚未效，富平侯反复来，其能默乎？"上谢曰："请今奉诏。"是时，许商为少府，师丹为光禄勋，上于是引商、丹入为光禄大夫，伯迁水衡都尉，与两师并侍中，皆秩中二千石。每朝东宫，常从；及有大政，俱使谕指于公卿。上亦稍厌游宴，复修经书之业，太后甚悦。丞相方进复奏，富平侯竟就国。会伯病卒，年三十八，朝廷愍惜焉。

斿博学有俊材，左将军师丹举贤良方正，以对策为议郎，迁谏大夫、右曹中郎将，与刘向校秘书。每奏事，斿以选受诏进读群书。上器其能，赐以秘书之副。时书不布，自东平思王以叔父求《太史公》、诸子书，大将军白不许。语在《东平王传》。斿亦早卒，有子曰嗣，显名当世。

稚少为黄门郎中常侍，方直自守。成帝季年，立定陶王为太子，数遣中盾请问近臣，稚独不敢答。哀帝即位，出稚为西河属国都尉，迁广平相。

王莽少与稚兄弟同列友善，兄事斿而弟畜稚。斿之卒也，修缌麻，赙赗甚厚。平帝即位，太后临朝，莽秉政，方欲文致太平，使使者分行风俗，采颂声，而稚无所上。琅邪太守公孙闳言灾害于公府，大司空甄丰遣属驰至两郡讽吏民，而劾闳空造不详，稚绝嘉应，嫉害圣政，皆不道。太后曰："不宣德美，宜与言灾害者异罚。且后宫贤家，我所哀也。"闳独下狱诛。稚惧，上书陈恩谢罪，愿归相印，入补延陵园郎，太后许焉。食故禄终身。由是班氏不显莽朝，亦不罹咎。以上伯、斿、稚。

初，成帝性宽，进入直言，是以王音、翟方进等绳法举过，而刘向、杜邺、王章、朱云之徒肆意犯上，故自帝师安昌侯，诸舅大将军兄弟及公卿大夫、后宫外属史、许之家有贵宠者，莫不被文伤诋。唯谷永尝言："建始、河平之际，许、班之贵，倾动前朝，熏灼四方，赏赐无量，空虚内臧，女宠至极，不可尚矣；今之后起，无所不飨，什倍于前。"永指以驳讥赵、李，亦无间云。

稚生彪。彪字叔皮，幼与从兄嗣共游学，家有赐书，内足于财，好古之士自远方至，父党扬子云以下莫不造门。

嗣虽修儒学，然贵老、严之术。桓生欲借其书，嗣报曰："若夫严子者，绝圣弃智，修生保真，清虚澹泊，归之自然，独师友造化，而不为世俗所役者也。渔钓于一壑，则万物不奸其志，栖迟于一邱，则天下不易其乐。不绁圣人之罔，不嗅骄君之饵，荡然肆志，谈者不得而名焉，故可贵也。今吾子已贯仁谊之羁绊，系名声之缰锁，伏周、孔之轨躅，驰颜、闵之极挚，既系挛于世教矣，何用大道为自眩曜？昔有学步于邯郸者，曾未得其仿佛，又复失其故步，遂匍匐而归耳！恐似此类，故不进。"嗣之行已持论如此。以上嗣。

叔皮唯圣人之道然后尽心焉。年二十，遭王莽败，世祖即位于冀州。时隗嚣据垄拥众，招辑英俊，而公孙述称帝于蜀汉，天下云扰，大者连州郡，小者据县邑。嚣问彪曰："往者周亡，战国并争，天下分裂，数世然后乃定，其抑者从横之事复起于今乎？将承运迭兴在于一人也？愿先生论之。"对曰："周之废兴与汉异。昔周立爵五等，诸侯从政，本根既微，枝叶强大，故其末流有从横之事，其势然也。汉家承秦之制，并立郡县，主有专己之威，臣无百年之柄。至于成帝，假借外家，哀、平短祚，国嗣三绝，危自上起，伤不及下。故王氏之贵，倾擅朝廷，能窃号位，而不根于民。是以即真之后，天下莫不引领而叹，十余年间，外内骚扰，远近俱发，假号云合，咸称刘氏，不谋而同辞。方今雄桀带州城者，皆无七国世业之资。《诗》云："皇矣上帝，临下有赫，鉴观四方，求民之莫。'今民皆呕吟思汉，乡仰刘氏，已可知矣。"嚣曰："先生言周、汉之势，可也，至于但见愚民习识刘氏姓号之故，而谓汉家复兴，疏矣！昔秦失其鹿，刘季逐而掎之，时民复知汉乎！"既感嚣言，又愍狂狡之不息，乃著《王命论》以救时难。

知隗嚣终不寤，乃避坠于河西。河西大将军窦融嘉其美德，访问焉。举茂材，为徐令，以病去官。后数应三公之召。仕不为禄，所如不合；学不为人，博而不俗；言不为华，述而不作。以上彪。

有子曰固，弱冠而孤，作《幽通之赋》，以致命遂志。

永平中为郎，典校秘书，专笃志于博学，以著述为业。或讥以无功，又感东方朔、扬雄自谕以不遭苏、张、范、蔡之时，曾不折之以正道，明君子之所守，故聊复应焉。

固以为唐虞三代，《诗》《书》所及，世有典籍，故虽尧、舜之盛，必有典谟之篇，然后扬名于后世，冠德于百王，故曰："巍巍乎其有成功，焕乎其有文章也！"汉绍尧运，以建帝业，至于六世，史臣乃追述功德，私作本纪，编于百王之末，厕于秦、项之列。太初以后，阙而不录，故探纂前记，缀辑所闻，以述《汉书》，起于高祖，终于孝平、王莽之诛，十有二世，二百三十年，综其行事，旁贯《五经》，上下洽通，为春秋考纪、表、志、传，凡百篇。

维申按，此叙中《王命论》一首钞入《论著门》，《幽通赋》一首、《答宾戏》一首入《词赋》上编。"皇矣汉祖"以下叙述七十条入《词赋》下编。皆遵文正公原钞编订，盖以类相从也。

卷九　序跋之属二

刘　向

战国策序

周室自文、武始兴，崇道德，隆礼义，设辟雍、泮宫、庠序之教，陈礼乐、弦歌移风之化，叙人伦，正夫妇，天下莫不晓然论孝悌之义，惇笃之行，故仁义之道满乎天下，卒致之刑错四十余年。远方慕义，莫不宾服，《雅》《颂》歌咏，以思其德。下及康、昭之后，虽有衰德，其纲纪尚明。

及春秋时，已四五百载矣，然其余业遗烈，流而未灭。五伯之起，尊事周室。五伯之后，时君虽无德，人臣辅其君者，若郑之子产、晋之叔向、齐之晏婴，挟君辅政，以并立于中国，犹以义相支持，歌咏以相感，聘觐以相交，期会以相一，盟誓以相救。天子之命犹有所行，会享之国犹有所耻。小国得有所依，百姓得有所息。故孔子曰："能以礼让为国乎，何有？"周之流化，岂不大哉！以上言周以礼让为国。

及春秋之后，众贤辅国者既没，而礼义衰矣。孔子虽论《诗》《书》，定《礼》《乐》，王道粲然分明，以匹夫无势，化之者七十二人而已，皆天下之俊也，时君莫尚之，是以王道遂用不兴。故曰："非威不立，非势不行。"以上言仲尼之道不行。仲尼既没之后，田氏取齐，六卿分晋，道德大废，上下失序。至秦孝公，捐礼让而贵战争，弃仁义而用诈谲，苟以取强而已矣。夫篡盗之人，列为侯王；诈谲之国，兴立为强。是以传相放效，后生师之，遂相吞灭，并大兼小，暴师经岁，流血满野。父子不相亲，兄弟不相亲，夫妇离散，莫保其命，潜然道德绝矣。晚世益甚，万乘之国七，千乘之国五，敌侔争权，尽为战国。贪饕无耻，竞进无厌；国异政教，各自制断；上无天子，下无方伯；力功争强，胜者为右；兵革不休，诈伪并起。当此之时，虽有道德，不得设施；有谋之强，负阻而恃固；连与交质，重约结誓，以守其国。故孟子、孙卿儒术之士，弃捐于世，而游说权谋之徒，见贵于俗。是以苏秦、张仪、公孙衍、陈轸、代、厉之属，主从横短长之说，左右倾侧。苏秦为从，张仪为横；横则秦帝，从则楚王；所在国重，所去国轻。以上言六国争强。然当此之时，秦国最雄，诸侯方弱，苏秦结之，合六国为一，以傧背秦。秦人恐惧，不敢窥兵于关中，天下不交兵者二十有九年。然秦国势便形利，权谋之士，咸先驰之。苏秦初欲横，秦弗用，故东合从。及苏秦死后，张仪连横，诸侯听之，西向事秦。是故，始皇因四塞之固，据崤、函之阻，跨陇、蜀之饶，听众人之策，乘六世之烈，以蚕食六国，兼诸侯，并有天下。仗于谋诈之积，终无信笃之诚，无道德之教、仁义之化，以缀天下之心。任刑法以为治，信小术以为道。遂燔烧诗书，坑杀儒士，上小尧、舜，下邈三王。二世愈甚，惠不下施，情不上达；君臣相疑，骨肉相疏；化道浅薄，纲纪坏败；民不见义，而悬于不宁。抚天下十四岁，天下大溃，诈伪之弊也。其比王德，岂不远哉？孔子曰："导之以政，齐之以刑，民免而无耻；导之以德，齐之以礼，有耻且格。"夫使天下有所耻，故化可致也。苟以诈伪偷活取容，自上为之，何以率下？秦之败也，不亦宜乎！以上言秦以诈力并天下而终致败。

战国之时，君德浅薄，为之谋策者，不得不因势而为资，据时而为画。故其谋，扶急持倾，为一切之权，虽不可以临教化，兵革救急之势也。皆高才秀士，度时君之所能行，出奇策异智，转危为安，易亡为存，亦可喜，皆可观。以上言战国之士因时而画策。

许　慎

说文序

叙曰：古者庖牺氏之王天下也，仰则观象于天，俯则观法于地，视鸟兽之文与地之宜，近取诸身，远取诸物，于是始作《易》八卦，以垂宪象。及神农氏结绳为治而统其事，庶业其繁，饰伪萌生。黄帝之史仓颉，见鸟兽蹄迒之迹，知分理之可相别异也，初造书契。百工以乂，万品以察，盖取诸夬，"夬扬于王庭"，言文者，宣教明化于王者朝廷，君子所以施禄及下，居德则忌也。仓颉之初作书，盖依类象形，故谓之文。其后形声相益，即谓之字。文者，物象之本；字者，言孳乳而浸多也。箸于竹帛谓之书，书者如也。以迄五帝三王之世，改易殊体。封于泰山者七十有二代，靡有同焉。

《周礼》：八岁入小学，保氏教国子先以六书。一曰指事。指事者，视而可识，察而见意，上下是也。二曰象形。象形者，画成其物，随体诘诎，日月是也。三曰形声。形声者，以事为名，取譬相成，江河是也。四曰会意。会意者，比类合谊，以见指㧑，武信是也，五曰转注。转注者，建类一首，同意相受，考老是也。六曰假借。假借者，本无其字，依声托事，令长是也。及宣王太史籀著大篆十五篇，与古文或异。至孔子书《六经》，左丘明述《春秋传》，皆以古文，厥意可得而说。以上文字之源及古文、大篆。其后诸侯力政，不统于王，恶礼乐之害己，而皆去其典籍。分为七国，田畴异亩，车涂异轨，律令异法，衣冠异制，言语异声，文字异形。秦始皇帝初兼天下，丞相李斯乃奏同之，罢其不与秦文合者。斯作《仓颉篇》，中车府令赵高作《爰历篇》，太史令胡毋敬作《博学篇》，皆取史籀大篆，或颇省改，所谓小篆者也。是时秦烧灭经书，涤除旧典，大发吏卒，兴戍役，官狱职务繁，初有隶书，以趣约易，而古文由此绝矣。自尔秦书有八体：一曰大篆，二曰小篆，三曰刻符，四曰虫书，五曰摹印，六曰署书，七曰殳书，八曰隶书。以上秦小篆及八体书。

汉兴有草书。尉律：学童十七已上始试，讽籀书九千字乃得为史，又以八体试之。郡移太史并课，最者以为尚书史。书或不正，辄举劾之。今虽有尉律，不课，小学不修，莫达其说久矣。孝宣皇帝时，召通仓颉读者，张敞从受之；凉州刺史杜业、沛人爰礼、讲学大夫秦近，亦能言之。孝平皇帝时，征礼等百余人，令说文字未央廷中，以礼为小学元士，黄门侍郎扬雄采目作《训纂篇》。凡《仓颉》已下十四篇，凡五千三百四十字，群书所载，略存之矣。以上西汉。及亡新居摄，使大司空甄丰等校文书之部，自以为应制作，颇改定古文。时有六书：一曰古文，孔子壁中书也；二曰奇字，即古文而异者也；三曰篆书，即小篆，秦始皇帝使下杜人程邈所作也；四曰左书，即秦隶书；五曰缪篆，所以摹印也；六曰鸟虫书，所以书幡信也。以上新室。

壁中书者，鲁恭王坏孔子宅而得《礼记》《尚书》《春秋》《论语》《孝经》。又北平侯张苍献《春秋左氏传》，郡国亦往往于山川得鼎彝，其铭即前代之古文，皆自相似。虽叵复见远流，其详可得略说也。而世人大共非訾，以为好奇者也，故诡更正文，乡壁虚造不可知之书，变乱常行，以耀于世。诸生竞说字解经谊，称秦之隶书为仓颉时书，云父子相传，何得改易？乃猥曰："马头人为长，人持十为斗，虫者屈中也。"廷尉说律，至以字断法，"苛人受钱"，"苛"之字"止句"也。若此者甚众，皆不合孔氏古文，谬于史籀。俗儒鄙夫玩其所习，蔽所希闻，不见通学，未尝睹字例之条，怪旧艺而善野言，以其所知为秘妙，究洞圣人之微恉。又见《仓颉篇》中"幼子承诏"，因曰古帝之所作也，其辞有神仙之术焉。其迷误不谕，岂不悖哉！以上世俗非訾壁中古文，不达字例。

《书》曰："予欲观古人之象。"言必遵修旧文而不穿凿。孔子曰："吾犹及史之阙文，今亡矣夫！"盖非其不知而不问，人用己私，是非无正，巧说邪辞，使天下学者疑。盖文字者，经艺之本，王政之始，前人所以垂后，后人所以识古。故曰："本立而道生"，"知天下之至啧而不可乱也"。今叙篆文，合以古籀，博采通人，至于小大，信而有证。稽撰其说，将以理群类，解谬误，晓学者，达神恉。分别部居，不相杂厕。万物咸赌，靡不兼载。厥谊不昭，爰明以谕。其称《易》孟氏、《书孔氏》《礼》《周官》《春秋左氏》《论语》《孝经》，皆古文也。其于所不知，盖阙如也。以上述己著书之指，以大小篆合古籀。

五百四十部目后叙

此十四篇五百四十部也，九千三百五十三文，重一千一百六十三，解说凡十三万三千四百四十一字。其建首也，立一为耑，方以类聚，物以群分，同条牵属，共理相贯，杂而不越，据形系联，引而申之，以究万原，毕终于亥，知化穷冥。于时大汉，圣德熙明，承天稽唐，敷崇殷中。遝迒被泽，渥衍沛滂，广业甄微，学士知方。探啧索隐，厥谊可传，粤在永元，困顿之季，孟陬之月，朔日甲申，曾曾小子，祖自炎神，缙云相黄，共承高辛。大岳佐夏，吕叔作藩，俾侯于许，世祚遗灵。自彼徂召，宅此汝濒，窃印景行，敢涉圣门。其宏如何，节彼南山，欲罢不能，既竭愚才。惜道之味，闻疑载疑，演赞其志，次列微辞。知此者稀，傥昭所尤，庶有达者，理而董之。

召陵万岁里公乘草莽臣冲稽首再拜上书皇帝陛下：

臣伏见陛下神明盛德，承遵圣业，上考度于天，下流化于民，先天而天不违，后天而奉天时，万国咸宁，神人以和，犹复深惟五经之妙，皆为汉制，博采幽远，穷理尽性，以至于命。先帝诏侍中骑都尉贾逵修理旧文，殊艺异术，王教一端，苟有可以加于国者，靡不悉集。《易》曰"穷神知化，德之盛也"，《书》曰"人之有能有为，使羞其行，而国其昌"。臣父故太尉南阁祭酒慎，本从逵受古学，盖圣人不妄作，皆有依据。今五经之道，昭炳光明，而文字者，其本所由生，自周礼汉律，皆当学六书，贯通其意，恐巧说邪辞，使学者疑。慎博问通人，考之于逵，作《说文解字》六艺群书之诂，皆训其意，而天地、鬼神、山川、草木、鸟兽、蚰虫、杂物、奇怪、王制、礼仪，世间人事，莫不毕载。凡十五卷，十三万三千四百四十一字。慎前以诏书校书东观，教小黄门孟生、李喜等，以文字未定未奏上。今慎已病，遣臣赍诣阙。慎又学《孝经》孔氏古文说。古文《孝经》者，孝昭帝时鲁国三老所献，建武时给事中议郎卫宏所校，皆口传，官无其说。谨撰具一篇并上。臣冲诚惶诚恐，顿首顿首，死罪死罪，稽首再拜以闻皇帝陛下。建光元年九月己亥朔，二十日戊午上。召上书者汝南许冲，诣左掖门外会，令并赍所上书。十月十九日，中黄门饶喜以诏书赐召陵公乘许冲布四十四，即日受诏朱雀掖门。敕勿谢。

范　晔

后汉书

【宦者传序】

《易》曰："天垂象，圣人则之。"宦者四星，在皇位之侧，故《周礼》置官，亦备其数。阍者守中门之禁，寺人掌女宫之戒。又云"王之正内者五人"。《月令》："仲冬，命阉尹审门闾，谨房室。"《诗》之《小雅》，亦有《巷伯》刺谗之篇。然宦人之在王朝者，其来旧矣。将以其体非全气，情志专良，通关中人，易以役养乎？然而后世因之，才任稍广，其能者，则勃貂、管苏有功于楚、晋，景监、缪贤著庸于秦、赵。及其敝也，则竖刁乱齐，伊戾祸宋。以上宦官原起。

汉兴，仍袭秦制，置中常侍官。然亦引用士人，以参其选，皆银珰左貂，给事殿省。及高后称制，乃以张卿为大谒者，出入卧内，受宣诏命。文帝时，有赵谈、北宫伯子，颇见亲幸。至于孝武，亦爱李延年。帝数宴后庭，或潜游离馆，故请奏机事，多以宦人主之。至元帝之世，史游为黄门令，勤心纳忠，有所补益。其后弘恭、石显以佞险自进，卒有萧、周之祸，损秽帝德焉。以上前汉。

中兴之初，宦官悉用阉人，不复杂调它士。至永平中，始置员数，中常侍四人，小黄门十人。和帝即阼幼弱，而窦宪兄弟专总权威，内外臣僚，莫由亲接，所与居者，唯阉宦而已。故郑众得专谋禁中，终除大憝，遂享分土之封，超登宫卿之位。于是中官始盛焉。

自明帝以后，迄乎延平，委用渐大，而其员稍增，中常侍至有十人，小黄门二十人，改以金珰右貂，兼领卿署之职。邓后以女主临政，而万机殷远，朝臣国议，无由参断帷幄，称制下令，不出房闱之间，不得不委用刑人，寄之国命。手握王爵，口含天宪，非复掖庭永巷之职，闺牖房闼之任也。其后孙程定立顺之功，曹腾参建桓之策，续以五侯合谋，梁冀受钺，迹因公正，恩固主心，故中外服从，上下屏气。或称伊、霍之勋，无谢于往载；或谓良、平之画，复兴于当今。虽时有忠公，而竟见排斥。举动回山海，呼吸变霜露。阿旨曲求，则光宠三族；直情忤意，则参夷五宗。汉之纲纪大乱矣。以上后汉宦官事实。

若夫高冠长剑，纡朱怀金者，布满宫闱；苴茅分虎，南面臣人者，盖以十数。府署第馆，棋列于都鄙；子弟支附，过半于州国。南金、和宝、冰纨、雾縠之积，盈仞珍藏；嫱媛、侍儿、歌童、舞女之玩，充备绮室。狗马饰雕文，土木被缇绣。皆剥割萌黎，竞恣奢欲。构害明贤，专树党类。其有更相援引，希附权强者，皆腐身熏子，以自衒达。同敝相济，故其徒有繁，败国蠹政之事，不敢单书。所以海内嗟毒，志士穷栖，寇剧缘间，摇乱区夏。虽忠良怀愤，时或奋发，而言出祸从，旋见孥戮。因复大考钩党，转相诬染。凡称善士，莫不离被灾毒。窦武、何进，位崇戚近，乘九服之嚣怨，协群英之势力，而以疑留不断，至于殄败。斯亦运之极乎！虽袁绍龚行，芟夷无余，然以暴易乱，亦何云及！自曹腾说梁冀，竟立昏弱。魏武因之，遂迁龟鼎。所谓"君以此始，必以此终"，信乎其然矣！以上宦官灾毒。

韩　愈

张中丞传后序

元和二年四月十三日夜，愈与吴郡张籍阅家中旧书，得李翰所为《张巡传》。翰以文章自名，为此传颇详密，然尚恨有阙者，不为许远立传，又不载雷万春事首尾。

远虽材若不及巡者，开门纳巡，位本在巡上，授之柄而处其下，无所疑忌，竟与巡俱守死成功名；城陷而虏，与巡死先后异耳。两家子弟材智下，不能通知二父志，以为巡死而远就虏，疑畏死而辞服于贼。远诚畏死，何苦守尺寸之地，食其所爱之肉，以与贼抗而不降乎？当其围守时，外无蚍蜉蚁子之援，所欲忠者，国与主耳。而贼语以国亡主灭，远见救援不至，而贼来益众，必以其言为信。外无待而犹死守，人相食且尽，虽愚人亦能数日而知死处矣。远之不畏死亦明矣！乌有城坏、其徒俱死，独蒙愧耻求活？虽至愚者不忍为。呜呼！而谓远之贤而为之邪？

说者又谓远与巡分城而守，城之陷，自远所分始。以此诟远，此又与儿童之见无异。人之将死，其藏腑必有先受其病者；引绳而绝之，其绝必有处。观者见其然，从而尤之，其亦不达于理矣。小人之好议论，不乐成人之美如是哉！以上辨许远事。如巡、远之所成就，如此卓卓，犹不得免，其他则又何说！当二公之初守也，宁能知人之卒不救，弃城而逆遁？苟此不能守，虽避之他处何益？及其无救而且穷也，将其创残饿羸之余，虽欲去，必不达。二公之贤，其讲之精矣。守一城，捍天下，以千百就尽之卒，战百万日滋之师，蔽遮江淮，沮遏其势，天下之不亡，其谁之功也！当是时，弃城而图存者，不可一二数；擅强兵坐而观者相环也。不追议此，而责二公以死守，亦见其自比于逆乱，设淫辞而助之攻也！愈尝从事于汴、徐二府，屡道于两府间，亲祭于其所谓双庙者，其老人往往说巡、远时事云。以上并叹巡、远事。

南霁云之乞救于贺兰也，贺兰嫉巡、远之声威功绩出己上，不肯出师救。爱霁云之勇且壮，不听其语，强留之，具食与乐，延霁云坐。霁云慷慨语曰:"云来时,睢阳之人不食月余日矣!云虽欲独食,义不忍;虽食,且不下咽。"因拔所佩刀,断一指,血淋漓,以示贺兰。一座大惊,皆感激为云泣下。云知贺兰终无为云出师意,即驰去。将出城,抽矢射佛寺浮图,矢著其上砖半箭,曰:"吾归破贼,必灭贺兰,此矢所以志也!"愈贞元中过泗州,船上人犹指以相语。城陷,贼以刃胁降巡,巡不屈,即牵去,将斩之;又降霁云,云未应。巡呼云曰:"南八,男儿死耳,不可为不义屈!"云笑曰:"欲将以有为也。公有言,云敢不死。"即不屈。以上南霁云事。

张籍曰:有于嵩者,少依于巡,及巡起事,嵩常在围中。籍大历中于和州乌江县见嵩,嵩时年六十余矣。以巡初尝得临涣县尉,好学无所不读。籍时尚小,粗问巡、远事,不能细也。云:巡长七尺余,须髯若神。尝见嵩读《汉书》,谓嵩曰:"何为久读此?"嵩曰:"未熟也。"巡曰:"吾于书读不过三遍,终身不忘也。"因诵嵩所读书,尽卷不错一字。嵩惊,以为巡偶熟此卷,因乱抽他帙以试,无不尽然。嵩又取架上诸书,试以问巡,巡应口诵无疑。嵩从巡久,亦不见巡常读书也。为文章,操纸笔立书,未尝起草。初守睢阳时,士卒仅万人,城中居人户亦且数万,巡因一见问姓名,其后无不识者。巡怒,须髯辄张。及城陷,贼缚巡等数十人,坐,且将戮,巡起旋,其众见巡起,或起或泣。巡曰:"汝勿怖!死,命也。"众泣不能仰视。巡就戮时,颜色不乱,阳阳如平常。远,宽厚长者,貌如其心,与巡同年生,月日后于巡,呼巡为兄,死时年四十九。嵩贞元初死于亳、宋间。或传嵩有田在亳、宋间,武人夺而有之,嵩将诣州讼理,为所杀。嵩无子。张籍云。以上杂述张巡事。

读仪礼

余尝苦《仪礼》难读，又其行于今者盖寡，沿袭不同，复之无由。考于今，诚无所用之。然文王、周公之法制，粗在于是。孔子曰："吾从周。"谓其文章之盛也。古书之存者希矣，百氏杂家尚有可取，况圣人之制度邪！于是掇其大要，奇辞奥旨著于篇，学者可观焉。惜乎吾不及其时进退揖让于其间。呜呼盛哉！

读荀子

始吾读孟轲书，然后知孔子之道尊，圣人之道易行，王易王，伯易伯也。以为孔子之徒没，尊圣人者，孟氏而已。晚得扬雄书，益尊信孟氏，因雄书而孟氏益尊，则雄者亦圣人之徒与！圣人之道，不传于世。周之衰，好事者各以其说干时君，纷纷籍籍相乱，六经与百家之说错杂，然老师大儒犹在。火于秦，黄老于汉，其存而醇者，孟轲氏而止耳，扬雄氏而止耳。及得荀氏书，于是又知有荀氏者也。考其辞，时若不粹，要其归，与孔子异者鲜矣，抑犹在轲、雄之间乎！孔子删《诗》《书》，笔削《春秋》，合于道者著之，离于道者黜去之，故《诗》《书》《春秋》无疵。余欲削荀氏之不合者，附于圣人之籍，亦孔子之志与！孟氏，醇乎醇者也；荀与扬，大醇而小疵。

赠郑尚书序

岭之南，其州七十，其二十二隶岭南节度府，其四十余分四府。府各置帅，然独岭南节度为大府。大府始至，四府必使其佐启问起居，谢守地不得即贺以为礼。岁时必遣贺问，致水土物。大府帅，或道过其府，府帅必戎服，左握刀，右属弓矢，帕首裤靴迎郊。及既至，大府帅先入据馆，帅守屏，若将趋入拜庭之为者；大府与之为让，至一再，乃敢改服以宾主见；适位执爵，皆兴拜，不许乃止，虔若小侯之事大国。有大事，谘而后行。以上体制崇重。隶府之州，离府远者，至三千里，悬隔山海，使必数月而后能至。蛮夷悍轻，易怨以变，其南州皆岸，大海多洲岛，帆风一日踔数千里，漫澜不见踪迹。控御失所，依险阻，结党仇，机毒矢以待将吏；撞搪呼号，以相和应；蜂屯蚁杂，不可爬梳；好则人，怒则兽。故常薄其征入，简节而疏目，时有所遗漏，不究切之，长养以儿子，至纷不可治，乃草薙而禽狝之，尽根株痛断乃止。其海外杂国，若耽浮罗、流求、毛人、夷亶之州、林邑、扶南、真腊、干陀利之属，东南际天地以万数，或时候风潮朝贡，蛮胡贾人，舶交海中。若岭南帅得其人，则一边尽治，不相寇盗贼杀，无风鱼之灾，水旱疠毒之患。外国之货日至，珠香象犀玳瑁奇物，溢于中国，不可胜用。故选帅常重于他镇。非有文武威风，知大体，可畏信者，则不幸往往有事。以上地广俗殊难治。

长庆三年四月，以工部尚书郑公为刑部尚书，兼御史大夫，往践其任。郑公尝以节镇襄阳，又帅沧景德棣，历河南尹、华州刺史，皆有功德可称道。入朝为金吾将军，散骑常侍。工部侍郎、尚书。家属百人，无数亩之宅，僦屋以居，可谓贵而能贫，为仁者不富之效也。及是命，朝廷莫不悦。将行，公卿大夫士苟能诗者，咸相率为诗以美朝政，以慰公南行之思。韵必以"来"字者，所以祝公成政而来归疾也。

送李愿归盘谷序

太行之阳有盘谷，盘谷之间，泉甘而土肥，草木藂茂，居民鲜少。或曰：谓其环两山之间，故曰盘。或曰：是谷也，宅幽而势阻，隐者之所盘旋。友人李愿居之。

愿之言曰：人之称大丈夫者，我知之矣。利泽施于人，名声昭于时，坐于庙朝，进退百官，而佐天子出令。其在外，则树旗旄，罗弓矢，武夫前呵，从者塞途。供给之人，各执其物，夹道而疾驰。喜有赏，怒有刑。才畯满前，道古今而誉盛德，入耳而不烦。曲眉丰颊，清声而便体，秀外而惠中，飘轻裾，翳长袖，粉白黛绿者，列屋而闲居，妒宠而负恃，争妍而取怜。大丈夫之遇知于天子，用力于当世者之所为也。吾非恶此而逃之，是有命焉，不可幸而致也。穷居而闲处，升高而望远。坐茂树以终日，濯清泉以自洁。采于山，美可茹；钓于水，鲜可食。起居无时，惟适之安。与其有誉于前，孰若无毁于其后；与其乐于身，孰若无忧于其心。车服不维，刀锯不加，理乱不知，黜陟不闻，大丈夫不遇于时者之所为也，我则行之。伺候于公卿之门，奔走于形势之途，足将进而趑趄，口将言而嗫嚅，处秽污而不羞，触刑辟而诛戮，侥幸于万一，老死而后止者，其于为人贤不肖何如也？

昌黎韩愈闻其言而壮之，与之酒而为之歌曰：

盘之中，维子之宫。盘之土，可以稼。盘之泉，可濯可沿。盘之阻，谁争子所。窈而深，廓其有容；缭而曲，如往而复。嗟盘之乐兮，乐且无央。虎豹远迹兮，蛟龙遁藏；鬼神守护兮，呵禁不祥。饮且食兮寿而康，无不足兮奚所望。膏吾车兮秣吾马，从子于盘兮，终吾生以徜徉。

送王秀才埙序

吾尝以为孔子之道，大而能博，门弟子不能遍观而尽识也。故学焉而皆得其性之所近，其后离散分处诸侯之国，又各以所能授弟子，原远而末益分。

盖子夏之学，其后有田子方，子方之后，流而为庄周，故周之书喜称子方之为人。荀卿之书，语圣人必曰孔子、子弓，子弓之事业不传，惟太史公书《弟子传》有姓名字，曰馯臂子弓，子弓受《易》于商瞿。孟轲师子思，子思之学，盖出曾子。自孔子没，群弟子莫不有书，独孟轲氏之传得其宗，故吾少而乐观焉。

太原王埙示予所为文，好举孟子之所道者。与之言，信悦孟子，而屡赞其文辞。夫沿河而下，苟不止，虽有迟疾，必至于海；如不得其道也，虽疾不止，终莫幸而至焉。故学者必慎其所道，道于杨墨老庄佛之学，而欲之圣人之道，犹航断港绝潢以望至于海也。故求观圣人之道，必自孟子始。今埙之所由，既几于知道，如又得其船与楫，知沿而不止，呜呼！其可量也哉。

柳宗元

论语辨二首

或问曰：儒者称《论语》孔子弟子所记，信乎？曰：未然也。孔子弟子，曾参最少，少孔子四十六岁。曾子老而死。是书记曾子之死，则去孔子也远矣。曾子之死，孔子弟子略无存者已。吾意曾子弟子之为之也。何也？且是书载弟子必以字，独曾子、有子不然。由是言之，弟子之号之也。然则有子何以称子？曰：孔子之殁也，诸弟子以有若为似夫子，立而师之。其后不能对诸子之问，乃叱避而退，则固尝有师之号矣。今所记曾子独最后死，余是以知之。盖乐正子春、子思之徒与为之尔。或曰：仲尼弟子尝杂记其言，然而卒成其书者，曾氏之徒也。

尧曰："咨，尔舜！天之历数在尔躬，四海困穷，天禄永终。"舜亦以命禹："余小子履，敢用玄牡，敢昭告于皇天后土，有罪不敢赦。万方有罪，罪在朕躬。朕躬有罪，无以尔万方。"

或问之曰：《论语》书记问对之辞耳。今卒篇之首章然有是，何也？柳先生曰：《论语》之大，莫大乎是也。是乃孔子常常讽道之辞云尔。彼孔子者，覆生人之器也。上焉尧、舜之不遭，而禅不及已；下之无汤、武之势，而己不得为天吏。生人无以泽其德，日视闻其劳死怨呼，而己之德涸焉无所依而施，故于常常讽道云尔而止也。此圣人之大志也，无容问对于其间。弟子或知之，或疑之不能明，相与传之。故于其为书也，卒篇之首，严而立之。

辨列子

刘向古称博极群书，然其录《列子》，独曰郑穆公时人。穆公在孔子前几百岁，《列子》书言郑国，皆云子产、邓析，不知向何以言之如此？《史记》：郑繻公二十四年，楚悼王四年，围郑，郑杀其相驷子阳。子阳正与列子同时。是岁，周安王四年，秦惠王、韩烈侯、赵武侯二年，魏文侯二十七年，燕釐公五年，齐康公七年，宋悼公六年，鲁穆公十年。不知向言鲁穆公时遂误为郑耶？不然，何乖错至如是？其后张湛徒知怪《列子》书言穆公后事，亦不能推知其时。然其事亦多增窜，非其实。要之，庄周为放依其辞。其称夏棘、狙公、纪渻子、季咸等，皆出《列子》，不可尽纪。虽不概于孔子道，然其虚泊寥阔，居乱世，远于利，祸不得逮乎身，而其心不穷。《易》之"遁世无闷"者，其近是与？余故取焉。其文辞类《庄子》，而尤质厚，少伪作，好文者可废邪？其《杨朱》《力命》，疑其杨子书。其言魏牟、孔穿皆出列子后，不可信。然观其辞，亦足通知古之多异术也，读焉者慎取之而已矣。

辨文子

《文子》书十二篇，其传曰老子弟子。其辞时有若可取，其指意皆本老子。然考其书，盖驳书也。其浑而类者少，窃取他书以合之者多。凡孟子辈数家，皆见剽窃，嶢然而出其类。其义绪文辞，又牙相抵而不合。不知人之增益之与？或者众为聚敛以成其书与？然观其往往有可立者，意颇惜之，悯其为之也劳。今刊去谬恶乱杂者，取其似是者，又颇为发其意，藏于家。

辨鬼谷子

元冀好读古书，然甚贤《鬼谷子》，为其《指要》几千言。《鬼谷子》要为无取，汉时刘向、班固录书无《鬼谷子》。《鬼谷子》后出，而险鸷峭薄，恐其妄言乱世，难信，学者宜其不道。而世之言纵横者，时葆其书。尤者，晚乃益出七术。怪谬异甚，不可考校，其言益奇，而道益狭，使人狙狂失守，而易于陷坠。幸矣，人之葆之者少。今元子又文之以《指要》，呜呼，其为好术也过矣。

辨晏子春秋

司马迁读《晏子春秋》，高之，而莫知其所以为书。或曰晏子为之而人接焉，或曰晏子之后为之，皆非也。吾疑其墨子之徒有齐人者为之。墨好俭，晏子以俭名于世，故墨子之徒尊著其事，以增高为己术者。且其旨多尚同、兼爱、非乐、节用、非厚葬久丧者，是皆出墨子。又非孔子，好言鬼事，非儒、明鬼，又出墨子。其言问枣及古冶子等，尤怪诞。又往往言墨子闻其道而称之，此甚显白者。自刘向、歆、班彪、固父子，皆录之儒家中，甚矣，数子之不详也！盖非齐人不能具其事，非墨子之徒，则其言不若是。后之录诸子书者，宜列之墨家。非晏子为墨子也，为是书者，墨之道也。

辨鹖冠子

余读贾谊《鵩赋》，嘉其辞，而学者以为尽出《鹖冠子》，余往来京师，求《鹖冠子》，无所见；至长沙，始得其书，读之，尽鄙浅言也，唯谊所用为美，余无可者。吾意好异者伪为其书，反用《鵩赋》以文饰之，非谊有所取之，决也。太史公《伯夷列传》称贾子曰："贪夫殉财，烈士殉名，夸者死权。"不称《鹖冠子》。迁号为博极群书，假令当时有其书，迁岂不见耶？假令真有《鹖冠子》书，亦必不取《鵩赋》以充入之者。何以知其然耶？曰：不类。

欧阳修

唐书
【艺文志序】

自《六经》焚于秦而复出于汉，其师传之道中绝，而简编脱乱讹缺，学者莫得其本真，于是诸儒章句之学兴焉。其后传注、笺解、义疏之流，转相讲述，而圣道粗明，然其为说固已不胜其繁矣。以上经。至于上古三皇五帝以来世次，国家兴灭终始，僭窃伪乱，史官备矣。而传记、小说，外暨方言、地理、职官、氏族，皆出于史官之流也。以上史。自孔子在时，方修明圣经以绌缪异，而老子著书论道德。接乎周衰，战国游谈放荡之士，田骈、慎到、列、庄之徒，各极其辨；而孟轲、荀卿始专修孔氏，以折异端。然诸子之论，各成一家，自前世皆存而不绝也。以上子。夫王迹熄而《诗》亡，《离骚》作而文辞之士兴。历代盛衰，文章与时高下。然其变态百出，不可穷极，何其多也。以上集。自汉以来，史官列其名氏篇第，以为六艺、九种、七略；至唐始分为四类，曰经、史、子、集。而藏书之盛，莫盛于开元，其著录者，五万三千九百一十五卷，而唐之学者自为之书，又二万八千四百六十九卷。呜呼，可谓盛矣！以上唐代艺文。

《六经》之道，简严易直而天人备，故其愈久而益明。其余作者众矣，质之圣人，或离或合。然其精深闳博，各尽其术，而怪奇伟丽，往往震发于其间，此所以使好奇爱博者不能忘也。然凋零磨灭，不可胜数，岂其华文少实，不足以行远与？而俚言俗说，猥有存者，亦其有幸不幸与？今著于篇，有其名而无其书者，十盖五六也，可不惜哉。

五代史
【伶官传序】

呜呼，盛衰之理，虽曰天命，岂非人事哉！原庄宗之所以得天下，与其所以失之者，可以知之矣。世言晋王之将终也，以三矢赐庄宗而告之曰："梁，吾仇也，燕王吾所立，契丹与吾约为兄弟，而皆背晋以归梁。此三者，吾遗恨也。与尔三矢，尔其无忘乃父之志！"庄宗受而藏之于庙。其后用兵，则遣从事以一少牢告庙，请其矢，盛以锦囊，负而前驱，及凯旋而纳之。方其系燕父子以组，函梁君臣之首，入于太庙，还矢先王而告以成功，其意气之盛，可谓壮哉！以上盛。及仇雠已灭，天下已定，一夫夜呼，乱者四应，苍皇东出，未及见贼而士卒离散，君臣相顾，不知所归，至于誓天断发，泣下沾襟，何其衰也！以上衰。岂得之难而失之易欤？抑本其成败之迹而皆自于人欤？《书》曰："满招损，谦受益。"忧劳可以兴国，逸豫可以亡身，自然之理也。故方其盛也，举天下之豪杰莫能与之争；及其衰也，数十伶人困之，而身死国灭，为天下笑。夫祸患常积于忽微，而智勇多困于所溺，岂独伶人也哉！

【一行传序】

呜呼，五代之乱极矣，《传》所谓"天地闭，贤人隐"之时欤！当此之时，臣弑其君，子弑其父，而搢绅之士安其禄而立其朝，充然无复廉耻之色者皆是也。吾以谓自古忠臣义士多出于乱世，而怪当时可道者何少也，岂果无其人哉？虽曰干戈兴，学校废，而礼义衰，风俗隳坏，至于如此，然自古天下未尝无人也，吾意必有洁身自负之士，嫉世远去而不可见者。以上疑洁身之士远遁。自古材贤有韫于中而不见于外，或穷居陋巷，委身草莽，虽颜子之行，不遇仲尼而名不彰，况世变多故，而君子道消之时乎！吾又以谓必有负材能，修节义，而沈沦于下，泯没而无闻者。以上疑节义之士泯没。求之传记，而乱世崩离，文字残缺，不可复得，然仅得者四五人而已。

处乎山林而群麋鹿，虽不足以为中道，然与其食人之禄，俯首而包羞，孰若无愧于心，放身而自得，吾得二人焉，曰郑遨、张荐明。势利不屈其心，去就不违其义，吾得一人焉，曰石昂。苟利于君，以忠获罪，而何必自明，有至死而不言者，此古之义士也，吾得一人焉，曰程福赟。五代之乱，君不君，臣不臣，父不父，子不子，至于兄弟、夫妇人伦之际，无不大坏，而天理几乎其灭矣。于此之时，能以孝弟自修于一乡，而风行于天下者，犹或有之，然其事迹不著，而无可纪次，独其名氏或因见于书者，吾亦不敢没，而其略可录者，吾得一人焉，曰李自伦。作《一行传》。

【宦者传序】

五代文章陋矣，而史官之职废于丧乱，传记小说多失其传，故其事迹终始不完，而杂以讹缪。至于英豪奋起，战争胜败，国家兴废之际，岂无谋臣之略，辩士之谈？而文字不足以发之，遂使泯然无传于后世。然独张承业事卓卓在人耳目，至今故老犹能道之。其论议可谓伟然欤！殆非宦者之言也。以上叹张承业之贤。

自古宦者乱人之国，其源深于女祸。女，色而已；宦者之害，非一端也。盖其用事也近而习，其为心也专而忍。能以小善中人之意，小信固人之心，使人主必信而亲之。待其已信，然后惧以祸福而把持之。虽有忠臣硕士列于朝廷，而人主以为去己疏远，不若起居饮食、前后左右之亲为可恃也。故前后左右者日益亲，则忠臣硕士日益疏，而人主之势日益孤。势孤，则惧祸之心日益切，而把持者日益牢。安危出其喜怒，祸患伏于帷闼，则向之所谓可恃者，乃所以为患也。患已深而觉之，欲与疏远之臣图左右之亲近，缓之则养祸而益深，急之则挟人主以为质，虽有圣智不能与谋，谋之而不可为，为之而不可成，至其甚则俱伤而两败。故其大者亡国，其次亡身，而使奸豪得藉以为资而起，至抉其种类，尽杀以快天下之心而后已。此前史所载宦者之祸常如此者，非一世也。夫为人主者，非欲养祸于内而疏忠臣硕士于外，盖其渐积而势使之然也。夫女色之惑，不幸而不悟，则祸斯及矣，使其一悟，捽而去之可也。宦者之为祸，虽欲悔悟，而势有不得而去也，唐昭宗之事是已。故曰深于女祸者，谓此也。可不戒哉！以上泛论宦官之祸，而归结于唐昭宗。昭宗信狎宦者，由是有东宫之幽。既出而与崔胤图之，胤为宰相，顾力不足为，乃召兵于梁。梁兵且至，而宦者挟天子走之岐。梁兵围之三年，昭宗既出，而唐亡矣。

初，昭宗之出也，梁王悉诛唐宦者第五可范等七百余人，其在外者，悉诏天下捕杀之，而宦者多为诸镇所藏匿而不杀。是时，方镇僭拟，悉以宦官给事，而吴越最多。乃庄宗立，诏天下访求故唐时宦者悉送京师，得数百人，宦者遂复用事，以至于亡。此何异求已覆之车，躬驾而履其辙也？可为悲夫！以上五代宦官。

苏氏文集序

余友苏子美之亡后四年，始得其平生文章遗稿于太子太傅杜公之家，而集录之以为十卷。子美，杜氏婿也，遂以其集归之，而告于公曰："斯文，金玉也，弃掷埋没粪土，不能销蚀。其见遗于一时，必有收而宝之于后世者。虽其埋没而未出，其精气光怪已能常自发见，而物亦不能掩也。故方其摈斥摧挫、流离穷厄之时，文章已自行于天下，虽其怨家仇人及尝能出力而挤之死者，至其文章，则不能少毁而掩蔽之也。凡人之情忽近而贵远，子美屈于今世犹若此，其伸于后世宜如何也！公其可无恨。"以上言子美文必伸于后世。

予尝考前世文章政理之盛衰，而怪唐太宗致治几乎三王之盛，而文章不能革五代之余习。后百有余年，韩、李之徒出，然后元和之文始复于古。唐衰兵乱，又百余年而圣宋兴，天下一定，晏然无事。又几百年，而古文始盛于今。自古治时少而乱时多，幸时治矣，文章或不能纯粹，或迟久而不相及，何其难之若是欤？岂非难得其人欤？苟一有其人，又幸而及出于治世，世其可不为之贵重而爱惜之欤？嗟吾子美，以一酒食之过，至废为民而流落以死。此其可以叹息流涕，而为当世仁人君子之职位宜与国家乐育贤材者惜也。以上言子美生于治世，又能文，竟以才见废。

子美之齿少于予，而予学古文反在其后。天圣之间，予举进士于有司，见时学者务以言语声偶摘裂，号为时文，以相夸尚。而子美独与其兄才翁及穆参军伯长，作为古歌诗杂文，时人颇共非笑之，而子美不顾也。其后天子患时文之弊，下诏书讽勉学者以近古，由是其风渐息，而学者稍趋于古焉。独子美为于举世不为之时，其始终自守，不牵世俗趋舍，可谓特立之士也。以上言子美为古文于举世不为之时。

　　子美官至大理评事、集贤校理而废，后为湖州长史以卒，享年四十有一。其状貌奇伟，望之昂然，而即之温温，久而愈可爱慕。其才虽高，而人亦不甚嫉忌，其击而去之者，意不在子美也。赖天子聪明仁圣，凡当世所指名而排斥，二三大臣而下，欲以子美为根而累之者，皆蒙保全，今并列于荣宠。虽与子美同时饮酒得罪之人，多一时之豪俊，亦被收采，进显于朝廷。而子美独不幸死矣，岂非其命也？悲夫！以上言同时得罪者多复进用，独子美不幸早死。

释惟俨文集序

　　惟俨姓魏氏，杭州人。少游京师三十余年，虽学于佛而通儒术，喜为辞章，与吾亡友曼卿交最善。曼卿遇人无所择，必皆尽其欣欢。惟俨非贤士不交，有不可其意，无贵贱，一切闭拒，绝去不少顾。曼卿之兼爱，惟俨之介，所趣虽异，而交合无所间。曼卿尝曰："君子泛爱而亲仁。"惟俨曰："不然。吾所以不交妄人，故能得天下士。若贤不肖混，则贤者安肯顾我哉？"以此一时贤士多从其游。

　　居相国浮图，不出其户十五年。士尝游其室者，礼之惟恐不至，及去为公卿贵人，未始一往干之。以上惟严不妄交人。然尝窃怪平生所交皆当世贤杰，未见卓卓著功业如古人可记者。因谓世所称贤材，若不笞兵走万里，立功海外，则当佐天子号令赏罚于明堂。苟皆不用，则绝宠辱，遗世俗，自高而不屈，尚安能醯鸡于富贵而无为哉？醉则以此消其坐人，人亦复之，以谓遗世自守，古人之所易，若奋身逢时，欲必就功业，此虽圣贤难之，周、孔所以穷达异也。今子老于浮图，不见用于世，而幸不践穷亨之涂，乃以古事之已然，而责今人之必然邪？以上惟严与人辨诘之词。然惟俨虽傲乎退偃于一室，天下之务，当世之利病，与其言终日不厌，惜其将老也已！

曼卿死，惟俨亦买地京城之东以谋其终。乃敛生平所为文数百篇示余曰："曼卿之死，既已表其墓。愿为我序其文，及我之见也。"嗟夫！惟俨既不用于世，其材莫见于时。若考其笔墨驰骋文章赡逸之能，可以见其志矣。

释秘演诗集序

予少以进士游京师，因得尽交当世之贤豪。然犹以谓国家臣一四海，休兵革，养息天下以无事者四十年，而智谋雄伟非常之士无所用其能者，往往伏而不出，山林屠贩必有老死而世莫见者，欲从而求之不可得。其后得吾亡友石曼卿。曼卿为人，廓然有大志，时人不能用其材，曼卿亦不屈以求合。无所放其意，则往往从布衣野老，酣嬉淋漓，颠倒而不厌。予疑所谓伏而不见者，庶几狎而得之，故尝喜从曼卿游，欲因以阴求天下奇士。以上与曼卿交，因以求天下奇士。

浮屠秘演者，与曼卿交最久，亦能遗外世俗，以气节相高。二人欢然无所间。曼卿隐于酒，秘演隐于浮屠，皆奇男子也。然喜为歌诗以自娱。当其极饮大醉，歌吟笑呼，以适天下之乐，何其壮也！一时贤士皆愿从其游，予亦时至其室。十年之间，秘演北渡河，东之济、郓，无所合，困而归。曼卿已死，秘演亦老病。嗟夫！二人者，予乃见其盛衰，则予亦将老矣夫。以上叙己与曼卿、秘演三人踪迹。

曼卿诗辞清绝，尤称秘演之作，以为雅健有诗人之意。秘演状貌雄杰，其胸中浩然，既习于佛，无所用，独其诗可行于世，而懒不自惜。已老，胠其橐，尚得三四百篇，皆可喜者。曼卿死，秘演漠然无所向，闻东南多山水，其巅崖崛峍，江涛汹涌，甚可壮也，遂欲往游焉。足以知其老而志在也。于其将行，为叙其诗，因道其盛时以悲其衰。

集古录
【跋尾十首】

右汉《公昉碑》者，乃汉中太守南阳郭芝为公昉修庙记也。汉碑今在者类多磨灭，而此记文字仅存，可读。所谓公昉者，初不载其姓名，但云"君字公昉"尔。又云"耆老相传，以为王莽居摄二年，君为郡吏，啖瓜。旁有真人居，左右莫察。君独进美瓜，又从而敬礼之。真人者遂与期谷口山上，乃与君神药曰：'服药以从，当移意万里，知鸟兽言语。'是时府君去家七百余里，休谒往来，转景即至。阖郡惊焉，白之府君，徙为御史。鼠啮被具，君乃画地为狱，召鼠诛之，视其腹中果有被具。府君欲从学道，顷无所进，府君怒，敕尉部吏收公昉妻子。公昉呼其师，告以厄，其师以药饮公昉妻子，曰：'可去矣。'妻子恋家不忍去。于是乃以药涂屋柱，饮牛马六畜。须臾，有大风云来迎公昉妻子，屋宅、六畜翛然与之俱去"。其说如此，可以为怪妄矣。**以上述碑中语。**

呜呼！自圣人没而异端起，战国、秦、汉之际奇辞怪说纷然争出，不可胜数。久而佛之徒来自西夷，老之徒起于中国，而二患交攻，为吾儒者往往牵而从之。其卓然不惑者，仅能自守而已，欲排其说而黜之，常患乎力不足也。如公昉之事，以语愚人竖子，皆知其妄矣，不待有力而后能破其惑也。然彼汉人乃刻之金石，以传后世，其意惟恐后世之不信，然后世之人未必不从而惑也。**以上叹异说易以惑人。**

右汉《太尉刘宽碑阴题名》。宽碑有二，其故吏门生各立其一也。此题名在故吏所立之碑阴，其别列于后者，在宽子松之碑阴也。宽以汉中平二年卒，至唐咸亨元年，其裔孙胡城公爽以碑岁久皆仆于野，为再立之，并记其世序。呜呼！前世士大夫世家著之谱牒，故自中平至咸亨四百余年，而爽能知其世次如此之详也。盖自黄帝以来，子孙分国受姓，历尧、舜、三代数千岁间，诗书所纪，皆有次序，岂非谱系源流，传之百世不绝欤！此古人所以为重也。不然，则士生于世，皆莫自知其所出，而昧其世德远近，其所以异于禽兽者，仅能识其父祖尔，其可忽哉！唐世谱牒尤备，士大夫务以世家相高。至其弊也，或陷轻薄，婚姻附托，邀求货赂，君子患之。然而士子修饬，喜自树立，兢兢惟恐坠其世业，亦以有谱牒而能知其世也。今之谱学亡矣，虽名臣巨族，未尝有家谱者。然而俗习苟简，废失者非一，岂止家谱而已哉！

右王献之法帖。余尝喜览魏、晋以来笔墨遗迹，而想前人之高致也。所谓法帖者，其事率皆吊哀、候病、叙睽离、通讯问，施于家人朋友之间，不过数行而已。盖其初非用意，而逸笔余兴，淋漓挥洒，或妍或丑，百态横生。披卷发函，烂然在目，使人骤见惊绝。徐而视之，其意态愈无穷尽，故使后世得之以为奇玩，而想见其人也。至于高文大册，何尝用此！而今人不然，至或弃百事，弊精疲力，以学书为事业，用此终老而穷年者，是真可笑也。

右《昭仁寺碑》，在幽州唐太宗与薛举战处也。唐自起义，与群雄战处，后皆建佛寺，云为阵亡士荐福。汤、武之败桀、纣，杀人固亦多矣，而商、周享国皆数百年，其荷天之祐者，以其心存大公，为民除害也。唐之建寺，外虽托为战亡之士，其实自赎杀人之咎尔。其拨乱开基，有足壮者，及区区于此，不亦陋哉！碑文朱子奢撰，而不著书人名氏，字画甚工，此余所录也。

右《放生池碑》，不著书撰人名氏。放生池，唐世处处有之。

王者仁泽及于草木昆虫，使一物必遂其生，而不为私惠也。惟天地生万物，所以资于人也，然代天而治物者当为之节，使其足用而取之不过，万物得遂其生而不夭。三代之政如斯而已。《易大传》曰："庖牺氏之王也，能通神明之德，以类万物之情。作结绳而为网罟，以佃以渔。"盖言其始教民取物资生，而为万世之利，此所以为圣人也。浮图氏之说，乃谓杀物者有罪，而放生者得福。苟如其言，则庖牺氏遂为人间之圣人、地下之罪人矣。

右《司刑寺大脚迹并碑铭》二，阎朝隐撰。附诗曰"匪手携之，言示之事"，盖谕昏愚者不可以理晓，而决疑惑者难用空言，虽示之已验之事，犹惧其不信也。此自古圣贤以为难。《语》曰"中人以下，不可以语上"者，圣人非弃之也，以其语之难也。佛为中国大患，非止中人以下，聪明之智一有惑焉，有不能解者矣。方武氏之时，毒被天下，而刑狱惨烈，不可胜言，而彼佛者遂见光迹于其间，果何为哉？自古君臣事佛，未有如武氏之时盛也，视朝隐等碑铭可见矣。然祸及生民，毒流王室，亦未有若斯之甚也。碑铭文辞不足录，录之者所以警也。俾览者知无佛之世，诗书雅颂之声，斯民蒙福者如彼；有佛之盛，其金石文章与其人之被祸者如此，可以少思焉。

右《华阳颂》，唐元宗诏附。元宗尊号曰"圣文神武皇帝"，可谓盛矣。而其自称曰"上清弟子"者，何其陋哉！方其肆情奢淫，以极富贵之乐，盖穷天下之力，不足以赡其欲。使神仙道家之事为不无，亦非其可冀，矧其实无可得哉。甚矣，佛老之为世惑也！佛之徒曰无生者，是畏死之论也；老之徒曰不死者，是贪生之说也。彼其所以贪畏之意笃，则弃万事、绝人理而为之，然而终于无所得者，何哉？死生天地之常理，畏者不可以苟免，贪者不可以苟得也。惟积习之久者，成其邪妄之心。佛之徒有临死而不惧者，妄意乎无生之可乐，而以其所乐胜其所可畏也。老之徒有死者，则相与讳之曰彼超去矣，彼解化矣，厚自诬而托之不可诘。或曰彼术未至，故死尔。前者苟以遂其非，后者从而惑之以为诚然也。佛、老二者同出于贪，而所习则异，然由必弃万事、绝人理而为之，其贪于彼者厚，则舍于此者果。若元宗者，方溺于此，而又慕于彼，不胜其劳，是真可笑也。

右《令长新戒》。唐开元之治盛矣，元宗尝自择县令一百六十三人，赐以丁宁之戒。其后天下为县者，皆以《新戒》刻石，今犹有存者。余之所得者六，世人皆忽不以为贵也。元宗自除内难，遂致太平，世徒以为英豪之主，然不知其兴治之勤，用心如此，可谓知为政之本矣。然鲜克有终，明智所不免，惜哉！《新戒》凡六：其一河内，其二虞城，其三不知所得之处，其四汜水，其五穰，其六舞阳。

右《平泉草木记》，李德裕撰。余尝读鬼谷子书，见其驰说诸侯之国，必视其为人材性贤愚、刚柔缓急，而因其好恶喜惧忧乐而捭阖之，阳开阴塞，变化无穷，顾天下诸侯无不在其术中者，惟不见其所好者，不可得而说也。以此知君子宜慎其所好。盖泊然无欲，而祸福不能动，利害不能诱，此鬼谷之术所不能为者，圣贤之高致也。其次简其所欲，不溺于所好，斯可矣。若德裕者，处富贵，招权利，而好奇贪得之心不已，至或疲弊精神于草木，斯其所以败也。其遗戒有云"坏一草一木者非吾子孙"，此又近乎愚矣。

右《华岳题名》。自唐开元二十三年，讫后唐清泰二年，实二百一年，题名者五百十一人，再题者又三十一人，录为十卷，往往当时知名士也。或兄弟同游，或子侄并侍，或僚属将佐之咸在，或山人处士之相携。或奉使奔命，有行役之劳；或穷高望远，极登临之适。其富贵贫贱、欢乐忧悲，非惟人事百端，而亦世变多故。开元二十三年岁在丙子，是岁天子躬耕籍田，肆大赦，群臣方颂太平，请封禅，盖有唐极盛之时也。清泰二年岁在乙未，废帝篡立之明年也。是岁石敬瑭以太原反，召契丹入自雁门，废帝自焚于洛阳，而晋高祖入自太原，五代极乱之时也。始终二百年间，或治或乱，或盛或衰，而往者、来者、先者、后者，虽穷达寿夭参差不齐，而斯五百人者，卒归于共尽也。其姓名岁月，风霜剥裂，亦或在或亡，其存者独有千仞之山石尔。故特录其题刻，每抚卷慨然，何异临长川而叹逝者也。

【目序】

物常聚于所好，而常得于有力之强。有力而不好，好之而无力，虽近且易，有不能致之。象犀虎豹，蛮夷山海杀人之兽，然其齿角皮革，可聚而有也。玉出昆仑流沙万里之外，经十余译乃至乎中国。珠出南海，常生深渊，采者腰絚而入水，形色非人，往往不出，则下饱蛟鱼。金矿于山，凿深而穴远，篝火饷粮而后进，其崖崩窟塞，则遂葬于其中者，率尝数十百人。其远且难而又多死祸，常如此。然而金玉珠玑，世常兼聚而有也。凡物好之而有力，则无不至也。以上言好之而有力则物皆可致。

汤盘、孔鼎、岐阳之鼓，岱山、邹峄、会稽之刻石，与夫汉、魏已来圣君贤士桓碑、彝器、铭诗、序记，下至古文、籀篆、分隶诸家之字书，皆三代以来至宝，怪奇伟丽、工妙可喜之物。其去人不远，其取之无祸。然而风霜兵火，湮沦磨灭，散弃于山崖墟莽之间未尝收拾者，由世之好者少也。幸而有好之者，又其力或不足，故仅得其一二，而不能使其聚也。以上言金石文字难聚。

夫力莫如好，好莫如一。予性颛而嗜古，凡世人之所贪者，皆无欲于其间，故得一其所好于斯。好之已笃，则力虽未足，犹能致之。故上自周穆王以来，下更秦、汉、隋、唐、五代，外至四海九州，名山大泽，穷崖绝谷，荒林破冢，神仙鬼物，诡怪所传，莫不皆有，以为《集古录》。以谓转写失真，故因其石本，轴而藏之。有卷帙次第，而无时世之先后，盖其取多而未已，故随其所得而录之。又以谓聚多而终必散，乃撮其大要，别为录目，因并载夫可与史传正其阙缪者，以传后学，庶益于多闻。以上述《集古录目》之意。

或讥余曰："物多则其势难聚，聚久而无不散，何必区区于是哉？"予对曰："足吾所好，玩而老焉可也。象犀金玉之聚，其能果不散乎？予固未能以此而易彼也。"以上言物聚而必散。

送徐无党南归序

草木鸟兽之为物，众人之为人，其为生虽异，而为死则同，一归于腐坏、澌尽、泯灭而已。而众人之中有圣贤者，固亦生且死于其间，而独异于草木鸟兽众人者，虽死而不朽，逾远而弥存也。其所以为圣贤者，修之于身，施之于事，见之于言，是三者所以能不朽而存也。修于身者，无所不获；施于事者，有得有不得焉；其见于言者，则又有能有不能也。施于事矣，不见于言可也。自《诗》《书》《史记》所传，其人岂必皆能言之士哉？修于身矣，而不施于事，不见于言亦可也。孔子弟子有能政事者矣，有能言语者矣。若颜回者，在陋巷，曲肱饥卧而已，其群居则默然终日如愚人。然自当时群弟子皆推尊之，以为不敢望而及，而后世更百千岁，亦未有能及之者。其不朽而存者，固不待施于事，况于言乎？

予读班固《艺文志》、唐《四库书目》，见其所列，自三代、秦、汉以来，著书之士多者至百余篇，少者犹三四十篇，其人不可胜数，而散亡磨灭，百不一二存焉。予窃悲其人，文章丽矣，言语工矣，无异草木荣华之飘风，鸟兽好音之过耳也。方其用心与力之劳，亦何异众人之汲汲营营？而忽焉以死者，虽有迟有速，而卒与三者同归于泯灭。夫言之不可恃也盖如此。今之学者，莫不慕古圣贤之不朽，而勤一世以尽心于文字间者，皆可悲也。

东阳徐生，少从予学，为文章，稍稍见称于人。既去，而与群士试于礼部，得高第，由是知名。其文辞日进，如水涌而山出。予欲摧其盛气而勉其思也，故于其归，告以是言。然予固亦喜为文辞者，亦因以自警焉。

曾　巩

先大夫集后序

公所为书，号《仙凫羽翼》者三十卷，《西陲要纪》者十卷，《清边前要》五十卷，《广中台志》八十卷，《为臣要纪》三卷，《四声韵》五卷，总一百七十八卷，皆刊行于世。今类次诗赋书奏一百二十三篇，又自为十卷，藏于家。以上书目。方五代之际，儒学既摈焉，后生小子，治术业于闾巷，文多浅近。是时公虽少，所学已皆知治乱得失兴坏之理，其为文阂深隽美，而长于讽谕，今类次乐府已下是也。以上五代时著作。宋既平天下，公始出仕。当此之时，太祖、太宗已纲纪大法矣，公于是勇言当世之得失。其在朝廷，疾当事者不忠，故凡言天下之要，必本天子忧怜百姓、劳心万事之意，而推大臣从官执事之人，观望怀奸，不称天子属任之心，故治久未治，至其难言，则人有所不敢言者。虽屡不合而出，而所言益切，不以利害祸福动其意也。以上仕宋后奏议。始公尤见奇于太宗，自光禄寺丞、越州监酒税召见，以为直史馆，遂为两浙转运使。未久而真宗即位，益以材见知。初试以知制诰，及西兵起，又以为自陕以西经略判官。而公尝切论大臣，当时皆不说，故不果用。然真宗终感其言，故为泉州，未尽一岁，拜苏州，五日，又为扬州。将复召之也，而公于是时又上书，语斥大臣尤切，故卒以龃龉终。以上太宗、真宗时再进再绌。

公之言，其大者，以自唐之衰，民穷久矣，海内既集，天子方修法度，而用事者尚多烦碎，治财利之臣又益急，公独以谓宜遵简易、罢管榷，以与民休息，塞天下望。祥符初，四方争言符应，天子因之，遂用事泰山，祠汾阴，而道家之说亦滋甚，自京师至四方，皆大治宫观。公益诤，以谓天命不可专任，宜绌奸臣，修人事，反覆至数百千言。呜呼！公之尽忠，天子之受尽言，何必古人。此非《传》之所谓主圣臣直者乎？何其盛也！何其盛也！以上叙奏议在太宗时不言财利，在真宗时不言符瑞。公在两浙，奏罢苛税二百三十余条。在京西，又与三司争论，免民租，释逋负之在民者，盖公之所试如此。所试者大，其庶几矣。公所尝言甚众，其在上前及书亡者，盖不得而集。其或从或否，而后常可思者，与历官行事，庐陵欧阳修公已铭公之碑特详焉，此故不论，论其不尽载者。公卒以龃龉终，其功行或不得在史氏记，藉令记之，当时好公者少，史其果可信软？后有君子欲推而考之，读公之碑与书，及予小子之序其意者，具见其表里，其于虚实之论可核矣。以上言当时毁誉虚实难尽信。

公卒乃赠谏议大夫。姓曾氏，讳某，南丰人。序其书者，公之孙巩也。

徐幹中论目录序

臣始见馆阁及世所有徐幹《中论》二十篇，以谓尽于此。及观《贞观政要》，怪太宗称尝见幹《中论·复三年丧》篇，而今书此篇阙。因考之《魏志》，见文帝称幹著《中论》二十余篇，于是知馆阁及世所有幹《中论》二十篇者，非全书也。以上考书非完本。幹字伟长，北海人，生于汉魏之间。魏文帝称幹"怀文抱质，恬淡寡欲，有箕山之志"，而《先贤行状》亦称幹"笃行体道，不耽世荣，魏太祖特旌命之，辞疾不就，后以为上艾长，又以疾不行"。以上叙幹志事。盖汉承周衰及秦灭学之余，百氏杂家与圣人之道并传，学者罕能独观于道德之要，而不牵于俗儒之说。至于治心养性、去就语默之际，能不悖于理者固希矣，况至于魏之浊世哉！幹独能考六艺，推仲尼、孟轲之旨，述而论之。求其辞，时若有小失者；要其归，不合于道者少矣。以上论其书合道。其所得于内者，又能信而充之，逡巡浊世，有去就显晦之大节。臣始读其书，察其意而贤之。因其书以求其为人，又知其行之可贤也。以上考其行之贤。惜其有补于世，而识之者少。盖迹其言行之所至，而以世俗好恶观之，彼恶足以知其意哉。顾臣之力，岂足以重其书，使学者尊而信之！因校其脱谬，而序其大略，盖所以致臣之意焉。以上自述表章之意。

战国策目录序

刘向所定《战国策》三十三篇，《崇文总目》称第十一篇者阙，臣访之士大夫家，始尽得其书，正其误谬而疑其不可考者，然后《战国策》三十三篇复完。叙曰：

向叙此书，言"周之先，明教化，修法度，所以大治。及其后，谋诈用，而仁义之路塞，所以大乱"。其说既美矣。辛以为此书"战国之谋士度时君之所能行，不得不然"，则可谓惑于流俗，而不笃于自信者也。夫孔孟之时，去周之初已数百岁，其旧法已亡，旧俗已熄久矣。二子乃独明先王之道，以谓不可改者，岂将强天下之主以后世之所不可为哉？亦将因其所遇之时、所遭之变而为当世之法，使不失乎先王之意而已。二帝三王之治，其变固殊，其法固异，而其为国家天下之意，本末先后未尝不同也，二子之道如是而已。盖法者所以适变也，不必尽同；道者所以立本也，不可不一，此理之不易者也。故二子者守此，岂好为异论哉？能勿苟而已矣，可谓不惑乎流俗而笃于自信者也。以上言法以适变不必同，道以立本不必可改。战国之游士则不然，不知道之可信，而乐于说之易合，其设心注意，偷为一切之计而已。故论诈之便而讳其败，言战之善而蔽其患，其相率而为之者，莫不有利焉，而不胜其害也；有得焉，而不胜其失也。卒至苏秦、商鞅、孙膑、吴起、李斯之徒以亡其身，而诸侯及秦用之者亦灭其国，其为世之大祸明矣，而俗犹莫之寤也。惟先王之道，因时适变，为法不同，而考之无疵，用之无弊，故古之圣贤未有以此而易彼也。以上言战国游士之说为世大祸。或曰：邪说之害正也，宜放而绝之，则此书之不泯其可乎？对曰：君子之禁邪说也，固将明其说于天下，使当世之人皆知其说之不可从，然后以禁，则齐；使后世之人皆知其说之不可为，然后以戒，则明，岂必灭其籍哉？放而绝之，莫善于是。是以孟子之书，有为神农之言者，有为墨子之言者，皆著而非之。至于此书之作，则上继春秋，下至楚汉之起，二百四五十年之间，载其行事，固不可得而废也。以上言籍不可灭。

此书有高诱注者二十一篇，或曰三十二篇，《崇文总目》存者八篇，今存者十篇云。

新序目录序

刘向所集次《新序》三十篇，目录一篇，隋唐之世尚为全书，今可见者十篇而已。臣既考正其文字，因为其序论曰：

古之治天下者，一道德，同风俗。盖九州之广，万民之众，千岁之远，其教已明，其习已成之后，所守者一道，所传者一说而已。故《诗》《书》之文，历世数十，作者非一，而其言未尝不相为终始，化之如此其至也。当是之时，异行者有诛，异言者有禁，防之又如此其备也。故二帝三王之际，及其中间尝更衰乱，而余泽未熄之时，百家众说未有能出于其间者也。以上言古者道一说一，无众说杂出其间。及周之末世，先王之教化法度既废，余泽既熄，世之治方术者，各得其一偏。故人奋其私智，家尚其私学者，蜂起于中国，皆明其所长而昧其短，矜其所得而讳其失。天下之士各自为方而不能相通，世之人不复知夫学之有统、道之有归也。先王之遗文虽在，皆绌而不讲，况至于秦为世之所大禁哉！汉兴，六艺皆得于断绝残脱之余，世复无明先王之道以一之者，诸儒苟见传记百家之言，皆说而向之。故先王之道为众说之所蔽，暗而不明，郁而不发。而怪奇可喜之论，各师异见，皆自名家者，诞漫于中国，一切不异于周之末世，其弊至于今尚在也。以上言周末及汉异说诞漫。自斯以来，天下学者知折衷于圣人，而能纯于道德之美者，扬雄氏而止耳。如向之徒，皆不免乎为众说之所蔽，而不知有所折衷者也。孟子曰："待文王而兴者，凡民也。豪杰之士，虽无文王犹兴。"汉之士岂特无明先王之道以一之者哉？亦其出于是时者，豪杰之士少，故不能特起于流俗之中、绝学之后也。以上言刘向亦为众说所蔽，不能拔俗。

盖向之序此书，于今为最近古，虽不能无失，然远至舜禹而次及于周秦以来，古人之嘉言善行亦往往而在也，要在慎取之而已。故臣既惜其不可见者，而校其可见者特详焉，亦足以知臣之攻其失者，岂好辨哉？臣之所不得已也。

列女传目录序

刘向所叙《列女传》，凡八篇，事具《汉书》向列传。而《隋书》及《崇文总目》皆称向《列女传》十五篇，曹大家注。以《颂义》考之，盖大家所注，厘其七篇为十四，与《颂义》凡十五篇，而益以陈婴母及东汉以来凡十六事，非向书本然也。盖向旧书之亡久矣。嘉祐中，集贤校理苏颂始以《颂义》为篇次，复定其书为八篇，与十五篇者并藏于馆阁。而隋以《颂义》为刘歆作，与向列传不合。今验《颂义》之文，盖向之自叙。又《艺文志》有向《列女传颂图》，明非歆作也。自唐之乱，古书之在者少矣，而《唐志》录《列女传》凡十六家，至大家注十五篇者亦无录，然其书今在。则古书之或有录而亡，或无录而在者亦众矣，非可惜哉！今校雠其八篇及十五篇者已定，可缮写。以上叙书之存亡分合。

初，汉承秦之敝，风俗已大坏矣，而成帝后宫，赵卫之属尤自放。向以谓王政必自内始，故列古女善恶所以致兴亡者以戒天子，此向述作之大意也。其言太任之娠文王也，目不视恶色，耳不听淫声，口不出敖言。又以谓古之人胎教者皆如此。夫能正其视听言动者，此大人之事，而有道者之所畏也。顾令天下之女子能之，何其盛也！以臣所闻，盖为之师傅保姆之助，诗书图史之戒，珩璜琚瑀之节，威仪动作之度。其教之者虽有此具，然古之君子，未尝不以身化也。故《家人》之义归于反身，《二南》之业本于文王，夫岂自外至哉！世皆知文王之所以兴，能得内助，而不知其所以然者，盖本于文王之躬化，故内则后妃有《关雎》之行，外则群臣有《二南》之美，与之相成。其推而及远，则商辛之昏俗，江汉之小国，《兔罝》之野人，莫不好善而不自知，此所谓身修故国家天下治者也。以上言女子之贤本于躬化。后世自学问之士，多徇于外物而不安其守，其室家既不见可法，故竞于邪侈，岂独无相成之道哉！士之苟于自恕，顾利冒耻而不知反己者，往往以家自累故也。故曰"身不行道，不行于妻子"，信哉！以上言后世之士道不行于妻子。如此人者，非素处显也，然去《二南》之风亦已远矣，况于南乡天下之主哉！向之所述，劝戒之意可谓笃矣。然向号博极群书，而此传称《诗·苤苢》《柏舟》《大车》之类，与今序《诗》者之说尤乖异，盖不可考。至于《式微》之一篇，又以谓二人之作。岂其所取者博，故不能无失欤？其曰象计谋杀舜及舜所以自脱者，颇合于《孟子》。然此传或有之，而《孟子》所不道者，盖亦不足道也。凡后世诸儒之言经传者，固多如此，览者采其有补，而择其是非可也。故为之序论以发其端云。

王安石

周礼义序

士弊于俗学久矣，圣上闵焉，以经术造之。乃集儒臣，训释厥旨，将播之校学，而臣某实董《周官》。惟道之在政事，其贵贱有位，其后先有序，其多寡有数，其迟数有时。制而用之存乎法，推而行之存乎人。其人足以任官，其官足以行法，莫盛乎成周之时。其法可施于后世，其文有见于载籍，莫具乎《周官》之书。盖其因习以崇之，赓续以终之，至于后世，无以复加。则岂特文、武、周公之力哉？犹四时之运，阴阳积而成寒暑，非一日也。以上叹周礼之美备。

自周之衰，以至于今，历岁千数百矣。太平之遗迹，扫荡几尽，学者所见，无复全经。于是时也，乃欲训而发之，臣诚不自捬，然知其难也。以训而发之之为难，则又以知夫立政造事追而复之之为难。以上言训释复古之难。

然窃观圣上致法就功，取成于心，训迪在位，有冯有翼，亹亹乎乡六服承德之世矣。以所观乎今，考所学乎古，所谓见而知之者，臣诚不自捬，妄以为庶几焉，故遂冒昧自竭，而忘其材之弗及也。谨列其书为二十有二卷，凡十余万言。上之御府，副在有司，以待制诏颁焉。谨序。

诗义序

《诗》三百十一篇，其义具存，其辞亡者六篇而已。上既使臣雱训其辞，又命臣某等训其义。书成，以赐太学，布之天下，又使臣某为之序。谨拜手稽首言曰：《诗》上通乎道德，下止乎礼义。放其言之文，君子以兴焉；由其道之序，圣人以成焉。然以孔子之门人赐也、商也，有得于一言，则孔子悦而进之，盖其说之难明如此，则自周衰以迄于今，泯泯纷纷，岂不宜哉？以上言《诗》义难明。伏惟皇帝陛下内德纯茂，则神罔时恫，外行恂达，则四方以无侮。日就月将，学有缉熙于光明，则《颂》之所形容，盖有不足道也。微言奥义，既自得之，又命承学之臣训释厥遗，乐与天下共之。顾臣等所闻，如爝火焉，岂足以赓日月之余光？姑承明制，代匮而已。传曰："美成在久。"故《棫朴》之作人，以寿考为言，盖将有来者焉，追琢其章，缵圣志而成之也。臣衰且老矣，尚庶几及见之。谨序。

书义序

熙宁二年，臣某以《尚书》入侍，遂与政。而子雱实嗣讲事，有旨为之说以献。八年，下其说太学，班焉。惟虞夏商周之遗文，更秦而几亡，遭汉而仅存，赖学士大夫诵说，以故不泯，而世主或莫知其可用。天纵皇帝大知，实始操之以验物，考之以决事，又命训其义，兼明天下后世。而臣父子以区区所闻，承乏与荣焉。然言之渊懿而释以浅陋，命之重大而承以轻眇，兹荣也，只所以为愧欤！谨序。

马端临

文献通考序

昔荀卿子曰："欲观圣王之迹，则于其粲然者矣，后王是也。君子审后王之道，而论于百王之前，若端拜而议。"然则考制度，审宪章，博闻而强识之，固通儒事也。《诗》《书》《春秋》之后，惟太史公号称良史，作为纪、传、书、表，纪、传以述理乱兴衰，八书以述典章经制，后之执笔操简牍者，卒不易其体。然自班孟坚而后，断代为史，无会通因仍之道，读者病之。以上言《史记》于治乱兴衰典章二者并详，他史则不能观其通。至司马温公作《通鉴》，取千三百余年之事迹，十七史之纪述，萃为一书，然后学者开卷之余，古今咸在。然公之书详于理乱兴衰，而略于典章经制，非公之智有所不逮也，编简浩如烟埃，著述自有体要，其势不能以两得也。

窃尝以为理乱兴衰，不相因者也，晋之得国异乎汉，隋之丧邦殊乎唐，代各有史，自足以该一代之始终，无以参稽互察为也。典章经制，实相因者也，殷因夏，周因殷，继周者之损益，百世可知，圣人盖已预言之矣。爰自秦汉以至唐宋，礼乐兵刑之制，赋敛选举之规，以至官名之更张，地理之沿革，虽其终不能以尽同，而其初亦不能以遽异。如汉之朝仪、官制，本秦规也，唐之府卫、租庸，本周制也，其变通张弛之故，非融会错综，原始要终而推寻之，固未易言也。其不相因者，犹有温公之成书，而其本相因者，顾无其书，独非后学之所宜究心乎！以上言治乱兴衰有《通鉴》可稽，而典章经制无书可以会通。唐杜岐公始作《通典》，肇自上古，以至唐之天宝，凡历代因革之故，粲然可考。其后，宋白尝续其书，至周显德，近代魏了翁又作《国朝通典》。然宋之书成而传习者少，魏尝属稿而未成书，今行于世者，独杜公之书耳，天宝以后盖阙焉。有如杜书纲领宏大，考订该洽，固无以议为也，然时有古今，述有详略，则夫节目之间未为明备，而去取之际颇欠精审，不无遗憾焉。盖古者因田制赋，赋乃米粟之属，非可析之于田制之外也。古者任土作贡，贡乃包篚之属，非可杂之于税法之中也。乃若叙选举则秀、孝与铨选不分，叙典礼则经文与传注相汨，叙兵则尽遗赋调之规而姑及成败之迹，诸如此类，宁免小疵。至于天文、五行、艺文，历代史各有志，而《通典》无述焉。马、班二史各有诸侯王、列侯表，范晔《东汉书》以後无之，然历代封建王侯未尝废也。王溥作唐及五代《会要》，首立帝系一门，以叙各帝历年之久近，传授之始末，次及后妃、皇子、公主之名氏封爵，后之编《会要》者仿之，而唐以前则无其书。凡是二者，盖历代之统纪，典章系焉，而杜书亦复不及，则亦未为集著述之大成也。以上言杜氏《通典》尚有未备未审之处。

　　愚自蚤岁盖尝有志于缀缉，顾百忧薰心，三余少暇，吹竽已涩，汲绠不修，岂复敢以斯文自诒？昔夫子言夏、殷之礼，而深慨文献之不足征，释之者曰："文，典籍也。献，贤者也。"生乎千百载之后，而欲尚论千百载之前，非史传之实录具存，何以稽考？儒先之绪言未远，足资讨论，虽圣人亦不能臆为之说也。窃伏自念：业绍箕裘，家藏坟索，插架之收储，趋庭之问答，其于文献盖庶几焉。尝恐一旦散轶失坠，无以属来哲，是以忘其固陋，辄加考评，旁搜远绍，门分汇别，曰田赋，曰钱币，曰户口，曰职役，曰征榷，曰市籴，曰土贡，曰国用，曰选举，曰学校，曰职官，曰郊社，曰宗庙，曰王礼，曰乐，曰兵，曰刑，曰舆地，曰四裔，俱效《通典》之成规。自天宝以前，则增益其事迹之所未备，离析其门类之所未详；自天宝以后，至宋嘉定之末，则续而成之。曰经籍，曰帝系，曰封建，曰象纬，曰物异，则《通典》元未有论述，而采摭诸书以成之者也。以上自述己之著作较《通典》有同有异。凡叙事则本之经史，而参之以历代《会要》，以及百家传记之书，信而有证者从之，乖异传疑者不录，所谓“文”也。凡论事则先取当时臣僚之奏疏，次及近代诸儒之评论，以至名流之燕谈、稗官之纪录，凡一话一言可以订典故之得失，证史传之是非者，则采而录之，所谓“献”也。其载诸史传之纪录而可疑，稽诸先儒之论辨而未当者，研精覃思，悠然有得，则窃著己意，附其后焉。命其书曰《文献通考》，为门二十有四，卷三百四十有八，而其每门著述之成规，考订之新意，各以小序详之。以上言采摭旧说，间附己意。

昔江淹有言，修史之难，无出于志。诚以志者，宪章之所系，非老于典故者不能为也。陈寿号善叙述，李延寿亦称究悉旧事，然所著二史，俱有纪传而独不克作志，重其事也。况上下数千年，贯串二十五代，而欲以末学陋识操觚窜定其间，虽复穷老尽气，刓目钵心，亦何所发明？聊辑见闻，以备遗忘耳！后之君子，傥能芟削繁芜，增广阙略，矜其仰屋之勤，而俾免于覆车之愧，庶有志于经邦稽古者或可考焉。以上谦言恐有繁芜阙略。

古之帝王未尝以天下自私也，故天子之地千里，公、侯皆方百里，伯七十里，子、男五十里，而王畿之内复有公卿大夫采地禄邑，各私其土，子其人，而子孙世守之。其土壤之肥硗，生齿之登耗，视之如其家，不烦考核而奸伪无所容，故其时天下之田悉属于官。民仰给于官者也，故受田于官，食其力而输其赋，仰事俯育，一视同仁，而无甚贫甚富之民，此三代之制也。秦始以宇内自私，一人独运于其上，而守宰之任骤更数易，视其地如传舍，而闾里之情伪，虽贤且智者不能周知也。守宰之迁除，其岁月有限，而田土之还受，其奸敝无穷，故秦汉以来，官不复可授田，遂为庶人之私有，亦其势然也。虽其间如元魏之太和、李唐之贞观，稍欲复三代之规，然不久而其制遂隳者，盖以不封建而井田不可复行故也。**以上言不封建则井田不可行。**三代而上，天下非天子所得私也，秦废封建，而始以天下奉一人矣。三代以上，田产非庶人所得私也，秦废井田，而始捐田产以予百姓矣。秦于其当与者取之，所当取者与之，然所袭既久，反古实难。欲复封建，是自割裂其土宇以启纷争；欲复井田，是强夺民之田亩以召怨讟。书生之论所以不可行也。随田之在民者税之，而不复问其多寡，始于商鞅。随民之有田者税之，而不复视其丁中，始于杨炎。三代井田之良法坏于鞅，唐租庸调之良法坏于炎。二人之事，君子所羞称，而後之为国者莫不一遵其法，一或变之，则反至于烦扰无稽，而国与民俱受其病，则以古今异宜故也。作《田赋考》第一，叙历代因田制赋之规，而以水利、屯田、官田附焉。凡七卷。**以上言秦与商鞅、杨炎之事，君子羞称而不能不遵其法。**

　　生民所资，曰衣与食。物之无关于衣食而实适于用者，曰珠、玉、五金。先王以为衣食之具未足以周民用也，于是以适用之物，作为货币以权之，故上古之世，以珠、玉为上币，黄金为中币，刀、布为下币。**刀、布即古钱之名。**然珠、玉、黄金为世难得之货，至若权轻重，通贫富，而可以通行者，惟铜而已，故九府圜法，自周以来，未之有改也。**以上钱。**然古者俗朴而用简，故钱有余；後世俗侈而用糜，故钱不足。于是钱之直日轻，钱之数日多。数多而直轻，则其致远也难，自唐以来，始制为飞券、钞引之属，以通商贾之厚赍贸易者。其法盖执券、引以取钱，而非以券、引为钱也。宋庆历以来，蜀始有交子；建炎以来，东南始有会子。自交、会既行，而始直以楮为钱矣。夫珠、玉、黄金，可贵之物也，铜虽无足贵，而适用之物也。以其可贵且适用者制币而通行，古人之意也。至于以楮为币，则始以无用为用矣。举方尺腐败之券，而足以奔走一时，寒藉以衣，饥藉以食，贫藉以富，盖未之有。然铜重而楮轻，鼓铸繁难而印造简易，今舍其重且难者，而用其轻且易者，而又下免犯铜之禁，上无搜铜之苛，亦一便也。以上以楮为币。作《钱币考》第二。凡二卷。

古者户口少，而皆才智之人；后世生齿繁，而多窳惰之辈。钧是人也，古之人，方其为士，则道问学；及其为农，则力稼穑；及其为兵，则善战阵。投之所向，无不如意。是以千里之邦，万家之聚，皆足以世守其国，而扞城其民，民众则其国强，民寡则其国弱，盖当时国之与立者民也。光、岳既分，风气日漓，民生其间，才益乏而智益劣。士拘于文墨，而授之介胄则惭；农安于犁锄，而问之刀笔则废。以至九流、百工、释老之徒，食土之毛者，日以繁夥，其肩摩袂接，三屋不足以满隅者，总总也，于是民之多寡，不足为国之盛衰。官既无藉于民之材，而徒欲多为之法，以征其身，户调、口赋，日增月益，上之人厌弃贱薄，不倚民为重，而民益穷苦憔悴，只以身为累矣。作《户口考》第三，叙历代户口之数与其赋役，而以奴婢、占役附焉。凡二卷。

役民者官也，役于官者民也。郡有守，县有令，乡有长，里有正，其位不同，而皆役民者也。在军旅则执干戈，兴土木则亲畚锸，调征行则负羁绁，以至追胥、力作之任，其事不同，而皆役于官者也。役民者逸，役于官者劳，其理则然。然则乡长、里正非役也，后世乃虐用其民，为乡长、里正者，不胜诛求之苛，各萌避免之意，而始命之曰户役矣。唐、宋而后，下之任户役者，其费日重；上之议户役者，其制日详。于是曰差，曰雇，曰义，纷纭杂袭，而法出奸生，莫能禁止。噫！成周之里宰、党长，皆有禄秩之命官；两汉之三老、啬夫，皆有誉望之名士，盖后世之任户役者也，曷尝凌暴之至此极乎！作《职役考》第四，叙历代役法之详，而以复除附焉。凡二卷。

　　征榷之途有二：一曰山泽，茶、盐、坑冶是也，二曰关市，酒酤、征商是也。羞言利者，则曰县官当食租衣税而已，而欲与民庶争货殖之利，非王者之事也。善言利者，则曰山海天地之藏，而豪强擅之，关市货物之聚，而商贾擅之，取之于豪强、商贾，以助国家之经费，而毋专仰给于百姓之赋税，是崇本抑末之意，乃经国之远图也。自是说立，而后之加详于征榷者，莫不以藉口，征之不已，则并其利源夺之，官自煮盐、酤酒、采茶、铸铁，以至市易之属。利源日广，利额日重，官既不能自办，而豪强商贾之徒又不可复擅。以上言征额日重，则官与商贾豪强皆无利可图。然既以立为课额，则有司者不任其亏减，于是又为均派之法。或计口而课盐钱，或望户而榷酒酤，或于民之有田者计其顷亩，令于赋税之时带纳，以求及额，而征榷遍于天下矣。盖昔之榷利，曰取之豪强、商贾之徒，以优农民，及其久也，则农民不获豪强、商贾之利，而代受豪强、商贾之榷。有识者知其苛横，而国计所需，不可止也。以上言农民代商受困，如盐课归地丁之类。作《征榷考》第五，首叙历代征商之法，盐铁始于齐，则次之；榷酤始于汉，榷茶始于唐，则又次之；杂征敛者，若津渡、间架之属，以至汉之告缗，唐之率贷，宋之经、总制钱，皆衰世一切之法也，又次之。凡六卷。

　　市者，商贾之事也。古之帝王，其物货取之任土所贡而有余，未有国家而市物者也。而市之说则昉于《周官》之泉府，后世因之，曰均输，曰市易，曰和买，皆以泉府藉口者也。籴者，民庶之事。古之帝王，其米粟取之什一所赋而有余，未有国家而籴粟者也。而籴之说则昉于齐桓公、魏文侯之平籴，后世因之，曰常平，曰义仓，曰和籴，皆以平籴藉口者也。然泉府与平籴之立法也，皆所以便民。方其滞于民用也，则官买之、籴之；及其适于民用也，则官卖之、粜之。盖懋迁有无，曲为贫民之地，初未尝有一毫征利富国之意。然沿袭既久，古意浸失。其市物也，亦诿曰摧蓄贾居货待贾之谋；及其久也，则官自效商贾之为，而指为富国之术矣。其籴粟也，亦诿曰救贫民谷贱钱荒之弊；及其久也，则官未尝有及民之惠，而徒利积粟之人矣。至其极弊，则名曰和买、和籴，而强配数目，不给价直，鞭笞取足，视同常赋。盖古人恤民之事，后世反藉以厉民，不可不究其颠末也。作《市籴考》第六。凡二卷。

《禹贡》八州皆有贡物，而冀州独无之。甸服有米粟之输，而余四服俱无之。说者以为王畿之外，八州俱以田赋所当供者市易所贡之物，故不输粟，然则土贡即租税也。汉唐以来，任土所贡，无代无之，著之令甲，犹曰当其租入。然叔季之世，务为苛横，往往租自租而贡自贡矣。至于珍禽、奇兽、裘服、异味，或荒淫之君降旨取索，或奸诣之臣希意创贡，往往有出于经常之外者。甚至揞留官赋，阴增民输，而命之曰"羡余"，以供贡奉，上下相蒙，苟悦其名，而于百姓则重困矣。作《土贡考》第七。凡一卷。

贾山《至言》曰："昔者周盖千八百国，以九州之民养千八百国之君，君有余财，民有余力，而颂声作。秦皇帝以千八百国之民自养，力罢不能胜其役，财尽而不能胜其求。一君之身耳，所自养者驰骋弋猎之娱，天下弗能供也。"然则国之废兴非财也，财少而国延，财多而国促，其效可睹矣。然自《周官·六典》有太府，又有王府、内府，且有"惟王不会"之说，后之为国者因之。两汉财赋曰大农者，国家之帑藏也，曰少府、曰水衡者，人主之私蓄也。唐既有转运、度支，而复有琼林、大盈；宋既有户部、三司，而复有封桩、内藏。于是天下之财，其归于上者，复有公私。恭俭贤主，常捐内帑以济军国之用，故民裕而其祚昌；淫侈僻王，至糜外府以供耳目之娱，故财匮而其民怨。此又历代制国用者龟鉴也。作《国用考》第八，叙历代财计首末，而以漕运、赈恤、蠲贷附焉。凡五卷。

　　古之用人，德行为首，才能次之。虞朝载采，亦有九德，周家宾兴，考其德行，于才不屑屑也。两汉以来，刺史、守、相得以专辟召之权；魏晋而后，九品中正得以司人物之柄。皆考之以里闬之毁誉，而试之以曹掾之职业，然后俾之入备王宫，以阶清显。盖其为法，虽有愧于古人德行之举，而犹可以得才能之士也。以上言唐虞三代取德，两汉魏晋取才。至于隋而州郡僚属皆命于铨曹，搢绅发轫悉由于科目。自以铨曹署官，而所按者资格而已，于是勘籍小吏，得以司升沈之权；自以科目取士，而所试者词章而已，于是操觚末技，得以阶荣进之路。夫其始进也，试之以操觚末技，而专主于词章；其既仕也，付之于勘籍小吏，而专校其资格，于是选贤与能之意，无复存者矣。然此二法者，历数百年而不可以复更，一或更之则荡无法度，而侥滥者愈不可澄汰，亦独何哉？以上言隋唐以后官人皆出于铨曹科目。又古人之取士，盖将以官之。三代之时，法制虽简，而考核本明，毁誉既公，而贤愚自判。往往当时士之被举者，未有不入官，初非有二途也。降及后世，巧伪日甚，而法令亦滋多，遂以科目为取士之途，铨选为举官之途，二者各自为防闲检柅之法。至唐则以试士属之礼部，试吏属之吏部，于是科目之法、铨选之法，日新月异，不相为谋。盖有举于礼部而不得官者，不举于礼部而得官者，而士之所以进身之涂辙亦复不一，不可比而同之也，于是立举士、举官两门以该之。作《选举考》第九。凡十二卷。**以上言举士、举官，分为两门。**

古之教者，家有塾，党有庠，术有序，国有学，所谓学校，至不一也。然惟国学有司乐、司成，专主教事，而州、闾、乡、党之学，则未闻有司职教之任者。及考《周礼·地官》：党正各掌其党之政令教治，孟月属民而读法，祭祀则以礼属民；州长掌其州之教治政令，考其德行道艺，纠其过恶而劝戒之。然后知党正即一党之师也，州长即一州之师也，以至下之为比长、闾胥，上之为乡、遂大夫，莫不皆然。盖古之为吏者，其德行道艺，俱足以为人之师表，故发政施令，无非教也。以至使民兴贤，出使长之；使民兴能，入使治之。盖役之则为民，教之则为士，官之则为吏，尊之则为师钧是人也。**以上言三代以前吏与师合而为一。**秦汉以来，儒与吏始异趋，政与教始殊途。于是曰郡守，曰县令，则吏所以治其民；曰博士官，曰文学掾，则师所以教其弟子。二者漠然不相为谋，所用非所教，所教非所用。士方其从学也，曰习读；及进而登仕版，则弃其诗书礼乐之旧习，而从事乎簿书期会之新规。古人有言曰："吾闻学而后入政，未闻以政学者。"后之为吏者，皆以政学者也。自其以政学，则儒者之学术皆筌蹄也，国家之学官皆刍狗也，民何由而见先王之治哉？又况荣途捷径，旁午杂出，盖未尝由学而升者滔滔也。**以上言政与学分而学日衰。**于是所谓学者，姑视为粉饰太平之一事，而庸人俗吏直以为无益于兴衰理乱之故矣。作《学校考》第十，叙历代学校之制，及祠祭褒赠先圣先师之首末，幸学养老之仪，而郡国乡党之学附见焉。凡七卷。

古者因事设官，量能授职，无清浊之殊，无内外之别，无文武之异，何也？唐虞之时，禹宅揆，契掌教，皋陶明刑，伯夷典礼，羲和掌历，夔典乐，益作虞，垂共工。盖精而论道经邦，粗而饬财辨器，其位皆公卿也，其人皆圣贤也。后之居位临民者，则自诡以清高，而下视曲艺多能之流；其执技事上者，则自安于鄙俗，而难语以辅世长民之事。于是审音、治历、医、祝之流，特设其官以处之，谓之杂流，摈不得与搢绅伍，而官之清浊始分矣。以上分清浊。昔在成周，设官分职，缀衣、趣马，俱吁俊之流，宫伯、内宰，尽兴贤之侣。逮夫汉代，此意犹存，故以儒者为侍中，以贤士备郎署。如周昌、袁盎、汲黯、孔安国之徒，得以出入宫禁，陪侍宴私，陈谊格非，拾遗补过。其才能卓异者，至为公卿将相，为国家任大事，霍光、张安世是也。中汉以来，此意不存，于是非阉竖嬖幸，不得以日侍宫庭，而贤能搢绅，特以之备员表著。汉有宫中、府中之分，唐有南司、北司之党，职掌不相为谋，品流亦复殊异，而官之内外始分矣。以上分内外。古者文以经邦，武以拨乱，其在大臣，则出可以将，入可以相；其在小臣，则簪笔可以待问，荷戈可以前驱。后世人才日衰，不供器使，司文墨者不能知战阵，被介胄者不复识简编，于是官人者制为左右两选，而官之文武始分矣。以上分文武。至于有侍中、给事中之官，而未尝司宫禁之事，是名内而实外也。唐以来以侍中为三公官，以处勋臣，又以给事中为封驳之官，皆以外庭之臣为之，并不预宫中之事。有太尉、司马之官，而未尝司兵戎之事，是名武而实文也。太尉，汉承秦以为三公，然犹掌武事也。唐以后亦为三公。宋时，吕夷简、王旦、韩琦官皆至太尉，非武臣也。大司马，周官掌兵，至汉元成以后为三公，亚于司徒，乃后来执政之任，亦非武臣也。太常有卿佐而未尝审音乐，将作有监贰而未尝谙营缮，不过为儒臣养望之官，是名浊而实清也。尚书令在汉为司牍小吏，而后世则为大臣所不敢当之穹官；校尉在汉为兵师要职，而后世则为武弁所不齿之冗秩。尚书令，汉初其秩至卑，铜章青绶，主官禁文书而已，至唐则为三省长官。高祖入长安时，太宗以秦王为之，后郭子仪以勋位当拜，以太宗曾为之，辞不敢受，自后至宋，无敢拜此官者。汉八校尉领禁卫诸军，皆尊显之官，宰相之罢政者，至为城门校尉。又司隶校尉督察三辅，弹劾公卿，其权至雄尊。护羌校尉、护乌桓校尉皆领重兵镇方面，乃大帅之职。至宋时，校尉、副尉为武职初阶，不入品从，至为冗贱。盖官之名同而古今之崇卑悬绝如此。以上名实不符，古今互异。参稽互考，曲畅旁通，而因革之故可以类推。作《职官考》第十一，首叙官制次序、官数，内官则自公师宰相而下，外官则自州牧郡守而下，以至散官、禄秩、品从之详。凡二十一卷。

《郊特牲》曰："礼之所尊，尊其义也。失其义，陈其数，祝、史之事也。故其数可陈也，其义难知也。"《荀卿子》曰："不知其义，谨守其数，慎不敢损益，父子相传，以待王公。是故三代虽亡，治法犹存，是官人百吏之所以取禄秩也。"然则义者，祭之理也；数者，祭之仪也。古者人习于礼，故家国之祭祀，其品节仪文，祝、史、有司皆能知之，然其义则非儒宗讲师不能明也。周衰礼废，而其仪亡矣。秦汉以来，诸儒口耳所授、简册所载，特能言其义理而已，《戴记》是也。《仪礼》所言，止于卿士大夫之礼；《六典》所载，特以其有关于职掌者则言之，而国之大祀，盖未有能知其品节仪文者。以上祭祀仪节久失。汉郑康成深于礼学，作为传注，颇能补经之所未备，然以谶纬之言而释经，以秦汉之事而拟三代，此其所以舛也。盖古者郊与明堂之祀，祭天而已，秦汉始有五帝、泰一之祠，而以古者郊祀、明堂之礼礼之，盖出于方士不经之说。而郑注《礼经》二祭，曰天，曰帝，或以为威灵仰，或以为耀灵宝，袭方士纬书之荒诞，而不知其非。夫礼莫先于祭，祭莫重于天，而天之名义且乖异如此，则其他节目注释虽复博赡，不知其果得《礼经》之意否乎。王肃诸儒虽引正论以力排之，然魏晋以来祀天之礼，常参酌王、郑二说而迭用之，竟不能偏废也。以上郑氏说不足据。至于禘祫之节，宗祧之数，《礼经》之明文无所稽据，而注家之聚讼莫适折衷，其丛杂牴牾，与郊祀之说无以异也。近世三山信斋杨氏得考亭、勉斋之遗文奥义，著为《祭礼》一书，词义正大，考订精核，足为千载不刊之典。然其所述一本经文，不复以注疏之说搀补，故经之所不及者，则阔略不接续。杜氏《通典》之书，有祭礼则参用经注之文，两存王、郑之说，虽通畅易晓，而不如杨氏之纯正。今并录其说，次及历代祭祀礼仪本末，而唐开元、宋政和二礼书中所载诸祀仪注并详著焉。以上祭礼并录杜、杨之说。作《郊祀考》第十二，以叙古今天神地祇之祀，首郊，次明堂，次后土，次雩，次五帝，次日月、星辰、寒暑，次六宗、四方，次社稷、山川，次封禅，次高禖，次八蜡，次五祀，次籍田、祭先农，次亲蚕、祭先蚕，次祈禳，次告祭，而后以杂祠、淫祠终焉。凡二十三卷。作《宗庙考》第十三，以叙古今人鬼之祀，首国家宗庙，次时享，次祫禘，次功臣配享，次祠先代君臣，次诸侯宗庙，而以大夫、士庶宗庙时享终焉。凡十五卷。

古者经礼、礼仪，皆曰三百，盖无有能知其节目之详者矣。然总其凡有五，曰吉、凶、军、宾、嘉；举其大有六，曰冠、昏、丧、祭、乡、相见。此先王制礼之略也。秦汉而后，因革不同：有古有而今无者，如大射、聘礼、士相见、乡饮酒、投壶之类是也；有古无而今有者，如圣节、上寿、上尊号、拜表之类是也；有其事通乎古今而后世未尝制为一定之礼者，若臣庶以下冠、昏、丧、祭是也。凡若是者，皆本无沿革，不烦纪录。以上三宗无沿革者不之及。而通乎古今而代有因革者，惟国家祭祀、学校、选举，以至朝仪、巡狩、田猎、冠冕、服章、圭璧、符玺、车旗、卤簿，及凶礼之国恤耳。今除国祀、学校、选举已有专门外，朝仪以下则总谓之"王礼"，而备著历代之事迹焉。盖本晦庵《仪礼经传通解》所谓王朝之礼也。以上略序王礼之目。其本无沿革者，若古礼则经传所载、先儒所述，自有专书可以寻求，无庸赘叙，若今礼则虽不能无失，而议礼制度又非书生所得预闻也，是以亦不复措辞焉。作《王礼考》第十四。凡二十二卷。

《记》曰："声音之道，与政通矣。故审乐以知政。"盖言乐之正咥有关于时之理乱也。然自三代以后，号为历年多、施泽久，而民安乐之者，汉唐与宋。汉莫盛于文景之时，然至孝武时，河间献王始献雅乐，天子下太乐官常存隶之，岁时以备数，然不常御，常御及郊庙皆非雅声，至哀帝时始罢郑声，用雅乐，而汉之运祚且移于王莽矣。唐莫盛于贞观、开元之时，然所用者多教坊俗乐，太常阅工人常隶习之，其不可教者乃习雅乐，然则其所谓乐者可知矣。宋莫盛于天圣、景祐之时，然当时胡瑗、李照、阮逸、范镇之徒，拳拳以律吕未谐，声音未正为忧，而卒不克更置，至政和时始制《大晟乐》，自谓古雅，而宋之土宇且陷入女真矣。盖古者因乐以观政，而後世则方其发政施仁之时，未暇制乐，及其承平之後，纲纪法度皆已具举，敌国外患皆已销亡，君相他无所施为，学士大夫他无所论说，然后始及制乐，乐既成而政已秕，国已衰矣。以上言汉唐宋盛时无乐，乐成而政已衰。昔隋开皇中制乐，用何妥之说，而摈万宝常之议。及乐成，宝常听之，泫然曰："乐声淫厉而哀，不久天下将尽。"噫！使当时一用宝常之议，能救隋之亡乎？然宝常虽不能制乐以保隋之长存，而犹能听乐而知隋之必亡，其宿悟神解亦有过人者。窃尝以为世之兴衰理乱固未必由乐，然若欲议乐，必如师旷、州鸠、万宝常、王令言之徒。其自得之妙，岂有法之可传者？而后之君子，乃欲强为议论，究律吕于黍之纵横，求正哇于声之清浊；或证之以残缺断烂之简编、埋没销蚀之尺量，而自谓得之，何异刻舟、覆蕉、叩槃、扪烛之为？愚固不知其说也。以上言乐有神解，不在简编尺量之末。作《乐考》第十五，首叙历代乐制，次律吕制度，次八音之属，各分雅部、胡部、俗部，以尽古今乐器之本末，次乐县，次乐歌、次乐舞、次散乐、鼓吹，而以彻乐终焉。凡十五卷。

　　按《周官·小司徒》："五人为伍，五伍为两，四两为卒，五卒为旅，五旅为师，五师为军。上地家七人，可任也者家三人；中地家六人，可任也者二家五人；下地家五人，可任也者家二人。"此教练之数也。《司马法》："地方一里为井，四井为邑，四邑为邱，四邱为甸，甸六十四井，有戎马四匹、兵车一乘、牛十二头、甲士三人、卒七十二人。"此调发之数也。教练则不厌其多，故凡食土之毛者，除老弱不任事之外，家家使之为兵，人人使之知兵，故虽至小之国，胜兵万数可指顾而集也。调发则不厌其简，甸六十四井，为五百一十二家，而所调者止七十五人，是六家调发共出一人也。每甸姑通以中地二家五人计之，五百一十二家可任者一千二百八十人，而所调者止七十五人，是十六次调发方及一人也。教练必多，则人皆习于兵革；调发必简，则人不疲于征战。此古者用兵制胜之道也。以上古者教练多而调发少。后世士自为士，农自为农，工商末技自为工商末技，凡此四民者，平时不识甲兵为何物，而所谓兵者乃出于四民之外。故为兵者甚寡，知兵者甚少，一有征战，则尽数驱之以当锋刃，无有休息之期，甚则以未尝训练之民而使之战，是弃民也。唐宋以来，始专用募兵，于是兵与民判然为二途，诿曰教养于平时而驱用于一旦。然其季世，则兵数愈多而骄悍，而劣弱，为害不浅，不惟足以疲国力，而反足以促国祚矣。以上言后世兵民判然为二。作

《兵考》第十六，首叙历代兵制，次禁卫及郡国之兵，次教阅之制，次车战、舟师、马政、军器。凡十三卷。

昔汉陈咸言："为人议法，当依于轻，虽有百金之利，慎无与人重比。"盖汉承秦法，过于严酷，重以武、宣之君，张、赵之臣，淫刑喜杀，习以为常，咸之言盖有激也。窃尝以为劓、刵、椓、黥，蚩尤之刑也，而唐虞遵之；收孥、赤族，亡秦之法也，而汉魏以来遵之。以贤圣之君而不免袭乱虐之制，由是观之，咸言尤为可味也。以上言议法当依于轻。汉文除肉刑，善矣，而以髡笞代之。髡法过轻，而略无惩创；笞法过重，而至于死亡。其后乃去笞而独用髡，减死罪一等即止于髡钳，进髡钳一等，即入于死，而深文酷吏务从重比，故死刑不胜其众，魏晋以来病之。然不知减笞数而使之不死，乃徒欲复肉刑以全其生，肉刑卒不可复，遂独以髡钳为生刑。所欲活者傅生议，于是伤人者或折腰体，而才剺其毛发；所欲陷者与死比，于是犯罪者既已刑杀，而复诛其宗亲。轻重失宜，莫此为甚。及隋唐以来，始制五刑，曰笞、杖、徒、流、死。此五者即有虞所谓鞭、朴、流宅，虽圣人复起，不可偏废也。以上言汉魏六朝轻重失宜，唐以后五刑乃为不易之典。若夫苟慕轻刑之名，而不恤惠奸之患，杀人者不死，伤人者不刑，俾无辜罹毒虐者，抱沈冤而莫伸，而舞文利赇贿者，无后患之可惕，则亦非圣人明刑弼教之本意也。以上言轻刑惠奸。作《刑考》第十七，首刑制，次徒流，次详谳，次赎刑、赦宥。凡十二卷。

昔秦燔经籍而独存医药、卜筮、种树之书，学者抱恨终古。然以今考之，《易》与《春秋》二经首末具存，《诗》亡其六篇，或以为笙诗元无其辞，是《诗》亦未尝亡也。《礼》本无成书，《戴记》杂出汉儒所编，《仪礼》十七篇及《六典》最晚出，《六典》仅亡《冬官》，然其书纯驳相半，其存亡未足为经之疵也。

独虞、夏、商、周之书，亡其四十六篇耳。然则秦所燔，除《书》之外，俱未尝亡也。若医药、卜筮、种树之书，当时虽未尝废锢，而并无一卷流传至今者，以此见圣经贤传终古不朽，而小道异端虽存必亡，初不以世主之好恶为之兴废也。以上言秦焚书实未尝亡。汉、隋、唐、宋之史，俱有《艺文志》，然《汉志》所载之书，以《隋志》考之，十已亡其六七，以《宋志》考之，隋唐亦复如是，岂亦秦为之厄哉？昌黎公所谓为之也易，则其传之也不远，岂不信然。夫书之传者已鲜，传而能蓄者加鲜，蓄而能阅者尤加鲜焉。宋皇祐时，命名儒王尧臣等作《崇文总目》，记馆阁所储之书而论列于其下方，然止及经、史，而亦多阙略，子集则但有其名目而已。近世昭德晁氏公武有《读书记》，直斋陈氏振孙有《书录解题》，皆聚其家藏之书而评之。今所录先以四代史志列其目，其存于近世而可考者，则采诸家书目所评，并旁搜史传、文集、杂说、诗话。凡议论所及，可以纪其著作之本末，考其流传之真伪，订其文理之纯驳者，则具载焉，俾览之者如入群玉之府，而阅木天之藏。不特有其书者，稍加研穷，即可以洞究旨趣；虽无其书者，味兹题品，亦可粗窥端倪，盖殚见洽闻之一也。作《经籍考》第十八，经之类十有三，史之类十有四，子之类二十有二，集之类六。凡七十六卷。

　　昔太史公言："儒者断其义，驰说者骋其辞，不务综其始终。"盖讥世之学者以空言著书，而历代统系无所考订也。于是作为《三代世表》，自黄帝以下谱之。然五帝之事远矣，而迁必欲详其世次，按图而索，往往牴牾，故欧阳公复讥其不能缺所不知，而务多闻以为胜。以上言《史记》世表为欧阳所讥，谱系似不可信。然自三代以后，至于近世，史牒所载，昭然可考，始学者童而习之，屈伸指而得其大概，至其传世历年之延促，枝分派别之远近，猝然而问，虽华颠巨儒不能以遽对，则以无统系之书故也。以上言无谱系则茫然难考。今仿王溥唐及五代《会要》之体，首叙帝王之姓氏出处，及其享国之期、改元之数，以及各代之始终，次及后妃、皇子、公主、皇族，其可考者悉著于篇，而历代所以尊崇之礼、册命之仪，并附见焉。作《帝系考》第十九。凡十卷。

封建莫知其所从始也。禹涂山之会，号称万国；汤受命时，凡三千国；周定五等之封，凡千七百七十三国，至春秋之时，见于经传者仅一百六十五国，而蛮夷戎狄亦在其中。盖古之国至多，后之国日寡，国多则土宜促，国少则地宜旷，而夷考其故则不然。试以殷周上世言之，殷契至成汤八迁，史以为自商而砥石，自砥石而复居商，又自商而亳。周弃至文王亦屡迁，史以为自邰而豳，自豳而岐，自岐而丰。夫汤七十里之国也，文王百里之国也。然以所迁之地考之，盖有出于七十里、百里之外者矣。又如泰伯之为吴，鬻绎之为楚，箕子之为朝鲜，其初不过自屏于荒裔之地，而其后因以有国传世。窃意古之诸侯者，虽曰受封于天子，然亦由其行义德化足以孚信于一方，人心翕然归之，故其子孙因之，遂君其地；或有灾否，则转徙他之，而人心归之不能释去，故随其所居，皆成都邑。盖古之帝王未尝以天下为己私，而古之诸侯亦未尝视封内为己物，上下之际，均一至公，非如后世分疆画土，争城争地，必若是其截然也。以上言古者上下均一至公，封国非有截然之疆界。秦既灭六国，举宇内而郡县之，尺土一民始皆视为己有，再传而后，刘项与群雄共裂其地而分王之。高祖既诛项氏之后，凡当时诸侯王之自立者，与为项氏所立者，皆击灭之，然后裂土以封韩、彭、英、卢、张、吴之属，盖自是非汉之功臣不得王矣。逮数年之后，反者九起，异姓诸侯王多已夷灭，于是悉取其地以王子弟亲属，如荆、吴、齐、楚、淮南之类，盖自是非汉之同姓不得王矣。然一再传而后，贾谊、晁错之徒，拳拳有诸侯强大之虑，以为亲者无分地而疏者逼天子，必为子孙之忧。于是或分其国，或削其地，其负强而动如七国者，则六师移之。盖西汉之封建，其初则剿灭异代所封，而以畀其功臣；继而剿灭异姓诸侯，而以畀其同宗；又继而剿灭疏属刘氏王，而以畀其子孙。盖检制益密而猜防益深矣。以上言汉之封建凡三变，而猜防益深。昔汤武虽以征伐取天下，然商惟十一征；周惟灭国者五十，其余诸侯皆袭前代所封，未闻尽以宇内易置而封其私人。周虽大封同姓，然文昭武穆之邦，与国咸休，亦未闻成康而后，复畏文武之族逼而必欲夷灭之，以建置己之子孙也。愚尝谓必有公天下之心而后可以行封建。自其出于公心，则选贤与能，而小大相维之势，足以绵千载；自其出于私心，则忌疏畏偪，而上下相猜之形，不能以一朝居矣。景武之后，令诸侯王不得治民补吏，于是诸侯虽有君国子民之名，不过食其邑入而已，土地甲兵不可得而擅矣。然则汉虽惩秦之弊，复行封建，然为人上者苟慕美名，而实无唐虞、三代之公心，为诸侯者既获裂土，则遽欲效春秋战国之余习，故不久而遂废。以上言必有公天下之心而后封建可久，因及汉末之弊。逮汉之亡，议者以为乏藩屏之助，而成孤立之势。然愚又尝夷考历代之故，魏文帝忌其诸弟，帝子受封有同幽絷，再传之后，主势稍弱，司马氏父子即攘臂取之，曾无顾惮。晋武封国至多，宗藩强壮，俱自得以领兵卒，置官属，可谓惩魏之弊矣，然八王首难，阻兵安忍，反以召五胡之衅。宋、齐皇子俱童孺当方面，名为藩镇，而实受制于典签、长史之手，每一易主，则前帝之子孙歼焉，而运祚卒以不永。梁武享国最久，诸子孙皆以盛年雄材出为邦伯，专制一方，可谓惩宋、齐之弊矣，然诸王拥兵，捐置君父，卒不能止侯景之难，然则魏、宋、齐疏忌骨肉，固以取亡，而晋、梁崇奖宗藩，亦不能救乱。于是封建之得失不可复议，而王绾、李斯、陆士衡、柳宗元辈所论之是非，亦不可得而偏废矣。以上言疏宗藩者有弊，奖宗藩者亦有弊。今所论著，三皇而后至春秋之前，国名之见于经传而事迹可考者略著之，如共工、防风氏，以至邺、郦、樊、桧之类是也。春秋十二列国，既有太史世家详其事迹，不复赘叙，姑纪其世代历年而已。若诸小国之事迹，见于《春秋》三传、杂记者，则仿世家之例，叙其梗概，邾、莒、许、滕以下是也。汉初诸侯王、王子侯、功臣外戚恩泽侯，则悉本马、班二史年表，东汉以后无年表可据，则采撷诸传，各订其受封传授之本末而备著焉。列侯不世袭始于唐，亲王不世袭始于宋，则姑志其始受封者之名氏而已。作《封建考》第二十。凡十八卷。以上自述凡例。

　　昔三代之时，俱有太史，其所职掌者，察天文、记时政，盖合占候、纪载之事以一人司之。汉时，太史公掌天官，不治民，而绅史记、金匮、石室之书，犹是任也。至宣帝时，以其官为令，行太史公文书，其修撰之职，以他官领之，于是太史之官，唯知占候而已。盖必二任合而为一，则象纬有变，纪录无遗，斯可以考一代天文运行之常变，而推其休祥。然二任之堕废离隔，不相为谋，盖已久矣。昔《春秋》日食不书日，而史氏以为官失之，可见当时掌占候与司纪载者各为一人，故疏略如此。以上言古者司天文与纪时政合而为一。又尝考之，春秋二百四十二年，而日食三十六；自鲁定公十五年至汉高帝之三年，其间二百九十三年，而搜考史传，书日食凡七而已，然则遗缺不书者多矣。自汉而后，史录具在，天下一家之时，纪载者递相沿袭，无以知其得失也。及南北分裂之后，国各有史，今考之：南自宋武帝永初元年至陈后主祯明二年，北自魏明帝泰常五年至隋文帝开皇八年，此一百六十九年之间，《南史》所书日食仅三十六，而《北史》所书乃七十九，其间年岁之相合者才二十七，又有年合而月不合者。夫同此一苍旻也，食于北者其数过倍于南，理之所必无者，而又日月不相吻合，岂天有二日乎？盖史氏之差谬牴牾，其失大矣。悬象著明，莫大乎日月，虽庸奴举目可知，而所书薄蚀之谬且如此，则星辰之迟留、伏逆、陵犯、往来，其所纪述，岂足凭乎。按：汉哀帝尝以日无精光、邪气连昏之事问待诏李寻，而寻所对具言其故。光武以建武五年召严光入禁中共卧，而太史奏客星犯帝座。二事见于李寻、严光传，而以《汉志》考之，终哀帝之时不言日无精光之事，建武五年亦不言客星事，亦可证其疏略也。姑述故事，广异闻耳。以上言诸史记日食之不可信。《天文志》莫详于晋、隋，至丹元子之《步天歌》，尤为简明。宋《两朝史志》言诸星去极之远近，《中兴史志》采近世诸儒之论，亦多前史所未发，故择其尤明畅有味者具列于篇。作《象纬考》第二十一，首三垣、二十八宿之星名、度数，次天汉起没，次日月、五星行度，次七曜之变，次云气。凡十七卷。

《记》曰："国家将兴，必有祯祥。国家将亡，必有妖孽。"盖天地之间，有妖必有祥，因其气之所感而证应随之。自伏胜作《五行传》，班孟坚而下踵其说，附以各代证应为《五行志》，始言妖而不言祥。然则阴阳五行之气，独能为妖孽而不能为祯祥乎？其亦不达理矣。虽然，妖祥之说固未易言也。治世则凤凰见，故有虞之时有来仪之祥，然汉桓帝元嘉之初、灵帝光和之际，凤凰亦屡见矣，而桓、灵非治安之时也。诛杀过当，其应为恒寒，故秦始皇时有四月雨雪之异，然汉文帝之四年，亦以六月雨雪矣，而汉文帝非淫刑之主也。斩蛇夜哭，在秦则为妖，在汉则为祥，而概谓之龙蛇之孽可乎？僵树虫文，在汉昭帝则为妖，在宣帝则为祥，而概谓之木不曲直可乎？前史于此不得其说，于是穿凿附会，强求证应而罙有所不通。以上言《五行志》之说多不可通。窃尝以为物之反常者，异也，其祥则为凤凰、麒麟、甘露、醴泉、庆云、芝草，其妖则山崩、川竭、水涌、地震、豕祸、鱼孽。妖祥不同，然皆反常而罕见者，均谓之异可也，故今取历代史《五行志》所书，并旁搜诸史本纪及传记中所载祥瑞，随其朋类，附入各门，不曰妖，不曰祥，而总名之曰物异。如恒雨、恒旸、恒燠、恒寒、恒风、水潦、水灾之属，俱妖也，不可言祥，故仍前史之旧名。至如魏晋时鱼集武库屋上，前史所谓鱼孽也；若周武王之白鱼入舟，则祥而非孽。然妖祥虽殊，而其为异一尔，故均谓之鱼异。秦孝公时马生人，前史所谓马祸也；若伏羲之龙马负图，则祥而非祸。然妖祥虽殊，而其为异亦一耳，故均谓之马异。其余鸟兽、昆虫、草木、金石，以至童谣、诗谶之属，前史谓之羽虫、毛虫、龙蛇之孽，或曰诗妖、华孽，今所述皆并载妖祥，故不曰妖，不曰孽，而均以"异"名之，以上自述命名"物异"之意。其豕祸、鼠妖，则无祥可述，故亦仍前史之旧名，至于木不曲直者，木失其常性而为妖，如桑谷共生之类是也。若雨木冰，乃寒气胁木而成冰，其咎不在木也，而刘向以雨木冰为木不曲直。华孽者，花失其常性而为妖，如冬桃李华之类是也。若冰花乃冰有异而结花，其咎不在花也，而《唐志》以冰花为华孽。二者俱失其伦类，今革而正之，俱以入恒寒门，附雨雹之後。又前志以鼠妖为青眚、青祥，物自动为木沴金，物自坏为金沴木，其说俱后学所未谕，今以鼠妖、青眚各自为一门，而自动、自坏直以其事名之，庶览者易晓云。作《物异考》第二十二。凡二十卷。以上厘正诸名目。

　　昔尧时禹别九州，至舜分为十二州，周职方复分为九州而又与禹异。汉承秦分天下为郡、国，而复以十三州统之。晋时分州为十九。自晋以后，为州寖多，所统寖狭，且建治之地亦不一所。姑以扬州言之，自汉以来，或治历阳，或治寿春，或治曲阿，或治合肥，或治建业，而唐始治广陵。至南北分裂之后，务为夸大，侨置诸州，以会稽为东扬，京口为南徐，广陵为南兖，历阳为南豫，历城为南冀，襄阳为南雍。鲁郡在禹迹为徐州，而汉则属豫州所领；陈留在禹迹为豫州，而晋则属兖州所领。离析碎裂，循名失实，而禹迹之九州杳不复可考矣。以上言九州无定，禹迹不可考。夹漈郑氏曰："州县之设，有时而更；山川之秀，千古不易。故《禹贡》分州，必以山川定疆界，兖州可移，而济、河之兖州不可移；梁州可迁，而华阳、黑水之梁州不可迁。故《禹贡》为万世不易之书。后之作史者主于郡县，故州县移易，其书遂废矣。"善哉言也！杜氏《通典》亦以历代郡县析于禹九州之中。今所论著，九州则以禹迹所统为准，沿而下之，府、州、军、监则以宋朝所置为准，溯而上之，而备历代之沿革焉。至冀之幽、朔，雍之银、夏，南粤之交趾，元未尝入宋之职方者，则以唐郡为准，追考前代，以补其缺；以上言上以禹迹，下以宋代为准。而于每州总论之下，复各为一图，先以春秋时诸国之可考者分入九州，次则及秦、汉、晋、隋、唐、宋所分郡县，考其地理，悉以附禹九州之下，而汉以来各州刺史、州牧所领之郡，其不合禹九州者悉改而正之。作《舆地考》第二十三。凡九卷。

昔先王疆理天下，制立五服，所谓蛮夷戎狄，其在要、荒之内，九州之中者，则被之声教，疆以戎索。唐、虞、三代之际，其详不可得而知矣，《春秋》所录，如蛮则荆、舒之属也，夷则莱夷之属也，戎则山戎、北戎、陆浑、赤驹之属也，狄则赤狄、白狄、皋落、鲜虞之属也。载之经传，如齐桓之所攘，魏绛之所和，其种类虽曰戎狄，而皆错处于华地，故不容不有以制服而羁縻之。至于沙碛之滨、瘴海之外，固未尝穷兵黩武，绝大漠、逾悬度，必欲郡县其部落、衣冠其旃毳，以震耀当时，而夸示后世也。以上言三代时四裔皆在中华之地。秦始皇既并六国，始北却匈奴，南取百粤。至汉武帝时，东并朝鲜，西收甘、凉，南辟交趾、珠厓，北斥朔方、河南，以至车师、大宛、夜郎、昆明之属，俱遣信使，赍重贿，招来而羁置之，俾得通于上国，窥其广大，割齐民以附夷狄，弊所恃以事无用。自是之后，世谨梯航，历代载记所叙，其风气之差殊、习俗之诡异，可考而索，至其世代传授之详，则固不能以备知也。作《四裔考》第二十四。凡二十五卷。

卷十　诏令之属

书

甘誓

大战于甘，乃召六卿。

王曰："嗟！六事之人，予誓告汝：有扈氏威侮五行，怠弃三正，天用剿绝其命，今予惟恭行天之罚。左不攻于左，汝不恭命；右不攻于右，汝不恭命；御非其马之正，汝不恭命。用命，赏于祖；不用命，戮于社，予则孥戮汝。"

汤誓

王曰："格尔众庶，悉听朕言，非台小子，敢行称乱！有夏多罪，天命殛之。今尔有众，汝曰：'我后不恤我众，舍我穑事而割正夏？'予惟闻汝众言，夏氏有罪，予畏上帝，不敢不正。今汝其曰：'夏罪其如台？'夏王率遏众力，率割夏邑。有众率怠弗协，曰：'时日曷丧？予及汝皆亡。'夏德若兹，今朕必往。

"尔尚辅予一人，致天之罚，予其大赉汝！尔无不信，朕不食言。尔不从誓言，予则孥戮汝，罔有攸赦。"

牧誓

时甲子昧爽，王朝至于商郊牧野，乃誓。

王左杖黄钺，右秉白旄以麾，曰："逖矣，西土之人！"

王曰："嗟！我友邦冢君御事，司徒、司马、司空，亚旅、师氏，千夫长、百夫长，及庸、蜀、羌、髳、微、卢、彭、濮人。称尔戈，比尔干，立尔矛，予其誓。"

王曰："古人有言曰：'牝鸡无晨；牝鸡之晨，惟家之索。'今商王受惟妇言是用，昏弃厥肆祀弗答，昏弃厥遗王父母弟不迪，乃惟四方之多罪逋逃，是崇是长，是信是使，是以为大夫卿士。俾暴虐于百姓，以奸宄于商邑。今予发惟恭行天之罚。

"今日之事，不愆于六步、七步，乃止齐焉。夫子勖哉！不愆于四伐、五伐、六伐、七伐，乃止齐焉。勖哉夫子！尚桓桓如虎、如貔、如熊、如罴，于商郊弗迓克奔，以役西土，勖哉夫子！尔所弗勖，其于尔躬有戮！"

吕刑

惟吕命，王享国百年，耄荒，度作刑以诘四方。王曰："若古有训，蚩尤惟始作乱，延及于平民，罔不寇贼，鸱义，奸宄，夺攘，矫虔。苗民弗用灵，制以刑，惟作五虐之刑曰法。杀戮无辜，爰始淫为劓、刵、椓、黥。越兹丽刑并制，罔差有辞。民兴胥渐，泯泯棼棼，罔中于信，以覆诅盟。虐威庶戮，方告无辜于上。上帝监民，罔有馨香德，刑发闻惟腥。以上苗民作五刑。皇帝哀矜庶戮之不辜，报虐以威，遏绝苗民，无世在下。乃命重黎，绝地天通，罔有降格。群后之逮在下，明明棐常，鳏寡无盖。

"皇帝清问下民鳏寡有辞于苗。德威惟畏，德明惟明。乃命三后，恤功于民。伯夷降典，折民惟刑；禹平水土，主名山川；稷降播种，农殖嘉谷。三后成功，惟殷于民。士制百姓于刑之中，以教祗德。穆穆在上，明明在下，灼于四方，罔不惟德之勤，故乃明于刑之中，率乂于民棐彝。典狱非讫于威，惟讫于富。敬忌，罔有择言在身。惟克天德，自作元命，配享在下。" 以上尧舜灭有苗制刑法。

王曰："嗟！四方司政典狱，非尔惟作天牧？今尔何监？非时伯夷播刑之迪？其今尔何惩？惟时苗民匪察于狱之丽，罔择吉人，观于五刑之中；惟时庶威夺货，断制五刑，以乱无辜，上帝不蠲，降咎于苗，苗民无辞于罚，乃绝厥世。" 以上告典狱者以伯夷为法，以苗民为戒。

王曰："呜呼！念之哉。伯父、伯兄、仲叔、季弟、幼子、童孙，皆听朕言，庶有格命。今尔罔不由慰曰勤，尔罔或戒不勤。天齐于民，俾我一日，非终惟终，在人。尔尚敬逆天命，以奉我一人！虽畏勿畏，虽休勿休。惟敬五刑，以成三德。一人有庆，兆民赖之，其宁惟永。" 以上言慎刑乃克有终。

王曰："吁！来，有邦有土，告尔祥刑。在今尔安百姓，何择，非人？何敬，非刑？何度，非及？两造具备，师听五辞。五辞简孚，正于五刑。五刑不简，正于五罚；五罚不服，正于五过。五过之疵：惟官，惟反，惟内，惟货，惟来。其罪惟均，其审克之！五刑之疑有赦，五罚之疑有赦，其审克之！简孚有众，惟貌有稽。无简不听，具严天威。以上言五刑、五罚、五过之等差。

"墨辟疑赦，其罚百锾，阅实其罪。劓辟疑赦，其罪惟倍，阅实其罪。剕辟疑赦，其罚倍差，阅实其罪。宫辟疑赦，其罚六百锾，阅实其罪。大辟疑赦，其罚千锾，阅实其罪。墨罚之属千。劓罚之属千，剕罚之属五百，宫罚之属三百，大辟之罚其属二百。五刑之属三千。

"上下比罪，无僭乱辞，勿用不行，惟察惟法，其审克之！上刑适轻，下服；下刑适重，上服。轻重诸罚有权。刑罚世轻世重，惟齐非齐，有伦有要。罚惩非死，人极于病。非佞折狱，惟良折狱，罔非在中。察辞于差，非从惟从。哀敬折狱，明启刑书胥占，咸庶中正。其刑其罚，其审克之。狱成而孚，输而孚。其刑上备，有并两刑。"以上专言罚之条理。

王曰："呜呼！敬之哉！官伯族姓，朕言多惧。朕敬于刑，有德惟刑。今天相民，作配在下。明清于单辞，民之乱，罔不中听狱之两辞，无或私家于狱之两辞！狱货非宝，惟府辜功，报以庶尤。永畏惟罚，非天不中，惟人在命。天罚不极，庶民罔有令政在于天下。"

王曰："呜呼！嗣孙，今往何监，非德？于民之中，尚明听之哉！哲人惟刑，无疆之辞，属于五极，咸中有庆。受王嘉师，监于兹祥刑。"

文侯之命

王若曰："父义和！丕显文、武，克慎明德，昭升于上，敷闻在下；惟时上帝，集厥命于文王。亦惟先正克左右昭事厥辟，越小大谋猷罔不率从，肆先祖怀在位。以上晋之先世辅弼文武。呜呼！闵予小子嗣，造天丕愆。殄资泽于下民，侵戎我国家纯。即我御事，罔或耆寿俊在厥服，予则罔克。曰惟祖惟父，其伊恤朕躬！呜呼！有绩予一人永绥在位。以上平王遭家难无人匡扶。父义和！汝克昭乃显祖，汝肇刑文、武，用会绍乃辟，追孝于前文人。汝多修，扞我于艰，若汝，予嘉。"以上嘉文侯之功。

王曰："父义和！其归视尔师，宁尔邦。用赉尔秬鬯一卣，彤弓一，彤矢百，卢弓一，卢矢百，马四匹。父往哉！柔远能迩，惠康小民，无荒宁。简恤尔都，用成尔显德。”以上赐赍。

费誓

公曰："嗟！人无哗，听命。徂兹淮夷、徐戎并兴。善敹乃甲胄，敿乃干，无敢不吊！备乃弓矢，锻乃戈矛，砺乃锋刃，无敢不善！以上除戎器。今惟淫舍牿牛马，杜乃擭，敜乃穽，无敢伤牿。牿之伤，汝则有常刑！以上清道路。马牛其风，臣妾逋逃，无敢越逐，祗复之，我商赉汝。乃越逐不复，汝则有常刑！无敢寇攘，逾垣墙，窃马牛，诱臣妾，汝则有常刑！以上严纪律。

"甲戌，我惟征徐戎。峙乃糗粮，无敢不逮；汝则有大刑！鲁人三郊三遂，峙乃桢榦。甲戌，我惟筑，无敢不供；汝则有无余刑，非杀。鲁人三郊三遂，峙乃刍茭，无敢不多；汝则有大刑！"以上刍粮壁垒。

秦誓

公曰："嗟！我士，听无哗！予誓告汝群言之首。古人有言曰：'民讫自若，是多盘。'责人斯无难，惟受责俾如流，是惟艰哉！我心之忧，日月逾迈，若弗云来。以上自悔。惟古之谋人，则曰未就予忌；惟今之谋人，姑将以为亲。虽则云然，尚猷询兹黄发，则罔所愆。

"番番良士，旅力既愆，我尚有之；仡仡勇夫，射御不违，我尚不欲。惟截截善谝言，俾君子易辞，我皇多有之！以上悔疏老成而亲佞人。

"昧昧我思之，如有一介臣，断断猗无他技，其心休休焉，其如有容。人之有技，若己有之。人之彦圣，其心好之，不啻如自其口出。是能容之，以保我子孙黎民，亦职有利哉！人之有技，冒疾以恶之；人之彦圣而违之，俾不达是不能容，以不能保我子孙黎民，亦曰殆哉！

"邦之杌陧，曰由一人；邦之荣怀，亦尚一人之庆。" 以上言国以一人衰以一人兴。

左　传

王子朝告诸侯之辞

昔武王克殷，成王靖四方，康王息民，并建母弟，以蕃屏周。亦曰："吾无专享文、武之功，且为后人之迷败倾覆，而溺入于难，则振救之。" 至于夷王，王愆于厥身，诸侯莫不并走其望，以祈王身。至于厉王，王心戾虐，万民弗忍，居王于彘。诸侯释位，以间王政。宣王有志，而后效官。至于幽王，天不吊周，王昏不若，用愆厥位。携王奸命，诸侯替之，而建王嗣，用迁郏鄏。则是兄弟之能用力于王室也。至于惠王，天不靖周，生颓祸心，施于叔带，惠、襄避难，越去王都。则有晋、郑，咸黜不端，以绥定王家。则是兄弟之能率先王之命也。以上惠、襄以前皆藉诸侯靖难。

在定王六年，秦人降妖，曰："周其有颓王，亦克能修其职。诸侯服享，二世共职。王室其有间王位，诸侯不图，而受其乱灾。" 至于灵王，生而有颓。王甚神圣，无恶于诸侯。灵王、景王，克终其世。以上灵、景无恙，秦之妖言将践。

今王室乱，单旗、刘狄，剥乱天下，壹行不若。谓："先王何常之有？唯余心所命，其谁敢讨之？" 帅群不吊之人，以行乱于王室。侵欲无厌，规求无度，贯渎鬼神，慢弃刑法，倍奸齐盟，傲很威仪，矫诬先王。晋为不道，是摄是赞，思肆其罔极。兹不谷震荡播越，窜在荆蛮，未有攸底。若我一二兄弟甥舅，奖顺天法，无助狡猾，以从先王之命，毋速天罚，赦图不谷，则所愿也。敢尽布其腹心，及先王之经，而诸侯实深图之。以上诉单、刘及晋之咎。

昔先王之命曰："王后无适，则择立长。年钧以德，德钧以卜。"王不立爱，公卿无私，古之制也。穆后及太子寿早夭即世，单、刘赞私立少，以间先王，亦唯伯仲叔季图之！

秦始皇

初并天下议帝号令

秦初并天下，令丞相、御史曰："异日韩王纳地效玺，请为藩臣，已而倍约，与赵、魏合从畔秦，故兴兵诛之，虏其王。寡人以为善，庶几息兵革。赵王使其相李牧来约盟，故归其质子。已而倍盟，反我太原，故兴兵诛之，得其王。赵公子嘉乃自立为代王，故举兵击灭之。魏王始约服入秦，已而与韩、赵谋袭秦，秦兵吏诛，遂破之。荆王献青阳以西，已而畔约，击我南郡，故发兵诛，得其王，遂定其荆地。燕王昏乱，其太子丹乃阴令荆轲为贼，兵吏诛，灭其国。齐王用后胜计，绝秦使，欲为乱，兵吏诛，虏其王，平齐地。以上灭六国。寡人以眇眇之身，兴兵诛暴乱，赖宗庙之灵，六王咸伏其辜，天下大定。今名号不更，无以称成功，传后世。其议帝号。"以上议帝号。

汉高帝

求贤诏十一年

盖闻王者莫高于周文，伯者莫高于齐桓，皆待贤人而成名。

今天下贤者智能，岂特古之人乎？患在人主不交故也，士奚由进！今吾以天之灵、贤士大夫定有天下，以为一家，欲其长久，世世奉宗庙亡绝也。贤人已与我共平之矣，而不与吾共安利之，可乎？贤士大夫有肯从我游者，吾能尊显之。布告天下，使明知朕意。御史大夫昌下相国，相国酂侯下诸侯王，御史中执法下郡守，其有意称明德者，必身劝，为之驾，遣诣相国府，署行、义、年。有而弗言，觉，免。年老癃病，勿遣。

汉文帝

赐南粤王赵佗书

皇帝谨问南粤王，甚苦心劳意。朕，高皇帝侧室之子，弃外奉北藩于代，道里辽远，壅蔽朴愚，未尝致书。高皇帝弃群臣，孝惠皇帝即世，高后自临事，不幸有疾，日进不衰，以故悖暴乎治。诸吕为变故乱法，不能独制，乃取它姓子为孝惠皇帝嗣。赖宗庙之灵，功臣之力，诛之已毕。朕以王侯吏不释之故，不得不立，今即位。以上叙由代入即帝位。

乃者闻王遗将军隆虑侯书，求亲昆弟，请罢长沙两将军。朕以王书罢将军博阳侯，亲昆弟在真定者，已遣人存问，修治先人冢。前日闻王发兵于边，为寇灾不止。当其时，长沙苦之，南郡尤甚，虽王之国，庸独利乎！必多杀士卒，伤良将吏，寡人之妻，孤人之子，独人父母，得一亡十，朕不忍为也。以上存省兄弟坟墓，劝令息兵。

朕欲定地犬牙相入者，以问吏，吏曰"高皇帝所以介长沙土也"，朕不能擅变焉。吏曰："得王之地不足以为大，得王之财不足以为富，服领以南，王自治之。"虽然，王之号为帝。两帝并立，亡一乘之使以通其道，是争也；争而不让，仁者不为也。愿与王分弃前患，终今以来，通使如故。以上不贪其土地，劝去帝号。

故使贾驰谕告王朕意，王亦受之，毋为寇灾矣。上褚五十衣，中褚三十衣，下褚二十衣，遗王。愿王听乐娱忧，存问邻国。

除诽谤法诏二年

古之治天下，朝有进善之旌、诽谤之木，所以通治道而来谏者也，今法有诽谤、妖言之罪，是使众臣不敢尽情，而上无由闻过失也。将何以来远方之贤良？其除之。民或祝诅上，以相约而后相谩，吏以为大逆，其有他言，而吏又以为诽谤。此细民之愚无知抵死，朕甚不取。自今以来，有犯此者勿听治。

除肉刑诏十三年

盖闻有虞氏之时，画衣冠异章服以为戮，而民弗犯。何治之至也。今法有肉刑三，而奸不止，其咎安在？非乃朕德之薄而教不明与？吾甚自愧。故夫驯道不纯而愚民陷焉。诗曰"恺弟君子，民之父母"。今人有过，教未施而刑已加焉？或欲改行为善而道亡由至。朕甚怜之。夫刑至断支体，刻肌肤，终身不息，何其刑之痛而不德也，岂称为民父母之意哉！其除肉刑，有以易之。

增祀无祈诏十四年

朕获执牺牲珪币以事上帝宗庙，十四年于今，历日弥长，以不敏不明而久抚临天下，朕甚自愧。其广增诸祀坛场珪币。以上增祀。昔先王远施不求其报，望祀不祈其福，右贤左戚，先民后己，至明之极也。今吾闻祠官祝釐，皆归福于朕躬，不为百姓，朕甚愧之。夫以朕之不德，而专乡独美其福，百姓不与焉，是重吾不德也。其令祠官致敬，无有所祈。以上无祈。

民食不足求言诏后元年

间者数年比不登，又有水旱疾疫之灾，朕甚忧之。愚而不明，未达其咎。意者朕之政有所失而行有过与？乃天道有不顺，地利或不得，人事多失和，鬼神废不享与？何以致此？将百官之奉养或费，无用之事或多与？何其民食之寡乏也！夫度田非益寡，而计民未加益，以口量地，其于古犹有余，而食之甚不足者，其咎安在？无乃百姓之从事于末以害农者蕃，为酒醪以靡谷者多，六畜之食焉者众与？细大之义，吾未能得其中。其与丞相、列侯、吏二千石、博士议之，有可以佐百姓者，率意远思，无有所隐。

遗匈奴书前六年

皇帝敬问匈奴大单于无恙。使系乎浅遗朕书，云"愿寝兵休士，除前事，复故约，以安边民，世世平乐"，朕甚嘉之。此古圣王之志也。汉与匈奴约为兄弟，所以遗单于甚厚。背约离兄弟之亲者，常在匈奴。然右贤王事已在赦前，勿深诛。单于若称书意，明告诸吏，使无负约，有信，敬如单于书。使者言单于自将并国有功，甚苦兵事。服绣袷绮衣、长襦、锦袍各一，比疏一，黄金饬具带一，黄金犀毗一，绣十匹，锦二十匹，赤绨、绿缯各四十匹，使中大夫意、谒者令肩遗单于。

遗匈奴书后二年

皇帝敬问匈奴大单于无恙。使当户且渠雕渠难、郎中韩辽遗朕马二匹，已至，敬受。先帝制，长城以北引弓之国，受令单于，长城以内冠带之室，朕亦制之，使万民耕织，射猎衣食，父子毋离，臣主相安，俱无暴虐。今闻渫恶民贪降其趋，背义绝约，忘万民之命，离两主之欢，然其事已在前矣。书云"二国已和亲，两主欢说，寝兵休卒养马，世世昌乐，翕然更始"，朕甚嘉之。圣者日新，改作更始，使老者得息，幼者得长，各保其首领，而终其天年。朕与单于俱由此道，顺天恤民，世世相传，施之无穷，天下莫不咸嘉，使汉与匈奴邻敌之国，匈奴处北地，寒，杀气早降，故诏吏遗单于秫糵金帛绵絮他物岁有数。今天下大安，万民熙熙，独朕与单于为之父母。朕追念前事，薄物细故，谋臣计失，皆不足以离昆弟之欢。朕闻天不颇覆，地不偏载。朕与单于皆捐细故，俱蹈大道也，堕坏前恶，以图长久，使两国之民若一家子。元元万民，下及鱼鳖，上及飞鸟，跂行喙息蠕动之类，莫不就安利，避危殆。故来者不止，天之道也。俱去前事，朕释逃虏民，单于毋言章尼等。朕闻古之帝王，约分明而不食言。单于留志，天下大安，和亲之后，汉过不先。单于其察之。

策问贤良文学 十五年

惟十有五年九月壬子，皇帝曰："昔者大禹勤求贤士，施及方外，四极之内，舟车所至，人迹所及，靡不闻命，以辅其不逮；近者献其明，远者通厥聪，比善戮力，以翼天子。是以大禹能亡失德，夏以长楙。高皇帝亲除大害，去乱从，并建豪英，以为官师，为谏争，辅天子之阙，而翼戴汉宗也。赖天之灵，宗庙之福，方内以安，泽及四夷。今朕获执天下之正，以承宗庙之祀，朕既不德，又不敏，明弗能烛，而智不能治，此大夫之所著闻也。故诏有司、诸侯王、三公、九卿及主郡吏，各帅其志，以选贤良明于国家之大体，通于人事之终始，及能直言极谏者，各有人数，将以匡朕之不逮。二三大夫之行当此三道，朕甚嘉之，故登大夫于朝，亲谕朕志。大夫其上三道之要，及永惟朕之不德，吏之不平，政之不宣，民之不宁，四者之阙，悉陈其志，毋有所隐。上以荐先帝之宗庙，下以兴愚民之休利，著之于篇，朕亲览焉，观大夫所以佐朕，至与不至。书之，周之密之，重之闭之。兴自朕躬，大夫其正论，毋枉执事。乌乎，戒之！二三大夫其帅志毋怠！"

汉景帝

令二千石修职诏后二年

雕文刻镂，伤农事者也；锦绣纂组，害女红者也。农事伤则饥之本也，女红害则寒之原也。夫饥寒并至，而能亡为非者寡矣。朕亲耕，后亲桑，以奉宗庙粢盛祭服，为天下先；不受献，减太官，省徭赋，欲天下务农蚕，素有畜积，以备灾害。强毋攘弱，众毋暴寡；老耆以寿终，幼孤得遂长。今岁或不登，民食颇寡，其咎安在？或诈伪为吏，吏以货赂为市，渔夺百姓，侵牟万民。县丞，长吏也，奸法与盗盗，甚无谓也。其令二千石各修其职；不事官职、耗乱者，丞相以闻，请其罪。布告天下，使明知朕意。

汉武帝

议不举孝廉者罪诏元朔元年

公卿大夫，所使总方略，壹统类，广教化，美风俗也。夫本仁祖义，褒德禄贤，劝善刑暴，五帝、三王所由昌也。朕夙兴夜寐，嘉与宇内之士臻于斯路。故旅耆老，复孝敬，选豪俊，讲文学，稽参政事，祈进民心，深诏执事，兴廉举孝，庶几成风，绍休圣绪。夫十室之邑，必有忠信；三人并行，厥有我师。今或至阖郡而不荐一人，是化不下究，而积行之君子雍于上闻也。二千石官长纪纲人伦，将何以佐朕烛幽隐，劝元元，厉蒸庶，崇乡党之训哉？且进贤受上赏，蔽贤蒙显戮，古之道也。其与中二千石、礼官、博士议不举者罪。

报李广诏元狩二年

将军者，国之爪牙也。《司马法》曰：“登车不式，遭丧不服，振旅抚师，以征不服，率三军之心，同战士之力，故怒形则千里竦，威振则万物伏；是以名声暴于夷貉，威棱憺乎邻国。”夫报忿除害，捐残去杀，朕之所图于将军也；若乃免冠徒跣，稽颡请罪，岂朕之指哉！将军其率师东辕，弥节白檀，以临右北平盛秋。

封齐王策元狩六年

惟元狩六年四月乙巳，皇帝使御史大夫汤庙立子闳为齐王，曰：“呜呼！小子闳，受兹青社。朕承天序，惟稽古，建尔国家，封于东土，世为汉藩辅。呜呼！念哉，共朕之诏。惟命不于常，人之好德，克明显光；义之不图，俾君子怠。悉尔心，允执其中，天禄永终；厥有愆不臧，乃凶于乃国，而害于尔躬。呜呼！保国乂民，可不敬与！王其戒之！”

封燕王策

呜呼！小子旦，受兹玄社，建尔国家，封于北土，世为汉藩辅。呜呼！薰鬻氏虐老兽心，以奸巧边甿。朕命将率，徂征厥罪。万夫长、千夫长，三十有二帅，降旗奔师。薰鬻徙域，北州以妥。悉尔心，毋作怨，毋作棐德，毋乃废备。非教士不得从征。王其戒之！

封广陵王策

呜呼！小子胥，受兹赤社，建尔国家，封于南土，世世为汉藩辅。古人有言曰："大江之南，五湖之间，其人轻心。扬州保强，三代要服，不及以正。"呜呼！悉尔心，祇祇兢兢，乃惠乃顺，毋桐好逸，毋迩宵人，惟法惟则！《书》云"臣不作福，不作威"，靡有后羞。王其戒之！

策问贤良文学 元光五年

盖闻上古至治，画衣冠，异章服，而民不犯；阴阳和，五谷登，六畜蕃，甘露降，风雨时，嘉禾兴，朱草生，山不童，泽不涸；麟凤在郊薮，龟龙游于沼，河洛出图书；父不丧子，兄不哭弟；北发渠搜，南抚交阯，舟车所至，人迹所及，跂行喙息，咸得其宜。朕甚嘉之，今何道而臻乎此？子大夫修先圣之术，明君臣之义，讲论洽闻，有声乎当世，敢问子大夫：天人之道，何所本始？吉凶之效，安所期焉？禹、汤水旱，厥咎何由？仁、义、礼、知四者之宜，当安设施？属统垂业，物鬼变化，天命之符，废兴何如？天文、地理、人事之纪，子大夫习焉。其悉意正议，详具其对，著之于篇，朕将亲览焉，靡有所隐。

汉昭帝

赐燕刺王旦玺书

昔高皇帝王天下，建立子弟以藩屏社稷。先日诸吕阴谋大逆，刘氏不绝若发，赖绛侯等诛讨贼乱，尊立孝文，以安宗庙，非以中外有人，表里相应故邪？樊、郦、曹、灌，携剑推锋，从高皇帝垦灾除害，耘锄海内，当此之时，头如蓬葆，勤苦至矣，然其赏不过封侯。今宗室子孙曾无暴衣露冠之劳，裂地而王之，分财而赐之，父死子继，兄终弟及。今王骨肉至亲，敌吾一体，乃与他姓异族谋害社稷，亲其所疏，疏其所亲，有逆悖之心，无忠爱之义。如使古人有知，当何面目复奉齐酎见高祖之庙乎！

汉宣帝

令二千石察官属诏元康二年

狱者，万民之命，所以禁暴止邪，养育群生也。能使生者不怨，死者不恨，则可谓文吏矣。今则不然，用法或持巧心，析律贰端，深浅不平，增辞饰非，以成其罪。奏不如实，上亦亡由知。此朕之不明，吏之不称，四方黎民将何仰哉！二千石各察官属，勿用此人。吏务平法。或擅兴徭役，饰厨、传，称过使客，越职逾法，以取名誉，譬犹践薄冰以待白日，岂不殆哉！今天下颇被疾疫之灾，朕甚愍之。其令郡国被灾甚者，毋出今年租赋。

汉元帝

议封甘延寿等诏建昭四年

匈奴郅支单于背畔礼义，留杀汉使者、吏士，甚逆道理，朕岂忘之哉！所以优游而不征者，重动师众，劳将帅，故隐忍而未有云也。今延寿、汤睹便宜，乘时利，结城郭诸国，擅兴师矫制而征之。赖天地宗庙之灵，诛讨郅支单于，斩获其首，及阏氏、贵人、名王以下千数。虽逾义干法，内不烦一夫之役，不开府库之藏，因敌之粮以赡军用，立功万里之外，威震百蛮，名显四海。为国除残，兵革之原息，边竟得以安。然犹不免死亡之患，罪当在于奉宪，朕甚闵之！其赦延寿、汤罪，勿治。诏公卿议封焉。

司马相如

谕巴蜀檄

告巴蜀太守：蛮夷自擅，不讨之日久矣，时侵犯边境，劳士大夫。陛下即位，存抚天下，安集中国，然后兴师出兵，北征匈奴，单于怖骇，交臂受事，屈膝请和。康居西域，重译纳贡，稽颡来享。移师东指，闽越相诛；右吊番禺，太子入朝。南夷之君，西僰之长，常效贡职，不敢堕怠，延颈举踵，喁喁然，皆向风慕义，欲为臣妾，道里辽远，山川阻深，不能自致。夫不顺者已诛，而为善者未赏，故遣中郎将往宾之，以上往宾西南夷之故。发巴蜀之士各五百人，以奉币帛，卫使者不然，靡有兵革之事，战斗之患。今闻其乃发军兴制，惊惧子弟，忧患长老，郡又擅为转粟运输，皆非陛下之意也。以上有司发军兴之失。当行者或亡逃自贼杀，亦非人臣之节也。

夫边郡之士，闻烽举燧燔，皆摄弓而驰，荷兵而走，流汗相属，唯恐居后，触白刃，冒流矢，议不反顾，计不旋踵，人怀怒心，如报私仇。彼岂乐死恶生，非编列之民，而与巴蜀异主哉？计深虑远，急国家之难，而乐尽人臣之道也。故有剖符之封，析珪而爵，位为通侯，处列东第。终则遗显号于后世，传土地于子孙，行事甚忠敬，居位甚安逸，名声施于无穷，功烈著而不灭。

是以贤人君子，肝脑涂中原，膏液润野草而不辞也。以上边郡之士敌忾死难之贤。今奉币役至南夷，即自贼杀，或亡逃抵诛，身死无名，谥为至愚，耻及父母，为天下笑。人之度量相越，岂不远哉！然此非独行者之罪也，父兄之教不先，子弟之率不谨，寡廉鲜耻，而俗不长厚也。其被刑戮，不亦宜乎！以上亡逃自杀者之愚。

陛下患使者有司之若彼，悼不肖愚民之如此，故遣信使，晓谕百姓以发卒之事，因数之以不忠死亡之罪，让三老孝悌以不教诲之过。方今田时，重烦百姓，已亲见近县，恐远所溪谷山泽之民不遍闻，檄到，亟下县道，使咸喻陛下之意，无忽。

难蜀父老

汉兴七十有八载，德茂存乎六世，威武纷纭，湛恩汪濊，群生霑濡，洋溢乎方外。于是乃命使西征，随流而攘，风之所被，罔不披靡。因朝冉从駹，定筰存邛，略斯榆，举苞蒲，结轨还辕，东乡将报，至于蜀都。

耆老大夫搢绅先生之徒二十有七人，俨然造焉。辞毕，进曰：“盖闻天子之牧夷狄也，其义羁縻勿绝而已。今罢三郡之士，通夜郎之涂，三年于兹，而功不竟。士卒劳倦，万民不赡；今又接之以西夷，百姓力屈，恐不能卒业，此亦使者之累也，窃为左右患之。且夫邛、筰、西夷之与中国并也，历年兹多，不可记已。仁者不以德来，强者不以力并，意者殆不可乎！今割齐民以附夷狄，敝所恃以事无用，鄙人固陋，不识所谓。”以上蜀大夫疑招西夷之非。

使者曰：“乌谓此乎？必若所云，则是蜀不变服而巴不化俗也，仆尝恶闻若说。然斯事体大，固非观者之所觏也。余之行急，其详不可得闻已。请为大夫粗陈其略：

"盖世必有非常之人，然后有非常之事；有非常之事，然后有非常之功。夫非常者，固常人之所异也。故曰非常之原，黎民惧焉；及臻厥成，天下晏如也。

"昔者，洪水沸出，泛滥衍溢，民人升降移徙，崎岖而不安。夏后氏戚之，乃堙洪塞源，决江疏河，洒沈澹灾，东归之于海，而天下永宁。当斯之勤，岂惟民哉？心烦于虑，而身亲其劳，躬腠胝无胈，肤不生毛，故休烈显乎无穷，声称浃乎于兹。以上举禹以证非常之功。

"且夫贤君之践位也，岂特委琐喔龊，拘文牵俗，循诵习传，当世取说云尔哉！必将崇论（闳）议，创业垂统，为万世规。故驰骛乎兼容并包，而勤思乎参天贰地。且《诗》不云乎：'普天之下，莫非王土；率土之滨，莫非王臣。'是以六合之内，八方之外，浸淫衍溢，怀生之物有不浸润于泽者，贤君耻之。以上言贤君规模宏大。今封疆之内，冠带之伦，咸获嘉祉，靡有阙遗矣。而夷狄殊俗之国，辽绝异党之域，舟车不通，人迹罕至，政教未加，流风犹微，内之则时犯义侵礼于边境，外之则邪行横作，放杀其上，君臣易位，尊卑失序，父老不辜，幼孤为奴虏，系缧号泣。内向而怨，曰：'盖闻中国有至仁焉，德洋恩普，物靡不得其所，今独曷为遗己！'举踵思慕，若枯旱之望雨，戾夫为之垂涕，况乎上圣，又焉能已？以上言异域慕汉向化。故北出师以讨强胡，南驰使以诮劲越。四面风德，二方之君鳞集仰流，愿得受号者以亿计。故乃关沫、若，徼牂牁，镂灵山，梁孙原，创道德之涂，垂仁义之统，将博恩广施，远抚长驾，使疏逖不闭，昒爽暗昧得耀乎光明，以偃甲兵于此，而息讨伐于彼。遐迩一体，中外禔福，不亦康乎？夫拯民于沈溺，奉至尊之休德，反衰世之陵夷，继周氏之绝业，天子之亟务也。百姓虽劳，又恶可以已乎哉？

"且夫王者固未有不始于忧勤，而终于逸乐者也。以上言开西夷事不可已。然则受命之符合在于此。方将增太山之封，加梁父之事，鸣和鸾，扬乐颂，上减五，下登三。观者未睹旨，听者未闻音，犹鹔鹔已翔乎寥廓之宇，而罗者犹视乎薮泽，悲夫！”

于是诸大夫茫然丧其所怀来，失厥所以进，喟然并称曰：“允哉汉德，此鄙人之所愿闻也。百姓虽劳，请以身先之。”敞罔靡徙，迁延而辞避。

王　尊

敕掾功曹教

掾功曹各自底厉，助太守为治。其不中用，趣自避退，毋久妨贤。夫羽翮不修，则不可以致千里；阃内不理，无以整外。府丞悉署吏行能，分别白之。贤为上，毋以富。贾人百万，不足与计事。昔孔子治鲁，七日诛少正卯，今太守视事已一月矣，五官掾张辅怀虎狼之心，贪污不轨，一郡之钱尽入辅家，然适足以葬矣。今将辅送狱，直符史诣阁下，从太守受其事。丞戒之戒之！相随入狱矣！

汉光武帝

赐窦融玺书

制诏行河西五郡大将军事、属国都尉：劳镇守边五郡，兵马精强，仓库有蓄，民庶殷富，外则折挫羌胡，内则百姓蒙福。威德流闻，虚心相望，道路隔塞，邑邑何已！长史所奉书献马悉至，深知厚意。今益州有公孙子阳、天水有隗将军，方蜀、汉相攻，权在将军，举足左右，便有轻重。以此言之，欲相厚岂有量哉！诸事具长史所见，将军所知。王者迭兴，千载一会。欲遂立桓、文，辅微国，当勉卒功业；欲三分鼎足，连衡合从，亦宜以时定。天下未并，吾与尔绝域，非相吞之国。今之议者，必有任嚣效尉佗制七郡之计。王者有分土，无分民，自适己事而已。今以黄金二百斤赐将军，便宜辄言。

报臧宫马武诏二十七年

《黄石公记》曰"柔能制刚，弱能制强"。柔者德也，刚者贼也，弱者仁之助也，强者怨之归也。故曰有德之君，以所乐乐人；无德之君，以所乐乐身。乐人者其乐长，乐身者不久而亡。舍近谋远者，劳而无功；舍远谋近者，逸而有终。逸政多忠臣，劳政多乱人。故曰务广地者荒，务广德者强。有其有者安，贪人有者残。残灭之政，虽成必败。今国无善政，灾变不息，百姓惊惶，人不自保，而复欲远事边外乎？孔子曰："吾恐季孙之忧，不在颛臾。"且北狄尚强，而屯田警备传闻之事，恒多失实。诚能举天下之半以灭大寇，岂非至愿；苟非其时，不如息人。

班　彪

拟答北匈奴诏

单于不忘汉恩，追念先祖旧约，欲修和亲，以辅身安国，计议甚高，为单于嘉之。往者，匈奴数有乖乱，呼韩邪、郅支自相仇隙，并蒙孝宣帝垂恩救护，故各遣侍子称藩保塞。其后郅支忿戾，自绝皇泽；而呼韩附亲，忠孝弥著。及汉灭郅支，遂保国传嗣，子孙相继。今南单于携众向南，款塞归命。自以呼韩嫡长，次第当立，而侵夺失职，猜疑相背，数请兵将，归扫北庭，策谋纷纭，无所不至。惟念斯言不可独听，又以北单于比年贡献，欲修和亲，故拒而未许，将以成单于忠孝之义。汉秉威信，总率万国，日月所照，皆为臣妾。殊俗百蛮，义无亲疏，服顺者褒赏，畔逆者诛罚，善恶之效，呼韩、郅支是也。今单于欲修和亲，款诚已达，何嫌而欲率西域诸国俱来献见？西域国属匈奴，与属汉何异？单于数连兵乱，国内虚耗，贡物裁以通礼，何必献马裘？今赍杂缯五百匹，弓鞬韇丸一，矢四发，遣遗单于。又赐献马左骨都侯、右谷蠡王杂缯各四百匹，斩马剑各一。单于前言先帝时所赐呼韩邪竽、瑟、空侯皆败，愿复裁赐。念单于国尚未安，方厉武节，以战攻为务，竽、瑟之用，不如良弓、利剑，故未以赍。朕不爱小物，于单于便宜所欲，遣驿以闻。

汉明帝

即位诏

予末小子，奉承圣业，夙夜震畏，不敢荒宁。先帝受命中兴，德侔帝王，协和万邦，假于上下，怀柔百神，惠于鳏寡。朕承大运，继体守文，不知稼穑之艰难，惧有废失。圣恩遗戒，顾重天下，以元元为首。公卿百僚，将何以辅朕不逮？其赐天下男子爵，人二级；三老、孝悌、力田人三级；爵过公乘，得移与子若同产、同产子；及流人无名数欲自占者，人一级；鳏、寡、孤、独、笃癃粟，人十斛。其施刑及郡国徒，在中元元年四月己卯赦前所犯而后捕系者，悉免其刑。又边人遭乱为内郡人妻，在己卯赦前，一切遣还边，恣其所乐。中二千石下至黄绶，贬秩赎论者，悉皆复秩还赎。方今上无天子，下无方伯，若涉渊水而无舟楫。夫万乘至重而壮者虑轻，实赖有德左右小子。高密侯禹，元功之首；东平王苍，宽博有谋，并可以受六尺之托，临大节而不挠。其以禹为太傅，苍为骠骑将军。太尉憙告谥南郊，司徒䜣奉安梓宫，司空鲂将校复土。其封憙为节乡侯，䜣为安乡侯，鲂为杨邑侯。

祀光武皇帝于明堂诏永平二年

今令月吉日，宗祀光武皇帝于明堂，以配五帝。礼备法物，乐和八音，咏祉福，舞功德，其班时令，敕群后。事毕，升灵台，望元气，吹时律，观物变。群僚藩辅，宗室子孙，众郡奉计，百蛮贡职，乌桓、溕貊咸来助祭，单于侍子、骨都侯亦皆陪位。斯固圣祖功德之所致也。朕以暗陋，奉承大业，亲执圭璧，恭祀天地。仰惟先帝受命中兴，拨乱反正，以宁天下，封泰山，建明堂，立辟雍，起灵台，恢宏大道，被之八极；而胤子无成、康之质，群臣无吕、旦之谋，盥洗进爵，蹴踖惟惭。素性顽鄙，临事益惧，故"君子坦荡荡，小人长戚戚"。其令天下自殊死已下，谋反大逆，皆赦除之。百僚师尹，其勉修厥职，顺行时令，敬若昊天，以绥兆人。

辟雍行养老礼诏永平二年

光武皇帝建三朝之礼，而未及临飨。眇眇小子，属当圣业。间暮春吉辰，初行大射；今月元日，复践辟雍。尊事三老，兄事五更，安车软轮，供绥执授。侯王设酱，公卿馈珍，朕亲袒割，执爵而酳。祝哽在前，祝噎在后。升歌《鹿鸣》，下管《新宫》，八佾具修，万舞于庭。朕固薄德，何以克当？《易》陈负乘，《诗》刺彼己，永念惭疚，无忘厥心。三老李躬，年耆学明。五更桓荣，授朕《尚书》。《诗》曰："无德不报，无言不酬。"其赐荣爵关内侯，食邑五千户。三老、五更皆以二千石禄养终厥身。其赐天下三老酒人一石，肉四十斤。有司其存耆耇，恤幼孤，惠鳏寡，称朕意焉。

申明科禁诏 永平十二年

昔曾、闵奉亲，竭欢致养；仲尼葬子，有棺无椁。丧贵致哀，礼存宁俭。今百姓送终之制，竞为奢靡。生者无担石之储，而财力尽于坟土。伏腊无糟糠，而牲牢兼于一奠。糜破积世之业，以供终朝之费，子孙饥寒，绝命于此，岂祖考之意哉！又车服制度，恣极耳目。田荒不耕，游食者众。有司其申明科禁，宜于今者，宣下郡国。

塞汴渠诏 永平十三年

自汴渠决败，六十余岁，加顷年以来，雨水不时，汴流东侵，日月益甚，水门故处，皆在河中，溁漾广溢，莫测圻岸，荡荡极望，不知纲纪。今兖、豫之人，多被水患，乃云县官不先人急，好兴它役。又或以为河流入汴，幽、冀蒙利，故曰左堤强则右堤伤，左右俱强则下方伤，宜任水势所之，使人随高而处，公家息壅塞之费，百姓无陷溺之患。议者不同，南北异论，朕不知所从，久而不决。今既筑堤理渠，绝水立门，河、汴分流，复其旧迹，陶丘之北，渐就壤坟，故荐嘉玉絜牲，以礼河神。东过洛汭，叹禹之绩。今五土之宜，反其正色，滨渠下田，赋与贫人，无令豪右得固其利，庶继世宗《瓠子》之作。

汉章帝

举贤良方正直言极谏诏 建初元年

朕以无德，奉承大业，夙夜栗栗，不敢荒宁。而灾异仍见，与政相应。朕既不明，涉道日寡；又选举乖实，俗吏伤人，官职耗乱，刑罚不中，可不忧与！昔仲弓季氏之家臣，子游武城之小宰，孔子犹诲以贤才，问以得人。明政无大小，以得人为本。夫乡举里选，必累功劳。今刺史、守相不明真伪，茂才、孝廉岁以百数，既非能显，而当授之政事，甚无谓也。每寻前世举人贡士，或起畎亩，不系阀阅。敷奏以言，则文章可采；明试以功，则政有异迹。文质彬彬，朕甚嘉之。其令太傅、三公、中二千石、二千石、郡国守相，举贤良方正、能直言极谏之士各一人。

禘祭诏建初七年

"祖考来假"，明哲之祀。予末小子，质又菲薄，仰惟先帝烝烝之情，前修禘祭，以尽孝敬。朕得识昭穆之序，寄远祖之思。今年大礼复举，加以先帝之坐，悲伤感怀。乐以迎来，哀以送往，虽祭亡如在，而空虚不知所裁，庶或飨之。岂亡克慎肃雍之臣，辟公之相，皆助朕之依依。今赐公钱四十万，卿半之，及百官执事各有差。

诏三公元和二年

方春生养，万物莩甲，宜助萌阳，以育时物。其令有司，罪非殊死，且勿案验，及吏人条书相告，不得听受，冀息事宁人，敬奉天气。立秋如故。夫俗吏矫饰外貌，似是而非，揆之人事则悦耳，论之阴阳则伤化，朕甚厌之，甚苦之。安静之吏，悃愊无华，日计不足，月计有余。如襄城令刘方，吏人同声谓之不烦，虽未有他异，斯亦殆近之矣。间敕二千石各尚宽明，而今富奸行赂于下，贪吏枉法于上，使有罪不论而无过被刑，甚大逆也。夫以苛为察，以刻为明，以轻为德，以重为威，四者或兴，则下有怨心。吾诏书数下，冠盖接道，而吏不加理，人或失职，其咎安在？勉思旧令，称朕意焉。

汉和帝

恤民诏 永元十二年

比年不登，百姓虚匮。京师去冬无宿雪，今春无澍雨，黎民流离，困于道路。朕痛心疾首，靡知所济。"瞻仰昊天，何辜今人？"三公，朕之腹心，而未获承天安民之策。数诏有司，务择良吏。今犹不改，竞为苛暴，侵愁小民，以求虚名，委任下吏，假势行邪。是以令下而奸生，禁至而诈起。巧法析律，饰文增辞，货行于言，罪成乎手，朕甚病焉。公卿不思助明好恶，将何以救其咎罚？咎罚既至，复令灾及小民。若上下同心，庶或有瘳。

马　援

诫兄子书

吾欲汝曹闻人过失，如闻父母之名，耳可得闻，口不可得言也。好论议人长短，妄是非正法，此吾所大恶也，宁死不愿闻子孙有此行也。汝曹知吾恶之甚矣，所以复言者，施衿结缡，申父母之戒，欲使汝曹不忘之耳。

龙伯高敦厚周慎，口无择言，谦约节俭，廉公有威，吾爱之重之，愿汝曹效之。杜季良豪侠好义，忧人之忧，乐人之乐，清浊无所失。父丧致客，数郡毕至。吾爱之重之，不愿汝曹效也。

效伯高不得，犹为谨敕之士，所谓"刻鹄不成尚类鹜"者也；效季良不得，陷为天下轻薄子，所谓"画虎不成反类狗"者也。讫今季良尚未可知，郡将下车辄切齿，州郡以为言，吾常为寒心，是以不愿子孙效也。

郑　玄

戒子书

吾家旧贫，不为父母昆弟所容，去厮役之吏，游学周、秦之都，往来幽、并、兖、豫之域，获觐乎在位通人，处逸大儒，得意者咸从捧手，有所授焉。遂博稽六艺，粗览传记，时睹秘书纬术之奥。年过四十，乃归供养，假田播殖，以娱朝夕。以上游历学业。遇阉尹擅势，坐党禁锢，十有四年，而蒙赦令，举贤良方正有道，辟大将军三司府。公车再召，比牒并名，早为宰相。惟彼数公，懿德大雅，克堪王臣，故宜式序。吾自忖度，无任于此，但念述先圣之元意，思整百家之不齐，亦庶几以竭吾才，故闻命罔从。而黄巾为害，萍浮南北，复归邦乡。入此岁来，已七十矣。以上出处岁年。宿素衰落，仍有失误，案之礼典，便合传家。今我告尔以老，归尔以事，将闲居以安性，贾思以终业。自非拜国君之命，问族亲之忧，展敬坟墓，观省野物，胡尝扶杖出门乎！家事大小，汝一承之。以上传家。咨尔茕茕一夫，曾无同生相依。其勖求君子之道，研钻勿替，敬慎威仪，以近有德。显誉成于僚友，德行立于己志。若致声称，亦有荣于所生，可不深念邪！可不深念邪！以上教诫。吾虽无绂冕之绪，颇有让爵之高。自乐以论赞之功，庶不遗后人之羞，末所愤愤者，徒以亡亲坟垄未成，所好群书率皆腐敝，不得于礼堂写定，传与其人。日西方暮，其可图乎！以上自述志事未竟。家今差多于昔，勤力务时，无恤饥寒。菲饮食，薄衣服，节夫二者，尚令吾寡憾。若忽忘不识，亦已焉哉！

蜀汉后主

策丞相诸葛亮诏

朕闻天地之道，福仁而祸淫；善积者昌，恶积者丧，古今常数也。是以汤、武修德而王，桀、纣极暴而亡。曩者汉祚中微，网漏凶慝，董卓造难，震荡京畿。曹操阶祸，窃执天衡，残剥海内，怀无君之心。子丕孤竖，敢寻乱阶，盗据神器，更姓改物，世济其凶。当此之时，皇极幽昧，天下无主，则我帝命陨越于下。以上数曹氏之恶。

昭烈皇帝体明叡之德，光演文武，应乾坤之运，出身平难，经营四方，人鬼同谋，百姓与能。兆民欣戴。奉顺符谶，建位易号，丕承天序，补弊兴衰，存复祖业，膺诞皇纲，不坠于地。万国未静，早世遐殂。以上述先主功绪。

朕以幼冲，继统鸿基，未习保傅之训，而婴祖宗之重。六合壅否，社稷不建，永惟所以，念在匡救，光载前绪，未有攸济，朕甚惧焉。是以夙兴夜寐，不敢自逸，每崇菲薄以益国用，劝分务稑以阜民财，授方任能以参其听，断私降意以养将士。欲奋剑长驱，指讨凶逆，朱旗未举，而丕复陨丧，斯所谓不然我薪而自焚也。残类余丑，又支天祸，恣睢河、洛，阻兵未弭。诸葛丞相宏毅忠壮，忘身忧国，先帝托以天下，以勖朕躬。今授之以旄钺之重，付之以专命之权，统领步骑二十万众，董督元戎，龚行天伐，除患宁乱，克复旧都，在此行也。以上后主嗣位诸葛专征。

　　昔项籍总一强众，跨州兼土，所务者大，然卒败垓下，死于东城，宗族如焚，为笑千载，皆不以义，陵上虐下故也。今贼效尤，天人所怨，奉时宜速，庶凭炎精祖宗威灵相助之福，所向必克。吴王孙权同恤灾患，潜军合谋，掎角其后。凉州诸国王各遣月氏、康居胡侯支富、康植等二十余人诣受节度，大军北出，便欲率将兵马，奋戈先驱。天命既集，人事又至，师贞势并，必无敌矣。以上言以顺讨逆，兵势甚盛。

　　夫王者之兵，有征无战，尊而且义，莫敢抗也，故鸣条之役，军不血刃，牧野之师，商人倒戈。今旆麾首路，其所经至，亦不欲穷兵极武。有能弃邪从正，箪食壶浆以迎王师者，国有常典，封宠大小，各有品限。及魏之宗族、支叶、中外，有能规利害、审逆顺之数，来诣降者，皆原除之。昔辅果绝亲于智氏，而蒙全宗之福，微子去殷，项伯归汉，皆受茅土之庆。此前世之明验也。若其迷沈不反，将助乱人，不式王命，戮及妻孥，罔有攸赦。广宣恩威，贷其元帅，吊其残民。他如诏书律令，丞相其露布天下，使称朕意焉。以上赦降吊民。

诸葛亮

与群下教

　　夫参署者，集众思广忠益也。若远小嫌，难相违覆，旷阙损矣。违覆而得中，犹弃敝𫏋而获珠玉。然人心苦不能尽，惟徐元直处兹不惑，又董幼宰参署七年，事有不至，至于十反，来相启告。苟能慕元直之十一，幼宰之殷勤，有忠于国，则亮可少过矣。

陈　琳

为袁绍檄豫州

左将军领豫州刺史、郡国相守：盖闻明主图危以制变，忠臣虑难以立权。是以有非常之人，然后有非常之事；有非常之事，然后立非常之功。夫非常者，故非常人所拟也。曩者强秦弱主，赵高执柄，专制朝权，威福由己，时人迫胁，莫敢正言，终有望夷之败，祖宗焚灭，污辱至今，永为世鉴。及臻吕后季年，产、禄专政，内兼二军，外统梁、赵，擅断万机，决事省禁，下陵上替，海内寒心。于是绛侯、朱虚兴兵奋怒，诛夷逆暴，尊立太宗，故能王道兴隆，光明显融，此则大臣立权之明表也。以上言大臣立权以殄逆乱。

司空曹操，祖父中常侍腾，与左悺、徐璜并作妖孽，饕餮放横，伤化虐民。父嵩乞匄携养，因赃假位，舆金辇璧，输货权门，窃盗鼎司，倾覆重器。操赘阉遗丑，本无懿德，僄狡锋协，好乱乐祸。幕府董统鹰扬，扫除凶逆，续遇董卓侵官暴国，于是提剑挥鼓，发命东夏，收罗英雄，弃瑕取用，故遂与操同咨合谋，授以禆师，谓其鹰犬之才，爪牙可任。至乃愚佻短略，轻进易退，伤夷折衄，数丧师徒。幕府辄复分兵命锐，修完补辑，表行东郡，领兖州刺史，被以虎文，奖蹴威柄，冀获秦师一克之报。而操遂承资跋扈，肆行凶忒，割剥元元，残贤害善。故九江太守边让，英才俊伟，天下知名，直言正色，论不阿谄，身首被枭悬之诛，妻孥受灰灭之咎。自是士林愤痛，民怨弥重，一夫奋臂，举州同声，故躬破于徐方，地夺于吕布，彷徨东裔，蹈据无所。幕府惟强干弱枝之义，且不登叛人之党，故复援旌擐甲。席卷起征，金鼓响振，布众奔沮，拯其死亡之患，复其方伯之位。则幕府无德于兖土之民，而有大造于操也。以上言绍初与操合谋。

后会銮驾反旆，群虏寇攻。时冀州方有北鄙之警，匪遑离局，故使从事中郎徐勋就发遣操，使缮修郊庙，翊卫幼主。操便放志，专行胁迁，当御省禁，卑侮王室，败法乱纪，坐领三台，专制朝政，爵赏由心，刑戮在口，所爱光五宗，所恶灭三族，群谈者受显诛，腹议者蒙隐戮，百僚钳口，道路以目，尚书记朝会，公卿充员品而已。故太尉杨彪，典历二司，享国极位。操因缘眦睚，被以非罪，榜楚参并，五毒备至，触情任忒，不顾宪纲。又议郎赵彦，忠谏直言，义有可纳，是以圣朝含听，改容加饰。操欲迷夺时明，杜绝言路，擅收立杀，不俟报闻。以上言操专制朝政，诛戮忠良。

又梁孝王先帝母昆，坟陵尊显，桑梓松柏，犹宜肃恭。而操率将吏士，亲临发掘，破棺裸尸，掠取金宝，至令圣朝流涕，士民伤怀。操又特置发丘中郎将、摸金校尉，所过堕突，无骸不露。身处三公之位，而行桀虏之态，污国虐民，毒施人鬼。加其细政苛惨，科防互设，罾缴充蹊，坑阱塞路，举手挂网罗，动足触机陷，是以兖、豫有无聊之民，帝都有吁嗟之怨。历观载籍，无道之臣贪残酷烈，于操为甚。以上言操发掘坟墓及诸虐政。

幕府方诘外奸，未及整训，加绪含容，冀可弥缝。而操豺狼野心，潜包祸谋，乃欲摧挠栋梁，孤弱汉室，除灭忠正，专为枭雄。往者伐鼓北征，公孙瓒强寇桀逆，拒围一年。操因其未破，阴交书命，外助王师，内相掩袭，故引兵造河，方舟北济。会其行人发露，瓒亦枭夷，故使锋芒挫缩，厥图不果尔。乃大军过荡西山屠各，左校皆束手奉质，争为前登，犬羊残丑，消沦山谷。于是操师震慑，星夜遁遁。屯据敖仓，阻河为固，欲以螳蜋之斧，御隆车之隧。幕府奉汉威灵，折冲宇宙，长戟百万，胡骑千群，奋中黄、育、获之士，骋良弓劲弩之势，并州越太行，青州涉济、漯，大军泛黄河而角其前，荆州下宛、叶而掎其后。雷震虎步，并集虏庭，若举炎火以焫飞蓬，覆沧海以沃爑炭，有何不灭者哉？以上言操与绍相拒。

又操军吏士，其可战者，皆出自幽冀，或故营部曲，咸怨旷思归，流涕北顾。其余兖豫之民，及吕布、张扬之遗众，覆亡迫胁，权时苟从，各被创夷，人为仇敌。若回旆方徂，登高冈而击鼓吹，扬素挥以启降路，必土崩瓦解，不俟血刃。以上言操军心易离。

方今汉室陵迟，纲维弛绝，圣朝无一介之辅、股肱无折冲之势，方畿之内，简练之臣，皆垂头搨翼，莫所凭恃，虽有忠义之佐，胁于暴虐之臣，焉能展其节？又操持部曲精兵七百，围守宫阙，外托宿卫，内实拘执，惧其篡逆之萌，因斯而作。此乃忠臣肝脑涂地之秋，烈士立功之会，可不勖哉！以上勖人以忠义。

操又矫命称制，遣使发兵。恐边远州郡过听而给与，强寇弱主，违众旅叛，举以丧名，为天下笑，则明哲不取也。即日幽并青冀四州并进，书到荆州，便勒见兵与建忠将军协同声势，州郡各整戎马，罗落境界，举师扬威，并匡社稷，则非常之功于是乎著。其得操首者封五千户侯，赏钱五千万。部曲偏裨将校诸吏降者，勿有所问。广宣恩信，班扬符赏，布告天下，咸使知圣朝有拘逼之难。如律令。

檄吴将校部曲文

年月朔日子，尚书令彧，告江东诸将校部曲，及孙权宗亲中外：盖闻祸福无门，惟人所召。夫见几而作，不处凶危，上圣之明也；临事制变，困而能通，智者之虑也；渐渍荒沈，往而不反，下愚之蔽也。是以大雅君子，于安思危，以远咎悔；小人临祸怀佚，以待死亡。二者之量，不亦殊乎！以上泛言见几远害。

　　孙权小子，未辨菽麦。要领不足以膏齐斧，名字不足以污简墨。譬犹鷇卵，始生翰毛，而便陆梁放肆，顾行吠主。谓为舟楫足以距皇威，江湖可以逃灵诛，不知天网设张，以在纲目；爨镬之鱼，期于消烂也。若使水而可恃，则洞庭无三苗之墟，子阳无荆门之败，朝鲜之垒不刊，南越之旌不拔。昔夫差承阖闾之远迹，用申胥之训兵，栖越会稽，可谓强矣。及其抗衡上国，与晋争长，都城屠于勾践，武卒散于黄池，终于覆灭，身罄越军。及吴王濞，骄恣屈强，猖猾始乱，自以兵强国富，势陵京城。太尉帅师，甫下荥阳，则七国之军，瓦解冰泮，濞之骂言未绝于口，而丹徒之刃以陷其胸。何则？天威不可当，而悖逆之罪重也。且江湖之众，不足恃也。**以上言吴国屡取灭亡。**自董卓作乱，以迄于今，将三十载。其间豪杰纵横，熊据虎跱，强如二袁，勇如吕布，跨州连郡，有威有名，十有余辈。其余锋捍特起，鸱视狼顾，争为枭雄者，不可胜数。然皆伏铁婴钺，首腰分离，云散原燎，罔有孑遗。近者关中诸将，复相合聚，续为叛乱。阻二华，据河渭，驱率羌胡，齐锋东向，气高志远，似若无敌。丞相秉钺鹰扬，顺风烈火，元戎启行，未鼓而破。伏尸千万，流血漂橹，此皆天下所共知也。是后大军所以临江而不济者，以韩约、马超，逋逸迸脱，走还凉州，复欲鸣吠。逆贼宋建，僭号河首，同恶相救，并为唇齿。又镇南将军张鲁，负固不恭，皆我王诛所当先加。故且观兵旋斾，复整六师，长驱西征，致天下诛。偏师涉陇，则建、约枭夷，旌首万里。军入散关，则群氐率服，王侯豪帅，奔走前驱。进临汉中，则阳平不守，十万之师，土崩鱼烂，张鲁逋窜，走入巴中，怀恩悔过，委质还降；巴夷王朴胡，賨邑侯杜濩，各帅种落，共举巴郡，以奉王职。钲鼓一动，二方俱定，利尽西海，兵不钝锋。若此之事，皆上天威明，社稷神武，非徒人力所能立也。**以上言曹氏武功之盛及破韩、马、宋、张。**

圣朝宽仁覆载，允信允文，大启爵命，以示四方。鲁及胡濩皆享万户之封，鲁之五子各受千室之邑，胡濩子弟部曲将校，为列侯，将军已下千有余人。百姓安堵，四民反业。而建约之属，皆为鲸鲵。超之妻孥，焚首金城，父母婴孩，覆尸许市。非国家钟祸于彼，降福于此也，逆顺之分，不得不然。以上顺逆之分。夫鸷鸟之击先高，攫鸷之势也；牧野之威，孟津之退也。今者枳棘翦刜，戎夏以清，万里肃齐，六师无事。故大举天师百万之众，与匈奴南单于呼完厨及六郡乌桓、丁令、屠各，湟中羌僰，霆奋席卷，自寿春而南。又使征西将军夏侯渊等，率精甲五万，及武都氐羌，巴汉锐卒，南临汶江，扼据庸蜀。江夏襄阳诸军，横截湘沅，以临豫章，楼船横海之师，直指吴会。万里克期，五道并入，权之期命，于是至矣。以上陈五道伐吴之盛。

　　丞相衔奉国威，为人除害，元恶大憝，必当枭夷。至于枝附叶从，皆非诏书所特禽疾。故每破灭强敌，未尝不务在先降后诛，拔将取才，各尽其用。是以立功之士，莫不翘足引领，望风响应。昔袁术僭逆，王诛将加，则庐江太守刘勋先举其郡，还归国家。吕布作乱，师临下邳，张辽、侯成，率众出降。还讨眭固，薛洪、缪尚，开城就化。官渡之役，则张郃、高奂，举事立功。后讨袁尚，则都督将军马延、故豫州刺史阴夔、射声校尉郭昭临阵来降。围守邺城，则将军苏游反为内应，审配兄子，开门入兵。既诛袁谭，则幽州大将焦触，攻逐袁熙，举县来服。凡此之辈数百人，皆忠壮果烈，有智有仁，悉与丞相参图画策，折冲讨难，芟敌搴旗，静安海内，岂轻举措也哉！以上历数拔用降将。诚乃天启其心，计深虑远，审邪正之津，明可否之分，勇不虚死，节不苟立，屈伸变化，唯道所存，故乃建丘山之功，享不訾之禄。朝为仇虏，夕为上将，所谓临难知变，转祸为福者也。若夫说诱甘言，怀宝小惠，泥滞苟且，没而不觉，随波漂流，与嫖俱灭者，亦甚众多，吉凶得失，岂不哀哉！以上泛论吉凶祸福。昔岁军在汉中，东西悬隔，合肥遗守，不满五千。权亲以数万之众，破败奔走，今乃欲当御雷霆，难以冀矣。

夫天道助顺，人道助信，事上之谓义，亲亲之谓仁。盛孝章，君也，而权诛之，孙辅，兄也，而权杀之。贼义残仁，莫斯为甚。乃神灵之通罪，下民所同仇。辜雠之人，谓之凶贼。是故伊挚去夏，不为伤德；飞廉死纣，不可谓贤。何者？去就之道，各有宜也。丞相深惟江东旧德名臣，多在载籍。近魏叔英秀出高峙，著名海内；虞文绣砥砺清节，耽学好古；周泰明当世俊彦，德行修明。皆宜膺受多福，保乂子孙。而周盛门户，无辜被戮，遗类流离，湮没林莽，言之可为怆然。闻魏周荣、虞仲翔，各绍堂构，能负析薪。及吴诸顾、陆旧族长者，世有高位，当报汉德，显祖扬名。及诸将校，孙权婚亲，皆我国家良宝利器，而并见驱连，雨绝于天，有斧无柯，何以自济？相随颠没，不亦哀乎！以上历举江东旧德名臣。

盖凤鸣高冈，以远矰罗，贤圣之德也。鸤鸠之鸟，巢于苇苕，苕折子破，下愚之惑也。今江东之地，无异苇苕，诸贤处之，信亦危矣。圣朝开弘旷荡，重惜民命，诛在一人，与众无忌。故设非常之赏，以待非常之功。乃霸夫烈士奋命之良时也，可不勉乎！若能翻然大举，建立元勋，以应显禄，福之上也。如其未能，算量大小，以存易亡，亦其次也。夫系蹄在足，则猛虎绝其踦；蝮蛇在手，则壮士断其节。何则？以其所全者重，以其所弃者轻。若乃乐祸怀宁，迷而忘复，暗《大雅》之所保，背先贤之去就，忽朝阳之安，甘折苕之末，日忘一日，以至覆没，大兵一放，玉石俱碎，虽欲救之，亦无及已。故令往购募爵赏，科条如左。檄到，详思至言，如诏律令。

魏明帝

赐彭城王据玺书

制诏彭城王：有司奏，王遣司马董和，赍珠玉来到京师中尚方，多作禁物，交通工官，出入近署，逾侈非度，慢令违制，绳王以法。朕用怃然，不宁于心。王以懿亲之重，处藩辅之位，典籍日陈于前，勤诵不辍于侧。加雅素奉修，恭肃敬慎，务在蹈道，孜孜不衰，岂忘率意正身，考终厥行哉？若然小疵，或谬于细人，忽不觉悟，以斯为失耳。《书》云："惟圣罔念作狂，惟狂克念作圣。"古人垂诰，乃至于此，故君子思心无斯须远道焉。尝虑所以累德者而去之，则德明矣；开心所以为塞者而通之，则心夷矣；慎行所以为尤者而修之，则行全矣：三者，王之所能备也。今诏有司宥王，削县二千户，以彰八柄与夺之法。昔羲、文作《易》，著休复之诰，仲尼论行，既过能改。王其改行，茂昭斯义，率意无怠。

曹　植

下国中令　黄初六年

身轻于鸿毛，而谤重于泰山。赖蒙帝王天地之仁，违百司之典，议舍三千之首戾，反我旧居，袭我初服。云雨之施，焉有量哉！孤以何功而纳斯贶？富而不吝，宠至不骄者，则周公其人也。孤小人耳，身更以荣为戚。何者？将恐简易之尤出于细微，脱尔之愆一朝复露也。故欲修吾往业，守吾初志。欲使皇帝恩在摩天，使孤心常存此地。将以全陛下厚德，究孤犬马之年，此难能也。然固欲行众之难。《诗》曰："德辖如毛，鲜克举之。"此之谓也。

钟　会

檄蜀文

往者汉祚衰微，率土分崩，生民之命，几于泯灭。我太祖武皇帝神武圣哲，拨乱反正，拯其将坠，造我区夏。高祖文皇帝应天顺民，受命践祚。烈祖明皇帝奕世重光，恢拓洪业。然江山之外，异政殊俗，率土齐民未蒙王化，此三祖所以顾怀遗志也。今主上圣德钦明，绍隆前绪，宰辅忠肃明允，劬劳王室，布政垂惠而万邦协和，施德百蛮而肃慎致贡。悼彼巴蜀，独为匪民，愍此百姓，劳役未已。是以命授六师，龚行天罚，征西、雍州、镇西诸军，五道并进。古之行军，以仁为本，以义治之；王者之师，有征无战；故虞舜舞干戚而服有苗，周武有散财、发廪、表闾之义。今镇西奉辞衔命，摄统戎车，庶弘文告之训，以济元元之命，非欲穷武极战，以快一朝之志，故略陈安危之要，其敬听话言。

益州先主以命世英才，兴兵新野，困踬冀、徐之郊，制命绍、布之手，太祖拯而济之，兴隆大好。中更背违，弃同即异，诸葛孔明仍规秦川，姜伯约屡出陇右，劳动我边境，侵扰我氐、羌，方国家多故，未遑修九伐之征也。今边境乂清，方内无事，蓄力待时，并兵一向，而巴蜀一州之众，分张守备，难以御天下之师。段谷、侯和沮伤之气，难以敌堂堂之阵。比年已来，曾无宁岁，征夫勤瘁，难以当子来之民。此皆诸贤所共亲见。蜀侯见禽于秦，公孙述授首于汉，九州之险，是非一姓。此皆诸君所备闻也。明者见危于无形，智者规福于未萌，是以微子去商，长为周宾，陈平背项，立功于汉。岂宴安鸩毒，怀禄而不变哉？今国朝隆天覆之恩，宰辅弘宽恕之德，先惠后诛，好生恶杀。往者吴将孙壹举众内附，位为上司，宠秩殊异。文钦、唐咨为国大害，叛主仇贼，还为戎首。咨困逼禽获，钦二子还降，皆将军、封侯；咨豫闻国事。壹等穷踧归命，犹加上宠，况巴蜀贤智见几而作者哉！诚能深鉴成败，邈然高蹈，投迹微子之踪，措身陈平之轨，则福同古人，庆流来裔，百姓士民，安堵乐业，农不易亩，市不回肆，去累卵之危，就永安之计，岂不美与！若偷安旦夕，迷而不反，大兵一放，玉石俱碎，虽欲悔之，亦无及也。各具宣布，咸使知闻。

孙 楚

为石苞与孙皓书

苞白：盖闻见（机）而作，《周易》所贵；小不事大，《春秋》所诛。此乃吉凶之萌兆，荣辱之所由兴也。是故许、郑以衔璧全国，曹、谭以无礼取灭。载籍既记其成败，古今又著其愚智矣，不复广引譬类，崇饰浮辞。苟以夸大为名，更丧忠告之实。今粗论事势，以相觉悟。

昔炎精幽昧，历数将终，桓、灵失德，灾衅并兴，豺狼抗爪牙之毒，生人陷涂炭之艰。于是九州绝贯，皇纲解纽，四海萧条，非复汉有。太祖承运，神武应期，征讨暴乱，克宁区夏；协建灵符，天命既集，遂廓洪基，奄有魏域。土则神州中岳，器则九鼎犹存，世载淑美，重光相袭，固知四隩之攸同，天下之壮观也。以上魏宅中土。公孙渊承籍父兄，世居东裔，拥带燕胡，冯陵险远，讲武盘桓，不供职贡，内傲帝命，外通南国，乘桴沧海，交畴货贿，葛越布于朔土，貂马延乎吴会；自以为控弦十万，奔走足用，信能右折燕、齐，左振扶桑，陵轹沙漠，南面称王也。宣王薄伐，猛锐长驱，师次辽阳，而城池不守；枹鼓一震，而元凶折首。然后远迹疆场，列郡大荒，收离聚散，咸安其居，民庶悦服，殊俗款附。自兹遂隆，九野清泰，东夷献其乐器，肃慎贡其楛矢，旷世不羁，应化而至，巍巍荡荡，想所具闻。以上征辽东。

吴之先主，起自荆州，遭时扰攘，播潜江表。刘备震惧，亦逃巴、岷。遂依丘陵积石之固，三江五湖浩汗无涯，假气游魂，迄于四纪。二邦合从，东西唱和，互相扇动，距捍中国。自谓三分鼎足之势，可与泰山共相终始。相国晋王辅相帝室，文武桓桓，志厉秋霜，庙胜之算，应变无穷，独见之鉴，与众绝虑。主上钦明，委以万几，长辔远御，妙略潜授，偏师同心，上下用力，陵威奋伐，深入其阻，并敌一向，夺其胆气。小战江介，则成都自溃；曜兵剑阁，而姜维面缚。开地五千，列郡三十。师不逾时，梁、益肃清，使窃号之雄，稽颡绛阙，球琳重锦，充于府库。夫虢灭虞亡，韩并魏徙，此皆前鉴之验，后事之师也。以上平蜀。又南中吕兴，深睹天命蝉蜕内向，愿为臣妾。外失辅车唇齿之援，内有毛羽零落之渐，而徘徊危国，冀延日月，此犹魏武侯却指河山，以自强大，殊不知物有兴亡，则所美非其地也。

方今百僚济济，俊乂盈朝，虎臣武将，折冲万里，国富兵强，六军精练，思复翰飞，饮马南海。自顷国家整治器械，修造舟楫，简习水战，伐树北山，则太行木尽；浚决河洛，则百川通流。楼船万艘，千里相望，自刳木以来，舟车之用未有如今日之盛者也。骁勇百万，畜力待时。役不再举，今日之谓也。以上陈兵势之盛。然主上眷眷未便电迈者，以为爱民治国，道家所尚，崇城自卑，文王退舍，故先开示大信，喻以存亡，殷勤之旨，往使所究。若能审识安危，自求多福，蹶然改容，祗承往告，追慕南越，婴齐入侍，北面称臣，伏听告策，则世祚江表，永为藩辅，丰报显赏，隆于今日矣。若侮慢不式王命，然后谋力云合，指麾风从，雍、益二州，顺流而东，青、徐战士，列江而西，荆、扬、兖、豫，争驱八冲，征东甲卒，虎步秣陵，尔乃皇舆整驾，六师徐征，羽檄烛日，旌旗流星，游龙曜路，歌吹盈耳，士卒奔迈，其会如林，烟尘俱起，震天骇地，渴赏之士，锋镝争先，忽然一旦，身首横分，宗祀屠覆，取诫万世，引领南望，良以寒心！夫治膏肓者，必进苦口之药；决狐疑者，必告逆耳之言。如其迷谬，未知所投，恐俞附见其已困，扁鹊知其无功也。勉思良图，惟所去就。石苞白。以上劝降。

傅　亮

为宋公修张良庙教

纲纪：夫盛德不泯，义存祀典；微管之叹，抚事弥深。张子房道亚黄中，照邻殆庶，风云元感，蔚为帝师。夷项定汉，大拯横流，固已参轨伊、望，冠德如仁。若乃神交圯上，道契商洛，显默之际，宕然难究，渊流浩溔，莫测其端矣。

涂次旧沛，仵驾留城，灵庙荒顿，遗象陈昧，抚迹怀人，永叹实深。过大梁者，或伫想于夷门；游九原者，亦流连于随会。拟之若人，亦足以云。可改构栋宇，修饰丹青，蘋蘩行潦，以时致荐。抒怀古之情，存不刊之烈。主者施行。

宋文帝

诚江夏王荆州刺史义恭书

天下艰难，家国事重，虽曰守成，实亦未易。隆替安危，在吾曹耳，岂可不感寻王业，大惧负荷！汝性褊急，志之所滞，其欲必行，意所不存，从物回改。此最弊事，宜念裁抑。卫青遇士大夫以礼，与小人有恩；西门、安于，矫性齐美；关羽、张飞，任偏同弊。行己举事，深宜鉴此！若事异今日，嗣子幼蒙，司徒当周公之事，汝不可不尽祗顺之理。尔时天下安危，决汝二人耳。

汝一月自用钱不可过三十万，若能省此，益美。西楚府舍，略所谙究，计当不须改作，日求新异。凡讯狱多决当时，难可逆虑，此实为难。至讯日，虚怀博尽，慎无以喜怒加人。能择善者而从之，美自归己；不可专意自决，以矜独断之明也！名器深宜慎惜，不可妄以假人。昵近爵赐，尤应裁量。吾于左右虽为少恩，如闻外论不以为非也。以贵凌物，物不服；以威加人，人不厌；此易达事耳。

声乐嬉游，不宜令过；蒲酒渔猎，一切勿为。供用奉身，皆有节度，奇服异器，不宜兴长。又宜数引见佐史。相见不数，则彼我不亲；不亲，无因得尽人情；人情不尽，复何由知众事也！

陆　贽

拟奉天改元大赦制

门下：致理兴化，必在推诚；忘己济人，不吝改过。朕嗣守丕构，君临万方，失守宗祧，越在草莽。不念率德，诚莫追于既往；永言思咎，期有复于将来。明征厥初，以示天下。惟我烈祖，迈德庇人，致俗化于和平，拯生灵于涂炭，重熙积庆，垂二百年。伊尔卿尹庶官，洎亿兆之众，代受亭育，以迄于今，功存于人，泽垂于后。肆予小子，获缵鸿业，惧德不嗣，罔敢怠荒。然以长于深宫之中，暗于经国之务，积习易溺，居安忘危，不知稼穑之艰难，不察征戍之劳苦，泽靡下究，情不上通，事既壅隔，人怀疑阻，犹昧省己，遂用兴戎。征师四方，转饷千里，赋车籍马，远近骚然，行赍居送，众庶劳止。或一日屡交锋刃，或连年不解甲胄，祀奠乏主，室家靡依，生死流离，怨气凝结，力役不息，田莱多荒。暴命峻于诛求，疲甿空于杼轴，转死沟壑，离去乡闾，邑里丘墟，人烟断绝。天谴于上，而朕不悟，人怨于下，而朕不知，驯致乱阶，变兴都邑。贼臣乘衅，肆逆滔天，曾莫愧畏，敢行陵逼，万品失序，九庙震惊，上辱于祖宗，下负于黎庶。痛心觍貌，罪实在予，永言愧悼，若坠深谷。赖天地降佑，神人叶谋，将相竭诚，爪牙宣力，屏逐大盗，载张皇维。将弘永图，必布新令。以上引咎自责。朕晨兴夕惕，惟念前非。

乃者公卿百僚，累抗章疏，猥以徽号，加于朕躬。固辞不获，俯遂舆议。昨因内省，良用蹙然。体阴阳不测之谓神，与天地合德之谓圣，顾惟浅昧，非所宜当。

文者所以成化，武者所以定乱，今化之不被，乱是用兴，岂可更徇群情，苟膺虚美，重余不德，只益怀惭。自今以后，中外所上书奏，不得更称圣神文武之号。以上谢绝徽号。

夫人情不常，系于时化；天道既隐，乱狱滋丰。朕既不能宏德导人，又不能一法齐众，苟设密纲，以罗非辜，为之父母，实增愧悼。今上元统历，献岁发生，宜革纪年之号，式敷在宥之泽，与人更始，以答天休。可大赦天下，改建中五年为兴元元年。自正月一日昧爽以前，大辟罪以下，罪无轻重，咸赦除之。以上赦民之罪。李希烈、田悦、王武俊、李纳等，有以忠劳任膺将相，有以勋旧继守藩维。朕抚驭乖方，信诚靡著，致令疑惧，不自保安。兵兴累年，海内骚扰，皆由上失其道，下罹其灾，朕实不君，人则何罪，屈己宏物，予何爱焉。庶怀引慝之诚，以洽好生之德，其李希烈、田悦、王武俊、李纳及所管将士官吏等，一切并与洗涤，各复爵位，待之如初，仍即遣使，分道宣谕。朱滔虽与贼泚连坐，路远未必同谋，朕方推以至诚，务欲宏贷，如能效顺，亦与惟新。其河南北诸军兵马，并宜各于本道自固封疆，勿相侵轶。以上赦李田等叛将。朱泚大为不道，弃义蔑恩，反易天常，盗窃名器，暴犯陵寝，所不忍言。获罪祖宗，朕不敢赦。其应被朱泚胁从将士、官吏、百姓及诸色人等，有遭其扇诱，有迫以凶威，苟能自新，理可矜宥。但官军未到京城以前，能去逆效顺，及散归本道者，并从赦例原免，一切不问。以上不赦朱泚而赦其部下。天下左降官，即与量移近处，已量移者更与量移。流人配隶，及藩镇效力，并缘罪犯与诸使驱使官，兼别敕诸州县安置，及得罪人家口未得归者，一切放还。应先有痕累禁锢，及反逆缘坐，承前恩赦所不该者，并宜洗雪。亡官失爵放归勿齿者，量加收叙。人之行业，或未必兼，构大厦者方集于群材，建奇功者不限于常检，苟在适用，则无弃人。况黜免之人，沈郁既久，朝过夕改，仁何远哉。流移降黜，亡官失爵，配隶人等，有材能著闻者，特加录用，勿拘常例。以上涮洗有罪职官仍与录用。诸军使、诸道赴奉天及进收京城将士等，或百战摧敌，或万里勤王，捍固全城，驱除大憝，济危难者其节著，复社稷者其业崇。

　　我图尔功，特加彝典，锡名畴赋，永永无穷，宜并赐名奉天定难功臣。身有过犯，递减罪三等，子孙有过犯，递减罪二等。当户应有差科使役，一切蠲免。其功臣已后虽衰老疾患，不任军旅，当分粮赐，并宜全给。身死之后，十年内仍回给家口。其有食实封者，子孙相继，代代无绝。其余叙录，及功赏条件，待收京日，并准去年十月十七日、十一月十四日敕处分。以上叙录奉天定难功臣。诸道、诸军将士等，久勤捍御，累著功勋，方镇克宁，惟尔之力。其应在行营者，并超三资与官，仍赐勋五转；不离镇者，依资与官，赐勋三转。其累加勋爵，仍许回授周亲。内外文武官，三品已上赐爵一级，四品已下各加一阶，仍并赐勋两转。以上叙录各方镇。见危致命，先哲攸贵；掩骼薶胔，礼典所先。虽效用而或殊，在恻隐而何间。诸道将士有死王事者，各委所在州县给递送归本管，官为葬祭。其有因战阵杀戮，及擒获伏辜，暴骨原野者，亦委所在逐近便收葬。应缘流贬及犯罪未葬者，并许其家各据本官品以礼收葬。以上收葬死事者。自顷军旅所给，赋役繁兴，吏因为奸，人不堪命，咨嗟怨苦，道路无聊，汔可小康，与之休息。其垫陌及税间架、竹、木、茶、漆、榷铁等诸色名目，悉宜停罢。京畿之内，属此寇戎。攻劫焚烧，靡有宁室，王师仰给，人以重劳，特宜减放今年夏税之半。

朕以凶丑犯阙，遽用于征，爰度近郊，息驾兹邑，军储克办，师旅攸宁，式当褒旌，以志吾过。其奉天宜升为赤县，百姓并给复五年。以上减放赋税及奉天给复。尚德者，教化之所先，求贤者，邦家之大本，永言兹道，梦想劳怀。而浇薄之风，趋竞不息，幽栖之士，寂寞无闻，盖诚所未孚，故求之未至。天下有隐居行义，才德高远，晦迹丘园，不求闻达者，委所在长吏具姓名闻奏，当备礼邀致。诸色人中有贤良方正，能直言极谏，及博通坟典，达于教化，并洞识韬钤，堪任将帅者委常参官及所在长吏闻荐。天下孤老，鳏寡惸独不能自活者，并委州县长吏量事优恤，其有年九十以上者，刺史县令就门存问。义夫节妇，孝子顺孙，旌表门闾，终身勿事。以上荐达贤才，旌恤民间。大兵之后，内外耗竭，贬食省用，宜自朕躬。当节乘舆之服御，绝宫室之华饰，率己师俭，为天下先。诸道贡献，自非供宗庙军国之用，一切并停。应内外官有冗员，及百司有不急之费，委中书门下即商量条件，停减闻奏。以上停减用度。布泽行赏，仰惟旧章，今以余孽未平，帑藏空竭，有乖庆赐，深愧于怀。赦书有所未该者，委所司类例条件闻奏，敢以赦前事相言告者，以其罪罪之。亡命山泽，挟藏军器，百日不首，复罪如初。赦书日行五百里，布告遐迩，咸使闻知。

拟议减盐价诏

三代立制，山泽不禁，天地材利，与人共之。王道浸微，强霸争骛，于是设祈望之守，兴榷管之法，以佐兵赋，以宽地征。公私之间，犹谓兼泽，历代遵用，遂为典常。自顷寇难荐兴，已三十载，服干橹者，农耕尽废。居里闾者，杼轴其空。革车方殷，军食屡调，人多转徙，田亩污莱。乃专煮海之利，以为赡国之术，度其所入，岁倍田租。近者军费日增，榷价日重，至有以谷一斗易盐一升。本末相逾，科条益峻，念彼贫匮，何能自滋。五味失和，百疾生害，以兹夭毙，实为痛伤。呜呼！朕丕承列圣之绪，退览前王之典，既不克静事以息用，又不获弛禁以便人。征利滋深，疲甿致困，予则不恤，其谁省忧？应江淮并峡内榷盐，宜令中书门下及度支商议，裁减估价，兼厘革利害，速具条件闻奏。削去苛刻，止塞奸讹，务于利人，必称朕意。

韩　愈

进士策问十三首

问：《书》称"汝则有大疑，谋及乃心，谋及卿士，以至于庶人，龟筮考其从违，以审吉凶。"则是圣人之举事兴为，无不与人共之者也；于《易》则又曰："君不密则失臣，臣不密则失身，几事不密则害成。"而《春秋》亦有讥"漏言"之词。如是，则又似不与人共之而独运者。《书》与《易》《春秋》，经也。圣人于是乎尽其心焉耳矣。其文相戾悖如此，欲人之无疑，不可得已。是二说者，其信有是非乎？抑所指各殊，而学者不之能察也？谅非深考古训，读圣人之书者，其何能辨之？此固吾子之所宜无让者，愿承教焉！

问：古之人有云，夏之政尚忠，殷之政尚敬，而周之政尚文，是三者相循环终始，若五行之与四时焉。原其所以为心，皆非故立殊而求异也，各适于时，救其弊而已矣。夏殷之书，存者可见矣，至周之典籍咸在。考其文章，其所尚若不相远然，焉所谓二者之异云乎？抑其道深微，不可究与？将其词隐而难知也？不然，则是说为谬矣。周之后，秦、汉、蜀、吴、魏、晋之兴与霸，亦有尚乎无也？观其所为，其亦有意云尔。循环之说安在？吾子其无所隐焉。

问：夫子之序帝王之书，而系以秦鲁；及次列国之风，而宋鲁独称颂焉。秦穆之德，不逾于二霸；宋鲁之君，不贤乎齐晋；其位等，其德同，升黜取舍，如是之相远，亦将有由乎？愿闻所以辨之之说。

问：夫子既没，圣人之道不明，盖有杨墨者，始侵而乱之，其时天下咸化而从焉。孟子辞而辟之，则既廓如也。今其书尚有存者，其道可推而知不可乎？其所守者何事？其不合于道者几何？孟子之所以辞而辟之者何说？今之学者，有学于彼者乎？有近于彼者乎？其已无传乎？其无乃化而不自知乎？其无传也，则善矣，如其尚在，将何以救之乎？诸生学圣人之道，必有能言是者，共无所为让。

问：所贵乎道者，不以其便于人而得于己乎？当周之衰，管夷吾以其君霸，九合诸侯，一匡天下，戎狄以微，京师以尊，四海之内，无不受其赐者。天下诸侯，奔走其政令之不暇，而谁与为敌！此岂非便于人而得于己乎？秦用商君之法，人以富，国以强，诸侯不敢抗，及七君，而天下为秦。使天下为秦者，商君也，而后代之称道者，咸羞言管、商氏，何哉？庸非求其名而不责其实欤？愿与诸生论之，无惑于旧说。

问：夫子之言，"盍各言尔志"；又曰"居则曰：不吾知也。如或知尔，则何以哉？"今之举者，不本于乡，不序于庠，一朝而群至乎有司，有司之不之知也宜矣。今将自州县始，请各诵所怀，聊以观诸生之志。死者可作，其谁与归？事其大夫之贤者？友其士之仁者？敢问诸生之所事而友者为谁乎？所谓贤而仁者，其事如何哉？言及之而不言，亦君子之所不为也。

问：春秋之时，百有余国，皆有大夫士，详于传者，无国无贤人焉，其余皆足以充其位，不闻有无其人而阙其官者。春秋之后，其书尤详，以至于吴、蜀、魏，下及晋氏之乱，国分如锱铢，读其书，亦皆有人焉。今天下九州四海，其为土地大矣。国家之举士，内有明经、进士，外有方维大臣之荐，其余以门地勋力进者，又有倍于是，其为门户多矣。而自御史台、尚书省，以至于中书门下省，咸不足其官，岂今之人不及于古之人邪？何求而不得也？夫子之言曰："十室之邑，必有忠信如丘者焉。"诚得忠信如圣人者，而委之以大臣宰相之事，有不可乎？况于百执事之微者哉？古之十室必有任宰相大臣者，今之天下而不足士大夫于朝，其亦有说乎？

问：夫子曰："洁净精微，《易》教也。"今习其书，不识四者之所谓，盍举其义而陈其数焉？

问：《易》之说曰："乾，健也。"今考乾之爻，在初者曰"潜龙勿用"，在三者曰"夕惕若厉无咎"，在四者亦曰"无咎"，在上曰"有悔"。卦六位：一勿用，二苟得无咎，一有悔，安在其为健乎？又曰："乾以易知，坤以简能。"乾之四位既不为易矣，坤之爻又曰"龙战于野"。战之于事，其足为简乎？《易》，六经也。学者之所宜用心，愿施其词，陈其义焉。

问：人之仰而生者谷帛，谷帛丰，无饥寒之患。然后可以行之于仁义之途，措之于安平之地，此愚智所同识也。今天下谷愈多，而帛愈贱，人愈困者，何也？耕者不多，而谷有余，蚕者不多，而帛有余，有余宜足，而反不足，此其故又何也，将以救之，其说如何？

问：夫子言"尧舜垂衣裳而天下理"，又曰："无为而理者，其舜也欤。"《书》之说尧曰"亲九族"；又曰"平章百姓"；又曰"协和万邦"；又曰："历象日月星辰，敬授人时"；又曰洪水"怀山襄陵，下人其咨"。夫亲九族，平百姓，和万邦，则天道，授人时，愁水祸，非无事也，而其言曰"垂衣裳而天下理"者，何也？于舜则曰"慎五典"；又曰"叙百揆"；又曰"宾四门"；又曰"齐七政"；又曰"类上帝，禋六宗，望山川，遍群神"；又曰"协时月正日，同律度量衡，五载一巡狩"；又曰"分十二州，封山浚川，恤五刑，典三礼，彰施五色，出纳五言"。呜呼，其何勤且烦如是，而其言曰"无为而理"者，何也？将亦有深辞隐义不可晓邪？抑其年代已远，失其传邪？二三子其辨焉！

问：古之学者必有师，所以通其业，成就其道德者也。由汉氏已来，师道日微，然犹时有授经传业者，及于今，则无闻矣。德行若颜回，言语若子贡，政事若子路，文学若子游，犹且有师。非独如此，虽孔子亦有师。问礼于老聃，问乐于苌弘是也。今之人不及孔子、颜回远矣，而且无师。然其不闻有业不通而道德不成者，何也？

问：食粟衣帛，服仁行义，以俟死者，二帝三王之所守，圣人未之有改焉者也。今之说者，有神仙不死之道，不食粟，不衣帛，薄仁义以为不足为，是诚何道邪？圣人之于人，犹父母之于子。有其道而不以教之，不仁；其道虽有而未之知，不智；仁与智且不能，又乌足为圣人乎？不然，则说神仙者妄矣！

祭鳄鱼文

维年月日，潮州刺史韩愈，使军事衙推秦济，以羊一、猪一，投恶溪之潭水，以与鳄鱼食，而告之曰：昔先王既有天下，列山泽，罔绳擉刃，以除虫蛇恶物为民害者，驱而出之四海之外。及后王德薄，不能远有，则江、汉之间，尚皆弃之，以与蛮夷、楚越。况潮，岭海之间，去京师万里哉？鳄鱼之涵淹卵育于此，亦固其所。今天子嗣唐位，神圣慈武，四海之外，六合之内，皆抚而有之，况禹迹所掩，扬州之近地，刺史、县令之所治，出贡赋以供天地宗庙百神之祀之壤者哉！鳄鱼其不可与刺史杂处此土也！

刺史受天子命，守此土，治此民，而鳄鱼睅然不安溪潭，据处食民、畜、熊、豕、鹿、獐，以肥其身，以种其子孙，与刺史抗拒，争为长雄。刺史虽驽弱，亦安肯为鳄鱼低首下心，伈伈睍睍，为民吏羞，以偷活于此邪？且承天子命以来为吏，固其势不得不与鳄鱼辩。

鳄鱼有知，其听刺史言：潮之州，大海在其南。鲸、鹏之大，虾、蟹之细，无不容归，以生以食。鳄鱼朝发而夕至也。今与鳄鱼约，尽三日，其率丑类南徙于海，以避天子之命吏。三日不能，至五日；五日不能，至七日；七日不能，是终不肯徙也，是不有刺史听从其言也。不然，则是鳄鱼冥顽不灵，刺史虽有言，不闻不知也。夫傲天子之命吏，不听其言，不徙以避之，与冥顽不灵而为民物害者，皆可杀。刺史则选材技吏民，操强弓毒矢，以与鳄鱼从事，必尽杀乃止。其无悔！

欧阳修

拟制九篇

【任守信可遥郡刺史，依旧鄜延路驻泊兵马钤辖制】

敕：国家自灵夏不宾，边隅多警。议者率以谓用兵之道，任将宜专。恩信不久，则无以得士心；山川不习，则不可图胜算。顷自兵宿于野，久而无功，此殆将帅数易之过也。苟其能者，无遽夺焉。以具官任守信，选以敏材，临于戎事，肃军捍寇，宣力有闻。遽以飞章，自言满岁。顾久亲于矢石，岂不念于勤劳？然而士卒之乐既汝安，夷狄之情惟汝熟，虽欲代汝，实难其人。所宜旌以郡章，仍临旧部。体兹委寄，服我茂恩。可。

【杜銖可卫尉寺丞制】

敕：朕抚有万国而官群材，不敢专用独见之明，而外诏庶僚，各举其善。具官杜銖：举者言尔材堪亲民，是用升汝司卫之丞，而将用汝临人于治。《诗》云："岂弟君子，民之父母。"盖夫善为政者，能使其民爱之如此。汝能以此亲我民乎？往膺进秩之荣，无为举者之累。可。

【张去惑可秘书丞制】

敕具官张去惑：国家设官之法，患乎巧伪干誉者之难止。故考绩之格，三载而一例迁，所以使沈实守正之人得以自进。及其弊也，庸人希累日之赏，而贤者不能自别。故又增旧法，稍欲因举类而求能者焉。推尔之材，世所称美。夫累日而迁非尔志，干誉而进不可为。惟思厥中，务广其业。可。

【郭固可宁州军事推官制】

敕具官郭固：自边陲用兵，而天下游谈之士趋时蹈利者，吾非不知其滥，而未始怠焉者，冀必有得于其间。惟尔之能，乃其素学。夫学有实者，诘之不穷，而推之可用。嘉汝施设，精而有条，虑变适宜，将观汝用。可。

【李仲昌可大理寺丞签署渭州判官公事制】

敕具官李仲昌：群材之在下者思达其上，难矣。而在上者思得可用之材，岂为易哉？朕顷自择能臣，使举其类，而洙以尔充荐。今琦又以为言。琦、洙皆能体吾劳于择士之心者，举尔不应不慎。需然推宠，吾所不疑。尔尚勉哉，以称兹举。可。

【郭子仪孙元亨可永兴军助教制】

敕郭元亨：继绝世，褒有功，非惟推恩以及远，所以劝天下之为臣者焉。况尔先王，名载旧史。勋德之厚，宜其流泽于无穷，而其后裔不可以废。往服新命，以荣厥家。可。

【李景圭可大理评事制】

敕具官李景圭：九州四海，风俗不同，而王者之化无不及。吾于远者，尤加意焉。夫吏非敏于其事，则不能通俗习而顺其宜，政一失焉，下则重困。邈兹南海，尔莅吾民。今会课上闻，增尔荣秩。克勤厥职，以副予怀。可。

【孙复可大理评事制】

敕具官孙复：昔圣人之作《春秋》也，患乎空文之不足，为故著之于行事，以为万世之法。然学而执其经者，岂可徒诵其言哉？惟尔复行足以为人师，学足以明人性，不徒诵其说，而必欲施于事，吾将见吾国子蔚然而有成。宜有嘉褒，以为学者之宠。可。

【孙砺李国庆并可殿中丞制】

敕具官孙砺等：六经皆载治民之术，而法者为吏之资也。汝等学之，用以从政。经之道广矣，择其宜于民者；法之文密矣，取其平而不害者。足以莅尔官而成厥绩焉。膺兹叙迁，勉用尔学。可。

曾　巩

拟制四篇

【贾昌衡知邓州制】

敕：记旧俗者，称南阳之民夸奢，上气力，难制御。今其余习殆尚有存者，故有邦之任，朕不轻以属人。具官某，中外践更，令闻惟旧，兹用考择，往分彼土。盖穰淯之间，虽俗杂难治，然教民敦本，兴于好善，召信臣、杜诗之遗迹在焉。使农桑劝而风俗厚，尔尚思继于前人。其往懋哉，无替朕命。可。

【梅福封寿春真人制】

敕某：在汉之际，数以孤远，极言天下之事，其志壮哉。而家居读书养性，卒遗俗高蹈，世传为仙。今大江之西，实存庙像。祷祠辄应，能泽吾民。有司上闻，是用锡兹显号。光灵不泯，其服朕恩。可。

【王中正种谔降官制】

朕大兴士众，属尔等以伐羌，固将举其巢穴，非徒却虏收并塞之地而已。兵西出则近，而尔等东繇绥德回远之路，以疲士马，费刍粟，致功用不集。中正议既不审，又约有分地，当攻其左，而不能奋击以歼除丑类。夫军赏吾必信，而罚亦安得已哉？是用按尔之罪，降秩有差。其体宽恩，尚思报称。可。

【张知均州制】

岭之西南，桂为剧部。外有溪居海聚之民壤错内属，拊巡填守，讵可属非其人。尔比选于朝，往备兹任。而内不能统齐士吏，外不能绥靖华夷。致兹绎骚，自干邦宪。夺其美职，处尔偏州。兹惟朕恩，无忘思省。可。

卷十一 奏议之属一

书

无逸

周公曰："呜呼！君子所其无逸。先知稼穑之艰难，乃逸，则知小人之依。相小人，厥父母勤劳稼穑，厥子乃不知稼穑之艰难，乃逸乃谚。既诞，否则侮厥父母曰：'昔之人无闻知。'" 以上言无逸贵知艰难。

周公曰："呜呼！我闻曰：昔在殷王中宗，严恭寅畏，天命自度，治民祗惧，不敢荒宁。肆中宗之享国七十有五年。其在高宗，时旧劳于外，爰暨小人。作其即位，乃或亮阴，三年不言。其惟不言，言乃雍。不敢荒宁，嘉靖殷邦。至于小大，无时或怨。肆高宗之享国五十有九年。其在祖甲，不义惟王，旧为小人。作其即位，爰知小人之依，能保惠于庶民，不敢侮鳏寡。肆祖甲之享国三十有三年。自时厥后立王，生则逸，生则逸，不知稼穑之艰难，不闻小人之劳，惟耽乐之从。自时厥后，亦罔或克寿。或十年，或七八年，或五六年，或四三年。" 以上殷三宗及后王。

周公曰："呜呼！厥亦惟我周太王、王季，克自抑畏。文王卑服，即康功田功。徽柔懿恭，怀保小民，惠鲜鳏寡。自朝至于日中昃，不遑暇食，用咸和万民。文王不敢盘于游田，以庶邦惟正之供。文王受命惟中身，厥享国五十年。"以上周文王。

　　周公曰："呜呼！继自今嗣王，则其无淫于观、于逸、于游、于田，以万民惟正之供。无皇曰：'今日耽乐。'乃非民攸训，非天攸若，时人丕则有愆。无若殷王受之迷乱，酗于酒德哉！"以上戒嗣王。

　　周公曰："呜呼！我闻曰：'古之人犹胥训告，胥保惠，胥教诲，民无或胥诪张为幻。'此厥不听，人乃训之，乃变乱先王之正刑，至于小大。民否则厥心违怨，否则厥口诅祝。"以上言宜听训诫不可变旧法。

　　周公曰："呜呼！自殷王中宗及高宗及祖甲及我周文王，兹四人迪哲。厥或告之曰：'小人怨汝詈汝。'则皇自敬德。厥愆，曰：'朕之愆。'允若时，不啻不敢含怒。此厥不听，人乃或诪张为幻，曰'小人怨汝詈汝'，则信之，则若时，不永念厥辟，不宽绰厥心，乱罚无罪，杀无辜。怨有同，是丛于厥身。"以上言怨詈者可徽不可怒。

　　周公曰："呜呼！嗣王其监于兹。"

左　传

季文子谏纳莒仆之辞

　　莒纪公生太子仆，又生季佗，爱季佗而黜仆，且多行无礼于国。仆因国人以弑纪公，以其宝玉来奔，纳诸宣公。公命与之邑，曰："今日必授。"季文子使司寇出诸竟，曰："今日必达。"公问其故。季文子使大史克对曰："先大夫臧文仲教行父事君之礼，行父奉以周旋，弗敢失队。曰：'见有礼于其君者，事之如孝子之养父母也。见无礼于其君者，诛之如鹰鹯之逐鸟雀也。'先君周公制《周礼》曰：'则以观德，德以处事，事以度功，功以食民。'作《誓命》曰：'毁则为贼，掩贼为藏，窃贿为盗，盗器为奸。主藏之名，赖奸之用，为大凶德，有常无赦，在《九刑》不忘。'行父还观莒仆，莫可则也。孝敬忠信为吉德，盗贼藏奸为凶德。夫莒仆，则其孝敬，则弑君父矣；则其忠信，则窃宝玉矣。其人，则盗贼也；其器，则奸兆也，保而利之，则主藏也。以训则昏，民无则焉。不度于善，而皆在于凶德，是以去之。以上数莒仆之凶德。

　　"昔高阳氏有才子八人，苍舒、隤敳、梼戭、大临、尨降、庭坚、仲容、叔达，齐圣广渊，明允笃诚，天下之民谓之八恺。高辛氏有才子八人，伯奋、仲堪、叔献、季仲、伯虎、仲熊、叔豹、季狸，忠肃共懿，宣慈惠和，天下之民谓之八元。此十六族也，世济其美，不陨其名，以至于尧，尧不能举。舜臣尧，举八恺，使主后土，以揆百事，莫不时序，地平天成。举八元，使布五教于四方，父义、母慈、兄友、弟共、子孝，内平外成。以上舜举十六相。昔帝鸿氏有不才子，掩义隐贼，好行凶德，丑类恶物，顽嚚不友，是与比周，天下之民谓之浑敦。少皥氏有不才子，毁信废忠，崇饰恶言，靖谮庸回，服谗蒐慝，以诬盛德，天下之民谓之穷奇。颛顼氏有不才子，不可教训，不知话言，告之则顽，舍之则嚚，傲很明德，以乱天常，天下之民谓之梼杌。此三族也，世济其凶，增其恶名，以至于尧，尧不能去。缙云氏有不才子，贪于饮食，冒于货贿，侵欲崇侈，不可盈厌，聚敛积实，不知纪极，不分孤寡，不恤穷匮，天下之民以比三凶，谓之饕餮。舜臣尧，宾于四门，流四凶族浑敦、穷奇、梼杌、饕餮，投诸四裔，以御魑魅。以上舜去四凶。是以尧崩而天下如一，同心戴舜以为天子，以其举十六相，去四凶也。故《虞书》数舜之功，曰'慎徽五典，五典克从'，无违教也；曰'纳于百揆，百揆时序'，无废事也；曰'宾于四门，四门穆穆'，无凶人也。

　　"舜有大功二十而为天子，今行父虽未获一吉人，去一凶矣，于舜之功，二十之一也，庶几免于戾乎！"

魏绛谏伐戎之辞

　　无终子嘉父使孟乐如晋，因魏庄子纳虎豹之皮，以请和诸戎。晋侯曰："戎狄无亲而贪，不如伐之。"魏绛曰："诸侯新服，陈新来和，将观于我，我德则睦，否则携贰。劳师于戎，而楚伐陈，必弗能救，是弃陈也，诸华必叛。戎，禽兽也，获戎失华，无乃不可乎？以上言不可获戎失华。《夏训》有之曰：'有穷后羿。'"公曰："后羿何如？"对曰："昔有夏之方衰也，后羿自鉏迁于穷石，因夏民以代夏政。恃其射也，不修民事而淫于原兽。弃武罗、伯因、熊髡、尨圉而用寒浞。寒浞，伯明氏之谗子弟也。伯明后寒弃之，夷羿收之，信而使之，以为己相。浞行媚于内而施赂于外，愚弄其民而虞羿于田，树之诈慝以取其国家，外内咸服。羿犹不悛，将归自田，家众杀而亨之，以食其子。其子不忍食诸，死于穷门。靡奔有鬲氏。浞因羿室，生浇及豷，恃其谗慝诈伪而不德于民。使浇用师，灭斟灌及斟寻氏。处浇于过，处豷于戈。靡自有鬲氏，收二国之烬，以灭浞而立少康。少康灭浇于过，后杼灭豷于戈。有穷由是遂亡，失人故也。以上引后羿事言不可恃力黩武。昔周辛甲之为大史也，命百官，官箴王阙。于《虞人之箴》曰：'芒芒禹迹，画为九州，经启九道。民有寝庙，兽有茂草，各有攸处，德用不扰。在帝夷羿，冒于原兽，忘其国恤，而思其麀牡。武不可重，用不恢于夏家。兽臣司原，敢告仆夫。'《虞箴》如是，可不惩乎？"于是晋侯好田，故魏绛及之。以上因羿淫于田并以谏猎。

公曰："然则莫如和戎乎？"对曰："和戎有五利焉：戎狄荐居，贵货易土，土可贾焉，一也。边鄙不耸，民狎其野，穑人成功，二也。戎狄事晋，四邻振动，诸侯威怀，三也。以德绥戎，师徒不勤，甲兵不顿，四也。鉴于后羿，而用德度，远至迩安，五也。君其图之！"公说，使魏绛盟诸戎，修民事，田以时。以上和戎之利用德度者，不用力也。

蒍启疆谏耻晋之辞

楚子朝，其大夫曰："晋，吾仇敌也。苟得志焉，无恤其他。今其来者，上卿、上大夫也。若吾以韩起为阍，以羊舌肸为司宫，足以辱晋，吾亦得志矣。可乎？"大夫莫对。

蒍启疆曰："可。苟有其备，何故不可？耻匹夫不可以无备，况耻国乎？是以圣王务行礼，不求耻人，朝聘有珪，享覜有璋。小有述职，大有巡功。设机而不倚，爵盈而不饮；宴有好货，飧有陪鼎，入有郊劳，出有赠贿，礼之至也。国家之败，失之道也，则祸乱兴。以上言行礼不务耻人。城濮之役，晋无楚备，以败于邲。邲之役，楚无晋备，以败于鄢。自鄢以来，晋不失备，而加之以礼，重之以睦，是以楚弗能报而求亲焉。既获姻亲，又欲耻之，以召寇仇，备之若何？谁其重此？若有其人，耻之可也。若其未有，君亦图之。晋之事君，臣曰可矣：求诸侯而麇至；求昏而荐女，君亲送之，上卿及上大夫致之。犹欲耻之，君其亦有备矣。不然，奈何？以上言耻人不可无备。韩起之下，赵成、中行吴、魏舒、范鞅、知盈；羊舌肸之下，祁午、张趯、籍谈、女齐、梁丙、张骼、辅跞、苗贲皇，皆诸侯之选也。韩襄为公族大夫，韩须受命而使矣。箕襄、邢带、叔禽、叔椒、子羽，皆大家也。韩赋七邑，皆成县也。羊舌四族，皆强家也。晋人若丧韩起、杨胖，五卿八大夫辅韩须、杨石，因其十家九县，长毂九百，其余四十县，遗守四千，奋其武怒，以报其大耻，伯华谋之，中行伯、魏舒帅之，其蔑不济矣。以上言晋多才强盛。君将以亲易怨，实无礼以速寇，而未有其备，使群臣往遗之禽，以逞君心，何不可之有？"

李　斯

谏逐客书

臣闻吏议逐客，窃以为过矣。昔穆公求士，西取由余于戎，东得百里奚于宛，迎蹇叔于宋，来邳豹、公孙支于晋。此五子者，不产于秦，而穆公用之，并国三十，遂霸西戎。孝公用商鞅之法，移风易俗，民以殷盛，国以富强，百姓乐用，诸侯亲服，获楚、魏之师，举地千里，至今治强。惠王用张仪之计，拔三川之地，西并巴蜀，北收上郡，南取汉中，包九夷，制鄢、郢，东据成皋之险，割膏腴之壤，遂散六国之从，使之西面事秦，功施到今。昭王得范睢，废穰侯，逐华阳，强公室，杜私门，蚕食诸侯，使秦成帝业。此四君者，皆以客之功。由此观之，客何负于秦哉！向使四君却客而不纳，疏士而不与，是使国无富利之实而秦无强大之名也。以上言秦之先四君赖客之功。

今陛下致昆山之玉，有随和之宝，垂明月之珠，服太阿之剑，乘纤离之马，建翠凤之旗，树灵鼍之鼓。此数宝者，秦不生一焉，而陛下说之，何也？必秦国之所生然后可，则是夜光之璧不饰朝廷，犀象之器不为玩好，郑、卫之女不充后宫，而骏良駃騠不实外厩，江南金锡不为用，蜀之丹青不为采。所以饰后宫、充下陈、娱心意、说耳目者，必出于秦然后可，则是宛珠之簪，傅玑之珥，阿缟之衣，锦绣之饰不进于前，而随俗雅化佳冶窈窕赵女不立于侧也。夫击瓮叩缶弹筝搏髀，而歌呜呜快耳者，真秦之声也；《郑》《卫》《桑间》《韶》《虞》《武》《象》者，异国之乐也。今弃击瓮叩缶而就《郑》《卫》，退弹筝而取《韶》《虞》，若是者何也？快意当前，适观而已矣。今取人则不然。不问可否，不论曲直，非秦者去，为客者逐。然则是所重者在乎色乐珠玉，而所轻者在乎民人也。此非所以跨海内制诸侯之术也。以上言色乐珠玉不必秦产。

臣闻地广者粟多，国大者人众，兵强者则士勇。是以泰山不让土壤，故能成其大；河海不择细流，故能就其深；王者不却众庶，故能明其德。是以地无四方，人无异国，四时充美，鬼神降福，此五帝、三王之所以无敌也。今乃弃黔首以资敌国，却宾客以业诸侯，使天下之士退而不敢西向，裹足不入秦，此所谓"藉寇兵而赍盗粮"者也。

夫物不产于秦，可宝者多；士不产于秦，愿忠者众。今逐客以资敌国，损民以益仇，内自虚而外树怨于诸侯，求国无危，不可得也。以上言不宜逐客以资敌国。

贾 谊

陈政事疏

臣窃惟事势，可为痛哭者一，可为流涕者二，可为长太息者六，若其它背理而伤道者，难遍以疏举。进言者皆曰天下已安已治矣，臣独以为未也。曰安且治者，非愚则谀，皆非事实知治乱之体者也。夫抱火厝之积薪之下而寝其上，火未及燃，因谓之安，方今之势，何以异此！本末舛逆，首尾衡决，国制抢攘，非甚有纪，胡可谓治！陛下何不壹令臣得孰数之于前，因陈治安之策，试详择焉！

夫射猎之娱，与安危之机孰急？使为治，劳智虑，苦身体，乏钟鼓之乐，勿为可也。乐与今同，而加之诸侯轨道，兵革不动，民保首领，匈奴宾服，四荒乡风，百姓素朴，狱讼衰息，大数既得，则天下顺治，海内之气，清和咸理，生为明帝，没为明神，名誉之美，垂于无穷。《礼》祖有功而宗有德，使顾成之庙称为太宗，上配太祖，与汉亡极。建久安之势，成长治之业，以承祖庙，以奉六亲，至孝也；以幸天下，以育群生，至仁也；立经陈纪，轻重同得，后可以为万世法程，虽有愚幼不肖之嗣，犹得蒙业而安，至明也。以陛下之明达，因使少知治体者得佐下风，致此非难也。其具可素陈于前，愿幸无忽。臣谨稽之天地，验之往古，按之当今之务，日夜念此至孰也，虽使舜、禹复生，为陛下计，亡以易此。以上序。

夫树国固必相疑之势，下数被其殃，上数爽其忧，甚非所以安上而全下也。今或亲弟谋为东帝，亲兄之子西乡而击，今吴又见告矣。天子春秋鼎盛，行义未过，德泽有加焉，犹尚如是，况莫大诸侯，权力且十此者乎！

然而天下少安，何也？大国之王幼弱未壮，汉之所置傅、相方握其事。数年之后，诸侯之王大抵皆冠，血气方刚，汉之傅、相称病而赐罢，彼自丞、尉以上遍置私人，如此，有异淮南、济北之为邪！此时而欲为治安，虽尧、舜不治。

黄帝曰："日中必熭，操刀必割。"今令此道顺而全安，甚易，不肯蚤为，已乃堕骨肉之属而抗刭之，岂有异秦之季世乎！夫以天子之位，乘今之时，因天之助，尚惮以危为安，以乱为治，假设陛下居齐桓之处，将不合诸侯而匡天下乎？臣又知陛下有所必不能矣。假设天下如曩时，淮阴侯尚王楚，黥布王淮南，彭越王梁，韩信王韩，张敖王赵，贯高为相，卢绾王燕，陈豨在代，令此六七公者皆亡恙，当是时而陛下即天子位，能自安乎？臣有以知陛下之不能也。天下淆乱，高皇帝与诸公并起，非有仄室之势以豫席之也。诸公幸者，乃为中涓，其次廑得舍人，材之不逮至远也。高皇帝以明圣威武即天子位，割膏腴之地以王诸公，多者百余城，少者乃三四十县，德至渥也，然其后十年之间，反者九起。陛下之与诸公，非亲角材而臣之也，又非身封王之也，自高皇帝不能以是一岁为安，故臣知陛下之不能也。然尚有可诿者，曰疏，臣请试言其亲者。假令悼惠王王齐，元王王楚，中子王赵，幽王王淮阳，共王王梁，灵王王燕，厉王王淮南，六七贵人皆亡恙，当是时陛下即位，能为治乎？臣又知陛下之不能也。若此诸王，虽名为臣，实皆有布衣昆弟之心，虑亡不帝制而天子自为者。擅爵人，赦死罪，甚者或戴黄屋，汉法令非行也。虽行不轨如厉王者，令之不肯听，召之安可致乎！幸而来至，法安可得加！动一亲戚，天下圜视而起，陛下之臣虽有悍如冯敬者，适启其口，匕首已陷其胸矣。陛下虽贤，谁与领此？故疏者必危，亲者必乱，已然之效也。其异姓负强而动者，汉已幸胜之矣，又不易其所以然。同姓袭是迹而动，既有征矣，其势尽又复然。殃祸之变，未知所移，明帝处之尚不能以安，后世将如之何！

屠牛坦一朝解十二牛，而芒刃不顿者，所排击剥割，皆众理解也。至于髋髀之所，非斤则斧。夫仁义恩厚，人主之芒刃也；权势法制，人主之斤斧也。今诸侯王皆众髋髀也，释斤斧之用，而欲婴以芒刃，臣以为不缺则折。胡不用之淮南、济北？势不可也。

臣窃迹前事，大抵强者先反。淮阴王楚最强，则最先反；韩信倚胡，则又反；贯高因赵资，则又反；陈豨兵精，则又反；彭越用梁，则又反；黥布用淮南，则又反；卢绾最弱，最后反。长沙乃在二万五千户耳，功少而最完，势疏而最忠，非独性异人也，亦形势然也。曩令樊、郦、绛、灌据数十城而王，今虽以残亡可也；令信、越之伦列为彻侯而居，虽至今存可也。然则天下之大计可知已。欲诸王之皆忠附，则莫若令如长沙王；欲臣子之勿菹醢，则莫若令如樊、郦等；欲天下之治安，莫若众建诸侯而少其力。力少则易使以义，国小则无邪心。令海内之势如身之使臂，臂之使指，莫不制从，诸侯之君不敢有异心，辐凑并进而归命天子，虽在细民，且知其安，故天下咸知陛下之明。割地定制，令齐、赵、楚各为若干国，使悼惠王、幽王、元王之子孙毕以次各受祖之分地，地尽而止，及燕、梁它国皆然。其分地众而子孙少者，建以为国，空而置之，须其子孙生者，举使君之。诸侯之地其削颇入汉者，为徙其侯国及封其子孙也，所以数偿之；一寸之地，一人之众，天子亡所利焉，诚以定治而已，故天下咸知陛下之廉。地制壹定，宗室子孙莫虑不王，下无倍畔之心，上无诛伐之志，故天下咸知陛下之仁。法立而不犯，令行而不逆，贯高、利几之谋不生，柴奇、开章之计不萌，细民乡善，大臣致顺，故天下咸知陛下之义。卧赤子天下之上而安，植遗腹，朝委裘，而天下不乱，当时大治，后世诵圣。壹动而五业附，陛下谁惮而久不为此？

　　天下之势方病大瘇。一胫之大几如要，一指之大几如股，平居不可屈信，一二指搐，身虑亡聊。失今不治，必为锢疾，后虽有扁鹊，不能为已。（病）非徒瘇也，又苦跖盭。元王之子，帝之从弟也；今之王者，从弟之子也。惠王之子，亲兄子也；今之王者，兄子之子也。亲者或亡分地以安天下，疏者或制大权以逼天子，臣故曰非徒病瘇也，又苦跖盭。可为痛哭者，此病是也。以上痛哭之一。

天下之势方倒县。凡天子者，天下之首，何也？上也。蛮夷者，天下之足，何也？下也。今匈奴嫚娒侵掠，至不敬也，为天下患，至亡已也，而汉岁致金絮采缯以奉之。夷狄征令，是主上之操也；天子共贡，是臣下之礼也。足反居上，首顾居下，倒县如此，莫之能解，犹为国有人乎？非亶倒县而已，又类辟，且病痱。夫辟者一面病，痱者一方痛。今西边北边之郡，虽有长爵不轻得复，五尺以上不轻得息，斥候望烽燧不得卧，将吏被介胄而睡，臣故曰一方病矣。医能治之，而上不使，可为流涕者此也。

陛下何忍以帝皇之号为戎人诸侯，势既卑辱，而祸不息，长此安穷！进谋者率以为是，固不可解也，亡具甚矣。臣窃料匈奴之众不过汉一大县，以天下之大困于一县之众，甚为执事者羞之。陛下何不试以臣为属国之官以主匈奴？行臣之计，请必系单于之颈而制其命，伏中行说而笞其背，举匈奴之众惟上之令。今不猎猛敌而猎田彘，不搏反寇而搏畜菟，玩细娱而不图大患，非所以为安也。德可远施，威可远加，而直数百里外威令不信，可为流涕者此也。以上可为流涕之二，实止匈奴一事。

今民卖僮者，为之绣衣丝履偏诸缘，内之闲中，是古天子后服，所以庙而不宴者也，而庶人得以衣婢妾。白縠之表，薄纨之里，緁以偏诸，美者黼绣，是古天子之服，今富人大贾嘉会召客者以被墙。古者以奉一帝一后而节适，今庶人屋壁得为帝服，倡优下贱得为后饰，然而天下不屈者，殆未有也。且帝之身自衣皂绨，而富民墙屋被文绣；天子之后以缘其领，庶人孽妾缘其履：此臣所谓舛也。夫百人作之不能衣一人，欲天下亡寒，胡可得也？一人耕之，十人聚而食之，欲天下亡饥，不可得也。饥寒切于民之肌肤，欲其亡为奸邪，不可得也。国已屈矣，盗贼直须时耳，然而献计者曰"毋动"为大耳。夫俗至大不敬也，至亡等也，至冒上也，进计者犹曰"毋为"，可为长太息者此也。以上长太息之一。

商君遗礼义，弃仁恩，并心于进取，行之二岁，秦俗日败。故秦人家富子壮则出分，家贫子壮则出赘。借父耰鉏，虑有德色；母取箕帚，立而谇语。抱哺其子，与公并倨；妇姑不相说，则反唇而相稽。其慈子耆利，不同禽兽者亡几耳。然并心而赴时，犹曰蹶六国，兼天下。功成求得矣，终不知反廉愧之节，仁义之厚。信并兼之法，遂进取之业，天下大败；众掩寡，智欺愚，勇威怯，壮陵衰，其乱至矣。是以大贤起之，威震海内，德从天下。曩之为秦者，今转而为汉矣。然其遗风余俗，犹尚未改。今世以侈靡相竞，而上无制度，弃礼谊，捐廉耻，日甚，可谓月异而岁不同矣。逐利不耳，虑非顾行也，今其甚者杀父兄矣。盗者剟寝户之帘，搴两庙之器，白昼大都之中剽吏而夺之金。矫伪者出几十万石粟，赋六百余万钱，乘传而行郡国，此其无行义之尤至者也。而大臣特以簿书不报，期会之间，以为大故。至于俗流失，世坏败，因恬而不知怪，虑不动于耳目，以为是适然耳。夫移风易俗，使天下回心而乡道，类非俗吏之所能为也。俗吏之所务，在于刀笔筐箧，而不知大体。陛下又不自忧，窃为陛下惜之。

夫立君臣，等上下，使父子有礼，六亲有纪，此非天之所为，人之所设也。夫人之所设，不为不立，不植则僵，不修则坏。《管子》曰："礼义廉耻，是谓四维；四维不张，国乃灭亡。"使管子愚人也则可，管子而少知治体，则是岂可不为寒心哉！秦灭四维而不张，故君臣乖乱，六亲殃戮，奸人并起，万民离叛，凡十三岁，而社稷为虚。今四维犹未备也，故奸人几幸，而众心疑惑。岂如今定经制，令君君臣臣，上下有差，父子六亲各得其宜，奸人亡所几幸，而群臣众信，上不疑惑！此业壹定，世世常安，而后有所持循矣。若夫经制不定，是犹度江河亡维

楫，中流而遇风波，船必覆矣。可为长太息者此也。以上长太息
之二。

夏为天子，十有余世，而殷受之。殷为天子，二十余世，而
周受之。周为天子，三十余世，而秦受之。秦为天子，二世而
亡。人性不甚相远也，何三代之君有道之长，而秦无道之暴也？
其故可知也。古之王者，太子乃生，固举以礼，使士负之，有司
齐肃端冕，见之南郊，见于天也。过阙则下，过庙则趋，孝子之
道也。故自为赤子而教固已行矣。昔者成王幼在襁抱之中，召公
为太保，周公为太傅，太公为太师。保，保其身体；傅，傅之德
义；师，道之教训，此三公之职也。于是为置三少，皆上大夫
也，曰少保、少傅、少师，是与太子宴者也。故乃孩提有识，三
公、三少固明孝仁礼义以道习之，逐去邪人，不使见恶行。于是
皆选天下之端士孝悌博闻有道术者以卫翼之，使与太子居处出
入。故太子乃生而见正事，闻正言，行正道，左右前后皆正人
也。夫习与正人居之，不能毋正，犹生长于齐不能不齐言也；习
与不正人居之，不能毋不正，犹生长于楚之地不能不楚言也。故
择其所耆，必先受业，乃得尝之；择其所乐，必先有习，乃得为
之。孔子曰："少成若天性，习惯如自然。"及太子少长，知妃
色，则入于学。学者，所学之官也。《学礼》曰："帝入东学，
上亲而贵仁，则亲疏有序而恩相及矣；帝入南学，上齿而贵信，
则长幼有差而民不诬矣；帝入西学，上贤而贵德，则圣智在位而
功不遗矣；帝入北学，上贵而尊爵，则贵贱有等而下不逾矣；帝
入太学，承师问道，退习而考于太傅，太傅罚其不则而匡其不
及，则德智长而治道得矣。此五学者既成于上，则百姓黎民化辑
于下矣。"及太子既冠成人，免于保傅之严，则有记过之史，彻
膳之宰，进善之旌，诽谤之木，敢谏之鼓。瞽史诵诗，工诵箴
谏，大夫进谋，士传民语。习与智长，故切而不愧；化与心成，

故中道若性。三代之礼，春朝朝日，秋暮夕月，所以明有敬也；春秋入学，坐国老，执酱而亲馈之，所以明有孝也；行以鸾和，步中《采齐》，趣中《肆夏》，所以明有度也；其于禽兽，见其生不食其死，闻其声不食其肉，故远庖厨，所以长恩，且明有仁也。

夫三代之所以长久者，以其辅翼太子有此具也。及秦而不然。其俗固非贵辞让也，所上者告讦也；固非贵礼义也，所上者刑罚也。使赵高傅胡亥而教之狱，所习者非斩劓人，则夷人之三族也。故胡亥今日即位而明日射人，忠谏者谓之诽谤，深计者谓之妖言，其视杀人若艾草菅然。岂惟胡亥之性恶哉？彼其所以道之者非其理故也。

鄙谚曰："不习为吏，视已成事。"又曰："前车覆，后车诫。"夫三代之所以长久者，其已事可知也；然而不能从者，是不法圣智也。秦世之所以亟绝者，其辙迹可见也；然而不避，是后车又将覆也。夫存亡之变，治乱之机，其要在是矣。天下之命，县于太子；太子之善，在于早谕教与选左右。夫心未滥而先谕教，则化易成也；开于道术智谊之指，则教之力也。若其服习积贯，则左右而已。夫胡、粤之人，生而同声，耆欲不异，及其长而成俗，累数译而不能相通，行有虽死而不相为者，则教习然也。臣故曰选左右、早谕教最急。夫教得而左右正，则太子正矣，太子正而天下定矣。《书》曰："一人有庆，兆民赖之。"此时务也。以上教太子一条，无"长太息"字样。

凡人之智，能见已然，不能见将然。夫礼者禁于将然之前，而法者禁于已然之后，是故法之所用易见，而礼之所为至难知也。若夫庆赏以劝善，刑罚以惩恶，先王执此之政，坚如金石，行此之令，信如四时，据此之公，无私如天地耳，岂顾不用哉？然而曰礼云礼云者，贵绝恶于未萌，而起教于微眇，使民日迁善远罪而不自知也。孔子曰："听讼，吾犹人也，必也使无讼乎！"为人主计者，莫如先审取舍；取舍之极定于内，而安危之萌应于外矣。安首非一日而安也，危者非一日而危也，皆以积渐然，不可不察也。人主之所积，在其取舍。以礼义治之者，积礼义；以刑罚治之者，积刑罚。刑罚积而民怨背，礼义积而民和亲。故世主欲民之善同，而所以使民善者或异。或道之以德教，或驱之以法令。道之以德教者，德教洽而民气乐；驱之以法令者，法令极而民风哀。哀乐之感，祸福之应也。秦王之欲尊宗庙而安子孙，与汤、武同，然而汤、武广大其德行，六七百岁而弗失，秦王治天下，十余岁则大败。此无它故矣，汤、武之定取舍审而秦王之定取舍不审矣。夫天下，大器也。今人之置器，置诸安处则安，置诸危处则危。天下之情与器无以异，在天子之所置之。汤、武置天下于仁义礼乐，而德泽洽，禽兽草木广裕，德被蛮貊四夷，累子孙数十世，此天下所共闻也。秦王置天下于法令刑罚，德泽亡一有，而怨毒盈于世，下憎恶之如仇雠，祸几及身，子孙诛绝，此天下之所共见也。是非其明效大验邪！人之言曰："听言之道，必以其事观之，则言者莫敢妄言。"今或言礼谊之不如法令，教化之不如刑罚，人主胡不引殷、周、秦事以观之也？以上定取舍、重德教一条，无"长太息"字样。

　　人主之尊譬如堂，群臣如陛，众庶如地。故陛九级上，廉远地，则堂高；陛亡级，廉近地，则堂卑。高者难攀，卑者易陵，理势然也。故古者圣王制为等列，内有公卿、大夫、士，外有公、侯、伯、子、男，然后有官师小吏，延及庶人，等级分明，而天子加焉，故其尊不可及也。里谚曰："欲投鼠而忌器。"此善谕也。鼠近于器，尚惮不投，恐伤其器，况于贵臣之近主乎！廉耻节礼以治君子，故有赐死而亡戮辱。是以黥、劓之罪不及大夫，以其离主上不远也。礼不敢齿君之路马，蹴其刍者有罚；见君之几杖则起，遭君之乘车则下，入正门则趋；君之宠臣虽或有过，刑戮之罪不加其身者，尊君之故也。此所以为主上豫远不敬也，所以体貌大臣而厉其节也。今自王侯三公之贵，皆天子之所改容而礼之也，古天子之所谓伯父、伯舅也，而今与众庶同黥、劓、髡、刖、笞傌、弃市之法，然则堂不亡陛乎？被戮辱者不泰迫乎？廉耻不行，大臣无乃握重权，大官而有徒隶亡耻之心乎？夫望夷之事，二世见当以重法者，投鼠而不忌器之习也。

臣闻之，履虽鲜不加于枕，冠虽敝不以苴履。夫尝已在贵宠之位，天子改容而礼貌之矣，吏民尝俯伏以敬畏之矣，今而有过，帝令废之可也，退之可也，赐之死可也，灭之可也；若夫束缚之，系緤之，输之司寇，编之徒官，司寇小吏詈骂而榜笞之，殆非所以令众庶见也。夫卑贱者习知尊贵者之一旦吾亦乃可以加此也，非所以习天下也，非尊尊贵贵之化也。夫天子之所尝敬，众庶之所尝宠，死而死耳，贱人安宜得如此而顿辱之哉！

豫让事中行之君，智伯伐而灭之，移事智伯。及赵灭智伯，豫让衅面吞炭，必报襄子，五起而不中。人问豫子，豫子曰："中行众人畜我，我故众人事之；智伯国士遇我，我故国士报之。"故此一豫让也，反君事仇，行若狗彘，已而抗节致忠，行出乎列士，人主使然也。故主上遇其大臣如遇犬马，彼将犬马自为也；如遇官徒，彼将官徒自为也。顽顿亡耻，奊诟亡节，廉耻不立，且不自好，苟若而可，故见利则逝，见便则夺。主上有败，则因而挺之矣；主上有患，则吾苟免而已，立而观之耳；有便吾身者，则欺卖而利之耳。人主将何便于此？群下至众，而主上至少也，所托财器职业者粹于群下也。俱亡耻，俱苟妄，则主上最病。故古者礼不及庶人，刑不至大夫，所以厉宠臣之节也。古者大臣有坐不廉而废者，不谓不廉，曰"簠簋不饰"；坐污秽淫乱男女无别者，不曰污秽，曰"帷薄不修"；坐罢软不胜任者，不谓罢软，曰"下官不职"。故贵大臣定有其罪矣，犹未斥然正以呼之也，尚迁就而为之讳也。故其在大谴大何之域者，闻谴何则白冠氂缨，盘水加剑，造请室而请罪耳，上不执缚系引而行也。其有中罪者，闻命而自弛，上不使人颈盭而加也。其有大罪者，闻命则北面再拜，跪而自裁，上不使捽抑而刑之也，曰："子大夫自有过耳！吾遇子有礼矣。"遇之有礼，故群臣自憙；婴以廉耻，故人矜节行。上设廉耻礼义以遇其臣，而臣不以节行报其上者，则非人类也。故化成俗定，则为人臣者主耳忘身，国耳忘家，公耳忘私，利不苟就，害不苟去，唯义所在。上之化也，故父兄之臣诚死宗庙，法度之臣诚死社稷，辅翼之臣诚死君上，守圉扞敌之臣诚死城郭封疆。故曰圣人有金城者，比物此志也。彼且为我死，故吾得与之俱生；彼且为我亡，故吾得与之俱存；夫将为我危，故吾得与之皆安。顾行而忘利，守节而仗义，故可以托不御之权，可以寄六尺之孤。此厉廉耻、行礼谊之所致也，主上何丧焉！此之不为，而顾彼之久行，故曰可为长太息者此也。以上不挫辱大臣一条，长太息之三。魏高堂隆谏明帝疏称"长太息者三"，殆指此。

论积贮疏

管子曰："仓廪实而知礼节。"民不足而可治者，自古及今，未之尝闻。古之人曰："一夫不耕，或受之饥；一女不织，或受之寒。"生之有时，而用之亡度，则物力必屈。古之治天下，至孅至悉也，故其畜积足恃。今背本而趋末，食者甚众，是天下之大残也；淫侈之俗，日日以长，是天下之大贼也。残贼公行，莫之或止；大命将泛，莫之振救。生之者甚少而靡之者甚多，天下财产何得不蹶！汉之为汉几四十年矣，公私之积犹可哀痛。失时不雨，民且狼顾；岁恶不入，请卖爵子。既闻耳矣，安有为天下阽危者若是而上不惊者！以上言靡财者多，立虞竭蹶。

世之有饥穰，天之行也，禹、汤被之矣。即不幸而有方二三千里之旱，国胡以相恤？卒然边境有急，数千百万之众，国胡以馈之？兵旱相乘，天下大屈，有勇力者聚徒而衡击，罢夫羸老易子而咬其骨。政治未毕通也，远方之能疑者并举而争起矣，乃骇而图之，岂将有及乎？以上言积贮以备兵旱。

夫积贮者，天下之大命也。苟粟多而财有余，何为而不成？以攻则取，以守则固，以战则胜。怀敌附远，何招而不至？今驱民而归之农，皆著于本，使天下各食其力，末技游食之民转而缘南亩，则畜积足而人乐其所矣。可以为富安天下，而直为此廪廪也，窃为陛下惜之！

请封建子弟疏

陛下即不定制，如今之势，不过一传再传，诸侯犹且人恣而不制，豪植而太强，汉法不得行矣。陛下所以为蕃扞及皇太子之所恃者，唯淮阳、代二国耳。代北边匈奴，与强敌为邻，能自完则足矣。而淮阳之比大诸侯，廑如黑子之著面，适足以饵大国耳，不足以有所禁御。方今制在陛下，制国而令子适足以为饵，岂可谓工哉！人主之行异布衣。布衣者，饰小行，竞小廉，以自托于乡党，人主唯天下安社稷固不耳。高皇帝瓜分天下以王功臣，反者如蝟毛而起，以为不可，故菹去不义诸侯而虚其国。择良日，立诸子雒阳上东门之外，毕以为王，而天下安。故大人者，不牵小行，以成大功。以上请强诸子以为蕃扞。

今淮南地远者或数千里，越两诸侯，而县属于汉。其吏民徭役往来长安者，自悉而补，中道衣敝，钱用诸费称此，其苦属汉而欲得王至甚，逋逃而归诸侯者已不少矣。其势不可久。臣之愚计，愿举淮南地以益淮阳，而为梁王立后，割淮阳北边二三列城与东郡以益梁；不可者，可徙代王而都睢阳。梁起于新郪以北著之河，淮阳包陈以南揵之江，则大诸侯之有异心者，破胆而不敢谋。梁足以扞齐、赵，淮阳足以禁吴、楚，陛下高枕，终亡山东之忧矣，此二世之利也。以上规画淮阳及梁二国。当今恬然，适遇诸侯之皆少，数岁之后，陛下且见之矣。夫秦日夜苦心劳力以除六国之祸，今陛下力制天下，颐指如意，高拱以成六国之祸，难以言智。苟身亡事，畜乱宿祸，孰视而不定，万年之后，传之老母弱子，将使不宁，不可谓仁。臣闻圣主言问其臣而不自造事，故使人臣得毕其愚忠。唯陛下财幸！

谏封淮南四子疏

窃恐陛下接王淮南诸子，曾不与如臣者孰计之也。淮南王之悖逆亡道，天下孰不知其罪？陛下幸而赦迁之，自疾而死，天下孰以王死之不当？今奉尊罪人之子，适足以负谤于天下耳。此人少壮，岂能忘其父哉？白公胜所为父报仇者，大父与伯父、叔父也。白公为乱，非欲取国代主也，发忿快志，剚手以冲仇人之匈，固为俱靡而已。淮南虽小，黥布常用之矣，汉存特幸耳。夫擅仇人足以危汉之资，于策不便。虽割而为四，四子一心也。予之众，积之财，此非有子胥、白公报于广都之中，即疑有专诸、荆轲起于两柱之间，所谓假贼兵为虎翼者也。愿陛下少留计！

谏放民私铸疏

法使天下公得顾租铸铜锡为钱，敢杂以铅铁为它巧者，其罪黥。然铸钱之情，非殽杂为巧，则不可得赢；而殽之甚微，为利甚厚。夫事有召祸而法有起奸，今令细民人操造币之势，各隐屏而铸作，因欲禁其厚利微奸，虽黥罪日报，其势不止。乃者，民人抵罪，多者一县百数，及吏之所疑，榜笞奔走者甚众。夫县法以诱民，使入陷阱，孰积于此！曩禁铸钱，死罪积下；今公铸钱，黥罪积下。为法若此，上何赖焉？以上公铸起奸。

又，民用钱，郡县不同：或用轻钱，百加若干；或用重钱，平称不受。法钱不立，吏急而壹之乎，则大为烦苛，而力不能胜；纵而弗呵乎，则市肆异用，钱文大乱。苟非其术，何乡而可哉！以上钱法轻重不一。

今农事弃捐而采铜者日蕃，释其耒耨，冶熔炊炭；奸钱日多，五谷不为多；善人怵而为奸邪，愿民陷而之刑戮，刑戮将甚不详，奈何而忽！国知患此，吏议必曰禁之。禁之不得其术，其伤必大。令禁铸钱，则钱必重。重则其利深，盗铸如云而起，弃市之罪又不足以禁矣！奸数不胜而法禁数溃，铜使之然也。故铜布于天下，其为祸博矣。以上采铜与禁铸并失。

今博祸可除，而七福可致也。何谓七福？上收铜勿令布，则民不铸钱，黥罪不积，一矣。伪钱不蕃，民不相疑，二矣。采铜铸作者反于耕田，三矣。铜毕归于上，上挟铜积以御轻重，钱轻则以术敛之，重则以术散之，货物必平，四矣。以作兵器，以假贵臣，多少有制，用别贵贱，五矣。以临万货，以调盈虚，以收奇羡，则官富贵而末民困，六矣。制吾弃财，以与匈奴逐争其民，则敌必怀，七矣。故善为天下者，因祸而为福，转败而为功。今久退七福而行博祸，臣诚伤之。以上收铜七福。

贾　山

至言

臣闻为人臣者，尽忠竭愚，以直谏主，不避死亡之诛者，臣山是也。臣不敢以久远谕，愿借秦以为谕，唯陛下少加意焉。

　　夫布衣韦带之士，修身于内，成名于外，而使后世不绝息。至秦则不然。贵为天子，富有天下，赋敛重数，百姓任罢，赭衣半道，群盗满山，使天下之人戴目而视，倾耳而听。一夫大呼，天下响应者，陈胜是也。秦非徒如此也，起咸阳而西至雍，离宫三百，钟鼓帷帐，不移而具。又为阿房之殿，殿高数十仞，东西五里，南北千步，从车罗绮，四马骛驰，旌旗不桡。为宫室之丽至于此，使其后世曾不得聚庐而托处焉。为驰道于天下，东穷燕、齐，南极吴、楚，江湖之上，濒海之观毕至。道广五十步，三丈而树，厚筑其外，隐以金椎，树以青松。为驰道之丽至于此，使其后世曾不得邪径而托足焉。死葬乎骊山，吏徒数十万人，旷日十年。下彻三泉，合采金石，冶铜锢其内，漆涂其外，被以珠玉，饰以翡翠，中成观游，上成山林，为葬薶之侈至于此，使其后世曾不得蓬颗蔽冢而托葬焉。秦以熊罴之力，虎狼之心，蚕食诸侯，并吞海内，而不笃礼义，故天殃已加矣。臣昧死以闻，愿陛下少留意而详择其中。以上言秦亡之惨以悚听。

　　臣闻忠臣之事君也，言切直则不用而身危，不切直则不可以明道，故切直之言，明主所欲急闻，忠臣之所以蒙死而竭知也。地之硗者，虽有善种，不能生焉；江皋河濒，虽有恶种，无不猥大。昔者夏、商之季世，虽关龙逢、箕子、比干之贤，身死亡而道不用。文王之时，豪俊之士皆得竭其智，刍荛采薪之人皆得尽其力，此周之所以兴也。故地之美者善养禾，君之仁者善养士。雷霆之所击，无不摧折者；万钧之所压，无不糜灭者。今人主之威，非特雷霆也；势重，非特万钧也。开道而求谏，和颜色而受之，用其言而显其身，士犹恐惧而不敢自尽，又乃况于纵欲恣行暴虐，恶闻其过乎！震之以威，压之以重，则虽有尧、舜之智，孟贲之勇，岂有不摧折者哉？如此，则人主不得闻其过失矣；弗闻，则社稷危矣。古者圣王之制，史在前书过失，工诵箴谏，瞽诵诗谏，公卿比谏，士传言谏过，庶人谤于道，商旅议于市，然后君得闻其过失也。闻其过失而改之，见义而从之，所以永有天下也。天子之尊，四海之内，其义莫不为臣。然而养三老于太学，亲执酱而馈，执爵而酳，祝饐在前，祝鲠在后，公卿奉杖，大夫进履，举贤以自辅弼，求修正之士使直谏。故以天子之尊，尊养三老，视孝也；立辅弼之臣者，恐骄也；置直谏之士者，恐不得闻其过也；学问至于匋莬者，求兽无厌也；商人庶人诽谤己而改之，从善无不听也。以上言古人能养直士、置谏臣，故兴也。

昔者，秦政力并万国，富有天下，破六国以为郡县，筑长城以为关塞。秦地之固，大小之势，轻重之权，其与一家之富，一夫之强，胡可胜计也！然而兵破于陈涉，地夺于刘氏者，何也？秦王贪狼暴虐，残贼天下，穷困万民，以适其欲也。昔者，周盖千八百国，以九州之民养千八百国之君，用民之力不过岁三日，什一而籍，君有余财，民有余力，而颂声作。秦皇帝以千八百国之民自养，力罢不能胜其役，财尽不能胜其求。一君之身耳，所以自养者驰骋弋猎之娱，天下弗能供也。劳罢者不得休息，饥寒者不得衣食，亡罪而死刑者无所告诉，人与之为怨，家与之为仇，故天下坏也。秦皇帝身在之时，天下已坏矣，而弗自知也。秦皇帝东巡狩，至会稽、琅邪，刻石著其功，自以为过尧、舜统；县石铸钟虡，筛土筑阿房之宫，自以为万世有天下也。古者圣王作谥，三四十世耳，虽尧、舜、禹、汤、文、武累世广德以为子孙基业，无过二三十世者也。秦皇帝曰死而以谥法，是父子名号有时相袭也，以一至万，则世世不相复也，故死而号曰始皇帝，其次曰二世皇帝者，欲以一至万也。秦皇帝计其功德，度其后嗣，世世无穷，然身死才数月耳，天下四面而攻之，宗庙灭绝矣。

秦皇帝居灭绝之中而不自知者，何也？天下莫敢告也。其所以莫敢告者何也？亡养老之义，亡辅弼之臣，亡进谏之士，纵恣行诛，退诽谤之人，杀直谏之士，是以道谀偷合苟容，比其德则贤于尧、舜，课其功则贤于汤、武，天下已溃而莫之告也。《诗》曰："匪言不能，胡此畏忌，听言则对，谮言则退。"此之谓也。以上言秦不养老，无辅臣谏士，故亡。又曰："济济多士，文王以宁。"天下未尝亡士也，然而文王独言以宁者何也？文王好仁则仁兴，得士而敬之则士用，用之有礼义。故不致其爱敬，则不能尽其心；不能尽其心，则不能尽其力；不能尽其力，则不能成其功。故古之贤君于其臣也，尊其爵禄而亲之；疾则临视之无数，死则往吊哭之，临其小敛大敛，已棺涂而后为之服锡缞麻绖，而三临其丧；未敛不饮酒食肉，未葬不举乐，当宗庙之祭而死，为之废乐。故古之君人者于其臣也，可谓尽礼矣；服法服，端容貌，正颜色。然后见之。故臣下莫敢不竭力尽死以报其上，功德立于后世，而令闻不忘也。

今陛下念思祖考，术追厥功，图所以昭光宏业休德，使天下举贤良方正之士，天下皆欣欣焉，曰将兴尧、舜之道，三王之功矣。天下之士莫不精白以承休德。今方正之士皆在朝廷矣，又选其贤者使为常侍诸吏，与之驰驱射猎，一日再三出。臣恐朝廷之解弛，百官之堕于事也，诸侯闻之，又必怠于政矣。

陛下即位，亲自勉以厚天下，损食膳，不听乐，减外徭卫卒，止岁贡；省厩马以赋县传，去诸苑以赋农夫，出帛十万余匹以赈贫民；礼高年，九十者一子不事，八十者二算不事；赐天下男子爵，大臣皆至公卿；发御府金赐大臣宗族，亡不被泽者；赦罪人，怜其亡发，赐之巾，怜其衣赭书其背，父子兄弟相见也，而赐之衣。平狱缓刑，天下莫不说喜。是以元年膏雨降，五谷登，此天之所以相陛下也。刑轻于它时而犯法者寡，衣食多于前年而盗贼少，此天下之所以顺陛下也。臣闻山东吏布诏令，民虽老羸癃疾，扶杖而往听之，愿少须臾毋死，思见德化之成也。今功业方就，名闻方昭，四方乡风，今从豪俊之臣，方正之士，直与之日日猎射，击兔伐狐，以伤大业，绝天下之望，臣窃悼之。《诗》曰："靡不有初，鲜克有终。"臣不胜大愿，愿少衰射猎，以夏岁二月，定明堂，造太学，修先王之道。风行俗成，万世之基定，然后唯陛下所幸耳。

古者大臣不媟，故君子不常见其齐严之色、肃敬之容。大臣不得与宴游，方正修洁之士不得从射猎，使皆务其方以高其节，则群臣莫敢不正身修行，尽心以称大礼。如此，则陛下之道尊敬，功业施于四海，垂于万世子孙矣。诚不如此，则行日坏而荣日灭矣。夫士修之于家，而坏之于天子之廷，臣窃愍之。陛下与众臣宴游，与大臣方正朝廷论议。夫游不失乐，朝不失礼，议不失计，轨事之大者也。以上言宜以礼待大臣，不宜从射猎宴游。

晁　错

言兵事书

臣闻汉兴以来，胡虏数入边地，小人则小利，大人则大利。高后时，再入陇西，攻城屠邑，驱略畜产。其后复入陇西，杀吏卒，大寇盗。窃闻战胜之威，民气百倍；败兵之卒，没世不复。自高后以来，陇西三困于匈奴矣，民气破伤，亡有胜意。今兹陇西之吏，赖社稷之神灵，奉陛下之明诏，和辑士卒，底厉其节，起破伤之民，以当乘胜之匈奴，用少击众，杀一王，败其众而有大利。非陇西之民有勇怯，乃将吏之制巧拙异也。故兵法曰："有必胜之将，无必胜之民。"由此观之，安边境，立功名，在于良将，不可不择也。以上言用兵在于择将。

臣又闻用兵临战合刃之急者三：一曰得地形，二曰卒服习，三曰器用利。兵法曰：丈五之沟，渐车之水，山林积石，经川丘阜，草木所在，此步兵之地也，车骑二不当一。土山丘陵，曼衍相属，平原广野，此车骑之地也，步兵十不当一。平陵相远，川谷居间，仰高临下，此弓弩之地也，短兵百不当一。两陈相近，平地浅草，可前可后，此长戟之地也，剑楯三不当一。萑苇竹萧，草木蒙茏，支叶茂接，此矛铤之地也，长戟二不当一。曲道相伏，险阨相薄，此剑楯之地也，弓弩三不当一。以上得地形。士不选练，卒不服习，起居不精，动静不集，趋利弗及，避难不毕，前击后解，与金鼓之音相失，此不习勒卒之过也，百不当十。以上卒服习。兵不完利，与空手同；甲不坚密，与袒裼同；弩不可以及远，与短兵同；射不能中，与亡矢同；中不能入，与亡镞同。此将不省兵之祸也，五不当一。以上器械利。故兵法曰：器械不利，以其卒予敌也；卒不可用，以其将予敌也；将不知兵，以其主予敌也；君不择将，以其国予敌也。四者，兵之至要也。

臣又闻小大异形，强弱异势，险易异备。夫卑身以事强，小国之形也；合小以攻大，敌国之形也；以蛮夷攻蛮夷，中国之形也。今匈奴地形技艺与中国异。上下山阪，出入溪涧，中国之马弗与也；险道倾仄，且驰且射，中国之骑弗与也；风雨罢劳，饥渴不困，中国之人弗与也：此匈奴之长技也。若夫平原易地，轻车突骑，则匈奴之众易挠乱也；劲弩长戟，射疏及远，则匈奴之弓弗能格也；坚甲利刃，长短相杂，游弩往来，什伍俱前，则匈奴之兵弗能当也；材官驺发，矢道同的，则匈奴之革笥木荐弗能支也；下马地斗，剑戟相接，去就相薄，则匈奴之足弗能给也：此中国之长技也。以此观之，匈奴之长技三，中国之长技五。陛下又兴数十万之众，以诛数万之匈奴，众寡之计，以一击十之术也。以上比较中国与匈奴之长技，而言其可胜。

虽然，兵，凶器；战，危事也。以大为小，以强为弱，在俯仰之间耳。夫以人之死争胜，跌而不振，则悔之亡及也。帝王之道，出于万全。今降胡义渠蛮夷之属来归谊者，其众数千，饮食长技与匈奴同，可赐之坚甲絮衣、劲弓利矢，益以边郡之良骑，令明将能知其习俗和辑其心者，以陛下之明约将之。即有险阻，以此当之；平地通道，则以轻车材官制之。两军相为表里，各用其长技，衡加之以众，此万全之术也。以上兼用降胡与汉兵二者之长。

传曰："狂夫之言，而明主择焉。"臣错愚陋，昧死上狂言，唯陛下财择。

论贵粟疏

圣王在上而民不冻饥者，非能耕而食之，织而衣之也，为开其资财之道也。故尧、禹有九年之水，汤有七年之旱，而国无捐瘠者，以畜积多而备先具也。

今海内为一，土地人民之众，不避汤、禹，加以亡天灾数年之水旱，而畜积未及者，何也？地有遗利，民有余力，生谷之土未尽垦，山泽之利未尽出也，游食之民未尽归农也。民贫则奸邪生。贫生于不足，不足生于不农，不农则不地著，不地著则离乡轻家，民如鸟兽。虽有高城深池，严法重刑，犹不能禁也。夫寒之于衣，不待轻暖；饥之于食，不待甘旨。饥寒至身，不顾廉耻。人情一日不再食则饥，终岁不制衣则寒。夫腹饥不得食，肤寒不得衣，虽慈母不能保其子，君安能以有其民哉？明主知其然也，故务民于农桑，薄赋敛，广畜积，以实仓廪，备水旱，故民可得而有也。以上言重农桑乃能有其民。

民者，在上所以牧之，趋利如水走下，四方亡择也。夫珠玉金银，饥不可食，寒不可衣，然而众贵之者，以上用之故也。其为物轻微易臧，在于把握，可以周海内而亡饥寒之患。此令臣轻背其主，而民易去其乡，盗贼有所劝，亡逃者得轻赍也。粟米布帛，生于地，长于时，聚于力，非可一日成也。数石之重，中人弗胜，不为奸邪所利。一日弗得而饥寒至。是故明君贵五谷而贱金玉。以上言贵贱轻重操之自上。今农夫五口之家，其服役者，不下二人；其能耕者，不过百亩；百亩之收，不过百石。春耕夏耘，秋获冬臧，伐薪樵，治官府，给徭役，春不得避风尘，夏不得避暑热，秋不得避阴雨，冬不得避寒冻，四时之间，亡日休息。又私自送往迎来，吊死问疾，养孤长幼在其中。勤苦如此，尚复被水旱之灾，急政暴虐，赋敛不时，朝令而暮改。当具有者，半贾而卖；亡者，取倍称之息。于是有卖田宅、鬻子孙以偿责者矣。而商贾大者积贮倍息，小者坐列贩卖，操其奇赢，日游都市，乘上之急，所卖必倍。故其男不耕耘，女不蚕织，衣必文采，食必粱肉，亡农夫之苦，有仟伯之得。因其富厚，交通王侯，力过吏势，以利相倾。千里游敖，冠盖相望，乘坚策肥，履丝曳缟。此商人所以兼并农人，农人所以流亡者也。今法律贱商人，商人已富贵矣；尊农夫，农夫已贫贱矣。故俗之所贵，主之所贱也；吏之所卑，法之所尊也。上下相反，好恶乖迕，而欲国富法立，不可得也。以上言农家之苦。

方今之务，莫若使民务农而已矣。欲民务农，在于贵粟。贵粟之道，在于使民以粟为赏罚。今募天下入粟县官，得以拜爵，得以除罪。如此，富人有爵，农民有钱，粟有所渫。夫能入粟以受爵，皆有余者也。取于有余以供上用，则贫民之赋可损，所谓损有余，补不足，令出而民利者也。顺于民心，所补者三：一曰主用足，二曰民赋少，三曰劝农功。今令民有车骑马一匹者，复卒三人。车骑者，天下武备也，故为复卒。神农之教曰："有石城十仞、汤池百步、带甲百万，而亡粟，弗能守也。"以是观之，粟者，王者大用，政之本务。令民入粟受爵，至五大夫以上，乃复一人耳，此其与骑马之功相去远矣。爵者，上之所擅，出于口而亡穷；粟者，民之所种，生于地而不乏。夫得高爵与免罪，人之所甚欲也。使天下人入粟于边，以受爵免罪，不过三岁，塞下之粟必多矣。以上请入粟以拜爵免罪。

论守边备塞书

臣闻秦时，北攻胡、貉，筑塞河上，南攻扬、粤，置戍卒焉。其起兵而攻胡、粤者，非以卫边地而救民死也，贪戾而欲广大也，故功未立而天下乱。且夫起兵而不知其势，战则为人禽，屯则卒积死。夫胡、貉之地，积阴之处也，木皮三寸，冰厚六尺，食肉而饮酪，其人密理，鸟兽毳毛，其性能寒。扬、粤之地，少阴多阳，其人疏理，鸟兽希毛，其性能暑。秦之戍卒不能其水土，戍者死于边，输者偾于道。秦民见行，如往弃市，因以谪发之，名曰"谪戍"。先发吏有谪及赘婿、贾人，后以尝有市籍者，又后以大父母、父母尝有市籍者，后入闾，取其左。发之不顺，行者深怨，有背畔之心。凡民守战至死而不降北者，以计为之也。故战胜守固，则有拜爵之赏，攻城屠邑则得其财卤以富家室，故能使其众蒙矢石，赴汤火，视死如生。今秦之发卒也，有万死之害，而亡铢两之报，死事之后，不得一算之复，天下明知祸烈及己也。陈胜行戍，至于大泽，为天下先倡，天下从之如流水者，秦以威劫而行之之敝也。以上秦时戍边之失。

胡人衣食之业，不著于地，其势易以扰乱边竟。何以明之？胡人食肉饮酪，衣皮毛，非有城郭田宅之归居，如飞鸟走兽于广野。美草甘水则止，草尽水竭则移。以是观之，往来转徙，时至时去，此胡人之生业，而中国之所以离南亩也。今使胡人数处转牧，行猎于塞下，或当燕、代，或当上郡、北地、陇西，以候备塞之卒，卒少则入。陛下不救，则边民绝望，而有降敌之心；救之，少发则不足，多发远县才至，则胡又已去。聚而不罢，为费甚大；罢之，则胡复入。如此连年，则中国贫苦，而民不安矣。以上胡人犯边难防。

陛下幸忧边竟，遣将吏，发卒以治塞，甚大惠也。然令远方之卒，守塞一岁而更，不知胡人之能，不如选常居者，家室田作，且以备之。以便为之高城深堑，具蔺石，布渠答，复为一城其内，城间百五十步。要害之处，通川之道，调立城邑，毋下千家，为中周虎落。先为室屋，具田器，乃募罪人及免徒复作，令居之；不足，募以丁奴婢赎罪及输奴婢欲以拜爵者；不足，乃募民之欲往者。皆赐高爵，复其家。予冬夏衣，廪食，能自给而止。郡县之民，得买其爵以自增至卿。其亡夫若妻者，县官买予之。人情非有匹敌，不能久安其处。塞下之民，禄利不厚，不可使久居危难之地。胡人入驱，而能止其所驱者，以其半予之，县官为赎其民。如是，则邑里相救助，赴胡不避死，非以德上也，欲全亲戚而利其财也。此与东方之戍卒不习地势而心畏胡者，功相万也。以上募人备塞之法。以陛下之时，徙民实边，使远方亡屯戍之事，塞下之民，父子相保；亡系虏之患，利施后世，名称圣明，其与秦之行怨民，相去远矣。

论募民徙塞下书

陛下幸募民相徙以实塞下，使屯戍之事益省，输将之费益寡，甚大惠也。下吏诚能称厚惠，奉明法，存恤所徙之老弱，善遇其壮士，和辑其心，而勿侵刻，使先至者安乐而不思故乡，则贫民相募而劝往矣。以上总言徙民有法。

臣闻古之徙远方，以实广虚也，相其阴阳之和，尝其水泉之味，审其土地之宜，观其草木之饶，然后营邑立城，制里割宅，通田作之道，正阡陌之界，先为筑室，家有一堂二内，门户之闭，置器物焉，民至有所居，作有所用，此民所以轻去故乡而劝之新邑也。为置医巫，以救疾病，以修祭祀，男女有昏，生死相恤，坟墓相从，种树畜长，室屋完安，此所以使民乐其处，而有长居之心也。以上徙远方。

臣又闻古之制边县以备敌也，使五家为伍，伍有长；十长一里，里有假士；四里一连，连有假五百；十连一邑，邑有假候。皆择其邑之贤材有护、习地形、知民心者，居则习民于射法，出则教民于应敌。故卒伍成于内，则军正定于外。服习以成，勿令迁徙，幼则同游，长则共事。夜战声相知，则足以相救；昼战目相见，则足以相识；欢爱之心，足以相死。如此，而劝以厚赏，威以重罚，则前死不还踵矣。所徙之民，非壮有材力，但费衣粮，不可用也；虽有材力，不得良吏，犹亡功也。以上制边县。

陛下绝匈奴不与和亲，臣窃意其冬来南也，壹大治，则终身创矣。欲立威者，始于折胶，来而不能困，使得气去，后未易服也。愚臣亡识，唯陛下财察。

邹　阳

谏吴王书

臣闻秦倚曲台之宫，悬衡天下，画地而人不犯，兵加胡越；至其晚节末路，张耳、陈胜连从兵之据，以叩函谷，咸阳遂危。何则？列郡不相亲，万室不相救也。今胡数涉北河之外，上覆飞鸟，下不见伏兔，斗城不休，救兵不止，死者相随，辇车相属，转粟流输，千里不绝。何则？强赵责于河间，六齐望于惠后，城阳顾于卢博，三淮南之心思坟墓。大王不忧，臣恐救兵之不专。胡马遂进窥于邯郸，越水长沙，还舟青阳。虽使梁并淮阳之兵，下淮东，越广陵，以遏越人之粮，汉亦折西河而下，北守漳水，以辅大国，胡亦益进，越亦益深。此臣之所为大王患也。

臣闻蛟龙骧首奋翼，则浮云出流，雾雨咸集；圣王底节修德，则游谈之士归义思名。今臣尽知毕议，易精极虑，则无国而不可奸。饰固陋之心，则何王之门不可曳长裾乎？然臣所以历数王之朝，背淮千里而自致者，非恶臣国而乐吴民，窃高下风之行，尤说大王之义，故愿大王无忽，察听其至。

臣闻鸷鸟累百，不如一鹗。夫全赵之时，武力鼎士袨服丛台之下者，一旦成市，不能止幽王之湛患；淮南连山东之侠，死士盈朝，不能还厉王之西也。然则计议不得，虽诸、贲不能安其位亦明矣。故愿大王审画而已。

始孝文皇帝据关入立，寒心销志，不明求衣。自立天子之后，使东牟朱虚东褒仪父之后，深割婴儿王之。坏子王梁、代，益以淮阳。卒仆济北、囚弟于雍者，岂非象新垣等哉？今天子新据先帝之遗业，左规山东，右制关中，变权易势，大臣难知。大王弗察，臣恐周鼎复起于汉，新垣过计于朝，则我吴遗嗣，不可期于世矣！高皇帝烧栈道，灌章邯，兵不留行，收弊人之倦，东驰函谷，西楚大破，水攻则章邯以亡其城，陆击则荆王以失其地。此皆国家之不几者也。愿大王熟察之。

狱中上梁王书

臣闻“忠无不报，信不见疑”，臣常以为然。徒虚语耳。昔者荆轲慕燕丹之义，白虹贯日，太子畏之；卫先生为秦画长平之事，太白食昴，昭王疑之。夫精诚变天地，而信不谕两主，岂不哀哉！今臣尽忠竭诚，毕议愿知，左右不明，卒从吏讯，为世所疑。是使荆轲、卫先生复起，而燕、秦不寤也。愿大王熟察之。昔玉人献宝，楚王诛之，李斯竭忠，胡亥极刑。是以箕子阳狂，接舆避世，恐遭此患。愿大王察玉人、李斯之意，而后楚王、胡亥之听，毋使臣为箕子、接舆所笑。臣闻比干剖心，子胥鸱夷，臣始不信，乃今知之。愿大王熟察，少加怜焉。

语曰："白头如新，倾盖如故。"何则？知与不知也。故樊於期逃秦之燕，藉荆轲首以奉丹事；王奢去齐之魏，临城自刭，以却齐而存魏。夫王奢、樊於期非新于齐、秦而故于燕、魏也，所以去二国、死两君者，行合于志，而慕义无穷也。是以苏秦不信于天下，为燕尾生；白圭战亡六城，为魏取中山。何则？诚有以相知也。苏秦相燕，人恶之于燕王，燕王按剑而怒，食以駃騠，白圭显于中山，人恶之于魏文侯，文侯投以夜光之璧。何则？两主二臣，剖心析肝相信，岂移于浮辞哉？故女无美恶，入宫见妒；士无贤不肖，入朝见嫉。昔者司马喜膑脚于宋，卒相中山；范雎拉胁折齿于魏，卒为应侯。此二人者，皆信必然之画，捐朋党之私，挟孤独之交，故不能自免于嫉妒之人也。是以申徒狄蹈雍之河，徐衍负石入海，不容身于世，义不苟取比周于朝，以移主上之心。故百里奚乞食于路，穆公委之以政；宁戚饭牛车下，而桓公任之以国。此二人岂素宦于朝，借誉于左右，然后二主用之哉？感于心，合于意，坚如胶漆，昆弟不能离，岂惑于众口哉？故偏听生奸，独任成乱。昔鲁听季孙之说而逐孔子，宋信子冉之计囚墨翟。夫以孔、墨之辩，不能自免于谗谀，而二国以危。何则？众口铄金，积毁销骨。是以秦用戎人由余，而霸中国；齐用越人子臧，而强威、宣。此二国岂拘于俗，牵于世，系奇偏之辞哉？公听并观，垂明当世。故意合则胡越为昆弟，由余、子臧是矣；不合则骨肉为仇敌，朱、象、管、蔡是矣。今人主诚能用齐、秦之明，后宋、鲁之听，则五霸不足侔，三王易为比也。

是以圣王觉悟，捐子之之心，而不悦田常之贤，封比干之后，修孕妇之墓，故功业覆于天下。何则？欲善无厌也。夫晋文公亲其仇，而强霸诸侯；齐桓公用其仇，而一匡天下。何则？慈仁殷勤，诚嘉于心，此不可以虚辞借也。至夫秦用商鞅之法，东弱韩、魏，立强天下，而卒车裂之，越用大夫种之谋，禽劲吴而霸中国，遂诛其身。是以孙叔敖三去相而不悔，于陵子仲辞三公，为人灌园。今人主诚能去骄傲之心，怀可报之意，披心腹，见情素，堕肝胆，施德厚，终与之穷达，无爱于士，则桀之狗可使吠尧，而跖之客可使刺由。何况因万乘之权，假圣王之资乎？然则荆轲湛七族，要离燔妻子，岂足为大王道哉？臣闻明月之珠，夜光之璧，以暗投人于道，众莫不按剑相眄者，何则？无因而至前也。蟠木根柢，轮囷离奇，而为万乘器者，何则？以左右先为之容也。故无因而至前，虽出随侯之珠、夜光之璧，只足结怨而不见德。故有人先谈，则枯木朽株，树功而不忘。今天下布衣穷居之士，身在贫贱，虽蒙尧、舜之术，挟伊、管之辩，怀龙逢、比干之意，欲尽忠当世之君，而素无根柢之容，虽竭精神，欲开忠信辅人主之治，则人主必袭按剑相眄之迹矣。是使布衣之士，不得为枯木朽株之资也。是以圣王制世御俗，独化于陶钧之上，而不牵乎卑辞之语，不夺乎众多之口。故秦皇帝任中庶子蒙嘉之言，以信荆轲之说，而匕首窃发；周文猎泾、渭，载吕尚而归，以王天下。秦信左右而亡，周用乌集而王。何则？以其能越拘挛之语，驰域外之义，独观于昭旷之道也。今人主沈谄谀之辞，牵于帷墙之制，使不羁之士与牛骥同皂，此鲍焦所以忿于世而不留富贵之乐也。

臣闻盛饰入朝者，不以私污义；砥厉名号者，不以利伤行。故里名胜母，曾子不入；邑号朝歌，墨子回车。今欲使天下恢廓之士，诱于威重之权，胁于位势之贵，回面污行以事谄谀之人，而求亲近于左右，则士有伏死堀穴岩薮之中耳，安有尽忠信而趋阙下者哉？

司马相如

谏猎书

臣闻物有同类而殊能者，故力称乌获，捷言庆忌，勇期贲、育。臣之愚，窃以为人诚有之，兽亦宜然。今陛下好陵阻险，射猛兽，卒然遇轶材之兽，骇不存之地，犯属车之清尘，舆不及还辕，人不暇施巧，虽有乌获、逢蒙之技，力不得用，枯木朽株尽为害矣。是胡、越起于毂下，而羌夷接轸也，岂不殆哉！虽万全无害，然本非天子之所宜近也。

且夫清道而后行，中路而后驰，犹时有衔橛之变，而况涉乎蓬蒿，骋乎丘坟，前有利兽之乐，而内无存变之意，其为害也，不难矣！夫轻万乘之重不以为安，乐出万有一危之涂以为娱，臣窃为陛下不取。

盖明者远见于未萌，而智者避危于无形，祸固多藏于隐微，而发于人之所忽者也。故鄙谚曰："家累千金，坐不垂堂。"此言虽小，可以喻大。臣愿陛下留意幸察。

严　安

言世务书

臣闻邹子曰："政教文质者，所以云救也，当时则用，过则舍之，有易则易之，故守一而不变者，未睹治之至也。"今天下人民，用财侈靡，车马衣裘宫室，皆竞修饰，调五声使有节族，杂五色使有文章，重五味方丈于前，以观欲天下。彼民之情，见美则愿之，是教民以侈也。侈而无节，则不可赡，民离本而徼末矣。末不可徒得，故搢绅者不惮为诈，带剑者夸杀人以矫夺，而世不知愧，故奸轨浸长。夫佳丽珍怪，固顺于耳目，故养失而泰，乐失而淫，礼失而采，教失而伪。伪、采、淫、泰，非所以范民之道也。是以天下人民，逐利无已，犯法者众。臣愿为民制度，以防其淫，使贫富不相耀，以和其心。心既和平，其性恬安。恬安不营，则盗贼销。盗贼销，则刑罚少。刑罚少，则阴阳和，四时正，风雨时，草木畅茂，五谷蕃熟，六畜遂字，民不夭厉，和之至也。以上请制度以防淫。

臣闻周有天下，其治三百余岁，成、康其隆也，刑错四十余年而不用。及其衰亦三百余年，故五伯更起。五伯者，常佐天子兴利除害，诛暴禁邪，匡正海内，以尊天子。五伯既没，贤圣莫续，天子孤弱，号令不行。诸侯恣行，强陵弱，众暴寡。田常篡齐，六卿分晋，并为战国，此民之始苦也。于是强国务攻，弱国修守，合从连衡，驰车毂击，介胄生虮虱，民无所告诉。以上周失之弱。

及至秦王，蚕食天下，并吞战国，称号皇帝。一海内之政，坏诸侯之城。销其兵，铸以为钟虡，示不复用。元元黎民，得免于战国，逢明天子，人人自以为更生。乡使秦缓刑罚，薄赋敛，省徭役，贵仁义，贱权利，上笃厚，下佞巧，变风易俗，化于海内，则世世必安矣。秦不行是风，循其故俗，为知巧权利者进，笃厚忠正者退，法严令苛，谄谀者众，日闻其美，意广心逸。欲威海外，使蒙恬将兵以北攻强胡，辟地进境，戍于北河，飞刍挽粟，以随其后。又使尉屠睢将楼船之士攻越，使监禄凿渠运粮，深入越地，越人遁逃。旷日持久，粮食乏绝，越人击之，秦兵大败。秦乃使尉佗将卒以戍越。当是时，秦祸北构于胡，南挂于越，宿兵于无用之地，进而不得退。行十余年，丁男被甲，丁女转输，苦不聊生，自经于道树，死者相望。及秦皇帝崩，天下大畔。陈胜、吴广举陈，武臣、张耳举赵，项梁举吴，田儋举齐，景驹举郢，周市举魏，韩广举燕，穷山通谷，豪士并起，不可胜载也。然本皆非公侯之后，非长官之吏，无尺寸之势，起闾巷，杖棘矜，应时而动，不谋而俱起，不约而同会，壤长地进，至乎伯王，时教使然也。秦贵为天子，富有天下，灭世绝祀，穷兵之祸也。以上秦失之强。故周失之弱，秦失之强，不变之患也。

今徇南夷，朝夜郎，降羌僰，略薉州，建城邑，深入匈奴，燔其龙城，议者美之。此人臣之利，非天下之长策也。今中国无狗吠之警，而外累于远方之备，靡敝国家，非所以子民也。行无穷之欲，甘心快意，结怨于匈奴，非所以安边也。祸挐而不解，兵休而复起，近者愁苦，远者惊骇，非所以持久也。今天下锻甲磨剑，矫箭控弦，转输军粮，未见休时，此天下所共忧也。夫兵久而变起，事烦而虑生。今外郡之地，或几千里，列城数十，形束壤制，带胁诸侯，非宗室之利也。上观齐、晋所以亡，公室卑削，六卿大盛也；下览秦之所以灭，刑严文刻，欲大无穷也。今郡守之权，非特六卿之重也；地几千里，非特闾巷之资也；甲兵器械，非特棘矜之用也。以逢万世之变，则不可深讳也。

主父偃

论伐匈奴书

臣闻明主不恶切谏以博观，忠臣不避重诛以直谏，是故事无遗策，而功流万世。今臣不敢隐忠避死以效愚计，愿陛下幸赦而少察之。

《司马法》曰：国虽大，好战必亡；天下虽平，忘战必危。天下既平，天子大恺，春蒐秋弥，诸侯春振旅，秋治兵，所以不忘战也。且夫怒者逆德也，兵者凶器也，争者末节也。古之人君，一怒必伏尸流血，故圣王重行之。夫务战胜，穷武事，未有不悔者也。以上言不可穷兵黩武。

昔秦皇帝任战胜之威，蚕食天下，并吞战国，海内为一，功齐三代。务胜不休，欲攻匈奴，李斯谏曰："不可。夫匈奴无城郭之居，委积之守，迁徙鸟举，难得而制。轻兵深入，粮食必绝；运粮以行，重不及事。得其地不足以为利，得其民不可调而守也。胜必弃之，非民父母。靡敝中国，甘心匈奴，非完计也。"秦皇帝不听，遂使蒙恬将兵而攻胡，却地千里，以河为境。地固泽卤，不生五谷，然后发天下丁男以守北河。暴兵露师十有余年，死者不可胜数，终不能逾河而北。是岂人众之不足，兵革之不备哉？其势不可也。又使天下飞刍挽粟，起于黄、腄、琅邪负海之郡，转输北河，率三十钟而致一石。男子疾耕，不足于粮饷；女子纺绩，不足于帷幕。百姓靡敝，孤寡老弱，不能相养，道死者相望，盖天下始叛也。以上秦攻胡之失。

及至高皇帝定天下，略地于边，闻匈奴聚代谷之外而欲击之。御史成谏曰："不可。夫匈奴，兽聚而鸟散，从之如搏景。今以陛下盛德攻匈奴，臣窃危之。"高帝不听，遂至代谷，果有平城之围。高帝悔之，乃使刘敬往结和亲，然后天下亡干戈之事。以上高祖伐匈奴之事。

故兵法曰："兴师十万，日费千金。"秦常积众数十万人，虽有覆军杀将，系虏单于，适足以结怨深仇，不足以偿天下之费。夫匈奴，行盗侵驱，所以为业，天性固然。上自虞、夏、殷、周，固不程督，禽兽畜之，不比为人。夫不上观虞、夏、殷、周之统，而下循近世之失，此臣之所以大恐，百姓所疾苦也。且夫兵久则变生，事苦则虑易。使边境之民靡敝愁苦，将吏相疑而外市，故尉佗、章邯得成其私，而秦政不行，权分二子，此得失之效也。故《周书》曰："安危在出令，存亡在所用。"愿陛下孰计之而加察焉。

淮南王安

谏伐闽越书

陛下临天下，布德施惠，缓刑罚，薄赋敛，哀鳏寡，恤孤独，养耆老，振匮乏，盛德上隆，和泽下洽，近者亲附，远者怀德，天下摄然，人安其生，自以没身不见兵革。今闻有司举兵将以诛越，臣安窃为陛下重之。

越，方外之地，剪发文身之民也，不可以冠带之国法度理也。自三代之盛，胡、越不与受正朔，非强弗能服、威弗能制也，以为不居之地，不牧之民，不足以烦中国也。故古者封内甸服，封外侯服，侯卫宾服，蛮夷要服，戎狄荒服，远近势异也。自汉初定以来七十二年，吴、越人相攻击者不可胜数，然天子未尝举兵而入其地也。

臣闻越非有城郭邑里也，处溪谷之间，篁竹之中，习于水斗，便于用舟，地深昧而多水险。中国之人不知其势阻而入其地，虽百不当其一。得其地，不可郡县也；攻之，不可暴取也。以地图察其山川要塞，相去不过寸数，而间独数百千里，阻险林丛弗能尽著，视之若易，行之实难。天下赖宗庙之灵，方内大宁，戴白之老不见兵革，民得夫妇相守、父子相保，陛下之德也。越人名为藩臣，贡酎之奉，不输大内；一卒之用，不给上事。自相攻击，而陛下发兵救之，是反以中国而劳蛮夷也。且越人愚戆轻薄，负约反覆，其不用天子之法度，非一日之积也，壹不奉诏，举兵诛之，臣恐后兵革无时得息也。以上言越不宜用兵。

间者，数年岁比不登，民待卖爵赘子以接衣食，赖陛下德泽赈救之，得毋转死沟壑。四年不登，五年复蝗，民生未复，今发兵行数千里，资衣粮入越地，舆轿而隃领，拖舟而入水，行数百千里，夹以深林丛竹，水道上下击石，林中多蝮蛇猛兽，夏月暑时，呕泄霍乱之病相随属也，曾未施兵接刃，死伤者必众矣。前时南海王反，陛下先臣使将军间忌将兵击之，以其军降，处之上淦。后复反，会天暑多雨，楼船卒水居击棹，未战而疾死者过半。亲老涕泣，孤子啼号，破家散业，迎尸千里之外，裹骸骨而归。悲哀之气，数年不息，长老至今以为记。曾未入其地，而祸已至此矣。

臣闻军旅之后必有凶年，言民之各以其愁苦之气，薄阴阳之和，感天地之精，而灾气为之生也。陛下德配天地，明象日月，恩至禽兽，泽及草木，一人有饥寒不终其天年而死者，为之凄怆于心。今方内无狗吠之警，而使陛下甲卒死亡，暴露中原，沾渍山谷，边境之民为之早闭晏开，𪆵不及夕，臣安窃为陛下重之。以上军士逾领死亡必多。

不习南方地形者，多以越为人众兵强，能难边城。淮南全国之时，多为边吏，臣窃闻之，与中国异。限以高山，人迹所绝，车道不通，天地所以隔外内也。其入中国，必下领水，领水之山峭峻，漂石破舟，不可以大船载食粮下也。越人欲为变，必先田余干界中，积食粮，乃入伐材治船。边城守候诚谨，越人有入伐材者，辄收捕，焚其积聚，虽百越奈边城何！且越人绵力薄材，不能陆战，又无车骑弓弩之用，然而不可入者，以保地险，而中国之人不能其水土也。臣闻越甲卒不下数十万，所以入之，五倍乃足，挽车奉饟者不在其中。南方暑湿，近夏瘅热，暴露水居，蝮蛇蠚生，疾疠多作，兵未血刃而病死者什二三，虽举越国而虏之，不足以偿所亡。

臣闻道路言，闽越王弟甲弑而杀之，甲以诛死，其民未有所属。陛下若欲来内，处之中国，使重臣临存，施德垂赏以招致之，此必携幼扶老以归圣德。若陛下无所用之，则继其绝世，存其亡国，建其王侯，以为畜越，此必委质为藩臣，世共贡职。陛下以方寸之印，丈二之组，镇抚方外，不劳一卒，不顿一戟，而威德并行。以上言越人易防且可就抚。今以兵入其地，此必震恐，以有司为欲屠灭之也，必雉兔逃入山林险阻。背而去之，则复相群聚；留而守之，历岁经年，则士卒罢倦，食粮乏绝，男子不得耕稼树种，妇人不得纺绩织纴，丁壮从军，老弱转饷，居者无食，行者无粮。民苦兵事，亡逃者必众，随而诛之，不可胜尽，盗贼必起。

臣闻长老言，秦之时，尝使尉屠睢击越，又使监禄凿渠通道。越人逃入深山林丛，不可得攻。留军屯守空地，旷日持久，士卒劳倦，越乃出击之。秦兵大破，乃发适戍以备之。当此之时，外内骚动，百姓靡敝，行者不还，往者莫反，皆不聊生，亡逃相从，群为盗贼，于是山东之难始兴。此老子所谓"师之所处，荆棘生之"者也。兵者凶事，一方有急，四面皆从。臣恐变故之生，奸邪之作，由此始也。《周易》曰："高宗伐鬼方，三年而克之。"鬼方，小蛮夷；高宗，殷之盛天子也。以盛天子伐小蛮夷，三年而后克，言用兵之不可不重也。

臣闻天子之兵，有征而无战，言莫敢校也。如使越人蒙死徼幸，以逆执事之颜行，厮舆之卒，有不一备而归者，虽得越王之首，臣犹窃为大汉羞之。以上言伐越之害。

陛下以四海为境，九州为家，八薮为囿，江汉为池，生民之属，皆为臣妾。人徒之众，足以奉千官之共，租税之收，足以给乘舆之御。玩心神明，秉执圣道，负黼依，凭玉几，南面而听断，号令天下，四海之内，莫不响应。陛下垂德惠以覆露之，使元元之民，安生乐业，则泽被万世，传之子孙，施之无穷。天下之安，犹泰山而四维之也，夷狄之地，何足以为一日之间，而烦汗马之劳乎？《诗》云："王犹允塞，徐方既来。"言王道甚大，而远方怀之也。

臣闻之，农夫劳而君子养焉，愚者言而智者择焉。臣安幸得为陛下守藩，以身为障蔽，人臣之任也。边境有警，爱身之死，而不毕其愚，非忠臣也。臣安窃恐将吏之以十万之师为一使之任也。以上言以德怀远，不必用兵。

董仲舒

对贤良策一

制曰：朕获承至尊休德，传之无穷，而施之罔极，任大而守重，是以夙夜不皇康宁，永维万事之统，犹惧有阙。故广延四方之豪俊，郡国诸侯公选贤良修洁博习之士，欲闻大道之要，至论之极。今子大夫褒然为举首，朕甚嘉之。子大夫其精心致思，朕垂听而问焉。盖闻五帝三王之道，改制作乐而天下洽和，百王同之。当虞氏之乐莫盛于《韶》，于周莫盛于《勺》。圣王已没，钟鼓管弦之声未衰，而大道微缺，陵夷至乎桀、纣之行，王道大坏矣。夫五百年之间，守文之君，当涂之士，欲则先王之法以戴翼其世者甚众，然犹不能反，日以仆灭，至后王而后止，岂其所持操或悖缪而失其统与？固天降命不可复反，必推之于大衰而后息与？乌乎！凡所为屑屑，夙兴夜寐，务法上古者，又将无补与？三代受命，其符安在？灾异之变，何缘而起？性命之情，或夭或寿，或仁或鄙，习闻其号，未烛厥理。伊欲风流而令行，刑轻而奸改，百姓和乐，政事宣昭，何修何饰而膏露降，百谷登，德润四海，泽臻草木，三光全，寒暑平，受天之祜，享鬼神之灵，德泽洋溢，施乎方外，延及群生？

子大夫明先圣之业，习俗化之变，终始之序，讲闻高谊之日久矣，其明以谕朕。科别其条，勿猥勿并，取之于术，慎其所出。乃其不正不直，不忠不极，枉于执事，书之不泄，兴于朕躬，毋悼后害。子大夫其尽心，靡有所隐，朕将亲览焉。

仲舒对曰："陛下发德音，下明诏，求天命与情性，皆非愚臣之所能及也。臣谨案《春秋》之中，视前世已行之事，以观天人相与之际，甚可畏也。国家将有失道之败，而天乃先出灾害以谴告之；不知自省，又出怪异以警惧之；尚不知变，而伤败乃至。以此见天心之仁爱人君而欲止其乱也。自非大亡道之世者，天尽欲扶持而全安之，事在强勉而已矣。强勉学问，则闻见博而知益明；强勉行道，则德日起而大有功：此皆可使还至而立有效者也。《诗》曰'夙夜匪解'，《书》云'茂哉茂哉'，皆强勉之谓也。

"道者，所由适于治之路也，仁义礼乐皆其具也。故圣王已没，而子孙长久安宁数百岁，此皆礼乐教化之功也。王者未作乐之时，乃用先王之乐宜于世者，而以深入教化于民。教化之情不得，雅颂之乐不成，故王者功成作乐，乐其德也。乐者，所以变民风、化民俗也。其变民也易，其化人也著。故声发于和而本于情，接于肌肤，臧于骨髓。故王道虽微缺，而管弦之声未衰也。夫虞氏之不为政久矣，然而乐颂遗风犹有存者，是以孔子在齐而闻《韶》也。

　　"夫人君莫不欲安存而恶危亡，然而政乱国危者甚众，所任者非其人，而所由者非其道，是以政日以仆灭也。夫周道衰于幽、厉，非道亡也，幽、厉不由也。至于宣王，思昔先王之德，兴滞补弊，明文、武之功业，周道粲然复兴，诗人美之而作，上天祐之，为生贤佐，后世称诵，至今不绝。此夙夜不懈行善之所致也。孔子曰'人能宏道，非道宏人'也。故治乱废兴在于己，非天降命，不可得反，其所操持悖谬，失其统也。以上对问中"盖闻五帝三王之道"至"又将无补与"一节，言非天降命不可反，勉强行道，则必有功效，亦可作乐而天下和洽。

　　"臣闻天之所大奉使之王者，必有非人力所能致而自至者，此受命之符也。天下之人同心归之，若归父母，故天瑞应诚而至。《书》曰：'白鱼入于王舟，有火覆于王屋，流为乌。'此盖受命之符也。周公曰'复哉复哉'，孔子曰'德不孤，必有邻'，皆积善累德之效也。及至后世，淫佚衰微，不能统理群生，诸侯背畔，残贼良民以争壤土，废德教而任刑罚，刑罚不中，则生邪气。邪气积于下，怨恶畜于上。上下不和，则阴阳缪盭而妖孽生矣。此灾异所缘而起也。以上对问中"三代受命"四句。

　　"臣闻命者，天之令也；性者，生之质也；情者，人之欲也。或夭或寿，或仁或鄙，陶冶而成之，不能粹美，有治乱之所生，故不齐也。孔子曰：'君子之德风也，小人之德草也，草上之风必偃。'故尧、舜行德，则民仁寿；桀、纣行暴，则民鄙夭。夫上之化下，下之从上，犹泥之在钧，惟甄者之所为；犹金之在镕，惟冶者之所铸。'绥之斯俫，动之斯和'，此之谓也。以上对问中"性命之情"五句。

　　"臣谨案《春秋》之文，求王道之端，得之于正。正次王，王次春。春者，天之所为也；正者，王之所为也。其意曰：上承天之所为，而下以正其所为，正王道之端云尔。然则王者欲有所为，宜求其端于天。

"天道之大者在阴阳。阳为德，阴为刑。刑主杀而德主生。是故阳常居大夏，而以生育养长为事；阴常居大冬，而积于空虚不用之处。以此见天之任德不任刑也。天使阳出布施于上而主岁功，使阴入伏于下而时出佐阳。阳不得阴之助，亦不能独成岁。终阳以成岁为名，此天意也。王者承天意以从事，故任德教而不任刑。刑者不可任以治世，犹阴之不可任以成岁也。以上言修饬德教。为政而任刑，不顺于天，故先王莫之肯为也。今废先王德教之官，而独任执法之吏治民，毋乃任刑之意欤？孔子曰：'不教而诛谓之虐。'虐政用于下，而欲德教之被四海，故难成也。

"臣谨案《春秋》谓一元之意，一者，万物之所从始也；元者，辞之所谓大也。谓一为元者，视大始而欲正本也。《春秋》深探其本，而反自贵者始。故为人君者，正心以正朝廷，正朝廷以正百官，正百官以正万民，正万民以正四方。四方正，远近莫敢不一于正，而亡有邪气奸其间者。以上修饬德。是以阴阳调而风雨时，群生和而万民殖，五谷孰而草木茂，天地之间被润泽而大丰美，四海之内闻盛德而皆徕臣，诸福之物，可致之祥，莫不毕至，而王道终矣。

"孔子曰：'凤鸟不至，河不出图，吾已矣夫！'自悲可致此物，而身卑贱不得致也。今陛下贵为天子，富有四海，居得致之位，操可致之势，又有能致之资，行高而恩厚，知明而意美，爱民而好士，可谓谊主矣。然而天地未应而美祥莫至者，何也？凡以教化不立，而万民不正也。

"夫万民之从利也，如水之走下，不以教化堤防之，不能止也。是故教化立而奸邪皆止者，其堤防完也；教化废而奸邪并出刑罚不能胜者，其堤防坏也。古之王者明于此，是故南面而治天下，莫不以教化为大务。立太学以教于国，设庠序以化于邑，渐民以仁，摩民以谊，节民以礼，故其刑罚甚轻而禁不犯者，教化行而习俗美也。以上修饬教化。

"圣王之继乱世也，扫除其迹而悉去之，复修教化而崇起之。教化已明，习俗已成，子孙循之，行五六百岁尚未败也。至周之末世，大为亡道以失天下。秦继其后，独不能改，又益甚之，重禁文学，不得挟书，弃捐礼谊而恶闻之，其心欲尽灭先圣之道，而颛为自恣苟简之治，故立为天子十四岁而国破亡矣。自古以来，未尝有以乱济乱，大败天下之民如秦者也。其遗毒余烈，至今未灭，使习俗薄恶，人民嚣顽，抵冒殊扞，孰烂如此之甚者也。孔子曰：'腐朽之木，不可雕也；粪土之墙，不可圬也。'今汉继秦之后，如朽木、粪墙矣，虽欲善治之，亡可奈何。法出而奸生，令下而诈起，如以汤止沸，抱薪救火，愈甚，亡益也。窃譬之琴瑟不调，甚者必解而更张之，乃可鼓也；为政而不行，甚者必变而更化之，乃可理也。当更张而不更张，虽有良工，不能善调也；当更化而不更化，虽有大贤，不能善治也。故汉得天下以来，常欲善治而至今不可善治者，失之于当更化而不更化也。古人有言曰：'临渊羡鱼，不如退而结网。'今临政而愿治七十余岁矣，不如退而更化。更化，则可善治。善治，则灾害日去，福禄日来。《诗》云：'宜民宜人，受禄于天。'为政而宜于民者，固当受禄于天。夫仁义礼智信五常之道，王者所当修饬也。五者修饬，故受天之祜，而享鬼神之灵，德施于方外，延及群生也。"以上对问中"伊欲风流而令行"至"延及群生"一节，重在"何修何饬"一句。"修饬德教"一段，"修饬德"一段，"修饬教化"一段，未指明仁义礼智信以为修饬德教之目。

对贤良策二

制曰：盖闻虞舜之时，游于岩廊之上，垂拱无为，而天下太平；周文王至于日昃不暇食，而宇内亦治。夫帝王之道，岂不同条共贯与？何逸劳之殊也？盖俭者不造玄黄旌旗之饰，及至周室，设两观，乘大路，朱干玉戚，八佾陈于庭，而颂声兴。夫帝王之道岂异指哉？或曰良玉不琢，又云非文亡以辅德，二端异焉。殷人执五刑以督奸，伤肌肤以惩恶。成、康不式，四十余年天下不犯，囹圄空虚。秦国用之，死者甚众，刑者相望，耗矣哀哉！

乌乎！朕夙寤晨兴，惟前帝王之宪，永思所以奉至尊，章洪业，皆在力本任贤。今朕亲耕籍田以为农先，劝孝弟，崇有德，使者冠盖相望，问勤劳，恤孤独，尽思极神，功烈休德未始云获也。今阴阳错缪，氛气充塞，群生寡遂，黎民未济，廉耻贸乱，贤不肖浑殽，未得其真，故详延特起之士，意庶几乎？今子大夫待诏百有余人，或道世务而未济，稽诸上古而不同，考之于今而难行，毋乃牵于文系而不得骋与？将所由异术，所闻殊方与？各悉对，著于篇，毋讳有司。明其指略，切磋究之，以称朕意。

仲舒对曰："臣闻尧受命，以天下为忧，而未以位为乐也，故诛逐乱臣，务求贤圣，是以得舜、禹、稷、卨、咎繇。众圣辅德，贤能佐职，教化大行，天下和洽，万民皆安仁乐谊，各得其宜，动作应礼，从容中道。故孔子曰'如有王者，必世而后仁'，此之谓也。尧在位七十载，乃逊于位以禅虞舜。尧崩，天下不归尧子丹朱而归舜。舜知不可辟，乃即天子之位，以禹为相，因尧之辅佐，继其统业，是以垂拱无为而天下治。孔子曰'《韶》尽美矣，又尽善也'，此之谓也。至于殷纣，逆天暴物，杀戮贤知，残贼百姓。伯夷、太公，皆当世贤者，隐处而不为臣。守职之人，皆奔走逃亡，入于河海。天下耗乱，万民不安，故天下去殷而从周。文王顺天理物，师用贤圣，是以闳夭、太颠、散宜生等亦聚于朝廷。爱施兆民，天下归之，故太公起海滨而即三公也。当此之时，纣尚在上，尊卑昏乱，百姓散亡，故文王悼痛而欲安之，是以日昃而不暇食也。孔子作《春秋》，先正王而系万事，见素王之文焉。由此观之，帝王之条贯同，然而劳逸异者，所遇之时异也。孔子曰'《武》尽美矣，未尽善也'，此之谓也。以上对问中"虞舜之时"至"劳逸之分"一节。

　　"臣闻制度文采玄黄之饰，所以明尊卑、异贵贱而劝有德也，故《春秋》受命所先制者，改正朔，易服色，所以应天也。然则宫室旌旗之制，有法而然者也。故孔子曰：'奢则不逊，俭则固。'俭非圣人之中制也。臣闻良玉不瑑，资质润美，不待刻瑑，此亡异于达巷党人不学而自知也。然则常玉不瑑，不成文章；君子不学，不成其德。以上对问中"俭者不造玄黄"至"二端异焉"一节。

　　"臣闻圣王之治天下也，少则习之学，长则材诸位，爵禄以养其德，刑罚以威其恶，故民晓于礼谊而耻犯其上。武王行大谊，平残贼，周公作礼乐以文之，至于成、康之隆，囹圄空虚四十余年，此亦教化之渐而仁谊之流，非独伤肌肤之效也。至秦则不然。师申、商之法，行韩非之说，憎帝王之道，以贪狼为俗，非有文德以教训于天下也。诛名而不察实，为善者不必免，而犯恶者未必刑也。是以百官皆饰虚辞而不顾实，外有事君之礼，内有背上之心，造伪饰诈，趣利无耻。又好用憯酷之吏，赋敛亡度，竭民财力，百姓散亡，不得从耕织之业，群盗并起。是以刑者甚众，死者相望，而奸不息，俗化使然也。故孔子曰'道之以政，齐之以刑，民免而无耻'，此之谓也。以上对问中"殷人执五刑"至"耗矣哀哉"一节。

　　"今陛下并有天下，海内莫不率服，广览兼听，极群下之知，尽天下之美，至德昭然，施于方外。夜郎、康居，殊方万里，说德归谊，此太平之致也。然而功不加于百姓者，殆王心未加焉。曾子曰：'尊其所闻，则高明矣；行其所知，则光大矣。高明光大，不在于它，在乎加之意而已。'愿陛下因用所闻，设诚于内而致行之，则三王何异哉！

"陛下亲耕籍田以为农先，夙寤晨兴，忧劳万民，思惟往古，而务以求贤，此亦尧、舜之用心也，然而未云获者，士素不厉也。夫不素养士而欲求贤，譬犹不琢玉而求文采也。故养士之大者，莫大乎太学。太学者，贤士之所关也，教化之本原也。今以一郡一国之众，对亡应书者，是王道往往而绝也。臣愿陛下兴太学，置明师，以养天下之士，数考问以尽其材，则英俊宜可得矣。今之郡守、县令，民之师帅，所使承流而宣化也。故师帅不贤，则主德不宣，恩泽不流。今吏既亡教训于下，或不承用主上之法，暴虐百姓，与奸为市，贫穷孤弱，冤苦失职，甚不称陛下之意。是以阴阳错缪，氛气充塞，群生寡遂，黎民未济，皆长吏不明，使至于此也。夫长吏多出于郎中、中郎，吏二千石子弟。选郎吏，又以富訾，未必贤也。且古所谓功者，以任官称职为差，非所谓积日累久也。故小材虽累日，不离于小官；贤材虽未久，不害为辅佐。是以有司竭力尽知，务治其业而以赴功。今则不然。累日以取贵，积久以致官，是以廉耻贸乱，贤不肖浑殽，未得其真。臣愚以为使诸列侯、郡守二千石各择其吏民之贤者，岁贡各二人以给宿卫，且以观大臣之能。所贡贤者有赏，所贡不肖者有罚。夫如是，诸侯、吏二千石皆尽心于求贤，天下之士可得而官使也。遍得天下之贤人，则三王之盛易为，而尧、舜之名可及也。毋以日月为功，实试贤能为上，量材而授官，录德而定位，则廉耻殊路，贤不肖异处矣。陛下加惠，宽臣之罪，令勿牵制于文，使得切磋究之，臣敢不尽愚！"以上对问中"夙寤晨兴"至"未得其真"一节，因问任贤而陈贡士之法。

对贤良策三

制曰：盖闻善言天者，必有征于人；善言古者，必有验于今。故朕垂问乎天人之应，上嘉唐、虞，下悼桀、纣，浸微浸灭浸明浸昌之道，虚心以改。今子大夫明于阴阳所以造化，习于先圣之道业，然而文采未极，岂惑乎当世之务哉？条贯靡竟，统纪未终，意朕之不明与？听若眩与？夫三王之教，所祖不同，而皆有失。或谓久而不易者道也，意岂异哉？今子大夫既已著大道之极，陈治乱之端矣，其悉之究之，孰之复之。《诗》不云乎："嗟尔君子，毋常安息，神之听之，介尔景福。"朕将亲览焉，子大夫其茂明之。

仲舒复对曰："臣闻《论语》曰：'有始有卒者，其唯圣人乎？'今陛下幸加惠，留听于承学之臣，复下明册以切其意，而究尽圣德，非愚臣之所能具也。前所上对，条贯靡竟，统纪不终，辞不别白，指不分明，此臣浅陋之罪也。

"册曰：'善言天者，必有征于人；善言古者，必有验于今。'臣闻天者，群物之祖也，故遍覆包函而无所殊，建日月风雨以和之，经阴阳寒暑以成之。故圣人法天而立道，亦溥爱而亡私，布德施仁以厚之，设谊立礼以导之。春者，天之所以生也；仁者，君之所以爱也；夏者，天之所以长也；德者，君之所以养也；霜者，天之所以杀也；刑者，君之所以罚也。由此言之，天人之征，古今之道也。孔子作《春秋》，上揆之天道，下质诸人情，参之于古，考之于今。故《春秋》之所讥，灾害之所加也；《春秋》之所恶，怪异之所施也。书邦家之过，兼灾异之变，以此见人之所为，其美恶之极，乃与天地流通而往来相应，此亦言天之一端也。古者修教训之官，务以德善化民，民已大化之后，天下常亡一人之狱矣。今世废而不修，亡以化民，民以故弃行谊而死财利，是以犯法而罪多，一岁之狱以万千数。以此见古之不可不用也，故《春秋》变古则讥之。天令之谓命，命非圣人不行；质朴之谓性，性非教化不成；人欲之谓情，情非度制不节。

是故王者上谨于承天意，以顺命也；下务明教化民，以成性也；正法度之宜，别上下之序，以防欲也。修此三者，而大本举矣。人受命于天，固超然异于群生，入有父子兄弟之亲，出有君臣上下之谊，会聚相遇，则有耆老长幼之施。粲然有文以相接，欢然有恩以相爱，此人之所以贵也。生五谷以食之，桑麻以衣之，六畜以养之，服牛乘马，圈豹槛虎，是其得天之灵，贵于物也。故孔子曰：'天地之性，人为贵。'明于天性，知自贵于物。知自贵于物，然后知仁谊。知仁谊，然后重礼节。重礼节，然后安处善。安处善，然后乐循理。乐循理，然后谓之君子。故孔子曰'不知命，亡以为君子'，此之谓也。以上对"天人征应"一节而推之于化民之道，知命之学。

　　"册曰：'上嘉唐、虞，下悼桀、纣，浸微浸灭浸明浸昌之道，虚心以改。'臣闻聚少成多，积小致巨，故圣人莫不以晻致明，以微致显。是以尧发于诸侯，舜兴乎深山，非一日而显也，盖有渐以致之矣。言出于己，不可塞也；行发于身，不可掩也。言行，治之大者，君子之所以动天地也。故尽小者大，慎微者著。《诗》云：'惟此文王，小心翼翼。'故尧兢兢日行其道，而舜业业日致其孝，善积而名显，德章而身尊，此其浸明浸昌之道也。积善在身，犹长日加益，而人不知也；积恶在身，犹火之销膏，而人不见也。非明乎情性、察乎流俗者，孰能知之？此唐、虞之所以得令名，而桀、纣之可为悼惧者也。夫善恶之相从，如景乡之应形声也。故桀、纣暴谩，谗贼并进，贤知隐伏，恶日显，国日乱，晏然自以如日在天，终陵夷而大坏。夫暴逆不仁者；非一日而亡也，亦以渐至，故桀、纣虽亡道，然犹享国十余年，此其浸微浸灭之道也。以上对册中"上嘉唐、虞"五句。

　　"册曰：'三王之教，所祖不同，而皆有失，或谓久而不易者道也，意岂异哉？'臣闻夫乐而不乱、复而不厌者，谓之道。道者，万世无弊，弊者，道之失也。先王之道必有偏而不起之处，故政有眊而不行，举其偏者以补其弊而已矣。三王之道，所祖不同，非其相反，将以救溢扶衰，所遭之变然也。故孔子曰：'无为而治者，其舜乎！'改正朔，易服色，以顺天命而已，其余尽循尧道，何更为哉？故王者有改制之名，亡变道之实。然夏上忠，殷上敬，周上文者，所继之救，当用此也。孔子曰：'殷因于夏礼，所损益可知也；周殷于殷礼，所损益可知也；其或继周者，虽百世可知也。'此言百王之用。以此三者矣。夏因于虞，而独不言所损益者，其道如一，而所上同也。道之大原出于天，天不变，道亦不变，是以禹继舜，舜继尧，三圣相受而守一道，亡救弊之政也，故不言其所损益也。繇是观之，继治世者，其道同；继乱世者，其道变。今汉继大乱之后，若宜少损周之文、致用夏之忠者。

　　陛下有明德嘉道，愍世俗之靡薄，悼王道之不昭，故举贤良方正之士，论谊考问，将欲兴仁谊之休德，明帝王之法制，建太平之道也。臣愚不肖，述所闻，诵所学，道师之言，仅能勿失尔。若乃论政事之得失，察天下之息耗，此大臣辅佐之职，三公九卿之任，非臣仲舒所能及也。以上对册中"三王之教"五句。以下二层为册问所不及。因册有"悉之"之语也，亦就天人古今贯穿说下。然而臣窃有怪者；夫古之天下，亦今之天下；今之天下，亦古之天下。共是天下，古亦大治，上下和睦，习俗美盛，不令而行，不禁而止，吏无奸邪，民亡盗贼，囹圄空虚，德润草木，泽被四海，凤凰来集，麒麟来游。以古准今，壹何不相逮之远也？安所缪盭而陵夷若是？意者有所失于古之道与？有所诡于天之理与？试迹之古，返之于天，党可得见乎？

　　"夫天亦有所分予，予之齿者去其角，傅之翼者两其足，是所受大者不得取小也。古之所予禄者，不食于力，不动于末，是亦受大者不得取小，与天同意者也。夫已受大，又取小，天不能足，而况人乎？此民之所以嚣嚣苦不足也。身宠而载高位，家温而食厚禄，因乘富贵之资力，以与民争利于下，民安能如之哉？是故众其奴婢，多其牛羊，广其田宅，博其产业，畜其积委，务此而亡已，以迫蹴民，民日削月朘，浸以大穷。富者奢侈羡溢，贫者穷急愁苦。穷急愁苦，而上不救，则民不乐生。民不乐生，尚不避死，安能避罪？此刑罚之所以蕃而奸邪不可胜者也。故受禄之家，食禄而已，不与民争业，然后利可均布，而民可家足。此上天之理，而亦太古之道，天子之所宜法以为制，大夫之所当循以为行也。故公仪子相鲁，之其家，见织帛，怒而出其妻；食于舍而茹葵，愠而拔其葵，曰：'吾已食禄，又夺园夫红女利乎？'古之贤人君子在列位者皆如是，是故下高其行，而从其教；民化其廉，而不贪鄙。及至周室之衰，其卿大夫缓于谊而急于利。亡推让之风，而有争田之讼。故诗人疾而刺之曰：'节彼南山，维石岩岩，赫赫师尹，民具尔瞻。'尔好谊，则民乡仁而俗善；尔好利，则民好邪而俗败。由是观之，天子大夫者，下民之所视效，远方之所四面而内望也。近者视而放之，远者望而效之，岂可以居贤人之位而为庶人行哉！夫皇皇求财利常恐乏匮者，庶人之意也；皇皇求仁义常恐不能化民者，大夫之意也。《易》曰："负且乘，致寇至。"乘车者，君子之位也；负担者，小人之事也。此言居君于之位而为庶人之行者，其患祸必至也。若居君子之位，当君子之行，则舍公仪休之相鲁，亡可为者矣。以上言不夺民利，册问所不及。

"《春秋》大一统者，天地之常经，古今之通谊也。今师异道，人异论，百家殊方，指意不同，是以上亡以持一统，法制数变，下不知所守。臣愚以为诸不在六艺之科、孔子之术者，皆绝其道，勿使并进。邪辟之说灭息，然后统纪可一而法度可明，民知所从矣。"以上言罢绌百家，册问所不及。

　　　　　　　　　　　　　　　　长沙杨书霖襄校

卷十二　奏议之属二

路温舒

上德缓刑书

臣闻齐有无知之祸，而桓公以兴；晋有骊姬之难，而文公用伯。近世赵王不终，诸吕作乱，而孝文为太宗。繇是观之，祸乱之作，将以开圣人也。故桓、文扶微兴坏，尊文、武之业，泽加百姓，功润诸侯，虽不及三王，天下归仁焉。文帝永思至德，以承天心，崇仁义，省刑罚，通关梁，一远近，敬贤如大宾，爱民如赤子，内恕情之所安，而施之于海内，是以囹圄空虚，天下太平。夫继变化之后，必有异旧之恩，此圣贤所以昭天命也。往者昭帝即世而无嗣，大臣忧戚，焦心合谋，皆以昌邑尊亲，援而立之。然天不授命，淫乱其心，遂以自亡。深察祸变之故，乃皇天之所以开至圣也。故大将军受命武帝，股肱汉国，披肝胆，决大计，黜亡义，立有德，辅天而行，然后宗庙以安，天下咸宁。

臣闻《春秋》正即位，大一统而慎始也。陛下初登至尊，与天合符，宜改前世之失，正始受命之统，涤烦文，除民疾，存亡继绝，以应天意。以上言宣帝初即大位，宜有异恩。

臣闻秦有十失，其一尚存，治狱之吏是也。秦之时，羞文学，好武勇，贱仁义之士，贵治狱之吏；正言者谓之诽谤，遏过者谓之妖言。故盛服先生不用于世，忠良切言皆郁于胸，誉谀之声日满于耳，虚美熏心实祸蔽塞。此乃秦之所以亡天下也。方今天下赖陛下厚恩，亡金革之危，饥寒之患，父子夫妻戮力安家，然太平未洽者，狱乱之也。

夫狱者，天下之大命也，死者不可复生，绝者不可复属。《书》曰："与其杀不辜，宁失不经。"今治狱吏则不然。上下相驱，以刻为明，深者获公名，平者多后患。故治狱之吏，皆欲人死，非憎人也，自安之道在人之死。是以死人之血，流离于市；被刑之徒，比肩而立；大辟之计，岁以万数。此仁圣之所以伤也。太平之未洽，凡以此也。夫人情安则乐生，痛则思死。棰楚之下，何求而不得？故囚人不胜痛，则饰辞以视之；吏治者利其然，则指道以明之；上奏畏却，则锻练而周内之。盖奏当之成，虽咎繇听之，犹以为死有余辜。何则？成练者众，文致之罪明也。是以狱吏专为深刻残贼而亡极，偷为一切，不顾国患。此世之大贼也。故俗语曰："画地为狱，议不入；刻木为吏，期不对。"此皆疾吏之风、悲痛之辞也。故天下之患，莫深于狱；败法乱正，离亲塞道，莫甚乎治狱之吏。此所谓一尚存者也。

臣闻乌鸢之卵不毁，而后凤凰集；诽谤之罪不诛，而后良言进。故古人有言："山薮藏疾，川泽纳污；瑾瑜匿恶，国君含垢。"惟陛下除诽谤以招切言，开天下之口，广箴谏之路，扫亡秦之失，尊文、武之德，省法制，宽刑罚，以废治狱，则太平之风可兴于世，永履和乐，与天亡极，天下幸甚！

贾捐之

罢珠厓对

臣幸得遭明盛之朝，蒙危言之策，无忌讳之患，敢昧死竭卷卷。

臣闻尧、舜，圣之盛也，禹入圣域而不优，故孔子称尧曰"大哉"，《韶》曰"尽善"，禹曰"无间"。以三圣之德，地方不过数千里，西被流沙，东渐于海，朔南暨声教，讫于四海，欲与声教，则治之，不欲与者，不强治也。故君臣歌德，含气之物，各得其宜。武丁、成王，殷、周之大仁也，然地东不过江、黄，西不过氐、羌，南不过蛮荆，北不过朔方。是以颂声并作，视听之类，咸乐其生，越裳氏重九译而献，此非兵革之所能致。及其衰也，南征不还，齐桓救其难，孔子定其文。以至乎秦，兴兵远攻，贪外虚内，务欲广地，不虑其害。然地南不过闽、越，北不过太原，而天下溃畔，祸卒在于二世之末，长城之歌至今未绝。以上言三代不廓地而兴，秦皇务广地而亡。

赖圣汉初兴，为百姓请命，平定天下。至孝文皇帝，闵中国未安，偃武行文，则断狱数百，民赋四十，丁男三年而一事。时有献千里马者，诏曰："鸾旗在前，属车在后，吉行日五十里，师行三十里，朕乘千里之马，独先安之？"于是还马，与道里费，而下诏曰："朕不受献也，其令四方毋求来献。"当此之时，逸游之乐绝，奇丽之赂塞，郑、卫之倡微矣。夫后宫盛色，则贤者隐处；佞人用事，则诤臣杜口，而文帝不行，故谥为孝文，庙称太宗。至孝武皇帝元狩六年，太仓之粟，红腐而不可食；都内之钱，贯朽而不可校。乃探平城之事，录冒顿以来，数为边害，籍兵厉马，因富民以攘服之。西连诸国，至于安息，东过碣石，以玄菟、乐浪为郡，北却匈奴万里，更起营塞，制南海以为八郡，则天下断狱万数，民赋数百，造盐铁酒榷之利以佐用度，犹不能足。当此之时，寇贼并起，军旅数发，父战死于前，子斗伤于后，女子乘亭鄣，孤儿号于道，老母寡妇饮泣巷哭，遥设虚祭，想魂乎万里之外。淮南王盗写虎符，阴聘名士，关东公孙勇等诈为使者，是皆廓地泰大、征伐不休之故也。以上言孝文偃武，孝武穷兵。

今天下独有关东，关东大者，独有齐、楚，民众久困，连年流离，离其城郭，相枕席于道路。人情莫亲父母，莫乐夫妇，至嫁妻卖子，法不能禁，义不能止。此社稷之忧也。今陛下不忍悁悁之忿，欲驱士众，挤之大海之中，快心幽冥之地，非所以救助饥馑、保全元元也。《诗》云"蠢尔蛮荆，大邦为仇"，言圣人起，则后服，中国衰，则先畔，动为国家难。自古而患之久矣，何况乃复其南方万里之蛮乎？骆越之人，父子同川而浴，相习以鼻饮，与禽兽无异，本不足郡县置也。颛颛独居一海之中，雾露气湿，多毒草、虫蛇、水土之害，人未见虏，战士自死。又非独珠厓有珠犀玳瑁也，弃之不足惜，不击不损威。其民譬犹鱼鳖，何足贪也！以上言珠厓不足贪。

臣窃以往者羌军言之，暴师曾未一年，兵出不逾千里，费四十余万万，大司农钱尽，乃以少府禁钱续之。夫一隅为不善，费尚如此，况于劳师远攻、亡士毋功乎？求之往古则不合，施之当今又不便。臣愚以为非冠带之国，《禹贡》所及，《春秋》所治，皆可且无以为。愿遂弃珠厓，专用恤关东为忧。

赵充国

陈兵利害书

臣窃见骑都尉安国前幸赐书，择羌人可使使罕，谕告以大军当至，汉不诛罕，以解其谋。恩泽甚厚，非臣下所能及。臣独私美陛下盛德至计亡已，故遣开豪雕库，宣天子至德，罕、开之属，皆闻知明诏。今先零羌杨玉，此羌之首帅名王，将骑四千，及煎巩骑五千，阻石山木，候便为寇，罕羌未有所犯。今置先零，先击罕，释有罪，诛元辜，起壹难，就两害，诚非陛下本计也。以上言不宜舍先零而击罕。

臣闻兵法"攻不足者守有余"，又曰"善战者致人，不致于人"。今罕羌欲为敦煌、酒泉寇，宜饬兵马，练战士，以须其至。坐得致敌之术，以逸击劳，取胜之道也。今恐二郡兵少，不足以守，而发之行攻，释致虏之术，而从为虏所致之道，臣愚以为不便。以上言罕纵为寇，宜致之使来，不宜往攻。

先零羌虏，欲为背畔，故与罕、开解仇结约，然其私心不能亡恐汉兵至而罕、开背之也。臣愚以为其计常欲先赴罕、开之急，以坚其约；先击罕羌，先零必助之。今虏马肥，粮食方饶，击之恐不能伤害，适使先零得施德于罕羌，坚其约、合其党。虏交坚党合，精兵二万余人，迫胁诸小种，附著者稍众，莫须之属，不轻得离也。如是，虏兵浸多，诛之用力数倍，臣恐国家忧累繇十年数，不二三岁而已。以上言先零必救罕之急，解仇结党。

臣得蒙天子厚恩，父子俱为显列。臣位至上卿，爵为列侯，犬马之齿七十六，为明诏填沟壑，死骨不朽，亡所顾念。（独）思惟兵利害，至孰悉也。于臣之计，先诛先零已，则罕、开之属，不烦兵而服矣。先零已诛，而罕、开不服，涉正月击之，得计之理，又其时也。以今进兵，诚不见其利。唯陛下裁察。

屯田奏三首

臣闻兵者，所以明德除害也，故举得于外，则福生于内，不可不慎。臣所将吏士马牛食，月用粮谷十九万九千六百三十斛，盐千六百九十三斛，茭藁二十五万二百八十六石。难久不解，徭役不息。又恐它夷卒有不虞之变，相因并起，为明主忧，诚非素定庙胜之策。且羌虏易以计破，难用兵碎也。故臣愚以为击之不便。以上月须粮谷太多，不变计则不能持久。

计度临羌东至浩亹，羌虏故田及公田，民所未垦，可二千顷以上，其间邮亭多坏败者。臣前部士入山伐材木，大小六万余枚，皆在水次。愿罢骑兵，留弛刑应募，及淮阳、汝南步兵与吏士私从者，合凡万二百八十一人，用谷月二万七千三百六十三斛，盐三百八斛，分屯要害处。冰解漕下，缮乡亭，浚沟渠，治湟陿以西道桥七十所，令可至鲜水左右。田事出，赋人二十亩。至四月草生，发郡骑及属国胡骑伉健各千，倅马什二就草，为田者游兵。以充入金城郡，益积畜，省大费。今大司农所转谷至者，足支万人一岁食。谨上田处及器用簿，惟陛下裁许。以上罢骑兵留步兵屯田，发郡骑为游兵以护田者。

臣闻帝王之兵，以全取胜，是以贵谋而贱战。战而百胜，非善之善者也，故先为不可胜，以待敌之可胜。蛮夷习俗，虽殊于礼义之国，然其欲避害就利，爱亲戚，畏死亡，一也。今虏亡其美地荐草，愁于寄托远遁，骨肉离心，人有畔志，而明主般师罢兵，万人留田，顺天时，因地利，以待可胜之虏，虽未即伏辜，兵决可期月而望。羌虏瓦解，前后降者万七百余人，及受言去者凡七十辈，此坐支解羌虏之具也。以上言屯田而羌可瓦解。

臣谨条不出兵留田便宜十二事。步兵九校，吏士万人，留屯以为武备，因田致谷，威德并行，一也。又因排折羌虏，令不得归肥饶之坠，贫破其众，以成羌虏相畔之渐，二也。居民得并田作，不失农业，三也。军马一月之食，度支田士一岁，罢骑兵以省大费，四也。至春省甲士卒，循河湟、漕谷至临羌，以视羌虏，扬威武，传世折冲之具，五也。以闲暇时，下所伐材，缮治邮亭，充入金城，六也。兵出，乘危侥幸，不出，令反畔之虏，窜于风寒之地，离霜露疾疫瘃堕之患，坐得必胜之道，七也。亡经阻远追死伤之害，八也。内不损威武之重，外不令虏得乘间之势，九也。又亡惊动河南大开、小开，使生它变之忧，十也。治湟陕中道桥，令可至鲜水，以制西域，信威千里，从枕席上过师，十一也。大费既省，徭役豫息，以戒不虞，十二也。留屯田得十二便，出兵失十二利。臣充国材下，犬马齿衰，不识长册，惟明诏博详公卿议臣采择。

臣闻兵以计为本，故多算胜少算。先零羌精兵今余不过七八千人，失地远客，分散饥冻。罕、开莫须又颇暴略其羸弱畜产，畔还者不绝，皆闻天子明令相捕斩之赏。臣愚以为虏破坏，可日月冀，远在来春，故曰：兵决可期月而望。以上言先零破散，为期不远。

窃见北边自敦煌至辽东万一千五百余里，乘塞列隧，有吏卒数千人，虏数大众攻之而不能害。今留步士万人屯田，地势平易，多高山远望之便，部曲相保，为堑垒木樵，校联不绝，便兵弩，饬斗具。烽火幸通，势及并力，以逸待劳，兵之利者也。臣愚以为屯田，内有亡费之利，外有守御之备。骑兵虽罢，虏见万人留田，为必禽之具，其土崩归德，宜不久矣。从今尽三月，虏马羸瘦，必不敢捐其妻子于它种中，远涉河山而来为寇。又见屯田之士，精兵万人，终不敢复将其累重还归故地。是臣之愚计，所以度虏且必瓦解其处，不战而自破之策也。以上言屯兵防守之法可恃。

至于虏小寇盗，时杀人民，其原未可卒禁。臣闻战不必胜，不苟接刃；攻不必取，不苟劳众。诚令兵出，虽不能灭先零，亶能令虏绝不为小寇，则出兵可也。即今同是，而释坐胜之道，从乘危之势，往终不见利，空内自罢敝，贬重而自损，非所以视蛮夷也。以上言虏为小寇不足患。又大兵一出，还不可复留，湟中亦未可空，如是，徭役复发也。且匈奴不可不备，乌桓不可不忧。今久转运烦费，倾我不虞之用，以澹一隅，臣愚以为不便。校尉临众，幸得承威德，奉厚币，拊循众羌，谕以明诏，宜皆乡风。虽其前辞尝曰"得亡效五年"，宜亡它心，不足以故出兵。以上言徭役不宜复发，转运不宜多费。

臣窃自惟念奉诏出塞，引军远击，穷天子之精兵，散车甲于山野，虽无尺寸之功，偷得避慊之便，而亡后咎余责，此人臣不忠之利，非明主社稷之福也。臣幸得奋精兵，讨不义，久留天诛，罪当万死。陛下宽仁，未忍加诛，令臣数得孰计。愚臣伏计孰甚，不敢避斧钺之诛，昧死陈愚，唯陛下省察。

刘　向

条灾异封事

臣前幸得以骨肉备九卿，奉法不谨，乃复蒙恩。窃见灾异并起，天地失常，征表为国。欲终不言，念忠臣虽在畎亩，犹不忘君，惓惓之义也。况重以骨肉之亲，又加以旧恩未报乎？欲竭愚诚，又恐越职，然惟二恩未报，忠臣之义，一抒愚意，退就农亩，死无所恨。以上表进言之诚。

　　臣闻舜命九官，济济相让，和之至也。众贤和于朝，则万物和于野，故《箫韶》九成，而凤凰来仪，击石拊石，百兽率舞，四海之内，靡不和宁。及至周文开基西郊，杂遝众贤，罔不肃和，崇推让之风，以销分争之讼。文王既没，周公思慕，歌咏文王之德，其诗曰：“于穆清庙，肃雍显相。济济多士，秉文之德。”当此之时，武王、周公继政，朝臣和于内，万国欢于外，故尽得其欢心以事其先祖。其诗曰：“有来雍雍，至止肃肃，相维辟公，天子穆穆。”言四方皆以和来也。诸侯和于下，天应报于上，故《周颂》曰“降福穰穰”，又曰“饴我厘麰”。厘麰，麦也，始自天降。此皆以和致和，获天助也。以上虞周和气致祥。

　　下至幽、厉之际，朝廷不和，转相非怨，诗人疾而忧之曰：“民之无良，相怨一方。”众小在位而从邪议，歙歙相是而背君子，故其诗曰：“歙歙讻讻，亦孔之哀。谋之其臧，则具是违；谋之不臧，则具是依。”君子独处守正，不挠众枉，勉强以从王事，则反见憎毒谗诉，故其诗曰：“密勿从事，不敢告劳。无罪无辜，谗口嚣嚣。”当是之时，日月薄蚀而无光，其诗曰：“朔日辛卯，日有蚀之，亦孔之丑。”又曰：“彼月而微，此日而微。今此下民，亦孔之哀。”又曰：“日月鞠凶，不用其行；四国无政，不用其良。”天变见于上，地变动于下，水泉沸腾，山谷易处，其诗曰：“百川沸腾，山冢卒崩。高岸为谷，深谷为陵。哀今之人，胡憯莫惩。”霜降失节，不以其时，其诗曰：“正月繁霜，我心忧伤。民之讹言，亦孔之将。”言民以是为非，甚众大也。此皆不和、贤不肖易位之所致也。

　　自此之后，天下大乱，篡杀殃祸并作，厉王奔彘，幽王见杀。至乎平王末年，鲁隐之始即位也，周大夫祭伯乖离不和，出奔于鲁，而《春秋》为讳，不言来奔，伤其祸殃自此始也。是后尹氏世卿而专恣，诸侯背畔而不朝，周室卑微。二百四十二年之间，日食三十六，地震五，山陵崩阤二，彗星三见，夜常星不见，夜中星陨如雨一，火灾十四。长狄入三国，五石陨坠，六鹢退飞，多麋，有蜮、蜚，鸜鹆来巢者，皆一见。昼冥晦。雨木冰。李、梅冬实。七月霜降，草木不死。八月杀菽。大雨雹，雨雪雷霆失序相乘。水、旱、饥、蝝、螽、螟蜂午并起。当是时，祸乱辄应，弑君三十六，亡国五十二，诸侯奔走不得保其社稷者，不可胜数也。周室多祸，晋败其师于贸戎，伐其郊；郑伤桓王；戎执其使；卫侯朔召不往，齐逆命而助朔；五大夫争权，三君更立，莫能正理。遂至陵夷，不能复兴。以上衰周乖气致戾。由此观之，和气致祥，乖气致异。祥多者其国安，异众者其国危，天地之常经，古今之通义也。

　　今陛下开三代之业，招文学之士，优游宽容，使得并进。今贤不肖浑殽，白黑不分，邪正杂糅，忠谗并进。章交公车，人满北军。朝臣舛午，胶戾乖剌，更相谗诉，转相是非。传授增加，文书纷纠，前后错缪，毁誉浑乱。所以营惑耳目，感移心意，不可胜载。分曹为党，往往群朋，将同心以陷正臣。正臣进者，治之表也；正臣陷者，乱之机也。乘治乱之机，未知孰任，而灾异数见，此臣所以寒心者也。夫乘权藉势之人，子弟鳞集于朝，羽翼阴附者众，辐凑于前，毁誉将必用以终乖离之咎，是以日月无光，雪霜夏陨，海水沸出，陵谷易处，列星失行，皆怨气之所致也。夫遵衰周之轨迹，循诗人之所刺，而欲以成太平，致《雅》《颂》，犹却行而求及前人也。初元以来六年矣，案《春秋》六年之中，灾异未有稠如今者也。夫有《春秋》之异，无孔子之救，犹不能解纷，况甚于《春秋》乎？以上言时多邪党，灾异稠叠。

　　原其所以然者，谗邪并进也。谗邪之所以并进者，由上多疑心，既已用贤人而行善政，如或谮之，则贤人退而善政还。夫执狐疑之心者，来谗贼之口；持不断之意者，开群枉之门。谗邪进则众贤退，群枉盛则正士消。故《易》有《否》《泰》。小人道长，君子道消。君子道消，则政日乱，故为否。否者，闭而乱也。君子道长，小人道消。小人道消，则政日治，故为泰。泰者，通而治也。《诗》又云"雨雪麃麃，见晛聿消"，与《易》同义。昔者鲧、共工、驩兜与舜、禹杂处尧朝，周公与管、蔡并居周位，当是时，迭进相毁，流言相谤，岂可胜道哉？帝尧、成王能贤舜、禹、周公而消共工、管、蔡，故以大治，荣华至今。孔子与季、孟偕仕于鲁，李斯与叔孙俱宦于秦，定公、始皇贤季、孟、李斯而消孔子、叔孙，故以大乱，污辱至今。

　　故治乱荣辱之端，在所信任。信任既贤，在于坚固而不移。《诗》云"我心匪石，不可转也"，言守善笃也。《易》曰"涣汗其大号"，言号令如汗，汗出而不反者也。今出善令，未能逾时而反，是反汗也；用贤未能三旬而退，是转石也。《论语》曰："见不善如探汤。"今二府奏佞谄不当在位，历年而不去，故出令则如反汗，用贤则如转石，去佞则如拔山。如此望阴阳之调，不亦难乎！是以群小窥见间隙，缘饰文字，巧言丑诋，流言飞文，哗于民间。故《诗》云："忧心悄悄，愠于群小。"小人成群，诚足愠也。昔孔子与颜渊、子贡更相称誉，不为朋党；禹、稷与皋陶传相汲引，不为比周。何则？忠于为国，无邪心也。故贤人在上位，则引其类而聚之于朝，《易》曰"飞龙在天，大人聚也"；在下位，则思与其类俱进，《易》曰"拔茅茹，以其汇，征吉"。在上则引其类，在下则推其类，故汤用伊尹，不仁者远，而众贤至，类相致也。以上言疑贤人为朋党，做谗邪得进。今佞邪与贤臣并在交戟之内，合党共谋，违善依恶，歙歙讹讹，数设危险之言，欲以倾移主上。如忽然用之，此天地之所以先戒，灾异之所以重至者也。

自古明圣未有无诛而治者也。故舜有四放之罚，而孔子有两观之诛，然后圣化可得而行也。今以陛下明知，诚深思天地之心，迹察两观之诛，览《否》《泰》之卦，观雨雪之诗，历周、唐之所进以为法，原秦、鲁之所消以为戒，考祥应之福，省灾异之祸，以揆当世之变，放远佞邪之党，坏散险诐之聚，杜闭群枉之门，广开众正之路，决断狐疑，分别犹豫，使是非炳然可知，则百异消灭，而众祥并至，太平之基，万世之利也。

臣幸得托肺附，诚见阴阳不调，不敢不通所闻。窃推《春秋》灾异，以效今事一二，条其所以，不宜宣泄。臣谨重封昧死上。以上请诛邪佞、去狐疑。

论甘延寿等疏

郅支单于囚杀使者吏士以百数，事暴扬外国，伤威毁重，群臣皆闵焉。陛下赫然欲诛之，意未尝有忘。西域都护延寿、副校尉汤承圣指，倚神灵，总百蛮之君，揽城郭之兵，出百死，入绝域，遂蹈康居，屠五重城，搴歙侯之旗，斩郅支之首，县旌万里之外，扬威昆山之西，扫谷吉之耻，立昭明之功，万夷慑伏，莫不惧震。呼韩邪单于见郅支已诛，且喜且惧，乡风驰义，稽首来宾，愿守北藩，累世称臣。立千载之功，建万世之安，群臣之勋莫大焉。以上表延寿、汤之功。昔周大夫方叔、吉甫为宣王诛猃狁而百蛮从，其《诗》曰："啴啴焞焞，如电如雷，显允方叔，征伐猃狁，蛮荆来威。"《易》曰："有嘉折首，获匪其丑。"言美诛首恶之人，而诸不顺者皆来从也。今延寿、汤所诛震，虽《易》之"折首"、《诗》之"雷霆"不能及也。论大功者，不录小过；举大美者，不疵细瑕。《司马法》曰"军赏不逾月"，欲民速得为善之利也。盖急武功、重用人也。吉甫之归，周厚赐之，其《诗》曰："吉甫宴喜，既多受祉，来归自镐，我行永久。"千里之镐，犹以为远，况万里之外，其勤至矣！延寿、汤既未获受祉之报，反屈捐命之功，久挫于刀笔之前，非所以劝有功，厉戎士也。以上大于方叔、吉甫。

昔齐桓公前有尊周之功，后有灭项之罪，君子以功覆过，而为之讳行事。贰师将军李广利，捐五万之师，縻亿万之费，经四年之劳，而仅获骏马三十匹，虽斩宛王母鼓之首，犹不足以复费，其私罪恶甚多，孝武以为万里征伐，不录其过，遂封拜两侯、三卿、二千石百有余人。今康居国强于大宛，郅支之号重于宛王，杀使者罪甚于留马，而延寿、汤不烦汉士，不费斗粮，比于贰师，功德百之。以上优于齐桓、贰师。且常惠随欲击之乌孙，郑吉迎自来之日逐，犹皆裂土受爵。故言威武勤劳，则大于方叔、吉甫；列功覆过，则优于齐桓、贰师；近事之功，则高于安远、长罗，而大功未著，小恶数布，臣窃痛之。宜以时解县通籍，除过勿治，尊宠爵位，以劝有功。

论起昌陵疏

臣闻《易》曰："安不忘危，存不忘亡，是以身安而国家可保也。"故贤圣之君，博观终始，穷极事情，而是非分明。王者必通三统，明天命所授者博，非独一姓也。孔子论《诗》，至于"殷士肤敏，裸将于京"，喟然叹曰："大哉天命！善不可不传于子孙，是以富贵无常；不如是，则王公其何以戒慎，民萌何以劝勉？"盖伤微子之事周而痛殷之亡也。虽有尧、舜之圣，不能化丹朱之子；虽有禹、汤之德，不能训末孙之桀、纣。自古及今，未有不亡之国也。昔高皇帝既灭秦，将都雒阳，感悟刘敬之言，自以德不及周而贤于秦，遂徙都关中，依周之德，因秦之阻。世之长短，以德为效，故常战栗不敢讳亡。孔子所谓"富贵无常"，盖谓此也。孝文皇帝居霸陵，北临厕，意凄怆悲怀，顾谓群臣曰："嗟乎！以北山石为椁，用纻絮斫陈漆其间，岂可动哉？"张释之进曰："使其中有可欲，虽锢南山犹有隙；使其中无可欲，虽无石椁，又何戚焉？"夫死者无终极，而国家有废兴，故释之之言为无穷计也。孝文寤焉，遂薄葬不起山坟。以上言国家有废兴，引出文帝薄葬之贤。

《易》曰："古之葬者，厚衣之以薪，臧之中野，不封不树。后世圣人易之以棺椁。"棺椁之作，自黄帝始。黄帝葬于桥山，尧葬济阴，丘垄皆小，葬具甚微。舜葬苍梧，二妃不从。禹葬会稽，不改其列。殷汤无葬处。文、武、周公葬于毕，秦穆公葬于雍橐泉宫祈年馆下，樗里子葬于武库，皆无丘垄之处。此圣帝明王贤君智士远览独虑无穷之计也。其贤臣孝子亦承命顺意而薄葬之，此诚奉安君父，忠孝之至也。夫周公，武王弟也，葬兄甚微。孔子葬母于防，称古墓而不坟，曰："某，东西南北之人也，不可不识也。"为四尺坟，遇雨而崩。弟子修之，以告孔子，孔子流涕曰："吾闻之，古者不修墓。"盖非之也。延陵季子适齐而反，其子死，葬于嬴、博之间，穿不及泉，敛以时服，封坟掩坎，其高可隐，而号曰："骨肉归复于土，命也，魂气则无不之也。"夫嬴、博去吴千有余里，季子不归葬。孔子往观曰："延陵季子于礼合矣。"故仲尼孝子，而延陵慈父，舜、禹忠臣，周公弟弟，其葬君亲骨肉皆微薄矣，非苟为俭，诚便于体也。宋桓司马为石椁，仲尼曰："不如速朽。"秦相吕不韦集知略之士，而造《春秋》，亦言薄葬之义，皆明于事情者也。以上杂引圣哲薄葬之事。

逮至吴王阖闾，违礼厚葬，十有余年，越人发之。及秦惠文、武、昭、严、襄五王，皆大作丘垄，多其瘞臧，咸尽发掘暴露，甚足悲也。秦始皇帝葬于骊山之阿，下锢三泉，上崇山坟，其高五十余丈，周回五里有余。石椁为游馆，人膏为灯烛，水银为江海，黄金为凫雁。珍宝之臧，机械之变，棺椁之丽，宫馆之盛，不可胜原。又多杀宫人，生薶工匠，计以万数。天下苦其役而反之，骊山之作未成，而周章百万之师至其下矣。项籍燔其宫室营宇，往者咸见发掘。其后牧儿亡羊，羊入其凿，牧者持火照求羊，失火烧其藏椁。自古至今，葬未有盛如始皇者也，数年之间，外被项籍之灾，内离牧竖之祸，岂不哀哉！以上言厚葬之非，归罪始皇。

是故德弥厚者葬弥薄，知愈深者葬愈微。无德寡知，其葬愈厚，邱陇弥高，宫庙甚丽，发掘必速。由是观之，明暗之效，葬之吉凶，昭然可见矣。周德既衰而奢侈，宣王贤而中兴，更为俭宫室，小寝庙，诗人美之，《斯干》之诗是也，上章道宫室之如制，下章言子孙之众多也。及鲁严公刻饰宗庙，多筑台囿，后嗣再绝，《春秋》刺焉。周宣如彼而昌，鲁、秦如此而绝，是则奢俭之得失也。

陛下即位，躬亲节俭。始营初陵，其制约小，天下莫不称贤明。及徙昌陵，增埤为高，积土为山，发民坟墓，积以万数，营起邑居，期日迫卒，功费大万百余。死者恨于下，生者愁于上，怨气感动阴阳，因之以饥馑，物故流离以十万数，臣甚愍焉。以死者为有知，发人之墓，其害多矣；若其无知，又焉用大？谋之贤知则不说，以示众庶则苦之。若苟以说愚夫淫侈之人，又何为哉？陛下慈仁笃美甚厚，聪明疏达盖世，宜宏汉家之德，崇刘氏之美，光昭五帝、三王，而顾与暴秦乱君，竞为奢侈，比方丘陇，说愚夫之目，隆一时之观，违贤知之心，亡万世之安，臣窃为陛下羞之。唯陛下上览明圣黄帝、尧、舜、禹、汤、文、武、周公、仲尼之制，下观贤知穆公、延陵、樗里、张释之之意。孝文皇帝，去坟薄葬，以俭安神，可以为则；秦昭、始皇，增山厚臧，以侈生害，足以为戒。初陵之橅，宜从公卿大臣之议，以息众庶。

谏外家封事

臣闻人君莫不欲安，然而常危；莫不欲存，然而常亡：失御臣之术也。夫大臣操权柄，持国政，未有不为害者也。昔晋有六卿，齐有田、崔，卫有孙、宁，鲁有季、孟，常掌国事，世执朝柄。终后田氏取齐；六卿分晋；崔杼弑其君光；孙林父、宁殖出其君衍，弑其君剽；季氏八佾舞于庭，三家者以《雍》彻，并专国政，卒逐昭公。周大夫尹氏管朝事，浊乱王室，子朝、子猛更立，连年乃定。故经曰"王室乱"，又曰"尹氏杀王子克"，甚之也。《春秋》举成败，录祸福，如此类甚众，皆阴盛而阳微，下失臣道之所致也。故《书》曰："臣之有作威作福，害于而家，凶于而国。"孔子曰"禄去公室，政逮大夫"，危亡之兆。秦昭王舅穰侯，及泾阳、叶阳君，专国擅势，上假太后之威，三人者权重于昭王，家富于秦国，国甚危殆，赖寤范睢之言，而秦复存。二世委任赵高，专权自恣，壅蔽大臣，终有阎乐望夷之祸，秦遂以亡。近事不远，即汉所代也。

汉兴，诸吕无道，擅相尊王。吕产、吕禄，席太后之宠，据将相之位，兼南北军之众，拥梁、赵王之尊，骄盈无厌，欲危刘氏。赖忠正大臣绛侯、朱虚侯等，竭诚尽节，以诛灭之，然后刘氏复安。以上历叙权臣害国，而以吕氏之乱引出王氏。今王氏一姓，乘朱轮华毂者二十三人，青紫貂蝉，充盈幄内，鱼鳞左右。大将军秉事用权，五侯骄奢僭盛，并作威福，击断自恣，行污而寄治，身私而托公，依东宫之尊，假甥舅之亲，以为威重。尚书、九卿、州牧、郡守皆出其门，管执枢机，朋党比周。称誉者登进，忤恨者诛伤；游谈者助之说，执政者为之言。排摈宗室，孤弱公族，其有智能者，尤非毁而不进。远绝宗室之任，不令得给事朝省，恐其与己分权。数称燕王盖主，以疑上心，避讳吕、霍而弗肯称。内有管、蔡之萌，外假周公之论，兄弟据重，宗族磐互。历上古至秦、汉，外戚僭贵未有如王氏者也，虽周皇父、秦穰侯、汉武安、吕、霍、上官之属，皆不及也。以上极言王氏僭盛。

物盛必有非常之变先见，为其人征象。孝昭帝时，冠石立于泰山，仆柳起于上林。而孝宣帝即位，今王氏先祖坟墓在济南者，其梓柱生枝叶，扶疏上出屋，根垂地中，虽立石起柳，无以过此之明也。事势不两大，王氏与刘氏亦且不并立，如下有泰山之安，则上有累卵之危。陛下为人子孙，守持宗庙，而令国祚移于外亲，降为皂隶，纵不为身，奈宗庙何！妇人内夫家，外父母家，此亦非皇太后之福也。以上言王氏大则刘氏危。孝宣皇帝不与舅平昌、乐昌侯权，所以全安之也。

夫明者起福于无形，销患于未然。宜发明诏，吐德音，援近宗室，亲而纳信，黜远外戚，毋授以政，皆罢令就第，以则效先帝之所行，厚安外戚，全其宗族，诚东宫之意，外家之福也。王氏永存，保其爵禄；刘氏长安，不失社稷：所以褒睦外内之姓，子子孙孙无疆之计也。如不行此策，田氏复见于今，六卿必起于汉，为后嗣忧。昭昭甚明，不可不深图，不可不蚤虑。《易》曰："君不密，则失臣；臣不密，则失身；几事不密，则害成。"唯陛下深留圣思，审固几密，览往事之戒，以折中取信，居万安之实，用保宗庙，久承皇太后，天下幸甚。以上请黜远王氏。

匡　衡

上政治得失疏

臣闻五帝不同礼，三王各异教，民俗殊务，所遇之时异也。

陛下躬圣德，开太平之路，闵愚吏民触法抵禁，比年大赦，使百姓得改行自新，天下幸甚。臣窃见大赦之后，奸邪不为衰止，今日大赦，明日犯法，相随入狱，此殆导之未得其务也。

盖保民者，陈之以德义，示之以好恶，观其失而制其宜，故动之而和，绥之而安。今天下俗贪财贱义，好声色，尚侈靡，廉耻之节薄，淫辟之意纵，纲纪失序，疏者逾内，亲戚之恩薄，婚姻之党隆，苟合徼幸，以身没利，不改其原。虽岁赦之，刑犹难使，错而不用也。以上言屡赦而奸不止，因陈俗之贪薄。

臣愚以为宜壹旷然大变其俗。孔子曰："能以礼让，为国乎何有？"朝廷者，天下之桢干也。公卿大夫相与循礼恭让，则民不争；好仁乐施，则下不暴；上义高节，则民兴行；宽柔和惠，则众相爱：四者，明王之所以不严而成化也。何者？朝有变色之言，则下有争斗之患；上有自专之士，则下有不让之人；上有克胜之佐，则下有伤害之心；上有好利之臣，则下有盗窃之民：此其本也。今俗吏之治，皆不本礼让而上克暴，或忮害，好陷人于罪，贪财而慕势，故犯法者众，奸邪不止。虽严刑峻法，犹不为变，此非其天性，有由然也。

臣窃考《国风》之诗《周南》《召南》，被贤圣之化深，故笃于行而廉于色。郑伯好勇，而国人暴虎；秦穆贵信，而士多从死；陈夫人好巫，而民淫祀；晋侯好俭，而民畜聚；太王躬仁，邠国贵恕。由此观之，治天下者审所上而已。以上言下之俗本于上之化。今之伪薄忮害不让极矣。臣闻教化之流，非家至而人说之也。贤者在位，能者在职，朝廷崇礼，百僚敬让，道德之行由内及外，自近者始，然后民知所法，迁善日进而不自知，是以百姓安，阴阳和，神灵应而嘉祥见。《诗》曰："商邑翼翼，四方之极。寿考且宁，以保我后生。"此成汤所以建至治，保子孙、化异俗而怀鬼方也。今长安天子之都，亲承圣化，然其习俗无以异于远方，郡国来者，无所法则，或见侈靡而放效之。此教化之原本，风俗之枢机，宜先正者也。以上言教化自近者始，宜先正长安帝都。

臣闻天人之际，精祲有以相荡，善恶有以相推。事作乎下者，象动乎上。阴阳之理，各应其感。阴变则静者动，阳蔽则明者暗。水旱之灾，随类而至。今关东连年饥馑，百姓乏困，或至相食，此皆生于赋敛多，民所共者大，而吏安集之不称之效也。陛下祗畏天戒，哀闵元元，大自减损，省甘泉、建章宫卫，罢珠厓，偃武行文，将欲度唐、虞之隆，绝殷、周之衰也。诸见罢珠厓诏书者，莫不欣欣，人自以将见太平也。宜遂减宫室之度，省靡丽之饰，考制度，修外内，近忠正，远巧佞，放郑、卫，进《雅》《颂》，举异材，开直言，任温良之人，退刻薄之吏，显絜白之士，昭无欲之路，览六艺之意，察上世之务；明自然之道，博和睦之化，以崇至仁，匡失俗，易民视，令海内昭然，咸见本朝之所贵，道德宏于京师，淑问扬乎疆外，然后大化可成，礼让可兴也。以上因天灾征应，遂言宜崇廉让忠直。

论治性正家疏

臣闻治乱安危之机，在乎审所用心。盖受命之王，务在创业垂统，传之无穷；继体之君，心存于承宣先王之德，而褒大其功。昔者成王之嗣位，思述文、武之道以养其心，休烈盛美，皆归之二后而不敢专其名，是以上天歆享，鬼神佑焉。其《诗》曰："念我皇祖，陟降庭止。"言成王常思祖考之业，而鬼神佑助其治也。

陛下圣德天覆，子爱海内，然阴阳未和、奸邪未禁者，殆论议者未丕扬先帝之盛功，争言制度不可用也，务变更之；所更或不可行，而复复之：是以群下更相是非，吏民无所信。臣窃恨国家释乐成之业，而虚为此纷纷也，愿陛下详览统业之事，留神于遵制扬功，以定群下之心。《大雅》曰："无念尔祖，聿修厥德。"孔子著之《孝经》首章，盖至德之本也。以上言遵守旧章，不宜纷更。

《传》曰："审好恶，理情性，而王道毕矣。"能尽其性然后能尽人物之性；能尽人物之性，可以赞天地之化。治性之道，必审己之所有余，而强其所不足。盖聪明疏通者，戒于大察；寡闻少见者，戒于雍蔽；勇猛刚强者，戒于大暴；仁爱温良者，戒于无断；湛静安舒者，戒于后时；广心浩大者，戒于遗忘：必审己之所当戒，而齐之以义，然后中和之化应，而巧伪之徒不敢比周而望进。唯陛下戒所以崇圣德。以上言治性当戒其所不足。

臣又闻室家之道修，则天下之理得，故《诗》始《国风》，《礼》本《冠》《婚》：始乎《国风》，原情性而明人伦也；本乎《冠》《婚》，正基兆而防未然也。福之兴莫不本乎室家，道之衰莫不始乎梱内，故圣王必慎妃后之际，别适长之位。礼之于内也，卑不隃尊，新不先故，所以统人情而理阴气也。其尊适而卑庶也，适子冠乎阼，礼之用醴，众子不得与列，所以贵正体而明嫌疑也。非虚加其礼文而已，乃中心与之殊异，故礼探其情而见之外也。圣人动静游燕所亲，物得其序。得其序则海内自修，百姓从化。如当亲者疏，当尊者卑，则佞巧之奸，因时而动，以乱国家。故圣人慎防其端，禁于未然，不以私恩害公义。陛下圣德纯备，莫不修正，则天下无为而治。《诗》云："于以四方，克定厥家。"《传》曰："正家而天下定矣。"以上言正家当别适庶。

戒妃匹劝经学威仪之则疏

陛下秉至孝，哀伤思慕不绝于心，未有游虞弋射之宴，诚隆于慎终追远，无穷已也，窃愿陛下虽圣性得之，犹复加圣心焉。

《诗》云："荧荧在疚"，言成王丧毕思慕，意气未能平也，盖所以就文、武之业，崇大化之本也。以上总起。

臣又闻之师曰："妃匹之际，生民之始，万福之原。"婚姻之礼正，然后品物遂而天命全。孔子论《诗》以《关雎》为始，言太上者民之父母，后夫人之行，不侔乎天地，则无以奉神灵之统，而理万物之宜。故《诗》曰："窈窕淑女，君子好逑。"言能致其贞淑，不贰其操，情欲之感，无介乎容仪，宴私之意，不形乎动静，夫然后可以配至尊而为宗庙主。此纲纪之首，王教之端也，自上世已来，三代兴废，未有不由此者也。愿陛下详览得失盛衰之效，以定大基，采有德，戒声色，近严敬，远技能。以上戒妃匹。

窃见圣德纯茂，专精《诗》《书》，好乐无厌。臣衡材驽，无以辅相善义，宣扬德音。臣闻《六经》者，圣人所以统天地之心，著善恶之归，明吉凶之分，通人道之正，使不悖于其本性者也。故审六艺之指，则天人之理可得而和，草木昆虫可得而育，此永永不易之道也。及《论语》《孝经》，圣人言行之要，宜究其意。以上劝经学。

臣又闻圣王之自为动静周旋，奉天承亲，临朝飨臣，物有节文，以章人伦。盖钦翼祗栗，事天之容也；温恭敬逊，承亲之礼也；正躬严恪，临众之仪也；嘉惠和说，飨下之颜也。举错动作，物遵其仪，故形为仁义，动为法则。孔子曰："德义可尊，容止可观，进退可度，以临其民，是以其民畏而爱之，则而象之。"《大雅》云："敬慎威仪，惟民之则。"诸侯正月朝觐天子，天子惟道德，昭穆穆以视之，又观以礼乐，飨醴乃归。故万国莫不获赐祉福，蒙化而成俗。今正月初幸路寝，临朝贺，置酒以飨万方，《传》曰"君子慎始"，愿陛下留神动静之节，使群下得望盛德休光，以立基桢，天下幸甚。以上威仪之则。

贾　让

治河议

治河有上中下策。古者立国居民，疆理土地，必遗川泽之分，度水势所不及。大川亡防，小水得入，陂障卑下，以为污泽，使秋水多得有所休息，左右游波，宽缓而不迫。夫土之有川，犹人之有口也。治土而防其川，犹止儿啼而塞其口，岂不遽止，然其死可立而待也。故曰："善为川者，决之使道；善为民者，宣之使言。"盖堤防之作，近起战国，雍防百川，各以自利。齐与赵、魏，以河为竟。赵、魏濒山，齐地卑下，作堤去河二十五里。河水东抵齐堤，则西泛赵、魏，赵、魏亦为堤，去河二十五里。虽非其正，水尚有所游荡。时至而去，则填淤肥美，民耕田之。或久无害，稍筑室宅，遂成聚落。大水时至漂没，则更起堤防以自救，稍去其城郭，排水泽而居之，湛溺自其宜也。今堤防狭者，去水数百步，远者数里。近黎阳南故大金堤，从河西西北行，至西山南头，乃折东，与东山相属。民居金堤东，为庐舍，住十余岁，更起堤，从东山南头直南，与故大堤会。又内黄界中，有泽方数十里，环之有堤，往十余岁，太守以赋民，民今起庐舍其中，此臣亲所见者也。东郡白马故大堤，亦复数重，民皆居其间。从黎阳北尽魏界，故大堤去河远者数十里，内亦数重，此皆前世所排也。河从河内，北至黎阳，为石堤，激使东。抵东郡平刚，又为石堤。使西北抵黎阳观下，又为石堤。使东北抵东郡津北，又为石堤。使西北抵魏郡昭阳，又为石堤，激使东北。百余里间，河再西三东，迫厄如此，不得安息。

今行上策，徙冀州之民当水冲者，决黎阳遮害亭，放河使北入海。河西薄大山，东薄金堤，势不能远泛滥，期月自定。难者将曰："若如此，败坏城郭田庐冢墓以万数，百姓怨憾。"昔大禹治水，山陵当路者毁之，故凿龙门，辟伊阙，析底柱，破碣石，堕断天地之性。此乃人功所造，何足言也！今濒河十郡治堤，岁费且万万，及其大决，所残亡数。如出数年治河之费，以业所徙之民，遵古圣之法，定山川之位，使神人各处其所而不相奸。且以大汉方制万里，岂其与水争咫尺之地哉？此功一立，河定民安，千载亡患，故谓之上策。以上言上策。

若乃多穿漕渠于冀州地，使民得以溉田，分杀水怒，虽非圣人法，然亦救败术也。难者将曰："河水高于平地，岁增堤防，犹尚决溢，不可以开渠。"臣窃按视遮害亭西十八里，至淇水口，乃有金堤高一丈。自是东，地稍下，堤稍高，至遮害亭高四五丈。往五六岁，河水大盛，增丈七尺，坏黎阳南郭门入至堤下。水未逾堤二尺所，从堤上北望，河高出民屋，百姓皆走上山。水留十三日，堤溃二所，吏民塞之。臣循堤上行，视水势，南七十余里至淇口，水适至堤半，计出地上五尺所。今可从淇口以东为石堤，多张水门。初元中，遮害亭下河去堤足数十步，至今四十余岁，适至堤足。由是言之，其地坚矣。恐议者疑河大川难禁制，荥阳漕渠足以卜之，其水门但用木与土耳，今据坚地作石堤，势必完安。冀州渠首，尽当印此水门。治渠非穿地也，但为东方一堤，北行三百余里入漳水中，其西因山足高地，诸渠皆往往股引取之；旱则开东方下水门溉冀州，水则开西方高门分河流。通渠有三利，不通有三害。民常罢于救水，半失作业；水行地上，凑润上彻，民则病湿气，木皆立枯，卤不生谷；决溢有败，为鱼鳖食：此三害也。若有渠溉，则盐卤下隰，填淤加肥；故种禾麦，更为粳稻，高田五倍，下田十倍；转漕舟船之便，此三利也。今濒河堤吏卒郡数千人，伐买薪石之费，岁数千万，足以通渠成水门；又民利其灌溉，相率治渠，虽劳不罢。民田适治，河堤亦成，此诚富国安民，兴利除害，支数百岁，故谓之中策。以上言中策。

若乃缮完故堤，增卑倍薄，劳费亡已，数逢其害，此最下策也。

扬　雄

谏不许单于朝书

臣闻六经之治，贵于未乱；兵家之胜，贵于未战。二者皆微，然而大事之本，不可不察也。今单于上书求朝，国家不许而辞之，臣愚以为汉与匈奴从此隙矣。本北地之狄，五帝所不能臣，三王所不能制，其不可使隙甚明。臣不敢远称，请引秦以来明之。

以秦始皇之强，蒙恬之威，带甲四十余万，然不敢窥西河，乃筑长城以界之。会汉初兴，以高祖之威灵，三十万众，困于平城，士或七日不食。时奇谲之士、石画之臣甚众，卒其所以脱者，世莫得而言也。又高皇后常忿匈奴，群臣庭议，樊哙请以十万众横行匈奴中，季布曰："哙可斩也，妄阿顺指！"于是大臣权书遗之，然后匈奴之结解，中国之忧平。及孝文时，匈奴侵暴北边，候骑至雍甘泉，京师大骇，发三将军屯细柳、棘门、霸上以备之，数月乃罢。孝武即位，设马邑之权，欲诱匈奴，使韩安国将三十万众，侥于便地，匈奴觉之而去，徒费财劳师，一虏不可得见，况单于之面乎？其后深惟社稷之计，规恢万载之策，乃大兴师数十万，使卫青、霍去病操兵，前后十余年。于是浮西河，绝大幕，破寘颜，袭王庭，穷极其地，追奔逐北，封狼居胥山，禅于姑衍，以临瀚海，虏名王贵人以百数。自是之后，匈奴震怖，益求和亲，然而未肯称臣也。以上秦汉匈奴之强。

且夫前世岂乐倾无量之费，役无罪之人，快心于狼望之北哉？以为不一劳者不久佚，不暂费者不永宁，是以忍百万之师以摧饿虎之喙，运府库之财，填卢山之壑而不悔也。至本始之初，匈奴有桀心，欲掠乌孙，侵公主，乃发五将之师十五万骑猎其南，而长罗侯以乌孙五万骑震其西，皆至质而还。时鲜有所获，徒奋扬威武，明汉兵若雷风耳。虽空行空反，尚诛两将军。故北狄不服，中国未得高枕安寝也。以上未服时攻伐之难。逮至元康、神爵之间，大化神明，鸿恩溥洽，而匈奴内乱，五单于争立，日逐、呼韩邪携国归死，扶伏称臣，然尚羁縻之，计不颛制。自此之后，欲朝者不距，不欲者不强。何者？外国天性忿鸷，形容魁健，负力怙气，难化以善，易隶以恶，其强难诎，其和难得。以上既服后慰抚之备。

故未服之时，劳师远攻，倾国殚货，伏尸流血，破坚拔敌，如彼之难也；既服之后，慰荐抚循，交接赂遗，威仪俯仰，如此之备也。往时常屠大宛之城，蹈乌桓之垒，探姑缯之壁，籍荡姐之场，艾朝鲜之旃，拔两越之旗，近不过旬月之役，远不离二时之劳，固已犁其庭，扫其闾，郡县而置之，云彻席卷，后无余灾。惟北狄为不然，真中国之坚敌也，三垂比之悬矣，前世重之兹甚，未易可轻也。

今单于归义，怀款诚之心，欲离其庭，陈见于前，此乃上世之遗策，神灵之所想望，国家虽费，不得已者也。奈何距以来厌之辞，疏以无日之期，消往昔之恩，开将来之隙？夫款而隙之，使有恨心，负前言，缘往辞，归怨于汉，因以自绝，终无北面之心，威之不可，谕之不能，焉得不为大忧乎？夫明者视于无形，聪者听于无声，诚先于未然，即蒙恬、樊哙不复施，棘门、细柳不复备，马邑之策安所设，卫、霍之功何得用，五将之威安所震？不然，壹有隙之后，虽智者劳心于内，辩者毂击于外，犹不若未然之时也。且往者图西域，制车师，置城郭都护三十六国，费岁以大万计者，岂为康居、乌孙能逾白龙堆而寇西边哉？乃以制匈奴也。夫百年劳之，一日失之，费十而爱一，臣窃为国不安也。唯陛下少留意于未乱未战，以遏边萌之祸。

刘　歆

毁庙议

臣闻周室既衰，四夷并侵，猃狁最强，于今匈奴是也。至宣王而伐之，诗人美而颂之曰"薄伐猃狁，至于太原"，又曰"啴啴推推，如霆如雷。显允方叔，征伐猃狁，蛮荆来威"，故称中兴。及至幽王，犬戎来伐，杀幽王，取宗器。自是之后，南夷与北夷交侵，中国不绝如线。《春秋》纪齐桓南伐楚，北伐山戎，孔子曰："微管仲，吾其被发左衽矣！"是故弃桓之过而录其功，以为伯首。

及汉兴，冒顿始强，破东胡，禽月氏，并其土地，地广兵强，为中国害。南越尉佗总百粤，自称帝。故中国虽平，犹有四夷之患，且无宁岁。一方有急，三面救之，是天下皆动而被其害也。孝文皇帝厚以货赂，与结和亲，犹侵暴无已，甚者兴师十余万众，近屯京师，及四边，岁发屯备虏，其为患久矣，非一世之渐也。诸侯郡守连匈奴及百粤以为逆者，非一人也。匈奴所杀郡守都尉，略取人民，不可胜数。孝武皇帝愍中国罢劳，无安宁之时，乃遣大将军、骠骑、伏波、楼船之属，南灭百粤，起七郡；北攘匈奴，降昆邪十万之众，置五属国，起朔方，以夺其肥饶之地；东伐朝鲜，起元菟、乐浪，以断匈奴之左臂；西伐大宛，并三十六国，结乌孙，起敦煌、酒泉、张掖，以鬲婼羌，裂匈奴之右肩。单于孤特，远遁于幕北。四垂无事，斥地远境，起十余郡。功业既定，乃封丞相为富民侯，以大安天下，富实百姓，其规柷可见。又招集天下贤俊，与协心同谋，兴制度，改正朔，易服色，立天地之祠，建封禅，殊官号，存周后，定诸侯之制，永无逆争之心，至今累世赖之。单于守藩，百蛮服从，万世之基也，中兴之功，未有高焉者也。以上孝武功烈。

高帝建大业，为太祖；孝文皇帝德至厚也，为文太宗；孝武皇帝功至著也，为武世宗；此孝宣帝所以发德音也。以上孝宣崇立之。《礼记·王制》及《春秋穀梁传》，天子七庙，诸侯五，大夫三，士二。天子七日而殡，七月而葬；诸侯五日而殡，五月而葬，此丧事尊卑之序也，与庙数相应。其文曰："天子三昭三穆，与太祖之庙而七；诸侯二昭二穆，与太祖之庙而五。"故德厚者流光，德薄者流卑。《春秋左氏传》曰："名位不同，礼亦异数。"自上以下，降杀以两，礼也。七者，其正法数，可常数者也。宗不在此数中。宗，变也，苟有功德则宗之，不可预为设数。故于殷太甲为太宗，太戊曰中宗，武丁曰高宗。周公为《毋逸》之戒，举殷三宗以劝成王。繇是言之，宗无数也。然则所以劝帝者之功德博矣。以上宗不在庙数中。以七庙言之，孝武皇帝未宜毁；以所宗言之，则不可谓无功德。

《礼记》祀典曰："夫圣王之制祀也，功施于民则祀之，以劳定国则祀之，能救大灾则祀之。"窃观孝武皇帝，功德皆兼而有焉。凡在于异姓，犹将特祀之，况于先祖？或说天子五庙无见文，又说中宗、高宗者，宗其道而毁其庙。名与实异，非尊德贵功之意也。《诗》云："蔽芾甘棠，勿翦勿伐，召伯所茇。"思其人犹爱其树，况宗其道而毁其庙乎？迭毁之礼，自有常法，无殊功异德，固以亲疏相推。及至祖宗之序，多少之数，经传无明文，至尊至重，难以疑文虚说定也。以上杂辨。孝宣皇帝举公卿之议，用众儒之谋，既以为世宗之庙，建之万世，宣布天下。臣愚以为孝武皇帝功烈如彼，孝宣皇帝崇立之如此，不宜毁。

樊　准

兴修儒学疏

臣闻贾谊有言，"人君不可以不学"。故虽大舜圣德，孳孳为善；成王贤主，崇明师傅。及光武皇帝受命中兴，群雄崩扰，旌旗乱野，东西诛战，不遑启处，然犹投戈讲艺，息马论道。以上前古及光武之好学。至孝明皇帝，兼天地之姿，用日月之明，庶政万机，无不简心，而垂情古典，游意经艺，每飨射礼毕，正坐自讲，诸儒并听，四方欣欣。虽阙里之化、矍相之事，诚不足言。又多征名儒，以充礼官，如沛国赵孝、琅邪承宫等，或安车结驷，告归乡里；或丰衣博带，从见宗庙。其余以经术见优者，布在廊庙。故朝多皤皤之良，华首之老。每谦会，则论难衎衎，共求政化。详览群言，响如振玉。朝者进而思政，罢者退而备问。小大随化，雍雍可嘉。期门羽林介胄之士，悉通《孝经》。博士议郎，一人开门，徒众百数。化自圣躬，流及蛮荒，匈奴遣伊秩訾王大车且渠来入就学。八方肃清，上下无事。是以议者每称盛时，咸言永平。以上永平儒学之盛。

　今学者盖少，远方尤甚。博士倚席不讲，儒者竟论浮丽，忘謇謇之忠，习讠皮讠皮之辞。文吏则去法律而学诋欺，锐锥刀之锋，断刑辟之重，德陋俗薄，以致苛刻。昔孝文窦后性好黄老，而清静之化流景、武之间。臣愚以为宜下明诏，博求幽隐，发扬岩穴，宠进儒雅，有如孝、宫者，征诣公车，以俟圣上讲习之期。公卿各举明经及旧儒子孙，进其爵位，使缵其业。复召郡国书佐，使读律令。以上陈兴修儒学之法三端。如此，则延颈者日有所见，倾耳者月有所闻。伏愿陛下推述先帝进业之道。

刘　陶

上桓帝书

臣闻人非天地无以为生，天地非人无以为灵，是故帝非人不立，人非帝不宁。夫天之与帝，帝之与人，犹头之与足，相须而行也。伏惟陛下年隆德茂，中天称号，袭常存之庆，循不易之制，目不视鸣条之事，耳不闻檀车之声，天灾不有痛于肌肤，震食不即损于圣体，故蔑三光之谬，轻上天之怒。

伏念高祖之起，始自布衣，拾暴秦之敝，追亡周之鹿，合散扶伤，克成帝业。功既显矣，勤亦至矣。流福遗祚，至于陛下。陛下既不能增明烈考之轨，而忽高祖之勤，妄假利器，委授国柄，使群丑刑隶，芟刈小民，雕敝诸夏，虐流远近，故天降众异，以戒陛下。陛下不悟，而竞令虎豹窟于麂场，豺狼乳于春囿。斯岂唐咨禹、稷，益典朕虞，议物赋土蒸民之意哉？又令牧守长吏，上下交竞；封豕长蛇，蚕食天下；货殖者为穷冤之魂，贫馁者作饥寒之鬼；高门获东观之辜，丰室罗妖叛之罪；死者悲于窀穸，生者戚于朝野，是愚臣所为咨嗟长怀叹息者也。以上时政贪虐。且秦之将亡，正谏者诛，谀进者赏，嘉言结于忠舌，国命出于谗口，擅阎乐于咸阳，授赵高以车府。权去己而不知，威离身而不顾。古今一揆，成败同势。愿陛下远览强秦之倾，近察哀、平之变，得失昭然，祸福可见。以上进退忠佞之鉴。

臣又闻危非仁不扶，乱非智不救，故武丁得傅说，以消鼎雉之灾，周宣用申、甫，以济夷、厉之荒。窃见故冀州刺史南阳朱穆，前乌桓校尉臣同郡李膺，皆履正清平，贞高绝俗。穆前在冀州，奉宪操平，摧破奸党，扫清万里。膺历典牧守，正身率下，及掌戎马，威扬朔北。斯实中兴之良佐，国家之柱臣也。宜还本朝，挟辅王室，上齐七燿，下镇万国。以上荐朱穆、李膺。臣敢吐不时之义于讳言之朝，犹冰霜见日，必至消灭。臣始悲天下之可悲，今天下亦悲臣之愚惑也。

改铸大钱议

圣王承天制物，与人行止，建功则众悦其事，兴戎而师乐其旅。是故灵台有子来之人，武旅有凫藻之士，皆举合时宜，动顺人道也。臣伏读铸钱之诏，平轻重之议，访覃幽微，不遗穷贱，是以藿食之人，谬延逮及。

盖以为当今之忧，不在于货，在乎民饥。夫生养之道，先食后民。是以先王观象育物，敬授民时，使男不逋亩，女不下机。故君臣之道行，王路之教通。由是言之，食者乃有国之所宝，生民之至贵也。窃见比年已来，良苗尽于蝗螟之口，杼柚空于公私之求，所急朝夕之餐，所患靡盬之事，岂谓钱货之厚薄，铢两之轻重哉？就使当今沙砾化为南金，瓦石变为和玉，使百姓渴无所饮，饥无所食，虽皇、羲之纯德，唐、虞之文明，犹不能以保萧墙之内也。盖民可百年无货，不可一朝有饥，故食为至急也。以上言忧不在货，在乎民饥。

议者不达农殖之本，多言铸冶之便，或欲因缘行诈，以贾国利。国利将尽，取者争竞，造铸之端于是乎生。盖万人铸之，一人夺之，犹不能给；况今一人铸之，则万人夺之乎？虽以阴阳为炭，万物为铜，役不食之民，使不饥之士，犹不能足无厌之求也。夫欲民殷财阜，要在止役禁夺，则百姓不劳而足。陛下圣德，愍海内之忧戚，伤天下之艰难，欲铸钱齐货以救其敝，此犹养鱼沸鼎之中，栖鸟烈火之上。水木本鱼鸟之所生也，用之不时，必至焦烂。愿陛下宽铄薄之禁，后冶铸之议，听民庶之谣吟，问路叟之所忧，瞰三光之文耀，视山河之分流。天下之心，国家大事，粲然皆见，无有遗惑者矣。以上言禁铸无益，宜止役禁夺。

臣尝诵《诗》，至于鸿雁于野之劳，哀勤百堵之事，每唱尔长怀，中篇而叹。近听征夫饥劳之声，甚于斯歌。是以追悟匹妇吟鲁之忧，始于此乎？见白驹之意，屏营彷徨，不能监寐。伏念当今地广而不得耕，民众而无所食。群小竞起进，秉国之位，鹰扬天下，鸟钞求饱，吞肌及骨，并释无厌。诚恐卒有役夫穷匠，起于板筑之间，投斤攘臂，登高远呼，使愁怨之民响应云合，八方分崩，中夏鱼溃。虽方尺之钱。何能有救！其危犹举函牛之鼎，绠纤枯之末，诗人所以眷然顾之，潸焉出涕者也。

臣东野狂暗，不达大义，缘广及之时，对过所问，知必以身脂鼎镬，为天下笑。以上民穷则恐为乱。

诸葛亮

出师表

臣亮言：先帝创业未半，而中道崩殂。今天下三分，益州疲弊，此诚危急存亡之秋也。然侍卫之臣不懈于内，忠志之士忘身于外者，盖追先帝之殊遇，欲报之于陛下也。诚宜开张圣听，以光先帝遗德，恢宏志士之气；不宜妄自菲薄，引喻失义，以塞忠谏之路也。以上志意不可卑薄。

　　宫中、府中俱为一体，陟罚臧否，不宜异同。若有作奸犯科及为忠善者，宜付有司论其刑赏，以昭陛下平明之治，不宜偏私，使内外异法也。侍中、侍郎郭攸之、费祎、董允等，此皆良实，志虑忠纯，是以先帝简拔以遗陛下。愚以为宫中之事，事无大小，悉以咨之，然后施行，必能裨补阙漏，有所广益。将军向宠，性行淑均，晓畅军事，试用于昔日，先帝称之曰能，是以众议举宠为督。愚以为营中之事，事无大小，悉以咨之，必能使行阵和穆，优劣得所也。亲贤臣，远小人，此先汉所以兴隆也；亲小人，远贤臣，此后汉所以倾颓也。先帝在时，每与臣论此事，未尝不叹息痛恨于桓、灵也。侍中、尚书、长史、参军，此悉贞亮、死节之臣也，愿陛下亲之信之，则汉室之隆，可计日而待也。以上官府贤才尚可信任。

　　臣本布衣，躬耕于南阳，苟全性命于乱世，不求闻达于诸侯。先帝不以臣卑鄙，猥自枉屈，三顾臣于草庐之中，咨臣以当世之事，由是感激，遂许先帝以驱驰。后值倾覆，受任于败军之际，奉命于危难之间，尔来二十有一年矣。先帝知臣谨慎，故临崩寄臣以大事也。受命以来，夙夜忧叹，恐托付不效，以伤先帝之明。故五月渡泸，深入不毛。今南方已定，兵甲已足，当奖帅三军，北定中原，庶竭驽钝，攘除奸凶，兴复汉室，还于旧都，此臣之所以报先帝而忠陛下之职分也。以上自陈志事。

　　至于斟酌损益，进尽忠言，则攸之、祎、允之任也。愿陛下托臣以讨贼兴复之效，不效，则治臣之罪以告先帝之灵；若无兴德之言，责攸之、祎、允之咎以彰其慢。陛下亦宜自谋，以谘诹善道，察纳雅言，深追先帝遗诏。臣不胜受恩感激，今当远离，临表涕泣，不知所言。以上总收一节。

高堂隆

谏明帝疏

盖"天地之大德曰生，圣人之大宝曰位；何以守位？曰仁；何以聚人？曰财"。然则士民者，乃国家之镇也；谷帛者，乃士民之命也。谷帛非造化不育，非人力不成。是以帝耕以劝农，后桑以成服，所以昭事上帝，告虔报施也。昔在伊唐，世值阳九厄运之会，洪水滔天，使鲧治之，绩用不成，乃举文命，随山刊木，前后历年二十二载。灾眚之甚，莫过于彼，力役之兴，莫久于此，尧、舜君臣，南面而已。禹敷九州，庶士庸勋，各有等差；君子小人，物有服章。今无若时之急，而使公卿大夫并与厮徒共供事役，闻之四夷，非嘉声也，垂之竹帛，非令名也。是以有国有家者，近取诸身，远取诸物，妪煦养育，故称"恺悌君子，民之父母"。今上下劳役，疾病凶荒，耕稼者寡，饥馑荐臻，无以卒岁，宜加愍恤，以救其困。以上言上下劳役，宜加愍恤。

臣观在昔书籍所载，天人之际，未有不应也。是以古先哲王，畏上天之明命，循阴阳之逆顺，矜矜业业，惟恐有违。然后治道用兴，德与神符，灾异既发，惧而修政，未有不延期流祚者也。爰及末叶，暗君昏主，不崇先王之令轨，不纳正士之直言，以遂其情志，恬忽变戒，未有不寻践祸难，至于颠覆者也。以上言当畏天命。

天道既著，请以人道论之。夫六情五性，同在于人，嗜欲廉贞，各居其一。及其动也，交争于心。欲强质弱，则纵滥不禁；精诚不制，则放溢无极。夫情之所在，非好则美，而美好之集，非人力不成，非谷帛不立。情苟无极，则人不堪其劳，物不充其求。劳求并至，将起祸乱。故不割情，无以相供。仲尼云："人无远虑，必有近忧。"由此观之，礼义之制，非苟拘分，将以远害而兴治也。以上言情欲不节，将起祸乱。

今吴、蜀二贼，非徒白地小虏、聚邑之寇，乃据险乘流，跨有士众，僭号称帝，欲与中国争衡。今若有人来告，权、备并修德政，复履清俭，轻省租赋，不治玩好，动咨耆贤，事遵礼度。陛下闻之，岂不惕然恶其如此，以为难卒讨灭，而为国忧乎？若使告者曰，彼二贼并为无道，崇侈无度，役其士民，重其征赋，下不堪命，吁嗟日甚。陛下闻之，岂不勃然忿其困我无辜之民，而欲速加之诛，其次，岂不幸彼疲弊而取之不难乎？苟如此，则可易心而度，事义之数亦不远矣。以上言吴、蜀未平，不宜困民。

且秦始皇不筑道德之基，而筑阿房之宫；不忧萧墙之变，而修长城之役。当其君臣为此计也，亦欲立万世之业，使子孙长有天下，岂意一朝匹夫大呼，而天下倾覆哉？故臣以为使先代之君知其所行必将至于败，则弗为之矣。是以亡国之主自谓不亡，然后至于亡；贤圣之君自谓将亡，然后至于不亡。昔汉文帝称为贤主，躬行俭约，惠下养民，而贾谊方之，以为天下倒县，可为痛哭者一，可为流涕者二，可为长叹息者三。况今天下凋弊，民无儋石之储，国无终年之畜，外有强敌，六军暴边，内兴土功，州郡骚动，若有寇警，则臣惧版筑之士不能投命虏庭矣。以上言存不忘亡。

又，将吏奉禄，稍见折减，方之于昔，五分居一；诸受休者又绝廪赐，不应输者今皆出半：此为官入兼多于旧，其所出与参少于昔。而度支经用，更每不足，牛肉小赋，前后相继。反而推之，凡此诸费，必有所在。且夫禄赐谷帛，人主所以惠养吏民而为之司命者也，若今有废，是夺其命矣。既得之而又失之，此生怨之府也。《周礼》，太府掌九赋之财，以给九式之用，入有其分，出有其所，不相干乘而用各足。各足之后，乃以式贡之余，供王玩好。又上用财，必考于司会。今陛下所与共坐廊庙治天下者，非三司九列，则台阁近臣，皆腹心造膝，宜在无讳。若见丰省而不敢以告，从命奔走，惟恐不胜，是则具臣，非鲠辅也。昔李斯教秦二世曰："为人主而不恣睢，命之曰天下桎梏。"二世用之，秦国以覆，斯亦灭族。是以史迁议其不正谏，而为世诫。以上言禄赐不宜减。

刘　琨

劝进表

建兴五年，三月癸未朔，十八日辛丑，使持节散骑常侍，都督河北、并、冀、幽三州诸军事、领护军匈奴中郎将司空，并州刺史广武侯臣琨；使持节侍中，都督冀州诸军事，抚军大将军，冀州刺史，左贤王渤海公臣碑，顿首死罪上书：

臣琨、臣碑，顿首顿首！死罪死罪！臣闻天生蒸人，树之以君，所以对越天地，司牧黎元。圣帝明王，鉴其若此。知天地不可以乏飨，故屈其身以奉之。知黎元不可以无主，故不得已而临之。社稷时难，则戚藩定其倾；郊庙或替，则宗哲纂其祀。所以宏振颓风，式固万世，三、五以降，靡不由之。以上言宗社当有主者。

臣琨、臣碑，顿首顿首！死罪死罪！伏惟高祖宣皇帝，肇基景命。世祖武皇帝，遂造区夏，三叶重光，四圣继轨，惠泽侔于有虞，卜年过于周氏。自元康以来，艰祸繁兴，永嘉之际，氛厉弥昏，宸极失御，登遐丑裔。国家之危，有若缀旒。赖先后之德，宗庙之灵，皇帝嗣建，旧物克甄，诞授钦明，服膺聪哲。玉质幼彰，金声夙振。冢宰摄其纲，百辟辅其治，四海想中兴之美，群生怀来苏之望。不图天不悔祸，大灾荐臻，国未忘难，寇害寻兴。逆胡刘曜，纵逸西都，敢肆犬羊，陵虐天邑。臣等奉表使还，仍承西朝，以去年十一月不守，主上幽劫，复沈虏廷，神器流离，再辱荒逆。臣每览史籍，观之前载，厄运之极，古今未有。苟在食土之毛，含气之类，莫不叩心绝气，行号巷哭。况臣等荷宠三世，位厕鼎司，承问震惶，精爽飞越，且悲且惋，五情无主，举哀朔垂，上下泣血。以上闻怀愍之难。

臣琨、臣磾，顿首顿首，死罪死罪！臣闻昏明迭用，否泰相济，天命未改，历数有归，或多难以固邦国，或殷忧以启圣明。齐有无知之祸，而小白为五伯之长；晋有骊姬之难，而重耳主诸侯之盟。社稷靡安，必将有以扶其危；黔首几绝，必将有以继其绪。伏惟陛下元德通于神明，圣姿合于两仪，应命代之期，绍千载之运。夫符瑞之表，天人有征，中兴之兆，图谶垂典。自京畿陨丧，九服崩离，天下嚣然，无所归怀。虽有夏之遘夷羿，宗姬之离犬戎，蔑以过之。陛下抚宁江左，奄有旧吴，柔服以德，伐叛以刑，抗明威以摄不类，杖大顺以肃宇内。纯化既敷，则率土宅心，义风既畅，则遐方企踵。百揆时叙于上，四门穆穆于下。昔少康之隆，夏训以为美谈；宣王之兴，周诗以为休咏。况茂勋格于皇天，清辉光于四海！苍生颙然，莫不欣戴！声教所加，愿为臣妾者哉！且宣皇之胤，惟有陛下，亿兆攸归，曾无与二。天祚大晋，必将有主，主晋祀者，非陛下而谁？是以迩无异言，远无异望。讴歌者无不吟咏徽猷，狱讼者无不思于圣德。天地之际既交，华裔之情允洽。一角之兽，连理之木，以为休征者，盖有百数；冠带之伦，要荒之众，不谋而同辞者，动以万计。是以臣等敢考天地之心，因函夏之趣，昧死以上尊号。原陛下存舜、禹至公之情，狭巢、由抗矫之节，以社稷为务，不以小行为先；以黔首为忧，不以克让为事。上以慰宗庙乃顾之怀，下以释普天倾首之望。则所谓生繁华于枯荑，育丰肌于朽骨。神人获安，无不幸甚！以上言元帝亲于贤，宜嗣大统。

臣琨、臣碑，顿首顿首！死罪死罪！臣闻尊位不可久虚，万机不可久旷。虚之一日，则尊位以殆；旷之浃辰，则万机以乱。方今钟百王之季，当阳九之会，狡寇窥窬，伺国瑕隙。齐人波荡，无所系心，安可以废而不恤哉？陛下虽欲逡巡，其若宗庙何，其若百姓何？昔惠公虏秦，晋国震骇。吕郤之谋，欲立子圉，外以绝敌人之志，内以固阖境之情。故曰：丧君有君，群臣辑穆，好我者劝，恶我者惧。前事之不忘，后代之元龟也。陛下明并日月，无幽不烛，深谋远虑，出自胸怀。不胜犬马忧国之情，迟睹人神开泰之路。是以陈其乃诚，布之执事。臣等各忝守方任，职在遐外，不得陪列阙庭，共观盛礼，踊跃之怀，南望罔极。以上言立君以定民志。

谨上。臣琨谨遣兼左长史，右司马臣温峤，主簿臣辟闾训。臣碑遣散骑常侍、征虏将军、清河太守领右长史、高平亭侯臣荣劭，轻车将军、关内侯臣郭穆奉表。臣琨、臣碑等顿首顿首，死罪死罪！

江 式

文字源流表
臣闻伏羲氏作而八卦形其画，轩辕氏兴而灵龟彰其彩。古史仓颉览二象之爻，观鸟兽之迹，别创文字，以代结绳，用书契以维事。迄于三代，厥体颇异，虽依类取制，未能违仓氏矣。故《周礼》：八岁入小学，保氏教以六书，盖是史颉之遗法。及宣王太史史籀著《大篆》十五篇，与古文或同或异，时人即谓之籀书。孔子修《六经》，左丘明述《春秋》，皆以古文，厥意可得而言。以上自上古至孔子。其后七国殊轨，文字乖舛。暨秦兼天下，丞相李斯乃奏蠲罢不合秦文者。斯作《仓颉篇》，车府令高作《爰历篇》，太史令胡母敬作《博学篇》，皆取史籀式，颇有省改，所谓小篆者也。于是秦烧经书，涤除旧典，官狱繁多，以趣简易，始用隶书，古文由此息矣。隶书者，始皇使下杜人程邈附于小篆所作也。世人以邈徒隶，即谓之隶书。故秦有八体：一曰大篆，二曰小篆，三曰符书，四曰虫书，五曰摹印，六曰署书，七曰殳书，八曰隶书。以上秦。

汉兴，有尉律，学徒教以籀书，又习八体，试之课最，以为尚书史。书省字不正，辄举劾焉。又有草书，莫知谁始，其形书虽无厥谊，亦是一时之变通也。孝宣时，召通《仓颉》读者，独张敞从受之。凉州刺史杜业、沛人爰礼讲学，大夫秦近亦能言之。孝平时，征礼等百余人说文字于未央宫中，以礼为小学元士。黄门侍郎扬雄采以作《训纂篇》。及亡新居摄，自以运应制作，大司马甄丰校文字之部，颇改定古文。时有六书：一曰古文，孔子壁中书也；二曰奇字，即古文而异者；三曰篆书，云小篆也；四曰佐书，秦隶书也；五曰缪篆，所以摹印也；六曰鸟虫，所以书幡信也。壁中书者，鲁恭王坏孔子宅而得《尚书》《春秋》《论语》《孝经》也。又北平侯张仓献《春秋左氏传》，书体与孔氏相类，即前代之古文矣。以上西汉及新莽。

后汉扶风曹喜号曰工篆，小异斯法，而甚精巧，自是后学，皆其法也。又诏侍中贾逵修理旧文，殊艺异术，王教一端，苟有可以加于国者，靡不悉集。逵即汝南许慎古学之师也。后慎嗟时人之好奇，叹俗儒之穿凿，故撰《说文解字》十五篇，首一终亥，各有部属，可谓类聚群分，杂而不越，文质彬彬，最可得而论也。左中郎将蔡邕采李斯、曹喜之法，以为古今杂形，诏于太学立石碑，刊载五经，题书楷法，多是邕书也。后开鸿都，书画奇能，莫不云集。时诸方献篆，无出邕者。以上后汉。

魏初，博士清河张揖著《埤苍》《广雅》《古今字诂》。方之许篇，古今体用，或得或失。陈留邯郸淳亦与揖同，博闻古艺，特善《苍》《雅》。许氏字指、八体、六书，精究厥理，有名于揖。以书教诸皇子。又建《三字石经》于汉碑西，其文蔚焕，三体复宣。校之《说文》，篆、隶大同，而古字小异。又有京兆韦诞、河东卫觊二家，并号能篆。当时台观榜题，宝器之铭，悉是诞书。咸传之子孙，世称其妙。以上曹魏。

晋世吕忱表上《字林》六卷，寻其况趣，附托许慎《说文》，而按偶章句，隐别古籀奇惑之字，文得正隶，不差篆意也。忱弟静别仿故左校令李登《声类》之法，作《韵集》五卷，使宫、商、角、徵、羽各为一篇，而文字与兄便是鲁、卫，音读楚、夏，时有不同。以上晋。

皇魏承百王之季，绍五运之绪。世易风移，文字改变，篆形谬错，隶体失真。俗学鄙习，复加虚造。巧谈辩士，以意为疑，炫惑于时，难以厘改。乃曰：追来为归，巧言为辩，小兔为㲦，神虫为蚕。如斯甚众，皆不合孔氏古书、史籀《大篆》、许氏《说文》《石经》三字也。以上元魏文字错谬。

嗟夫！文字者六籍之宗，王教之始，前人所以垂今，今人所以识古。

臣六世祖琼，家世陈留，往晋之初，与从父兄俱受学于卫觊，古篆之法，《苍》《雅》《方言》《说文》之谊，当时并收善誉。而祖遇洛阳之乱，避地河西，数世传习，斯业所以不坠也。世祖太延中，牧犍内附，臣亡祖文威杖策归国，奉献五世传掌之书，古篆八体之法。时蒙褒录，叙列于儒林，官班文省，家号世业。以上自述时习斯业。

臣藉六世之资，奉遵祖考之训，窃慕古人之轨，企践儒门之辙。求撰集古来文字，以许慎《说文》为主，及孔氏《尚书》《五经音注》《籀篇》《尔雅》《三苍》《凡将》《方言》《通俗文》《祖文宗》《埤苍》《广雅》《古今字诂》《三字石经》《字林》《韵集》、诸赋文字有六书之谊者，以类编联，文无复重，统为一部。其古籀、奇惑、俗隶诸体，咸使班于篆下，各有区别。训诂假借之谊，随文而解；音读楚、夏之声，并逐字而注。其所不知者，则阙如也。冀省百氏之观，而同文字之域。以上自述撰集文字，以义为主，而训诂、音声附见。

陆 贽

论两河及淮西利害状

内侍朱冀宁奉宣圣旨：缘两河寇贼未平殄，又淮西凶党攻逼襄城，卿识古知今，合有良策，宜具陈利害封进者。

臣质性凡钝，闻见陋狭，幸因乏使，簪组升朝。荐承过恩，文学入侍，每自奋励，思酬奖遇，感激所至，亦能忘身。但以越职干议，典制所禁，未信而言，圣人不尚。是以循循默默，尸居荣近，日日以愧，自春徂秋，心虽怀忧，言不敢发，此臣之罪也，亦臣之分也。陛下天纵圣德，神授英谋，明照八表，思周万务，犹虑阙漏，下询刍荛，此尧、舜舍己从人，好问而好察迩言之意也。臣每读前史，见开说纳忠之士，乃有泣血碎首、牵裾断鞅者，皆以进议见拒，恳诚激忠，遂至发愤逾礼而不能自止故也。况今势有危迫，事有机宜，当圣主开怀访纳之时，无昔人逆鳞颠沛之患，悦又上探微旨，虑匪悦闻，傍惧贵臣，将为沮议，首尾忧畏，前后顾瞻，是乃偷合苟容之徒，非有扶危救乱之意，此愚臣之所痛心切齿于既往，是以不忍复躬行于当世也。心蕴忠愤，固愿披陈，职居禁闱，当备顾问。承问而对，臣之职也；写诚无隐，臣之忠也。谨具件如后，惟明主循省而备虑之，岂直微臣独荷容纳之恩，实亿兆之幸，社稷之福也。以上进言之由。

　　臣本书生，不习戎事。窃惟霍去病，汉将之良者也。每言行军用师之道，"顾方略何如耳，不在学古兵法。"是知兵法者无他，见其情而通其变，则得失可辩，成败可知。古人所以坐筹樽俎之间，制胜千里之外者，得此道也。臣才不逮古人，而颇窥其意，是敢承诏不默，辄陈狂愚。伏以克敌之要，在乎将得其人；驭将之方，在乎操得其柄。将非其人者，兵虽众不足恃；操失其柄者，将虽材不为用。兵不足恃，与无兵同；将不为用，与无将同。将不能使兵，国不能驭将，非止费财玩寇之弊，亦有不戢自焚之灾。自昔祸乱之兴，何尝不由于此。今两河、淮西，为叛乱之帅者，独四五凶人而已。尚恐其中或有傍遭诖误，内蓄危疑，苍黄失图，势不得止，亦未必皆是处心积虑，果为奸逆，以僭帝称王者也。况其余众，盖并胁从，苟知全生，岂愿为恶。

　　若招携以法，悔祸以诚，使来者必安，安者必久，斯道积著人谁不怀？纵有野心难驯，臣知其从化者必过半矣。舞干苗格，岂独虚言？假使四五凶渠俱禀枭鸱之性，其下同恶，复有十百相从，是皆卒伍庸流，阛茸下品。其志好不过声色财货之乐，其材用不过蹯蹑距踊之能，其约从缔交，则迭相侮诈，以为智谋；其御众使人，则例质妻孥，以为术数。斯乃盗窃偷安之伍，非有奸雄特异之资。以陛下英神，志期平壹，君臣之势不类，逆顺之理不侔，形势之大小不伦，师徒之众寡不敌。然尚旷岁持久，老师费财，加算不止于舟车，征卒殆穷于闽、濮。笞肉捶骨，呻吟里闾，送父别夫，号呼道路，杼轴已空，兴发已殚，而将帅者，尚曰财不足，兵不多，此微臣所以千虑百思而不悟其理也。未审陛下尝征其说、察其由乎？股肱之臣，日月献纳，复为陛下察其事乎？臣愚无知，实所深惑，遂乃过为臆度，辄肆讨论。以为克敌之要，在乎将得其人；驭将之方，在乎操得其柄。

将非其人者，兵虽众不足恃；操失其柄者，将虽材不为用。今以陛下效其明圣，群帅畏威，虽万无此虞，然亦不可不试省察也。陛下若谓臣此说盖虚体耳，不足征焉，臣请复为陛下效其明征，以实前说。田悦倡乱之始，气盛力全，恒、赵、青、齐迭为唇齿。陛下特诏马燧，委之专征，抱真、李芃，声势相援。于时士吏畏法，将帅感恩，俱蕴胜残尽敌之诚，未有争功邀利之衅，故能累摧坚阵，深抵穷巢，元恶幸脱于俘囚，凶徒几尽于锋刃。臣故曰克敌之要，在乎将得其人；驭将之方，在乎操得其柄，此其明效也。田悦既败，力屈势穷，且皆离心，莫有固志，乘我师胜捷之气，蹑亡虏伤夷之余，比于前功，难易百倍。既而大军遂驻，遗孽复安，其后馈运日增，师徒日益，于兹再稔，竟不交锋。量兵力则前者寡而今者多；议军资则前者薄而今者厚；论气势则前者新集而今者乘胜；度攻具则前者草创而今者缮完；计凶党则前者盛而今者残；揣敌情则前者锐而今者挫。然而势因时变，事与理乖，当易而反难，当进而中止，本末殊趣，前后易方，顺理之常，必不如此。臣故曰：将非其人者，兵虽众不足恃；操失其柄者，将虽材不为用。此自昔必然之效，但未审今兹事实，得无近于此乎？在陛下熟察而亟救之耳，固不在益兵以生事，加赋以殄人，无纾目前之虞，或兴意外之患。人者，邦之本也，财者，人之心也，兵者，财之蠹也。其心伤则其本伤，其本伤则枝干颠瘁，而根柢蹶拔矣。惟陛下重慎之，愍惜之。今师兴三（年），可谓久矣；税及百物，可谓繁矣；陛下为之宵衣旰食，可谓忧（凡）矣；海内为之行赍居送，可谓劳弊矣。而寇乱有益，翦灭无期，（漂）摇不宁，事变难测。是以兵贵拙速，不尚巧迟，速则乘机，迟则生变，此兵法深切之诚，往事明著之验也。

夫投胶以变浊，不如澄其源而浊变之愈也；扬汤以止沸，不如绝其薪而沸止之速也。是以劳心于服远者，莫若修近而其远自来；多方以救失者，莫若改行而其失自去。若不靖于本，而务救于末，则救之所为，乃祸之所起也。修近之道，改行之方，易于举毛，但在陛下然之与否耳。以上言操失其柄，当务改行易制。

悦或重难易制，姑务持危，则当校祸患之重轻，辩攻守之缓急。臣谓幽、燕、恒、魏之寇，势缓而祸轻；汝、洛、荥、汴之虞，势急而祸重。缓者宜图之以计，今失于屯戍太多；急者宜备之以严，今失于守御不足。何以言其然也？自胡、羯称乱，首起蓟门，中兴已来，未暇芟荡，因其降将，即而抚之，朝廷置河朔于度外，殆三十年，非一朝一夕之所急也。田悦累经覆败，气沮势羸，偷全余生，无复远略。武俊蕃种，有勇无谋；朱滔卒材，多疑少决。皆受田悦诱陷，遂为猖狂出师，事起无名，众情不附，进退惶惑，内外防虞。所以才至魏郊，遽又退归巢穴，意在自保，势无他图。加以洪河、太行御其冲，并、汾、洺、潞压其腹，虽欲放肆，亦何能为？

又此郡凶徒，互相劫制，急则合力，退则背憎，是皆苟且之徒，必无越轶之患，此臣所谓幽、燕、恒、魏之寇，势缓而祸轻。希烈忍于伤残，果于吞噬，据蔡、许富全之地，益邓、襄卤获之资，意殊无厌，兵且未衄，东寇则转输将阻，北窥则都城或惊。此臣所谓汝、洛、荥、汴之虞，势急而祸重。代、朔、邠、灵之骑士，自昔之精骑也；上党、盟津之步卒，当今之练卒也。悉此强劲，委之山东，势分于将多，财屈于兵广，以攻则旷岁不进，以守则数倍有余，各怀顾瞻，递欲推倚，此臣所谓缓者宜图之以计，今失于屯戍太多。李勉以文吏之材，当浚郊奔突之会；哥舒曜以乌合之众，扦襄野豺狼之群。陛下虽连发禁军，以为继援，累敕诸镇，务使协同，睿旨殷忧，人思自效。但恐本非素习，令不适从，奔鲸触罗，仓卒难制，首鼠应敌，因循莫前。此臣所谓急者宜备之以严，今失于守御不足。以上辨轻重缓急。陛下若察其缓急，审其重轻，使怀光帅师救襄城之围，李芃还镇为东都之援，汝、洛既固，梁、宋亦安。是乃取有余，救不足，罢关右赋车籍马之扰，减山东飞刍挽粟之劳。无扰则祸乱不生，息劳则物力可济，非止排难于变切，亦将防患于未然。征发既停，守备且固，足得徐观事势，更选良图，此于纾乱解纷，抑亦计之次也。议者若曰：“河朔群盗，尚未歼夷，悦又减兵，必更生患。”此盖好异不思之说耳。臣请有以诘之，前岁伐叛之初，唯马燧、抱真、李芃三帅而已，以攻必克，以战必强，是则力非不足明矣。洎迟留不进，乃请益师，於是选神策锐卒以继之，而李晟往矣，犹曰未足，复请益师，于是征朔方全军以赴之，而怀光往矣。几遣加半之戍，竟无分寸之功，是则师不在众又明矣。然而可托以为解者，必曰：“王师虽益，贼党亦增，曩独田悦、宝臣，今兼朱滔、武俊。”臣请再诘以塞其辞，曩之田悦、宝臣，皆蓄锐养谋，剧贼之方强者也。寻而田悦丧败，宝臣歼夷，虽复朱滔、武俊加于前，亦有孝忠、日知乘其后，是则贼势不滋于曩日，王师有溢于昔时又明矣。曩以太原、泽潞、河阳三将之众，当田悦、朱滔、武俊三寇之兵，今朱滔遁归，武俊退缩，唯此田悦，假息危城，设使我师悉归，彼亦才能自守，况留抱真、马燧，足得观衅讨除，是则减兵东征，势必无患又明矣。留之则彼为冗食，徙之则此得长城，化危为安，息费从省，举一而兼数利，惟陛下图之。谨奏。以上请撤河北之兵，回援汝洛。

奉天请数对群臣兼许令论事状

朝隐奉宣圣旨："频览卿表状，劝朕数对群臣，兼许令论事，辞理恳切，深表尽忠。朕本心甚好推诚，亦能纳谏，但缘上封事及奏对者，少有忠良，多是论人长短，或探朕意旨。朕虽不受谗谮，出外即谩生是非，以为威福。朕往日将谓君臣一体，都不提防，缘推诚信不疑，多被奸人卖弄。今所致患害，朕思亦无他故，却是失在推诚。又谏官论事，少能慎密，例自矜衒，归过于朕，以自取名。朕从即位以来，见奏对论事者甚多，大抵皆是雷同，道听涂说，试加质问，即便辞穷。若有奇才异能，在朕岂惜拔擢。朕见从前已来，事只如此，所以近来不多取次对人，亦不是倦于接纳，卿宜深悉此意者。"以上述旨。

圣德广大，如天包容，俯矜狂愚，仍赐奖谕，嘉臣以恳切，目臣以尽忠，虽甚庸驽，实怀感励。夫知无不言之谓尽，事君以义之谓忠，臣之夙心，久以自誓，以此为奉上之道，以此为报主之资。幸逢休明，获展诚愿，既免罪戾，又蒙褒称，庶奉周旋，不敢失坠。傥陛下广推此道，旋及万方，咸奖直以矜愚，各录长而舍短，人之欲善，谁不知臣。自然圣德益彰，群心尽达，愚衷恳恳，实在于斯。

睿眷特深，缕宣密旨，备该物理，曲尽人情，其于虑远防微，固非常识所逮。然臣窃谓天子之道，与天同方，天不以地有恶木而废发生，天子不以时有小人而废听纳。帝王之盛，莫盛于尧，虽四凶在朝，而金议靡辍。故曰"惟天为大，惟尧则之"。是知人有邪直贤愚，在处之各得其所而已，必不可以忠良者少，而阙于询谋献纳之道也。昔人有因噎而废食者，又有惧溺而自沈者，其为矫枉防患之虑，岂不过哉？愿陛下取鉴于兹，勿以小虞而妨大道也。臣闻人之所助在乎信，信之所立由乎诚。守诚于中，然后俾众无惑；存信于己，可以教人不欺。唯信与诚，有补无失。一不诚则心莫之保，一不信则言莫之行。故圣人重焉，以为食可去而信不可失也。又曰"诚者物之终始，不诚无物。"物者事也，言不诚则无复有事矣。匹夫不诚，无复有事，况王者赖人之诚以自固，而可不诚于人乎？陛下所谓失于诚信以致患害者，臣窃以斯言为过矣。孔子曰："可与言而不与之言，失人；不可与言而与之言，失言。智者不失人，亦不失言。"由此论之，陛下可审其所言，而不可不慎；信其所与，而不可不诚。海禽至微，犹识情伪；含灵之类，固必难诬。前志所谓众庶者至愚而神，盖以蚩蚩之徒，或昏或鄙，此其似于愚也。

然而上之得失靡不辩，上之好恶靡不知，上之所秘靡不传，上之所为靡不效，此其类于神也。故驭之以智则人诈，示之以疑则人偷，接不以礼则徇义之意轻，抚不以恩则效忠之情薄。上行之则下从之，上施之则下报之，若响应声，若影从表。表枉则影曲，声淫则响邪，怀鄙诈而求颜色之不形，颜色形而求观者之不辩，观者辩而求众庶之不惑，众庶惑而求叛乱之不生，自古及今，未之得也。故"唯天下至诚，为能尽其性；能尽其性，则能尽人之性"。若不尽于己而望尽于人，众必给而不从矣；不诚于前而曰诚于后；众必疑而不信矣。今方岳有不诚于国者，陛下则兴师以伐之，臣庶有亏信于上者，陛下则出令以诛之。有司顺命诛伐而不敢纵舍者，盖以陛下之所有，责彼之所无故也。向若陛下不识于物，不信于人，人将有辞，何以致讨？是知诚信之道，不可斯须去身，愿陛下慎守而行之有加，恐非所以为悔者也。以上言诚信不可悔。

臣闻《春秋传》曰："人谁无过，过而能改，善莫大焉。"

《易》曰："日新之谓盛德。"《礼记》曰："德日新，日日新，又日新。"

《商书》仲虺述成汤之德曰："用人惟己，改过不吝。"《周诗》吉甫美宣王之功曰："衮职有阙，惟仲山甫补之。"夫《礼》《易》《春秋》，百代不刊之典也，皆不以无过为美，而谓大善盛德，在于改过日新。成汤，圣君也，仲虺，圣辅也，以圣辅而赞扬圣君，不称其无过，而称其改过。周宣中兴之贤主也，吉甫文武之贤臣也，以贤臣而歌诵贤主，不美其无阙，而美其补阙。是则圣贤之意，较然著明，唯以改过为能，不以无过为贵。盖为人之行己，必有过差，上智下愚，俱所不免。智者改过而迁善，愚者耻过而遂非，迁善则其德日新，是为君子；遂非则其恶弥积，斯谓小人。故闻义能徙者，常情之所难；从谏勿咈者，圣人之所尚。至于赞扬君德，歌述主功，或以改过不吝为言，或以有阙能补为美。中古已降，淳风浸微，臣既尚谀，君亦自圣。掩盛德而行小道，于是有入则造膝，出则诡辞之态兴矣。奸由此滋，善由此沮，帝王之意由此惑，谮臣之罪由此生，媚道一行，为害斯甚。

太宗文皇帝挺秀千古，清明在躬，再恢圣谟，一变流弊，以虚受为理本，以直言为国华。有面折廷争者，必为霁雷霆之威，而明言将纳；有上封献议者，必为黜心意之欲，而手敕褒扬。故得有过必知，知而必改，存致雍熙之化，没齐尧舜之名。向若太宗徇中主之常情，滞习俗之凡见，闻过则羞己之短，纳谏又畏人之知，虽有求理之心，必无济代之效；虽有悔过之意，必无从谏之名。此则听纳之实不殊，隐见之情小异，其于损益之际，已有若此相悬，又况不及中才，师心自用，肆于人上，以遂非拒谏，孰有不危者乎！且以太宗有经纬天地之文，有底定祸乱之武，有躬行仁义之德，有致理太平之功，其为休烈耿光，可谓盛极矣。

然而人到于今称咏，以为道冠前古，泽被无穷者，则从谏改过为其首焉。是知谏而能从，过而能改，帝王之美，莫大于斯。陛下所谓"谏官论事，少能慎密，例自矜衒，归过于朕"者，臣以为不密自矜，信非忠厚，其于圣德，固亦无亏。陛下若纳谏不违，则传之适足增美；陛下若违谏不纳，又安能禁之勿传？伏愿以贞观故事为楷模，使太宗风烈，重光于圣代，恐不可谓此为归过，而阻绝直言之路也。以上言从谏改过为美德。

臣闻虞舜察迩言，故能成圣化；晋文听舆诵，故能恢霸功。《大雅》有"询于刍荛"之言，《洪范》有"谋及庶人"之义。是则圣贤为理，务询众心，不敢忽细微，不敢侮鳏寡。侈言无验不必用，质言当理不必违，逊于志者不必然，逆于心者不必否，异于人者不必是，同于众者不必非，辞拙而效速者不必愚，言甘而利重者不必智。是皆考之以实，虑之以终，其用无他，唯善所在，则可以尽天下之理，见天下之心。夫人之常情，罕能无惑，大抵蔽于所信，阻于所疑，忽于所轻，溺于所欲。信既偏则听言而不考其实，由是有过当之言；疑既甚则虽实而不听其言，于是有失实之听；轻其人则遗其可重之事，欲其事则存其可弃之人。

斯并苟纵私怀，不稽皇极，于以亏天下之理，于以失天下之心。故常情之所轻，乃圣人之所重。图远者先验于近，务大者必慎于微，将在博采而审用其中，固不在慕高而好异也。陛下所谓"比见奏对论事，皆是雷同道听涂说"者，臣窃以众多之议，足见人情，必有可行，亦有可畏，恐不宜一概轻侮，而莫之省纳也。以上言雷同之论，不可轻弃。

陛下又谓试加质问，即便"辞穷"者，臣窃以陛下虽穷其辞，而未尽其理，能服其口，而未服其心。何以知其然？臣每读史书，见乱多理少，因怀感叹，尝试思之。窃谓为下者莫不愿忠，为上者莫不求理，然而下每苦上之不理，上每苦下之不忠，若是者何？两情不通故也。下之情莫不愿达于上，上之情莫不求知于下。然而下恒苦上之难达，上恒苦下之难知，若是者何？九弊不去故也。所谓九弊者，上有其六，而下有其三。好胜人，耻闻过，骋辩给，眩聪明，厉威严，恣强愎：此六者，君上之弊也。谄谀，顾望，畏懦：此三者，臣下之弊也。上好胜，必甘于佞辞；上耻过，必忌于直谏。如是则下之谄谀者顺旨，而忠实之语不闻矣。上骋辩，必剿说而折人以言；上眩明，必臆度而虞人以诈。如是则下之顾望者自便，而切磨之辞不尽矣。上厉威，必不能降情以接物；上恣愎，必不能引咎以受规。如是则下之畏懦者避辜，而情理之说不申矣。夫以区域之广大，生灵之众多，宫阙之重深，高卑之限隔，自黎献而上，获睹至尊之光景者，逾亿兆而无一焉。就获睹之中，得接言议者，又千万不一；幸而得接者，犹有九弊居其间，则上下之情，所通鲜矣。

上情不通于下则人惑，下情不通于上则君疑，疑则不纳其诚，惑则不从其令。诚而不见纳，则应之以悖；令而不见从，则加之以刑。下悖上刑，不败何待？是使乱多理少，从古以然。考其初心，不必淫暴，亦在乎两情相阻，驯致其失，以至于艰难者焉。昔龙逢诛而夏亡，比干剖而殷灭，宫奇去而虞败，屈原放而楚衰。臣谓夏、殷、虞、楚之君，若知四子之尽忠，必不剿弃，若知四子之可用，必不拒违。所以至于忍害而舍绝者，盖谓其言不足行，心不足保故也。四子既去，四君亦危，然则言之固难，听亦不易。赵武呐呐而为晋贤臣，绛侯木讷而为汉元辅。公孙弘上书论事，帝使难弘以十策，弘不得其一，及为宰相，卒有能名。周昌进谏其君，病吃不能对诏，乃曰："臣口虽不能言，心知其不可。"然则口给者，事或非信；辞屈者，理或未穷。人之难知，尧舜所病，胡可以一酬一诘，而谓尽其能哉？以此察天下之情，固多失实；以此轻天下之士，必有遗才。臣是以窃虑陛下虽穷其辞，而未穷其理；能服其口，而未服其心。良有以也。以上言词穷者未必理屈。

古之王者，明四目，达四聪，盖欲幽抑之必通，且求闻己之过也。垂旒于前，黈纩于侧，盖恶视听之太察，唯恐彰人之非也。降及末代，则反于斯。聪明不务通物情，视听只以伺罪衅，与众违欲，与道乖方，于是相尚以言，相示以智，相冒以诈，而君臣之义薄矣。以陛下性含仁圣，意务雍熙，而使至道未孚，臣窃为陛下怀愧于前哲也。古人所以有耻君不如尧舜者，故亦以是为心乎？夫欲理天下，而不务于得人心，则天下固不可理矣。务得人心，而不勤于接下，则人心固不可得矣。务勤接下，而不辩君子小人，则下固不可接矣。务辩君子小人，而恶其言过，悦其顺己，则君子小人固不可辩矣。趣和求媚，人之甚利存焉；犯颜取怨，人之甚害存焉。居上者易其害而以美利利之，犹惧忠，告之不葸，况有疏隔而勿接，又有猜忌而加损者乎。天生烝人，合以为国，人之有口，不能无言，人之有心，不能无欲。言不宣于上，则怨讟于下；欲不归于善，则凑集于邪。圣人知众之不可以力制也，故植谤木，陈谏鼓，列争臣之位，置采诗之官，以宣其言。

尊礼义，安诚信，厚贤能之赏，广功利之途，以归其欲。使上不至于亢，下不至于穷，则人心安得而离，乱兆何从而起？古之无为而理者，其率由此欤！苟有理之之意，而不知其方，苟知其方而心守不壹，则得失相半，天下之理乱，未可知也。其又违道以师心，弃人而任己，谓欲可逞，谓众可诬，谓专断无伤，谓询谋无益，谓谀说为忠顺，谓献替为妄愚，谓进善为比周，谓嫉恶为嫌忌，谓多疑为御下之术，谓深察为照物之明，理道全乖，国家之颠危，可立待也。理乱之戒，前哲备言之矣；安危之效，历代尝试之矣。旧典尽在，殷鉴足征，其于措置施为，在陛下明识所择耳。以上分别治乱之由，宜戒疏隔猜忌。

伏愿广接下之道，开奖善之门，宏纳谏之怀，励推诚之美。其接下也，待之以礼，煦之以和，虚心以尽其言，端意以详其理，不御人以给，不自眩以明，不以先觉为能，不以臆度为智，不形好恶以招谄，不大声色以示威。如权衡之悬，不作其轻重，故轻重自辨，无从而诈也。如水镜之设，无意于妍蚩，而妍蚩自彰，莫得而怨也。有犯颜说直者，奖而亲之；有利口谗佞者，疏而斥之。自然物无壅情，言不苟进，君子之道浸长，小人之态日消，何忧乎少忠良，何有乎作威福，何患乎妄说是非？如此，则接下之要备矣。其奖善也，求之若不及，用之惧不周，如梓人之任材，曲直当分；如沧海之归水，洪涓必容。能小事则处之以小官，立大劳则报之以大利，不忌怨，不避亲，不抉瑕，不求备，不以人废举，不以己格人。闻其才必试以事，能其事乃进以班，自然无不用之才，亦无不实之举。如此则奖善之道得矣。其纳谏也，以补过为心，以求过为急，以能改其过为善，以得闻其过为明。故谏者多，表我之能好；谏者直，示我之能贤；谏者之狂诬，明我之能恕；谏者之漏泄，彰我之能从。有一于斯，皆为盛德。是则人君之与谏者交相益之道也。谏者有爵赏之利，君亦有理安之利；谏者得献替之名，君亦得采纳之名。然犹谏者有失中，而君无不美。唯恐说言之不切，天下之不闻，如此，则纳谏之德光矣。其推诚也，在彰信，在任人。彰信不务于尽言，所贵乎出言则可复；任人不可以无择，所贵乎已择则不疑。言而必诚，然后可求人之听命；任而勿贰，然后可责人之成功。诚信一亏，则百事无不纰缪；疑贰一起，则群下莫不忧虞。是故言或乖宜，可引过以改其言，而不可苟也；任或乖当，可求贤以代其任，而不可疑也。如此则推诚之义孚矣。以上接下、奖善、纳谏、推诚四大端。

微臣所以屡屡尘黩而不能自抑者，盖以陛下有拯乱之志，而多难未平；有务理之诚，而庶绩未乂；有尧舜聪明之德，而未光宅于天下；有覆载含宏之量，而未翕受于众情。故臣每中夜静思，无不窃叹而深惜也。向若陛下有其位而无必行之志，有其志而无可致之资，则臣固已从俗浮沈，何苦而汲汲如是。惟陛下详省所阙，亟行所宜，归天下之心济中兴之业，此臣之愿也，亿兆之福也，宗社无疆之休也。谨奏。

善化黄维申襄校

卷十三　奏议之属三

陆　赟

奉天请罢琼林大盈二库状

右。臣闻："作法于凉，其弊犹贪；作法于贪，弊将安救？"示人以义，其患犹私；示人以私，患必难弭。故圣人之立教也，贱货而尊让，远利而尚廉。天子不问有无，诸侯不言多少，百乘之室，不畜聚敛之臣。夫岂皆能忘其欲贿之心哉？诚惧贿之生人心而开祸端，伤风教而乱邦家耳。是以务鸠敛而厚其帑椟之积者，匹夫之富也；务散发而收其兆庶之心者，天子之富也。天子所作，与天同方，生之长之，而不恃其为；成之收之，而不私其有。付物以道，混然忘情，取之不为贪，散之不为费，以言乎体则博大，以言乎术则精微。亦何必挠废公方，崇聚私货，降至尊而代有司之守，辱万乘以效匹夫之藏。亏法失人，诱奸聚怨，以斯制事，岂不过哉！以上言天子不蓄私财。

今之琼林、大盈，自古悉无其制，传诸耆旧之说，皆云创自开元。贵臣贪权，饰巧求媚，乃言："郡邑贡赋所用，盍各区分？税赋当委之有司，以给经用，贡献宜归乎天子，以奉私求。"元宗悦之，新是二库。荡心侈欲，萌柢于兹。迨乎失邦，终以饵寇。《记》曰："货悖而入，必悖而出。"岂非其明效与！以上言开元始置二库。

陛下嗣位之初，务遵理道，敦行约俭，斥远贪饕。虽内库旧藏，未归太府，而诸方曲献，不入禁闱，清风肃然，海内丕变。议者咸谓汉文却马、晋武焚裘之事复见于当今。近以寇逆乱常，銮舆外幸，既属忧危之运，宜增儆励之诚。臣昨奉使军营，出游行殿，忽睹右廊之下，榜列二库之名，惧然若惊，不识所以。何则？天衢尚梗，师旅方殷，疮痛呻吟之声噢咻未息，忠勤战守之效赏赉未行，而诸道贡珍，遽私别库，万目所视，孰能忍怀。以上言大难未平，不宜遽私二库。

窃揣军情，或生觖望，试询候馆之吏，兼采道路之言，果如所虞，积憾已甚。或忿形谤讟，或丑肆讴谣，颇含思乱之情，亦有悔忠之意。是知甿俗昏鄙，识昧高卑，不可以尊极临，而可以诚义感。顷者六师初降，百物无储，外扞凶徒，内防危堞，昼夜不息，迨将五旬。冻馁交侵，死伤相枕，毕命同力，竟夷大艰。良以陛下不厚其身，不私其欲。绝甘以同卒伍，辍食以啖功劳。无猛制而人不携，怀所感也；无厚赏而人不怨，悉所无也。今者攻围已解，衣食已丰，而谣讟方兴，军情稍阻。岂不以勇夫恒性，嗜货矜功，其患难既与之同忧，而好乐不与之同利，苟异恬默，能无怨咨？此理之常，固不足怪。以上言军情离怨。《记》曰："财散则民聚，财聚则民散。"岂非其殷鉴欤！众怒难任，蓄怨终泄，其患岂徒人散而已，亦将虑有构奸鼓乱，干纪而强取者焉。

夫国家作事，以公共为心者，人必乐而从之，以私奉为心者，人必咈而叛之。故燕昭筑金台，天下称其贤；殷纣作玉杯，百代传其恶。盖为人与为己殊也。周文之囿百里，时患其尚小；齐宣之囿四十里，时病其太大：盖同利与专利异也。为人上者，当辨察兹理，洒濯其心，奉三无私，以壹有众。人或不率，于是用刑，然则宣其利而禁其私，天子所恃以理天下之具也。舍此不务，而壅利行私，欲人无贪不可得已。今兹二库，珍币所归，不领度支，是行私也。不给经费，非宣利也。物情离怨，不亦宜乎！以上言所以致离怨之理。

智者因危而建安，明者矫失而成德。以陛下天姿英圣，傥加之见善必迁，是将化蓄怨为衔恩，反过差为至当，促殄遗孽，永垂鸿名，易如转规，指顾可致。然事有未可知者，但在陛下行与否耳。能则安，否则危；能则成德，否则失道。此乃必定之理也，愿陛下慎之惜之。陛下诚能近想重围之殷忧，追戒平居之专欲，器用取给，不在过丰；衣食所安，必以分下，凡在二库货贿，尽令出赐有功，坦然布怀，与众同欲。是后纳贡，必归有司，每获珍华，先给军赏。环异纤丽，一无上供，推赤心于其腹中，降殊恩于其望外。将卒慕陛下必信之赏，人思建功；兆庶悦陛下改过之诚，孰不归德？如此则乱必靖，贼必平，徐驾六龙，旋复都邑，兴行坠典，整缉棼纲，乘舆有旧仪，郡国有恒赋，天子之贵，岂当忧贫？是乃散其小储而成其大储也，损其小宝而固其大宝也，举一事而众美具，行之又何疑焉？吝少失多，廉贾不处；溺近迷远，中人所非。况乎大圣应机，固当不俟终日。不胜管窥愿效之至，谨陈冒以闻。谨奏。以上请改过散财。

韩　愈

禘祫议

右今月十六日敕旨，宜令百僚议，限五日内闻奏者。将仕郎、守国子监四门博士臣韩愈谨献议曰：

伏以陛下追孝祖宗，肃敬祀事。凡在拟议，不敢自专，聿求厥中，延访群下。然而礼文繁漫，所执各殊，自建中之初，迄至今岁，屡经禘祫，未合适从。臣生遭圣明，涵泳恩泽，虽贱不及议，而志切效忠。今辄先举众议之非，然后申明其说。

一曰"献、懿庙主，宜永藏之夹室"。臣以为不可。夫祫者，合也。毁庙之主，皆当合食于太祖，献、懿二祖，即毁庙主也。今虽藏于夹室，至禘祫之时，岂得不食于太庙乎？名曰合祭，而二祖不得祭焉，不可谓之合矣。

二曰"献、懿庙主，宜毁之瘗之"。臣又以为不可。谨按《礼记》，天子立七庙，一坛，一墠。其毁庙之主，皆藏于祧庙。虽百代不毁，祫则陈于太庙而飨焉。自魏晋以降，始有毁瘗之议，事非经据，竟不可施行。今国家德厚流光，创立九庙。以周制推之，献、懿二祖犹在坛墠之位，况于毁瘗而不禘祫乎？

三曰"献、懿庙主，宜各迁于其陵所"。臣又以为不可。二祖之祭于京师，列于太庙也，二百年矣。今一朝迁之，岂惟人听疑惑，抑恐二祖之灵，眷顾依迟，不即飨于下国也。

四曰"献、懿庙主，宜附于兴圣庙而不禘祫"。臣又以为不可。《传》曰"祭如在"。景皇帝虽太祖，其于属，乃献、懿之子孙也。今欲正其子东向之位，废其父之大祭，固不可为典矣。

五曰"献、懿二祖，宜别立庙于京师"。臣又以为不可。夫礼有所降，情有所杀。是故去庙为祧，去祧为坛，去坛为墠，去墠为鬼，渐而之远，其祭益稀。昔者鲁立炀宫，《春秋》非之，以为不当取已毁之庙、既藏之主，而复筑宫以祭。今之所议，与此正同。又虽违礼立庙，至于禘祫也，合食则禘无其所，废祭则于义不通。以上备举五说之不可。

此五说者，皆所不可。故臣博采前闻，求其折中。以为殷祖元王，周祖后稷，太祖之上，皆自为帝；又其代数已远，不复祭之，故太祖得正东向之位，子孙从昭穆之列。《礼》所称者，盖以纪一时之宜，非传于后代之法也。《传》曰："子虽齐圣，不先父食。"盖言子为父屈也。景皇帝虽太祖也，其于献、懿，则子孙也。当禘祫之时，献祖宜居东向之位，景皇帝宜从昭穆之列，祖以孙尊，孙以祖屈，求之神道，岂远人情？又常祭甚众，合祭甚寡，则是太祖所屈之祭至少，所伸之祭至多，比于伸孙之尊，废祖之祭，不亦顺乎？事异殷、周，礼从而变，非所失礼也。

臣伏以制礼作乐者，天子之职也。陛下以臣议有可采，粗合天心，断而行之，是则为礼。如以为犹或可疑，乞召臣对，面陈得失，庶有发明。谨议。以上自陈己说。

论佛骨表

臣某言：伏以佛者，夷狄之一法耳。自后汉时流入中国，上古未尝有也。昔者，黄帝在位百年，年百一十岁；少昊在位八十年，年百岁；颛顼在位七十九年，年九十八岁；帝喾在位七十年，年百五岁；帝尧在位九十八年，年百一十八岁；帝舜及禹，年皆百岁。此时天下太平，百姓安乐寿考，然而中国未有佛也。其后殷汤亦年百岁。汤孙太戊在位七十五年，武丁在位五十九年，书史不言其年寿所极，推其年数，盖亦俱不减百岁。周文王年九十七岁，武王年九十三岁，穆王在位百年，此时佛法，亦未入中国。非因事佛而致然也。

汉明帝时，始有佛法，明帝在位才十八年耳。其后乱亡相继，运祚不长。宋、齐、梁、陈、元魏已下，事佛渐谨，年代尤促。惟梁武帝在位四十八年，前后三度舍身施佛，宗庙之祭，不用牲牢，昼日一食，止于菜果；其后竟为侯景所逼，饿死台城，国亦寻灭。事佛求福，乃更得祸。由此观之，佛不足事，亦可知矣！以上言事佛得祸。

高祖始受隋禅，则议除之。当时群臣材识不远，不能深知先王之道、古今之宜，推阐圣明，以救斯弊。其事遂止，臣尝恨焉。伏惟睿圣文武皇帝陛下，神圣英武，数千百年已来，未有伦比。即位之初，即不许度人为僧尼道士，又不许创立寺观。臣尝以为高祖之志，必行于陛下之手。今纵未能即行，岂可恣之转令盛也？今闻陛下令群僧迎佛骨于凤翔，御楼以观，舁入大内。又令诸寺递迎供养。臣虽至愚，必知陛下不惑于佛，作此崇奉，以祈福祥也。直以年丰人乐，徇人之心，为京都士庶设诡异之观，戏玩之具耳。安有圣明若此，而肯信此等事哉！然百姓愚冥，易惑难晓，苟见陛下如此，将谓真心事佛，皆云："天子大圣，犹一心敬信，百姓何人，岂合更惜身命！"焚顶烧指，百十为群，解衣散钱，自朝至暮，转相仿效，惟恐后时，老少奔波，弃其业次。若不即加禁遏，更历诸寺，必有断臂脔身，以为供养者。伤风败俗，传笑四方，非细事也。以上言宪宗不应信佛。

夫佛本夷狄之人，与中国言语不通，衣服殊制，口不言先王之法言，身不服先王之法服，不知君臣之义，父子之情。假如其身至今尚在，奉其国命，来朝京师，陛下容而接之，不过宣政一见，礼宾一设，赐衣一袭，卫而出之于境，不令惑众也。况其身死已久，枯朽之骨，凶秽之余，岂宜令入宫禁？孔子曰："敬鬼神而远之。"古之诸侯，行吊于其国，尚令巫祝先以桃茢祓除不祥，然后进吊。今无故取朽秽之物，亲临观之，巫祝不先，桃茢不用，群臣不言其非，御史不举其失，臣实耻之。乞以此骨付之有司，投诸水火，永绝根本，断天下之疑，绝后代之惑，使天下之人知大圣人之所作为，出于寻常万万也，岂不盛哉！岂不快哉！佛如有灵，能作祸祟，凡有殃咎，宜加臣身，上天鉴临，臣不怨悔。无任感激恳悃之至，谨奉表以闻。以上请屏斥。

欧阳修

论台谏言事未蒙听允书

臣闻自古有天下者，莫不欲为治君而常至于乱，莫不欲为明主而常至于昏者，其故何哉？患于好疑而自用也。夫疑心动于中，则视听惑于外。视听惑，则忠邪不分，而是非错乱。忠邪不分而是非错乱，则举国之臣皆可疑。既尽疑其臣，则必自用其所见。夫以疑惑错乱之意而自用，则多失；失则其国之忠臣必以理而争之，争之不切，则人主之意难回；争之切，则激其君之怒心而坚其自用之意，然后君臣争胜。于是邪佞之臣得以因隙而入，希旨顺意，以是为非，以非为是，惟人主之所欲者从而助之。夫为人主者，方与其臣争胜，而得顺意之人，乐其助己而忘其邪佞也，乃与之并力以拒忠臣。夫为人主者拒忠臣而信邪佞，天下无不乱，人主无不昏也。自古人主之用心，非恶忠臣而喜邪佞也，非恶治而好乱也，非恶明而欲昏也，以其好疑自用而与臣下争胜也。使为人主者，豁然去其疑心，而回其自用之意，则邪佞远而忠言入。忠言入则聪明不惑，而万事得其宜，使天下尊为明主，万世仰为治君，岂不臣主俱荣而乐哉！其与区区自执而与臣下争胜，用心益劳而事益惑者，相去远矣。臣闻《书》载仲虺称汤之德曰"改过不吝"，又戒汤曰"自用则小"。成汤，古之圣人也，不能无过，而能改过，此其所以为圣也。以汤之聪明，其所为不至于缪戾矣，然仲虺犹戒其自用，则自古人主惟能改过而不敢自用，然后得为治君明主也。

臣伏见宰臣陈执中，自执政以来，不叶人望，累有过恶，招致人言。而执中迁延，尚玷宰府。陛下忧勤恭俭，仁爱宽慈，尧舜之用心也。推陛下之用心，天下宜至于治者久矣。而纲纪日坏，政令日乖，国日益贫，民日益困，流民满野，滥官满朝。其亦何为而致此？由陛下用相不得其人也。近年宰相多以过失因言者罢去，陛下不悟宰相非其人，反疑言事者好逐宰相。疑心一生，视听既惑，遂成自用之意，以谓宰相当由人主自去，不可因言者而罢之。故宰相虽有大恶显过，而屈意以容之；彼虽惶恐自欲求去，而屈意以留之；虽天灾水旱，饥民流离，死亡道路，皆不暇顾，而屈意以用之。其故非他，直欲沮言事者尔。言事者何负于陛下哉？使陛下上不顾天灾，下不恤人言，以天下之事委一不学无识、谗邪很愎之执中而甘心焉。言事者本欲益于陛下，而反损圣德者多矣。然而言事者之用心，本不图至于此也，由陛下好疑自用而自损也。今陛下用执中之意益坚，言事者攻之愈切，陛下方思有以取胜于言事者，而邪佞之臣得以因隙而入，必有希合陛下之意者，将曰执中宰相，不可以小事逐，不可使小臣动摇，甚者则诬言事者欲逐执中而引用他人。陛下方患言事者上忤圣聪，乐闻斯言之顺意，不复察其邪佞而信之，所以拒言事者益峻，用执中益坚。夫以万乘之尊，与三数言事小臣角必胜之力，万一圣意必不可回，则言事者亦当知难而止矣。然天下之人与后世之议者，谓陛下拒忠言，庇愚相，以陛下为何如主也？前日御史论梁适罪恶，陛下赫怒，空台而逐之。而今日御史又复敢论宰相，不避雷霆之威，不畏权臣之祸。此乃至忠之臣也，能忘其身而爱陛下者也，陛下嫉之恶之，拒之绝之。执中为相，使天下水旱流亡，公私困竭，而又不学无识，憎爱挟情，除改差缪，取笑中外，家私秽恶，流闻道路，阿意顺旨，专事逢君。此乃谄上傲下惬戾之臣也，陛下爱之重之，不忍去之。陛下睿智聪明，群臣善恶无不照见，不应倒置如此，直由言事者太切，而激成陛下之疑惑尔。执中不知廉耻，复出视事，此不足论。陛下岂忍因执中上累圣德，而使忠臣直士卷舌于明时也？臣愿陛下廓然回心，释去疑虑，察言事者之忠，知执中之过恶，悟用人之非，法成汤改过之圣，遵仲虺自用之戒，尽以御史前后章疏出付外廷，议正执中之过恶，罢其政事，别用贤材，以康时务，以拯斯民，以全圣德，则天下幸甚。臣以身叨恩遇，职在论思，意切言狂，罪当万死。

苏　轼

上皇帝书

臣近者不度愚贱，辄上封章言买灯事。自知渎犯天威，罪在不赦，席藁私室，以待斧钺之诛，而侧听逾旬，威命不至。问之府司，则买灯之事，寻已停罢。乃知陛下不惟赦之，又能听之，惊喜过望，以至感泣。何者？改过不吝，从善如流，此尧舜禹汤之所勉强而力行，秦汉以来之所绝无而仅有。顾此买灯毫发之失，岂能上累日月之明？而陛下翻然改命，曾不移刻，则所谓智出天下，而听于至愚；威加四海，而屈于匹夫。臣今知陛下可与为尧、舜，可与为汤、武，可与富民而措刑，可与强兵而伏戎虏矣。有君如此，其忍负之！惟当披露腹心，捐弃肝脑，尽力所至，不知其它。乃者，臣亦知天下之事，有大于买灯者矣，而独区区以此为先者，盖未信而谏，圣人不与；交浅言深，君子所戒。是以试论其小者，而其大者固将有待而后言。今陛下果赦而不诛，则是既已许之矣。许而不言，臣则有罪，是以愿终言之。

臣之所欲言者三：愿陛下结人心、厚风俗、存纪纲而已。*以上总起。*

人莫不有所恃，人臣恃陛下之命，故能役使小民；恃陛下之法，故能胜伏强暴。至于人主所恃者谁与？《书》曰："予临兆民，凛乎若朽索之驭六马。"言天下莫危于人主也。聚则为君民，散则为仇雠，聚散人间，不容毫厘。故天下归往谓之王，人各有心谓之独夫。由此观之，人主之所恃者，人心而已。人心之于人主也，如木之有根，如灯之有膏，如鱼之有水，如农夫之有田，如商贾之有财。木无根则槁，灯无膏则灭，鱼无水则死，农夫无田则饥，商贾无财则贫，人主失人心则亡。此必然之理也，不可逭之灾也。其为可畏，从古以然。苟非乐祸好亡，狂易丧志，孰敢肆其胸臆，轻犯人心乎？昔子产焚《载书》以弭众言，赂伯石以安巨室，以为众怒难犯，专欲难成。而孔子亦曰："信而后劳其民，未信则以为厉己也。"惟商鞅变法，不顾人言，虽能骤致富强，亦以召怨天下，使其民知利而不知义，见刑而不见德，虽得天下，旋踵而亡。至于其身，亦卒不免，负罪出走，而诸侯不纳，车裂以徇，而秦人莫哀。君臣之间，岂愿如此？宋襄公虽行仁义，失众而亡。田常虽不义，得众而强。是以君子未论行事之是非，先观众心之向背。谢安之用诸桓未必是，而众之所乐，则国以乂安。庾亮之召苏峻未必非，而势有不可，则反为危辱。自古迄今，未有和易同众而不安，刚果自用而不危者也。*以上总言结人心。*

今陛下亦知人心之不悦矣。中外之人，无贤不肖，皆言祖宗以来，治财用者不过三司使副判官，经今百年，未尝阙事。今者无故又创一司，号曰制置三司条例司。六七少年日夜讲求于内，使者四十余辈，分行营干于外，造端宏大，民实惊疑，创法新奇，吏皆惶惑。贤者则求其说而不可得，未免于忧；小人则以其意度于朝廷，遂以为谤。谓陛下以万乘之主而言利，谓执政以天子之宰而治财，商贾不行，物价腾踊。近自淮甸，远及川蜀，喧传万口，论说百端。或言京师正店，议置监官，夔路深山，当行酒禁，拘收僧尼常住，减克兵吏廪禄，如此等类，不可胜言。而甚者至以为欲复肉刑。斯言一出，民且狼顾。陛下与二三大臣，亦闻其语矣。然而莫之顾者，徒曰我无其事，又无其意，何恤于人言？夫人言虽未必皆然，而疑似则有以致谤。人必贪财也，而后人疑其盗。人必好色也，而后人疑其淫。何者？未置此司，则无此谤，岂去岁之人皆忠厚，而今岁之士皆虚浮？孔子曰："工欲善其事，必先利其器。"又曰："必也正名乎。"今陛下操其器而讳其事，有其名而辞其意，虽家置一喙以自解，市列千金以购人，人必不信，谤亦不止。夫制置三司条例司，求利之名也。六七少年与使者四十余辈，求利之器也。驱鹰犬而赴林薮，语人曰："我非猎也。"不如放鹰犬而兽自驯。操网罟而入江湖，语人曰："我非渔也。"不如捐网罟而人自信。故臣以为消谗慝以召和气，复人心而安国本，则莫若罢制置三司条例司。

夫陛下之所以创此司者，不过以兴利除害也。使罢之而利不兴，害不除，则勿罢。罢之而天下悦，人心安，兴利除害，无所不可，则何苦而不罢？陛下欲去积弊而立法，必使宰相熟议而后行。事若不由中书，则是乱世之法，圣君贤相，夫岂其然？必若立法不免由中书，熟议不免使宰相，此司之设，无乃冗长而无名。以上论制置三司条例司。

智者所图，贵于无迹。汉之文、景，《纪》无可书之事；唐之房、杜，《传》无可载之功，而天下之言治者与文、景，言贤者与房、杜。盖事已立而迹不见，功已成而人不知。故曰：善用兵者，无赫赫之功。岂惟用兵，事莫不然。今所图者，万分未获其一也，而迹之布于天下，已若泥中之斗兽，亦可谓拙谋矣。陛下诚欲富国，择三司官属与漕运使副，而陛下与二三大臣，孜孜讲求，磨以岁月，则积弊自去而人不知。但恐立志不坚，中道而废。孟子有言："其进锐者其退速。"若有始有卒，自可徐徐，十年之后，何事不立？孔子曰："欲速则不达，见小利则大事不成。"使孔子而非圣人，则此言亦不可用。《书》曰："谋及卿士，至于庶人。合时大同，乃底元吉。"若逆多而从少，则静吉而作凶。今上自宰相大臣，既已辞免不为，则外之议论，断亦可知。宰相，人臣也，且不欲以此自污，而陛下独安受其名而不辞，非臣愚之所识也。君臣宵旰，几一年矣，而富国之效，茫如捕风，徒闻内帑出数百万缗，祠部度五千余人耳。以此为术，其谁不能？以上言谋事贵于无迹。

　　且遣使纵横，本非令典。汉武遣绣衣直指，桓帝遣八使，皆以守宰狼籍，盗贼公行，出于无术，行此下策。宋文帝元嘉之政，比于文、景，当时责成郡县，未尝遣使。及至孝武，以郡县迟缓，始命台使督之，以至萧齐，此弊不革。故景陵王子良上疏，极言其事，以为此等朝辞禁门，情态即异，暮宿州县，威福便行，驱迫邮传，折辱守宰，公私烦扰，民不聊生。唐开元中，宇文融奏置劝农判官使裴宽等二十九人，并摄御史，分行天下，招携户口，检责漏田。时张说、杨玚、皇甫璟、杨相如皆以为不便，而相继罢黜。虽得户八十余万，皆州县希旨，以主为客，以少为多。及使百官集议都省，而公卿以下，惧融威势，不敢异辞。陛下试取其《传》读之，观其所行，为是为否？近者均税宽恤，冠盖相望，朝廷亦旋觉其非，而天下至今以为谤。曾未数岁，是非较然。臣恐后之视今，犹今之视昔。且其所遣，尤不适宜。事少而员多，人轻而权重。夫人轻而权重，则人多不服，或致侮慢以兴争。事少而员多，则无以为功，必须生事以塞责。陛下虽严赐约束，不许邀功，然人臣事君之常情，不从其令而从其意。今朝廷之意，好动而恶静，好同而恶异，指意所在，谁敢不从？臣恐陛下赤子，自此无宁岁矣。以上论遣使。

　　至于所行之事，行路皆知其难。何者？汴水浊流，自生民以来，不以种稻。秦人之歌曰："泾水一石，其泥数斗。且溉且粪，长我禾黍。"何尝言长我粳稻耶？今欲陂而清之，万顷之稻，必用千顷之陂，一岁一淤，三岁而满矣。陛下遽信其说，即使相视地形，万一官吏苟且顺从，真谓陛下有意兴作，上糜帑廪，下夺农时，堤防一开，水失故道，虽食议者之肉，何补于民？天下久平，民物滋息，四方遗利，盖略尽矣。今欲凿空访寻水利，所谓即鹿无虞，岂惟徒劳，必大烦扰。凡所擘画利害，不问何人，小则随事酬劳，大则量才录用。若官私格沮，并行黜降，不以赦原。若材力不办兴修，便许申奏替换，赏可谓重，罚可谓轻。然并终不言诸色人妄有申陈或官私误兴功役，当得何罪。如此，则妄庸轻剽，浮浪奸人，自此争言水利矣。成功则有赏，败事则无诛。官司虽知其疏，岂可便行抑退？所在追集老少，相视可否，吏卒所过，鸡犬一空。若非灼然难行，必须且为兴役。何则？格沮之罪重，而误兴之过轻。人多爱身，势必如此。且古陂废堰，多为侧近冒耕，岁月既深，已同永业，苟欲兴复，必尽追收，人心或摇，甚非善政。又有好讼之党，多怨之人，妄言某处可作陂渠，规坏所怨田产，或指人旧业，以为官陂，冒田之讼，必倍今日。臣不知朝廷本无一事，何苦而行此哉？以上论兴水利。

　　自古役人，必用乡户，犹食之必用五谷，衣之必用丝麻，济川之必用舟楫，行地之必用牛马，虽其间或有以他物充代，然终非天下所可常行。今者徒闻江浙之间，数郡雇役，而欲措之天下，是犹见燕、晋之枣栗，岷、蜀之蹲鸱，而欲以废五谷，岂不难哉！又欲官卖所在坊场，以充衙前雇直，虽有长役，更无酬劳。长役所得既微，自此必渐衰散，则州郡事体，憔悴可知。士大夫捐亲戚，弃坟墓，以从宦于四方者，宣力之余，亦欲取乐，此人之至情也。若凋弊太甚，厨传萧然，则似危邦之陋风，恐非太平之盛观。陛下诚虑及此，必不肯为。且今法令莫严于御军，军法莫严于逃窜，禁军三犯，厢军五犯，大率处死。然逃军常半天下，不知雇人为役，与厢军何异？若有逃者，何以罪之？其势必轻于逃军，则其逃必甚于今日，为其官长，不亦难乎？近者虽使乡户颇得雇人，然至于所雇逃亡，乡户犹任其责。今遂欲于两税之外，别立一科，谓之庸钱，以备官雇。则雇人之责，官所自任矣。自唐杨炎废租庸调以为两税，取大历十四年应干赋敛之数，以定两税之额，则是租调与庸，两税既兼之矣。今两税如故，奈何复欲取庸？圣人立法，必虑后世，岂可于两税之外，别立科名！万一不幸，后世有多欲之君，辅之以聚敛之臣，庸钱不除，差役仍旧，使天下怨讟，推所从来，则必有任其咎者矣。又欲使坊郭等第之民与乡户均役，品官形势之家与齐民并事。其说曰："《周礼》田不耕者出屋粟，宅不毛者有里布。而汉世宰相之子，不免戍边。"此其所以藉口也。古者官养民，今者民养官。给之以田而不耕，劝之以农而不力，于是乎有里布屋粟夫家之征。而民无以为生，去为商贾，事势当尔，何名役之？且一岁之戍，不过三日，三日之雇，其直三百。今世三大户之役，自公卿以降，无得免者，其费岂特三百而已。大抵事若可行，不必皆有故事。若民所不悦，俗所不安，纵有经典明文，无补于怨。若行此二者，必怨无疑。女户单丁，盖天民之穷者也，古之王者，首务恤此。而今陛下首欲役之，此等苟非户将绝而未亡，则是家有丁而尚幼。若假之数岁，则必成丁而就役，老死而没官。富有四海，忍不加恤？以上论雇役。

孟子曰："始作俑者，其无后乎？"《春秋》书"作邱甲""用田赋"，皆重其始为民患也。青苗放钱，自昔有禁。今陛下始立成法，每岁常行，虽云不许抑配，而数世之后，暴君污吏，陛下能保之与？异日天下恨之，国史记之曰：青苗钱自陛下始，岂不惜哉！且东南买绢，本用见钱，陕西粮草，不许折兑。朝廷既有著令，职司又每举行。然而买绢未尝不折盐，粮草未尝不折钞，乃知青苗不许抑配之说，亦是空文。只如治平之初，拣刺义勇，当时诏旨慰谕，明言永不戍边，著在简书，有如盟约。于今几日，议论已摇，或以代还东军，或欲抵换弓手，约束难恃，岂不明哉？纵使此令决行，果不抑配，计其间愿请之户，必皆孤贫不济之人。家若自有赢余，何至与官交易？此等鞭挞已急，则继之逃亡，逃亡之余，则均之邻保。势有必至，理有固然。且夫常平之为法也，可谓至矣，所守者约，而所及者广。借使万家之邑，止有千斛，而谷贵之际，千斛在市，物价自平。一市之价既平，一邦之食自足，无操瓢乞匄之弊，无里正催驱之劳。今若变为青苗，家贷一斛，则千户之外，孰救其饥？且常平官钱，常患其少，若尽数收籴，则无借贷，若留充借贷，则所籴几何？乃知常平青苗，其势不能两立，坏彼成此，所丧愈多，亏官坏民，虽悔何逮？臣窃计陛下欲考其实，则必亦问人，人知陛下方欲力行，必谓此法有利无害。以臣愚见，恐未可凭。何以明之？臣顷在陕西，见刺义勇，提举诸县，臣尝亲行，愁怨之民，哭声振野。当时奉使还者，皆言民尽乐为。希合取容，自古如此。不然，则山东之盗，二世何缘不觉？南诏之败，明皇何缘不知？今虽未至于斯，亦望陛下审听而已。以上论青苗钱。

昔汉武之世，财力匮竭，用贾人桑弘羊之说，买贱卖贵，谓之均输。于时商贾不行，盗贼滋炽，几至于乱。孝昭既立，学者争排其说，霍光顺民所欲，从而予之，天下归心，遂以无事。不意今者此论复兴。立法之初，其说尚浅，徒言徙贵就贱，用近易远。然而广置官属，多出缗钱，豪商大贾，皆疑而不敢动，以为虽不明言贩卖，然既已许之变易，变易既行，而不与商贾争利者，未之闻也。夫商贾之事，曲折难行，其买也，先期而予钱，其卖也，后期而取直，多方相济，委曲相通，倍称之息，由此而得。今官买是物，必先设官置吏，簿书廪禄，为费已厚。非良不售，非贿不行，是以官买之价，比民必贵。及其卖也，弊复如前，商贾之利，何缘而得？朝廷不知虑此，乃捐五百万缗以与之。此钱一出，恐不可复。纵使其间薄有所获，而征商之额，所损必多。今有人为其主牧牛羊者，不告其主，以一牛而易五羊。一牛之失，则隐而不言，五羊之获，则指为劳绩。陛下以为坏常平而言青苗之功，亏商税而取均输之利，何以异此？以上论均输。

陛下天机洞照，圣略如神，此事至明，岂有不晓？必谓已行之事，不欲中变，恐天下以为执德不一，用人不终，是以迟留岁月，庶几万一，臣窃以为过矣。古之英主，无出汉高。郦生谋挠楚权，欲复六国，高祖曰："善，趣刻印！"及闻留侯之言，吐哺而骂曰："趣销印。"夫称善未几，继之以骂，刻印、销印，有同儿戏。何尝累高祖之知人？适足明圣人之无我。陛下以为可而行之，知其不可而罢之，至圣至明，无以加此。议者必谓民可与乐成，难与虑始，故劝陛下坚执不顾，期于必行。此乃战国贪功之人，行险侥幸之说。陛下若信而用之，则是徇高论而逆至情，持空名而邀实祸，未及乐成，而怨已起矣。臣之所愿结人心者，此之谓也。结人心止此。

士之进言者，为不少矣，亦尝有以国家之所以存亡、历数之所以长短告陛下者乎？夫国家之所以存亡者，在道德之浅深，而不在乎强与弱；历数之所以长短者，在风俗之厚薄，而不在乎富与贫。道德诚深，风俗诚厚，虽贫且弱，不害于长而存。道德诚浅，风俗诚薄，虽强且富，不救于短而亡。人主知此，则知所轻重矣。是以古之贤君，不以弱而忘道德，不以贫而伤风俗，而智者观人之国，亦必以此察之。齐至强也，周公知其后必有篡弑之臣。卫至弱也，季子知其后亡。吴破楚入郢，而陈大夫逢滑知楚之必复。晋武既平吴，何曾知其将乱？隋文既平陈，房乔知其不久。元帝斩郅支，朝呼韩，功多于武、宣矣，偷安而王氏之衅生。宣宗收燕赵，复河湟，力强于宪、武矣，销兵而庞勋之乱起。臣愿陛下务崇道德而厚风俗，不愿陛下急于有功而贪富强。使陛下富如隋，强如秦，西取灵武，北取燕蓟，谓之有功可也，而国之长短，则不在此。夫国之长短，如人之寿夭，人之寿夭在元气，国之长短在风俗。世有尪羸而寿考，亦有盛壮而暴亡。若元气犹存，则尪羸而无害。及其已耗，则盛壮而愈危。是以善养生者，慎起居，节饮食，导引关节，吐故纳新。不得已而用药，则择其品之上、性之良，可以久服而无害者，则五藏和平而寿命长。不善养生者，薄节慎之功，迟吐纳之效，厌上药而用下品，伐真气而助强阳，根本已空，僵仆无日。天下之势，与此无殊。故臣愿陛下爱惜风俗，如护元气。以上言培养国脉，不在富强。

　　古之圣人，非不知深刻之法可以齐众，勇悍之夫可以集事，忠厚近于迂阔，老成初若迟钝。然终不肯以彼而易此者，知其所得小而所丧大也。曹参，贤相也，曰慎无扰狱市。黄霸，循吏也，曰治道去泰甚。或讥谢安以清谈废事，安笑曰："秦用法吏，二世而亡。"刘晏为度支，专用果锐少年，务在急速集事，好利之党，相师成风。德宗初即位，擢崔祐甫为相。祐甫以道德宽大，推广上意，故建中之政，其声翕然，天下想望，庶几正观。及卢杞为相，讽上以刑名整齐天下，驯致浇薄，以及播迁。我仁祖之驭天下也，持法至宽，用人有叙，专务掩覆过失，未尝轻改旧章。然考其成功，则曰未至，以言乎用兵，则十出而九败，以言其府库，则仅足而无余。徒以德泽在人，风俗知义。是以升遐之日，天下如丧考妣，社稷长远，终必赖之。则仁祖可谓知本矣。今议者不察，徒见其末年吏多因循，事不振举，乃欲矫之以苟察，齐之以智能，招来新进勇锐之人，以图一切速成之效，未享其利，浇风已成。且天时不齐，人谁无过？国君含垢，至察无徒。若陛下多方包容，则人材取次可用。必欲广置耳目，务求瑕疵，则人不自安，各图苟免，恐非朝廷之福，亦岂陛下所愿哉？汉文欲用虎圈啬夫，释之以为利口伤俗。今若以口舌捷给而取士，以应对迟钝而退人，以虚诞无实为能文，以矫激不仕为有德，则先王之泽，遂将散微。以上言用老成忠厚，不取新锐刻深。

自古用人，必须历试。虽有卓异之器，必有已成之功，一则使其更变而知难，事不轻作，一则待其功高而望重，人自无辞。昔先主以黄忠为后将军，而诸葛亮忧其不可，以为忠之名望，素非关、张之伦，若班爵遽同，则必不悦，其后关羽果以为言。以黄忠豪勇之姿，以先主君臣之契，尚复虑此，而况其他？世常谓汉文不用贾生，以为深恨。臣尝推究其旨，窃谓不然。贾生固天下之奇才，所言亦一时之良策。然请为属国欲系单于，则是处士之大言，少年之锐气。昔高祖以三十万众困于平城，当时将相群臣，岂无贾生之比？三表五饵，人知其疏，而欲以困中行说，尤不可信。兵，凶器也，而易言之，正如赵括之轻秦，李信之易楚。若文帝亟用其说，则天下殆将不安。使贾生尝历艰难，亦必自悔其说，用之晚岁，其术必精，不幸丧亡，非意所及。不然，文帝岂弃才之主？绛、灌岂蔽贤之士？至于晁错，尤号刻薄，文帝之世，止于太子家令，而景帝既立，以为御史大夫，申屠贤相，发愤而死，更法改令，天下骚然。至于七国发难，而错之术亦穷矣。文、景优劣，于此可见。大抵名器爵禄，人所奔趋，必使积劳而后迁，以明持久而难得，则人各安其分，不敢躁求。今若多开骤进之门，使有意外之得，公卿侍从，跬步可图，其得者既不以侥幸自名，则不得者必皆以沈沦为恨。使天下常调，举生妄心，耻不若人，何所不至？欲望风俗之厚，岂可得哉？选人之改京官，常须十年以上，荐更险阻，计析毫厘。其间一事聱牙，常至终身沦弃。今乃以一人之荐，举而予之，犹恐未称，章服随至。使积劳久次而得者，何以厌服哉？夫常调之人，非守则令，员多阙少，久已患之，不可复开多门以待巧进。若巧者侵夺已甚，则拙者迫怵无聊，利害相形，不得不察。故近来朴拙之人愈少，而巧进之士益多。惟陛下重之惜之，哀之救之。如近日三司献言，使天下郡选一人，催驱三司文字，许之先次指射以酬其劳，则数年之后，审官吏部，又有三百余人得先占阙，常调待次，不其愈难？此外勾当发运均输，按行农田水利，已据监司之体，各怀进用之心，转对者望以称旨而骤迁，奏课者求为优等而速化，相胜以力，相高以言，而名实乱矣。以上言不取骤进速化。惟陛下以简易为法，以清净为心，使奸无所缘，而民德归厚。臣之所愿厚风俗者，此之谓也。厚风俗止此。

古者建国，使内外相制，轻重相权。如周如唐，则外重而内轻；如秦如魏，则外轻而内重。内重之弊，必有奸臣指鹿之患；外重之弊，必有大国问鼎之忧。圣人方盛而虑衰，常先立法以救弊。国家租赋总于计省，重兵聚于京师，以古揆今，则似内重。恭惟祖宗所以预图而深计，固非小臣所能臆度而周知。然观其委任台谏之一端，则是圣人过防之至计。历观秦、汉以及五代，谏争而死，盖数百人。而自建隆以来，未尝罪一言者，纵有薄责，旋即超升。许以风闻，而无官长。风采所系，不问尊卑。言及乘舆，则天子改容；事关廊庙，则宰相待罪。故仁宗之世，议者讥宰相但奉行台谏风旨而已。圣人深意，流俗岂知？擢用台谏固未必皆贤，所言亦未必皆是，然须养其锐气而借之重权者，岂徒然哉？将以折奸臣之萌，而救内重之弊也。夫奸臣之始，以台谏折之而有余，及其既成，以干戈取之而不足。今法令严密，朝廷清明，所谓奸臣，万无此理。然而养猫以去鼠，不可以无鼠而养不捕之猫；畜狗以防奸，不可以无奸而畜不吠之狗。陛下得不上念祖宗设此官之意，下为子孙立万世之防，朝廷纪纲，孰大于此？

臣自幼小所记，及闻长老之谈，皆谓台谏所言，常随天下公议。公议所与，台谏亦与之；公议所击，台谏亦击之。及至英庙之初，始建称亲之议，本非人主大过，亦无典礼明文，徒以众心未安，公议不允，当时台谏，以死争之。今者物论沸腾，怨讟交至，公议所在，亦可知矣，而相顾不发，中外失望。夫弹劾积威之后，虽庸人亦可以奋扬；风采消委之余，虽豪杰有不能振起。臣恐自兹以往，习惯成风，尽为执政私人，以致人主孤立。纪纲一废，何事不生？孔子曰："鄙夫可与事君也与哉？其未得之也，患得之；既得之，患失之。苟患失之，无所不至矣。"臣始读此书，疑其太过，以为鄙夫之患失，不过备位而苟容。及观李斯忧蒙恬之夺其权，则立二世以亡秦；卢杞忧怀光之数其恶，则误德宗以再乱。其心本生于患失，而其祸乃至于丧邦。孔子之言，良不为过。是以知为国者，平居必有忘躯犯颜之士，则临难庶几有徇义守死之臣。苟平居尚不能一言，则临难何以责其死节？人臣苟皆如此，天下亦曰殆哉！君子和而不同，小人同而不和。和如和羹，同如济水。故孙宝有言："周公上圣，召公大贤，犹不相悦，著于经典。两不相损。"晋之王导，可谓元臣，每与客言，举坐称善，而王述不悦，以为人非尧舜，安得每事尽善，导亦敛衽谢之。若使言无不同，意无不合，更唱迭和，何者非贤？万一有小人居其间，则人主何缘得以知觉？臣之所谓愿存纪纲者，此之谓也。以上存纪纲。

臣非敢历诋新政，苟为异论。如近日裁减皇族恩例、刊定任子条式、修完器械、阅习鼓旗，皆陛下神算之至明，乾刚之必断，物议既允，臣敢有辞。然至于所献三言，则非臣之私见，中外所病，其谁不知？昔禹戒舜曰："无若丹朱傲，惟慢游是好。"舜岂有是哉！周公戒成王曰："无若殷王，受之迷乱，酗于酒德哉。"成王岂有是哉！周昌以汉高为桀、纣，刘毅以晋武为桓、灵，当时人君，曾莫之罪，书之史册，以为美谈。使臣所献三言，皆朝廷未尝有此，则天下之幸，臣与有焉。若有万一似之，则陛下安可不察？然而臣之为计，可谓愚矣。以蝼蚁之命，试雷霆之威，积其狂愚，岂可屡赦？大则身首异处，破坏家门，小则削籍投荒，流离道路。虽然，陛下必不为此。何也？臣天赋至愚，笃于自信。向者与议学校贡举，首违大臣本意，已期窜逐，敢意自全。而陛下独然其言，曲赐召对，从容久之，至谓臣曰："方今政令得失安在？虽朕过失，指陈可也。"臣即对曰："陛下生知之性，天纵文武，不患不明，不患不勤，不患不断，但患求治太速，进人太锐，听言太广。"又备述其所以然之状，陛下颔之曰："卿所献三言，朕当熟思之。"臣之狂愚，非独今日，陛下容之久矣。岂有容之于始而不赦之于终？恃此而言，所以不惧。臣之所惧者，讥刺既重，怨仇实多，必将诋臣以深文，中臣以危法，使陛下虽欲赦臣而不可得，岂不殆哉！死亡不辞，但恐天下以臣为戒，无复言者，是以思之经月，夜以继日，书成复毁，至于再三。感陛下听其一言，怀不能已，卒吐其说。惟陛下怜其愚忠而卒赦之，不胜俯伏待罪忧恐之至。

代张方平谏用兵书

臣闻好兵犹好色也。伤生之事非一，而好色者必死。贼民之事非一，而好兵者必亡。此理之必然者也。夫惟圣人之兵，皆出于不得已，故其胜也，享安全之福。其不胜也，必无意外之患。后世用兵，皆得已而不已，故其胜也，则变迟而祸大，其不胜也，则变速而祸小。是以圣人不计胜负之功，而深戒用兵之祸。

何者？兴师十万，日费千金，内外骚动，殆于道路者七十万家。内则府库空虚，外则百姓穷匮。饥寒逼迫，其后必有盗贼之忧；死伤愁怨，其终必致水旱之报。上则将帅拥众，有跋扈之心；下则士众久役，有溃叛之志。变故百出，皆由用兵。至于兴事首议之人，冥谪尤重。盖以平民无故缘兵而死，怨气充积，必有任其咎者。是以圣人畏之重之，非不得已，不敢用也。

自古人主好动干戈，由败而亡者，不可胜数，臣今不敢复言。请为陛下言其胜者。秦始皇既平六国，复事胡、越，戍役之患，被于四海。虽拓地千里，远过三代，而坟土未干，天下怨叛，二世被害，子婴就擒，灭亡之酷，自古所未尝有也。汉武帝承文、景富溢之余，首挑匈奴，兵连不解，遂使侵寻及于诸国，岁岁调发，所至成功。建元之间，兵祸始作，是时蚩尤旗出，长与天等，其春戾太子生。自是师行三十余年，死者无数。及巫蛊事起，京师流血，僵尸数万，太子父子皆败。故班固以为太子生长于兵，与之终始。帝虽悔悟自克，而没身之恨，已无及矣。隋文帝既下江南，继事夷狄，炀帝嗣位，此志不衰。皆能诛灭强国，威震万里。然而民怨盗起，亡不旋踵。唐太宗神武无敌，尤喜用兵，既已破灭突厥、高昌、吐谷浑等，犹且未厌，亲驾辽东。皆志在立功，非不得已而用。其后武氏之难，唐室陵迟，不绝如线。盖用兵之祸，物理难逃。不然，太宗仁圣宽厚，克己裕人，几至刑措，而一传之后，子孙涂炭，此岂为善之报也哉？由此观之，汉、唐用兵于宽仁之后，故胜而仅存。秦、隋用兵于残暴之余，故胜而遂灭。臣每读书至此，未尝不掩卷流涕，伤其计之过也。若使此四君者，方其用兵之初，随即败衄，惕然戒惧，知用兵之难，则祸败之兴，当不至此。不幸每举辄胜，故使狃于功利，虑患不深。臣故曰：胜则变迟而祸大，不胜则变速而祸小。不可不察也。

昔仁宗皇帝覆育天下，无意于兵。将士惰偷，兵革朽钝，元昊乘间窃发，西鄙延安、泾、原、麟、府之间，败者三四，所丧动以万计，而海内晏然。兵休事已，而民无怨言，国无遗患。何者？天下臣庶知其无好兵之心，天地鬼神谅其有不得已之实故也。今陛下天锡勇智，意在富强。即位以来，缮甲治兵，伺候邻国。群臣百僚，窥见此指，多言用兵。其始也，弼臣执国命者，无忧深思远之心；枢臣当国论者，无虑害持难之识；在台谏之职者，无献替纳忠之议。从微至著，遂成厉阶。既而薛向为横山之谋，韩绛效深入之计，陈升之、吕公弼等阴与之协力，师徒丧败，财用耗屈。较之宝元、庆历之败，不及十一，然而天怒人怨，边兵背叛，京师骚然，陛下为之旰食者累月。何者？用兵之端，陛下作之。是以吏士无怒敌之意而不直陛下也。尚赖祖宗积累之厚，皇天保佑之深，故使兵出无功，感悟圣意。然浅见之士，方且以败为耻，力欲求胜，以称上心。于是王韶构祸于熙河，章惇造衅于梅山，熊本发难于渝、泸。然此等皆戎贼已降，俘累老弱，困弊腹心，而取空虚无用之地以为武功。使陛下受此虚名而忽于实祸，勉强砥砺，奋于功名。故沈起、刘彝复发于安南，使十余万人暴露瘴毒，死者十而五六，道路之人，獘于输送，赀粮器械，不见敌而尽。以为用兵之意，必且少衰。而李宪之师，复出于洮州矣。今师徒克捷，锐气方盛，陛下喜于一胜，必有轻视四夷陵侮敌国之意。天意难测，臣实畏之。

且夫战胜之后，陛下可得而知者，凯旋捷奏，拜表称贺，赫然耳目之观耳。至于远方之民，肝脑屠于白刃，筋骨绝于馈饷，流离破产，鬻卖男女，薰眼、折臂、自经之状，陛下必不得而见也；慈父、孝子、孤臣、寡妇之哭声，陛下必不得而闻也。譬犹屠杀牛羊、刳脔鱼鳖以为膳羞，食者甚美，死者甚苦。使陛下见其号呼于梃刃之下，宛转于刀几之间，虽八珍之美，必将投箸而不忍食，而况用人之命，以为耳目之观乎？且使陛下将卒精强，府库充实，如秦、汉、隋、唐之君。则既胜之后，祸乱方兴，尚不可救，而况所任将吏罢软凡庸，较之古人，万万不逮。而数年以来，公私窘乏，内府累世之积，扫地无余，州郡征税之储，上供殆尽，百官廪俸，仅而能继，南郊赏给，久而未办，以此举动，虽有智者，无以善其后矣。且饥疫之后，所在盗贼蜂起，京东、河北，尤不可言。若军事一兴，横敛随作，民穷而无告，其势不为大盗，无以自全。边事方深，内患复起，则胜、广之形，将在于此。此老臣所以终夜不寐，临食而叹，至于痛哭而不能自止也。

且臣闻之：凡举大事，必顺天心。天之所向，以之举事必成；天之所背，以之举事必败。盖天心向背之迹，见于灾祥丰歉之间。今自近岁，日蚀星变，地震山崩，水旱疠疫，连年不解，民死将半。天心之向背，可以见矣。而陛下方且断然不顾，兴事不已，譬如人子得过于父母，惟有恭顺静默，引咎自责，庶几可解。今乃纷然诘责奴婢，恣行箠楚，以此事亲，未有见赦于父母者。故臣愿陛下远览前世兴亡之迹，深察天心向背之理，绝意兵革之事，保疆睦邻，安静无为，为社稷长久之计。上以安二宫朝夕之养，下以济四方亿兆之命。则臣虽老死沟壑，瞑目于地下矣。昔汉祖破灭群雄，遂有天下；光武百战百胜，祀汉配天。然至白登被围，则讲和亲之议；西域请吏，则出谢绝之言。此二帝者，非不知兵也。盖经变既多，则虑患深远。今陛下深居九重而轻议讨伐，老臣庸懦，私窃以为过矣。然人臣纳说于君，因其既厌而止之，则易为力，迎其方锐而折之，则难为功。凡有血气之伦，皆有好胜之意。方其气之盛也，虽布衣贱士，有不可夺，自非智识特达，度量过人，未有能于勇锐奋发之中，舍己从人，惟义是听者也。今陛下盛气于用武，势不可回，臣非不知。而献言不已者，诚见陛下圣德宽大，听纳不疑。故不敢以众人好胜之常心望于陛下，且意陛下他日亲见用兵之害，必将哀痛悔恨，而追咎左右大臣未尝一言，臣亦将老且死，见先帝于地下，亦有以藉口矣。惟陛下哀而察之。

徐州上皇帝书

臣以庸材，备员册府，出守两郡，皆东方要地，私窃以为守法令，治文书，赴期会，不足以报塞万一。辄伏思念东方之要务，陛下之所宜知者，得其一二，草具以闻，而陛下择焉。

臣前任密州，建言自古河北与中原离合，常系社稷存亡，而京东之地，所以灌输河北，瓶竭则罍耻，唇亡则齿寒，而其民喜为盗贼，为患最甚，因为陛下画所以待盗贼之策。及移守徐州，览观山川之形势，察其风俗之所上，而考之于载籍，然后又知徐州为南北之襟要，而京东诸郡安危所寄也。昔项羽入关，既烧咸阳，而东归则都彭城。夫以羽之雄略，舍咸阳而取彭城，则彭城之险固形便，足以得志于诸侯者可知矣。臣观其地，三面被山，独其西平川数百里，西走梁、宋，使楚人开关而延敌，材官驺发，突骑云纵，真若屋上建瓴水也。地宜粟麦，一熟而饱数岁。其城三面阻水，楼堞之下，以汴、泗为池，独其南可通车马。而戏马台在焉，其高十仞，广袤百步，若用武之世，屯千人其上，聚楱木炮石，凡战守之具，以与城相表里，而积三年粮于城中，虽用十万人，不易取也。其民皆长大，胆力绝人，喜为剽掠，小不适意，则有飞扬跋扈之心，非止为盗而已。汉高祖，沛人也；项羽，宿迁人也；刘裕，彭城人也；朱全忠，砀山人也：皆在今徐州数百里间耳。其人以此自负，凶桀之气，积以成俗。魏太祖以三十万众攻彭城，不能下。而王智兴以卒伍庸材，恣睢于徐，朝廷亦不能讨。岂非以其地形便利，人卒勇悍故耶？

州之东北七十余里，即利国监，自古为铁官、商贾所聚，其民富乐，凡三十六冶，冶户皆大家，藏镪巨万，常为盗贼所窥，而兵卫寡弱，有同儿戏。臣中夜以思，即为寒心。使剧贼致死者十余人，白昼入市，则守者皆弃而走耳。地既产精铁，而民皆善锻，散冶户之财，以啸召无赖，则乌合之众，数千人之仗，可以一夕具也。顺流南下，辰发巳至，而徐有不守之忧矣。不幸而贼有过人之才，如吕布、刘备之徒，得徐而逞其志，则京东之安危未可知也。近者河北转运司奏乞禁止利国监铁不许入河北，朝廷从之。昔楚人亡弓，不能忘楚，孔子犹小之，况天下一家，东北二冶，皆为国兴利，而夺彼与此，不已隘乎？自铁不北行，冶户皆有失业之忧，诣臣而诉者数矣。臣欲因此以征冶户，为利国监之捍屏。今三十六冶，冶各百余人，采矿伐炭，多饥寒亡命强力鸷忍之民也。臣欲使冶户每冶各择有材力而忠谨者，保任十人，籍其名于官，授以却刃刀矟，教之击刺，每月两衙，集于知监之庭而阅试之，藏其刃于官，以待大盗，不得役使，犯者以违制论。冶户为盗所拟久矣，民皆知之，使冶出十人以自卫，民所乐也，而官又为除近日之禁，使铁得北行，则冶户皆悦而听命，奸猾破胆而不敢谋矣。徐城虽险固，而楼橹敝恶，又城大而兵少，缓急不可守。今战兵千人耳，臣欲乞移南京新招骑射两指挥于徐。此故徐人也，尝屯于徐。营垒材石既具矣，而迁于南京，异时转运使分东西路，畏馈饷之劳，而移之西耳。今两路为一，其去来无所损益，而足以为徐之重。城下数里，颇产精石无穷，而奉化厢军见阙数百人，臣愿召石工以足之。听不差出，使此数百人者常采石以甃城。数年之后，举为金汤之固，要使利国监不可窥，则徐无事，徐无事，则京东无虞矣。

沂州山谷重阻，为逋逃渊薮，盗贼每入徐州界中。陛下若采臣言，不以臣为不肖，愿复三年守徐，且得兼领沂州兵甲巡检公事，必有以自效。京东恶盗，多出逃军。逃军为盗，民则望风畏之，何也？技精而法重也。技精则难敌，法重则致死，其势然也。自陛下置将官，修军政，士皆精锐而不免于逃者，臣尝考其所由。盖自近岁以来，部送罪人配军者，皆不使役人，而使禁军。军士当部送者，受牒即行，往返常不下十日，道路之费，非取息钱不能办，百姓畏法不敢贷，贷亦不可复得，惟所部将校，乃敢出息钱与之，归而刻其粮赐，以故上下相持，军政不修，博弈饮酒，无所不至，穷苦无聊，则逃去为盗。臣自至徐，即取不系省钱百余千别储之。当部送者，量远近裁取，以三月刻纳，不取其息。将吏有敢贷息钱者，痛以法治之。然后严军政，禁酒博，比期年，士皆饱暖，练熟技艺，等第为诸郡之冠，陛下遣敕使按阅，所具见也。臣愿下其法诸郡，推此行之，则军政修而逃者寡，亦去盗之一端也。

臣闻之汉相王嘉曰："孝文帝时，二千石长吏，安官乐职，上下相望，莫有苟且之意。其后稍稍变易，公卿以下，转相促急，司隶、部刺史，发扬阴私，吏或居官数月而退。二千石益轻贱，吏民慢易之，知其易危，小失意则起离畔之心。前山阳亡徒苏令纵横，吏士临难，莫肯仗节死义者，以守相威权素夺故也。国家有急，取办于二千石，二千石尊重难危，乃能使下。"以王嘉之言而考之于今，郡守之威权，可谓素夺矣。上有监司伺其过失，下有吏民持其长短，未及按问，而差替之命已下矣。欲督捕盗贼，法外求一钱以使人，且不可得。盗贼凶人，情重而法轻者，守臣辄配流之，则使所在法司复按其状，劾以失人。惴惴如此，何以得吏士死力，而破奸人之党乎？由此观之，盗贼所以滋炽者，以陛下守臣权太轻故也。臣愿陛下稍重其权，责以大纲，阔略其小故，凡京东多盗之郡，自青、郓以降，如徐、沂、齐、曹之类，皆慎择守臣，听法外处置强盗。颇赐缗钱，使得以布设耳目，畜养爪牙。然缗钱多赐则难常，少又不足于用，臣以为每郡可岁别给一二百千，使以酿酒，凡使人葺捕盗贼，得以酒与之，敢以为他用者，坐赃论。赏格之外，岁得酒数百斛，亦足以使人矣。此又治盗之一术也。

　　然此皆其小者，其大者非臣之所当言。欲默而不发，则又私自念遭值陛下英圣特达如此。若有所不尽，非忠臣之义，故昧死复言之。昔者以诗赋取士，今陛下以经术用人，名虽不同，然皆以文词进耳。考其所得，多吴、楚、闽、蜀之人。至于京东、西、河北、河东、陕西五路，盖自古豪杰之场，其人沈鸷勇悍，可任以事，然欲使治声律，读经义，以与吴、楚、闽、蜀之士争得失于毫厘之间，则彼有不仕而已，故其得人常少。夫惟忠孝礼义之士，虽不得志，不失为君子。若德不足而才有余者，困于无门，则无所不至矣。故臣愿陛下特为五路之士别开仕进之门。

　　汉法：郡县秀民，推择为吏，孝行察廉，以次迁补，或至二千石，入为公卿。古者不专以文词取人，故得士为多。黄霸起于卒史，薛宣奋于书佐，朱邑选于啬夫，丙吉出于狱吏，其余名臣循吏由此而进者，不可胜数。唐自中叶以后，方镇皆选列校以掌牙兵。是时四方豪杰不能以科目自达者，皆争为之，往往积功以取旄钺。虽老奸巨盗，或出其中。而名卿贤将如高仙芝、封常清、李光弼、来瑱、李抱玉、段秀实之流，所得亦已多矣。王者之用人如江河，江河所趋，百川赴焉，蛟龙生之，及其去而之他，则鱼鳖无所还其体，而鲵鳅为之制。今世胥史牙校皆奴仆庸人者，无他，以陛下不用也。今将用胥史牙校，而胥史行文书，治刑狱钱谷，其势不可废鞭挞，鞭挞一行，则豪杰不出于其间。故凡士之刑者不可用，用者不可刑。故臣愿陛下采唐之旧，使五路监司郡守共选士人以补牙职，皆取人材。心力有足过人，而不能从事于科举者，禄之以今之庸钱，而课之镇税场务督捕盗贼之类，自公罪杖以下听赎。依将校法，使长吏得荐其才者，第其功伐，书其岁月，使得出仕比任子，而不以流外限其所至。朝廷察其尤异者，擢用数人。则豪杰英伟之士，渐出于此途，而奸猾之党可得而笼取也。其条目委曲，臣未敢尽言，惟陛下留神省察。

昔晋武平吴之后，诏天下罢军役，州郡悉去武备，惟山涛论其不可，帝见之，曰："天下名言也。"而不能用。及永宁之后，盗贼蜂起，郡国皆以无备不能制，其言乃验。今臣于无事之时，屡以盗贼为言，其私忧过计，亦已甚矣。陛下纵能容之，必为议者所笑，使天下无事而臣获笑可也，不然，事至而图之，则已晚矣。干犯天威，罪在不赦。

王安石

上仁宗皇帝言事书

臣愚不肖，蒙恩备使一路，今又蒙恩召还阙廷，有所任属。而当以使事归报陛下，不自知其无以称职，而敢缘使事之所及，冒言天下之事，伏惟陛下详思而择处其中，幸甚。

臣窃观陛下有恭俭之德，有聪明睿智之才，夙兴夜寐，无一日之暇。声色狗马观游玩好之事，无纤芥之蔽。而仁民爱物之意孚于天下，而又公选天下之所愿以为辅相者，属之以事，而不贰于谗邪倾巧之臣。此虽二帝三王之用心，不过如此而已，宜其家给人足，天下大治。而效不至于此，顾内则不能无以社稷为忧，外则不能无惧于夷狄，天下之财力日以困穷，而风俗日以衰坏，四方有志之士，諰諰然常恐天下之久不安。此其故何也？患在不知法度故也。

今朝廷法严令具，无所不有，而臣以谓无法度者何哉？方今之法度，多不合乎先王之政故也。孟子曰："有仁心仁闻而泽不加于百姓者，为政不法于先王之道故也。"以孟子之说观方今之失，正在于此而已。夫以今之世去先王之世远，所遭之变、所遇之势不一，而欲一一修先王之政，虽甚愚者，犹知其难也。然臣以谓今之失患在不法先王之政者，以谓当法其意而已。夫二帝三王，相去盖千有余载，一治一乱，其盛衰之时具矣。其所遭之变、所遇之势亦各不同，其施设之方亦皆殊，而其为天下国家之意，本末先后，未尝不同也。臣故曰：当法其意而已。法其意，则吾所改易更革，不至乎倾骇天下之耳目，嚣天下之口，而固已合乎先王之政矣。虽然，以方今之势揆之，陛下虽欲改易更革天下之事，合于先王之意，其势必不能也。陛下有恭俭之德，有聪明睿智之才，有仁民爱物之意，诚加之意，则何为而不成、何欲而不得？然而臣顾以谓陛下虽欲改易更革天下之事，合于先王之意，其势必不能者，何也？以方今天下之人才不足故也。

臣尝试窃观天下在位之人，未有乏于此时者也。夫人才乏于上，则有沈废伏匿在下，而不为当时所知者矣。臣又求之于闾巷草野之间，而亦未见其多焉。岂非陶冶而成之者非其道而然乎？臣以谓方今在位之人才不足者，以臣使事之所及则可知矣。今以一路数千里之间，能推行朝廷之法令，知其所缓急，而一切能使民以修其职事者甚少，而不才苟简贪鄙之人，至不可胜数。其能讲先王之意以合当时之变者，盖阖郡之间往往而绝也。朝廷每一令下，其意虽善，在位者犹不能推行。使膏泽加于民，而吏辄缘之为奸，以扰百姓。臣故曰：在位之人才不足，而草野闾巷之间，亦未见其多也。夫人才不足，则陛下虽欲改易更革天下之事，以合先王之意，大臣虽有能当陛下之意而欲领此者，九州之大，四海之远，孰能称陛下之旨，以一二推行此，而人人蒙其施者乎？臣故曰：其势必未能也。孟子曰："徒法不能以自行。"非此之谓乎？然则方今之急，在于人才而已。诚能使天下之才众多，然后在位之才，可以择其人而取足焉。在位者得其才矣。然后稍视时势之可否，而因人情之患苦，变更天下之弊法，以趋先王之意，甚易也。今之天下，亦先王之天下。先王之时，人才尝众矣，何至于今而独不足乎？故曰：陶冶而成之者，非其道故也。

商之时，天下尝大乱矣。在位贪毒祸败，皆非其人。及文王之起，而天下之才尝少矣。当是时，文王能陶冶天下之士，而使之皆有士君子之才，然后随其才之所有而官使之。《诗》曰："岂弟君子，遐不作人。"此之谓也。及其成也，微贱兔罝之人，犹莫不好德，《兔罝》之诗是也。又况于在位之人乎？夫文王惟能如此，故以征则服，以守则治。《诗》曰："奉璋峨峨，髦士攸宜。"又曰："周王于迈，六师及之。"言文王所用，文武各得其材，而无废事也。及至夷、厉之乱，天下之才又尝少矣。至宣王之起，所与图天下之事者，仲山甫而已。故诗人叹之曰："德輏如毛，维仲山甫举之，爱莫助之。"盖闵人士之少，而山甫之无助也。宣王能用仲山甫，推其类以新美天下之士，而后人才复众。于是内修政事，外讨不庭，而复有文、武之境土。故诗人美之曰："薄言采芑，于彼新田，于此菑亩。"言宣王能新美天下之士，使之有可用之才，如农夫新美其田，而使之有可采之芑也。由此观之，人之才未尝不自人主陶冶而成之者也。

所谓人主陶冶而成之者何也？亦教之、养之、取之、任之有其道而已。

所谓教之之道何也？古者天子诸侯，自国至于乡党皆有学，博置教导之官而严其选。朝廷礼乐刑政之事，皆在于学。士所观而习者，皆先王之法言德行治天下之意，其材亦可以为天下国家之用。苟不可以为天下国家之用，则不教也。苟可以为天下国家之用者，则无不在于学。此教之之道也。

所谓养之之道何也？饶之以财，约之以礼，裁之以法也。何谓饶之以财？人之情，不足于财，则贪鄙苟得，无所不至。先王知其如此，故其制禄，自庶人之在官者，其禄已足以代其耕矣。由此等而上之，每有加焉，使其足以养廉耻而离于贪鄙之行。犹以为未也，又推其禄以及其子孙，谓之世禄。使其生也，既于父母、兄弟、妻子之养，婚姻、朋友之接，皆无憾矣，其死也，又于子孙无不足之忧焉。何谓约之以礼？人情足于财，而无礼以节之，则又放僻邪侈，无所不至。先王知其如此，故为之制度。婚丧、祭养、燕享之事，服食、器用之物，皆以命数为之节，而齐之以律度量衡之法。其命可以为之，而财不足以具，则弗具也；其财可以具，而命不得为之者，不使有铢两分寸之加焉。何谓裁之以法？先王于天下之士，教之以道艺矣，不帅教，则待之以屏弃远方终身不齿之法。约之以礼矣，不循礼，则待之以流、杀之法。《王制》曰："变衣服者其君流。"《酒诰》曰："厥或诰曰，群饮，汝勿佚，尽执拘以归于周，予其杀。"夫群饮、变衣服，小罪也；流、杀，大刑也。加小罪以大刑，先王所以忍而不疑者，以为不如是，不足以一天下之俗而成吾治。夫约之以礼，裁之以法，天下所以服从无抵冒者，又非独其禁严而治察之所能致也。盖亦以吾至诚恳恻之心，力行而为之倡。凡在左右通贵之人，皆顺上之欲而服行之，有一不帅者，法之加必自此始。夫上以至诚行之，而贵者知避上之所恶矣，则天下之不罚而止者众矣。故曰：此养之之道也。

所谓取之之道者何也？先王之取人也，必于乡党，必于庠序，使众人推其所谓贤能，书之以告于上而察之。诚贤能也，然后随其德之大小、才之高下而官使之。所谓察之者，非专用耳目之聪明，而听私于一人之口也。欲审知其德，问以行；欲审知其才，问以言。得其言行，则试之以事，所谓察之者，试之以事是也。虽尧之用舜，不过如此而已，又况其下乎？若夫九州之大，四海之远，万官亿丑之贱，所须士大夫之才则众矣，有天下者，又不可以一一自察之也，又不可偏属于一人，而使之于一日二日之间，试其能行而进退之也。盖吾已能察其才行之大者以为大官矣，因使之取其类以持久试之，而考其能者以告于上，而后以爵命、禄秩予之而已。此取之之道也。

所谓任之之道者何也？人之才德，高下厚薄不同，其所任有宜有不宜。先王知其如此，故知农者以为后稷，知工者以为共工。其德厚而才高者以为之长，德薄而才下者以为之佐属。又以久于其职，则上狃习而知其事，下服驯而安其教，贤者则其功可以至于成，不肖者则其罪可以至于著，故久其任而待之以考绩之法。夫如此，故智能才力之士，则得尽其智以赴功，而不患其事之不终、其功之不就也。偷惰苟且之人，虽欲取容于一时，而顾僇辱在其后，安敢不勉乎？若夫无能之人，固知辞避而去矣。居职任事之日久，不胜任之罪不可以幸而免故也。彼且不敢冒而知辞避矣，尚何有比周、谗谄、争进之人乎？取之既已详，使之既已当，处之既已久，至其任之也又专焉，而不一一以法束缚之，而使之得行其意，尧、舜之所以理百官而熙众工者，以此而已。《书》曰："三载考绩，三考，黜陟幽明。"此之谓也。然尧、舜之时，其所黜者则闻之矣，盖四凶是也。其所陟者，则皋陶、稷、契，皆终身一官而不徙。盖其所谓陟者，特加之爵命禄赐而已耳。此任之之道也。

夫教之、养之、取之、任之之道如此，而当时人主，又能与其大臣悉其耳目心力，至诚恻怛思念而行之，此其人臣之所以无疑，而于天下国家之事无所欲为而不得也。

方今州县虽有学，取墙壁具而已，非有教导之官，长育人才之事也，唯太学有教导之官，而亦未尝严其选。朝廷礼乐刑政之事，未尝在于学，学者亦漠然自以礼乐刑政为有司之事，而非己所当知也。学者之所教，讲说章句而已。讲说章句，固非古者教人之道也。近岁乃始教之以课试之文章，夫课试之文章，非博诵强学穷日之力则不能。及其能工也，大则不足以用天下国家，小则不足以为天下国家之用，故虽白首于庠序，穷日之力以帅上之教，及使之从政，则茫然不知其方者，皆是也。盖今之教者，非特不能成人之材而已，又从而困苦毁坏之，使不得成材者，何也？夫人之才，成于专而毁于杂。故先王之处民才，处工于官府，处农于畎亩，处商贾于肆，而处士于庠序，使各专其业而不见异物，惧异物之足以害其业也。所谓士者，又非特使之不得见异物而已，一示之以先王之道，而百家诸子之异说，皆屏之而莫敢习者焉。今士之所宜学者，天下国家之用也。今悉使置之不教，而教之课试之文章，使其耗精疲神，穷日之力以从事于此，及其任之以官也，则又悉使置之，而责之以天下国家之事。夫古之人，以朝夕专其业于天下国家之事，而犹才有能有不能，今乃移其精神，夺其日力，以朝夕从事于无补之学，及其任之以事，然后卒然责之以为天下国家之用，宜其才之足以有为者少矣。臣故曰：非特不能成人之才，又从而困苦毁坏之使不得成才也。

又有甚害者。先王之时，士之所学者文武之道也。士之才有可以为公卿大夫，有可以为士，其才之大小宜不宜则有矣。至于武事，则随其才之大小，未有不学者。故其大者，居则为六官之卿，出则为六军之将也；其次则比、闾、族、党之师，亦皆卒、伍、师、旅之帅也。故边疆、宿卫，皆得士大夫为之，而小人不得奸其位。今之学者，以为文武异事，吾知治文事而已，至于边疆、宿卫之任，则推而属之于卒伍，往往天下奸悍无赖之人。苟其才行足以自托于乡里者，亦未有肯去亲戚而从召募者也。边疆、宿卫，此乃天下之重任，而人主之所当慎重者也。故古者教士，以射、御为急，其他技能，则视其人才之所宜而后教之，其才之所不能，则不强也。至于射则为男子之事，人之生有疾则已，苟无疾，未有去射而不学者也。在庠序之间，固当从事于射也。有宾客之事则以射，有祭祀之事则以射，别士之行同能偶则以射，于礼乐之事未尝不寓以射，而射亦未尝不在于礼乐祭祀之间也。《易》曰："弧矢之利，以威天下。"先王岂以射为可以习揖让之仪而已乎？固以为射者武事之尤大，而威天下、守国家之具也。居则以是习礼乐，出则以是从战伐。士既朝夕从事于此，而能者众，则边疆、宿卫之任，皆可以择而取也。夫士尝学先王之道，其行义尝见推于乡党矣，然后因其才而托之以边疆、宿卫之事，此古之人君所以推干戈以属之人，而无内外之虞也。今乃以夫天下之重任、人主所当至慎之选，推而属之奸悍无赖、才行不足自托于乡里之人，此方今所以谔谔然常抱边疆之忧，而虞宿卫之不足恃以为安也。今孰不知边疆、宿卫之士不足恃以为安哉？顾以为天下学士以执兵为耻，而亦未有能骑射行阵之事者，则非召募之卒伍，孰能任其事者乎？夫不严其教，高其选，则士之以执兵为耻而未尝有能骑射行阵之事，固其理也。凡此，皆教之非其道故也。

方今制禄，大抵皆薄，自非朝廷侍从之列，食口稍众，未有不兼农商之利而能充其养者也。其下州县之吏，一月所得，多者钱八九千，少者四五千，以守选、待除、守阙通之，盖六七年而后得三年之禄，计一月所得，乃实不能四五千，少者乃实不能及三四千而已，虽厮养之给，亦窘于此矣。而其养生、丧死、婚姻、葬送之事，皆当于此出。夫中人之上者，虽穷而不失为君子；出中人之下者，虽泰而不失为小人。唯中人不然：穷则为小人，泰则为君子。计天下之士，出中人之上下者，千百而无十一；穷而为小人，泰而为君子者，则天下皆是也。先王以为众不可以力胜也，故制行不以己，而以中人为制，所以因其欲而利道之，以为中人之所能守，则其志可以行乎天下，而推之后世。以今之制禄，而欲士之无毁廉耻，盖中人之所不能也。故今官大者，往往交赂遗，营赀产，以负贪污之毁；官小者，贩鬻乞丐，无所不为。夫士已尝毁廉耻以负累于世矣，则其偷惰取容之意起，而矜奋自强之心息，则职业安得而不弛，治道何从而兴乎？又况委法受赂，侵牟百姓者，往往而是也。此所谓不能饶之以财也。

婚丧、奉养、服食、器用之物，皆无制度以为之节，而天下以奢为荣，以俭为耻。苟其才之可以具，则无所为而不得，有司既不禁，而人又以此为荣；苟其才不足，而不能自称于流俗，则其婚丧之际，往往得罪于族人亲姻，而人以为耻矣。故富者贪而不知止，贫者则勉强其不足以追之，此士之所以重困而廉耻之心毁也。凡此所谓不能约之以礼也。

方今陛下躬行俭约，以率天下，此左右通贵之臣所亲见。然而其闺门之内，奢靡无节，犯上之所恶，以伤天下之教者，有已甚者矣，未闻朝廷有所放绌以示天下。昔周之人拘群饮而被之以杀刑者，以为酒之末流生害，有至于死者众矣，故重禁其祸之所自生。重禁其祸之所自生，故其施刑极省，而人之抵于祸败者少矣。今朝廷之法，所尤重者独贪吏耳。重禁贪吏而轻奢靡之法，此所谓禁其末而弛其本。然而世之识者，以为方今官冗，而县官财用已不足以供之，其亦蔽于理矣。今之人官诚冗矣，然而前世置员盖甚少，而赋禄又如此之薄，则财用之所不足，盖亦有说矣，吏禄岂足计哉？臣于财利固未尝学，然窃观前世治财之大略矣。盖因天下之力以生天下之财，取天下之财以供天下之费。自古治世，未尝以不足为天下之公患也，患在治财无其道耳。今天下不见兵革之具，而元元安土乐业，各致己力以生天下之财，然而公私尝以困穷为患者，殆以理财未得其道，而有司不能度世之宜而通其变耳。诚能理财以其道而通其变，臣虽愚，固知增吏禄不足以伤经费也。方今法严令具，所以罗天下之士，可谓密矣，然而亦尝教之以道艺，而有不帅教之刑以待之乎？亦尝约之以制度，而有不循理之刑以待之乎？亦尝任之以职事，而有不任事之刑以待之乎？夫不先教之以道艺，诚不可以诛其不帅教；不先约之以制度，诚不可以诛其不循礼；不先任之以职事，诚不可以诛其不任事。此三者，先王之法所尤急也，今皆不可得诛。而薄物细故，非害治之急者，为之法禁，月异而岁不同，为吏者至于不可胜记，又况能一一避之而无犯者乎？此法令所以玩而不行，小人有幸而免者，君子有不幸而及者焉。此所谓不能裁之以刑也。凡此皆治之非其道也。

方今取士，强记博诵而略通于文辞，谓之茂才异等、贤良方正。茂才异等、贤良方正者，公卿之选也。记不必强，诵不必博，略通于文辞，而又尝学诗赋，则谓之进士。进士之高者，亦公卿之选也。夫此二科所得之技能，不足以为公卿，不待论而后可知。而世之议者，乃以为吾常以此取天下之士，而才之可以为公卿者，常出于此，不必法古之取人而后得士也。其亦蔽于理矣。先王之时，尽所以取人之道，犹惧贤者之难进，而不肖者之杂于其间也。今悉废先王所以取士之道，而驱天下之才士，悉使为贤良、进士，则士之才，可以为公卿者，固宜为贤良、进士，而贤良、进士亦固宜有时而得才之可以为公卿者也。然而不肖者，苟能雕虫篆刻之学，以此进至乎公卿；才之可以为公卿者，困于无补之学，而以此绌死于岩野，盖十八九矣。

夫古之人有天下者，其所以慎择者，公卿而已。公卿既得其人，因使推其类以聚于朝廷，则百司庶物无不得其人也。今使不肖之人幸而至乎公卿，因得推其类聚之朝廷，此朝廷所以多不肖之人，而虽有贤智，往往困于无助，不得行其意也。且公卿之不肖，既推其类以聚于朝廷；朝廷之不肖，又推其类以备四方之任使；四方之任使者，又各推其不肖以布于州郡，则虽有同罪举官之科，岂足恃哉？适足以为不肖者之资而已。

其次九经、五经、学究、明法之科，朝廷固已尝患其无用于世，而稍责之以大义矣。然大义之所得，未有以贤于故也。今朝廷又开明经之选，以进经术之士。然明经之所取，亦记诵而略通于文辞者，则得之矣。彼通先王之意，而可以施于天下国家之用者，顾未必得与于此选也。

其次则恩泽子弟，庠序不教之以道艺，官司不考问其才能，父兄不保任其行义，而朝廷辄以官予之，而任之以事。武王数纣之罪，则曰：官人以世。夫官人以世，而不计其才行，此乃纣之所以乱亡之道，而治世之所无也。

又其次曰流外。朝廷固已挤之于廉耻之外，而限其进取之路矣，顾属之以州县之事，使之临士民之上，岂所谓以贤治不肖者乎？以臣使事之所及，一路数千里之间，州县之吏出于流外者，往往而有，可属任以事者，殆无二三，而当防闲其奸者皆是也。盖古者有贤、不肖之分，而无流品之别。故孔子之圣，而尝为季氏吏，盖虽为吏，而亦不害其为公卿。及后世有流、品之别，则凡在流外者，其所成立，固尝自置于廉耻之外，而无高人之意矣。夫以近世风俗之流靡，自虽士大夫之才，势足以进取，而朝廷尝奖之以礼义者，晚节末路，往往怵而为奸，况又其素所成立，无高人之意，而朝廷固已挤之于廉耻之外，限其进取者乎？其临人亲职，放僻邪侈，固其理也。至于边疆、宿卫之选，则臣固已言其失矣。凡此皆取之非其道也。

方今取之既不以其道，至于任之，又不问其德之所宜，而问其出身之后先，不论其才之称否，而论其历任之多少。以文学进者，且使之治财。已使之治财矣，又转而使之典狱。已使之典狱矣，又转而使之治礼。是则一人之身，而责之以百官之所能备，宜其人才之难为也。夫责人以其所难为，则人之能为者少矣。人之能为者少，则相率而不为。故使之典礼，未尝以不知礼为忧，以今之典礼者未尝学礼故也；使之典狱，未尝以不知狱为耻，以今之典狱者未尝学狱故也。天下之人，亦已渐渍于失教，被服于成俗，见朝廷有所任使非其资序，则相议而讪之。至于任使之不当其才，未尝有非之者也。

且在位者数徙，则不得久于其官，故上不能狃习而知其事，下不肯服驯而安其教，贤者则其功不可以及于成，不肖者则其罪不可以至于著。若夫迎新将故之劳，缘绝簿书之弊，固其害之小者，不足悉数也。设官大抵皆当久于其任，而至于所部者远，所任者重，则尤宜久于其官，而后可以责其有为。而方今尤不得久于其官，往往数日辄迁之矣。

取之既已不详，使之既已不当，处之既已不久，至于任之则又不专，而又一一以法束缚之，不得行其意。臣故知当今在位多非其人，稍假借之权，而不一一以法束缚之，则放恣而无不为。虽然，在位非其人，而恃法以为治，自古及今，未有能治者也。即使在位皆得其人矣，而一一以法束缚之，不使之得行其意，亦自古及今，未有能治者也。夫取之既已不详，使之既已不当，处之既已不久，任之又不专，而又一一以法束缚之，故虽贤者在位，能者在职，与不肖而无能者，殆无以异。夫如此，故朝廷明知其贤能足以任事，苟非其资序，则不以任事而辄进之。虽进之，士犹不服也。明知其无能而不肖，苟非有罪，为在事者所劾，不敢以其不胜任而辄退之。虽退之，士犹不服也。彼诚不肖无能，然而士不服者何也？以所谓贤能者任其事，与不肖而无能者，亦无以异故也。臣前以谓不能任人以职事，而无不任事之刑以待之者，盖谓此也。

夫教之、养之、取之、任之，有一非其道，则足以败天下之人才，又况兼此四者而有之？则在位不才、苟简、贪鄙之人，至于不可胜数，而草野闾巷之间，亦少可任之才，固不足怪。《诗》曰："国虽靡止，或圣或否。民虽靡膴，或哲或谋，或肃或艾。如彼泉流，无沦胥以败。"此之谓也。

夫在位之人才不足矣，而闾巷草野之间，亦少可用之才，则岂特行先王之政而不得也，社稷之托，封疆之守，陛下其能久以天幸为常，而无一旦之忧乎？盖汉之张角，三十六万同日而起，所在郡国，莫能发其谋；唐之黄巢，横行天下，而所至将吏无敢与之抗者。汉、唐之所以亡，祸自此始。唐既亡矣，陵夷以至五代，而武夫用事，贤者伏匿消沮而不见，在位无复有知君臣之义、上下之礼者也。当是之时，变置社稷，盖甚于弈棋之易，而元元肝脑涂地，幸而不转死于沟壑者无几耳！夫人才不足，其患盖如此。而方今公卿大夫，莫肯为陛下长虑后顾，为宗庙万世计，臣窃惑之。昔晋武帝趋过目前，而不为子孙长远之谋，当时在位，亦皆偷合苟容，而风俗荡然，弃礼义，捐法制，上下同失，莫以为非。有识固知其将必乱矣，而其后果海内大扰，中国列于夷狄者二百余年。伏惟三庙祖宗神灵所以付属陛下，固将为万世血食，而大庇元元于无穷也。臣愿陛下鉴汉、唐、五代之所以乱亡，惩晋武苟且因循之祸，明诏大臣，思所以陶成天下之才，虑之以谋，计之以数，为之以渐，期为合于当世之变，而无负于先王之意，则天下之人才不胜用矣。人才不胜用，则陛下何求而不得，何欲而不成哉？夫虑之以谋，计之以数，为之以渐，则成天下之才甚易也。臣始读《孟子》，见孟子言王政之易行，心则以为诚然。及见与慎子论齐、鲁之地，以为先王之制国，大抵不过百里者，以为今有王者起，则凡诸侯之地，或千里，或五百里，皆将损之，至于数十百里而后止。于是疑孟子虽贤，其仁智足以一天下，亦安能毋劫之以兵革，而使数百千里之强国，一旦肯损其地之十八九，比于先王之诸侯？至其后，观汉武帝用主父偃之策，令诸侯王地悉得推恩封其子弟，而汉亲临定其号名，辄别属汉。于是诸侯王之子弟，各有分土，而势强地大者，卒以分析弱小。然后知虑之以谋，计之以数，为之以渐，则大者固可使小，强者固可使弱，而不至乎倾骇变乱败伤之衅。孟子之言不为过。又况今欲改易更革，其势非若孟子所为之难也。臣故曰：虑之以谋，计之以数，为之以渐，则其为甚易也。

然先王之为天下，不患人之不为，而患人之不能；不患人之不能，而患己之不勉。何谓不患人之不为，而患人之不能？人之情，所愿得者，善行、美名、尊爵、厚利也，而先王能操之以临天下之士。天下之士有能遵之以治者，则悉以其所愿得者以与之。士不能则已矣，苟能，则孰肯舍其所愿得，而不自勉以为才？故曰：不患人之不为，患人之不能。何谓不患人之不能，而患己之不勉？先王之法，所以待人者尽矣，自非下愚不可移之才，未有不能赴者也。然而不谋之以至诚恻怛之心，力行而先之，未有能以至诚恻怛之心，力行而应之者也。故曰：不患人之不能，而患己之不勉。陛下诚有意乎成天下之才，则臣愿陛下勉之而已。

臣又观朝廷异时欲有所施为变革，其始计利害未尝不熟也，顾有一流俗侥幸之人，不悦而非之，则遂止而不敢为。夫法度立，则人无独蒙其幸者。故先王之政，虽足以利天下，而当其承敝坏之后、侥幸之时，其创法立制，未尝不艰难也。使其创法立制，而天下侥幸之人，亦顺悦以趋之，无有龃龉，则先王之法，至今存而不废矣。惟其创法立制之艰难，而侥幸之人不肯顺悦而趋之，故古之人欲有所为，未尝不先之以征诛而后得其意。《诗》曰："是伐是肆，是绝是忽，四方以无拂。"此言文王先征诛而后得意于天下也。夫先王欲立法度以变衰坏之俗，而成人之才，虽有征诛之难，犹忍而为之，以为不若是，不可以有为也。及至孔子，以匹夫游诸侯，所至则使其君臣捐所习，逆所顺，强所劣，憧憧如也，卒困于排逐。然孔子亦终不为之变，以为不如是，不可以有为。此其所守，盖与文王同意。夫在上之圣人，莫如文王；在下之圣人，莫如孔子。而欲有所施为变革，则其事盖如此矣。今有天下之势，居先王之位，创立法制，非有征诛之难也。虽有侥幸之人不悦而非之，固不胜天下顺悦之人众也。然而一有流俗侥幸不悦之言，则遂止而不敢为者，惑也。陛下诚有意乎成天下之才，则臣又愿断之而已。

夫虑之以谋，计之以数，为之以渐，而又勉之以成，断之以果，然而犹不能成天下之才，则以臣所闻，盖未有也。

然臣之所称，流俗之所不讲，而今之议者，以谓迂阔而熟烂者也。窃观近世士大夫，所欲悉心力耳目以补助朝廷者有矣。彼其意非一切利害，则以为当世所能行者。士大夫既以此希世，而朝廷所取于天下之士，亦不过如此。至于大伦大法，礼义之际，先王之所力学而守者，盖不及也。一有于此，则群聚而笑之，以为迂阔。今朝廷悉心于一切之利害，有司法令于刀笔之间，非一日也。然其效可观矣。则夫所谓迂阔而熟烂者，惟陛下亦可以少留神而察之矣。昔唐太宗正观之初，人人异论，如封德彝之徒，皆以为非杂用秦、汉之政，不足以为天下。能思先王之事开太宗者，魏文正公一人耳。其所施设，虽未能尽当先王之意，抑其大略，可谓合矣。故能以数年之间，而天下几致刑措，中国安宁，蛮夷顺服。自三王以来，未有如此盛时也。唐太宗之初，天下之俗，犹今之世也。魏文正公之言，固当时所谓迂阔而熟烂者也。

然其效如此。贾谊曰：今或言德教之不如法令，胡不引商、周、秦、汉以观之？然则唐太宗之事，亦足以观矣。

臣幸以职事归报陛下，不自知其驽下，无以称职，而敢及国家之大体者，以臣蒙陛下任使，而当归报，窃谓在位之人才不足，而无以称朝廷任使之意，而朝廷所以任使天下之士者，或非其理，而士不得尽其才。此亦臣使事之所及，而陛下之所宜先闻者也。释此不言，而毛举利害之一二，以污陛下之聪明，而终无补于世，则非臣所以事陛下惓惓之意也。伏惟陛下详思而择其中，天下幸甚。

善化黄维申襄校

经史百家杂钞

第 3 册

〔清〕曾国藩 ◇ 编

古书生 ◇ 标点

国家图书馆出版社

第三册目录

卷十四 书牍之属一

左 传

郑子家与赵宣子书

寡君即位三年，召蔡侯而与之事君。九月，蔡侯入于敝邑以行。敝邑以侯宣多之难，寡君是以不得与蔡侯偕。十一月，克减侯宣多而随蔡侯以朝于执事。十二年六月，归生佐寡君之嫡夷，以请陈侯于楚而朝诸君。十四年七月，寡君又朝，以蒇陈事。十五年五月，陈侯自敝邑往朝于君。往年正月，烛之武往朝夷也。八月，寡君又往朝。以陈、蔡之密迩于楚而不敢贰焉，则敝邑之故也。虽敝邑之事君，何以不免？在位之中，一朝于襄，而再见于君。夷与孤之二三臣相及于绛，虽我小国，则蔑以过之矣。今大国曰："尔未逞吾志。"敝邑有亡，无以加焉。古人有言曰："畏首畏尾，身其余几。"又曰："鹿死不择音。"小国之事大国也，德，则其人也；不德，则其鹿也，铤而走险，急何能择？命之罔极，亦知亡矣。将悉敝赋以待于鯈，唯执事命之。

文公二年六月壬申，朝于齐。四年二月壬戌，为齐侵蔡，亦获成于楚。居大国之间而从于强令，岂其罪也。大国若弗图，无所逃命。

吕相绝秦之辞

昔逮我献公及穆公相好，戮力同心，申之以盟誓，重之以昏姻。天祸晋国，文公如齐，惠公如秦。无禄，献公即世，穆公不忘旧德，俾我惠公用能奉祀于晋。又不能成大勋，而为韩之师。亦悔于厥心，用集我文公，是穆之成也。文公躬擐甲胄，跋履山川，逾越险阻，征东之诸侯，虞、夏、商、周之胤，而朝诸秦，则亦既报旧德矣。郑人怒君之疆场，我文公帅诸侯及秦围郑。秦大夫不询于我寡君，擅及郑盟。诸侯疾之，将致命于秦。文公恐惧，绥静诸侯，秦师克还无害，则是我有大造于西也。无禄，文公即世，穆为不吊，蔑死我君，寡我襄公，迭我殽地，奸绝我好，伐我保城，殄灭我费、滑，散离我兄弟，挠乱我同盟，倾覆我国家。我襄公未忘君之旧勋，而惧社稷之陨，是以有殽之师。犹愿赦罪于穆公，穆公弗听，而即楚谋我。天诱其衷，成王殒命，穆公是以不克逞志于我。穆、襄即世，康、灵即位。康公，我之自出，又欲阙翦我公室，倾覆我社稷，帅我螫贼，以来荡摇我边疆。我是以有令狐之役。康犹不悛，入我河曲，伐我涑川，俘我王官，翦我羁马，我是以有河曲之战。东道之不通，则是康公绝我好也。

及君之嗣也，我君景公引领西望曰："庶抚我乎！"君亦不惠称盟，利吾有狄难，入我河县，焚我箕、郜，芟夷我农功，虔刘我边陲。我是以有辅氏之聚。君亦悔祸之延，而欲徼福于先君献、穆，使伯车来，命我景公曰："吾与女同好弃恶，复修旧德，以追念前勋。"言誓未就，景公即世，我寡君是以有令狐之会。君又不祥，背弃盟誓。白狄及君同州，君之仇雠，而我之昏姻也。君来赐命曰："吾与女伐狄。"寡君不敢顾昏姻，畏君之威，而受命于吏。君有二心于狄，曰："晋将伐女。"狄应且憎，是用告我。楚人恶君之二三其德也，亦来告我曰："秦背令狐之盟。"而来求盟于我。昭告昊天上帝、秦三公、楚三王曰："余虽与晋出入，余唯利是视。不谷恶其无成德，是用宣之，以惩不壹。"诸侯备闻此言，斯是用痛心疾首，昵就寡人。寡人帅以听命，唯好是求。君若惠顾诸侯，矜哀寡人，而赐之盟，则寡人之愿也。其承宁诸侯以退，岂敢徼乱。君若不施大惠，寡人不佞，其不能以诸侯退矣。敢尽布之执事，俾执事实图利之！

叔向诒子产书

始吾有虞于子，今则已矣。昔先王议事以制，不为刑辟，惧民之有争心也。犹不可禁御，是故闲之以义，纠之以政，行之以礼，守之以信，奉之以仁，制为禄位，以劝其从，严断刑罚以威其淫。惧其未也，故诲之以忠，耸之以行，教之以务，使之以和，临之以敬，莅之以强，断之以刚。犹求圣哲之上，明察之官，忠信之长，慈惠之师，民于是乎可任使也，而不生祸乱。民知有辟，则不忌于上，并有争心，以征于书，而徼幸以成之，弗可为矣。夏有乱政而作《禹刑》，商有乱政而作《汤刑》，周有乱政而作《九刑》，三辟之兴，皆叔世也。今吾子相郑国，作封洫，立谤政，制参辟，铸刑书，将以靖民，不亦难乎？《诗》曰："仪式刑文王之德，日靖四方。"又曰："仪刑文王，万邦作孚。"如是，何辟之有？民知争端矣，将弃礼而征于书。锥刀之末，将尽争之。乱狱滋丰，贿赂并行，终子之世，郑其败乎！肸闻之，国将亡，必多制，其此之谓乎！"

乐　毅

报燕惠王书

臣不佞，不能奉承王命，以顺左右之心，恐伤先王之明，有害足下之义，故遁逃走赵。今足下使人数之以罪，臣恐侍御者不察先王之所以畜幸臣之理，又不白臣之所以事先王之心，故敢以书对。

臣闻贤圣之君不以禄私亲，其功多者赏之，其能当者处之。故察能而授官者，成功之君也；论行而结交者，立名之士也。臣窃观先王之举也，见有高世主之心，故假节于魏，以身得察于燕。先王过举，厕之宾客之中，立之群臣之上，不谋父兄，以为亚卿。臣窃不自知，自以为奉令承教，可幸无罪，故受令而不辞。

先王命之曰："我有积怨，深怒于齐，不量轻弱，而欲以齐为事。"臣曰："夫齐，霸国之余业而最胜之遗事也。练于兵甲，习于战攻。王若欲伐之，必与天下图之。与天下图之，莫若结于赵。且又淮北、宋地，楚魏之所欲也，赵若许而约四国攻之，齐可大破也。"先王以为然，具符节南使臣于赵。顾反命，起兵击齐。以天之道，先王之灵，河北之地随先王而举之济上。济上之军受命击齐，大败齐人。轻卒锐兵，长驱至国。齐王遁而走莒，仅以身免，珠玉、财宝、车甲、珍器尽收入于燕。齐器设于宁台，大吕陈于元英，故鼎反乎磨室，蓟丘之植植于汶篁。国藩按：《说文》"篁，竹田也。"张平子《西京赋》："篠簜敷衍，编町成篁。"以篁与町对举，亦训田也。此云汶篁，亦指汶上之竹田也。后人以篁训竹，则此与《西京赋》皆不可通。自五伯已来，功未有及先王者也。先王以为慊于志，故裂地而封之，使得比小国诸侯。臣窃不自知，自以为奉令承教，可幸无罪，是以受命不辞。

臣闻贤圣之君，功立而不废，故著于《春秋》；蚤知之士，名成而不毁，故称于后世。若先王之报怨雪耻，夷万乘之强国，收八百岁之蓄积，及至弃群臣之日，余教未衰，执政任事之臣，修法令，慎庶孽，施及乎萌隶，皆可以教后世。

臣闻之，善作者不必善成，善始者不必善终。昔伍子胥说听于阖闾，而吴王远迹至郢；夫差弗是也，赐之鸱夷而浮之江。吴王不寤先论之可以立功，故沉子胥而不悔；子胥不蚤见主之不同量，是以至于入江而不化。

夫免身立功，以明先王之迹，臣之上计也。离毁辱之诽谤，堕先王之名，臣之所大恐也。临不测之罪，以幸为利，义之所不敢出也。

臣闻古之君子，交绝不出恶声；忠臣去国，不絜其名。臣虽不佞，数奉教于君子矣。恐侍御者之亲左右之说，不察疏远之行，故敢献书以闻，惟君王之留意焉。

鲁仲连

遗燕将书

吾闻之，智者不倍时而弃利，勇士不却死而灭名，忠臣不先身而后君。今公行一朝之忿，不顾燕王之无臣，非忠也；杀身亡聊城，而威不信于齐，非勇也；功败名灭，后世无称焉，非智也。三者世主不臣，说士不载，故智者不再计，勇士不怯死。今死生荣辱，贵贱尊卑，此时不再至，愿公详计而无与俗同。以上动之以利害、死生、荣辱。

　　且楚攻齐之南阳，魏攻平陆，而齐无南面之心，以为亡南阳之害小，不如得济北之利大，故定计审处之。今秦人下兵，魏不敢东面；衡秦之势成，楚国之形危；齐弃南阳，断右壤，定济北，计犹且为之也。且夫齐之必决于聊城，公勿再计。今楚魏交退于齐，而燕救不至。以全齐之兵，无天下之规，与聊城共据期年之敝，则臣见公之不能得也。以上齐必力争聊城。且燕国大乱，君臣失计，上下迷惑，栗腹以十万之众五折于外，以万乘之国被围于赵，壤削主困，为天下僇笑。国敝而祸多，民无所归心。今公又以敝聊之民距全齐之兵，是墨翟之守也。食人炊骨，士无反外之心，是孙膑之兵也。能见于天下。以上燕国内乱，燕将之能已众著。虽然，为公计者，不如全车甲以报于燕。车甲全而归燕，燕王必喜；身全而归於国，士民如见父母，交游攘臂而议于世，功业可明。上辅孤主以制群臣，下养百姓以资说士，矫国更俗，功名可立也。亡意亦捐燕弃世，东游于齐乎？裂地定封，富比乎陶、卫，世世称孤，与齐久存，又一计也。此两计者，显名厚实也，愿公详计而审处一焉。以上劝之归燕或降齐。

　　且吾闻之，规小节者不能成荣名，恶小耻者不能立大功。昔者管夷吾射桓公中其钩，篡也；遗公子纠不能死，怯也；束缚桎梏，辱也。若此三行者，世主不臣而乡里不通。乡使管仲幽囚而不出，身死而不反于齐，则亦名不免为辱人贱行矣。臧获且羞与之同名矣，况世俗乎！故管子不耻身在缧绁之中而耻天下之不治，不耻不死公子纠而耻威之不信于诸侯，故兼三行之过而为五霸首，名高天下而光烛邻国。曹子为鲁将，三战三北而亡地五百里。乡使曹子计不反顾，议不还踵，刎颈而死，则亦名不免为败军禽将矣。曹子弃三北之耻，而退与鲁君计。桓公朝天下，会诸侯，曹子以一剑之任，枝桓公之心于坛坫之上，颜色不变，辞气不悖，三战之所亡，一朝而复之，天下震动，诸侯惊骇，威加吴、越。若此二士者，非不能成小廉而行小节也，以为杀身亡躯，绝世灭后，功名不立，非智也。故去感忿之怨，立终身之名；弃忿悁之节，定累世之功。是以业与三王争流，而名与天壤相弊也。愿公择一而行之。以上言士不尚小廉小节，当以管仲曹沫为法。

司马迁

报任安书

太史公牛马走司马迁再拜言。少卿足下：曩者辱赐书，教以慎于接物，推贤进士为务。意气勤勤恳恳，若望仆不相师，而用流俗人之言。仆非敢如此也。仆虽罢驽，亦尝侧闻长者之遗风矣。顾自以为身残处秽，动而见尤，欲益反损，是以独郁悒而谁与语。谚曰："谁为为之？孰令听之？"盖钟子期死，伯牙终身不复鼓琴。何则？士为知己者用，女为说己者容。若仆大质，已亏缺矣。虽材怀隋、和，行若由、夷，终不可以为荣，适足以见笑而自点耳。书辞宜答，会东从上来，又迫贱事，相见日浅，卒卒无须臾之间，得竭志意。今少卿抱不测之罪，涉旬月，迫季冬，仆又薄从上雍，恐卒然不可为讳，是仆终已不得舒愤懑以晓左右，则长逝者魂魄私恨无穷。请略陈固陋。阙然久不报，幸勿为过。以上浑叙报书之迟。

仆闻之：修身者，智之符也；爱施者，仁之端也；取与者，义之表也；耻辱者，勇之决也；立名者，行之极也。士有此五者，然后可以托于世，而列于君子之林矣。故祸莫憯于欲利，悲莫痛于伤心，行莫丑于辱先，诟莫大于宫刑。刑余之人，无所比数，非一世也，所从来远矣。昔卫灵公与雍渠同载，孔子适陈；

商鞅因景监见，赵良寒心；同子参乘，袁丝变色，自古而耻之。夫以中材之人，事有关于宦竖，莫不伤气，而况于慷慨之士乎？如今朝廷虽乏人，奈何令刀锯之余，荐天下豪俊哉！

仆赖先人绪业，得待罪辇毂下，二十余年矣。所以自惟，上之不能纳忠效信，有奇策材力之誉，自结明主；次之又不能拾遗补阙，招贤进能，显岩穴之士；外之不能备行伍，攻城野战有斩将搴旗之功；下之不能积日累劳，取尊官厚禄，以为宗族交游光宠。四者无一遂，苟合取容，无所短长之效，可见如此矣。乡者仆亦尝厕下大夫之列，陪奉外廷末议，不以此时引纲维，尽思虑，今已亏形为扫除之隶，在阘茸之中，乃欲仰首伸眉，论列是非，不亦轻朝廷羞当世之士邪？嗟乎！嗟乎！如仆尚何言哉！尚何言哉！以上因言荐士而自述被刑之大辱。

且事本末未易明也。仆少负不羁之才，长无乡曲之誉。主上幸以先人之故，使得奏薄技，出入周卫之中。仆以为戴盆何以望天，故绝宾客之知，忘室家之业，日夜思竭其不肖之才力，务一心营职，以求亲媚于主上。而事乃有大谬不然者夫！

仆与李陵俱居门下，素非相善也。趋舍异路，未尝衔杯酒，接殷勤之余欢。然仆观其为人，自守奇士，事亲孝，与士信，临财廉，取与义，分别有让，恭俭下人，常思奋不顾身，以徇国家之急。其素所蓄积也，仆以为有国士之风。夫人臣出万死不顾一生之计，赴公家之难，斯已奇矣。今举事一不当，而全躯保妻子之臣，随而媒蘖其短，仆诚私心痛之。且李陵提步卒不满五千，深践戎马之地，足历王庭，垂饵虎口，横挑强胡，仰亿万之师，与单于连战十有余日，所杀过半当。虏救死扶伤不给，旃裘之君长咸震怖。乃悉征其左右贤王，举引弓之民，一国共攻而围之。转斗千里，矢尽道穷，救兵不至，士卒死伤如积。然陵一呼劳军，士无不起，躬自流涕，沫血饮泣，更张空弮，冒白刃，北向争死敌者。陵未没时，使有来报，汉公卿王侯皆奉觞上寿。后数日，陵败书闻，主上为之食不甘味，听朝不怡，大臣忧惧，不知所出。仆窃不自料其卑贱，见主上惨怆怛悼，诚欲效其款款之愚，以为李陵素与士大夫绝甘分少，能得人之死力，虽古之名将，不能过也。身虽陷败，彼观其意，且欲得其当而报于汉。事已无可奈何，其所摧败，功亦足以暴于天下矣。仆怀欲陈之，而未有路，适会召问，即以此指，推言陵之功。欲以广主上之意，塞睚眦之辞。未能尽明，明主不晓，以为仆沮贰师，而为李陵游说，遂下于理。拳拳之忠，终不能自列，因为诬上，卒从吏议。家贫，货赂不足以自赎，交游莫救，视左右亲近不为一言。身非木石，独与法吏为伍，深幽囹圄之中，谁可告诉者。此真少卿所亲见，仆行事岂不然乎？李陵既生降，隤其家声，而仆又佴之蚕室，重为天下观笑。悲夫！悲夫！事未易一二为俗人言也。以上述推说李陵所以获罪之本末。

　　仆之先人，非有剖符丹书之功。文史星历，近乎卜祝之间，固主上所戏弄，倡优所畜，流俗之所轻也。假令仆伏法受诛，若九牛亡一毛，与蝼蚁何以异？而世俗又不与能死节者次比，特以为智穷罪极，不能自免，卒就死耳。何也？素所自树立使然也。人固有一死，死有重于泰山，或轻于鸿毛，用之所趋异也。太上不辱先，其次不辱身，其次不辱理色，其次不辱辞令，其次诎体受辱，其次易服受辱，其次关木索、被箠楚受辱，其次剔毛发、婴金铁受辱，其次毁肌肤、断肢体受辱，最下腐刑极矣！传曰："刑不上大夫。"此言士节不可不勉励也。猛虎在深山，百兽震恐，及在槛阱之中，摇尾而求食，积威约之渐也。故士有画地为牢，势不可入，削木为吏，议不可对，定计于鲜也。今交手足，受木索，暴肌肤，受榜箠，幽于圜墙之中。当此之时，见狱吏则头抢地，视徒隶则心惕息。何者？积威约之势也。及已至是，言不辱者，所谓强颜耳，曷足贵乎？且西伯，伯也，拘于羑里；李斯，相也，具于五刑；淮阴，王也，受械于陈；彭越、张敖，南面称孤，系狱抵罪；绛侯诛诸吕，权倾五伯，囚于请室；魏其，大将也，衣赭衣，关三木；季布为朱家钳奴；灌夫受辱于居室。此人皆身至王侯将相，声闻邻国，及罪至罔加，不能引决自裁，在尘埃之中。古今一体，安在其不辱也？由此言之，勇怯，势也；强弱，形也。审矣，何足怪乎？夫人不能早自裁绳墨之外，以稍陵迟，至于鞭箠之间，乃欲引节，斯不亦远乎！古人所以重施刑于大夫者，殆为此也。

夫人情莫不贪生恶死，念父母，顾妻子。至激于义理者不然，乃有所不得已也。今仆不幸，早失父母，无兄弟之亲，独身孤立，少卿视仆于妻子何如哉？且勇者不必死节，怯夫慕义，何处不勉焉？仆虽怯懦，欲苟活，亦颇识去就之分矣，何至自沉溺缧绁之辱哉！且夫臧获婢妾，犹能引决，况仆之不得已乎？所以隐忍苟活，幽于粪土之中而不辞者，恨私心有所不尽，鄙陋没世，而文采不表于后世也。以上自述隐忍受辱思引决而不果自裁之故。古者富贵而名磨灭，不可胜纪，惟倜傥非常之人称焉。盖文王拘而演《周易》；仲尼厄而作《春秋》；屈原放逐，乃赋《离骚》；左丘失明，厥有《国语》；孙子膑脚，兵法修列；不韦迁蜀，世传《吕览》；韩非囚秦，《说难》《孤愤》；《诗》三百篇，大抵贤圣发愤之所为作也。此人皆意有所郁结，不得通其道，故述往事，思来者。乃如左丘明无目，孙子断足，终不可用，退而论书策，以舒其愤，思垂空文以自见。

仆窃不逊，近自托于无能之辞，网罗天下放失旧闻，略考其行事，综其终始，稽其成败兴坏之纪，上计轩辕，下至于兹，为十表，本纪十二，书八章，世家三十，列传七十，凡百三十篇。亦欲以究天人之际，通古今之变，成一家之言。草创未就，会遭此祸。惜其不成，是以就极刑而无愠色。仆诚以著此书，藏之名山，传之其人，通邑大都，则仆偿前辱之责，虽万被戮，岂有悔哉！然此可为智者道，难为俗人言也。以上言著书以偿前辱之责。

且负下未易居，下流多谤议。仆以口语遇遭此祸，重为乡里所戮笑，以污辱先人，亦何面目复上父母之丘墓乎？虽累百世，垢弥甚耳！是以肠一日而九回，居则忽忽若有所亡，出则不知其所往。每念斯耻，汗未尝不发背沾衣也！身直为闺阁之臣，宁得自引深藏岩穴邪？故且从俗浮沉，与时俯仰，以通其狂惑。今少卿乃教以推贤进士，无乃与仆私心刺谬乎？今虽欲自雕琢，曼辞以自饰，无益，于俗不信，适足取辱耳。要之，死日然后是非乃定。书不能悉意，略陈固陋。谨再拜。

杨　恽

报孙会宗书

恽材朽行秽，文质无所底，幸赖先人余业得备宿卫，遭遇时变以获爵位，终非其任，卒与祸会。足下哀其愚，蒙赐书，教督以所不及，殷勤甚厚。然窃恨足下不深惟其终始，而猥随俗之毁誉也。言鄙陋之愚心，若逆指而文过，默而息乎，恐违孔氏“各言尔志”之义，故敢略陈其愚，唯君子察焉！

恽家方隆盛时，乘朱轮者十人，位在列卿，爵为通侯，总领从官，与闻政事，曾不能以此时有所建明，以宣德化，又不能与群僚同心并力，陪辅朝廷之遗忘，已负窃位素餐之责久矣。怀禄贪势，不能自退，遭遇变故，横被口语，身幽北阙，妻子满狱。当此之时，自以夷灭不足以塞责，岂意得全首领，复奉先人之丘墓乎？伏惟圣主之恩，不可胜量。君子游道，乐以忘忧；小人全躯，说以忘罪。窃自思念，过已大矣，行已亏矣，长为农夫以没世矣。是故身率妻子，戮力耕桑，灌园治产，以给公上，不意当复用此为讥议也。

夫人情所不能止者，圣人弗禁，故君父至尊亲，送其终也，有时而既。臣之得罪，已三年矣。田家作苦，岁时伏腊，烹羊炮羔，斗酒自劳。家本秦也，能为秦声。妇，赵女也，雅善鼓瑟。奴婢歌者数人，酒后耳热，仰天拊缶而呼乌乌。其诗曰："田彼南山，芜秽不治，种一顷豆，落而为萁。人生行乐耳，须富贵何时！"是日也，拂衣而喜，奋袖低昂，顿足起舞，诚淫荒无度，不知其不可也。恽幸有余禄，方籴贱贩贵，逐什一之利，此贾竖之事，污辱之处，恽亲行之。下流之人，众毁所归，不寒而栗。虽雅知恽者，犹随风而靡，尚何称誉之有！董生不云乎？"明明求仁义，常恐不能化民者，卿大夫意也；明明求财利，常恐困乏者，庶人之事也。"故"道不同，不相为谋"。今子尚安得以卿大夫之制而责仆哉！

夫西河魏土，文侯所兴，有段干木、田子方之遗风，漂然皆有节概，知去就之分。顷者，足下离旧土，临安定，安定山谷之间，昆夷旧壤，子弟贪鄙，岂习俗之移人哉？于今乃睹子之志矣。方当盛汉之隆，愿勉旃，毋多谈。

王　生

遗盖宽饶书

明主知君洁白公正，不畏强御，故命君以司察之位，擅君以奉使之权，尊官厚禄已施于君矣。君宜夙夜惟思当世之务，奉法宣化，忧劳天下，虽日有益月有功，犹未足以称职而报恩也。自古之治，三王之术各有制度。今君不务循职而已，乃欲以太古久远之事匡拂天子，数进不用难听之语以摩切左右，非所以扬令名全寿命者也。方今用事之人皆明习法令，言足以饰君之辞，文足以成君之过，君不惟蘧氏之高踪，而慕子胥之末行，用不訾之躯，临不测之险，窃为君痛之。夫君子直而不挺，曲而不诎。《大雅》云："既明且哲，以保其身。"狂夫之言，圣人择焉。唯裁省览。

刘　歆

移让太常博士书

昔唐虞既衰，而三代迭兴，圣帝明王，累起相袭，其道甚著。周室既微，而礼乐不正，道之难全也如此。是故孔子忧道之不行，历国应聘，自卫反鲁，然后乐正，《雅》《颂》乃得其所。修《易》序《书》，制作《春秋》，以纪帝王之道。及夫子没而微言绝，七十子终而大义乖。重遭战国，弃笾豆之礼，理军旅之陈，孔子之道抑，而孙吴之术兴。陵夷至于暴秦，燔经书、杀儒士，设挟书之法，行是古之罪，道术由是遂灭。

汉兴，去圣帝明王遐远，仲尼之道又绝，法度无所因袭，时独有一叔孙通，略定礼仪。天下惟有《易》卜，未有它书。至孝惠之世，乃除挟书之律。然公卿大臣绛灌之属，咸介胄武夫，莫以为意。至孝文皇帝，始使掌故晁错从伏生受《尚书》。《尚书》初出于屋壁，朽折散绝，今其书见在，时师传读而已。《诗》始萌芽，天下众书，往往颇出，皆诸子传说，犹广立于学官，为置博士。在汉朝之儒，唯贾生而已。至孝武皇帝，然后邹、鲁、梁、赵，颇有《诗》《礼》《春秋》先师，皆起于建元之间。当此之时，一人不能独尽其经，或为《雅》，或为《颂》，相合而成。《泰誓》后得，博士集而读之。故诏书称曰：礼坏乐崩，书缺简脱，朕甚闵焉。时汉兴已七八十年，离于全经，固已远矣。以上历数周末及汉初经之不绝如缕。

及鲁恭王坏孔子宅，欲以为宫，而得古文于坏壁之中，《逸礼》有三十九，《书》十六篇。天汉之后，孔安国献之，遭巫蛊仓卒之难，未及施行。及《春秋》左氏丘明所修，皆古文旧书，多者二十余通，藏于秘府，伏而未发。孝成皇帝闵学残文缺，稍离其真，乃陈发秘藏，校理旧文，得此三事。以考学官所传，经或脱简，传或间编。传问民间，则有鲁国桓公、赵国贯公、胶东庸生之遗学与此同，抑而未施。此乃有识者之所惜闵，士君子之所嗟痛也。以上言得《礼》《书》《左传》三事之可贵。

往者缀学之士，不思废绝之阙，苟因陋就寡，分文析字，烦言碎辞，学者罢老，且不能究其一艺，信口说而背传记，是末师而非往古。至于国家将有大事，若立辟雍封禅巡狩之仪，则幽冥而莫知其原。犹欲保残守缺，挟恐见破之私意，而无从善服义之公心。或怀妒疾，不考情实，雷同相从，随声是非，抑此三学，以《尚书》为备，谓《左氏》为不传《春秋》，岂不哀哉！以上言时人无识、抑此三学。

今圣上德通圣明，继统扬业，亦闵文学错乱，学士若兹，虽昭其情，犹依违谦让，乐与士君子同之。故下明诏，试《左氏》可立不，遣近臣奉旨衔命，将以辅弱扶微，与二三君子比意同力，冀得废遗。今则不然，深闭固距，而不肯试，猥以不诵绝之，欲以杜塞余道，绝灭微学。夫可与乐成，难与虑始，此乃众庶之所为耳，非所望士君子也。以上言博士意不欲立《左氏》。且此数家之事，皆先帝所亲论，今上所考视，其古文旧书，皆有征验，外内相应，岂苟而已哉！夫礼失求之于野，古文不犹愈于野乎！

　　往者博士，《书》有欧阳，《春秋》公羊，《易》则施孟，然孝宣皇帝犹复广立穀梁《春秋》、梁丘《易》、大小夏侯《尚书》，义虽相反，犹并置之。何则？与其过而废之也，宁过而立之。传曰：文武之道，未坠于地，在人。贤者志其大者，不贤者志其小者。今此数家之言，所以兼包大小之义，岂可偏绝哉？若必专已守残，党同门，妒道真，违明诏，失圣意，以陷于文吏之议，甚为二三君子不取也。以上言数家之言不可偏绝。

马　援

与杨广书

　　春卿无恙。杨广，隗嚣将。春卿，广字也。前别冀南，寂无音驿。援间还长安。因留上林。窃见四海已定，兆民同情，而季孟闭拒背畔，为天下表的。季孟，嚣字。常惧海内切齿，思相屠裂，故遗书恋恋，以致恻隐之计。乃闻季孟归罪于援，而纳王游翁诡邪之说。游翁，王元字。自谓函谷以西，举足可定，以今而观，竟何如邪？援间至河内，过存伯春，伯春，嚣子恂之字。见其奴吉从西方还，说伯春小弟仲舒望见吉，仲舒，嚣次子字。欲问伯春无它否，竟不能言，晓夕号泣，婉转尘中。又说其家悲愁之状，不可言也。夫怨仇可刺不可毁，援闻之，不自知泣下也。援素知季孟孝爱，曾、闵不过。夫孝于其亲，岂不慈于其子？可有子抱三木，而跳梁妄作，自同分羹之事乎？季孟平生自言所以拥兵众者，欲以保全父母之国而完坟墓也，又言苟厚士大夫而已。而今所欲全者将破亡之，所欲完者，将毁伤之，所欲厚者，将反薄之。季孟尝折愧子阳而不受其爵，今更共陆陆，国藩按：《汉书·萧望之传》"不肯碌碌反抱关为。"与此"陆陆"字词意正同。欲往附之,将难为颜乎?若复责以重质,当安从得子主给是哉!往时子阳独欲以王相待,而春卿拒之;今者归老,更欲低头与小儿曹共槽枥而食,并肩侧身于怨家之朝乎?男儿溺死何伤而拘游哉!今国家待春卿意深,宜使牛孺卿与诸耆老大人共说季孟,孺卿,嚣将牛邯字也。若计画不从,真可引领去矣。前披舆地图,见天下郡国百有六所,奈何欲以区区二邦以当诸夏百有四乎?春卿事季孟,外有君臣之义,内有朋友之道。言君臣邪,固当谏争;语朋友邪,应有切磋。岂有知其无成,而但萎腇咋舌,叉手从族乎?及今成计,殊尚善也;过是,欲少味矣。且来君叔天下信士,君叔,来歙字。朝廷重之,其意依依,常独为西州言。援商朝廷,尤欲立信于此,必不负约。援不得久留,愿急赐报。

朱　浮

与彭宠书

盖闻智者顺时而谋,愚者逆理而动。常窃悲京城太叔,以不知足而无贤辅,卒自弃于郑也。伯通以名字典郡,有佐命之功,临民亲职,爱惜仓库;而浮秉征伐之任,欲权时救急。二者皆为国耳。即疑浮相谮,何不诣阙自陈?而为灭族之计乎!

朝廷之于伯通,恩亦厚矣。委以大郡,任以威武,事有柱石之寄,情同子孙之亲。匹夫媵母,尚能致命一餐,岂有身带三绶,职典大邦,而不顾恩义,生心外叛者乎。伯通与吏民语,何以为颜?行步拜起,何以为容?坐卧念之,何以为心?引镜窥影,何以施眉目?举厝建功,何以为人?惜乎!弃休令之嘉名,造枭鸱之逆谋,捐传叶之庆祚,招破败之重灾,高论尧舜之道,不忍桀纣之性，生为世笑，死为愚鬼，不亦哀乎！

伯通与耿侠游，俱起佐命，同被国恩。侠游谦让，屡有降挹之言；而伯通自伐，以为功高天下。往时辽东有豕，生子白头，异而献之。行至河东，见群豕皆白，怀惭而还。若以子之功高，论于朝廷，则为辽东豕也。今乃愚妄自比六国。六国之时，其势各盛，廓土数千里，胜兵将百万，故能据国相持，多历年所。今天下几里？列郡几城？奈何以区区渔阳而结怨天子？此犹河滨之民，捧土以塞孟津，多见其不知量也。

方今天下适定，海内愿安，士无贤不肖，皆乐立名于世。而伯通独中风狂走，自捐盛时，内听娇妇之失计，外信谗邪之诶言，长为群后恶法，永为功臣鉴戒，岂不误哉。定海内者无私仇，勿以前事自疑，愿留意顾老母少弟。凡举事无为亲厚者所痛，而为见仇者所快。

冯 衍

奏记邓禹

衍闻明君不恶切悫之言，以测幽冥之论；忠臣不顾争引之患，以达万机之变。是故君臣两兴，功名兼立，铭勒金石，令问不忘。今衍幸逢宽明之日，将值危言之时，岂敢拱默避罪而不竭其诚哉。以上浑写献言之意。

伏念天下离王莽之害久矣。始自东郡之师，继以西海之役，巴蜀没于南夷，缘边破于北狄，远征万里，暴兵累年，祸挐未解，兵连不息。刑法弥深，赋敛愈重，众强之党，横击于外，百僚之臣，贪残于内。元元无聊，饥寒并臻，父子流亡，夫妇离散，庐落丘墟，田畴芜秽，疾疫大兴，灾异蜂起。于是江湖之上，海岱之滨，风腾波涌，更相驰藉。四垂之人，肝脑涂地，死亡之数，不啻大半。殃咎之毒，痛入骨髓，匹夫僮妇，咸怀怨怒。皇帝以圣德灵威，龙兴凤举，率宛叶之众，将散乱之兵，歃血昆阳，长驱武关，破百万之阵，摧九虎之军，雷震四海，席卷天下，攘除祸乱，诛灭无道。一期之间，海内大定。继高祖之休烈，修文武之绝业，社稷复存，炎精更辉，德冠往初，功无与二。天下自以去亡新，就圣汉，当蒙其福而赖其愿。树恩布德，易以周洽，其犹顺惊风而韼鸿毛也。以上陈中兴之盛。然而诸将掳掠，逆伦绝理，杀人父子，妻人妇女，燔其室屋，略其财产。饥者毛食，寒者裸跣，冤结失望，无所归命。今大将军以明淑之德，秉大使之权，统三军之政，存抚并州之人，惠爱之诚，加乎百姓，高世之声，闻乎群士。故其延颈企踵而望者，非特一人也。且大将军之事，岂特珪璧其行，束修其心而已哉。将定国家之大业，成天地之元功也。昔周宣中兴之主，齐桓霸强之君耳，犹有申伯、召虎、夷吾、吉甫，攘其蟊贼，安其疆宇。况乎万里之汉，明帝复兴，而大将军为之梁栋，此诚不可以忽也。以上诸将无纪律故以王者之师望邓禹。

　　且衍闻之：兵久则力屈，人愁则变生。今邯郸之贼未灭，真定之际复扰。而大将军所部，不过百里，守城不休，战军不息，兵革云翔，百姓震骇，奈何自怠，不为深忧。夫并州之地，东带名关，北逼强胡，年谷独熟，人庶多资，斯四战之地，攻守之场也。如其不虞，何以待之？故曰：德不累积，人不为用，备不预具，难以应卒。今生人之命，悬于将军；将军所杖，必须良才。宜改易非任，更选贤能。夫十室之邑，必有忠信。审得其人，以承大将军之明，则虽山泽之人，无不感德，思乐为用矣。然后简精锐之卒，发屯守之士，三军既整，甲兵已具，相其土地之饶，观其水泉之利，制屯田之术，习战射之教，则威风远畅，人安其业矣。若镇太原，抚上党，收百姓之欢心，树名贤之良佐，天下无变，则足以显声誉；一朝有事，则可以建大功。惟大将军开日月之明，发深渊之虑，监六经之论，观孙、吴之策，省群议之是非，详众士之白黑，以超《周南》之迹，垂《甘棠》之风，令夫功烈施于千载，富贵传于无穷。伊、望之策，何以加兹。以上劝禹镇抚并州招纳名贤。

李　固

与黄琼书

闻已度伊、洛，近在万岁亭，岂即事有渐，将顺王命乎？盖君子谓伯夷隘，柳下惠不恭，故传曰"不夷不惠，可否之间"。盖圣贤居身之所珍也。诚遂欲枕山栖谷，拟迹巢、由，斯则可矣；若当辅政济民，今其时也。自生民以来，善政少而乱俗多，必待尧、舜之君，此为志士终无时矣。常闻语曰："峣峣者易缺，皦皦者易污。"《阳春》之曲，和者必寡；盛名之下，其实难副。近鲁阳樊君，被征初至，朝廷设坛席，犹待神明。虽无大异，而言行所守亦无所缺。而毁谤布流，应时折减者，岂非观听望深，声名太盛乎？自顷征聘之士，胡元安、薛孟尝、朱仲昭、顾季鸿等，其功业皆无所采，是故俗论皆言处士纯盗虚声。愿先生弘此远谟，令众人叹服，一雪此言耳。

孔　融

论盛孝章书

岁月不居，时节如流，五十之年，忽焉已至。公为始满，融又过二，海内知识，零落殆尽，惟有会稽盛孝章尚存。其人困于孙氏，妻孥湮没，单子独立，孤危愁苦，若使忧能伤人，此子不得永年矣。《春秋传》曰："诸侯有相灭亡者，桓公不能救，则桓公耻之。"今孝章实丈夫之雄也，天下谈士依以扬声，而身不免于幽絷，命不期于旦夕，吾祖不当复论损益之友，而朱穆所以绝交也。公诚能驰一介之使，加咫尺之书，则孝章可致，友道可弘矣。今之少年，喜谤前辈，或能讥评孝章，孝章要为有天下大名，九牧之人所共称叹。燕君市骏马之骨，非欲以骋道里，乃当以招绝足也。惟公匡复汉室，宗社将绝，又能正之，正之之术，实须得贤。珠玉无胫而自至者，以人好之也，况贤者之有足乎？昭王筑台以尊郭隗，隗虽小才，而逢大遇，竟能发明主之至心。故乐毅自魏往，剧辛自赵往，邹衍自齐往。向使郭隗倒悬而王不解，临难王不拯，则士亦将高翔远引，莫有北首燕路者矣。凡所称引，自公所知，而复有云者，欲公崇笃斯义，因表不悉。

阮　瑀

为曹公作书与孙权

离绝以来，于今三年，无一日而忘前好。亦犹姻媾之义，恩情已深；违异之恨，中间尚浅也。孤怀此心，君岂同哉？每览古今所由改趣，因缘侵辱，或起瑕衅，心忿意危，用成大变。若韩信伤心于失楚，彭宠积望于无异，卢绾嫌畏于已隙，英布忧迫于情漏，此事之缘也。孤与将军，恩如骨肉，割授江南，不属本州。岂若淮阴捐旧之恨；抑遏刘馥相厚益隆，宁放朱浮显露之奏，无匿张胜贷故之变，匪有阴构贯赫之告，固非燕王淮南之衅也。而忍绝王命，明弃硕交，实为佞人所构会也。夫似是之言，莫不动听，因形设象，易为变观。示之以祸难，激之以耻辱，大丈夫雄心能无愤发。昔苏秦说韩，羞以牛后；韩王按剑，作色而怒，虽兵折地割，犹不为悔，人之情也。仁君年壮气盛，绪信所蔽，既惧患至，兼怀忿恨，不能复远度孤心，近虑事势，遂赍见薄之决计，秉翻然之成议。加刘备相扇扬，事结衅连，推而行之。想畅本心不愿于此也。

孤以薄德，位高任重，幸蒙国朝将泰之运，荡平天下，怀集异类，喜得全功，长享其福。而姻亲坐离，厚援生隙。常恐海内多以相责，以为老夫包藏祸心，阴有郑武取胡之诈，乃使仁君翻然自绝。以是忿忿，怀惭反侧。常思除弃小事，更申前好，二族俱荣，流祚后嗣，以明雅素。中诚之效，抱怀数年，未得散意。**以上言欲敦姻好。**昔赤壁之役，遭离疫气，烧船自还，以避恶地，非周瑜水军所能抑挫也。江陵之守，物尽谷殚，无所复据，徙民还师，又非瑜之所能败也。荆土本非已分，我尽与君，冀取其余，非相侵肌肤，有所割损也。思计此变，无伤于孤，何必自遂于此，不复还之？高帝设爵以延田横，光武指河而誓朱鲔，君之负累，岂如二子？是以至情，愿闻德音。

往年在谯，新造舟船，取足自载，以至九江。贵欲观湖潄之形，定江滨之民耳，非有深入攻战之计，将恐议者大为己荣，自谓策得，长无西患，重以此故，未肯回情。然智者之虑，虑于未形；达者所规，规于未兆。是故子胥知姑苏之有麋鹿；辅果识智伯之为赵禽；穆生谢病，以免楚难；邹阳北游，不同吴祸。此四士者，岂圣人哉？徒通变思深，以微知著耳。以君之明，观孤术数，量君所据，相计土地，岂势少力乏不能远举，割江之表，晏安而已哉？甚未然也。若恃水战，临江塞要，欲令王师终不得渡，亦未必也。夫水战千里，情巧万端，越为三军，吴曾不御；汉潜夏阳，魏豹不意，江河虽广，其长难卫也。**以上言魏之势力**

足以并吞吴国。

凡事有宜，不得尽言，将修前好而张形势，更无以威胁重敌人。然有所恐，恐书无益。何则？

往者军逼而自引还，今日在远而兴慰纳，辞逊意狭，谓其力尽，适以增骄，不足相动。但明效古，当自图之耳。昔淮南信左吴之策，隗嚣纳王元之言，彭宠受亲吏之计，三夫不寤，终为世笑。梁王不受诡胜，窦融斥逐张元，二贤既觉，福亦随之。愿君少留意焉。若能内取子布，外击刘备，以效赤心，用复前好，则江表之任，长以相付，高位重爵，坦然可观。上令圣朝无东顾之劳，下令百姓保安全之福，君享其荣，孤受其利，岂不快哉。若忽至诚，以处侥幸，婉彼二人，不忍加罪，所谓小人之仁，大忠之贼，大雅之人，不肯为此也。若怜子布，愿言俱存，亦能倾心去恨，顺君之情，更与从事，取其后善。但擒刘备，亦足为效。开设二者，审处一焉。以上劝权立功自效。

闻荆扬诸将并得降者，皆言交州为君所执，豫章距命，不承执事，疫旱并行，人兵损减，各求进军，其言云云。孤闻此言，未以为悦。然道路既远，降者难信，幸人之灾，君子不为。且又百姓国家之有，加怀区区，乐欲崇和，庶几明德，来见昭副，不劳而定，于孤益贵。是故按兵守次，遣书致意。古者兵交，使在其中。愿仁君及孤，虚心回意，以应诗人补衮之叹，而慎《周易》牵复之义。濯鳞清流，飞翼天衢，良时在兹，勖之而已。

王　粲

为刘荆州与袁谭书

天降灾害，祸难殷流，初交殊族，卒成同盟，使王室震荡，彝伦攸斁。是以智达之士，莫不痛心入骨，伤时人不能相忍也。然孤与太公，志同愿等。虽楚魏绝邈，山河迥远；戮力乃心，共奖王室，使非族不干吾盟，异类不绝吾好，此孤与太公无贰之所致也。功绩未卒，太公殂陨。贤允承统以继洪业，宣奕世之德，履丕显之祚，摧严敌于邺都，扬休烈于朔土，顾定疆宇，虎视河外，凡我同盟，莫不景附。何悟青蝇飞于竿旌，无忌游于二垒。使股肱分成二体，胸膂绝为异身。初闻此问，尚谓不然。定闻信来，乃知阋伯实沉之忿已成，弃亲即仇之计已决，旌旆交于中原，暴尸累于城下。闻之哽咽，若存若亡。昔三王五伯下及战国，君臣相弑，父子相杀，兄弟相残，亲戚相灭，盖时有之。然或欲以成王业，或欲以定霸功，皆所谓逆取顺守而徼富强于一世也。未有弃亲即异，兀其根本，而能全躯长世者也。

昔齐襄公报九世之仇，士丐卒荀偃之事，是故《春秋》美其义，君子称其信。夫伯游之恨于齐，未若大公之忿于曹也；宣子人臣承业，未若仁君之继统也。且君子违难不适仇国，交绝不出恶声。况忘先人之仇，弃亲戚之好，而为万世之戒，遗同盟之耻哉。蛮夷戎狄将有诮让之言，况我族类而不痛心邪。

夫欲立竹帛于当时，全宗祀于一世，岂宜同生分谤，争校得失乎。若冀州有不弟之慠，无惭顺之节；仁君当降志辱身，以济事为务。事定之后，使天下平其曲直，不亦为高义邪。今仁君见憎于夫人，未若郑庄之于姜氏；昆弟之嫌，未若重华之于象敖。然庄公卒崇大隧之乐，象敖终受有鼻之封。愿捐弃百疴，追摄旧义，复为母子昆弟如初。今整勒士马，瞻望鹄立。

魏文帝

与朝歌令吴质书

五月十八日丕白：季重无恙！涂路虽局，官守有限，愿言之怀，良不可任。足下所治僻左，书问致简，益用增劳。每念昔日南皮之游，诚不可忘。既妙思六经，逍遥百氏，弹棋间设，终以六博，高谈娱心，哀筝顺耳。驰骋北场，旅食南馆，浮甘瓜于清泉，沉朱李于寒水。白日既匿，继以朗月，同乘并载，以游后园，舆轮徐动，参从无声，清风夜起，悲笳微吟，乐往哀来，怆然伤怀。余顾而言，斯乐难常，足下之徒，咸以为然。今果分别，各在一方。元瑜长逝，化为异物，每一念至，何时可言？方今蕤宾纪时，景风扇物，天气和暖，众果具繁。时驾而游，北遵河曲，从者鸣笳以启路，文学托乘于后车，节同时异，物是人非，我劳如何！今遣骑到邺，故使枉道相过。行矣，自爱！丕白。

与吴质书

二月三日丕白：岁月易得，别来行复四年。三年不见，《东山》犹叹其远，况乃过之，思何可支。虽书疏往返，未足解其劳结。

昔年疾疫，亲故多离其灾，徐、陈、应、刘，一时俱逝，痛可言邪！昔日游处，行则连舆，止则接席，何曾须臾相失。每至觞酌流行，丝竹并奏，酒酣耳热，仰而赋诗，当此之时，忽然不自知乐也。谓百年已分，可长共相保；何图数年之间，零落略尽，言之伤心！顷撰其遗文，都为一集，观其姓名，已为鬼录，追思昔游，犹在心目，而此诸子，化为粪壤，可复道哉。

　　观古今文人，类不护细行，鲜能以名节自立。而伟长独怀文抱质，恬淡寡欲，有箕山之志，可谓彬彬君子者矣。著《中论》二十余篇，成一家之言，辞义典雅，足传于后，此子为不朽矣。德琏常斐然有述作之意，其才学足以著书；美志不遂，良可痛惜。间者历览诸子之文，对之技泪，既痛逝者，行自念也。孔璋章表殊健，微为繁富；公幹有逸气，但未遒耳。其五言诗之善者，妙绝时人。元瑜书记翩翩，致足乐也。仲宣续自善于辞赋，惜其体弱，不足起其文；至于所善，古人无以远过。昔伯牙绝弦于钟期，仲尼覆醢于子路，痛知音之难遇，伤门人之莫逮。诸子但为未及古人，自一时之隽也。今之存者，已不逮矣。后生可畏，来者难诬，然恐吾与足下不及见也。

　　年行已长大，所怀万端，时有所虑，至通夜不瞑。志意何时，复类昔日，已成老翁，但未白头耳。光武言：年三十余，在兵中十岁，所更非一。吾德不及之，年与之齐矣。以犬羊之质，服虎豹之文，无众星之明，假日月之光，动见瞻观，何时易乎？恐永不复得为昔日游也。少壮真当努力，年一过往，何可攀援。古人思炳烛夜游，良有以也。顷何以自娱？颇复有所述造不？东望于邑，裁书叙心。丕白。

曹　植

与吴季重书

　　植白季重足下：前日虽因常调，得为密坐，虽燕饮弥日，其于别远会稀，犹不尽其劳积也。若夫觞酌凌波于前，箫笳发音于后，足下鹰扬其体，凤叹虎视，谓萧、曹不足俦，卫、霍不足侔也。左顾右盼，谓若无人，岂非吾子壮志哉？过屠门而大嚼，虽不得肉，贵且快意。当斯之时，愿举太山以为肉，倾东海以为酒，伐云梦之竹以为笛，斩泗滨之梓以为筝，食若填巨壑，饮若灌漏卮，其乐固难量，岂非大丈夫之乐哉。然日不我与，曜灵急节，面有逸景之速，别有参商之阔。思欲抑六龙之首，顿羲和之辔，折若木之华，闭濛汜之谷，天路高邈，良久无缘，怀恋反侧，如何如何！

得所来讯，文采委曲，晔若春荣，浏若清风。申咏反覆，旷若复面。其诸贤所著文章，想还所治，复申咏之也。可令憙事小吏，讽而诵之。夫文章之难，非独今也，古之君子，犹亦病诸。家有千里骥而不珍焉；人怀盈尺，和氏无贵矣。夫君子而知音乐，古之达论，谓之通而蔽。墨翟不好伎，何为过朝歌而回车乎？足下好伎，值墨翟回车之县，想足下助我张目也。

又闻足下在彼，自有佳政。夫求而不得者有之矣，未有不求而得者也。且改辙易行，非良、乐之御；易民而治，非楚、郑之政。愿足下勉之而已矣。适对嘉宾，口授不悉。往来数相闻。曹植白。

与杨德祖书

植白：数日不见，思子为劳，想同之也。仆少小好为文章，迄至于今，二十有五年矣。然今世作者，可略而言也：昔仲宣独步于汉南，孔璋鹰扬于河朔，伟长擅名于青土，公幹振藻于海隅，德琏发迹于此魏，足下高视于上京。当此之时，人人自谓握灵蛇之珠，家家自谓抱荆山之玉。吾王于是设天网以该之，顿八纮以掩之，今悉集兹国矣。然此数子，犹复不能飞轩绝迹，一举千里。以孔璋之才，不闲于辞赋，而多自谓能与司马长卿同风，譬画虎不成，反为狗也。前书嘲之，反作论盛道仆赞其文。夫钟期不失听，于今称之。吾亦不能妄叹者，畏后世之嗤余也。

世人之著述，不能无病。仆常好人讥弹其文，有不善者，应时改定。昔丁敬礼常作小文，使仆润饰之。仆自以才不过若人，辞不为也。敬礼谓仆："卿何所疑难？文之佳恶，吾自得之，后世谁相知定吾文者邪？"吾常叹此达言，以为美谈。昔尼父之文辞，与人通流；至于制《春秋》，游、夏之徒乃不能措一辞。过此而言不病者，吾未之见也。盖有南威之容，乃可以论其淑媛；有龙泉之利，乃可以议其断割。刘季绪才不能逮于作者，而好诋诃文章，掎摭利病。昔田巴毁五帝，罪三王，呰五霸于稷下，一旦而服千人。鲁连一说，使终身杜口。刘生之辩，未若田氏；今之仲连，求之不难，可无息乎。人各有好尚：兰茝荪蕙之芳，众人所好，而海畔有逐臭之夫；《咸池》《六茎》之发，众人所共乐，而墨翟有非之之论，岂可同哉。

今往仆少小所著辞赋一通相与。夫街谈巷说，必有可采；击辕之歌，有应风雅；匹夫之思，未易轻弃也。辞赋小道，固未足以揄扬大义，彰示来世也。昔扬子云先朝执戟之臣耳，犹称壮夫不为也。吾虽德薄，位为藩侯，犹庶几戮力上国，流惠下民，建永世之业，留金石之功；岂徒以翰墨为勋绩，辞赋为君子哉。若吾志未果，吾道不行，则将采庶官之实录，辩时俗之得失，定仁义之衷，成一家之言。虽未能藏之于名山，将以传之于同好。非要之皓首，岂今日之论乎。其言不惭，恃惠子之知我也。明早相迎，书不尽怀。植白。

吴　质

答魏太子笺

二月八日庚寅，臣质言：奉读手命，追亡虑存，恩哀之隆，形于文墨。日月冉冉，岁不我与。昔侍左右，厕坐众贤，出有微行之游，人有管弦之欢，置酒乐饮，赋诗称寿，自谓可终始相保，并骋材力，效节明主。何意数年之间，死丧略尽。臣独何德，以堪久长？

陈、徐、刘、应，才学所著，诚如来命；惜其不遂，可为痛切。凡此数子，于雍容侍从，实其人也。若乃边境有虞，群下鼎沸，军书辐至，羽檄交驰，于彼诸贤，非其任也。往者孝武之世，文章为盛。若东方朔、枚皋之徒，不能持论，即阮、陈之俦也。其唯严助、寿王，与闻政事。然皆不慎其身，善谋于国，卒以败亡，臣窃耻之。至于司马长卿，称疾避事，以著书为务，则徐生庶几焉。而今各逝，已为异物矣。后来君子，实可畏也。

伏惟所天，优游典籍之场，休息篇章之囿，发言抗论，穷理尽微，摛藻下笔，鸾龙之文奋矣。虽年齐萧王，才实百之。此众议所以归高，远近所以同声。然年岁若坠，今质已四十二矣，白发生鬓，所虑日深，实不复若平日之时也。但欲保身敕行，不蹈有过之地，以为知己之累耳。游宴之欢，难可再遇，盛年一过，实不可追。臣幸得下愚之才，值风云之会，时迈齿鲞，犹欲触胸奋首，展其割裂之用也。不胜偻偻。以来命备悉，故略陈至情。质死罪死罪。

在元城与魏太子笺

臣质言：前蒙延纳，侍宴终日，曜灵匿景，继以华灯。虽虞卿适赵，平原入秦，受赠千金，浮觞旬日，无以过也。小器易盈，先取沉顿，醒寤之后，不识所言。即以五日到官。

初至承前，未知深浅。然观地形，察土宜，西带常山，连冈平代，北邻柏人，乃高帝之所忌也。重以泜水，渐渍疆宇，喟然叹息。思淮阴之奇谲，亮成安之失策。南望邯郸，想廉、蔺之风。东接钜鹿，存李齐之流。都人士女，服习礼教，皆怀慷慨之节。包左车之计，而质暗弱，无以莅之。若乃迈德种恩，树之风声，使农夫逸豫于疆畔，女工吟咏于机杼，固非质之所能也。至于奉遵科教，班扬明令，下无威福之吏，邑无豪侠之杰，赋事行刑，资于故实，抑亦懔懔有庶几之心。

往者严助释承明之欢，受会稽之位；寿王去侍从之娱，统东郡之任，其后皆克复旧职，追寻前轨。今独不然，不亦异乎。张敞在外，自谓无奇，陈咸愤积，思入京城，彼岂虚谈夸论、诳曜世俗哉？斯实薄郡守之荣，显左右之勤也。古今一揆，先后不贸，焉知来者之不如今？聊以当觐，不敢多云。质死罪死罪。

答东阿王书

质白：信到，奉所惠贶，发函伸纸，是何文采之巨丽，而慰喻之绸缪乎！夫登东岳者，然后知众山之迤逦也；奉至尊者，然后知百里之卑微也。自旋之初，伏念五六日，至于旬时。精散思越，惘若有失。非敢羡宠光之休，慕猗顿之富。诚以身贱犬马，德轻鸿毛，至乃历玄阙，排金门，升玉堂，伏虚槛于前殿，临曲池而行觞。既威仪亏替，言辞漏渫，虽恃平原养士之懿，愧无毛遂耀颖之才；深蒙薛公折节之礼，而无冯谖三窟之效；屡获信陵虚左之德，又无侯生可述之美。凡此数者，乃质之所以愤积于胸臆，怀眷而惘邑者也。

若追前宴，谓之未究，倾海为酒，并山为肴，伐竹云梦，斩梓泗滨，然后极雅意，尽欢情，信公子之壮观，非鄙人之所庶几也。若质之志，实在所天，思投印释绂，朝夕侍坐，钻仲父之遗训，览老氏之要言，对清酤而不酌，抑嘉肴而不享，使西施出帷，嫫母侍侧，斯盛德之所蹈，明哲之所保也。若乃近者之观，实荡鄙心，秦筝发徽，二八迭奏，埙箫激于华屋，灵鼓动于座右，耳嘈嘈于无闻，情踊跃于鞍马。谓可北慑肃慎，使贡其楛矢；南震百越，使献其白雉，又况权、备，夫何足视乎。

还治讽采所著，观省英玮，实赋颂之宗，作者之师也。众贤所述，亦各有志。昔赵武过郑，七子赋诗，《春秋》载列，以为美谈。质小人也，无以承命。又所答贶，辞丑义陋，申之再三，赧然汗下。此邦之人，闲习辞赋，三事大夫，莫不讽诵，何但小吏之有乎？

重惠苦言，训以政事，恻隐之恩，形乎文墨。墨子回车，而质四年，虽无德与民，式歌且舞。儒墨不同，固以久矣，然一旅之众，不足以扬名；步武之间，不足以骋迹。若不改辙易御，将何以效其力哉？今处此而求大功，犹绊良骥之足，而责以千里之任；槛猿猴之势，而望其巧捷之能者也。不胜见恤，谨附遣白答，不敢繁辞。吴质白。

杨 修

答临淄侯笺

修死罪死罪：不待数日，若弥年载。岂由爱顾之隆，使系仰之情深耶？损辱嘉命，蔚矣其文，诵读反覆，虽讽《雅》《颂》，不复过此。若仲宣之擅汉表，陈氏之跨冀域，徐、刘之显青、豫，应生之发魏国，斯皆然矣。至于修者，听采风声，仰德不暇，自周章于省览，何遑高视哉。

伏惟君侯，少长贵盛，体发、旦之资，有圣善之教，远近观者，徒谓能宣昭懿德，光赞大业而已。不复谓能兼览传记，留思文章。今乃含王超陈，度越数子矣。观者骇视而拭目，听者倾首而竦耳，非夫体通性达，受之自然，其孰能至于此乎。又尝亲见执事握牍持笔，有所造作，若成诵在心，借书于手，曾不斯须少留思虑。仲尼日月，无得逾焉，修之仰望，殆如此矣。是以对鹊而辞，作《暑赋》，弥日而不献，见西施之容，归憎其貌者也。

伏想执事不知其然，猥受顾锡，教使刊定。《春秋》之成，莫能损益。《吕氏》《淮南》，字值千金。然而弟子箝口，市人拱手者，圣贤卓荦，固所以殊绝凡庸也。今之赋颂，古诗之流，不更孔公，《风》《雅》无别耳。修家子云，老不晓事，强著一书，悔其少作。若此仲山、周旦之俦，为皆有怨邪？君侯忘圣贤之显迹，述鄙宗之过言，窃以为未之思也。

若乃不忘经国之大美，流千载之英声，铭功景钟，书名竹帛，斯自雅量，素所蓄也，岂与文章相妨害哉？辄受所惠，窃备矇瞍诵咏而已，敢望惠施，以忝庄氏。季绪璀璨，何足以云。反答造次，不能宣备。修死罪死罪。

薛　综

与诸葛恪书

山越恃阻，不宾历世，缓则首鼠，急则狼顾。皇帝赫然，命将西征。神策内授，武师外震。兵不染锷，甲不沾汗。元恶既枭，种党归义，荡涤山薮，献戎十万。野无遗寇，邑罔残奸。既埽凶慝，又充军用。藜蓧稂莠，化为善草，魑魅魍魉，更成虎士。虽实国家威灵之所加，亦信元帅临履之所致也。虽《诗》美执讯，《易》嘉折首，周之方、召，汉之卫、霍，岂足以谈。功轶古人，勋超前世，主上欢然，遥用叹息。感四牡之遗典，思饮至之旧章，故遣中台近官，迎致犒赐，以旌茂功，以慰劬劳。

高 崧

为会稽王昱与桓温书

寇难宜平，时会宜接，此实为国远图，经略大算。能弘斯会，非足下而谁！但以比兴师动众，要当以资实为本。运转之艰，古人所难，不可易之于始而不熟虑，顷所以深用为疑，惟在此耳。然异常之举，众之所骇，游声噂嗒，想足下亦少闻之。苟患失之，无所不至。或能望风振扰，一时崩散。如此则望实并丧，社稷之事去矣。皆由吾暗弱，德信不著，不能镇静群庶，保固维城，所以内愧于心，外惭良友。吾与足下，虽职有内外，安社稷，保国家，其致一也。天下安危，系之明德。当先思宁国，而后图其外，使王基克隆，大义弘著，所望于足下。区区诚怀，岂可复顾嫌而不尽哉！

王羲之

与会稽王笺

古人耻其君不为尧舜，北面之道，岂不愿尊其所事，比隆往代，况遇千载一时之运？顾智力屈于当年，何得不权轻重而处之也。今虽有可欣之会，内求诸己，而所忧乃重于所欣。《传》云："自非圣人，外宁必有内忧。"今外不宁，内忧已深。古之弘大业者，或不谋于众，倾国以济一时之功者，亦往往而有之。诚独运之明足以迈众，暂劳之弊终获永逸者可也。求之于今，可得拟议乎！

夫庙算决胜，必宜审量彼我，万全而后动。功就之日，便当因其众而即其实。今功未可期，而遗黎歼尽，万不余一。且千里馈粮，自古为难，况今转运供继，西输许洛，北入黄河。虽秦政之弊，未至于此，而十室之忧，便以交至。今运无还期，征求日重，以区区吴越经纬天下十分之九，不亡何待！而不度德量力，不敝不已，此封内所痛心叹悼而莫敢吐诚。

往者不可谏，来者犹可追，愿殿下更垂三思，解而更张，令殷浩、荀羡还据合肥、广陵，许昌、谯郡、梁、彭城诸军皆还保淮，为不可胜之基，须根立势举，谋之未晚，此实当今策之上者。若不行此，社稷之忧可计日而待。安危之机，易于反掌，考之虚实，著于目前，愿运独断之明，定之于一朝也。

地浅而言深，岂不知其未易。然古人处闾阎行阵之间，尚或干时谋国，评裁者不以为讥，况厕大臣末行，岂可默而不言哉！存亡所系，决在行之，不可复持疑后机，不定之于此，后欲悔之，亦无及也。

殿下德冠宇内，以公室辅朝，最可直道行之，致隆当年，而未允物望，受殊遇者所以痌瘝长叹，实为殿下惜之。国家之虑深矣，常恐伍员之忧不独在昔，麋鹿之游将不止林薮而已。愿殿下暂废虚远之怀，以救倒悬之急，可谓以亡为存，转祸为福，则宗庙之庆，四海有赖矣。

遗殷浩书

知安西败丧，公私惋怛，不能须臾去怀，以区区江左，所营综如此，天下寒心，固以久矣，而加之败丧，此可熟念。往事岂复可追，愿思弘将来，令天下寄命有所，自隆中兴之业。政以道胜，宽和为本，力争武功，作非所当，因循所长，以固大业，想识其由来也。

自寇乱以来，处内外之任者，未有深谋远虑，括囊至计，而疲竭根本，各从所志，竟无一功可论、一事可记，忠言嘉谋弃而莫用，遂令天下将有土崩之势，何能不痛心悲慨也。任其事者，岂得辞四海之责！追咎往事，亦何所复及，宜更虚己求贤，当与有识共之，不可复令忠允之言，常屈于当权。今军破于外，资竭于内，保淮之志非复所及，莫过还保长江，都督将各复旧镇，自长江以外，羁縻而已。任国钧者，引咎责躬，深自贬降以谢百姓。更与朝贤思布平正，除其烦苛，省其赋役，与百姓更始。庶可以允塞群望，救倒悬之急。

使君起于布衣，任天下之重，尚德之举，未能事事允称。当董统之任而丧败至此，恐阖朝群贤未有与人分其谤者。今亟修德补阙，广延群贤，与之分任，尚未知获济所期。若犹以前事为未工，故复求之于分外，宇宙虽广，自容何所！知言不必用，或取怨执政，然当情慨所在，正自不能不尽怀极言。若必亲征，未达此旨，果行者，愚智所不解也。愿复与众共之。

复被州符，增运千石，征役兼至，皆以军期，对之丧气，罔知所厝。自顷年割剥遗黎，刑徒竟路，殆同秦政，惟未加参夷之刑耳，恐胜广之忧，无复日矣。

报殷浩书

吾素自无庙廊，直王丞相时果欲内吾，誓不许之，手迹犹存，由来尚矣，不于足下参政而方进退。俟儿婚女嫁，便怀尚子平之志，数与亲知言之，非一日也。若蒙驱使，关陇、巴蜀皆所不辞。吾虽无专对之能，直谨守时命，宣国家威德，固当不同于凡使，必令远近咸知朝廷留心于无外，此所益殊不同居护军也。汉末使太傅马日䃅慰抚关东，若不以吾轻微，无所为疑，宜及冬初以行，吾惟恭以俟命。

与尚书仆射谢安书

顷所陈论，每蒙允纳，所以令下小得苏息，各安其业。若不耳，此一郡久以蹈东海矣。

今事之大者未布，漕运是也。吾意望朝廷可申下定期，委之所司，勿复催下，但当岁终考其殿最。长吏尤殿，命槛车送诣天台。三县不举，二千石必免，或可左降，令在疆塞极难之地。

又自吾到此，从事常有四五，兼以台司及都水御史行台文符如雨，倒错违背，不复可知。吾又瞑目，循常推前，取重者及纲纪，轻者在五曹。主者苟事，未尝得十日，吏民趋走，功费万计。卿方任其重，可徐寻所言。江左平日，扬州一良刺史便足统之，况以群才而更不理，正由为法不一，牵制者众，思简而易从，便足以保守成业。

仓督监耗盗官米，动以万计，吾谓诛剪一人，其后便断，而时意不同。近检校诸县，无不皆尔。余姚近十万斛，重敛以资奸吏，令国用空乏，良可叹也。

自军兴以来，征役及充运死亡叛散不反者众，虚耗至此，而补代循常，所在凋困，莫知所出。上命所差，上道多叛，则吏及叛者席卷同去。又有常制，辄令其家及同伍课捕。课捕不擒，家及同伍寻复亡叛。百姓流亡，户口日减，其源在此。又有百工医寺，死亡绝灭，家户空尽，差代无所，上命不绝，事起或十年、十五年，弹举获罪，无懈息而无益实事，何以堪之！谓自今诸死罪原轻者及五岁刑，可以充此；其灭死者，可长充兵役；五岁者，可充杂工医寺，皆令移其家以实都邑。都邑既实，是政之本，又可绝其亡叛。不移其家，逃亡之患复如初耳。今除罪而充杂役，尽移其家，小人愚迷，或以为重于杀戮，可以绝奸。刑名虽轻，惩肃实重，岂非适时之宜邪！

诚谢万书

以君迈往不屑之韵，而俯同群辟，诚难为意也。然所谓通识，正自当随事行藏，乃为远耳。愿君每与士之下者同，则尽善矣。食不二味，居不重席，此复何有，而古人以为美谈。济否所由，实在积小以致高大，君其存之。

与吏部郎谢万书

古之辞世者或被发佯狂，或污身秽迹，可谓艰矣。今仆坐而获免，遂其宿心，其为庆幸，岂非天赐！违天不祥。

顷东游还，修植桑果，今盛敷荣，率诸子，抱弱孙，游观其间，有一味之甘，割而分之，以娱目前。虽植德无殊邈，犹欲教养子孙以敦厚退让。戒以轻薄，庶令举策数马，仿佛万石之风。君谓此何如？

比当与安石东游山海，并行田，视地利，颐养闲旷。衣食之余，欲与亲知时共欢宴，虽不能兴言高咏，衔杯引满，语田里所行，故以为抚掌之资，其为得意，可胜言耶！常依陆贾、班嗣、杨王孙之处世，甚欲希风数子，老夫志愿尽于此矣。

卢　谌

赠刘琨书附诗一首

故吏从事中郎卢谌，死罪死罪！谌禀性短弱，当世罕任。因其自然，用安静退。在木阙不材之资，处雁乏善鸣之分。卷异蘧子，愚殊宁生。匠者时盻，不免馔宾。尝自思惟，因缘运会，得蒙接事。自奉清尘，于今五稔。谟明之效不著，候人之讥以彰。

大雅含弘，量苞山薮。加以待接弥优，款眷逾昵，与运筹之谋，厕宴私之欢。绸缪之旨，有同骨肉，其为知己，古人罔喻。昔聂政殉严遂之顾，荆轲慕燕丹之义。意气之间，靡躯不悔。虽微达节，谓之可庶，然苟曰有情，孰能不怀？故委身之日，夷险已之。事与原违，当忝外役，遂去左右，收迹府朝。盖本同末异，杨朱兴哀；始素终玄，墨翟垂涕。分乖之际，咸可叹慨，致感之途，或迫乎兹。亦奚必临路而后长号，睹丝而后嘘唏哉？是以仰惟先情，俯览今遇，感存念亡，触物眷恋。《易》曰：书不尽言，言不尽意。然则书非尽言之器，言非尽意之具矣。况言有不得至于尽意，书有不得至于尽言邪？不胜猥懑！谨贡诗一篇，抑不足以揄扬弘美，亦以摅其所抱而已。若公肆大惠，遂其厚恩，锡以咳唾之音，慰其违离之意，则所谓咸池酬于北里，夜光报于鱼目。谌之愿也，非所敢望也。谌死罪、死罪。

浚哲惟皇，绍熙有晋。振厥弛维，光阐远韵。有来斯雍，至止伊顺。三台摛朗，四岳增峻。伊陟佐商，山甫翼周。弘济艰难，对扬王休。苟非异德，旷世同流。加其忠贞，宣其徽猷。伊谌陋宗，昔遘嘉惠。申以婚姻，著以累世。义等休戚，好同兴废。孰云匪谐？如乐之契！王室丧师，私门播迁。望公归之，视险忽艰。兹愿不遂，中路阻颠。仰悲先意，俯思身愆。大钧载运，良辰遂往。瞻彼日月，迅过俯仰。感今惟昔，口存心想。借曰如昨，忽为畴曩。畴曩伊何，逝者弥疏。温温恭人，慎终如初。览彼遗音，恤此穷孤。譬彼樛木，蔓葛以敷。妙哉蔓葛，得托樛木。叶不云布，华不星烛。承伴卞和，质非荆璞。眷同尤良，用乏骥骆。承亦既笃，眷亦既亲；饰奖驽猥，方驾骏珍。弼谐靡成，良谋莫陈。无觊狐赵，有与五臣。五臣奚与？契阔百罹。身经险阻，足蹈幽遐。义由恩深，分随昵加。绸缪委心，自同匪他。昔在暇日，妙寻通理。尤彼意气，使是节士。情以体生，感以情起。趣舍罔要，穷达斯已。由余片言，秦人是惮。日碑效忠，飞声有汉。桓桓抚军，古贤作冠。来牧幽都，济厥涂炭。涂炭既济，寇挫民阜。谬其疲隶，授之朝右。上惧任大，下欣施厚。实祇高明，敢忘所守。

相彼反哺，尚在翔禽。孰是人斯，而忍斯心。每凭山海，庶觌高深。遐眺存亡，缅成飞沈。长徽已缨，逝将徙举。收迹西践，衔哀东顾。曷云途辽？曾不咫步。岂不夙夜？谓行多露。绵绵女萝，施于松标。禀泽洪干，晞阳丰条。根浅难固，茎弱易雕。操彼纤质，承此冲飙。

纤质实微，冲飙斯值；谁谓言精，致在赏意。不见得鱼，亦忘厥饵。遗其形骸，寄之深识。先民颐意，潜山隐机。仰熙丹崖，俯澡绿水。无求于和，自附众美。慷慨遐踪，有愧高旨。爰造异论，肝胆楚越。惟同大观，万殊一辙。死生既齐，荣辱奚别？处其玄根，廓焉靡结。福为祸始，祸作福阶。天地盈虚，寒暑周回。夫差不祀，衅在胜齐。勾践作伯，祚自会稽。邈矣达度，唯道是杖。形有未泰，神无不畅。如川之流，如渊之量。上弘栋隆，下塞民望。

刘　琨

答卢谌书附诗一首

琨顿首：损书及诗，备辛酸之苦言，畅经通之远旨。执玩反覆，不能释手。慨然以悲，欢然以喜。昔在少壮，未尝检括。远慕老庄之齐物，近嘉阮生之放旷。怪厚薄何从而生？哀乐何由而至？自顷辀张，困于逆乱，国破家亡，亲友凋残。负杖行吟，则百忧俱至，块然独坐，则哀愤两集。时复相与举觞对膝，破涕为笑，排终身之积惨，求数刻之暂欢。譬由疾疢弥年，而欲一丸销之，其可得乎。夫才生于世，世实须才。和氏之璧，焉得独曜于郢握？夜光之珠，何得专玩于随掌？天下之宝，当与天下共之。但分析之日，不能不怅恨耳。然后知聃、周之为虚诞，嗣宗之为妄作也。昔骐骥倚辀于吴坂，长鸣于良乐，知与不知也。百里奚愚于虞而智于秦，遇与不遇也。今君遇之矣，勖之而已！不复属意于文，二十余年矣。久废则无次，想必欲其一反，故称指送一篇。适足以彰来诗之益美耳。琨顿首顿首。

厄运初遘，阳爻在六。乾象栋倾，坤仪舟覆。横厉纠纷，群妖竞逐。火燎神州，洪流华域。彼黍离离，彼稷育育。哀我皇晋，痛心在目。天地无心，万物同途。祸淫莫验，福善则虚。逆有全邑，义无完都。英蕊夏落，毒卉冬敷。如彼龟玉，韫椟毁诸。刍狗之谈，其最得乎？咨余软弱，弗克负荷。愆衅仍彰，荣宠屡加。威之不建，祸延凶播。忠陨于国，孝愆于家。斯罪之积，如彼山河。斯衅之深，终莫能磨。郁穆旧姻，嬿婉新婚。襄粮携弱，匍匐星奔。未辍尔驾，已堕我门。二族偕覆，三孽并根。长惭旧孤，永负冤魂。亭亭孤干，独生无伴。绿叶繁缛，柔条修罕。朝采尔实，夕捋尔竿。竿翠丰寻，逸珠盈椀。实消我忧，忧急用缓。逝将去乎？庭虚情满。虚满伊何，兰桂移植。茂彼春林，瘁此秋棘。有鸟翻飞，不遑休息。匪桐不栖，匪竹不食。永戢东羽，翰抚西翼。我之敬之，废欢辍职。音以赏奏，味以殊珍。文以明言，言以畅神。之子之往，四美不臻。澄醪覆觞，丝竹生尘。素卷莫启，幄无谈宾。既孤我德，又阙我邻。光光段生，出幽迁乔。资忠履信，武烈文昭。旌弓骍骍，舆马翘翘。乃奋长縻，是辔是镳。何以赠子？竭心公朝。何以叙怀？引领长谣。

邱　迟

与陈伯之书

迟顿首：陈将军足下无恙，幸甚幸甚。将军勇冠三军，才为世出，弃燕雀之小志，慕鸿鹄以高翔。昔因机变化，遭遇明主，立功立事，开国称孤，朱轮华毂，拥旄万里，何其壮也。如何一旦为奔亡之虏，闻鸣镝而股战，对穹庐以屈膝，又何劣邪？

寻君去就之际，非有他故，直以不能内审诸己，外受流言，沉迷猖獗，以至于此。圣朝赦罪责功，弃瑕录用，推赤心于天下，安反侧于万物，将军之所知，不假仆一二谈也。朱鲔涉血于友于，张绣剚刃于爱子，汉主不以为疑，魏君待之若旧。况将军无昔人之罪，而勋重于当世。夫迷途知返，往哲是与，不远而复，先典攸高。主上屈法申恩，吞舟是漏；将军松柏不翦，亲戚安居，高台未倾，爱妾尚在，悠悠尔心，亦何可言。

今功臣名将，雁行有序，佩紫怀黄，赞帷幄之谋；乘轺建节，奉疆场之任，并刑马作誓，传之子孙。将军独靦颜借命，驱驰毡裘之长，宁不哀哉。夫以慕容超之强，身送东市；姚泓之盛，面缚□都，故知霜露所均，不育异类；姬汉旧邦，无取杂种。北虏僭盗中原，多历年所，恶积祸盈，理至焦烂。况伪孽昏狡，自相夷戮，部落携离，酋豪猜贰。方当系颈蛮邸，悬首藁街；而将军鱼游于沸鼎之中，燕巢于飞幕之上，不亦惑乎！

暮春三月，江南草长，杂花生树，群莺乱飞。见故国之旗鼓，感生平于畴日，抚弦登陴，岂不怆悢？所以廉公之思赵将，吴子之泣西河，人之情也，将军独无情哉？

想早励良规，自求多福。当今皇帝盛明，天下安乐，白环西献，楛矢东来，夜郎滇池，解辫请职，朝鲜昌海，蹶角受化；唯北狄野心，掘强沙塞之间，欲延岁月之命耳。中军临川殿下，明德茂亲，总兹戎重，吊民洛汭，伐罪秦中。若遂不改，方思仆言。聊布往怀，君其详之。邱迟顿首。

　　　　　　　　　　　　东湖王定安襄校

卷十五　书牍之属二

韩　愈

与孟尚书书

愈白：行官自南回，过吉州，得吾兄二十四日手书数番，忻慄兼至，未审入秋来眠食何似，伏惟万福！

来示云：有人传愈近少信奉释氏，此传之者妄也。潮州时，有一老僧号大颠，颇聪明，识道理，远地无可与语者，故自山召至州郭，留十数日，实能外形骸，以理自胜，不为事物侵乱。与之语，虽不尽解，要自胸中无滞碍，以为难得，因与往来。及祭神至海上，遂造其庐，及来袁州，留衣服为别，乃人之情，非崇信其法、求福田利益也。孔子云："丘之祷久矣。"凡君子行己立身，自有法度，圣贤事业，具在方册，可效可师。仰不愧天，俯不愧人，内不愧心；积善积恶，殃庆自各以其类至。何有去圣人之道，舍先王之法，而从夷狄之教以求福利也？《诗》不云乎："恺悌君子，求福不回。"《传》又曰："不为威惕，不为利疚。"假如释氏能与人为祸祟，非守道君子之所惧也。况万万无此理。且彼佛者，果何人哉？其行事类君子邪？小人邪？若君子也，必不妄加祸于守道之人；如小人也，其身已死，其鬼不灵。天地神祗，昭布森列，非可诬也。又肯令其鬼行胸臆，作威福于其间哉？进退无所据而信奉之，亦且惑矣。

且愈不助释氏而排之者，其亦有说。孟子云："今天下不之杨则之墨。"杨墨交乱，而圣贤之道不明，则三纲沦而九法斁，礼乐崩而夷狄横，几何其不为禽兽也！故曰："能言距杨墨者，圣人之徒也。"扬子云云："古者杨墨塞路，孟子辞而辟之，廓如也。"夫杨墨行，正道废，且将数百年，以至于秦，卒灭先王之法，烧除其经，坑杀学士，天下遂大乱。及秦灭，汉兴且百年，尚未知修明先王之道。其后始除《挟书之律》，稍求亡书，招学士，经虽少得，尚皆残缺，十亡二三。故学士多老死，新者不见全经，不能尽知先王之事，各以所见为守，分离乖隔，不合不公。二帝三王，群圣人之道，于是大坏。后之学者无所寻逐，以至于今泯泯也。其祸出于杨墨肆行而莫之禁故也。孟子虽贤圣，不得位，空言无施，虽切何补？然赖其言，而今学者尚知宗孔氏，崇仁义，贵王贱霸而已。其大经大法，皆亡灭而不救，坏烂而不收，所谓存十一于千百，安在其能廓如也？然向无孟氏。则皆服左衽而言侏离矣。故愈尝推尊孟氏，以为功不在禹下者，为此也。汉氏已来，群儒区区修补，百孔千疮，随乱随失，其危如一发引千钧，绵绵延延，寖以微灭。于是时也，而倡释老于其间，鼓天下之众而从之。呜呼，其亦不仁甚矣！释老之害，过于杨墨；韩愈之贤，不及孟子。孟子不能救之于未亡之前，而韩愈乃欲全之于已坏之后，呜呼，其亦不量其力！且见其身之危，莫之救以死也。虽然，使其道由愈而粗传，虽灭死万万无恨！天地鬼神，临之在上，质之在旁，又安得因一摧折，自毁其道，以从于邪也？

籍、湜辈虽屡指教，不知果能不叛去否？辱吾兄眷厚，而不获承命，唯增惭惧，死罪死罪！愈再拜。

与鄂州柳中丞书

淮右残孽，尚守巢窟，环寇之师，殆且十万，瞋目语难。自以为武人不肯循法度，颉颃作气势，窃爵位，自尊大者，肩相摩，地相属也；不闻有一人援枹鼓，誓众而前者，但日令走马来求赏给，助寇为声势而已！

阁下书生也，《诗》《书》《礼》《乐》是习，仁义是修，法度是束。一旦去文就武，鼓三军而进之，陈师鞠旅，亲与为辛苦，慷慨感激，同食下卒，将二州之牧，以壮士气，斩所乘马，以祭蹹死之士。虽古名将，何以加兹！此由天资忠孝，郁于中而大作于外，动皆中于机会，以取胜于当世。而为戎臣师，岂常习于威暴之事，而乐其斗战之危也哉？

愈诚怯弱，不适于用，听于下风，窃自增气，夸于中朝稠人广众会集之中，所以羞武夫之颜，令议者知将国兵而为人之司命者，不在彼而在此也。

临敌重慎，诚轻出入，良用自爱，以副见慕之徒之心。而果为国立大功也。幸甚，幸甚！

再与鄂州柳中丞书

愈愚不能量事势可否。比常念淮右以靡弊困顿三州之地，蚊蚋蚁虫之聚，感凶竖煦濡饮食之惠，提童子之手，坐之堂上，奉以为帅，出死力以抗逆明诏，战天下之兵。乘机逐利，四出侵暴，屠烧县邑，贼杀不辜，环其地数千里，莫不被其毒，洛汝襄荆许颍淮江为之骚然。丞相公卿士大夫劳于图议，握兵之将，熊罴貙虎之士，畏懦蹜蹜，莫肯杖戈，为士卒前行者。独阁下奋然率先，扬兵界上，将二州之守，亲出入行间，与士卒均辛苦，生其气势。见将军之锋颖，凛然有向敌之意；用儒雅文字章句之业，取先天下，武夫关其口而夺之气。愚初闻时，方食，不觉弃匕箸起立。岂以为阁下真能引孤军单进，与死寇角逐，争一旦侥幸之利哉？就令如是，亦不足贵；其所以服人心，在行事适机宜，而风采可畏爱故也。是以前状辄述鄙诚，眷惠手翰还答，益增忻悚。

夫一众人心力耳目，使所至如时雨，三代用师，不出是道。阁下果能充其言，继之以无倦，得形便之地，甲兵足用，虽国家故所失地，旬岁可坐而得。况此小寇，安足置齿牙间？勉而卒之，以俟其至，幸甚。夫远征军士，行者有羁旅离别之思，居者有怨旷骚动之忧，本军有馈饷烦费之难，地主多姑息形迹之患；急之则怨，缓之则不用命；浮寄孤悬，形势销弱，又与贼不相谙委，临敌恐骇，难以有功。若召募土人，必得豪勇，与贼相熟，知其气力所极，无望风之惊，爱护乡里，勇于自战。征兵满万，不如召募数千。阁下以为何如？傥可上闻行之否？

计已与裴中丞相见，行营事宜，不惜时赐示及。幸甚！不宣。

与崔群书

自足下离东都，凡两度枉问，寻承已达宣州，主人仁贤，同列皆君子，虽抱羁旅之念，亦且可以度日，无入而不自得。乐天知命者，固前修之所以御外物者也，况足下度越此等百千辈，岂以出处近远累其灵台邪！宣州虽称清凉高爽，然皆大江之南，风土不并于北，将息之道，当先理其心，心间无事，然后外患不入。风气所宜，可以审备，小小者亦当自不至矣。足下之贤，虽在穷约，犹能不改其乐，况地至近，官荣禄厚，亲爱尽在左右者邪！所以如此云云者，以为足下贤者，宜在上位，托于幕府，则不为得其所，是以及之，乃相亲重之道耳，非所以待足下者也。

仆自少至今，从事于往还朋友间，一十七年矣。日月不为不久，所与交往相识者千百人，非不多，其相与如骨肉兄弟者，亦且不少。或以事同，或以艺取，或慕其一善，或以其久故，或初不甚知，而与之已密，其后无大恶，因不复决舍，或其人虽不皆入于善，而于己已厚，虽欲悔之不可。凡诸浅者，固不足道，深者止如此。至于心所仰服，考之言行，而无瑕尤；窥之阃奥，而不见畛域；明白淳粹，辉光日新者，惟吾崔君一人。仆愚陋无所知晓，然圣人之书，无所不读，其精粗巨细，出入明晦，虽不尽识，抑不可谓不涉其流者也。以此而推之，以此而度之，诚知足下出群拔萃，无谓仆何从而得之也。与足下情义，宁须言而后自明邪？所以言者，惧足下以为吾所与深者，多不置白黑于胸中耳。既谓能粗知足下，而复惧足下之不我知，亦过也。

比亦有人说足下诚尽善尽美，抑犹有可疑者。仆谓之曰："何疑？"疑者曰："君子当有所好恶，好恶不可不明。如清河者，人无贤愚，无不说其善，伏其为人，以是而疑之耳。"仆应之曰："凤凰芝草，贤愚皆以为美瑞；青天白日，奴隶亦知其清明。譬之食物，至于遐方异味，则有嗜者有不嗜者；至于稻也，粱也，脍也，炙也，岂闻有不嗜者哉？"疑者乃解。解不解，于吾崔君无所损益也。

自古贤者少，不肖者多。自省事已来，又见贤者恒不遇，不贤者比肩青紫；贤者恒无以自存，不贤者志满气得；贤者虽得卑位，则旋而死，不贤者或至眉寿。不知造物者意竟如何，无乃所好恶与人异心哉？又不知无乃都不省记，任其死生寿夭邪？未可知也。人固有薄卿相之官、千乘之位，而甘陋巷菜羹者。同是人也，犹有好恶如此之异者，况天之与人，当必异其所好恶无疑也。合于天而乖于人何害？况又时有兼得者邪？崔君，崔君，无怠，无怠！

仆无以自全活者，从一官于此，转困穷甚，自放于伊颍之上，当亦终得之。近者尤衰惫，左车第二牙，无故动摇脱去；目视昏花，寻常间便不分人颜色；两鬓半白，头发五分亦白其一，须亦有一茎两茎白者。仆家不幸，诸父诸兄皆康强早世，如仆者又可以图于久长哉？以此忽忽，思与足下相见，一道其怀。小儿女满前，能不顾念？足下何由得归北来？仆不乐江南，官满便终老嵩下，足下可相就，仆不可去矣。珍重自爱，慎饮食，少思虑，惟此之望。愈再拜。

答崔立之书

斯立足下：仆见险不能止，动不得时，颠顿狼狈，失其所操持，困不知变，以至辱于再三。君子小人之所悯笑，天下之所背而驰者也。足下犹复以为可教，贬损道德，乃至手笔以问之，扳援古昔，辞义高远，且进且劝，足下之于故旧之道得矣。虽仆亦固望于吾子，不敢望于他人者耳。然尚有似不相晓者，非故欲发余乎？不然，何子之不以丈夫期我也。不能默默，聊复自明。

仆始年十六七时，未知人事，读圣人之书，以为人之仕者，皆为人耳，非有利乎己也。及年二十时，苦家贫，衣食不足，谋于所亲，然后知仕之不唯为人耳。及来京师，见有举进士者，人多贵之；仆诚乐之，就求其术，或出礼部所试赋、诗、策等以相示，仆以为可无学而能，因诣州县求举。有司者好恶出于其心，四举而后有成，亦未即得仕。闻吏部有以博学宏词选者，人尤谓之才，且得美仕；就求其术，或出所试文章，亦礼部之类，私怪其故，然犹乐其名，因又诣州府求举，凡二试于吏部，一既得之，而又黜于中书，虽不得仕，人或谓之能焉。退自取所试读之，乃类于俳优者之辞，颜忸怩而心不宁者数月。既已为之，则欲有所成就。《书》所谓"耻过作非"者也，因复求举，亦无幸焉。乃复自疑，以为所试与得之者，不同其程度；及得观之，余亦无甚愧焉。夫所谓博学者，岂今之所谓者乎？夫所谓"宏辞"者，岂今之所谓者乎？诚使古之豪杰之士，若屈原、孟轲、司马迁、相如、扬雄之徒，进于是选，必知其怀惭，乃不自进而已耳。设使与夫今之善进取者，竞于蒙昧之中，仆必知其辱焉。然彼五子者，且使生于今之世，其道虽不显于天下，其自负何如哉？肯与夫斗筲者决得失于一夫之目，而为之忧乐哉？故凡仆之汲汲于进者，其小得，盖欲以具裘葛，养穷孤；其大得，盖欲以同吾之所乐于人耳。其他可否，自计已熟，诚不待人而后知。今足下乃复比之献玉者，以为必俟工人之剖，然后见知于天下，虽两刖足不为病，且无使勎者再克。诚足下相勉之意厚也，然仕进者岂舍此而无门哉？足下谓我必待是而后进者，尤非相悉之辞也。仆之玉固未尝献，而足固未尝刖，足下无为为我戚戚也。方今天下风俗，尚有未及于古者。边境尚有被甲执兵者。主上不得怡，而宰相以为忧。仆虽不贤，亦且潜究其得失，致之乎吾相，荐之乎吾君，上希卿大夫之位，下犹取一障而乘之。若都不可得，犹将耕于宽闲之野，钓于寂寞之滨，求国家之遗事，考贤人哲士之终始；作唐之一经，垂之于无穷，诛奸谀于既死，发潜德之幽光。二者将必有一可。足下以为仆之玉凡几献而足凡几刖也，又所谓勎者，果谁哉？再克之刑信如何也？士固信于知己，微足下无以发吾之狂言。

答吕𣿰山人书

愈白：惠书责以不能如信陵执辔者。夫信陵，战国公子，欲以取士声势倾天下而然耳。如仆者，自度若世无孔子，不当在弟子之列。以吾子始自山出，有朴茂之美，意恐未砻磨以世事。又自周后文弊，百子为书，各自名家，乱圣人之宗，后生习传，杂而不贯。故设问以观吾子，其已成熟乎，将以为友也；其未成熟乎，将以讲去其非而趋是耳。不如六国公子有市于道者也。

方今天下入仕，惟以进士、明经及卿大夫之世耳。其人率皆习熟时俗，工于语言，识形势，善候人主意。故天下靡靡，日入于衰坏，恐不复振起，务欲进足下趋死不顾利害去就之人于朝，以争救之耳。非谓当今公卿间，无足下辈文学知识也。不得以信陵比。

然足下衣破衣，系麻鞋，率然叩吾门。吾待足下，虽未尽宾主之道，不可谓无意者。足下行天下，得此于人盖寡，乃遂能责不足于我，此真仆所汲汲求者。议虽未中节，其不肯阿曲以事人，灼灼明矣。方将坐足下三浴而三熏之，听仆之所为，少安无躁。

答李翊书

六月二十六日，愈白，李生足下：生之书辞甚高，而其问何下而恭也。能如是，谁不欲告生以其道。道德之归也有日矣，况其外之文乎？抑愈所谓望孔子之门墙而不入于其宫者，焉足以知是且非邪？虽然，不可不为生言之。

生所谓立言者是也，生所为者与所期者甚似而几矣。抑不知生之志，蕲胜于人而取于人邪？将蕲至于古之立言者邪？蕲胜于人而取于人，则固胜于人而可取于人矣。将蕲至于古之立言者，则无望其速成，无诱于势利，养其根而俟其实，加其膏而希其光。根之茂者其实遂，膏之沃者其光晔。仁义之人，其言蔼如也。

抑又有难者，愈之所为，不自知其至犹未也，虽然，学之二十余年矣。始者非三代两汉之书不敢观，非圣人之志不敢存。处若忘，行若遗，俨乎其若思，茫乎其若迷。当其取于心而注于手也，惟陈言之务去，戞戞乎其难哉。其观于人，不知其非笑之为非笑也。如是者亦有年，犹不改，然后识古书之正伪，与虽正而不至焉者，昭昭然白黑分矣，而务去之，乃徐有得也。当其取于心而注于手也，汩汩然来矣。其观于人也，笑之则以为喜，誉之则以为忧，以其犹有人之说者存也。如是者亦有年，然后浩乎其沛然矣。吾又惧其杂也，迎而距之，平心而察之，其皆醇也，然后肆焉。虽然，不可以不养也。行之乎仁义之途，游之乎《诗》《书》之源，无迷其途，无绝其源，终吾身而已矣。

气，水也；言，浮物也。水大而物之浮者大小毕浮，气之与言犹是也，气盛则言之短长与声之高下者皆宜。虽如是，其敢自谓几于成乎？虽几于成，其用于人也奚取焉？虽然，待用于人者，其肖于器邪？用与舍属诸人。君子则不然，处心有道，行己有方，用则施诸人，舍则传诸其徒，垂诸文，而为后世法。如是者，其亦足乐乎？其无足乐也？

有志乎古者希矣！志乎古必遗乎今，吾诚乐而悲之。亟称其人，所以劝之，非敢褒其可褒，而贬其可贬也。问于愈者多矣，念生之言不志乎利，聊相为言之。愈白。

答刘正夫书

愈白：进士刘君足下：辱笺教以所不及，既荷厚赐，且愧其诚然。幸甚，幸甚！

凡举进士者，于先进之门，何所不往；先进之于后辈，苟见其至，宁可以不答其意邪？来者则接之，举城士大夫，莫不皆然，而愈不幸独有接后辈名。名之所存，谤之所归也。

有来问者，不敢不以诚答。或问："为文宜何师？"必谨对曰："宜师古圣贤人。"曰："古圣贤人所为书具存，辞皆不同，宜何师？"必谨对曰："师其意，不师其辞。"又问曰："文宜易宜难？"必谨对曰："无难易，惟其是尔。"如是而已。非固开其为此，而禁其为彼也。

夫百物朝夕所见者，人皆不注视也；及睹其异者，则共观而言之。夫文岂异于是乎？汉朝人莫不能为文，独司马相如、太史公、刘向、扬雄为之最。然则用功深者，其收名也远；若皆与世沉浮，不自树立，虽不为当时所怪，亦必无后世之传也。足下家中百物，皆赖而用也，然其所珍爱者，必非常物。夫君子之于文，岂异于是乎？今后进之为文，能深探而力取之，以古圣贤人为法者，虽未必皆是；要若有司马相如、太史公、刘向、扬雄之徒出，必自于此，不自于循常之徒也。若圣人之道，不用文则已，用则必尚其能者；能者非他，能自树立，不因循者是也。有文字来，谁不为文，然其存于今者，必其能者也。顾常以此为说耳。

愈于足下忝同道而先进者，又常从游于贤尊给事，既辱厚赐，又安敢不进其所有以为答也。足下以为何如？愈白。

答尉迟生书

愈白：迟尉生足下：夫所谓文者，必有诸其中，是故君子慎其实；实之美恶，其发也不掩。本深而末茂，形大而声宏，行峻而言厉，心醇而气和；昭晰者无疑，优游者有余；体不备不可以为成人，辞不足不可以为成文。愈之所闻者如是，有问于愈者，亦以是对。

今吾子所为皆善矣，谦谦然若不足，而以征于愈，愈又敢有爱于言乎？抑所能言者，皆古之道；古之道不足以取于今。吾子何其爱之异也？

贤公卿大夫在上比肩，始进之贤士在下比肩，彼其得之必有以取之也。子欲仕乎？其往问焉，皆可学也。若独有爱于是，而非仕之谓，则愈也尝学之矣，请继今以言。

与冯宿论文书

辱示《初筮赋》，实有意思。但力为之，古人不难到；但不知直似古人，亦何得于今人也？仆为文久，每自测意中以为好，则人必为恶矣。小称意，人亦小怪之；大称意，即人必大怪之也。时时应事作俗下文字，下笔令人惭。及示人，则人以为好矣。小惭者亦蒙谓之小好，大惭者即必以为大好矣，不知古文，直何用于今世也，然以俟知者知耳。

昔扬子云著《太玄》，人皆笑之，子云之言曰："世不我知，无害也；后世复有扬子云，必好之矣。"子云死近千载，竟未有扬子云，可叹也！其时桓谭亦以为雄书胜老子。老子未足道也，子云岂止与老子争强而已乎？此未为知雄者。其弟子侯芭颇知之，以为其师之书胜《周易》。然侯之他文，不见于世，不知其人果如何耳。以此而言，作者不祈人之知也，明矣。直百世以俟圣人而不惑，质诸鬼神而不疑耳。足下岂不谓然乎？

近李翱从仆学文，颇有所得，然其人家贫多事，未能卒其业。有张籍者，年长于翱，而亦学于仆，其文与翱相上下，一二年业之，庶几乎至也。然闵其弃俗尚而从于寂寞之道，以争名于时也。久不谈，聊感足下能自进于此，故复发愤一道。愈再拜。

答窦秀才书

愈白：愈少驽怯，于他艺能，自度无可努力；又不通时事，而与世多龃龉。念终无以树立，遂发愤笃专于文学。学不得其术，凡所辛苦而仅有之者，皆符于空言，而不适于实用，又重以自废，是故学成而道益穷，年老而智愈困。今又以罪黜于朝廷，远宰蛮县，愁忧无聊，瘴疠侵加，惴惴焉无以冀朝夕。

足下年少才俊，辞雅而气锐。当朝廷求贤如不及之时，当道者又皆良有司，操数寸之管，书盈尺之纸，高可以钓爵位，循序而进，亦不失万一于甲科。今乃乘不测之舟，入无人之地，以相从问文章为事。身勤而事左，辞重而请约，非计之得也。虽使古之君子，积道藏德，遁其光而不曜，胶其口而不传者，遇足下之请恳恳，犹将倒廪倾囷，罗列而进也；若愈之愚不肖，又安敢有爱于左右哉！

顾足下之能，足以自奋。愈之所有如前所陈，是以临事愧耻，而不敢答也。钱财不足以贿左右之匮急，文章不足以发足下之事业。稇载而往，垂橐而归。足下亮之而已。

与卫中行书

大受足下：辱书，为赐甚大，然所称道过盛，岂所谓诱之而欲其至于是钦？不敢当，不敢当！其中择其一二近似者而窃取之，则于交友忠而不反于背面者，少似近焉。亦其心之所好耳。行之不倦，则未敢自谓能尔也。不敢当，不敢当！

至于汲汲于富贵，以救世为事者，皆圣贤之事业，知其智能谋力能任者也。如愈者，又焉能之？始相识时，方甚贫，衣食于人。其后相见于汴、徐二州，仆皆为之从事，日月有所入，比之前时，丰约百倍，足下视吾饮食衣服，亦有异乎？然则仆之心或不为此汲汲也，其所不忘于仕进者，亦将小行乎其志耳。此未易遽言也。

凡祸福吉凶之来，似不在我。惟君子得祸为不幸，而小人得祸为恒；君子得福为恒，而小人得福为幸。以其所为似有以取之也。必曰"君子则吉，小人则凶"者不可也。贤、不肖存乎己，贵与贱、祸与福存乎天，名声之善恶存乎人。存乎己者，吾将勉之；存乎天，存乎人者，吾将任彼而不用吾力焉。其所守者，岂不约而易行哉！足下曰"命之穷通，自我为之"，吾恐未合于道。足下征前世而言之，则知矣。若曰以道德为己任，穷通之来，不接吾心，则可也。

穷居荒凉，草树茂密，出无驴马，因与人绝，一室之内，有以自娱。足下喜吾复脱祸乱，不当安安而居，迟迟而来也。

与孟东野书

与足下别久矣，以吾心之思足下，知足下悬悬于吾也。各以事牵，不可合并，其于人人，非足下之为见，而日与之处，足下知吾心乐否也。吾言之而听者谁欤，吾唱之而和者谁欤！言无听也，唱无和也，独行而无徒也，是非无所与同也，足下知吾心乐否也？

足下才高气清，行古道，处今世，无田而衣食，事亲左右无违，足下之用心勤矣，足下之处身劳且苦矣！混混与世相浊，独其心追古人而从之。足下之道，其使吾悲也。

去年春，脱汴州之乱，幸不死，无所于归，遂来于此。主人与吾有故，哀其穷，居吾于符离睢上。及秋，将辞去，因被留以职事，默默在此，行一年矣。到今年秋，聊复辞去。江湖余乐也，与足下终，幸矣！

李习之娶吾亡兄之女，期在后月，朝夕当来此。张籍在和州居丧，家甚贫，恐足下不知，故具此白，冀足下一来相视也。自彼至此虽远，要皆舟行可至，速图之，吾之望也。春且尽，时气向热，惟侍奉吉庆。愈眼疾比剧，甚无聊，不复一一。愈再拜。

答刘秀才论史书

六月九日，韩愈白秀才。辱问见爱，教勉以所宜务，敢不拜赐。愚以为凡史褒贬大法，《春秋》已备之矣。后之作者，在据事迹实录，则善恶自见。然此尚非浅陋偷惰者所能就，况褒贬邪？

孔子圣人作《春秋》，辱于鲁、卫、陈、宋、齐、楚，卒不遇而死；齐太史氏兄弟几尽；左丘明纪《春秋》时事以失明；司马迁作《史记》，刑诛；班固瘐死；陈寿起又废，卒亦无所至；王隐谤退，死家；习凿齿无一足；崔浩、范晔赤诛；魏收夭绝；宋孝王诛死。足下所称吴兢，亦不闻身贵，而今其后有闻也。夫为史者，不有人祸，则有天刑，岂可不畏惧而轻为之哉！

唐有天下二百年矣，圣君贤相相踵，其余文武之士，立功名跨越前后者，不可胜数，岂一人卒卒能纪而传之邪？仆年志已就，衰退不可自敦率。宰相知其无他才能，不足用，哀其老穷，龃龉无所合，不欲令四海内有戚戚者，猥言之上，苟加一职荣之耳，非必督责迫蹙令就功役也。贱不敢逆盛指，行且谋引去。且传闻不同，善恶随人所见。甚者，附党憎爱不同，巧造语言，凿空构立善恶事迹，于今何所承受取信，而可草草作传记，令传万世乎？若无鬼神，岂可不自心惭愧；若有鬼神，将不福人。仆虽骏，亦粗知自爱，实不敢率尔为也。

夫圣唐巨迹，及贤士大夫事，皆磊磊轩天地，决不沉没。今馆中非无人，将必有作者勤而纂之。后生可畏，安知不在足下？亦宜勉之！愈再拜。

上兵部李侍郎书

十二月九日，将仕郎守江陵府法曹参军韩愈，谨上书侍郎阁下：

愈少鄙钝，于时事都不通晓，家贫不足以自活，应举觅官，凡二十年矣。薄命不幸，动遭谗谤，进寸退尺，卒无所存。性本好文学，因困厄悲愁，无所告语，遂得究穷于经传史记百家之说，沉潜乎训义，反复乎句读，磨砻乎事业，而奋发乎文章。凡自唐虞已来，编简所存，大之为河海，高之为山岳，明之为日月，幽之为鬼神，纤之为珠玑华实，变之为雷霆风雨，奇辞奥旨，靡不通达。惟是鄙钝，不通晓于时事，学成而道益穷，年老而智益困。私自怜悼，悔其初心，发秃齿豁，不见知己。夫牛角之歌，辞鄙而义拙；堂下之言，不书于传记。齐桓举以相国，叔向携手以上，然则非言之难为，听而识之者难遇也。伏以阁下内仁而外义，行高而德钜，尚贤而与能，哀穷而悼屈。自江而西，既化而行矣。今者入守内职，为朝廷大臣，当天子新即位，汲汲于理化之日，出言举事，宜必施设。既有听之之明，又有振之之力，宁戚之歌，夤明之言，不发于左右，则后而失其时矣。谨献《旧文》一卷，扶树教道，有所明白；《南行诗》一卷，舒忧娱悲，杂以瑰怪之言，时俗之好，所以讽于口而听于耳也。如赐览观，亦有可采，干黩严尊，伏增惶恐。愈再拜。

柳宗元

寄京兆许孟容书

宗元再拜五丈座前：伏蒙赐书诲谕，微悉重厚，欣踊恍惚，疑若梦寐，捧书叩头，悸不自定。伏念得罪来五年，未尝有故旧大臣肯以书见及者。何则？罪谤交积，群疑当道，诚可怪而畏也。是以兀兀忘行，尤负重忧，残骸余魂，百病所集，痞结伏积，不食自饱。或时寒热，水火互至，内消肌骨，非独瘴疠为也。忽奉教命，乃知幸为大君子所宥，欲使膏肓沉没，复起为人。夫何素望，敢以及此。以上罪谪后情况。宗元早岁，与负罪者亲善，始奇其能，谓可以共立仁义，裨教化。过不自料，勤勤勉励，惟以中正信义为志，以兴尧、舜、孔子之道，利安元元为务，不知愚陋，不可力强，其素意如此也。末路阨塞颠兀，事既壅隔，很忤贵近，狂疏缪戾，蹈不测之辜，群言沸腾，鬼神交怒。加以素卑贱，暴起领事，人所不信。射利求进者，填门排户，百不一得，一旦快意，更造怨讟。以此大罪之外，诋诃万端，旁午构扇，尽为敌仇，协心同攻，外连强暴失职者以致其事。此皆丈人所闻见，不敢为他人道说。怀不能已，复载简牍。此人虽万被诛戮，不足塞责，而岂有赏哉？今其党与，幸获宽贷，各得善地，无公事坐食俸禄，明德至渥也，尚何敢更俟除弃废痼，以希望外之泽哉？年少气锐，不识几微，不知当不，但欲一心直遂，果陷刑法，皆自所求取得之，又何怪也？以上得罪被谤之由。

宗元于众党人中，罪状最甚。神理降罚，又不能即死。犹对人言语，求食自活，迷不知耻，日复一日。然亦有大故。自以得姓来二千五百年，代为冢嗣。今拘非常之罪，居夷獠之乡，卑湿昏雾，恐一日填委沟壑，旷坠先绪，以是怛然痛憾，心骨沸热。茕茕孤立，未有子息。荒陬中少士人女子，无与为婚，世亦不肯与罪人亲昵，以是嗣续之重，不绝如缕。每当春秋时飨，子立捧奠，顾眄无后继者，懔懔然欷歔惴惕，恐此事便已，椎心伤骨，若受锋刃。此诚丈人所共悯惜也。以上无子嗣。先墓所在城南，无异子弟为主，独托村邻。自遣逐来，消息存亡不一至乡间，主守者固以益怠。昼夜哀愤，惧便毁伤松柏，刍牧不禁，以成大戾。近世礼重拜扫，今已阙者四年矣。每遇寒食，则北身长号，以首顿地。想田野道路，士女遍满，皂隶庸丐，皆得上父母丘墓，马医夏畦之鬼，无不受子孙追养者。然此已息望，又何以云哉！城西有数顷田，树果数百株，多先人手自封植，今已荒秽，恐便斩伐，无复爱惜。家有赐书三千卷，尚在善和里旧宅，宅今已三易主，书存亡不可知。皆付受所重，常系心腑，然无可为者。立身一败，万事瓦裂，身残家破，为世大谬。复何敢更望大君子抚慰收恤，尚置人数中邪！是以当食不知辛咸节适，洗沐盥漱，动逾岁时，一搔皮肤，尘垢满爪。诚忧恐悲伤，无所告诉，以至此也。以上不能展视先人坟墓书籍。

自古贤人才子，秉志遵分，被谤议不能自明者，仅以百数。故有无兄盗嫂，娶孤女云挝妇翁者；然赖当世豪杰，分明辩别，卒光史籍。管仲遇盗，升为功臣；匡章被不孝之名，孟子礼之。今已无古人之实为而有诟，欲望世人之明己，不可得也。直不疑买金以偿同舍；刘宽下车，归牛乡人。此诚知疑似之不可辩，非口舌所能胜也。以上被谤议不能自明。郑詹束缚於晋，终以无死；钟仪南音，卒获返国；叔向囚虏，自期必免；范痤骑危，以生易死；蒯通据鼎耳，为齐上客；张苍、韩信伏斧锧，终取将相；邹阳狱中，以书自活；贾生斥逐，复召宣室；倪宽摈死，后至御史大夫；董仲舒、刘向下狱当诛，为汉儒宗。此皆瑰伟博辩奇壮之士，能自解脱。今以恄怯涊涩，下才末伎，又婴恐惧痼病，虽欲慷慨攘臂，自同昔人，愈疏阔矣！以上贤者被罪终得解脱。

贤者不得志于今，必取贵于后，古之著书者皆是也。宗元近欲务此，然力薄才劣，无异能解，虽欲秉笔觍缕，神志荒耗，前后遗忘，终不能成章。往时读书，自以不至觚滞，今皆顽然无复省录。每读古人一传，数纸已后，则再三伸卷，复观姓氏，旋又废失。假令万一除刑部囚籍，复为士列，亦不堪当世用矣！以上不复能著书。伏惟兴哀于无用之地，垂德于不报之所，但以通家宗祀为念，有可动心者，操之勿失。虽不敢望归扫茔域，退托先人之庐，以尽余齿，姑遂少北，益轻瘴疠，就婚娶，求胤嗣，有可付托，即冥然长辞，如得甘寝，无复憾矣！以上求北归。书辞繁委，无以自道。然即文以求其志，君子固得其肺肝焉。无任恳恋之至！不宣。宗元再拜。

与萧翰林俛书

思谦兄足下：昨祁县王师范过永州，为仆言得张左司书，道思谦蹇然有当官之心，乃诚助太平者也。仆闻之喜甚，然微王生之说，仆岂不素知耶？所喜者耳与心叶，果于不谬焉尔。

仆不幸，向者进当艰危不安之势，平居闭门，口舌无数，况又有久与游者，乃岌岌而操其间。其求进而退者，皆聚为仇怨，造作粉饰，蔓延益肆。非的然昭晰，自断于内，则孰能了仆于冥冥之间哉？然仆当时年三十三，甚少。自御史里行得礼部员外郎，超取显美，欲免世之求进者怪怒媢嫉，其可得乎？凡人皆欲自达，仆先得显处，才不能逾同列，名不能压当世，世之怒仆宜也。与罪人交十年，官又以是进，辱在附会。圣朝弘大，贬黜甚薄，不能塞众人之怒，谤语转移，嚣嚣嗷嗷，渐成怪民。饰智求仕者，更言仆以悦仇人之心，日为新奇，务相喜可，自以速援引之路。而仆辈坐益困辱，万罪横生，不知其端。伏自思念，过大恩甚，乃以至此。悲夫！人生少得六七十者，今已三十七矣。长来觉日月益促，岁岁更甚，大都不过数十寒暑，则无此身矣。是非荣辱，又何足道！云云不已，只益为罪。兄知之，勿为他人言也。

居蛮夷中久，惯习炎毒，昏眊重腿，意以为常。忽遇北风晨起，薄寒中体，则肌革惨懍，毛发萧条，瞿然注视，怵惕以为异候，意绪殆非中国人。楚、越间声音特异，鴃舌啅噪今听之怡然不怪，已与为类矣。家生小童，皆自然晓哓，昼夜满耳，闻北人言，则啼呼走匿，虽病夫亦怛然骇之。出门见适州闾市井者，其十有八九，杖而后兴。自料居此尚复几何，岂可更不知止，言说长短，重为一世非笑哉？读《周易·困卦》，至"有言不信，尚口乃穷"也，往复益喜，曰："嗟乎！余虽家置一喙以自称道，诟益甚耳。"用是更乐瘖默，思与木石为徒，不复致意。

今天子兴教化，定邪正，海内皆欣欣怡愉，而仆与四五子者独沦陷如此，岂非命欤？命乃天也，非云云者所制，余又何恨？独喜思谦之徒，遭时言道。道之行，物得其利。仆诚有罪，然岂不在一物之数耶？身被之，目睹之，足矣。何必攘袂用力，而矜自我出耶？果矜之，又非道也。事诚如此。然居理平之世，终身为顽人之类，犹有少耻，未能尽忘。倘因贼平庆赏之际，得以见白，使受天泽余润，虽朽枿败腐，不能生植，犹足蒸出芝菌，以为瑞物。一释废痼，移数县之地，则世必曰罪稍解矣。然后收召魂魄，买土一廛为耕甿，朝夕歌谣，使成文章。庶木铎者采取，献之法宫，增圣唐大雅之什，虽不得位，亦不虚为太平之人矣。此在望外，然终欲为兄一言焉。

与李翰林建书

杓直足下：州传遽至，得足下书，又于梦得处得足下前次一书，意皆勤厚。庄周言，逃蓬藋者，闻人足音，则跫然喜。仆在蛮夷中，比得足下二书，及致药饵，喜复何言！仆自去年八月来，痞疾稍已。往时间一二日作，今一月乃二三作。用南人槟榔余甘，破决壅隔太过，阴邪虽败，已伤正气。行则膝颤，坐则髀痹。所欲者补气丰血，强筋骨，辅心力，有与此宜者，更致数物。得良方偕至，益善。

永州于楚为最南，状与越相类。仆闷即出游，游复多恐。涉野有蝮虺大蜂，仰空视地，寸步劳倦；近水即畏射工沙虱，含怒窃发，中人形影，动成疮痏。时到幽树好石，暂得一笑，已复不乐。何者？譬如囚拘圜土，一遇和景，负墙搔摩，伸展支体。当此之时，亦以为适，然顾地窥天，不过寻丈，终不得出，岂复能久为舒畅哉？明时百姓，皆获欢乐；仆士人，颇识古今道理，独怆怆如此。诚不足为理世下执事。至比愚夫愚妇又不可得，窃自悼也。

仆曩时所犯，足下适在禁中。备观本末，不复一一言之。今仆癃残顽鄙，不死幸甚。苟为尧人，不必立事程功，唯欲为量移官，差轻罪累，即便耕田艺麻，取老农女为妻，生男育孙，以供力役，时时作文，以咏太平。摧伤之余，气力可想。假令病尽，已身复壮，悠悠人世，不过为三十年客耳。前过三十七年，与瞬息无异。复所得者，其不足把玩，亦已审矣。杓直以为诚然乎？

仆近求得经史诸子数百卷，常候战悸稍定时即伏读，颇见圣人用心、贤士君子立志之分。著书亦数十篇，心病言少次第，不足远寄，但用自释。贫者士之常，今仆虽羸馁，亦甘如饴矣。足下言已白常州煦仆，仆岂敢众人待常州耶！若众人，即不复煦仆矣。然常州未尝有书遗仆，仆安敢先焉？裴应叔、萧思谦仆各有书，足下求取观之，相戒勿示人。敦诗在近地，简人事，今不能致书，足下默以此书见之。勉尽志虑，辅成一王之法，以宥罪戾。不悉。某白。

答韦中立论师道书

二十一日，宗元白：辱书云欲相师，仆道不笃，业甚浅近，环顾其中，未见可师者。虽尝好言论，为文章，甚不自是也。不意吾子自京师来蛮夷间，乃幸见取。仆自卜固无取，假令有取，亦不敢为人师。为众人师且不敢，况敢为吾子师乎？

孟子称"人之患在好为人师"。由魏晋氏以下，人益不事师。今之世，不闻有师，有辄哗笑之，以为狂人。独韩愈奋不顾流俗，犯笑侮，收召后学，作《师说》，因抗颜而为师。世果群怪聚骂，指目牵引，而增与为言辞。愈以是得狂名，居长安，炊不暇熟，又挈挈而东，如是者数矣。屈子赋曰："邑犬群吠，吠所怪也。"仆往闻庸蜀之南，恒雨少日，日出则犬吠，余以为过言。前六七年，仆来南，二年冬，幸大雪，逾岭被南越中数州，数州之犬，皆苍黄吠噬狂走者累日，至无雪乃已，然后始信前所闻者。今韩愈既自以为蜀之日，而吾子又欲使吾为越之雪，不以病乎？非独见病，亦以病吾子。然雪与日岂有过哉？顾吠者犬耳。度今天下不吠者几人，而谁敢衒怪于群目，以召闹取怒乎？

仆自谪过以来，益少志虑。居南中九年，增脚气病，渐不喜闹，岂可使呶呶者早暮咈吾耳、骚吾心？则固僵仆烦愦，愈不可过矣。平居望外，遭齿舌不少，独欠为人师耳。

抑又闻之，古者重冠礼，将以责成人之道，是圣人所尤用心者也。数百年来，人不复行。近有孙昌允者，独发愤行之。既成礼，明日造朝至外庭，荐笏言于卿士曰："某子冠毕。"应之者咸怃然。京兆尹郑叔则怫然曳笏却立，曰："何预我耶？"廷中皆大笑。天下不以非郑尹而快孙子，何哉？独为所不为也。今之命师者大类此。

吾子行厚而辞深，凡所作皆恢恢然有古人形貌，虽仆敢为师，亦何所增加也？假而以仆年先吾子，闻道著书之日不后，诚欲往来言所闻，则仆固愿悉陈中所得者。吾子苟自择之，取某事去某事，则可矣。若定是非以教吾子，仆材不足，而又畏前所陈者，其为不敢也决矣。吾子前所欲见吾文，既悉以陈之，非以耀明于子，聊欲以观子气色诚好恶何如也。今书来，言者皆大过。吾子诚非佞誉诬谀之徒，直见爱甚故然耳。

始吾幼且少，为文章，以辞为工。及长，乃知文者以明道，是固不苟为炳炳烺烺、务采色、夸声音而以为能也。凡吾所陈，皆自谓近道，而不知道之果近乎？远乎？吾子好道而可吾文，或者其于道不远矣。故吾每为文章，未尝敢以轻心掉之，惧其剽而不留也；未尝敢以怠心易之，惧其驰而不严也；未尝敢以昏气出之，惧其昧没而杂也；未尝敢以矜气作之，惧其偃蹇而骄也。抑之欲其奥，扬之欲其明，疏之欲其通，廉之欲其节，激而发之欲其清，固而存之欲其重，此吾所以羽翼夫道也。本之《书》以求其质，本之《诗》以求其恒，本之《礼》以求其宜，本之《春秋》以求其断，本之《易》以求其动，此吾所以取道之原也。参之谷梁氏以厉其气，参之《孟》《荀》以畅其支，参之《庄》《老》以肆其端，参之《国语》以博其趣，参之《离骚》以致其幽，参之太史以著其洁，此吾所以旁推交通而以为之文也。凡若此者，果是耶？非耶？有取乎？抑其无取乎？吾子幸观焉择焉，有余以告焉。苟亟来以广是道，子不有得焉，则我得矣，又何以师云尔哉？取其实而去其名，无招越、蜀吠怪，而为外廷所笑，则幸矣！宗元复白。

答韦珩示韩愈相推以文墨事书

足下所封示退之书，云欲推避仆以文墨事，且以励足下。若退之之才，过仆数人，尚不宜推避，于仆非其实可知。固相假借为之辞耳。退之所敬者，司马迁、扬雄。迁于退之固相上下。若雄者，如《太元》《法言》及《四愁赋》，退之独未作耳，决作之，加恢奇，至他文过扬雄远甚。雄文遣言措意，颇短局滞涩，不若退之猖狂恣睢，肆意有所作。若然者，使雄来尚不宜推避，而况仆耶？彼好奖人善，以为不屈己，善不可奖，故慊慊云尔也。足下幸勿信之。

且足下志气高，好读《南》、《北史》书，通国朝事，穿穴古今，后来无能和。而仆稚骏，卒无所为，但趑趄文墨笔砚浅事。今退之不以吾子励仆，而反以仆励吾子，愈非所宜。然卒篇欲足下自挫抑，合当世事固当，虽仆亦知无出此。吾子年甚少，知己者如麻，不患不显，患道不立耳。此仆以自励，亦以佐退之励足下。不宣。宗元顿首再拜。

李 翱

答独孤舍人书

足下书中有"无见怨怼以至疏索"之说，盖是戏言，然亦似未相悉也。荐贤进能，自是足下公事，如不为之，亦自是足下所阙，在仆何苦，乃至怨怼。仆尝怪董生大贤，而著《仕不遇赋》，惜其自待不厚。凡人之蓄道德才智于身，以待时用，盖将以代天理物，非为衣服饮食之鲜肥而为也。董生道德备具，武帝不用为相，故汉德不如三代，而生人受其憔悴，于董生何苦，而为《仕不遇》之词乎？仆意绪间自待甚厚，此身穷达，岂关仆之贵贱耶？虽终身如此，固无恨也，况年犹未甚老哉，去年足下有相引荐意，当时恐有所累，犹奉止不为，何遽不相悉？所以不数附书者，一二年来往还，多得官在京师，既不能周遍，又且无事，性颇慵懒，便一切画断，只作报书。又以为苟相知，固不在书之疏数，如不相知，尚何求而数书。或惟往还中有贫贱更不如仆者，即数数附书耳。近频得人书，皆责疏简，故具之于此，见相怪者，当为辞焉。

答王载言书

翱顿首。足下不以翱卑贱无所可，乃陈词屈虑，先我以书，且曰："余之艺及心，不能弃于时，将求知者。问谁可，则皆曰，其李君乎。"告足下者过也，足下因而信之又过也。果若来陈，虽道备德具，且犹不足辱厚命，况如翱者，多病少学，其能以此堪足下所望博大而深宏者耶？虽然，盛意不可以不答，故敢略陈其所闻。盖行己莫如恭，自责莫如厚，接众莫如弘，用心莫如直，进道莫如勇，受益莫如择友，好学莫如改过，此闻之于师者也。相人之术有三，迫之以利而审其邪正，设之以事而察其厚薄，问之以谋而观其智与不才，贤不肖分矣，此闻之于友者也。列天地，立君臣，亲父子，别夫妇，明长幼，浃朋友，"六经"之旨也。

浩乎若江海，高乎若邱山，赫乎若日火，包乎若天地，掇章称咏，津润怪丽，"六经"之词也。创意造言，皆不相师。故其读《春秋》也，如未尝有《诗》也；其读《诗》也，如未尝有《易》也；其读《易》也，如未尝有《书》也；其读屈原、庄周也，如未尝有"六经"也。故义深则意远，意远则理辩，理辩则气直，气直则辞盛，辞盛则文工。如山有恒、华、嵩、衡焉，其同者高也，其草木之荣，不必均也。如渎有淮、济、河、江焉，其同者出源到海也，其曲直浅深色黄白，不必均也。如百品之杂焉，其同者饱于肠也，其味咸酸苦辛，不必均也。此因学而知者也，此创意之大归。

天下之语文章，有六说焉：其尚异者，则曰文章辞句，奇险而已；其好理者，则曰文章叙意，苟通而已；其溺于时者，则曰文章必当对；其病于时者，则曰文章不当对；其爱难者，则曰文章宜深不当易；其爱易者，则曰文章宜通不当难。

此皆情有所偏，滞而不流，未识文章之所主也。义不深不至于理，言不信不在于教劝，而词句怪丽者有之矣，剧秦美新、王褒《僮约》是也；其理往往有是者，而词章不能工者有之矣，刘氏《人物表》、王氏《中说》、俗传《太公家教》是也。古之人能极於工而已，不知其词之对与否、易与难也。《诗》曰："忧心悄悄，愠于群小。"此非对也。又曰："遘闵既多，受侮不少。”此非不对也。

《书》曰：“朕聖谗说殄行，震惊朕师。”《诗》曰：“菀彼桑柔，其下侯旬，将采其刘，瘼此下人。”此非易也。《书》曰：“允恭克让，光被四表，格于上下。”《诗》曰：“十亩之间兮，桑者闲闲兮，行与子旋兮。”此非难也。“学者不”知其方，而称说云云，如前所陈者，非吾之敢闻也。《六经》之后，百家之言兴，老聃、列御寇、庄周、鹖冠、田穰苴、孙武、屈原、宋玉、孟轲、吴起、商鞅、墨翟、鬼谷子、荀况、韩非、李斯、贾谊、枚乘、司马迁、相如、刘向、扬雄，皆足以自成一家之文，学者之所师归也。故义虽深，理虽当，词不工者不成文，宜不能传也。文理义三者兼并，乃能独立于一时，而不泯灭于后代，能必传也。仲尼曰：“言之无文，行之不远。”子贡曰：“文犹质也，质犹文也，虎豹之鞟，犹犬羊之鞟。”此之谓也。陆机曰：“怵他人之我先。”韩退之曰：“唯陈言之务去。”假令述笑哂之状曰“莞尔”，则《论语》言之矣；曰“哑哑”，则《易》言之矣；曰“粲然”，则穀梁子言之矣；曰“攸尔”，则班固言之矣；曰“辴然”，则左思言之矣。吾复言之，与前文何以异也？此造言之大归。

吾所以不协于时而学古文者，悦古人之行也。悦古人之行者，爱古人之道也。

故学其言，不可以不行其行；行其行，不可以不重其道；重其道，不可以不循其礼。古之人相接有等，轻重有仪，列于经传，皆可详引。如师之于门人则名之，于朋友则字而不名，称之于师，则虽朋友亦名之。子曰“吾与回言”，又曰“参乎，吾道一以贯之”，又曰“若由也不得其死然”，是师之名门人验也。

夫子于郑，兄事子产，于齐，兄事晏婴平仲，《传》曰“子谓子产有君子之道四焉”，又曰“晏平仲善与人交”，子夏曰

"言游过矣"，子张曰"子夏云何"，曾子曰"堂堂乎张也"，是朋友字而不名验也。子贡曰"赐也何敢望回"，又曰"师与商也孰贤"，子游曰"有澹台灭明者行不由径"，是称于师虽朋友亦名验也。孟子曰："天下之达尊三，曰德、爵、年，恶得有其一以慢其二哉。"足下之书曰"韦君词、杨君潜"，足下之德与二君未知先后也，而足下齿幼而位卑，而皆名之。《传》曰："吾见其与先生并行，非求益者，欲速成也。"窃惧足下不思，乃陷于此。韦践之与翱书，亟叙足下之善，故敢尽辞，以复足下之厚意，计必不以为犯。李翱顿首。

欧阳修

与尹师鲁书

某顿首师鲁十二兄书记。前在京师相别时，约使人如河上，既受命，便遣白头奴出城，而还言不见舟矣。其夕，又得师鲁手简，乃知留船以待，怪不如约，方悟此奴懒去而见绐。

临行，台吏催苛百端，不比催师鲁人长者有礼，使人惶迫不知所为。是以又不留下书在京师，但深托君贶因书道修意以西。始谋陆赴夷陵，以大暑又无马，乃作此行。沿汴绝淮，泛大江，凡五千里，用一百一十程，才至荆南。在路无附书处，不知君贶曾作书道修意否？及来此，问荆人，云去郢止两程，方喜得作书以奉问。又见家兄，言有人见师鲁过襄州，计今在郢久矣。师鲁欣戚不问可知，所渴欲问者，别来安否？及家人处之如何，莫苦相尤否？六郎旧疾平否？

修行虽久，然江湖皆昔所游，往往有亲旧留连，又不遇恶风水，老母用术者言，果以此行为幸。又闻夷陵有米、面、鱼，如京师，又有梨、栗、橘、柚、大笋、茶荈，皆可饮食，益相喜贺。昨日因参转运，作庭趋，始觉身是县令矣，其余皆如昔时。

师鲁简中言，疑修有自疑之意者，非他，盖惧责人太深以取直尔，今而思之，自决不复疑也。然师鲁又云暗于朋友，此似未知修心。当与高书时，盖已知其非君子，发于极愤而切责之，非以朋友待之也，其所为何足惊骇？洛中来，颇有人以罪出不测见吊者，此皆不知修心也。师鲁又云非忘亲，此又非也。得罪虽死，不为忘亲，此事须相见，可尽其说也。五六十年来，天生此辈，沉默畏慎，布在世间，相师成风。忽见吾辈作此事，下至灶间老婢，亦相惊怪，交口议之。不知此事古人日日有也，但问所言当否而已。又有深相赏叹者，此亦是不惯见事人也。可嗟世人不见如往时事久矣！往时砧斧鼎镬，皆是烹斩人之物，然士有死不失义，则趋而就之，与几席枕藉之无异。有义君子在旁，见有就死，知其当然，亦不甚叹赏也。史册所以书之者，盖特欲警后世愚懦者，使知事有当然而不得避尔，非以为奇事而诧人也。幸今世用刑至仁慈，无此物，使有而一人就之，不知作何等怪骇也。然吾辈亦自当绝口，不可及前事也。居闲僻处，日知进道而已，此事不须言，然师鲁以修有自疑之言，要知修处之如何，故略道也。

安道与余在楚州，谈祸福事甚详，安道亦以为然。俟到夷陵写去，然后得知修所以处之之心也。又常与安道言，每见前世有名人，当论事时，感激不避诛死，真若知义者，及到贬所，则戚戚怨嗟，有不堪之穷愁形于文字，其心欢戚无异庸人，虽韩文公不免此累，用此戒安道慎勿作戚戚之文。师鲁察修此语，则处之之心又可知矣。近世人因言事亦有被贬者，然或傲逸狂醉，自言我为大不为小。故师鲁相别，自言益慎职，无饮酒，此事修今亦遵此语。咽喉自出京愈矣，至今不曾饮酒，到县后勤官，以惩洛中时懒慢矣。夷陵有一路，只数日可至郢，白头奴足以往来。秋寒矣，千万保重。不宣。

曾　巩

谢杜相公书

伏念昔者，方巩之得罪罚于河滨，去其家四千里之远。南向而望，迅河大淮，埭堰湖江，天下之险，为其阻厄。而以孤独之身，抱不测之疾，茕茕路隅，无攀缘之亲、一见之旧，以为之托。又无至行，上之可以感人利势，下之可以动俗。惟先人之医药，与凡丧之所急，不知所以为赖，而旅榇之重大，惧无以归者。明公独于此时，闵闵勤勤，营救护视，亲屈车骑，临于河上。使其方先人之病，得一意于左右，而医药之有与谋。至其既孤，无外事之夺其哀，而毫发之私，无有不如其欲；莫大之丧，得以卒致而南。其为存全之恩，过越之义如此。

窃惟明公相天下之道，吟诵推说者穷万世，非如曲士汲汲一节之善。而位之极，年之高，天子不敢烦以政，岂乡间新学危苦之情、丛细之事，宜以彻于视听而蒙省察！然明公存先人之故，而所以尽于巩之德如此。盖明公虽不可起而寄天下之政，而爱育天下之人材，不忍一夫失其所之道，出于自然，推而行之，不以进退。而巩独幸遇明公于此时也。在丧之日，不敢以世俗浅意越礼进谢。丧除，又惟大恩之不可名，空言之不足陈，徘徊迄今，一书之未进。顾其惭生于心，无须臾废也。伏惟明公终赐亮察。夫明公存天下之义而无有所私，则巩之所以报于明公者，亦惟天下之义而已。誓心则然，未敢谓能也。

苏　洵

上韩枢密书

太尉执事：洵著书无他长，及言兵事，论古今形势，至自比贾谊。所献《权书》，虽古人已往成败之迹，苟深晓其义，施之于今，无所不可。昨因请见，求进末议，太尉许诺，谨撰其说。言语朴直，非有惊世绝俗之谈、甚高难行之论，太尉取其大纲，而无责其纤悉。以上陈进言大旨。

盖古者非用兵决胜之为难，而养兵不用之可畏。今夫水激之山，放之海，决之为沟塍，壅之为沼沚，是天下之人能之。委江河，注淮泗，汇为洪波，潴为太湖，万世而不溢者，自禹之后未之见也。夫兵者，聚天下不义之徒，授之以不仁之器，而教之以杀人之事。夫惟天下之未安，盗贼之未殄，然后有以施其不义之心，用其不仁之器，而试其杀人之事。当是之时，勇者无余力，智者无余谋，巧者无余技。故其不义之心变而为忠，不仁之器加之于不仁，而杀人之事施之于当杀。及夫天下既平，盗贼既殄，不义之徒聚而不散，勇者有余力则思以为乱，智者有余谋则思以为奸，巧者有余技则思以为诈，于是天下之患杂然出矣。盖虎豹终日而不杀，则跳踉大叫，以发其怒，蝮蝎终日而不螫，则噬啮草木以致其毒，其理固然，无足怪者。以上言养兵不用则思为变。昔者刘、项奋臂于草莽之间，秦、楚无赖子弟千百为辈，争起而应者不可胜数。转斗五六年，天下厌兵。项籍死，而高祖亦已老矣。方是时，分王诸侯，改定律令，与天下休息。而韩信、黥布之徒相继而起者七国，高祖死于介胄之间而莫能止也。连延及于吕氏之祸，讫孝文而后定。是何起之易而收之难也。刘、项之势，初若决河，顺流而下，诚有可喜。及其崩溃四出，放乎数百里之间，拱手而莫能救也。呜呼！不有圣人，何以善其后。太祖、太宗，躬擐甲胄，跋涉险阻，以斩刈四方之蓬蒿。用兵数十年，谋臣猛将满天下，一旦卷甲而休之，传四世而天下无变。此何术也。荆楚九江之地，不分于诸将，而韩信、黥布之徒无以启其心也。以上言刘、项之兵一动而不能休，太祖、太宗之兵能发能收。虽然，天下无变而兵久不用，则其不义之心蓄而无所发，饱食优游，求逞于良民。观其平居无事，出怨言以邀其上。一日有急，是非人得千金，不可使也。往年诏天下缮完城池，西川之事，洵实亲见。几郡县之富民，举而籍其名，得钱数百万，以为酒食馈饷之费。杵声未绝，城辄随坏，如此者数年而后定。卒事，官吏相贺，卒徒相矜，若战胜凯旋而待赏者。比来京师，游阡陌间，其曹往往偶语，无所讳忌。闻之土人，方春时，尤不忍闻。盖时五六月矣。会京师忧大水，钼耕畚筑，列于两河之壖，县官日费千万，传呼劳问之声不绝者数十里，犹且睅睅狼顾，莫肯效用。且夫内之如京师之所闻，外之如西川之所亲见，天下之势今何如也。以上言兵久不用，不义者思逞。御将者，天子之事也。御兵者，将之职也。天子者，养尊而处优，树恩而收名，与天下为喜乐者也，故其道不可以御兵。人臣执法而不求情，尽心而不求名，出死力以捍社稷，使天下之心系于一人，而己不与焉。故御兵者，人臣之事，不可以累天子也。今之所患，大臣好名而惧谤。好名则多树私恩，惧谤则执法不坚。是以天下之兵豪纵至此，而莫之或制也。顷者狄公在枢府，号为宽厚爱人，狎昵士卒，得其欢心，而太尉适承其后。彼狄公者，知御外之术，而不知治内之道。此边将材也。古者兵在外，爱将军而忘天子；在内，爱天子而忘将军。爱将军所以战，爱天子所以守。狄公以其御外之心，而施诸其内，太尉不反其道，而何以为治？或者以为兵久骄不治，一旦绳以法，恐因以生乱。昔者郭子仪去河南，李光弼实代之，将至之日，张用济斩于辕门，三军股慄。夫以临淮之悍，而代汾阳之长者，三军之士，竦然如赤子之脱慈母之怀，而立乎严师之侧，何乱之敢生？以上言将边兵贵宽，将京兵贵严。且夫天子者，天下之父母也，将相者，天下之师也。师虽严，赤子不敢以怨其父母，将相虽厉，天下不敢以咎其君，其势然也。天子者，可以生人，可以杀人，故天下望其生，及其杀之也，天下曰：是天子杀之。故天子不可以多杀。人臣奉天子之法，虽多杀，天下无所归怨，此先王所以威怀天下之术也。

伏惟太尉思天下所以长久之道，而无幸一时之名，尽至公之心，而无恤三军之多言。夫天子推深仁以结其心，太尉厉威武以振其惰。彼其思天子之深仁，则畏而不至于怨，思太尉之威武，则爱而不至于骄。君臣之体顺，而畏爱之道立，非太尉吾谁望耶？以上言天子尚仁，将帅尚威。

上欧阳内翰书

内翰执事：洵布衣穷居，尝窃自叹。以为天下之人，不能皆贤，不能皆不肖。故贤人君子之处于世，合必离，离必合。往者天子方有意于治，而范公在相府，富公为枢密副使，执事与余公、蔡公为谏官，尹公驰骋上下，用力于兵革之地。方是之时，天下之人，毛发丝粟之才，纷纷然而起，合而为一。而洵也，自度其愚鲁无用之身，不足以自奋于其间，退而养其心，幸其道之将成，而可以复见于当世之贤人君子。不幸道未成，而范公西，富公北，执事与余公、蔡公分散四出，而尹公亦失势，奔走于小官。洵时在京师，亲见其事，忽忽仰天叹息，以为斯人之去，而道虽成，不复足以为荣也。既复自思，念往者众君子之进于朝，其始也，必有善人焉推之；今也，亦必有小人焉间之。今之世无复有善人也，则已矣。如其不然也，吾何忧焉。姑养其心，使其道大有成而待之，何伤？退而处十年，虽未敢自谓其道有成矣，然浩浩乎其胸中若与曩者异。而余公适亦有成功于南方，执事与蔡公复相继登于朝，富公复自外入为宰相，其势将复合为一。喜且自贺，以为道既已粗成，而果将有以发之也。既又反而思其向之所慕望爱悦之而不得见之者，盖有六人焉，今将往见之矣。而六人者已有范公、尹公二人亡焉，则又为之潸然出涕以悲。呜呼，二人者不可复见矣！而所恃以慰此心者，犹有四人也，则又以自解。思其止于四人也，则又汲汲欲一识其面，以发其心之所欲言。而富公又为天子之宰相，远方寒士未可遽以言通于其前，而余公、蔡公远者又在万里外，独执事在朝廷间，而其位差不甚贵，可以叫呼扳援而闻之以言。而饥寒衰老之病，又痼而留之，使不克自至于执事之庭。夫以慕望爱悦其人之心，十年而不得见，而其人已死，如范公、尹公二人者，则四人者之中，非其势不可遽以言通者，何可以不能自往而遽已也？以上述愿见之诚。

　　执事之文章，天下之人莫不知之，然窃自以为洵之知之特深，愈于天下之人。何者？孟子之文，语约而意尽，不为巉刻斩绝之言，而其锋不可犯。韩子之文，如长江大河，浑浩流转，鱼鼋蛟龙，万怪惶惑，而抑遏蔽掩，不使自露，而人望见其渊然之光，苍然之色，亦自畏避，不敢迫视。执事之文，纡余委备，往复百折，而条达疏畅，无所间断。气尽语极，急言竭论，而容与闲易，无艰难劳苦之态。此三者，皆断然自为一家之文也。惟李翱之文，其味黯然而长，其光油然而幽，俯仰揖让，有执事之态。陆贽之文，遗言措意，切近的当，有执事之实。而执事之才，又自有过人者。盖执事之文，非孟子、韩子之文，而欧阳子之文也。夫乐道人之善而不为谄者，以其人诚足以当之也。彼不知者，则以为誉人以求其悦己也。夫誉人以求其悦己，洵亦不为也，而其所以道执事光明盛大之德，而不自知止者，亦欲执事之知其知我也。以上论赞欧阳公之文。

虽然，执事之名满于天下，虽不见其文，而固已知有欧阳子矣。而洵也，不幸堕在草野泥涂之中，而其知道之心，又近而粗成。欲徒手奉咫尺之书，自托于执事，将使执事何从而知之，何从而信之哉。洵少年不学，生二十五岁，始知读书，从士君子游。年既已晚，而又不遂刻意厉行，以古人自期。而视与己同列者，皆不胜己，则遂以为可矣。其后困益甚，然后取古人之文而读之，始觉其出言用意，与己大异。时复内顾自思其才，则又似夫不遂止于是而已者。由是尽烧其曩时所为文数百篇，取《论语》《孟子》《韩子》及其他圣人、贤人之文，而兀然端坐，终日以读之者七八年矣。方其始也，入其中而惶然，博观于其外，而骇然以惊。及其久也，读之益精，而其胸中豁然以明，若人之言固当然者，然犹未敢自出其言也。时既久，胸中之言日益多，不能自制，试出而书之，已而再三读之，浑浑乎觉其来之易矣。然犹未敢以为是也。近所为《洪范论》《史论》凡七篇，执事观其如何？噫嘻！区区而自言，不知者又将以为自誉以求人之知己也。惟执事思其十年之心如是之不偶然也而察之！以上自述文学本末。

苏　轼

答李廌书

轼顿首再拜。闻足下名久矣，又于相识处，往往见所作诗文，虽不多，亦足以仿佛其为人矣。寻常不通书问，怠慢之罪，犹可阔略，及足下斩然在疚，亦不能以一字奉慰，舍弟子由至，先蒙惠书，又复懒不即答，顽钝废礼，一至于此，而足下终不弃绝，递中再辱手书，待遇益隆，览之面热汗下也。足下才高识明，不应轻许与人，得非用黄鲁直、秦太虚辈语，真以为然耶？不肖为人所憎，而二子独喜见誉，如人嗜昌歜、羊枣，未易诘其所以然者，以二子为妄则不可，遂欲以移之众口，又大不可也。轼少年时，读书作文，专为应举而已。既及进士第，贪得不已，又举制策，其实何所有。而其科号为直言极谏，故每纷然诵说古今，考论是非，以应其名耳。人苦不自知，既以此得，因以为实能之，故诐诐至今，坐此得罪几死，所谓齐虏以口舌得官，真可笑也。然世人遂以轼为欲立异同，则过矣。妄论利害，搀说得失，此正制科人习气。譬之候虫时鸟，自鸣自已，何足为损益。轼每怪时人待轼过重，而足下又复称说如此，愈非其实。得罪以来，深自闭塞，扁舟草履，放浪山水间，与樵渔杂处，往往为醉人所推骂。辄自喜渐不为人识，平生亲友无一字见及，有书与之亦不答，自幸庶几免矣。足下又复创相推与，甚非所望。木有瘿，石有晕，犀有通，以取妍于人，皆物之病也。谪居无事，默自观省，回视三十年以来所为，多其病者。足下所见皆故我，非今我也。无乃闻其声不考其情，取其华而遗其实乎？抑将又有取于此也？此事非相见不能尽。自得罪后，不敢作文字。此书虽非文，然信笔书意，不觉累幅，亦不须示人。必喻此意。岁行尽，寒苦。惟万万节哀强食。不次。

苏　辙

上枢密韩太尉书

太尉执事：辙生好为文，思之至深。以为文者气之所形，然文不可以学而能，气可以养而致。孟子曰："我善养吾浩然之气。"今观其文章，宽厚宏博，充乎天地之间，称其气之小大。太史公行天下，周览四海名山大川，与燕、赵间豪俊交游，故其文疏荡，颇有奇气。此二子者，岂尝执笔学为如此之文哉？其气充乎其中而溢乎其貌，动乎其言而见乎其文，而不自知也。

辙生十有九年矣。其居家所与游者，不过其邻里乡党之人。所见不过数百里之间，无高山大野可登览以自广。百氏之书，虽无所不读，然皆古人之陈迹，不足以激发其志气。恐遂汨没，故决然舍去，求天下奇闻壮观，以知天地之广大。过秦、汉之故都，恣观终南、嵩、华之高；北顾黄河之奔流，慨然想见古之豪杰。至京师，仰观天子宫阙之壮，与仓廪、府库、城池、苑囿之富且大也，而后知天下之巨丽。见翰林欧阳公，听其议论之宏辩，观其容貌之秀伟，与其门人贤士大夫游，而后知天下之文章聚乎此也。太尉以才略冠天下，天下之所恃以无忧，四夷之所惮以不敢发。入则周公、召公，出则方叔、召虎。而辙也未之见焉。

且夫人之学也，不志其大，虽多而何为？辙之来也，于山见终南、嵩、华之高，于水见黄河之大且深，于人见欧阳公，而犹以为未见太尉也。故愿得观贤人之光耀，闻一言以自壮，然后可以尽天下之大观而无憾者矣。

辙年少，未能通习吏事。向之来，非有取于斗升之禄，偶然得之，非其所乐。然幸得赐归待选，使得优游数年之间，将以益治其文，且学为政。太尉苟以为可教而辱教之，又幸矣！

王安石

答韶州张殿丞书

某启：伏蒙再赐书，示及先君韶州之政，为吏民称颂，至今不绝，伤今之士大夫不尽知，又恐史官不能记载，以次前世良吏之后。此皆不肖之孤，言行不足信于天下，不能推扬先人之功绪余烈，使人人得闻知之，所以夙夜愁痛、疚心疾首而不敢息者以此也。先人之存，某尚少，不得备闻为政之迹。然尝侍左右，尚能记诵教诲之余。盖先君所存，尝欲大润泽于天下，一物枯槁以为身羞。大者既不得试，已试乃其小者耳，小者又将泯没而无传，则不肖之孤，罪大衅厚矣，尚何以自立于天地之间耶？阁下勤勤恻恻，以不传为念，非夫仁人君子乐道人之善，安能以及此？自三代之时，国各有史，而当时之史，多世其家，往往以身死职，不负其意。盖其所传，皆可考据。后既无诸侯之史，而近世非尊爵盛位，虽雄奇俊烈，道德满衍，不幸不为朝廷所称，辄不得见于史。而执笔者又杂出一时之贵人，观其在廷论议之时，人人得讲其然不，尚或以忠为邪，以异为同，诛当前而不栗，讪在后而不羞，苟以餍其忿好之心而止耳。而况阴挟翰墨，以裁前人之善恶，疑可以贷褒，似可以附毁，往者不能讼当否，生者不得论曲直，赏罚谤誉，又不施其间。以彼其私，独安能无欺于冥昧之间邪？善既不尽传，而传者又不可尽信如此。唯能言之君子，有大公至正之道，名实足以信后世者，耳目所遇，一以言载之，则遂以不朽于无穷耳。伏惟阁下，于先人非有一日之雅，余论所及，无党私之嫌，苟以发潜德为己事，务推所闻，告世之能言而足信者，使得论次以传焉，则先君之不得列于史官，岂有恨哉？

答司马谏议书

某启：昨日蒙教，窃以为与君实游处相好之日久，而议事每不合，所操之术多异故也。虽欲强聒，终必不蒙见察，故略上报，不复一一自辨。重念蒙君实视遇厚，于反复不宜卤莽，故今具道所以，冀君实或见恕也。

盖儒者所争，尤在于名实。名实已明，而天下之理得矣。今君实所以见教者，以为侵官、生事、征利、拒谏，以致天下怨谤也。某则以谓受命于人主，议法度而修之于朝廷，以授之于有司，不为侵官；举先王之政，以兴利除弊，不为生事；为天下理财，不为征利；辟邪说，难壬人，不为拒谏。至于怨诽之多，则固前知其如此也。

人习于苟且非一日，士大夫多以不恤国事，同俗自媚于众为善。上乃欲变此，而某不量敌之众寡，欲出力助上以抗之，则众何为而不汹汹然？盘庚之迁，胥怨者民也，非特朝廷士大夫而已。盘庚不为怨者故改其度，度义而后动，是而不见可悔故也。如君实责我以在位久，未能助上大有为，以膏泽斯民，则某知罪矣。如曰今日当一切不事事，守前所为而已，则非某之所敢知。无由会晤，不任区区向往之至。

善化黄维申襄校

卷十六　哀祭之属

书

金滕册祝之辞

惟尔元孙某，遘厉虐疾。若尔三王，是有丕子之责于天，以旦代某之身。予仁若考能，多材多艺，能事鬼神。乃元孙不若旦多材多艺，不能事鬼神。乃命于帝庭，敷佑四方，用能定尔子孙于下地。四方之民罔不祗畏。呜呼！无坠天之降宝命，我先王亦永有依归。今我即命于元龟，尔之许我，我其以璧与珪归俟尔命；尔不许我，我乃屏璧与珪。

诗

黄鸟

交交黄鸟，止于棘。谁从穆公？子车奄息。维此奄息，百夫之特。临其穴，惴惴其栗。彼苍者天，歼我良人！如可赎兮，人百其身！

交交黄鸟，止于桑。谁从穆公？子车仲行。维此仲行，百夫之防。临其穴，惴惴其栗。彼苍者天，歼我良人！如可赎兮，人百其身！

交交黄鸟，止于楚。谁从穆公？子车针虎。维此针虎，百夫之御。临其穴，惴惴其栗。彼苍者天，歼我良人！如可赎兮，人百其身！

春　秋

卫太子蒯聩祷神之辞

曾孙蒯聩敢昭告皇祖文王、烈祖康叔、文祖襄公：郑胜乱从，晋午在难，不能治乱，使鞅讨之。蒯聩不敢自佚，备持矛焉。敢告无绝筋，无折骨，无面伤，以集大事，无作三祖羞。大命不敢请，佩玉不敢爱。

宋　玉

招魂

朕幼清以廉洁兮，身服义而未沫。主此盛德兮，牵于俗而芜秽。上无所考此盛德兮，长离殃而愁苦。帝告巫阳曰："有人在下，我欲辅之。魂魄离散，汝筮予之。"巫阳对曰："掌梦。上帝其命难从。""若必筮予之，恐后之谢，不能复用巫阳焉。"以上不必筮问，而直招之。乃下招曰：

魂兮归来！去君之恒干，何为兮四方些？舍君之乐处，而离彼不祥些。魂兮归来，东方不可以托些。长人千仞，惟魂是索些。十日代出，流金铄石些。彼皆习之，魂往必释些。归来归来，不可以托些。魂兮归来，南方不可以止些。雕题黑齿，得人肉而祀，以其骨为醢些。蝮蛇蓁蓁，封狐千里些。雄虺九首，往来倏忽，吞人以益其心些。归来归来，不可久淫些。魂兮归来，西方之害，流沙千里些。旋入雷渊，靡散而不可止些。幸而得脱，其外旷宇些。赤蚁若象，玄蜂若壶些。五谷不生，丛菅是食些。其土烂人，求水无所得些。彷徉无所倚，广大无所极些。归来归来！恐自遗贼些。魂兮归来！北方不可以止些。增冰峨峨，飞雪千里些。归来归来，不可以久些。魂兮归来，君无上天些。虎豹九关，啄害下人些。一夫九首，拔木九千些。豺狼从目，往来侁侁些。悬人以嬉，投之深渊些。致命于帝，然后得瞑些。归来归来，往恐危身些。魂兮归来，君无下此幽都些。土伯九约，其角觺觺些。敦脄血拇，逐人駓駓些。参目虎首，其身若牛些。此皆甘人，归来归来，恐自遗灾些。以上四方上下，皆不可往。

魂兮归来，入修门些。工祝招君，背行先些。秦篝齐缕，郑绵络些。招具该备，永啸呼些。魂兮归来，反故居些。天地四方，多贼奸些。像设君室，静闲安些。高堂邃宇，槛层轩些。层台累榭，临高山些。网户朱缀，刻方连些。冬有突夏，夏室寒些。川谷径复，流潺湲些。光风转蕙，泛崇兰些。经堂入奥，朱尘筵些。砥室翠翘，絓曲琼些。翡翠珠被，烂齐光些。蒻阿拂壁，罗帱张些。纂组绮缟，结琦璜些。以上宫室。

室中之观，多珍怪些。兰膏明烛，华容备些。二八侍宿，射递代些。九侯淑女，多迅众些。盛鬋不同制，实满宫些。容态好比，顺弥代些。弱颜固植，謇其有意些。姱容修态，絙洞房些。蛾眉曼睩，目腾光些。靡颜腻理，遗视矊些。离榭修幕，侍君之间些。翡帷翠帐，饰高堂些。红壁沙版，玄玉梁些。仰观刻桷，画龙蛇些。坐堂伏槛，临曲池些。芙蓉始发，杂芰荷些。紫茎屏风，文缘波些。文异豹饰，侍陂陁些。轩辌既低，步骑罗些。兰薄户树，琼木篱些。魂兮归来，何远为些。以上女色。

室家遂宗，食多方些。稻粢穱麦，挐黄粱些。大苦咸酸，辛甘行些。肥牛之腱，臑若芳些。和酸若苦，陈吴羹些。胹鳖炮羔，有柘浆些。鹄酸臇凫，煎鸿鸧些。露鸡臛蠵，厉而不爽些。粔籹蜜饵，有饧餭些。瑶浆蜜勺，实羽觞些。挫糟冻饮，酎清凉些。华酌既陈，有琼浆些。以上饮食。

归来归来反故室，敬而无妨些。肴羞未通，女乐罗些。陈钟按鼓，造新歌些。《涉江》《采菱》，发《扬荷》些。美人既醉，朱颜酡些。娭光眇视，目曾波些。被文服纤，丽而不奇些。长发曼鬋，艳陆离些。二八齐容，起郑舞些。衽若交竿，抚案下些。竽瑟狂会，搷鸣鼓些。宫庭震惊，发《激楚》些。吴歈蔡讴，奏大吕些。以上乐舞。士女杂坐，乱而不分些。放陈组缨，班其相纷些。郑卫妖玩，来杂陈些。《激楚》之结，独秀先些。菎蔽象棋，有六簙些。分曹并进，遒相迫些。成枭而牟，呼五白些。晋制犀比，费白日些。铿钟摇簴，揳梓瑟些。娱酒不废，沈日夜些。兰膏明烛，华镫错些。结撰至思，兰芳假些。人有所极，同心赋些。酌饮尽欢，乐先故些。魂兮归来，反故居些。以上杂戏。

乱曰：献岁发春兮，汨吾南征。菉蘋齐叶兮，白芷生。路贯庐江兮，左长薄。倚沼畦瀛兮，遥望博。青骊结驷兮，齐千乘。悬火延起兮，玄颜烝。步及骤处兮，诱骋先。抑骛若通兮，引车右还。与王趋梦兮，课后先。君王亲发兮，惮青兕。朱明承夜兮，时不可淹。皋兰被径兮，斯路渐。湛湛江水兮，上有枫。目极千里兮，伤春心。魂兮归来，哀江南。

景　差

大招

青春受谢，白日昭只。春气奋发，万物遽只。冥凌浃行，魂无逃只。魂魄归来！无远遥只。魂乎归来！无东无西，无南无北只。东有大海，溺水浟浟只。螭龙并流，上下悠悠只。雾雨淫淫，白皓胶只。魂乎无东！汤谷寂寥只。魂乎无南！南有炎火千里，蝮蛇蜒只。山林险隘，虎豹蜿只。鰅鳙短狐，王虺骞只。魂乎无南！蜮伤躬只。魂乎无西！西方流沙，漭洋洋只。豕首纵目，被发鬤只。长爪踞牙，诶笑狂只。魂乎无西！多害伤只。魂乎无北！北有寒山，逴龙赪只。代水不可涉，深不可测只。天白颢颢，寒凝凝只。魂乎无往！盈北极只。以上言东南西北之不可往。

魂魄归来！间以静只。自恣荆楚，安以定只。逞志究欲，心意安只。穷身永乐，年寿延只。魂乎归来！乐不可言只。五谷六仞，设菰粱只。鼎臑盈望，和致芳只。内鸧鸽鹄，味豺羹只。魂乎归来！恣所尝只。鲜蠵甘鸡，和楚酪只。醢豚苦狗，脍苴莼只。吴酸蒿蒌，不沾薄只。魂乎归来！恣所择只。炙鸹烝凫，煔鹑陈只。煎鰿臛雀，遽爽存只。魂乎归来！丽以先只。四酎并熟，不涩嗌只。清馨冻饮，不歠役只。吴醴白蘖，和楚沥只。魂乎归来！不遽惕只。以上饮食。

代、秦、郑、卫，鸣竽张只。伏戏《驾辩》，楚《劳商》只。讴和《扬阿》，赵箫倡只。魂乎归来！定《空桑》只。二八接武，投诗赋只。叩钟调磬，娱人乱只。四上竞气，极声变只。

魂乎归来！听歌谑只。朱唇皓齿，嫭以姱只。比德好闲，习以都只。丰肉微骨，调以娱只。魂乎归来！安以舒只。以上歌舞。

嫣目宜笑，娥眉曼只。容则秀雅，稚朱颜只。魂乎归来！静以安只。姱修滂浩，丽以佳只。曾颊倚耳，曲眉规只。滂心绰态，姣丽施只。小腰秀颈，若鲜卑只。魂乎归来！思怨移只。易中和心，以动作只。粉白黛黑，施芳泽只。长袂拂面，善留客只。魂乎归来！以娱昔只。青色直眉，美目媔只。靥辅奇牙，宜笑嫣只。丰肉微骨，体便娟只。魂乎归来！恣所便只。以上美色。

夏屋广大，沙堂秀只。南房小坛，观绝霤只。曲屋步櫩，宜扰畜只。腾驾步游，猎春囿只。琼毂错衡，英华假只。菎兰桂树，郁弥路只。魂乎归来！恣志虑只。孔雀盈园，畜鸾皇只。鹓鸿群晨，杂鹜鸽只。鸿鹄代游，曼鹔鸐只。魂乎归来！凤凰翔只。以上园囿、禽兽。

曼泽怡面，血气盛只。永宜厥身，保寿命只。室家盈庭，爵禄盛只。魂乎归来！居室定只。接径千里，出若云只。三圭重侯，听类神只。察笃夭隐，孤寡存只。魂乎归来！正始昆只。以上家庭福禄。

田邑千畛，人阜昌只。美冒众流，德泽章只。先威后文，善美明只。魂乎归来！赏罚当只。名声若日，照四海只。德誉配天，万民理只。北至幽陵，南交趾只。西薄羊肠，东穷海只。魂乎归来！尚贤士只。发政献行，禁苛暴只。举杰压陛，诛讥罢只。直赢在位，近禹麾只。豪杰执政，流泽施只。魂乎来归，国家为只。雄雄赫赫，天德明只。三公穆穆，登降堂只。诸侯毕极，立九卿只。昭质既设，大侯张只。执弓挟矢，揖辞让只。魂乎来归！尚三王只。以上德政威名。

贾　谊

吊屈原赋

共承嘉惠兮，俟罪长沙；侧闻屈原兮，自沈汨罗。造托湘流兮，敬吊先生；遭世罔极兮，乃陨厥身。呜呼哀哉！逢时不祥。鸾凤伏窜兮，鸱枭翱翔。阘茸尊显兮，谗谀得志；贤圣逆曳兮，方正倒植。世谓伯夷贪兮，谓盗跖廉；莫邪为顿兮，铅刀为铦。于嗟嘿嘿兮，生之无故；斡弃周鼎兮，宝康瓠。腾驾罢牛兮，骖蹇驴；骥垂两耳兮，服盐车。章甫荐屦兮，渐不可久；嗟苦先生兮，独离此咎。

讯曰：已矣！国其莫我知，独堙郁兮，其谁语？凤漂漂其高逝兮，夫固自缩而远去。袭九渊之神龙兮，沕深潜以自珍；弥融爚以隐处兮，夫岂从蚁与蛭螾？所贵圣人之神德兮，远浊世而自藏；使骐骥可得系羁兮，岂云异夫犬羊？般纷纷其离此尤兮，亦夫子之辜也。瞵九州而相君兮，何必怀此都也？凤凰翔于千仞之上兮，览德辉而下之；见细德之险微兮，摇增翮逝而去之。彼寻常之污渎兮，岂能容吞舟之鱼？横江湖之鱣鲸兮，固将制于蚁蝼。

汉武帝

悼李夫人赋

美连娟以修嫮兮，命樔绝而不长，饰新官以延贮兮，泯不归乎故乡。惨郁郁其芜秽兮，隐处幽而怀伤，释舆马于山椒兮，奄修夜之不阳。秋气憯以凄泪兮，桂枝落而销亡，神茕茕以遥思兮，精浮游而出畺。托沈阴以圹久兮，惜蕃华之未央，念穷极之不还兮，惟幼眇之相羊。函菱葀以俟风兮，芳杂袭以弥章，的容与以猗靡兮，缥飘姚乎愈庄。燕淫衍而抚楹兮，连流视而娥扬，既激感而心逐兮，包红颜而弗明。欢接狎以离别兮，宵寤梦之芒芒，忽迁化而不反兮，魄放逸以飞扬。何灵魂之纷纷兮，哀裴回以踌躇，执路日以远兮，遂荒忽而辞去。超兮西征，屑兮不见。浸淫敞荒，寂兮无音，思若流波，怛兮在心。

乱曰：佳侠函光，陨朱荣兮，嫉妒阘茸，将安程兮！方时隆盛，年夭伤兮，弟子增欷，洿沐怅兮。悲愁于邑，喧不可止兮。向不虚应，亦云已兮，嫶妍太息，叹稚子兮，悯栗不言，倚所恃兮。仁者不誓，岂约亲兮？既往不来，申以信兮。去彼昭昭，就冥冥兮，既下新宫，不复故庭兮。呜呼哀哉，想魂灵兮！

司马相如

哀二世赋

登陂陁之长阪兮，坌入曾宫之嵯峨。临曲江之隑州兮，望南山之参差。岩岩深山之窔窔兮，通谷豁乎谽谺。汩淢噏习以永逝兮，注平皋之广衍。观众树之蓊薆兮，览竹林之榛榛。东驰土山兮，北揭石濑。弭节容与兮，历吊二世。持身不谨兮，亡国失执；信谗不寤兮，宗庙灭绝。呜呼哀哉！操行之不得兮，墓芜秽而不修兮，魂亡归而不食。敻邈绝而不齐兮，弥久远而愈休。精罔阆而飞扬兮，拾九天而永逝。呜呼哀哉！

匡　衡

祷高祖孝文武庙文

嗣曾孙皇帝恭承洪业，夙夜不敢康宁，思育休烈，以章祖宗之盛功。故动作接神，必因古圣之经。往者有司以为前因所幸而立庙，将以系海内之心，非为尊祖严亲也。今赖宗庙之灵，六合之内莫不附亲，庙宜一居京师，天子亲奉，郡国庙可止毋修。皇帝祗肃旧礼，尊重神明，即告于祖宗而不敢失。今皇上有疾不豫，乃梦祖宗见戒以庙，楚王梦亦有其序。皇帝悼惧。即诏臣衡复修立。谨案上世帝王承祖祢之大义，皆不敢不自亲。郡国吏卑贱，不可使独承。又祭祀之义以民为本，间者岁数不登，百姓困乏，郡国庙无以修立。《礼》，凶年则岁事不举，以祖祢之意为不乐，是以不敢复。如诚非礼义之中，违祖宗之心，咎尽在臣衡，当受其殃，大被其疾，队在沟渎之中。皇帝至孝肃慎，宜蒙祐福。唯高皇帝、孝文皇帝、孝武皇帝省察，右飨皇帝之孝，开赐皇帝眉寿亡疆，令所疾日瘳，平复反常，永保宗庙，天下幸甚！

告谢毁庙文

往者大臣以为，在昔帝王承祖宗之休典，取象于天地，天序五行，人亲五属，天子奉天，故率其意而尊其制。是以禘尝之序，靡有过五。受命之君躬接于天，万世不堕。继烈以下，五庙而迁，上陈太祖，间岁而袷，其道应天，故福禄永终。太上皇非受命而属尽，义则当迁。又以为孝莫大于严父，故父之所尊子不敢不承，父之所异子不敢同。礼，公子不得为母信，为后则于子祭，于孙止，尊祖严父之义也。寝日四上食，园庙间祀，皆可亡修。皇帝思慕悼惧，未敢尽从。惟念高皇帝圣德茂盛，受命溥将，钦若稽古，承顺天心，子孙本支，陈锡无疆。诚以为迁庙合祭，久长之策，高皇帝之意，乃敢不听？即以今日迁太上、孝惠庙，孝文太后、孝昭太后寝，将以昭祖宗之德，顺天人之序，定亡穷之业。今皇帝未受兹福，乃有不能共职之疾。皇帝愿复修立承祀，臣衡等咸以为礼不得。如不合高皇帝、孝惠皇帝、孝文皇帝、孝武皇帝、孝昭皇帝、孝宣皇帝、太上皇、孝文太后、孝昭太后之意，罪尽在臣衡等，当受其咎。今皇帝尚未平，诏中朝臣具复毁庙之文。臣衡中朝臣咸复以为天子之祀，义有所断，礼有所承，违统背制，不可以奉先祖，皇天不祐，鬼神不飨。《六艺》所载皆言不当，无所依缘以作其文。事如失指，罪乃在臣衡，当深受其殃。皇帝宜厚蒙祉福，嘉气日兴，疾病平复，永保宗庙，与天亡极，群生百神，有所归息。

张　衡

大司农鲍德诔

昔君烈祖，平显奕世。敬叔生牙，美管交赖。至于中叶，种德以迈。种德伊何？去虚适参。建旐屯留，其茂如林。降及我君，总角有声。遗蒙万谷，宠禄斯丁。守约勤学，克劳其形。浚哲之资，日就月成。业业学徒，童蒙求我。舍厥往著，去风即雅。济济京河，实为西鲁。昔我南都，惟帝旧乡。同于郡国，殊于表章。命亲如公，弁冕鸣璜。若惟允之，实耀其光。导以仁惠，教以义方。习射矍相，飨老虞庠。羌髳作虐，艰我西邻。君斯整旅，耀武月频。蠢蠢戎虏，是慑是震。知德者鲜，惟君克举。既厌帝心，将处台辅。命有不永，时不我与。天实为之，孰其能御。股肱或毁，何痛如之！国丧遗爱，如何无思。

蔡　邕

拟迁都告庙文

嗣曾孙皇帝某，敢昭告于皇祖高皇帝，各以后配。昔受命京师都于长安，享国十有一世，历年二百一十载。遭王莽之乱，宗庙堕坏。世祖复帝祚，迁都洛阳，以服中土，享国一十一世，历年一百六十五载。予末小子，遭家不造，早统洪业，奉嗣无疆。关东吏民，敢行称乱，总连州县，拥兵聚众，以图叛逆。震惊王师，命将征服。股肱大臣，推皇天之命，以已行之事，迁都旧京。昔周德缺而斯干作，应运变通，自古有之。于是乃以二月丁亥，来自雒。越三日乙巳，至于长安。饬躬不慎，寝疾旬日，赖祖宗之灵，以获有瘳。吉旦斋宿，敢用洁牲一元大武，柔毛刚鬣，商祭明视，芗合嘉蔬香萁，咸醝丰本，明粢醴酒，用告迁来。尚飨！

汉昭烈帝

成都即位告天文

惟建安二十六年四月丙午，皇帝备敢用元牡，昭告皇天上帝后土神祇：汉有天下，历数无疆。曩者王莽篡盗，光武皇帝震怒致诛，社稷复存。今曹操阻兵安忍，戮杀主后，滔天泯夏，罔顾天显。操子丕，载其凶逆，窃居神器。群臣将士以为社稷堕废，备宜修之，嗣武二祖，龚行天罚。备惟否德，惧忝帝位。询于庶民，外及蛮夷君长，金曰"天命不可以不答，祖业不可以久替，四海不可以无主"。率土式望，在备一人。备畏天明命，又惧汉邦将湮于地，谨择元日，与百寮登坛，受皇帝玺绶。修燔瘗，告类于天神，惟神飨祚于汉家，永绥四海！

曹 植

王仲宣诔

建安二十二年，正月二十四日戊申，魏故侍中关内侯王君卒。呜呼哀哉！皇穹神察，哲人是恃，如何灵祇，歼我吉士？谁谓不痛，早世即冥；谁谓不伤，华繁中零。存亡分流，夭遂同期，朝闻夕没，先民所思。何用诔德？表之素旗；何以赠终？哀以送之。遂作诔曰：

狒狄侍中，远祖弥芳。公高建业，佐武伐商。爵同齐、鲁，邦祀绝亡。流裔毕万，勋绩惟光。晋献赐封，于魏之疆。天开之祚，末胄称王。厥姓斯氏，条分叶散，世滋芳烈，扬声秦、汉。会遭阳九，炎光中矇。世祖拨乱，爰建时雍。三台树位，履道是钟，宠爵之加，匪惠惟恭。自君二祖，为光为龙。金曰休哉！宜翼汉邦，或统太尉，或掌司空。百揆惟叙，五典克从，天静人和，皇教遐通。伊君显考，奕叶佐时。入管机密，朝政以治；出临朔岱，庶绩咸熙。以上粲之先世。

君以淑懿，继此洪基。既有令德，材技广宣，强记洽闻，幽赞微言。文若春华，思若涌泉，发言可咏，下笔成篇。何道不洽？何艺不闲？棋局逞巧，博弈惟贤。皇家不造，京室陨颠，宰臣专制，帝用西迁。君乃羁旅，离此阻艰，翕然凤举，远窜荆蛮。身穷志达，居鄙行鲜，振冠南岳，濯缨清川，潜处蓬室，不干势权。以上粲之身世。

我公奋钺，耀威南楚，荆人或违，陈戎讲武。君乃义发，算我师旅，高尚霸功，投身帝宇。斯言既发，谋夫是与。是与伊何？飨我明德，投戈编部，稽颡汉北。我公实嘉，表扬京国，金龟紫绶，以彰勋则。勋则伊何？劳谦靡已，忧世忘家，殊略卓峙。乃署祭酒，与军行止，算无遗策，画无失理。

我王建国，百司俊乂。君以显举，秉机省闼。戴蝉珥貂，朱衣皓带，入侍帷幄，出拥华盖，荣曜当世，芳风晻蔼。以上粲见用于魏。嗟彼东夷，凭江阻湖，骚扰边境，劳我师徒。光光戎路，霆骇风徂。君侍华毂，辉辉王途。思荣怀附，望彼来威。如何不济，运极命衰，寝疾弥留，吉往凶归。呜呼哀哉！翩翩孤嗣，号痛崩摧。发轸北魏，远迄南淮，经历山河，泣涕如颓。哀风兴感，行云徘徊，游鱼失浪，归鸟忘栖。以上粲从征吴而亡。呜呼哀哉！

吾与夫子，义贯丹青，好和琴瑟，分过友生。庶几遐年，携手同征。如何奄忽，弃我夙零。感昔宴会，志各高厉。予戏夫子，金石难弊；人命靡常，吉凶异制。此欢之人，孰先陨越？何寤夫子，果乃先逝。又论生死，存亡数度。子犹怀疑，求之明据。倘独有灵，游魂泰素，我将假翼，飘飖高举，超登景云，要子天路。以上子建与粲交谊。

丧枢既臻，将反魏京，灵辒回轨，白骥悲鸣。虚廓无见，藏景蔽形。孰云仲宣，不闻其声。延首叹息，雨泣交颈。呼乎夫子，永安幽冥。人谁不没，达士徇名。生荣死哀，亦孔之荣。呜呼哀哉！

潘　岳

世祖武皇帝诔

粤若稽古，帝皇诞受休命，作我晋室。赫赫文皇，配命并日。大行龙飞，创制改物。沈恩汪濊，流泽洋溢。上齐七政，下绥万邦。四门穆穆，五典克从。惟清缉熙，于变时雍。爰尽事亲，教加百姓。于丧过哀，在祭余敬。后蚕冕服，躬籍粢盛。六代毕奏，九功咸咏。行敦醇朴，思贯玄纱。莅政端位，临朝光曜。胄子入学，辟雍宗礼。国老恂恂，贵游济济。莫孝匪子，莫悌匪弟。化自外明，训法以礼。以上德政。犷彼吴楚，称乱三代，世历五伪，年几百载。边垂虏刘，王化阻阂。羽檄星驰，钲鼓日戒。帝御群帅，奉辞奋旅。腹心庭争，爪牙疑沮。天监独照，圣策乃举。朝服济江，止戈曜武。野无交兵，役不淹月。僭号归命，稽颡晋阙。邪界蛮流，傍纳百越。表闾旌善，德音爰发。以上平吴。虞人献箴，《周书》垂诰。酒惧其彝，兽戒其冒。于我大行，从心所好。动不逾矩，性与道奥。厌厌酖饮，乐不辨颜。桓桓振旅，田无游盘。我德如风，民应如兰。靡不夙夜，无敢宴安。务农望岁，时或不稔。小心翼翼，恤民以甚。御坐不怡，撤膳赈廪。西流垂精，南金抑施。永言孝思，天经地义。问谁赞事，英彦髦士。问谁翼侍，博物君子。潜明神鉴，从众屈己。道济群生，为而不恃。先天弗违，后天降时。万物熙熙，怀而慕思。颙颙搢绅，不谋同辞。岩岩岱宗，想望翠旗。恭惟大行，功成不居。议寝封禅，心栖冲虚。策告不足，太平有余。七十二君，方之蔑如。以上虚己恭让。思乐天德，等寿嵩华。如何寝疾，背世登遐。迁幸梓宫，孤我邦家。龟筮既袭，吉日惟良。永指太极，宁神峻阳。群后擗踊，长诀辒辌。望灵斯顾，岂伊不伤？家无远迩，邦靡小大。四海供职，同轨毕会。茫茫原野，亭亭素盖。缟辂解驾，白虎弭旆。龙辒即定，元闼载扃。如天斯崩，如地斯倾。哀哀庶寮，茕茕自愍。彼苍者天，胡宁斯忍！圣君不返，我独旋轸。以上述哀。

杨荆州诔

维咸宁元年夏四月乙丑，晋故折冲将军、荆州刺史、东武戴侯、荥阳杨使君薨。呜呼哀哉！夫天子建国，诸侯立家，选贤与能，政是以和。周赖尚父，殷凭太阿。矫矫杨侯，晋之爪牙。忠节克明，茂绩惟嘉。将宏王略，肃清荒遐。降年不永，玄首未华，衔恨没世，命也奈何？呜呼哀哉！自古在昔，有生必死；身没名垂，先哲所巂。行以号彰，德以述美，敢托旒旗，爰作斯诔。其辞曰：

邈矣远祖，系自有周，昭穆繁昌，支庶分流。族始伯乔，氏出杨侯。奕世丕显，允迪大猷。天厌汉德，龙战未分，伊君祖考，方事之殷。鸟则择木，臣亦简君，投心魏朝，策名委身。奋跃渊涂，跨腾风云，或统骁骑，或据领军。以上先世。

笃生戴侯，茂德继期，纂戎洪绪，克构堂基。弱冠味道，无竞惟时。孝实蒸蒸，友亦怡怡。多才丰艺，强记洽闻，目睇毫末，心算无垠。草隶兼善，尺牍必珍。足不辍行，手不释文。翰动若飞，纸落如云。以上才德。学优则仕，乃从王政。散璞发辉，临轵作令。化行邑里，惠洽百姓。越登司官，肃我朝命。惟此大理，国之宪章。君莅其任，视民如伤，庶狱明慎，刑辟端详，听参皋、吕，称侔于、张。改授农政，于彼野王，仓盈庾亿，国富兵强。

　　煌煌文后，鸿渐晋室；君以兼资，参戎作弼。用锡土宇，膺兹显秩，青社白茅，亦朱其绂。魏氏顺天，圣皇受终；烈烈杨侯，实统禁戎。司管阊阖，清我帝宫，苟慝不作，穆如和风。谓督勋劳，班命弥崇。

　　茫茫海岱，玄化未周，滔滔江汉，疆场分流。秉文兼武，时惟杨侯：既守东莞，乃牧荆州，折冲万里，对扬王休。闻善若惊，疾恶如仇。示威示德，以伐以柔。**以上历官封爵。** 吴夷凶侈，伪师畏逼，将乘仇衅，席卷南极。继襄粮尽，神谋不忒。君子之过，引曲推直。如彼日月，有时则食，负执其咎，功让其力。亦既旋旆，为法受黜，退守丘茔，杜门不出。游目典坟，纵心儒术。祁祁搢绅，升堂入室，靡事不咨，无疑不质。位贬道行，身穷志逸。弗虑弗图，乃寝乃疾，昊天不吊，景命其卒。**以上伐吴无功，贬退而卒。** 鸣呼哀哉！

　　子囊佐楚，遗言城郢；史鱼谏卫，以尸显政。伊君临终，不忘忠敬：寝伏床蓐，念在朝廷，朝达厥辞，夕殒其命。圣王嗟悼，宠赠衾襚，诔德策勋，考终定谥。群辟恸怀，邦族挥泪，孤嗣在疚，寮属含悴，赴者同哀，路人增欷。鸣呼哀哉！

　　余以顽蔽，覆露重阴。仰追先考，执友之心；俯感知己，识达之深。承讳忉怛，涕泪沾襟。岂忘载奔？忧病是沈。在疾不省，于亡不临。举声增恸，哀有余音。鸣呼哀哉！**以上述哀。**

杨仲武诔

　　杨经，字仲武，荥阳宛陵人也。中领军肃侯之曾孙，荆州刺史戴侯之孙，东武康侯之子也。八岁丧父。其母郑氏，光禄勋密陵成侯之元女。操行甚高，恤养幼孤，以保乂夫家，而免诸艰难。戴侯、康侯，多所论著。又善草隶之艺。子以妙年之秀，固能综览义旨而轨式模范矣。虽舅氏隆盛，而孤贫守约，心安陋巷，体服菲薄，余甚奇之。若乃清才隽茂，盛德日新，吾见其进，未见其已也。既藉三叶世亲之恩，而子之姑，余之伉俪焉。往岁卒于德宫里，丧服周次，绸缪累月。苟人必有心，此亦款诚之至也。不幸短命，春秋二十九，元康九年，夏五月己亥，卒。呜呼哀哉！乃作诔曰：

伊子之先，奕叶熙隆，惟祖惟曾，载扬休风。显考康侯，无禄早终，名器虽光，勋业未融。以上先世。笃生吾子，诞茂淑姿，克岐克嶷，知章知微。钩深探赜，味道研几，匪直也人，邦家之辉。子之遘闵，曾未龀髫，如彼危根，当此冲飙。德之休明，靡幽不乔，弱冠流芳，俊声清劭。尔舅惟荣，尔宗惟瘁。幼秉殊操，违丰安匮，撰录先训，俾无陨坠。旧文新艺，罔不毕肄。以上幼慧安贫。潘杨之穆，有自来矣。矧乃今日，慎终如始，尔休尔戚，如实在己。视予犹父，不得犹子。敬亦既笃，爱亦既深，虽殊其年，实同厥心。日昃景西，望子朝阴，如何短折，背世湮沈。以上潘杨亲谊。呜呼哀哉！

寝疾弥留，守兹孝友，临命忘身，顾恋慈母。哀哀慈母，痛心疾首，嗷嗷同生，凄凄诸舅。春兰擢茎，方茂其华，荆宝挺璞，将剖于和。含芳委耀，毁璧摧柯。呜呼仲武，痛哉奈何！德宫之艰，同次外寝，惟我与尔，对筵接枕。自时迄今，曾未盈稔，姑侄继陨，何痛斯甚？呜呼哀哉！

披帙散书，屡睹遗文，有造有写，或草或真。执玩周复，想见其人，纸劳于手，涕沾于巾。龟筮既袭，埏隧既

开，痛矣杨子，与世长乖！朝济洛川，夕次山隈，归鸟颉
颃，行云徘徊。临穴永诀，抚榇尽哀，遗形莫绍，增恸余
怀，魂兮往矣，梁木实摧。呜呼哀哉！以上述哀。

夏侯常侍诔

夏侯湛，字孝若，谯人也。少知名。弱冠辟太尉府，掾贤良
方正，征为太子舍人、尚书郎、野王令、中书郎、南阳相。家艰
乞还。顷之，选为太子仆。未就命而世祖崩。天子以为散骑常
侍，从班列也。春秋四十有九，元康元年夏五月壬辰，寝疾，卒
于延喜里第。呜呼哀哉！乃作诔曰：

禹锡玄珪，实曰文命，克明克圣，光启夏政。其在于
汉，迈勋惟婴。思弘儒业，小大双名。显祖曜德，牧兖及
荆。父守淮、岱，治亦有声。英英夫子，灼灼其俊，飞辩摛
藻，华繁玉振。如彼随和，发彩流润；如彼锦绩，列素点
绚。以上叙湛先世少时。人见其表，莫测其里，徒谓吾生，
文胜则史。心照神交，唯我与子，且历少长，逮观终始。子
之承亲，孝齐闵参；子之友悌，和如瑟琴。事君直道，与朋
信心，虽实唱高，犹赏尔音。

弱冠厉翼，羽仪初升，公弓既招，皇舆乃征。内赞两
宫，外宰黎蒸，忠节允著，清风载兴。决彼乐都，宠子惟
王，设官建辅，妙简邦良，用取喉舌，相尔南阳，惠训不
倦，视民如伤。以上湛之懿行历官。乃眷北顾，辞禄延喜；
余亦偃息，无事明时。畴昔之游，二纪于兹，班白携手，何
欢如之！居吾语汝：众实胜寡，人恶隽异，俗疵文雅，执戟
疲扬，长沙投贾，无谓尔高，耻居物下。子乃洗然，变色易
容，慨然叹曰：道固不同！为仁由己，匪我求蒙。谁毁谁
誉？何去何从？莫涅匪缁，莫磨匪磷。子独正色，居屈志

中。虽不尔以，犹致其身。献替尽规，媚兹一人。以上交谊箴规。谠言忠谋，世祖是嘉，将仆储皇，奉辔承华。先朝末命，圣列显加，入侍帝闼，出光厥家。我闻积善，神降之吉，宜享遐纪，长保天秩。如何斯人，而有斯疾？曾未知命，中年陨卒。以上将显而卒。呜呼哀哉！

唯尔之存，匪爵而贵，甘食美服，重珍兼味。临终遗誓，永锡尔类。敛以时袭，殡不简器。谁能拔俗，生尽其养？孰是养生，而薄其葬？渊哉若人，纵心条畅，杰操明达，困而弥亮。以上遗令之善。枢辂既祖，容体长归，存亡永诀，逝者不追。望子旧车，览尔遗衣，幅抑失声，逆涕交挥。非子为恸，吾恸为谁？呜呼哀哉！

日往月来，暑退寒袭，零露沾凝，劲风凄急。惨尔其伤，念我良执，适子素馆，抚孤相泣。前思未弭，后感仍集，积悲满怀，逝矣安及。呜呼哀哉！以上述哀。

马汧督诔

惟元康七年，秋九月十五日，晋故督守关中侯扶风马君卒。呜呼哀哉！初雍部之内，属羌反，未弭；而编户之氏，又肆逆焉。虽王旅致讨，终于殄灭；而蜂虿有毒，骤失小利。俾百姓流亡，频于涂炭。建威丧元于好畤，州伯宵遁乎大溪。若夫偏师裨将之陨首覆军者，盖以十数。剖符专城，纡青拖墨之司，奔走失其守者，相望于境。秦陇之僭，巩更为魁，既已袭汧而馆其县。子以眇尔之身，介乎重围之里，率寡弱之众，据十雉之城。群氏如猬毛而起，四面雨射城中；城中凿穴而处，负户而汲。木石将尽，樵苏乏竭，刍荛罄绝；于是乎发梁栋而用之。罥以铁镞机关，既纵礧而又升焉。爨陈焦之麦，柿柤楅之松，用能薪刍不匮，人畜取给，青烟傍起，枥马长鸣。内丑骇而疑惧，乃阙地而攻。子命穴浚堑，寘壶镭瓶甀以侦之。将穿响作，内焚矿火薰之，潜氏歼焉。久之，安西之救至，竟免虎口之厄，全数百万石之积，文契书于幕府。

圣朝畴咨，进以显秩，殊以幢盖之制。而州之有司，乃以私隶数口，谷十斛，考讯吏兵，以楚之辞连之。大将军屡抗其疏曰："敦固守孤城，独当群寇。以少御众，载离寒暑。临危奋节，保谷全城。而雍州从事，忌敦勋效，极推小疵，非所以褒奖元功。宜解敦禁劾假授。"诏书遽许。而子固已下狱发愤而卒也。朝廷闻而伤之。策书曰："皇帝咨故督守关中侯马敦，忠勇果毅，率厉有方，固守孤城，危逼获济。宠秩未加，不幸丧亡，朕用悼焉。今追赠牙门将军印绶，祠以少牢。"魂而有灵，嘉兹宠荣。然洁士之闻秽，其庸致思乎？若乃下吏之肆其噆害，则皆妒之徒也。嗟乎！妒之欺善，抑亦贸首之仇也。语曰：或戒其子，慎无为善。言固可以若是，悲夫！

昔乘丘之战，县贲父御鲁庄公。马惊，败绩。贲父曰："他日未尝败绩，而今败绩，是无勇也。"遂死之。圉人浴马，有流矢在白肉。公曰："非其罪也。"乃诔之。汉明帝时，有司马叔持者，白日于都市手剑父仇，视死如归。亦命史臣班固而为之诔。然则忠孝义烈之流，慷慨非命而死者，缀辞之士，未之或遗也。天子既已策而赠之，微臣托乎旧史之末，敢阙其文哉？乃作诔曰：

知人未易，人未易知。嗟兹马生，位末名卑。西戎猾夏，乃奋其奇。保此汧城，救我边危。以上八句，总挈纲领。彼边奚危？城小粟富。子以眇身，而裁其守。兵无加卫，墉不增筑。嫠嫠群狄，豺虎竞逐。巩更恣睢！潜跱官寺，齐万虓阚，震惊台司。声势沸腾，种落煽炽，旌旗电舒，戈矛林植，彤珠星流，飞矢雨集。惴惴士女，号天以泣。爨麦而炊，负户以汲。累卵之危，倒悬之急。以上汧事危急。

马生爰发，在险弥亮，精贯白日，猛烈秋霜，棱威可厉，懦夫克壮，沾恩抚循，寒士挟纩。蠢蠢犬羊，阻众陵寡，潜隧密攻，九地之下。惬惬穷城，气若无假，昔命悬天，今也惟马。惟此马生，才博智赡。侦以瓶壶，剧以长堑。锸未见锋，火以起焰，薰尸满窟，培穴以敛。木石匮竭，其秆空虚，晌然马生，傲若有余。刿梁为礧，柿松为刍，守不乏械，枥有鸣驹。以上马敦守汧方略。哀哀建威，身伏斧质，悠悠列将，覆军丧器。戎释我徒，显诛我帅，以生易死，畴克不二。圣朝西顾，关右震惶，分我汧庚，化为寇粮。实赖夫子，思谟弥长，咸使有勇，致命知方。以上功勋。

我虽末学，闻之前典：十世宥能，表墓旌善。思人爱树，甘棠勿翦；矧乃吾子，功深疑浅。两造未具，储隶盖鲜，孰是勋庸，而不获免。猾哉部司，其心反侧，斫善害能，丑正恶直。牧人逶迤，自公退食，闻秽鹰扬，曾不戢翼。忘尔大劳，猜尔小利，苟莫开怀，于何不至？慨慨马生，硁硁高致，发愤图圄，没而犹视。以上因冤狱引决。呜呼哀哉！

安平出奇，破齐克完；张孟运筹，危赵获安。汧人赖子，犹彼谈单，如何咎嫉，摇之笔端？倾仓可赏，矧云私粟？狄隶可颂，况曰家仆？剕子双龟，贯以三木，功存汧城，身死汧狱。凡尔同围，心焉摧剥，扶老携幼，街号巷哭。呜呼哀哉！

明明天子，旌以殊恩，光光宠赠，乃牙其门，司勋颁爵，亦兆后昆，死而有灵，庶慰冤魂。呜呼哀哉！以上哀荣。

哀永逝文

启夕兮宵兴，悲绝绪兮莫承。俄龙辒兮门侧，嗟俟时兮将升。嫂侄兮惝惶，慈姑兮垂矜。闻鸣鸡兮戒朝，咸惊号兮抚膺。逝日长兮生年浅，忧患众兮欢乐鲜。彼遥思兮离居，叹河广兮宋远；今奈何兮一举，邈终天兮不反？

尽余哀兮祖之晨，扬明燎兮援灵辒。彻房帷兮席庭筵，举酹觞兮告永迁。凄切兮增欷，俯仰兮挥泪，想孤魂兮眷旧宇，视倏忽兮若仿佛。徒仿佛兮在虑，靡耳目兮一遇。停驾兮淹留，徘徊兮故处。周求兮何获？引身兮当去。

去华辇兮初迈，马回首兮旋旆。风泠泠兮入帷，云霏霏兮承盖。鸟俯翼兮忘林，鱼仰沫兮失濑。怅怅兮迟迟，遵吉路兮凶归。思其人兮已灭，览余迹兮未夷。昔同涂兮今异世，忆旧欢兮增新悲。

谓原隰兮无畔，谓川流兮无岸。望山兮寥廓，临水兮浩汗。视天日兮苍茫，面邑里兮萧散。匪外物兮或改，固欢哀兮情换。嗟潜隧兮既敞，将送形兮长往。委兰房兮繁华，袭穷泉兮朽壤。

中慕叫兮擗摽，之子降兮宅兆。抚灵榇兮诀幽房，棺冥冥兮埏窈窈。户阖兮灯灭，夜何时兮复晓？

归反哭兮殡宫，声有止兮哀无终。是乎非乎何遑，趣一遇兮目中。既遇目兮无兆，曾寤寐兮弗梦。既顾瞻兮家道，长寄心兮尔躬。

重曰：已矣！此盖新哀之情然耳。渠怀之其几何？庶无愧兮庄子。

金鹿哀辞

嗟我金鹿，天姿特挺。鬒发凝肤，蛾眉蛴领。柔情和泰，朗心聪警。鸣呼上天，胡忍我门？良嫔短世，令子夭昏。既披我干，又翦我根。块如瘣木，枯荄独存。捐子中野，遵我归路。将反如疑，回首长顾。

陆 机

吊魏武帝文

元康八年，机始以台郎，出补著作。游乎秘阁，而见魏武帝遗令，忾然叹息，伤怀者久之。客曰："夫始终者，万物之大归；死生者，性命之区域。是以临丧殡而后悲，睹陈根而绝哭。今乃伤心百年之际，兴哀无情之地，意者无乃知哀之可有，而未识情之可无乎？"

机答之曰："夫日食由乎交分，山崩起于朽壤，亦云数而已矣。然百姓怪焉者，岂不以资高明之质，而不免卑浊之累；居常安之势，而终婴倾离之患故乎？夫以回天倒日之力，而不能振形骸之内；济世夷难之智，而受困魏阙之下。已而格乎上下者，藏于区区之木；光于四表者，翳乎蕞尔之土。雄心摧于弱情，壮图终于哀志。长算屈于短日，远迹顿于促路。鸣呼！岂特瞽史之异阙景，黔黎之怪颓岸乎？观其所以顾命冢嗣，贻谋四子，经国之略既远，隆家之训亦弘。又云：'吾在军中，持法是也，至于小忿怒，大过失，不当效也。'善乎达人之说言矣。持姬女而指季豹以示四子曰：'以累汝。'因泣下。伤哉！曩以天下自任，今以爱子托人。同乎尽者无余，而得乎亡者无存。然而婉娈房闼之内，绸缪家人之务，则几乎密与？又曰：'吾婕好伎人，皆著铜爵台。于台堂上施八尺床繐帐，朝晡上脯糒之属，月朝十五，辄向帐作伎。汝等时时登铜爵台，望吾西陵墓田。'又云：'余香可分与诸夫人。诸舍中无所为，学作履组卖也。吾历官所得绶，皆著藏中。吾余衣裘，可别为一藏。不能者，兄弟可共分之。'既而竟分焉。亡者可以勿求，存者可以勿违。求与违不其两伤乎？悲夫！爱有大而必失，恶有甚而必得。智慧不能去其恶，威力不能全其爱。故前识所不用心，而圣人罕言焉。若乃系情累于外物，留曲念于闺房，亦贤俊之所宜废乎？"于是遂愤懑而献吊云尔。

接皇汉之末绪，值王途之多违。仡重渊以育鳞，抚庆云而遐飞。运神道以载德，乘灵风而扇威。摧群雄而电击，举勍敌其如遗。指八极以远略，必翦焉而后绥。厘三才之阙典，启天地之禁闱。举修纲之绝纪，纽大音之解徽。扫云物以贞观，要万途而来归。丕大德以宏覆，援日月而齐晖。济元功于九有，固举世之所推。以上言魏武经营八极，牢笼万有之概。

彼人事之大造，夫何往而不臻？将覆篑于浚谷，挤为山乎九天。苟理穷而性尽，岂长算之所研？悟临川之有悲，固梁木其必颠。当建安之三八，实大命之所艰。虽光昭于曩载，将税驾于此年。

惟降神之绵邈，眇千载而远期。信斯武之未丧，膺灵符而在兹。虽龙飞于文昌，非王心之所怡。愤西夏以鞠旅，溯秦川而举旗。逾镐京而不豫，临渭滨而有疑。冀翌日之云瘳，弥四旬而成灾。咏归途以反旆，登崤渑而朅来。次洛汭而大渐，指六军曰念哉。以上叙武帝归自关中，死于洛阳。

伊君王之赫奕，实终古之所难。威先天而盖世，力荡海而拔山。厄奚险而弗济？敌何强而不残？每因祸以褆福，亦践危而必安。迄在兹而蒙昧，虑噤闭而无端。委躯命以待难，痛没世而永言。抚四子以深念，循肤体而颓叹。迨营魄之未离，假余息乎音翰。执姬女以礜瘁，指季豹而灌焉。气冲襟以呜咽，涕垂睫而汎澜。

违率土以靖寐，戢弥天乎一棺。以上言托姬女季豹之非。咨宏度之峻邈，壮大业之允昌。思居终而恤始，命临没而肇扬。援贞吝以惎悔，虽在我而不臧。惜内顾之缠绵，恨末命之微详。纤广念于履组，尘清虑于余香。结遗情之婉娈，何命促而意长？陈法服于帷座，陪窈窕于玉房。宣备物于虚器，发哀音于旧倡。矫戚容以赴节，掩零泪而荐觞。物无微而不存，体无惠而不亡。庶圣灵之响像，想幽神之复光。苟形声之翳没，虽音景其必藏。徽清弦而独奏，进脯糗而谁尝？悼缭帐之冥漠，怨西陵之茫茫。登爵台而群悲，眝美目其何望。既睎古以遗累，信简礼而薄葬。彼裘绂于何有，贻尘谤于后王。嗟大恋之所存，故虽哲而不忘。览遗籍以慷慨，献兹文而凄伤。以上言作伎进脯，分香卖履，别藏裘绂之非。

陶　潜

自祭文

岁惟丁卯，律中无射，天寒夜长，风气萧索，鸿雁于征，草木黄落。陶子将辞逆旅之馆，永归于本宅。故人凄其相悲，同祖行于今夕。羞以嘉蔬，荐以清酌。候颜已冥，聆音愈漠。呜呼哀哉！

茫茫大块，悠悠高旻。是生万物，余得为人。自余为人，逢运之贫。箪瓢屡罄，绤绤冬陈。含欢谷汲，行歌负薪。翳翳柴门，事我宵晨。春秋代谢，有务中园。载耘载籽，乃育乃繁。欣以素牍，和以七弦。冬曝其日，夏濯其泉。勤靡余劳，心有常闲。乐天委分，以至百年。

惟此百年，夫人爱之。惧彼无成，愒日惜时。存为世珍，没亦见思。嗟我独迈，曾是异兹。宠非己荣，涅岂吾缁？捽兀穷庐，酣饮赋诗。

识运知命，畴能罔眷？余今斯化，可以无憾。寿涉百龄，身慕肥遁。从老得终，奚所复恋？寒暑逾迈，亡既异存。外姻晨来，良友宵犇。葬之中野，以安其魂。窅窅我行，萧萧墓门。奢耻宋臣，俭笑王孙。

廓兮已灭，慨焉已遐。不封不树，日月遂过。匪贵前誉，孰重后歌。人生实难，死如之何。呜呼哀哉！

祭从弟敬远文

岁在辛亥，月惟仲秋，旬有九日，从弟敬远，卜辰云窆，永宁后土。感平生之游处，悲一往之不返。情恻恻以摧心，泪愍愍而盈眼。乃以园果时醪，祖其将行。呜呼哀哉！

於铄吾弟，有操有概。孝发幼龄，友自天爱。少思寡欲，靡执靡介。后己先人，临财思惠。心遗得失，情不依世。其色能温，其言则厉。乐胜朋高，好是文艺。

遥遥帝乡，爰感奇心。绝粒委务，考槃山阴。淙淙悬溜，暧暧荒林。晨采上药，夕闲素琴。曰仁者寿，窃独信之；如何斯言，徒能见欺！年甫过立，奄与世辞。长归蒿里，邈无还期。

惟我与尔，匪但亲友，父则同生，母则从母。相及龆齿，并罹偏咎，斯情实深，斯爱实厚。念畴昔日，同房之欢。冬无缊褐，夏渴瓢箪；相将以道，相开以颜。岂不多乏，忽忘饥寒。

余尝学仕，缠绵人事。流浪无成，惧负素志。敛策归来，尔知我意。尝愿携手，寘彼众议。每忆有秋，我将其刈。与汝偕行，舫舟同济。三宿水滨，乐饮川界。静月澄高，温风始逝。抚杯而言，物久人脆。奈何吾弟，先我离世！

事不可寻，思亦何极。日徂月流，寒暑代息。死生异方，存亡有域。候晨永归，指涂载陟。呱呱遗稚，未能正言；哀哀嫠人，礼仪孔闲。庭树如故，斋宇廓然。孰云敬远，何时复还。

余惟人斯，昧兹近情。蓍龟有吉，制我祖行。望旐翩翩，执笔涕盈。神其有知，昭余中诚。呜呼哀哉！

颜延之

陶徵士诔

夫璿玉致美，不为池隍之宝；桂椒信芳，而非园林之实，岂其乐深而好远哉？盖云殊性而已。故无足而至者，物之藉也；随踵而立者，人之薄也。若乃巢、高之抗行，夷、皓之峻节，故已父老尧、禹，锱铢周、汉。而绵世浸远，光灵不属，至使菁华隐没，芳流歇绝，不其惜乎。虽今之作者，人自为量；而首路同尘，辍涂殊轨者多矣。岂所以昭末景，泛馀波。

有晋徵士浔阳陶渊明，南岳之幽居者也。弱不好弄，长实素心，学非称师，文取指达，在众不失其寡，处言愈见其默。少而贫病，居无仆妾，井臼弗任，藜菽不给，母老子幼，就养勤匮。远惟田生致亲之议，追悟毛子捧檄之怀，初辞州府三命，后为彭泽令，道不偶物，弃官从好。遂乃解体世纷，结志区外，定迹深栖，于是乎远。灌畦鬻蔬，为供鱼菽之祭；织绚纬萧，以充粮粒之费。心好异书，性乐酒德，简弃烦促，就成省旷。殆所谓国爵屏贵，家人忘贫者与？有诏征为著作郎，称疾不到。春秋若干，元嘉四年月日，卒于浔阳县之某里。近识悲悼，远士伤情，冥默福应，呜呼淑贞。

夫实以诔华，名由谥高，苟允德义，贵贱何算焉。若其宽乐令终之美，好廉克己之操，有合谥典，无怼前志。故询诸友好，宜谥曰靖节徵士。其辞曰：

物尚孤生，人固介立，岂伊时遘？曷云世及？嗟乎若士，望古遥集，韬此洪族，蔑彼名级。睦亲之行，至自非敦，然诺之信，重于布言，廉深简洁，贞夷粹温，和而能峻，博而不繁。依世尚同，诡时则异，有一于此，两非默置。岂若夫子，因心违事，畏荣好古，薄身厚志。世霸虚礼，州壤推风。孝惟义养，道必怀邦。人之秉彝，不隘不恭。爵同下士，禄等上农。度量难钧，进退可限，长卿弃官，稚宾自免。子之悟之，何悟之辩？赋诗归来，高蹈独善。亦既超旷，无适非心，汲流旧巘，葺宇家林，晨烟暮霭，春煦秋阴，陈书缀卷，置酒弦琴。居备勤俭，躬兼贫病，人否其忧，子然其命。隐约就闲，迁延辞聘，非直也明，是惟道性。纠缠斡流，冥漠报施，孰云与仁，实疑明智。谓天盖高，胡譬斯义？履信曷凭？思顺何寘？年在中身，疢维痁疾，视死如归，临凶若吉，药剂弗尝，祷祀非恤，俭幽告终，怀和长毕。呜呼哀哉！

敬述靖节，式尊遗占，存不愿丰，没无求赡，省讣却赗，轻哀薄敛，遭壤以穿，旋葬而窆。呜呼哀哉！

深心追往，远情逐化，自尔介居，及我多暇，伊好之洽，接阎邻舍，宵盘昼憩，非舟非驾。念昔宴私，举觞相诲：独正者危，至方则阂，哲人卷舒，布在前载，取鉴不远，吾规子佩。尔实愀然，中言而发：违众速尤，迕风先蹶，身才非实，荣声有歇。徽音永矣，谁箴余阙？呜呼哀哉！仁焉而终，智焉而毙，黔娄既没，展禽亦逝。其在先生，同尘往世。旌此靖节，加彼康惠。呜呼哀哉！

阳给事诔

惟永初三年十一月十一日，宋故宁远司马、濮阳太守、彭城阳君卒。呜呼哀哉！瓒少禀志节，资性忠果，奉上以诚，率下有方。朝嘉其能，故授以边事。永初之末，佐守滑台。值国祸荐臻，王略中否，獯虏间衅，劘剥司兖，幽、并骑弩，屯逼巩、洛。列营缘戍，相望屠溃。瓒奋其猛锐，志不违难，立乎将卒之间，以缉华裔之众。罢困相保，坚守四旬，上下力屈，受陷勍寇，士师奔扰，弃军争免。而瓒誓命沈城，佻身飞镞，兵尽器竭，毙于旗下。非夫贞壮之气，勇烈之志，岂能临敌引义，以死徇节者哉！景平之元，朝廷闻而伤之。有诏曰："故宁远司马濮阳太守阳瓒，滑台之逼，厉诚固守，投命徇节，在危无挠。古之烈士，无以加之。可赠给事中。振恤遗孤，以慰存亡。"追宠既彰，人知慕节，河、汴之间，有义风矣。逮元嘉廓祚，圣神纪物，光昭茂绪，旌录旧勋，苟有概于贞孝者，实事感于仁明。末臣蒙固，侧闻至训，敢询诸前典而为之诔。其辞曰：

贞不常祐，义有必甄。处父勤君，怨在登贤。苦夷致果，题子行间。忠壮之烈，宜自尔先，旧勋虽废，邑氏遂传。惟邑及氏，自温徂阳，狐续既降，晋族弗昌。之子之生，立绩宋皇，拳猛沈毅，温敏肃良。如彼竹柏，负雪怀霜；如彼骓驷，配服骖衡。

边兵丧律，王略未恢，函、陕堙阻，瀍、洛蒿莱，朔马东骛，胡风南埃，路无归辖，野有委骸。帝图斯艰，简兵授才，实命阳子，佐师危台。憬彼危台，在滑之坰，周、卫是交，郑、翟是争。昔惟华国，今实边亭，凭巘结关，负河萦城，金柝夜击，和门昼扃。料敌厌难，时维阳生。

凉冬气劲，塞外草衰，遏矣獯虏，乘障犯威，鸣骥横厉，霜镐高翚，轶我河县，俘我洛畿，攒锋成林，投鞍为围，黳黳穷垒，嗷嗷群悲。师老变形，地孤援阔，卒无半菽，马实拑秣，守未焚冲，攻已濡褐。烈烈阳子，在困弥达，勉慰癏伤，拊巡饥渴，力虽可穷，气不可夺，义立边疆，身终锋栝。呜呼哀哉！

贲父陨节，鲁人是志；汙督效贞，晋策攸记。皇上嘉悼，思存宠异，于以赠之，言登给事，疏爵纪庸，恤孤表嗣。嗟尔义士，没有余喜。呜呼哀哉！

祭屈原文

惟有宋五年月日，湘州刺史吴郡张邵，恭承帝命，建旟旧楚。访怀沙之渊，得捐珮之浦。弭节罗潭，艤舟汨渚。乃遣户曹掾某，敬祭故楚三闾大夫屈君之灵。

兰薰而摧，玉缜则折。物忌坚芳，人讳明洁。曰若先生，逢辰之缺。温风怠时，飞霜急节。嬴、芈遘纷，昭、怀不端。谋折仪、尚，贞蔑椒、兰。身绝郢阙，迹篇湘干。比物荃荪，连类龙鸾。声溢金石，志华日月。如彼树芳，实颖实发。望汨心欹，瞻罗思越。藉用可尘，昭忠难阙。

谢惠连

祭古冢文

东府掘城北堑八丈余，得古冢。上无封域，不用砖甓。以木为椁，中有二棺，正方，两头无和。明器之属，材瓦铜漆，有数十种，多异形，不可尽识。刻木为人，长三尺，可有二十余头。初开见，悉是人形，以物柭拨之，应手灰灭。棺上有五铢钱百余枚。水中有甘蔗节及梅李核瓜瓣，皆浮出，不甚烂坏。铭志不存，世代不可得而知也。公命城者改埋于东冈，祭之以豚酒。既不知其名字远近，故假为之号曰滇漠君云尔。

元嘉七年九月十四日，司徒御属领直兵今史统作城录事临漳令亭侯朱林，具豚醪之祭，敬荐滇漠君之灵：

悉总徒旅，版筑是司。穷泉为堑，聚壤成基。一椁既启，双棺在兹。舍舂凄怆，纵锸涟而。刍灵已毁，涂车既摧，几筵糜腐，俎豆倾低。盘或梅李，盎或醯醢，蔗传余节，瓜表遗犀。追惟夫子，生自何代？曜质几年？潜灵几载？为寿为夭？宁显宁晦？铭志湮灭，姓字不传，今谁子后？曩谁子先？功名美恶，如何蔑然？

百堵皆作，十仞斯齐，墉不可转，堑不可回。黄肠既毁，便房已颓，循题兴念，抚俑增哀。射声垂仁，广汉流渥，祠骸府阿，掩骼城曲。仰美古风，为君改卜，轮移北隍，窀穸东麓。圹即新营，棺仍旧木。合葬非古，周公所存，敬遵昔义，还祔双魂。酒以两壶，牲以特豚，幽灵仿佛，歆我牺樽。呜呼哀哉！

王僧达

祭颜光禄文

惟宋孝建三年九月癸丑朔，十九日辛未，王君以山羞野酌，敬祭颜君之灵：

呜呼哀哉！夫德以道树，礼以仁清。惟君之懿，早岁飞声。义穷几象，文蔽班、杨。性悰刚洁，志度渊英。登朝光国，实宋之华。才通汉魏，誉浃龟沙，服爵帝典，栖志云阿。清交素友，比景共波。气高叔夜，严方仲举。逸翮独翔，孤风绝侣。流连酒德，啸歌琴绪。游顾移年，契阔宴处。春风首时，爰谈爰赋；秋露未凝，归神太素。明发晨驾，瞻庐望路，心凄目泫，情条云互。凉阴掩轩，娥月寝耀。微灯动光，几筵谁照？衾衽长尘，丝竹罢调。揽悲兰宇，屑涕松峤。古来共尽，牛山有泪。非独昊天，歼我明懿。以此忍哀，敬陈奠馈。申酌长怀，顾望歔欷。呜呼哀哉！

齐高祖

即位告天文

皇帝臣某敢用元牡，昭告皇皇后帝。宋帝陟鉴乾序，钦若明命，以命于某。夫肇自生民，树以司牧，所以阐极则天，开元创物，肆兹大道。天下惟公，命不于常。昔在虞、夏，受终上代，粤自汉、魏，揖让中叶，咸炳诸典谟，载在方册。水德既微，仍世多故，实赖某匡拯之功，以宏济于厥艰。大造颠坠，再构区宇，宣礼明刑，缔仁缉义。曶纬凝象，川岳表灵，诞惟天人，罔弗和会。乃仰协归运，景属与能，用集大命于兹。辞德匪嗣，至于累仍，而群公卿士，庶尹御事，爰及黎献，至于百戎，金曰"皇天眷命，不可以固违，人神无讬，不可以旷主"。畏天之威，敢不祗顺鸿历？敬简元辰，虔奉皇符，升坛受禅，告类上帝，以永答民衷，式敷万国。惟明灵是飨！

陆　贽

拟告谢昊天上帝册文

维贞元元年，岁次乙丑，十一月癸巳朔，十一日癸卯，嗣天子臣某，敢昭告于昊天上帝：顾惟寡昧，不克明道，丕膺眷命，俾作神主。常恐获戾上下，而播灾于人，兢兢业业，夙夜祗畏。居位五祀，德馨蔑闻，皇灵不歆，是用大微。殷忧播荡，逾历三时，诚惧烈祖之耿光，坠而不耀，侧身思咎，庶补将来。上帝顾怀，诱衷悔祸，剿凶慝之凌暴，雪人神之愤耻，旧物不改，神心载新。兹乃九庙遗休，兆人介福，以臣之责，其何解焉？间属寇虞，久稽告谢，今近郊甫定，长至在辰，谨以玉帛牺牲，粢盛庶品，冀凭禋燎，式荐至诚。太祖景皇帝配神作主，尚飨！

拟告谢代宗庙文

维贞元元年，岁次乙丑，十一月癸巳朔，十一日癸卯，孝子嗣皇帝臣，敢昭告于皇考代宗睿文孝皇帝：伏惟元德广运，重光盛业，武平多难，仁育群生，谓臣克堪，付以大宝。臣自底不类，再罹播迁，宗祧乏享，亿兆靡依。下辜人心，上负先顾，敢爱陨越，苟全眇身？大惧社稷阽危，以增九庙之愧，由是忍耻誓志，庶补前羞。列圣在天，鉴臣精恳，敷锡丕祐，俾之缵承，凶渠殄夷，都邑如旧。

兹臣获执牺牲珪币，载见于庙廷，感慕惭惶，若罔攸厝，谨以云云。陈诚待罪，式奉严禋。尚飨！

韩　愈

祭田横墓文

贞元十一年九月，愈如东京，道出田横墓下，感横义高能得士，因取酒以祭，为文而吊之。其辞曰：

事有旷百世而相感者，余不自知其何心？非今世之所稀，孰为使余歔欷而不可禁。余既博观乎天下，曷有庶几乎夫子之所为。死者不复生，嗟余去此其从谁？

当秦氏之败乱，得一士而可王。何五百人之扰扰，而不能脱夫子于剑铓。抑所宝之非贤，亦天命之有常。昔阙里之多士，孔圣亦云其遑遑。苟余行之不迷，虽颠沛其何伤？自古死者非一，夫子至今有耿光。跽陈辞而荐酒，魂仿佛而来享。

祭张员外文

维年月日，彰义军行军司马，守太子右庶子兼御史中丞韩愈，谨遣某乙以庶羞清酌之奠，祭于亡友故河南县令张十二员外之灵。

贞元十九，君为御史；余以无能，同诏并峙。君德浑刚，标高揭己；有不吾如，唾犹泥滓。余戆而狂，年未三纪；乘气加人，无挟自恃。以上同为御史。彼婉娈者，实惮吾曹；侧肩帖耳，有舌如刀。我落阳山，以尹鼯猱；君飘临武，山林之牢。岁弊寒凶，雪虐风饕；颠于马下，我泗君咷。夜息南山，同卧一席；守隶防夫，抵顶交跖。洞庭漫汗，粘天无壁；风涛相豗，中作霹雳；追程盲进，帆船箭激。南上湘水，屈氏所沈；二妃行迷，泪踪染林。山哀浦思，鸟兽叫音；余唱君和，百篇在吟。以上同南迁。

　　君止于县，我又南逾；把盏相饮，后期有无。期宿界上，一又相语；自别几时，遽变寒暑。枕臂欹眠，加余以股；仆来告言，虎入厩处，无敢惊逐，以我骤去。君云是物，不骏于乘；虎取而往，来寅其征。我预在此，与君俱膺；猛兽果信，恶祷而凭。以上在阳山临武时，两人相约会于界上。

　　余出岭中，君竢州下；偕掾江陵，非余望者。郴山奇变，其水清写；泊砂倚石，有遭无舍。衡阳放酒，熊咆虎嗥；不存令章，罚筹猬毛。委舟湘流，往观南岳；云壁潭潭，穹林攸擢。避风太湖，七日鹿角；钩登大鲇，怒颊豕狗；狥，豕鸣也，怒也。脔盘炙酒，群奴余啄。走官阶下，首下尻高。下马伏涂，从事是遭。以上同掾江陵，同游南岳洞庭。

　　余征博士，君以使已；相见京师，过愿之始。分教东生，君掾雍首；两都相望，于别何有。解手背面，遂十一年；君出我入，如相避然；生阔死休，吾不复宣。以上自在京别后，遂不复见。

　　刑官属郎，引章讦夺；权臣不爱，南昌是斡。明条谨狱，氓獠户歌；用迁沣浦，为人受瘢。还家东都，起令河南；屈拜后生，愤所不堪。屡以正免，身伸事蹇；竟死不伸，孰劝为善！以上张之末路，潦倒而死。

　　丞相南讨，余辱司马；议兵大梁，走出洛下。哭不凭棺，奠不亲斝；不抚其子，葬不送野。望君伤怀，有陨如泻。铭君之绩，纳石壤中；爰及祖考，纪德事功。外著后世，鬼神与通；君其冥憾，不余鉴衷。以上述哀。

祭柳子厚文

维年月日，韩愈谨以清酌庶羞之奠，祭于亡友柳子厚之灵。

嗟嗟子厚，而至然邪？自古莫不然，我又何嗟。人之生世，如梦一觉；其间利害，竟亦何校？当其梦时，有乐有悲；及其既觉；岂足追维！

凡物之生，不愿为材；牺樽青黄，乃木之灾。子之中弃，天脱马羁；玉珮琼琚，大放厥辞。富贵无能，磨灭谁纪；子之自著，表表愈伟。不善为斫，血指汗颜；巧匠旁观，缩手袖间。子之文章，而不用世；乃令吾徒，掌帝之制。子之视人，自以无前；一斥不复，群飞刺天。

嗟嗟子厚，今也则亡；临绝之音，一何琅琅。遍告诸友，以寄厥子；不鄙谓予，亦讬以死。凡今之交，观势厚薄；余岂可保，能承子讬。非我知子，子实命我；犹有鬼神，宁敢遗堕。念子永归，无复来期；设祭棺前，矢心以辞。呜呼哀哉！尚飨。

独孤申叔哀辞

众万之生，谁非天邪？明昭昏蒙，谁使然邪？行何为而怒，居何故而怜邪？胡喜厚其所可薄，而恒不足于贤邪？将下民之好恶，与彼苍悬邪？抑苍茫无端，而暂寓其间邪？死者无知，吾为子恸而已矣！如有知也，子其自知之矣。

濯濯其英，晔晔其光。如闻其声，如见其容。呜呼远矣，何日而忘！

欧阳生哀辞

欧阳詹，世居闽越。自詹以上，皆为闽越官，至州佐、县令者，累累有焉。闽越地肥衍，有山泉禽鱼之乐，虽有长材秀民，通文书吏事与上国齿者，未尝肯出仕。

今上初，故宰相常衮为福建诸州观察使，治其地。衮以文辞进，有名于时，又作大官，临莅其民，乡县小民有能诵书作文辞者，衮亲与之为客主之礼，观游宴飨，必召与之。时未几，皆化翕然。詹于时独秀出，衮加敬爱，诸生皆推服。闽越之人举进士，由詹始。

建中、贞元间，余就食江南，未接人事，往往闻詹名闾巷间，詹之称于江南也久。贞元三年，余始至京师举进士，闻詹名尤甚。八年春，遂与詹文辞同考试登第，始相识。自后詹归闽中，余或在京师他处，不见詹久者。惟詹归闽中时为然，其他时与詹离。率不历岁，移时则必合，合必两忘其所趋，久然后去。故余与詹相知为深。

詹事父母尽孝道，仁于妻子，于朋友义以诚。气醇以方，容貌巍巍然。其燕私善谑以和，其文章切深喜往复，善自道。读其书，知其于慈孝最隆也。十五年冬，余以徐州从事朝正于京师，詹为国子监四门助教，将率其徒伏阙下，举余为博士，会监有狱，不果上。观其心，有益于余，将忘其身之贱而为之也。呜呼！詹今其死矣！

詹，闽越人也。父母老矣，舍朝夕之养以来京师，其心将以有得于是而归为父母荣也；虽其父母之心亦皆然。詹在侧，虽无离忧，其志不乐也；詹在京师，虽有离忧，其志乐也。若詹者，所谓以志养志者与！詹虽未得位，其名声流于人人，其德行信于朋友，虽詹与其父母，皆可无憾也。詹之事业文章，李翱既为之传，故作哀辞以舒余哀，以传于后，以遗其父母而解其悲哀，以卒詹志云：

　　求仕与友兮，远违其乡；父母之命兮，子奉以行。友则既获兮，禄实不丰；以志为养兮，何有牛羊？事实既修兮，名誉又光；父母忻忻兮，常若在旁。命虽云短兮，其存者长；终要必死兮，愿不永伤。友朋亲视兮，药物甚良；饮食孔时兮，所欲无妨。寿命不齐兮，人道之常；在侧与远兮，

非有不同。山川阻深兮，魂魄流行；祀祭则及兮，勿谓不
通。哭泣无益兮，抑哀自强；推生知死兮，以慰孝诚。呜呼
哀哉兮，是亦难忘！

祭十二郎文

年月日，季父愈闻汝丧之七日，乃能衔哀致诚，使建中远具
时羞之奠，告汝十二郎之灵。

呜呼！吾少孤，及长，不省所怙，惟兄嫂是依。中年，兄没
南方，吾与汝俱幼，从嫂归葬河阳。既又与汝就食江南，零丁孤
苦，未尝一日相离也。吾上有三兄，皆不幸早世，承先人后者，
在孙惟汝，在子惟吾；两世一身，形单影只。嫂常抚汝指吾而言
曰："韩氏两世，惟此而已！"汝时尤小，当不复记忆；吾时虽能
记忆，亦未知其言之悲也。

吾年十九，始来京城，其后四年，而归视汝。又四年，吾往
河阳省坟墓，遇汝从嫂丧来葬。又二年，吾佐董丞相于汴州，汝
来省吾，止一岁，请归取其孥。明年，丞相薨，吾去汴州，汝不
果来。是年，吾佐戎徐州，使取汝者始行，吾又罢去，汝又不果
来。吾念汝从于东，东亦客也，不可以久。图久远者，莫如西
归，将成家而致汝。呜呼！孰谓汝遽去吾而没乎！吾与汝俱少
年，以为虽暂相别，终当久与相处。故舍汝而旅食京师，以求斗
斛之禄。诚知其如此，虽万乘之公相，吾不以一日辍汝而就也！

去年，孟东野往，吾书与汝曰："吾年未四十，而视茫茫，
而发苍苍，而齿牙动摇。念诸父与诸兄，皆康强而早世，如吾之
衰者，其能久存乎？吾不可去，汝不肯来，恐旦暮死，而汝抱无
涯之戚也。"孰谓少者殁而长者存，强者夭而病者全乎！呜呼！
其信然邪？其梦邪？其传之非其真邪？信也，吾兄之盛德，而夭
其嗣乎？汝之纯明，而不克蒙其泽乎？少者强者而夭殁，长者衰

者而存全乎？未可以为信也，梦也，传之非其真也。东野之书，耿兰之报，何为而在吾侧也？呜呼！其信然矣！吾兄之盛德，而夭其嗣矣！汝之纯明，宜业其家者，不克蒙其泽矣！所谓天者诚难测，而神者诚难明矣！所谓理者不可推，而寿者不可知矣！虽然，吾自今年来，苍苍者，或化而为白矣；动摇者，或脱而落矣。毛血日益衰，志气日益微，几何不从汝而死也！死而有知，其几何离，其无知，悲不几时；而不悲者，无穷期矣！汝之子始十岁，吾之子始五岁，少而强者不可保，如此孩提者，又可冀其成立邪？呜呼哀哉，呜呼哀哉！

汝去年书云："比得软脚病，往往而剧。"吾曰："是疾也，江南之人，常常有之，未始以为忧也。"呜呼！其竟以此而殒其生乎？抑别有疾而至斯乎？汝之书，六月十七日也。东野云：汝殁以六月二日。耿兰之报无月日。盖东野之使者，不知问家人以月日，如耿兰之报，不知当言月日。东野与吾书，乃问使者，使者妄称以应之耳。其然乎？其不然乎？

今吾使建中祭汝，吊汝之孤与汝之乳母。彼有食可守，以待终丧，则待终丧而取以来；如不能守以终丧，则遂取以来。其余奴婢，并令守汝丧。吾力能改葬，终葬汝于先人之兆，然后惟其所愿。呜呼！汝病吾不知时，汝殁吾不知日；生不能相养以共居，殁不得抚汝以尽哀；敛不凭其棺，窆不临其穴；吾行负神明，而使汝夭，不孝不慈，而不得与汝相养以生，相守以死；一在天之涯，一在地之角，生而影不与吾形相依，死而魂不与吾梦相接。吾实为之，其又何尤！彼苍者天，曷其有极。

自今已往，吾其无意于人世矣。当求数顷之田，于伊、颍之上，以待余年，教吾子与汝子幸其成长；吾女与汝女待其嫁。如此而已。呜呼！言有穷而情不可终，汝其知也邪？其不知也邪？呜呼哀哉！尚飨。述哀之文，究以用韵为宜，韩公如神龙万变，无所不可，后人则不必效之。

祭郑夫人文

维年月日，愈谨于逆旅，备时羞之奠，再拜顿首，敢昭祭于六嫂荥阳郑氏夫人之灵。

呜呼！天祸我家，降集百殃。我生不辰，三岁而孤；蒙幼未知，鞠我者兄；在死而生，实维嫂恩。未龀一年，兄宦王官；提携负任，去洛居秦。念寒而衣，念饥而飱；疾疹水火，无灾及身。劬劳闵闵，保此愚庸。年方及纪，荐及凶屯。兄罹谗口，承命远迁；穷荒海隅，夭阏百年。万里故乡，幼孤在前。相顾不归，泣血号天。微嫂之力，化为夷蛮。水浮陆走，丹旐翩然。至诚感神，返葬中原。既克反葬，遭时艰难；百口偕行，避地江濆。春秋霜露，荐敬蘋繁。以享韩氏之祖考，曰：此韩氏之门。视余犹子，诲化谆谆。

爰来京师，年在成人。屡贡于王，名乃有闻。念兹顿顽，非训曷因。感伤怀归，陨涕熏心。苟容躁进，不顾其躬；禄仕而还，以为家荣。奔走乞假，东西北南。孰云此来，乃睹灵车。有志弗及，长负殷勤。呜呼哀哉！

昔在韶州之行，受命于元兄。曰："尔幼养于嫂，丧服必以期！"今其敢忘？天实临之。呜呼哀哉，日月有时；归合茔封，终天永辞。绝而复苏。伏惟尚飨。

吊武侍御所画佛文

御史武君，当年丧其配，敛其遗服栉珥罄帨于箧，月旦十五日，则一出而陈之，抱婴儿以泣。

有为浮屠之法者，造武氏而谕之曰："是岂有益邪？吾师云：'人死则为鬼，鬼且复为人，随所积善恶受报，环复不穷也。'极西之方有佛焉，其土大乐。亲戚姑能相为图是佛而礼之，愿其往生，莫不如意。"武君怃然辞曰："吾儒者，其可以为是！"既又逢月旦十五日，复出其箧实而陈之，抱婴儿以泣，且殆，而悔曰："是真何益也？吾不能了释氏之信不，又安知其不果然乎？"于是悉出其遗服栉佩合若干种，就浮屠师请图前所谓佛者，浮屠师受而图之。

韩愈闻而吊之曰：

皙皙兮目存，丁宁兮耳言。忽不见兮不闻，莽谁穷兮本源？图西佛兮道予慭，以妄塞悲兮慰新魂。呜呼奈何兮，吊以兹文。

祭穆员外文

於呼！建中之初，予居于嵩，携扶北奔，避盗来攻。晨及洛师，相遇一时，顾我如故，眷然顾之。子有令闻，我来自山，子之畯明，我钝而顽。道既云异，谁从知我？我思其厚，不知其可。

于后八年，君从杜侯，我时在洛，亦应其招。留守无事，多君子僚，罔有疑忌，维其嬉游。草生之春，鸟鸣之朝，我觱在手，君扬其镳。君居于室，我既来即，或以啸歌，或以偃侧。诲余以义，复我以诚，终日以语，无非德声。

主人信谗，有惑其下，杀人无罪，诬以成过。入救不从，反以为祸。赫赫有闻，王命三司，察我于狱，相从系缧。曲生何乐，直死何悲！上怀主人，内闵其私，进退之难，君处之宜。

既释于囚，我来徐州，道之悠悠，思君为忧。我如京师，君居父丧，哭泣而拜，言词不通。我归自西，君反吉服，晤言无他，往复其昔。不日而违，重我心恻。

自后闻君，母丧是丁，痛毒之怀，六年以并。孰云孝子，而殒厥灵！今我之至，入门失声。酒肉在前，君胡不餐？升君之堂，不与我言。於呼死矣，何日来还！

祭郴州李使君文

维年月日，将仕郎、守江陵府法曹参军韩愈，谨以清酌庶羞之奠，敬祭于故郴州李使君之灵。

古语有之："白头如新，倾盖若旧。"顾意气之如何，何日时之足究。当贞元之癸未，惕皇威而左授；伏荒炎之下邑，嗟名颓而位仆。历贵部而西迈，迩清光于暂觌；言莫交而情无由，既不贾而奚售。哀穷遐之无徒，挈百忧以自副；辱问讯之绸缪，恒饱饥而愈疢。接雄词于章句，窥逸迹于篆籀；苞黄甘而致贻，获纸笔之双贸。投《叉鱼》之短韵，愧韬瑕而举秀。俟新命于衡阳，费薪刍于馆候；空大庭以见处，憩水木之幽茂。逞英心于纵博，沃烦肠以清酎；航北湖之空明，觑鳞介之惊透。宴州楼之豁达，众管啾而并奏；得恩惠于新知，脱穷愁于往陋。辍行谋于俄顷，见秋月之三觳；逮天书之下降，犹低回以宿留。念睽离之在期，谓此会之难又；授缟纻以托心，示兹诚之不谬。觊后日之北迁，约穷欢于一昼；虽掾俸之酸寒，要拔贫而为富。何人生之难信，捐斯言而莫就；始讶信于暂疏，遂承凶于不救。见明旌之低昂，尚迟疑于别袖；忆交酬而迭舞，奠单杯而哭柩。美夫君之为政，不桡志于谗构。遭唇舌之纷罗，独陵晨而孤雊。彼恬人之浮言，虽百车其何诟。洞古往而高观，固邪正之相寇。幸窃睹其始终，敢不明白而蔽覆。神乎来哉，辞以为侑。尚飨。

祭马仆射文

维年月日，吏部侍郎韩愈，谨以清酌庶羞之奠，敬祭于故仆射马公十二兄之灵。

惟公弘大温恭，全然德备；天故生之，其必有意。将明将昌，实艰初试。佐戎滑台，斥由尹寺；适彼瓯闽，鱻魱跋踬；颠而不踬，乃得其地。于泉于虔，始执郡符。遂殿交州，抗节番禺。去其螟蠢，蛮越大苏。

擢亚秋官，朝得硕士；人谓其崇，我势始起。东征淮、蔡，相臣是使。公兼邦宪，以副经纪。歼彼大魁，厥勋孰似？丞相归治，留长蔡师。茫茫黍稷，昔实棘茨；鸠鸣雀乳，不见枭鸱。惟蔡及许，旧为血仇。命公并侯，耕借之牛；束其弓矢，礼让优优。始诛郓戎，厥墟腥臊；公往涤之，兹惟乐郊。惟东有獠，惟西有虺；颠覆朋邻，我余有几。崒峚中居，斩其脊尾。岱定河安，惟公之媸。

帝念厥功，还公于朝；陟于地官，且长百僚。度彼四方，孰乐可据；顾瞻衡钧，将举以付。惟公积勤，以疾以忧；及其归时，当谢之秋。贺门未归，吊庐已萃；未燕于堂，已哭于次。昔我及公，实同危事；且死且生，誓莫捐弃。归来握手，曾不三四；曾不濡翰，酬酢文字；曾不醉饱，以劝酒戴。奠以叙哀，其何能致？呜呼哀哉！尚飨。

祭张给事文

维年月日，兵部侍郎韩愈，谨以清酌之奠，祭于故殿中侍御史赠给事中张君之灵。

惟君之先，以儒名家；逮君皇考，再振厥华。乡贡进秀，有司第之；从事元戎，谨职以治。遂拜郎官，以职王宪；不长其年，飞不尽翰。乃生给事，松贞玉刚；干父之业，纂文有光。屡辟侯府，亦佐梁师；前人是似，羞吏嗟咨。御史阙人，夺之于朝；大厦之构，斧斤未操。府迁幽都，顽悖未孚；繄君之赖，乃奏乞留。乃迁殿中，朱衣象版；惟义之趋，岂利之践。

虺豺发豨，阘府屠割；偿其恨犯，君独高脱。露刀成林，弓矢穰穰；千万为徒，噪欢为狂。君独叱之：上不负汝，为此不祥，将死无所！虽愚何知？惭屈变色；君义不辱，杀身就德。天子嘉之，赠官近侍。归于一死，万古是记。

我之从女，为君之配；君于其家，行实高世。无所于葬，舆魂东归；诔以赠之，莫知我哀。呜呼哀哉！尚飨。

祭女挐女文

维年月日，阿爹阿八，使汝妳以清酒时果庶羞之奠，祭于第四小娘子挐子之灵。

呜呼！昔汝疾极，值吾南逐。苍黄分散，使女惊忧。我视汝颜，心知死隔。汝视我面，悲不能啼。我既南行，家亦随谴。扶汝上舆，走朝至暮。天雪冰寒，伤汝羸肌。撼顿险阻，不得少息。不能食饮，又使渴饥。死于穷山，实非其命。不免水火，父母之罪。使汝至此，岂不缘我？草葬路隅，棺非其棺。既瘗遂行，谁守谁瞻？魂单骨寒，无所托依；人谁不死？于汝即冤。我归自南，乃临哭汝。汝目汝面，在吾眼傍；汝心汝意，宛宛可忘。逢岁之吉，致汝先墓；无惊无恐，安以即路。饮食芳甘，棺舆华好；归于其丘，万古是保。尚飨。

祭薛助教文

维元和四年，岁次己丑，后三月二十一日景寅，朝散郎守国子博士韩愈、太学助教侯继，谨以清酌之奠，祭于亡友国子助教薛君之灵。

呜呼！吾徒学而不见施设，禄又不足以活身，天于此时，夺其友人。同官太学，日得相因，奈何永违，只隔数晨！笑语为别，恸哭来门。藏棺蔽帷，欲见无缘，皎皎眉目，在人目前。酌以告诚，庶几有神。呜呼哀哉！尚飨！

祭虞部张员外文

维年月日，愈等谨以清酌庶羞之奠，敬祭于亡友张十三员外之灵。

呜呼！往在贞元，俱从宾荐，司我明试，时维邦彦。各以文售，幸皆少年，群游旅宿，其欢甚焉。出言无尤，有获同喜，他年诸人，莫有能比。

倏忽逮今，二十余岁，存皆衰白，半亦辞世。外缠公事，内迫家私，中宵兴叹，无复昔时。如何今者，又失夫子，懿德柔声，永绝心耳。

庐亲之墓，终丧乃归，阳瘖避职，妻子不知。分司宪台，风纪由振，遂迁司虞，以播华问。不能老寿，孰究其因？托嗣于宗，天维不仁。酒食备设，灵其降止，论德叙情，以视诸诔。尚飨！

李　翱

祭韩侍郎文

呜呼！孔氏云远，杨、墨恣行，孟轲距之，乃坏于成。戎风混华，异学魁横，兄常辩之，孔道益明。建武以还，文卑质丧，气萎体败，剽剥不让。俪花斗叶，颠倒相上。及兄之为，思动鬼神，拨去其华，得其本根。开合怪骇，驱涛涌云，包刘越嬴，并武同殷。六经之风，绝而复新，学者有归，大变于文。

兄之仕宦，罔辞于艰，疏奏辄斥，去而复迁。升黜不改，正言亟闻。贞元十二，兄在汴州，我游自徐，始得兄交。视我无能，待予以友，讲文析道，为益之厚。二十九年，不知其久。兄以疾休，我病卧室，三来视我，笑语穷日。何荒不耕？会之以一。人心乐生，皆恶言凶。兄之在病，则齐其终，顺化以尽，靡惑于中。欲别千古，意如不穷。

临丧大号，决裂肝胸。老聃言寿，死而不忘，兄名之垂，星斗之光。我撰兄行，下于太常，声殚天地，谁云不长？丧车来东，我刺庐江，君命有严，不见兄丧。遣使奠斝，百酸搅肠，音容若在，曷日而忘？呜呼哀哉！

欧阳修

祭资政范公文

呜呼公乎！学古居今，持方入员，丘、轲之艰，其道则然。公曰彼恶，谓公好讦；公曰彼善，谓公树朋；公所勇为，谓公躁进；公有退让，谓公近名。谗人之言，其何可听！先事而斥，群讥众排；有事而思，虽仇谓材；毁不吾伤，誉不吾喜；进退有仪，夷行险止。

呜呼公乎！举世之善，谁非公徒；谗人岂多，公志不舒。善不胜恶，岂其然乎？成难毁易，理又然欤？

呜呼公乎！欲坏其栋，先摧桷榱；倾巢破彀，披折旁枝。害一损百，人谁不罹？谁为党论，是不仁哉！

呜呼公乎！易名谥行，君子之荣；生也何毁，没也何称？好死恶生，殆非人情；岂其生有所嫉，而死无所争？自公云亡，谤不待辨，愈久愈明，由今可见。始屈终伸，公其无憾！写怀平生，寓此薄奠。

祭尹师鲁文

嗟乎师鲁！辩足以穷万物，而不能当一狱吏；志可以狭四海，而无所措其一身。穷山之崖，野水之滨，猿猱之窟，麋鹿之群，犹不能容于其间兮，遂即万鬼而为邻。嗟乎师鲁！世之恶子之多，未必若爱子者之众，而其穷而至此兮，得非命在乎天而不在乎人？

方其奔颠斥逐，困厄艰屯，举世皆冤，而语言未尝以自及，以穷至死，而妻子不见其悲忻。用舍进退，屈伸语默，夫何能然，乃学之力。至其握手为诀，隐几待终，颜色不变，笑言从容，死生之间，既已能通于性命，忧患之至，宜其不累于心胸。自子云逝，善人宜哀；子能自达，余又何悲！惟其师友之益，平生之旧，情之难忘，言不可究。

嗟乎师鲁！自古有死，皆归无物，惟圣与贤，虽埋不没；尤于文章，焯若星日。子之所为，后世师法，虽嗣子尚幼，未足以付予，而世人藏之，庶可无忧于坠失。

子于众人，最爱余文，寓辞千里，侑此一尊，冀以慰子，闻乎不闻？尚飨！

祭石曼卿文

呜呼曼卿！生而为英，死而为灵。其同乎万物生死，而复归于无物者，暂聚之形；不与万物共尽，而卓然其不朽者，后世之名。此自古圣贤，莫不皆然；而著在简册者，昭如日星。

呜呼曼卿！吾不见子久矣，犹能仿佛子之平生。其轩昂磊落，突兀峥嵘，而埋藏于地下者，意其不化为朽壤，而为金玉之精。不然，生长松之千尺，产灵芝而九茎。奈何荒烟野蔓，荆棘纵横，风凄露下，走磷飞萤。但见牧童樵叟，歌吟而上下；与夫惊禽骇兽，悲鸣踯躅而咿嘤。今固如此，更千秋而万岁兮，安知其不穴藏狐貉与鼯鼪？此自古圣贤亦皆然兮，独不见夫累累乎旷野与荒城！

呜呼曼卿！盛衰之理，吾固知其如此，而感念畴昔，悲凉凄怆，不觉临风而陨涕者，有愧乎太上之忘情。尚飨！

祭苏子美文

哀哀子美！命止斯邪？小人之幸，君子之嗟！

子之心胸，蟠屈龙蛇，风云变化，雨雹交加，忽然挥斧，霹雳轰车；人有遭之，心惊胆落，震仆如麻；须臾霁止，而四顾百里，山川草木，开发萌芽。子于文章，雄豪放肆有如此者，吁可怪邪！

嗟乎世人，知此而已，贪悦其外，不窥其内。欲知子心，穷达之际。金石虽坚，尚可破坏，子于穷达，始终仁义。惟人不知，乃穷至此。蕴而不见，逐以没地，独留文章，照耀后世。嗟世之愚，掩抑毁伤，譬如磨鉴，不灭愈光。一世之短，万世之长，其间得失，不待较量。哀哀子美，来举予觞。尚飨！

祭梅圣俞文

昔始见子，伊川之上，予仕方初，子年亦壮。读书饮酒，握手相欢，谈辩锋出，贤豪满前。谓言仕宦，所至皆然，但当行乐，何有忧患？

子去河南，余贬山峡，三十年间，乖离会合。晚被选擢，滥官朝廷，荐子学舍，吟哦六经。余才过分，可愧非荣，子虽穷厄，日有声名。予狷而刚，中遭多难，气血先耗，发须早变。子心宽易，在险如夷，年实加我，其颜不衰。谓子仁人，自宜多寿，予譬膏火，煎熬岂久？事今反此，理固难知，况于富贵，又可必期？

念昔河南，同时一辈，零落之余，惟予子在。子又去我，余存兀然，凡今之游，皆莫余先。纪行琢辞，子宜余责，送终恤孤，则有众力，惟声与泪，独出余臆。

祭欧阳文忠公文

呜呼哀哉！公之生于世，六十有六年。民有父母，国有蓍龟。斯文有传，学者有师。君子有所恃而不恐，小人有所畏而不为。譬如大川乔岳，不见其运动，而功利之及于物者，盖不可以数计而周知。今公之没也，赤子无所仰庇，朝廷无所稽疑。斯文化为异端，而学者至于用夷。君子以为无为为善，而小人沛然自以为得时。譬如深渊大泽，龙亡而虎逝，则变怪杂出，舞鳅鳝而号狐狸。

昔其未用也，天下以为病；而其既用也，则又以为迟。及其释位而去也，莫不冀其复用；至其请老而归也，莫不惆怅失望。而犹庶几于万一者，幸公之未衰。孰谓公无复有意于斯世也，奄一去而莫予追？岂厌世溷浊，洁身而逝乎？将民之无禄，而天莫之遗！

昔我先君，怀宝遁世，非公则莫能致。而不肖无状，因缘出入受教于门下者，十有六年于兹。闻公之丧，义当匍匐往救，而怀禄不去，愧古人以忸怩。缄词千里，以寓一哀而已矣，盖上以为天下恸，而下以哭其私。呜呼哀哉！

祭柳子玉文

猗欤子玉！南国之秀。甚敏而文，声发自幼。从横武库，炳蔚文囿，独以诗鸣，天锡雄咮。元轻白俗，郊寒岛瘦，嘹然一吟，众作卑陋。

　　凡今卿相，伊昔朋旧，平视青云，可到宁骤。孰云坎轲？白发垂腫，才高绝俗，性疏来诟。谪居穷山，遂侣猩狖，夜衾不絮，朝甑绝馏。慨然怀归，投弃缨绶，潜山之麓，往事神后。道味自饴，世芬莫嗅，凡世所欲，有避无就。谓当乘除，并畀之寿，云何不淑，命也谁咎！

　　顷在钱塘，惠然我觏，相从半岁，日饮醇酎。朝游南屏，暮宿灵鹫，雪窗饥坐，清阒间奏。沙河夜归，霜月如昼，纶巾鹤氅，惊笑吴妇。会合之难，如次组绣，翻然失去，覆水何救！

　　维子耆老，名德俱茂，嗟我后来，匪友惟媾。子有令子，将大子后，顾然二孙，则谓我舅。念子永归，涕如悬霤，歌此奠诗，一樽往侑。

苏　辙

代三省祭司马丞相文

　　呜呼！元丰末命，震惊四方，号令所从，帷幄是望。公来自西，会哭于庭，搢绅咨嗟，复见老成。太任在位，成王在左，曰予惸惸，谁恤予祸？白发苍颜，三世之臣，不留相予，孰左右民？公出于道，民聚而呼，皆曰"吾父"，归欤归欤！公畏莫当，遄返洛师，授之宛丘，实将用之。

　　公之来思，岌然特立，身如槁木，心如金石。时当宅忧，恭默不言，一二卿士，代天斡旋。事夥如丝，众比如栉，治乱之几，间不容发。公身当之，所恃惟诚，吾民苟安，吾君则宁。以顺得天，以信得人，锄去太甚，复其本原。白叟黄童，织妇耕夫，庶几休焉，日月以须。公乘安舆，入见延和，裕民之言，之死靡他。

将享合宫，百辟咸事，公病于家，卧不时起。明日当斋，公讣暮闻，天以雨泣，都人酸辛。礼成不贺，人识君意，龙衮蝉冠，遂以往禭。

公之初来，民执弓矛，逮公永归，既耕且耰。公虽云亡，其志则存，国有成法，朝有正人。持而守之，有一毋陨，匪以报公，维以报君。天子圣明，神母万年，民不告勤，公志则然。死者复生，信我此言。呜呼哀哉！

王安石

祭范颍州文

呜呼我公，一世之师。由初迄终，名节无疵。明肃之盛，身危志殖，瑶华失位，又随以斥。治功亟闻，尹帝之都，闭奸兴良，稚子歌呼。赫赫之家，万首俯趋，独绳其私，以走江湖。士争留公，蹈祸不栗，有危其辞，谒与俱出。风俗之衰，骇正怡邪，蹇蹇我初，人以疑嗟。力行不回，慕者兴起，儒先酉酉，以节相侈。

公之在贬，愈勇为忠，稽前引古，谊不营躬。外更三州，施有余泽，如酾河江，以灌寻尺。宿赃自解，不以刑加，猾盗涵仁，终老无邪。讲艺弦歌，慕来千里，沟川障泽，田桑有喜。

戎孽猘狂，敢崎我疆，铸印刻符，公屏一方。取将于伍，后常名显，收士至佐，维邦之彦。声之所加，虏不敢濒，以其余威，走敌完邻。昔也始至，疮痍满道，药之养之，内外完好。既其无为，饮酒笑歌，百城宴眠，吏士委蛇。

上嘉曰材，以副枢密，稽首辞让，至于六七。遂参宰相，厘我典常，扶贤赞杰，乱冗除荒。官更于朝，士变于乡，百治具修，偷堕勉强。彼阙不遂，归侍帝侧，卒屏于外，身屯道塞。谓宜耆老，尚有以为，神乎孰忍，使至于斯！盖公之才，犹不尽试，肆其经纶，功孰与计？

自公之贵，厩库逾空，和其色辞，傲讦以容。化于妇妾，不靡珠玉，翼翼公子，敝绨恶粟。闵死怜穷，惟是之奢，孤女以嫁，男成厥家。孰埋于深？孰锲乎厚？其传其详，以法永久。

硕人今亡，邦国之忧，矧鄙不肖，辱公知尤。承凶万里，不往而留，涕哭驰辞，以赞醪羞。情强酷似韩公，特诙诡天然之趣不及尔。

祭欧阳文忠公文

夫事有人力之可致，犹不可期，况乎天理之溟溟，又安可得而推？惟公生有闻于当时，死有传于后世，苟能如此足矣，而亦又何悲！如公器质之深厚，智识之高远，而辅学术之精微，故充于文章，见于议论，豪健俊伟，怪巧瑰琦。其积于中者，浩如江河之停蓄；其发于外者，烂如日星之光辉。其清音幽韵，凄如飘风急雨之骤至；其雄辞闳辩，快如轻车骏马之奔驰。世之学者，无问乎识与不识，而读其文，则其人可知。

呜呼！自公仕宦四十年，上下往复，感世路之崎岖，虽屯邅困踬。窜斥流离而终不可掩者，以其公议之是非。既压复起，遂显于世，果敢之气，刚正之节，至晚而不衰。方仁宗皇帝临朝之末年，顾念后事，谓如公者，可寄以社稷之安危。及夫发谋决策，从容指顾，立定大计，谓千载而一时。功名成就，不居而去。其出处进退，又庶乎英魄灵气。不随异物腐散，而长在乎箕山之侧与颍水之湄。然天下之无贤不肖，且犹为涕泣而歔欷，而况朝士大夫，平昔游从，又予心之所向慕而瞻依！

呜呼！盛衰兴废之理，自古如此，而临风想望不能忘情者，念公之不可复见，而其谁与归？

祭丁元珍学士文

我初闭门，屈首书诗，一出涉世，茫无所知。援挈覆护，免于阽危；雝培浸灌，使有华滋。微吾元珍，我殆弗殖，如何弃我，陨命一昔！以忠出恕，以信行仁，至于白首，困厄穷屯。又从挤之，使以踬死，岂伊人尤？天实为此。有槃彼石，可志于丘，虽不属我，我其徂求。请著君德，铭之九幽，以驰我哀，不在醪羞。

祭王回深甫文

嗟嗟深甫！真弃我而先乎？孰谓深甫之壮以死，而吾可以长年乎？虽吾昔日，执子之手，归言子之所为，实受命于吾母，曰："如此人，乃与为友。"吾母知子，过于予初，终子成德，多吾不如。呜呼天乎！既丧吾母，又夺吾友，虽不即死，吾何能久？搏胸一痛，心摧志朽，泣涕为文，以荐食酒。嗟嗟深甫！子尚知否？

祭高师雄主簿文

我始寄此，与君往还，于时康定，庆历之间。爱我勤我，急我所难，日月一世，疾于跳丸。南北几时，相见悲欢。去岁忧除，追寻陈迹，淮水之上，冶城之侧。握手笑语，有如一昔，屈指数日，待君归舻。安知弥年，乃见哭庭，维君家行，可谓修饬。如其智能，亦岂多得？垂老一命，终于远域。岂惟故人，所为叹惜，抚棺一奠，以告心恻。

祭曾博士易占文

呜呼！公以罪废，实以不幸；卒困以夭，亦惟其命。命与才违，人实知之，名之不幸，知者为谁？公之闾里，宗亲党友，知公之名，于实无有。呜呼公初，公志如何？孰云不谐，而厄孔多？

地大天穹，有时而毁，星日脱败，山倾谷圮。人居其间，万物一偏，固有穷通，世数之然。至其寿夭，尚何忧喜？要之百年，一蜕以死。方其生时，窘若囚拘，其死以归，混合空虚。以生易死，死者不祈，惟其不见，生者之悲。公今有子，能隆公后，惟彼生者，可无甚悼。嗟理则然，其情难忘，哭泣驰辞，往侑奠觞。

祭李省副文

呜呼！君谓死者必先气索而神零，孰谓君气足以薄云汉兮，神昭晰乎日星，而忽陨背乎，不能保百年之康宁？惟君别我，往祠太一，笑言从容，愈于平日。既至即事，升降孔秩，归鞍在途，不返其室。讣闻士夫，环视太息，矧我于君，情何可极！具兹醪羞，以告哀恻。

祭周几道文

初我见君，皆童而帻，意气豪悍，崩山决泽。弱冠相视，隐忧厄穷。貌则侔年，心颓如翁。俯仰悲欢，超然一世，皓发黧黬，分当先弊。孰知君子，赴我称孤？发封涕洟，举屋惊呼。行与世乖，惟君缱绻，吊祸问疾，书犹在眼。序铭于石，以报德音，设辞虽褊，义不愧心。君实爱我，祭其如歆！

祭束向原道文

呜呼束君！其信然耶？奚仇友朋？奚怨室家？堂堂去之，我始疑嗟。惟昔见君，田子之自，我欲疾走，哭诸田氏。吾縻不赴，田疾不知，今乃独哭，谁同我悲？

始君求仕，士莫敢匹，洪洪其声，硕硕其实。霜落之林，豪鹰俊鹯，万鸟避逃，直摩苍天。踬焉仅仕，后愈以困，洗藏销塞，动辄失分。如羁骏马，以驾柴车，侧身堕首，与骞同匐。命又不祥，不能中寿，百不一出，孰知其有？

能知君者，世孰予多？学则同游，仕则同科。出作扬官，君实其乡，倾心倒肝，迹斥形忘。君于寿食，我饮鄞水，岂无此朋，念不去彼。既来自东，乃临君丧，阒阒阴宫，梗野榛荒。东门之行，不几日月，孰云于今，万世之别？嗟屯怨穷，闵命不长，世人皆然，君子则亡。予其何言？君尚有知，具此酒食，以陈我悲。

祭张安国检正文

呜呼！善之不必福，其已久矣，岂今于君始悼叹其如此！自君丧除，知必顾予。怪久不至，岂其病欤？今也君弟。哭而来赴。天不姑释一士，以为予助。何生之艰，而死之遽！

君始从我，与吾儿游，言动视听，正而不偷。乐于饥寒，惟道之谋。既掾司法，议争谳失，中书大理，再为君屈。遂升宰属，能挠强倔，辩正狱讼，又常精出。岂君刑名，为独穷深？直谅明清，靡所不任，人恌莫知，乃恻我心。君仁至矣，勇施而忘己；君孝至矣，孺慕以至死。能人所难，可谓君子。

呜呼！吾儿逝矣，君又随之，我留在世，其与几时？酒食之哀，侑以言辞。

卷十七　传志之属上编一

史　记

项羽本纪

项籍者，下相人也，字羽。初起时，年二十四。其季父项梁，梁父即楚将项燕，为秦将王翦所戮者也。项氏世世为楚将，封于项，故姓项氏。

项籍少时，学书不成，去学剑，又不成。项梁怒之。籍曰："书足以记名姓而已。剑一人敌，不足学，学万人敌。"于是项梁乃教籍兵法，籍大喜，略知其意，又不肯竟学。项梁尝有栎阳逮，乃请蕲狱掾曹咎书抵栎阳狱掾司马欣，以故事得已。项梁杀人，与籍避仇于吴中。吴中贤士大夫皆出项梁下。每吴中有大繇役及丧，项梁常为主办，阴以兵法部勒宾客及子弟，以是知其能。秦始皇帝游会稽，渡浙江，梁与籍俱观。籍曰："彼可取而代也。"梁掩其口，曰："毋妄言，族矣！"梁以此奇籍。籍长八尺余，力能扛鼎，才气过人，虽吴中子弟皆已惮籍矣。以上籍微时事。

秦二世元年七月，陈涉等起大泽中。其九月，会稽守通谓梁曰："江西皆反，此亦天亡秦之时也。吾闻先即制人，后则为人所制。吾欲发兵，使公及桓楚将。"是时桓楚亡在泽中。梁曰："桓楚亡，人莫知其处，独籍知之耳。"梁乃出，诚籍持剑居外待。梁复入，与守坐，曰："请召籍，使受命召桓楚。"守曰："诺。"梁召籍入。须臾，梁眴籍曰："可行矣！"於是籍遂拔剑斩守头。项梁持守头，佩其印绶。门下大惊，扰乱，籍所击杀数十百人。一府中皆慴伏，莫敢起。梁乃召故所知豪吏，谕以所为起大事，遂举吴中兵。使人收下县，得精兵八千人。梁部署吴中豪杰为校尉、候、司马。有一人不得用，自言于梁。梁曰："前时某丧，使公主某事，不能办，以此不任用公。"众乃皆伏。于是梁为会稽守，籍为裨将，徇下县。广陵人召平于是为陈王徇广陵，未能下。闻陈王败走，秦兵又且至，乃渡江矫陈王命，拜梁为楚王上柱国。曰："江东已定，急引兵西击秦。"项梁乃以八千人渡江而西。以上梁、籍杀会稽守，举兵吴中，渡江而西。

闻陈婴已下东阳，使使欲与连和俱西。陈婴者，故东阳令史，居县中，素信谨，称为长者。东阳少年杀其令，相聚数千人，欲置长，无适用，乃请陈婴。婴谢不能，遂强立婴为长，县中从者得二万人。少年欲立婴便为王，异军苍头特起。陈婴母谓婴曰："自我为汝家妇，未尝闻汝先古之有贵者。今暴得大名，不祥。不如有所属，事成犹得封侯，事败易以亡，非世所指名也。"婴乃不敢为王。谓其军吏曰："项氏世世将家，有名于楚。今欲举大事，将非其人，不可。我倚名族，亡秦必矣。"于是众从其言，以兵属项梁。项梁渡淮，黥布、蒲将军亦以兵属焉。凡六七万人，军下邳。当是时，秦嘉已立景驹为楚王，军彭城东，欲距项梁。项梁谓军吏曰："陈王先首事，战不利，未闻所在。今秦嘉倍陈王而立景驹，逆无道。"乃进兵击秦嘉。秦嘉军败走，追之至胡陵。嘉还战一日，嘉死，军降。景驹走死梁地。项梁已并秦嘉军，军胡陵，将引军而西。以上项梁并有陈婴、黥布、蒲将军、秦嘉等军。

章邯军至栗，项梁使别将朱鸡石、馀樊君与战。馀樊君死。朱鸡石军败，亡走胡陵。项梁乃引兵入薛，诛鸡石。项梁前使项羽别攻襄城，襄城坚守不下。已拔，皆坑之。还报项梁。项梁闻陈王定死，召诸别将会薛计事。此时沛公亦起沛，往焉。

居鄛人范增，年七十，素居家，好奇计，往说项梁曰："陈胜败固当。夫秦灭六国，楚最无罪。自怀王入秦不反，楚人怜之至今，故楚南公曰'楚虽三户，亡秦必楚'也。今陈胜首事，不立楚后而自立，其势不长。今君起江东，楚蜂午之将皆争附君者，以君世世楚将，为能复立楚之后也。"于是项梁然其言，乃求楚怀王孙心民间，为人牧羊，立以为楚怀王，从民所望也。陈婴为楚上柱国，封五县，与怀王都盱台。项梁自号为武信君。以上项氏立楚怀王。

居数月，引兵攻亢父，与齐田荣、司马龙且军救东阿，大破秦军于东阿。田荣即引兵归，逐其王假。假亡走楚，假相田角亡走赵。角弟田间故齐将，居赵不敢归。田荣立田儋子市为齐王。项梁已破东阿下军，遂追秦军。数使使趣齐兵，欲与俱西。田荣曰："楚杀田假，赵杀田角、田间，乃发兵。"项梁曰："田假为与国之王，穷来从我，不忍杀之。"赵亦不杀田角、田间以市于齐。齐遂不肯发兵助楚。项梁使沛公及项羽别攻城阳，屠之。西破秦军濮阳东，秦兵收入濮阳。沛公、项羽乃攻定陶。定陶未下，去，西略地至雍丘，大破秦军，斩李由。还攻外黄，外黄未下。

项梁起东阿，西北至定陶，再破秦军。项羽等又斩李由，益轻秦，有骄色。宋义乃谏项梁曰："战胜而将骄卒惰者败。今卒少惰矣，秦兵日益，臣为君畏之。"项梁弗听。乃使宋义使于齐。道遇齐使者高陵君显，曰："公将见武信君乎？"曰："然。"曰：

"臣论武信君军必败。公徐行即免死，疾行则及祸。"秦果悉起兵益章邯，击楚军，大破之定陶，项梁死。沛公、项羽去外黄攻陈留，陈留坚守不能下。沛公、项羽相与谋曰："今项梁军破，士卒恐。"乃与吕臣军俱引兵而东。吕臣军彭城东，项羽军彭城西，沛公军砀。章邯已破项梁军，则以为楚地兵不足忧，乃渡河击赵，大破之。以上齐不助楚，项梁败死。

当此时，赵歇为王，陈馀为将，张耳为相，皆走入巨鹿城。章邯令王离、涉间围巨鹿，章邯军其南，筑甬道而输之粟。陈馀为将，将卒数万人而军钜鹿之北，此所谓河北之军也。

楚兵已破于定陶，怀王恐，从盱台之彭城，并项羽、吕臣军自将之。以吕臣为司徒，以其父吕青为令尹。以沛公为砀郡长，封为武安侯，将砀郡兵。

初，宋义所遇齐使者高陵君显在楚军，见楚王曰："宋义论武信君之军必败，居数日，军果败。兵未战而先见败征，此可谓知兵矣。"王召宋义，与计事而大说之，因置以为上将军。项羽为鲁公，为次将，范增为末将，救赵。诸别将皆属宋义，号为卿子冠军。行至安阳，留四十六日不进。项羽曰："吾闻秦军围赵王钜鹿，疾引兵渡河，楚击其外，赵应其内，破秦军必矣。"宋义曰："不然。夫搏牛之虻不可以破虮虱。今秦攻赵，战胜则兵罢，我承其敝；不胜，则我引兵鼓行而西，必举秦矣。故不如先斗秦、赵。夫被坚执锐，义不如公；坐而运策，公不如义。"因下令军中曰："猛如虎，很如羊，贪如狼，强不可使者，皆斩之。"乃遣其子宋襄相齐，身送之至无盐，饮酒高会。天寒大雨，士卒冻饥。项羽曰："将戮力而攻秦，久留不行。今岁饥民贫，士卒食芋菽，军无见粮，乃饮酒高会，不引兵渡河因赵食，与赵并力攻秦，乃曰'承其敝'。夫以秦之强，攻新造之赵，其势必举赵。赵举而秦强，何敝之承！且国兵新破，王坐不安席，扫境内而专属于将军，国家安危，在此一举。今不恤士卒而徇其私，非社稷之臣。"项羽晨朝上将军宋义，即其帐中斩宋义头，出令军中曰："宋义与齐谋反楚，楚王阴令羽诛之。"当是时，诸将皆慑服，莫敢枝梧。皆曰："首立楚者，将军家也。今将军诛乱。"乃相与共立羽为假上将军。使人追宋义子，及之齐，杀之。使桓楚报命于怀王。怀王因使项羽为上将军，当阳君、蒲将军皆属项羽。

项羽已杀卿子冠军，威震楚国，名闻诸侯。乃遣当阳君、蒲将军将卒二万渡河，救巨鹿。战少利，陈馀复请兵。项羽乃悉引兵渡河，皆沉船，破釜甑，烧庐舍，持三日粮，以示士卒必死，无一还心。于是至则围王离，与秦军遇，九战，绝其甬道，大破之，杀苏角，虏王离。涉间不降楚，自烧杀。当是时，楚兵冠诸侯。诸侯军救钜鹿下者十余壁，莫敢纵兵。及楚击秦，诸将皆从壁上观。楚战士无不一以当十，楚兵呼声动天，诸侯军无不人人惴恐。于是已破秦军，项羽召见诸侯将，入辕门，无不膝行而前，莫敢仰视。项羽由是始为诸侯上将军，诸侯皆属焉。以上项羽杀宋义，破秦兵于钜鹿，为诸侯上将军。

章邯军棘原，项羽军漳南，相持未战。秦军数却，二世使人让章邯。章邯恐，使长史欣请事。至咸阳，留司马门三日，赵高不见，有不信之心。长史欣恐，还走其军，不敢出故道，赵高果使人追之，不及。欣至军，报曰："赵高用事于中，下无可为者。今战能胜，高必疾妒吾功；战不能胜，不免于死。愿将军孰计之。"陈馀亦遗章邯书曰："白起为秦将，南征鄢郢，北坑马服，攻城略地，不可胜计，而竟赐死。蒙恬为秦将，北逐戎人，开榆中地数千里，竟斩阳周。何者？功多，秦不能尽封，因以法诛之。今将军为秦将三岁矣，所亡失以十万数，而诸侯并起滋益多。彼赵高素谀日久，今事急，亦恐二世诛之，故欲以法诛将军以塞责，使人更代将军以脱其祸。夫将军居外久，多内郤，有功亦诛，无功亦诛。且天之亡秦，无愚智皆知之。今将军内不能直谏，外为亡国将，孤特独立而欲常存，岂不哀哉！将军何不还兵与诸侯为从，约共攻秦，分王其地，南面称孤。此孰与身伏铁质，妻子为僇乎？"章邯狐疑，阴使候始成使项羽，欲约。约未成，项羽使蒲将军日夜引兵度三户，军漳南，与秦战，再破之。项羽悉引兵击秦军汙水上，大破之。

　　章邯使人见项羽，欲约。项羽召军吏谋曰："粮少，欲听其约。"军吏皆曰："善。"项羽乃与期洹水南殷虚上。已盟，章邯见项羽而流涕，为言赵高。项羽乃立章邯为雍王，置楚军中。使长史欣为上将军，将秦军为前行。到新安。诸侯吏卒异时故繇使屯戍过秦中，秦中吏卒遇之多无状，及秦军降诸侯，诸侯吏卒乘胜多奴虏使之，轻折辱秦吏卒。秦吏卒多窃言曰："章将军等诈吾属降诸侯，今能入关破秦，大善；即不能，诸侯虏吾属而东，秦必尽诛吾父母妻子。"诸将微闻其计，以告项羽。项羽乃召黥布、蒲将军计曰："秦吏卒尚众，其心不服。至关中不听，事必危，不如击杀之，而独与章邯、长史欣、都尉翳入秦。"于是楚军夜击坑秦卒二十余万人新安城南。以上项羽受章邯之降，坑秦降卒。

　　行略定秦地。函谷关有兵守关，不得入。又闻沛公已破咸阳，项羽大怒，使当阳君等击关。项羽遂入，至于戏西。沛公军霸上，未得与项羽相见。沛公左司马曹无伤使人言于项羽曰："沛公欲王关中，使子婴为相，珍宝尽有之。"项羽大怒，曰："旦日飨士卒，为击破沛公军！"当是时，项羽兵四十万，在新丰鸿门，沛公兵十万，在霸上。范增说项羽曰："沛公居山东时，贪于财货，好美姬。今入关，财物无所取，妇女无所幸，此其志不在小。吾令人望其气，皆为龙虎，成五采，此天子气也。急击勿失。”

　　楚左尹项伯者，项羽季父也，素善留侯张良。张良是时从沛公，项伯乃夜驰之沛公军，私见张良，具告以事，欲呼张良与俱去。曰：“毋从俱死也。”张良曰：“臣为韩王送沛公，沛公今事有急，亡去不义，不可不语。”良乃入，具告沛公。沛公大惊，曰：“为之奈何？”张良曰：“谁为大王为此计者？”曰：“鲰生说我曰‘距关，毋纳诸侯，秦地可尽王也’。故听之。”良曰：“料大王士卒足以当项王乎？”沛公默然，曰：“固不如也，且为之奈何？”张良曰：“请往谓项伯，言沛公不敢背项王也。”沛公曰：“君安与项伯有故？”张良曰：“秦时与臣游，项伯杀人，臣活之。今事有急，故幸来告良。”沛公曰“孰与君少长？”良曰：“长于臣。”沛公曰：“君为我呼入，吾得兄事之。”张良出，要项伯。项伯即入见沛公。沛公奉卮酒为寿，约为婚姻，曰：“吾入关，秋豪不敢有所近，籍吏民，封府库，而待将军。所以遣将守关者，备他盗之出入与非常也。日夜望将军至，岂敢反乎！愿伯具言臣之不敢倍德也。”项伯许诺，谓沛公曰：“旦日不可不蚤自来谢项王。”沛公曰：“诺。”于是项伯复夜去，至军中，具以沛公言报项王。因言曰：“沛公不先破关中，公岂敢入乎？今人有大功而击之，不义也，不如因善遇之。”项王许诺。

　　沛公旦日从百余骑来见项王，至鸿门，谢曰：“臣与将军戮力而攻秦，将军战河北，臣战河南，然不自意能先入关破秦，得复见将军于此。今者有小人之言，令将军与臣有郤。”项王曰：“此沛公左司马曹无伤言之；不然，籍何以至此。”项王即日因留沛公与饮。项王、项伯东向坐，亚父南向坐。亚父者，范增也。沛公北向坐，张良西向侍。范增数目项王，举所佩玉玦以示之者三，项王默然不应。范增起，出召项庄，谓曰：“君王为人不忍，若入前为寿。寿毕，请以剑舞，因击沛公于坐，杀之。不者，若属皆且为所虏。"庄则入为寿，寿毕，曰："君王与沛公饮，军中无以为乐，请以剑舞。"项王曰："诺。"项庄拔剑起舞，项伯亦拔剑起舞，常以身翼蔽沛公，庄不得击。于是张良至军门，见樊哙。樊哙曰："今日之事何如？"良曰："甚急！今者项庄拔剑舞，其意常在沛公也。"哙曰："此迫矣！臣请入，与之同命。"哙即带剑拥盾入军门。交戟之卫士欲止不内，樊哙侧其盾以撞，卫士仆地，哙遂入。披帷西向立，瞋目视项王，头发上指，目眦尽裂。项王按剑而跽曰："客何为者？"张良曰："沛公之骖乘樊哙者也。"项王曰："壮士，赐之卮酒。"则与斗卮酒。哙拜谢，起，立而饮之。项王曰："赐之彘肩。"则与一生彘肩。樊哙覆其盾于地，加彘肩上，拔剑切而啖之。项王曰："壮士，能复饮乎？"樊哙曰："臣死且不避，卮酒安足辞！夫秦王有虎狼之心，杀人如不能举，刑人如恐不胜，天下皆叛之。怀王与诸将约曰'先破秦入咸阳者王之'。今沛公先破秦入咸阳，豪毛不敢有所近，封闭宫室，还军霸上，以待大王来。故遣将守关者，备他盗出入与非常也。劳苦而功高如此，未有封侯之赏，而听细说，欲诛有功之人。此亡秦之续耳，窃为大王不取也。"项王未有以应，曰："坐。"樊哙从良坐。坐须臾，沛公起如厕，因招樊哙出。

　　沛公已出，项王使都尉陈平召沛公。沛公曰："今者出，未辞也，为之奈何？"樊哙曰："大行不顾细谨，大礼不辞小让。如今人方为刀俎，我为鱼肉，何辞为？"于是遂去。乃令张良留谢。良问曰："大王来何操？"曰："我持白璧一双，欲献项王，玉斗一双，欲与亚父，会其怒，不敢献。公为我献之。"张良曰："谨诺。"当是时，项王军在鸿门下，沛公军在霸上，相去四十里。沛公则置车骑，脱身独骑，与樊哙、夏侯婴、靳强、纪信等四人持剑盾步走，从郦山下，道芷阳间行。沛公谓张良曰："从此道至吾军，不过二十里耳。度我至军中，公乃入。"沛公已去，间至军中，张良入谢，曰：“沛公不胜杯杓，不能辞。谨使臣良奉白璧一双，再拜献大王足下；玉斗一双，再拜奉大将军足下。”项王曰：“沛公安在？”良曰：“闻大王有意督过之，脱身独去，已至军矣。”项王则受璧，置之坐上。亚父受玉斗，置之地，拔剑撞而破之，曰：“唉！竖子不足与谋。夺项王天下者，必沛公也，吾属今为之虏矣。”沛公至军，立诛杀曹无伤。以上项王宴沛公于鸿门。

居数日，项羽引兵西屠咸阳。杀秦降王子婴，烧秦宫室，火三月不灭；收其货宝妇女而东。人或说项王曰：“关中阻山河四塞，地肥饶，可都以霸。”项王见秦宫室皆以烧残破，又心怀思欲东归，曰：“富贵不归故乡，如衣绣夜行，谁知之者！”说者曰：“人言楚人沐猴而冠耳，果然。”项王闻之，烹说者。以上项王烧秦宫室东归。

项王使人致命怀王。怀王曰：“如约。”乃尊怀王为义帝。项王欲自王，先王诸将相。谓曰：“天下初发难时，假立诸侯后以伐秦。然身被坚执锐首事，暴露于野三年，灭秦定天下者，皆将相诸君与籍之力也。义帝虽无功，故当分其地而王之。”诸将皆曰：“善。”乃分天下，立诸将为侯王。项王、范增疑沛公之有天下，业已讲解，又恶负约，恐诸侯叛之，乃阴谋曰：“巴蜀道险，秦之迁人皆居蜀。”乃曰：“巴蜀亦关中地也。”故立沛公为汉王，王巴、蜀、汉中，都南郑。而三分关中，王秦降将以距塞汉王。项王乃立章邯为雍王，王咸阳以西，都废丘。长史欣者，故为栎阳狱掾，尝有德于项梁；都尉董翳者，本劝章邯降楚。故立司马欣为塞王，王咸阳以东至河，都栎阳；立董翳为翟王，王上郡，都高奴。徙魏王豹为西魏王，王河东，都平阳。瑕丘申阳者，张耳嬖臣也，先下河南郡，迎楚河上，故立申阳为河南王，都雒阳。韩王成因故都，都阳翟。赵将司马卬定河内，数有功，故立卬为殷王，王河内，都朝歌。徙赵王歇为代王。赵相张耳素贤，又从入关，故立耳为常山王，王赵地，都襄国。当阳君黥布为楚将，常冠军，故立布为九江王，都六。鄱君吴芮率百越佐诸侯，又从入关，故立芮为衡山王，都邾。义帝柱国共敖将兵击南郡，功多，因立敖为临江王，都江陵。徙燕王韩广为辽东王。燕将臧荼从楚救赵，因从入关，故立荼为燕王，都蓟。徙齐王田市为胶东王。齐将田都从共救赵，因从入关，故立都为齐王，都临菑。故秦所灭齐王建孙田安，项羽方渡河救赵，田安下济北数城，引其兵降项羽，故立安为济北王，都博阳。田荣者，数负项梁，又不肯将兵从楚击秦，以故不封。成安君陈馀弃将印去，不从入关，然素闻其贤，有功于赵，闻其在南皮，故因环封三县。番君将梅鋗功多，故封十万户侯。项王自立为西楚霸王，王九郡，都彭城。以上项王分王诸将，自都彭城。

汉之元年四月，诸侯罢戏下，各就国。项王出之国，使人徙义帝，曰："古之帝者地方千里，必居上游。"乃使使徙义帝长沙郴县。趣义帝行，其群臣稍稍背叛之，乃阴令衡山、临江王击杀之江中。韩王成无军功，项王不使之国，与俱至彭城，废以为侯，已又杀之。臧荼之国，因逐韩广之辽东，广弗听，荼击杀广无终，并王其地。

田荣闻项羽徙齐王市胶东，而立齐将田都为齐王，乃大怒，不肯遣齐王之胶东，因以齐反，迎击田都。田都走楚。齐王市畏项王，乃亡之胶东就国。田荣怒，追击杀之即墨。荣因自立为齐王，而西击杀济北王田安，并王三齐。荣与彭越将军印，令反梁地。陈馀阴使张同、夏说说齐王田荣曰："项羽为天下宰，不平。今尽王故王于丑地，而王其群臣诸将善地，逐其故主，赵王乃北居代，馀以为不可。闻大王起兵，且不听不义，愿大王资馀兵，请以击常山，以复赵王，请以国为扞蔽。"齐王许之，因遣兵之赵。陈馀悉发三县兵，与齐并力击常山，大破之。张耳走归汉。陈馀迎故赵王歇于代，反之赵。赵王因立陈馀为代王。以上项王杀义帝、韩王，齐、赵叛项王。

　　是时，汉还定三秦。项羽闻汉王皆已并关中，且东，齐、赵叛之，大怒。乃以故吴令郑昌为韩王，以距汉。令萧公角等击彭越，彭越败萧公角等。汉使张良徇韩，乃遗项王书曰："汉王失职，欲得关中，如约即止，不敢东。"又以齐、梁反书遗项王曰："齐欲与赵并灭楚。"楚以此故无西意，而北击齐。征兵九江王布。布称疾不往，使将将数千人行。项王由此怨布也。汉之二年冬，项羽遂北至城阳，田荣亦将兵会战。田荣不胜，走至平原，平原民杀之。遂北烧夷齐城郭室屋，皆坑田荣降卒，系虏其老弱妇女。徇齐至北海，多所残灭。齐人相聚而叛之。于是田荣弟田横收齐亡卒得数万人，反城阳。项王因留，连战未能下。以上项王伐齐叛。

　　春，汉王部五诸侯兵，凡五十六万人，东伐楚。项王闻之，即令诸将击齐，而自以精兵三万人南从鲁出胡陵。四月，汉皆已入彭城，收其货宝美人，日置酒高会。项王乃西从萧，晨击汉军而东，至彭城。日中，大破汉军。汉军皆走，相随入谷、泗水，杀汉卒十余万人。汉卒皆南走山，楚又追击至灵壁东睢水上。汉军却，为楚所挤，多杀，汉卒十余万人皆入睢水，睢水为之不流。围汉王三匝。于是大风从西北而起，折木发屋，扬沙石，窈冥昼晦，逢迎楚军。楚军大乱，坏散，而汉王乃得与数十骑遁去。欲过沛，收家室而西；楚亦使人追之沛，取汉王家；家皆亡，不与汉王相见。汉王道逢得孝惠、鲁元，乃载行。楚骑追汉王，汉王急，推堕孝惠、鲁元车下，滕公常下收载之。如是者三。曰："虽急不可以驱，奈何弃之？"于是遂得脱。求太公、吕后不相遇。审食其从太公、吕后间行，求汉王，反遇楚军。楚军遂与归，报项王，项王常置军中。以上项王大破汉于彭城、睢水。

是时吕后兄周吕侯为汉将兵居下邑，汉王间往从之，稍稍收其士卒。至荥阳，诸败军皆会，萧何亦发关中老弱未傅悉诣荥阳，复大振。楚起于彭城，常乘胜逐北，与汉战荥阳南京、索间，汉败楚，楚以故不能过荥阳而西。

项王之救彭城，追汉王至荥阳，田横亦得收齐，立田荣子广为齐王。汉王之败彭城，诸侯皆复与楚而背汉。汉军荥阳，筑甬道属之河，以取敖仓粟。汉之三年，项王数侵夺汉甬道，汉王食乏，恐，请和，割荥阳以西为汉。项王欲听之。历阳侯范增曰："汉易与耳，今释弗取，后必悔之。"项王乃与范增急围荥阳。汉王患之，乃用陈平计间项王。项王使者来，为太牢具，举欲进之。见使者，详惊愕曰："吾以为亚父使者，乃反项王使者。"更持去，以恶食食项王使者。使者归报项王，项王乃疑范增与汉有私，稍夺之权。范增大怒，曰："天下事大定矣，君王自为之。愿赐骸骨归卒伍。"项王许之。行未至彭城，疽发背而死。

汉将纪信说汉王曰："事已急矣，请为王诳楚为王，王可以间出。"于是汉王夜出女子荥阳东门被甲二千人，楚兵四面击之。纪信乘黄屋车，傅左纛，曰："城中食尽，汉王降。"楚军皆呼万岁。汉王亦与数十骑从城西门出，走成皋。项王见纪信，问："汉王安在？"曰："汉王已出矣。"项王烧杀纪信。

汉王使御史大夫周苛、枞公、魏豹守荥阳。周苛、枞公谋曰："反国之王，难与守城。"乃共杀魏豹。楚下荥阳城，生得周苛。项王谓周苛曰："为我将，我以公为上将军，封三万户。"周苛骂曰："若不趣降汉，汉今虏若，若非汉敌也。"项王怒，烹周苛，并杀枞公。以上楚破汉于荥阳。

汉王之出荥阳，南走宛、叶，得九江王布，行收兵，复入保成皋。汉之四年，项王进兵围成皋。汉王逃，独与滕公出成皋北门，渡河走修武，从张耳、韩信军。诸将稍稍得出成皋，从汉王。楚遂拔成皋，欲西。汉使兵距之巩，令其不得西。

是时，彭越渡河击楚东阿，杀楚将军薛公。项王乃自东击彭越。汉王得淮阴侯兵，欲渡河南。郑忠说汉王，乃止壁河内。使刘贾将兵佐彭越，烧楚积聚。项王东击破之，走彭越。汉王则引兵渡河，复取成皋，军广武，就敖仓食。以上汉王逃至河北，楚拔成皋，旋复渡河取成皋。

项王已定东海来，西，与汉俱临广武而军，相守数月。当此时，彭越数反梁地，绝楚粮食，项王患之。为高俎，置太公其上，告汉王曰："今不急下，吾烹太公。"汉王曰："吾与项羽俱北面受命怀王，曰'约为兄弟'，吾翁即若翁，必欲烹而翁，则幸分我一杯羹。"项王怒，欲杀之。项伯曰："天下事未可知，且为天下者不顾家，虽杀之无益，只益祸耳。"项王从之。

楚汉久相持未决，丁壮苦军旅，老弱罢转漕。项王谓汉王曰："天下匈匈数岁者，徒以吾两人耳，愿与汉王挑战决雌雄，毋徒苦天下之民父子为也。"汉王笑谢曰："吾宁斗智，不能斗力。"项王令壮士出挑战。汉有善骑射者楼烦，楚挑战三合，楼烦辄射杀之。项王大怒，乃自被甲持戟挑战。楼烦欲射之，项王瞋目叱之，楼烦目不敢视，手不敢发，遂走还入壁，不敢复出。汉王使人间问之，乃项王也。汉王大惊。于是项王乃即汉王相与临广武间而语。汉王数之，项王怒，欲一战。汉王不听，项王伏弩射中汉王。汉王伤，走入成皋。以上楚汉相拒广武。

项王闻淮阴侯已举河北，破齐、赵，且欲击楚，乃使龙且往击之。淮阴侯与战，骑将灌婴击之，大破楚军，杀龙且。韩信因自立为齐王。项王闻龙且军破，则恐，使盱台人武涉往说淮阴侯。淮阴侯弗听。是时，彭越复反，下梁地，绝楚粮。项王乃谓海春侯大司马曹咎等曰："谨守成皋，则汉欲挑战，慎勿与战，毋令得东而已。我十五日必诛彭越，定梁地，复从将军。"乃东，行击陈留、外黄。

外黄不下。数日，已降，项王怒，悉令男子年十五已上诣城东，欲坑之。外黄令舍人儿年十三，往说项王曰："彭越强劫外黄，外黄恐，故且降，待大王。大王至，又皆坑之，百姓岂有归心？从此以东，梁地十余城皆恐，莫肯下矣。"项王然其言，乃赦外黄当坑者。东至睢阳，闻之皆争下项王。

汉果数挑楚军战，楚军不出。使人辱之，五六日，大司马怒，渡兵汜水。士卒半渡，汉击之，大破楚军，尽得楚国货赂。大司马咎、长史翳、塞王欣皆自刭汜水上。大司马咎者，故蕲狱掾，长史欣亦故栎阳狱吏，两人尝有德于项梁，是以项王信任之。以上项王东击彭越，汉破楚军于汜水。

当是时，项王在睢阳，闻海春侯军败，则引兵还。汉军方围钟离眛于荥阳东，项王至，汉军畏楚，尽走险阻。是时，汉兵盛食多，项王兵罢食绝。汉遣陆贾说项王，请太公，项王弗听。汉王复使侯公往说项王，项王乃与汉约，中分天下，割鸿沟以西者为汉，鸿沟而东者为楚。项王许之，即归汉王父母妻子。军皆呼万岁。汉王乃封侯公为平国君。匿弗肯复见，曰："此天下辩士，所居倾国，故号为平国君。"以上楚汉约中分鸿沟东西。

项王已约，乃引兵解而东归。汉欲西归，张良、陈平说曰："汉有天下太半，而诸侯皆附之。楚兵罢食尽，此天亡楚之时也，不如因其机而遂取之。今释弗击，此所谓'养虎自遗患'也。"汉王听之。汉五年，汉王乃追项王至阳夏南，止军，与淮阴侯韩信、建成侯彭越期会而击楚军。至固陵，而信、越之兵不会。楚击汉军，大破之。汉王复入壁，深堑而自守。谓张子房曰："诸侯不从约，为之奈何？"对曰："楚兵且破，信、越未有分地，其不至固宜。君王能与共分天下，今可立致也。即不能，事未可知也。君王能自陈以东傅海，尽与韩信；睢阳以北至穀城，以与彭越。使各自为战，则楚易败也。"汉王曰："善。"于是乃发使者告韩信、彭越曰："并力击楚。楚破，自陈以东傅海与齐王，睢阳以北至穀城与彭相国。"使者至，韩信、彭越皆报曰："请今进兵。"韩信乃从齐往，刘贾军从寿春并行，屠城父，至垓下。大司马周殷叛楚，以舒屠六，举九江兵，随刘贾、彭越皆会垓下，诣项王。以上诸军会垓下围项王。

项王军壁垓下，兵少食尽，汉军及诸侯兵围之数重。夜闻汉军四面皆楚歌，项王乃大惊曰："汉皆已得楚乎？是何楚人之多也！"项王则夜起，饮帐中。有美人名虞，常幸从；骏马名骓，常骑之。于是项王乃悲歌慷慨，自为诗曰："力拔山兮气盖世，时不利兮骓不逝。骓不逝兮可奈何，虞兮虞兮奈若何！"歌数阕，美人和之。项王泣数行下，左右皆泣，莫能仰视。

于是项王乃上马骑，麾下壮士骑从者八百余人，直夜溃围南出，驰走。平明，汉军乃觉之，令骑将灌婴以五千骑追之。项王渡淮，骑能属者百余人耳。项王至阴陵，迷失道，问一田父，田父绐曰"左"。左，乃陷大泽中。以故汉追及之。项王乃复引兵而东，至东城，乃有二十八骑。汉骑追者数千人。项王自度不得脱，谓其骑曰："吾起兵至今八岁矣，身七十余战，所当者破，所击者服，未尝败北，遂霸有天下。然今卒困于此，此天之亡我，非战之罪也。今日固决死，愿为诸君快战，必三胜之，为诸君溃围。斩将，刈旗，令诸君知天亡我，非战之罪也。"乃分其骑以为四队，四向。汉军围之数重。项王谓其骑曰："吾为公取彼一将。"令四面骑驰下，期山东为三处。于是项王大呼驰下，汉军皆披靡，遂斩汉一将。是时，赤泉侯为骑将，追项王，项王瞋目而叱之，赤泉侯人马俱惊，辟易数里，与其骑会为三处。汉军不知项王所在，乃分军为三，复围之。项王乃驰，复斩汉一都尉，杀数十百人，复聚其骑，亡其两骑耳。乃谓其骑曰："何如？"骑皆伏曰："如大王言。"

于是项王乃欲东渡乌江。乌江亭长舣船待，谓项王曰："江东虽小，地方千里，众数十万人，亦足王也。愿大王急渡。今独臣有船，汉军至，无以渡。"项王笑曰："天之亡我，我何渡为！且籍与江东子弟八千人渡江而西，今无一人还，纵江东父兄怜而王我，我何面目见之？纵彼不言，籍独不愧于心乎？"乃谓亭长曰："吾知公长者。吾骑此马五岁，所当无敌，尝一日行千里，不忍杀之，以赐公。"乃令骑皆下马步行，持短兵接战。独籍所杀汉军数百人，项王身亦被十余创。顾见汉骑司马吕马童，曰："若非吾故人乎？"马童面之，指王翳曰："此项王也。"项王乃曰："吾闻汉购我头千金，邑万户，吾为若德。"乃自刎而死。王翳取其头，余骑相蹂践争项王，相杀者数十人。最其后，郎中骑杨喜，骑司马吕马童，郎中吕胜、杨武各得其一体。五人共会其体，皆是。故分其地为五：封吕马童为中水侯，封王翳为杜衍侯，封杨喜为赤泉侯，封杨武为吴防侯，封吕胜为涅阳侯。

项王已死，楚地皆降汉，独鲁不下。汉乃引天下兵欲屠之，为其守礼义，为主死节，乃持项王头视鲁，鲁父兄乃降。以上项王亡于乌江。

始，楚怀王初封项籍为鲁公，及其死，鲁最后下，故以鲁公礼葬项王穀城。汉王为发哀，泣之而去。

诸项氏枝属，汉王皆不诛。乃封项伯为射阳侯。桃侯、平皋侯、玄武侯皆项氏，赐姓刘。

太史公曰：吾闻之周生曰"舜目盖重瞳子"，又闻项羽亦重瞳子。羽岂其苗裔邪？何兴之暴也！夫秦失其政，陈涉首难，豪杰蜂起，相与并争，不可胜数。然羽非有尺寸，乘势起陇亩之中，三年，遂将五诸侯灭秦，分裂天下，而封王侯，政由羽出，号为"霸王"。位虽不终，近古以来未尝有也。及羽背关怀楚，放逐义帝而自立，怨王侯叛己，难矣。自矜功伐，奋其私智而不师古，谓霸王之业，欲以力征经营天下，五年卒亡其国，身死东城，尚不觉寤而不自责，过矣。乃引"天亡我，非用兵之罪也"，岂不谬哉！

萧相国世家

萧相国何者，沛丰人也。以文无害为沛主吏掾。

高祖为布衣时，何数以吏事护高祖。高祖为亭长，常左右之。高祖以吏繇咸阳，吏皆送奉钱三，何独以五。

秦御史监郡者与从事，常辨之。何乃给泗水卒史事，第一。秦御史欲入言征何，何固请，得毋行。以上何微时事。

及高祖起为沛公，何常为丞督事。沛公至咸阳，诸将皆争走金帛财物之府分之，何独先入收秦丞相御史律令图书藏之。沛公为汉王，以何为丞相。项王与诸侯屠烧咸阳而去。汉王所以具知天下厄塞，户口多少，强弱之处，民所疾苦者，以何具得秦图书也。何进言韩信，汉王以信为大将军。语在淮阴侯事中。

汉王引兵东定三秦，何以丞相留收巴蜀，填抚谕告，使给军食。汉二年，汉王与诸侯击楚，何守关中，侍太子，治栎阳。为法令约束，立宗庙社稷宫室县邑。辄奏上，可，许以从事；即不及奏上，辄以便宜施行，上来以闻。关中事计户口转漕给军，汉王数失军遁去，何常兴关中卒，辄补缺。上以此专属任何关中事。

汉三年，汉王与项羽相距京索之间，上数使使劳苦丞相。鲍生谓丞相曰："王暴衣露盖，数使使劳苦君者，有疑君心也。为君计，莫若遣君子孙昆弟能胜兵者悉诣军所，上必益信君。"于是何从其计，汉王大说。以上汉未定天下，何守关中。

汉五年，既杀项羽，定天下，论功行封。群臣争功，岁余功不决。高祖以萧何功最盛，封为酂侯，所食邑多。功臣皆曰："臣等身被坚执锐，多者百余战，少者数十合，攻城略地，大小各有差。今萧何未尝有汗马之劳，徒持文墨议论，不战，顾反居臣等上，何也？"高帝曰："诸君知猎乎？"曰："知之。""知猎狗乎？"曰："知之。"高帝曰："夫猎，追杀兽兔者狗也，而发踪指示兽处者人也。今诸君徒能得走兽耳，功狗也。至如萧何，发踪指示，功人也。且诸君独以身随我，多者两三人。今萧何举宗数十人皆随我，功不可忘也。"群臣皆莫敢言。

列侯毕已受封，及奏位次，皆曰："平阳侯曹参身被七十创，攻城略地，功最多，宜第一。"上已桡功臣，多封萧何，至位次未有以复难之，然心欲何第一。关内侯鄂君进曰："群臣议皆误。夫曹参虽有野战略地之功，此特一时之事。夫上与楚相距五岁，常失军亡众，逃身遁者数矣。然萧何常从关中遣军补其处，非上所诏令召，而数万众会上之乏绝者数矣。夫汉与楚相守荥阳数年，军无见粮，萧何转漕关中，给食不乏。陛下虽数亡山东，萧何常全关中以待陛下，此万世之功也。今虽亡曹参等百数，何缺于汉？汉得之不必待以全。奈何欲以一旦之功而加万世之功哉！萧何第一，曹参次之。"高祖曰："善。"于是乃令萧何第一，赐带剑履上殿，入朝不趋。

上曰："吾闻进贤受上赏。萧何功虽高，得鄂君乃益明。"于是因鄂君故所食关内侯邑封为安平侯。是日，悉封何父子兄弟十余人，皆有食邑。乃益封何二千户，以帝尝繇咸阳时何送我独赢奉钱二也。以上定何之功。

汉十一年，陈豨反，高祖自将，至邯郸。未罢，淮阴侯谋反关中，吕后用萧何计，诛淮阴侯，语在淮阴事中。上已闻淮阴侯诛，使使拜丞相何为相国，益封五千户，令卒五百人一都尉为相国卫。诸君皆贺，召平独吊。召平者，故秦东陵侯。秦破，为布衣，贫，种瓜于长安城东，瓜美，故世俗谓之"东陵瓜"，从召平以为名也。召平谓相国曰："祸自此始矣。上暴露于外而君守于中，非被矢石之事而益君封置卫者，以今者淮阴侯新反于中，疑君心矣。夫置卫卫君，非以宠君也。愿君让封勿受，悉以家私财佐军，则上心说。"相国从其计，高帝乃大喜。

汉十二年秋，黥布反，上自将击之，数使使问相国何为。相国为上在军，乃拊循勉力百姓，悉以所有佐军，如陈豨时。客有说相国曰："君灭族不久矣。夫君位为相国，功第一，可复加哉？然君初入关中，得百姓心，十余年矣，皆附君，常复孳孳得民和。上所为数问君者，畏君倾动关中。今君胡不多买田地，贱贳贷以自污？上心乃安。"于是相国从其计，上乃大说。

上罢布军归，民道遮行上书，言相国贱强买民田宅数千万。上至，相国谒。上笑曰："夫相国乃利民！"民所上书皆以与相国，曰："君自谢民。"相国因为民请曰："长安地狭，上林中多空地，弃，愿令民得入田，毋收稿为禽兽食。"上大怒曰："相国多受贾人财物，乃为请吾苑！"乃下相国廷尉，械系之。数日，王卫尉侍，前问曰："相国何大罪，陛下系之暴也？"上曰："吾闻李斯相秦皇帝，有善归主，有恶自与。今相国多受贾竖金而为民请吾苑，以自媚于民，故系治之。"王卫尉曰："夫职事苟有便于民而请之，真宰相事，陛下奈何乃疑相国受贾人钱乎！且陛下距楚数岁，陈豨、黥布反，陛下自将而往。当是时，相国守关中，摇足则关以西非陛下有也。相国不以此时为利，今乃利贾人之金乎？且秦以不闻其过亡天下，李斯之分过，又何足法哉。陛下何疑宰相之浅也。"高帝不怿。是日，使使持节赦出相国。相国年老，素恭谨，入，徒跣谢。高帝曰："相国休矣！相国为民请苑，吾不许，我不过为桀纣主，而相国为贤相。吾故系相国，欲令百姓闻吾过也。"以上召平与客与王卫尉脱何于祸。

何素不与曹参相能，及何病，孝惠自临视相国病，因问曰："君即百岁后，谁可代君者？"对曰："知臣莫如主。"孝惠曰："曹参何如？"何顿首曰："帝得之矣！臣死不恨矣！"

何置田宅必居穷处，为家不治垣屋。曰："后世贤，师吾俭；不贤，毋为势家所夺。"以上将死荐贤，诫子孙二事。

孝惠二年，相国何卒，谥为文终侯。

后嗣以罪失侯者四世，绝，天子辄复求何后，封续酂侯，功臣莫得比焉。

太史公曰：萧相国何于秦时为刀笔吏，录录未有奇节。及汉兴，依日月之末光，何谨守管籥，因民之疾奉法顺流，与之更始。淮阴、黥布等皆以诛灭，而何之勋烂焉。位冠群臣，声施后世，与闳夭、散宜生等争烈矣。

曹相国世家

平阳侯曹参者，沛人也。秦时为沛狱掾，而萧何为主吏，居县为豪吏矣。

高祖为沛公而初起也，参以中涓从。将击胡陵、方与，攻秦监公军，大破之。东下薛，击泗水守军薛郭西。复攻胡陵，取之。徙守方与。方与反为魏，击之。丰反为魏，攻之。赐爵七大夫。击秦司马枿军砀东，破之，取砀、狐父、祁善置。又攻下邑以西，至虞，击章邯车骑。攻爰戚及亢父，先登。迁为五大夫。北救阿，击章邯军，陷陈，追至濮阳。攻定陶，取临济。南救雍邱。击李由军，破之，杀李由，虏秦候一人。秦将章邯破杀项梁也，沛公与项羽引而东。楚怀王以沛公为砀郡长，将砀郡兵。于是乃封参为执帛，号曰建成君。迁为戚公，属砀郡。

其后从攻东郡尉军，破之成武南。击王离军成阳南，复攻之杠里，大破之。追北，西至开封，击赵贲军，破之，围赵贲开封城中。西击秦将杨熊军于曲遇，破之，虏秦司马及御史各一人。迁为执珪。从攻阳武，下镮辕、缑氏，绝河津，还击赵贲军尸北，破之。从南攻犨，与南阳守齮战阳城郭东，陷陈，取宛，虏齮，尽定南阳郡。从西攻武关、峣关，取之。前攻秦军蓝田南，又夜击其北，秦军大破，遂至咸阳，灭秦。<small>以上从高祖初起至入关灭秦。</small>

项羽至，以沛公为汉王。汉王封参为建成侯。从至汉中，迁为将军。从还定三秦，初攻下辩、故道、雍、斄。击章平军于好畤南，破之，围好畤，取壤乡。击三秦军壤东及高栎，破之。复围章平，章平出好畤走。因击赵贲、内史保军，破之。东取咸阳，更名曰新城。参将兵守景陵二十日，三秦使章平等攻参，参出击，大破之。赐食邑于宁秦。参以将军引兵围章邯于废邱。以中尉从汉王出临晋关。至河内，下修武，渡围津，东击龙且、项他定陶，破之。东取砀、萧、彭城。击项籍军，汉军大败走。参以中尉围取雍邱。王武反于外黄，程处反于燕，往击，尽破之。柱天侯反于衍氏，又进破取衍氏。击羽婴于昆阳，追至叶。还攻武强，因至荥阳。<small>以上从高帝定三秦，渡河，往返至荥阳。</small>

参自汉中为将军中尉，从击诸侯，及项羽败，还至荥阳，凡二岁。高祖三年，拜为假左丞相，入屯兵关中。月余，魏王豹反，以假左丞相别与韩信东攻魏将军孙遬军东张，大破之。因攻安邑，得魏将王襄。击魏王于曲阳，追至武垣，生得魏王豹。取平阳，得魏王母妻子，尽定魏地，凡五十二城。赐食邑平阳。因从韩信击赵相国夏说军于邬东，大破之，斩夏说。韩信与故常山王张耳引兵下井陉，击成安君，而令参还围赵别将戚将军于邬城中。戚将军出走，追斩之。乃引兵诣敖仓汉王之所。韩信已破赵，为相国，东击齐。参以右丞相属韩信，攻破齐历下军，遂取临菑。还定济北郡，攻著、漯阴、平原、鬲、卢。已而从韩信击龙且军于上假密，大破之，斩龙且，虏其将军周兰。定齐，凡得七十余县。得故齐王田广相田光，其守相许章，及故齐胶东将军田既。以上从韩信破魏、破赵、破齐。

韩信为齐王，引兵诣陈，与汉王共破项羽，而参留平齐未服者。项籍已死，天下定，汉王为皇帝，韩信徙为楚王，齐为郡。参归汉相印。高帝以长子肥为齐王，而以参为齐相国。以高祖六年赐爵列侯，与诸侯剖符，世世勿绝。食邑平阳万六百三十户，号曰平阳侯，除前所食邑。

以齐相国击陈豨将张春军，破之。黥布反，参以齐相国从悼惠王将兵车骑十二万人，与高祖会击黥布军，大破之。南至蕲，还定竹邑、相、萧、留。以上留齐、相齐。

参功：凡下二国，县一百二十二；得王二人，相三人，将军六人，大莫敖、郡守、司马、候、御史各一人。总叙参功。

孝惠帝元年，除诸侯相国法，更以参为齐丞相。参之相齐，齐七十城。天下初定，悼惠王富于春秋，参尽召长老诸生，问所以安集百姓，如齐故俗诸儒以百数，言人人殊，参未知所定。闻胶西有盖公，善治黄老言，使人厚币请之。既见盖公，盖公为言治道贵清静而民自定，推此类具言之。参于是避正堂，舍盖公焉。其治要用黄老术，故相齐九年，齐国安集，大称贤相。以上为齐相事。

惠帝二年，萧何卒。参闻之，告舍人趣治行，"吾将入相"。居无何，使者果召参。参去，属其后相曰："以齐狱市为寄，慎勿扰也。"后相曰："治无大于此者乎？"参曰："不然。夫狱市者，所以并容也，今君扰之，奸人安所容也？吾是以先之。"

参始微时，与萧何善；及为将相，有郤。至何且死，所推贤唯参。以上去齐入为汉相。

参代何为汉相国,举事无所变更,一遵萧何约束。择郡国吏木诎于文辞,重厚长者,即召除为丞相史。吏之言文刻深,欲务声名者,辄斥去之。日夜饮醇酒。卿大夫已下吏及宾客见参不事事,来者皆欲有言。至者,参辄饮以醇酒,间之,欲有所言,复饮之,醉而后去,终莫得开说,以为常。

相舍后园近吏舍,吏舍日饮歌呼。从吏恶之,无如之何,乃请参游园中,闻吏醉歌呼,从吏幸相国召案之。乃反取酒张坐饮,亦歌呼与相应和。

参见人之有细过,专掩匿覆盖之,府中无事。

参子窋为中大夫。惠帝怪相国不治事,以为“岂少朕与”?乃谓窋曰:“若归,试私从容问而父曰:‘高帝新弃群臣,帝富于春秋。君为相,日饮,无所请事,何以忧天下乎?’然无言吾告若也。”窋既洗沐归,间侍,自从其所谏参。参怒,而笞窋二百,曰:“趣入侍,天下事非若所当言也。”至朝时,惠帝让参曰:“与窋胡治乎?乃者我使谏君也。”参免冠谢曰:“陛下自察圣武孰与高帝?”上曰:“朕乃安敢望先帝乎!”曰:“陛下观臣能孰与萧何贤?”上曰:“君似不及也。”参曰:“陛下言之是也。且高帝与萧何定天下,法令既明,今陛下垂拱,参等守职,遵而勿失,不亦可乎?”惠帝曰:“善。君休矣!”

参为汉相国,出入三年。卒,谥懿侯。子窋代侯。百姓歌之曰:“萧何为法,颛若画一;曹参代之,守而勿失。载其清净,民以宁一。”以上为丞相时事。

平阳侯窋,高后时为御史大夫。孝文帝立,免为侯。立二十九年卒,谥为静侯。子奇代侯,立七年卒,谥为简侯。子时代侯。时尚平阳公主,生子襄。时病疠,归国。立二十三年卒,谥夷侯。子襄代侯。襄尚卫长公主,生子宗。立十六年卒,谥为共侯。子宗代侯。征和二年中,宗坐太子死,国除。以上子孙。

太史公曰：曹相国参攻城野战之功所以能多若此者，以与淮阴侯俱。及信已灭，而列侯成功，唯独参擅其名。参为汉相国，清静极言合道。然百姓离秦之酷后，参与休息无为，故天下俱称其美矣。

五宗世家

孝景皇帝子凡十三人为王，而母五人，同母者为宗亲。栗姬子曰荣、德、阏于。程姬子曰余、非、端。贾夫人子曰彭祖、胜。唐姬子曰发。王夫人兒姁子曰越、寄、乘、舜。

河间献王德，以孝景帝前二年用皇子为河间王。好儒学，被服造次必于儒者。山东诸儒多从之游。

二十六年卒，子共王不害立。四年卒，子刚王基代立。十二年卒，子顷王授代立。

临江哀王阏于，以孝景帝前二年用皇子为临江王。三年卒，无后，国除为郡。

临江闵王荣，以孝景前四年为皇太子，四岁废，用故太子为临江王。

四年，坐侵庙壖垣为宫，上征荣。荣行，祖于江陵北门。既已上车，轴折车废。江陵父老流涕窃言曰："吾王不反矣！"荣至，诣中尉府簿。中尉郅都责讯王，王恐，自杀。葬蓝田。燕数万衔土置冢上，百姓怜之。

荣最长，死无后，国除，地入于汉，为南郡。

右三国本王皆栗姬之子也。

鲁共王馀，以孝景前二年用皇子为淮阳王。二年，吴楚反破后，以孝景前三年徙为鲁王。好治宫室苑囿狗马。季年好音，不喜辞辩。为人吃。

二十六年卒，子光代为王。初好音、舆马；晚节啬，惟恐不足于财。

江都易王非，以孝景前二年用皇子为汝南王。吴楚反时，非年十五，有材力，上书愿击吴。景帝赐非将军印，击吴。吴已破，二岁，徙为江都王，治吴故国，以军功赐天子旌旗。元光五年，匈奴大入汉为贼，非上书愿击匈奴，上不许。非好气力，治宫观，招四方豪桀，骄奢甚。

立二十六年卒，子建立为王。七年自杀。淮南、衡山谋反时，建颇闻其谋。自以为国近淮南，恐一日发，为所并，即阴作兵器，而时佩其父所赐将军印，载天子旗以出。易王死未葬，建有所说易王宠美人淖姬，夜使人迎，与奸服舍中。及淮南事发，治党与颇及江都王建。建恐，因使人多持金钱，事绝其狱。而又信巫祝，使人祷祠妄言。建又尽与其姊弟奸。事既闻，汉公卿请捕治建。天子不忍，使大臣即讯王。王服所犯，遂自杀。国除，地入于汉，为广陵郡。

胶西于王端，以孝景前三年吴楚七国反破后，端用皇子为胶西王。端为人贼戾，又阴痿，一近妇人，病之数月。而有爱幸少年为郎。为郎者顷之与后宫乱，端禽灭之，及杀其子母。数犯上法，汉公卿数请诛端，天子为兄弟之故不忍，而端所为滋甚。有司再请削其国，去大半。端心愠，遂为无訾省。府库坏漏尽，腐财物以巨万计，终不得收徙。令吏毋得收租赋。端皆去卫，封其宫门，从一门出游。数变名姓，为布衣，之他郡国。

相、二千石往者，奉汉法以治，端辄求其罪告之，无罪者诈药杀之。所以设诈究变，强足以距谏，智足以饰非。相、二千石从王治，则汉绳以法。故胶西小国，而所杀伤二千石甚众。

立四十七年，卒，竟无男代后，国除，地入于汉，为胶西郡。

右三国本王皆程姬之子也。

赵王彭祖，以孝景前二年用皇子为广川王。赵王遂反破后，彭祖王广川。四年，徙为赵王。十五年，孝景帝崩。彭祖为人巧佞卑谄，足恭而心刻深。好法律，持诡辩以中人。彭祖多内宠姬及子孙。相、二千石欲奉汉法以治，则害于王家。是以每相、二千石至，彭祖衣皂布衣，自行迎，除二千石舍，多设疑事以作动之，得二千石失言，中忌讳，辄书之。二千石欲治者，则以此迫劫；不听，乃上书告，及污以奸利事。彭祖立五十余年，相、二千石无能满二岁，辄以罪去，大者死，小者刑，以故二千石莫敢治。而赵王擅权，使使即县为贾人榷会，入多于国经租税。以是赵王家多金钱，然所赐姬诸子，亦尽之矣。彭祖取故江都易王宠姬王建所盗与奸淖姬者为姬，甚爱之。

彭祖不好治宫室、礼祥，好为吏事。上书愿督国中盗贼。常夜从走卒行徼邯郸中。诸使过客以彭祖险陂，莫敢留邯郸。

其太子丹与其女及同产姊奸，与其客江充有郤。充告丹，丹以故废。赵更立太子。

中山靖王胜，以孝景前三年用皇子为中山王。十四年，孝景帝崩。胜为人乐酒好内，有子枝属百二十余人。常与兄赵王相非，曰：“兄为王，专代吏治事。王者当日听音乐声色。”赵王亦非之，曰：“中山王徒日淫，不佐天子拊循百姓，何以称为藩臣！”

立四十二年卒，子哀王昌立。一年卒，子昆侈代为中山王。

右二国本王皆贾夫人之子也。

长沙定王发，发之母唐姬，故程姬侍者。景帝召程姬，程姬有所辟，不愿进，而饰侍者唐兒使夜进。上醉不知，以为程姬而幸之，遂有身。已乃觉非程姬也。及生子，因命曰发。以孝景前二年用皇子为长沙王。以其母微，无宠，故王卑湿贫国。

立二十七年卒，子康王庸立。二十八年，卒，子鲋鮈立为长沙王。

右一国本王唐姬之子也。

广川惠王越，以孝景中二年用皇子为广川王。

十二年卒，子齐立为王。齐有幸臣桑距。已而有罪，欲诛距，距亡，王因禽其宗族。距怨王，乃上书告王齐与同产奸。自是之后，王齐数上书告言汉公卿及幸臣所忠等。

胶东康王寄，以孝景中二年用皇子为胶东王。二十八年卒。淮南王谋反时，寄微闻其事，私作楼车镞矢战守备，候淮南之起。及吏治淮南之事，辞出之。寄于上最亲，意伤之，发病而死，不敢置后，于是上闻。寄有长子者名贤，母无宠；少子名庆，母爱幸，寄常欲立之，为不次，因有过，遂无言。上怜之，乃以贤为胶东王奉康王嗣，而封庆于故衡山地，为六安王。

胶东王贤立十四年卒，谥为哀王。子庆为王。

六安王庆，以元狩二年用胶东康王子为六安王。

清河哀王乘，以孝景中三年用皇子为清河王。十二年卒，无后，国除，地入于汉，为清河郡。

常山宪王舜，以孝景中五年用皇子为常山王。舜最亲，景帝少子，骄怠多淫，数犯禁，上常宽释之。立三十二年卒，太子勃代立为王。

初，宪王舜有所不爱姬生长男棁。棁以母无宠故，亦不得幸于王。王后脩生太子勃。王内多，所幸姬生子平、子商，王后希得幸。及宪王病甚，诸幸姬常侍病，故王后亦以妒媢不常侍病，辄归舍。医进药，太子勃不自尝药，又不宿留侍病。及王薨，王后、太子乃至。宪王雅不以长子棁为人数，及薨，又不分与财物。郎或说太子、王后，令诸子与长子棁共分财物，太子、王后不听。太子代立，又不收恤棁。棁怨王后、太子。汉使者视宪王丧，棁自言宪王病时，王后、太子不侍。及薨，六日出舍。太子勃私奸，饮酒，博戏，击筑，与女子载驰，环城过市，入牢视囚。天子遣大行骞验王后及问王勃，请逮勃所与奸诸证左，王又匿之。吏求捕，勃大急，使人致击笞掠，擅出汉所疑囚者。有司请诛宪王后脩及王勃。上以脩素无行，使棁陷之罪，勃无良师傅，不忍诛。有司请废王后脩，徙王勃以家属处房陵，上许之。

勃王数月，迁于房陵，国绝。月余，天子为最亲，乃诏有司曰："常山宪王蚤夭，后妾不和，適孽诬争，陷于不义以灭国，朕甚闵焉。其封宪王子平三万户，为真定王；封子商三万户，为泗水王。"

真定王平，元鼎四年用常山宪王子为真定王。

泗水思王商，以元鼎四年用常山宪王子为泗水王。十一年卒，子哀王安世立。十一年卒，无子。于是上怜泗水王绝，乃立安世弟贺为泗水王。

右四国本王皆王夫人儿姁子也。其后汉益封其支子为六安王、泗水王二国。凡儿姁子孙，于今为六王。

太史公曰：高祖时诸侯皆赋，得自除内史以下，汉独为置丞相，黄金印。诸侯自除御史、廷尉正、博士，拟于天子。自吴楚反后，五宗王世，汉为置二千石，去"丞相"曰"相"，银印。诸侯独得食租税，夺之权。其后诸侯贫者或乘牛车也。

伯夷列传

夫学者载籍极博，犹考信于六艺。《诗》《书》虽缺，然虞夏之文可知也。尧将逊位，让于虞舜，舜、禹之间，岳牧咸荐，乃试之于位，典职数十年，功用既兴，然后授政。示天下重器，王者大统，传天下若斯之难也。而说者曰尧让天下于许由，许由不受，耻之逃隐。及夏之时，有卞随、务光者。此何以称焉？太史公曰：余登箕山，其上盖有许由冢云。孔子序列古之仁圣贤人，如吴太伯、伯夷之伦详矣。余以所闻由、光义至高，其文辞不少概见，何哉？以上言学者当考信于六艺，许由、卞随、务光之说不可信。

孔子曰："伯夷、叔齐，不念旧恶，怨是用希。""求仁得仁，又何怨乎？"余悲伯夷之意，睹轶诗可异焉。其传曰：

　　伯夷、叔齐，孤竹君之二子也。父欲立叔齐，及父卒，叔齐让伯夷。伯夷曰："父命也。"遂逃去。叔齐亦不肯立而逃之。国人立其中子。于是伯夷、叔齐闻西伯昌善养老，盍往归焉。及至，西伯卒，武王载木主，号为文王，东伐纣。伯夷、叔齐叩马而谏曰："父死不葬，爰及干戈，可谓孝乎？以臣弑君，可谓仁乎？"左右欲兵之。太公曰："此义人也。"扶而去之。武王已平殷乱，天下宗周，而伯夷、叔齐耻之，义不食周粟，隐于首阳山，采薇而食之。及饿且死，作歌。其辞曰："登彼西山兮，采其薇矣。以暴易暴兮，不知其非矣。神农、虞、夏忽焉没兮，我安适归矣？于嗟徂兮，命之衰矣！"遂饿死于首阳山。

由此观之，怨邪非邪？以上言伯夷事当征诸孔子之言，传及轶诗不可信。

或曰："天道无亲，常与善人。"若伯夷、叔齐，可谓善人者非邪？积仁絜行如此而饿死！且七十子之徒，仲尼独荐颜渊为好学。然回也屡空，糟糠不厌，而卒蚤夭。天之报施善人，其何如哉？盗跖日杀不辜，肝人之肉，暴戾恣睢，聚党数千人横行天下，竟以寿终。是遵何德哉？此其尤大彰明较著者也。若至近世，操行不轨，专犯忌讳，而终身逸乐，富厚累世不绝。或择地而蹈之，时然后出言，行不由径，非公正不发愤，而遇祸灾者，不可胜数也。余甚惑焉，傥所谓天道，是邪非邪？以上悲伯夷之饿死，而自寓不平之意。

子曰"道不同不相为谋"，亦各从其志也。故曰"富贵如可求，虽执鞭之士，吾亦为之。如不可求，从吾所好"。"岁寒，然后知松柏之后凋"。举世混浊，清士乃见。岂以其重若彼，其轻若此哉？"君子疾没世而名不称焉。"以上言士当立后世之名，不争一时之荣，与《解嘲》《宾戏》等篇同一自况之意。

贾子曰："贪夫徇财，烈士徇名，夸者死权，众庶冯生。""同明相照，同类相求。""云从龙，风从虎，圣人作而万物睹。"伯夷、叔齐虽贤，得夫子而名益彰。颜渊虽笃学，附骥尾而行益显。岩穴之士，趣舍有时若此，类名堙灭而不称，悲夫！闾巷之人，欲砥行立名者，非附青云之士，恶能施于后世哉？以上羡伯夷得孔子而名彰，憾己不得圣人以为依归。

孟子荀卿列传

太史公曰：余读孟子书，至梁惠王问"何以利吾国"，未尝不废书而叹也。曰：嗟乎，利诚乱之始也！夫子罕言利者，常防其原也。故曰"放于利而行，多怨"。自天子至于庶人，好利之弊何以异哉！

孟轲，驺人也。受业子思之门人。道既通，游事齐宣王，宣王不能用。适梁，梁惠王不果所言，则见以为迂远而阔于事情。当是之时，秦用商君，富国强兵；楚、魏用吴起，战胜弱敌；齐威王、宣王用孙子、田忌之徒，而诸侯东面朝齐。天下方务于合从连衡，以攻伐为贤，而孟轲乃述唐、虞、三代之德，是以所如者不合。退而与万章之徒序《诗》《书》，述仲尼之意，作《孟子》七篇。以上孟子。

其后有驺子之属。

齐有三驺子。其前驺忌，以鼓琴干威王，因及国政，封为成侯而受相印，先孟子。

　　其次驺衍，后孟子。驺衍睹有国者益淫侈，不能尚德，若《大雅》整之于身，施及黎庶矣。乃深观阴阳消息而作怪迁之变，《终始》《大圣》之篇十余万言。其语闳大不经，必先验小物，推而大之，至于无垠。先序今以上至黄帝，学者所共术，大并世盛衰，因载其机祥度制，推而远之，至天地未生，窈冥不可考而原也。先列中国名山大川，通谷禽兽，水土所殖，物类所珍，因而推之，及海外人之所不能睹。称引天地剖判以来，五德转移，治各有宜，而符应若兹。以为儒者所谓中国者，于天下乃八十一分居其一分耳。中国名曰赤县神州。赤县神州内自有九州，禹之序九州是也，不得为州数。中国外如赤县神州者九，乃所谓九州也。于是有裨海环之，人民禽兽莫能相通者，如一区中者，乃为一州。如此者九，乃有大瀛海环其外，天地之际焉。其术皆此类也。然要其归，必止乎仁义节俭，君臣上下六亲之施，始也，滥耳。王公大人初见其术，惧然顾化，其后不能行之。

　　是以驺子重于齐。适梁，惠王郊迎，执宾主之礼。适赵，平原君侧行襒席。如燕，昭王拥彗先驱，请列弟子之座而受业，筑碣石宫，身亲往师之。作《主运》。其游诸侯见尊礼如此，岂与仲尼菜色陈蔡，孟轲困于齐、梁同乎哉！故武王以仁义伐纣而王，伯夷饿不食周粟；卫灵公问陈，而孔子不答；梁惠王谋欲攻赵，孟轲称太王去邠。此岂有意阿世俗苟合而已哉！持方枘而内圆凿，其能入乎？或曰：伊尹负鼎而勉汤以王，百里奚饭牛车下而缪公用霸，作先合，然后引之大道。驺衍其言虽不轨，傥亦有牛鼎之意乎？以上驺衍。

　　自驺衍与齐之稷下先生，如淳于髡、慎到、环渊、接子、田骈、驺奭之徒，各著书言治乱之事，以干世主，岂可胜道哉！

　　淳于髡，齐人也。博闻强记，学无所主。其谏说，慕晏婴之为人也，然而承意观色为务。客有见髡于梁惠王，惠王屏左右，独坐而再见之，终无言也。惠王怪之，以让客曰："子之称淳于先生，管、晏不及，及见寡人，寡人未有得也。岂寡人不足为言邪？何故哉？"客以谓髡。髡曰："固也。吾前见王，王志在驱逐；后复见王，王志在音声。吾是以默然。"客具以报王，王大骇，曰："嗟乎，淳于先生诚圣人也！前淳于先生之来，人有献善马者，寡人未及视，会先生至。后先生之来，人有献讴者，未及试，亦会先生来。寡人虽屏人，然私心在彼，有之。"后淳于髡见，壹语连三日三夜无倦。惠王欲以卿相位待之，髡因谢去。于是送以安车驾驷，束帛加璧，黄金百镒。终身不仕。

慎到，赵人。田骈、接子，齐人。环渊，楚人。皆学黄老道德之术，因发明序其指意。故慎到著十二论，环渊著上下篇，而田骈、接子皆有所论焉。

驺奭者，齐诸驺子，亦颇采驺衍之术以纪文。

于是齐王嘉之，自如淳于髡以下，皆命曰列大夫，为开第康庄之衢，高门大屋，尊宠之。览天下诸侯宾客，言齐能致天下贤士也。以上淳于髡至驺奭等六人。

荀卿，赵人。年五十始来游学于齐。驺衍之术迂大而闳辩；奭也文具难施；淳于髡久与处，时有得善言。故齐人颂曰："谈天衍，雕龙奭，炙毂过髡。"田骈之属皆已死齐襄王时，而荀卿最为老师。齐尚修列大夫之缺，而荀卿三为祭酒焉。齐人或谗荀卿，荀卿乃适楚，而春申君以为兰陵令。春申君死而荀卿废，因家兰陵。李斯尝为弟子，已而相秦。荀卿嫉浊世之政，亡国乱君相属，不遂大道而营于巫祝，信礼祥，鄙儒小拘，如庄周等又滑稽乱俗，于是推儒、墨、道德之行事兴坏，序列著数万言而卒。因葬兰陵。以上荀卿。

而赵亦有公孙龙为坚白同异之辩，剧子之言；魏有李悝，尽地力之教；楚有尸子、长卢；阿之吁子焉。自如孟子至于吁子，世多有其书，故不论其传云。盖墨翟，宋之大夫，善守御，为节用。或曰并孔子时，或曰在其后。以上公孙龙至墨翟等七人。

廉颇蔺相如列传

廉颇者，赵之良将也。赵惠文王十六年，廉颇为赵将伐齐，大破之，取阳晋，拜为上卿，以勇气闻于诸侯。蔺相如者，赵人也，为赵宦者令缪贤舍人。

赵惠文王时，得楚和氏璧。秦昭王闻之，使人遗赵王书，愿以十五城请易璧。赵王与大将军廉颇诸大臣谋：欲予秦，秦城恐不可得，徒见欺；欲勿予，即患秦兵之来。计未定，求人可使报秦者，未得。宦者令缪贤曰："臣舍人蔺相如可使。"王问："何以知之？"对曰："臣尝有罪，窃计欲亡走燕，臣舍人相如止臣，曰：'君何以知燕王？'臣语曰：'臣尝从大王与燕王会境上，燕王私握臣手，曰："愿结友。"以此知之，故欲往。'相如谓臣曰：'夫赵强而燕弱，而君幸于赵王，故燕王欲结于君。今君乃亡赵走燕，燕畏赵，其势必不敢留君，而束君归赵矣。君不如肉袒伏斧质请罪，则幸得脱矣。'臣从其计，大王亦幸赦臣。臣窃以为其人勇士，有智谋，宜可使。"于是王召见，问蔺相如曰："秦王以十五城请易寡人之璧，可予不？"相如曰："秦强而赵弱，不可不许。"王曰："取吾璧，不予我城，奈何？"相如曰："秦以城求璧而赵不许，曲在赵。赵予璧而秦不予赵城，曲在秦。均之二策，宁许以负秦曲。"王曰："谁可使者？"相如曰："王必无人，臣愿奉璧往使。城入赵而璧留秦；城不入，臣请完璧归赵。"赵王于是遂遣相如奉璧西入秦。

秦王坐章台见相如，相如奉璧奏秦王。秦王大喜，传以示美人及左右，左右皆呼万岁。相如视秦王无意偿赵城，乃前曰："璧有瑕，请指示王。"王授璧，相如因持璧却立，倚柱，怒发上冲冠，谓秦王曰："大王欲得璧，使人发书至赵王，赵王悉召群臣议，皆曰'秦贪，负其强，以空言求璧，偿城恐不可得'。议不欲予秦璧。臣以为布衣之交尚不相欺，况大国乎！且以一璧之故逆强秦之欢，不可。于是赵王乃斋戒五日，使臣奉璧，拜送书于庭。何者？严大国之威以修敬也。今臣至，大王见臣列观，礼节甚倨；得璧，传之美人，以戏弄臣。臣观大王无意偿赵王城邑，故臣复取璧。大王必欲急臣，臣头今与璧俱碎于柱矣！"相如持其璧睨柱，欲以击柱。秦王恐其破璧，乃辞谢固请，召有司案图，指从此以往十五都予赵。相如度秦王特以诈详为予赵城，实不可得，乃谓秦王曰："和氏璧，天下所共传宝也，赵王恐，不敢不献。赵王送璧时，斋戒五日，今大王亦宜斋戒五日，设九宾于廷，臣乃敢上璧。"秦王度之，终不可强夺，遂许斋五日，舍相如广成传舍。相如度秦王虽斋，决负约不偿城，乃使其从者衣褐，怀其璧，从径道亡，归璧于赵。

　　秦王斋五日后，乃设九宾礼于廷，引赵使者蔺相如。相如至，谓秦王曰："秦自缪公以来二十余君，未尝有坚明约束者也。臣诚恐见欺于王而负赵，故令人持璧归，间至赵矣。且秦强而赵弱，大王遣一介之使至赵，赵立奉璧来。今以秦之强而先割十五都予赵，赵岂敢留璧而得罪于大王乎？臣知欺大王之罪当诛，臣请就汤镬，唯大王与群臣孰计议之。"秦王与群臣相视而嘻。左右或欲引相如去，秦王因曰："今杀相如，终不能得璧也，而绝秦赵之欢，不如因而厚遇之，使归赵，赵王岂以一璧之故欺秦邪！"卒廷见相如，毕礼而归之。

　　相如既归，赵王以为贤大夫使不辱于诸侯，拜相如为上大夫。秦亦不以城予赵，赵亦终不予秦璧。以上持璧使秦完璧而归。

　　其后秦伐赵，拔石城。明年，复攻赵，杀二万人。

　　秦王使使者告赵王，欲与王为好会于西河外渑池。赵王畏秦，欲毋行。廉颇、蔺相如计曰："王不行，示赵弱且怯也。"赵王遂行，相如从。廉颇送至境，与王诀曰："王行，度道里会遇之礼毕，还，不过三十日。三十日不还，则请立太子为王，以绝秦望。"王许之，遂与秦王会渑池。秦王饮酒酣，曰："寡人窃闻赵王好音，请奏瑟。"赵王鼓瑟。秦御史前书曰"某年月日，秦王与赵王会饮，令赵王鼓瑟"。蔺相如前曰："赵王窃闻秦王善为秦声，请奉盆缶秦王，以相娱乐。"秦王怒，不许。于是相如前进缶，因跪请秦王。秦王不肯击缶。相如曰："五步之内，相如请得以颈血溅大王矣！"左右欲刃相如，相如张目叱之，左右皆靡。于是秦王不怿，为一击缶。相如顾召赵御史书曰"某年月日，秦王为赵王击缶"。秦之群臣曰："请以赵十五城为秦王寿。"蔺相如亦曰："请以秦之咸阳为赵王寿。"秦王竟酒，终不能加胜于赵。赵亦盛设兵以待秦，秦不敢动。既罢归国，以相如功大，拜为上卿，位在廉颇之右。以上从赵王会秦于渑池。

廉颇曰："我为赵将，有攻城野战之大功，而蔺相如徒以口舌为劳，而位居我上，且相如素贱人，吾羞，不忍为之下。"宣言曰："我见相如，必辱之。"相如闻，不肯与会。相如每朝时，常称病，不欲与廉颇争列。已而相如出，望见廉颇，相如引车避匿。于是舍人相与谏曰："臣所以去亲戚而事君者，徒慕君之高义也。今君与廉颇同列，廉君宣恶言而君畏匿之，恐惧殊甚，且庸人尚羞之，况于将相乎！臣等不肖，请辞去。"蔺相如固止之，曰："公之视廉将军孰与秦王？"曰："不若也。"相如曰："夫以秦王之威，而相如廷叱之，辱其群臣，相如虽驽，独畏廉将军哉？顾吾念之，强秦之所以不敢加兵于赵者，徒以吾两人在也。今两虎共斗，其势不俱生。吾所以为此者，以先国家之急而后私仇也。"廉颇闻之，肉袒负荆，因宾客至蔺相如门谢罪。曰："鄙贱之人，不知将军宽之至此也。"卒相与欢，为刎颈之交。以上避让廉颇。

是岁，廉颇东攻齐，破其一军。居二年，廉颇复伐齐几，拔之。后三年，廉颇攻魏之防陵、安阳，拔之。后四年，蔺相如将而攻齐，至平邑而罢。其明年，赵奢破秦军阏与下。

赵奢者，赵之田部吏也。收租税而平原君家不肯出租，奢以法治之，杀平原君用事者九人。平原君怒，将杀奢。奢因说曰："君于赵为贵公子，今纵君家而不奉公则法削，法削则国弱，国弱则诸侯加兵，诸侯加兵是无赵也，君安得有此富乎？以君之贵，奉公如法则上下平，上下平则国强，国强则赵固。而君为贵戚，岂轻于天下邪？"平原君以为贤，言之于王。王用之治国赋，国赋大平，民富而府库实。以上收租税、治国赋。

秦伐韩，军于阏与。王召廉颇而问曰："可救不？"对曰："道远险狭，难救。"又召乐乘而问焉，乐乘对如廉颇言。又召问赵奢，奢对曰："其道远险狭，譬之犹两鼠斗于穴中，将勇者胜。"王乃令赵奢将，救之。

兵去邯郸三十里，而令军中曰："有以军事谏者死。"秦军军武安西，秦军鼓噪勒兵，武安屋瓦尽振。军中候有一人言急救武安，赵奢立斩之。坚壁，留二十八日不行，复益增垒。秦间来入，赵奢善食而遣之。间以报秦将，秦将大喜曰："夫去国三十里而军不行，乃增垒，阏与非赵地也。"赵奢既已遣秦间，卷甲而趋之，二日一夜至，令善射者去阏与五十里而军。军垒成，秦人闻之，悉甲而至。军士许历请以军事谏，赵奢曰："内之。"许历曰："秦人不意赵师至此，其来气盛，将军必厚集其阵以待之。不然，必败。"赵奢曰："请受令。"许历曰："请就铁质之诛。"赵奢曰："胥后令邯郸。"许历复请谏，曰："先据北山上者胜，后至者败。"赵奢许诺，即发万人趋之。秦兵后至，争山不得上，赵奢纵兵击之，大破秦军。秦军解而走，遂解阏与之围而归。

　　赵惠文王赐奢号为马服君，以许历为国尉。赵奢于是与廉颇、蔺相如同位。以上解阏与之围。

　　后四年，赵惠文王卒，子孝成王立。七年，秦与赵兵相距长平。时赵奢已死，而蔺相如病笃，赵使廉颇将攻秦，秦数败赵军，赵军固壁不战。秦数挑战，廉颇不肯。赵王信秦之间。秦之间言曰："秦之所恶，独畏马服君赵奢之子赵括为将耳。"赵王因以括为将，代廉颇。蔺相如曰："王以名使括，若胶柱而鼓瑟耳。括徒能读其父书传，不知合变也。"赵王不听，遂将之。

　　赵括自少时学兵法，言兵事，以天下莫能当。尝与其父奢言兵事，奢不能难，然不谓善。括母问奢其故，奢曰："兵，死地也，而括易言之。使赵不将括即已，若必将之，破赵军者必括也。"及括将行，其母上书言于王曰："括不可使将。"王曰："何以？"对曰："始妾事其父，时为将，身所奉饭饮而进食者以十数，所友者以百数，大王及宗室所赏赐者尽以予军吏士大夫，受命之日，不问家事。今括一旦为将，东向而朝，军吏无敢仰视之者，王所赐金帛，归藏于家，而日视便利田宅可买者买之。王以为何如其父？父子异心，愿王勿遣。"王曰："母置之，吾已决矣。"括母因曰："王终遣之，即有如不称，妾得无随坐乎？"王许诺。

　　赵括既代廉颇，悉更约束，易置军吏。秦将白起闻之，纵奇兵，详败走，而绝其粮道，分断其军为二，士卒离心。四十余日，军饿，赵括出锐卒自搏战，秦军射杀赵括。括军败，数十万之众遂降秦，秦悉坑之。赵前后所亡凡四十五万。明年，秦兵遂围邯郸，岁余，几不得脱。赖楚、魏诸侯来救，乃得解邯郸之围。赵王亦以括母先言，竟不诛也。以上赵括长平之败。

　　自邯郸围解五年，而燕用栗腹之谋，曰"赵壮者尽于长平，其孤未壮"，举兵击赵。赵使廉颇将，击，大破燕军于鄗，杀栗腹，遂围燕。燕割五城请和，乃听之。赵以尉文封廉颇为信平君，为假相国。

廉颇之免长平归也，失势之时，宾客尽去。及复用为将，客又复至。廉颇曰："客退矣！"客曰："吁！君何见之晚也？夫天下以市道交，君有势，我则从君，君无势则去，此固其理也，有何怨乎？"居六年，赵使廉颇伐魏之繁阳，拔之。

赵孝成王卒，子悼襄王立，使乐乘代廉颇。廉颇怒，攻乐乘，乐乘走。廉颇遂奔魏之大梁。以上廉颇破燕后去赵入魏。

其明年，赵乃以李牧为将而攻燕，拔武遂、方城。

廉颇居梁久之，魏不能信用。赵以数困于秦兵，赵王思复得廉颇，廉颇亦思复用于赵。赵王使使者视廉颇尚可用否。廉颇之仇郭开多与使者金，令毁之。赵使者既见廉颇，廉颇为之一饭斗米，肉十斤，被甲上马，以示尚可用。赵使还报王曰："廉将军虽老，尚善饭，然与臣坐，顷之三遗矢矣。"赵王以为老，遂不召。

楚闻廉颇在魏，阴使人迎之。廉颇一为楚将，无功，曰："我思用赵人。"廉颇卒死于寿春。以上廉颇思复用赵。

李牧者，赵之北边良将也。常居代雁门，备匈奴。以便宜置吏，市租皆输入莫府，为士卒费。日击数牛飨士，习射骑，谨烽火，多间谍，厚遇战士。为约曰："匈奴即入盗，急入收保，有敢捕虏者斩。"匈奴每入，烽火谨，辄入收保，不敢战。如是数岁，亦不亡失。然匈奴以李牧为怯，虽赵边兵亦以为吾将怯。赵王让李牧，李牧如故。赵王怒，召之，使他人代将。

岁余，匈奴每来，出战。出战，数不利，失亡多，边不得田畜。复请李牧。牧杜门不出，固称疾。赵王乃复强起使将兵。牧曰："王必用臣，臣如前，乃敢奉令。"王许之。

李牧至，如故约。匈奴数岁无所得，终以为怯。边士日得赏赐而不用，皆愿一战。于是乃具选车得千三百乘，选骑得万三千匹，百金之士五万人，彀者十万人，悉勒习战。大纵畜牧，人民满野。匈奴小入，详北不胜，以数千人委之。单于闻之，大率众来入。李牧多为奇陈，张左右翼击之，大破杀匈奴十余万骑。灭襜褴，破东胡，降林胡，单于奔走。其后十余岁，匈奴不敢近赵边城。以上李牧破匈奴。

赵悼襄王元年，廉颇既亡入魏，赵使李牧攻燕，拔武遂、方城。居二年，庞煖破燕军，杀剧辛。后七年，秦破杀赵将扈辄于武遂，斩首十万。赵乃以李牧为大将军，击秦军于宜安，大破秦军，走秦将桓齮。封李牧为武安君。居三年，秦攻番吾，李牧击破秦军，南距韩、魏。

赵王迁七年，秦使王翦攻赵，赵使李牧、司马尚御之。秦多与赵王宠臣郭开金，为反间，言李牧、司马尚欲反。赵王乃使赵葱及齐将颜聚代李牧。李牧不受命，赵使人微捕得李牧，斩之。废司马尚。后三月，王翦因急击赵，大破杀赵葱，虏赵王迁及其将颜聚，遂灭赵。以上李牧破秦后以谗废。

太史公曰：知死必勇，非死者难也，处死者难。方蔺相如引璧睨柱，及叱秦王左右，势不过诛，然士或怯懦而不敢发。相如一奋其气，威信敌国，退而让颇，名重太山，其处智勇，可谓兼之矣！

田单列传

田单者，齐诸田疏属也。湣王时，单为临菑市掾，不见知。及燕使乐毅伐破齐，齐湣王出奔，已而保莒城。燕师长驱平齐，而田单走安平，令其宗人尽断其车轴末而傅铁笼。已而燕军攻安平，城坏，齐人走，争涂，以辖折车败，为燕所虏，唯田单宗人以铁笼故得脱，东保即墨。以上保田宗得出安平。

　　燕既尽降齐城，唯独莒、即墨不下。燕军闻齐王在莒，并兵攻之。淖齿既杀湣王于莒，因坚守，距燕军，数年不下。燕引兵东围即墨，即墨大夫出与战，败死。城中相与推田单，曰："安平之战，田单宗人以铁笼得全，习兵。"立以为将军，以即墨距燕。

　　顷之，燕昭王卒，惠王立，与乐毅有隙。田单闻之，乃纵反间于燕，宣言曰："齐王已死，城之不拔者二耳。乐毅畏诛而不敢归，以伐齐为名，实欲连兵南面而王齐。齐人未附，故且缓攻即墨以待其事。齐人所惧，唯恐他将之来，即墨残矣。"燕王以为然，使骑劫代乐毅。乐毅因归赵。以上守即墨。

　　燕人士卒忿。而田单乃令城中人食必祭其先祖于庭，飞鸟悉翔舞城中下食。燕人怪之。田单因宣言曰："神来下教我。"乃令城中人曰："当有神人为我师。"有一卒曰："臣可以为师乎？"因反走。田单乃起，引还，东乡坐，师事之。卒曰："臣欺君，诚无能也。"田单曰："子勿言也！"因师之。每出约束，必称神师。乃宣言曰："吾唯惧燕军之劓所得齐卒，置之前行，与我战，即墨败矣。"燕人闻之，如其言。城中人见齐诸降者尽劓，皆怒，坚守，唯恐见得。单又纵反间曰："吾惧燕人掘吾城外冢墓，僇先人，可为寒心。"燕军尽掘垄墓，烧死人。即墨人从城上望见，皆涕泣，俱欲出战，怒自十倍。

　　田单知士卒之可用，乃身操版插，与士卒分功，妻妾编于行伍之间，尽散饮食飨士。令甲卒皆伏，使老弱女子乘城，遣使约降于燕，燕军皆呼万岁。田单又收民金，得千镒，令即墨富豪遗燕将，曰："即墨即降，愿无虏掠吾族家妻妾，令安堵。"燕将大喜，许之。燕军由此益懈。

　　田单乃收城中得千余牛，为绛缯衣，画以五彩龙文，束兵刃于其角，而灌脂束苇于尾，烧其端。凿城数十穴，夜纵牛，壮士五千人随其后。牛尾热，怒而奔燕军，燕军夜大惊。牛尾炬火光明炫耀，燕军视之皆龙文，所触尽死伤。五千人因衔枚击之，而城中鼓噪从之，老弱皆击铜器为声，声动天地。燕军大骇，败走。齐人遂夷杀其将骑劫。燕军扰乱奔走，齐人追亡逐北，所过城邑皆叛燕而归田单。兵日益多，乘胜，燕日败亡，卒至河上，而齐七十余城皆复为齐。乃迎襄王于莒，入临菑而听政。

襄王封田单，号曰安平君。以上大破燕。

太史公曰：兵以正合，以奇胜。善之者，出奇无穷。奇正还相生，如环之无端。夫始如处女，适人开户；后如脱兔，适不及距：其田单之谓邪！

初，淖齿之杀湣王也，莒人求湣王子法章，得之太史嫩之家，为人灌园。嫩女怜而善遇之。后法章私以情告女，女遂与通。及莒人共立法章为齐王，以莒距燕，而太史氏女遂为后，所谓"君王后"也。

燕之初入齐，闻画邑人王蠋贤，命军中曰"环画邑三十里无人"，以王蠋之故。已而使人谓蠋曰："齐人多高子之义，吾以子为将，封子万家。"蠋固谢。燕人曰："子不听，吾引三军而屠画邑。"王蠋曰："忠臣不事二君，贞女不更二夫。齐王不听吾谏，故退而耕于野。国既破亡，吾不能存；今又劫之以兵为君将，是助桀为暴也。与其生而无义，固不如烹！"遂经其颈于树枝，自奋绝脰而死。齐亡大夫闻之，曰："王蠋，布衣也，义不北面于燕，况在位食禄者乎！"乃相聚如莒，求诸子，立为襄王。

平原君虞卿列传

平原君赵胜者，赵之诸公子也。诸子中胜最贤，喜宾客，宾客盖至者数千人。平原君相赵惠文王及孝成王，三去相，三复位，封于东武城。以上总叙数语。

　　平原君家楼临民家。民家有躄者，槃散行汲。平原君美人居楼上，临见，大笑之。明日，躄者至平原君门，请曰："臣闻君之喜士，士不远千里而至者，以君能贵士而贱妾也。臣不幸有罢癃之病，而君之后宫临而笑臣，臣愿得笑臣者头。"平原君笑应曰："诺。"躄者去，平原君笑曰："观此竖子，乃欲以一笑之故杀吾美人，不亦甚乎！"终不杀。居岁余，宾客门下舍人稍稍引去者过半。平原君怪之，曰："胜所以待诸君者未尝敢失礼，而去者何多也？"门下一人前对曰："以君之不杀笑躄者，以君为爱色而贱士，士即去耳。"于是平原君乃斩笑躄者美人头，自造门进躄者，因谢焉。其后门下乃复稍稍来。以上斩美人谢躄者。

　　是时齐有孟尝，魏有信陵，楚有春申，故争相倾以待士。

　　秦之围邯郸，赵使平原君求救，合从于楚，约与食客门下有勇力文武备具者二十人偕。平原君曰："使文能取胜，则善矣。文不能取胜，则歃血于华屋之下，必得定从而还。士不外索，取于食客门下足矣。"得十九人，余无可取者，无以满二十人。门下有毛遂者，前，自赞于平原君曰："遂闻君将合从于楚，约与食客门下二十人偕，不外索。今少一人，愿君即以遂备员而行矣。"平原君曰："先生处胜之门下几年于此矣？"毛遂曰："三年于此矣。"平原君曰："夫贤士之处世也，譬若锥之处囊中，其末立见。今先生处胜之门下三年于此矣，左右未有所称诵，胜未有所闻，是先生无所有也。先生不能，先生留。"毛遂曰："臣乃今日请处囊中耳。使遂蚤得处囊中，乃颖脱而出，非特其末见而已。"平原君竟与毛遂偕。十九人相与目笑之而未废也。

　　毛遂比至楚，与十九人论议，十九人皆服。平原君与楚合从，言其利害，日出而言之，日中不决。十九人谓毛遂曰："先生上。"毛遂按剑历阶而上，谓平原君曰："从之利害，两言而决耳。今日出而言从，日中不决，何也？"楚王谓平原君曰："客何为者也？”平原君曰：“是胜之舍人也。”楚王叱曰：“胡不下！吾乃与而君言，汝何为者也！”毛遂按剑而前曰：“王之所以叱遂者，以楚国之众也。今十步之内，王不得恃楚国之众也，王之命悬于遂手。吾君在前，叱者何也？且遂闻汤以七十里之地王天下，文王以百里之壤而臣诸侯，岂其士卒众多哉，诚能据其势而奋其威。今楚地方五千里，持戟百万，此霸王之资也。以楚之强，天下弗能当。白起，小竖子耳，率数万之众，兴师以与楚战，一战而举鄢郢，再战而烧夷陵，三战而辱王之先人。此百世之怨而赵之所羞，而王弗知恶焉。合从者为楚，非为赵也。吾君在前，叱者何也？”楚王曰：“唯唯，诚若先生之言，谨奉社稷而以从。”毛遂曰：“从定乎？”楚王曰：“定矣。”毛遂谓楚王之左右曰：“取鸡狗马之血来。”毛遂奉铜槃而跪进之楚王曰：“王当歃血而定从，次者吾君，次者遂。”遂定从于殿上。毛遂左手持槃血而右手招十九人曰：“公相与歃此血于堂下。公等录录，所谓因人成事者也。”

平原君已定从而归，归至于赵，曰：“胜不敢复相士。胜相士多者千人，寡者百数，自以为不失天下之士，今乃于毛先生而失之也。毛先生一至楚，而使赵重于九鼎大吕。毛先生以三寸之舌，强于百万之师。胜不敢复相士。”遂以为上客。以上毛遂定从于楚。

平原君既返赵，楚使春申君将兵赴救赵，魏信陵君亦矫夺晋鄙军往救赵，皆未至。秦急围邯郸，邯郸急，且降，平原君甚患之。邯郸传舍吏子李同说平原君曰：“君不忧赵亡邪？”平原君曰：“赵亡则胜为虏，何为不忧乎？”李同曰：“邯郸之民，炊骨易子而食，可谓急矣。而君之后宫以百数，婢妾被绮縠，余粱肉，而民褐衣不完，糟糠不厌。民困兵尽，或刳木为矛矢，而君器物钟磬自若。使秦破赵，君安得有此？使赵得全，君何患无有？今君诚能令夫人以下编于士卒之间，分功而作，家之所有尽散以飨士，士方其危苦之时，易德耳。"于是平原君从之，得敢死之士三千人。李同遂与三千人赴秦军，秦军为之却三十里。亦会楚、魏救至，秦兵遂罢，邯郸复存。李同战死，封其父为李侯。以上李同说出家资飨士。

虞卿欲以信陵君之存邯郸为平原君请封。公孙龙闻之，夜驾见平原君曰："龙闻虞卿欲以信陵君之存邯郸为君请封，有之乎？"平原君曰："然。"龙曰："此甚不可。且王举君而相赵者，非以君之智能为赵国无有也。割东武城而封君者，非以君为有功也，而以国人无勋，乃以君为亲戚故也。君受相印不辞无能，割地不言无功者，亦自以为亲戚故也。今信陵君存邯郸而请封，是亲戚受城而国人计功也。此甚不可。且虞卿操其两权，事成，操右券以责；事不成，以虚名德君。君必勿听也。"平原君遂不听虞卿。以上公孙龙说不受封。

平原君以赵孝成王十五年卒。子孙代，后竟与赵俱亡。

平原君厚待公孙龙。公孙龙善为坚白之辩，及邹衍过赵言至道，乃绌公孙龙。

虞卿者，游说之士也。蹑蹻担簦说赵孝成王。一见，赐黄金百镒，白璧一双；再见，为赵上卿，故号为虞卿。

秦赵战于长平，赵不胜，亡一都尉。赵王召楼昌与虞卿曰："军战不胜，尉复死，寡人使束甲而趋之，何如？"楼昌曰："无益也，不如发重使为媾。"虞卿曰："昌言媾者，以为不媾军必破也。而制媾者在秦。且王之论秦也，欲破赵之军乎，不邪？"王曰："秦不遗余力矣，必且欲破赵军。"虞卿曰："王听臣，发使出重宝以附楚、魏，楚、魏欲得王之重宝，必纳吾使。赵使入楚、魏，秦必疑天下之合从，且必恐。如此，则媾乃可为也。"赵王不听，与平阳君为媾，发郑朱入秦。秦内之。赵王召虞卿

曰："寡人使平阳君为媾于秦，秦已纳郑朱矣，卿以为奚如？"虞卿对曰："王不得媾，军必破矣。天下贺战胜者皆在秦矣。郑朱，贵人也，入秦，秦王与应侯必显重以示天下。楚、魏以赵为媾，必不救王。秦知天下不救王，则媾不可得成也。"应侯果显郑朱以示天下贺战胜者，终不肯媾。长平大败，遂围邯郸，为天下笑。以上与楼昌争论赵之不宜与秦媾。

秦既解邯郸围，而赵王入朝，使赵郝约事于秦，割六县而媾。虞卿谓赵王曰："秦之攻王也，倦而归乎？王以其力尚能进，爱王而弗攻乎？"王曰："秦之攻我也，不遗余力矣，必以倦而归也。"虞卿曰："秦以其力攻其所不能取，倦而归，王又以其力之所不能取以送之，是助秦自攻也。来年秦复攻王，王无救矣。"王以虞卿之言告赵郝。赵郝曰："虞卿诚能尽秦力之所至乎？诚知秦力之所不能进，此弹丸之地弗予，令秦来年复攻王，王得无割其内而媾乎？"王曰："请听子割矣，子能必使来年秦之不复攻我乎？"赵郝对曰："此非臣之所敢任也。他日三晋之交于秦，相善也。今秦善韩、魏而攻王，王之所以事秦必不如韩、魏也。今臣为足下解负亲之攻，开关通币，齐交韩、魏，至来年而王独取攻于秦，此王之所以事秦必在韩、魏之后也。此非臣之所敢任也。"

王以告虞卿。虞卿对曰："郝言'不媾，来年秦复攻王，王得无割其内而媾乎'。今媾，郝又以不能必秦之不复攻也。今虽割六城，何益！来年复攻，又割其力之所不能取而媾，此自尽之术也，不如无媾。秦虽善攻，不能取六县；赵虽不能守，终不失六城。秦倦而归，兵必罢。我以六城收天下以攻罢秦，是我失之于天下而取偿于秦也。吾国尚利，孰与坐而割地，自弱以强秦哉？今郝曰'秦善韩、魏而攻赵者，必王之事秦不如韩、魏也'，是使王岁以六城事秦也，即坐而城尽，来年秦复求割地，王将与之乎？弗与，是弃前功而挑秦祸也；与之，则无地而给之。语曰'强者善攻，弱者不能守'。今坐而听秦，秦兵不弊而多得地，是强秦而弱赵也。以益强之秦而割愈弱之赵，其计故不止矣。且王之地有尽而秦之求无已，以有尽之地而给无已之求，其势必无赵矣。"以上与赵郝争论赵不宜割六城媾秦。

赵王计未定，楼缓从秦来，赵王与楼缓计之，曰："予秦地何如毋予，孰吉？"缓辞让曰："此非臣之所能知也。"王曰："虽然，试言公之私。"楼缓对曰："王亦闻夫公甫文伯母乎？公甫文伯仕于鲁，病死，女子为自杀于房中者二人。其母闻之，弗哭也。其相室曰：'焉有子死而弗哭者乎？'其母曰：'孔子，贤人也，逐于鲁，而是人不随也。今死而妇人为之自杀者二人，若是者必其于长者薄而于妇人厚也。'故从母言之，是为贤母；从妻言之，是必不免为妒妻。故其言一也，言者异则人心变矣。今臣新从秦来而言勿予，则非计也；言予之，恐王以臣为为秦也：故不敢对。使臣得为大王计，不如予之。"王曰："诺。"

虞卿闻之，入见王曰："此饰说也，王慎勿予！"楼缓闻之，往见王。王又以虞卿之言告楼缓。楼缓对曰："不然。虞卿得其一，不得其二。夫秦赵构难而天下皆说，何也？曰'吾且因强而乘弱矣'。今赵兵困于秦，天下之贺战胜者则必尽在于秦矣。故不如亟割地为和，以疑天下而慰秦之心。不然，天下将因秦之怒，乘赵之弊，瓜分之。赵且亡，何秦之图乎？故曰虞卿得其一，不得其二。愿王以此决之，勿复计也。"

虞卿闻之，往见王曰："危哉！楼子之所以为秦者，是愈疑天下，而何慰秦之心哉？独不言其示天下弱乎？且臣言勿予者，非固勿予而已也。秦索六城于王，而王以六城赂齐。齐，秦之深仇也，得王之六城，并力西击秦，齐之听王，不待辞之毕也。则是王失之于齐而取偿于秦也。而齐、赵之深仇可以报矣，而示天下有能为也。王以此发声，兵未窥于境，臣见秦之重赂至赵而反媾于王也。从秦为媾，韩、魏闻之，必尽重王；重王，必出重宝以先于王。则是王一举而结三国之亲，而与秦易道也。"赵王曰："善。"则使虞卿东见齐王，与之谋秦。虞卿未返，秦使者已在赵矣。楼缓闻之，亡去。赵于是封虞卿以一城。以上与楼缓争言赵宜赂齐不宜媾秦。

居顷之，而魏请为从。赵孝成王召虞卿谋。过平原君，平原君曰："愿卿之论从也。"虞卿入见王。王曰："魏请为从。"对曰："魏过。"王曰："寡人固未之许。"对曰："王过。"王曰："魏请从，卿曰魏过；寡人未之许，又曰寡人过，然则从终不可乎？"对曰："臣闻小国之与大国从事也，有利则大国受其福，有败则小国受其祸。今魏以小国请其祸，而王以大国辞其福，臣故曰王过，魏亦过。窃以为从便。"王曰："善。"乃合魏为从。以上与赵王言宜与魏从。

虞卿既以魏齐之故，不重万户侯卿相之印，与魏齐间行，卒去赵，困于梁。魏齐已死，不得意，乃著书，上采《春秋》，下观近世，曰《节义》《称号》《揣摩》《政谋》，凡八篇。以刺讥国家得失，世传之曰《虞氏春秋》。

太史公曰：平原君，翩翩浊世之佳公子也，然未睹大体。鄙语曰"利令智昏"，平原君贪冯亭邪说，使赵陷长平兵四十余万众，邯郸几亡。虞卿料事揣情，为赵画策，何其工也！及不忍魏齐，卒困于大梁，庸夫且知其不可，况贤人乎？然虞卿非穷愁，亦不能著书以自见于后世云。

魏公子列传

魏公子无忌者，魏昭王少子而魏安釐王异母弟也。昭王薨，安釐王即位，封公子为信陵君。是时范雎亡魏相秦，以怨魏齐故，秦兵围大梁，破魏华阳下军，走芒卯。魏王及公子患之。

公子为人仁而下士，士无贤不肖皆谦而礼交之，不敢以其富贵骄士。士以此方数千里争往归之，致食客三千人。当是时，诸侯以公子贤，多客，不敢加兵谋魏十余年。

公子与魏王博，而北境传举烽，言"赵寇至，且入界"。魏王释博，欲召大臣谋。公子止王曰："赵王田猎耳，非为寇也。"复博如故。王恐，心不在博。居顷，复从北方来传言曰："赵王猎耳，非为寇也。"魏王大惊，曰："公子何以知之?"公子曰："臣之客有能深得赵王阴事者，赵王所为，客辄以报臣，臣以此知之。"是后魏王畏公子之贤能，不敢任公子以国政。以上公子好客，能探邻国阴事。

魏有隐士曰侯嬴，年七十，家贫，为大梁夷门监者。公子闻之，往请，欲厚遗之。不肯受，曰："臣修身絜行数十年，终不以监门困故而受公子财。"公子于是乃置酒大会宾客。坐定，公子从车骑，虚左，自迎夷门侯生。侯生摄敝衣冠，直上载公子上坐，不让，欲以观公子。公子执辔愈恭。侯生又谓公子曰："臣有客在市屠中，愿枉车骑过之。"公子引车入市，侯生下见其客朱亥，俾倪，故久立与其客语，微察公子。公子颜色愈和。当是时，魏将相宗室宾客满堂，待公子举酒。市人皆观公子执辔，从骑皆窃骂侯生。侯生视公子色终不变，乃谢客就车。至家，公子引侯生坐上坐，遍赞宾客，宾客皆惊。酒酣，公子起，为寿侯生前。侯生因谓公子曰："今日嬴之为公子亦足矣。嬴乃夷门抱关者也，而公子亲枉车骑，自迎嬴于众人广坐之中，不宜有所过，今公子故过之。然嬴欲就公子之名，故久立公子车骑市中，过客以观公子，公子愈恭。市人皆以嬴为小人，而以公子为长者能下士也。"于是罢酒，侯生遂为上客。

侯生谓公子曰："臣所过屠者朱亥，此子贤者，世莫能知，故隐屠间耳。"公子往数请之，朱亥故不复谢，公子怪之。以上请迎侯生。

魏安釐王二十年，秦昭王已破赵长平军，又进兵围邯郸。公子姊为赵惠文王弟平原君夫人，数遗魏王及公子书，请救于魏。魏王使将军晋鄙将十万众救赵。秦王使使者告魏王曰："吾攻赵旦暮且下，而诸侯敢救者，已拔赵，必移兵先击之。"魏王恐，使人止晋鄙，留军壁邺，名为救赵，实持两端以观望。平原君使者冠盖相属于魏，让魏公子曰："胜所以自附为婚姻者，以公子之高义，为能急人之困。今邯郸旦暮降秦而魏救不至，安在公子能急人之困也！且公子纵轻胜，弃之降秦，独不怜公子姊邪？"公子患之，数请魏王，及宾客辩士说王万端。魏王畏秦，终不听公子。公子自度终不能得之于王，计不独生而令赵亡，乃请宾客，约车骑百余乘，欲以客往赴秦军，与赵俱死。

行过夷门，见侯生，具告所以欲死秦军状。辞决而行，侯生曰："公子勉之矣，老臣不能从。"公子行数里，心不快，曰："吾所以待侯生者备矣，天下莫不闻，今吾且死而侯生曾无一言半辞送我，我岂有所失哉？"复引车还，问侯生。侯生笑曰："臣固知公子之还也。"曰："公子喜士，名闻天下。今有难，无他端而欲赴秦军，譬若以肉投馁虎，何功之有哉？尚安事客？然公子遇臣厚，公子往而臣不送，以是知公子恨之复返也。"公子再拜，因问。侯生乃屏人间语，曰："嬴闻晋鄙之兵符常在王卧内，而如姬最幸，出入王卧内，力能窃之。嬴闻如姬父为人所杀，如姬资之三年，自王以下欲求报其父仇，莫能得。如姬为公子泣，公子使客斩其仇头，敬进如姬。如姬之欲为公子死，无所辞，顾未有路耳。公子诚一开口请如姬，如姬必许诺，则得虎符夺晋鄙军，北救赵而西却秦，此五霸之伐也。"公子从其计，请如姬。如姬果盗晋鄙兵符与公子。

公子行，侯生曰：“将在外，主令有所不受，以便国家。公子即合符，而晋鄙不授公子兵而复请之，事必危矣。臣客屠者朱亥可与俱，此人力士。晋鄙听，大善；不听，可使击之。”于是公子泣。侯生曰：“公子畏死邪？何泣也？”公子曰：“晋鄙嚄唶宿将，往恐不听，必当杀之，是以泣耳，岂畏死哉？”于是公子请朱亥。朱亥笑曰：“臣乃市井鼓刀屠者，而公子亲数存之，所以不报谢者，以为小礼无所用。今公子有急，此乃臣效命之秋也。”遂与公子俱。公子过谢侯生，侯生曰：“臣宜从，老不能。请数公子行日，以至晋鄙军之日，北乡自刭，以送公子。”公子遂行。

至邺，矫魏王令代晋鄙。晋鄙合符，疑之，举手视公子曰：“今吾拥十万之众，屯于境上，国之重任。今单车来代之，何如哉？”欲无听。朱亥袖四十斤铁椎，椎杀晋鄙，公子遂将晋鄙军。勒兵下令军中曰：“父子俱在军中，父归；兄弟俱在军中，兄归；独子无兄弟，归养。”得选兵八万人，进兵击秦军。秦军解去，遂救邯郸，存赵。以上夺晋鄙军救赵。

赵王及平原君自迎公子于界，平原君负韊矢为公子先引。赵王再拜曰：“自古贤人未有及公子者也。”当此之时，平原君不敢自比于人。公子与侯生决，至军，侯生果北乡自刭。

魏王怒公子之盗其兵符，矫杀晋鄙，公子亦自知也。已却秦存赵，使将将其军归魏，而公子独与客留赵。赵孝成王德公子之矫夺晋鄙兵而存赵，乃与平原君计，以五城封公子。公子闻之，意骄矜而有自功之色。客有说公子曰：“物有不可忘，或有不可不忘。夫人有德于公子，公子不可忘也；公子有德于人，愿公子忘之也。且矫魏王令，夺晋鄙兵以救赵，于赵则有功矣，于魏则未为忠臣也。公子乃自骄而功之，窃为公子不取也。”于是公子立自责，似若无所容者。赵王埽除自迎，执主人之礼，引公子就西阶。公子侧行辞让，从东阶上。自言罪过，以负于魏，无功于赵。赵王侍酒至暮，口不忍献五城，以公子退让也。公子竟留赵。赵王以鄗为公子汤沐邑，魏亦复以信陵奉公子。以上留赵不受封。

公子留赵。公子闻赵有处士毛公藏于博徒，薛公藏于卖浆家，公子欲见两人，两人自匿不肯见公子。公子闻所在，乃间步往从此两人游，甚欢。平原君闻之，谓其夫人曰："始吾闻夫人弟公子天下无双，今吾闻之，乃妄从博徒卖浆者游，公子妄人耳。"夫人以告公子。公子乃谢夫人去，曰："始吾闻平原君贤，故负魏王而救赵，以称平原君。平原君之游，徒豪举耳，不求士也。无忌自在大梁时，常闻此两人贤，至赵，恐不得见。以无忌从之游，尚恐其不我欲也，今平原君乃以为羞，其不足从游。"乃装为去。夫人具以语平原君。平原君乃免冠谢，固留公子。平原君门下闻之，半去平原君归公子，天下士复往归公子，公子倾平原君客。

公子留赵十年不归。秦闻公子在赵，日夜出兵东伐魏。魏王患之，使使往请公子。公子恐其怒之，乃诫门下："有敢为魏王使通者，死。"宾客皆背魏之赵，莫敢劝公子归。毛公、薛公两人往见公子曰："公子所以重于赵，名闻诸侯者，徒以有魏也。今秦攻魏，魏急而公子不恤，使秦破大梁而夷先王之宗庙，公子当何面目立天下乎？"语未及卒，公子立变色，告车趣驾归救魏。魏王见公子，相与泣，而以上将军印授公子，公子遂将。以上纳毛公、薛公言，归魏。

魏安釐王三十年，公子使使遍告诸侯。诸侯闻公子将，各遣将将兵救魏。公子率五国之兵破秦军于河外，走蒙骜。遂乘胜逐秦军至函谷关，抑秦兵，秦兵不敢出。当是时，公子威振天下，诸侯之客进兵法，公子皆名之，故世俗称《魏公子兵法》。

　　秦王患之，乃行金万斤于魏，求晋鄙客，令毁公子于魏王曰："公子亡在外十年矣，今为魏将，诸侯将皆属，诸侯徒闻魏公子，不闻魏王。公子亦欲因此时定南面而王，诸侯畏公子之威，方欲共立之。"秦数使反间，伪贺公子得立为魏王未也。魏王日闻其毁，不能不信，后果使人代公子将。公子自知再以毁废，乃谢病不朝，与宾客为长夜饮，饮醇酒，多近妇女。日夜为乐饮者四岁，竟病酒而卒。其岁，魏安釐王亦薨。以上再以毁废而卒。

　　秦闻公子死，使蒙骜攻魏，拔二十城，初置东郡。其后秦稍蚕食魏，十八岁而虏魏王，屠大梁。

　　高祖始微少时，数闻公子贤。及即天子位，每过大梁，常祠公子。高祖十二年，从击黥布还，为公子置守冢五家，世世岁以四时奉祠公子。

　　太史公曰：吾过大梁之墟，求问其所谓夷门。夷门者，城之东门也。天下诸公子亦有喜士者矣，然信陵君之接岩穴隐者，不耻下交，有以也。名冠诸侯，不虚耳。高祖每过之而令民奉祠不绝也。

屈原贾生列传

　　屈原者，名平，楚之同姓也。为楚怀王左徒。博闻强志，明于治乱，娴于辞令。入则与王图议国事，以出号令；出则接遇宾客，应对诸侯。王甚任之。

　　上官大夫与之同列，争宠而心害其能。怀王使屈原造为宪令，屈平属草稿未定。上官大夫见而欲夺之，屈平不与，因谗之曰："王使屈平为令，众莫不知，每一令出，平伐其功，曰以为'非我莫能为'也。"王怒而疏屈平。

　　屈平疾王听之不聪也，谗谄之蔽明也，邪曲之害公也，方正之不容也，故忧愁幽思而作《离骚》。离骚者，犹离忧也。夫天者，人之始也；父母者，人之本也。人穷则反本，故劳苦倦极，未尝不呼天也；疾痛惨怛，未尝不呼父母也。屈平正道直行，竭忠尽智以事其君，谗人间之，可谓穷矣。信而见疑，忠而被谤，能无怨乎？屈平之作《离骚》，盖自怨生也。《国风》好色而不淫，《小雅》怨诽而不乱。若《离骚》者，可谓兼之矣。上称帝喾，下道齐桓，中述汤、武，以刺世事。明道德之广崇，治乱之条贯，靡不毕见。其文约，其辞微，其志絜，其行廉，其称文小而其指极大，举类迩而见义远。其志絜，故其称物芳。其行廉，故死而不容。自疏濯淖污泥之中，蝉蜕于浊秽，以浮游尘埃之外，不获世之滋垢，皭然泥而不滓者也。推此志也，虽与日月争光可也。

屈平既绌，其后秦欲伐齐，齐与楚从亲，惠王患之，乃令张仪详去秦，厚币委质事楚，曰：“秦甚憎齐，齐与楚从亲，楚诚能绝齐，秦愿献商、於之地六百里。”楚怀王贪而信张仪，遂绝齐，使使如秦受地。张仪诈之曰：“仪与王约六里，不闻六百里。”楚使怒去，归告怀王。怀王怒，大兴师伐秦。秦发兵击之，大破楚师于丹、淅，斩首八万，虏楚将屈匄，遂取楚之汉中地。怀王乃悉发国中兵以深入击秦，战于蓝田。魏闻之，袭楚至邓。楚兵惧，自秦归。而齐竟怒不救楚，楚大困。

明年，秦割汉中地与楚以和。楚王曰：“不愿得地，愿得张仪而甘心焉。”张仪闻，乃曰：“以一仪而当汉中地，臣请往如楚。”如楚，又因厚币用事者臣靳尚，而设诡辩于怀王之宠姬郑袖。怀王竟听郑袖，复释去张仪。是时屈平既疏，不复在位，使于齐，顾反，谏怀王曰：“何不杀张仪？”怀王悔，追张仪不及。

其后诸侯共击楚，大破之，杀其将唐昧。

时秦昭王与楚婚，欲与怀王会。怀王欲行，屈平曰：“秦虎

狼之国，不可信，不如毋行。"怀王稚子子兰劝王行："奈何绝秦
欢！"怀王卒行。入武关，秦伏兵绝其后，因留怀王，以求割地。
怀王怒，不听。亡走赵，赵不内。复之秦，竟死于秦而归葬。

长子顷襄王立，以其弟子兰为令尹。楚人既咎子兰以劝怀王
入秦而不反也。

屈平既嫉之，虽放流，眷顾楚国，系心怀王，不忘欲反，冀
幸君之一悟，俗之一改也。其存君兴国而欲反覆之，一篇之中三
致志焉。然终无可奈何，故不可以反，卒以此见怀王之终不悟
也。人君无愚智贤不肖，莫不欲求忠以自为，举贤以自佐，然亡
国破家相随属，而圣君治国累世而不见者，其所谓忠者不忠，而
所谓贤者不贤也。怀王以不知忠臣之分，故内惑于郑袖，外欺于
张仪，疏屈平而信上官大夫、令尹子兰。兵挫地削，亡其六郡，
身客死于秦，为天下笑。此不知人之祸也。《易》曰："井泄不
食，为我心恻，可以汲。王明，并受其福。"王之不明，岂足
福哉！

令尹子兰闻之大怒，卒使上官大夫短屈原于顷襄王，顷襄王
怒而迁之。"闻之"，闻屈平作《离骚》。

屈原至于江滨，被发行吟泽畔。颜色憔悴，形容枯槁。渔父
见而问之曰："子非三闾大夫欤？何故而至此？"屈原曰："举世
混浊而我独清，众人皆醉而我独醒，是以见放。"渔父曰："夫圣
人者，不凝滞于物而能与世推移。举世混浊，何不随其流而扬其
波？众人皆醉，何不铺其糟而啜其醨？何故怀瑾握瑜而自令见放
为？"屈原曰："吾闻之，新沐者必弹冠，新浴者必振衣，人又谁
能以身之察察，受物之汶汶者乎！宁赴常流而葬乎江鱼腹中耳，
又安能以皓皓之白而蒙世俗之温蠖乎！"

乃作《怀沙》之赋。于是怀石遂自投汨罗以死。

屈原既死之后，楚有宋玉、唐勒、景差之徒者，皆好辞而以

赋见称。然皆祖屈原之从容辞令，终莫敢直谏。其后楚日以削，数十年竟为秦所灭。

自屈原沉汨罗后百有余年，汉有贾生，为长沙王太傅，过湘水，投书以吊屈原。

贾生名谊，雒阳人也。年十八，以能诵诗属书闻于郡中。吴廷尉为河南守，闻其秀才，召置门下，甚幸爱。孝文皇帝初立，闻河南守吴公治平为天下第一，故与李斯同邑而常学事焉，乃征为廷尉。廷尉乃言贾生年少，颇通诸子百家之书。文帝召以为博士。

是时贾生年二十余，最为少。每诏令议下，诸老先生不能言，贾生尽为之对，人人各如其意所欲出。诸生于是乃以为能，不及也。孝文帝说之，超迁，一岁中至太中大夫。

贾生以为汉兴至孝文二十余年，天下和洽，而固当改正朔，易服色，法制度，定官名，兴礼乐，乃悉草具其事仪法，色尚黄，数用五，为官名，悉更秦之法。孝文帝初即位，谦让未遑也。诸律令所更定，及列侯悉就国，其说皆自贾生发之。于是天子议以为贾生任公卿之位。绛、灌、东阳侯、冯敬之属尽害之，乃短贾生曰："雒阳之人，年少初学，专欲擅权，纷乱诸事。"于是天子后亦疏之，不用其议，乃以贾生为长沙王太傅。

贾生既辞往行，闻长沙卑湿，自以寿不得长，又以適去，意不自得。及渡湘水，为赋以吊屈原。

为长沙王太傅三年，有鸮飞入贾生舍，止于坐隅。楚人命鸮曰"鵩"。贾生既以適居长沙，长沙卑湿，自以为寿不得长，伤悼之，乃为赋以自广。

后岁余，贾生征见。孝文帝方受釐，坐宣室。上因感鬼神事，而问鬼神之本。贾生因具道所以然之状。至夜半，文帝前席。既罢，曰："吾久不见贾生，自以为过之，今不及也。"居顷之，拜贾生为梁怀王太傅。梁怀王，文帝之少子，爱，而好书，故令贾生傅之。

文帝复封淮南厉王子四人皆为列侯。贾生谏，以为患之兴自此起矣。贾生数上疏，言诸侯或连数郡，非古之制，可稍削之。文帝不听。

居数年，怀王骑，堕马而死，无后。贾生自伤为傅无状，哭泣岁余，亦死。贾生之死时年三十三矣。及孝文崩，孝武皇帝立，举贾生之孙二人至郡守，而贾嘉最好学，世其家，与余通书。至孝昭时，列为九卿。

太史公曰：余读《离骚》《天问》《招魂》《哀郢》，悲其志。适长沙，观屈原所自沉渊，未尝不垂涕，想见其为人。及见贾生吊之，又怪屈原以彼其材，游诸侯，何国不容，而自令若是。读《鵩鸟赋》，同死生，轻去就，又爽然自失矣。维申谨按：《屈原传》中《怀沙赋》抄入词赋上编，依《楚辞·九章》。《贾生传》中《吊屈原赋》抄入哀祭类，《鵩鸟赋》抄入词赋上编，故此处不更录。

善化黄维申襄校

卷十八　传志之属上编二

史　记

刺客列传

曹沫者，鲁人也，以勇力事鲁庄公。庄公好力。曹沫为鲁将，与齐战，三败北。鲁庄公惧，乃献遂邑之地以和。犹复以为将。

齐桓公许与鲁会于柯而盟。桓公与庄公既盟于坛上，曹沫执匕首劫齐桓公，桓公左右莫敢动，而问曰："子将何欲？"曹沫曰："齐强鲁弱，而大国侵鲁亦以甚矣。今鲁城坏即压齐境，君其图之。"桓公乃许尽归鲁之侵地。既已言，曹沫投其匕首，下坛，北面就群臣之位，颜色不变，辞令如故。桓公怒，欲倍其约。管仲曰："不可。夫贪小利以自快，弃信于诸侯，失天下之援，不如与之。"于是桓公乃遂割鲁侵地，曹沫三战所亡地尽复予鲁。其后百六十有七年而吴有专诸之事。

专诸者，吴堂邑人也。伍子胥之亡楚而如吴也，知专诸之能。伍子胥既见吴王僚，说以伐楚之利。吴公子光曰："彼伍员父兄皆死于楚而员言伐楚，欲自为报私仇也，非能为吴。"吴王乃止。伍子胥知公子光之欲杀吴王僚，乃曰："彼光将有内志，未可说以外事。"乃进专诸于公子光。

光之父曰吴王诸樊。诸樊弟三人：次曰馀祭，次曰夷眛，次曰季子札。诸樊知季子札贤而不立太子，以次传三弟，欲卒致国于季子札。诸樊既死，传馀祭。馀祭死，传夷眛。夷眛死，当传季子札；季子札逃不肯立，吴人乃立夷眛之子僚为王。公子光曰："使以兄弟次邪，季子当立；必以子乎，则光真適嗣，当立。"故尝阴养谋臣以求立。

光既得专诸，善客待之。九年而楚平王死。春，吴王僚欲因楚丧，使其二弟公子盖馀、属庸将兵围楚之灊；使延陵季子于晋，以观诸侯之变。楚发兵绝吴将盖馀、属庸路，吴兵不得还。于是公子光谓专诸曰："此时不可失，不求何获！且光真王嗣，当立，季子虽来，不吾废也。"专诸曰："王僚可杀也。母老子弱，而两弟将兵伐楚，楚绝其后。方今吴外困于楚，而内空无骨鲠之臣，是无如我何。"公子光顿首曰："光之身，子之身也。"

四月丙子，光伏甲士于窟室中，而具酒请王僚。王僚使兵陈自宫至光之家，门户阶陛左右，皆王僚之亲戚也。夹立侍，皆持长铍。酒既酣，公子光详为足疾，入窟室中，使专诸置匕首鱼炙之腹中而进之。既至王前，专诸擘鱼，因以匕首刺王僚，王僚立死。左右亦杀专诸，王人扰乱。公子光出其伏甲以攻王僚之徒，尽灭之，遂自立为王，是为阖闾。阖闾乃封专诸之子以为上卿。其后七十余年而晋有豫让之事。

豫让者，晋人也，故尝事范氏及中行氏，而无所知名。去而事智伯，智伯甚尊宠之。及智伯伐赵襄子，赵襄子与韩、魏合谋灭智伯，灭智伯之后而三分其地。赵襄子最怨智伯，漆其头以为饮器。豫让遁逃山中，曰："嗟乎！士为知己者死，女为说己者容。今智伯知我，我必为报仇而死，以报智伯，则吾魂魄不愧矣。"乃变名姓为刑人，入宫涂厕，中挟匕首，欲以刺襄子。襄子如厕，心动，执问涂厕之刑人，则豫让，内持刀兵，曰："欲为智伯报仇！"左右欲诛之。襄子曰："彼义人也，吾谨避之耳。且智伯亡无后，而其臣欲为报仇，此天下之贤人也。"卒醳去之。

居顷之，豫让又漆身为厉，吞炭为哑，使形状不可知，行乞于市。其妻不识也。行见其友，其友识之，曰："汝非豫让邪？"曰："我是也。"其友为泣曰："以子之才，委质而臣事襄子，襄子必近幸子。近幸子，乃为所欲，顾不易邪？何乃残身苦形，欲以求报襄子，不亦难乎！"豫让曰："既已委质臣事人，而求杀之，是怀二心以事其君也。且吾所为者极难耳！然所以为此者，将以愧天下后世之为人臣怀二心以事其君者也。"

既去，顷之，襄子当出，豫让伏于所当过之桥下。襄子至桥，马惊，襄子曰："此必是豫让也。"使人问之，果豫让也。于是襄子乃数豫让曰："子不尝事范、中行氏乎？智伯尽灭之，而子不为报仇，而反委质臣于智伯。智伯亦已死矣，而子独何以为之报仇之深也？"豫让曰："臣事范、中行氏，范、中行氏皆众人遇我，我故众人报之。至于智伯，国士遇我，我故国士报之。"襄子喟然叹息而泣曰："嗟乎豫子！子之为智伯，名既成矣，而寡人赦子，亦已足矣。子其自为计，寡人不复释子！"使兵围之。豫让曰："臣闻明主不掩人之美，而忠臣有死名之义。前君已宽赦臣，天下莫不称君之贤。今日之事，臣固伏诛，然愿请君之衣而击之焉，以致报仇之意，则虽死不恨。非所敢望也，敢布腹心！"于是襄子大义之，乃使使持衣与豫让。豫让拔剑三跃而击之，曰："吾可以下报智伯矣！"遂伏剑自杀。死之日，赵国志士闻之，皆为涕泣。其后四十余年而轵有聂政之事。

聂政者，轵深井里人也。杀人避仇，与母、姊如齐，以屠为事。

久之，濮阳严仲子事韩哀侯，与韩相侠累有郤。严仲子恐诛，亡去，游求人可以报侠累者。至齐，齐人或言聂政勇敢士也，避仇隐于屠者之间。严仲子至门请，数反，然后具酒自畅聂政母前。酒酣，严仲子奉黄金百镒，前为聂政母寿。聂政惊怪其厚，固谢严仲子。严仲子固进，而聂政谢曰：“臣幸有老母，家贫，客游以为狗屠，可以旦夕得甘毳以养亲。亲供养备，不敢当仲子之赐。”严仲子辟人，因为聂政言曰：“臣有仇，而行游诸侯众矣；然至齐，窃闻足下义甚高，故进百金者，将用为大人粗粝之费，得以交足下之欢，岂敢以有求望邪！”聂政曰：“臣所以降志辱身居市井屠者，徒幸以养老母；老母在，政身未敢以许人也。”严仲子固让，聂政竟不肯受也。然严仲子卒备宾主之礼而去。

　　久之，聂政母死。既已葬，除服，聂政曰：“嗟乎！政乃市井之人，鼓刀以屠；而严仲子乃诸侯之卿相也，不远千里，枉车骑而交臣。臣之所以待之，至浅鲜矣，未有大功可以称者，而严仲子奉百金为亲寿，我虽不受，然是者徒深知政也。夫贤者以感忿睚眦之意而亲信穷僻之人，而政独安得嘿然而已乎！且前日要政，政徒以老母；老母今以天年终，政将为知己者用。”乃遂西至濮阳，见严仲子曰：“前日所以不许仲子者，徒以亲在；今不幸而母以天年终。仲子所欲报仇者为谁？请得从事焉！”严仲子具告曰：“臣之仇韩相侠累，侠累又韩君之季父也，宗族盛多，居处兵卫甚设，臣欲使人刺之，众终莫能就。今足下幸而不弃，请益其车骑壮士可为足下辅翼者。”聂政曰：“韩之与卫，相去中间不甚远，今杀人之相，相又国君之亲，此其势不可以多人，多人不能无生得失，生得失则语泄，语泄是韩举国而与仲子为仇，岂不殆哉！”遂谢车骑人徒，聂政乃辞独行。

　　杖剑至韩，韩相侠累方坐府上，持兵戟而卫侍者甚众。聂政直入，上阶刺杀侠累，左右大乱。聂政大呼，所击杀者数十人，因自披面决眼，自屠出肠，遂以死。

韩取聂政尸暴于市，购问，莫知谁子。于是韩购县之，有能言杀相侠累者予千金。久之，莫知也。

政姊荣闻人有刺杀韩相者，贼不得，国不知其名姓，暴其尸而县之千金，乃于邑曰："其是吾弟与？嗟乎，严仲子知吾弟！"立起，如韩，之市，而死者果政也，伏尸哭极哀，曰："是轵深井里所谓聂政者也。"市行者诸众人皆曰："此人暴虐吾国相，王县购其名姓千金，夫人不闻与？何敢来识之也？"荣应之曰："闻之。然政所以蒙污辱自弃于市贩之间者，为老母幸无恙，妾未嫁也。亲既以天年下世，妾已嫁夫，严仲子乃察举吾弟困污之中而交之，泽厚矣，可奈何！士固为知己者死，今乃以妾尚在之故，重自刑以绝从，妾其奈何畏殁身之诛，终灭贤弟之名！"大惊韩市人。乃大呼天者三，卒于邑，悲哀而死政之旁。

晋、楚、齐、卫闻之，皆曰："非独政能也，乃其姊亦烈女也。乡使政诚知其姊无濡忍之志，不重暴骸之难，必绝险千里以列其名，姊弟俱僇于韩市者，亦未必敢以身许严仲子也。严仲子亦可谓知人能得士矣！"其后二百二十余年秦有荆轲之事。

荆轲者，卫人也。其先乃齐人，徙于卫，卫人谓之庆卿。而之燕，燕人谓之荆卿。

荆卿好读书击剑，以术说卫元君，卫元君不用。其后秦伐魏，置东郡，徙卫元君之支属于野王。

荆轲尝游过榆次，与盖聂论剑，盖聂怒而目之。荆轲出，人或言复召荆卿。盖聂曰："曩者吾与论剑有不称者，吾目之；试往，是宜去，不敢留。"使使往之主人，荆卿则已驾而去榆次矣。使者还报，盖聂曰："固去也，吾曩者目摄之！"

荆轲游于邯郸，鲁句践与荆轲博，争道，鲁句践怒而叱之，荆轲嘿而逃去，遂不复会。

　　荆轲既至燕，爱燕之狗屠及善击筑者高渐离。荆轲嗜酒，日与狗屠及高渐离饮于燕市，酒酣以往，高渐离击筑，荆轲和而歌于市中，相乐也，已而相泣，旁若无人者。荆轲虽游于酒人乎，然其为人沉深好书；其所游诸侯，尽与其贤豪长者相结。其之燕，燕之处士田光先生亦善待之，知其非庸人也。以上荆轲交游踪迹。

　　居顷之，会燕太子丹质秦亡归燕。燕太子丹者，故尝质于赵，而秦王政生于赵，其少时与丹欢。及政立为秦王，而丹质于秦。秦王之遇燕太子丹不善，故丹怨而亡归。归而求为报秦王者，国小，力不能。其后秦日出兵山东以伐齐、楚、三晋，稍蚕食诸侯，且至于燕，燕君臣皆恐祸之至。太子丹患之，问其傅鞠武。武对曰：“秦地遍天下，威胁韩、魏、赵氏，北有甘泉、谷口之固，南有泾、渭之沃，擅巴、汉之饶，右陇、蜀之山，左关、殽之险，民众而士厉，兵革有余。意有所出，则长城之南，易水以北，未有所定也。奈何以见陵之怨，欲批其逆鳞哉！”丹曰：“然则何由？”对曰：“请入图之。”

　　居有间，秦将樊於期得罪于秦王，亡之燕，太子受而舍之。鞠武谏曰：“不可。夫以秦王之暴而积怒于燕，足为寒心，又况闻樊将军之所在乎？是谓‘委肉当饿虎之蹊’也，祸必不振矣！虽有管、晏，不能为之谋也。愿太子疾遣樊将军入匈奴以灭口。请西约三晋，南连齐、楚，北购于单于，其后乃可图也。”太子曰：“太傅之计，旷日弥久，心惽然，恐不能须臾。且非独于此也，夫樊将军穷困于天下，归身于丹，丹终不以迫于强秦而弃所哀怜之交，置之匈奴，是固丹命卒之时也。愿太傅更虑之。”鞠武曰：“夫行危欲求安，造祸而求福，计浅而怨深，连结一人之后交，不顾国家之大害，此所谓‘资怨而助祸’矣。夫以鸿毛燎于炉炭之上，必无事矣。且以雕鸷之秦，行怨暴之怒，岂足道哉！"以上燕丹与鞠武谋秦。

　　"燕有田光先生，其为人知深而勇沉，可与谋。"太子曰："愿因太傅而得交于田先生，可乎？"鞠武曰："敬诺。"出见田先生，道："太子愿图国事于先生也。"田光曰："敬奉教。"乃造焉。

　　太子逢迎，却行为导，跪而蔽席。田光坐定，左右无人，太子避席而请曰："燕秦不两立，愿先生留意也。"田光曰："臣闻骐骥盛壮之时，一日而驰千里；至其衰老，驽马先之。今太子闻光盛壮之时，不知臣精已消亡矣。虽然，光不敢以图国事，所善荆卿可使也。"太子曰："愿因先生得结交于荆卿，可乎？"田光曰："敬诺。"即起，趋出。太子送至门，戒曰："丹所报先生所言者，国之大事也，愿先生勿泄也！"田光俯而笑曰："诺。"偻行见荆卿，曰："光与子相善，燕国莫不知。今太子闻光壮盛之时，不知吾形已不逮也，幸而教之曰：'燕秦不两立，愿先生留意也。'光窃不自外，言足下于太子也，愿足下过太子于宫。"荆轲曰："谨奉教。"田光曰："吾闻之，长者为行，不使人疑之。今太子告光曰：'所言者，国之大事也，愿先生勿泄'，是太子疑光也。夫为行而使人疑之，非节侠也。"欲自杀以激荆卿，曰："愿足下急过太子，言光已死，明不言也。"因遂自刎而死。

　　荆轲遂见太子，言田光已死，致光之言。太子再拜而跪，膝行流涕，有顷而后言曰："丹所以诚田先生毋言者，欲以成大事之谋也。今田先生以死明不言，岂丹之心哉！"以上田光荐荆轲见燕丹。

　　荆轲坐定，太子避席顿首曰："田先生不知丹之不肖，使得至前，敢有所道，此天之所以哀燕而不弃其孤也。今秦有贪利之心，而欲不可足也。非尽天下之地，臣海内之王者，其意不厌。今秦已虏韩王，尽纳其地。又举兵南伐楚，北临赵；王翦将数十万之众距漳、邺，而李信出太原、云中。赵不能支秦，必入臣，入臣则祸至燕。燕小弱，数困于兵，今计举国不足以当秦。诸侯服秦，莫敢合从。丹之私计愚，以为诚得天下之勇士使于秦，窥以重利；秦王贪，其势必得所愿矣。诚得劫秦王，使悉反诸侯侵地，若曹沫之与齐桓公，则大善矣；则不可，因而刺杀之。彼秦大将擅兵于外而内有乱，则君臣相疑，以其间诸侯得合从，其破秦必矣。此丹之上愿，而不知所委命，惟荆卿留意焉。”久之，荆轲曰：“此国之大事也，臣驽下，恐不足任使。”太子前顿首，固请毋让，然后许诺。于是尊荆卿为上卿，舍上舍。太子日造门下，供太牢具，异物间进，车骑美女恣荆轲所欲，以顺适其意。以上燕丹与荆轲谋刺秦王。

久之，荆轲未有行意。秦将王翦破赵，虏赵王，尽收入其地，进兵北略地至燕南界。太子丹恐惧，乃请荆轲曰：“秦兵旦暮渡易水，则虽欲长侍足下，岂可得哉！”荆轲曰：“微太子言，臣愿谒之。今行而毋信，则秦未可亲也。夫樊将军，秦王购之金千斤，邑万家。诚得樊将军首与燕督亢之地图，奉献秦王，秦王必说，见臣，臣乃得有以报。”太子曰：“樊将军穷困来归丹，丹不忍以己之私而伤长者之意，愿足下更虑之！”荆轲知太子不忍，乃遂私见樊於期曰：“秦之遇将军可谓深矣，父母宗族皆为戮没。今闻购将军首金千斤，邑万家，将奈何？”於期仰天太息流涕曰：“於期每念之，常痛于骨髓，顾计不知所出耳！”荆轲曰：“今有一言可以解燕国之患，报将军之仇者，何如？”於期乃前曰：“为之奈何？”荆轲曰：“愿得将军之首以献秦王，秦王必喜而见臣，臣左手把其袖，右手揕其匈，然则将军之仇报而燕见陵之愧除矣。将军岂有意乎？”樊於期偏袒搤捥而进曰：“此臣之日夜切齿腐心也，乃今得闻教！”遂自刭。太子闻之，驰往，伏尸而哭，极哀。既已不可奈何，乃遂盛樊於期首函封之。以上取樊於期之首。

于是太子豫求天下之利匕首，得赵人徐夫人匕首，取之百金，使工以药焠之，以试人，血濡缕，人无不立死者。乃装为遣荆卿。燕国有勇士秦舞阳，年十三，杀人，人不敢忤视。乃令秦舞阳为副。荆轲有所待，欲与俱；其人居远未来，而为治行。顷之，未发，太子迟之，疑其改悔，乃复请曰："日已尽矣，荆卿岂有意哉？丹请得先遣秦舞阳。"荆轲怒，叱太子曰："何太子之遣？往而不反者，竖子也！且提一匕首入不测之强秦，仆所以留者，待吾客与俱。今太子迟之，请辞决矣！"遂发。以上求匕首及秦舞阳为副。

太子及宾客知其事者，皆白衣冠以送之。至易水之上，既祖，取道，高渐离击筑，荆轲和而歌，为变徵之声，士皆垂泪涕泣。又前而为歌曰："风萧萧兮易水寒，壮士一去兮不复还！"复为羽声慷慨，士皆瞋目，发尽上指冠。于是荆轲就车而去，终已不顾。

遂至秦，持千金之资币物，厚遗秦王宠臣中庶子蒙嘉。嘉为先言于秦王曰："燕王诚振怖大王之威，不敢举兵以逆军吏，愿举国为内臣，比诸侯之列，给贡职如郡县，而得奉守先王之宗庙。恐惧不敢自陈，谨斩樊於期之头，及献燕督亢之地图，函封，燕王拜送于庭，使使以闻大王，唯大王命之。"秦王闻之，大喜，乃朝服，设九宾，见燕使者咸阳宫。以上荆轲入秦。

荆轲奉樊於期头函，而秦舞阳奉地图柙，以次进。至陛，秦舞阳色变振恐，群臣怪之。荆轲顾笑舞阳，前谢曰："北蕃蛮夷之鄙人，未尝见天子，故振慑。愿大王少假借之，使得毕使于前。"秦王谓轲曰："取舞阳所持地图。"轲既取图奏之，秦王发图，图穷而匕首见。因左手把秦王之袖，而右手持匕首揕之。未至身，秦王惊，自引而起，袖绝。拔剑，剑长，操其室。时惶

急，剑坚，故不可立拔。荆轲逐秦王，秦王环柱而走。群臣皆
愕，卒起不意，尽失其度。而秦法，群臣侍殿上者不得持尺寸之
兵；诸郎中执兵皆陈殿下，非有诏召不得上。方急时，不及诏下
兵，以故荆轲乃逐秦王。而卒惶急，无以击轲，而以手共搏之。
是时侍医夏无且以其所奉药囊提荆轲也。秦王方环柱走，卒惶
急，不知所为，左右乃曰："王负剑！"负剑，遂拔以击荆轲，断
其左股。荆轲废，乃引其匕首以擿秦王，不中，中铜柱。秦王复
击轲，轲被八创。轲自知事不就，倚柱而笑，箕踞以骂曰："事
所以不成者，以欲生劫之，必得约契以报太子也。"于是左右既
前杀轲，秦王不怡者良久。已而论功，赏群臣及当坐者各有差，
而赐夏无且黄金二百镒，曰："无且爱我，乃以药囊提荆轲也。"
以上荆轲刺秦王不中。

　　于是秦王大怒，益发兵诣赵，诏王翦军以伐燕。十月而拔蓟
城。燕王喜、太子丹等尽率其精兵东保于辽东。秦将李信追击燕
王急，代王嘉乃遗燕王喜书曰："秦所以尤追燕急者，以太子丹
故也。今王诚杀丹献之秦王，秦王必解，而社稷幸得血食。"其
后李信追丹，丹匿衍水中，燕王乃使使斩太子丹，欲献之秦。秦
复进兵攻之。后五年，秦卒灭燕，虏燕王喜。以上秦灭燕。

　　其明年，秦并天下，立号为皇帝。于是秦逐太子丹、荆轲之
客，皆亡。高渐离变名姓为人庸保，匿作于宋子。久之，作苦，
闻其家堂上客击筑，彷徨不能去。每出言曰："彼有善有不善。"
从者以告其主，曰："彼庸乃知音，窃言是非。"家丈人召使前击
筑，一坐称善，赐酒。而高渐离念久隐畏约无穷时，乃退，出其
装匣中筑与其善衣，更容貌而前。举坐客皆惊，下与抗礼，以为
上客。使击筑而歌，客无不流涕而去者。宋子传客之，闻于秦始
皇。秦始皇召见，人有识者，乃曰："高渐离也。"秦皇帝惜其善
击筑，重赦之，乃矐其目。使击筑，未尝不称善。稍益近之，高

渐离乃以铅置筑中，复进得近，举筑朴秦皇帝，不中。于是遂诛高渐离，终身不复近诸侯之人。

鲁句践已闻荆轲之刺秦王，私曰："嗟乎，惜哉其不讲于刺剑之术也！甚矣吾不知人也！曩者吾叱之，彼乃以我为非人也！" 以上高渐高、鲁句践事。

太史公曰：世言荆轲，其称太子丹之命，"天雨粟，马生角" 也，太过。又言荆轲伤秦王，皆非也。始公孙季功、董生与夏无且游，具知其事，为余道之如是。自曹沫至荆轲五人，此其义或成或不成，然其立意较然，不欺其志，名垂后世，岂妄也哉！

魏其武安侯列传

魏其侯窦婴者，孝文后从兄子也。父世观津人。喜宾客。孝文时，婴为吴相，病免。孝景初即位，为詹事。

梁孝王者，孝景弟也，其母窦太后爱之。梁孝王朝，因昆弟燕饮。是时上未立太子，酒酣，从容言曰："千秋之后传梁王。" 太后欢。窦婴引卮酒进上，曰："天下者，高祖天下，父子相传，此汉之约也，上何以得擅传梁王！" 太后由此憎窦婴。窦婴亦薄其官，因病免。太后除窦婴门籍，不得入朝请。以上魏其因抑梁孝王见疏废。

孝景三年，吴楚反，上察宗室诸窦毋如窦婴贤，乃召婴。婴入见，固辞谢病不足任。太后亦惭。于是上曰："天下方有急，王孙宁可以让邪？" 乃拜婴为大将军，赐金千斤。婴乃言袁盎、栾布诸名将贤士在家者进之。所赐金，陈之廊庑下，军吏过，辄令财取为用，金无入家者。窦婴守荥阳，监齐、赵兵。七国兵已尽破，封婴为魏其侯。诸游士宾客争归魏其侯。孝景时每朝议大事，条侯、魏其侯，诸列侯莫敢与亢礼。以上魏其因破七国复贵盛。

孝景四年，立栗太子，使魏其侯为太子傅。孝景七年，栗太子废，魏其数争不能得。魏其谢病，屏居蓝田南山之下数月，诸宾客辩士说之，莫能来。梁人高遂乃说魏其曰："能富贵将军者，上也；能亲将军者，太后也。今将军傅太子，太子废而不能争；争不能得，又弗能死。自引谢病，拥赵女，屏间处而不朝。相提而论，是自明扬主上之过。有如两宫螫将军，则妻子毋类矣。"魏其侯然之，乃遂起，朝请如故。

桃侯免相，窦太后数言魏其侯。孝景帝曰："太后岂以为臣有爱，不相魏其？魏其者，沾沾自喜耳，多易，难以为相，持重。"遂不用，用建陵侯卫绾为丞相。以上魏其因谏栗太子事复见疏。

武安侯田蚡者，孝景后同母弟也，生长陵。魏其已为大将军后，方盛，蚡为诸郎，未贵，往来侍酒魏其，跪起如子侄。及孝景晚节，蚡益贵幸，为太中大夫。蚡辩有口，学槃盂诸书，王太后贤之。孝景崩，即日太子立，称制，所镇抚多有田蚡宾客计筴，蚡弟田胜，皆以太后弟，孝景后三年封蚡为武安侯，胜为周阳侯。武安侯新欲用事为相，卑下宾客，进名士家居者贵之，欲以倾魏其诸将相。以上武安初封侯贵盛。

建元元年，丞相绾病免，上议置丞相、太尉。籍福说武安侯曰："魏其贵久矣，天下士素归之。今将军初兴，未如魏其，即上以将军为丞相，必让魏其。魏其为丞相，将军必为太尉。太尉、丞相尊等耳，又有让贤名。"武安侯乃微言太后风上，于是乃以魏其侯为丞相，武安侯为太尉。籍福贺魏其侯，因吊曰："君侯资性喜善疾恶，方今善人誉君侯，故至丞相；然君侯且疾恶，恶人众，亦且毁君侯。君侯能兼容，则幸久；不能，今以毁去矣。"魏其不听。以上魏其为丞相。

魏其、武安俱好儒术，推毂赵绾为御史大夫，王臧为郎中令。迎鲁申公，欲设明堂，令列侯就国，除关，以礼为服制，以兴太平。举適诸窦宗室毋节行者，除其属籍。时诸外家为列侯，列侯多尚公主，皆不欲就国，以故毁日至窦太后。太后好黄老之言，而魏其、武安、赵绾、王臧等务隆推儒术，贬道家言，是以窦太后滋不说魏其等。及建元二年，御史大夫赵绾请无奏事东宫。窦太后大怒，乃罢逐赵绾、王臧等，而免丞相、太尉，以柏至侯许昌为丞相，武强侯庄青翟为御史大夫。魏其、武安由此以侯家居。以上魏其、武安皆以儒术罢绌。

武安侯虽不任职，以王太后故，亲幸，数言事多效，天下吏士趋势利者，皆去魏其归武安，武安日益横。建元六年，窦太后崩，丞相昌、御史大夫青翟坐丧事不办，免。以武安侯蚡为丞相，以大司农韩安国为御史大夫。天下士郡诸侯愈益附武安。

武安者，貌侵，生贵甚。又以为诸侯王多长，上初即位，富于春秋，蚡以肺腑为京师相，非痛折节以礼诎之，天下不肃。当是时，丞相入奏事，坐语移日，所言皆听。荐人或起家至二千石，权移主上。上乃曰："君除吏已尽未？吾亦欲除吏。"尝请考工地益宅，上怒曰："君何不遂取武库！"是后乃退。尝召客饮，坐其兄盖侯南乡，自坐东乡，以为汉相尊，不可以兄故私桡。武安由此滋骄，治宅甲诸第。田园极膏腴，而市买郡县器物相属于道。前堂罗钟鼓，立曲旃；后房妇女以百数。诸侯奉金玉狗马玩好，不可胜数。

魏其失窦太后，益疏不用，无势，诸客稍稍自引而怠傲，唯灌将军独不失故。魏其日默默不得志，而独厚遇灌将军。以上武安为丞相鼎盛，魏其日疏。

灌将军夫者，颍阴人也。夫父张孟，尝为颍阴侯婴舍人，得幸，因进之至二千石，故蒙灌氏姓为灌孟。吴楚反时，颍阴侯灌何为将军，属太尉，请灌孟为校尉。夫以千人与父俱。灌孟年老，颍阴侯强请之，郁郁不得意，故战常陷坚，遂死吴军中。军法，父子俱从军，有死事，得与丧归。灌夫不肯随丧归，奋曰："愿取吴王若将军头，以报父之仇。"于是灌夫被甲持戟，募军中壮士所善愿从者数十人。及出壁门，莫敢前。独二人及从奴十数骑驰入吴军，至吴将麾下，所杀伤数十人。不得前，复驰还，走入汉壁，皆亡其奴，独与一骑归。夫身中大创十余，适有万金良药，故得无死。夫创少瘳，又复请将军曰："吾益知吴壁中曲折，请复往。"将军壮义之，恐亡夫，乃言太尉，太尉乃固止之。吴已破，灌夫以此名闻天下。以上灌夫因破吴军知名。

颍阴侯言之上，上以夫为中郎将。数月，坐法去。后家居长安，长安中诸公莫弗称之。孝景时，至代相。孝景崩，今上初即位，以为淮阳天下交，劲兵处，故徙夫为淮阳太守。建元元年，入为太仆。二年，夫与长乐卫尉窦甫饮，轻重不得，夫醉，搏甫。甫，窦太后昆弟也。上恐太后诛夫，徙为燕相。数岁，坐法去官，家居长安。以上灌夫历官及两次失职家居。

灌夫为人刚直使酒，不好面谀。贵戚诸有势在己之右，不欲加礼，必陵之；诸士在己之左，愈贫贱，尤益敬，与钧。稠人广众，荐宠下辈。士亦以此多之。夫不喜文学，好任侠，已然诺。诸所与交通，无非豪桀大猾。家累数千万，食客日数十百人。陂池田园，宗族宾客为权利，横于颍川。颍川儿乃歌之曰："颍水清，灌氏宁；颍水浊，灌氏族。"灌夫家居虽富，然失势，卿相侍中宾客益衰。及魏其侯失势，亦欲倚灌夫引绳批根生平慕之后弃之者。灌夫亦倚魏其而通列侯宗室为名高。两人相为引重，其游如父子然。相得欢甚，无厌，恨相知晚也。以上灌夫富豪及失势后与魏其相得。

灌夫有服，过丞相。丞相从容曰："吾欲与仲孺过魏其侯，会仲孺有服。"灌夫曰："将军乃肯幸临，况魏其侯，夫安敢以服为解！请语魏其侯帐具，将军旦日蚤临。”武安许诺。灌夫具语魏其侯如所谓武安侯。魏其与其夫人益市牛酒，夜洒埽，早帐具至旦。平明，令门下候伺。至日中，丞相不来。魏其谓灌夫曰：“丞相岂忘之哉？”灌夫不怿，曰：“夫以服请，宜往。”乃驾，自往迎丞相。丞相特前戏许灌夫，殊无意往。及夫至门，丞相尚卧。于是夫入见，曰：“将军昨日幸许过魏其，魏其夫妻治具，自旦至今，未敢尝食。”武安鄂谢曰：“吾昨日醉，忽忘与仲孺言。”乃驾往，又徐行，灌夫愈益怒。及饮酒酣，夫起舞，属丞相，丞相不起，夫从坐上语侵之。魏其乃扶灌夫去，谢丞相。丞相卒饮至夜，极欢而去。以上武安饮魏其家。

丞相尝使籍福请魏其城南田。魏其大望曰：“老仆虽弃，将军虽贵，宁可以势夺乎！”不许。灌夫闻，怒，骂籍福。籍福恶两人有郤，乃谩自好谢丞相曰：“魏其老且死，易忍，且待之。”已而武安闻魏其、灌夫实怒不予田，亦怒曰：“魏其子尝杀人，蚡活之。蚡事魏其无所不可，何爱数顷田？且灌夫何与也？吾不敢复求田。”武安由此大怨灌夫、魏其。

元光四年春，丞相言灌夫家在颍川，横甚，民苦之。请案。上曰：“此丞相事，何请。”灌夫亦持丞相阴事，为奸利，受淮南王金与语言。宾客居间，遂止，俱解。以上灌夫与武安搆衅。

夏，丞相取燕王女为夫人，有太后诏，召列侯宗室皆往贺。魏其侯过灌夫，欲与俱。夫谢曰：“夫数以酒失得过丞相，丞相今者又与夫有郤。”魏其曰：“事已解。”强与俱。饮酒酣，武安起为寿，坐皆避席伏。已魏其侯为寿，独故人避席耳，余半膝席。灌夫不悦。起行酒，至武安，武安膝席曰：“不能满觞。”夫怒，因嘻笑曰：“将军贵人也，属之！”时武安不肯。行酒次至临汝侯，临汝侯方与程不识耳语，又不避席。夫无所发怒，乃骂临汝侯曰：“生平毁程不识不直一钱，今日长者为寿，乃效女儿呫嗫耳语！"武安谓灌夫曰："程李俱东西宫卫尉，今众辱程将军，仲孺独不为李将军地乎？"灌夫曰："今日斩头陷匈，何知程李乎！"坐乃起更衣，稍稍去。魏其侯去，麾灌夫出。武安遂怒曰："此吾骄灌夫罪。"乃令骑留灌夫。灌夫欲出不得。籍福起为谢，案灌夫项令谢。夫愈怒，不肯谢。武安乃麾骑缚夫置传舍，召长史曰："今日召宗室，有诏。"劾灌夫骂坐不敬，系居室。遂按其前事，遣吏分曹逐捕诸灌氏支属，皆得弃市罪。以上灌夫骂坐。

魏其侯大愧，为资使宾客请，莫能解。武安吏皆为耳目，诸灌氏皆亡匿，夫系，遂不得告言武安阴事。

魏其锐身为救灌夫。夫人谏魏其曰："灌将军得罪丞相，与太后家忤，宁可救邪？"魏其侯曰："侯自我得之，自我捐之，无所恨。且终不令灌仲孺独死，婴独生。"乃匿其家，窃出上书。立召入，具言灌夫醉饱事，不足诛。上然之，赐魏其食，曰："东朝廷辩之。"以上魏其出救灌夫。

魏其之东朝，盛推灌夫之善，言其醉饱得过，乃丞相以他事诬罪之。武安又盛毁灌夫所为横恣，罪逆不道。魏其度不可奈何，因言丞相短。武安曰："天下幸而安乐无事，蚡得为肺腑，所好音乐狗马田宅。蚡所爱倡优巧匠之属，不如魏其、灌夫日夜招聚天下豪桀壮士与论议，腹诽而心谤，不仰视天而俯画地，辟倪两宫间，幸天下有变，而欲有大功。臣乃不知魏其等所为。"于是上问朝臣："两人孰是？"御史大夫韩安国曰："魏其言灌夫父死事，身荷戟驰入不测之吴军，身被数十创，名冠三军，此天下壮士，非有大恶，争杯酒，不足引他过以诛也。魏其言是也。丞相亦言灌夫通奸猾，侵细民，家累巨万，横恣颍川，凌轹宗室，侵犯骨肉，此所谓'枝大于本，胫大于股，不折必披'，丞相言亦是。唯明主裁之。"主爵都尉汲黯是魏其。内史郑当时是魏其，后不敢坚对。余皆莫敢对。上怒内史曰："公平生数言魏其、武安长短，今日廷论，局趣效辕下驹，吾并斩若属矣。"即罢起入，上食太后。太后亦已使人候伺，具以告太后。太后怒，不食，曰："今我在也，而人皆藉吾弟，令我百岁后，皆鱼肉之矣。且帝宁能为石人邪！此特帝在，即录录，设百岁后，是属宁有可信者乎？"上谢曰："俱宗室外家，故廷辩之。不然，此一狱吏所决耳。"是时郎中令石建为上别言两人事。

武安已罢朝，出止车门，召韩御史大夫载，怒曰："与长孺共一老秃翁，何为首鼠两端？"韩御史良久谓丞相曰："君何不自喜？夫魏其毁君，君当免冠解印绶归，曰'臣以肺腑幸得待罪，固非其任，魏其言皆是'。如此，上必多君有让，不废君。魏其必内愧，杜门齰舌自杀。今人毁君，君亦毁人，譬如贾竖女子争言，何其无大体也！"武安谢罪曰："争时急，不知出此。"以上魏其、武安廷辩。

于是上使御史簿责魏其所言灌夫，颇不雠，欺谩。劾系都司空。孝景时，魏其常受遗诏，曰"事有不便，以便宜论上"。及系，灌夫罪至族，事日急，诸公莫敢复明言于上。魏其乃使昆弟子上书言之，幸得复召见。书奏上，而案尚书大行无遗诏。诏书独藏魏其家，家丞封。乃劾魏其矫先帝诏，罪当弃市。五年十月，悉论灌夫及家属。魏其良久乃闻，闻即恚，病痱，不食欲死。或闻上无意杀魏其，魏其复食，治病，议定不死矣。乃有蜚语为恶言闻上，故以十二月晦论弃市渭城。以上灌夫族诛魏其弃市。

其春，武安侯病，专呼服谢罪。使巫视鬼者视之，见魏其、灌夫共守，欲杀之。竟死。子恬嗣。元朔三年，武安侯坐衣襜褕入宫，不敬。

淮南王安谋反觉，治。王前朝，武安侯为太尉，时迎王至霸上，谓王曰："上未有太子，大王最贤，高祖孙，即宫车晏驾，非大王立当谁哉！"淮南王大喜，厚遗金财物。上自魏其时不直武安，特为太后故耳。及闻淮南王金事，上曰："使武安侯在者，族矣。"

太史公曰：魏其、武安皆以外戚重，灌夫用一时决筴而名显。魏其之举以吴楚，武安之贵在日月之际。然魏其诚不知时变，灌夫无术而不逊，两人相翼，乃成祸乱。武安负贵而好权，杯酒责望，陷彼两贤。呜呼哀哉！迁怒及人，命亦不延。众庶不载，竟被恶言。呜呼哀哉！祸所从来矣！

游侠列传

韩子曰："儒以文乱法，而侠以武犯禁。"二者皆讥，而学士多称于世云。至如以术取宰相卿大夫，辅翼其世主，功名俱著于春秋，固无可言者。及若季次、原宪，闾巷人也，读书怀独行君子之德，义不苟合当世，当世亦笑之。故季次、原宪终身空室蓬户，褐衣疏食不厌。死而已四百余年，而弟子志之不倦。今游侠，其行虽不轨于正义，然其言必信，其行必果，已诺必诚，不爱其躯，赴士之厄困，既已存亡死生矣，而不矜其能，羞伐其德，盖亦有足多者焉。

且缓急，人之所时有也。太史公曰：昔者虞舜窘于井廪，伊尹负于鼎俎，傅说匿于傅险，吕尚困于棘津，夷吾桎梏，百里饭牛，仲尼畏匡，菜色陈、蔡。此皆学士所谓有道仁人也，犹然遭此灾，况以中材而涉乱世之末流乎？其遇害何可胜道哉！鄙人有言曰："何知仁义，已飨其利者为有德。"故伯夷丑周，饿死首阳山，而文武不以其故贬王；跖、跷暴戾，其徒诵义无穷。由此观之，"窃钩者诛，窃国者侯，侯之门仁义存"，非虚言也。

今拘学或抱咫尺之义，久孤于世，岂若卑论侪俗，与世沉浮而取荣名哉！而布衣之徒，设取予然诺，千里诵义，为死不顾世，此亦有所长，非苟而已也。故士穷窘而得委命，此岂非人之所谓贤豪间者邪？诚使乡曲之侠，予季次、原宪比权量力，效功于当世，不同日而论矣。要以功见言信，侠客之义又曷可少哉！

古布衣之侠，靡得而闻已。近世延陵、孟尝、春申、平原、信陵之徒，皆因王者亲属，藉于有土卿相之富厚，招天下贤者，显名诸侯，不可谓不贤者矣。比如顺风而呼，声非加疾，其势激也。至如闾巷之侠，修行砥名，声施于天下，莫不称贤，是为难耳。然儒、墨皆排摈不载。自秦以前，匹夫之侠，湮灭不见，余甚恨之。以余所闻，汉兴有朱家、田仲、王公、剧孟、郭解之徒，虽时扞当世之文罔，然其私义廉洁退让，有足称者。名不虚立，士不虚附。至如朋党宗强比周，设财役贫，豪暴侵凌孤弱，恣欲自快，游侠亦丑之。余悲世俗不察其意，而猥以朱家、郭解等令与暴豪之徒同类而共笑之也。

鲁朱家者，与高祖同时。鲁人皆以儒教，而朱家用侠闻。所藏活豪士以百数，其余庸人不可胜言。然终不伐其能，歆其德，诸所尝施，唯恐见之。振人不赡，先从贫贱始。家无余财，衣不完采，食不重味，乘不过轺牛。专趋人之急，甚己之私。既阴脱季布将军之厄，及布尊贵，终身不见也。自关以东，莫不延颈愿交焉。

楚田仲以侠闻，喜剑，父事朱家，自以为行弗及。田仲已死，而雒阳有剧孟。周人以商贾为资，而剧孟以任侠显诸侯。吴楚反时，条侯为太尉，乘传车将至河南，得剧孟，喜曰："吴楚举大事而不求孟，吾知其无能为已矣。"天下骚动，宰相得之若得一敌国云。剧孟行大类朱家，而好博，多少年之戏。然剧孟母死，自远方送丧盖千乘。及剧孟死，家无余十金之财。而符离人王孟亦以侠称江、淮之间。

是时济南瞯氏、陈周庸亦以豪闻，景帝闻之，使使尽诛此属。其后代诸白、梁韩无辟、阳翟薛兄、陕韩孺纷纷复出焉。

郭解，轵人也，字翁伯，善相人者许负外孙也。解父以任侠，孝文时诛死。解为人短小精悍，不饮酒。少时阴贼，慨不快意，身所杀甚众。以躯借交报仇，藏命作奸剽攻，休乃铸钱掘冢，固不可胜数。适有天幸，窘急常得脱，若遇赦。及解年长，更折节为俭，以德报怨，厚施而薄望。然其自喜为侠益甚。既已振人之命，不矜其功，其阴贼著于心，卒发于睚眦如故云。而少年慕其行，亦辄为报仇，不使知也。解姊子负解之势，与人饮，使之嚼。非其任，强必灌之。人怒，拔刀刺杀解姊子，亡去。解姊怒曰："以翁伯之义，人杀吾子，贼不得。"弃其尸于道，弗葬，欲以辱解。解使人微知贼处。贼窘自归，具以实告解。解曰："公杀之固当，吾儿不直。"遂去其贼，罪其姊子，乃收而葬之。诸公闻之，皆多解之义，益附焉。

解出入，人皆避之。有一人独箕踞视之，解遣人问其名姓。客欲杀之。解曰："居邑屋至不见敬，是吾德不修也，彼何罪！"乃阴属尉史曰："是人，吾所急也，至践更时脱之。"每至践更，数过，吏弗求。怪之，问其故，乃解使脱之。箕踞者乃肉袒谢罪。少年闻之，愈益慕解之行。

雒阳人有相仇者，邑中贤豪居间者以十数，终不听。客乃见郭解。解夜见仇家，仇家曲听解。解乃谓仇家曰："吾闻雒阳诸公在此间，多不听者。今子幸而听解，解奈何乃从他县夺人邑中贤大夫权乎！"乃夜去，不使人知，曰："且无用，待我去，令雒阳豪居其间，乃听之。"解执恭敬，不敢乘车入其县廷。之旁郡国，为人请求事，事可出，出之；不可者，各厌其意，然后乃敢尝酒食。诸公以故严重之，争为用。邑中少年及旁近县贤豪，夜半过门常十余车，请得解客舍养之。及徙豪富茂陵也，解家贫，不中訾，吏恐，不敢不徙。卫将军为言："郭解家贫不中徙。"上曰："布衣权至使将军为言，此其家不贫。"解家遂徙。诸公送者出千余万。轵人杨季主子为县掾，举徙解。解兄子断杨掾头。由此杨氏与郭氏为仇。解入关，关中贤豪知与不知，闻其声，争交欢解。解为人短小，不饮酒，出未尝有骑。已又杀杨季主。杨季主家上书，人又杀之阙下。上闻，乃下吏捕解。解亡，置其母家室夏阳，身至临晋。临晋籍少公素不知解，解冒，因求出关。籍少公已出解，解转入太原，所过辄告主人家。吏逐之，迹至籍少公。少公自杀，口绝。久之，乃得解。穷治所犯，为解所杀，皆在赦前。朝有儒生侍使者坐，客誉郭解，生曰："郭解专以奸犯公法，何谓贤！"解客闻，杀此生，断其舌。吏以此责解，解实不知杀者。杀者亦竟绝，莫知为谁。吏奏解无罪。御史大夫公孙弘议曰："解布衣为任侠行权，以睚眦杀人，解虽弗知，此罪甚于解杀之。当大逆无道。"遂族郭解翁伯。

自是之后，为侠者极众，敖而无足数者。然关中长安樊仲子，槐里赵王孙，长陵高公子，西河郭公仲，太原卤公孺，临淮儿长卿，东阳田君孺，虽为侠而逡巡有退让君子之风。至若北道姚氏，西道诸杜，南道仇景，东道赵他、羽公子，南阳赵调之徒，此盗跖居民间者耳，曷足道哉！此乃乡者朱家之羞也。

太史公曰：吾视郭解，状貌不及中人，言语不足采者。然天下无贤与不肖，知与不知，皆慕其声，言侠者皆引以为名。谚曰："人貌荣名，岂有既乎！"於戏，惜哉！序分三等人：术取卿相，功名俱著，一也；季次、原宪，独行君子，二也；游侠，三也。于游侠中又分三等人：布衣闾巷之侠，一也；有士卿之富，二也；暴豪恣欲之徒，三也。反侧错综，语南意北，骤难觅其针线之迹。

汉　书

霍光传

霍光字子孟，骠骑将军去病弟也。父中孺，河东平阳人也，以县吏给事平阳侯家，与侍者卫少儿私通而生去病。中孺吏毕归家，娶妇生光，因绝不相闻。久之，少儿女弟子夫得幸于武帝，立为皇后，去病以皇后姊子贵幸。既壮大，乃自知父为霍中孺，未及求问，会为骠骑将军击匈奴，道出河东。河东太守郊迎，负弩矢先驱，至平阳传舍，遣吏迎霍中孺。中孺趋入拜谒，将军迎拜，因跪曰：“去病不早自知为大人遗体也。”中孺扶报叩头，曰：“老臣得托命将军，此天力也。”去病大为中孺买田宅、奴婢而去。还，复过焉，乃将光西至长安，时年十余岁，任光为郎，稍迁诸曹、侍中。去病死后，光为奉车都尉、光禄大夫，出则奉车，入侍左右，出入禁闼二十余年，小心谨慎，未尝有过，甚见亲信。以上为郎、侍中。

征和二年，卫太子为江充所败，而燕王旦、广陵王胥皆多过失。是时，上年老，宠姬钩弋、赵婕仔有男，上心欲以为嗣，命大臣辅之。察群臣唯光任大重，可属社稷。上乃使黄门画者画周公负成王朝诸侯以赐光。后元二年春，上游五柞宫，病笃，光涕泣问曰：“如有不讳，谁当嗣者？”上曰：“君未谕前画意邪？立少子，君行周公之事。”光顿首让曰：“臣不如金日磾。”日磾亦曰：“臣外国人，不如光。”上以光为大司马大将军，日磾为车骑将军，及太仆上官桀为左将军，搜粟都尉桑弘羊为御史大夫，皆拜卧内床下，受遗诏辅少主。明日，武帝崩，太子袭尊号，是为孝昭皇帝。帝年八岁，政事一决于光。以上受遗诏辅幼主。

先是，后元元年，侍中仆射莽何罗与弟重合侯通谋为逆，时，光与金日磾、上官桀等共诛之，功未录。武帝病，封玺书曰：“帝崩发书以从事。”遗诏封金日磾为秺侯，上官桀为安阳侯，光为博陆侯，皆以前捕反者功封。时，卫尉王莽子男忽侍中，扬语曰：“帝病，忽常在左右，安得遗诏封三子事！群儿自相贵耳。”光闻之，切让王莽，莽鸩杀忽。光为人沉静详审，长财七尺三寸，白皙，疏眉目，美须髯。每出入下殿门，止进有常处，郎仆射窃识视之，不失尺寸，其资性端正如此。初辅幼主，政自己出，天下想闻其风采。殿中尝有怪，一夜群臣相惊，光召尚符玺郎，郎不肯授光。光欲夺之，郎按剑曰："臣头可得，玺不可得也！"光甚谊之。明日，诏增此郎秩二等。众庶莫不多光。以上辅孝昭帝。

光与左将军桀结婚相亲，光长女为桀子安妻。有女年与帝相配，桀因帝姊鄂邑盖主内安女后宫为倢伃，数月立为皇后。父安为骠骑将军，封桑乐侯。光时休沐出，桀辄入代光决事。桀父子既尊盛，而德长公主。公主内行不修，近幸河间丁外人。桀、安欲为外人求封，幸依国家故事以列侯尚公主者，光不许。又为外人求光禄大夫，欲令得召见，又不许。长主大以是怨光。而桀、安数为外人求官爵弗能得，亦惭。自先帝时，桀已为九卿，位在光右。及父子并为将军，有椒房中宫之重，皇后亲安女，光乃其外祖，而顾专制朝事，繇是与光争权。

燕王旦自以昭帝兄，常怀怨望。及御史大夫桑弘羊建造酒榷、盐铁，为国兴利，伐其功，欲为子弟得官，亦怨恨光。于是盖主、上官桀、安及弘羊皆与燕王旦通谋，诈令人为燕王上书，言："光出都肆郎羽林，道上称跸，太官先置。"又引："苏武前使匈奴，拘留二十年不降，还乃为典属国，而大将军长史敞亡功为搜粟都尉，又擅调益莫府校尉。光专权自恣，疑有非常。臣旦愿归符玺，入宿卫，察奸臣变。"候伺光出沐日奏之。桀欲从中下其事，桑弘羊当与诸大臣共执退光。书奏，帝不肯下。

明旦，光闻之，止画室中不入。上问："大将军安在？"左将军桀时曰："以燕王告其罪，故不敢入。"有诏召大将军。光入，免冠顿首谢，上曰："将军冠。朕知是书诈也，将军亡罪。"光曰："陛下何以知之？"上曰："将军之广明都郎，属耳；调校尉以来未能十日，燕王何以得知之？且将军为非，不须校尉。"是时，帝年十四，尚书左右皆惊，而上书者果亡，捕之甚急，桀等惧，白上小事不足遂，上不听。后桀党有谮光者，上辄怒曰："大将军忠臣，先帝所属以辅朕身，敢有毁者坐之。"自是桀等不敢复言，乃谋令长公主置酒请光，伏兵格杀之，因废帝，迎立燕王为天子。事发觉，光尽诛桀、安、弘羊、外人宗族。燕王、盖主皆自杀。以上诛上官、桑、丁、燕王、盖主。

　　光威震海内。昭帝既冠，遂委任光，讫十三年，百姓充实，四夷宾服。元平元年，昭帝崩，亡嗣。武帝六男独有广陵王胥在，群臣议所立，咸持广陵王。王本以行失道，先帝所不用。光内不自安。郎有上书言："周太王废太伯立王季，文王舍伯邑考立武王，唯在所宜，虽废长立少可也。广陵王不可以承宗庙。"言合光意。光以其书视丞相敞等，擢郎为九江太守，即日承皇太后诏，遣行大鸿胪事少府乐成、宗正德、光禄大夫吉、中郎将利汉迎昌邑王贺。以上光迎立昌邑王贺。

　　贺者，武帝孙，昌邑哀王子也。既至，即位，行淫乱。光忧懑，独以问所亲故吏大司农田延年。延年曰："将军为国柱石，审此人不可，何不建白太后，更选贤而立之？"光曰："今欲如是，于古尝有此否？"延年曰："伊尹相殷，废太甲以安宗庙，后世称其忠。将军若能行此，亦汉之伊尹也。"光乃引延年给事中，阴与车骑将军张安世图计，遂召丞相、御史、将军、列侯、中二千石、大夫、博士会议未央宫。光曰："昌邑王行昏乱，恐危社稷，如何？"群臣皆惊鄂失色，莫敢发言，但唯唯而已。田延年前，离席按剑，曰："先帝属将军以幼孤，寄将军以天下，以将军忠贤能安刘氏也。今群下鼎沸，社稷将倾，且汉之传谥常为孝者，以长有天下，令宗庙血食也。如令汉家绝祀，将军虽死，何面目见先帝于地下乎？今日之议，不得旋踵，群臣后应者，臣请剑斩之。"光谢曰:"九卿责光是也。天下匈匈不安,光当受难。"于是议者皆叩头,曰:"万姓之命在于将军,唯大将军令。"

光即与群臣俱见白太后,具陈昌邑王不可以承宗庙状。皇太后乃车驾幸未央承明殿,诏诸禁门毋内昌邑群臣。王入朝太后还,乘辇欲归温室,中黄门宦者各持门扇,王入,门闭,昌邑群臣不得入。王曰:"何为?"大将军跪曰:"有皇太后诏,毋内昌邑群臣。"王曰:"徐之,何乃惊人如是!"光使尽驱出昌邑群臣,置金马门外。车骑将军安世将羽林骑收缚二百余人,皆送廷尉诏狱。令故昭帝侍中中臣侍守王。光敕左右:"谨宿卫,卒有物故自裁,令我负天下,有杀主名。"王尚未自知当废,谓左右:"我故群臣从官安得罪,而大将军尽系之乎?"以上光议废昌邑王贺。顷之,有太后诏召王,王闻召,意恐,乃曰:"我安得罪而召我哉!"太后被珠襦,盛服坐武帐中,侍御数百人皆持兵,期门武士陛戟,陈列殿下。群臣以次上殿,召昌邑王伏前听诏。光与群臣连名奏王,尚书令读奏曰:

丞相臣敞、大司马大将军臣光、车骑将军臣安世、度辽将军臣明友、前将军臣增、后将军臣充国、御史大夫臣谊、宜春侯臣谭、当涂侯臣圣、随桃侯臣昌乐、杜侯臣屠耆堂、太仆臣延年,太常臣昌、大司农臣延年、宗正臣德、少府臣乐成、廷尉臣光,执金吾臣延寿、大鸿胪臣贤、左冯翊臣广明、右扶风臣德、长信少府臣嘉、典属国臣武、京辅都尉臣广汉、司隶校尉臣辟兵、诸吏文学光禄大夫臣迁、臣畸、臣吉、臣赐、臣管、臣胜、臣梁、臣长幸、臣夏侯胜、太中大夫臣德、臣卬昧死言皇太后陛下:臣敞等顿首死罪。天子所以永保宗庙总壹海内者,以慈孝、礼谊、赏罚为本。孝昭皇帝早弃天下,亡嗣,臣敞等议,礼曰"为人后者为之子也",

昌邑王宜嗣后，遣宗正、大鸿胪、光禄大夫奉节使征昌邑王典丧。服斩缞，亡悲哀之心，废礼谊，居道上不素食，使从官略女子载衣车，内所居传舍。始至谒见，立为皇太子，常私买鸡豚以食。受皇帝信玺、行玺大行前，就次发玺不封。从官更持节，引内昌邑从官驺宰官奴二百余人，常与居禁闼内敖戏。自之符玺取节十六，朝暮临，令从官更持节从。为书曰："皇帝问侍中君卿：使中御府令高昌奉黄金千斤，赐君卿取十妻。"大行在前殿，发乐府乐器，引内昌邑乐人，击鼓歌吹作俳倡。会下还，上前殿，击钟磬，召内泰壹宗庙乐人辇道牟首，鼓吹歌舞，悉奏众乐。发长安厨三太牢具祠阁室中，祀已，与从官饮啖。驾法驾，皮轩鸾旗，驱驰北宫、桂宫，弄彘斗虎。召皇太后御小马车，使官奴骑乘，游戏掖庭中。与孝昭皇帝宫人蒙等淫乱，诏掖庭令敢泄言要斩。

太后曰："止！为人臣子当悖乱如是邪！"王离席伏。尚书令复读曰：

取诸侯王、列侯、二千石绶及墨绶、黄绶以并佩昌邑郎官者免奴。变易节上黄旄以赤。发御府金钱、刀剑、玉器、采缯、赏赐所与游戏者。与从官官奴夜饮，湛沔于酒。诏太官上乘舆食如故。食监奏未释服未可御故食，复诏太官趣具，无关食监。太官不敢具，即使从官出买鸡豚，诏殿门内，以为常。独夜设九宾温室，延见姊夫昌邑关内侯。祖宗庙祠未举，为玺书使使者持节，以三太牢祠昌邑哀王园庙，称嗣子皇帝。受玺以来二十七日，使者旁午，持节诏诸官署征发，凡千一百二十七事。文学、光禄大夫夏侯胜等及侍中傅嘉数进谏以过失，使人簿责胜，缚嘉系狱。荒淫迷惑，失帝王礼谊，乱汉制度。臣敞等数进谏，不变更，日以益甚，恐危社稷，天下不安。

　　臣敞等谨与博士臣霸、臣隽舍、臣德、臣虞舍、臣射、臣仓议，皆曰："高皇帝建功业为汉太祖，孝文皇帝慈仁节俭为太宗，今陛下嗣孝昭皇帝后，行淫辟不轨。《诗》云：'藉曰未知，亦既抱子。'五辟之属，莫大不孝。周襄王不能事母，《春秋》曰'天王出居于郑'，繇不孝出之，绝之于天下也。宗庙重于君，陛下未见命高庙，不可以承天序，奉祖宗庙，子万姓，当废。"臣请有司御史大夫臣谊、宗正臣德、太常臣昌与太祝以一太牢具，告祠高庙。臣敞等昧死以闻。

皇太后诏曰："可。"以上群臣于太后前宣读奏书。

光令王起拜受诏，王曰："闻天子有争臣七人，虽亡道不失天下。"光曰："皇太后诏废，安得天子！"乃即持其手，解脱其玺组，奉上太后，扶王下殿，出金马门，群臣随送。王西面拜，曰："愚戆不任汉事。"起就乘舆副车。大将军光送至昌邑邸，光谢曰："王行自绝于天，臣等驽怯，不能杀身报德。臣宁负王，不敢负社稷。愿王自爱，臣长不复见左右。"光涕泣而去。群臣奏言："古者废放之人屏于远方，不及以政，请徙王贺汉中房陵县。"太后诏归贺昌邑，赐汤沐邑二千户。昌邑群臣坐亡辅导之谊，陷王于恶，光悉诛杀二百余人。出死，号呼市中曰："当断不断，反受其乱。"以上王贺归昌邑。

光坐庭中，会丞相以下议定所立。广陵王已前不用，及燕刺王反诛，其子不在议中。近亲唯有卫太子孙号皇曾孙在民间，咸称述焉。光遂复与丞相敞等上奏曰："《礼》曰：'人道亲亲故尊祖，尊祖故敬宗。'大宗亡嗣，择支子孙贤者为嗣。孝武皇帝曾孙病已，武帝时有诏掖庭养视，至今年十八，师受《诗》《论语》《孝经》，躬行节俭，慈仁爱人，可以嗣孝昭皇帝后，奉承祖宗庙，子万姓。臣昧死以闻。"皇太后诏曰："可。"光遣宗正刘德至曾孙家尚冠里，洗沐赐御衣，太仆以轺猎车迎曾孙就斋宗正府，入未央宫见皇太后，封为阳武侯。已而光奉上皇帝玺绶，谒于高庙，是为孝宣皇帝。以上立宣帝。明年，下诏曰："夫褒有德，赏元功，古今通谊也。大司马、大将军光宿卫忠正，宣德明恩，守节秉谊，以安宗庙。其以河北、东武阳益封光万七千户。"与故所食凡二万户。赏赐前后黄金七千斤，钱六千万，杂缯三万匹，奴婢百七十人，马二千匹，甲第一区。

自昭帝时，光子禹及兄孙云皆中郎将，云弟山奉车都尉、侍中，领胡、越兵。光两女婿为东西宫卫尉，昆弟诸婿外孙皆奉朝请，为诸曹大夫、骑都尉，给事中。党亲连体，根据于朝廷。光自后元秉持万机，及上即位，乃归政。上谦让不受，诸事皆先关白光，然后奏御天子。光每朝见，上虚己敛容，礼下之已甚。

光秉政前后二十年，地节二年春病笃，车驾自临问光病，上为之涕泣。光上书谢恩曰："愿分国邑三千户，以封兄孙奉车都尉山为列侯，奉兄骠骑将军去病祀。"事下丞相、御史，即日拜光子禹为右将军。

光薨，上及皇太后亲临光丧。太中大夫任宣与侍御史五人持节护丧事。中二千石治莫府冢上。赐金钱、缯絮、绣被百领，衣五十箧，璧珠玑玉衣，梓宫、便房、黄肠题凑各一具，枞木外臧椁十五具。东园温明，皆如乘舆制度。载光尸枢以辒辌车，黄屋左纛，发材官轻车北军五校士军陈至茂陵，以送其葬。谥曰宣成侯。发三河卒穿复土，起冢祠堂。置园邑三百家，长丞奉守如旧法。

既葬，封山为乐平侯，以奉车都尉领尚书事。天子思光功德，下诏曰："故大司马、大将军、博陆侯宿卫孝武皇帝三十有余年，辅孝昭皇帝十有余年，遭大难，躬秉谊，率三公、九卿、大夫定万世册，以安社稷，天下蒸庶咸以康宁。功德茂盛，朕甚嘉之。复其后世，畴其爵邑，世世无有所与，功如萧相国。”明年夏，封太子外祖父许广汉为平恩侯。复下诏曰：“宣成侯光宿卫忠正，勤劳国家，善善及后世，其封光兄孙中郎将云为冠阳侯。”以上光晚年门第之盛。

禹既嗣为博陆侯，太夫人显改光时所自造茔制而侈大之。起三出阙，筑神道，北临昭灵，南出承恩，盛饰祠室，辇阁通属永巷，而幽良人婢妾守之。广治第室，作乘舆辇，加画绣绒冯，黄金涂，韦絮荐轮，侍婢以五采丝挽显，游戏第中。初，光爱幸监奴冯子都，常与计事，及显寡居，与子都乱。而禹、山亦并缮治第宅，走马驰逐平乐馆。云当朝请，数称病私出，多从宾客，张围猎黄山苑中，使苍头奴上朝谒，莫敢谴者。而显及诸女，昼夜出入长信宫殿中，亡期度。以上霍氏之骄侈。

宣帝自在民间闻知霍氏尊盛日久，内不能善。光薨，上始躬亲朝政，御史大夫魏相给事中。显谓禹、云、山：“女曹不务奉大将军余业，今大夫给事中，他人壹间，女能复自救邪？”后两家奴争道，霍氏奴入御史府，欲蹋大夫门，御史为叩头谢，乃去。人以谓霍氏，显等始知忧。会魏大夫为丞相，数燕见言事。平恩侯与侍中金安上等径出入省中。时，霍山自若领尚书，上令吏民得奏封事，不关尚书，群臣进见独往来，于是霍氏甚恶之。

宣帝始立，立微时许妃为皇后。显爱小女成君，欲贵之，私使乳医淳于衍行毒药杀许后，因劝光内成君，代立为后，语在《外戚传》。始，许后暴崩，吏捕诸医，劾衍侍疾亡状不道，下狱。吏簿问急，显恐事败，即具以实语光。光大惊，欲自发举，不忍，犹与。会奏上，因署衍勿论。光薨后，语稍泄。于是上始闻之而未察，乃徙光女婿度辽将军、未央卫尉、平陵侯范明友为光禄勋，次婿诸吏中郎将、羽林监任胜出为安定太守。数月，复出光姊婿给事中光禄大夫张朔为蜀郡太守，群孙婿中郎将王汉为武威太守。顷之，复徙光长女婿长乐卫尉邓广汉为少府。更以禹为大司马，冠小冠，亡印绶，罢其右将军屯兵官属，特使禹官名与光俱大司马者。又收范明友度辽将军印绶，但为光禄勋。及光中女婿赵平为散骑、骑都尉、光禄大夫将屯兵，又收平骑都尉印绶。诸领胡越骑、羽林及两宫卫将屯兵，悉易以所亲信许、史子弟代之。以上宣帝夺霍氏之权。

禹为大司马，称病。禹故长史任宣候问，禹曰："我何病？县官非我家将军不得至是，今将军坟墓未干，尽外我家，反任许、史，夺我印绶，令人不省死。"宣见禹恨望深，乃谓曰："大将军时何可复行！持国权柄，杀生在手中。廷尉李种、王平、左冯翊贾胜胡及车丞相女婿少府徐仁皆坐逆将军意，下狱死。使乐成小家子得幸将军，至九卿封侯。百官以下但事冯子都、王子方等，视丞相亡如也。各自有时，今许、史自天子骨肉，贵正宜耳。大司马欲用是怨恨，愚以为不可。"禹默然。数日，起视事。显及禹、山、云自见日侵削，数相对啼泣，自怨。山曰："今丞相用事。县官信之，尽变易大将军时法令，以公田赋与贫民，发扬大将军过失。又诸儒生多窭人子，远客饥寒，喜妄说狂言，不避忌讳，大将军常仇之，今陛下好与诸儒生语，人人自使书对事，多言我家者。尝有上书言大将军时主弱臣强，专制擅权，今其子孙用事，昆弟益骄恣，恐危宗庙，灾异数见，尽为是也。其言绝痛，山屏不奏其书。后上书者益黠，尽奏封事，辄使中书令出取之，不关尚书，益不信人。"显曰："丞相数言我家，独无罪乎？"山曰："丞相廉正，安得罪？我家昆弟诸婿多不谨。又闻民间谨言霍氏毒杀许皇后，宁有是邪？"显恐急，即具以实告山、云、禹。山、云、禹惊曰："如是，何不早告禹等！县官离散斥逐诸婿，用是故也。此大事，诛罚不小，奈何？"于是始有邪谋矣。

　　初，赵平客石夏善为天官，语平曰："荧惑守御星，御星，太仆奉车都尉也，不黜则死。"平内忧山等。云舅李竟所善张赦见云家卒卒，谓竟曰："今丞相与平恩侯用事，可令太夫人言太后，先诛此两人。移徙陛下，在太后耳。"长安男子张章告之，事下廷尉。执金吾捕张赦、石夏等，后有诏止勿捕。山等愈恐，相谓曰："此县官重太后，故不竟也。然恶端已见，又有弑许后事，陛下虽宽仁，恐左右不听，久之犹发，发即族矣，不如先也。"遂令诸女各归报其夫，皆曰："安所相避？" 以上霍氏怨望，私相计议。

　　会李竟坐与诸侯王交通，辞语及霍氏，有诏云、山不宜宿卫，免，就第。光诸女遇太后无礼，冯子都数犯法，上并以为让，山、禹等甚恐，显梦第中井水溢流庭下，灶居树上，又梦大将军谓显曰："知捕儿不？趣下捕之。"第中鼠暴多，与人相触，以尾画地。鸮数鸣殿前树上，第门自坏，云尚冠里宅中门亦坏。巷端人共见有人居云屋上，彻瓦投地，就视，亡有，大怪之。禹梦车骑声正讙来捕禹，举家忧愁。山曰："丞相擅减宗庙羔、菟、蛙，可以此罪也。"谋令太后为博平君置酒，召丞相、平恩侯以下，使范明友、邓广汉承太后制引斩之，因废天子而立禹。约定未发，云拜为玄菟太守，太中大夫任宣为代郡太守。山又坐写秘书，显为上书献城西第，入马千匹，以赎山罪。书报闻，会事发觉，云、山、明友自杀，显、禹、广汉等捕得。禹腰斩，显及诸女昆弟皆弃市。唯独霍后废处昭台宫，与霍氏相连坐诛灭者数千家。

　　上乃下诏曰："乃者东织室令史张赦使魏郡豪李竟报冠阳侯云谋为大逆，朕以大将军故，抑而不扬，冀其自新。今大司马博陆侯禹与母宣成侯夫人显及从昆弟子冠阳侯云、乐平侯山诸姊妹婿谋为大逆，欲诖误百姓。赖祖宗神灵，先发得，咸伏其辜，朕甚悼之。诸为霍氏所诖误，事在丙申前，未发觉在吏者，皆赦除之。男子张章先发觉，以语期门董忠，忠告左曹杨恽，恽告侍中金安上。恽召见对状，后章上书以闻。侍中史高与金安上建发其事，言无入霍氏禁闼，卒不得遂其谋，皆雠有功。封章为博成侯，忠高昌侯，恽平通侯，安上都成侯，高乐陵侯。"以上霍氏之诛。

初，霍氏奢侈，茂陵徐生曰："霍氏必亡。夫奢则不逊，不逊必侮上。侮上者，逆道也。在人之右，众必害之。霍氏秉权日久，害之者多矣。天下害之，而又行以逆道，不亡何待！"乃上疏言："霍氏泰盛，陛下即爱厚之，宜以时抑制，无使至亡。"书三上，辄报闻。其后霍氏诛灭，而告霍氏者皆封。人为徐生上书曰："臣闻客有过主人者，见其灶直突，傍有积薪，客谓主人，更为曲突，远徙其薪，不者且有火患。主人嘿然不应。俄而家果失火，邻里共救之，幸而得息。于是杀牛置酒，谢其邻人，灼烂者在于上行，余各以功次坐，而不录言曲突者。人谓主人曰：'乡使听客之言，不费牛、酒，终亡火患。今论功而请宾，曲突徙薪亡恩泽，焦头烂额为上客邪？'主人乃寤而请之，今茂陵徐福数上书言霍氏且有变，宜防绝之。向使福说得行，则国亡裂土出爵之费，臣亡逆乱诛灭之败。往事既已，而福独不蒙其功，唯陛下察之，贵徙薪曲突之策，使居焦发灼烂之右。"上乃赐福帛十匹，后以为郎。以上赏徐福。

宣帝始立，谒见高庙，大将军光从骖乘，上内严惮之，若有芒刺在背。后车骑将军张安世代光骖乘，天子从容肆体，甚安近焉。及光身死而宗族竟诛，故俗传之曰："威震主者不畜，霍氏之祸萌于骖乘。"

至成帝时，为光置守冢百家，吏卒奉祠焉。元始二年，封光从父昆弟曾孙阳为博陆侯，千户。

李广苏建传

李广，陇西成纪人也。其先曰李信，秦时为将，逐得燕太子丹者也。广世世受射。孝文十四年，匈奴大入萧关，而广以良家子从军击胡，用善射，杀首虏多，为郎，骑常侍。数从射猎，格杀猛兽，文帝曰："惜广不逢时，令当高祖世，万户侯岂足道哉！"

景帝即位，为骑郎将。吴、楚反时，为骁骑都尉，从太尉亚夫战昌邑下，显名。以梁王授广将军印，故还，赏不行。为上谷太守，数与匈奴战。典属国公孙昆邪为上泣曰："李广材气，天下亡双，自负其能，数与虏确，恐亡之。"上乃徙广为上郡太守。

匈奴入上郡，上使中贵人从广勒习兵击匈奴。中贵人者将数十骑从，见匈奴三人，与战。射伤中贵人，杀其骑且尽。中贵人走广，广曰："是必射雕者也。"广乃从百骑往驰三人。三人亡马步行，行数十里。广令其骑张左右翼，而广身自射彼三人者，杀其二人，生得一人，果匈奴射雕者也。已缚之上山，望匈奴数千骑，见广，以为诱骑，惊，上山陈。广之百骑皆大恐，欲驰还走。广曰："我去大军数十里，今如此走，匈奴追射，我立尽。今我留，匈奴必以我为大军之诱，不我击。"广令曰："前！"未到匈奴陈二里所，止，令曰："皆下马解鞍！"骑曰："虏多如是，解鞍，即急，奈何？"广曰："彼虏以我为走，今解鞍以示不去，用坚其意。"有白马将出护兵。广上马，与十余骑奔射杀白马将，而复还至其百骑中，解鞍，纵马卧。时会暮，胡兵终怪之，弗敢击。夜半，胡兵以为汉有伏军于旁欲夜取之，即引去。平旦，广乃归其大军。后徙为陇西、北地、雁门中云中太守。以上景帝时为上郡、上谷、陇西等六郡太守。

武帝即位，左右言广名将也，由是入为未央卫尉，而程不识时亦为长乐卫尉。程不识故与广俱以边太守将屯。及出击胡，而广行无部曲行陈，就善水草顿舍，人人自便，不击刁斗自卫，莫府省文书，然亦远斥候，未尝遇害。程不识正部曲行伍营陈，击刁斗，吏治军簿至明，军不得自便。不识曰："李将军极简易，然虏卒犯之，无以禁；而其士亦佚乐，为之死。我军虽烦忧，虏亦不得犯我。"是时，汉边郡李广、程不识为名将，然匈奴畏广，士卒多乐从，而苦程不识。不识孝景时以数直谏为太中大夫，为人廉，谨于文法。*以上与程不识同为卫尉。*

后汉诱单于以马邑城，使大军伏马邑旁，而广为骁骑将军，属护军将军。单于觉之，去，汉军皆无功。后四岁，广以卫尉为将军，出雁门击匈奴。匈奴兵多，破广军，生得广。单于素闻广贤，令曰："得李广必生致之。"胡骑得广，广时伤，置两马间。络而盛之卧。行十余里，广阳死，睨其傍有一儿骑善马，暂腾而上胡儿马，因抱儿鞭马南驰数十里，得其余军。匈奴骑数百追之，广行取儿弓射杀追骑，以故得脱。于是至汉，汉下广吏。吏当广亡失多，为虏所生得，当斩，赎为庶人。

数岁，与故颍阴侯屏居蓝田南山中射猎。尝夜从一骑出，从人田间饮。还至亭，霸陵尉醉，呵止广，广骑曰："故李将军。"尉曰："今将军尚不得夜行，何故也！"宿广亭下。*以上为匈奴所擒，屏居蓝田南山。*

居无何，匈奴入辽西，杀太守，败韩将军。韩将军后徙居右北平，死。于是上乃召拜广为右北平太守。广请霸陵尉与俱，至军而斩之，上书自陈谢罪。上报曰："将军者，国之爪牙也。《司马法》曰：'登车不式，遭丧不服，振旅抚师，以征不服，率三军之心，同战士之力，故怒形则千里竦，威振则万物状；是以名声暴于夷貉，威棱憺乎邻国。'夫报忿除害，捐残去杀，朕之所图于将军也；若乃免冠徒跣，稽颡请罪，岂朕之指哉！将军其率师东辕，弥节白檀，以临右北平盛秋。"广在郡，匈奴号曰"汉飞将军"，避之，数岁不入界。

广出猎，见草中石，以为虎而射之，中石没矢，视之，石也，他日射之，终不能入矣。广所居郡闻有虎，常自射之。及居右北平射虎，虎腾伤广，广亦射杀之。以上为右北平太守。

石建卒，上召广代为郎中令。元朔六年，广复为将军，从大将军出定襄。诸将多中首虏率为侯者，而广军无功。后三岁，广以郎中令将四千骑出右北平，博望侯张骞将万骑与广俱，异道。行数百里，匈奴左贤王将四万骑围广，广军士皆恐，广乃使其子敢往驰之。敢从数十骑直贯胡骑，出其左右而还，报广曰："胡虏易与耳。"军士乃安。为圜陈外乡，胡急击，矢下如雨。汉兵死者过半，汉矢且尽。广乃令持满毋发，而广身自以大黄射其裨将，杀数人，胡虏益解。会暮，吏士无人色，而广意气自如，益治军。军中服其勇也。明日，复力战，而博望侯军亦至，匈奴乃解去。汉军罢，弗能追。是时，广军几没，罢归。汉法，博望侯后期，当死，赎为庶人。广军自当，亡赏。以上从卫青出定襄，与张骞出右北平，两次当匈奴无功。

初，广与从弟李蔡俱为郎，事文帝。景帝时，蔡积功至二千石。武帝元朔中，为轻车将军，从大将军击右贤王，有功中率，封为乐安侯。元狩二年，代公孙弘为丞相。蔡为人在下中，名声出广下远甚，然广不得爵邑，官不过九卿。广之军吏及士卒或取封侯。广与望气王朔语云："自汉击匈奴，广未尝不在其中，而诸妄校尉已下，材能不及中，以军功取侯者数十人。广不为后人，然终无尺寸功以得封邑者，何也？岂吾相不当侯邪？"朔曰："将军自念，岂尝有恨者乎？"广曰："吾为陇西守，羌尝反，吾诱降者八百余人，诈而同日杀之，至今恨独此耳。"朔曰："祸莫大于杀已降，此乃将军所以不得侯者也。”

广历七郡太守，前后四十余年，得赏赐，辄分其戏下，饮食与士卒共之。家无余财，终不言生产事。为人长，爰臂，其善射亦天性，虽子孙他人学者莫能及。广呐口少言，与人居，则画地为军陈，射阔狭以饮。专以射为戏。将兵，乏绝处见水，士卒不尽饮，不近水；不尽餐，不尝食；宽缓不苛，士以此爱乐为用。其射，见敌，非在数十步之内，度不中不发，发即应弦而倒。用此，其将数困辱，及射猛兽，亦数为所伤云。以上杂序广生平。

元狩四年，大将军骠骑将军大击匈奴，广数自请行。上以为老，不许；良久乃许之，以为前将军。

大将军青出塞，捕虏知单于所居，乃自以精兵走之，而令广并于右将军军，出东道。东道少回远，大军行，水草少，其势不屯行。广辞曰：“臣部为前将军，今大将军乃徙臣出东道，且臣结发而与匈奴战，乃今一得当单于，臣愿居前，先死单于。”大将军阴受上指，以为李广数奇，毋令当单于，恐不得所欲。是时，公孙敖新失侯，为中将军，大将军亦欲使敖与俱当单于，故徙广。广知之，固辞。大将军弗听，令长史封书与广之莫府，曰：“急诣部，如书。”广不谢大将军而起行，意象愠怒而就部，引兵与右将军食其合军出东道。惑失道，后大将军。大将军与单于接战，单于遁走，弗能得而还。南绝幕，乃遇两将军。广已见大将军，还入军。以上从卫、霍出击匈奴，失道后期。

大将军使长史持糒醪遗广，因问广、食其失道状，曰：“青欲上书报天子失军曲折。”广未对。大将军长史急责广之莫府上簿。广曰：“诸校尉亡罪，乃我自失道。吾今自上簿。”

至莫府，谓其麾下曰：“广结发与匈奴大小七十余战，今幸从大将军出接单于兵，而大将军徙广部行回远，又迷失道，岂非天哉！且广年六十余，终不能复对刀笔之吏矣！”遂引刀自刭。

百姓闻之，知与不知，老壮皆为垂泣。而右将军独下吏，当死，赎为庶人。以上广不肯对簿自到。

广三子，曰当户、椒、敢，皆为郎。上与韩嫣戏，嫣少不逊，当户击嫣，嫣走，于是上以为能。当户蚤死，乃拜椒为代郡太守，皆先广死。广死军中时，敢从骠骑将军。广死明年，李蔡以丞相坐诏赐冢地阳陵当得二十亩，蔡盗取三顷，颇卖得四十余万，又盗取神道外堧地一亩葬其中，当下狱，自杀。敢以校尉从骠骑将军击胡左贤王，力战，夺左贤王旗鼓，斩首多，赐爵关内侯，食邑二百户，代广为郎中令。顷之，怨大将军青之恨其父，乃击伤大将军，大将军匿讳之。居无何，敢从上雍，至甘泉宫猎，骠骑将军去病怨敢伤青，射杀敢。去病时方贵幸，上为讳，云"鹿触杀之"。居岁余，去病死。

敢有女为太子中人，爱幸。敢男禹有宠于太子，然好利，亦有勇。尝与侍中贵人饮，侵陵之，莫敢应。后诉之上，上召禹，使刺虎，县下圈中，未至地，有诏引出之。禹从落中以剑斫绝累，欲刺虎。上壮之，遂救止焉。而当户有遗腹子陵，将兵击胡，兵败，降匈奴。后人告禹谋欲亡从陵，下吏死。以上广之子孙。

陵字少卿，少为侍中建章监。善骑射，爱人，谦让下士，甚得名誉。武帝以为有广之风，使将八百骑，深入匈奴二千余里，过居延视地形，不见虏，还。拜为骑都尉，将勇敢五千人，教射酒泉、张掖以备胡。数年，汉遣贰师将军伐大宛，使陵将五校兵随后。行至塞，会贰师还。上赐陵书，陵留吏士，与轻骑五百出敦煌，至盐水，迎贰师还，复留屯张掖。以上陵居酒泉、张掖。

天汉二年，贰师将三万骑出酒泉，击右贤王于天山。召陵，欲使为贰师将辎重。陵召见武台，叩头自请曰："臣所将屯边者，皆荆楚勇士奇材剑客也，力扼虎，射命中，愿得自当一队，到兰干山南以分单于兵，毋令专乡贰师军。"上曰："将恶相属邪！吾发军多，毋骑予女。"陵对："无所事骑，臣愿以少击众，步兵五千人涉单于庭。"上壮而许之，因诏强弩都尉路博德将兵半道迎陵军。博德故伏波将军，亦羞为陵后距，奏言："方秋匈奴马肥，未可与战，臣愿留陵至春，俱将酒泉、张掖骑各五千人并击东西浚稽，可必擒也。"书奏，上怒，疑陵悔不欲出而教博德上书，乃诏博德："吾欲予李陵骑，云'欲以少击众'。今虏入西河，其引兵走西河，遮钩营之道。"诏陵："以九月发，出遮虏鄣，至东浚稽山南龙勒水上，徘徊观虏，即亡所见，从浞野侯赵破奴故道抵受降城休士，因骑置以闻。所与博德言者云何？具以书对。"以上诏陵至浚稽山，诏博德至西河。

陵于是将其步卒五千人出居延，北行三十日，至浚稽山止营，举图所过山川地形，使麾下骑陈步乐还以闻。步乐召见，道陵将率得士死力，上甚说，拜步乐为郎。

陵至浚稽山，与单于相直，骑可三万围陵军。军居两山间，以大车为营。陵引士出营外为陈，前行持戟盾，后行持弓弩，令曰："闻鼓声而纵，闻金声而止。"虏见汉军少，直前就营。陵搏战攻之，千弩俱发，应弦而倒。虏还走上山，汉军追击，杀数千人。单于大惊，召左右地兵八万余骑攻陵。陵且战且引，南行数日，抵山谷中。连战，士卒中矢伤，三创者载辇，两创者将车，一创者持兵战。陵曰："吾士气少衰而鼓不起者，何也？军中岂有女子乎？"始军出时，关东群盗妻子徙边者随军为卒妻妇，大匿车中。陵搜得，皆剑斩之。明日复战，斩首三千余级。引兵东南，循故龙城道行四五日，抵大泽葭苇中，虏从上风纵火，陵亦令军中纵火以自救。南行至山下，单于在南山上，使其子将骑击陵。陵军步斗树木间，复杀数千人，因发连弩射单于，单于下走。以上陵以步兵五千与匈奴三万骑战，屡胜。

是日捕得虏，言："单于曰：'此汉精兵，击之不能下，日夜引吾南近塞，得毋有伏兵乎？'诸当户君长皆言：'单于自将数万骑击汉数千人不能灭，后无以复使边臣，令汉益轻匈奴。'复力战山谷间，尚四五十里得平地，不能破，乃还。"

是时，陵军益急，匈奴骑多，战一日数十合，复伤杀虏二千余人。虏不利，欲去，会陵军候管敢为校尉所辱，亡降匈奴，具言"陵军无后救，射矢且尽，独将军麾下及成安侯校各八百人为前行，以黄与白为帜，当使精骑射之即破矣"。成安侯者，颖川人，父韩千秋，故济南相，奋击南越战死，武帝封子延年为侯，以校尉随陵。单于得敢大喜，使骑并攻汉军，疾呼曰："李陵、韩延年趣降！"遂遮道急攻陵。陵居谷中，虏在山上，四面射，矢如雨下。汉军南行，未至鞮汗山，一日五十万矢皆尽，即弃车去。士尚三千余人，徒斩车辐而持之，军吏持尺刀，抵山入峡谷。单于遮其后，乘隅下垒石，士卒多死，不得行。昏后，陵便衣独步出营，止左右："毋随我，丈夫一取单于耳！"良久，陵还，太息曰："兵败，死矣！"军吏或曰："将军威震匈奴，天命不遂，后求道径还归，如浞野侯为虏所得，后亡还，天子客遇之，况于将军乎！"陵曰："公止！吾不死，非壮士也。"于是尽斩旌旗，及珍宝埋地中，陵叹曰："复得数十矢，足以脱矣。今无兵复战，天明坐受缚矣！各鸟兽散，犹有得脱归报天子者。"令军士人持二升糒，一半冰，期至遮虏鄣者相待。夜半时，击鼓起士，鼓不鸣。陵与韩延年俱上马，壮士从者十余人。虏骑数千追之，韩延年战死。陵曰："无面目报陛下！"遂降。以上陵军败，降匈奴。

军人分散，脱至塞者四百余人。

陵败处去塞百余里，边塞以闻。上欲陵死战，召陵母及妇，使相者视之，无死丧色。后闻陵降，上怒甚，责问陈步乐，步乐自杀。群臣皆罪陵，上以问太史令司马迁，迁盛言："陵事亲孝，与士信，常奋不顾身以殉国家之急。其素所畜积也，有国士之风。今举事一不幸，全躯保妻子之臣随而媒糵其短，诚可痛也！且陵提步卒不满五千，深躁戎马之地，抑数万之师，虏救死扶伤不暇，悉举引弓之民共攻围之。转斗千里，矢尽道穷，士张空拳，冒白刃，北首争死敌，得人之死力，虽古名将不过也。身虽陷败，然其所摧败亦足暴于天下。彼之不死，宜欲得当以报汉也。"

初，上遣贰师大军出，财令陵为助兵，及陵与单于相值，而贰师功少。上以迁诬罔，欲沮贰师，为陵游说，下迁腐刑。久之，上悔陵无救，曰："陵当发出塞，乃诏强弩都尉令迎军。坐预诏之，得令老将生奸诈。"乃遣使劳赐陵余军得脱者。

陵在匈奴岁余，上遣因杅将军公孙敖将兵深入匈奴迎陵。敖军无功还，曰："捕得生口，言李陵教单于为兵以备汉军，故臣无所得。"上闻，于是族陵家，母弟妻子皆伏诛。陇西士大夫以李氏为愧。其后，汉遣使使匈奴，陵谓使者曰："吾为汉将步卒五千人横行匈奴，以亡救而败，何负于汉而诛吾家？"使者曰："汉闻李少卿教匈奴为兵。"陵曰："乃李绪，非我也。"李绪本汉塞外都尉，居奚侯城，匈奴攻之，绪降，而单于客遇绪，常坐陵上。陵痛其家以李绪而诛，使人刺杀绪。大阏氏欲杀陵，单于匿之北方，大阏氏死乃还。

单于壮陵，以女妻之，立为右校王，卫律为丁灵王，皆贵用事。卫律者，父本长水胡人。律生长汉，善协律都尉李延年，延年荐言律使匈奴。使还，会延年家收，律惧并诛，亡还降匈奴。匈奴爱之，常在单于左右。陵居外，有大事，乃入议。以上汉诛陵家属，陵在匈奴贵用事。

昭帝立，大将军霍光、左将军上官桀辅政，素与陵善，遣陵故人陇西任立政等三人俱至匈奴招陵。立政等至，单于置酒赐汉使者，李陵、卫律皆侍坐。立政等见陵，未得私语，即目视陵，而数数自循其刀环，握其足，阴谕之，言可还归汉也。后陵、律持牛酒劳汉使，博饮，两人皆胡服椎结。立政大言曰："汉已大赦，中国安乐，主上富于春秋，霍子孟、上官少叔用事。"以此言微动之。陵默不应，孰视而自循其发，答曰："吾已胡服矣！"有顷，律起更衣，立政曰："咄，少卿良苦！霍子孟、上官少叔谢女。"陵曰："霍与上官无恙乎？"立政曰："请少卿来归故乡，毋忧富贵。"陵字立政曰："少公，归易耳，恐再辱，奈何！"语未卒，卫律还，颇闻余语，曰："李少卿贤者，不独居一国。范蠡遍游天下，由余去戎入秦，今何语之亲也！"因罢去。立政随谓陵曰："亦有意乎？"陵曰："丈夫不能再辱。"

陵在匈奴二十余年，元平元年病死。以上任立政招陵。

苏建，杜陵人也。以校尉从大将军青击匈奴，封平陵侯。以将军筑朔方。后以卫尉为游击将军，从大将军出朔方。后一岁，以右将军再从大将军出定襄，亡翕侯，失军当斩，赎为庶人。其后为代郡太守，卒官。有三子：嘉为奉车都尉，贤为骑都尉，中子武最知名。

武字子卿，少以父任，兄弟并为郎，稍迁至栘中厩监。时汉连伐胡，数通使相窥观，匈奴留汉使郭吉、路充国等，前后十余辈。匈奴使来，汉亦留之以相当。天汉元年，且鞮侯单于初立，恐汉袭之，乃曰："汉天子我丈人行也。"尽归汉使路充国等。武帝嘉其义，乃遣武以中郎将使持节送匈奴使留在汉者，因厚赂单于，答其善意。武与副中郎将张胜及假吏常惠等募士斥候百余人俱。既至匈奴，置币遗单于。单于益骄，非汉所望也。以上武使匈奴。

方欲发使送武等，会缑王与长水虞常等谋反匈奴中。缑王者，昆邪王姊子也，与昆邪王俱降汉，后随浞野侯没胡中。及卫律所将降者，阴相与谋劫单于母阏氏归汉。会武等至匈奴，虞常在汉时素与副张胜相知，私候胜曰："闻汉天子甚怨卫律，常能为汉伏弩射杀之。吾母与弟在汉，幸蒙其赏赐。"张胜许之，以货物与常。后月余，单于出猎，独阏氏子弟在。虞常等七十余人欲发，其一人夜亡，告之。单于子弟发兵与战。缑王等皆死，虞常生得。

单于使卫律治其事。张胜闻之，恐前语发，以状语武。武曰："事如此，此必及我。见犯乃死，重负国。"欲自杀，胜、惠共止之。虞常果引张胜。单于怒，召诸贵人议，欲杀汉使者。左伊秩訾曰："即谋单于，何以复加？宜皆降之。"单于使卫律召武受辞，武谓惠等："屈节辱命，虽生，何面目以归汉！"引佩刀自刺。卫律惊，自抱持武，驰召医。凿地为坎，置煴火，覆武其上，蹈其背以出血。武气绝半日，复息。惠等哭，舆归营。单于壮其节，朝夕遣人候问武，而收系张胜。以上缑王、虞常之变。

武益愈，单于使使晓武。会论虞常，欲因此时降武。剑斩虞常已，律曰："汉使张胜谋杀单于近臣，当死，单于募降者赦罪。"举剑欲击之，胜请降。律谓武曰："副有罪，当相坐。"武曰："本无谋，又非亲属，何谓相坐？"复举剑拟之，武不动。律曰："苏君，律前负汉归匈奴，幸蒙大恩，赐号称王，拥众数万，马畜弥山，富贵如此。苏君今日降，明日复然。空以身膏草野，谁复知之！"武不应。律曰："君因我降，与君为兄弟，今不听吾计，后虽欲复见我，尚可得乎？"武骂律曰："女为人臣子，不顾恩义，畔主背亲，为降虏于蛮夷，何以女为见？且单于信女，使决人死生，不平心持正，反欲斗两主，观祸败。南越杀汉使者，屠为九郡；宛王杀汉使者，头悬北阙；朝鲜杀汉使者，即时诛灭。独匈奴未耳。若知我不降明，欲令两国相攻，匈奴之祸从我始矣。"以上卫律劝武降。

律知武终不可胁，白单于。单于愈益欲降之，乃幽武置大窖中，绝不饮食。天雨雪，武卧啮雪与旃毛并咽之，数日不死。匈奴以为神，乃徙武北海上无人处，使牧羝，羝乳乃得归。别其官属常惠等，各置他所。

武既至海上，廪食不至，掘野鼠去草实而食之。杖汉节牧羊，卧起操持，节旄尽落。积五六年，单于弟於靬王弋射海上。武能网纺缴，檠弓弩，於靬王爱之，给其衣食。三岁余，王病，赐武马畜、服匿、穹庐。王死后，人众徙去。其冬，丁令盗武牛羊，武复穷厄。以上海上牧羊。

初，武与李陵俱为侍中，武使匈奴。明年，陵降，不敢求武。久之，单于使陵至海上，为武置酒设乐，因谓武曰："单于闻陵与子卿素厚，故使陵来说足下，虚心欲相待。终不得归汉，空自苦亡人之地，信义安所见乎？前长君为奉车，从至雍棫阳宫，扶辇下除，触柱折辕，劾大不敬，伏剑自刎，赐钱二百万以葬。孺卿从祠河东后土，宦骑与黄门驸马争船，推堕驸马河中溺死，宦骑亡，诏使孺卿逐捕不得，惶恐饮药而死。来时，太夫人已不幸，陵送葬至阳陵。子卿妇年少，闻已更嫁矣。独有女弟二人，两女一男，今复十余年，存亡不可知。人生如朝露，何久自苦如此！陵始降时，忽忽如狂，自痛负汉，加以老母系保宫，子卿不欲降，何以过陵？且陛下春秋高，法令亡常，大臣亡罪夷灭者数十家，安危不可知，子卿尚复谁为乎？愿听陵计，勿复有云。"武曰："武父子亡功德，皆为陛下所成就，位列将，爵通侯，兄弟亲近，常愿肝脑涂地。今得杀身自效，虽蒙斧钺汤镬，诚甘乐之。臣事君，犹子事父也。子为父死无所恨。愿勿复再言。"陵与武饮数日，复曰："子卿壹听陵言。"武曰："自分已死久矣！王必欲降武，请毕今日之欢，效死于前！"陵见其至诚，喟然叹曰："嗟乎，义士！陵与卫律之罪上通于天。"因泣下沾衿，与武决去。以上李陵劝武降。

陵恶自赐武，使其妻赐武牛羊数十头。后陵复至北海上，语武："区脱捕得云中生口，言太守以下吏民皆白服，曰上崩。"武闻之，南乡号哭，呕血，旦夕临，数月。

昭帝即位数年，匈奴与汉和亲。汉求武等，匈奴诡言武死。后汉使复至匈奴，常惠请其守者与俱，得夜见汉使。具自陈道。教使者谓单于，言天子射上林中，得雁，足有系帛书，言武等在某泽中。使者大喜，如惠语以让单于。单于视左右而惊，谢汉使曰："武等实在。"于是李陵置酒贺武曰："今足下还归，扬名于匈奴，功显于汉室，虽古竹帛所载，丹青所画，何以过子卿！陵虽驽怯，令汉且贳陵罪，全其老母，使得奋大辱之积志，庶几乎曹柯之盟，此陵宿昔之所不忘也。收族陵家，为世大戮，陵尚复何顾乎？已矣！令子卿知吾心耳。异域之人，壹别长绝！"陵起舞，歌曰："径万里兮度沙幕，为君将兮奋匈奴。路穷绝兮矢刃摧，士众灭兮名已陨。老母已死，虽欲报恩将安归！"陵泣下数行，因与武决。单于召会武官属，前以降及物故，凡随武还者九人。以上匈奴许归武。

武以始元六年春至京师。诏武奉一太牢谒武帝园庙，拜为典属国，秩中二千石，赐钱二百万，公田二顷，宅一区。常惠、徐圣、赵终根皆拜为中郎，赐帛各二百匹。其余六人老归家，赐钱人十万，复终身。常惠后至右将军，封列侯，自有传。武留匈奴凡十九岁，始以强壮出，及还，须发尽白。以上武还汉。

武来归明年，上官桀、子安与桑弘羊及燕王、盖主谋反。武子男元与安有谋，坐死。

初，桀、安与大将军霍光争权，数疏光过失予燕王，令上书告之。又言苏武使匈奴二十年不降，还乃为典属国，大将军长史无功劳，为搜粟都尉，光颛权自恣。及燕王等反诛，穷治党与，武素与桀、弘羊有旧，数为燕王所讼，子又在谋中，廷尉奏请逮捕武。霍光寝其奏，免武官。数年，昭帝崩，武以故二千石与计谋立宣帝，赐爵关内侯，食邑三百户。久之，卫将军张安世荐武明习故事，奉使不辱命，先帝以为遗言。宣帝即时召武待诏宦者署，数进见，复为右曹典属国。以武著节老臣，令朝朔望，号称祭酒，甚优宠之。

武所得赏赐，尽以施予昆弟故人，家不余财。皇后父平恩侯、帝舅平昌侯、乐昌侯、车骑将军韩增、丞相魏相、御史大夫丙吉皆敬重武。武年老，子前坐事死，上闵之，问左右："武在匈奴久，岂有子乎？"武因平恩侯自白："前发匈奴时，胡妇适产一子通国，有声问来，愿因使者致金帛赎之。"上许焉。后通国随使者至，上以为郎。又以武弟子为右曹。武年八十余，神爵二年病卒。以上武晚年事。

甘露三年，单于始入朝。上思股肱之美，乃图画其人于麒麟阁，法其形貌，署其官爵、姓名。唯霍光不名，曰大司马大将军博陆侯姓霍氏，次曰卫将军富平侯张安世，次曰车骑将军龙额侯韩增，次曰后将军营平侯赵充国，次曰丞相高平侯魏相，次曰丞相博阳侯丙吉，次曰御史大夫建平侯杜延年，次曰宗正阳城侯刘德，次曰少府梁丘贺，次曰太子太傅萧望之，次曰典属国苏武。皆有功德，知名当世，是以表而扬之，明著中兴辅佐，列于方叔、召虎、仲山甫焉。凡十一人，皆有传。自丞相黄霸、廷尉于定国、大司农朱邑、京兆尹张敞、右扶风尹翁归及儒者夏侯胜等，皆以善终，著名宣帝之世，然不得列于名臣之图，以此知其选矣。以上麒麟阁图象。

赞曰：李将军恂恂如鄙人，口不能出辞，及死之日，天下知与不知皆为流涕，彼其中心诚信于士大夫也。谚曰："桃李不言，下自成蹊。"此言虽小，可以喻大。然三代之将，道家所忌，自广至陵，遂亡其宗，哀哉！孔子称"志士仁人，有杀身以成仁，无求生以害仁"，"使于四方，不辱君命"，苏武有之矣。

赵尹韩张两王传

赵广汉字子都，涿郡蠡吾人也，故属河间。少为郡吏、州从事，以廉洁通敏下士为名。举茂材，平准令。察廉为阳翟令。以治行尤异，迁京辅都尉，守京兆尹。会昭帝崩，而新丰杜建为京兆掾，护作平陵方上。建素豪侠，宾客为奸利，广汉闻之，先风告。建不改，于是收案致法。中贵人豪长者为请无不至，终无所听。宗族宾客谋欲篡取，广汉尽知其计议主名起居，使吏告曰："若计如此，且并灭家。"令数吏将建弃市，莫敢近者。京师称之。以上守京兆尹。

是时，昌邑王征即位，行淫乱，大将军霍光与群臣共废王，尊立宣帝。广汉以与议定策，赐爵关内侯。迁颍川太守。郡大姓原、褚宗族横恣，宾客犯为盗贼，前二千石莫能禽制。广汉既至数月，诛原、褚首恶，郡中震栗。

先是，颍川豪杰大姓相与为婚姻，吏俗朋党。广汉患之，厉使其中可用者受记，出有案问，既得罪名，行法罚之，广汉故漏泄其语，令相怨咎。又教吏为缿筒，及得投书，削其主名，而托以为豪桀大姓子弟所言。其后强宗大族家家结为仇雠，奸党散落，风俗大改。吏民相告讦，广汉得以为耳目，盗贼以故不发，发又辄得。壹切治理，威名流闻，及匈奴降者言匈奴中皆闻广汉。以上为颍川太守。

本始二年，汉发五将军击匈奴，征广汉以太守将兵，属蒲类将军赵充国。从军还，复用守京兆尹，满岁为真。以上虚叙历官。

广汉为二千石，以和颜接士，其尉荐待遇吏，殷勤甚备。事推功善，归之于下，曰："某掾卿所为，非二千石所及。"行之发于至诚。吏见者皆输写心腹，无所隐匿，咸愿为用。僵仆无所避。广汉聪明，皆知其能之所宜，尽力与否。其或负者，辄先闻知，风谕不改，乃收捕之，无所逃，按之罪立具，即时伏辜。

广汉为人强力，天性精于吏职。见吏民，或夜不寝至旦。尤善为钩距，以得事情。钩距者，设欲知马贾，则先问狗，已问羊，又问牛，然后及马，参伍其贾，以类相准，则知马之贵贱不失实矣。唯广汉至精能行之，他人效者莫能及也。郡中盗贼，闾里轻侠，其根株窟穴所在，及吏受取请求铢两之奸，皆知之。以上叙广汉之精能。长安少年数人会穷里空舍谋共劫人，坐语未讫，广汉使吏捕治具服。富人苏回为郎，二人劫之。有倾，广汉将吏到家，自立庭下，使长安丞龚奢叩堂户晓贼，曰："京兆尹赵君谢两卿，无得杀质，此宿卫臣也。释质，束手，得善相遇，幸逢赦令，或时解脱。"二人惊愕，又素闻广汉名，即开户出，下堂叩头，广汉跪谢曰："幸全活郎，甚厚！"送狱，敕吏谨遇，给酒肉。至冬当出死，豫为调棺，给敛葬具，告语之，皆曰："死无所恨！"

广汉尝记召湖都亭长，湖都亭长西至界上，界上亭长戏曰："至府，为我多谢问赵君。"亭长既至，广汉与语，问事毕，谓曰："界上亭长寄声谢我，何以不为致问？"亭长叩头服实有之。广汉因曰："还为吾谢界上亭长，勉思职事，有以自效，京兆不忘卿厚意。"其发奸擿伏如神，皆此类也。

广汉奏请，令长安游徼狱吏秩百石，其后百石吏皆差自重，不敢枉法妄系留人。京兆政清，吏民称之不容口。长老传以为自汉兴以来治京兆者莫能及。左冯翊、右扶风皆治长安中，犯法者从迹喜过京兆界。广汉叹曰："乱吾治者，常二辅也！诚令广汉得兼治之，直差易耳。"以上治京兆实迹。

初，大将军霍光秉政，广汉事光。及光薨后，广汉心知微指，发长安吏自将，与俱至光子博陆侯禹第，直突入其门，廋索私屠酤，椎破卢罂，斧斩其门关而去。时，光女为皇后，闻之，对帝涕泣。帝心善之，以召问广汉。广汉由是侵犯贵戚大臣。所居好用世吏子孙新进年少者，专厉强壮蜂气，见事风生，无所回避，率多果敢之计，莫为持难。广汉终以此败。以上叙侵犯霍氏，因及其致败之由。

初，广汉客私酤酒长安市，丞相史逐去客，客疑男子苏贤言之，以语广汉。广汉使长安丞按贤，尉史禹故劾贤为骑士屯霸上，不诣屯所，乏军兴。贤父上书讼罪，告广汉，事下有司复治，禹坐要斩，请逮捕广汉。有诏即讯，辞服，会赦，贬秩一等。广汉疑其邑子荣畜教令，后以他法论杀畜。人上书言之，事下丞相御史，案验甚急。广汉使所亲信长安人为丞相府门卒，令微司丞相门内不法事。地节三年七月中，丞相傅婢有过，自绞死。广汉闻之，疑丞相夫人妒杀之府舍。而丞相奉斋酎入庙祠，广汉得此，使中郎赵奉寿风晓丞相，欲以胁之，毋令穷正己事。丞相不听，按验愈急。广汉欲告之。先问太史知星气者，言今年当有戮死大臣，广汉即上书告丞相罪。制曰："下京兆尹治。"广汉知事迫切，遂自将吏卒突入丞相府，召其夫人跪庭下受辞，收奴婢十余人去，责以杀婢事。丞相魏相上书自陈："妻实不杀婢。广汉数犯罪法不伏辜，以诈巧迫胁臣相，幸臣相宽不奏。愿下明使者治广汉所验臣相家事。"事下廷尉治罪，实丞相自以过谴笞傅婢，出至外第乃死，不如广汉言。司直萧望之劾奏："广汉摧辱大臣，欲以劫持奉公，逆节伤化，不道。"宣帝恶之。下广汉廷尉狱，又坐贼杀不辜，鞠狱故不以实，擅斥除骑士乏军兴数罪。以上广汉迫胁魏丞相获罪。天子可其奏。吏民守阙号泣者数万人，或言："臣生无益县官，愿代赵京兆死，使得牧养小民。"广汉竟坐要斩。

广汉虽坐法诛，为京兆尹廉明，威制豪强，小民得职。百姓追思，歌之至今。

尹翁归字子兄，河东平阳人也，徙杜陵。翁归少孤，与季父居。为狱小吏，晓习文法。喜击剑，人莫能当。是时，大将军霍光秉政，诸霍在平阳，奴客持刀兵入市斗变，吏不能禁，及翁归为市吏，莫敢犯者。公廉不受馈，百贾畏之。以上为市吏。

后去吏居家。会田延年为河东太守，行县至平阳，悉召故吏五六十人，延年亲临见，令有文者东，有武者西。阅数十人，次到翁归，独伏不肯起，对曰："翁归文武兼备，唯所施设。"功曹以为此吏倨敖不逊，延年曰"何伤？"遂召上辞问，甚奇其对，除补卒史，便从归府。案事发奸，穷竟事情，延年大重之，自以能不及翁归，徙署督邮。河东二十八县，分为两部，闳孺部汾北，翁归部汾南。所举应法，得其罪辜，属县长吏虽中伤，莫有怨者。举廉为缑氏尉，历守郡中，所居治理，迁补都内令，举廉为弘农都尉。以上受知于田延年，历官督邮、尉令、都尉。

征拜东海太守，过辞廷尉于定国。定国家在东海，欲属托邑子两人，令坐后堂待见。定国与翁归语终日，不敢见其邑子。既去，定国乃谓邑子曰："此贤将，汝不任事也，又不可干以私。"

翁归治东海明察，郡中吏民贤不肖，及奸邪罪名尽知之，县县各有记籍。自听其政，有急名则少缓之，吏民小解，辄披籍。县县收取黠吏豪民，案致其罪，高至于死。收取人必于秋冬课吏大会中，及出行县，不以无事时。其有所取也，以一警百，吏民皆服，恐惧改行自新。东海大豪郯许仲孙为奸猾，乱吏治，郡中苦之。二千石欲捕者，辄以力势变诈自解，终莫能制。翁归至，论弃仲孙市，一郡怖栗，莫敢犯禁。东海大治。以上为东海太守。

以高第入守右扶风，满岁为真。选用廉平疾奸吏以为右职，接待以礼，好恶与同之；其负翁归，罚亦必行。治如在东海故迹，奸邪罪名亦县县有名籍。盗贼发其比伍中，翁归辄召其县长吏，晓告以奸黠主名，教使用类推迹盗贼所过抵，类常如翁归言，无有遗脱。缓于小弱，急于豪强。豪强有论罪，输掌畜官，使斫莝，责以员程，不得取代。不中程，辄笞督，极者至以铁自刭而死。京师畏其威严，扶风大治，盗贼课常为三辅最。以上为右扶风。

翁归为政虽任刑，其在公卿之间清絜自守，语不及私，然温良谦退，不以行能骄人，甚得名誉于朝廷。视事数岁，元康四年病卒。家无余财，天子贤之，制诏御史：“朕夙兴夜寐，以求贤为右，不异亲疏近远，务在安民而已。扶风翁归廉平乡正，治民异等，早夭不遂，不得终其功业，朕甚怜之。其赐翁归子黄金百斤，以奉其祭祠。”　翁归三子皆为郡守。少子岑历位九卿，至后将军。而闳孺亦至广陵相，有治名。由是世称田延年为知人。

韩延寿字长公，燕人也，徙杜陵。少为郡文学。父义为燕郎中。刺王之谋逆也，义谏而死，燕人闵之。是时，昭帝富于春秋，大将军霍光持政，征郡国贤良、文学，问以得失。时魏相以文学对策，以为“赏罚所以劝善禁恶，政之本也。日者燕王为无道，韩义出身强谏，为王所杀。义无比干之亲而蹈比干之节，宜显赏其子，以示天下，明为人臣之义”。光纳其言，因擢延寿为谏大夫。以上因父而得显赏。　迁淮阳太守，治甚有名，徙颍川。颍川多豪强，难治，国家常为选良二千石。先是，赵广汉为太守，患其俗多朋党，故构会吏民，令相告讦，一切以为聪明，颍川由是以为俗，民多怨仇。延寿欲更改之，教以礼让，恐百姓不从，乃历召郡中长老为乡里所信向者数十人，设酒具食，亲与相对，接以礼意，人人问以谣俗，民所疾苦，为陈和睦亲爱、销除怨咎之路。长老皆以为便，可施行，因与议定嫁娶、丧祭仪品，略依古礼，不得过法。延寿于是令文学校官诸生皮弁执俎豆，为吏民行丧嫁娶礼。百姓遵用其教，卖偶车马下里伪物者，弃之市道。数年，徙为东郡太守，黄霸代延寿居颍川，霸因其迹而大治。以上为颍川太守。

延寿为吏，上礼义，好古教化，所至必聘其贤士，以礼待用，广谋议，纳谏争；举行丧让财，表孝弟有行；修治学官，春秋乡射，陈钟鼓管弦，盛升降揖让，及都试讲武，设斧钺旌旗，习射御之事，治城郭，收赋租，先明布告其日，以期会为大事，吏民敬畏趋乡之。又置正、五长，相率以孝弟，不得舍奸人。闾里阡陌有非常，吏辄闻知，奸人莫敢入界。其始若烦，后吏无追捕之苦，民无箠楚之忧，皆便安之。接待下吏，恩施甚厚而约誓明。或欺负之者，延寿痛自刻责："岂其负之，何以至此？"吏闻者自伤悔，其县尉至自刺死。及门下掾自刭，人救不殊，因瘖不能言。延寿闻之，对掾史涕泣，遣吏医治视，厚复其家。以上虚叙延寿为吏以礼服人。

延寿尝出，临上车，骑吏一人后至，敕功曹议罚白。还至府门，门卒当车，愿有所言。延寿止车问之，卒曰："《孝经》曰：'资于事父以事君，而敬同，故母取其爱，而君取其敬，兼之者父也。'今旦明府早驾，久驻未出，骑吏父来至府门，不敢入。骑吏闻之，趋走出谒，适会明府登车。以敬父而见罚，得毋亏大化乎？"延寿举手舆中曰："微子，太守不自知过。"归舍，召见门卒。卒本诸生，闻延寿贤，无因自达，故代卒，延寿遂待用之。其纳善听谏，皆此类也。在东郡三岁，令行禁止，断狱大减，为天下最。以上为东郡太守。

入守左冯翊，满岁称职为真。岁余，不肯出行县。丞掾数白："宜循行郡中，览观民俗，考长吏治迹。"延寿曰："县皆有贤令长，督邮分明善恶于外，行县恐无所益，重为烦忧。"丞掾皆以为方春月，可壹出劝耕桑。延寿不得已，行县至高陵，民有昆弟相与讼田自言，延寿大伤之，曰："幸得备位，为郡表率，不能宣明教化，至令民有骨肉争讼，既伤风化，重使贤长吏、啬夫、三老、孝弟受其耻，咎在冯翊，当先退。"是日，移病不听事，因入卧传舍，闭阁思过。一县莫知所为，令丞、啬夫、三老亦皆自系待罪。于是讼者宗族传相责让，此两昆弟深自悔，皆自髡肉袒谢，愿以田相移，终死不敢复争。延寿大喜，开阁延见，内酒肉与相对饮食，厉勉以意告乡部，有以表劝悔过从善之民。延寿乃起听事，劳谢令丞以下，引见尉荐。郡中歙然，莫不传相敕厉，不敢犯。延寿恩信周遍二十四县，莫复以辞讼自言者。推其至诚，吏民不忍欺绐。以上为左冯翊。

延寿代萧望之为左冯翊，而望之迁御史大夫。侍谒者福为望之道延寿在东郡时放散官钱千余万。望之与丞相丙吉议，吉以为更大赦，不须考。会御史当问东郡，望之因令并问之。延寿闻知，即部吏案校望之在冯翊时廪牺官钱放散百余万。廪牺吏掠治急，自引与望之为奸。延寿劾奏，移殿门禁止望之。望之自奏："职在总领天下，闻事不敢不问，而为延寿所拘持。"上由是不直延寿，各令穷竟所考。望之卒无事实，而望之遣御史案东郡，具得其事。延寿在东郡时，试骑士，治饰兵车，画龙虎朱爵。延寿衣黄纨方领，驾四马，傅总，建幢棨，植羽葆，鼓车歌车，功曹引车，皆驾四马，载棨戟。五骑为伍，分左右部，军假司马、千人持幢旁毂。歌者先居射室，望见延寿车，嗷咷楚歌。延寿坐射室，骑吏持戟夹陛列立，骑士从者带弓鞬罗后。令骑士兵车四面营陈，被甲鞮鍪居马上，抱弩负籣。又使骑士戏车弄马盗骖。延寿又取官铜物，候月蚀铸作刀剑钩镡，放效尚方事。及取官钱帛，私假繇使吏。及治饰车甲三百万以上。于是望之劾奏延寿上僭不道，又自陈："前为延寿所奏，今复举延寿罪，众庶皆以臣怀不正之心，侵冤延寿。愿下丞相、中二千石、博士议其罪。"以上延寿与萧望之互考获罪。事下公卿，皆以延寿前既无状，后复诬诉典法大臣，欲以解罪，狡猾不道。天子恶之，延寿竟坐弃市。吏民数千人送至渭城，老小扶持车毂，争奏酒炙。延寿不忍距逆，人人为饮，计饮酒石余，使掾史分谢送者："远苦吏民，延寿死无所根。"百姓莫不流涕。

延寿三子皆为郎吏。且死，属其子勿为吏，以己为戒。子皆以父言去官不仕。至孙威，乃复为吏至将军。威亦多恩信，能拊众，得士死力。威又坐奢僭诛，延寿之风类也。

张敞字子高，本河东平阳人也。祖父孺为上谷太守，徙茂陵。敞父福事孝武帝，官至光禄大夫。敞后随宣帝徙杜陵。敞本以乡有秩补太守卒史，察廉为甘泉仓长，稍迁太仆丞，杜延年甚奇之。会昌邑王征即位，动作不由法度，敞上书谏曰："孝昭皇帝蚤崩无嗣，大臣忧惧，选贤圣承宗庙，东迎之日，唯恐属车之行迟。今天子以盛年初即位，天下莫不拭目倾耳，观化听风。国辅大臣未襃，而昌邑小辇先迁，此过之大者也。"后十余日王贺废，敞以切谏显名，擢为豫州刺史。以数上事有忠言，宣帝征敞为太中大夫，与于定国并平尚书事。以正违忤大将军霍光，而使主兵车出军省减用度，复出为函谷关都尉。宣帝初即位，废王贺在昌邑，上心惮之，徙敞为山阳太守。以上敞历官至太守。

久之，大将军霍光薨，宣帝始亲政事，封光兄孙山、云皆为列侯，以光子禹为大司马。顷之，山、云以过归第，霍氏诸婿亲属颇出补吏。敞闻之，上封事曰："臣闻公子季友有功于鲁，大夫赵衰有功于晋，大夫田完有功于齐，皆畴其官邑，延及子孙，终后田氏篡齐，赵氏分晋，季氏颛鲁。故仲尼作《春秋》，迹盛衰，讥世卿最甚。乃者大将军决大计，安宗庙，定天下，功亦不细矣。夫周公七年耳，而大将军二十岁，海内之命，断于掌握。

方其隆时，感动天地，侵迫阴阳，月朓日蚀，昼冥宵光，地大震裂，火生地中，天文失度，祅祥变怪，不可胜记，皆阴类盛长、臣下颛制之所生也。朝臣宜有明言，曰陛下褒宠故大将军以报功德足矣。间者辅臣颛政，贵戚太盛，君臣之分不明，请罢霍氏三侯皆就第。及卫将军张安世，宜赐几杖归休，时存问召见，以列侯为天子师。明诏以恩不听，群臣以义固争而后许，天下必以陛下为不忘功德，而朝臣为知礼，霍氏世世无所患苦。今朝廷不闻直声，而令明诏自亲其文，非策之得者也。今两侯以出，人情不相远，以臣心度之，大司马及其枝属必有畏惧之心。夫近臣自危，非完计也，臣敞愿于广朝白发其端，直守远郡，其路无由。夫心之精微口不能言也，言之微眇书不能文也，故伊尹五就桀，五就汤，萧相国荐淮阴累岁乃得通，况乎千里之外，因书文谕事指哉！唯陛下省察。”上甚善其计，然不征也。以上谏霍氏事。

　　久之，勃海、胶东盗贼并起，敞上书自请治之，曰：“臣闻忠孝之道，退家则尽心于亲，进宦则竭力于君。夫小国中君犹有奋不顾身之臣，况于明天子乎！今陛下游意于太平，劳精于政事，亹亹不舍昼夜。群臣有司宜各竭力致身。山阳郡户九万三千，口五十万以上，讫计盗贼未得者七十七人，它课诸事亦略如此。臣敞愚驽，既无以佐思虑，久处闲郡，身逸乐而忘国事，非忠孝之节也。伏闻胶东、勃海左右郡岁数不登，盗贼并起，至攻宫寺，篡囚徒，搜市朝，劫列侯。吏失纲纪，奸轨不禁。臣敞不敢爱身避死，唯明诏之所处，愿尽力摧挫其暴虐，存抚其孤弱。事即有业，所至郡条奏其所由废及所以兴之状。”以上自请治郡国。书奏，天子征敞，拜胶东相，赐黄金三十斤。敞辞之官，自谓治剧郡非赏罚无以劝善惩恶，吏追捕有功效者，愿得壹切比三辅尤异。天子许之。

　　敞到胶东，明设购赏，开群盗令相捕斩除罪。吏追捕有功，上名尚书调补县令者数十人。由是盗贼解散，传相捕斩。吏民歙然，国中遂平。

居顷之，王太后数出游猎，敞奏书谏曰："臣闻秦王好淫声，叶阳后为不听郑、卫之乐；楚严好田猎，樊姬为之不食鸟兽之肉。口非恶旨甘，耳非憎丝竹也，所以抑心意，绝耆欲者，将以率二君而全宗祀也。礼，君母出门则乘辎軿，下堂则从傅母，进退则鸣玉佩，内饰则结绸缪。此言尊贵所以自敛制，不从恣之义也。今太后资质淑美，慈爱宽仁，诸侯莫不闻，而少以田猎纵欲为名，于以上闻，亦未宜也。唯观览于往古，全行乎来今，令后姬得有所法则，下臣有所称诵，臣敞幸甚！"书奏，太后止不复出。以上为胶东相。

是时，颍川太守黄霸以治行第一入守京兆尹。霸视事数月，不称，罢归颍川。于是制诏御史："其以胶东相敞守京兆尹。"自赵广汉诛后，比更守尹，如霸等数人，皆不称职。京师浸废，长安市偷盗尤多，百贾苦之。上以问敞，敞以为可禁。敞既视事，求问长安父老，偷盗酋长数人，居皆温厚，出从童骑，间里以为长者。敞皆召见责问，因贳其罪，把其宿负，令致诸偷以自赎。偷长曰："今一旦召诣府，恐诸偷惊骇，愿一切受署。"敞皆以为吏，遣归休。置酒，小偷悉来贺，且饮醉，偷长以赭污其衣裾。吏坐里间阅出者，污赭辄收缚之，一日捕得数百人。穷治所犯，或一人百余发，尽行法罚。由是枹鼓稀鸣，市无偷盗，天子嘉之。

敞为人敏疾，赏罚分明，见恶辄取，时时越法纵舍，有足大者。其治京兆，略循赵广汉之迹。方略耳目，发伏禁奸，不如广汉，然敞本治《春秋》，以经术自辅，其政颇杂儒雅，往往表贤显善，不醇用诛罚，以此能自全，竟免于刑戮。

京兆典京师，长安中浩穰，于三辅尤为剧。郡国二千石以高第入守，及为真，久者不过二三年，近者数月一岁，辄毁伤失名，以罪过罢。唯广汉及敞为久任职。敞为京兆，朝廷每有大议，引古今，处便宜，公卿皆服，天子数从之。然敞无威仪，时罢朝会，过走马章台街，使御吏驱，自以便面拊马。又为妇画眉，长安中传张京兆眉怃。有司以奏敞。上问之，对曰："臣闻闺房之内，夫妇之私，有过于画眉者。"上爱其能，弗备责也。以上为京兆尹。然终不得大位。

敞与萧望之、于定国相善。始敞与定国俱以谏昌邑王超迁。定国为大夫平尚书事，敞出为刺史，时望之为大行丞。后望之先至御史大夫，定国后至丞相，敞终不过郡守。为京兆九岁，坐与光禄勋杨恽厚善，后恽坐大逆诛，公卿奏恽党友，不宜处位，等比皆免，而敞奏独寝不下。敞使贼捕掾絮舜有所案验。舜以敞劾奏当免，不肯为敞竟事，私归其家。人或谏舜，舜曰："吾为是公尽力多矣，今五日京兆耳，安能复案事？"敞闻舜语，即部吏收舜系狱。是时，冬月未尽数日，案事吏昼夜验治舜，竟致其死事。舜当出死，敞使主簿持教告舜曰："五日京兆竟何如？冬月已尽，延命乎？"乃弃舜市。会立春，行冤狱使者出，舜家载尸，并编敞教，自言使者。使者奏敞贼杀不辜。天子薄其罪，欲令敞得自便利，即先下敞前坐杨恽不宜处位奏，免为庶人。敞免奏既下，诣阙上印绶，便从阙下亡命。

数月，京师吏民解弛，枹鼓数起，而翼州部中有大贼。天子思敞功效，使使者即家在所召敞。敞身被重劾，及使者至，妻子家室皆泣惶惧，而敞独笑曰："吾身亡命为民，郡吏当就捕，今使者来，此天子欲用我也。"即装随使者诣公车上书曰："臣前幸得备位列卿，待罪京兆，坐杀贼捕掾絮舜。舜本臣敞素所厚吏，数蒙恩贷，以臣有章劾当免，受记考事，便归卧家，谓臣'五日京兆'，背恩忘义，伤化薄俗。臣窃以舜无状，枉法以诛之。臣敞贼杀无辜，鞠狱故不直，虽伏明法，死无所恨。"以上敞获罪亡命，及复起用。天子引见敞，拜为冀州刺史。敞起亡命，复奉使典州。既到部，而广川王国群辈不道，贼连发，不得。敞以耳目发起贼主名区处，诛其渠帅。广川王姬昆弟及王同族宗室刘调等通行为之囊橐，吏逐捕穷窘，踪迹皆入王宫。敞自将郡国吏，车数百辆，围守王宫，搜索调等，果得之殿屋重辒中。敞傅吏皆捕格断头，县其头王宫门外。因劾奏广川王。天子不忍致法，削其户。敞居部岁余，冀州盗贼禁止。守太原太守，满岁为真，太原郡清。

顷之，宣帝崩。元帝初即位，待诏郑朋荐敞先帝名臣，宜傅辅皇太子。上以问前将军萧望之，望之以为敞能吏，任治烦乱，材轻，非师傅之器。天子使使者征敞，欲以为左冯翊。会病卒。以上为冀州刺史及卒。

敞所诛杀太原吏，吏家怨敞，随至杜陵刺杀敞中子璜。敞三子官皆至都尉。

初，敞为京兆尹，而敞弟武拜为梁相。是时，梁王骄贵，民多豪强，号为难治。敞问武："欲何以治梁？"武敬惮兄，谦不肯言。敞使吏送至关，戒吏自问武。武应曰："驭黠马者利其衔策，梁国大都，吏民凋敞，且当以柱后惠文弹治之耳。"秦时狱法吏冠柱后惠文，武意欲以刑法治梁。吏还道之，敞笑曰："审如掾言，武必辨治梁矣。"武既到官，其治有迹，亦能吏也。

敞孙竦，王莽时至郡守，封侯，博学文雅过于敞，然政事不及也。竦死，敞无后。以上家属。

王尊字子赣，涿郡高阳人也。少孤，归诸父，使牧羊泽中。尊窃学问，能史书。年十三，求为狱小吏。数岁，给事太守府，问诏书行事，尊无不对。太守奇之，除补书佐，署守属监狱。久之，尊称病去，事师郡文学官，治《尚书》《论语》，略通大义。

复召署守属治狱，为郡决曹史。数岁，以令举幽州刺史从事。而太守察尊廉，补辽西盐官长。数上书言便宜事，事下丞相、御史。

初元中，举直言，迁虢令，转守槐里，兼行美阳令事。春正月，美阳女子告假子不孝，曰："儿常以我为妻，妒笞我。"尊闻之，遣吏收捕验问，辞服。尊曰："律无妻母之法，圣人所不忍书，此经所谓造狱者也。"尊于是出坐廷上，取不孝子悬磔著树，使骑吏五人张弓射杀之，吏民惊骇。以上历官至槐里、美阳令。

后上行幸雍，过虢，尊供张如法而办。以高第擢为安定太守。到官，出教告属县曰："令长丞尉奉法守城，为民父母，抑强扶弱，宣恩广泽，甚劳苦矣。太守以今日至府，愿诸君卿勉力正身以率下。故行贪鄙，能变更者与为治。明慎所职，毋以身试法。"又出教敕掾功曹："各自底厉，助太守为治。其不中用，趣自避退，毋久妨贤。夫羽翮不修，则不可以致千里；阃内不理，无以整外。府丞悉署吏行能，分别白之。贤为上，毋以富。贾人百万，不足与计事。昔孔子治鲁，七日诛少正卯，今太守视事已一月矣，五月掾张辅怀虎狼之心，贪污不轨，一郡之钱尽入辅家，然适足以葬矣。今将辅送狱，直符吏诣阁下，从太守受其事。丞戒之戒之！相随入狱矣！"辅系狱数日死，尽得其狡猾不道，百万奸臧。威震郡中，盗贼分散，入傍郡界。豪强多诛伤伏辜者。以上为安定太守。

坐残贼免。起家，复为护羌将军转校尉，护送军粮委输。而羌人反，绝转道，兵数万围尊。尊以千余骑奔突羌贼。功未列上，坐擅离部署，会赦，免归家。

涿郡太守徐明荐尊不宜久在闾巷，上以尊为郿令，迁益州刺史。先是，琅邪王阳为益州刺史，行部至邛郲九折阪，叹曰："奉先人遗体，奈何数乘此险！"后以病去。及尊为刺史，至其阪，问吏曰："此非王阳所畏道耶？"吏对曰："是。"尊叱其驭曰："驱之！王阳为孝子，王尊为忠臣。"尊居部二岁，怀来徼外，蛮夷归附其威信。以上两免官，复为益州刺史。

博士郑宽中使行风俗，举奏尊治状，迁为东平相。是时，东平王以至亲骄奢不奉法度，傅相连坐。及尊视事，奉玺书至庭中，王未及出受诏，尊持玺书归舍，食已乃还。致诏后，竭见王，太傅在前说《相鼠》之诗。尊曰："毋持布鼓过雷门！"王怒，起入后宫。尊亦直趋出就舍。先是，王数私出入，驱驰国中，与后姬家交通。尊到官，召敕厩长："大王当从官属，鸣和鸾乃出，自今有令驾小车，叩头争之，言相教不得。"后尊朝王，王复延请登堂。尊谓王曰："尊来为相，人皆吊尊也，以尊不容朝廷，故见使相王耳。天下皆言王勇，顾但负贵，安能勇？如尊乃勇耳。"王变色视尊，意欲格杀之，即好谓尊曰："愿观相君佩刀。"尊举掖，顾谓傍侍郎："前引佩刀视王，王欲诬相拔刀向王邪？"王情得，又雅闻尊高名，大为尊屈，酌酒具食，相对极欢。太后徵史奏尊："为相倨慢不臣，王血气未定，不能忍。愚诚恐母子俱死。今妾不得使王复见尊。陛下不留意，妾愿先自杀，不忍见王之失义也。"尊竟坐免为庶人。以上为东平相。大将军王凤奏请尊补军中司马，擢为司隶校尉。

初，中书谒者令石显贵幸，专权为奸邪。丞相匡衡、御史大夫张谭皆阿附畏事显，不敢言。久之，元帝崩，成帝初即位，显徙为中太仆，不复典权。衡、谭乃奏显旧恶，请免显等。尊于是劾奏："丞相衡、御史大夫谭位三公，典五常九德，以总方略、壹统类、广教化、美风俗为职。知中书谒者令显等专权擅势，大作威福，纵恣不制，无所畏忌，为海内患害，不以时白奏行罚，而阿谀曲从，附下罔上，怀邪迷国，无大臣辅政之义，皆不道，在赦令前。赦后，衡、谭举奏显，不自陈不忠之罪，而反扬著先帝任用倾覆之徒，妄言百官畏之，甚于主上。卑君尊臣，非所宜称，失大臣体。又正月行幸曲台，临飨罢卫士，衡与中二千石大鸿胪赏等会坐殿门下，衡南乡，赏等西乡。衡更为赏布东乡席，起立延赏坐，私语如食顷。衡知行临，百官共职，万众会聚，而设不正之席，使下坐上，相比为小惠于公门之下，动不中礼，乱朝廷爵秩之位。衡又使官大奴入殿中，问行起居，还言：‘漏上十四刻行。’临到，衡安坐，不变色改容。无怵惕肃敬之心，骄慢不谨，皆不敬。”有诏勿治。于是衡惭惧，免冠谢罪，上丞相、侯印绶。天子以新即位，重伤大臣，乃下御史丞问状。劾奏尊："妄诋欺非谤赦前事，猥历奏大臣，无正法，饰成小过，以涂污宰相，摧辱公卿，轻薄国家，奉使不敬。"有诏左迁尊为高陵令，数月，以病免。以上为司隶校尉，劾国衡等。

　　会南山群盗傰宗等数百人为吏民害，拜故弘农太守傅刚为校尉，将迹射士千人逐捕，岁余不能禽。或说大将军凤："贼数百人在毂下，发军击之不能得，难以视四夷。独选贤京兆尹乃可。"于是凤荐尊，征为谏大夫，守京辅都尉，行京兆尹事。旬月间盗贼清。迁光禄大夫，守京兆尹，后为真，凡三岁。坐遇使者无礼。司隶遣假佐放奉诏书白尊发吏捕人，放谓尊："诏书所捕宜密。"尊曰："治所公正，京兆善漏泄人事。"放曰："所捕宜今发吏。"尊又曰："诏书无京兆文，不当发吏。"及长安系者三月间千人以上。尊出行县，男子郭赐自言尊："许仲家十余人共杀赐兄赏，公归舍。"吏不敢捕。尊行县还，上奏曰："强不陵弱，各得其所，宽大之政行，和平之气通。"御史大夫忠奏尊暴虐不改，外为大言，倨嫚姗上，威信日废，不宜备位九卿。尊坐免，吏民多称惜之。以上为京兆尹，旋免。

　　湖三老公乘兴等上书讼尊治京兆功效日著："往者南山盗贼阻山横行，剽劫良民，杀奉法吏，道路不通，城门至以警戒。步兵校尉使逐捕，暴师露众，旷日烦费，不能禽制。二卿坐黜，群盗浸强，吏气伤沮，流闻四方，为国家忧。当此之时，有能捕斩，不爱金爵重赏。关内侯宽中使问所征故司隶校尉王尊捕群盗方略，拜为谏大夫，守京辅都尉，行京兆尹事。尊尽节劳心，夙夜思职，卑体下士，厉奔北之吏，起沮伤之气，二旬之间，大党震坏，渠率效首。贼乱蠲除，民反农业，抚循贫弱，钮耘豪强。长安宿豪大猾东市贾万、城西万章、剪张禁、酒赵放、杜陵杨章等皆通邪结党，挟养奸轨，上干王法，下乱吏治，并兼役使，浸渔小民，为百姓豺狼。更数二千石，二十年莫能禽讨，尊以正法案诛，皆伏其辜。奸邪销释，吏民说服。尊拨剧整乱，诛暴禁邪，皆前所稀有，名将所不及。虽拜为真，未有殊绝褒赏加于尊身。今御史大夫奏尊'伤害阴阳，为国家忧，无承用诏书之意，靖言庸违，象龚滔天'。原其所以，出御史丞杨辅，故为尊书佐，素行阴贼，恶口不信，好以刀笔陷人于法。辅常醉过尊大奴利家，利家捽搏其颊，兄子闳拔刀欲到之。辅以故深怨疾毒，欲伤害尊。疑辅内怀怨恨，外依公事，建画为此议，傅致奏文，浸润加诬，以复私怨。昔白起为秦将，东破韩、魏，南拔郢都，应侯谮之，赐死杜邮；吴起为魏守西河，而秦、韩不敢犯，谗人间焉，斥逐奔楚。秦听浸润以诛良将，魏信谗言以逐贤守，此皆偏听不聪，失人之患也。臣等窃痛伤尊修身洁己，砥节首公，刺讥不惮将相，诛恶不避豪强，诛不制之贼，解国家之忧，功著职修，威信不废，诚国家爪牙之吏，折冲之臣，今一旦无辜制于仇人之手，伤于诋欺之文，上不得以功除罪，下不得蒙棘木之听，独掩怨仇之偏奏，被共工之大恶，无所陈怨诉罪。尊以京师废乱，群盗并兴，选贤征用，起家为卿，贼乱既除，豪猾伏辜，即以佞巧废黜。一尊之身，三期之间，乍贤乍佞，岂不甚哉！孔子曰：'爱之欲其生，恶之欲其死，是惑也。''浸润之谮不行焉，可谓明矣。'愿下公卿、大夫、博士、议郎，定尊素行。夫人臣而伤害阴阳，死诛之罪也；靖言庸违，放殛之刑也。审如御史章，尊乃当伏观阙之诛，放于无人之域，不得苟免。及任举尊者，当获选举之辜，不可但已。即不如章，饰文深诋以诉无罪，亦宜有诛，以惩谗贼之口，绝诈欺之路。唯明主参详，使白黑分别。"以上公乘兴讼尊之冤。

书奏，天子复以尊为徐州刺史，迁东郡太守。久之，河水盛溢，泛浸瓠子金堤，老弱奔走，恐水大决为害。尊躬率吏民，投沉白马，祀水神河伯。尊亲执圭璧，使巫策祝，请以身填金堤，因止宿，庐居堤上。吏民数千万人争叩头救止尊，尊终不肯去。及水盛堤坏，吏民皆奔走。唯一主簿泣在尊旁，立不动。而水波稍却回还。吏民嘉壮尊之勇节，白马三老朱英等奏其状。下有司考，皆如言。于是制诏御史："东郡河水盛长，毁坏金堤，未决三尺，百姓惶恐奔走。太守身当水冲，履咫尺之难，不避危殆，以安众心，吏民复还就作，水不为灾，朕甚嘉之。秩尊中二千石，加赐黄金二十斤。"以上为东郡太守，保河堤。

数岁，卒官，吏民纪之。尊子伯亦为京兆尹，坐奊弱不胜任免。

王章字仲卿，泰山钜平人也。少以文学为官，稍迁至谏大夫，在朝廷名敢直言。元帝初，擢为左曹中郎将，与御史中丞陈咸相善，共毁中书令石显，为显所陷，咸减死髡，章免官。成帝立，征章为谏大夫，迁司隶校尉，大臣贵戚敬惮之。以上毁石显著节。王尊免后，代者不称职，章以选为京兆尹。时，帝舅大将军王凤辅政，章虽为凤所举，非凤专权，不亲附凤。会日有蚀之，章奏封事，召见，言凤不可任用，宜更选忠贤。上初纳受章言，后不忍退凤。章由是见疑，遂为凤所陷，罪至大逆。语在《元后传》。以上为京兆尹获罪。

　　初，章为诸生学长安，独与妻居。章疾病，无被，卧牛衣中，与妻决，涕泣。其妻呵怒之曰："仲卿！京师尊贵在朝廷人谁逾仲卿者？今疾病困厄，不自激卬，乃反涕泣，何鄙也！"

　　后章仕宦，历位及为京兆，欲上封事，妻又止之曰："人当知足，独不念牛衣中涕泣时邪？"章曰："非女子所知也。"书遂上，果下廷尉狱，妻子皆收系。章小女年可十二，夜起号哭曰："平生狱上呼囚，数常至九，今八而止。我君素刚，先死者必君。"明日问之，章果死。妻子皆徙合浦。以上纪其妻子之语。

　　大将军凤薨后，弟成都侯商复为大将军辅政，白上还章妻子故郡。其家属皆完具，采珠致产数百万。时，萧育为泰山太守，皆令赎还故田宅。

　　章为京兆二岁，死不以其罪，众庶冤纪之，号为三王。王骏自有传。骏即王阳子也。

　　赞曰：自孝武置左冯翊、右扶风、京兆尹，而吏民为之语曰："前有赵、张，后有三王。"然刘向独序赵广汉、尹翁归、韩延寿，冯商传王尊，扬雄亦如之。广汉聪明，下不能欺，延寿厉善，所居移风，然皆讦上不信，以失身堕功。翁归抱公洁己，为近世表。张敞衎衎，履忠进言，缘饰儒雅，刑罚必行，纵赦有度，条教可观，然被轻惰之名。王尊文武自将，所在必发，谲诡不经，好为大言。王章刚直守节，不量轻重，以陷刑戮，妻子流迁。哀哉！

卷十九　传志之属上编三

汉　书

杨胡朱梅云传

杨王孙者，孝武时人也。学黄、老之术，家业千金，厚自奉养生，亡所不致。及病且终，先令其子，曰："吾欲裸葬，以返吾真，必亡易吾意。死则为布囊盛尸，入地七尺，既下，从足引脱其囊，以身亲土。"其子欲默而不从，重废父命；欲从之，心又不忍，乃往见王孙友人祁侯。

祁侯与王孙书曰："王孙苦疾，仆迫从上祠雍，未得诣前。愿存精神，省思虑，进医药，厚自持。窃闻王孙先令裸葬，令死者亡知则已，若其有知，是戮尸地下，将裸见先人，窃为王孙不取也。且《孝经》曰'为之棺椁衣衾'，是亦圣人之遗制，何必区区独守所闻？愿王孙察焉。"以上祁侯书。

王孙报曰："盖闻古之圣王，缘人情不忍其亲，故为制礼，今则越之，吾是以裸葬，将以矫世也。夫厚葬诚亡益于死者，而俗人竞以相高，靡财单币，腐之地下。或乃今日入而明日发，此真与暴骸于中野何异！且夫死者，终生之化，而物之归者也。归者得至，化者得变，是物各反其真也。反真冥冥，亡形亡声，乃合道情。夫饰外以华众，厚葬以鬲真，使归者不得至，化者不得变，是使物各失其所也。且吾闻之，精神者天之有也，形骸者地之有也。精神离形，各归其真，故谓之鬼，鬼之为言归也。其尸块然独处，岂有知哉？裹以币帛，鬲以棺椁，支体络束，口含玉石，欲化不得，郁为枯腊，千载之后，棺椁朽腐，乃得归土，就其真宅。繇是言之，焉用久客！昔帝尧之葬也，窾木为椟，葛藟为缄，其穿下不乱泉，上不泄殠。故圣王生易尚，死易葬也。不加功于亡用，不损财于亡谓。今费财厚葬，留归鬲至，死者不知，生者不得，是谓重惑。於戏！吾不为也。"

祁侯曰："善。"遂裸葬。以上王孙答书。

胡建字子孟，河东人也。孝武天汉中，守军正丞，贫亡车马，常步与走卒起居，所以尉荐走卒，甚得其心。时监军御史为奸，穿北军垒垣以为贾区，建欲诛之，乃约其走卒曰："我欲与公有所诛，吾言取之则取，斩之则斩。"于是当选士马日，监御史与护军诸校列坐堂皇上，建从走卒趋至堂皇下拜谒，因上堂，走卒皆上。建指监御史曰："取彼。"走卒前曳下堂皇。建曰："斩之。"遂斩御史。护军诸校皆愕惊，不知所以。建亦已有成奏在其怀中，遂上奏曰："臣闻军法，立武以威众，诛恶以禁邪。今监御史公穿军垣以求贾利，私买卖以与士市，不立刚毅之心、勇猛之节，亡以帅先士大夫，尤失理不公。用文吏议，不至重法。《黄帝李法》曰：'壁垒已定，穿窬不繇路，是谓奸人，奸人者杀。'臣谨按军法曰：'正亡属将军，将军有罪以闻，二千石以下行法焉。'丞于用法疑，执事不诿上，臣谨以斩，昧死以闻。"制曰："《司马法》曰'国容不入军，军容不入国'，何文吏也？三王或誓于军中，欲民先成其虑也；或誓于军门之外，欲民先意以待事也；或将交刃而誓，致民志也。'建又何疑焉？"以上斩监军御史。建繇是显名。

后为渭城令，治甚有声。值昭帝幼，皇后父上官将军安与帝姊盖主私夫丁外人相善。外人骄恣，怨故京兆尹樊福，使客射杀之。客臧公主庐，吏不敢捕。渭城令建将吏卒围捕。盖主闻之，与外人、上官将军多从奴客往，奔射追吏，吏散走。主使仆射劾渭城令游徼伤主家奴。建报亡它坐。盖主怒，使人上书告建侵辱长公主，射甲舍门。知吏贼伤奴，辟报故不穷审。大将军霍光寝其奏。后光病，上官氏代听事，下吏捕建，建自杀。吏民称冤，至今渭城立其祠。以上为渭城令冤死。

朱云字游，鲁人也，徙平陵。少时通轻侠，借客报仇。长八尺余，容貌甚壮，以勇力闻。年四十，乃变节从博士白子友受《易》，又事前将军萧望之受《论语》，皆能传其业。好倜傥大节，当世以是高之。

元帝时，琅邪贡禹为御史大夫，而华阴守丞嘉上封事，言"治道在于得贤，御史之官，宰相之副，九卿之右，不可不选。平陵朱云，兼资文武，忠正有智略，可使以六百石秩试守御史大夫，以尽其能。"上乃下其事问公卿。太子少傅匡衡对，以为"大臣者，国家之股肱，万姓所瞻仰，明王所慎择也。《传》曰'下轻其上爵，贱人图柄臣，则国家摇动而民不静矣'。今嘉从守丞而图大臣之位，欲以匹夫徒步之人而超九卿之右，非所以重国家而尊社稷也。自尧之用舜，文王于太公，犹试然后爵之，又况朱云者乎？云素好勇，数犯法亡命，受《易》颇有师道，其行义未有以异。今御史大夫禹洁白廉正，经术通明，有伯夷、史鱼之风，海内莫不闻知，而嘉猥称云，欲令为御史大夫，妄相称举，疑有奸心，渐不可长，宜下有司案验以明好恶。"嘉竟坐之。以上嘉荐云为御史大夫。

是时，少府五鹿充宗贵幸，为梁丘《易》。自宣帝时善梁丘氏说，元帝好之，欲考其异同，令充宗与诸《易》家论。充宗乘贵辩口，诸儒莫能与抗，皆称疾不敢会。有荐云者，召入，摄裺登堂，抗首而请，音动左右。既论难，连拄五鹿君，故诸儒为之语曰："五鹿岳岳，朱云折其角。"繇是为博士。以上说经折五鹿。

迁杜陵令，坐故纵亡命，会赦，举方正，为槐里令。时中书令石显用事，与充宗为党，百僚畏之。唯御史中丞陈咸年少抗节，不附显等，而与云相结。云数上疏，言丞相韦玄成容身保位，亡能往来，而咸数毁石显。久之，有司考云，疑风吏杀人。群臣朝见，上问丞相以云治行。丞相玄成言云暴虐亡状。时陈咸在前，闻之，以语云。云上书自讼，咸为定奏草，求下御史中丞。事下丞相，丞相部吏考立其杀人罪。云亡入长安，复与咸计议。丞相具发其事，奏："咸宿卫执法之臣，幸得进见，漏泄所闻，以私语云，为定奏草，欲令自下治，后知云亡命罪人，而与交通，云以故不得。"上于是下咸、云狱，减死为城旦。咸、云遂废锢，终元帝世。以上与陈咸俱废。

至成帝时，故丞相安昌侯张禹以帝师位特进，甚尊重。云上书求见，公卿在前。云曰："今朝廷大臣上不能匡主，下无以益民，皆尸位素餐，孔子所谓'鄙夫不可与事君'，'苟患失之，亡所不至'者也。臣愿赐尚方斩马剑，断佞臣一人以厉其余。"上问："谁也？"对曰："安昌侯张禹。"上大怒，曰："小臣居下讪上，廷辱师傅，罪死不赦。"御史将云下，云攀殿槛，槛折。云呼曰："臣得下从龙逢、比干游于地下，足矣！未知圣朝何如耳？"御史遂将云去。于是左将军辛庆忌免冠解印绶，叩头殿下曰："此臣素著狂直于世。使其言是，不可诛；其言非，固当容之。臣敢以死争。"庆忌叩头流血。上意解，然后得已。及后当治槛，上曰："勿易！因而辑之，以旌直臣。"以上廷辱张禹。

云自是之后不复仕，常居鄠田，时出乘牛车从诸生，所过皆敬事焉。薛宣为丞相，云往见之。宣备宾主礼，因留云宿，从容谓云曰："在田野亡事，且留我东阁，可以观四方奇士。"云曰："小生乃欲相吏邪？"宣不敢复言。

其教授，择诸生，然后为弟子。九江严望及望兄子元，字仲，能传云学，皆为博士。望至泰山太守。

云年七十余，终于家。病不呼医饮药。遗言以身服敛，棺周于身，土周于椁，为丈五坟，葬平陵东郭外。

梅福字子真，九江寿春人也。少学长安，明《尚书》《榖梁春秋》，为郡文学，补南昌尉。后去官归寿春，数因县道上言变事，求假轺传，诣行在所条对急政，辄报罢。

是时，成帝委任大将军王凤，凤专势擅朝，而京兆尹王章素忠直，讥刺凤，为凤所诛。王氏浸盛，灾异数见，群下莫敢正言。福复上书曰：

臣闻箕子佯狂于殷，而为周陈《洪范》；叔孙通遁秦归汉，制作仪品。夫叔孙先非不忠也，箕子非疏其家而畔亲也，不可为言也。昔高祖纳善若不及，从谏若转圜，听言不求其能，举功不考其素。陈平起于亡命而为谋主，韩信拔于行陈而建上将。故天下之士云合归汉，争进奇异，知者竭其策，愚者尽其虑，勇士极其节，怯夫勉其死。合天下之知，并天下之威，是以举秦如鸿毛，取楚若拾遗，此高祖所以亡敌于天下也。孝文皇帝起于代谷，非有周、召之师，伊、吕之佐也，循高祖之法，加以恭俭。当此之时，天下几平。繇是言之，循高祖之法则治，不循则乱。何者？秦为亡道，削仲尼之迹，灭周公之轨，坏井田，除五等，礼废乐崩，王道不通，故欲行王道者莫能致其功也。孝武皇帝好忠谏，说至言，出爵不待廉茂，庆赐不须显功，是以天下布衣各厉志竭精以赴阙廷自衒鬻者不可胜数。汉家得贤，于此为盛。使孝武皇帝听用其计，升平可致。于是积尸暴骨，快心胡、越，故淮南王安缘间而起。所以计虑不成而谋议泄者，以众贤聚于本朝，故其大臣势陵不敢和从也。方今布衣乃窥国家之隙，见间而起者，蜀郡是也。及山阳亡徒苏令之群，蹈藉名都大郡，求党与，索随和，而亡逃匿之意。此皆轻量大臣，亡所畏忌，国家之权轻，故匹夫欲与上争衡也。

士者，国之重器；得士则重，失士则轻。《诗》云："济济多士，文王以宁。"庙堂之议，非草茅所当言也。臣诚恐身涂野草，尸并卒伍，故数上书求见，辄报罢。臣闻齐桓之时有以九九见者，桓公不逆，欲以致大也。今臣所言非特九九也，陛下距臣者三矣，此天下士所以不至也。昔秦武王好力，任鄙叩关自鬻；缪公行伯，繇余归德。今欲致天下之士，民有上书求见者，辄使诣尚书问其所言，言可采取者，秩以升斗之禄，赐以一束之帛。若此，则天下之士发愤懑，吐忠言，嘉谋日闻于上，天下条贯，国家表里，烂然可睹矣。夫以四海之广，士民之数，能言之类至众多也。然其俊桀指世陈政，言成文章，质之先圣而不缪，施之当世合时务，若此者，亦亡几人。故爵禄束帛者，天下之底石，高祖所以厉世摩钝也。孔子曰："工欲善其事，必先利其器。"至秦则不然，张诽谤之罔，以为汉驱除，倒持泰阿，授楚其柄。故诚能勿失其柄，天下虽有不顺，莫敢触其锋，此孝武皇帝所以辟地建功为汉世宗也。今不循伯者之道，乃欲以三代选举之法取当时之士，犹察伯乐之图，求骐骥于市，而不可得，亦已明矣。故高祖弃陈平之过而获其谋，晋文召天王，齐桓用其仇，亡益于时，不顾逆顺，此所谓伯道者也。一色成体谓之醇，白黑杂合谓之驳。欲以承平之法治暴秦之绪，犹以乡饮酒之礼理军市也。

今陛下既不纳天下之言，又加戮焉。夫载鹊遭害，则仁鸟增逝；愚者蒙戮，则知士深退。间者愚民上疏，多触不急之法，或下廷尉，而死者众。自阳朔以来，天下以言为讳，朝廷尤甚，群臣皆承顺上指，莫有执正。何以明其然也？取民所上书，陛下之所善，试下之廷尉，廷尉必曰"非所宜言，大不敬"。以此卜之，一矣。故京兆尹王章资质忠直，敢面引廷争，孝元皇帝擢之，以厉具臣而矫曲朝。及至陛下，戮及妻子。且恶恶止其身，王章非有反畔之辜，而殃及家。折直士之节，结谏臣之舌，群臣皆知其非，然不敢争，天下以言为戒，最国家之大患也。愿陛下循高祖之轨，杜亡秦之路，数御《十月》之歌，留意《亡逸》之戒，除不急之法，下亡讳之诏，博览兼听，谋及疏贱，令深者不隐，远者不塞，所谓"辟四门，明四目"也。且不急之法，诽谤之微者也。"往者不可及，来者犹可追。"方今君命犯而主威夺，外戚之权日以益隆，陛下不见其形，愿察其景。建始以来，日食地震，以率言之，三倍春秋，水灾亡与比数。阴盛阳微，金铁为飞，此何景也！汉兴以来，社稷三危。吕、霍、上官皆母后之家也，亲亲之道，全之为右，当与之贤师良傅，教以忠孝之道。今乃尊宠其位，授以魁柄，使之骄逆，至于夷灭，此失亲亲之大者也。自霍光之贤，不能为子孙虑，故权臣易世则危。《书》曰："毋若火，始庸庸。"势陵于君，权隆于主，然后防之，亦亡及已。以上疏请进贤求言，讥切王氏。

上遂不纳。成帝久亡继嗣，福以为宜建三统，封孔子之世以为殷后，复上书曰：

臣闻"不在其位，不谋其政"。政者职也，位卑而言高者罪也。越职触罪，危言世患，虽伏质横分，臣之愿也。守职不言，没齿身全，死之日，尸未腐而名灭，虽有景公之位，伏历千驷，臣不贪也。故愿壹登文石之陛，涉赤墀之涂，当户牖之法坐，尽平生之愚虑。亡益于时，有遗于世，此臣寝所以不安，食所以忘味也。愿陛下深省臣言。

臣闻存人所以自立也，壅人所以自塞也。善恶之报，各如其事。昔者秦灭二周，夷六国，隐士不显，佚民不举，绝三统，灭天道，是以身危子杀，厥孙不嗣，所谓壅人以自塞者也。故武王克殷，未下车，存五帝之后，封殷于宋，绍夏于杞，明著三统，示不独有也。是以姬姓半天下，迁庙之主，流出于户，所谓存人以自立者也。今成汤不祀，殷人亡后，陛下继嗣久微，殆为此也。《春秋经》曰："宋杀其大夫。"《穀梁传》曰："其不称名姓，以其在祖位，尊之也。"此言孔子故殷后也，虽不正统，封其子孙以为殷后，礼亦宜之。何者？诸侯夺宗，圣庶夺適。《传》曰"贤者子孙宜有土"，而况圣人，又殷之后哉！昔成王以诸侯礼葬周公，而皇天动威，雷风著灾。今仲尼之庙不出阙里，孔氏子孙不免编户，以圣人而歆匹夫之祀，非皇天之意也。今陛下诚能据仲尼之素功，以封其子孙，则国家必获其福，又陛下之名与天亡极。何者？追圣人素功，封其子孙，未有法也，后圣必以为则。不灭之名，可不勉哉！以上疏请封仲尼子孙。

福孤远，又讥切王氏，故终不见纳。

武帝时，始封周后姬嘉为周子南君，至元帝时，尊周子南君为周承休侯，位次诸侯王。使诸大夫博士求殷后，分散为十余姓，郡国往往得其大家，推求子孙，绝不能纪。时，匡衡议，以为"王者存二王后，所以尊其先王而通三统也。其犯诛绝之罪者绝，而更封他亲为始封君，上承其王者之始祖。《春秋》之义，诸侯不能守其社稷者绝。今宋国已不守其统而失国矣，则宜更立殷后为始封君，而上承汤统，非当继宋之绝侯也，宜明得殷后而已。今之故宋，推求其嫡，久远不可得；虽得其嫡，嫡之先已绝，不当得立。《礼记》孔子曰：'丘，殷人也。'先师所共传，宜以孔子世为汤后。"上以其语不经，遂见寝。至成帝时，梅福复言宜封孔子后以奉汤祀。绥和元年，立二王后，推迹古文，以《左氏》《穀梁》《世本》《礼记》相明，遂下诏封孔子世为殷绍嘉公。语在《成纪》。以上终叙汉封仲尼子孙为殷后之事。是时，福居家，常以读书养性为事。

至元始中，王莽颛政，福一朝弃妻子，去九江，至今传以为仙。其后，人有见福于会稽者，变名姓，为吴市门卒云。

云敞字幼儒，平陵人也。师事同县吴章，章治《尚书经》为博士。平帝以中山王即帝位，年幼，莽秉政，自号安汉公。以平帝为成帝后，不得顾私亲，帝母及外家卫氏皆留中山，不得至京师。莽长子宇，非莽鬲绝卫氏，恐帝长大后见怨。宇与吴章谋，夜以血涂莽门，若鬼神之戒，冀以惧莽。章欲因对其咎。事发觉，莽杀宇，诛灭卫氏，谋所联及，死者百余人。章坐要斩，磔尸东市门。初，章为当世名儒，教授尤盛，弟子千余人，莽以为恶人党，皆当禁锢，不得仕宦。门人尽更名他师。敞时为大司徒掾，自劾吴章弟子，收抱章尸归，棺敛葬之，京师称焉。车骑将军王舜高其志节，比之栾布，表奏以为掾，荐为中郎谏大夫。莽篡位，王舜为太师，复荐敞可辅职。以病免。唐林言敞可典郡，擢为鲁郡大尹。更始时，安车征敞为御史大夫，复病免去，卒于家。

赞曰：昔仲尼称不得中行，则思狂狷。观杨王孙之志，贤于秦始皇远矣。世称朱云多过其实，盖有不知而作之者，我亡是也。胡建临敌敢断，武昭于外。斩伐奸隙，军旅不队。梅福之辞，合于《大雅》，虽无老成，尚有典刑；殷鉴不远，夏后所闻。遂从所好，全性市门。云敞之义，著于吴章，为仁由己，再入大府，清则濯缨，何远之有？

萧望之传

萧望之字长倩，东海兰陵人也，徙杜陵。家世以田为业，至望之，好学，治《齐诗》，事同县后仓且十年。以令诣太常受业，复事同学博士白奇，又从夏侯胜问《论语》《礼服》。京师诸儒称述焉。

是时，大将军霍光秉政，长史丙吉荐儒生王仲翁与望之等数人，皆召见。先是，左将军上官桀与盖主谋杀光，光既诛桀等，后出入自备。吏民当见者，露索去刀兵，两吏挟持。望之独不肯听，自引出阁曰："不愿见。"吏牵持匈匈。光闻之，告吏勿持。望之既至前，说光曰："将军以功德辅幼主，将以流大化，致于洽平，是以天下之士延颈企踵，争愿自效，以辅高明。今士见者皆先露索挟持，恐非周公相成王躬吐握之礼，致白屋之意。"于是光独不除用望之，而仲翁等皆补大将军史。三岁间，仲翁至光禄大夫、给事中，望之以射策甲科为郎，署小苑东门候。仲翁出入从仓头庐儿，下车趋门，传呼甚宠，顾谓望之曰："不肯录录，反抱关为？"望之曰："各从其志。"后数年，坐弟犯法，不得宿卫，免归为郡吏。以上微时事迹。及御史大夫魏相除望之为属，察廉为大行治礼丞。

时，大将军光薨，子禹复为大司马，兄子山领尚书，亲属皆宿卫内侍。地节三年夏，京师雨雹，望之因是上疏，愿赐清闲之宴，口陈灾异之意。宣帝自在民间闻望之名，曰："此东海萧生邪？下少府宋畸问状，无有所讳。"望之对，以为："《春秋》昭公三年大雨雹，是时季氏专权，卒逐昭公。乡使鲁君察于天变，宜亡此害。今陛下以圣德居位，思政求贤，尧、舜之用心也。然而善祥未臻，阴阳不和，是大臣任政，一姓擅势之所致也。附枝大者贼本心，私家盛者公室危。唯明主躬万机，选同姓，举贤才，以为腹心，与参政谋，令公卿大臣朝见奏事，明陈其职，以考功能。如是，则庶事理，公道立，奸邪塞，私权废矣。"对奏，天子拜望之为谒者。时，上初即位，思进贤良，多上书言便宜，辄下望之问状，高者请丞相御史，次者中二千石试事，满岁以状闻，下者报闻，或罢归田里，所白处奏皆可。累迁谏大夫，丞相司直，岁中三迁，官至二千石。其后霍氏竟谋反诛，望之浸益任用。以上宣帝初累迁至二千石。

是时，选博士、谏大夫通政事者补郡国守、相，以望之为平原太守。望之雅意在本朝，远为郡守，内不自得，乃上疏曰："陛下哀愍百姓，恐德化之不究，悉出谏官以补郡吏，所谓忧其末而忘其本者也。朝无争臣则不知过，国无达士则不闻善。愿陛下选明经术，温故知新，通于几微谋虑之士以为内臣，与参政事。诸侯闻之，则知国家纳谏忧政，亡有阙遗。若此不怠，成、康之道其庶几乎！外郡不治，岂足忧哉？"书闻，征入守少府。宣帝察望之经明持重，论议有余，材任宰相，欲详试其政事，复以为左冯翊。望之从少府出为左迁，恐有不合意，即移病。上闻之，使侍中、成都侯金安上谕意曰："所用皆更治民以考功。君前为平原太守日浅，故复试之于三辅，非有所闻也。"望之即视事。以上为郡守、京尹。

是岁，西羌反，汉遣后将军征之。京兆尹张敞上书言："国兵在外，军以夏发，陇西以北，安定以西，吏民并给转输，田事颇废，素无余积，虽羌虏以破，来春民食必乏。穷辟之处，买亡所得，县官谷度不足以振之。愿令诸有罪，非盗受财杀人及犯法不得赦者，皆得以差入谷此八郡赎罪。务益致谷以豫备百姓之急。"事下有司，望之与少府李强议，以为："民函阴阳之气，有仁义欲利之心，在教化之所助。尧在上，不能去民欲利之心，而能令其欲利不胜其好义也；虽桀在上，不能去民好义之心，而能令其好义不胜其欲利也。故尧、桀之分，在于义利而已，道民不可不慎也。今欲令民量粟以赎罪，如此则富者得生，贫者独死，是贫富异刑而法不壹也。人情，贫穷，父兄囚执，闻出财得以生活，为人子弟者将不顾死亡之患，败乱之行，以赴财利，求救亲戚。一人得生，十人以丧，如此，伯夷之行坏，公绰之名灭。政教壹倾，虽有周、召之佐，恐不能复。古者藏于民，不足则取，有余则予。《诗》曰‘爰及矜人，哀此鳏寡’，上惠下也。又曰‘雨我公田，遂及我私’，下急上也。今有西边之役，民失作业，虽户赋口敛以赡其困乏，古之通义，百姓莫以为非。以死救生，恐未可也。陛下布德施教，教化既成，尧、舜亡以加也。今议开利路以伤既成之化，臣窃痛之。”

于是天子复下其议两府，丞相、御史以难问张敞。敞曰：“少府左冯翊所言，常人之所守耳。昔先帝征四夷，兵行三十余年，百姓犹不加赋，而军用给。今羌虏一隅小夷，跳梁于山谷间，汉但令罪人出财减罪以诛之，其名贤于烦扰良民横兴赋敛也。又诸盗及杀人犯不道者，百姓所疾苦也，皆不得赎；首匿、见知纵、所不当得为之属，议者或颇言其法可蠲除，今因此令赎，其便明甚，何化之所乱？《甫刑》之罚，小过赦，薄罪赎，有金选之品，所从来久矣，何贼之所生？敞备皂衣二十余年，尝闻罪人赎矣，未闻盗贼起也。窃怜凉州被寇，方秋饶时，民尚有饥乏，病死于道路，况至来春将大困乎！不早虑所以振救之策，而引常经以难，恐后为重责。常人可与守经，未可与权也。敞幸得备列卿，以辅两府为职，不敢不尽愚。”

望之、强复对曰：“先帝圣德，贤良在位，作宪垂法，为无穷之规，永惟边竟之不赡，故《金布令甲》曰‘边郡数被兵，离饥寒，夭绝天年，父子相失，令天下共给其费’，固为军旅卒暴之事也。闻天汉四年，常使死罪人入五十万钱减死罪一等，豪强吏民请夺假貣，至为盗贼以赎罪。其后奸邪横暴，群盗并起，至攻城邑，杀郡守，充满山谷，吏不能禁，明诏遣绣衣使者以兴兵击之，诛者过半，然后衰止。愚以为此使死罪赎之败也，故曰不便。"时，丞相魏相、御史大夫丙吉亦以为羌虏且破，转输略足相给，遂不施敝议。以上与张敝议赎罪事。望之为左冯翊三年，京师称之，迁大鸿胪。

　　先是，乌孙昆弥翁归靡因长罗侯常惠上书，愿以汉外孙元贵靡为嗣，得复尚少主，结婚内附，畔去匈奴。诏下公卿议，望之以为：乌孙绝域，信其美言，万里结婚，非长策也。天子不听。神爵二年，遣长罗侯惠使送公主配元贵靡。未出塞，翁归靡死，其兄子狂王背约自立。惠从塞下上书，愿留少主敦煌郡。惠至乌孙，责以负约，因立元贵靡，还迎少主。诏下公卿议，望之复以为："不可。乌孙持两端，亡坚约，其效可见。前少主在乌孙四十余年，恩爱不亲密，边境未以安，此已事之验也。今少主以元贵靡不得立而还，信无负于四夷，此中国之大福也。少主不止，繇役将兴，其原起此。"天子从其议，征少主还。后乌孙虽分国两立，以元贵靡为大昆弥，汉遂不复与结婚。以上论乌孙废昏。

　　三年，代丙吉为御史大夫。五凤中匈奴大乱，议者多曰匈奴为害日久，可因其坏乱举兵灭之。诏遣中朝大司马车骑将军韩增、诸吏富平侯张延寿、光禄勋杨恽、太仆戴长乐问望之计策，望之对曰："《春秋》晋士匄帅师侵齐，闻齐侯卒，引师而还，君子大其不伐丧，以为恩足以服孝子，谊足以动诸侯。前单于慕化向善称弟，遣使请求和亲，海内欣然，夷狄莫不闻。未终奉约，不幸为贼臣所杀，今而伐之，是乘乱而幸灾也，彼必奔走远遁。不以义动兵，恐劳而无功。宜遣使者吊问，辅其微弱，救其灾患，四夷闻之，咸贵中国之仁义。如遂蒙恩得复其位，必称臣服从，此德之盛也。"上从其议，后竟遣兵护辅呼韩邪单于定其国。以上议护辅匈奴。

是时，大司农、中丞耿寿昌奏设常平仓，上善之，望之非寿昌。丞相丙吉年老，上重焉，望之又奏言："百姓或乏困，盗贼未止，二千石多材下不任职。三公非其人，则三光为之不明，今首岁日月少光，咎在臣等。"上以望之意轻丞相，乃下侍中建章卫尉金安上、光禄勋杨恽、御史中丞王忠，并诘问望之。望之免冠置对，天子繇是不说。

后丞相司直繇延寿奏："侍中谒者良使承制诏望之，望之再拜已。良与望之言，望之不起，因故下手，而谓御史曰'良礼不备'。故事丞相病，明日御史大夫辄问病；朝奏事会庭中，差居丞相后，丞相谢，大夫少进，揖。今丞相数病，望之不问病；会庭中，与丞相钧礼。时议事不合意，望之曰：'侯年宁能父我邪！'知御史有令不得擅使，望之多使守史自给车马，之杜陵护视家事。少史冠法冠，为妻先引，又使卖买，私所附益凡十万三千。案望之大臣，通经术，居九卿之右，本朝所仰，至不奉法自修，踞慢不逊攘，受所监臧二百五十以上，请逮捕系治。"上于是策望之曰："有司奏君责使者礼，遇丞相亡礼，廉声不闻，敖慢不逊，亡以扶政，帅先百僚。君不深思，陷于兹秽，朕不忍致君于理，使光禄勋恽策诏，左迁君为太子太傅，授印。其上故印使者，便道之官。君其秉道明孝，正直是与，帅意亡愆，靡有后言。"以上因繇延寿之劾奏而左迁。

望之既左迁，而黄霸代为御史大夫。数月间，丙吉薨，霸为丞相。霸薨，于定国复代焉。望之遂见废，不得相。为太傅，以《论语》《礼服》授皇太子。

初，匈奴呼韩邪单于来朝，诏公卿议其仪，丞相霸、御史大夫定国议曰："圣王之制，施德行礼，先京师而后诸夏，先诸夏而后夷狄。《诗》云：'率礼不越，遂视既发；相土烈烈，海外有截。'陛下圣德充塞天地，光被四表，匈奴单于乡风慕化，奉珍朝贺，自古未之有也。其礼仪宜如诸侯王，位次在下。"望之以为："单于非正朔所加，故称敌国，宜待以不臣之礼，位在诸侯王上。外夷稽首称藩，中国让而不臣，此则羁縻之谊，谦亨之福也。《书》曰'戎狄荒服'，言其来荒忽亡常。如使匈奴后嗣卒有鸟窜鼠伏，阙于朝享，不为畔臣。信让行乎蛮貉，福祚流于亡穷，万世之长策也。"天子采之，下诏曰："盖闻五帝、三王教化所不施，不及以政。今匈奴单于称北藩，朝正朔，朕之不逮，德不能弘覆。其以客礼待之，令单于位在诸侯王上，赞谒称臣而不名。"以上论单于来朝礼仪。

及宣帝寝疾，选大臣可属者，引外属侍中乐陵侯史高、太子太傅望之、少傅周堪至禁中，拜高为大司马车骑将军，望之为前将军光禄勋，堪为光禄大夫，皆受遗诏辅政，领尚书事。宣帝崩，太子袭尊号，是为孝元帝。望之、堪本以师傅见尊重，上即位，数宴见，言治乱，陈王事。望之选白宗室明经达学散骑、谏大夫刘更生给事中，与侍中金敞并拾遗左右。四人同心谋议，劝道上以古制，多所欲匡正，上甚乡纳之。

初，宣帝不甚从儒术，任用法律，而中书宦官用事。中书令弘恭、石显久典枢机，明习文法，亦与车骑将军高为表里，论议常独持故事，不从望之等。恭、显又时倾仄见诎。望之以为中书政本，宜以贤明之选，自武帝游宴后庭，故用宦者，非国旧制，又违古不近刑人之义，白欲更置士人，繇是大与高、恭、显忤。上初即位，谦让重改作，议久不定，出刘更生为宗正。以上受遗辅元帝，与高、显、恭三人相忤。

望之、堪数荐名儒茂材以备谏官。会稽郑朋阴欲附望之，上疏言车骑将军高遣客为奸利郡国，及言许、史子弟罪过。章视周堪，堪白令朋待诏金马门。朋奏记望之曰："将军体周、召之德，秉公绰之质，有卞庄之威。至乎耳顺之年，履折冲之位，号至将军，诚士之高致也。窟穴黎庶莫不欢喜，咸曰将军其人也。今将军规枞云若管、晏而休，遂行日仄至周、召乃留乎？若管、晏而休，则下走将归延陵之皋，修农圃之畴，畜鸡种黍，俟见二子，没齿而已矣。如将军昭然度行，积思塞邪枉之险蹊，宣中庸之常政，兴周、召之遗业，亲日仄之兼听，则下走其庶几愿竭区区，底厉锋锷，奉万分之一。"望之见纳朋，接待以意。朋数称述望之，短车骑将军，言许、史过失。

后朋行倾邪，望之绝不与通。朋与大司农史李宫俱待诏，堪独白宫为黄门郎。朋，楚士，怨恨，更求入许、史，推所言许、史事曰："皆周堪、刘更生教我，我关东人，何以知此？"于是侍中许章白见朋。朋出扬言曰："我见，言前将军小过五，大罪一。中书令在旁，知我言状。"望之闻之，以问弘恭、石显。显、恭恐望之自讼，下于它吏，即挟朋及待诏华龙。龙者，宣帝时与张子蟜等待诏，以行污浼不进，欲入堪等，堪等不纳，故与朋相结。恭、显令二人告望之等谋欲罢车骑将军疏退许、史状，候望之出休日，令朋、龙上之。事下弘恭问状，望之对曰："外戚在位多奢淫，欲以匡正国家，非为邪也。"恭、显奏："望之、堪、更生朋党相称举，数谮诉大臣，毁离亲戚，欲以专擅权势，为臣不忠，诬上不道，请谒者召致廷尉。"时上初即位，不省"谒者召致廷尉"为下狱也。可其奏。后上召堪、更生，曰系狱。上大惊曰："非但廷尉问邪？"以责恭、显，皆叩头谢。上曰："令出视事。"恭、显因使高言："上新即位，未以德化闻于天下，而先验师傅，既下九卿大夫狱，宜因决免。"于是制诏丞相御史："前将军望之傅朕八年，亡它罪过，今事久远，识忘难明。其赦望之罪，收前将军光禄勋印绶，及堪、更生皆免为庶人。"而朋为黄门郎。以上因郑朋、华龙诬告，下狱免官。

后数月，制诏御史："国之将兴，尊师而重傅。故前将军望之傅朕八年，道以经术，厥功茂焉。其赐望之爵关内侯，食邑六百户，给事中，朝朔望，坐次将军。"天子方倚欲以为丞相，会望之子散骑中郎伋上书讼望之前事，事下有司，复奏："望之前所坐明白，无谮诉者，而教子上书，称引亡辜之《诗》，失大臣体，不敬，请逮捕。"弘恭、石显等知望之素高节，不诎辱，建白："望之前为将军辅政，欲排退许、史，专权擅朝。幸得不坐，复赐爵邑，与闻政事，不悔过服罪，深怀怨望，教子上书，归非于上，自以托师傅，怀终不坐。非颇诎望之于牢狱，塞其快快心，则圣朝亡以施恩厚。"上曰："萧太傅素刚，安肯就吏？"显等曰："人命至重，望之所坐，语言薄罪，必亡所忧。"上乃可其奏。

显等封以付谒者，敕令召望之手付，因令太常急发执金吾车骑驰围其第。使者至，召望之。望之欲自杀，其夫人止之，以为非天子意。望之以问门下生朱云。云者好节士，劝望之自裁。于是望之仰天叹曰："吾尝备位将相，年逾六十矣，老入牢狱，苟求生活，不亦鄙乎！"字谓云曰："游，趣和药来，无久留我死！"竟饮鸩自杀。天子闻之惊，拊手曰："曩固疑其不就牢狱，果然杀吾贤傅！"是时，太官方上昼食，上乃却食，为之涕泣，哀恸左右。以上因子伋讼前事，下狱自裁。于是召显等责问以议不详。皆免冠谢，良久然后已。

望之有罪死，有司请绝其爵邑。有诏加恩，长子伋嗣为关内侯。天子追念望之，不忘每岁时遣使者祠祭望之冢，终元帝世。望之八子，至大官者育、咸、由。

育字次君，少以父任为太子庶子。元帝即位，为郎，病免，后为御史。大将军王凤以育名父子，著材能，除为功曹，迁谒者，使匈奴副校尉。后为茂陵令，会课，育第六。而漆令郭舜殿，见责问，育为之请，扶风怒曰："君课第六，裁自脱，何暇欲为左右言？"及罢出，传召茂陵令诣后曹，当以职事对。育径出曹，书佐随牵育，育案佩刀曰："萧育杜陵男子，何诣曹也！"遂趋出，欲去官。明旦，诏召入，拜为司隶校尉。育过扶风府门，官属掾史数百人拜谒车下。后坐失大将军指免官。复为中郎将使匈奴。历冀州、青州两部刺史，长水校尉，泰山太守。入守大鸿胪。以鄂名贼梁子政阻山为害，久不伏辜，育为右扶风数月，尽诛子政等。坐与定陵侯淳于长厚善免官。

哀帝时，南郡江中多盗贼，拜育为南郡太守。上以育耆旧名臣，乃以三公使车载育入殿中受策，曰："南郡盗贼群辈为害，朕甚忧之。以太守威信素著，故委南郡太守，之官，其于为民除害，安元元而已，亡拘于小文。"加赐黄金二十斤。育至南郡，盗贼静。病去官，起家复为光禄大夫执金吾，以寿终于官。

育为人严猛尚威，居官数免，稀迁。少与陈咸、朱博为友，著闻当世。往者有王阳、贡公，故长安语曰"萧、朱结绶，王、贡弹冠"，言其相荐达也。始育与陈咸俱以公卿子显名，咸最先进，年十八，为左曹，二十余，御史中丞。时，朱博尚为杜陵亭长，为咸、育所攀援，入王氏。后遂并历刺史、郡守相，及为九卿，而博先至将军上卿，历位多于咸、育，遂至丞相。育与博后有隙，不能终，故世以交为难。

咸字仲，为丞相史，举茂才，好畤令，迁淮阳、泗水内史，张掖、弘农、河东太守。所居有迹，数增秩赐金。后免官，复为越骑校尉、护军都尉、中郎将，使匈奴，至大司农，终官。

由字子骄，为丞相西曹卫将军掾，迁谒者，使匈奴副校尉。后举贤良，为定陶令，迁太原都尉，安定太守。治郡有声，多称荐者。初，哀帝为定陶王时，由为定陶令，失王指，顷之，制书免由为庶人。哀帝崩，为复土校尉、京辅左辅都尉，迁江夏太守。平江贼成重等有功，增秩为陈留太守。元始中，作明堂辟雍，大朝诸侯，征由为大鸿胪，会病，不及宾赞，还归故官，病免。复为中散大夫，终官。家至吏二千石者六七人。

赞曰：萧望之历位将相，籍师傅之恩，可谓亲昵亡间。及至谋泄隙开，谗邪构之，卒为便嬖宦竖所图，哀哉！望之堂堂，折而不桡，身为儒宗，有辅佐之能，近古社稷臣也。

后汉书

班超传

班超字仲升，扶风平陵人，徐令彪之少子也。为人有志，不修细节。然内孝谨，居家常执勤苦，不耻劳辱。有口辩，而涉猎书传。永平五年，兄固被召诣校书郎，超与母随至洛阳。家贫，常为官佣书以供养。久劳苦，尝辍业投笔叹曰："大丈夫无他志略，犹当效傅介子、张骞立功异域，以取封侯，安能久事笔研间乎？"左右皆笑之。超曰："小子安知壮士志哉！"其后行诣相者，曰："祭酒，布衣诸生耳，而当封侯万里之外。"超问其状。相者指曰："生燕颔虎颈，飞而食肉，此万里侯相也。"久之，显宗问固："卿弟安在？"固对："为官写书，受直以养老母。"帝乃除超为兰台令史。后坐事免官。

十六年，奉车都尉窦固出击匈奴，以超为假司马，将兵别击伊吾，战于蒲类海，多斩首虏而还。固以为能，遣与从事郭恂俱使西域。

超到鄯善，鄯善王广奉超礼敬甚备，后忽更疏懈。超谓其官属曰："宁觉广礼意薄乎？此必有北虏使来，狐疑未知所从故也。

明者睹未萌，况已著邪。"乃召侍胡诈之曰："匈奴使来数日，今安在乎？"侍胡惶恐，具服其状。超乃闭侍胡，悉会其吏士三十六人，与共饮，酒酣，因激怒之曰："卿曹与我俱在绝域，欲立大功，以求富贵。今虏使到裁数日，而王广礼敬即废；如令鄯善收吾属送匈奴，骸骨长为豺狼食矣。为之奈何？"官属皆曰："今在危亡之地，死生从司马。"超曰："不入虎穴，不得虎子。当今之计，独有因夜以火攻虏，使彼不知我多少，必大震怖，可殄尽也。灭此虏，则鄯善破胆，功成事立矣。"众曰："当与从事议之。"超怒曰："吉凶决于今日。从事文俗吏，闻此必恐而谋泄，死无所名，非壮士也！"众曰："善。"初夜，遂将吏士往奔虏营。会天大风，超令十人持鼓藏虏舍后，约曰："见火然，皆当鸣鼓大呼。"余人悉持兵弩夹门而伏。超乃顺风纵火，前后鼓噪。虏众惊乱，超手格杀三人，吏兵斩其使及从士三十余级，余众百许人悉烧死。明日乃还告郭恂，恂大惊，既而色动。超知其意，举手曰："掾虽不行，班超何心独擅之乎？"恂乃悦。超于是召鄯善王广，以虏使首示之，一国震怖。超晓告抚慰，遂纳子为质。以上破虏使于鄯善。还奏于窦固，固大喜，具上超功效，并求更选使使西域，帝壮超节，诏固曰："吏如班超，何故不遣而更选乎？今以超为军司马，令遂前功。"超复受使，固欲益其兵，超曰："愿将本所从三十余人足矣。如有不虞，多益为累。"是时，于寘王广德新攻破莎车，遂雄张南道，而匈奴遣使监护其国，超既西，先至于寘。广德礼意甚疏。且其俗信巫。巫言："神怒何故欲向汉？汉使有騧马，急求取以祠我。"广德乃遣使就超请马。超密知其状，报许之，而令巫自来取马。有顷，巫至，超即斩其首以送广德，因辞让之。广德素闻超在鄯善诛灭虏使，大惶恐，即攻杀匈奴使者而降超。超重赐其王以下，因镇抚焉。以上降抚于寘王。

时，龟兹王建为匈奴所立，倚恃虏威，据有北道，攻破疏勒，杀其王，而立龟兹人兜题为疏勒王。明年春，超从间道至疏勒。去兜题所居槃橐城九十里，逆遣吏田虑先往降之。敕虑曰："兜题本非疏勒种，国人必不用命。若不即降，便可执之。"虑既到，兜题见虑轻弱，殊无降意。虑因其无备，遂前劫缚兜题。左右出其不意，皆惊惧奔走。虑驰报超，超即赴之，悉召疏勒将吏，说以龟兹无道之状，因立其故王兄子忠为王，国人大悦。忠及官属皆请杀兜题，超不听，欲示以威信，释而遣之。疏勒由是与龟兹结怨。以上执疏勒王兜题。

十八年，帝崩。焉耆以中国大丧，遂攻没都护陈睦。超孤立无援，而龟兹、姑墨数发兵攻疏勒。超守盘橐城，与忠为首尾，士吏单少，拒守岁余。肃宗初即位，以陈睦新没，恐超单危不能自立，下诏征超。超发还，疏勒举国忧恐。其都尉黎弇曰："汉使弃我，我必复为龟兹所灭耳。诚不忍见汉使去。"因以刀自刭。超还至于寘，王侯以下皆号泣曰："依汉使如父母，诚不可去。"互抱超马脚，不得行。超恐于寘终不听其东，又欲遂本志，乃更还疏勒。疏勒两城自超去后，复降龟兹，而与尉头连兵。超捕斩反者，击破尉头，杀六百余人，疏勒复安。

建初三年，超率疏勒、康居、于寘、拘弥兵一万人攻姑墨石城，破之，斩首七百级。以上征还不果，复留疏勒。超欲因此匄平诸国，乃上疏请兵。曰：

　　臣窃见先帝欲开西域，故北击匈奴，西使外国，鄯善、于寘即时向化。今拘弥、莎车、疏勒、月氏、乌孙、康居复愿归附，欲共并力破灭龟兹，平通汉道。若得龟兹，则西域未服者百分之一耳。臣伏自惟念，卒伍小吏，实愿从谷吉效命绝域，庶几张骞弃身旷野。昔魏绛列国大夫，尚能和辑诸戎，况臣奉大汉之威，而无铅刀一割之用乎？前世议者皆曰取三十六国，号为断匈奴右臂。今西域诸国，自日之所入，莫不向化，大小欣欣，贡奉不绝，唯焉者、龟兹独未服从。臣前与官属三十六人奉使绝域，备遭艰厄。自孤守疏勒，于今五载，胡夷情数，臣颇识之。问其城郭大小，皆言"倚汉与依天等"。以是效之，则葱领可通，葱领通则龟兹可伐。今宜拜龟兹侍子白霸为其国王，以步骑数百送之，与诸国连兵，岁月之间，龟兹可禽。以夷狄攻夷狄，计之善者也。臣见莎车、疏勒田地肥广，草木饶衍，不比敦煌、鄯善间也，兵可不费中国而粮食自足。且姑墨、温宿二王，特为龟兹所置，既非其种，更相厌苦，其势必有降反。若二国来降，则龟兹自破。愿下臣章，参考行事。诚有万分，死复何恨。臣超区区，特蒙神灵，窃冀未便僵仆，目见西域平定，陛下举万年之觞，荐勋祖庙，布大喜于天下。以上具疏请兵平西域。

书奏，帝知其功可成，议欲给兵。平陵人徐幹素与超同志，上疏愿奋身佐超，五年，遂以幹为假司马，将弛刑及义从千人就超。

先是，莎车以为汉兵不出，遂降于龟兹，而疏勒都尉番辰亦复反叛。会徐幹适至，超遂与幹击番辰，大破之，斩首千余级，多获生口。超既破番辰，欲进攻龟兹。以乌孙兵强，宜因其力，乃上言："乌孙大国，控弦十万，故武帝妻以公主，至孝宣皇帝，卒得其用。今可遣使招慰，与共合力。"帝纳之。八年，拜超为将兵长史，假鼓吹幢麾。以徐幹为军司马，别遣卫侯李邑护送乌孙使者，赐大小昆弥以下锦帛。

李邑始到于寘，而值龟兹攻疏勒，恐惧不敢前，因上书陈西域之功不可成，又盛毁超拥爱妻，抱爱子，安乐外国，无内顾心。超闻之，叹曰："身非曾参而有三至之谗，恐见疑于当时矣。"遂去其妻。帝知超忠，乃切责邑曰："纵超拥爱妻，抱爱子，思归之士千余人，何能尽与超同心乎？"令邑诣超受节度。诏超："若邑任在外者，便留与从事。"超即遣邑将乌孙侍子还京师。徐幹谓超曰："邑前亲毁君，欲败西域，今何不缘诏书留之，更遣他吏送侍子乎？"超曰："是何言之陋也！以邑毁超，故今遣之。内省不疚，何恤人言！快意留之，非忠臣也。"以上招慰乌孙。

明年，复遣假司马和恭等四人将兵八百诣超，超因发疏勒、于寘兵击莎车。莎车阴通使疏勒王忠，啖以重利，忠遂反从之，西保乌即城。超乃更立其府丞成大为疏勒王，悉发其不反者以攻忠。积半岁，而康居遣精兵救之，超不能下。是时，月氏新与康居婚，相亲，超乃使使多赍锦帛遗月氏王，令晓示康居王，康居王乃罢兵，执忠以归其国，乌即城遂降于超。

后三年，忠说康居王借兵，还据损中，密与龟兹谋，遣使诈降于超。超内知其奸而外伪许之。忠大喜，即从轻骑诣超。超密勒兵待之，为供张设乐酒，行，乃叱吏缚忠斩之。因击破其众，杀七百余人，南道于是遂通。以上杀疏勒王忠。

明年，超发于寘诸国兵二万五千人，复击莎车。而龟兹王遣左将军发温宿、姑墨、尉头合五万人救之。超召将校及于寘王议曰："今兵少不敌，其计莫若各散去。于寘从是而东，长史亦于此西归，可须夜鼓声而发。"阴缓所得生口。龟兹王闻之大喜，自以万骑于西界遮超，温宿王将八千骑于东界徼于寘。超知二虏已出，密召诸部勒兵，鸡鸣驰赴莎车营，胡大惊乱奔走，追斩五千余级，大获其马畜财物。莎车遂降，龟兹等因各退散，自是威震西域。以上破龟兹等，降莎车王。

初，月氏尝助汉击车师有功，是岁贡奉珍宝、符拔、师子，因求汉公主。超拒还其使，由是怨恨。永元二年，月氏遣其副王谢将兵七万攻超。超众少，皆大恐。超譬军士曰："月氏兵虽多，然数千里逾葱领来，非有运输，何足忧邪？但当收谷坚守，彼饥穷自降，不过数十日决矣。"谢遂前攻超，不下，又抄掠无所得。超度其粮将尽，必从龟兹求救，乃遣兵数百于东界要之。谢果遣骑赍金银珠玉以赂龟兹。超伏兵遮击，尽杀之，持其使首以示谢。谢大惊，即遣使请罪，愿得生归。超纵遣之。月氏由是大震，岁奉贡献。以上坚守拒退月氏兵。

明年，龟兹、姑墨、温宿皆降，乃以超为都护，徐幹为长史。拜白霸为龟兹王，遣司马姚光送之。超与光共胁龟兹废其王尤利多而立白霸，使光将尤利多还诣京师。超居龟兹它乾城，徐幹屯疏勒。西域唯焉耆、危须、尉犁以前没都护，怀二心，其余悉定。以上略一结束。六年秋，超遂发龟兹、鄯善等八国兵合七万人，及吏士贾客千四百人讨焉耆。兵到尉犁界，而遣晓说焉耆、尉犁、危须曰："都护来者，欲镇抚三国。即欲改过向善，宜遣大人来迎，当赏赐王侯已下，事毕即还。今赐王彩五百匹。"焉耆王广遣其左将北鞬支奉牛、酒迎超。超诘鞬支曰："汝虽匈奴侍子，而今秉国之权。都护自来，王不以时迎，皆汝罪也。"或谓超可便杀之。超曰："非汝所及。此人权重于王，今未入其国而杀之，遂令自疑，设备守险，岂得到其城下哉！"于是赐而遣之。广乃与大人迎超于尉犁，奉献珍物。焉耆国有苇桥之险，广乃绝桥，不欲令汉军入国。超更从它道厉度。七月晦，到焉耆，去城二十里，止营大泽中。广出不意，大恐，乃欲悉驱其人共入山保。焉耆左候元孟先尝质京师，密遣使以事告超，超即斩之，示不信用。乃期大会诸国王，因扬声当重加赏赐，于是焉耆王广，尉犁王汎及北鞬支等三十人相率诣超。其国相腹久等十七人惧诛，皆亡入海，而危须王亦不至。坐定，超怒诘广曰："危须王何故不到？腹久等所缘逃亡？"遂叱吏士收广、汎等于陈睦故城斩之，传首京师。因纵兵抄掠，斩首五千余级，获生口万五千人，马畜牛羊三十余万头，更立元孟为焉耆王。超留焉耆半岁，慰抚之。于是西域五十余国悉皆纳质内属焉。以上大破焉耆。

明年，下诏曰："往者匈奴独擅西域，寇盗河西，永平之末，城门昼闭。先帝深愍边氓婴罹寇害，乃命将帅击右地，破白山，临蒲类，取车师，城郭诸国震慑响应，遂开西域，置都护。而焉耆王舜、舜子忠独谋悖逆，恃其险隘，覆没都护，并及吏士。先帝重元元之命，惮兵役之兴，故使军司马班超安集于寘以西。超遂逾葱领，迄县度，出入二十二年，莫不宾从。改立其王，而绥其人。不动中国，不烦戎士，得远夷之和，同异俗之心，而致天诛，蠲宿耻，以报将士之仇。《司马法》曰：'赏不逾月，欲人速睹为善之利也。'其封超为定远侯，邑千户。"以上论功封侯。

超自以久在绝域，年老思土。十二年，上疏曰："臣闻太公封齐，五世葬周，狐死首丘，代马依风。夫周齐同在中土千里之间，况于远处绝域，小臣能无依风首丘之思哉？蛮夷之俗，畏壮侮老。臣超犬马齿歼，常恐年衰，奄忽僵仆，孤魂弃捐。昔苏武留匈奴中尚十九年，今臣幸得奉节带金银护西域，如自以寿终屯部，诚无所恨，然恐后世或名臣为没西域。臣不敢望到酒泉郡，但愿生入玉门关。臣老病衰困，冒死瞽言，谨遣子勇随献物入塞。及臣生在，令勇目见中土。"而超妹同郡曹寿妻昭亦上书请超曰：

妾同产兄西域都护定远侯超，幸得以微功特蒙重赏，爵列通侯，位二千石。天恩殊绝，诚非小臣所当被蒙。超之始出，志捐躯命，冀立微功，以自陈效。会陈睦之变，道路隔绝，超以一身转侧绝域，晓譬诸国，因其兵众，每有攻战，辄为先登，身被金夷，不避死亡。赖蒙陛下神灵，且得延命沙漠，至今积三十年。骨肉生离，不复相识。所与相随时人士众，皆已物故。超年最长，今且七十。衰老被病，头发无黑，两手不仁，耳目不聪明，扶杖乃能行。虽欲竭尽其力，以报塞天恩，迫于岁暮，犬马齿索。蛮夷之性，悖逆侮老，而超旦暮入地，久不见代，恐开奸宄之源，生逆乱之心。而卿大夫咸怀一切，莫肯远虑。如有卒暴，超之气力不能从心，便为上损国家累世之功，下弃忠臣竭力之用，诚可痛也。故超万里归诚，自陈苦急，延颈逾望，三年于今，未蒙省录。

妾窃闻古者十五受兵，六十还之，亦有休息不任职也。缘陛下以至孝理天下，得万国之欢心，不遗小国之臣，况超得备侯伯之位，故敢触死为超求哀，丐超余年。一得生还，复见阙庭，使国永无劳远之虑，西域无仓卒之忧，超得长蒙文王葬骨之恩，子方哀老之惠。《诗》云："民亦劳止，汔可小康，惠此中国，以绥四方。"超有书与妾生诀，恐不复相见。妾诚伤超以壮年竭忠孝于沙漠，疲老则便捐死于旷野，诚可哀怜。如不蒙救护，超后有一旦之变，冀幸超家得蒙赵母、卫姬先请之贷。妾愚戆不知大义，触犯忌讳。

书奏，帝感其言，乃征超还。

超在西域三十一年。十四年八月至洛阳，拜为射声校尉。以上疏请还朝。超素有胸胁疾，既至，病遂加。帝遣中黄门问疾，赐医药。其九月卒，年七十一。朝廷愍惜焉，使者吊祭，赠赗甚厚。子雄嗣。

初，超被征，以戊已校尉任尚为都护。与超交代。尚谓超曰："君侯在外国三十余年，而小人猥承君后，任重虑浅，宜有以诲之。"超曰："年老失智，任君数当大位，岂班超所能及哉！必不得已，愿进愚言。塞外吏士，本非孝子顺孙，皆以罪过徙补边屯。而蛮夷怀鸟兽之心，难养易败。今君性严急，水清无大鱼，察政不得下和。宜荡佚简易，宽小过，总大纲而已。"超去后，尚私谓所亲曰："我以班君当有奇策，今所言平平耳。"尚至数年，而西域反乱，以罪被征，如超所戒。

有三子。长子雄，累迁屯骑校尉。会叛羌寇三辅，诏雄将五营兵屯长安，就拜京兆尹。雄卒，子始嗣，尚清河孝王女阴城公主。主顺帝之姑，贵骄淫乱，与嬖人居帷中，而召始入，使伏床下。始积怒，永建五年，遂拔刃杀主。帝大怒，腰斩始，同产皆弃市。超少子勇。以上追叙交待事，并及子孙。

臧洪传 《三国志》洪传载洪答陈琳书词稍繁冗，《后汉书》删节甚当，故录之。

臧洪字子源，广陵射阳人也。父旻，有干事才。熹平元年，会稽妖贼许昭起兵句章，自称"大将军"，立其父生为越王，攻破城邑，众以万数。拜旻扬州刺史。旻率丹阳太守陈夤击昭，破之。昭遂复更屯结，大为民患。旻等进兵。连战三年，破平之，获昭父子，斩首数千级。迁旻为使匈奴中郎将。以上父臧旻。

洪年十五，以父功拜童子郎，知名太学。洪体貌魁梧，有异姿。举孝廉，补即丘长。

中平末，弃官还家，太守张超请为功曹。时，董卓弑帝，图危社稷。洪说超曰："明府历世受恩，兄弟并据大郡。今王室将危，贼臣虎视，此诚义士效命之秋也。今郡境尚全，吏人殷富，若动桴鼓，可得二万人。以此诛除国贼，为天下唱义，不亦宜乎！"超然其言，与洪西至陈留，见兄邈计事。邈先谓超曰："闻弟为郡，委政臧洪，洪者何如人？"超曰："臧洪海内奇士，才略智数不比于超矣。"邈即引洪与语，大异之。乃使诣兖州刺史刘岱、豫州刺史孔伷，遂皆相善。邈既先有谋约，会超至，定议，乃与诸牧守大会酸枣。设坛场，将盟，既而更相辞让，莫敢先登，咸共推洪。洪乃摄衣升坛，操血而盟曰："汉室不幸，皇纲失统，贼臣董卓，乘衅纵害，祸加至尊，毒流百姓。大惧沦丧社稷，翦覆四海。兖州刺史岱、豫州刺史仙、陈留太守邈、东郡太守瑁、广陵太守超等，纠合义兵，并赴国难。凡我同盟，齐心一力，以致臣节，陨首丧元，必无二志。有渝此盟，俾坠其命，无克遗育。皇天后土，祖宗明灵，实皆鉴之。"洪辞气慷慨，闻其言者，无不激扬。以上盟五太守共诛董卓。自是之后，诸军各怀迟疑，莫适先进，遂使粮储单竭，兵众乖散。

时，讨虏校尉公孙瓒与大司马刘虞有隙，超乃遣洪诣虞，共谋其难。行至河间而值幽、冀交兵，行涂阻绝，因寓于袁绍。绍见洪，甚奇之，与结友好，以洪领青州刺史。前刺史焦和好立虚誉，能清谈。时黄巾群盗处处飙起，而青部殷实，军革尚众。和欲与诸同盟西赴京师，未及得行。而贼已屠城邑。和不理戎警，但坐列巫史，蒸祷群神。又恐贼乘冻而过，命多作陷冰丸，以投于河。众遂溃散，和亦病卒。洪收抚离叛，百姓复安。以上为青州刺史。

任事二年，袁绍惮其能，徙为东郡太守，都东武阳。时曹操围张超于雍丘，甚危急。超谓军吏曰："今日之事，唯有臧洪必来救我。"或曰："袁、曹方穆，而洪为绍所用，恐不能败好远来，违福取祸。"超曰："子源天下义士，终非背本者也，或见制强力，不相及耳。"洪始闻超围，乃徒跣号泣，并勒所领，将赴其难。自以众弱，从绍请兵，而绍竟不听之，超城遂陷，张氏族灭。洪由是怨绍，绝不与通。以上未救张超，与袁绍绝。绍兴兵围之，历年不下，使洪邑人陈琳以书譬洪，示其祸福，责以恩义。洪答曰：

隔阔相思，发于寤寐。相去步武，而趋舍异规，其为怆恨，胡可胜言！前日不遗，比辱雅况，述叙祸福，公私切至。以子之才，穷该典籍，岂将暗于大道，不达余趣哉？是以捐弃翰墨，一无所酬，亦冀遥忖褊心，粗识鄙性。重获来命，援引纷纭，虽欲无对，而义笃其言。

仆小人也，本乏志用，中因行役，特蒙倾盖，恩深分厚，遂窃大州，宁乐今日自还接刃乎？每登城临兵，观主人之旗鼓，瞻望帐幄，感故友人周旋，抚弦搦矢，不觉涕流之覆面也。何者？自以辅佐主人，无以为悔；主人相接，过绝等伦。受任之初，志同大事，埽清寇逆，共尊王室。岂悟本州被侵，郡将遘厄，请师见拒，辞行被拘，使洪故君，遂至沦灭。区区微节，无所获中，岂得复全交友之道，重亏忠孝之名乎？所以忍悲挥戈，收泪告绝。若使主人少垂古人忠恕之情，来者侧席，去者克己，则仆抗季札之志，不为今日之战矣。

昔张景明登坛唷血，奉辞奔走，卒使韩牧让印，主人得地。后但以拜章朝主，赐爵获传之故，不蒙观过之贷，而受夷灭之祸。吕奉先讨卓来奔，请兵不获，告去何罪，复见研刺。刘子璜奉使逾时，辞不获命，畏君怀亲，以诈求归，可谓有志忠孝，无损霸道，亦复僵尸麾下，不蒙亏除。慕进者蒙荣，违意者被戮，此乃主人之利，非游士之愿也。是以鉴戒前人，守死穷城，亦以君子之违，不适敌国故也。

足下当见久围不解，救兵未至，感婚姻之义，推平生之好，以为屈节而苟生，胜守义而倾覆也。昔晏婴不降志于白刃，南史不曲笔以求存，故身传图象，名垂后世。况仆据金城之固，驱士人之力，散三年之畜以为一年之资，匡困补乏，以悦天下，何图筑室反耕哉？但惧秋风扬尘，伯珪马首南向，张扬、飞燕旅力作难，北鄙将告倒悬之急，股肱奏乞归之记耳。主人当鉴戒曹辈，反旌退师，何宜久辱盛怒，暴威于吾城之下哉！

足下讥吾恃黑山以为救，独不念黄巾之合从邪？昔高祖取彭越于钜野，光武创基兆于绿林，卒能龙飞受命，中兴帝业。苟可辅主兴化，夫何嫌哉！况仆亲奉玺书，与之从事！

行矣孔璋！足下徼利于境外，臧洪投命于君亲；吾子托身于盟主，臧洪策名于长安。子谓余身死而名灭，仆亦笑子生死而无闻焉。本同末离，努力努力，夫复何言！以上答陈琳书。

绍见洪书，知无降意，增兵急攻。城中粮尽，外无援救，洪自度不免，呼吏士谓曰："袁绍无道，所图不轨，且不救洪郡将，洪于大义，不得不死。念诸君无事，空与此祸，可先城未破，将妻子出。"将吏皆垂泣曰："明府之于袁氏，本无怨隙，今为郡将之故，自致危困，吏人何忍当舍明府去也？"初尚掘鼠，煮筋角，后无所复食，主簿启内厨米三斗，请稍为餰粥，洪曰："何能独甘此邪？"使为薄糜，遍班士众。又杀其爱妾，以食兵将。兵将咸流涕，无能仰视。男女七八十人相枕而死，莫有离叛。

城陷，生执洪。绍盛帷幔，大会诸将见洪。谓曰："臧洪何相负若是！今日服未？"洪据地瞋目曰："诸袁事汉，四世五公，可谓受恩。今王室衰弱，无扶翼之意，而欲因际会，觊望非冀，多杀忠良，以立奸威。洪亲见将军呼张陈留为兄，则洪府君亦宜为弟，而不能同心戮力，为国除害，坐拥兵众，观人屠灭。惜洪力劣，不能推刃为天下报仇，何谓服乎？"绍本爱洪，意欲屈服赦之，见其辞切，知终不为用，乃命杀焉。以上袁绍杀洪。

洪邑人陈容，少为诸生，亲慕于洪，随为东郡丞。先城未败，洪使归绍。时，容在坐，见洪当死，起谓绍曰："将军举大事，欲为天下除暴，而专先诛忠义，岂合天意？臧洪发举为郡将，奈何杀之！"绍惭，使人牵出，谓曰："汝非臧洪畴，空复尔为？"容顾曰："夫仁义岂有常所，蹈之则为君子，背之则为小人。今日宁与臧洪同日死，不与将军同日生也。"遂复见杀。在绍坐者，无不叹息，窃相谓曰："如何一日戮二烈士！"

先是，洪遣司马二人出，求救于吕布。比还，城已陷，皆赴敌死。以上陈容之见杀。

论曰：雍丘之围，臧洪之感愤壮矣！想其行跣且号，束甲请举，诚足怜也。夫豪雄之所趋舍，其与守义之心异乎？若乃缔谋连衡，怀诈算以相尚者，盖惟势利所在而已。况偏城既危，曹、袁方穆，洪徒指外敌之衡，以纾倒县之会。忿悁之师，兵家所忌。可谓怀哭秦之节，存荆则未闻也。

三国志

王粲传

王粲字仲宣，山阳高平人也。曾祖父龚，祖父畅，皆为汉三公。父谦，为大将军何进长史。进以谦名公之胄，欲与为婚，见其二子，使择焉。谦弗许。以疾免，卒于家。

献帝西迁，粲徙长安，左中郎将蔡邕见而奇之。时邕才学显著，贵重朝廷，常车骑填巷，宾客盈坐。闻粲在门，倒屣迎之。粲至，年既幼弱，容状短小，一坐尽惊。邕曰："此王公孙也，有异才，吾不如也。吾家书籍文章，尽当与之。"年十七，司徒辟，诏除黄门侍郎，以西京扰乱，皆不就。以上名公之后，少而知名。乃之荆州依刘表。表以粲貌寝而体弱通侻，不甚重也。表卒，粲劝表子琮，令归太祖。太祖辟为丞相掾，赐爵关内侯。太祖置酒汉滨，粲奉觞贺曰："方今袁绍起河北，仗大众，志兼天下，然好贤而不能用，故奇士去之。刘表雍容荆楚，坐观时变，自以为西伯可规。士之避乱荆州者，皆海内之俊杰也；表不知所任，故国危而无辅。明公定冀州之日，下车即缮其甲卒，收其豪杰而用之，以横行天下；及平江、汉，引其贤俊而置之列位，使海内回心，望风而愿治，文武并用，英雄毕力，此三王之举也。"后迁军谋祭酒。以上由刘表归曹公。魏国既建，拜侍中。博物多识，问无不对。时旧仪废弛，兴造制度，粲恒典之。

初，粲与人共行，读道边碑，人问曰："卿能暗诵乎？"曰："能。"因使背而诵之，不失一字。观人围棋，局坏，粲为覆之。棋者不信，以帊盖局，使更以他局为之。用相比校，不误一道。其强记默识如此。性善算，作算术，略尽其理。善属文，举笔便成，无所改定，时人常以为宿构；然正复精意覃思，亦不能加也。著诗、赋、论、议垂六十篇。以上以典章文学见任。建安二十一年，从征吴。二十二年春，道病卒，时年四十一。粲二子，为魏讽所引，诛。后绝。

始文帝为五官将，及平原侯植皆好文学。粲与北海徐幹字伟长、广陵陈琳字孔璋、陈留阮瑀字元瑜、汝南应玚字德琏、东平刘桢字公幹并见友善。

幹为司空军谋祭酒掾属，五官将文学。

琳前为何进主簿。进欲诛诸宦官，太后不听，进乃召四方猛将，并使引兵向京城，欲以劫恐太后。琳谏进曰："《易》称'即鹿无虞'。谚有'掩目捕雀'。夫微物尚不可欺以得志，况国之大事，其可以诈立乎？今将军总皇威，握兵要，龙骧虎步，高下在心；以此行事，无异于鼓洪炉以燎毛发。但当速发雷霆，行权立断，违经合道，天人顺之；而反释其利器，更征于他。大兵合聚，强者为雄，所谓倒持干戈，授人以柄；必不成功，只为乱阶。"进不纳其言，竟以取祸。琳避难冀州，袁绍使典文章。袁氏败，琳归太祖。太祖谓曰："卿昔为本初移书，但可罪状孤而已，恶恶止其身，何乃上及父祖邪？"琳谢罪，太祖爱其才而不咎。

瑀少受学于蔡邕。建安中都护曹洪欲使掌书记，瑀终不为屈。太祖并以琳、瑀为司空军谋祭酒，管记室，军国书檄，多琳、瑀所作也。琳徙门下督，瑀为仓曹掾属。

玚、桢各被太祖辟为丞相掾属。玚转为平原侯庶子，后为五官将文学。桢以不敬被刑，刑竟署吏。咸著文赋数十篇。

瑀以十七年卒。幹、琳、玚、桢二十二年卒。以上因粲而兼叙徐、陈、阮、应、刘，略仿《孟子荀卿列传》之例。文帝书与元城令吴质曰："昔年疾疫，亲故多离其灾，徐、陈、应、刘，一时俱逝。观古今文人，类不护细行，鲜能以名节自立。而伟长独怀文抱质，恬淡寡欲，有箕山之志，可谓彬彬君子矣。著《中论》二十余篇，辞义典雅，足传于后。德琏常斐然有述作意，其才学足以著书，美志不遂，良可痛惜！孔璋章表殊健，微为繁富。公幹有逸气，但未遒耳。元瑜书记翩翩，致足乐也。仲宣独自善于辞赋，惜其体弱，不起其文；至于所善，古人无以远过也。昔伯牙绝弦于钟期，仲尼覆醢于子路，痛知音之难遇，伤门人之莫逮也。诸子但为未及古人，自一时之俊也。"以上录文帝伤悼六子之书。

自颍川邯郸淳、繁钦、陈留路粹、沛国丁仪、丁廙、弘农杨修、河内荀纬等，亦有文采，而不在此七人之例。合曹植乃为七人。此疑当作"六人"，"例"当作"列"，谓邯郸淳至荀纬七人不得与王、徐、陈、阮、应、刘六人并列也。

玚弟璩，璩子贞，咸以文学显。璩官至侍中。贞咸熙中参相国军事。

瑀子籍，才藻艳逸，而倜傥放荡，行己寡欲，以庄周为模则。官至步兵校尉。

时又有谯郡嵇康，文辞壮丽，好言老、庄，而尚奇任侠。至景元中，坐事诛。

景初中，下邳桓威出自孤微，年十八而著浑舆经，依道以见意。从齐国门下书佐、司徒署吏，后为安成令。

吴质，济阴人，以文才为文帝所善，官至振威将军，假节都督河北诸军事，封列侯。以上又因六子而兼叙邯郸淳至吴质十三人。

诸葛亮传

诸葛亮字孔明，琅邪阳都人也。汉司隶校尉诸葛丰后也。父珪，字君贡，汉末为太山郡丞。亮少孤，从父元为袁术所署豫章太守，元将亮及亮弟均之官。会汉朝更选朱皓代元。元素与荆州牧刘表有旧，往依之。元卒，亮躬耕陇亩，好为《梁父吟》。身长八尺，每自比于管仲、乐毅，时人莫之许也。惟博陵崔州平、颍川徐庶元直与亮友善，谓为信然。以上亮微时事。

时先主屯新野。徐庶见先主，先主器之，谓先主曰："诸葛孔明者，卧龙也，将军岂愿见之乎？"先主曰："君与俱来。"庶曰："此人可就见，不可屈致也。将军宜枉驾顾之。"由是先主遂诣亮，凡三往，乃见。因屏人曰："汉室倾颓，奸臣窃命，主上蒙尘。孤不度德量力，欲信大义于天下，而智术浅短，遂用猖蹶，至于今日。然志犹未已，君谓计将安出？"亮答曰："自董卓已来，豪杰并起，跨州连郡者不可胜数。曹操比于袁绍，则名微而众寡，然操遂能克绍，以弱为强者，非惟天时，抑亦人谋也。今操已拥百万之众，挟天子以令诸侯，此诚不可与争锋。孙权据有江东，已历三世，国险而民附，贤能为之用，此可与为援而不可图也。荆州北据汉、沔，利尽南海，东连吴会，西通巴、蜀，此用武之国，而其主不能守，此殆天所以资将军，将军岂有意乎？益州险塞，沃野千里，天府之土，高祖因之以成帝业。刘璋暗弱，张鲁在北，民殷国富而不知存恤，智能之士思得明君。将军既帝室之胄，信义著于四海，总揽英雄，思贤如渴，若跨有荆、益，保其岩阻，西和诸戎，南抚夷越，外结好孙权，内修政理；天下有变，则命一上将将荆州之军以向宛、洛，将军身率益州之众以出秦川，百姓孰敢不箪食壶浆以迎将军者乎？诚如是，则霸业可成，汉室可兴矣。"先主曰："善！"于是与亮情好日密。关羽、张飞等不悦，先主解之曰："孤之有孔明，犹鱼之有水也。愿诸君勿复言。"羽、飞乃止。以上隆中答先主之问。

　　刘表长子琦，亦深器亮。表受后妻之言，爱少子琮，不悦于琦。琦每欲与亮谋自安之术，亮辄拒塞，未与处画。琦乃将亮游观后园，共上高楼，饮宴之间，令人去梯，因谓亮曰："今日上不至天，下不至地，言出子口，入于吾耳，可以言未？"亮答曰："君不见申生在内而危，重耳在外而安乎？"琦意感悟，阴规出计。会黄祖死，得出，遂为江夏太守。俄而表卒，琮闻曹公来征，遣使请降。先主在樊闻之，率其众南行，亮与徐庶并从，为曹公所追破，获庶母。庶辞先主而指其心曰："本欲与将军共图王霸之业者，以此方寸之地也。今已失老母，方寸乱矣，无益于事，请从此别。"遂诣曹公。

　　先主至于夏口，亮曰："事急矣，请奉命求救于孙将军。"以上荆州破后，随先主奔夏口。时权拥军在柴桑，观望成败，亮说权曰："海内大乱，将军起兵据有江东，刘豫州亦收众汉南，与曹操并争天下。今操芟夷大难，略已平矣，遂破荆州，威震四海。英雄无所用武，故豫州遁逃至此。将军量力而处之：若能以吴、越之众与中国抗衡，不如早与之绝；若不能当，何不案兵束甲，北面而事之！今将军外托服从之名，而内怀犹豫之计，事急而不断，祸至无日矣！"权曰："苟如君言，刘豫州何不遂事之乎？"亮曰："田横，齐之壮士耳，犹守义不辱，况刘豫州王室之胄，英才盖世，众士慕仰，若水之归海，若事之不济，此乃天也，安能复为之下乎！"权勃然曰："吾不能举全吴之地，十万之众，受制于人。吾计决矣！非刘豫州莫可以当曹操者，然豫州新败之后，安能抗此难乎？"亮曰："豫州军虽败于长阪，今战士还者及关羽水军精甲万人，刘琦合江夏战士亦不下万人。曹操之众，远来疲敝，闻追豫州，轻骑一日一夜行三百余里，此所谓'强弩之末，势不能穿鲁缟'者也。故兵法忌之，曰'必蹶上将军'。且北方之人，不习水战；又荆州之民附操者，偪兵势耳，非心服也。今将军诚能命猛将统兵数万，与豫州协规同力，破操军必矣。操军破，必北还，如此则荆、吴之势强，鼎足之形成矣。成败之机，在于今日。"权大悦，即遣周瑜、程普、鲁肃等水军三万，随亮诣先主，并力拒曹公。以上说孙权并力拒曹。曹公败于赤壁，引军归邺。先主遂收江南，以亮为军师中郎将，使督零陵、桂阳、长沙三郡，调其赋税，以充军实。

建安十六年，益州牧刘璋遣法正迎先主，使击张鲁。亮与关羽镇荆州。先主自葭萌还攻璋，亮与张飞、赵云等率众溯江，分定郡县，与先主共围成都。成都平，以亮为军师将军，署左将军府事。先主外出，亮常镇守成都，足食足兵。以上镇荆州，平成都。二十六年，臣下劝先主称尊号，先主未许，亮说曰："昔吴汉、耿弇等初劝世祖即帝位，世祖辞让，前后数四，耿纯进言曰：'天下英雄喁喁，冀有所望。如不从议者，士大夫各归求主，无为从公也。'世祖感纯言深至，遂然诺之。今曹氏篡汉，天下无主，大王刘氏苗族，绍世而起，今即帝位，乃其宜也。士大夫随大王久勤苦者，亦欲望尺寸之功如纯言耳。"先主于是即帝位，策亮为丞相曰："朕遭家不造，奉承大统，兢兢业业，不敢康宁，思靖百姓，惧未能绥。於戏！丞相亮其悉朕意，无怠辅朕之阙，助宣重光，以照明天下，君其勖哉！"亮以丞相录尚书事，假节。张飞卒后，领司隶校尉。以上先主即位，亮为丞相。

章武三年春，先主于永安宫病笃，召亮于成都，属以后事，谓亮曰："君才十倍曹丕，必能安国，终定大事。若嗣子可辅，辅之；如其不才，君可自取。"亮涕泣曰："臣敢竭股肱之力，效忠贞之节，继之以死！"先主又为诏敕后主曰："汝与丞相从事，事之如父。"建兴元年，封亮武乡侯，开府治事。顷之，又领益州牧。政事无巨细，咸决于亮。以上受遗辅幼主。南中诸郡，并皆叛乱，亮以新遭大丧，故未便加兵，且遣使聘吴，因结和亲，遂为与国。

三年春，亮率众南征，其秋悉平。军资所出，国以富饶，乃治戎讲武，以俟大举。以上和吴平南。五年，率诸军北驻汉中，临发，上疏曰：

先帝创业未半而中道崩殂，今天下三分，益州疲敝，此诚危急存亡之秋也。然侍卫之臣不懈于内，忠志之士忘身于外者，盖追先帝之殊遇，欲报之于陛下也。诚宜开张圣听，以光先帝遗德，恢弘志士之气，不宜妄自菲薄，引喻失义，以塞忠谏之路也。宫中府中俱为一体，陟罚臧否，不宜异同。若有作奸犯科及为忠善者，宜付有司论其刑赏，以昭陛下平明之理，不宜偏私，使内外异法也。侍中、侍郎郭攸之、费祎、董允等，此皆良实，志虑忠纯，是以先帝简拔以遗陛下。愚以为宫中之事，事无大小，悉以咨之，然后施行，必能裨补阙漏，有所广益。将军向宠，性行淑均，晓畅军事，试用于昔日，先帝称之曰能，是以众议举宠为督。愚以为营中之事，悉以咨之，必能使行阵和睦，优劣得所。亲贤臣，远小人，此先汉所以兴隆也；亲小人，远贤臣，此后汉所以倾颓也。先帝在时，每与臣论此事，未尝不叹息痛恨于桓、灵也。侍中、尚书、长史、参军，此悉贞良死节之臣，愿陛下亲之信之，则汉室之隆，可计日而待也。

臣本布衣，躬耕于南阳，苟全性命于乱世，不求闻达于诸侯。先帝不以臣卑鄙，猥自枉屈，三顾臣于草庐之中，谘臣以当世之事，由是感激，遂许先帝以驱驰。后值倾覆，受任于败军之际，奉命于危难之间，尔来二十有一年矣。先帝知臣谨慎，故临崩寄臣以大事也。受命以来，夙夜忧叹，恐托付不效，以伤先帝之明，故五月渡泸，深入不毛。今南方已定，兵甲已足，当奖率三军，北定中原，庶竭驽钝，攘除奸凶，兴复汉室，还于旧都。此臣所以报先帝，而忠陛下之职分也。

至于斟酌损益，进尽忠言，则攸之、祎、允之任也。愿陛下托臣以讨贼兴复之效；不效，则治臣之罪，以告先帝之灵。若无兴德之言，则责攸之、祎、允等之慢，以彰其咎。陛下亦宜自谋，以谘诹善道，察纳雅言，深追先帝遗诏。臣不胜受恩感激，今当远离，临表涕零，不知所言。以上北伐上《出师表》。

遂行，屯于沔阳。

六年春，扬声由斜谷道取郿，使赵云、邓芝为疑军，据箕谷，魏大将军曹真举众拒之。亮身率诸军攻祁山，戎阵整齐，赏罚肃而号令明，南安、天水、安定三郡叛魏应亮，关中响震。魏明帝西镇长安，命张郃拒亮，亮使马谡督诸军在前，与郃战于街亭。谡违亮节度，举动失宜，大为郃所破。亮拔西县千余家，还于汉中，戮谡以谢众。上疏曰："臣以弱才，叨窃非据，亲秉旄钺以厉三军，不能训章明法，临事而惧，至有街亭违命之阙，箕谷不戒之失，咎皆在臣授任无方。臣明不知人，恤事多暗，《春秋》责帅，臣职是当。请自贬三等，以督厥咎。"于是以亮为右将军，行丞相事，所总统如前。以上街亭之败。

冬，亮复出散关，围陈仓，曹真拒之，亮粮尽而还。魏将王双率骑追亮，亮与战，破之，斩双。七年，亮遣陈式攻武都、阴平。魏雍州刺史郭淮率众欲攻式，亮自出至建威，淮退还，遂平二郡。诏策亮曰："街亭之役，咎由马谡，而君引愆，深自贬抑，重违君意，听顺所守。前年耀师，馘斩王双；今岁爰征，郭淮遁走；降集氐、羌，兴复二郡，威镇凶暴，功勋显然。方今天下骚扰，元恶未枭，君受大任，干国之重，而久自挹损，非所以光扬洪烈矣。今复君丞相，君其勿辞。"

九年，亮复出祁山，以木牛运，粮尽退军，与魏将张郃交战，射杀郃。以上三出师，破王双、郭淮、张郃。十二年春，亮悉大众由斜谷出，以流马运，据武功五丈原，与司马宣王对于渭南。亮每患粮不继，使己志不申，是以分兵屯田，为久驻之基。耕者杂于渭滨居民之间，而百姓安堵，军无私焉。相持百余日。其年八月，亮疾病，卒于军，时年五十四。及军退，宣王案行其营垒处所，曰："天下奇才也！"

亮遗命葬汉中定军山，因山为坟，冢足容棺，敛以时服，不须器物。诏策曰："惟君体资文武，明睿笃诚，受遗托孤，匡辅朕躬，继绝兴微，志存靖乱；爰整六师，无岁不征，神武赫然，威镇八荒，将建殊功于季汉，参伊、周之巨勋。如何不吊，事临垂克，遘疾陨丧！朕用伤悼，肝心若裂。夫崇德序功，纪行命谥，所以光昭将来，刊载不朽。今使使持节左中郎将杜琼，赠君丞相武乡侯印绶，谥君为忠武侯。魂而有灵，嘉兹宠荣。呜呼哀哉！呜呼哀哉！"

初，亮自表后主曰："成都有桑八百株，薄田十五顷，子弟衣食，自有余饶。至于臣在外任，无别调度，随身衣食，悉仰于官，不别治生，以长尺寸。若臣死之日，不使内有余帛，外有赢财，以负陛下。"及卒，如其所言。以上卒军中。

亮性长于巧思，损益连弩，木牛流马，皆出其意；推演兵法，作《八阵图》，咸得其要云。亮言教书奏多可观，别为一集。

景耀六年春，诏为亮立庙于沔阳。秋，魏镇西将军钟会征蜀，至汉川，祭亮之庙，令军士不得于亮墓所左右刍牧樵采。亮弟均，官至长水校尉。亮子瞻，嗣爵。

诸葛氏集目录

开府作牧第一

权制第二

南征第三

北出第四

计算第五

训厉第六

综核上第七

综核下第八

杂言上第九

杂言下第十

贵和第十一

兵要第十二

传运第十三

与孙权书第十四

与诸葛瑾书第十五

与孟达书第十六

废李平第十七

法检上第十八

法检下第十九

科令上第二十

科令下第二十一

军令上第二十二

军令中第二十三

军令下第二十四

右二十四篇，凡十万四千一百一十二字。

臣寿等言：臣前在著作郎，侍中领中书监济北侯臣荀勖、中书令关内侯臣和峤奏，使臣定故蜀丞相诸葛亮故事。亮毗佐危国，负阻不宾，然犹存录其言，耻善有遗，诚是大晋光明至德，泽被无疆，自古以来，未之有伦也。辄删除复重，随类相从，凡为二十四篇，篇名如右。

亮少有逸群之才，英霸之器，身长八尺，容貌甚伟，时人异焉。遭汉末扰乱，随叔父元避难荆州，躬耕于野，不求闻达。时左将军刘备以亮有殊量，乃三顾亮于草庐之中；亮深谓备雄姿杰出，遂解带写诚，厚相结纳。及魏武帝南征荆州，刘琮举州委质，而备失势众寡，无立锥之地。亮时年二十七，乃建奇策，身使孙权，求援吴会。权既宿服仰备，又睹亮奇雅，甚敬重之，即遣兵三万人以助备。备得用与武帝交战，大破其军，乘胜克捷，江南悉平。后备又西取益州。益州既定，以亮为军师将军。备称尊号，拜亮为丞相，录尚书事。及备殂没，嗣子幼弱，事无巨细，亮皆专之。于是外连东吴，内平南越，立法施度，整理戎旅，工械技巧，物究其极，科教严明，赏罚必信，无恶不惩，无善不显，至于吏不容奸，人怀自厉，道不拾遗，强不侵弱，风化肃然也。

当此之时，亮之素志，进欲龙骧虎视，苞括四海，退欲跨陵边疆，震荡宇内。又自以为无身之日，则未有能蹈涉中原、抗衡上国者，是以用兵不戢，屡耀其武。然亮才，于治戎为长，奇谋为短，理民之干，优于将略。而所与对敌，或值人杰，加众寡不侔，攻守异体，故虽连年动众，未能有克。昔萧何荐韩信，管仲举王子城父，皆忖己之长，未能兼有故也。亮之器能政理，抑亦管、萧之亚匹也，而时之名将无城父、韩信，故使功业陵迟，大义不及邪？盖天命有归，不可以智力争也。

　　青龙二年春，亮帅众出武功，分兵屯田，为久驻之基。其秋病卒，黎庶追思，以为口实。至今梁、益之民，咨述亮者，言犹在耳，虽甘棠之咏召公，郑人之歌子产，无以远譬也。孟轲有云："以逸道使民，虽劳不怨；以生道杀人，虽死不忿。"信矣！论者或怪亮文彩不艳，而过于丁宁周至。臣愚以为咎繇大贤也，周公圣人也，考之尚书，咎繇之谟略而雅，周公之诰烦而悉。何则？咎繇与舜、禹共谈，周公与群下矢誓故也。亮所与言，尽众人凡士，故其文指不及得远也。然其声教遗言，皆经事综物，公诚之心，形于文墨，足以知其人之意理，而有补于当世。

　　伏惟陛下迈纵古圣，荡然无忌，故虽敌国诽谤之言，咸肆其辞而无所革讳，所以明大通之道也。谨录写上诣著作。臣寿诚惶诚恐，顿首顿首，死罪死罪。泰始十年二月一日癸巳，平阳侯相臣陈寿上。以上陈寿上亮集表。

乔字伯松，亮兄瑾之第二子也，本字仲慎。与兄元逊俱有名于时，论者以为乔才不及兄，而性业过之。初，亮未有子，求乔为嗣，瑾启孙权遣乔来西，亮以乔为己適子，故易其字焉。拜为驸马都尉，随亮至汉中。年二十五，建兴元年卒。子攀，官至行护军翊武将军，亦早卒。诸葛恪见诛于吴，子孙皆尽，而亮自有胄裔，故攀还复为瑾后。

　　瞻字思远。建兴十二年，亮出武功，与兄瑾书曰："瞻今已八岁，聪慧可爱，嫌其早成，恐不为重器耳。"年十七，尚公主，拜骑都尉。其明年为羽林中郎将，屡迁射声校尉、侍中、尚书仆射，加军师将军。瞻工书画，强识念，蜀人追思亮，咸爱其才敏。每朝廷有一善政佳事，虽非瞻所建倡，百姓皆传相告曰："葛侯之所为也。"是以美声溢誉，有过其实。景耀四年，为行都护卫将军，与辅国大将军南乡侯董厥并平尚书事。六年冬，魏征西将军邓艾伐蜀，自阴平由景谷道旁入。瞻督诸军至涪亭住，前锋破，退还，住绵竹。艾遗书诱瞻曰："若降者必表为琅邪王。"瞻怒，斩艾使。遂战，大败，临阵死，时年三十七。众皆离散，艾长驱至成都。瞻长子尚，与瞻俱没。次子京及攀子显等，咸熙元年内移河东。以上叙亮子孙，著一家忠节。

　　董厥者，丞相亮时为府令史，亮称之曰："董令史，良士也。吾每与之言，思慎宜适。"徙为主簿。亮卒后，稍迁至尚书仆射，代陈祗为尚书令，迁大将军，平台事，而义阳樊建代焉。延熙二十四年，以校尉使吴，值孙权病笃，不自见建。权问诸葛恪曰："樊建何如宗预也？"恪对曰："才识不及预，而雅性过之。"后为侍中，守尚书令。自瞻、厥、建统事，姜维常征伐在外，宦人黄皓窃弄机柄，咸共将护，无能匡矫，然建特不与皓和好往来。蜀破之明年春，厥、建俱诣京都，同为相国参军，其秋并兼散骑常侍，使蜀慰劳。以上因瞻并及董、樊。

　　评曰：诸葛亮之为相国也，抚百姓，示仪轨，约官职，从权制，开诚心，布公道；尽忠益时者虽仇必赏，犯法怠慢者虽亲必罚，服罪输情者虽重必释，游辞巧饰者虽轻必戮；善无微而不赏，恶无纤而不贬；庶事精练，物理其本，循名责实，虚伪不齿；终于邦域之内，咸畏而爱之，刑政虽峻而无怨者，以其用心平而劝戒明也。可谓识治之良才，管、萧之亚匹矣。然连年动众，未能成功，盖应变将略，非其所长欤！

長沙楊書霖襄校

卷二十 传志之属下编一

蔡 邕

郭有道碑

先生讳泰，字林宗，太原界休人也。其先出自有周王季之穆，有虢叔者，实有懿德，文王咨焉。建国命氏，或谓之郭，即其后也。先生诞应天衷，聪睿明哲，孝友温恭，仁笃慈惠。夫其器量宏深，姿度广大，浩浩焉，汪汪焉，奥乎不可测已。若乃砥节厉行，直道正辞，贞固足以干事，隐括足以矫时，遂考览六经，探综图纬，周流华夏，游集帝学，收文武之将坠，拯微言之未绝。以上学行高远。于时缨緌之徒，绅佩之士，望形表而景附，聆嘉声而响和者，犹百川之归巨海，鳞介之宗龟龙也。尔乃潜隐衡门，收朋勤诲，童蒙赖焉，用祛其蔽。以上多士翕附。州郡闻德，虚己备礼，莫之能致。群公休之，遂辟司徒掾，又举有道，皆以疾辞。将蹈洪崖之遐迹，绍巢、由之绝轨，翔区外以舒翼，超天衢以高峙。禀命不融，享年四十有三，以建宁二年正月乙亥卒。

凡我四方同好之人，永怀哀悼，靡所置念，乃相与推先生之德，以图不朽之事。金以为先民既没，而德音犹存者，亦赖之于纪述也。今其如何而阙斯礼？于是树碑表墓，昭铭景行，俾芳烈奋乎百世，令闻显于无穷。其辞曰：

　　於休先生，明德通玄。纯懿淑灵，受之自天。崇壮幽浚，如山如渊。礼乐是悦，《诗》《书》是敦。匪惟摭华，乃寻厥根。宫墙重仞，允得其门。懿乎其纯，确乎其操。洋洋搢绅，言观其高。栖迟泌邱，善诱能教。赫赫三事，几行其招。委辞召贡，保此清妙。降年不永，民斯悲悼。爰勒兹铭，摛其光耀。嗟尔来世，是则是效。

陈太邱碑

先生讳寔，字仲弓，颍川许人也。含元精之和，应期运之数，兼资九德，总修百行。于乡党则恂恂焉，彬彬焉，善诱善导，仁而爱人，使夫少长咸安怀之。其为道也，用行舍藏，进退可度，不徼讦以干时，不迁贰以临下。四为郡功曹，五辟豫州，六辟三府，再辟大将军，宰闻喜半岁，太邱一年。德务中庸，教敦不肃，政以礼成，化行有谣。会遭党事，禁锢二十年，乐天知命，澹然自逸，交不谄上，爱不黩下，见几而作，不俟终日。及文书赦宥时，年已七十，遂隐邱山，悬车告老，四门备礼，闲心静居。大将军何公、司徒袁公，前后招辟，使人晓喻云：“欲特表，便可入践常伯，超补三事，纡佩金紫，光国垂勋。”先生曰：“绝望已久，饰巾待期而已。”皆遂不至。宏农杨公、东海陈公，每在衮职，群僚贺之，皆举手曰：“颍川陈君，命世绝伦，大位未跻，惭于文仲窃位之负。”故时人高其德重于公相之位也。

　　年八十有三，中平三年八月丙子，遭疾而终。临没顾命留葬所，卒。时服素棺，椁财周榇，丧事惟约，用过乎俭。群公百僚，莫不咨嗟；岩薮知名，失声挥涕。大将军吊祠，锡以嘉谥，曰征士陈君，禀岳渎之精，苞灵曜之纯，天不慭遗一老，俾屏我王，梁崩哲萎，于时靡宪。搢绅儒林，论德谋绩，谥曰文范先生。《传》曰："郁郁乎文哉。"《书》曰："《洪范》九畴，彝伦攸叙。"文为德表，范为士则，存诲没号，不亦宜乎。三公遣令史祭以中牢，刺史敬吊。太守南阳曹府君命官作诔曰："赫矣陈君，命世是生。含光醇德，为士作程。资始既正，守终又令。奉礼终没，休矣清声。"遣官属掾吏，前后赴会，刊石作铭。府丞与比县会葬，荀慈明、韩元长等五百余人，缌麻设位，哀以送之。远近会葬，千人已上。河南尹种府君临郡，追叹功德，述录高行，以为远近鲜能及之。重部大掾，以时成铭。斯可谓存荣没哀，死而不朽者也。乃作铭曰：

　　峨峨崇岳，吐符降神。於皇先生，抱宝怀珍。如何昊穹，既丧斯文？微言圮绝，来者曷闻？交交黄鸟，爰集于棘。命不可赎，哀何有极！

胡公碑铭

公讳广，字伯始，南郡华容人也。其先自妫姓建国南土，曰胡子，《春秋》书焉，列于诸侯，公其后也。考以德行纯懿，官至交趾都尉。公宽裕仁爱，覆载博大，研道知几，穷理尽性。凡圣哲之遗教，文武之未坠，罔有不综。

年二十七，察孝廉，除郎中尚书侍郎左丞、尚书仆射。内正机衡，允厘其职。文敏畅乎庶事，密静周乎枢机。帝用嘉之，迁济阴太守。公乃布恺悌，宣柔嘉，通神化，导灵和，扬惠风以养真，激清流以荡邪，取忠肃于不言，消奸宄于爪牙。是以君子勤礼，小人知耻。鞠推息于官曹，刑戮废于朝市，余货委于路衢，余种栖于畎亩。迁汝南太守，增修前业。考绩既明，入作司农，实掌金谷之渊薮，和均关石，王府以充。遂作司徒，昭敷五教。进作太尉，宣畅浑元。人伦辑睦，日月重光。遭国不造，帝祚无主。援立孝桓，以绍宗绪。用首谋定策，封安乐乡侯。户邑之数，加于群公。

入录机事，听纳总己，致位就第。复拜司空，敷土导川，俾顺其性。功遂身退，告疾固辞。乃为特进，爰以休息。又拜太常，典司三礼。敬恭裡祀，神明嘉歆，永世丰年，聿怀多福。复拜太尉，寻申前业。又以特进，逍遥致位。又拜太常。遘疾不夷，逊位归爵，迁于旧都。征拜太中大夫。

延和末年，圣主革正，幸臣诛毙。引公为尚书令，以二千石居官，委以阃外之事。厘改度量，以新国家。宏纲既整，衮阙以补。乃拜太仆，车正马闲，六驷习驯。迁太常司徒。成宗晏驾，推建圣嗣。复封故邑，与参机密。寝疾告退。复拜太傅录尚书事。

于时春秋高矣，继亲在堂，朝夕定省，不违子道。旁无几杖，言不称老。居丧致哀，率礼不越。其接下答宾，虽幼贱降等，礼从谦厚，尊而弥恭。劳思万机，身勤心苦。虽老莱子婴儿其服，方叔克壮其猷，公旦纳于台屋，正考父俯而循礼，曷以尚兹。

夫蒸蒸至孝，德本也；体和履忠，行极也；博闻周览，上通也；勤劳王家，茂功也。用能十登三事，笃受介祉，亮皇业于六王，嘉丕绩于九有，穷生人之光宠，享黄耇之遐纪，蹈明德以保身，与福禄乎终始。

年八十有二，建宁五年春壬戌，薨于位。天子悼痛，赠策赐诔，谥曰文恭。如前傅之仪而有加焉，礼也。故吏司徒许诩等，相与钦慕崧高蒸民之作，取言时计功之则，论集行迹，铭诸琬琰。其词曰：

　　伊汉元辅，时惟文恭。聪明睿哲，思心瘁容。毕力天机，帝休其庸。赋政于外，有邈其踪。进作卿士，粤登上公。百揆时序，五典克从。万邦黎献，共唯时雍。勋烈既建，爵土乃封。七被三事，再作特进。宏唯幼冲，作傅以训。赫赫猗公，邦家之镇。泽被华夏，遗爱不沦。日与月与，齐光并运。存荣亡显，没而不泯。

太傅文恭侯胡公碑

公讳广，字伯始，交趾都尉之元子也。公应天淑灵，履性贞固，九德咸修，百行毕备。遭家不造，童而夙孤。上奉继亲，下慈弱弟，崎岖俭约之中，以尽孝友之道。及至入学从训，历观古今，生而知之，闻一睹十。兼以周览六经，博总群议，旁贯宪法，通识国典。

年二十七，察孝廉，除郎中尚书侍郎、尚书左丞、尚书仆射。干练机事，绸缪枢极，忠亮唯允，简于帝心，智略周密，冠于庶事。迁济阴太守。其为政也：宽裕足以容众，和柔足以安物，刚毅足以威暴，体仁足以劝俗。故禁不用刑，劝不用赏。其下望之如日月，从之如影响。思不可忘，度不可革。遗爱结于人心，超无穷而垂则。征拜大司农，遂作司徒，迁太尉。以援立之功，封安乐乡侯，录尚书事。称疾屡辞。策赐就第。复拜司空。功成身退，俾位特进。又拜太尉，复以特进。致命休神。又拜太尉。逊位归爵，旋于旧土。征拜太中大夫、尚书令、太仆、太常、司徒。永康之初，以定策元功，复封前邑，录尚书事。疾病就第，又授太傅。入参机衡，五蹈九列，七统三事。谅闇之际，三据冢宰。和神人于宗伯，理水土于下台，训五品于司徒，耀三辰于上阶，光弼六世，历载三十。自汉兴以来，鼎臣元辅，耆帙老成，勋被万方，与国终始，未有若公者焉。

春秋八十二，建宁五年三月壬戌，薨于位。天子悼惜，群后伤怀。诏五官中郎将任崇奉册，赠以太傅安乐乡侯印绶，拜室家子一人郎中，赐东园秘器，赐丝帛含敛之备。中谒者董诩吊祠护丧，钱布赗赐，率礼有加。赐谥曰文恭，昭显行迹。四月丁酉，葬于洛阳茔。故吏济阴池喜，感公之义，率慕黄鸟之哀，推寻雅意，彷徨旧土，休绩丕烈，宜宣于此。乃树石作颂，用扬德音。词曰：

於皇上德，懿铄孔纯。大孝昭备，思顺履信。膺期命世，保兹旧门。渊泉休茂，彪炳其文。爰赞天机，翼翼唯恭。夙夜出纳，绍迹虞龙。赋政于外，神化元通。普被汝南，越用熙雍。帝曰休哉，命公三事，乃耀柔嘉，式是百司。股肱元首，庶绩咸治。二气燮雍，五征来备。勋格皇天，泽洽后土。封建南藩，受兹介祜。玉藻在冕，毳服艾辅。骆车雕骖，四牡修尾。赞事上帝，祗祀宗祖。陟降盈亏，与时消息。既明且哲，保身遗则。同轨旦、奭，光充区域。生荣死哀，流统罔极。

杨公碑

公讳秉，字叔节，宏农华阴人。其先盖周武王之穆，晋唐叔之后也。末叶以支子食邑于杨，因氏焉。周室既微，裔胄无绪。暨汉兴，烈祖杨喜佐命征伐，封赤泉侯。嗣子业，绂冕相继。公之丕考，以忠謇亮，弼辅孝安，登司徒太尉。公承夙绪，世笃儒教。以《欧阳尚书》《京氏易》诲授四方学者，自远而至，盖逾三千。

初辟司空，举高第，拜侍御史，迁豫州、兖州刺史，任城相，征入劝讲，拜太中大夫、左中郎将尚书，出补右扶风，留拜光禄大夫。遭权嬖贵盛，六年守静。外戚火燔，乃迁太仆太卿，公事绌位，浃辰之间，俾位河南。愤疾豪强，见遘奸党，用婴疾废。起家复拜太常，遂陟三司，沙汰虚冗，料简贞实，抽援表达，与之同兰芳，任鼎重。从驾南巡，为朝硕德。然知权过于宠，私富侔国，大臣苛察，望变复还，条表以闻，启导上怒。其时所免州牧郡守五十余人，饕戾是黜，英才是列，善否有章，京夏清肃。

在位七载，年七十有四，延熹八年五月丙戌薨。朝廷惜焉，宠赐有加。公自奉严敕，动遵礼度，量材授任，当官而行，不为义绌。疾是苛政，益固其守。厨无宿肉，器不镂雕。夙丧嫔俪，妾不擘御。可谓立身无过之地，正直清俭该备者矣。昔仲尼尝垂三戒，而公免焉。故能匡朝尽直，献可去奸，忠侔前后，声塞宇宙。非黄中纯白，穷达一致，其恶能立功立事，敷闻于下，昭升于上，若兹巍巍者乎。于是门人学徒，相与刊石树碑，表勒鸿勋，赞懿德，传亿年。

於戏！公唯岳灵天挺，德翼赤精。气絪缊，仁哲生。应台任，作邦桢。帝钦亮，访典刑。道不惑，迄有成。光遐迩，穆其清。

汉太尉杨公碑

公讳赐，字伯猷，宏农华阴人，姬姓之国有杨侯者，公其后也。其在汉室，赤泉侯佐高丞相翼宣，咸以盛德，光于前朝。祖司徒，考太尉，继迹宰司，咸有勋烈。

公承家崇轨，受天醇素，钦承奉构，闲于伐柯。烈风维变，不易其趣。文艺典籍，寻道入奥，操清行朗，潜晦幽闲，不答州郡之命。辟大将军府，不得已而应之。迁陈仓令。公乃因是行退居庐。公车特征，以病辞。司空举高第，拜侍中越骑校尉。帝笃先业，将问故训。公以群公之举，进授尚书于禁中，迁少府光禄勋。敬揆百事，莫不时序。庶尹知恤，阊阖推清。列作司空，地平天成，阴阳不忒。公遂身避，托疾告退。又以光禄大夫受命司徒，敬敷五品，宣洽人伦，燮和化理。股肱耳目之任，靡不克明。及至太尉，四时顺动，三光耀润，群生丰遂，太和交薄。三作六卿，五蹈三阶，受爵开国，应位特进。非盛德休功，假于天人，孰能该备宠荣，兼包令锡，如公之至者乎。

公体资明哲，长于知见，凡所辟选，升诸帝朝者，莫非瑰才逸秀，并参诸佐。惟我下流二三小臣，秽损清风，愧于前人。乃纠合同寮，各述所审，纪公勋绩，刊石立铭，以慰永怀。铭曰：

天降纯嘏，笃生柔嘉。俾尔祖考，光辅国家。三业在服，帝载用和。粤暨我公，尤执忠贞。在栋伊隆，于鼎斯宁。德被宇宙，华夏以清。受兹介福，履祚孔成。为邑河渭，衮冕绂班。以佐天子，祗事三灵。丕显伊德，万邦作程。爰铭爰赞，式昭懿声。

朱公叔坟前石碑

维汉二十一世，延熹六年粤四月丁巳，忠文公益州太守朱君，名穆，字公叔，卒于京师。其五月丙申，葬于宛邑北万岁亭之阳，旧兆域之南。其孤野受顾命曰："古者不崇坟，不封墓，祭服虽三年，无不于寝。今则易之，吾不取也。尔其无拘于俗，无废予诚。"野钦率遗意，不敢有违。封坟三板，不起栋宇。乃作祠堂于邑中南阳旧里，备器铸鼎，铭功载德。惧坟封弥久，夷于平壤，于是依德像，缘雅则，设兹方石，镇表灵域，用慰其孤罔极之怀。乃申词曰：

歆惟忠文，时惟朱父。实天生德，丕承洪绪。弥纶典术，允迪圣矩。好是贞厉，疾彼强御。断刚若仇，柔亦不茹。仍用明夷，遘难受侮。帝曰休哉，朕嘉乃功。命汝纳言，允汝祖踪。父拜稽首，翼翼惟恭。笃棐不忘，夙夜在公。昊天不吊，降兹残殃。不遗一父，俾屏我皇。我皇悼

心，锡诏孔伤。位以益州，赠之服章。用刊彝器，宣昭遗
光。子子孙孙，永载宝藏。

贞节先生范史云碑

先生讳丹，字史云，陈留外黄人，陶唐氏之后也。其在周室
有士会者，为晋大夫，以受范邑，遂以为氏。汉文、景之际，爰
自南阳来，家于成安，生惠。延熹二年，官至司农廷尉，君则其
后也。

君受天正性，志高行洁，在乎幼弱，固已藐然有烈节矣。时
人未之或知，屈为县吏。亟从仕进，非其好也。退不可得，乃托
死遁去，亲戚莫知其谋。遂隐窜山中，涉《五经》，览《书》
《传》，尤笃《易》与《尚书》学。立道通久而后归。游集太学，
知人审友，苟非其类，无所容纳。介操所在，不顾贵贱。其在乡
党也，事长惟敬，养稚惟爱，言行举动，斯为楷式。郡县请召，
未尝屈节。其有备礼招延，虚己迓止，亦为谋奏，尽其忠直。以
处士举孝廉，除郎中莱芜长。未出京师，丧母行服。故事服阕后
还郎中，君遂不从州郡之政。凡其事君，过则弼之，阙则补之，
通清夷之路，塞邪枉之门，举善不拘阶次，黜恶不畏强御。其事
繁多，不可详载。

雅性谦俭，体勤能苦，不乐假借。与从事荷负徒行，人不堪
劳，君不胜其逸。辟太尉府，俄而冠带。或以群党见嫉时政，用
受禁锢；君罢其罪，闭门静居，九族中表，莫见其面。晚节禁
宽，困于屡空。而性多检括，不治产业。以为卜筮之术，得因吉
凶，道治民情，以受薄偿，且无咎累，乃鬻卦于梁宋之域。好事
者觉之，应时辄去。禁既蠲除，太尉张公，司徒崔公，前后四
辟，皆不就。仕不为禄，故不牵于位；谋不苟合，故特立于时。
是则君之所以立节明行，亦其所以后时失途也。

年七十有四，中平二年四月卒。太尉张公，兖州刘君，陈留太守淳于君，外黄令刘君，佥有休命，使诸儒参按典礼作《诔》，著谥曰贞节先生，昭其功行，录记所履，谋于耆旧，刊石树铭，光示来世。铭曰：

于显贞节，天授懿度，诞兹明哲，允迪德誉。如渊之清，如玉之素。涠之不浊，涅之不污。用行思忠，舍藏思固。伯夷是师，史鳅是慕。荣贫安贱，不吝穷迍。甘死善道，遗名之故。身没誉存，休声载路。

袁满来墓碑

茂德休行曰袁满来，太尉公之孙，司徒公之子。逸才淑姿，实天所授，聪远通敏，越龀在阙。明习易学，从诲如流。百家众氏，遇目能识。事不再举，问一及三，具始知终。情性周备，夙有奇节。孝智所生，顺而不骄。笃友兄弟，和而无忿。气决泉达，无所凝滞。虽冠带之中士，校材考行，无以加焉。允公族之殊异，国家之辅佐。众律其器，士嘉其良。虽则童稚，令闻芬芳。

降生不永，年十有五，四月壬寅，遭疾而卒。既苗而不穗，凋殒华英，呜呼悲夫！乃假碑旌于墓表。嗟其伤矣，唯以告哀。

韩　愈

曹成王碑

王姓李氏，讳皋，字子兰，谥曰成。其先王明，以太宗子国曹，绝复封，传五王，至成王。成王嗣封在玄宗世，盖于时年十七八。绍爵三年，而河南北兵作，天下震扰，王奉母太妃逃祸民伍，得间走蜀从天子。天子念之，自都水使者拜左领军卫将军，转贰国子、秘书。

王生十年，而失先王，哭泣哀悲，吊客不忍闻。丧除，痛刮磨豪习，委己于学。稍长，重知人情，急世之要，耻一不通。侍太妃从天子于蜀，既孝既忠，持官持身，内外斩斩。由是朝廷滋欲试之于民。以上奉母走蜀从君。上元元年，除温州长史，行刺史事。江东新刜于兵，郡旱饥，民交走，死无吊。王及州，不解衣，下令掊锁扩门，悉弃仓实与民，活数十万人。奏报，升秩少府。与平袁贼，仍徙秘书，兼州别驾，部告无事。以上刺温州。迁真于衡，法成令修，治出张施，声生势长。观察使噎媢不能出气，诬以过犯，御史助之，贬潮州刺史。杨炎起道州相德宗，还王于衡，以直前谩。王之遭诬在理，念太妃老，将惊而戚，出则因服就辩，入则拥笏垂鱼，坦坦施施。即贬于潮，以迁入贺，及是，然后跪谢告实。

初，观察使虐，使将国良往戍界，良以武冈叛，戍众万人。敛兵荆、黔、洪、桂伐之，二年尤张，于是以王帅湖南，将五万士，以讨良为事。王至则屏兵，投良以书，中其忌讳。良羞畏乞降，狐鼠进退。王即假为使者，从一骑，踔五百里，抵良壁，鞭其门大呼："我曹王，来受良降，良今安在？"良不得已，错愕迎拜，尽降其军。太妃薨，王弃部随丧之河南葬，及荆，被诏责还。会梁崇义反，王遂不敢辞，以还，升秩散骑常侍。以上刺衡州遭诬、受降、丧母三事。

明年，李希烈反，迁御史大夫，授节帅江西以讨希烈。命至，王出止外舍，禁无以家事关我。哀兵大选江州，群能著职。王亲教之抟力句卒赢越之法，曹诛五界。舰步二万人，以与贼遌。嗛锋蔡山，踣之；剟蕲之黄梅，大鞣长平，钹广济，掀蕲春，撇蕲水，掇黄冈，笑汉阳，行趾汉川。还，大膊蕲水界中。

披安三县，拔其州，斩伪刺史。标光之北山，躇随光、化，梏其州。十抽一推，救兵州东北属乡，还开军受降。大小之战三十有二，取五州十九县。民老幼妇女不惊，市贾不变，田之果谷下无一迹。加银青光禄大夫、工部尚书，改户部，再换节临荆及襄，真食三百。王之在兵，天子西巡于梁。希烈北取汴、郑，东略宋围陈，西取汝，薄东都。王坐南方北向，落其角距，贼死咋不能入寸尺。亡将卒十万，尽输其南州。以上帅江西讨李希烈，而于帅荆、襄事略之。

王始政于温，终政于襄，恒平物估，贱敛贵出，民用有经。一吏轨民，使令家听户视，奸宄无所宿。府中不闻急步疾呼，治民用兵，各有条次，世传为法。任马彝，将慎，将锷，将潜，偕尽其力能。彝，赠右仆射。元和初，以子道古在朝，更赠太子太师。以上总叙治民用兵。

道古进士，司门郎。刺利、随、唐、睦，征为少宗正，兼御史中丞，以节督黔中。朝京师，改命观察鄂、岳、蕲、沔、安、黄。提其师以伐蔡，且行，泣曰：“先王讨蔡，实取沔、蕲、安、黄，寄惠未亡。今余亦受命有事于蔡，而四州适在吾封，庶其有集。先王薨于今二十五年，吾昆弟在，而墓碑不刻无文，其实有待，子无用辞！”乃序而诗之。辞曰：

太支十三，曹于弟季。或亡或微，曹始就事。曹之祖王，畏塞绝迁。零王黎公，不闻仅存。子父易封，三王守名。延延百载，以有成王。成王之作，一自其躬。文被明章，武荐峻功。苏枯弱强，龇其奸猖。以报于宗，以昭于王。王亦有子，处王之所，唯旧之视。蹶蹶陛陛，实取实似。刻诗其碑，为示无止。

贞曜先生墓志铭

唐元和九年，岁在甲午八月己亥，贞曜先生孟氏卒。无子，其配郑氏以告，愈走位哭，且召张籍会哭。明日，使以钱如东都供葬事。诸尝与往来者，咸来哭吊。韩氏遂以书告兴元尹故相余庆。闰月，樊宗师使来吊，告葬期，征铭。愈哭曰："呜呼！吾尚忍铭吾友也夫！"兴元人以币如孟氏赙，且来商家事。樊子使来速铭，曰："不则无以掩诸幽！"乃序而铭之。以上叙吊赙杂事。

先生讳郊，字东野。父庭玢，娶裴氏女，而选为昆山尉，生先生及二季酆、郢而卒。先生生六七年，端序则见，长而愈骞，涵而揉之，内外完好，色夷气清，可畏而亲。及其为诗，刿目鉥心，刃迎缕解，钩章棘句，掐擢胃肾，神施鬼设，间见层出。唯其大玩于词而与世抹杀，人皆劫劫，我独有余。以上叙其人与诗。有以后时开先生者，曰："吾既挤而与之矣，其犹足存耶？"

年几五十，始以尊夫人之命，来集京师，从进士试，既得，即去。间四年，又命来，选为溧阳尉，迎侍溧上。去尉二年，而故相郑公尹河南，奏为水陆运从事，试协律郎。亲拜其母于门内。母卒五年，而郑公以节领兴元军，奏为其军参谋，试大理评事。以上科第官阶。

挈其妻行之兴元，次于阌乡，暴疾卒，年六十四。买棺以敛，以二人舆归。酆、郢皆在江南。十月庚申，樊子合凡赠赙而葬之洛阳东其先人墓左，以余财附其家而供祀。将葬，张籍曰："先生揭德振华，于古有光，贤者故事有易名，况士哉！如曰'贞曜先生'，则姓名字行有载，不待讲说而明。"皆曰"然"。遂用之。以上死葬私谥。

初，先生所与俱学同姓简，于世次为叔父，由给事中观察浙东，曰："生吾不能举，死吾知恤其家。"补叙孟简。铭曰：

於戏贞曜！维执不猗，维出不訾，维卒不施，以昌其诗。

南阳樊绍述墓志铭

樊绍述既卒，且葬，愈将铭之，从其家求书，得书号《魁纪公》者三十卷，曰《樊子》者又三十卷，《春秋集传》十五卷，表笺状策书序传纪志说论今文赞铭凡二百九十一篇，道路所遇及器物门里杂铭二百二十，赋十，诗七百一十九。曰：多矣哉，古未尝有也！然而必出于己，不袭蹈前人一言一句，又何其难也。必出入仁义，其富若生蓄，万物必具，海含地负，放恣横纵，无所统纪；然而不烦于绳削而自合也。呜呼！绍述于斯术，其可谓至于斯极者矣。以上著作之多。

生而其家贵富，长而不有其藏一钱，妻子告不足，顾且笑曰："我道盖是也。"皆应曰"然"。无不意满。尝以金部郎中告哀南方，还言某师不治，罢之，以此出为绵州刺史。一年，征拜左司郎中，又出刺绛州。绵、绛之人，至今皆曰："于我有德。"以为谏议大夫，命且下，遂病以卒。年若干。以上居家居官。

绍述讳宗师，父讳泽，尝帅襄阳、江陵，官至右仆射，赠某官。祖某官，讳泳。自祖及绍述，三世皆以军谋堪将帅，策上第以进。以上家世。绍述无所不学，于辞于声，天得也，在众若无能者。尝与观乐，问曰："何如？"曰："后当然。"已而果然。以上知音。铭曰：

> 惟古于词必己出，降而不能乃剽贼。后皆指前公相袭，从汉迄今用一律。寥寥久哉莫觉属，神徂圣伏道绝塞。既极乃通发绍述，文从字顺各识职。有欲求之此其躅。

试大理评事王君墓志铭

君讳适，姓王氏。好读书，怀奇负气，不肯随人后举选。见功业有道路可指取，有名节可以戾契致，困于无资地，不能自出。乃以干诸公贵人，借助声势。诸公贵人既志得，皆乐熟软媚耳目者，不喜闻生语，一见，辄戒门以绝。上初即位，以四科募天下士，君笑曰："此非吾时邪！"即提所作书，缘道歌吟，趋直言试。既至，对语惊人，不中第，益困。以上所如不遇。久之，闻金吾李将军年少喜事可撼，乃踏门告曰："天下奇男子王适，愿见将军白事。"一见，语合意，往来门下。卢从史既节度昭义军，张甚，奴视法度士，欲闻无顾忌大语，有以君生平告者，即遣客钩致。君曰："狂子不足以共事。"立谢客。李将军由是待益厚，奏为其卫胄曹参军，充引驾仗判官，尽用其言。将军迁帅凤翔，君随往，改试大理评事，摄监察御史、观察判官。栉垢爬痒，民获苏醒。以上从李将军。居岁余，如有所不乐，一旦载妻子入闅乡南山不顾。中书舍人王涯、独孤郁，吏部郎中张惟素，比部郎中韩愈，日发书问讯，顾不可强起，不即荐。明年九月，疾病，舆医京师。其月某日卒，年四十四。十一月某日，即葬京城西南长安县界中。曾祖爽，洪州武宁令；祖徵，右卫骑曹参军；父嵩，苏州昆山丞。妻上谷侯氏处士高女。以上卒葬及家世。

　　高固奇士，自方阿衡、太师，世莫能用吾言，再试吏，再怒去，发狂投江水。初，处士将嫁其女，惩曰："吾以龃龉穷，一女，怜之，必嫁官人，不以与凡子。"君曰："吾求妇氏久矣，惟此翁可人意，且闻其女贤，不可以失。"即谩谓媒妪："吾明经及第，且选，即官人。侯翁女幸嫁，若能令翁许我，请进百金为妪谢。"诺许，白翁。翁曰："诚官人耶？取文书来。"君计穷吐实，妪曰："无苦，翁大人不疑人欺。我得一卷书，粗若告身者，我袖以往，翁见未必取视，幸而听我。"行其谋。翁望见文书衔袖，果信不疑，曰："足矣。"以女与王氏。以上取妇之奇。生三子，一男二女。男三岁夭死，长女嫁亳州永城尉姚侹，其季始十岁。铭曰：

鼎也不可以柱车，马也不可使守闾。佩玉长裾，不利走趋。只系其逢，不系巧愚。不谐其须，有衔不袪。钻石埋辞，以列幽墟。

给事中清河张君墓志铭

张君名彻，字某，以进士累官至范阳府监察御史。长庆元年，今牛宰相为御史中丞，奏君名迹，中御史选，诏即以为御史。其府惜不敢留，遣之，而密奏："幽州将父子继续，不廷选且久，今新收，臣又始至，孤怯，须强佐乃济。"发半道，有诏以君还之，仍迁殿中侍御史，加赐朱衣银鱼。至数日，军乱，怨其府从事，尽杀之，而囚其帅，且相约，张御史长者，毋侮辱轹蹸我事，毋庸杀，置之帅所。以上在幽州值军乱。居月余，闻有中贵人自京师至。君谓其帅："公无负此土人。上使至，可因请见自辩，幸得脱免归。"即推门求出。守者以告其魁，魁与其徒皆骇曰："必张御史，张御史忠义，必为其帅告此。余人不如迁之别馆。"即与众出君。君出门骂众曰："汝何敢反！前日吴元济斩东市，昨日李师道斩于军中；同恶者，父母妻子皆屠死，肉喂狗鼠鸥鸦。汝何敢反！汝何敢反！"行且骂，众畏恶其言，不忍闻，且虞生变，即击君以死。君抵死口不绝骂，众皆曰："义士！义士！"或收瘗之以俟。以上遇害。

事闻，天子壮之，赠给事中。其友侯云长佐郓使，请于其帅马仆射，为之选于军中，得故与君相知张恭、李元实者，使以币请之范阳，范阳人义而归之。以闻，诏所在给船舆，传归其家，赐钱物以葬。长庆四年四月某日，其妻子以君之丧，葬于某州某所。以上归葬。

君弟复亦进士，佐汴宋，得疾。变易丧心，惊惑不常。君得闲即自视衣褥薄厚，节时其饮食，而匕箸进养之。禁其家无敢高语出声。医饵之药，其物多空青、雄黄，诸奇怪物，剂钱至十数万，营治勤剧，皆自君手，不假之人。家贫，妻子常有饥色。以上内行。

祖某，某官；父某，某官。妻韩氏，礼部郎中某之孙，汴州开封尉某之女，于余为叔父孙女。君常从余学，选于诸生，而嫁与之。孝顺祗修，群女效其所为。男若干人，曰某；女子曰某。以上家世。铭曰：

呜呼彻也！世慕顾以行，子揭揭也；喑暗以为生，子独割也；为彼不清，作玉雪也；仁义以为兵，用不缺折也。知死不失名，得猛厉也；自申于暗明，莫之夺也。我铭以贞之，不肖者之呬也。

赠太尉许国公神道碑铭

韩，姬姓，以国氏。其先有自颍川徙阳夏者，其地于今为陈之太康。太康之韩，其称盖久，然自公始大著。公讳宏。公之父曰海，为人魁伟沉塞，以武勇游仕许汴之间，寡言自可，不与人交，众推以为巨人长者。官至游击将军，赠太师，娶乡邑刘氏女，生公，是为齐国太夫人。

夫人之兄，曰司徒玄佐，有功建中、贞元之间，为宣武军帅，有汴、宋、亳、颍四州之地，兵士十万人。公少依舅氏，读书习骑射，事亲孝谨，侃侃自将，不纵为子弟华靡遨放事。出入敬恭，军中皆目之。尝一抵京师，就明经试。退曰："此不足发名成业。"复去，从舅氏学，将兵数百人，悉识其材鄙怯勇，指付必堪其事。司徒叹奇之，士卒属心，诸老将皆自以为不及。司徒卒，去为宋南城将。比六七岁，汴军连乱不定。贞元十五年，刘逸淮死，军中皆曰："此军司徒所树，必择其骨肉为士卒所慕赖者付之。今见在人，莫如韩甥，且其功最大，而材又俊。"即柄授之，而请命于天子。天子以为然，遂自大理评事拜工部尚书，代逸淮为宣武军节度使，悉有其舅司徒之兵与地。众果大悦，便之。*以上叙许公所以得镇汴。*

当此时，陈、许帅曲环死，而吴少诚反，自将围许，求援于逸淮，啖之以陈归汴，使数辈在馆，公悉驱出斩之。选卒三千人，会诸军击少诚许下，少诚失势以走，河南无事。*以上拒蔡。*公曰："自吾舅没，五乱于汴者，吾苗薅而发栉之几尽。然不一揃刈，不足令震骇。"命刘锷以其卒三百人待命于门，数之以数与于乱，自以为功，并斩之以徇，血流波道。自是讫公之朝京师，廿有一年，莫敢有欢呶叫号于城郭者。*以上治汴。*

李师古作言起事，屯兵于曹，以吓滑帅，且告假道。公使谓曰："汝能越吾界而为盗耶？有以相待，无为空言。"滑帅告急。公使谓曰："吾在此，公无恐。"或告曰："翦棘夷道，兵且至矣，请备之！"公曰："兵来不除道也。"不为应。师古诈穷变索，迁延旋军。*以上拒郓。*

少诚以牛皮鞋材遗师古，师古以盐资少诚，潜过公界，觉，皆留输之库，曰："此于法不得以私相馈。"*以上拒蔡拒郓。*田宏正之开魏博，李师道使来告曰："我代与田氏约相保援，今宏正非其族，又首变两河事，亦公之所恶，我将与成德合军讨之，敢告。"公谓其使曰："我不知利害，知奉诏行事耳，若兵北过河，我即东兵以取曹。"师道惧，不敢动，宏正以济。*以上拒蔡。*诛吴元济也，命公都统诸军，曰："无自行以遏北寇！"公请使子公武以兵万三千人会讨蔡下，归财与粮以济诸军，卒擒蔡奸。于是以公为侍中，而以公武为鄜坊丹延节度使。*以上平蔡。*

师道之诛，公以兵东下，进围考城，克之，遂进迫曹，曹寇乞降。郓部既平。*以上平郓。*公曰："吾无事于此。"其朝京师，天子曰："大臣不可以暑行，其秋之待。"公曰："君为仁，臣为恭，可矣。"遂行，既至，献马三千匹，绢五十万匹，他锦纨绮缬又三万，金银器千，而汴之库厩钱以贯数者，尚余百万，绢亦合百余万匹，马七千，粮三百万斛，兵械多至不可数。初，公有汴，承五乱之后，掠赏之余，且敛且给，恒无宿储。至是，公私充塞，至于露积不垣。

册拜司徒兼中书令，进见上殿，拜跪给扶，赞元经体，不治细微，天子敬之。元和十五年，今天子即位。公为冢宰。以上入京。又除河中节度使。在镇三年，以疾乞归，复拜司徒中书令，病不能朝。以长庆二年十二月三日薨于永崇里第，年五十八。天子为之罢朝三日，赠太尉，赐布粟，其葬物有司官给之，京兆尹监护。明年七月某日，葬于万年县少陵原，京城东南三十里，楚国夫人翟氏祔。子男二人：长曰肃元，某官；次曰公武，某官。肃元早死。公之将薨，公武暴病先卒，公哀伤之，月余遂薨。无子，以公武子孙绍宗为主后。以上归里卒葬。

汴之南则蔡，北则郓，二寇患公居间，为己不利，卑身佞辞，求与公好。荐女请昏，使日月至。既不可得，则飞谋钓谤，以间染我。公先事候情，坏其机牙，奸不得发，王诛以成。最功定次，孰与高下。以上总叙师汴之功。

公子公武，与公一时俱授弓钺，处藩为将，疆土相望。公武以母忧去镇，公母弟充，自金吾代将渭北。公以司徒中书令治蒲，于时弟充自郑、滑节度平宣武之乱，以司空居汴。自唐以来，莫与为比。以上子弟同秉节钺。

公之为治，严不为烦，止除害本，不多教条。与人必信，吏得其职，赋入无所漏失，人安乐之，在所以富。公与人有畛域，不为戏狎，人得一笑语，重于金帛之赐。其罪杀人，不发声色，问法何如，不自为重轻，故无敢犯者。以上补叙琐事。其铭曰：

在贞元世，汴兵五猘。将得其人，众乃一愒。其人为谁，韩姓许公；磔其枭狼，养以雨风；桑谷奋张，厥壤大丰。贞元元孙，命正我宇；公为臣宗，处得地所。河流两壖，盗连为群；雄唱雌和，首尾一身。公居其间，为帝督奸，察其嗫呫，与其睍睕；左顾失视，右顾而眙。蔡先郓钼，三年而墟；槁干四呼，终莫敢濡。常山幽都，孰陪孰扶。天施不留，其讨不遗；许公预焉，其赉何如。悠悠四方，既广既长。无有外事，朝廷之治。许公来朝，车马干戈；相乎将乎，威仪之多。将则是矣，相则三公；释师十万，归居庙堂。上之宅忧，公让太宰；养安蒲坂，万邦绝等。有弟有子，提兵守藩；一时三侯，人莫敢扳。生莫与荣，殁莫与令。刻文此碑，以鸿厥庆。

河南令张君墓志铭

君讳署，字某，河间人。大父利贞，有名玄宗世。为御史中丞，举弹无所避，由是出为陈留守，领河南道采访处置使，数年卒官。皇考讳郇，以儒学进，官至侍御史。

君方质有气，形貌魁硕，长于文辞，以进士举博学宏辞，为校书郎。自京兆武功尉拜监察御史。为幸臣所谗，与同辈韩愈、李方叔三人俱为县令南方。三年，逢恩俱徙掾江陵。半岁，邕管奏君为判官，改殿中侍御史，不行。以上自校书至殿中侍御史，凡七迁。拜京兆府司录。诸曹白事，不敢平面视；共食公堂，抑首促促，就哺歠，揖起趋去，无敢阑语。县令丞尉，畏如严京兆，事以办治。京兆改凤翔尹，以节镇京西，请与君俱，改礼部员外郎，为观察使判官。帅他迁，君不乐久去京师，谢归，用前能，拜三原令。岁余，迁尚书刑部员外郎。守法争议，棘棘不阿。以上自京兆司录至刑部员外，凡四迁。

改虔州刺史。民俗相朋党，不诉杀牛，牛以大耗；又多捕生鸟雀鱼鳖，可食与不可食相买卖；时节脱放，期为福祥。君视事，一皆禁督立绝。使通经吏与诸生之旁大郡，学乡饮酒丧婚礼，张施讲说，民吏观听从化，大喜。度支符州，折民户租。岁征绵六千屯，比郡承命惶怖，立期日，唯恐不及事被罪。君独疏言："治迫岭下，民不识蚕桑。"月余，免符下，民相扶携，守州门叫欢为贺。以上虔州刺史。

改澧州刺史。民税出杂产物与钱，尚书有经数，观察使牒州征民钱倍经。君曰："刺史可为法，不可贪官害民。"留噤不肯从，竟以代罢。观察使使剧吏案簿书，十日不得毫毛罪。改河南令，而河南尹适君平生所不好者，君年且老，当日日拜走，仰望阶下，不得已就官。数月，大不适，即以病辞免。以上澧州刺史、河南令。

公卿欲其一至京师，君以再不得意于守令，恨曰："义不可更辱，又奚为于京师间。"竟闭门死，年六十。君娶河东柳氏女。二子：升奴、胡师。将以某年某月某日葬某所。以上卒葬、子女。

其兄将作少监昔请铭于右庶子韩愈。愈前与君为御史被谗，俱为县令南方者也，最为知君。铭曰：

　　谁之不如，而不公卿！奚养之违，以不久生！唯其顽顽，以世厌声。

柳子厚墓志铭

子厚讳宗元。七世祖庆，为拓跋魏侍中，封济阴公。曾伯祖奭，为唐宰相，与褚遂良、韩瑗，俱得罪武后，死高宗朝。皇考讳镇，以事母弃太常博士，求为县令江南。其后以不能媚权贵失御史，权贵人死，乃复拜侍御史，号为刚直，所与游皆当世名人。以上先世。

子厚少精敏，无不通达。逮其父时，虽少年，已自成人，能取进士第，崭然见头角。众谓："柳氏有子矣。"其后以博学宏词授集贤殿正字。俊杰廉悍，议论证据今古，出入经史百子，踔厉风发，率常屈其座人，名声大振，一时皆慕与之交。诸公要人，争欲令出我门下，交口荐誉之。以上科第、文学、名誉。

贞元十九年，由蓝田尉拜监察御史。顺宗即位，拜礼部员外郎。遇用事者得罪，例出为刺史。未至，又例贬永州司马。

居闲，益自刻苦，务记览，为词章，泛滥停蓄，为深博无涯涘，而自肆于山水间。元和中，尝例召至京师，又偕出为刺史，而子厚得柳州。既至，叹曰："是岂不足为政耶！"因其土俗，为设教禁，州人顺赖。其俗以男女质钱，约不时赎，子本相侔，则没为奴婢。子厚与设方计，悉令赎归。其尤贫力不能者，令书其佣，足相当，则使归其质。观察使下其法于他州，比一岁，免而归者且千人。衡、湘以南为进士者，皆以子厚为师。其经承子厚口讲指画为文词者，悉有法度可观。以上官阶、政事。

其召至京师而复为刺史也，中山刘梦得禹锡亦在遣中，当诣播州。子厚泣曰："播州非人所居，而梦得亲在堂。吾不忍梦得之穷，无辞以白其大人，且万无母子俱往理。"请于朝，将拜疏，愿以柳易播，虽重得罪，死不恨。遇有以梦得事白上者，梦得于是改刺连州。呜呼！士穷乃见节义。今夫平居里巷相慕悦，酒食游戏相征逐，诩诩强笑语以相取下，握手出肺肝相示，指天日涕泣，誓生死不相背负，真若可信；一旦临小利害，仅如毛发比，反眼若不相识；落陷井，不一引手救，反挤之，又下石焉者，皆是也。此宜禽兽夷狄所不忍为，而其人自视以为得计，闻子厚之风，亦可以少愧矣！以上愿以柳易播。

子厚前时少年，勇于为人，不自贵重顾藉，谓功业可立就，故坐废退。既退，又无相知有气力得位者推挽，故卒死于穷裔。材不为世用，道不行于时也。使子厚在台省时，自持其身已能如司马、刺史时，亦自不斥；斥时有人力能举之，且必复用不穷。然子厚斥不久，穷不极，虽有出于人，其文学辞章，必不能自力以致必传于后如今无疑也。虽使子厚得所愿，为将相于一时，以彼易此，孰得孰失，必有能辨之者。以上因久斥极穷乃能自力于文学。

子厚以元和十四年十一月八日卒，年四十七。以十五年七月十日归葬万年先人墓侧。子厚有子男二人，长曰周六，始四岁；季曰周七，子厚卒乃生；女子二人，皆幼。其得归葬也，费皆出观察使河东裴君行立。行立有节概，重然诺，与子厚结交，子厚亦为之尽，竟赖其力。葬子厚于万年之墓者，舅弟卢遵。遵，涿人，性谨顺，学问不厌。自子厚之斥，遵从而家焉，逮其死不去。既往葬子厚，又将经纪其家，庶几有始终者。铭曰：

是惟子厚之室，既固既安，以利其嗣人。

清边郡王杨燕奇碑

公讳燕奇，字燕奇，宏农华阴人也。大父知古，祁州司仓；烈考文海，天宝中实为平卢衙前兵马使，位至特进检校太子宾客，封宏农郡开国伯，世掌诸蕃互市，恩信著明，夷人慕之。以上家世。

禄山之乱，公年几二十，进言于其父曰："大人守官，宜不得去。王室在难，某其行矣。"其父为之请于戎帅，遂率诸将校之子弟各一人，间道趋阙，变服诡行，日倍百里。天子嘉之，特拜左金吾卫大将军员外置，赐勋上柱国。以上辞亲从君。宝应二年春，诏从仆射田公平刘展，又从下河北。大历八年，帅师纳戎帅勉于滑州。九年，从朝于京师。建中二年，城汴州，功劳居多。三年，从攻李希烈，先登。贞元二年，从司徒刘公复汴州。十二年，与诸将执以城叛者，归之于京师。事平，授御史大夫，食实封百户，赐缯彩有加。十四年，年六十一，五月某日，终于家。自始命左金吾大将军，凡十五迁为御史大夫，职为节度押衙、右厢兵马使，兼马军先锋兵马使，阶为特进，勋为上柱国，爵为清边郡王，食虚邑自三百户至三千户，真食五百户终焉。以上历叙功绩、官阶。

公结发从军四十余年，敌攻无坚，城守必完；临危蹈难，歔欷感发；乘机应会，捷出神怪；不畏义死，不荣幸生。故其事君无疑行，其事上无间言。以上总叙其贤。

初，仆射田公，其母隔于冀州，公独请往迎之，经营贼城，出入死地，卒致其母。田公德之，约为父子，故公始姓田氏。田公终，而后复其族焉。嗣子通王属良祯，以其年十月庚寅，葬公于开封县鲁陵冈，陇西郡夫人李氏祔焉。夫人清夷郡太守祐之孙，渔阳郡长史献之女，柔嘉淑明，先公而殂。有男四人，女三人。后夫人河南郡夫人雍氏，某官之孙，某官之女。有男一人，女二人，咸有至性纯行。夫人同仁均养，亲族不知异焉。君子于是知杨公之德又行于家也。以上叙家事。铭曰：

烈烈大夫，逢时之虞。感泣辞亲，从难于秦。维兹爰始，遂勤其事。四十余年，或禅或专。攻牢保危，爵位已阼。既明且慎，终老无堕。鲁陵之冈，蔡河在侧。烝烝孝子，思显勋绩。斫石于此，式垂后嗣。

唐故相权公墓碑

上之元和五年，其相曰权公，讳德舆，字载之。其本出自殷帝武丁，武丁之子，降封于权。权，江汉间国也。周衰，入楚为权氏。楚灭，徙秦而居天水略阳。苻秦之王中国，其臣有安邱公翼者，有大臣之言。后六世，至平凉公文诞，为唐上庸太守，荆州大都督长史，焯有声烈。平凉曾孙讳俭，赠尚书礼部郎中，以艺学与苏源明相善，卒官羽林军录事参军，于公为王父。郎中生赠太子太保讳皋，以忠孝致大名，去官，累以官征不起，追谥贞孝。是实生公。以上先世。

公在相位三年，其后以吏部尚书授节镇山南，年六十以薨，赠尚书左仆射，谥文公。以上略叙文公晚节、谥法。

公生三岁，知变四声，四岁能为诗，七岁而贞孝公卒，来吊哭者见其颜色声容，皆相谓"权氏世有其人"。及长，好学，孝敬祥顺。贞元八年，以前江西府监察御史征拜博士，朝士以得人相庆。改左补阙，章奏不绝，讥排奸倖，与阳城为助。转起居舍人，遂知制诰，凡撰命词九年，以类集为五十卷，天下称其能。十八年，以中书舍人典贡士，拜尚书礼部侍郎。荐士于公者，其言可信，不以其人布衣不用；即不可信，虽大官势人交言，一不以缀意奏。广岁所取进士明经，在得人，不以员拘。转户、兵、吏三曹侍郎、太子宾客，复为兵部，迁太常卿。天下愈推为巨人长德。以上历官京师。

时天子以为宰相宜参用道德人，因拜礼部尚书、同中书门下平章事。公既谢辞不许，其所设张举措，必本于宽大；以几教化，多所助与，维匡调娱，不失其正；中于和节，不为声章；因善与贤，不矜主已。以吏部尚书留守东都。东方诸帅，有利病不能自请者，公常与疏陈，不以露布。复拜太常，转刑部尚书，考定新旧令式为三十编，举可长用。其在山南、河南，勤于选付，治以和简，人以宁便。以上为宰相及在山南、河南。

以疾求还，十三年某月甲子，道薨于洋之白草。奏至，天子痌伤，为之不御朝，郎官致赠锡；官居野处，上下吊哭，皆曰："善人死矣。"其年某月日，葬河南北山，在贞孝东五里。以上卒葬。

公由陪属升列，年除岁迁，以至公宰，人皆喜闻，若己与有，无忌嫉者。于頔坐子杀人，失位自囚，亲戚莫敢过门省顾，朝莫敢言者。公将留守东都，为上言曰："頔之罪既贳不竟，宜因赐宽诏。"上曰："然，公为吾行谕之。"頔以不忧死。前后考第进士及庭所策试士，踵相蹑为宰相达官，与公相先后，其余布处台阁外府，凡百余人。自始学至疾，未病未尝一日去书不观。公既以能为文辞擅声于朝，多铭卿大夫功德，然其为家，不视簿书。未尝问有亡，费不俟余。以上节叙数大事。

公娶清河崔氏女，其父造，尝相德宗，号为名臣。既葬，其子监察御史璩，累然服丧来有请，乃作铭文曰：

> 权在商周，世无不存。灭楚徒秦，嬴、刘之间。甘泉始侯，以及安丘；诋诃浮屠，皇极之扶。贞孝之生，凤鸟不至；爵位岂多，半涂以税；寿考岂多，四十而逝。惟其不有，以惠厥后；是生相君，为朝德首。行世祖之，文世师之。流连六官，出入屏毗。无党无雠，举世莫疵。人所惮为，公勇为之；其所竞驰，公绝不窥。孰克知之。德将在斯。刻诗墓碑，以永厥垂。

殿中少监马君墓志铭

君讳继祖，司徒、赠太师、北平庄武王之孙，少府监、赠太子少傅讳畅之子。生四岁，以门功拜太子舍人。积三十四年，五转而至殿中少监。年三十七以卒。有男八人，女二人。

始余初冠，应进士贡，在京师，穷不自存，以故人稚弟拜北平王于马前。王问而怜之，因得见于安邑里第。王轸其寒饥，赐食与衣。召二子，使为之主，其季遇我特厚，少府监、赠太子少傅者也。姆抱幼子立侧，眉眼如画，发漆黑，肌肉玉雪可念，殿中君也。当是时，见王于北亭，犹高山深林巨谷，龙虎变化不测，杰魁人也。退见少傅，翠竹碧梧，鸾鹄停峙，能守其业者也。幼子娟好静秀，瑶环瑜珥，兰茁其芽，称其家儿也。

后四五年，吾成进士，去而东游，哭北平王于客舍。后十五六年，吾为尚书都官郎，分司东都，而分府少傅卒，哭之。又十余年至今，哭少监焉。呜呼！吾未耄老，自始至今，未四十年，而哭其祖子孙三世，于人世何如也！人欲久不死，而观居此世者，何也？

国子司业窦公墓志铭

国子司业窦公，讳牟，字某。六代祖敬远，尝封西河公。大父同昌司马，比四代仍袭爵名。同昌讳允，生皇考讳叔向，官至左拾遗、溧水令，赠工部尚书。以上先世。尚书于大历初名能为诗文。及公为文，最长于诗。孝谨厚重，举进士登第。佐六府五公，八迁至检校虞部郎中。元和五年，真拜尚书虞部郎中，转洛阳令、都官郎中、泽州刺史，以至司业。年七十四，长庆二年二月丙寅以疾卒，其年八月某日。葬河南偃师先公尚书之兆次。以上总叙历官及卒葬。初，公善事继母，家居未出。学问于江东，尚幼也。名声词章行于京师，人迟其至。及公就进士，且试，其辈皆曰"莫先窦生"。于时公舅袁高为给事中，方有重名，爱且贤公，然实未尝以干有司。公一举成名而东，遇其党，必曰："非我之才，维吾舅之私。"以上科名。其佐昭义军也，遇其将死，公权代领以定其危。后将卢从史重公不遣，奏进官职。公视从史益骄不逊，伪疾经年。舆归东都，从史卒败死。公不以觉微避去为贤告人。以上佐昭义军。公始佐崔大夫纵留守东都，后佐留守司徒余庆历六府五公，文武细粗不同，自始及终，于公无所悔望。有彼此言者，六府从事几且百人，有愿奸易险贤不肖不同，公一接以和与信，卒莫与公有怨嫌者。其为郎官令守，慎法宽惠不刻；教诲于国学也，严以有礼，抚善遏过，益明上下之分。以躬先之，恂恂恺悌，得师之道。以上为府佐、郎官、守令、司业，各得其道。公一兄三弟，常、群、庠、巩，常进士水部员外郎，朗夔江抚四州刺史。群以处士征，自吏部郎中拜御史中丞，出师黔、容以卒。庠三佐大府，自奉先令为登州刺史。巩亦进士，以御史佐淄青府。皆有材名。公子三人，长曰周余，好善学文，能谨谨致孝。述父之志，曲而不黩。次曰某曰某，皆以进士贡。女子三人。以上兄弟子女。愈少公十九岁，以童子得见，于今四十年，始以师视公，而终以兄事焉。公待我一以朋友，不以幼壮先后致异。公可谓笃厚文行君子矣。

其铭曰：

后缗窦逃闵腹子，夏以再家窦为氏。圣愕旋河掾引比，相婴拨汉纳孔轨。后去观津，而家平陵，遥遥厥绪，夫子是承。我敬其人，我怀其德，作诗孔哀，质于幽刻。

清河郡公房公墓碣铭

公讳启，字某，河南人。其大王父融，王父琯，仍父子为宰相。融相天后，事远不大传。琯相玄宗、肃宗，处艰难中，与道进退，薨赠太尉，流声于兹。父乘，仕至秘书少监，赠太子詹事。以上先世。公胚胎前光，生长食息，不离典训之内，目擩耳染，不学以能。始为凤翔府参军，尚少，人吏迎观望见，咸曰："真房太尉家子孙也！"不敢弄以事。转同州澄城丞，益自饰理，同官惮伏。卫晏使岭南黜陟，求佐得公，擢摘良奸，南土大喜。还，进昭应主簿。裴胄领湖南，表公为佐，拜监察御史，部无遗事。胄迁江西，又以节镇江陵，公一随迁佐胄，累功进至刑部员外郎，赐五品服，副胄使事为上介。上闻其名，征拜虞部员外，在省籍籍。迁万年令，果辩懭绝。以上历官。

贞元末，王叔文用事，材公之为，举以为容州经略使，拜御史中丞，服佩视三品，管有岭外十三州之地。林蛮洞蜒，守条死要，不相渔劫，税节赋时，公私有余。削衣贬食，不立资遗，以班亲旧朋友为义。在容九年，迁领桂州，封清河郡公，食邑三千户。以上经略容、桂。中人使授命书，应待失礼，客主违言，征贰太仆。未至，贬虔州长史，而坐使者。以疾卒官，年五十九。其子越，能辑父事无失，谨谨致孝。既葬，碣墓请铭。铭曰：

　　　房氏二相，厥家以闻；条叶被泽，况公其孙。公初为吏，亦以门庇；佐使于南，乃始已致。既办万年，命屏容服；功绪卓殊，氓獠循业。维不顺随，失署亡资；非公之怨，铭以著之。

尚书库部郎中郑君墓志铭

君讳群，字宏之，世为荥阳人。其祖于元魏时有假封襄城公者，子孙因称以自别。曾祖匡时，晋州霍邑令。祖千寻，彭州九陇丞。父迪，鄂州唐年令，娶河南独孤氏女。以上先世。生二子，君其季也。

以进士选吏部考功，所试判为上等，授正字，自鄂县尉拜监察御史，佐鄂岳使。裴均之为江陵，以殿中侍御史佐其军。均之征也，迁虞部员外郎。均镇襄阳，复以君为襄府左司马、刑部员外郎，副其支度使事。均卒，李夷简代之，因以故职留君。岁余，拜复州刺史，迁祠部郎中。会衢州无刺史，方选人，君愿行，宰相即以君应诏。治衢五年，复入为库部郎中。行及扬州，遇疾，居月余，以长庆元年八月二十四日卒，春秋六十。即以其年十一月二十二日从葬于郑州广武原先人之墓次。以上历官、卒葬。

君天性和乐，居家事人与待交游，初持一心，未尝变节有所缓急曲直薄厚疏数也。不为翕翕热，亦不为崖岸斩绝之行。俸禄入门，与其所过逢吹笙弹筝，饮酒舞歌，诙调醉呼，连日夜不厌。费尽，不复顾问，或分挈以去，一无所爱惜，不为后日毫发计留也。遇其空无时，客至，清坐相看，或竟日不能设食，客主各自引退，亦不为辞谢。与之游者，自少及老，未尝见其言色有若忧叹者，岂列御寇、庄周等所谓近于道者耶！其治官守身又极谨慎，不挂于过差，去官而人民思之，身死而亲故无所怨议，哭之皆哀，又可尚也。以上性情治行。

初娶吏部侍郎京兆韦肇女，生二女一男。长女嫁京兆韦词，次嫁兰陵萧攒。后娶河南少尹赵郡李则女，生一女二男。其余男二人、女四人，皆幼。嗣子退思，韦氏生也。以上妻子。铭曰：

　　　　再鸣以文进途辟，佐三府治蔼厥迹。郎官郡守愈著白，洞然浑朴绝瑕谪，甲子一终反玄宅。

江南西道观察使太原王公墓志铭

公讳仲舒，字宏中。少孤，奉其母居江南，游学有名。贞元十年，以贤良方正拜左拾遗，改右补阙，礼部、考功、吏部三员外郎。贬连州司户参军，改夔州司马佐江陵使。改祠部员外郎，复除吏部员外郎。迁职方郎中知制诰，出为峡州刺史，迁庐州。未至，丁母忧，服阕改婺州、苏州刺史。以上历官中外。征拜中书舍人，既至，谓人曰："吾老，不乐与少年治文书，得一道，有地六七郡，为之三年，贫可富，乱可治。身安功立，无愧于国家可也。"日日语人。丞相闻问语验，即除江南西道观察使兼御史中丞。至则奏罢榷酒钱九千万，以其利与民。又罢军吏官债五千万，悉焚簿文书。又出库钱二千万，以丐贫民遭旱不能供税者。禁浮屠及老子。为僧道士不得于吾界内因山野立浮屠老子象，以其诳丐渔利，夺编民之产。在官四年，数其蓄积，钱余于库，米余于廪。以上服阕后为中书舍人、江西观察。朝廷选公卿于外，将征以为左丞。吏部已用薛尚书代之矣。长庆三年十一月十七日，未命而薨，年六十二。天子为之罢朝，赠左散骑常侍。远近相吊。以四年二月某日葬于河南某县先茔之侧。以上卒葬。公之为拾遗，朝退，天子谓宰相曰："第几人非王某邪？"是时，公方与阳城更疏论裴延龄诈妄，士大夫重之。为考功吏部郎也，下莫敢有欺犯之者。非其人，虽与同列未尝比数收拾，故遭谗而贬。在制诰尽力直友人之屈，不以权臣为意。又被谗而出。元和初，婺州大旱，人饿死，户口亡十七八。公居五年，完富如初。按劾群吏，奏其赃罪，州部清整，加赐金紫。其在苏州，治称第一。以上历官贤声。公所至辄先求人利害，废置所宜，闭阁草奏。又具为科条，与人吏约。事备，一旦张下，民无不忭叫喜悦。或初若小烦，旬岁皆称其便。公所为文章，无世俗气，其所树立，殆不可学。以上总叙治行文学。曾祖讳玄暕，比部员外郎。祖讳景肃，丹阳太守。考讳政，襄、邓等州防御使、鄂州采访使，赠工部尚书。公先妣渤海李氏，赠渤海郡太君。公娶其舅女，有子男七人，初、哲、贞、宏、泰、复、洄，初进士及第，哲文学俱善，其余幼也。长女婿刘仁师，高陵令。次女婿李行修，尚书刑部员外郎。铭曰：

> 气锐而坚，又刚以严，哲人之常。爱人尽己，不倦以止，乃吏之方。与其友处，顺若妇女，何德之光！墓之有石，我最其迹，万世之藏。

检校尚书左仆射右龙武军统军刘公墓志铭

公讳昌裔，字光后，本彭城人。曾大父讳承庆，朔州刺史；大父巨敖，好读老子、庄周书，为太原晋阳令。再世宦北方，乐其土俗，遂著籍太原之阳曲，曰："自我为此邑人可也，何必彭城？"父讼，赠右散骑常侍。以上先世。

公少好学问，始为儿时，重迟不戏，恒若有所思念计画。及壮自试，以《开吐蕃说》干边将，不售。入三蜀，从道士游。久之，蜀人苦杨琳寇掠，公单船往说，琳感欷，虽不即降，约其徒不得为虐。琳降，公常随琳不去。琳死，脱身亡，沈浮河朔之间。建中中，曲环招起之，为环檄李纳，指摘切刻。纳悔恐动心，恒魏皆疑惑气懈。环封奏其本，德宗称焉。环之会下濮州，战白塔，救宁陵、襄邑，击李希烈陈州城下。公常在军间，环领陈许军，公因为陈许从事，以前后功劳累迁检校兵部郎中、御史中丞、营田副使。以上从杨琳、曲环。

吴少诚乘环丧，引兵叩城，留后上官说，咨公以城守，所以能擒诛叛将，为抗拒，令敌人不得其便。围解，拜陈州刺史。韩全义败，引军走陈州，求入保。公自城上揖谢全义曰："公受命诣蔡，何为来陈？公无恐，贼必不敢至我城下。"明日，领步骑十余抵全义营。全义惊喜，迎拜叹息，殊不敢以不见舍望公。改授陈许军司马。以上守陈州，为陈州刺史司马。

上官说死，拜金紫光禄大夫，检校工部尚书，代说为节度使。命界上吏不得犯蔡州人，曰："俱天子人，奚为相伤？"少诚吏有来犯者，捕得缚送，曰："妄称彼人，公宜自治之。"少诚惭其军，亦禁界上暴者，两界耕桑交迹，吏不何问。封彭城郡开国公，就拜尚书右仆射。以上为陈州节度。

元和七年，得疾，视政不时。八年五月，涌水出他界，过其地，防穿不补，没邑屋，流杀居人，拜疏请去职即罪，诏还京师。即其日与使者俱西，大热，旦暮驰不息，疾大发。左右手謈止之，公不肯，曰："吾恐不得生谢天子。"上益遣使者劳问，敕无亟行。至则不得朝矣。天子以为恭，即其家拜检校左仆射、右龙武军统军知军事。十一月某甲子薨，年六十二。上为之一日不视朝，赠潞州大都督，命郎吊其家。明年某月甲子，葬河南某县、某乡、某原。以上得罪还京及卒葬。

公不好音声，不大为居宅，于诸帅中独然。夫人，邠国夫人武功苏氏。子四人：嗣子光禄主簿纵，学于樊宗师，士大夫多称之；长子元一，朴直忠厚，便弓马，为淮南军衙门将；次子景阳、景长，皆举进士。葬得日，相与遣使者，哭拜阶上，使来乞铭。以上妻子。铭曰：

　　提将之符，尸我一方；配古侯公，维德不爽。我铭不亡，后人之庆。

司勋员外郎孔君墓志铭

昭义节度卢从史有贤佐曰孔君，讳戡，字君胜。从史为不法，君阴争，不从，则于会肆言以折之。从史羞，面颈发赤，抑首伏气，不敢出一语以对。立为君更令改章辞者，前后累数十。坐则与从史说古今君臣父子，道顺则受成福，逆辄危辱诛死。曰："公当为彼，不得为此。"从史常耸听喘汗。居五六岁，益骄，有悖语。君争，无改悔色，则悉引从事，空一府往争之。从史虽羞，退益甚。君泣语其徒曰："吾所为止于是，不能以有加矣。"遂以疾辞去，卧东都之城东，酒食伎乐之燕不与。当是时，天下以为贤。论士之宜在天子左右者，皆曰"孔君孔君"云。以上强谏卢从史而还洛。会宰相李公镇扬州，首奏起君，君犹卧不应。从史读诏曰："是固舍我而从人耶？"即诬奏君前在军有某事。上曰："吾知之矣。"奏三上，乃除君卫尉丞，分司东都。诏始下门下，给事中吕元膺封还诏书，上使谓吕君曰："吾岂不知戡也？行用之矣。"明年元和五年正月，将浴临汝之汤泉，壬子，至其县食，遂卒，年五十七。公卿大夫士相吊于朝，处士相吊于家。君卒之九十六日，诏缚从史送阙下，数以违命，流于日南。遂诏赠君尚书司勋员外郎，盖用尝欲以命君者信其志。其年八月甲申，从葬河南河阴之广武原。以上为卢从史所诬奏，得罪以死。

君于为义若嗜欲，勇不顾前后，于利与禄则畏避退处，如怯夫然。始举进士第，自金吾卫录事为大理评事，佐昭义军。军帅死，从史自其军诸将代为帅，请君曰："从史起此军行伍中，凡在幕府，唯公无分寸私。公苟留，唯公之所欲为。"君不得已，留。一岁再奏，自监察御史至殿中侍御史。从史初听用其言，得不败；后不听信，恶益闻，君弃去，遂败。以上叙历官至佐昭义军，著所以事卢从史之由。

祖某，某官，赠某官。父某，某官，赠某官。君始娶宏农杨氏女，卒，又娶其舅宋州刺史京兆韦屺女，皆有妇道。凡生一男四女，皆幼。前夫人从葬舅姑兆次。卜人曰："今兹岁未可以祔。"从卜人言，不祔。君母兄戭，尚书兵部员外郎；母弟戢，殿中侍御史，以文行称朝廷。以上祖父妻子。将葬，以韦夫人之弟、前进士楚材之状授愈，曰："请为铭。"铭曰：

　　允义孔君，兹惟其藏。更千万年，无敢坏伤。

集贤院校理石君墓志铭

君讳洪，字浚川。其先姓乌石兰，九代祖猛始从拓跋氏入夏，居河南，遂去"乌"与"兰"，独姓石氏，而官号大司空。后七世至行褒，官至易州刺史，于君为曾祖。易州生婺州金华令讳怀一，卒葬洛阳北山。金华生君之考讳平，为太子家令，葬金华墓东，而尚书水部郎刘复为之铭。以上先世。

君生七年丧其母，九年而丧其父，能力学行。去黄州录事参军，则不仕，而退处东都洛上十余年，行益修，学益进，交游益附，声号闻四海。故相国郑公余庆留守东都，上言洪可付史笔。李建拜御史，崔周祯为补阙，皆举以让。宣、歙、池之使与浙东使交牒署君从事。河阳节度乌大夫重允，间以币先走庐下，故为河阳得。佐河阳军，吏治民宽，考功奏从事考，君独于天下为第一。元和六年，诏下河南，征拜京兆昭应尉校理集贤御书。以上出处仕宦。明年六月甲午，疾卒，年四十二。

娶彭城刘氏女，故相国晏之兄孙。生男二人：八岁曰壬，四岁曰申。女子二人。顾言曰："葬死所。"七月甲申，葬万年白鹿原。以上妻子、卒葬。既病，谓其游韩愈曰："子以吾铭。"铭曰：

生之艰，成之又艰。若有以为，而止于斯！

李元宾墓铭

李观，字元宾，其先陇西人也。始来自江之东，年二十四举进士，三年登上第，又举博学宏辞，得太子校书。一年，年二十九，客死于京师。既敛之三日，友人博陵崔宏礼葬之于国东门之外七里，乡曰庆义，原曰嵩原。友人韩愈书石以志之。辞曰：

已乎元宾！寿也者吾不知其所慕，天也者吾不知其所恶。生而不淑，孰谓其寿？死而不朽，孰谓之天？已乎元宾！才高乎当世，而行出乎古人。已乎元宾！竟何为哉！竟何为哉！

施先生墓铭

贞元十八年十月十一日，太学博士施先生士丐卒，其寮太原郭伉买石志其墓，昌黎韩愈为之辞，曰：

先生明毛、郑《诗》，通《春秋左氏传》，善讲说，朝之贤士大夫从而执经考疑者继于门，太学生习毛、郑《诗》、《春秋左氏传》者皆其弟子。贵游之子弟，时先生之说二经，来太学，帖帖坐诸生下，恐不卒得闻。先生死，二经生丧其师，仕于学者亡其朋，故自贤士大夫、老师宿儒、新进小生闻先生之死，哭泣相吊，归衣服货财。以上明二经及死时事。

先生年六十九，在太学者十九年，由四门助教为太学助教，由助教为博士。太学秩满当去，诸生辄拜疏乞留，或留或迁，凡十九年，不离太学。以上在太学之久。

祖曰旭，袁州宜春尉。父曰婿，豪州定远丞。妻曰太原王氏，先先生卒。子曰友直，明州鄮县主簿；曰友谅，太庙斋郎。以上祖父妻子。系曰：

> 先生之祖，氏自施父。其后施常，事孔子以彰。雠为博士，延为太尉。太尉之孙，始为吴人。曰然曰续，亦载其迹。先生之兴，公车是召；纂序前闻，于光有曜。古圣人言，其旨密微；笺注纷罗，颠倒是非。闻先生讲论，如客得归。卑让肫肫，出言孔扬；今其死矣，谁嗣为宗！县曰万年，原曰神禾；高四尺者，先生墓耶！

唐河中府法曹张君墓碣铭

有女奴抱婴儿来，致其主夫人之语曰："妾，张圆之妻刘也。妾夫常语妾云：'吾常获私于夫子。'且曰：'夫子天下之名能文辞者，凡所言必传世行后。'今妾不幸，夫逢盗死途中，将以日月葬。妾重哀其生志不就，恐死遂沉泯，敢以其稚子汋见，先生将赐之铭，是其死不为辱，而名永长存，所以盖覆其遗允子若孙。且死万一能有知，将不悼其不幸于土中矣。"又曰："妾夫在岭南时，尝疾病，泣语曰：'吾志非不如古人，吾才岂不如今人，而至于是，而死于是耶！尔若吾哀，必求夫子铭，是尔与吾不朽也。'"以上述张刘氏语。愈既哭吊辞，遂叙次其族世、名字、事始终而铭曰：

> 君字直之。祖欢，父孝新，皆为官汴、宋间。君尝读书，为文辞有气；有吏才，尝感激欲自奋拔，树功名以见世。初，举进士，再不第，因去，事宣武军节度使，得官至

监察御史。坐事贬岭南，再迁至河中府法曹参军。摄虞乡令，有能名，进摄河东令，又有名，遂署河东从事。绛州阙刺史，摄绛州事，能闻朝廷。以上科第官阶。元和四年秋，有事适东方，既还，八月壬辰，死于汴城西双邱，年四十有七。明年二月日，葬河南偃师。妻彭城人，世有衣冠。祖好顺，泗州刺史。父泳，卒蕲州别驾。女四人，男一人，婴儿，汴也。以上卒葬、祖父妻子。是为铭。

扶风郡夫人墓志铭

夫人姓卢氏，范阳人，亳州城父丞序之孙，吉州刺史彻之女。嫁扶风马氏，为司徒侍中庄武公之冢妇，少府监西平郡王赠工部尚书之夫人。

初，司徒与其配陈国夫人元氏惟宗庙之尊重，继序之不易，贤其子之才，求妇之可与齐者。内外亲咸曰："卢某旧门，承守不失其初，其子女闻教训，有幽闲之德，为公子择妇，宜莫如卢氏。"媒者曰"然"，卜者曰"祥"。夫人适年若干，入门而媪御皆喜，既馈而公姑交贺。克受成福，母有多子。为妇为母，莫不法式。天资仁恕，左右媵侍常蒙假与颜色，人人莫不自在。杖婢使数未尝过二三，虽有不怿，未尝见声气。

元和五年，尚书薨，夫人哭泣成疾。后二年，亦薨。年四十有六。九年正月癸酉，祔于其夫之封。长子殿中丞继祖，孝友以类，葬有日，言曰："吾父友，惟韩丈人视诸孤，其往乞铭。"以其状来，愈读曰："尝闻乃公言然，吾宜铭。"铭曰：

阴幽坤从，维德之恒；出为辨强，乃匪妇能。淑哉夫人，夙有多誉；来嫔大家，不介母父。有事宾祭，酒食祗饬；协于尊章，畏我侍侧。及嗣内事，亦莫有施；齐其躬心，小大顺之。夫先其归，其室有邱；合葬有铭，壶彝是攸。

河南府法曹参军卢君夫人墓志铭

夫人姓苗氏，讳某，字某，上党人。曾大父袭夔，赠礼部尚书。大父殆庶，赠太子太师。父如兰，仕至太子司议郎、汝州司马。夫人年若干，嫁河南法曹卢府君讳贻，有文章德行，其族世所谓甲乙者，先夫人卒。夫人生能配其贤，殁能守其法。男二人：於陵、浑。女三人，皆嫁为士妻。贞元十九年四月四日，卒于东都敦化里，年六十有九。其年七月某日，祔于法曹府君墓，在洛阳龙门山。其季女婿昌黎韩愈为之志。其辞曰：

> 赫赫苗宗，族茂位尊；或毗于王，或贰于藩。是生夫人，载穆令闻；爰初在家，孝友惠纯。乃及于行，克媲德门；肃其为礼，裕其为仁。法曹之终，诸子实幼；茕茕其哀，介介其守。循道不违，厥声弥劭；三女有从，二男知教；同里叹息，母妇思效。岁时之嘉，嫁者来宁；累累外孙，有携有婴。扶床坐膝，嬉戏欢争，既寿而康，既备而成。不欿于约，不矜于盈。伊昔淑哲，或图或书；嗟咨夫人，孰与为俦！刻铭置墓，以赞硕休。

女挐圹铭

女挐，韩愈退之第四女也，慧而早死。愈之为少秋官，言佛夷鬼，其法乱治，梁武事之，卒有侯景之败，可一扫刮绝去，不宜使烂漫。天子谓其言不祥，斥之潮州，汉南海揭扬之地。愈既行，有司以罪人家不可留京师，迫遣之。女挐年十二，病在席，既惊痛与其父诀，又舆致走道撼顿，失食饮节，死于商南层峰驿，即瘗道南山下。五年，愈为京兆，始令子弟与其姆易棺衾，归女挐之骨于河南之河阳韩氏墓葬之。

女挈死，当元和十四年二月二日。其发而归，在长庆三年十月之四日。其葬在十一月之十一日。铭曰：

　　汝宗葬于是，汝安归之，惟永宁！

赠太傅董公行状

曾祖仁琬，皇任梁州博士。祖大礼，皇赠右散骑常侍。父伯良，皇赠尚书左仆射。

公讳晋，字混成，河中虞乡万岁里人。少以明经上第。先皇帝居原州，公在原州，宰相以公善为文，任翰林之选闻。召见，拜秘书省校书郎，入翰林为学士。三年出入左右，天子以为谨愿，赐绯鱼袋，累升为卫尉寺丞。出翰林，以疾辞，拜汾州司马。崔圆为扬州，诏以公为圆节度判官，摄殿中侍御史。以军事如京师朝，天子识之，拜殿中侍御史内供奉，由殿中为侍御史，入尚书省为主客员外郎，由主客为祠部郎中。以上科第历官。

先皇帝时，兵部侍郎李涵如回纥，立可敦。诏公兼侍御史，赐紫金鱼袋，为涵判官。回纥之人来曰："唐之复土疆，取回纥力焉，约我为市马。既入，而归我贿不足，我于使人乎取之。"涵惧不敢对，视公。公与之言曰："我之复土疆，尔信有力焉。吾非无马，而与尔为市，为赐不既多乎？尔之马岁至，吾数皮而归赆，边吏请致诘也。天子念尔有劳，故下诏禁侵犯。诸戎畏我大国之尔与也，莫敢校焉。尔之父子宁而畜马蕃者，非我谁使之？"于是其众皆环公拜，既又相率南面序拜，皆两举手曰："不敢复有意大国。"自回纥归，拜司勋郎中，未尝言回纥之事。以上副使回纥。迁秘书少监，历太府、太常二寺亚卿，为左金吾卫将军。

今上即位，以大行皇帝山陵，出财赋，拜太府卿；由太府为左散骑常侍，兼御史中丞，知台事。三司使选擢才俊有威风，始公为金吾，未尽一月，拜太府。九日，又为中丞，朝夕入议事。于是宰相请以公为华州刺史，拜华州刺史、潼关防御镇国军使。朱泚之乱，加御史大夫，诏至于上所，又拜国子祭酒，兼御史大夫，宣慰恒州。于是朱滔自范阳以回纥之师助乱，人大恐。公既至恒州，恒州即日奉诏出兵，与滔战，大破走之，还至河中。以上再叙历官，出兵破朱滔。

　　李怀光反，上如梁州。怀光所率皆朔方兵，公知其谋与朱泚合也，患之，造怀光言曰："公之功，天下无与敌；公之过，未有闻于人。某至上所，言公之情，上宽明，将无不赦宥焉，乃能为朱泚臣乎？彼为臣而背其君，苟得志，于公何有？且公既为太尉矣，彼虽宠公，何以加此？彼不能事君，能以臣事公乎？公能事彼，而有不能事君乎？彼知天下之怒，朝夕戮死者也，故求其同罪而与之比，公何所利焉？公之敌彼有余力，不如明告之绝，而起兵袭取之，清宫而迎天子，庶人服而请罪有司。虽有大过，犹将掩焉。如公则谁敢议？"语已，怀光拜曰："天赐公活怀光之命。"喜且泣，公亦泣。则又语其将卒如语怀光者，将卒呼曰："天赐公活吾三军之命。"拜且泣，公亦泣，故怀光卒不与朱泚。当是时，怀光几不反。公气仁，语若不能出口，及当事，乃更疏亮捷给。其词忠，其容貌温然，故有言于人，无不信。以上说李怀光。

　　明年，上复京师，拜左金吾卫大将军；由大金吾为尚书左丞，又为太常卿；由太常拜门下侍郎平章事。在宰相位凡五年，所奏于上前者，皆二帝三王之道，由秦汉以降未尝言。退归，未尝言所言于上者于人。子弟有私问者，公曰："宰相所职系天下。天下安危，宰相之能与否可见。欲知宰相之能与否，如此视之其可。凡所谋议于上前者，不足道也。"故其事卒不闻。以疾病辞于上前者不记。退以表辞者八，方许之。拜礼部尚书。制曰：

"事上尽大臣之节。"又曰："一心奉公。"于是天下知公之有言于上也。初，公为宰相时，五月朔会朝，天子在位，公卿百执事在廷，侍中赞，百僚贺，中书侍郎平章事窦参摄中书令，当传诏，疾作，不能事。凡将大朝会，当事者既受命，皆先日习仪，于时未有诏，公卿相顾。公逡巡进，北面言曰："摄中书令臣某，病不能事，臣请代某事。"于是南面宣致诏辞，事已复位，进退甚详。以上为宰相。为礼部四年，拜兵部尚书。入谢，上语问日晏。复有入谢者，上喜曰："董某疾且损矣！"出语人曰："董公且复相。"既二日，拜东都留守，判东都尚书省事，充东都畿汝州都防御使，兼御史大夫，仍为兵部尚书。由留守未尽五月，拜检校尚书左仆射同中书门下平章事、汴州刺史、宣武军节度副大使、知节度事、管内支度营田、汴宋亳颍等州观察处置等使。以上以东都留守授节度汴州之任。

汴州自大历来，多兵事，刘玄佐益其师至十万。玄佐死，子士宁代之，畋游无度。其将李万荣乘其畋也，逐之。万荣为节度一年，其将韩惟清、张彦林作乱，求杀万荣不克。三年，万荣病风，昏不知事，其子乃复欲为士宁之故。监军使俱文珍与其将邓惟恭执之，归京师，而万荣死。诏未至，惟恭权军事。公既受命，遂行。刘宗经、韦宏景、韩愈实从，不以兵卫。及郑州，逆者不至，郑州人为公惧，或劝公止以待。有自汴州出者，言于公曰："不可入。"公不对，遂行，宿圃田。明日，食中牟，逆者至，宿八角。明日，惟恭及诸将至，遂逆以入。及郛，三军缘道欢声，庶人壮者呼，老者泣，妇人啼，遂入以居。初，玄佐死，吴凑代之，及巩闻乱归，士宁、万荣皆自为而后命，军士将以为常，故惟恭亦有志。以公之速也不及谋，遂出逆。既而私其人，观公之所为以告，曰："公无为。"惟恭喜，知公之无害己也，委心焉。进见公者退，皆曰："公仁人也。"闻公言者，皆曰："公仁人也。"环以相告，故大和。以上速入汴州，不以兵卫。

　　初，玄佐遇军士厚，士宁惧，复加厚焉。至万荣，如士宁志；及韩张乱，又加厚以怀之；至于惟恭，每加厚焉。故士卒骄不能御，则置腹心之士，幕于公庭庑下，挟弓执剑以须。日出而入，前者去；日入而出，后者至。寒暑时至，则加劳赐酒肉。公至之明日，皆罢之。贞元十二年七月也。以上罢庭庑弓剑之士。

　　八月，上命汝州刺史陆长源为御史大夫、行军司马，杨凝自左司郎中为检校吏部郎中、观察判官，杜伦自前殿中侍御史为检校工部员外郎、节度判官，孟叔度自殿中侍御史为检校金部员外郎、支度营田判官。职事修，人俗化，嘉禾生，白鹊集，苍乌来巢，嘉瓜同蒂联实。四方至者，归以告其帅，小大威怀；有所疑，辄使来问；有交恶者，公与平之。以上治汴，僚佐效验。累请朝，不许。及有疾，又请之，且曰："人心易动，军旅多虞，及臣之生，计不先定，至于他日，事或难期。"犹不许。十五年二月三日，薨于位。上三日罢朝，赠太傅，使吏部员外郎杨於陵来祭，吊其子，赠布帛米有加。公之将薨也，命其子三日敛。既敛而行，于行之四日，汴州乱。故君子以公为知人。公之薨也，汴州人歌之曰："浊流洋洋，有辟其郛；阗道欢呼，公来之初。今公之归，公在丧车。"又歌曰："公既来止，东人以完；今公殁矣，人谁与安！"以上薨汴。

　　始公为华州，亦有惠爱，人思之。公居处恭，无妾媵，不饮酒，不谄笑，好恶无所偏，与友人交，泊如也。未尝言兵，有问者，曰："吾志于教化。"享年七十六。阶累升为金紫光禄大夫，勋累升为上柱国，爵累升为陇西郡开国公。娶南阳张氏夫人，后娶京兆韦氏夫人，皆先公终。四子：全道、溪、全素、瀁。全道、全素，皆上所赐名。全道为秘书省著作郎，溪为秘书省秘书郎，全素为大理评事，瀁为太常寺太祝，皆善士，有学行。以上遗德及妻子。

谨具历官行事状，伏请牒考功，并牒太常议所谥，牒史馆请垂编录。谨状。

监察御史卫府君墓志铭

君讳某，字某，中书舍人御史中丞讳某之子，赠太子洗马讳某之孙。家世习儒，学辞章。昆弟三人，俱传父祖业，从进士举，君独不与俗为事，乐弛置自便。

父中丞薨，既三年，与其弟中行别，曰："若既克自敬勤，及先人存，趾美进士，续闻成宗，唯服任遂功，为孝子在不怠。我恨已不及，假令今得，不足自贳。我闻南方多水银、丹砂，杂他奇药，爁为黄金，可饵以不死。今于若丐我，我即去。"遂逾岭陁南出，药贵不可得，以干容帅。帅且曰："若能从事于我，可一日具。"许之，得药，试如方，不效，曰："方良是，我治之未至耳。"留三年，药终不能为黄金，而佐帅政成，以功再迁监察御史。帅迁于桂，从之。帅坐事免，君摄其治，历三时，夷人称便。新帅将奏功，君舍去，南海马大夫使谓君曰："幸尚可成，两济其利。"君虽益厌，然不能无万一冀，至南海，未几竟死，年五十三。

子曰某。元和十年十二月某日，归葬河南某县、某乡、某村，祔先茔。于时中行为尚书兵部郎，号名人，而与余善，请铭。铭曰：

嗟惟君，笃所信。要无有，敝精神。以弃余，贾于人。脱外累，自贵珍。讯来世，述墓文。

尚书左丞孔公墓志铭

孔子之后，三十八世，有孙曰戣，字君严，事唐为尚书左丞。年七十三，三上书去官，天子以为礼部尚书，禄之终身，而不敢烦以政。吏部侍郎韩愈常贤其能，谓曰："公尚壮，上三留，奚去之果？"曰："吾敢要君？吾年至，一宜去；吾为左丞，不能进退郎官，唯相之为，二宜去。"愈又曰："古之老于乡者，将自佚，非自苦；间井田宅具在，亲戚之不仕与倦而归者，不在东阡在北陌，可杖屦来往也。今异于是，公谁与居？且公虽贵，而无留资，何恃而归？"曰："吾负二宜去，尚奚顾子言？"愈面叹曰："公于是乎贤远于人。"明日奏疏曰："臣与孔戣同在南省，数与相见。戣为人守节清苦，论议正平，年才七十，筋力耳目，未觉衰老，忧国忘家，用意至到。如戣辈在朝，不过三数人，陛下不宜苟顺其求，不留自助也。"不报。以上叙其致仕。明年，长庆四年正月己未，公年七十四，告薨于家，赠兵部尚书。

公始以进士佐三府，官至殿中侍御史。元和元年，以大理正征，累迁江州刺史、谏议大夫，事有害于正者，无所不言。加皇太子侍读，改给事中，言京兆尹阿纵罪人，诏夺京兆尹三月之俸。权知尚书右丞，明年，拜右丞，改华州刺史。明州岁贡海虫淡菜蛤蚶可食之属，自海抵京师，道路水陆，递夫积功，岁为四十三万六千人，奏疏罢之。下邽令笞外按小儿，系御史狱，公上疏理之。诏释下邽令，而以华州刺史为大理卿。以上叙官阶而及华州刺史政绩。

十二年，自国子祭酒拜御史大夫，岭南节度等使。约以取足，境内诸州负钱至二百万，悉放不收。蕃舶之至，泊步有下碇之税，始至有阅货之燕，犀珠磊落，贿及仆隶，公皆罢之。绝海之商有死于吾地者，官藏其货，满三月，无妻子之请者，尽没有之。公曰："海道以年计往复，何月之拘？苟有验者，悉推与之，无算远近。"厚守宰俸，而严其法。岭南以口为货，其荒阻处，父子相缚为奴,公一禁之。有随公吏得无名儿,蓄不言官,有讼者,公召杀之。山谷诸黄,世自聚为豪,观吏厚薄缓急,或叛或从。容桂二管,利其虏掠,请合兵讨之,冀一有功,有所指取。当是时,天子以武定淮西河南北,用事者以破诸黄为类,向意助之。公屡言:"远人急之,则惜性命,相屯聚为寇;缓之,则自相怨恨而散,此禽兽耳。但可自计利害,不足与论是非。天子入先言,遂敛兵江西、岳鄂、湖南、岭南,会容桂之吏以讨之,被雾露毒,相枕藉死,百无一还。安南乘势杀都护李象古。桂将裴行立、容将杨旻,皆无功,数月自死。岭南嚣然。祠部岁下广州,祭南海庙,庙入海口,为州者皆惮之,不自奉事,常称疾,命从事自代。唯公岁常自行。官吏刻石为诗美之。*以上岭南节度使任内善政六事。*

十五年,迁尚书吏部侍郎。公之北归,不载南物,奴婢之籍,不增一人。长庆元年,改右散骑常侍;二年,而为尚书左丞。曾祖讳务本,沧州东光令。祖讳如珪,海州司户参军,赠尚书工部郎中。皇考讳岑父,秘书省著作佐郎,赠尚书左仆射。公夫人京兆韦氏;父种,大理评事。有四子:长曰温质,四门博士;遵孺、遵宪、温裕,皆明经。女子长嫁中书舍人平阳路隋,其季者幼。公之昆弟五人,载、戡、戢、戳。公于次为第二。公之薨,戡自湖南入为少府监。其年八月甲申,戡与公子葬公于河南河阴广武原先公仆射墓左。*以上先世及妻子兄弟。*铭曰:

孔世卅八,吾见其孙。白而长身,寡笑与言。其尚类也,莫与之伦。德则多有,请考于文。

故贝州司法参军李君墓志铭

贞元十七年九月丁卯,陇西李翱合葬其皇祖考贝州司法参军楚金、皇祖姒清河崔氏夫人于汴州开封县某里。昌黎韩愈纪其世，著其德行，以识其葬。

其世曰：由梁武昭王六世至司空，司空之后二世，为刺史清渊侯，由侯至于贝州，凡五世。

其德行曰：事其兄如事其父，其行不敢有出焉。其夫人事其姒如事其姑，其于家不敢有专焉。其在贝州，其刺史不悦于民，将去官，民相率欢哗，手瓦石，胥其出击之。刺史匿不敢出，州县吏由别驾已下不敢禁，司法君奋曰："是何敢尔。"属小吏百余人，持兵仗以出。立木而署之曰："刺史出，民有敢观者，杀之木下！"民闻皆惊，相告散去。后刺史至，加擢任。贝州由是大理。

其葬曰：翱既迁贝州，君之丧于贝州，殡于开封，遂迁夫人之丧于楚州，八月辛亥，至于开封，圹于丁巳，坟于九月辛酉，窆于丁卯。人谓李氏世家也，侯之后五世仕不遂。蕴必发，其起而大乎！四十年而其兄之子衡，始至户部侍郎。君之子四人，官又卑。翱，其孙也，有道而甚文，固于是乎在。

毛颖传

毛颖者，中山人也。其先明视佐禹治东方土，养万物有功，因封于卯地，死为十二神。尝曰："吾子孙神明之后，不可与物同，当吐而生。"已而果然。明视八世孙䨲，世传当殷时，居中山，得神仙之术，能匿光使物，窃姮娥，骑蟾蜍入月，其后代遂隐不仕云。居东郭者曰魏，狡而善走，与韩卢争能，卢不及。卢怒，与宋鹊谋而杀之，醢其家。

秦始皇时，蒙将军恬南伐楚，次中山，将大猎以惧楚。召左右庶长与军尉，以《连山》筮之，得天与人文之兆。筮者贺曰："今日之获，不角不牙，衣褐之徒，缺口而长须，八窍而趺居，独取其髦，简牍是资，天下同其书。秦其遂兼诸侯乎！"遂猎，围毛氏之族，拔其豪，载颖而归，献俘于章台宫，聚其族而加束缚焉。秦皇帝使恬赐之汤沐，而封诸管城，号曰管城子，日见亲宠任事。

颖为人强记而便敏，自结绳之代以及秦事，无不纂录。阴阳、卜筮、占相、医方、族氏、山经、地志、字书、图画、九流百家、天人之书，及至浮屠、老子、外国之说，皆所详悉。又通于当代之务，官府簿书，市井货钱注记，惟上所使。自秦皇帝及太子扶苏、胡亥、丞相斯、中军府令高，下及国人，无不爱重。又善随人意，正直、邪曲、巧拙，一随其人；虽见废弃，终默不泄。惟不喜武士，然见请亦时往。累拜中书令，与上益狎，上尝呼为"中书君"。上亲决事，以衡石自程，虽宫人不得立左右，独颖与执烛者常侍，上休方罢。颖与绛人陈玄、宏农陶泓及会稽褚先生友善，相推致，其出处必偕。上召颖，三人者不待诏，辄俱往，上未尝怪焉。

后因进见，上将有任使，拂拭之，因免冠谢。上见其发秃，又所摹画不能称上意。上嘻笑曰："中书君，老而秃，不任吾用。吾尝谓君中书，君今不中书耶？"对曰："臣所谓尽心者。"因不复召，归封邑，终于管城。其子孙甚多，散处中国夷狄，皆冒管城，惟居中山者能继父祖业。

太史公曰：毛氏有两族，其一姬姓，文王之子，封于毛，所谓鲁、卫、毛、聃者也。战国时，有毛公、毛遂。独中山之族，不知其本所出，子孙最为蕃昌。《春秋》之成，见绝于孔子，而非其罪。及蒙将军拔中山之豪，始皇封诸管城，世遂有名，而姬姓之毛无闻。颖始以俘见，卒见任使。秦之灭诸侯，颖与有功，赏不酬劳，以老见疏，秦真少恩哉！

柳宗元

襄阳丞赵君墓志铭

贞元十八年月日，天水赵公矜，年四十二，客死于柳州，官为敛葬于城北之野。元和十三年，孤来章始壮，自襄州徒行求其葬，不得，征书而名其人，皆死无能知者。来章日哭于野，凡十九日，惟人事之穷，则庶于卜筮。五月甲辰，卜秦诹兆之曰："金食其墨，而火以贵。其墓直丑，在道之右。南有贵神，冢土是守。乙巳于野，宜遇西人。深目而髯，其得实因。七日发之，乃觌其神。"明日求诸野，有叟荷杖而东者。问之，曰："是故赵丞儿耶？吾为曹信，是迩吾墓。噫，今则夷矣。直社之北二百举武，吾为子蓰焉。"辛亥启土，有木焉，发之，绯衣绲衾，凡自家之物皆在。州之人皆为出涕。诚来章之孝，神付是叟，以与龟偶，不然，其协焉如此哉？六月某日就道，月日葬于汝州龙城县期城之原。夫人河南源氏，先殁而祔之。矜之父曰渐，南郑尉。祖曰倩之，郓州司马。曾祖曰弘安，金紫光禄大夫、国子祭酒。始矜由明经为舞阳主簿，蔡帅反，犯难来归，擢授襄城主簿，赐绯鱼袋。后为襄阳丞。其墓自曾祖以下皆族以位。时宗元刺柳，用相其事，哀而旌之以铭。铭曰：

> 诹也挈之，信也莅之，有朱其绂，神具列之。悃悃来章，神实恫汝，锡之老叟，告以兆语。灵其鼓舞，从而父祖，孝斯有终，福宜是与。百越蓁蓁，羁鬼相望，有子而孝，独归故乡。涕盈其铭，旌尔勿忘。

第四册目录

卷二十一 传志之属下编二

欧阳修

资政殿学士文正范公神道碑铭

皇祐四年五月甲子，资政殿学士、尚书户部侍郎、汝南文正公薨于徐州，以其年十有二月壬申葬于河南尹樊里之万安山下。公讳仲淹，字希文。五代之际，世家苏州，事吴越。太宗皇帝时，吴越献其地，公之皇考从钱俶朝京师，后为武宁军掌书记以卒。

公生二岁而孤，母夫人贫无依，再适长山朱氏。既长，知其世家，感泣去之南都。入学舍，扫一室，昼夜讲诵，其起居饮食，人所不堪，而公自刻益苦。居五年，大通六经之旨，为文章，论说必本于仁义。祥符八年举进士，礼部选第一，遂中乙科，为广德军司理参军，始归迎其母以养。及公既贵，天子赠公曾祖苏州粮料判官讳梦龄为太保，祖秘书监讳赟时为太傅，考讳墉为太师，妣谢氏为吴国夫人。**以上先世及孤寒科第。**

公少有大节，于富贵、贫贱、毁誉、欢戚，不一动其心，而慨然有志于天下，常自诵曰："士当先天下之忧而忧，后天下之乐而乐也。"其事上遇人，一以自信，不择利害为趋舍。其所有为，必尽其方，曰："为之自我者当如是，其成与否，有不在我者，虽圣贤不能必，吾岂苟哉！"以上行已大节。

天圣中，晏丞相荐公文学，以大理寺丞为秘阁校理。以言事忤章献太后旨，通判河中府。久之，上记其忠，召拜右司谏。当太后临朝听政时，以至日大会前殿，上将率百官为寿。有司已具，公上疏言天子无北面，且开后世弱人主以强母后之渐，其事遂已。又上书请还政，天子不报。及太后崩，言事者希旨，多求太后时事，欲深治之。公独以谓太后受托先帝，保佑圣躬，始终十年，未见过失，宜掩其小故以全大德。初，太后有遗命，立杨太妃代为太后。公谏曰："太后，母号也，自古无代立者。"由是罢其册命。

是岁，大旱蝗，奉使安抚东南。使还，会郭皇后废，率谏官、御史伏阁争，不能得，贬知睦州，又徙苏州。岁余，即拜礼部员外郎、天章阁待制，召还，益论时政阙失，而大臣权幸多忌恶之。以上谏章献太后、杨太妃、郭皇后事。

居数月，以公知开封府。开封素号难治，公治有声。事日益简，暇则益以古今治乱安危为上开说，又为《百官图》以献，曰："任人各以其材而百职修，尧、舜之治不过此也。"因指其迁进迟速次序曰："如此而可以为公，可以为私，亦不可不察。"由是吕丞相怒，至交论上前，公求对，辩语切，坐落职，知饶州。

明年，吕公亦罢。公徙润州，又徙越州。以上与吕公不和而贬。而赵元昊反河西，上复召相吕公。乃以公为陕西经略安抚副使，迁龙图阁直学士。是时，新失大将，延州危。公请自守鄜延扞贼，乃知延州。元昊遣人遗书以求和，公以谓无事请和，难信，且书有僭号，不可以闻，乃自为书，告以逆顺成败之说，甚辩。坐擅复书，夺一官，知耀州。未逾月，徙知庆州。既而四路置帅，以公为环庆路经略安抚、招讨使、兵马都部署，累迁谏议大夫、枢密直学士。

公为将，务持重，不急近功小利。于延州筑青涧城，垦营田，复承平、永平废寨，熟羌归业者数万户。于庆州城大顺以据要害，又城细腰、胡芦，于是明珠、灭臧等大族，皆去贼为中国用。自边制久堕，至兵与将常不相识。公始分延州兵为六将，训练齐整，诸路皆用以为法。公之所在，贼不敢犯。人或疑公见敌应变为如何？至其城大顺也，一旦引兵出，诸将不知所向，军至柔远，始号令告其地处，使往筑城。至于版筑之用，大小毕具，而军中初不知。贼以骑三万来争，公戒诸将：战而贼走，追勿过河。已而贼果走，追者不渡，而河外果有伏。贼失计，乃引去。于是诸将皆服公为不可及。公待将吏，必使畏法而爱己。所得赐赍，皆以上意分赐诸将，使自为谢。诸蕃质子，纵其出入，无一人逃者。蕃酋来见，召之卧内，屏人彻卫，与语不疑。公居三岁，士勇边实，恩信大洽，乃决策谋取横山，复灵武，而元昊数遣使称臣请和，上亦召公归矣。初，西人籍为乡兵者十数万，既而黥以为军，惟公所部，但刺其手，公去兵罢，独得复为民。其于两路，既得熟羌为用，使以守边，因徙屯兵就食内地，而纾西人馈輓之劳。其所设施，去而人德之，与守其法不敢变者，至今尤多。以上经略西夏。

自公坐吕公贬，群士大夫各持二公曲直，吕公患之，凡直公者皆指为党，或坐窜逐。及吕公复相，公亦再起被用，于是二公欢然相约戮力平贼。天下之士皆以此多二公，然朋党之论遂起而不能止。上既贤公可大用，故卒置群议而用之。以上与吕公复合。

庆历三年春，召为枢密副使，五让不许，乃就道。既至数月，以为参知政事，每进见，必以太平责之。公叹曰："上之用我者至矣，然事有先后，而革弊于久安，非朝夕可也。"既而上再赐手诏，趣使条天下事，又开天章阁，召见赐坐，授以纸笔，使疏于前。公惶恐避席，始退而条列时所宜先者十数事上之。其诏天下兴学，取士先德行不专文辞，革磨勘例迁以别能否，减任子之数而除滥官，用农桑、考课、守宰等事，方施行，而磨勘、任子之法，侥幸之人皆不便，因相与腾口，而嫉公者亦幸外有言，喜为之佐佑。会边奏有警，公即请行，以上参知政事。乃以公为河东、陕西宣抚使。至则上书愿复守边，即拜资政殿学士、知邠州，兼陕西四路安抚使。其知政事，才一岁而罢，有司悉奏罢公前所施行而复其故。言者遂以危事中之，赖上察其忠，不听。

是时，夏人已称臣，公因以疾请邓州。守邓三岁，求知杭州，又徙青州。公益病，又求知颍州，肩舁至徐，遂不起，享年六十有四。以上再出帅陕，并守四州。方公之病，上赐药存问。既薨，辍朝一日，以其遗表无所请，使就问其家所欲，赠以兵部尚书，所以哀恤之甚厚。

公为人外和内刚，乐善泛爱。丧其母时尚贫，终身非宾客食不重肉，临财好施，意豁如也。及退而视其私，妻子仅给衣食。其为政，所至民多立祠画像。其行己临事，自山林处士、里闾田野之人，外至夷狄，莫不知其名字，而乐道其事者甚众。及其世次、官爵，志于墓、谱于家、藏于有司者，皆不论著，著其系天下国家之大者，亦公之志也与！以上总述其盛德善政。铭曰：

　　范于吴越，世实陪臣。俶纳山川，及其士民。范始来北，中间几息。公奋自躬，与时偕逢。事有罪功，言有违从。岂公必能，天子用公。其艰其劳，一其初终。夏童跳边，乘吏怠安。帝命公往，问彼骄顽。有不听顺，锄其穴根。公居三年，怯勇堕完。儿怜兽扰，卒俾来臣。夏人在廷，其事方议。帝趣公来，以就予治。公拜稽首，兹惟难

哉！初匪其难，在其终之。群言营营，卒坏于成。匪恶其成，惟公是倾。不倾不危，天子之明。存有显荣，殁有赠谥。藏其子孙，宠及后世。惟百有位，可劝无怠。

胡先生墓表

先生讳瑗，字翼之，姓胡氏。其上世为陵州人，后为泰州如皋人。先生为人师，言行而身化之，使诚明者达，昏愚者励，而顽傲者革。故其为法严而信，为道久而尊。师道废久矣，自景祐、明道以来，学者有师，惟先生暨泰山孙明复、石守道三人，而先生之徒最盛。其在湖州之学，弟子去来常数百人，各以其经转相传授，其教学之法最备。行之数年，东南之士，莫不以仁义礼乐为学。

庆历四年，天子开天章阁，与大臣讲天下事，始慨然诏州县皆立学。于是建太学于京师，而有司请下湖州，取先生之法，以为太学法，至今着为令。后十余年，先生始来居太学。学者自远而至，太学不能容，取旁官署以为学舍。礼部贡举，岁所得士，先生弟子十常居四五。其高第者知名当时，或取甲科，居显仕。其余散在四方，随其人贤愚，皆循循雅饬，其言谈举止，遇之不问可知为先生弟子。其学者相与称先生，不问可知为胡公也。

先生初以白衣见天子论乐，拜秘书省校书郎，辟丹州军事推官，改密州观察推官，丁父忧去职。服除，为保宁军节度推官，遂居湖学。召为诸王宫教授，以疾免。已而以太子中舍致仕，迁殿中丞于家。皇祐中，驿召至京师议乐，复以为大理评事，兼太常寺主簿，又以疾辞。岁余，为光禄寺丞、国子监直讲，乃居太学，迁大理寺丞，赐绯衣银鱼。嘉祐元年，迁太子中允，充天章阁侍讲，仍居太学。已而病不能朝，天子数遣使者存问，又以太常博士致仕。东归之日，太学之诸生与朝廷贤士大夫送之东门，执弟子礼，路人嗟叹以为荣。以四年六月六日，卒于杭州，享年六十有七。以明年十月五日，葬于乌程何山之原。其世次官邑与其行事，莆阳蔡君谟具志于幽堂。

呜呼！先生之德在乎人，不待表而见于后世。然非此无以慰学者之思，乃揭于其墓之原。

河南府司录张君墓表

故大理寺丞、河南府司录张君，讳汝士，字尧夫，开封襄邑人也。明道二年八月壬寅，以疾卒于官，享年三十有七。卒之七日，葬洛阳北邙山下，其友人河南尹师鲁志其墓，而庐陵欧阳修为之铭。以其葬之速也，不能刻石，乃得金谷古砖，命太原王顾，以丹为隶书，纳于圹中。嘉祐二年某月某日，其子吉甫、山甫改葬君于伊阙之教忠乡积庆里。

君之始葬北邙也，吉甫才数岁，而山甫始生。余及送者相与临穴，视窆且封，哭而去。今年春，余主试天下贡士，而山甫以进士试礼部，乃来告以将改葬其先君，因出铭以示余。盖君之卒距今二十有五年矣。

初，天圣、明道之间，钱文僖公守河南。公王家子，特以文学仕至贵显。所至多招集文士，而河南吏属适皆当时贤材知名士，故其幕府号为天下之盛，君其一人也。文僖公善待士，未尝责以吏职。而河南又多名山水，竹林茂树，奇花怪石，其平台清池，上下荒墟草莽之间，余得日从贤人长者，赋诗饮酒以为乐。而君为人静默修洁，常坐府治事省文书，尤尽心于狱讼。初以辟为其府推官，既罢，又辟司录，河南人多赖之，而守尹屡荐其材。君亦工书，喜为诗。间则从余游，其语言简而有意，饮酒终日不乱，虽醉未尝颓堕。与之居者莫不服其德，故师鲁志之曰："饬身临事，余尝愧尧夫，尧夫不余愧也。"

　　始君之葬，皆以其地不善，又葬速，其礼不备。君夫人崔氏有贤行，能教其子。而二子孝谨，克自树立，卒能改葬君如吉卜，君其可谓有后矣。自君卒后，文僖公得罪，贬死汉东，吏属亦各引去。今师鲁死且十余年，王顾者死亦六七年，其送君而临穴者及与君同府而游者，十盖八九死矣。其幸而在者，不老则病且衰，如予是也。呜呼！盛衰生死之际，未始不如是，是岂足道哉！惟为善者能有后，而托于文字者可以无穷。故于其改葬也，书以遗其子，俾碣于墓，且以写余之思焉。

　　吉甫今为大理寺丞，知缑氏县；山甫始以进土赐出身云。

徂徕石先生墓志铭

　　徂徕先生姓石氏，名介，字守道，兖州奉符人也。徂徕，鲁东山，而先生非隐者也，其仕尝位于朝矣。鲁之人不称其官而称其德，以为徂徕鲁之望，先生鲁人之所尊，故因其所居山，以配其有德之称，曰徂徕先生者，鲁人之志也。

　　先生貌厚而气完，学笃而志大，虽在畎亩，不忘天下之忧，以谓"时无不可为，为之无不至。不在其位，则行其言。吾言用，功利施于天下，不必出乎己；吾言不用，虽获祸咎，至死而不悔"。其遇事发愤，作为文章，极陈古今治乱成败以指切当世，贤愚善恶，是是非非，无所讳忌。世俗颇骇其言，由是谤议喧然，而小人尤嫉恶之，相与出力必挤之死。先生安然不惑不变，曰："吾道固如是，吾勇过孟贲矣。"不幸遇疾以卒。既卒，而奸人有欲以奇祸中伤大臣者，犹指先生以起事，谓其诈死而北走契丹矣，请发棺以验。赖天子仁圣，察其诬，得不发棺，而保全其妻子。以上浑举其志事、言论及其死后奇祸。

　　先生世为农家，父讳丙，始以仕进，官至太常博士。先生年二十六举进士甲科，为郓州观察推官、南京留守推官。御史台辟主簿，未至，以上书论赦罢不召。秩满迁某军节度掌书记，代其父官于蜀，为嘉州军事判官。丁内外艰去官，垢面跣足，躬耕徂徕之下，葬其五世未葬者七十丧。服除，召入国子监直讲。以上叙科第至国子监直讲。是时，兵讨元昊久无功，海内重困，天子奋然思欲振起威德，而进退二三大臣，增置谏官御史，所以求治之意甚锐。先生跃然喜曰："此盛事也。雅颂吾职，其可已乎？"乃作《庆历圣德诗》以褒贬大臣，分别邪正，累数百言。诗出，太山孙明复曰："子祸始于此矣。"明复，先生之师友也。其后所谓奸人作奇祸者，乃诗之所斥也。以上《庆历盛德诗》。

先生自闲居徂徕，后官于南京，常以经术教授。及在太学，益以师道自居，门人弟子从之者甚众，太学之兴，自先生始。其所为文章，曰某集者若干卷，曰某集者若干卷。其斥佛、老、时文，则有《怪说》《中国论》，曰："去此三者，然后可以有为。"其戒奸臣、宦女，则有《唐鉴》，曰："吾非为一世监也。"其余喜怒哀乐，必见于文。其辞博辩雄伟，而忧思深远。其为言曰："学者，学为仁义也。惟忠能忘其身，惟笃于自信者，乃可以力行也。"以是行于己，亦以是教于人。所谓尧、舜、禹、汤、文、武、周公、孔子、孟轲、扬雄、韩愈氏者，未尝一日不诵于口。思与天下之士，皆为周、孔之徒，以致其君为尧、舜之君，民为尧、舜之民，亦未尝一日少忘于心。至其违世惊众，人或笑之，则曰："吾非狂痴者也。"是以君子察其行，而信其言，推其用心而哀其志。以上著述及教人风旨。

先生直讲岁余，杜祁公荐之天子，拜太子中允。今丞相韩公又荐之，乃直集贤院。又岁余，始去太学，通判濮州。方待次于徂徕，以庆历五年七月某日卒于家，享年四十有一。友人庐陵欧阳修哭之以诗，以谓待彼谤焰熄，然后先生之道明矣。

先生既没，妻子冻馁不自胜。今丞相韩公与河南富公，分俸买田以活之。后二十一年，其家始克葬先生于某所。以上直讲后历官及卒葬。将葬，其子师讷与其门人姜潜、杜默、徐遁等来告曰："谤焰熄矣，可以发先生之光矣，敢请铭。"某曰："吾诗不云乎'子道自能久'也，何必吾铭？"遁等曰："虽然，鲁人之欲也。"乃为之铭曰：

　　　徂徕之岩岩，与子之德兮，鲁人之所瞻。汶水之汤汤，与子之道兮，逾远而弥长。道之难行兮，孔孟亦云其遑遑。一世之屯兮，万世之光。曰：吾不有命兮，安在夫桓魋与臧仓？自古圣贤皆然兮，噫！子虽毁其何伤！

孙明复先生墓志铭

先生讳复，字明复，姓孙氏，晋州平阳人也。少举进士不中，退居泰山之阳，学《春秋》，著《尊王发微》。鲁多学者，其尤贤而有道者石介，自介而下皆以弟子事之。

先生年逾四十，家贫不娶，李丞相迪将以其弟之女妻之。先生疑焉。介与群弟子进曰："公卿不下士久矣，今丞相不以先生贫贱，而欲托以子，是高先生之行义也，先生宜因以成丞相之贤名。"于是乃许。孔给事道辅为人刚直严重，不妄与人，闻先生之风，就见之。介执杖屦侍左右，先生坐则立，升降拜则扶之，及其往谢也亦然。鲁人既素高此两人，由是始识师弟子之礼，莫不叹嗟之。而李丞相、孔给事，亦以此见称于士大夫。以上著其绝学高风。

其后介为学官，语于朝曰："先生非隐者也，欲仕而未得其方也。"庆历二年，枢密副使范仲淹、资政殿学士富弼言其道德经术宜在朝廷，召拜校书郎、国子监直讲。尝召见迩英阁说《诗》，将以为侍讲，而嫉之者言其讲说多异先儒，遂止。七年，徐州人孔直温以狂谋捕治，索其家得诗，有先生姓名，坐贬监处州商税，徙泗州，又徙知河南府长水县，签署应天府判官公事，通判陵州。翰林学士赵概等十余人上言："孙某行为世法，经为人师，不宜弃之远方。"乃复为国子监直讲。以上仕止。居三岁，以嘉祐二年七月二十四日以疾卒于家，享年六十有六，官至殿中丞。先生在太学时为大理评事，天子临幸，赐以绯衣银鱼。及闻其丧，恻然，予其家钱十万，而公卿大夫、朋友、太学之诸生相与吊哭，赙治其丧。于是以其年十月二十七日，葬先生于郓州须城县卢泉乡之北扈原。以上卒葬。

先生治《春秋》，不惑传注，不为曲说以乱经。其言简易，明于诸侯大夫功罪，以考时之盛衰，而推见王道之治乱，得于经之本义为多。方其病时，枢密使韩琦言之天子，选书吏给纸笔，命其门人祖无择就其家得其书十有五篇，录之藏于秘阁。以上专表其有功《春秋》。先生一子大年，尚幼。铭曰：

圣既殁经更战焚，逃藏脱乱仅传存。众说乘之汩其原，怪迂百出杂伪真。后生牵卑习前闻，有欲患之寡攻群。往往止燎以膏薪，有勇夫子辟浮云。刮磨蔽蚀相吐吞，日月卒复光破昏。博哉功利无穷垠，有考其不在斯文。

太常博士尹君墓志铭

君讳源，字子渐，姓尹氏，与其弟洙师鲁俱有名于当世。其论议文章，博学强记，皆有以过人。而师鲁好辩，果于有为；子渐为人，刚简不矜饰，能自晦藏，与人居，久而莫知，至其一有所发，则人必惊伏。其视世事若不干其意，己而摧其情伪，计其成败，后多如其言。其性不能容常人，而善与人交，久而益笃。自天圣、明道之间，予与其兄弟交，其得于子渐者如此。以上状其性情器识。其曾祖讳谊，赠光禄少卿。祖讳文化，官至都官郎中，赠刑部侍郎。父讳仲宣，官至虞部员外郎，赠工部郎中。子渐初以祖荫补三班借职，稍迁左班殿直。天圣八年，举进士及第，为奉礼郎，累迁太常博士。历知芮城、河阳二县，签署孟州判官事，又知新郑县，通判泾州、庆州，知怀州。以庆历五年三月十四日卒于官。以上先世及历官、卒日。

赵元昊寇边，围定州堡，大将葛怀敏发泾原兵救之。君遗怀敏书曰："贼举其国而来，其利不在城堡，而兵法有不得而救者。且吾军畏法，见敌必赴而不计利害，此其所以数败也。宜驻兵瓦亭，见利而后动。"怀敏不能用其言，遂以败死。刘涣知沧州，杖一卒，不服，涣命斩之以闻，坐专杀，降知密州。君上书为涣论直，得复知沧州。范文正公常荐君材可以居馆阁，召试不用，遂知怀州，至期月大治。以上在官事迹。是时天子用范文正公，与今观文殿学士富公、武康军节度使韩公，欲更置天下事，而权倖小人不便，三公皆罢去，而师鲁与时贤士多被诬枉得罪。君叹息忧悲发愤，以谓生可厌而死可乐也，往往被酒哀歌泣下，朋友皆窃怪之。已而以疾卒，享年五十。至和元年十有二月十三日，其子材葬君于河南府寿安县甘泉乡龙涧里。其平生所为文章六十篇，皆行于世。男四人：曰材、植、机、杼。以上感愤、卒葬。

呜呼！师鲁常劳其智于事物，而卒蹈忧患以穷死。若子渐者，旷然不有累其心，而无所屈其志，然其寿考亦以不长。岂其所谓短长得失者，皆非此之谓欤！其所以然者，不可得而知欤！以上与师鲁互勘，与篇首相应。铭曰：

有韫于中不以施，一愤乐死其如归。岂其志之将衰？不然世果可嫉其如斯！

尹师鲁墓志铭

师鲁，河南人，姓尹氏，讳洙。然天下之士识与不识，皆称之曰师鲁。盖其名重当世，而世之知师鲁者，或推其文学，或高其议论，或多其材能；至其忠义之节，处穷达，临祸福，无愧于古君子，则天下之称师鲁者未必尽知之。

师鲁为文章，简而有法，博学强记，通知古今，长于《春秋》。其与人言，是是非非，务穷尽道理乃已，不为苟止而妄随，而人亦罕能过也。遇事无难易，而勇于敢为，其所以见称于世者，亦所以取嫉于人，故其卒穷以死。以上志节、文学。

师鲁少举进士及第，为绛州正平县主簿、河南府户曹参军、邵武军判官。举书判拔萃，迁山南东道掌书记，知伊阳县。王文康公荐其才，召试充馆阁校勘，迁太子中允、天章阁待制。范公贬饶州，谏官御史不肯言，师鲁上书，言："仲淹，臣之师友，愿得俱贬。"贬监郢州酒税，又徙唐州。遭父丧，服除，复得太子中允，知河南县。赵元昊反，陕西用兵，大将葛怀敏奏起为经略判官。师鲁虽用怀敏辟，而尤为经略使韩公所深知。其后诸将败于好水，韩公降知秦州，师鲁亦徙通判濠州。久之，韩公奏，得通判秦州。迁知泾州，又知渭州，兼泾原路经略部署。坐城水洛，与边将异议，徙知晋州，又知潞州。为政有惠爱，潞州人至今思之。累迁官至起居舍人、直龙图阁。以上历官。

师鲁当天下无事时，独喜论兵，为《叙燕》《息戍》二篇行于世。自西兵起凡五六岁，未尝不在其间，故其论议益精密，而于西事尤习其详。其为兵制之说，述战守胜败之要，尽当今之利害。又欲训土兵代戍卒，以减边用，为御戎长久之策，皆未及施为而元昊臣，西兵解严，师鲁亦去而得罪矣。然则天下之称师鲁者，于其材能亦未必尽知之也。以上论兵材略。

初，师鲁在渭州，将吏有违其节度者，欲按军法斩之而不果。其后吏至京师，上书讼师鲁以公使钱贷部将，贬崇信军节度副使，徙监均州酒税。得疾，无医药，舁至南阳求医。疾革，凭几而坐，顾稚子在前，无甚怜之色；与宾客言，终不及其私。享年四十有六以卒。以上贬官、病卒。

师鲁娶张氏，某县君。有兄源，字子渐，亦以文学知名，前一岁卒。师鲁凡十年间三贬官，丧其父，又丧其兄。有子四人，连丧其三。女一，适人，亦卒，而其身终以贬死。一子三岁，四女未嫁，家无余赀，客其丧于南阳不能归。平生故人无远迩皆往赙之，然后妻子得以其柩归河南，以某年某月某日，葬于先茔之次。以上兄弟、妻子。余与师鲁兄弟交，尝铭其父之墓矣，故不复次其世家焉。铭曰：

藏之深，固之密。石可朽，铭不灭。

梅圣俞墓志铭

嘉祐五年，京师大疫。四月乙亥，圣俞得疾，卧城东汴阳坊。明日，朝之贤士大夫往问疾者驺呼属路不绝。城东之人，市者废，行者不得往来，咸惊顾相语曰："兹坊所居大人谁耶？何致客之多也？"居八日癸未，圣俞卒。于是贤士大夫又走吊哭如前日益多，而其尤亲且旧者，相与聚而谋其后事，自丞相以下，皆有以赙恤其家。粤六月甲申，其孤增载其柩南归，以明年正月丁丑葬于宣州阳城镇双归山。以上病及卒葬。

圣俞，字也，其名尧臣，姓梅氏，宣州宣城人也。自其家世颇能诗，而从父询以仕显，至圣俞遂以诗闻，自武夫贵戚童儿野叟皆能道其名字。虽妄愚人不能知诗义者，直曰："此世所贵也，吾能得之。"用以自矜。故求者日踵门，而圣俞诗遂行天下。其初喜为清丽闲肆平淡，久则涵演深远，间亦琢刻以出巧怪。然气完力余，益老以劲。其应于人者多，故辞非一体。至于他文章皆可喜，非如唐诸子号诗人者僻固而狭陋也。圣俞为人，仁厚乐易，未尝忤于物。至其穷愁感愤，有所骂讥笑谑，一发于诗。然用以为欢而不怨怼，可谓君子者也。以上工诗。

初在河南，王文康公见其文，叹曰："二百年无此作矣。"其后大臣屡荐宜在馆阁，尝一召试，赐进士出身，余辄不报。嘉祐元年，翰林学士赵概等十余人列言于朝曰："梅某经行修明，愿得留与国子诸生讲论道德，作为雅颂，以歌咏圣化。"乃得国子监直讲。三年冬，袷于太庙，御史中丞韩绛言："天子且亲祠，当更制乐章以荐祖考，惟梅某为宜。"亦不报。圣俞初以从父荫补太庙斋郎，历桐城、河南、河阳三县主簿，以德兴县令，知建德县，又知襄城县，监湖州盐税，签署忠武、镇安两军节度判官，监永济仓，国子监直讲，累官至尚书都官员外郎。尝奏其所撰《唐载》二十六卷，多补正旧史阙缪，乃命编修《唐书》。书成，未奏而卒，享年五十有九。以上仕宦、遇合。

曾祖讳远，祖讳邈，皆不仕。父讳让，太子中舍致仕，赠职方郎中。母曰仙游县太君束氏，又曰清河县太君张氏。初娶谢氏，封南阳县君；再娶刁氏，封某县君。子男五人：曰增、曰墀、曰坰、曰龟儿；一早卒。女二人：长适太庙斋郎薛通；次尚幼。以上先世、子女。

圣俞学长于《毛诗》，为《小传》二十卷；其文集四十卷；注《孙子》十三篇。余尝论其诗曰："世谓诗人少达而多穷，盖非诗能穷人，殆穷者而后工也。"圣俞以为知言。以上叙其著作而归重于诗。铭曰：

> 不戚其穷，不困其鸣。不踬于艰，不履于倾。养其和平，以发厥声。震越浑锽，众听以惊。以扬其清，以播其英。以成其名，以告诸冥。

湖州长史苏君墓志铭

故湖州长史苏君，有贤妻杜氏，自君之丧，布衣蔬食，居数岁，提君之孤子，敛其平生文章走南京，号泣于其父曰："吾夫屈于生，犹可伸于死。"其父太子太师以告于予。予为集次其文而序之，以著君之大节，与其所以屈伸得失，以深诮世之君子当为国家乐育贤材者，且悲君之不幸。其妻卜以嘉祐元年十月某日葬君于润州丹徒县义里乡檀山里石门村，又号泣于其父曰："吾夫屈于人间，犹可伸于地下。"于是杜公及君之子泌皆以书来乞铭以葬。以上叙其妻先求集序，后求墓铭。

君讳舜钦，字子美。其上世居蜀，后徙开封，为开封人。自君之祖讳易简，以文章有名太宗时，承旨翰林为学士、参知政事，官至礼部侍郎。父讳耆，官至工部郎中、直集贤院。君少以父荫补太庙斋郎，调荥阳尉，非所好也。已而锁其厅去，举进士中第，改光禄寺主簿，知蒙城县，丁父忧，服除，知长垣县，迁大理评事，监在京楼店务。以上先世、官阶。君状貌奇伟，慷慨有大志。少好古，工为文章，所至皆有善政。官于京师，位虽卑，数上疏论朝廷大事，敢道人之所难言。范文正公荐君，召试得集贤校理。

自元昊反，兵出无功，而天下殆于久安，尤困兵事。天子奋然用三四大臣，欲尽革众弊以纾民。于是时范文正公与今富丞相，多所设施，而小人不便，顾人主方信用，思有以撼动，未得其根。以君文正公之所荐，而宰相杜公婿也，乃以事中君，坐监进奏院祠神、奏用市故纸钱会客为自盗，除名。君名重天下，所会客皆一时贤俊，悉坐贬逐，然后中君者喜曰："吾一举网尽之矣。"以上得罪之由。其后三四大臣继罢去，天下事卒不复施为。

君携妻子居苏州，买水石作沧浪亭，日益读书，大涵肆于六经，而时发其愤闷于诗歌，至其所激，往往惊绝。又喜行草书，皆可爱。故其虽短章醉墨，落笔争为人所传。天下之士，闻其名而慕，见其所传而喜，往揖其貌而竦，听其论而惊以服，久与其居而不能舍以去也。以上罢官后著作文字。居数年，复得湖州长史。庆历八年十二月某日，以疾卒于苏州，享年四十有一。

君先娶郑氏，后娶杜氏。三子：长曰泌，将作监主簿；次曰液，曰激。二女：长适前进士赵纮，次尚幼。以上病卒、家属。

初，君得罪时，以奏用钱为盗，无敢辩其冤者。自君卒后，天子感悟，凡所被逐之臣复召用，皆显列于朝，而至今无复为君言者，宜其欲求伸于地下也！宜予述其得罪以死之详，而使后世知其有以也！既又长言以为之辞，庶几并写予之所以哀君者。其辞曰：

> 谓为无力兮，孰击而去之？谓为有力兮，胡不反子之归？岂彼能兮此不为。善百誉而不进兮，一毁终世以颠隮。荒孰问兮杳难知，嗟子之中兮，有韫而无施。文章发耀兮，星日交辉。虽冥冥以掩恨兮，宜昭昭以永垂。

石曼卿墓表

曼卿讳延年，姓石氏。其上世为幽州人。幽州入于契丹，其祖自成始以其族间走南归。天子嘉其来，将禄之，不可，乃家于宋州之宋城。父讳补之，官至太常博士。

幽、燕俗劲武，而曼卿少亦以气自豪。读书不治章句，独慕古人奇节伟行、非常之功，视世俗屑屑，无足动其意者。自顾不合于时，乃一混于酒，然好剧饮大醉，颓然自放。由是益与时不合，而人之从其游者，皆知爱曼卿落落可奇，而不知其才之有以用也。以上浑举其气节材略。年四十八，康定二年二月四日，以太子中允秘阁校理卒于京师。

曼卿少举进士不第，真宗推恩，三举进士，皆补奉职。曼卿初不肯就，张文节公素奇之，谓曰："母老乃择禄耶！"曼卿矍然起就之。迁殿直，久之，改太常寺太祝，知济州金乡县，叹曰："此亦可以为政也！"县有治声。通判乾宁军，丁母永安县君李氏忧。服除，通判永静军，皆有能名。充馆阁校勘，累迁大理寺丞，通判海州，还为校理。以上官阶。庄献明肃太后临朝，曼卿上书请还政天子。其后太后崩，范讽以言见幸，引尝言太后事者遽得显官，欲引曼卿。曼卿固止之，乃已。

自契丹通中国，德明尽有河南而臣属，遂务休兵养息，天下晏然，内外弛武三十余年。曼卿上书言十事，不报。已而元昊反，西方用兵，始思其言。召见，稍用其说，籍河北、河东、陕西之民，得乡兵数十万。曼卿奉使籍兵河东，还，称旨，赐绯衣银鱼。天子方思尽其才，而且病矣。以上两言大事，后皆稍见用。既而闻边将有欲以乡兵捍贼者，笑曰："此得吾粗也。夫不教之兵，勇怯相杂，若怯者见敌而动，则勇者亦率而溃矣。今或不暇教，不若募其敢行者，则人人皆胜兵也。"其视世事蔑若不足为，及听其施设之方，虽精思深虑，不能过也。状貌伟然，喜酒自豪，若不可绳以法度，退而质其平生趣舍大节，无一悖于理者。遇人无贤愚皆尽忻欢，及可否天下是非善恶，当其意者无几人。以上因论兵而述其外貌，有不能尽其心迹者三事。其为文章，劲健称其意气。

有子济、滋。天子闻其丧，官其一子，使禄其家。既卒之三十七日，葬于太清之先茔。其友欧阳修表于其墓曰：

呜呼曼卿！宁自混以为高，不少屈以合世，可谓自重之士矣！士之所负者愈大，则其自顾也愈重；自顾愈重，则其合愈难。然欲与共大事，立奇功，非得难合自重之士，不可为也。古之魁雄之人，未始不负高世之志，故宁或毁身污迹，卒困于无闻。或老且死，而幸一遇，犹克少施于世。若曼卿者，非徒与世难合，而不克少有所施，亦其不幸不得至乎中寿，其命也夫！其可哀也夫！

泷冈阡表

呜呼！惟我皇考崇公卜吉于泷冈之六十年，其子修始克表于其阡。非敢缓也，盖有待也。

修不幸，生四岁而孤。太夫人守节自誓，居贫，自力于衣食，以长以教，俾至于成人。太夫人告之曰："汝父为吏廉而好施与，喜宾客，其俸禄虽薄，常不使有余，曰：'毋以是为我累。'故其亡也，无一瓦之覆、一垄之植以庇而为生，吾何恃而能自守邪？吾于汝父知其一二，以有待于汝也。自吾为汝家妇，不及事吾姑，然知汝父之能养也。汝孤而幼，吾不能知汝之必有立，然知汝父之必将有后也，吾之始归也，汝父免于母丧方逾年，岁时祭祀，则必涕泣曰：'祭而丰，不如养之薄也。'间御酒食，则又涕泣曰：'昔常不足，而今有余，其何及也！'吾始一二见之，以为新免于丧适然耳。既而其后常然，至其终身未尝不然。吾虽不及事姑，而以此知汝父之能养也。汝父为吏，尝夜烛治官书，屡废而叹。吾问之，则曰：'此死狱也，我求其生不得尔。'吾曰：'生可求乎？'曰：'求其生而不得，则死者与我皆无恨也，矧求而有得邪！以其有得，则知不求而死者有恨也。夫常求其生，犹失之死，而世常求其死也。'回顾乳者抱汝而立于旁，因指而叹曰：'术者谓我岁行在戌将死，使其言然，吾不及见儿之立也，后当以我语告之。'其平居教他子弟，常用此语，吾耳熟焉，故能详也。其施于外事，吾不能知，其居于家，无所矜饰而所为如此，是真发于中者邪！呜呼！其心厚于仁者邪！此吾知汝父之必将有后也。汝其勉之！夫养不必丰，要于孝；利虽不得溥于物，要其心之厚于仁。吾不能教汝，此汝父之志也。"修泣而志之，不敢忘。以上太夫人述崇公之盛德遗训。

　　先公少孤力学。咸平三年，进士及第，为道州判官，泗、绵二州推官，又为泰州判官，享年五十有九，葬沙溪之泷冈。以上崇公科第、官阶、卒葬。太夫人姓郑氏，考讳德仪，世为江南名族。太夫人恭俭仁爱而有礼，初封福昌县太君，进封乐安、安康、彭城三郡太君。自其家少微时，治其家以俭约，其后常不使过之，曰："吾儿不能苟合于世，俭薄所以居患难也。"其后修贬夷陵，太夫人言笑自若，曰："汝家故贫贱也，吾处之有素矣。汝能安之，吾亦安矣。"以上太夫人盛德遗训。

　　自先公之亡二十年，修始得禄而养。又十有二年，列官于朝，始得赠封其亲。又十年，修为龙图阁直学士、尚书吏部郎中，留守南京，太夫人以疾终于官舍，享年七十有二。又八年，修以非才，入副枢密，遂参政事，又七年而罢。自登二府，天子推恩，褒其三世。盖自嘉祐以来，逢国大庆，必加宠锡。皇曾祖府君累赠金紫光禄大夫、太师、中书令，曾祖妣累封楚国太夫人；皇祖府君累赠金紫光禄大夫、太师、中书令兼尚书令，祖妣累封吴国太夫人；皇考崇公累赠金紫光禄大夫、太师、中书令兼尚书令，皇妣累封越国太夫人。今上初郊，皇考赐爵为崇国公，太夫人进号魏国。以上自叙禄位，亲得爵封。

　　于是小子修泣而言曰："呜呼！为善无不报，而迟速有时，此理之常也。惟我祖考积善成德，宜享其隆。虽不克有于其躬，而赐爵受封，显荣褒大，实有三朝之锡命，是足以表见于后世，而庇赖其子孙矣。"乃列其世谱，具刻于碑。既又载我皇考崇公之遗训，太夫人之所以教而有待于修者，并揭于阡。俾知夫小子修之德薄能鲜，遭时窃位，而幸全大节，不辱其先者，其来有自。以上著立表之意。

王安石

泰州海陵县主簿许君墓志铭

君讳平，字秉之，姓许氏。余尝谱其世家，所谓今泰州海陵县主簿者也。

君既与兄元相友爱称天下，而自少卓荦不羁，善辩说，与其兄俱以智略为当世大人所器。宝元时，朝廷开方略之选以招天下异能之士，而陕西大帅范文正公、郑文肃公争以君所为书以荐。于是得召试为太庙斋郎，已而选泰州海陵县主簿。贵人多荐君有大才，可试以事，不宜弃之州县。君亦常慨然自许，欲有所为，然终不得一用其智能以卒。噫！其可哀也已。

士固有离世异俗，独行其意，骂讥、笑侮、困辱而不悔，彼皆无众人之求，而有所待于后世者也，其龃龉固宜。若夫智谋功名之士，窥时俯仰，以赴势物之会，而辄不遇者，乃亦不可胜数。辨足以移万物，而穷于用说之时；谋足以夺三军，而辱于右武之国。此又何说哉？嗟乎！彼有所待而不悔者，其知之矣。

君年五十九，以嘉祐某年某月某甲子，葬真州之扬子县甘露乡某所之原。夫人李氏。子男瑰，不仕；璋，真州司户参军；琦，太庙斋郎；琳，进士。女子五人，已嫁二人，进士周奉先，泰州泰兴令陶舜元。铭曰：

　　有拔而起之，莫挤而止之。呜呼许君！而已于斯，谁或使之。

王深父墓志铭

吾友深父，书足以致其言，言足以遂其志，志欲以圣人之道为己任，盖非至于命弗止也。故不为小廉曲谨以投众人耳目，而取舍、进退、去就必度于仁义。世皆称其学问文章行治，然真知其人者不多，而多见谓迂阔，不足趣时合变。嗟乎！是乃所以为深父也。令深父而有以合乎彼，则必无以同乎此矣。

尝独以谓天之生夫人也，殆将以寿考成其才，使有待而后显，以施泽于天下。或者诱其言，以明先王之道，觉后世之民。呜呼！孰以为道不任于天，德不酬于人？而今死矣。甚哉圣人君子之难知也！以孟轲之圣，而弟子所愿止于管仲、晏婴，况余人乎？至于扬雄，尤当世之所贱简，其为门人者，一侯芭而已。芭称雄书以为胜《周易》，《易》不可胜也，芭尚不为知雄者。而人皆曰：古之人生无所遇合，至其没久而后世莫不知。若轲、雄者，其没皆过千岁，读其书，知其意者甚少，则后世所谓知者，未必真也。夫此两人以老而终，幸能著书，书具在，然尚如此。嗟乎深父！其智虽能知轲，其于为雄，虽几可以无愧，然其志未就，其书未具，而既早死，岂特无所遇于今，又将无所传于后。天之生夫人也，而命之如此，盖非余所能知也。

深父讳回，本河南王氏。其后自光州之固始迁福州之侯官，为侯官人者三世。曾祖讳某，某官。祖讳某，某官。考讳某，尚书兵部员外郎。兵部葬颍州之汝阴，故今为汝阴人。深父尝以进士补亳州卫真县主簿，岁余自免去。有劝之仕者，辄辞以养母。其卒以治平二年七月二十八日，年四十三。于是朝廷用荐者以为某军节度推官，知陈州南顿县事，书下而深父死矣。夫人曾氏，先若干日卒。子男一人，某。女二人，皆尚幼。诸弟以某年某月某日葬深父某县某乡某里，以曾氏祔。铭曰：

呜呼深父！维德之仔肩，以迪祖武。厥艰荒遐，力必践取。莫吾知庸，亦莫吾侮。神则尚反，归形此土。

建安章君墓志铭

君讳友直，姓章氏。少则卓越自放不羁，不肯求选举，然有高节大度过人之材。其族人郇公为宰相，欲奏而官之，非其好，不就也。自江淮之上、海岭之间以至京师无不游。将相大人、豪杰之士以至闾巷庸人小子，皆与之交际，未尝有所忤，莫不得其欢心。卒然以是非利害加之，而莫能见其喜愠。视其心，若不知富贵贫贱之可以择而取也，颓然而已矣。昔列御寇、庄周当文、武末世，哀天下之士沉于得丧，陷于毁誉，离性命之情而自托于人伪，以争须臾之欲，故其所称述，多所谓天之君子。若君者，似之矣。

君读书通大指，尤善相人，然讳其术，不多为人道之。知音乐、书画、弈棋，皆以知名于一时。皇祐中，近臣言君文章，善篆，有旨召试，君辞焉。于是太学篆石经，又言君善篆，与李斯、阳冰相上下，又召君，君即往。经成，除试将作监主簿，不就也。嘉祐七年十一月甲子，以疾卒于京师，年五十七。娶辛氏，生二男：存、孺，为进士。五女子：其长嫁常州晋陵县主簿侍其琦，早卒，琦又娶其中女；次适苏州吴县黄元；二人未嫁。

君家建安者五世，其先则豫章人也。君曾祖考讳某，佐江南李氏，为建州军事推官。祖考讳某，皇著作佐郎，赠工部尚书。考讳某，京兆府节度判官。君以某年某月某甲子葬润州丹阳县金山之东园。铭曰：

弗绩弗雕，弗跂以为高。俯以狎于野，仰以游于朝。中则有实，视铭其昭。

秘阁校理丁君墓志铭

朝奉郎、尚书司封员外郎、充秘阁校理、新差通判永州军州兼管内劝农事、上轻车都尉、赐绯鱼袋晋陵丁君卒。临川王某曰："噫！吾僚也。方吾少时，辅我以仁义者。"乃发哭吊其孤，祭焉，而许以铭。越三月，君婿以状至，乃叙铭赴其葬。以上叙作铭之由。

叙曰：君讳宝臣，字元珍。少与其兄宗臣，皆以文行称乡里，号为"二丁"。景祐中，皆以进士起家。君为峡州军事判官，与庐陵欧阳公游，相好也。又为淮南节度掌书记。或诬富人以博，州将，贵人也，猜而专，吏莫敢议，君独力争正其狱。又为杭州观察判官，用举者兼州学教授，又用举者迁太子中允，知越州剡县。盖其始至，流大姓一人，而县遂治，卒除弊兴利甚众，人至今言之。于是再迁为太常博士，移知端州。侬智高反，攻至其治所。君出战，能有所捕斩，然卒不胜，乃与其州人皆去而避之，坐免一官，徙黄州。以上叙历官，至端州失守，免一官。会恩，除太常丞，监湖州酒。又以大臣有解举者，迁博士，就差知越州诸暨县。其治诸暨如剡，越人滋以君为循吏也。英宗即位，以尚书屯田员外郎编校秘阁书籍，遂为校理、同知太常礼院。

君质直自守，接上下以恕。虽贫困，未尝言利。于朋友故旧，无所不尽。故其不幸废退，则人莫不怜；少进也，则皆为之喜。居无何，御史论君尝废矣，不当复用，遂出通判永州，世皆以咎言者谓为不宜。以上再叙历官，又坐前事论贬。夫驱未尝教之卒，临不可守之城，以战虎狼百倍之贼，议今之法，则独可守死尔；论古之道，则有不去以死，有去之以生。吏方操法以责士，则君之流离穷困，几至老死，尚以得罪于言者，亦其理也。

君以治平三年，待阙于常州，于是再迁尚书司封员外郎，以四年四月四日卒，年五十八。有文集四十卷。明年二月二十九日，葬于武进县怀德北乡郭庄之原。以上卒葬。

君曾祖讳辉，祖讳谅，皆弗仕。考讳束之，赠尚书工部侍郎。夫人饶氏，封晋陵县君，前死。子男隅，太庙斋郎；除、陟为进士；其季恩儿尚幼。女嫁秘书省著作佐郎、集贤校理同县胡宗愈，其季未嫁，嫁胡氏者亦又死矣。以上先世、子女。铭曰：

　　　　文于辞为达，行于德为充。道于古为可，命于今为穷。

呜呼已矣！卜此新宫。

临川王君墓志铭

孔子论天子、诸侯、卿大夫、士、庶人之孝，固有等矣，至其以事亲为始，而能竭吾才，则自圣人至于士，其可以无憾焉一也。

余叔父讳师锡，字某。少孤，则致孝于其母，忧悲愉乐，不主于己，以其母而已。学于他州，凡被服、饮食、玩好之物，苟可以惬吾母而力能有之者，皆聚以归，虽甚劳窭，终不废。丰其母以及其昆弟、姑姊妹，不敢爱其力之所能得；约其身以及其妻子，不敢慊其意之所欲为。其外行，则自乡党邻里及其尝所与游之人莫不得其欢心。其不幸而蚤死也，则莫不为之悲伤叹息。夫其所以事亲能如此，虽有不至，其亦可以无憾矣。

自庠序聘举之法坏而国论不及乎闺门之隐，士之务本者常诎于浮华浅薄之材，故余叔父之卒，年三十七，数以进士试于有司，而犹不得禄赐以宽一日之养焉。而世之论士也，以苟难为贤，而余叔父之孝，又未有以过古之中制也，以故世之称其行者亦少焉。盖以叔父自为，则由外至者，吾无意于其间可也。自君子之在势者观之，使为善者不得职而无以成名，则中材何以勉焉？悲夫！

叔父娶朱氏。子男一人，某。女子一人，皆尚幼。其葬也，以至和四年，祔于真州某县某乡铜山之原皇考谏议公之兆。为铭，铭曰：

天孰为之？穷孰为之？为吾能为，已矣无悲！

广西转运使苏君墓志铭

庆历五年，河北都转运使、龙图阁直学士信都欧阳修以言事切直为权贵人所怒，因其孤甥女子有狱，诬以奸利事。天子使三司户部判官、太常博士武功苏君与中贵人杂治。当是时，权贵人连内外诸怨恶修者为恶言，欲倾修锐甚。天下汹汹，必修不能自脱。苏君卒白上曰：“修无罪，言者诬之耳。”于是权贵人大怒，诬君以不直，绌使为殿中丞、泰州监税。然天子遂寤，言者不得意，而修等皆无恙。苏君以此名闻天下。嗟乎！以忠为不忠，而诛不当于有罪，人主之大戒，然古之陷此者相随属，以有左右之谗，而无如苏君之救，是以卒至于败亡而不寤。然则苏君一动，其功于天下岂小也哉！苏君既出逐，权贵人更用事。凡五年之间再赦而君六徙，东西南北，水陆奔走辄万里。其心恬然，无有怨悔。遇事强果，未尝少屈。盖孔子所谓“刚”者殆苏君矣。以上直欧阳公之狱。

君又尝通判陕府。当葛怀敏之败，边告急，枢密使使取道路戍还之卒再戍仪、渭，于是延州还者千人至陕闻再戍，大怨，即欢聚谋为变。吏白闭城，城中无一人敢出。君徐以一骑出卒间，谕慰止之，而以便宜还使者。戍卒喜曰：“微苏君，吾不得生。”陕人曰：“微苏君，吾其掠死矣。”以上还延州卒不令再戍。有令刺陕西之民以为兵，敢亡者死。既而亡者得，有司治之以死，君辄纵去而言上曰：“令民以死者，为事不集也。事集矣，而亡者犹不赦，恐其众相聚而为盗。惟朝廷幸哀怜愚民，使得自反。”天子以君言为然，而三十州之亡者皆不死。以上纵民兵之亡者得不死。其后知坊州，州税赋之无归者，里正代为之输，岁弊大家数十，君钩治使归其主。坊人不忧为里正，自苏君始也。以上治坊州，惠及里正。

苏君讳安世，字梦得。其先武功人。后徙蜀，蜀亡，归于京师，今开封人也。曾大考讳进之，率府副率。大考讳继，殿直。考讳咸熙，赠都官郎中；君以进士起家三十二年，其卒年五十九。为广西转运使，而官止于屯田员外郎者，以君十五年不求磨勘也。君娶南阳郭氏，又娶清河张氏，为清河县君。子四人：台文，永州推官；祥文，太庙斋郎；炳文，试将作监主簿；彦文，未仕。女子五人：适进士会稽江崟、单州鱼台县尉江山赵扬，三人尚幼。君既卒之三年，嘉祐二年十月庚午，其子葬君扬州之江都东兴宁乡马坊村。以上官阶、先世、妻子、卒葬。而太常博士知常州军州事临川王安石为之铭曰：

> 皇有四极，周绥以福。使维苏君，奠我南服。亢亢苏君，不圆其方，不晦其明，君子之刚。其枉在人，我得吾直。谁怼谁愠！祗天之役。日月有邱，其下冥冥，昭君无穷，安石之铭。

金溪吴君墓志铭

君和易罕言，外如其中，言未尝极人过失。至论前世善恶，其国家存亡、治乱、成败所繇，甚可听也。尝所读书甚众，尤好古而学其辞，其辞又能尽其议论。年四十三，四以进士试于有司，而卒困于无所就。其葬也，以皇祐六年某月日，抚州之金溪县归德乡石廪之原，在其舍南五里。当是时，公母夫人既老，而子世隆、世范皆尚幼。三女子，其一蚤卒，其二皆未嫁云。

呜呼！以君之有，与夫世之贵富而名闻天下者计焉，其独歉彼邪？然而不得禄以行其意，以祭以养以遗其子孙以卒，此其士友之所以悲也。夫学者将以尽其性，尽性而命可知也。知命矣，于君之不得意，其又何悲邪？铭曰：

蓄君名，字彦弼，氏吴其先自姬出。以儒起家世冕黻，独成之难幽以折，厥铭维甥订君实。

曾公夫人万年太君黄氏墓志铭

夫人江宁黄氏，兼侍御史知永安场讳某之子，南丰曾氏赠尚书水部员外郎讳某之妇，赠谏议大夫讳某之妻。凡受县君封者四：萧山、江夏、遂昌、雒阳。受县太君封者二：会稽、万年。男子四，女子三。以庆历四年某月日，卒于抚州，寿九十有二。明年某月，葬于南丰之某地。

夫人十四岁无母，事永安府君至孝，修家事有法。二十三岁归曾氏，不及舅水部府君之养，以事永安之孝事姑陈留县君，以治父母之家治夫家。事姑之党，称其所以事姑之礼。事夫与夫之党，若严上然。视子慈，视子之党若子然。每自戒不处白人善否。有问之，曰："顺为正，妇道也，吾勤此而已。处白人善否，靡靡然为聪明，非妇人宜也。"以此为女与妇，其传而至于没，与为女妇时弗差也。故内外亲，无老幼疏近，无智不能，尊者皆爱，辈者皆附，卑者皆慕之。为女妇在其前者，多自叹不及，后来者皆曰可矜法也。其言色在视听，则皆得所欲，其离别则涕洟不能舍。有疾皆忧，及丧来吊哭，皆哀有余。於戏！夫人之德如是，是宜有铭者。铭曰：

女子之德，煦愿愉愉。教貤弗行，妇妾乘夫，趋为亢厉，励之颛愚。猗嗟夫人！惟德之经。媚于族姻，柔色淑声。其究女初，不倾不盈。谁疑不信，来监于铭。

给事中孔公墓志铭

宋故朝请大夫、给事中、知郓州军州事、兼管内河堤劝农同群牧使、上护军、鲁郡开国侯、食邑一千六百户、实封二百户、赐紫金鱼袋孔公者，尚书工部侍郎、赠尚书吏部侍郎讳勖之子，兖州曲阜县令、袭封文宣公、赠兵部尚书讳仁玉之孙，兖州泗水县主簿讳光嗣之曾孙，而孔子之四十五世孙也。以上先世。其仕当今天子天圣、宝元之间，以刚毅谅直名闻天下。尝知谏院矣，上书请明肃太后归政天子，而廷奏枢密使曹利用、尚御药罗崇勋罪状。当是时，崇勋操权利，与士大夫为市；而利用悍强不逊，内外惮之。尝为御史中丞矣，皇后郭氏废，引谏官、御史伏阁以争，又求见，上皆不许，而固争之，得罪然后已。盖公事君之大节如此。此其所以名闻天下，而士大夫多以公不终于大位，为天下惜者也。以上谏争大节三事。

公讳道辅，字原鲁。初以进士释褐，补宁州军事推官。年少耳，然断狱议事，已能使老吏惮惊。遂迁大理寺丞，知兖州仙源县事，又有能名。其后尝直史馆，待制龙图阁，判三司理欠凭由司，登闻检院，吏部流内铨，纠察在京刑狱，知许、徐、兖、郓、泰五州，留守南京，而兖、郓御史中丞皆再至。所至官治，数以争职不阿，或绌或迁，而公持一节以终身，盖未尝自绌也。以上历官。

其在兖州也，近臣有献诗百篇者，执政请除龙图阁直学士。上曰："是诗虽多，不如孔道辅一言。"乃以公为龙图阁直学士。于是人度公为上所思，且不久于外矣。未几，果复召以为中丞。而宰相使人说公稍折节以待迁，公乃告以不能。于是人又度公且不得久居中，而公果出。初，开封府吏冯士元坐狱，语连大臣数人，故移其狱御史。御史劾士元罪止于杖，又多更赦。公见上，上固怪士元以小吏与大臣交私，污朝廷，而所坐如此，而执政又以谓公为大臣道地，故出知郓州。以上再为中丞，再知郓州之由两事。

公以宝元二年如郓，道得疾，以十二月壬申卒于滑州之韦城驿，享年五十四。其后诏追复郭皇后位号，而近臣有为上言公明肃太后时事者，上亦记公平生所为，故特赠公尚书工部侍郎。

公夫人金城郡君尚氏，尚书都官员外郎讳宾之女。生二男子：曰淘，今为尚书屯田员外郎；曰宗翰，今为太常博士，皆有行治世其家。累赠公金紫光禄大夫、尚书兵部侍郎，而以嘉祐七年十月壬寅，葬公孔子墓之西南百步。以上妻子卒葬。

公廉于财，乐振施，遇故人子，恩厚尤笃。而尤不好鬼神机祥事。在宁州，道士治真武像，有蛇穿其前，数出近人，人传以为神。州将欲视验以闻，故率其属往拜之，而蛇果出，公即举笏击蛇杀之，自州将以下皆大惊，已而又皆大服，公由此始知名。然余观公数处朝廷大议，视祸福无所择，其智勇有过人者，胜一蛇之妖，何足道哉！世多以此称公者，故余亦不得而略也。以上宁州击蛇。铭曰：

　　展也孔公，维志之求。行有险夷，不改其辀。权强所忌，谗谄所仇。考终厥位，宠禄优优。维皇好直，是锡公休。序行纳铭，为识诸幽。

兵部员外郎马君墓志铭

马君讳遵，字仲涂，世家饶州之乐平。举进士，自礼部至于廷，书其等皆第一。守秘书省校书郎，知洪州之奉新县，移知康州。当是时，天子更置大臣，欲有所为，求才能之士，以察诸路，而君自大理寺丞除太子中允、福建路转运判官，以忧不赴。忧除，知开封县，为江淮、荆湖、两浙制置发运判官。于是君为太常博士，朝廷方尊宠其使事以监六路，乃以君为监察御史，又以为殿中侍御史，遂为副使。已而还之台，以为言事御史。至则弹宰相之为不法者，宰相用此罢，而君亦以此出知宣州。至宣州一日，移京东路转运使，又还台为右司谏，知谏院。又为尚书礼部员外郎，兼侍御史、知杂事，同判流内铨。数言时政，多听用。以上科第、官阶。

始君读书，即以文辞辨丽称天下。及出仕，所至号为办治。论议条鬯，人反覆之而不能穷。平居颓然，若与人无所谐。及遇事有所建，则必得其所守。开封常以权豪请托不可治，客至有所请，君辄善遇之，无所拒。客退，视其事，一断以法。居久之，人知君之不可以私属也，县遂无事。及为谏官御史，又能如此。于是士大夫叹曰："马君之智，盖能时其柔刚以有为也。"以上居官刚柔悉协。

嘉祐二年，君以疾求罢职以出，至五六，乃以为尚书吏部员外郎、直龙图阁，犹不许其出。某月某甲子，君卒，年四十七。天子以其子某官某为某官，又官其兄子持国某官。夫人某县君郑氏。以某年某月某甲子葬君信州之弋阳县归仁乡襄沙之原。以上卒葬、妻子。

君故与余善，余尝爱其智略，以为今士大夫多不能如。惜其不得尽用，亦其不幸早世，不终于贵富也。然世方惩尚贤任智之弊，而操成法以一天下之士，则君虽寿考，且终于富贵，其所蓄亦岂能尽用哉？呜呼！可悲也已。以上交谊、征铭之由。

既葬，夫人与其家人谋，而使持国来以请曰："愿有纪也，使君为死而不朽。"乃为之论次而系之以辞曰：

归以才能兮，又予以时。投之远途兮，使骤而驰。前无御者兮，后有推之，忽税不驾兮，其然奚为？哀哀茕妇兮，孰慰其思？墓门有石兮，书以余辞。

仙居县太君魏氏墓志铭

临川王某曰：俗之坏久矣。自学士大夫多不能终其节，况女子乎？当是时，仙居县太君魏氏，抱数岁之孤，专屋而闲居，躬为桑麻以取衣食。穷苦困厄久矣，而无变志。卒就其子以能有家，受封于朝，而为里贤母。呜呼！其可铭也，于其葬，为序而铭焉。序曰：

魏氏其先江宁人。太君之曾祖讳某，光禄寺卿；祖讳某，池州刺史；考讳某，太子谕德：皆江南李氏时也。李氏国除，而谕德易名居中，退居于常州。以太君为贤，而选所嫁，得江阴沈君讳某，曰："此可以与吾女矣。"于是时，太君年十九，归沈氏。归十年，生两子，而沈君以进士甲科为广德军判官以卒。太君亲以《诗》《论语》《孝经》教两子。两子就外学时，数岁耳，则已能诵此三经矣。其后子迥为进士，子遵为殿中丞、知连州军州，而太君年六十有四，以终于州之正寝，时皇祐二年六月庚辰也。嘉祐二年十二月庚申，两子葬太君江阴申港之西怀仁里。于是遵为太常博士、通判建州军州事，而沈君赠官至太常博士。

铭曰：

山朝于跻，其下惟谷。缵我博士，夫人之淑。其淑维何？博士其家。二子翼翼，萼跗其华。诜诜诸孙，其实其葩。孰云其昌？其始萌芽。皇有显报，曰维在后。硕大蕃衍，刲牲以告。视铭考施，夫人之效。

归有光

归府君墓志铭

府君姓归氏，讳椿，字天秀。大父讳仁，父讳祚，母徐氏。嘉靖十五年正月初八日卒，年七十一。娶曹氏，父讳永太，母高氏，嘉靖十年三月十九日卒，年六十八。子男三：雷、霆、电；

女一，适钱操。孙男五：谏，县学生；谟、训，皆国学生；让，幼。女三。曾孙男六。以嘉靖二十六年十二月庚申日，合葬于马泾实溃泾。以上祖父妻子孙曾、卒葬。

按归氏出春秋胡子，后灭于楚，其子孙在吴，世为吴中著姓。至唐宣公，乃世贵显，封爵官序，具载《唐史》。宋湖州判官罕仁居太仓，其别子居常熟之白茆。居白茆已数世矣，由湖州而下，差以昭穆。府君，我曾大父城武公兄弟行也。以上叙其世谱属之远近。

府君初为农，已乃延礼师儒，教训诸孙，彬彬向文学矣。府君少时，亦尝学书，后弃之，夫妇晨夜力作。白茆在江海之壖，高仰瘠卤，浦水时浚时淤，无善田。府君相水远近，通溪置闸，用以灌溉。其始居民鲜少，茅舍历落数家而已。府君长身古貌，为人倜傥好施舍，田又日垦，人稍稍就居之，遂为庐舍市肆，如邑居云。晚年，诸子悉用其法，其治数千亩如数十亩，役属百人如数人。吴中多利水田，府君家独以旱田。诸富室争逐肥美，府君选取其硗者，曰："顾吾力可不可，田无不可耕者。"人以此服府君之精。以上力田之精。

盖古之王者之于田功勤矣，下至保介、田畯、遂师、遂大夫、县正、里宰、司稼，设官用人，如是悉也。汉二千石遣令、长、三老、力田及里父老善田者，受田器，学耕种养苗状。时赵过、蔡癸之徒，皆以好农为大官。今天下田独江南治耳，中原数千里，三代畎亩浍之迹未有复也。议者又欲放前元海口万户之法，治京师濒海萑苇之田，以省漕壮国本。其事行之实便，而久不行，岂不以任事者难其人邪？或往往叹事功之不立，谓世无其人，若府君，岂非世之所须也？以上叙农功为国大计。铭曰：

　　昔在颛顼，曰惟我祖。绵绵汝、颍，蘷于荆楚。迄唐而
　　昌，鸣玉接武。湖州来东，海鱼为伍。亦有别子，居白茆

浦。旷然江海，寂无烟火。孰生聚之？府君之抚。府君顾顾，才无不可。实圳亩之，终古泻卤。黍稷薿薿，有万斯亩。曷不虎符？藏于兹土。

寒花葬志

婢，魏孺人媵也。嘉靖丁酉五月四日死，葬虎邱。事我而不卒，命也夫！

婢初媵时，年十岁，垂双鬟，曳深绿布裳。一日天寒，爇火煮荸荠熟，婢削之盈瓯。余入自外，取食之，婢持去不与，魏孺人笑之。孺人每令婢倚几旁饭，即饭，目眶冉冉动，孺人又持余以为笑。回思是时，奄忽便已十年。吁！可悲也已！

通议大夫都察院左副都御史李公行状

曾祖茂。祖聪，赠通议大夫、都察院左副都御史。父玉，赠承德郎、吏部验封司主事，再赠奉政大夫、吏部验封司郎中，三赠通议大夫、都察院左副都御史。

公讳宪卿，字廉甫。世居苏州昆山之罗巷村，以耕农为业，通议始入居县城。独生公一子，令从博士学。山阴萧御史鸣凤奇其姿貌，曰："是子他日必贵，吾无事阅其卷矣。"先辈吴中英有知人鉴，每称之以为瑚琏之器。公雅自修饬，好交名俊，视庸辈不屑也。

举应天乡试，试礼部，不第。丁通议忧。服阕，再试中式，赐进士出身。明年，选南京吏部验封司主事，历迁郎中。吏在司者莫不怀其恩。居九年，冢宰鄞闻公、奉新宋公，皆当世名卿，咸赏识之。以上科甲及官南京吏部。升江西布政司左参议。江右田土不相悬，而税入多寡殊绝。如南昌、新建二县，仅百里，多山湖，税粮十六万；广信县六，赣州县十，粮皆六万；南安四县，粮二万。三郡二十县之粮，不及两县。巡抚傅都御史议均之。公在粮储道为法均派折衷，最为简易。盖国初以次削平僭伪，田赋往往因其旧贯。论者谓苏州田不及淮安半，而吴赋十倍淮阴；松江二县，粮与畿内八府百十七县埒，其不均如此。吴郡异时尝均田，而均止于一郡，且破坏两税，阴有增羡，民病之。不若江右之善，而惜不及行也。以上官江西司道、均南新二县田税。

　　升山东按察司副使，兵备临清。先是，虏薄京城，又数声言从井陉口入掠临清。临清绾漕道，商贾所凑，人情惟惧，公处之宴然。或为公地，欲移任。公曰："讵至于此？"境上屯兵数万，调度有方，虏亦竟不至。师尚诏反河南，至五河，兵败散，独与数骑走莘县，擒获之。在镇三年，商民称其简静。瓯宁李尚书自吏部罢还，所过颇懈慢。公劳送，礼有加。李公甚喜，叹曰："李君非世人情，吾因以是识其人。"以上官山东临清。会召还，即日荐升湖广布政司右参政。景王封在汉东，未之国，诏命德安造王府，公董其役。又以承天修祾恩殿，升河南按察司按察使。受命四月，寻擢巡抚湖广、右佥都御史。奏水灾，乞蠲贷，亲行鄂渚、云梦间拊循之。东南用兵御日本，军府檄至，调保靖、容美、桑植、麻寮、镇溪、大剌土兵三万二千，所过牢廪无缺。公因奏土司各有分守，兵不可多调，且无益，徒縻粮廪。其后土兵还，辄掠内地人口，公檄所至搜阅，悉送归乡里。显陵大水，冲坏二红门黄河便桥，而故邸龙飞、庆云宫殿多堕挠，奏加修理，建立元祐宫碑亭。以上官湖广、河南及巡抚湖广事。是时奉天殿灾，敕命大臣开府江陵，总督湖广、川贵采办大木，工部刘侍郎方受命，以忧去，上特旨升公左副都御史，代其任。

　　先是，天子稽古制，建九庙，而西苑穆清之居，岁有兴造，颇写蜀、荆之材。公至，则近水无复峻干，乃行巴、庸、僰道，转荆、岳，至东南川，往来督责，钩之荒裔中，于是万山之木稍出。以上开府江陵、督采湖广、川贵大木。然帝室紫宫，旧制瑰瑰，于永乐金柱围长终不能合。公奏言："臣督率郎中张国珍、李佑，副使张正和、卢孝达、各该守巡、参政游震得、副使周镐、佥事于锦，先后深入永顺、卯峒、梭梭江；参政徐霈、佥事崔都入容美；副使黄宗器入施州、金峒；参政靳学颜入永宁、迤东、兰州、儒溪；副使刘斯洁入黎州、天全、建昌；董策入乌蒙；参政缪文龙入播州、真州、酉阳；佥事吴仲礼入永宁、迤西、落洪、班鸠井、镇雄；程嗣功入龙州；参政张定入铜仁、省溪；参议王重光入赤水、猴峒；佥事顾炳入思南、潮底；汪集入永宁、顺崖；而湖广巡抚、右佥都御史赵炳然、巡按御史吴百朋，各先后亲历荆、岳、辰、常；四川巡抚、右副都御史黄光昇，历叙、马、重、夔；巡按御史郭民敬历邛、雅；贵州巡抚、右副都御史高翀，历思、石、镇、黎；巡按御史朱贤，历永宁、赤水；臣自趋涪州，六月，上泸、叙。而巨材所生，必于深林穷壑、崇冈绝箐、人迹不到之地，经数百年而后至合抱，又鲜不空灌。昔尚书宋礼及近时尚书樊继祖、侍郎潘鉴，采得逾寻丈者数株而已。今三省见采丈围以上楠杉二千余，丈四五以上亦一百一十七，视前亦已超绝矣。第所派长巨非常，故围圆难合。臣奉命初，恐搜索未遍，今则深入穷搜，知不可得，而先年营建，亦必别有所处。伏望皇上敕下该部计议，量材取用，庶臣等悉心采办，而大工早集矣。"以上奏言采木已多，而长巨尚不合所派之数，请量材取用。上允其奏，命求其次者。其后木亦益出，自江、淮至于京师，簰筏相接。而天子犹以皇祖时殿灾，后十年始成，今未六七载，欲待得巨材。故殿建未有期，而西工骤兴，漕下之木，多取以为用。三省吏民，暴露三年，无有休息期。大臣以为言，天子亦自怜之，将作大匠又能规削胶附，极般尔之巧，而见材度已足用。公恳乞兴工罢采,以休荆、蜀民,使者相望于道,词旨甚哀。而工部大臣力任其事,天子从之,考卜、兴工有日矣。以上言木为西工所夺,又数次恳奏而后罢采。其后漕数比先所下多有奇羡,凡得木一万一千二百八十九章。公上最,推功于三巡抚,下至小官,莫不录其劳。今不载,独载其所奏两司涉历采取之地。曰:“四川守、巡督儒溪之木,播州之木,建昌、天全之木,镇雄、乌蒙之木,龙州、蔺州之木;湖广督容美之木,施州之木,永顺、卯峒之木,靖州之木,及督行湖南购木于九嶷,荆南购木于陕西阶州,武昌、汉阳、黄州购木于施州、永顺;贵州则于赤水、猴峒、思南、潮底、永宁、顺崖,其南出云南金沙江云。”以上录其所奏采取之地。大抵荆、楚虽广,山木少,采伐险远,必俟雨水而出。而施州石坡乱滩,迂回千里。贵阳穷险,山岭深峭,由川辰大河以达城陵矶。蜀山悬隔千里,排岩批谷,滩急漩险,经时历月,始达会河。而吏民冒犯瘴毒,林木蒙笼,与虺蛇虎豹错行。万人邪许,摧轧崩萃,鸟兽哀鸣,震天岌地。盖出入百蛮之中,穷南纪之地,其艰如此,故附著之,俾后有考焉。以上叹采木之艰。昔称雍州南山檀柘,而天水陇西多材木,故丛台、阿房、建章、朝阳之作,皆因其所有。金源氏营汴新宫,采青峰山巨木,犹以为汉、唐之所不能致。公乃获之山童木遁之时,发天地之藏,助成国家亿万年之丕图,其勤至矣。以上叹李公之勤。

是岁冬,征还内台。明年,考察天下官。已而病作,请告。病益侵,乞还乡。天子许之。行至东平安山驿而薨,嘉靖四十一年四月乙亥也,年五十有七。

公仕宦二十余年,未尝一日居家。山东获贼,湖广营建,东南平倭,累有白金文绮之赐。而提督采运之擢,旨从中下,盖上所自简也。祖、考、妣,皆受诰赠。母杜氏,封太淑人。所之官，必迎养，世以为荣。公事太淑人孝谨，每巡行，日遣人问安，还辄拜堂下。太淑人茹素，公跽以请者数，太淑人不得已，为之进羞膳。平生未尝言人过，其所敬爱，与之甚亲；至其所不屑，然亦无所假借。在江陵，有所使吏迟至，公问其故。言方食市肆中，又无马骑。故事：台所使吏，廪食与马，为荆州夺之。公曰："彼少年欲立名耳。"竟不复问。周太仆还自滇南，公不出候，盖不知也。周公乡里前辈，以礼相责诮，公置酒仲宣楼，深自逊谢而已。为人美姿容，自少衣服鲜好，及贵，益称其志。至京师，大学士严公迎谓之曰："公不独才望逾人，丰采亦足羽仪朝廷矣。"所居官，廉洁不苟。采办银无虑数百万，先时堆积堂中，公绝不使入台门，第贮荆州府。募召商胡，赏购过当，人皆怀之。故总督三年，地穷边裔，而民、虏不惊，以是为难。是岁，奉天殿文武楼告成，上制名曰皇极殿，门曰皇极门；而西宫亦不日而就。天子方加恩臣下，叙任事者之劳绩，而公不逮矣。以上补叙居官杂事。

娶顾氏，封淑人。子男五：延植，国子生；延节、延芳、延英、延实，县学生。女四：适孟绍颜、管梦周、王世训；其一尚幼。孙男七：世彦，官生；世良、世显、世达；余未名。孙女六。

余与公少相知，诸子来请撰述，因就其家，得所遗文字，参以所见闻，稍加论次，上之史馆。谨状。

先妣事略

先妣周孺人，弘治元年二月十一日生。年十六，来归。逾年，生女淑静。淑静者，大姊也。期而生有光。又期而生女、子，殇一人，期而不育者一人。又逾年，生有尚，妊十二月。逾年，生淑顺。一岁，又生有功。有功之生也，孺人比乳他子加健，然数颦蹙顾诸婢曰："吾为多子苦。"老妪以杯水盛二螺进，曰："饮此，后妊不数矣。"孺人举之尽，喑不能言。正德八年五月二十三日，孺人卒。诸儿见家人泣，则随之泣，然犹以为母寝也。伤哉！于是家人延画工画，出二子，命之曰："鼻以上画有光，鼻以下画大姊。"以二子肖母也。

孺人讳桂。外曾祖讳明，外祖讳行，太学生。母何氏。世居吴家桥，去县城东南三十里。由千墩浦而南，直桥并小港以东，居人环聚，尽周氏也。外祖与其三兄皆以资雄，敦尚简实，与人姁姁说村中语，见子弟甥侄，无不爱。孺人之吴家桥，则治木绵；入城，则缉纑灯火荧荧，每至夜分。外祖不二日使人问遗。孺人不忧米盐，乃劳苦若不谋夕。冬月炉火炭屑，使婢子为团，累累暴阶下。室靡弃物，家无闲人。儿女大者攀衣，小者乳抱，手中纫缀不辍，户内洒然。遇僮奴有恩，虽至棰楚，皆不忍有后言。吴家桥岁致鱼蟹饼饵，率人人得食。家中人闻吴家桥人至，皆喜。

有光七岁，与从兄有嘉入学。每阴风细雨，从兄辄留，有光意恋恋，不得留也。孺人中夜觉寝，促有光暗诵《孝经》，即熟读，无一字龃龉，乃喜。孺人卒，母何孺人亦卒。周氏家有羊狗之疴，舅母卒，四姨归顾氏又卒，死三十人而定，惟外祖与二舅存。

孺人死十一年，大姊归王三接，孺人所许聘者也。十二年，有光补学官弟子，十六年而有妇，孺人所聘者也。期而抱女，抚爱之，益念孺人。中夜与其妇泣，追惟一二，仿佛如昨，余则茫然矣。世乃有无母之人！天乎，痛哉！

归氏二孝子传

归氏二孝子，予既列之家乘矣，以其行之卓而身微贱，独其宗亲邻里知之，于是思以广其传焉。

孝子讳钺，字汝威。早丧母，父更娶后妻，生子，孝子由是失爱。父提孝子，辄索大杖与之，曰："毋徒手，伤乃力也。"家贫，食不足以赡。炊将熟，即诪诪罪过孝子。父大怒，逐之，于是母子得以饱食。孝子数困，匍匐道中。比归，父母相与言曰："有子不居家，在外作贼耳。"又复杖之，屡濒于死。方孝子依依户外，欲入不敢，俯首窃泪下，邻里莫不怜也。父卒，母独与其子居，孝子摈不见。因贩盐市中，时私其弟，问母饮食，致甘鲜焉。正德庚午，大饥，母不能自活。孝子往，涕泣奉迎。母内自惭，终感孝子诚恳，从之。孝子得食，先母、弟，而己有饥色。弟寻死，终身怡然。孝子少饥饿，面黄而体瘠小，族人呼为菜大人。嘉靖壬辰，孝子钺无疾而卒。孝子既老且死，终不言其后母事也。

绣，字华伯，孝子之族子，亦贩盐以养母。己又坐市舍中卖麻，与弟纹、纬友爱无间。纬以事坐系，华伯力为营救。纬又不自检，犯者数四。华伯所转卖者，计常终岁无他故，才给蔬食，一经吏卒过门辄耗，终始无愠容。华伯妻朱氏，每制衣，必三袭，令兄弟均平。曰："二叔无室，岂可使君独被完洁耶？"叔某亡，妻有遗子，抚爱之如己出。然华伯，人见之以为市人也。

赞曰：二孝子出没市贩之间，生平不识《诗》《书》，而能以纯懿之行，自饬于无人之地，遭罹屯变，无恒产以自润而不困折，斯亦难矣！华伯夫妇如鼓瑟，汝威卒变顽嚚，考其终，皆有以自达。由是言之，士之独行而忧寡和者，视此可愧也！

陶节妇传

陶节妇方氏，昆山人陶子舸之妻。归陶氏期年而子舸死，妇悲哀欲自经。或责以姑在，因俯默久之，遂不复言死，而事姑日谨。姑亦寡居，同处一室，夜则同衾而寝，姑、妇相怜甚，然欲死其夫，不能一日忘也。为子舸卜葬地，名清水湾，术者言其不利。妇曰："清水名美，何为不可以葬？"时夫弟之西山买石，议独为子舸穴。妇即自买砖穴其旁。

已而姑病，痢六十余日，昼夜不去侧。时尚秋暑，秽不可闻，常取中裙、厕牏自浣洒之，家人有顾而吐。妇曰："果臭耶？吾日在侧，诚不自觉。"然闻病人溺臭可得生，因自喜。及姑病日殆，度不可起，先悲哭不食者五日。姑死，含殓毕。先是，子舸兄弟三人，仲弟子舫亦前死，尚有少弟。于是诸妇在丧次，子舫妻言："姑亡，不知所以为身计。"妇曰："吾与若，易处耳。独小婶与叔主祭，持陶氏门户，岁月遥遥不可知，此可念也。"因相向悲泣，顷之入室，屑金和水服之，不死。欲投井，井口隘，不能下。夜二鼓，呼小婢随行，至舍西，绐婢还，自投水。水浅，乍沉乍浮，月明中，婢从草间望见之。既死，家人得其尸，以面没水，色如生，两手持荽根，牢甚不可解。

妇年十八嫁子舸，十九丧夫。事姑九年，而与其姑同日死。卒葬之清水湾，在县南千墩浦上。

赞曰：妇以从夫为义，假令节妇遂从子舸死，而世犹将贤之。独濡忍以俟其母之终，其诚孝概之于古人，何愧哉！初，妇父玉冈为蕲水令，将之官，时子舸已病，卜嫁之，大吉，遂归焉。人特以妇为不幸，卒其所成，为门户之光，岂非所谓吉祥者耶？

卷二十二　叙记之属一

书

金縢

既克商二年，王有疾，弗豫。二公曰："我其为王穆卜？"周公曰："未可以戚我先王。""未可戚我先王"，*周公劝二公勿卜，将私为卜而祷也。*公乃自以为功，为三坛，同墠；为坛于南方，北面，周公立焉，植璧秉珪，乃告太王、王季、文王。

史乃册祝曰："惟尔元孙某遘厉虐疾，若尔三王是有丕子之责于天，以旦代某之身。予仁若考，能多材多艺，能事鬼神。乃元孙不若旦多材多艺，不能事鬼神。乃命于帝庭，敷佑四方，用能定尔子孙于下地，四方之民罔不祗畏。*"乃命于帝庭"四句言武王命于上帝，能定国安民也。*呜呼！无坠天之降宝命，我先王亦永有依归。今我即命于元龟，尔之许我，我其以璧与珪归俟尔命；尔不许我，我乃屏璧与珪。"

乃卜三龟，一习吉。启籥见书，乃并是吉。公曰："体！王其罔害。予小子新命于三王，惟永终是图。兹攸俟，能念予一人。"

公归，乃纳册于金縢之匮中。王翼日乃瘳。

武王既丧，管叔及其群弟乃流言于国，曰：“公将不利于孺子。”周公乃告二公曰：“我之弗辟，辟，戴氏：王辟位。我无以告我先王。”周公居东二年，居东之近郊。则罪人斯得。周公辟位之时，不知流言之所自起也。二年以后，乃知其出于管、蔡，故曰“斯得”。于后，公乃为诗以贻王，名之曰《鸱鸮》。《鸱鸮》，劝王兴师讨管、蔡之诗也。王亦未敢诮公。王见《鸱鸮》之诗，尚未信公，但亦未诮公耳。

秋，大熟，未获，天大雷电以风，禾尽偃，大木斯拔，邦人大恐。王与大夫尽弁，以启金縢之书，乃得周公所自以为功代武王之说。

二公及王乃问诸史与百执事，对曰：“信。噫！公命，我勿敢言。”王执书以泣，曰：“其勿穆卜！昔公勤劳王家，惟予冲人，弗及知。今天动威以彰周公之德，惟朕小子其新迎，我国家礼亦宜之。”王出郊，天乃雨，反风，禾则尽起。二公命邦人，凡大木所偃，尽起而筑之。岁则大熟。

顾命

惟四月哉生魄，王不怿。甲子，王乃洮颒水。相被冕服，凭玉几。乃同召太保奭、芮伯、彤伯、毕公、卫侯、毛公、师氏、虎臣、百尹、御事。王曰：“呜呼！疾大渐，惟几，病日臻，既弥留，恐不获誓言嗣，兹予审训命汝。昔君文王、武王，宣重光，奠丽陈教，则肄肄不违，用克达殷，集大命。在后之侗，敬迓天威，嗣守文、武大训，无敢昏逾。今天降疾，殆弗兴弗悟。尔尚明时朕言，用敬保元子钊，弘济于艰难，柔远能迩，安劝小大庶邦，思夫人自乱于威仪，尔无以钊冒贡于非几。”

兹既受命还，出缀衣于庭。越翼日乙丑，王崩。

太保命仲桓、南宫毛，俾爰齐侯吕伋，以二干戈、虎贲百人，逆子钊于南门之外。延入翼室，恤宅宗。丁卯，命作册度。

越七日，癸酉，伯相命士须材。狄设黼扆缀衣。牖间南向，敷重篾席、黼纯，华玉仍几。西序东向，敷重厎席、缀纯，文贝仍几。东序西向，敷重丰席、画纯，雕玉仍几。西夹南向，敷重笋席、玄纷纯，漆仍几。越玉五重、陈宝、赤刀、大训、弘璧、琬琰，在西序。大玉、夷玉、天球、河图，在东序。胤之舞衣、大贝、鼖鼓，在西房；兑之戈、和之弓、垂之竹矢，在东房。大辂在宾阶面，缀辂在阼阶面，先辂在左塾之前，次辂在右塾之前。

二人雀弁，执惠，立于毕门之内；四人綦弁，执戈上刃，夹两阶戺；一人冕，执刘，立于东堂；一人冕，执钺，立于西堂；一人冕，执戣，立于东垂；一人冕，执瞿，立于西垂；一人冕，执锐，立于侧阶。

王麻冕黼裳，由宾阶隮。卿士、邦君，麻冕蚁裳，入即位。太保、太史、太宗，皆麻冕彤裳。太保承介圭，上宗奉同瑁，由阼阶隮。太史秉书，由宾阶隮，御王册命。曰："皇后凭玉几，道扬末命：命汝嗣训，临君周邦，率循大卞，燮和天下，用答扬文、武之光训。"王再拜，兴，答曰："眇眇予末小子，其能而乱四方，以敬忌天威。"乃受同瑁，王三宿，三祭，三咤。上宗曰："飨！"太保受同，降，盥，以异同秉璋以酢，授宗人同，拜。王答拜。太保受同，祭，哜，宅，授宗人同，拜。王答拜。太保降，收。诸侯出庙门俟。王出，在应门之内。太保率西方诸侯入应门左，毕公率东方诸侯入应门右，皆布乘黄朱。宾称奉圭兼币，曰："一二臣卫，敢执壤奠。"皆再拜稽首。王义嗣德，答拜。

太保暨芮伯咸进相揖，皆再拜稽首，曰："敢敬告天子，皇天改大邦殷之命，惟周文、武，诞受羑若，克恤西土。惟新陟王，毕协赏罚，戡定厥功，用敷遗后人休。今王敬之哉。张皇六师，无坏我高祖寡命。"王若曰："庶邦侯甸男卫，惟予一人钊报诰，昔君文、武，丕平富，不务咎，底至齐信，用昭明于天下。则亦有熊罴之士，不二心之臣，保乂王家，用端命于上帝，皇天用训厥道，付畀四方，乃命建侯树屏，在我后之人。今予一二伯父，尚胥暨顾绥尔先公之臣服于先王。虽尔身在外，乃心罔不在王室。用奉恤厥若，无遗鞠子羞。"

群公既皆听命，相揖趋出。王释冕反，丧服。

左 传

齐鲁长勺之战

庄公十年春，齐师伐我。公将战，曹刿请见。其乡人曰："肉食者谋之，又何间焉。"刿曰："肉食者鄙，未能远谋。"乃入见。问何以战。公曰："衣食所安，弗敢专也，必以分人。"对曰："小惠未遍，民弗从也。"公曰："牺牲玉帛，弗敢加也，必以信。"对曰："小信未孚，神弗福也。"公曰："小大之狱，虽不能察，必以情。"对曰："忠之属也，可以一战，战则请从。"

公与之乘，战于长勺。公将鼓之，刿曰："未可。"齐人三鼓，刿曰："可矣。"齐师败绩。公将驰之。刿曰："未可。"下视其辙，登轼而望之，曰："可矣。"遂逐齐师。

既克，公问其故。对曰："夫战，勇气也，一鼓作气，再而衰，三而竭。彼竭我盈，故克之。夫大国难测也，惧有伏焉。吾视其辙乱，望其旗靡，故逐之。"

秦晋韩之战

晋侯之入也，秦穆姬属贾君焉，且曰："尽纳群公子。"晋侯烝于贾君，又不纳群公子，是以穆姬怨之。晋侯许赂中大夫，既而皆背之。赂秦伯以河外列城五，东尽虢略，南及华山，内及解梁城，既而不与。晋饥，秦输之粟；秦饥，晋闭之籴，故秦伯伐晋。以上秦伐晋之由。

卜徒父筮之，吉。涉河，侯车败。诘之，对曰："乃大吉也，三败必获晋君。其卦遇《蛊》，曰：'千乘三去，三去之余，获其雄狐。'夫狐蛊，必其君也。《蛊》之贞，风也；其悔，山也。岁云秋矣，我落其实而取其材，所以克也。实落材亡，不败何待？"以上卜徒父之筮。

三败及韩。晋侯谓庆郑曰："寇深矣，若之何？"对曰："君实深之，可若何？"公曰："不孙。"卜右，庆郑吉，弗使。步扬御戎，家仆徒为右，乘小驷，郑入也。庆郑曰："古者大事，必乘其产，生其水土而知其人心，安其教训而服习其道，唯所纳之，无不如志。今乘异产以从戎事，及惧而变，将与人易。乱气狡愤，阴血周作，张脉偾兴，外强中干。进退不可，周旋不能，君必悔之。"弗听。以上庆郑不孙之词。

九月，晋侯逆秦师，使韩简视师，复曰："师少于我，斗士倍我。"公曰："何故？"对曰："出因其资，入用其宠，饥食其粟，三施而无报，是以来也。今又击之，我怠秦奋，倍犹未也。"公曰："一夫不可狃，况国乎。"遂使请战，曰："寡人不佞，能合其众而不能离也，君若不还，无所逃命。"秦伯使公孙枝对曰："君之未入，寡人惧之，入而未定列，犹吾忧也。苟列定矣，敢不承命。"韩简退曰："吾幸而得囚。"以上韩简视师。

壬戌，战于韩原，晋戎马还泞而止。公号庆郑。庆郑曰："愎谏违卜，固败是求，又何逃焉？"遂去之。梁由靡御韩简，虢射为右，辂秦伯，将止之。郑以救公误之，遂失秦伯。秦获晋侯以归。以上韩原战事。晋大夫反首拔舍从之。秦伯使辞焉，曰：

"二三子何其戚也？寡人之从君而西也，亦晋之妖梦是践，岂敢以至。"晋大夫三拜稽首，曰："君履后土而戴皇天，皇天后土实闻君之言，群臣敢在下风。"

穆姬闻晋侯将至，以太子罃、弘与女简璧登台而履薪焉，使以免服衰绖逆，且告曰："上天降灾，使我两君匪以玉帛相见，而以兴戎。若晋君朝以入，则婢子夕以死；夕以入，则朝以死。唯君裁之。"乃舍诸灵台。以上获晋侯后情事。

大夫请以入。公曰："获晋侯，以厚归也。既而丧归，焉用之？大夫其何有焉？且晋人戚忧以重我，天地以要我。不图晋忧，重其怒也；我食吾言，背天地也。重怒难任，背天不祥，必归晋君。"公子絷曰："不如杀之，无聚慝焉。"子桑曰："归之而质其太子，必得大成。晋未可灭而杀其君，只以成恶。且史佚有言曰：'无始祸，无怙乱，无重怒。'重怒难任，陵人不祥。"乃许晋平。以上秦君臣谋处晋侯之法。

晋侯使郤乞告瑕吕饴甥，且召之。子金教之言曰："朝国人而以君命赏，且告之曰：'孤虽归，辱社稷矣。其卜贰圉也。'"众皆哭。晋于是乎作爰田。吕甥曰："君亡之不恤，而群臣是忧，惠之至也。将若君何？"众曰："何为而可？"对曰："征缮以辅孺子，诸侯闻之，丧君有君，群臣辑睦，甲兵益多，好我者劝，恶我者惧，庶有益乎！"众悦。晋于是乎作州兵。以上晋臣谋归君之法。

初，晋献公筮嫁伯姬于秦，遇《归妹》之《睽》。史苏占之曰："不吉。其繇曰：'士刲羊，亦无衁也。女承筐，亦无贶也。西邻责言，不可偿也。《归妹》之《睽》，犹无相也。'《震》之《离》，亦《离》之《震》，为雷为火。为嬴败姬，车说其輹，火焚其旗，不利行师，败于宗邱。《归妹》《睽》孤，寇张之弧，侄其从姑，六年其逋，逃归其国，而弃其家，明年其死于高梁之虚。"及惠公在秦，曰："先君若从史苏之占，吾不及此夫。"韩简侍，曰："龟，象也；筮，数也。物生而后有象，象而后有滋，滋而后有数。先君之败德，及可数乎？史苏是占，勿从何益？《诗》曰：'下民之孽，匪降自天，傅沓背憎，职竞由人。'"以上惠公、韩简追论昔年卜筮。

十月，晋阴饴甥会秦伯，盟于王城。

秦伯曰："晋国和乎？"对曰："不和。小人耻失其君而悼丧其亲，不惮征缮以立圉也，曰：'必报仇，宁事戎狄。'君子爱其君而知其罪，不惮征缮以待秦命，曰：'必报德，有死无二。'以此不和。"秦伯曰："国谓君何？"对曰："小人戚，谓之不免。君子恕，以为必归。小人曰：'我毒秦，秦岂归君？'君子曰：'我知罪矣，秦必归君。贰而执之，服而舍之，德莫厚焉，刑莫威焉。服者怀德，贰者畏刑。此一役也，秦可以霸。纳而不定，废而不立，以德为怨，秦不其然。'"以上吕甥说秦伯归君。秦伯曰："是吾心也。"改馆晋侯，馈七牢焉。

蛾析谓庆郑曰："盍行乎？"对曰："陷君于败，败而不死，又使失刑，非人臣也。臣而不臣，行将焉入？"十一月，晋侯归。丁丑，杀庆郑而后入。

是岁，晋又饥，秦伯又饩之粟，曰："吾怨其君而矜其民。且吾闻唐叔之封也，箕子曰：'其后必大。'晋其庸可冀乎！姑树德焉以待能者。"于是秦始征晋河东，置官司焉。

晋公子重耳之亡

晋公子重耳之及于难也，晋人伐诸蒲城。蒲城人欲战。重耳不可，曰："保君父之命而享其生禄，于是乎得人。有人而校，罪莫大焉。吾其奔也。"遂奔狄。从者狐偃、赵衰、颠颉、魏武子、司空季子。狄人伐廧咎如，获其二女：叔隗、季隗，纳诸公子。公子取季隗，生伯儵、叔刘，以叔隗妻赵衰，生盾。将适齐，谓季隗曰："待我二十五年，不来而后嫁。"对曰："我二十五年矣，又如是而嫁，则就木焉。请待子。"处狄十二年而行。以上处狄。

过卫，卫文公不礼焉。出于五鹿，乞食于野人。野人与之块，公子怒，欲鞭之。子犯曰："天赐也。"稽首，受而载之。以上过卫。

及齐，齐桓公妻之，有马二十乘，公子安之。从者以为不可。将行，谋于桑下。蚕妾在其上，以告姜氏。姜氏杀之，而谓公子曰："子有四方之志，其闻之者，吾杀之矣。"公子曰："无之。"姜曰："行也。怀与安，实败名。"公子不可。姜与子犯谋，醉而遣之。醒，以戈逐子犯。以上安齐。

及曹，曹共公闻其骈胁，欲观其裸。浴，薄而观之。僖负羁之妻曰："吾观晋公子之从者，皆足以相国。若以相，夫子必反其国。反其国，必得志于诸侯。得志于诸侯而诛无礼，曹其首也。子盍蚤自贰焉。"乃馈盘飧，置璧焉。公子受飧反璧。以上过曹。

及宋，宋襄公赠之以马二十乘。以上过宋。

及郑，郑文公亦不礼焉。叔詹谏曰："臣闻天之所启，人弗及也。晋公子有三焉，天其或者将建诸，君其礼焉。男女同姓，其生不蕃。晋公子，姬出也，而至于今，一也。离外之患，而天不靖晋国，殆将启之，二也。有三士足以上人而从之，三也。晋、郑同侪，其过子弟，固将礼焉，况天之所启乎？"弗听。以上过郑。

及楚，楚子飨之，曰："公子若反晋国，则何以报不谷？"对曰："子女玉帛，则君有之；羽毛齿革；则君地生焉。其波及晋国者，君之余也，其何以报君？"曰："虽然，何以报我？"对曰："若以君之灵，得反晋国，晋、楚治兵，遇于中原，其辟君三舍。若不获命，其左执鞭弭、右属櫜鞬，以与君周旋。"子玉请杀之。楚子曰："晋公子广而俭，文而有礼。其从者肃而宽，忠而能力。晋侯无亲，外内恶之。吾闻姬姓唐叔之后，其后衰者也，其将由晋公子乎。天将兴之，谁能废之。违天必有大咎。"乃送诸秦。以上过楚。

秦伯纳女五人，怀嬴与焉。奉匜沃盥，既而挥之。怒曰："秦、晋匹也，何以卑我！"公子惧，降服而囚。他日，公享之。子犯曰："吾不如衰之文也。请使衰从。"公子赋《河水》，公赋《六月》。赵衰曰："重耳拜赐。"公子降，拜，稽首，公降一级而辞焉。衰曰："君称所以佐天子者命重耳，重耳敢不拜。"以上居秦。

僖公二十四年春，王正月，秦伯纳之，不书，不告入也。

及河，子犯以璧授公子，曰："臣负羁绁从君巡于天下，臣之罪甚多矣。臣犹知之，而况君乎？请由此亡。"公子曰："所不与舅氏同心者，有如白水。"投其璧于河。济河，围令狐，入桑泉，取臼衰。二月甲午，晋师军于庐柳。秦伯使公子絷如晋师，师退，军于郇。辛丑，狐偃及秦、晋之大夫盟于郇。壬寅，公子入于晋师。丙午，入于曲沃。丁未，朝于武宫。戊申，使杀怀公于高梁。不书，亦不告也。以上秦伯纳晋侯正文。

吕、郤畏逼，将焚公宫而弑晋侯。寺人披请见，公使让之，且辞焉，曰："蒲城之役，君命一宿，女即至。其后余从狄君以田渭滨，女为惠公来求杀余，命女三宿，女中宿至。虽有君命，何其速也。夫袪犹在，女其行乎。"对曰："臣谓君之入也，其知之矣。若犹未也，又将及难。君命无二，古之制也。除君之恶，唯力是视。蒲人、狄人，余何有焉。今君即位，其无蒲、狄乎？齐桓公置射钩而使管仲相，君若易之，何辱命焉？行者甚众，岂唯刑臣。"公见之，以难告。三月，晋侯潜会秦伯于王城。己丑晦，公宫火，瑕甥、郤芮不获公，乃如河上，秦伯诱而杀之。以上吕、郤焚宫之难。晋侯逆夫人嬴氏以归。秦伯送卫于晋三千人，实纪纲之仆。以上逆秦嬴。

初，晋侯之竖头须，守藏者也。其出也，窃藏以逃，尽用以求纳之。及入，求见，公辞焉以沐。谓仆人曰："沐则心覆，心覆则图反，宜吾不得见也。居者为社稷之守，行者为羁绁之仆，其亦可也，何必罪居者？国君而仇匹夫，惧者甚众矣。"仆人以告，公遽见之。以上见头须。

狄人归季隗于晋而请其二子。文公妻赵衰，生原同、屏括、楼婴。赵姬请逆盾与其母，子余辞。姬曰："得宠而忘旧，何以使人？必逆之！"固请，许之，来，以盾为才，固请于公以为嫡子，而使其三子下之，以叔隗为内子而己下之。以上归二隗。

晋侯赏从亡者，介之推不言禄，禄亦弗及。推曰："献公之子九人，唯君在矣。惠、怀无亲，外内弃之。天未绝晋，必将有主。主晋祀者，非君而谁？天实置之，而二三子以为己力，不亦诬乎？窃人之财，犹谓之盗，况贪天之功以为己力乎？下义其罪，上赏其奸，上下相蒙，难与处矣！"其母曰："盍亦求之，以死谁怼？"对曰："尤而效之，罪又甚焉，且出怨言，不食其食。"其母曰："亦使知之，若何？"对曰："言，身之文也。身将隐，焉用文之？是求显也。"其母曰："能如是乎？与女偕隐。"遂隐而死。晋侯求之，不获，以绵上为之田，曰："以志吾过，且旌善人。"以上介之推避隐。

晋楚城濮之战

楚子将围宋，使子文治兵于睽，终朝而毕，不戮一人。子玉复治兵于蒍，终日而毕，鞭七人，贯三人耳。国老皆贺子文，子文饮之酒。芳贾尚幼，后至，不贺。子文问之，对曰："不知所贺。子之传政于子玉，曰：'以靖国也。'靖诸内而败诸外，所获几何？子玉之败，子之举也。举以败国，将何贺焉？子玉刚而无礼，不可以治民。过三百乘，其不能以入矣。苟入而贺，何后之有？"以上芳贾策子玉败。

冬，楚子及诸侯围宋，宋公孙固如晋告急。先轸曰："报施救患，取威定霸，于是乎在矣。"狐偃曰："楚始得曹而新昏于卫，若伐曹、卫，楚必救之，则齐、宋免矣。"以上谋救宋。于是乎蒐于被庐，作三军。谋元帅。赵衰曰："郤縠可。臣亟闻其言矣，说礼乐而敦《诗》《书》。《诗》《书》，义之府也。礼乐，德之则也。德义，利之本也。《夏书》曰：'赋纳以言，明试以功，车服以庸。'君其试之。"乃使郤縠将中军，郤溱佐之；使狐偃将上军，让于狐毛，而佐之；命赵衰为卿，让于栾枝、先轸。使栾枝将下军，先轸佐之；荀林父御戎，魏犨为右。以上大蒐谋帅。

晋侯始入而教其民，二年，欲用之。子犯曰："民未知义，未安其居。"于是乎出定襄王，入务利民，民怀生矣，将用之。子犯曰："民未知信，未宣其用。"于是乎伐原以示之信。民易资者不求丰焉，明征其辞。公曰："可矣乎？"子犯曰："民未知礼，未生其共。"于是乎大蒐以示之礼，作执秩以正其官，民听不惑而后用之。出谷戍，释宋围，一战而霸，文之教也。以上因大蒐而追叙前事，兼及后效。

二十八年春，晋侯将伐曹，假道于卫，卫人弗许。还，自南河济，侵曹伐卫。正月戊申，取五鹿。二月，晋郤縠卒。原轸将中军，胥臣佐下军，上德也。晋侯、齐侯盟于敛盂。卫侯请盟，晋人弗许。卫侯欲与楚，国人不欲，故出其君以说于晋。卫侯出居于襄牛。以上卫持两端，欲附于晋。

公子买戍卫，楚人救卫，不克。公惧于晋，杀子丛以说焉。谓楚人曰："不卒戍也。"以上鲁持两端不敢戍卫。

晋侯围曹，门焉，多死，曹人尸诸城上，晋侯患之，听舆人之谋曰："称舍于墓。"师迁焉，曹人凶惧，为其所得者棺而出之，因其凶也而攻之。三月丙午，入曹。数之，以其不用僖负羁而乘轩者三百人也。且曰："献状。"令无入僖负羁之宫而免其族，报施也。魏犫、颠颉怒曰："劳之不图，报于何有！"爇僖负羁氏。魏犫伤于胸，公欲杀之而爱其材，使问，且视之。病，将杀之。魏犫束胸见使者曰："以君之灵，不有宁也。"距跃三百，曲踊三百。乃舍之。杀颠颉以徇于师，立舟之侨以为戎右。以上晋师破曹。

宋人使门尹般如晋师告急。公曰："宋人告急，舍之则绝，告楚不许。我欲战矣，齐、秦未可，若之何？"先轸曰："使宋舍我而赂齐、秦，藉之告楚。我执曹君而分曹、卫之田以赐宋人。楚爱曹、卫，必不许也。喜赂怒顽，能无战乎？"公说，执曹伯，分曹、卫之田以畀宋人。以上晋谋激齐、秦，使来会战。

楚子入居于申，使申叔去谷，使子玉去宋，曰："无从晋师。晋侯在外十九年矣，而果得晋国。险阻艰难，备尝之矣；民之情伪，尽知之矣。天假之年，而除其害。天之所置，其可废乎？《军志》曰：'允当则归。'又曰：'知难而退。'又曰：'有德不可敌。'此三志者，晋之谓矣。"子玉使伯棼请战，曰："非敢必有功也，愿以间执谗慝之口。"王怒，少与之师，唯西广、东宫与若敖之六卒实从之。以上楚君欲退，臣欲战。

子玉使宛春告于晋师曰："请复卫侯而封曹，臣亦释宋之围。"子犯曰："子玉无礼哉！君取一，臣取二，不可失矣。"先轸曰："子与之。定人之谓礼，楚一言而定三国，我一言而亡之。我则无礼，何以战乎？不许楚言，是弃宋也。救而弃之，谓诸侯何？楚有三施，我有三怨，怨仇已多，将何以战？不如私许复曹、卫以携之，执宛春以怒楚，既战而后图之。"公说，乃拘宛春于卫，且私许复曹、卫。曹、卫告绝于楚。以上私许复曹、卫，以说三国。

子玉怒，从晋师。晋师退。军吏曰："以君辟臣，辱也。且楚师老矣，何故退？"子犯曰："师直为壮，曲为老，岂在久乎？微楚之惠不及此，退三舍辟之，所以报也。背惠食言，以亢其仇，我曲楚直。其众素饱，不可谓老。我退而楚还，我将何求？若其不还，君退臣犯，曲在彼矣。"退三舍。楚众欲止，子玉不可。以上晋退三舍避楚。

夏四月戊辰，晋侯、宋公、齐国归父、崔夭、秦小子憗次于城濮。楚师背鄪而舍，晋侯患之，听舆人之诵，曰："原田每每，舍其旧而新是谋。"公疑焉。子犯曰："战也。战而捷，必得诸侯。若其不捷，表里山河，必无害也。"公曰："若楚惠何？"栾贞子曰："汉阳诸姬，楚实尽之，思小惠而忘大耻，不如战也。"晋侯梦与楚子搏，楚子伏己而盬其脑，是以惧。子犯曰："吉。我得天，楚伏其罪，吾且柔之矣。"以上晋君臣论战事。

子玉使斗勃请战，曰："请与君之士戏，君凭轼而观之，得臣与寓目焉。"晋侯使栾枝对曰："寡君闻命矣。楚君之惠未之敢忘，是以在此。为大夫退，其敢当君乎？既不获命矣，敢烦大夫谓二三子，戒尔车乘，敬尔君事，诘朝将见。"以上子玉致师。

晋车七百乘，韅、靷、鞅、靽。晋侯登有莘之虚以观师，曰："少长有礼，其可用也。"遂伐其木，以益其兵。己巳，晋师陈于莘北，胥臣以下军之佐当陈、蔡。子玉以若敖之六卒将中军，曰："今日必无晋矣。"子西将左，子上将右。胥臣蒙马以虎皮，先犯陈、蔡。陈、蔡奔，楚右师溃。狐毛设二旆而退之。栾枝使舆曳柴而伪遁，楚师驰之，原轸、郤溱以中军公族横击之。

狐毛、狐偃以上军夹攻子西，楚左师溃。楚师败绩。子玉收其卒而止，故不败。

晋师三日馆谷，及癸酉而还。以上城濮战事正文。甲午，至于衡雍，作王宫于践土。

乡役之三月，郑伯如楚致其师，为楚师既败而惧，使子人九行成于晋。晋栾枝入盟郑伯。五月丙午，晋侯及郑伯盟于衡雍。以上晋、郑盟。丁未，献楚俘于王，驷介百乘，徒兵千。郑伯傅王，用平礼也。己酉，王享醴，命晋侯宥。王命尹氏及王子虎、内史叔兴父策命晋侯为侯伯，赐之大辂之服，戎辂之服，彤弓一，彤矢百，玈弓矢千，秬鬯一卣，虎贲三百人。曰："王谓叔父，敬服王命，以绥四国，纠逖王慝。"晋侯三辞，从命。曰："重耳敢再拜稽首，奉扬天子之丕显休命。"受策以出，出入三觐。以上献俘于王。

卫侯闻楚师败，惧，出奔楚，遂适陈，使元咺奉叔武以受盟。癸亥，王子虎盟诸侯于王庭，要言曰："皆奖王室，无相害也。有渝此盟，明神殛之，俾队其师，无克祚国，及而玄孙，无有老幼。"君子谓是盟也信，谓晋于是役也能以德攻。以上践土之盟。

初，楚子玉自为琼弁玉缨，未之服也。先战，梦河神谓己曰："畀余，余赐女孟诸之麋。"弗致也。大心与子西使荣黄谏，弗听。荣季曰："死而利国，犹或为之，况琼玉乎！是粪土也，而可以济师，将何爱焉？"弗听。出，告二子曰："非神败令尹，令尹其不勤民，实自败也。"既败，王使谓之曰："大夫若入，其若申、息之老何？"子西、孙伯曰："得臣将死，二臣止之曰：'君其将以为戮。'"及连谷而死。晋侯闻之，而后喜可知也，曰："莫余毒也已！蒍吕臣实为令尹，奉己而已，不在民矣。"以上子玉之死。

秦晋殽之战

僖公三十二年冬，晋文公卒。庚辰，将殡于曲沃，出绛，柩有声如牛。卜偃使大夫拜，曰："君命大事。将有西师过轶我，击之，必大捷焉。"杞子自郑使告于秦，曰："郑人使我掌其北门之管，若潜师以来，国可得也。"穆公访诸蹇叔，蹇叔曰："劳师以袭远，非所闻也。师劳力竭，远主备之，无乃不可乎？师之所为，郑必知之，勤而无所，必有悖心。且行千里，其谁不知？"公辞焉。召孟明、西乞、白乙，使出师于东门之外。蹇叔哭之，曰："孟子，吾见师之出而不见其入也。"公使谓之曰："尔何知！中寿，尔墓之木拱矣。"蹇叔之子与师，哭而送之，曰："晋人御师必于殽。殽有二陵焉。其南陵，夏后皋之墓也；其北陵，文王之所辟风雨也。必死是间，余收尔骨焉。"秦师遂东。

三十三年春，秦师过周北门，左右免胄而下，超乘者三百乘。王孙满尚幼，观之，言于王曰："秦师轻而无礼，必败。轻则寡谋，无礼则脱。入险而脱，又不能谋，能无败乎？"及滑，郑商人弦高将市于周，遇之，以乘韦先，牛十二犒师，曰："寡君闻吾子将步师出于敝邑，敢犒从者。不腆敝邑，为从者之淹，居则具一日之积，行则备一夕之卫。"且使遽告于郑。郑穆公使视客馆，则束载、厉兵、秣马矣。使皇武子辞焉，曰："吾子淹久于敝邑，唯是脯资饩牵竭矣。为吾子之将行也，郑之有原圃，犹秦之有具囿也。吾子取其麋鹿，以闲敝邑，若何？"杞子奔齐，逢孙、扬孙奔宋。孟明曰："郑有备矣，不可冀也。攻之不克，围之不继，吾其还也。"灭滑而还。

晋原轸曰："秦违蹇叔，而以贪勤民，天奉我也。奉不可失，敌不可纵。纵敌患生，违天不祥。必伐秦师。"栾枝曰："未报秦施而伐其师，其为死君乎？"先轸曰："秦不哀吾丧而伐吾同姓，秦则无礼，何施之为？吾闻之：'一日纵敌，数世之患也。'谋及子孙，可谓死君乎？"遂发命，遽兴姜戎。子墨衰绖，梁弘御戎，莱驹为右。

夏四月辛巳，败秦师于殽，获百里孟明视、西乞术、白乙丙以归。遂墨以葬文公。晋于是始墨。

文嬴请三帅，曰："彼实构吾二君，寡君若得而食之，不厌，君何辱讨焉！使归就戮于秦，以逞寡君之志，若何？"公许之、先轸朝，问秦囚。公曰："夫人请之，吾舍之矣。"先轸怒曰："武夫力而拘诸原，妇人暂而免诸国。堕军实而长寇仇，亡无日矣。"不顾而唾。公使阳处父追之，及诸河，则在舟中矣。释左骖，以公命赠孟明。孟明稽首曰："君之惠，不以累臣衅鼓，使归就戮于秦，寡君之以为戮，死且不朽。若从君惠而免之，三年将拜君赐。"

秦伯素服郊次，乡师而哭，曰："孤违蹇叔，以辱二三子，孤之罪也。不替孟明，孤之过也。大夫何罪？且吾不以一眚掩大德。"

晋楚邲之战

厉之役，郑伯逃归，自是楚未得志焉。郑既受盟于辰陵，又徼事于晋。

十二年春，楚子围郑。旬有七日，郑人卜行成，不吉。卜临于大宫，且巷出车，吉。国人大临，守陴者皆哭。楚子退师，郑人修城，进复围之，三月克之。入自皇门，至于逵路。郑伯肉袒牵羊以逆，曰："孤不天，不能事君，使君怀怒以及敝邑，孤之罪也。敢不唯命是听。其俘诸江南以实海滨，亦唯命。其翦以赐诸侯，使臣妾之，亦唯命。若惠顾前好，徼福于厉、宣、桓、武，不泯其社稷，使改事君，夷于九县，君之惠也，孤之愿也，非所敢望也。敢布腹心，君实图之。"左右曰："不可许也，得国无赦。"王曰："其君能下人，必能信用其民矣，庸可几乎？"退三十里而许之平。潘尪入盟，子良出质。以上楚克郑。

夏六月，晋师救郑。荀林父将中军，先縠佐之。士会将上军，郤克佐之。赵朔将下军，栾书佐之。赵括、赵婴齐为中军大夫。巩朔、韩穿为上军大夫。荀首、赵同为下军大夫。韩厥为司马。以上晋救郑诸将。及河，闻郑既及楚平，桓子欲还，曰："无及于郑而剿民，焉用之？楚归而动，不后。"随武子曰："善。会闻用师，观衅而动。德刑政事典礼不易，不可敌也，不为是征。楚军讨郑，怒其贰而哀其卑，叛而伐之，服而舍之，德刑成矣。伐叛，刑也；柔服，德也。二者立矣。昔岁入陈，今兹入郑，民不罢劳，君无怨讟，政有经矣。荆尸而举，商农工贾不败其业，而卒乘辑睦，事不奸矣。芳敖为宰，择楚国之令典，军行，右辕，左追蓐，前茅虑无，中权，后劲，百官象物而动，军政不戒而备，能用典矣。其君之举也，内姓选于亲，外姓选于旧；举不失德，赏不失劳；老有加惠，旅有施舍；君子小人，物有服章，贵有常尊，贱有等威；礼不逆矣。德立，刑行，政成，事时，典从，礼顺，若之何敌之？见可而进，知难而退，军之善政也。兼弱攻昧，武之善经也。子姑整军而经武乎，犹有弱而昧者，何必楚？仲虺有言曰：'取乱侮亡。'兼弱也。《汋》曰：'於铄王师，遵养时晦。'耆昧也。《武》曰：'无竞惟烈。'抚弱耆昧以务烈所，可也。"以上桓子、士会不欲伐楚。彘子曰："不可。晋所以霸，师武臣力也。今失诸侯，不可谓力。有敌而不从，不可谓武。由我失霸，不如死。且成师以出，闻敌强而退，非夫也。命为军师，而卒以非夫，唯群子能，我弗为也。"以中军佐济。

知庄子曰："此师殆哉。《周易》有之，在《师》之《临》，曰：'师出以律，否臧凶。'执事顺成为臧，逆为否，众散为弱，川壅为泽，有律以如己也，故曰律。否臧，且律竭也。盈而以竭，夭且不整，所以凶也。不行之谓《临》，有帅而不从，临孰甚焉！此之谓矣。果遇，必败，彘子尸之。虽免而归，必有大咎。"韩献子谓桓子曰："彘子以偏师陷，子罪大矣。子为元帅，师不用命，谁之罪也？失属亡师，为罪已重，不如进也。事之不捷，恶有所分，与其专罪，六人同之，不犹愈乎？"师遂济。以上彘子先济，晋师皆济。

楚子北，师次于郔，沈尹将中军，子重将左，子反将右，将饮马于河而归。闻晋师既济，王欲还，嬖人伍参欲战。令尹孙叔敖弗欲，曰："昔岁入陈，今兹入郑，不无事矣。战而不捷，参之肉其足食乎？"参曰："若事之捷，孙叔为无谋矣。不捷，参之肉将在晋军，可得食乎？"令尹南辕反旆，伍参言于王曰："晋之从政者新，未能行令。其佐先縠刚愎不仁，未肯用命。其三帅者专行不获，听而无上，众谁适从？此行也，晋师必败。且君而逃臣，若社稷何？"王病之，告令尹，改乘辕而北之，次于管以待之。以上楚君臣商应否避晋。

晋师在敖、鄗之间。郑皇戌使如晋师，曰："郑之从楚，社稷之故也，未有贰心。楚师骤胜而骄，其师老矣，而不设备，子击之，郑师为承，楚师必败。"彘子曰："败楚服郑，于此在矣，必许之。"栾武子曰："楚自克庸以来，其君无日不讨国人而训之于民生之不易，祸至之无日，戒惧之不可以怠。在军，无日不讨军实而申儆之于胜之不可保，纣之百克，而卒无后。训之以若敖、蚡冒，筚路蓝缕，以启山林。箴之曰：'民生在勤，勤则不匮。'不可谓骄。先大夫子犯有言曰：'师直为壮，曲为老。'我则不德，而徼怨于楚，我曲楚直，不可谓老。其君之戎，分为二广，广有一卒，卒偏之两。右广初驾，数及日中；左则受之，以至于昏。内官序当其夜，以待不虞，不可谓无备。子良，郑之良也。师叔，楚之崇也。师叔入盟，子良在楚，楚、郑亲矣。来劝我战，我克则来，不克遂往，以我卜也，郑不可从。"赵括、赵同曰："率师以来，唯敌是求。克敌得属，又何俟？必从彘子。"知季曰："原、屏，咎之徒也。"赵庄子曰："栾伯善哉，实其言，必长晋国。"以上晋诸臣商对郑使。

楚少宰如晋师，曰："寡君少遭闵凶，不能文。闻二先君之出入此行也，将郑是训定，岂敢求罪于晋。二三子无淹久。"随季对曰："昔平王命我先君文侯曰：'与郑夹辅周室，无废王命。'今郑不率，寡君使群臣问诸郑，岂敢辱候人？敢拜君命之辱。"彘子以为谄，使赵括从而更之，曰："行人失辞。寡君使群臣迁大国之迹于郑，曰：'无辟敌。'群臣无所逃命。"以上晋诸臣商对楚使。

楚子又使求成于晋，晋人许之，盟有日矣。楚许伯御乐伯，摄叔为右，以致晋师。许伯曰："吾闻致师者，御靡旌摩垒而还。"乐伯曰："吾闻致师者，左射以菆，代御执辔，御下两马，掉鞅而还。"摄叔曰："吾闻致师者，右入垒，折馘，执俘而还。"皆行其所闻而复。晋人逐之，左右角之。乐伯左射马而右射人，角不能进，矢一而已。麋兴于前，射麋丽龟。晋鲍癸当其后，使摄叔奉麋献焉，曰："以岁之非时，献禽之未至，敢膳诸从者。"鲍癸止之，曰："其左善射，其右有辞，君子也。"既免。以上楚人至晋致师。

晋魏锜求公族未得，而怒，欲败晋师。请致师，弗许。请使，许之。遂往，请战而还。楚潘党逐之，及荥泽，见六麋，射一麋以顾献曰："子有军事，兽人无乃不给于鲜，敢献于从者。"叔党命去之。赵旃求卿未得，且怒于失楚之致师者。请挑战，弗许。请召盟，许之。与魏锜皆命而往。以上晋人如楚致师。郤献子曰："二憾往矣，弗备必败。"彘子曰："郑人劝战，弗敢从也。楚人求成，弗能好也。师无成命，多备何为。"士季曰："备之善。若二子怒楚，楚人乘我，丧师无日矣。不如备之。楚之无恶，除备而盟，何损于好？若以恶来，有备不败。且虽诸侯相见，军卫不彻，警也。"彘子不可。

士季使巩朔、韩穿帅七覆于敖前，故上军不败。赵婴齐使其徒先具舟于河，故败而先济。以上晋诸帅号令不一。

潘党既逐魏锜，赵旃夜至于楚军，席于军门之外，使其徒入之。楚子为乘广三十乘，分为左右。右广鸡鸣而驾，日中而说。左则受之，日入而说。许偃御右广，养由基为右。彭名御左广，屈荡为右。乙卯，王乘左广以逐赵旃。赵旃弃车而走林，屈荡搏之，得其甲裳。晋人惧二子之怒楚师也，使軘车逆之。潘党望其尘，使骋而告曰："晋师至矣。"楚人亦惧王之入晋军也，遂出陈。孙叔曰："进之。宁我薄人，无人薄我。《诗》云：'元戎十乘，以先启行。'先人也。《军志》曰：'先人有夺人之心。'薄之也。"遂疾进师，车驰卒奔，乘晋军。桓子不知所为，鼓于军中曰："先济者有赏。"中军、下军争舟，舟中之指可掬也。

晋师右移，上军未动。工尹齐将右拒卒以逐下军。楚子使唐狡与蔡鸠居告唐惠侯曰："不谷不德而贪，以遇大敌，不谷之罪也。然楚不克，君之羞也，敢藉君灵以济楚师。"使潘党率游阙四十乘，从唐侯以为左拒，以从上军。驹伯曰："待诸乎？"随季曰："楚师方壮，若萃于我，吾师必尽，不如收而去之。分谤生民，不亦可乎？"殿其卒而退，不败。以上战事正文。中军、下军败，上军不败。

王见右广，将从之乘。屈荡户之，曰："君以此始，亦必以终。"自是楚之乘广先左。

晋人或以广队不能进，楚人惎之脱扃，少进，马还，又惎之拔旆投衡，乃出。顾曰："吾不如大国之数奔也。"

　　赵旃以其良马二，济其兄与叔父，以他马反，遇敌不能去，弃车而走林。逢大夫与其二子乘，谓其二子无顾。顾曰："赵傁在后。"怒之，使下，指木曰："尸女于是。"授赵旃绥，以免。明日以表尸之，皆重获在木下。

　　楚熊负羁囚知罃。知庄子以其族反之，厨武子御，下军之士多从之。每射，抽矢，菆，纳诸厨子之房。厨子怒曰："非子之求而蒲之爱，董泽之蒲，可胜既乎？"知季曰："不以人子，吾子其可得乎？吾不可以苟射故也。"射连尹襄老，获之，遂载其尸。射公子谷臣，囚之。以二者还。

　　及昏，楚师军于邲，晋之余师不能军，宵济，亦终夜有声。以上杂叙战时细事五端。

　　丙辰，楚重至于邲，遂次于衡雍。潘党曰："君盍筑武军，而收晋尸以为京观。臣闻克敌必示子孙，以无忘武功。"楚子曰："非尔所知也。夫文，止戈为武。武王克商。作《颂》曰：'载戢干戈，载櫜弓矢。我求懿德，肆于时夏，允王保之。'又作《武》，其卒章曰'耆定尔功'。其三曰：'铺时绎思，我徂惟求定。'其六曰：'绥万邦，屡丰年。'夫武，禁暴、戢兵、保大、定功、安民、和众、丰财者也。故使子孙无忘其章。今我使二国暴骨，暴矣；观兵以威诸侯，兵不戢矣。暴而不戢，安能保大？犹有晋在，焉得定功？所违民欲犹多，民何安焉？无德而强争诸侯，何以和众？利人之几，而安人之乱，以为己荣，何以丰财？武有七德，我无一焉，何以示子孙？其为先君宫，告成事而已。武非吾功也。古者明王伐不敬，取其鲸鲵而封之，以为大戮，于是乎有京观，以惩淫慝。今罪无所，而民皆尽忠以死君命，又何以为京观乎？"祀于河，作先君宫，告成事而还。以上楚不筑京观。

　　是役也，郑石制实入楚师，将以分郑而立公子鱼臣。辛未，郑杀仆叔及子服。君子曰："史佚所谓毋怙乱者,谓是类也。《诗》曰:'乱离瘼矣,奚其适归?'归于怙乱者也夫。" _{以上追叙郑之宵人。}

郑伯、许男如楚。

秋,晋师归,桓子请死,晋侯欲许之。士贞子谏曰："不可。城濮之役,晋师三日谷,文公犹有忧色。左右曰:'有喜而忧,如有忧而喜乎?'公曰:'得臣犹在,忧未歇也。困兽犹斗,况国相乎!'及楚杀子玉,公喜而后可知也,曰:'莫余毒也已。'是晋再克而楚再败也。楚是以再世不竞。今天或者大警晋也,而又杀林父以重楚胜,其无乃久不竞乎?林父之事君也,进思尽忠,退思补过,社稷之卫也,若之何杀之?夫其败也,如日月之食焉,何损于明?"晋侯使复其位。 _{以上晋不杀桓子。}

齐晋鞌之战

卫侯使孙良夫、石稷、宁相、向禽将侵齐,与齐师遇。石子欲还,孙子曰:"不可。以师伐人,遇其师而还,将谓君何?若知不能,则如无出。今既遇矣,不如战也。"

石成子曰:"师败矣。子不少须,众惧尽。子丧师徒,何以复命?"皆不对。又曰:"子,国卿也。陨子,辱矣。子以众退,我此乃止。"且告车来甚众。齐师乃止,次于鞫居。新筑人仲叔于奚救孙桓子,桓子是以免。

既,卫人赏之以邑,辞。请曲县、繁缨以朝,许之。仲尼闻之,曰:"惜也,不如多与之邑。唯器与名,不可以假人,君之所司也。名以出信,信以守器,器以藏礼,礼以行义,义以生利,利以平民,政之大节也。若以假人,与人政也。政亡,则国家从之,弗可止也已。" _{以上齐、卫新筑之战。}

孙桓子还于新筑,不入,遂如晋乞师。臧宣叔亦如晋乞师。

皆主郤献子。晋侯许之七百乘。郤子曰："此城濮之赋也。有先君之明与先大夫之肃，故捷。克于先大夫，无能为役，请八百乘。"许之。郤克将中军，士燮将上军，栾书将下军，韩厥为司马，以救鲁、卫。臧宣叔逆晋师，且道之。季文子帅师会之。及卫地，韩献子将斩人，郤献子驰，将救之，至则既斩之矣。郤子使速以徇，告其仆曰："吾以分谤也。"以上鲁、卫乞晋师伐齐。

　　师从齐师于莘。六月壬申，师至于靡笄之下。齐侯使请战，曰："子以君师，辱于敝邑，不腆敝赋，诘朝请见。"对曰："晋与鲁、卫，兄弟也。来告曰：'大国朝夕释憾于敝邑之地。'寡君不忍，使群臣请于大国，无令舆师淹于君地。能进不能退，君无所辱命。"齐侯曰："大夫之许，寡人之愿也；若其不许，亦将见也。"齐高固入晋师，桀石以投人，禽之而乘其车，系桑木焉，以徇齐垒，曰："欲勇者贾余余勇。"以上齐师之骄。

　　癸酉，师陈于鞌。邴夏御齐侯，逢丑父为右。晋解张御郤克，郑丘缓为右。齐侯曰："余姑翦灭此而朝食。"不介马而驰之。郤克伤于矢，流血及屦，未绝鼓音，曰："余病矣！"张侯曰："自始合，而矢贯余手及肘，余折以御，左轮朱殷，岂敢言病。吾子忍之！"缓曰："自始合，苟有险，余必下推车，子岂识之？然子病矣！"张侯曰："师之耳目，在吾旗鼓，进退从之。此车一人殿之，可以集事，若之何其以病败君之大事也？擐甲执兵，固即死也。病未及死，吾子勉之！"左并辔，右援枹而鼓，马逸不能止，师从之。齐师败绩。逐之，三周华不注。以上合战时中军之勇。

　　韩厥梦子舆谓己曰："且辟左右。"故中御而从齐侯。邴夏曰："射其御者，君子也。"公曰："谓之君子而射之，非礼也。"射其左，越于车下。射其右，毙于车中，綦毋张丧车，从韩厥，曰："请寓乘。"从左右，皆肘之，使立于后。韩厥俯，定其右。

逢丑父与公易位。将及华泉，骖絓于木而止。丑父寝于辒中，蛇出于其下，以肱击之，伤而匿之，故不能推车而及。韩厥执絷马前，再拜稽首，奉觞加璧以进，曰："寡君使群臣为鲁、卫请，曰：'无令舆师陷入君地。'下臣不幸，属当戎行，无所逃隐。且惧奔辟而忝两君，臣辱戎士，敢告不敏，摄官承乏。"丑父使公下，如华泉取饮。郑周父御佐车，宛茷为右，载齐侯以免。韩厥献丑父，郤献子将戮之。呼曰："自今无有代其君任患者，有一于此，将为戮乎！"郤子曰："人不难以死免其君。我戮之不祥，赦之以劝事君者。"乃免之。以上韩厥获丑父。

齐侯免，求丑父，三入三出。每出，齐师以帅退。入于狄卒，狄卒皆抽戈楯冒之。以入于卫师，卫师免之。遂自徐关入。齐侯见保者，曰："勉之！齐师败矣。"辟女子，女子曰："君免乎？"曰："免矣。"曰："锐司徒免乎？"曰："免矣。"曰："苟君与吾父免矣，可若何！"乃奔。齐侯以为有礼，既而问之，辟司徒之妻也。予之石窌。以上齐侯返国。

晋师从齐师，入自丘舆，击马陉。齐侯使宾媚人赂以纪甗、玉磬与地。不可，则听客之所为。宾媚人致赂，晋人不可，曰："必以萧同叔子为质，而使齐之封内尽东其亩。"对曰："萧同叔子非他，寡君之母也。若以匹敌，则亦晋君之母也。吾子布大命于诸侯，而曰：'必质其母以为信。'其若王命何？且是以不孝令也。《诗》曰：'孝子不匮，永锡尔类。'若以不孝令于诸侯，其无乃非德类也乎？先王疆理天下物土之宜，而布其利，故《诗》曰：'我疆我理，南东其亩。'今吾子疆理诸侯，而曰'尽东其亩'而已，唯吾子戎车是利，无顾土宜，其无乃非先王之命也乎？反先王则不义，何以为盟主？其晋实有阙。四王之王也，树德而济同欲焉。五伯之霸也，勤而抚之，以役王命。今吾子求合诸侯，以逞无疆之欲。《诗》曰'布政优优，百禄是遒。'子实不优，而弃百禄，诸侯何害焉！不然，寡君之命使臣则有辞矣，曰：'子以君师辱于敝邑，不腆敝赋，以犒从者。畏君之震，师徒桡败，吾子惠徼齐国之福，不泯其社稷，使继旧好，唯是先君之敝器、土地不敢爱。子又不许，请收合余烬，背城借一。敝邑之幸，亦云从也。况其不幸，敢不唯命是听。'"鲁、卫谏曰："齐疾我矣！其死亡者，皆亲昵也。子若不许，仇我必甚。唯子则又何求？子得其国宝，我亦得地而纾于难，其荣多矣！齐、晋亦唯天所授，岂必晋？"晋人许之，对曰："群臣帅赋舆以为鲁、卫请，若苟有以藉口而复于寡君，君之惠也。敢不唯命是听。"以上晋许齐平。

禽郑自师逆公。

秋七月，晋师及齐国佐盟于爰娄，使齐人归我汶阳之田。公会晋师于上鄍，赐三帅先路三命之服，司马、司空、舆帅、候正、亚旅，皆受一命之服。

晋楚鄢陵之战

晋侯将伐郑，范文子曰："若逞吾愿，诸侯皆叛，晋可以逞。若唯郑叛，晋国之忧，可立俟也。"栾武子曰："不可以当吾世而失诸侯，必伐郑。"乃兴师。栾书将中军，士燮佐之。郤锜将上军，荀偃佐之。韩厥将下军，郤至佐新军，荀䓨居守。郤犨如卫，遂如齐，皆乞师焉。栾黡来乞师，孟献子曰："有胜矣。"十六年，夏四月戊寅，晋师起。以上晋师之兴。

郑人闻有晋师，使告于楚，姚句耳与往。楚子救郑，司马将中军，令尹将左，右尹子辛将右。过申，子反入见申叔时，曰："师其何如？"对曰："德、刑、详、义、礼、信，战之器也。德以施惠，刑以正邪，详以事神，义以建利，礼以顺时，信以守物。民生厚而德正，用利而事节，时顺而物成。上下和睦，周旋不逆，求无不具，各知其极。故《诗》曰：'立我烝民，莫匪尔极。'是以神降之福，时无灾害，民生敦庞，和同以听，莫不尽力以从上命，致死以补其阙。此战之所由克也。今楚内弃其民，而外绝其好，渎齐盟，而食话言，奸时以动，而疲民以逞。民不知信，进退罪也。人恤所底，其谁致死？子其勉之！吾不复见子矣。"姚句耳先归，子驷问焉，对曰："其行速，过险而不整。速则失志，不整丧列。志失列丧，将何以战？楚惧不可用也。" 以上楚、郑诸臣料楚必败。

五月，晋师济河。闻楚师将至，范文子欲反，曰："我伪逃楚，可以纾忧。夫合诸侯，非吾所能也，以遗能者。我若群臣辑睦以事君，多矣。"武子曰："不可。"

六月，晋、楚遇于鄢陵。范文子不欲战，郤至曰："韩之战，惠公不振旅。箕之役，先轸不反命。邲之师，荀伯不复从。皆晋之耻也。子亦见先君之事矣。今我辟楚，又益耻也。"文子曰："吾先君之亟战也，有故。秦、狄、齐、楚皆强，不尽力，子孙将弱。今三强服矣，敌楚而已。唯圣人能外内无患，自非圣人，外宁必有内忧。盍释楚以为外惧乎？" 以上范文子不欲战。

甲午晦，楚晨压晋军而陈。军吏患之。范匄趋进，曰："塞井夷灶，陈于军中，而疏行首。晋、楚唯天所授，何患焉？"文子执戈逐之，曰："国之存亡，天也。童子何知焉？"栾书曰："楚师轻窕，固垒而待之，三日必退。退而击之，必获胜焉。"郤至曰："楚有六间，不可失也：其二卿相恶；王卒以旧；郑陈而不整；蛮军而不陈；陈不违晦；在陈而嚣，合而加嚣，各顾其后，莫有斗心。旧不必良，以犯天忌。我必克之。"

楚子登巢车以望晋军，子重使太宰伯州犁侍于王后。王曰："骋而左右，何也？"曰："召军吏也。""皆聚于中军矣！"曰："合谋也。""张幕矣！"曰："虔卜于先君也。""彻幕矣！"曰：

“将发命也。”“甚嚣，且尘上矣！”曰：“将塞井夷灶而为行也。”“皆乘矣，左右执兵而下矣！”曰：“听誓也。”“战乎？”曰：“未可知也。”“乘而左右皆下矣！”曰：“战祷也。”伯州犁以公卒告王。苗贲皇在晋侯之侧，亦以王卒告。皆曰：“国士在，且厚，不可当也。”苗贲皇言于晋侯曰：“楚之良，在其中军王族而已。请分良以击其左右，而三军萃于王卒，必大败之。”公筮之，史曰：“吉。其卦遇《复》，曰：‘南国蹙，射其元王中厥目。’国蹙王伤，不败何待？”公从之。以上晋、楚各料敌情。有淖于前，乃皆左右相违于淖。步毅御晋厉公，栾鍼为右。彭名御楚共王，潘党为右。石首御郑成公，唐苟为右。栾、范以其族夹公行，陷于淖。栾书将载晋侯，鍼曰：“书退！国有大任，焉得专之？且侵官，冒也；失官，慢也；离局，奸也。有三罪焉，不可犯也。”乃掀公以出于淖。

　　癸巳，潘尫之党与养由基蹲甲而射之，彻七札焉。以示王，曰：“君有二臣如此，何忧于战？”王怒曰：“大辱国。诘朝，尔射，死艺。”吕锜梦射月，中之，退入于泥。占之，曰：“姬姓，日也。异姓，月也，必楚王也。射而中之，退入于泥，亦必死矣。”及战，射共王，中目。王召养由基，与之两矢，使射吕锜，中项，伏弢。以一矢复命。

　　郤至三遇楚子之卒，见楚子，必下，免胄而趋风。楚子使工尹襄问之以弓，曰：“方事之殷也，有韎韦之跗注，君子也。识见不谷而趋，无乃伤乎？”郤至见客，免胄承命，曰：“君之外臣至，从寡君之戎事，以君之灵，间蒙甲胄，不敢拜命，敢告不宁君命之辱，为事之故，敢肃使者。”三肃使者而退。

　　晋韩厥从郑伯，其御杜溷罗曰：“速从之！其御屡顾，不在马，可及也。”韩厥曰：“不可以再辱国君。”乃止。郤至从郑伯，其右茀翰胡曰：“谍辂之，余从之乘而俘以下。”郤至曰：

"伤国君有刑。"亦止。石首曰："卫懿公唯不去其旗，是以败于荧。"乃内旌于弢中。唐苟谓石首曰："子在君侧，败者壹大。我不如子，子以君免，我请止。"乃死。

楚师薄于险，叔山冉谓养由基曰："虽君有命，为国故，子必射！"乃射。再发，尽殪。叔山冉搏人以投，中车，折轼。晋师乃止。囚楚公子茷。

栾鍼见子重之旌，请曰："楚人谓夫旌，子重之麾也。彼其子重也。日臣之使于楚也，子重问晋国之勇。臣对曰：'好以众整。'曰：'又何如？'臣对曰：'好以暇。'今两国治戎，行人不使，不可谓整。临事而食言，不可谓暇。请摄饮焉。"公许之。使行人执榼承饮，造于子重，曰："寡君乏使，使鍼御持矛。是以不得犒从者，使某摄饮。"子重曰："夫子尝与吾言于楚，必是故也，不亦识乎！"受而饮之。免使者而复鼓。旦而战，见星未已。以上战时杂事。

子反命军吏察夷伤，补卒乘，缮甲兵，展车马，鸡鸣而食，唯命是听。晋人患之。苗贲皇徇曰："蒐乘补卒，秣马利兵，修陈固列，蓐食申祷，明日复战。"乃逸楚囚。王闻之，召子反谋。谷阳竖献饮于子反，子反醉而不能见。王曰："天败楚也夫！余不可以待。"乃宵遁。以上晋、楚胜负未分，因子反醉而楚王遁。晋入楚军，三日谷。范文子立于戎马之前，曰："君幼，诸臣不佞，何以及此？君其戒之！《周书》曰：'惟命不于常。'有德之谓。"

楚师还，及瑕，王使谓子反曰："先大夫之覆师徒者，君不在。子无以为过，不谷之罪也。"子反再拜，稽首曰："君赐臣死，死且不朽。臣之卒实奔，臣之罪也。"子重使谓子反曰："初陨师徒者，而亦闻之矣！盍图之？"对曰："虽微先大夫有之，大夫命侧，侧敢不义？侧亡君师，敢忘其死。"王使止之，弗及而卒。

晋入齐平阴之战

十八年秋，齐侯伐我北鄙。中行献子将伐齐，梦与厉公讼，弗胜，公以戈击之，首队于前，跪而戴之，奉之以走，见梗阳之巫皋。他日，见诸道，与之言，同。巫曰："今兹主必死，若有事于东方，则可以逞。"献子许诺。

晋侯伐齐，将济河。献子以朱丝系玉二瑴，而祷曰："齐环怙恃其险，负其众庶，弃好背盟，陵虐神主。曾臣彪将率诸侯以讨焉，其官臣偃实先后之。苟捷有功，无作神羞，官臣偃无敢复济。唯尔有神裁之！"沈玉而济。以上苟偃志伐齐。

冬十月，会于鲁济，寻溴梁之言，同伐齐。齐侯御诸平阴，堑防门而守之，广里。夙沙卫曰："不能战，莫如守险。"弗听。诸侯之士门焉，齐人多死。范宣子告析文子曰："吾知子，敢匿情乎？鲁人、莒人皆请以车千乘自其乡入，既许之矣。若入，君必失国。子盍图之？"子家以告公，公恐。晏婴闻之，曰："君固无勇，而又闻是，弗能久矣。"齐侯登巫山以望晋师。晋人使司马斥山泽之险，虽所不至，必旆而疏陈之。使乘车者左实右伪，以旆先，舆曳柴而从之。齐侯见之，畏其众也，乃脱归。丙寅晦，齐师夜遁。以上齐畏晋虚声而遁。师旷告晋侯曰："鸟乌之声乐，齐师其遁。"邢伯告中行伯曰："有班马之声，齐师其遁。"叔向告晋侯曰："城上有鸟，齐师其遁。"

十一月丁卯朔，入平阴，遂从齐师。夙沙卫连大车以塞隧而殿。殖绰、郭最曰："子殿国师，齐之辱也。子姑先乎！"乃代之殿。卫杀马于隘以塞道。晋州绰及之，射殖绰，中肩，两矢夹脰，曰："止，将为三军获；不止，将取其衷。"顾曰："为私誓。"州绰曰："有如日！"乃弛弓而自后缚之。其右具丙，亦舍兵而缚郭最，皆衿甲面缚，坐于中军之鼓下。

晋人欲逐归者，鲁、卫请攻险。己卯，荀偃、士匄以中军克京兹。乙酉，魏绛、栾盈以下军克邿。赵武、韩起以上军围卢，弗克。以上晋师追奔略地。十二月戊戌，及秦周，伐雍门之萩。范鞅门于雍门，其御追喜以戈杀犬于门中。孟庄子斩其橁以为公琴。己亥，焚雍门及西郭、南郭。刘难、士弱率诸侯之师焚申池之竹木。壬寅，焚东郭、北郭。范鞅门于扬门。州绰门于东闾，左骖迫，还于东门中，以枚数阖。

齐侯驾，将走邮棠。太子与郭荣扣马，曰："师速而疾，略也。将退矣，君何惧焉！且社稷之主，不可以轻，轻则失众。君必待之。"将犯之，太子抽剑断鞅，乃止。甲辰，东侵及潍，南及沂。以上晋攻齐城。

宋之盟

宋向戌善于赵文子，又善于令尹子木，欲弭诸侯之兵以为名。如晋，告赵孟。赵孟谋于诸大夫。韩宣子曰："兵，民之残也，财用之蠹，小国之大灾也。将或弭之，虽曰不可，必将许之。弗许，楚将许之，以召诸侯，则我失为盟主矣。"晋人许之。如楚，楚亦许之。如齐，齐人难之。陈文子曰："晋、楚许之，我焉得已。且人曰弭兵，而我弗许，则固携吾民矣！将焉用之？"齐人许之。告于秦，秦亦许之。皆告于小国，为会于宋。以上诸侯许向戌弭兵之请。

五月甲辰，晋赵武至于宋。丙午，郑良霄至。六月丁未朔，宋人享赵文子，叔向为介。司马置折俎，礼也。仲尼使举是礼也，以为多文辞。以上宋享赵孟。戊申，叔孙豹、齐庆封、陈须无、卫石恶至。甲寅，晋荀盈从赵武至。丙辰，邾悼公至。壬戌，楚公子黑肱先至，成言于晋。丁卯，宋向戌如陈，从子木成言于楚。戊辰，滕成公至。子木谓向戌："请晋、楚之从交相见也。"庚午，向戌复于赵孟。赵孟曰："晋、楚、齐、秦，匹也。晋之不能于齐，犹楚之不能于秦也。楚君若能使秦君辱于敝邑，寡君敢不固请于齐？"壬申，左师复言于子木。国藩按，复，白也。上文云"复于赵孟"，此当云"复于子木"，"言"字疑衍。子木使驲谒诸王，王曰："释齐、秦，他国请相见也。"秋七月戊寅，左师至。是夜也，赵孟及子皙盟，以齐言。庚辰，子木至自陈。陈孔奂、蔡公孙归生至。曹、许之大夫皆至。以藩为军，晋、楚各处其偏。以上诸侯皆至。伯夙谓赵孟曰："楚氛甚恶，惧难。"赵孟曰："吾左还入于宋，若我何？"

辛巳，将盟于宋西门之外，楚人衷甲。伯州犁曰："合诸侯之师以为不信，无乃不可乎？夫诸侯望信于楚，是以来服。若不信，是弃其所以服诸侯也。"固请释甲。子木曰："晋、楚无信久矣，事利而已。苟得志焉，焉用有信？"太宰退，告人曰："令尹将死矣，不及三年。求逞志而弃信，志将逞乎？志以发言，言以出信，信以立志，参以定之。信亡，何以及三？"赵孟患楚衷甲，以告叔向。叔向曰："何害也？匹夫一为不信，犹不可，单毙其死。若合诸侯之卿，以为不信，必不捷矣。食言者不病，非子之患也。夫以信召人，而以僭济之。必莫之与也，安能害我？且吾因宋以守病，则夫能致死，与宋致死，虽倍楚可也。子何惧焉？又不及是。曰弭兵以召诸侯，而称兵以害我，吾庸多矣，非所患也。"以上楚人衷甲。

季武子使谓叔孙以公命，曰："视邾、滕。"既而齐人请邾，宋人请滕，皆不与盟。叔孙曰："邾、滕，人之私也；我，列国也，何故视之？宋、卫，吾匹也。"乃盟。故不书其族，言违命也。以上鲁视宋、卫。

晋、楚争先。晋人曰："晋固为诸侯盟主，未有先晋者也。"

楚人曰："子言晋、楚匹也，若晋常先，是楚弱也。且晋、楚狎主诸侯之盟也久矣！岂专在晋？"叔向谓赵孟曰："诸侯归晋之德只，非归其尸盟也。子务德，无争先！且诸侯盟，小国固必有尸盟者。楚为晋细，不亦可乎？"乃先楚人。书先晋，晋有信也。以上晋、楚争先。

壬午，宋公兼享晋、楚之大夫，赵孟为客。子木与之言，弗能对。使叔向侍言焉，子木亦不能对也。

乙酉，宋公及诸侯之大夫盟于蒙门之外。子木问于赵孟曰："范武子之德何如？"对曰："夫子之家事治，言于晋国无隐情。其祝史陈信于鬼神，无愧辞。"子木归，以语王。王曰："尚矣哉！能歆神人，宜其光辅五君以为盟主也。"子木又语王曰："宜晋之伯也！有叔向以佐其卿，楚无以当之，不可与争。"晋荀盈遂如楚莅盟。以上重盟。

郑伯享赵孟于垂陇，子展、伯有、子西、子产、子太叔、二子石从。赵孟曰："七子从君，以宠武也。请皆赋以卒君贶，武亦以观七子之志。"子展赋《草虫》，赵孟曰："善哉！民之主也。抑武也不足以当之。"伯有赋《鹑之贲贲》，赵孟曰："床第之言不逾阈，况在野乎？非使人之所得闻也。"子西赋《黍苗》之四章，赵孟曰："寡君在，武何能焉？"子产赋《隰桑》，赵孟曰："武请受其卒章。"子太叔赋《野有蔓草》，赵孟曰："吾子之惠也。"印段赋《蟋蟀》，赵孟曰："善哉！保家之主也，吾有望矣！"公孙段赋《桑扈》，赵孟曰："'匪交匪敖'，福将焉往？若保是言也，欲辞福禄，得乎？"卒享。文子告叔向曰："伯有将为戮矣！诗以言志，志诬其上，而公怨之，以为宾荣，其能久乎？幸而后亡。"叔向曰："然。已侈！所谓不及五稔者，夫子之谓矣。"文子曰："其余皆数世之主也。子展其后亡者也，在上不忘降。印氏其次也，乐而不荒。乐以安民，不淫以使之，后亡，不亦可乎?"以上郑伯享赵孟。

宋左师请赏,曰:"请免死之邑。"公与之邑六十。以示子罕,子罕曰:"凡诸侯小国,晋、楚所以兵威之。畏而后上下慈和,慈和而后能安靖其国家,以事大国,所以存也。无威则骄,骄则乱生,乱生必灭,所以亡也。天生五材,民并用之,废一不可,谁能去兵?兵之设久矣,所以威不轨而昭文德也。圣人以兴,乱人以废,废兴存亡,昏明之术,皆兵之由也。而子求去之,不亦诬乎?以诬道蔽诸侯,罪莫大焉。纵无大讨,而又求赏,无厌之甚也!"削而投之。左师辞邑。向氏欲攻司城,左师曰:"我将亡,夫子存我,德莫大焉,又可攻乎?"君子曰:"'彼己之子,邦之司直。'乐喜之谓乎?'何以恤我,我其收之。'向戌之谓乎?"以上向戌不赏。

晋魏舒败无终之战

晋中行穆子败无终及群狄于太原,崇卒也。将战,魏舒曰:"彼徒我车,所遇又厄,以什共车,必克。困诸厄,又克。请皆卒,自我始。"乃毁车以为行,五乘为三伍。荀吴之嬖人不肯即卒,斩以徇。为五陈以相离,两于前,伍于后,专为右角,参为左角,偏为前拒,以诱之。翟人笑之。未陈而薄之,大败之。

叔孙穆子之难

初,穆子去叔孙氏,及庚宗,遇妇人,使私为食而宿焉。问其行,告之故,哭而送之。适齐,聚于国氏,生孟丙、仲壬。梦天压己,弗胜。顾而见人,黑而上偻,深目而豭喙。号之曰:"牛!助余!"乃胜之。旦而皆召其徒,无之。且曰:"志之。"及宣伯奔齐,馈之。宣伯曰:"鲁以先子之故,将存吾宗,必召女。召女,何如?"对曰:"愿之久矣。"鲁人召之,不告而归。

既立，所宿庚宗之妇人，献以雉。问其姓，对曰："余子长矣，能奉雉而从我矣。"召而见之，则所梦也。未问其名，号之曰："牛！"曰："唯。"皆召其徒，使视之，遂使为竖。有宠，长使为政。以上竖牛有宠。公孙明知叔孙于齐，归，未逆国姜，子明取之。故怒，其子长而后使逆之。田于丘莸，遂遇疾焉。竖牛欲乱其室而有之，强与孟盟，不可。叔孙为孟钟，曰："尔未际，飨大夫以落之。"既具，使竖牛请日。入，弗谒。出，命之日。及宾至，闻钟声。牛曰："孟有北妇人之客。"怒，将往，牛止之。宾出，使拘而杀诸外。牛又强与仲盟，不可。仲与公御莱书观于公，公与之环。使牛入示之。入，不示。出，命佩之。牛谓叔孙："见仲而何？"叔孙曰："何为？"曰："不见，既自见矣。公与之环而佩之矣。"遂逐之，奔齐。以上竖牛杀孟逐仲。疾急，命召仲，牛许而不召。

　　杜洩见，告之饥渴，授之戈。对曰："求之而至，又何去焉？"竖牛曰："夫子疾病，不欲见人。"使实馈于个而退。牛弗进，则置虚，命彻。十二月癸丑，叔孙不食。乙卯，卒。牛立昭子而相之。以上穆子饿死。

　　公使杜洩葬叔孙。竖牛赂叔仲昭子与南遗，使恶杜洩于季孙而去之。杜洩将以路葬，且尽卿礼。南遗谓季孙曰："叔孙未乘路，葬焉用之？且冢卿无路，介卿以葬，不亦左乎？"季孙曰："然。"使杜洩舍路。不可，曰："夫子受命于朝而聘于王。王思旧勋而赐之路。复命而致之君，君不敢逆王命而复赐之，使三官书之。吾子为司徒，实书名。夫子为司马，与工正书服。孟孙为司空，以书勋。今死而弗以，是弃君命也。书在公府而弗以，是废三官也。若命服，生弗敢服，死又不以，将焉用之？"乃使以葬。

　　季孙谋去中军。竖牛曰："夫子固欲去之。"

五年春，王正月，舍中军，卑公室也。毁中军于施氏，成诸臧氏。初作中军，三分公室而各有其一。季氏尽征之，叔孙氏臣其子弟，孟氏取其半焉。及其舍之也，四分公室，季氏择二，二子各一。皆尽征之，而贡于公。以书。使杜洩告于殡，曰："子固欲毁中军，既毁之矣，故告。"杜洩曰："夫子唯不欲毁也，故盟诸僖闳，诅诸五父之衢。"受其书而投之，帅士而哭之。叔仲子谓季孙曰："带受命于子叔孙曰：'葬鲜者自西门。'"季孙命杜洩。杜洩曰："卿丧自朝，鲁礼也。吾子为国政，未改礼而又迁之。群臣惧死，不敢自也。"既葬而行。以上杜洩忠于叔孙氏。

仲至自齐，季孙欲立之。南遗曰："叔孙氏厚则季氏薄。彼实家乱，子勿与知，不亦可乎？"南遗使国人助竖牛以攻诸大库之庭。司宫射之，中目而死。竖牛取东鄙三十邑以与南遗。

昭子即位，朝其家众，曰："竖牛祸叔孙氏，使乱大从，杀适立庶，又披其邑，将以赦罪，罪莫大焉。必速杀之。"竖牛惧，奔齐。孟、仲之子杀诸塞关之外，投其首于宁风之棘上。

仲尼曰："叔孙昭子之不劳，不可能也。周任有言曰：'为政者不赏私劳，不罚私怨。'《诗》云：'有觉德行，四国顺之。'"以上昭子杀竖牛。

楚灵王乾溪之难

楚子狩于州来，次于颍尾，使荡侯、潘子、司马督、嚣尹午、陵尹喜帅师围徐以惧吴。楚子次于乾溪，以为之援。雨雪，王皮冠，秦复陶，翠被，豹舄，执鞭以出，仆析父从。右尹子革夕，王见之，去冠、被，舍鞭，与之语曰："昔我先王熊绎，与吕伋、王孙牟、燮父、禽父，并事康王，四国皆有分，我独无有。今吾使人于周，求鼎以为分，王其与我乎？"对曰："与君王哉！昔我先王熊绎，辟在荆山，筚路蓝缕，以处草莽。跋涉山林，以事天子。唯是桃弧、棘矢，以共御王事。齐，王舅也。晋及鲁、卫，王母弟也。楚是以无分，而彼皆有。今周与四国服事君王，将唯命是从，岂其爱鼎？"王曰："昔我皇祖伯父昆吾旧许是宅。今郑人贪赖其田而不我与。我若求之，其与我乎？"对曰："与君王哉！周不爱鼎，郑敢爱田？"王曰："昔诸侯远我而畏晋，今我大城陈、蔡、不羹，赋皆千乘，子与有劳焉。诸侯其畏我乎？"对曰："畏君王哉！是四国者，专足畏也，又加之以楚，敢不畏君王哉！"

工尹路请曰："君王命剥圭以为鏚柲，敢请命。"王入视之。析父谓子革："吾子，楚国之望也！今与王言如响，国其若之何？"子革曰："摩厉以须，王出，吾刃将斩矣。"王出，复语。左史倚相趋过。王曰："是良史也，子善视之。是能读《三坟》《五典》《八索》《九丘》。"对曰："臣尝问焉。昔穆王欲肆其心，周行天下，将皆必有车辙马迹焉。祭公谋父作《祈招》之诗，以止王心，王是以获没于祇宫。臣问其诗而不知也。若问远焉，其焉能知之？"王曰："子能乎？"对曰："能。其诗曰：'祈招之愔愔，式昭德音。思我王度，式如玉，式如金。形民之力，而无醉饱之心。'"王揖而入，馈不食，寝不寐，数日，不能自克，以及于难。

仲尼曰："古也有志：'克己复礼，仁也。'信善哉！楚灵王若能如是，岂其辱于乾溪？"以上子革折王之侈心。

楚子之为令尹也，杀大司马蒍掩而取其室。及即位，夺蒍居田；迁许而质许围。蔡洧有宠于王，王之灭蔡也，其父死焉，王使与于守而行。申之会，越大夫戮焉。王夺斗韦龟中犫，又夺成然邑而使为郊尹。蔓成然故事蔡公，故蒍氏之族及蒍居、许围、蔡洧、蔓成然，皆王所不礼也。因群丧职之族，启越大夫常寿过作乱，围固城，克息舟，城而居之。以上四族及群丧职者谋作乱。

　　观起之死也，其子从在蔡，事朝吴，曰：“今不封蔡，蔡不封矣。我请试之。”以蔡公之命召子干、子皙，及郊，而告之情，强与之盟，入袭蔡。蔡公将食，见之而逃。观从使子干食，坎，用牲加书而速行。已徇于蔡曰：“蔡公召二子，将纳之，与之盟而遣之矣，将师而从之。”蔡人聚，将执之。辞曰：“失贼成军，而杀余，何益？”乃释之。朝吴曰：“二三子若能死亡，则如违之，以待所济。若求安定，则如与之，以济所欲。且违上，何适而可？”众曰：“与之。”乃奉蔡公，召二子而盟于邓，依陈、蔡人以国。楚公子比、公子黑肱、公子弃疾、蔓成然、蔡朝吴帅陈、蔡、不羹、许、叶之师，因四族之徒以入楚。<small>以上观从、朝吴挟蔡公，召子干、子皙成军入楚。</small>及郊，陈、蔡欲为名，故请为武军。蔡公知之，曰：“欲速。且役病矣，请藩而已。”乃藩为军。蔡公使须务牟与史狷先入，因正仆人杀大子禄及公子罢敌。公子比为王，公子黑肱为令尹，次于鱼陂。公子弃疾为司马，先除王宫。使观从从师于乾溪，而遂告之，且曰：“先归复所，后者劓。”师及訾梁而溃。<small>以上先定楚宫，次破散乾溪之师。</small>

　　王闻群公子之死也，自投于车下，曰：“人之爱其子也，亦如余乎？”侍者曰：“甚焉。小人老而无子，知挤于沟壑矣。”王曰：“余杀人子多矣，能无及此乎？”右尹子革曰：“请待于郊，以听国人。”王曰：“众怒不可犯也。”曰：“若入于大都而乞师于诸侯。”王曰：“皆叛矣。”曰：“若亡于诸侯，以听大国之图君也。”王曰：“大福不再，只取辱焉。”然丹乃归于楚。王沿夏，将欲入鄢。芋尹无宇之子申亥曰：“吾父再奸王命，王弗诛，惠孰大焉？君不可忍，惠不可弃，吾其从王。”乃求王，遇诸棘闱以归。夏五月癸亥，王缢于芋尹申亥氏。申亥以其二女殉而葬之。<small>以上灵王自乾溪归鄢，中途缢死。</small>

　　观从谓子干曰：“不杀弃疾，虽得国，犹受祸也。”子干曰：

"余不忍也。"子玉曰："人将忍子，吾不忍俟也。"乃行。国每夜骇曰："王入矣！"乙卯夜，弃疾使周走而呼曰："王至矣！"国人大惊。使蔓成然走告子干、子皙曰："王至矣！国人杀君司马，将来矣！君若早自图也，可以无辱。众怒如水火焉，不可为谋。"又有呼而走至者曰："众至矣！"二子皆自杀。丙辰，弃疾即位，名曰熊居。葬子干于訾，实訾敖。以上子干、子皙死，平王立。杀囚，衣之王服而流诸汉，乃取而葬之，以靖国人。使子旗为令尹。

楚师还自徐，吴人败诸豫章，获其五帅。

平王封陈、蔡，复迁邑，致群赂，施舍宽民，宥罪举职。召观从，王曰："唯尔所欲。"对曰："臣之先，佐开卜。"乃使为卜尹。使枝如子躬聘于郑，且致犨、栎之田。事毕，弗致。郑人请曰："闻诸道路，将命寡君以犨、栎，敢请命。"对曰："臣未闻命。"既复，王问犨、栎。降服而对，曰："臣过失命，未之致也。"王执其手，曰："子毋勤。姑归，不谷有事，其告子也。"他年芋尹申亥以王柩告，乃改葬之。以上平王即位新政。

初，灵王卜，曰："余尚得天下。"不吉，投龟，诟天而呼曰："是区区者而不余畀，余必自取之。"民患王之无厌也，故从乱如归。

初，共王无冢适，有宠子五人，无适立焉。乃大有事于群望而祈曰："请神择于五人者，使主社稷。"乃遍以璧见于群望，曰："当璧而拜者，神所立也，谁敢违之？"既，乃与巴姬密埋璧于大室之庭，使五人齐，而长入拜。康王跨之，灵王肘加焉，子干、子皙皆远之。平王弱，抱而入，再拜，皆厌纽。斗韦龟属成然焉，且曰："弃礼违命，楚其危哉！"以上埋璧之事。

子干归，韩宣子问于叔向曰："子干其济乎？"对曰："难。"宣子曰："同恶相求，如市贾焉，何难？"对曰："无与同好，谁与同恶？取国有五难：有宠而无人，一也；有人而无主，二也；有主而无谋，三也；有谋而无民，四也；有民而无德，五也。子干在晋十三年矣，晋、楚之从，不闻达者，可谓无人。族尽亲叛，可谓无主。无衅而动，可谓无谋。为羁终世，可谓无民。亡无爱征，可谓无德。王虐而不忌，楚君子干，涉五难以弑旧君，谁能济之？有楚国者，其弃疾乎！君陈、蔡，城外属焉。苟慝不作，盗贼伏隐，私欲不违，民无怨心。先神命之，国民信之，羋姓有乱，必季实立，楚之常也。获神，一也；有民，二也；令德，三也；宠贵，四也；居常，五也。有五利以去五难，谁能害之？子干之官，则右尹也。数其贵宠，则庶子也。以神所命，则又远之。其贵亡矣，其宠弃矣，民无怀焉，国无与焉，将何以立？”宣子曰：“齐桓、晋文，不亦是乎？”对曰：“齐桓，卫姬之子也，有宠于僖。有鲍叔牙、宾须无、隰朋以为辅佐，有莒、卫以为外主，有国、高以为内主。从善如流，下善齐肃，不藏贿，不从欲，施舍不倦，求善不厌，是以有国，不亦宜乎？我先君文公，狐季姬之子也，有宠于献。好学而不贰，生十七年，有士五人。有先大夫子余、子犯以为腹心，有魏犨、贾佗以为股肱，有齐、宋、秦、楚以为外主，有栾、郤、狐、先以为内主。亡十九年，守志弥笃。惠、怀弃民，民从而与之。献无异亲，民无异望，天方相晋，将何以代文？此二君者，异于子干。共有宠子，国有奥主。无施于民，无援于外，去晋而不送，归楚而不逆，何以冀国？”以上叔向论子干不能得国。

吴楚鸡父之战

吴人伐州来，楚薳越帅师及诸侯之师奔命救州来。吴人御诸钟离。子瑕卒，楚师熸。吴公子光曰：“诸侯从于楚者众，而皆小国也。畏楚而不获已，是以来。吾闻之曰：‘作事威克其爱，虽小，必济'。胡、沈之君幼而狂，陈大夫啮壮而顽，顿与许、蔡疾楚政。楚令尹死，其师熠。帅贱、多宠，政令不壹。七国同役而不同心，帅贱而不能整，无大威命，楚可败也，若分师先以犯胡、沈与陈，必先奔。三国败，诸侯之师乃摇心矣。诸侯乖乱，楚必大奔。请先者去备薄威，后者敦陈整旅。"吴子从之。戊辰晦，战于鸡父。吴子以罪人三千，先犯胡、沈与陈，三国争之。吴为三军以系于后，中军从王，光帅右，掩余帅左。吴之罪人或奔或止，三国乱。吴师击之，三国败，获胡、沈之君及陈大夫。舍胡、沈之囚，使奔许与蔡、顿，曰："吾君死矣！"师噪而从之，三国奔，楚师大奔。

书曰："胡子髡、沈子逞灭，获陈夏啮。"君臣之辞也。不言战，楚未陈也。

鲁昭公乾侯之难

季公若之姊为小邾夫人，生宋元夫人，生子，以妻季平子。昭子如宋聘，且逆之。公若从，谓曹氏勿与，鲁将逐之。曹氏告公，公告乐祁。乐祁曰："与之。如是，鲁君必出。政在季氏三世矣，鲁君丧政四公矣。无民而能逞其志者，未之有也。国君是以镇抚其民。《诗》曰：'人之云亡，心之忧矣。'鲁君失民矣，焉得逞其志？靖以待命犹可，动必忧。"以上公若以鲁将逐季平子告宋。

"有鸲鹆来巢"，书所无也。师己曰："异哉！吾闻文、武之世，童谣有之，曰：'鸲之鹆之，公出辱之。鸲鹆之羽，公在外野，往馈之马。鸲鹆跦跦，公在乾侯，征褰与襦。鸲鹆之巢，远哉遥遥。裯父丧劳，宋父以骄。鸲鹆鸲鹆，往歌来哭。'童谣有是，今鸲鹆来巢，其将及乎？"以上鸲鹆之兆。

初，季公鸟娶妻于齐鲍文子，生甲。公鸟死，季公亥与公思展与公鸟之臣申夜姑相其室。及季姒与饔人檀通，而惧，乃使其妾拣己，以示秦遄之妻，曰："公若欲使余，余不可而拣余。"又诉于公甫，曰："展与夜姑将要余。"秦姬以告公之，公之与公甫告平子。平子拘展于卞而执夜姑，将杀之。公若泣而哀之，曰："杀是，是余杀也。"将为之请。平子使竖勿内，日中不得请。有司逆命，公之使速杀之。故公若怨平子。

　　季、郈之鸡斗。季氏介其鸡，郈氏为之金距。平子怒，益宫于郈氏，且让之。故郈昭伯亦怨平子。臧昭伯之从弟会，为谗于臧氏，而逃于季氏，臧氏执旃。平子怒，拘臧氏老。将禘于襄公，万者二人，其众万于季氏。臧孙曰："此之谓不能庸先君之庙。"大夫遂怨平子。以上众怨平子。公若献弓于公为，且与之出射于外，而谋去季氏。公为告公果、公贲。公果、公贲使侍人僚柤告公。公寝，将以戈击之，乃走。公曰："执之。"亦无命也。惧而不出，数月不见，公不怒。又使言，公执戈以惧之，乃走。又使言，公曰："非小人之所及也。"公果自言，公以告臧孙，臧孙以难。告郈孙，郈孙以可，劝。告子家懿伯，懿伯曰："谗人以君侥幸，事若不克，君受其名，不可为也。舍民数世，以求克事，不可必也。且政在焉，其难图也。"公退之。辞曰："臣与闻命矣，言若泄，臣不获死。"乃馆于公。以上公为等谋逐季氏。

　　叔孙昭子如阚，公居于长府。九月戊戌，伐季氏，杀公之于门，遂入之。平子登台而请曰："君不察臣之罪，使有司讨臣以干戈，臣请待于沂上以察罪。"弗许。请囚于费，弗许。请以五乘亡，弗许。子家子曰："君其许之！政自之出久矣，隐民多取食焉。为之徒者众矣，日入慝作，弗可知也。众怒不可蓄也，蓄而弗治，将蕴。蕴蓄，民将生心。生心，同求将合。君必悔之。"弗听。郈孙曰："必杀之。"以上公徒伐季氏。公使郈孙逆孟懿子。叔孙氏之司马鬷戾言于其众曰："若之何？"莫对。又曰："我，家臣也，不敢知国。凡有季氏与无，于我孰利？"皆曰："无季氏，是无叔孙氏也。"鬷戾曰："然则救诸！"帅徒以往，陷西北隅以入。公徒释甲，执冰而踞。遂逐之。孟氏使登西北隅以望季氏。见叔孙氏之旌以告。孟氏执郈昭伯，杀之于南门之西，遂伐公徒。以上孟孙、叔孙救季氏。子家子曰："诸臣伪劫君者，而负罪以出，君止。意如之事君也，不敢不改。"公曰："余不忍也。"与臧孙如墓谋，遂行。

己亥，公孙于齐，次于阳州。齐侯将唁公于平阴，公先至于野井。齐侯曰："寡人之罪也。"使有司待于平阴，为近故也。书曰："公孙于齐，次于阳州，齐侯唁公于野井。"礼也。将求于人，则先下之，礼之善物也。齐侯曰："自莒疆以西，请致千社以待君命。寡人将帅敝赋以从执事，唯命是听，君之忧，寡人之忧也。"公喜。子家子曰："天禄不再，天若胙君，不过周公，以鲁足矣。失鲁，而以千社为臣，谁与之立？且齐君无信，不如早之晋。"弗从。以上公孙于齐。臧昭伯率从者将盟，载书曰："戮力壹心，好恶同之。信罪之有无，缱绻从公，无通外内。"以公命示子家子。子家子曰："如此，吾不可以盟，羁也不佞，不能与二三子同心，而以为皆有罪。或欲通外内，且欲去君。二三子好亡而恶定，焉可同也？陷君于难，罪孰大焉？通外内而去君，君将速入，弗通何为？而何守焉？"乃不与盟。以上子家子不与盟。

昭子自阚归，见平子。平子稽颡，曰："子若我何？"昭子曰："人谁不死？子以逐君成名，子孙不忘，不亦伤乎！将若子何？"平子曰："苟使意如得改事君，所谓生死而肉骨也。"昭子从公于齐，与公言。子家子命适公馆者执之。公与昭子言于幄内，曰将安众而纳公。公徒将杀昭子，伏诸道。左师展告公，公使昭子自铸归。平子有异志。冬十月辛酉，昭子齐于其寝，使祝宗祈死。戊辰，卒。左师展将以公乘马而归，公徒执之。以上叔孙、昭子将纳公。

十一月，宋元公将为公故如晋。梦太子栾即位于庙，己与平公服而相之。旦，召六卿。公曰：“寡人不佞，不能事父兄，以为二三子忧，寡人之罪也。若以群子之灵，获保首领以殁。唯是楄柎所以藉干者，请无及先君。”仲几对曰：“君若以社稷之故，私降昵宴，群臣弗敢知。若夫宋国之法，死生之度，先君有命矣。群臣以死守之，弗敢失队。臣之失职，常刑不赦。臣不忍其死，君命只辱。”宋公遂行。己亥，卒于曲棘。以上宋元公谋纳公，不果而卒。

初，臧昭伯如晋，臧会窃其宝龟偻句，以卜为信与僭，僭吉。臧氏老将如晋问，会请往。昭伯问家故，尽对。及内子与母弟叔孙，则不对。再三问，不对。归，及郊，会逆，问，又如初。至，次于外而察之，皆无之。执而戮之，逸，奔郈。郈鲂假使为贾正焉。计于季氏。臧氏使五人以戈盾伏诸桐汝之间。会出，逐之，反奔，执诸季氏中门之外。平子怒，曰：“何故以兵入吾门？”拘臧氏老。季、臧有恶。及昭伯从公，平子立臧会。会曰：“偻句不余欺也。”以上追叙季、臧相恶之由，即此年秋所叙为谗于臧氏而逃于季氏也。

二十六年夏，齐侯将纳公，命无受鲁货。申丰从女贾，以币锦二两，缚一如瑱，适齐师。谓子犹之人高龁：“能货子犹，为高氏后，粟五千庾。”高龁以锦示子犹，子犹欲之。龁曰：“鲁人买之，百两一布，以道之不通，先入币财。”子犹受之，言于齐侯曰：“群臣不尽力于鲁君者，非不能事君也。然据有异焉。宋元公为鲁君如晋，卒于曲棘。叔孙昭子求纳其君，无疾而死。不知天之弃鲁邪，抑鲁君有罪于鬼神，故及此也？君若待于曲棘，使群臣从鲁君以卜焉。若可，师有济也。君而继之，兹无敌

矣。若其无成，君无辱焉。"齐侯从之。以上齐侯欲纳公，因梁丘
据受货而不亲往。使公子鉏帅师从公。成大夫公孙朝谓平子曰：
"有都，以卫国也，请我受师。"许之。请纳质，弗许，曰："信
女足矣。"告于齐师曰："孟氏，鲁之敝室也。用成已甚，弗能忍
也，请息肩于齐。"齐师围成。成人伐齐师之饮马于淄者，曰：
"将以厌众。"鲁成备而后告曰："不胜众。"以上公子朝诈降，以
缓齐围成之师。师及齐师战于炊鼻。齐子渊捷从泄声子，射之，
中盾瓦。繇胸汏辀，匕入者三寸。声子射其马，斩鞅，殪。改
驾，人以为鬷戾也而助之。子车曰："齐人也。"将击子车，子车
射之，殪。其御曰："又之。"子车曰："众可惧也，而不可怒
也。"子囊带从野泄，叱之。泄曰："军无私怒，报乃私也，将亢
子。"又叱之，亦叱之。冉竖射陈武子，中手，失弓而骂。以告
平子，曰："有君子白皙，鬒须眉，甚口。"平子曰："必子强
也。毋乃亢诸？"对曰："谓之君子，何敢亢之？"林雍羞为颜鸣
右，下。苑何忌取其耳，颜鸣去之。苑子之御曰："视下。"顾苑
子刜林雍，断其足。鉴而乘于他车以归，颜鸣三入齐师，呼曰：
"林雍乘！"以上季氏之徒与齐师战，齐师儿戏，鲁人致死力于季氏。

　　二十七年秋，会于扈，令成周，且谋纳公也。宋、卫皆利纳
公，固请之。范献子取货于季孙，谓司城子梁与北宫贞子曰：
"季孙未知其罪而君伐之，请囚，请亡，于是乎不获。君又弗克
而自出也。夫岂无备而能出君乎？季氏之复，天救之也。休公徒
之怒，而启叔孙氏之心。不然，岂其伐人而说甲执冰以游？叔孙
氏惧祸之滥，而自同于季氏，天之道也。鲁君守齐，三年而无
成。季氏甚得其民，淮夷与之，有十年之备，有齐、楚之援，有
天之赞，有民之助，有坚守之心，有列国之权，而弗敢宣也，事
君如在国。故鞅以为难。二子皆图国者也，而欲纳鲁君，鞅之愿
也，请从二子以围鲁。无成，死之。"二子惧，皆辞。乃辞小国，

而以难复。以上士鞅纳季氏之货，不愿纳鲁君。

孟懿子、阳虎伐郓。郓人将战，子家子曰："天命不慆久矣。使君亡者，必此众也。天既祸之，而自福也，不亦难乎？犹有鬼神，此必败也。呜呼！为无望也夫，其死于此乎！"公使子家子如晋，公徒败于且知。以上鲁君以郓众与孟孙、季孙战，不克。

冬，公如齐，齐侯请飨之。子家子曰："朝夕立于其朝，又何飨焉？其饮酒也。"乃饮酒，使宰献，而请安。子仲之子曰重，为齐侯夫人，曰："请使重见。"子家子乃以君出。以上齐侯飨公，将见夫人以狎公。

二十八年春，公如晋，将如乾侯。子家子曰："有求于人，而即其安，人孰矜之？其造于竟。"弗听。使请逆于晋。晋人曰："天祸鲁国，君淹恤在外。君亦不使一个辱在寡人，而即安于甥舅，其亦使逆君？"使公复于竟而后逆之。

二十九年春，公至自乾侯，处于郓。齐侯使高张来唁公，称主君。子家子曰："齐卑君矣，君只辱焉。"公如乾侯。以上齐高张唁公卑君。

平子每岁贾马，具从者之衣屦，而归之于乾侯。公执归马者，卖之，乃不归马。卫侯来献其乘马，曰启服，堑而死，公将为之椟。子家子曰："从者病矣，请以食之。"乃以帏裹之。

公赐公衍羔裘，使献龙辅于齐侯，遂入羔裘。齐侯喜，与之阳谷。公衍、公为之生也，其母偕出。公衍先生，公为之母曰："相与偕出，请相与偕告。"三日，公为生，其母先以告，公为为兄。公私喜于阳谷而思于鲁，曰："务人为此祸也。且后生而为兄，其诬也久矣。"乃黜之，而以公衍为太子。

三十一年春，王正月，公在乾侯，言不能外内也。

晋侯将以师纳公。范献子曰："若召季孙而不来，则信不臣矣。然后伐之，若何？"晋人召季孙，献子使私焉，曰："子必来，我受其无咎。”季孙意如会晋荀跞于适历。荀跞曰：“寡君使跞谓吾子：‘何故出君？有君不事，周有常刑，子其图之！’”季孙练冠麻衣跣行，伏而对曰：“事君，臣之所不得也，敢逃刑命？君若以臣为有罪，请囚于费，以待君之察也，亦唯君。若以先臣之故，不绝季氏，而赐之死。若弗杀弗亡，君之惠也，死且不朽。若得从君而归，则固臣之愿也。敢有异心？”

夏四月，季孙从知伯如乾侯。子家子曰：“君与之归。一惭之不忍，而终身惭乎？”公曰：“诺。”众曰：“在一言矣，君必逐之。”荀跞以晋侯之命唁公，且曰：“寡君使跞以君命讨于意如，意如不敢逃死，君其入也！”公曰：“君惠顾先君之好，施及亡人，将使归粪除宗祧以事君，则不能见夫人。己所能见夫人者，有如河！”荀跞掩耳而走，曰：“寡君其罪之恐，敢与知鲁国之难？臣请复于寡君。”退而谓季孙：“君怒未怠，子姑归祭。”子家子曰：“君以一乘入于鲁师，季孙必与君归。”公欲从之，众从者胁公，不得归。以上季孙至乾侯，公为众所持，不得归。

三十二年春，王正月，公在乾侯。言不能外内，又不能用其人也。

十二月，公疾，遍赐大夫，大夫不受。赐子家子双琥，一环，一璧，轻服，受之。大夫皆受其赐。己未，公薨。子家子反赐于府人，曰：“吾不敢逆君命也。”大夫皆反其赐。书曰：“公薨于乾侯。”言失其所也。公薨于乾侯。

赵简子问于史墨曰：“季氏出其君而民服焉，诸侯与之，君死于外，而莫之或罪也？”对曰：“物生有两，有三，有五，有陪贰。故天有三辰，地有五行，体有左右，各有妃耦。王有公，诸侯有卿，皆有贰也。天生季氏，以贰鲁侯，为日久矣。民之服焉，不亦宜乎？鲁君世从其失，季氏世修其勤，民忘君矣。虽死于外，其谁矜之？社稷无常奉，君臣无常位，自古以然。故

《诗》曰：'高岸为谷，深谷为陵。'三后之姓，于今为庶，主所知也。在《易》卦，雷乘《乾》曰《大壮》，天之道也。昔成季友，桓之季也，文姜之爱子也，始震而卜。卜人谒之，曰：'生有嘉闻，其名曰友，为公室辅。'及生，如卜人之言，有文在其手曰'友'，遂以名之。既而有大功于鲁，受费以为上卿。至于文子、武子，世增其业，不废旧绩。鲁文公薨，而东门遂杀适立庶，鲁君于是乎失国，政在季氏，于此君也，四公矣。民不知君，何以得国？是以为君，慎器与名，不可以假人。"

定公元年夏，叔孙成子逆公之丧于乾侯。季孙曰："子家子亟言于我，未尝不中吾志也。吾欲与之从政，子必止之，且听命焉。"子家子不见叔孙，易几而哭。叔孙请见子家子，子家子辞，曰："羁未得见，而从君以出。君不命而薨，羁不敢见。"叔孙使告之曰："公衍、公为实使群臣不得事君。若公子宋主社稷，则群臣之愿也。凡从君出而可以入者，将唯子是听。子家氏未有后，季孙愿与子从政，此皆季孙之愿也，使不敢以告。"对曰："若立君，则有卿士、大夫与守龟在，羁弗敢知。若从君者，则貌而出者，入可也；寇而出者，行可也。若羁也，则君知其出也，而未知其入也，羁将逃也。"

丧及坏隤，公子宋先入，从公者皆自坏隤反。

六月癸亥，公之丧至自乾侯。戊辰，公即位。以上公之丧至自乾侯，子家及从公者皆出奔。季孙使役如阚公氏，将沟焉。荣驾鹅曰："生不能事，死又离之，以自旌也。纵子忍之，后必或耻之。"乃止。季孙问于荣驾鹅曰："吾欲为君谥，使子孙知之。"对曰："生弗能事，死又恶之，以自信也。将焉用之？"乃止。

秋七月癸巳，葬昭公于墓道南。孔子之为司寇也，沟而合诸墓。以上葬昭公，将沟其兆域。

昭公出，故季平子祷于炀公。九月，立炀宫。

吴楚柏举之战

沈人不会于召陵，晋人使蔡伐之。夏，蔡灭沈。

秋，楚为沈故，围蔡。伍员为吴行人以谋楚。楚之杀郤宛也，伯氏之族出。伯州犁之孙嚭为吴太宰以谋楚。楚自昭王即位，无岁不有吴师。蔡侯因之，以其子乾与其大夫之子为质于吴。

冬，蔡侯、吴子、唐侯伐楚。舍舟于淮汭，自豫章与楚夹汉。左司马戌谓子常曰："子沿汉而与之上下，我悉方城外以毁其舟，还塞大隧、直辕、冥厄，子济汉而伐之，我自后击之，必大败之。"既谋而行。以上司马戌与子常定谋。武城黑谓子常曰："吴用木也，我用革也，不可久也。不如速战。"史皇谓子常："楚人恶子而好司马，若司马毁吴舟于淮，塞城口而入，是独克吴也。子必速战，不然不免。"乃济汉而陈，自小别至于大别。三战，子常知不可，欲奔。史皇曰："安求其事，难而逃之，将何所入？子必死之，初罪必尽说。"以上子常爽约。

十一月庚午，二师陈于柏举。阖庐之弟夫概王晨请于阖庐，曰："楚瓦不仁，其臣莫有死志，先伐之，其卒必奔。而后大师继之，必克。"弗许。夫概王曰："所谓'臣义而行，不待命'者，其此之谓也。今日我死，楚可入也。"以其属五千先击子常之卒。子常之卒奔，楚师乱，吴师大败之。子常奔郑。史皇以其乘广死。吴从楚师，及清发，将击之。夫概王曰："困兽犹斗，况人乎？若知不免而致死，必败我。若使先济者知免，后者慕之，蔑有斗心矣。半济而后可击也。"从之。又败之。楚人为食，吴人及之，奔。食而从之，败诸雍澨，五战及郢。

己卯，楚子取其妹季芈畀我以出，涉睢。铖尹固与王同舟，王使执燧象以奔吴师。

　　庚辰，吴入郢，以班处宫。子山处令尹之宫，夫概王欲攻之，惧而去之，夫概王入之。以上楚师之败。

　　左司马戌及息而还，败吴师于雍澨，伤。初，司马臣阖庐，故耻为禽焉。谓其臣曰："谁能免吾首？"吴句卑曰："臣贱，可乎？"司马曰："我实失子，可哉！"三战皆伤，曰："吾不可用也已。"句卑布裳，刭而裹之，藏其身而以其首免。以上司马戌之忠勇。楚子涉睢，济江，入于云中。王寝，盗攻之，以戈击王。王孙由于以背受之。中肩。王奔郧，钟建负季芈以从，由于徐苏而从。郧公辛之弟怀将弑王，曰："平王杀吾父，我杀其子，不亦可乎？"辛曰："君讨臣，谁敢仇之？君命，天也，若死天命，将谁仇？《诗》曰：'柔亦不茹，刚亦不吐，不侮矜寡，不畏强御。'唯仁者能之。违强陵弱，非勇也。乘人之约，非仁也。灭宗废祀，非孝也。动无令名，非知也。必犯是，余将杀女。"斗辛与其弟巢以王奔随。以上楚子奔随。吴人从之，谓随人曰："周之子孙在汉川者，楚实尽之。天诱其衷，致罚于楚，而君又窜之。周室何罪？君若顾报周室，施及寡人，以奖天衷，君之惠也。汉阳之田，君实有之。"楚子在公宫之北，吴人在其南。子期似王，逃王，而己为王，曰："以我与之，王必免。"随人卜与之，不吉。乃辞吴曰："以随之辟小而密迩于楚，楚实存之，世有盟誓，至于今未改。若难而弃之，何以事君？执事之患，不唯一人。若鸠楚竟，敢不听命。"吴人乃退。铲金初宦于子期氏，实与随人要言。王使见，辞，曰："不敢以约为利。"王割子期之心，以与随人盟。以上随人保楚。

　　初，伍员与申包胥友。其亡也，谓申包胥曰："我必复楚国。"申包胥曰："勉之！子能复之，我必能兴之。"及昭王在随，申包胥如秦乞师，曰："吴为封豕、长蛇，以荐食上国，虐始于楚。寡君失守社稷，越在草莽。使下臣告急，曰：'夷德无厌，若邻于君，疆场之患也。逮吴之未定，君其取分焉。若楚之遂亡，君之土也。若以君灵抚之，世以事君。'"秦伯使辞焉，曰："寡人闻命矣。子姑就馆，将图而告。"对曰："寡君越在草莽，未获所伏。下臣何敢即安？"立，依于庭墙而哭，日夜不绝声，勺饮不入口七日。秦哀公为之赋《无衣》，九顿首而坐，秦师乃出。以上申包胥乞秦师。

五年，申包胥以秦师至，秦子蒲、子虎帅车五百乘以救楚。子蒲曰："吾未知吴道。"使楚人先与吴人战，而自稷会之，大败夫概王于沂。吴人获薳射于柏举，其子帅奔徒以从子西，败吴师于军祥。秋七月，子期、子蒲灭唐。

九月，夫概王归，自立也。以与王战而败，奔楚，为堂溪氏。吴师败楚师于雍澨，秦师又败吴师。吴师居麇，子期将焚之，子西曰："父兄亲暴骨焉，不能收，又焚之，不可。"子期曰："国亡矣！死者若有知也，可以歆旧祀，岂惮焚之？"焚之，而又战，吴师败。又战于公婿之溪，吴师大败，吴子乃归。囚阖庐与罷，阖庐与罷请先，遂逃归。叶公诸梁之弟后臧从其母于吴，不待而归。叶公终不正视。以上吴师之败。

楚子入于郢。初，斗辛闻吴人之争宫也，曰："吾闻之：'不让则不和，不和不可以远征。'吴争于楚，必有乱。有乱则必归，焉能定楚？"王之奔随也，将涉于成臼，蓝尹亹涉其孥，不与王舟。及宁，王欲杀之。子西曰："子常唯思旧怨以败，君何效焉？"王曰："善。使复其所，吾以志前恶。"王赏斗辛、王孙由于、王孙圉、钟建、斗巢、申包胥、王孙贾、宋木、斗怀。子西曰："请舍怀也。"王曰："大德灭小怨，道也。"申包胥曰："吾为君也，非为身也。君既定矣，又何求？且吾尤子旗，其又为诸？"遂逃赏。王将嫁季芈，季芈辞曰："所以为女子，远丈夫也。钟建负我矣。"以妻钟建，以为乐尹。

王之在随也，子西为王舆服以保路，国于脾泄。闻王所在，而后从王。王使由于城麇，复命，子西问高厚焉，弗知。子西曰："不能，如辞。城不知高厚，小大何知？"对曰："固辞不能，子使余也。人各有能有不能。王遇盗于云中，余受其戈，其所犹在。"袒而示之背，曰："此余所能也。脾泄之事，余亦弗能也。"以上述楚多贤臣。

晋郑铁之战

六月乙酉，晋赵鞅纳卫太子于戚。宵迷，阳虎曰："右河而南，必至焉。"使太子绚，八人衰绖，伪自卫逆者。告于门，哭而入，遂居之。

秋八月，齐人输范氏粟，郑子姚、子般送之。士吉射逆之，赵鞅御之，遇于戚。阳虎曰："吾车少，以兵车之斾，与罕、驷兵车先陈。罕、驷自后随而从之，彼见吾貌，必有惧心。于是乎会之，必大败之。"从之。卜战，龟焦。乐丁曰："《诗》曰：'爰始爰谋，爰契我龟。'谋协以故，兆询可也。"简子誓曰："范氏、中行氏，反易天明，斩艾百姓，欲擅晋国而灭其君。寡君恃郑而保焉。今郑为不道，弃君助臣，二三子顺天明，从君命，经德义，除诟耻，在此行也。克敌者，上大夫受县，下大夫受郡，士田十万，庶人工商遂，人臣隶圉免。志父无罪，君实图之。若其有罪，绞缢以戮，桐棺三寸，不设属辟，素车朴马，无入于兆，下卿之罚也。"甲戌，将战，邮无恤御简子，卫太子为右。登铁上，望见郑师众，太子惧，自投于车下。子良授太子绥而乘之，曰："妇人也。"简子巡列，曰："毕万，匹夫也。七战皆获，有马百乘，死于牖下。群子勉之，死不在寇。"繁羽御赵罗，宋勇为右。罗无勇，麇之。吏诘之，御对曰："痁作而伏。"卫太子祷曰："曾孙蒯聩敢昭告皇祖文王、烈祖康叔、文祖襄公：

郑胜乱从，晋午在难，不能治乱，使鞅讨之。蒯聩不敢自佚，备持矛焉。敢告。无绝筋，无折骨，无面伤，以集大事，无作三祖羞。大命不敢请，佩玉不敢爱。"

郑人击简子中肩，毙于车中，获其蜂旗。太子救之以戈，郑师北，获温大夫赵罗。太子复伐之，郑师大败，获齐粟千车。赵孟喜曰："可矣。"傅傁曰："虽克郑，犹有知在，忧未艾也。"

初，周人与范氏田，公孙庞税焉。赵氏得而献之，吏请杀之。赵孟曰："为其主也，何罪？"止而与之田。及铁之战，以徒五百人宵攻郑师，取蜂旗于子姚之幕下，献曰："请报主德。"

追郑师。姚、般、公孙林殿而射，前列多死。赵孟曰："国无小。"既战，简子曰："吾伏弢呕血，鼓音不衰，今日我上也。"太子曰："吾救主于车，退敌于下，我，右之上也。"邮良曰："我两靷将绝，吾能止之，我，御之上也。"驾而乘材，两靷皆绝。

齐鲁清之战

十一年春，齐为鄎故，国书、高无丕帅师伐我，及清。季孙谓其宰冉求曰："齐师在清，必鲁故也。若之何？"求曰："一子守，二子从公御诸竟。"季孙曰："不能。"求曰："居封疆之间。"季孙告二子，二子不可。求曰："若不可，则君无出。一子帅师，背城而战。不属者，非鲁人也。鲁之群室，众于齐之兵车。一室敌车，优矣。子何患焉？二子之不欲战也宜，政在季氏。当子之身，齐人伐鲁而不能战，子之耻也。大不列于诸侯矣。"以上冉有与季氏议。季孙使从于朝，俟于党氏之沟。武叔呼而问战焉，对曰："君子有远虑，小人何知？"懿子强问之，对曰："小人虑材而言，量力而共者也。"武叔曰："是谓我不成丈夫也。"以上冉有激孟氏使战。退而蒐乘，孟孺子洩帅右师，颜羽御，邴洩为右。冉求帅左师，管周父御，樊迟为右。季孙曰：
"须也弱。"有子曰："就用命焉。"季氏之甲七千，冉有以武城
人三百为己徒卒。老幼守宫，次于雩门之外。五日，右师从之。
以上部署战事。公叔务人见保者而泣，曰："事充政重，上不能
谋，士不能死，何以治民？吾既言之矣，敢不勉乎！"

　　师及齐师战于郊，齐师自稷曲，师不逾沟。樊迟曰："非不
能也，不信子也。请三刻而逾之。"如之，众从之。师入齐军，
右师奔，齐人从之，陈瓘、陈庄涉泗。孟之侧后入以为殿，抽矢
策其马，曰："马不进也。"林不狃之伍曰："走乎？"不狃曰：
"谁不如？"曰："然则止乎？"不狃曰："恶贤？"徐步而死。师
获甲首八十，齐人不能师。宵，谍曰："齐人遁。"冉有请从之，
三，季孙弗许。以上右师败，左师胜。孟孺子语人曰："我不如颜
羽，而贤于邴洩。子羽锐敏，我不欲战而能默。洩曰：'驱
之。'"公为与其嬖僮汪锜乘，皆死，皆殡。孔子曰："能执干戈
以卫社稷，可无殇也。"冉有用矛于齐师，故能入其军。孔子曰：
"义也。"

白公之难

　　楚太子建之遇谗也，自城父奔宋。又辟华氏之乱于郑，郑人
甚善之。又适晋，与晋人谋袭郑，乃求复焉。郑人复之如初。晋
人使谍于子木，请行而期焉。子木暴虐于其私邑，邑人诉之。郑
人省之，得晋谍焉。遂杀子木。以上白公伏郑。其子曰胜，在吴。
子西欲召之，叶公曰："吾闻胜也诈而乱，无乃害乎？"子西曰：
"吾闻胜也信而勇，不为不利，舍诸边竟，使卫藩焉。"叶公曰：
"周仁之谓信，率义之谓勇。吾闻胜也好复言，而求死士，殆有
私乎？复言，非信也。期死，非勇也。子必悔之。"弗从。召之
使处吴竟，为白公。以上楚召白公。请伐郑，子西曰："楚未节

也。不然，吾不忘也。"他日又请，许之。未起师，晋人伐郑，楚救之，与之盟。胜怒，曰："郑人在此，仇不远矣。"

胜自厉剑，子期之子平见之，曰："王孙何自厉也？"曰："胜以直闻，不告女，庸为直乎？将以杀尔父。"平以告子西。子西曰："胜如卵，余翼而长之。楚国，第我死，令尹、司马，非胜而谁？"胜闻之，曰："令尹之狂也！得死，乃非我。"子西不悛。以上白公仇子西。胜谓石乞曰："王与二卿士，皆五百人当之，则可矣。"乞曰："不可得也。"曰："市南有熊宜僚者，若得之，可以当五百人矣。"乃从白公而见之，与之言，说。告之故，辞。承之以剑，不动。胜曰："不为利谄，不为威惕，不泄人言以求媚者，去之。"

吴人伐慎，白公败之。请以战备献，许之。遂作乱。秋七月，杀子西、子期于朝，而劫惠王。子西以袂掩面而死。子期曰："昔者吾以力事君，不可以弗终。"抉豫章以杀人而后死。石乞曰："焚库弑王，不然不济。"白公曰："不可。弑王，不祥，焚库，无聚，将何以守矣？"乞曰："有楚国而治其民，以敬事神，可以得祥，且有聚矣，何患？"弗从。以上白公作乱。叶公在蔡，方城之外皆曰："可以入矣。"子高曰："吾闻之，以险侥幸者，其求无餍，偏重必离。"闻其杀齐管修也而后入。

白公欲以子闾为王，子闾不可，遂劫以兵。子闾曰："王孙若安靖楚国，匡正王室，而后庇焉，启之愿也，敢不听从？若将专利以倾王室，不顾楚国，有死不能。"遂杀之，而以王如高府，石乞尹门，圉公阳穴宫，负王以如昭夫人之宫。叶公亦至，及北门，或遇之，曰："君胡不胄？国人望君如望慈父母焉。盗贼之矢若伤君，是绝民望也。若之何不胄？"乃胄而进。又遇一人曰："君胡胄？国人望君如望岁焉，日日以几。若见君面，是得艾也。民知不死，其亦夫有奋心，犹将旌君以徇于国，而又掩面以绝民望，不亦甚乎?"乃免胄而进。遇箴尹固，帅其属，将与白公。子高曰："微二子者，楚不国矣。弃德从贼，其可保乎?"乃从叶公。使与国人以攻白公。白公奔山而缢，其徒微之。生拘石乞而问白公之死焉，对曰："余知其死所，而长者使余勿言。"曰："不言将烹。"乞曰："此事也，克则为卿，不克则烹，固其所也，何害?"乃烹石乞。王孙燕奔颍黄氏。**沈诸梁兼二事**，国宁，乃使宁为令尹，使宽为司马，而老于叶。以上叶公靖难。

长沙张华理襄校

卷二十三　叙记之属二

通　鉴

赤壁之战

初，鲁肃闻刘表卒，言于孙权曰："荆州与国邻接，江山险固，沃野万里，士民殷富，若据而有之，此帝王之资也。今刘表新亡，二子不协，军中诸将，各有彼此。刘备天下枭雄，与操有隙，寄寓于表，表恶其能而不能用也。若备与彼协心，上下齐同，则宜抚安，与结盟好；如有离违，宜别图之，以济大事。肃请得奉命吊表二子，并慰劳其军中用事者，及说备使抚表众，同心一意，共治曹操，备必喜而从命。如其克谐，天下可定也。今不速往，恐为操所先。"权即遣肃行。到夏口，闻操已向荆州，晨夜兼道，比至南郡，而琮已降，备南走，肃径迎之，与备会于当阳长坂。肃宣权旨，论天下事势，致殷勤之意，且问备曰："豫州今欲何至？"备曰："与苍梧太守吴巨有旧，欲往投之。"肃曰："孙讨虏聪明仁惠，敬贤礼士，江表英豪，咸归附之，已据有六郡，兵精粮多，足以立事。今为君计，莫若遣腹心自结于东，以共济世业。而欲投吴巨，巨是凡人，偏在远郡，行将为人所并，岂足托乎！"备甚悦。肃又谓诸葛亮曰："我，子瑜友也。"即共定交。子瑜者，亮兄瑾也，避乱江东，为孙权长史。备用肃计，进住鄂县之樊口。以上鲁肃至荆州觇变，见先主、武侯。

曹操自江陵将顺江东下。诸葛亮谓刘备曰："事急矣，请奉命求救于孙将军。"遂与鲁肃俱诣孙权。亮见权于柴桑，说权曰："海内大乱，将军起兵江东，刘豫州收众汉南，与曹操共争天下。今操芟夷大难，略已平矣，遂破荆州，威震四海。英雄无用武之地，故豫州遁逃至此，愿将军量力而处之。若能以吴、越之众与中国抗衡，不如早与之绝；若不能，何不按兵束甲，北面而事之！今将军外托服从之名，而内怀犹豫之计，事急而不断，祸至无日矣。"权曰："苟如君言，刘豫州何不遂事之乎！"亮曰："田横，齐之壮士耳，犹守义不辱；况刘豫州王室之胄，英才盖世，众士慕仰，若水之归海！若事之不济，此乃天也，安能复为之下乎！"权勃然曰："吾不能举全吴之地，十万之众，受制于人。吾计决矣！非刘豫州莫可以当曹操者；然豫州新败之后，安能抗此难乎！"亮曰："豫州军虽败于长坂，今战士还者及关羽水军精甲万人，刘琦合江夏战士亦不下万人。曹操之众，远来疲敝，闻追豫州，轻骑一日一夜行三百余里，此所谓'强弩之末势不能穿鲁缟'者也。故《兵法》忌之，曰'必蹶上将军'。且北方之人，不习水战；又，荆州之民附操者，逼兵势耳，非心服也。今将军诚能命猛将统兵数万，与豫州协规同力，破操军必矣。操军破，必北还；如此，则荆、吴之势强，鼎足之形成矣。成败之机，在于今日！"权大悦，与其群下谋之。以上武侯至柴桑说孙权。

是时，曹操遗权书曰："近者奉辞伐罪，旌麾南指，刘琮束手。今治水军八十万众，方与将军会猎于吴。"权以示臣下，莫不响震失色。长史张昭等曰："曹公，豺虎也，挟天子以征四方，动以朝廷为辞；今日拒之，事更不顺。且将军大势可以拒操者，长江也。今操得荆州，奄有其地，刘表治水军，蒙冲斗舰乃以千数，操悉浮以沿江，兼有步兵，水陆俱下，此为长江之险已与我共之矣，而势力众寡又不可论。愚谓大计不如迎之。"鲁肃独不言。权起更衣，肃追于宇下。权知其意，执肃手曰："卿欲何言？"肃曰："向察众人之议，专欲误将军，不足与图大事。今肃可迎操耳，如将军不可也。何以言之？今肃迎操，操当以肃还付乡党，品其名位，犹不失下曹从事，乘犊车，从吏卒，交游士林，累官故不失州郡也。将军迎操，欲安所归乎？愿早定大计，莫用众人之议也！"权叹息曰："诸人持议，甚失孤望。今卿廓开大计，正与孤同。"

时周瑜受使至番阳，肃劝权召瑜还。瑜至，谓权曰："操虽托名汉相，其实汉贼也。将军以神武雄才，兼仗父兄之烈，割据江东，地方数千里，兵精足用，英雄乐业，当横行天下，为汉家除残去秽；况操自送死，而可迎之邪？请为将军筹之：今北土未平，马超、韩遂尚在关西，为操后患；而操舍鞍马，仗舟楫，与吴、越争衡；今又盛寒，马无藁草，驱中国士众远涉江、湖之间，不习水土，必生疾病。此数者用兵之患也，而操皆冒行之。将军禽操，宜在今日。瑜请得精兵数万人，进住夏口，保为将军破之！"权曰："老贼欲废汉自立久矣，徒忌二袁、吕布、刘表与孤耳；今数雄已灭，惟孤尚存。孤与老贼势不两立，君言当击，甚与孤合，此天以君授孤也。"因拔刀斫前奏案曰："诸将吏敢复有言当迎操者，与此案同！"乃罢会。

是夜，瑜复见权曰："诸人徒见操书言水步八十万而各恐慑，不复料其虚实，便开此议，甚无谓也。今以实校之，彼所将中国人不过十五六万，且已久疲；所得表众亦极七八万耳，尚怀狐疑。夫以疲病之卒御狐疑之众，众数虽多，甚未足畏。瑜得精兵五万，自足制之，愿将军勿虑！"权抚其背曰："公瑾，卿言至此，甚合孤心。子布、元表诸人，各顾妻子，挟持私虑，深失所望；独卿与子敬与孤同耳，此天以卿二人赞孤也。五万兵难卒合，已选三万人，船粮战具俱办。卿与子敬、程公便在前发，孤当续发人众，多载资粮，为卿后援。卿能办之者诚决，邂逅不如意，便还就孤，孤当与孟德决之。"以上吴君臣定议。遂以周瑜、程普为左右督，将兵与备并力逆操；以鲁肃为赞军校尉，助画方略。

刘备在樊口，日遣逻吏于水次候望权军。吏望见瑜船，驰往白备，备遣人慰劳之。瑜曰："有军任，不可得委署；傥能屈威，诚副其所望。"备乃乘单舸往见瑜曰："今拒曹公，深为得计。战卒有几？"瑜曰："三万人。"备曰："恨少。"瑜曰："此自足用，豫州但观瑜破之。"备欲呼鲁肃等共会语，瑜曰："受命不得妄委署。若欲见子敬，可别过之。"备深愧喜。以上先主见周瑜。

进，与操遇于赤壁。时操军众已有疾疫，初一交战，操军不利，引次江北。瑜等在南岸，瑜部将黄盖曰："今寇众我寡，难与持久。操军方连船舰，首尾相接，可烧而走也。"乃取蒙冲斗舰十艘，载燥荻、枯柴、灌油其中，裹以帷幕，上建旌旗，预备走舸，系于其尾。先以书遗操，诈云欲降。时东南风急，盖以十舰最著前，中江举帆，余船以次俱进。操军吏士皆出营立观，指言盖降。去北军二里余，同时发火，火烈风猛，船往如箭，烧尽北船，延及岸上营落。顷之，烟炎张天，人马烧溺死者甚众。瑜等率轻锐继其后，雷鼓大震，北军大坏。操引军从华容道步走，遇泥泞，道不通，天又大风，悉使羸兵负草填之，骑乃得过。羸兵为人马所蹈藉，陷泥中，死者甚众。刘备、周瑜水陆并进，追操至南郡。时操军兼以饥疫，死者大半。操乃留征南将军曹仁、横野将军徐晃守江陵，折冲将军乐进守襄阳，引军北还。以上周瑜大破曹军。

周瑜、程普将数万众，与曹仁隔江未战。甘宁请先径进取夷陵，往，即得其城，因入守之。益州将袭肃举军降，周瑜表以肃兵益横野中郎将吕蒙。蒙盛称："肃有胆用，且慕化远来，于义宜益，不宜夺也。"权善其言，还肃兵。曹仁遣兵围甘宁，宁困急，求救于周瑜，诸将以为兵少不足分，吕蒙谓周瑜、程普曰："留凌公绩于江陵，蒙与君行，解围释急，势亦不久。蒙保公绩能十日守也。"瑜从之，大破仁兵于夷陵，获马三百匹而还。于是将士形势自倍。瑜乃渡江，屯北岸，与仁相拒。

曹爽之难

大将军爽，骄奢无度，饮食衣服，拟于乘舆；尚方珍玩，充牣其家；又私取先帝才人以为伎乐。作窟室，绮疏四周，数与其党何晏等纵酒其中。弟羲深以为忧，数涕泣谏止之，爽不听。爽兄弟数俱出游，司农沛国桓范谓曰："总万机，典禁兵，不宜并出。若有闭城门，谁复内入者？"爽曰："谁敢尔邪！"

初，清河、平原争界，八年不能决。冀州刺史孙礼请天府所藏烈祖封平原时图以决之。爽信清河之诉，云图不可用，礼上疏自辨，辞颇刚切。爽大怒，劾礼怨望，结刑五岁。以上爽之骄横。久而复为并州刺史，往见太傅懿，有忿色而无言。懿曰："卿得并州少邪？恚理分界失分乎？"礼曰："何明公言之乖也！礼虽不德，岂以官位往事为意邪！本谓明公齐踪伊、吕，匡辅魏室，上报明帝之托，下建万世之勋。今社稷将危，天下汹汹，此礼之所以不悦也！"因涕泣横流。懿曰："且止，忍不可忍！"

冬，河南尹李胜出为荆州刺史，过辞太傅懿。懿令两婢侍，持衣，衣落；指口言渴，婢进粥，懿不持杯而饮，粥皆流出沾胸。胜曰："众情谓明公旧风发动，何意尊体乃尔！"懿使声气才属，说："年老枕疾，死在旦夕。君当屈并州，并州近胡，好为之备！恐不复相见，以子师、昭兄弟为托。"胜曰："当还忝本州，非并州。"懿乃错乱其辞曰："君方到并州？"胜复曰："当忝荆州。"懿曰："年老意荒，不解君言。今还为本州，盛德壮烈，好建功勋！"胜退，告爽曰："司马公尸居余气，形神已离，不足虑矣。"他日，又向爽等垂泣曰："太傅病不可复济，令人怆然！"故爽等不复设备。以上懿之奸诈。

何晏闻平原管辂明于术数，请与相见。正始九年十二月丙戌，辂往诣晏，晏与之论《易》。时邓飏在坐，谓辂曰："君自谓善《易》，而语初不及《易》中辞义，何也？"辂曰："夫善《易》者不言《易》也。"晏含笑赞之曰："可谓要言不烦也！"因谓辂曰："试为作一卦，知位当至三公不？"又问："连梦见青蝇数十，来集鼻上，驱之不去，何也？"辂曰："昔元、凯辅舜，周公佐周，皆以和惠谦恭，享有多福，此非卜筮所能明也。今君侯位尊势重，而怀德者鲜，畏威者众，殆非小心求福之道也。又，鼻者天中之山，'高而不危，所以长守贵'。今青蝇臭恶而集之，位峻者颠，轻豪者亡，不可不深思也！愿君侯哀多益寡，非礼勿履，然后三公可至，青蝇可驱也。"飏曰："此老生之常谭。"辂曰："夫老生者见不生，常谭者见不谭。"辂还邑舍，具以语其舅。舅责辂言太切至，辂曰："与死人语，何所畏邪！"舅大怒，以辂为狂。以上管辂之先见。

太傅懿阴与其子中护军师、散骑常侍昭谋诛曹爽。

嘉平元年春，正月，甲午，帝谒高平陵，大将军爽与弟中领军羲、武卫将军训、散骑常侍彦皆从。太傅懿以皇太后令，闭诸城门，勒兵据武库，授兵出屯洛水浮桥，召司徒高柔假节行大将军事，据爽营，太仆王观行中领军事，据羲营。因奏爽罪恶于帝曰："臣昔从辽东还，先帝诏陛下、秦王及臣升御床，把臣臂，深以后事为念。臣言'太祖、高祖亦属臣以后事,此自陛下所见,无所忧苦。万一有不如意,臣当以死奉明诏。'今大将军爽,背弃顾命,败乱国典,内则僭儗,外则专权,破坏诸营,尽据禁兵,群官要职,皆置所亲,殿中宿卫,易以私人,根据盘互,纵恣日甚,又以黄门张当为都监,伺察至尊,离间二宫,伤害骨肉,天下汹汹,人怀危惧。陛下便为寄坐,岂得久安!此非先帝诏陛下及臣升御床之本意也。臣虽朽迈,敢忘往言!太尉臣济等皆以爽为有无君之心,兄弟不宜典兵宿卫,奏永宁宫,皇太后令敕臣如奏施行。臣辄敕主者及黄门令'罢爽、羲、训吏兵,以侯就第,不得逗留,以稽车驾;敢有稽留,便以军法从事!'臣辄力疾将兵屯洛水浮桥,伺察非常。"以上懿闭城门,上奏谋诛爽等。爽得懿奏事,不通;迫窘不知所为,留车驾宿伊水南,伐木为鹿角,发屯田兵数千人以为卫。

懿使侍中高阳、许允及尚书陈泰说爽宜早自归罪,又使爽所信殿中校尉尹大目谓爽,唯免官而已,以洛水为誓。泰,群之子也。

初,爽以桓范乡里老宿,于九卿中特礼之,然不甚亲也。及懿起兵,以太后令召范,欲使行中领军。范欲应命,其子止之曰:"车驾在外,不如南出。"范乃出。至平昌城门,城门已闭。门候司蕃,故范举吏也,范举手中版示之,矫曰:"有诏召我,卿促开门!"蕃欲求见诏书,范呵之曰:"卿非我故吏邪?何以敢尔!"乃开之。范出城,顾谓蕃曰:"太傅图逆,卿从我去!"蕃徒行不能及,遂避侧。懿谓蒋济曰:"智囊往矣!"济曰:"范则智矣,然驽马恋栈豆,爽必不能用也。"

范至,劝爽兄弟以天子诣许昌,发四方兵以自辅。爽疑未决,范谓羲曰:"此事昭然,卿用读书何为邪!于今日卿等门户,求贫贱复可得乎!且匹夫质一人,尚欲望活;卿与天子相随,令于天下，谁敢不应也！"俱不言。范又谓羲曰："卿别营近在阙南，洛阳典农治在城外，呼召如意。今诣许昌，不过中宿，许昌别库，足相被假；所忧当在谷食，而大司农印章在我身。"羲兄弟默然不从，自甲夜至五鼓，爽乃投刀于地曰："我亦不失作富家翁！"范哭曰："曹子丹佳人，生汝兄弟，狢犊耳！何图今日坐汝等族灭也！"

爽乃通懿奏事，白帝下诏免己官，奉帝还宫。以上爽不听桓范之计，免官还宫。爽兄弟归家，懿发洛阳吏卒围守之；四角作高楼，令人在楼上察视爽兄弟举动。爽挟弹到后园中，楼上便唱言："故大将军东南行！"爽愁闷不知为计。

戊戌，有司奏："黄门张当私以所择才人与爽，疑有奸。"收当付廷尉考实，辞云："爽与尚书何晏、邓飏、丁谧、司隶校尉毕轨、荆州刺史李胜等阴谋反逆，须三月中发。"于是收爽、羲、训、晏、飏、谧、轨、胜并桓范皆下狱，劾以大逆不道，与张当俱夷三族。以上爽等被诛。

初，爽之出也，司马鲁芝留在府，闻有变，将营骑斫津门出赴爽。及爽解印绶，将出，主簿杨综止之曰："公挟主握权，舍此以至东市乎？"有司奏收芝、综治罪，太傅懿曰："彼各为其主也。宥之。"顷之，以芝为御史中丞，综为尚书郎。

鲁芝将出，呼参军辛敞欲与俱去。敞，毗之子也，其姊宪英为太常羊耽妻，敞与之谋曰："天子在外，太傅闭城门，人云将不利国家，于事可得尔乎？"宪英曰："以吾度之，太傅此举，不过以诛曹爽耳。"敞曰："然则事就乎？"宪英曰："得无殆就！爽之才，非太傅之偶也。"敞曰："然则敞可以无出乎？"宪英曰："安可以不出！职守，人之大义也。凡人在难，犹或恤之；为人执鞭而弃其事，不祥莫大焉。且为人任，为人死，亲昵之职也，从众而已。"敞遂出。事定之后，敞叹曰："吾不谋于姊，几不获于义。"以上曹氏僚属之贤。

先是，爽辟王沈及太山羊祜，沈劝祜应命。祜曰："委质事人，复何容易！"沈遂行。及爽败，沈以故吏免，乃谓祜曰："吾不忘卿前语。"祜曰："此非始虑所及也！"

爽从弟文叔妻夏侯令女，早寡而无子，其父文宁欲嫁之；令女刀截两耳以自誓，居常依爽。爽诛，其家上书绝昏，强迎以归，复将嫁之；令女窃入寝室，引刀自断其鼻，其家惊惋，谓之曰："人生世间，如轻尘栖弱草耳，何至自苦乃尔！且夫家夷灭已尽，守此欲谁为哉！"令女曰："吾闻仁者不以盛衰改节，义者不以存亡易心。曹氏前盛之时，尚欲保终，况今衰亡，何忍弃之！此禽兽之行，吾岂为乎！"司马懿闻而贤之，听使乞子字养为曹氏后。以上羊祜、令女之贤。

何晏等方用事，自以为一时才杰，人莫能及。晏尝为名士品目曰："唯深也故能通天下之志，夏侯泰初是也。唯几也故能成天下之务，司马子元是也。唯神也不疾而速，不行而至，吾闻其语，未见其人。"盖欲以神况诸己也。

选部郎刘陶，晔之子也，少有口辩，邓飏之徒称之以为伊、吕。陶尝谓傅元曰"仲尼不圣。何以知之？智者于群愚，如弄一丸于掌中；而不能得天下，何以为圣！"元不复难，但语之曰："天下之变无常也，今见卿穷。"及曹爽败，陶退居里舍，乃谢其言之过。

管辂之舅谓辂曰："尔前何以知何、邓之败？"辂曰："邓之行步，筋不束骨，脉不制肉，起立倾倚，若无手足，此为鬼躁。何之视候则魂不守宅，血不华色，精爽烟浮，容若槁木，此为鬼幽。二者皆非遐福之象也。"

何晏性自喜，粉白不去手，行步顾影。尤好老、庄之书，与夏侯元、荀粲及山阳王弼之徒，竞为清谈，祖尚虚无，谓《六

《经》为圣人糟粕。由是天下士大夫争慕效之，遂成风流，不可复制焉。以上何晏等败征。

诸葛恪之难

吴诸葛恪入寇淮南，驱略民人。诸将或谓恪曰："今引军深入，疆场之民，必相率远遁，恐兵劳而功少，不如止围新城，新城困，救必至，至而图之，乃可大获。"恪从其计，嘉平五年五月，还军围新城。

诏太尉司马孚督军二十万往赴之。大将军师问于虞松曰："今东西有事，二方皆急，而诸将意沮，若之何？"松曰："昔周亚夫坚壁昌邑而吴、楚自败，事有似弱而强，不可不察也。今恪悉其锐众，足以肆暴，而坐守新城，欲以致一战耳。若攻城不拔，请战不可，师老众疲，势将自走，诸将之不径进，乃公之利也。姜维有重兵而县军应恪，投食我麦，非深根之寇也。且谓我并力于东，西方必虚，是以径进。今若使关中诸军倍道急赴，出其不意，殆将走矣。"师曰："善！"以上虞松策备御吴、蜀之法。乃使郭淮、陈泰悉关中之众，解狄道之围；敕毌邱俭案兵自守，以新城委吴。陈泰进至洛门，姜维粮尽，退还。

扬州牙门将涿郡张特守新城。吴人攻之连月，城中兵合三千人，疾病战死者过半，而恪起土山急攻，城将陷，不可护。特乃谓吴人曰："今我无心复战也。然魏法，被攻过百日而救不至者，虽降，家不坐；自受敌以来，已九十余日矣，此城中本有四千余人，战死者已过半，城虽陷，尚有半人不欲降，我当还为相语，条别善恶，明日早送名，且以我印绶去为信。"乃投其印绶与之。吴人听其辞而不取印绶。特乃投夜彻诸屋材栅，补其缺为二重，明日，谓吴人曰："我但有斗死耳！"吴人大怒，进攻之，不能拔。

　　会大暑，吴士疲劳，饮水，泄下，流肿，病者大半，死伤涂地。诸营吏日白病者多，恪以为诈，欲斩之，自是莫敢言。恪内惟失计，而耻城不下，忿形于色。将军朱异以军事迕恪，恪立夺其兵，斥还建业。都尉蔡林数陈军计，恪不能用，策马来奔。诸将伺知吴兵已疲，乃进救兵。秋七月，恪引军去，士卒伤病，流曳道路，或顿仆坑壑，或见略获，存亡哀痛，大小嗟呼。而恪晏然自若，出住江渚一月，图起田于浔阳；诏召相衔，徐乃旋师。由是众庶失望，怨讟兴矣。以上恪攻新城，无功而返。

　　汝南太守邓艾言于司马师曰："孙权已没，大臣未附。吴名宗大族皆有部曲，阻兵仗势，足以违命。诸葛恪新秉国政，而内无其主，不念抚恤上下以立根基，竞于外事，虐用其民，悉国之众，顿于坚城，死者万数，载祸而归，此恪获罪之日也。昔子胥、吴起、商鞅、乐毅皆见任时君，主没犹败，况恪才非四贤，而不虑大患，其亡可待也。"以上邓艾料恪之败。

　　八月，吴军还建业，诸葛恪陈兵导从，归入府馆，即召中书令孙嘿，厉声谓曰："卿等何敢数妄作诏！"嘿惶惧辞出，因病还家。

　　恪征行之后，曹所奏署令长职司，一更罢选，愈治威严，多所罪责，当进见者无不竦息。又改易宿卫，用其亲近；复敕兵严，欲向青、徐。

　　孙峻因民之多怨，众之所嫌，构恪于吴主，云欲为变。冬十月，孙峻与吴主谋置酒请恪。恪将入之夜，精爽扰动，通夕不寐，又家数有妖怪，恪疑之。旦日，驻车宫门，峻已伏兵于帷中，恐恪不时入，事泄，乃自出见恪曰："使君若尊体不安，自可须后，峻当具白主上。"欲以尝知恪意。恪曰："当自力入。"散骑常侍张约、朱恩等密书与恪曰："今日张设非常，疑有他故。"恪以书示滕胤，胤劝恪还。恪曰："儿辈何能为！正恐因酒食中人耳。"恪入，剑履上殿，进谢还坐。设酒，恪疑未饮。孙峻曰："使君病未善平，有常服药酒，可取之。"恪意乃安。别饮所赍酒，数行，吴主还内。峻起如厕，解长衣，著短服，出曰："有诏收诸葛恪。"恪惊起，拔剑未得，而峻刀交下，张约从旁斫峻，裁伤左手，峻应手斫约，断右臂。武卫之士皆趋上殿，峻曰："所取者恪也，今已死！"悉令复刃，乃除地更饮。恪二子竦、建闻难，载其母欲来奔，峻使人追杀之。以苇席裹恪尸，篾束腰，投之石子冈。又遣无难督施宽就将军施绩、孙壹军，杀恪弟奋威将军融于公安，及其三子。恪外甥都乡侯张震、常侍朱恩，皆夷三族。以上孙峻杀恪。

临淮臧均表乞收葬恪曰："震雷电激，不崇一朝；大风冲发，希有极日；然犹继之以云雨，因以润物。是则天地之威，不可经日浃辰；帝王之怒，不宜讫情尽意。臣以狂愚，不知忌讳，敢冒破灭之罪以邀风雨之会。伏念故太傅诸葛恪，罪积恶盈，自致夷灭，父子三首，枭市积日，观者数万，詈声成风；国之大刑，无所不震，长老孩幼，无不毕见。人情之于品物，乐极则哀生，见恪贵盛，世莫与贰，身处台辅，中间历年，今之诛夷，无异禽兽，观讫情反，能不憯然！且已死之人，与土壤同域，凿掘斫刺，无所复加。愿圣朝稽则乾坤，怒不极旬，使其乡邑若故吏民收以士伍之服，惠以三寸之棺。昔项籍受殡葬之施，韩信获收敛之恩，斯则汉高发神明之誉也。惟陛下敦三皇之仁，垂哀矜之心，使国泽加于辜戮之骸，复受不已之恩，于以扬声遐方，沮劝天下，岂不大哉！昔栾布矫命彭越，臣窃恨之，不先请主上而专名以肆情，其得不诛，实为幸耳。今臣不敢章宣愚情以露天恩，谨伏手书，冒昧陈闻，乞圣明哀察。"于是吴主及孙峻听恪故吏敛葬。以上臧均请收葬恪。

初，恪少有盛名，大帝深器重之，而恪父瑾常以为戚，曰：

"非保家之主也。"父友奋威将军张承亦以为恪必败诸葛氏。陆逊尝谓恪曰："在我前者吾必奉之同升，在我下者则扶接之；今观君气陵其上，意蔑乎下，非安德之基也。"汉侍中诸葛瞻，亮之子也；恪再攻淮南，越巂太守张嶷与瞻书曰："东主初崩，帝实幼弱，太傅受寄托之重，亦何容易！亲有周公之才，犹有管、蔡流言之变，霍光受任，亦有燕、盖、上官逆乱之谋，赖成、昭之明以免斯难耳。昔每闻东主杀生赏罚，不任下人，又今以垂没之命，卒召太傅，属以后事，诚实可虑。加吴、楚剽急，乃昔所记，而太傅离少主，履敌庭，恐非良计长算也。虽云东家纲纪肃然，上下辑睦；百有一失，非明者之虑也。取古则今，今则古也，自非郎君进忠言于太傅，谁复有尽言者邪！旋军广农，务行德惠，数年之中，东西并举，实为不晚，愿深采察！"恪果以此败。以上诸人料恪之败。

谢玄肥水破秦之战

晋太元八年七月，秦王坚下诏大举入寇，民每十丁遣一兵；其良家子年二十已下，有材勇者，皆拜羽林郎。又曰："其以司马昌明为尚书左仆射，谢安为吏部尚书，桓冲为侍中；势还不远，可先为起第。"良家子至者三万余骑，拜秦州主簿赵盛之为少年都统。是时，朝臣皆不欲坚行，独慕容垂、姚苌及良家子劝之。阳平公融言于坚曰："鲜卑、羌虏，我之仇雠，常思风尘之变以逞其志，所陈策画，何可从也！良家少年皆富饶子弟，不闲军旅，苟为谄谀之言以会陛下之意。今陛下信而用之，轻举大事，臣恐功既不成，仍有后患，悔无及也！"坚不听。

八月戊午，坚遣阳平公融督张蚝、慕容垂等步骑二十五万为前锋；以兖州刺史姚苌为龙骧将军，督益、梁州诸军事。坚谓苌曰："昔朕以龙骧建业，未尝轻以授人，卿其勉之！"左将军窦冲曰：“王者无戏言，此不祥之征也！”坚默然。

慕容楷、慕容绍言于慕容垂曰：“主上骄矜已甚，叔父建中兴之业，在此行也！”垂曰：“然。非汝，谁与成之！”

甲子，坚发长安，戎卒六十余万，骑二十七万，旗鼓相望，前后千里。九月，坚至项城，凉州之兵始达咸阳，蜀、汉之兵方顺流而下，幽、冀之兵至于彭城，东西万里，水陆齐进，运漕万艘。阳平公融等兵三十万，先至颍口。以上符坚盛兵伐晋。

诏以尚书仆射谢石为征虏将军、征讨大都督，以徐、兖二州刺史谢玄为前锋都督，与辅国将军谢琰、西中郎将桓伊等众共八万拒之；使龙骧将军胡彬以水军五千援寿阳。琰，安之子也。

是时，秦兵既盛，都下震恐。谢玄入，问计于谢安，安夷然答曰：“已别有旨。”既而寂然。玄不敢复言，乃令张玄重请。安遂命驾出游山墅，亲朋毕集，与玄围棋赌墅。安棋常劣于玄，是日，玄惧，便为敌手而又不胜。安遂游陟，至夜乃还。桓冲深以根本为忧，遣精锐三千入卫京师。谢安固却之，曰：“朝廷处分已定，兵甲无阙，西藩宜留以为防。”冲对佐吏叹曰：“谢安石有庙堂之量，不闲将略。今大敌垂至，方游谈不暇，遣诸不经事少年拒之，众又寡弱，天下事已可知，吾其左衽矣！”以上晋谋所以拒秦。

冬十月，秦阳平公融等攻寿阳；癸酉，克之，执平虏将军徐元喜等。融以其参军河南郭褒为淮南太守。慕容垂拔郧城。胡彬闻寿阳陷，退保硖石，融进攻之。秦卫将军梁成等帅众五万屯于洛涧，栅淮以遏东兵。谢石、谢玄等去洛涧二十五里而军，惮成，不敢进。胡彬粮尽，潜遣使告石等曰：“今贼盛，粮尽，恐不复见大军！”秦人获之，送于阳平公融。融驰使白秦王坚曰：“贼少易擒，但恐逃去，宜速赴之！”坚乃留大军于项城，引轻骑八千，兼道就融于寿阳。遣尚书朱序来说谢石等以为“强弱异势，不如速降。"序私谓石等曰："若秦百万之众尽至，诚难与为敌。今乘诸军未集，宜速击之；若败其前锋，则彼已夺气，可遂破也。"石闻坚在寿阳，甚惧，欲不战以老秦师。谢琰劝石从序言。以上朱序输情于晋。十一月，谢玄遣广陵相刘牢之帅精兵五千趣洛涧，未至十里，梁成阻涧为陈以待之。牢之直前渡水，击成，大破之，斩成及弋阳太守王咏，又分兵断其归津，秦步骑崩溃，争赴淮水，士卒死者万五千人。执秦扬州刺史王显等，尽收其器械军实。以上刘牢之初破秦军。于是谢石等诸军水陆继进。秦王坚与阳平公融登寿阳城望之。见晋兵部阵严整，又望八公山上草木，皆以为晋兵，顾谓融曰："此亦勍敌，何谓弱也！"怃然始有惧色。

秦兵逼肥水而陈，晋兵不得渡。谢玄遣使谓阳平公融曰："君悬军深入，而置陈逼水，此乃持久之计，非欲速战者也。若移陈少却，使晋兵得渡以决胜负，不亦善乎！"秦诸将皆曰："我众彼寡，不如遏之，使不得上，可以万全。"坚曰："但引兵少却，使之半渡，我以铁骑蹙而杀之，蔑不胜矣！"融亦以为然，遂麾兵使却。秦兵遂退，不可复止，谢玄、谢琰、桓伊等引兵渡水击之。融驰骑略陈，欲以帅退者，马倒，为晋兵所杀，秦兵遂溃。玄等乘胜追击，至于青冈。秦兵大败，自相蹈藉而死者，蔽野塞川。其走者闻风声鹤唳，皆以为晋兵且至，昼夜不敢息，草行露宿，重以饥冻，死者什七八。初，秦兵少却，朱序在陈后呼曰："秦兵败矣！"众遂大奔。序因与张天锡、徐元喜皆来奔。获秦王坚所乘云母车，复取寿阳，执其淮南太守郭褒。

坚中流矢，单骑走至淮北，饥甚，民有进壶飧、豚髀者，坚食之，赐帛十匹，绵十斤。辞曰："陛下厌苦安乐，自取危困。臣为陛下子，陛下为臣父，安有子饲其父而求报乎？"弗顾而去。坚谓张夫人曰："吾今复何面目治天下乎！"潸然流涕。以上秦军大败。

是时，诸军皆溃，惟慕容垂所将三万人独全，坚以千余骑赴之。世子宝言于垂曰："家国倾覆，天命人心皆归至尊，但时运未至，故晦迹自藏耳。今秦主兵败，委身于我，是天借之便以复燕祚，此时不可失也，愿不以意气微恩忘社稷之重！"垂曰："汝言是也。然彼以赤心投命于我，若之何害之！天苟弃之，不患不亡？不若保护其危以报德，徐俟其衅而图之！既不负宿心，且可以义取天下。"奋威将军慕容德曰："秦强而并燕，秦弱而图之，此为报仇雪耻，非负宿心也；兄奈何得而不取，释数万之众以授人乎？"垂曰："吾昔为太傅所不容，置身无所，逃死于秦，秦主以国士遇我，恩礼备至。后复为王猛所卖，无以自明。秦主独能明之，此恩何可忘也！若氏运必穷，吾当怀集关东，以复先业耳，关西会非吾有也。"冠军行参军赵秋曰："明公当绍复燕祚，著于图谶。今天时已至，尚复何待！若杀秦主，据邺都，鼓行而西，三秦亦非苻氏之有也！"垂亲党多劝垂杀坚，垂皆不从，悉以兵授坚。平南将军慕容昈屯郧城，闻坚败，弃其众遁去；至荥阳，慕容德复说昈起兵以复燕祚，昈不从。以上慕容不乘苻秦之危。

谢安得驿书，知秦兵已败，时方与客围棋，摄书置床上，了无喜色，围棋如故。客问之，徐答曰："小儿辈遂已破贼。"既罢，还内，过户限，不觉屐齿之折。

丁亥，谢石等归建康，得秦乐工，能习旧声，于是宗庙始备金石之乐。乙未，以张天锡为散骑常侍，朱序为琅琊内史。

刘裕伐南燕之役

义熙五年三月，刘裕抗表伐南燕，朝议皆以为不可，惟左仆射孟昶、车骑司马谢裕、参军臧熹以为必克，劝裕行。裕以昶监中军留府事。谢裕，安之兄孙也。

初，苻氏之败也，王猛之孙镇恶来奔，以为临澧令。镇恶骑乘非长，关弓甚弱，而有谋略，善果断，喜论军国大事。或荐镇恶于刘裕，裕与语，说之，因留宿。明旦，谓参佐曰："吾闻将门有将，镇恶信然。"即以为中军参军。以上刘裕决计伐南燕。

四月己巳，刘裕发建康，帅舟师自淮入泗。五月，至下邳，留船舰、辎重，步进至琅邪。所过皆筑城，留兵守之。或谓裕曰："燕人若塞大岘之险，或坚壁清野，大军深入，不唯无功，将不能自归，奈何？"裕曰："吾虑之熟矣。鲜卑贪婪，不知远计，进利虏获，退惜禾苗，谓我孤军远入，不能持久，不过进据临朐，退守广固，必不能守险清野，敢为诸君保之。"以上刘裕料敌。

南燕主超闻有晋师，引群臣会议。征虏将军公孙五楼曰："吴兵轻果，利在速战，不可争锋。宜据大岘，使不得入，旷日延时，沮其锐气，然后徐简精骑二千，循海而南，绝其粮道，别敕段晖帅兖州之众，缘山东下，腹背击之，此上策也。各命守宰依险自固，校其资储之外，余悉焚荡，芟除禾苗，使敌无所资，彼侨军无食，求战不得，旬月之间，可以坐制，此中策也。纵贼入岘，出城逆战，此下策也。"超曰："今岁星居齐，以天道推之，不战自克。客主势殊，以人事言之，彼远来疲弊，势不能久。吾据五州之地，拥富庶之民，铁骑万群，麦禾布野，奈何芟苗徙民，先自蹙弱乎！不如纵使入岘，以精骑蹂之，何忧不克！"辅国将军广宁王贺赖卢苦谏不从，退谓五楼曰："必若此，亡无日矣！"太尉桂林王镇曰："陛下必以骑兵利平地者，宜出岘逆战，战而不胜，犹可退守，不宜纵敌入岘，自弃险固也。"超不从。镇出，谓韩𧨓曰："主上既不能逆战却敌，又不肯徙民清野，延敌入腹，坐待攻围，酷似刘璋矣。今年国灭，吾必死之。卿中华之士，复为文身矣。"超闻之大怒，收镇下狱。乃摄莒、梁父二戍，修城隍，简士马，以待之。以上南燕君臣议战守之策。

刘裕过大岘，燕兵不出。裕举手指天，喜形于色。左右曰："公未见敌而先喜，何也？"裕曰："兵已过险，士有必死之志；余粮栖亩，人无匮乏之忧。虏已入吾掌中矣。"六月，己巳，裕至东莞。超先遣公孙五楼、贺赖卢及左将军段晖等，将步骑五万屯临朐，闻晋兵入岘，自将步骑四万往就之，使五楼帅骑进据巨蔑水。前锋孟龙符与战，破之，五楼退走。裕以车四千乘为左右翼，方轨徐进，与燕兵战于临朐南，日向昃，胜负犹未决。参军胡藩言于裕曰："燕悉兵出战，临朐城中留守必寡，愿以奇兵从间道取其城，此韩信所以破赵也。"裕遣藩及谘议参军檀韶、建威将军河内向弥潜师出燕兵之后，攻临朐，声言轻兵自海道至矣，向弥擐甲先登，遂克之。超大惊，单骑就段晖于城南。裕因纵兵奋击，燕众大败，斩段晖等大将十余人。以上临朐大捷，轻兵从间道克城。超遁还广固，获其玉玺、辇及豹尾。裕乘胜逐北至广固，丙子，克其大城，超收众入保小城。裕筑长围守之，围高三丈，穿堑三重；抚纳降附，采拔贤俊，华夷大悦。于是因齐地粮储，悉停江、淮漕运。

超遣尚书郎张纲乞师于秦，赦桂林王镇，以为录尚书、都督中外诸军事，引见，谢之，且问计焉。镇曰："百姓之心，系于一人。今陛下亲董六师，奔败而还。群臣离心，士民丧气。闻秦人自有内患，恐不暇分兵救人。散卒还者尚有数万，宜悉出金帛以饵之，更决一战。若天命助我，必能破敌；如其不然，死亦为美，比于闭门待尽，不犹愈乎！"司徒乐浪王惠曰："不然。晋兵乘胜，气势百倍，我以败军之卒当之，不亦难乎！秦虽与勃勃相持，不足为患；且与我分据中原，势如唇齿，安得不来相救！但不遣大臣则不能得重兵，尚书令韩范为燕、秦所重，宜遣乞师。"

超从之。

秋七月，加刘裕北青、冀二州刺史。

南燕尚书略阳垣尊及弟京兆太守苗逾城来降，裕以为行参军。尊、苗皆超所委任以为腹心者也。

或谓裕曰："张纲有巧思，若得纲使为攻具，广固必可拔也。"会纲自长安还，太山太守申宣执之，送于裕。裕升纲于楼车，使周城呼曰："刘勃勃大破秦军，无兵相救。"城中莫不失色。江南每发兵及遣使者至广固，裕辄潜遣兵夜迎之，明日，张旗鸣鼓而至，北方之民执兵负粮归裕者，日以千数。围城益急，张华、封恺皆为裕所获，超请割大岘以南地为藩臣，裕不许。以上围广固。

秦王兴遣使谓裕曰："慕容氏相与邻好，今晋攻之急，秦已遣铁骑十万屯洛阳；晋军不还，当长驱而进。"裕呼秦使者谓曰："语汝姚兴：我克燕之后，息兵三年，当取关、洛。今能自送，便可速来！"刘穆之闻有秦使，驰入见裕，而秦使者已去。裕以所言告穆之，穆之尤之曰："常日事无大小，必赐预谋，此宜善详，云何遽尔答之！此语不足以威敌，适足以怒之。若广固未下，羌寇奄至，不审何以待之？"裕笑曰："此是兵机，非卿所解，故不相语耳。夫兵贵神速，彼若审能赴救，必畏我知，宁容先遣信命，逆设此言！是自张大之辞也。晋师不出，为日久矣。羌见伐齐，殆将内惧。自保不暇，何能救人邪！"

九月，秦王兴自将击夏王勃勃，至贰城，遣安远将军姚详等分督租运。勃勃乘虚奄至，兴惧，欲轻骑就详等。右仆射韦华曰："若銮舆一动，众心骇惧，必不战自溃，详营亦未必可至也。"兴与勃勃战，秦兵大败，将军姚榆生为勃勃所禽，左将军姚文崇等力战，勃勃乃退，兴还长安。勃勃复攻秦敕奇堡、黄石固、我罗城，皆拔之，徙七千余家于大城，以其丞相右地代领幽州牧以镇之。

　　初，兴遣卫将军姚强帅步骑一万，随韩范往就姚绍于洛阳，并兵以救南燕，及为勃勃所败，追强兵还长安。韩范叹曰："天灭燕矣！"南燕尚书张俊自长安还，降于刘裕，因说裕曰："燕人所恃者，谓韩范必能致秦师也，今得范以示之，燕必降矣。"裕乃表范为散骑常侍，且以书招之，长水校尉王蒲劝范奔秦，范曰："刘裕起布衣，灭桓玄，复晋室；今兴师伐燕，所向崩溃，此殆天授，非人力也。燕亡，则秦为之次矣，吾不可以再辱。"遂降于裕。裕将范循城，城中人情离沮。或劝燕主超诛范家，超以范弟谏尽忠无贰，并范家赦之。以上韩范降裕，秦救不至。

　　冬十月，段宏自魏奔于裕。

　　张纲为裕造攻具，尽诸奇巧。超怒，县其母于城上，支解之。

　　六年春正月，甲寅朔，南燕主超登天门，朝群臣于城上。乙卯，超与宠姬魏夫人登城，见晋兵之盛，握手对泣。韩谏谏曰："陛下遭埏厄之运，正当努力自强以壮士民之志，而更为儿女子泣邪！"超拭目谢之。尚书令董诜劝超降，超怒，囚之。

　　二月癸未，南燕贺赖卢、公孙五楼为地道出击晋兵，不能却。城久闭，城中男女病脚弱者大半，出降者相继。超辇而登城，尚书悦寿说超曰："今天助寇为虐，战士凋瘁，独守穷城，绝望外援，天时人事亦可知矣。苟历数有终，尧、舜避位，陛下岂可不思变通之计乎！"超叹曰："废兴，命也。吾宁奋剑而死，不能衔璧而生！"

　　丁亥，刘裕悉众攻城。或曰："今日往亡，不利行师。"裕曰："我往彼亡，何为不利！"四面急攻之。悦寿开门纳晋师，超与左右数十骑逾城突围出走，追获之。裕数以不降之罪，超神色自若，一无所言，惟以母托刘敬宣而已。以上破广固。裕忿广固久不下，欲尽坑之，以妻女赏将士。韩范谏曰："晋室南迁，中原鼎沸，士民无援，强则附之，既为君臣，必须为之尽力。彼皆衣冠旧族，先帝遗民；今王师吊伐而尽坑之，使安所归乎！窃恐西北之人无复来苏之望矣。"裕改容谢之，然犹斩王公以下三千人，没入家口万余，夷其城隍，送超诣建康，斩之。

韦叡救钟离之役

梁天监六年正月，魏中山王英与平东将军杨大眼等众数十万攻钟离。钟离城北阻淮水，魏人于邵阳洲两岸为桥，树栅数百步，跨淮通道。英据南岸攻城，大眼据北岸立城，以通粮运。城中众才三千人，昌义之督帅将士，随方抗御。魏人以车载土填堑，使其众负土随之，严骑蹙其后。人有未及回者，因以土迮之。俄而堑满，冲车所撞，城土辄颓，义之用泥补之，冲车虽入而不能坏。魏人昼夜苦攻，分番相代，坠而复升，莫有退者。一日战数十合，前后杀伤万计，魏人死者与城平。以上魏急攻钟离。

二月，魏主召英使还，英表称："臣志殄逋寇，而月初已来，霖雨不止，若三月晴霁，城必可克，愿少赐宽假。"魏主复诏曰："彼土蒸湿，无宜久淹。势虽必取，乃将军之深计，兵久力殆，亦朝廷之所忧也。"英犹表称必克，魏主遣步兵校尉范绍诣英议攻取形势。绍见钟离城坚，劝英引还，英不从。以上中山王英不肯退兵。

上命豫州刺史韦叡将兵救钟离，受曹景宗节度。叡自合肥取直道，由阴陵大泽行，值涧谷，辄飞桥以济师。人畏魏兵盛，多劝叡缓行。叡曰："钟离今凿穴而处，负户而汲，车驰卒奔，犹恐其后，而况缓乎！魏人已堕吾腹中，卿曹勿忧也。"旬日至邵阳。上豫敕曹景宗曰："韦叡，卿之乡望，宜善敬之！"景宗见叡，礼甚谨。上闻之，曰："二将和，师必济矣。"

景宗与叡进顿邵阳洲，叡于景宗营前二十里夜掘长堑，树鹿角，截洲为城，去魏城百余步。南梁太守冯道根，能走马步地，计马足以赋功，比晓而营立。魏中山王英大惊，以杖击地曰："是何神也！"以上曹景宗、韦叡救钟离。景宗等器甲精新，军容甚盛，魏人望之夺气。景宗虑城中危惧，募军士言文达等潜行水底，赍敕入城，城中始知有外援，勇气百倍。

杨大眼勇冠军中，将万余骑来战，所向皆靡。叡结车为陈，大眼聚骑围之，叡以强弩二千一时俱发，洞甲穿中，杀伤甚众。矢贯大眼右臂，大眼退走。明旦，英自帅众来战，叡乘素木舆，执白角如意以麾军。一日数合，英乃退。魏师复夜来攻城，飞矢雨集。叡子黯请下城以避箭，叡不许。军中惊，叡于城上厉声呵之，乃定。牧人过淮北伐刍藁者，皆为杨大眼所略，曹景宗募勇敢士千余人，于大眼城南数里筑垒，大眼来攻，景宗击却之。垒成，使别将赵草守之，有抄掠者，皆为草所获，是后始得纵刍牧。以上梁军屡捷。

上命景宗等豫装高舰，使与魏桥等为火攻之计。令景宗与叡各攻一桥，叡攻其南，景宗攻其北。三月，淮水暴涨六七尺。叡使冯道根与庐江太守裴邃、秦郡太守李文钊等乘斗舰竞发，击魏洲上军尽殪。别以小船载草，灌之以膏，从而焚其桥。风怒火盛，烟尘晦冥，敢死之士，拔栅斫桥，水又漂疾，倏忽之间，桥栅俱尽。道根等皆身自搏战，军人奋勇，呼声动天地，无不一当百，魏军大溃。英见桥绝，脱身弃城走，大眼亦烧营去，诸垒相次土崩，悉弃其器甲争投水，死者十余万，斩首亦如之。以上焚浮桥，大捷解围。叡遣报昌义之，义之悲喜，不暇答语，但叫曰："更生！更生！"诸军逐北至洨水上，英单骑入梁城，缘淮百余里，尸相枕藉，生擒五万人，收其资粮、器械山积，牛马驴骡不可胜计。

义之德景宗及叡，请二人共会，设钱二十万，官赌之。景宗掷得雉；叡徐掷得卢，遽取一子反之，曰："异事！"遂作塞。景宗与群帅争先告捷，叡独居后，世尤以此贤之。诏增景宗、叡爵邑，义之等受赏各有差。

高欢沙苑之战

大同三年闰九月，东魏丞相欢将兵二十万自壶口趣蒲津，使高敖曹将兵三万出河南。时关中饥，魏丞相泰所将将士不满万人，馆谷于恒农五十余日，闻欢将济河，乃引兵入关，高敖曹遂围恒农。欢右长史薛琡言于欢曰："西贼连年饥馑，故冒死来入陕州，欲取仓粟。今敖曹已围陕城，粟不得出。但置兵诸道，勿与野战，比及麦秋，其民自应饿死，宝炬、黑獭何忧不降！愿勿度河。"侯景曰："今兹举兵，形势极大，万一不捷，猝难收敛。不如分为二军，相继而进，前军若胜，后军全力；前军若败，后军承之。"欢不从，自蒲津济河。以上东魏渡河伐西魏。

丞相泰遣使戒华州刺史王罴，罴语使者曰："老罴当道卧，貉子那得过！"欢至冯翊城下，谓罴曰："何不早降！"罴大呼曰："此城是王罴冢，死生在此。欲死者来！"欢知不可攻，乃涉洛，军于许原西。泰至渭南，征诸州兵，皆未会。欲进击欢，诸将以众寡不敌，请待欢更西以观其势。泰曰："欢若至长安，则人情大扰；今及其远来新至，可击也。"即造浮桥于渭，令军士赍三日粮，轻骑度渭，辎重自渭南夹渭而西。冬十月壬辰，泰至沙苑，距东魏军六十里。诸将皆惧，宇文深独贺。泰问其故，对曰："欢镇抚河北，甚得众心。以此自守，未易可图。今悬师渡河，非众所欲，独欢耻失窦泰，愎谏而来，所谓忿兵，可一战擒也。事理昭然，何为不贺！愿假深一节，发王罴之兵邀其走路，使无遗类。"以上宇文泰不肯还长安，迎敌于沙苑。泰遣须昌县公达奚武觇欢军，武从三骑，皆效欢将士衣服，日暮，去营数百步下马潜听，得其军号，因上马历营，若警夜者，有不如法，往往挞之，具知敌之情状而还。以上达奚武侦敌情。

欢闻泰至，癸巳，引兵会之。候骑告欢军且至，泰召诸将谋之。开府仪同三司李弼曰：“彼众我寡，不可平地置陈，此东十里有渭曲，可先据以待之。”泰从之，背水东西为陈，李弼为右拒，赵贵为左拒，命将士皆偃戈于苇中，约闻鼓声而起。以上李弼谋于苇中背水置阵。晡时，东魏兵至渭曲，都督太安斛律羌举曰：“黑獭举国而来，欲一死决，譬如猘狗，或能噬人。且渭曲苇深土泞，无所用力，不如缓与相持，密分精锐径掩长安，巢穴既倾，则黑獭不战成擒矣。”欢曰：“纵火焚之，何如？”侯景曰：“当生擒黑獭以示百姓，若众中烧死，谁复信之！”彭乐盛气请斗，曰：“我众贼寡，百人擒一，何忧不克！”欢从之。

东魏兵望见魏兵少，争进击之，无复行列。兵将交，丞相泰鸣鼓，士皆奋起，于谨等六军与之合战，李弼帅铁骑横击之，东魏兵中绝为二，遂大破之。李弼弟檦，身小而勇，每跃马陷陈，隐身鞍甲之中，敌见皆曰：“避此小儿！”泰叹曰：“胆决如此，何必八尺之躯！”征虏将军武川耿令贵杀伤多，甲裳尽赤，泰曰：“观其甲裳，足知令贵之勇，何必数级！”彭乐乘醉深入魏陈，魏人刺之，肠出，内之复战。丞相欢欲收兵更战，使张华原以簿历营点兵，莫有应者，还，白欢曰：“众尽去，营皆空矣！”欢犹未肯去。阜城侯斛律金曰：“众心离散，不可复用，宜急向河东！”欢据鞍未动，金以鞭拂马，乃驰去，夜渡河，船去岸远，欢跨橐驼就船，乃得渡。丧甲士八万人，弃铠仗十有八万。丞相泰追欢至河上，选留甲士二万余人，余悉纵归。以上东魏之败。都督李穆曰：“高欢破胆矣，速追之，可获。”泰不听，还军渭南，所征之兵甫至，乃于战所人植柳一株，以旌武功。

侯景言于欢曰："黑獭新胜而骄，必不为备，愿得精骑二万，径往取之。"欢以告娄妃，妃曰："设如其言，景岂有还理！得黑獭而失景，何利之有！"欢乃止。

魏加丞相泰柱国大将军，李弼十二将皆进爵增邑有差。

高敖曹闻欢败，释恒农，退保洛阳。

宇文泰北邙之战

东魏御史中尉高仲密取吏部郎崔暹之妹，既而弃之，由是与暹有隙。仲密选用御史，多其亲戚乡党，高澄奏令改选；暹方为澄所宠任，仲密疑其构己，愈恨之。仲密后妻李氏艳而慧，澄见而悦之，李氏不从，衣服皆裂，以告仲密，仲密益怨。寻出为北豫州刺史，阴谋外叛。丞相欢疑之，遣镇城奚寿兴典军事，仲密但知民务。仲密置酒延寿兴，伏壮士，执之，大同九年二月壬申，以虎牢叛，降魏。魏以仲密为侍中、司徒。

欢以仲密之叛由崔暹，将杀之，高澄匿暹，为之固请，欢曰："我匄其命，须与苦手。"澄乃出暹，而谓大行台都官郎陈元康曰："卿使崔暹得杖，勿复相见。"元康为之言于欢曰："大王方以天下付大将军，大将军有一崔暹不能免其杖，父子尚尔，况于他人！"欢乃释之。

高季式在永安戍，仲密遣信报之；季式走告欢，欢待之如旧。以上高仲密奔西魏召寇。

魏丞相泰帅诸军以应仲密，以太子少傅李远为前驱，至洛阳，遣开府仪同三司于谨攻柏谷，拔之；三月壬申，围河桥南城。东魏丞相欢将兵十万至河北，泰退军瀍上，纵火船于上流以烧河桥。斛律金使行台郎中张亮以小艇百余载长锁，伺火船将至，以钉钉之，引锁向岸，桥遂获全。

欢渡河，据邙山为陈，不进者数日。泰留辎重于瀍曲，夜登邙山以袭欢。候骑白欢曰："贼距此四十余里，蓐食干饭而来。"欢曰："自当渴死！"乃正阵以待之。戊申黎明，泰军与欢军遇。东魏彭乐以数千骑为右甄，冲魏军之北垂，所向奔溃，遂驰入魏营。人告彭乐叛，欢甚怒。俄而西北尘起，乐使来告捷，虏魏侍中、开府仪同三司、大都督临洮王柬、蜀郡王荣宗、江夏王昇、巨鹿王阐、谯郡王亮、詹事赵善及督将僚佐四十八人。诸将乘胜击魏，大破之，斩首三万余级。

欢使彭乐追泰，泰窘，谓乐曰："汝非彭乐邪？痴男子！今日无我，明日岂有汝邪！何不急还营，收汝金宝！"乐从其言，获泰金带一囊以归，言于欢曰："黑獭漏刃，破胆矣！"欢虽喜其胜而怒其失泰，令伏诸地，亲捽其头，连顿之，并数以沙苑之败，举刃将下者三，嚌龂良久。乐曰："乞五千骑，复为王取之。"欢曰："汝纵之何意？而言复取邪！"命取绢三千匹压乐背，因以赐之。以上东魏大破宇文泰于北邙山。明日复战，泰为中军，中山公赵贵为左军，领军若干惠等为右军。中军、右军合击东魏，大破之，悉俘其步卒。欢失马，赫连阳顺下马以授欢。欢上马走，从者步骑七人，追兵至，亲信都督尉兴庆曰："王速去，兴庆腰有百箭，足杀百人。"欢曰："事济，以尔为怀州刺史；若死，用尔子！"兴庆曰："儿少，愿用兄！"欢许之。兴庆拒战，矢尽而死。

东魏军士有逃奔魏者，告以欢所在，泰募勇敢三千人，皆执短兵，配大都督贺拔胜以攻之。胜识欢于行间，执槊与十三骑逐之，驰数里，槊刃垂及，因字之曰："贺六浑，贺拔破胡必杀汝！"欢气殆绝，河州刺史刘洪徽从傍射胜，中其二骑，武卫将军段韶射胜马，毙之。比副马至，欢已逸去。胜叹曰："今日不执弓矢，天也！"

魏南郢州刺史耿令贵大呼，独入敌中，锋刃乱下，人皆谓已死，俄奋刀而还。如是数四，当令贵前者死伤相继。乃谓左右曰："吾岂乐杀人！壮士除贼，不得不尔。若不能杀贼，又不为贼所伤，何异逐坐人也！"以上次日东魏大败。

左军赵贵等五将战不利，东魏兵复振。泰与战，又不利。会日暮，魏兵遂遁，东魏兵追之；独孤信、于谨收散卒自后击之，追兵惊扰，魏诸军由是得全。若于惠夜引去，东魏兵追之；惠徐下马，顾命厨人营食，食毕，谓左右曰："长安死，此中死，有以异乎？"乃建旗鸣角，收散卒徐还；追骑疑有伏兵，不敢逼。泰遂入关，屯渭上。

欢进至陕，泰遣开府仪同三司达奚武等拒之。行台郎中封子绘言于欢曰："混壹东西，正在今日。昔魏太祖平汉中，不乘胜取巴、蜀，失在迟疑，后悔无及。愿大王不以为疑。"欢深然之，集诸将议进止，咸以为"野无青草，人马疲瘦，不可远追"。陈元康曰："两雄交争，岁月已久。今幸而大捷，天授我也，时不可失，当乘胜追之。"欢曰："若遇伏兵，孤何以济？"元康曰："王前沙苑失利，彼尚无伏；今奔败若此，何能远谋！若舍而不追，必成后患。"欢不从，使刘丰生将数千骑追泰，遂东归。以上东魏复大胜。

泰召王思政于玉壁，将使镇虎牢，未至而泰败，乃使守恒农。思政入城，令开门解衣而卧，慰勉将士，示不足畏。后数日，刘丰生至城下，惮之，不敢进，引军还。思政乃修城郭，起楼橹，营农田，积刍粟，由是恒农始有守御之备。

丞相泰求自贬，魏主不许。是役也，魏诸将皆无功，唯耿令贵与太子武卫率王胡仁、都督王文达力战功多。泰欲以雍、岐、北雍三州授之，以州有优劣，使探筹取之。仍赐胡仁名勇，令贵名豪，文达名杰，用彰其功。于是广募关、陇豪右以增军旅。以上西魏增修军旅。

高仲密之将叛也，阴遣人扇动冀州豪杰，使为内应，东魏遣高隆之驰驿慰抚，由是得安。高澄密书与隆之曰："仲密枝党与之俱西者，宜悉收其家属，以惩将来。"隆之以为恩旨既行，理无追改，若复收治，示民不信，脱致惊扰，所亏不细，乃启丞相欢而罢之。以上东魏不诛高仲密之党。

韦孝宽之守玉壁

梁中大同元年十月，东魏丞相欢攻玉壁，昼夜不息，魏韦孝宽随机拒之。城中无水，汲于汾，欢使移汾，一夕而毕。欢于城南起土山，欲乘之以入。城上先有二楼，孝宽缚木接之，令常高于土山以御之。欢使告之曰："虽尔缚楼至天，我当穿地取尔。"乃凿地为十道，又用术士李业兴"孤虚法"，聚攻其北。北，天险也。孝宽掘长堑，邀其地道，选战士屯堑上。每穿至堑，战士辄禽杀之。又于堑外积柴贮火，敌有在地道内者，塞柴投火，以皮排吹之，一鼓皆焦烂。敌以攻车撞城，车之所及，莫不摧毁，无能御者。孝宽缝布为幔，随其所向张之，布既悬空，车不能坏。敌又缚松、麻于竿，灌油加火以烧布，并欲焚楼。孝宽作长钩，利其刃，火竿将至，以钩遥割之，松、麻俱落。敌又于城四面穿地为二十道，其中施梁柱，纵火烧之。柱折，城崩。孝宽于崩处竖木栅以扞之，敌不得入。城外尽攻击之术，而城中守御有余。孝宽又夺据其土山。欢无如之何，以上韦孝宽之善守。乃使仓曹参军祖珽说之曰："君独守孤城，而西方无救，恐终不能全，何不降也？"孝宽报曰："我城池严固，兵食有余。攻者自劳，守者常逸，岂有旬朔之间已须救援！适忧尔众有不返之危。孝宽关西男子，必不为降将军也！"珽复谓城中人曰："韦城主受彼荣禄，或复可尔；自外军民，何事相随入汤火中！"乃射募格于城中云："能斩城主降者，拜太尉，封开国郡公，赏帛万匹。"孝宽手题书背，返射城外云："能斩高欢者准此。"斑，莹之子也。东魏苦攻凡五十日，士卒战及病死者共七万人，共为一冢。欢智力皆困，因而发疾。有星坠欢营中，士卒惊惧。十一月庚子，解围去。以上高欢苦攻，无功而还。

先是，欢别使侯景将兵趣齐子岭，魏建州刺史杨㯹镇车厢，恐其寇邵郡，帅骑御之。景闻㯹至，斫木断路六十余里，犹惊而不安，遂还河阳。庚戌，欢使段韶从太原公洋镇邺。辛亥，征世子澄会晋阳。

魏以韦孝宽为骠骑大将军、开府仪同三司，进爵建忠公。时人以王思政为知人。

十一月己卯，欢以无功，表解都督中外诸军，东魏主许之。欢之自玉壁归也，军中讹言韦孝宽以定功弩射杀丞相；魏人闻之，因下令曰："劲弩一发，凶身自陨。"欢闻之，勉坐见诸贵，使斛律金作《敕勒歌》，欢自和之，哀感流涕。

李晟移军东渭桥之事

兴元元年二月，朱泚自奉天败归，李晟谋取长安。刘德信与晟俱屯东渭桥，不受晟节制。晟因德信至营中，数以沪涧之败及所过剽掠之罪，斩之。因以数骑驰入德信军，劳其众，无敢动者，遂并将之，军势益振。以上李晟并刘德信之众。

李怀光既胁朝廷逐卢杞等，内不自安，遂有异志。又恶李晟独当一面，恐其成功，奏请与晟合军。诏许之。晟与怀光会于咸阳西陈涛斜，筑垒未毕，泚众大至，晟谓怀光曰："贼若固守宫苑，或旷日持久，未易攻取。今去其巢穴，敢出求战，此天以贼赐明公，不可失也！"怀光曰："军适至，马未秣，士未饭，岂可遽战邪！"晟不得已，乃就壁。晟每与怀光同出军，怀光军士多掠人牛马，晟军秋毫不犯。怀光军士恶其异己，分所获与之，晟军终不敢受。怀光屯咸阳累月，逗留不进。上屡遣中使趣之，辞以士卒疲弊，且当休息观衅。诸将数劝之攻长安，怀光不从，密与朱泚通谋。以上李怀光与李晟合军，观望不进。李晟屡奏，恐其有变，为所并，请移军东渭桥。上犹冀怀光革心，收其力用，寝晟奏不下。怀光欲缓战期，且激怒诸军，奏言："诸军粮赐薄，神策独厚，厚薄不均，难以进战。"上以财用方窘，若粮赐皆比神策，则无以给之，不然，又逆怀光意，恐诸军觖望。乃遣陆贽诣怀光营宣慰，因召李晟参议其事。怀光意欲晟自乞减损，使失士心，沮败其功，乃曰："将士战斗同而粮赐异，何以使之协力！"贽未有言，数顾晟。晟曰："公为元帅，得专号令；晟将一军，受指踪而已。至于增减衣食，公当裁之。"怀光默然，又不欲自减之，遂止。以上李晟与李怀光有隙，思移兵。

时上遣崔汉衡诣吐蕃发兵，吐蕃相尚结赞言："蕃法发兵，以主兵大臣为信。今制书无怀光署名，故不敢进。"上命陆贽谕怀光，怀光固执以为不可，曰："若克京城，吐蕃必纵兵焚掠，谁能遏之！此一害也。前有敕旨，募士卒克城者人赏百缗，彼发兵五万，若援敕求赏，五百万缗何从可得！此二害也。虏骑虽来，必不先进，勒兵自固，观我兵势，胜则从而分功，败则从而图变，谲诈多端，不可亲信，此三害也。"竟不肯署敕。尚结赞亦不进军。以上李怀光不肯召吐蕃兵。

陆贽自咸阳还，上言："贼泚稽诛，保聚宫苑，势穷援绝，引日偷生。怀光总仗顺之师，乘制胜之气，鼓行芟翦，易若摧枯，而乃寇奔不追，师老不用，诸帅每欲进取，怀光辄沮其谋，据兹事情，殊不可解，陛下意在全护，委曲听从，观其所为，亦未知感。若不别务规略，渐思制持，惟以姑息求安，终恐变故难测。此诚事机危迫之秋也，固不可以寻常容易处之。今李晟奏请移军，适遇臣衔命宣慰，怀光偶论此事，臣遂泛问所宜。怀光乃云：'李晟既欲别行，某亦都不要藉。'臣犹虑有翻覆，因美其军盛强。怀光大自矜夸，转有轻晟之意。臣又从容问云：'回日，或圣旨顾问事之可否，决定何如？'怀光已肆轻言，不可中变，遂云：'恩命许去，事亦无妨。'要约再三，非不详审，虽欲追悔，固难为辞。伏望即以李晟表出付中书，敕下依奏，别赐怀光手诏，示以移军事由。其手诏大意云：'昨得李晟奏，请移军城东以分贼势。朕本欲委卿商量，适会陆贽回奏，云见卿语及于此，仍言许去事亦无妨，遂敕本军允其所请。'如此，则词婉而直，理顺而明，虽蓄异端，何由起怨！"上从之。以上陆贽奏请李晟移军，赐怀光手诏。

晟自咸阳结陈而行，归东渭桥。时鄜坊节度使李建徽、神策行营节度使杨惠元犹与怀光联营，陆贽复上奏曰："怀光当管师徒，足以独制凶寇，逗留未进，抑有它由。所患太强，不资傍助。比者又遣李晟、李建徽、杨惠元三节度之众附丽其营，无益成功，只足生事。何则？四军接垒，群帅异心，论势力则悬绝高卑，据职名则不相统属。怀光轻晟等兵微位下，而忿其制不从心；晟等疑怀光养寇蓄奸而怨其事多陵己。端居则互防飞谤，欲战则递恐分功，龃龉不和，嫌衅遂构，俾之同处，必不两全。强者恶积而后亡，弱者势危而先覆，覆亡之祸，翘足可期！旧寇未平，新患方起，忧叹所切，实堪疢心。太上消恶于未萌，其次救失于始兆。况乎事情已露，祸难垂成，委而不谋，何以宁乱！李晟见机虑变，先请移军，建徽、惠元势转孤弱，为其吞噬，理在必然，它日虽有良图，亦恐不能自拔。拯其危急，唯在此时。今因李晟愿行，便遣合军同往，托言晟兵素少，虑为贼泚所邀，籍此两军迭为犄角，仍先谕旨，密使促装，诏书至营，即日进路，怀光意虽不欲，然亦计无所施。是谓先人有夺人之心，疾雷不及掩耳者也。"解斗不可以不离，救焚不可以不疾，理尽于此，唯陛下图之。"以上陆贽更请李建徽、杨惠元移军。上曰："卿所料极善。然李晟移军，怀光不免怅望，若更遣建徽、惠元就东，恐因此生辞，转难调息，且更俟旬时。"

裴度李愬平蔡之役

元和十二年春正月，甲申，贬袁滋为抚州刺史。

李愬至唐州，军中承丧败之余，士卒皆惮战，愬知之。有出迓者，愬谓之曰："天子知愬柔懦，能忍耻，故使来拊循尔曹。至于战攻进取，非吾事也。"众信而安之。愬亲行视，士卒伤病者存恤之，不事威严。或以军政不肃为言，愬曰："吾非不知也。袁尚书专以恩惠怀贼，贼易之，闻吾至，必增备，吾故示之以不肃。彼必以吾为懦而懈惰，然后可图也。"淮西人自以尝败高、袁二帅，轻愬名位素微，遂不为备。

李愬谋袭蔡州，表请益兵，诏以昭义、河中、鄜坊步骑二千给之。以上李愬初至唐州。丁酉，愬遣十将马少良将十余骑巡逻，遇吴元济捉生虞候丁士良，与战，擒之。士良，元济骁将，常为东边患，众请刳其心，愬许之。既而召诘之，士良无惧色。愬曰："真丈夫也！"命释其缚。士良乃自言："本非淮西士，贞元中隶安州，与吴氏战，为其所擒，自分死矣。吴氏释我而用之，我因吴氏而再生，故为吴氏父子竭力。昨日力屈，复为公所擒，亦分死矣。今公又生之，请尽死以报德！"愬乃给其衣服器械，署为捉生将。

己亥，淮西行营奏克蔡州古葛伯城。

丁士良言于李愬曰："吴秀琳拥三千之众，据文城栅，为贼左臂，官军不敢近者，有陈光洽为之谋主也。光洽勇而轻，好自出战，请为公先擒光洽，则秀琳自降矣。"戊申，士良擒光洽以归。以上收降丁士良。

鄂岳观察使李道古引兵出穆陵关。甲寅，攻申州，克其外郭，进攻子城。城中守将夜出兵击之，道古之众惊乱，死者甚众。道古，皋之子也。

淮西被兵数年，竭仓廪以奉战士，民多无食，采菱芡鱼鳖鸟兽食之，亦尽，相帅归官军者前后五千余户。贼亦患其耗粮食，不复禁。庚申，敕置行县以处之，为择县令，使之抚养，并置兵以卫之。

三月，乙丑，李愬自唐州徙屯宜杨栅。

吴秀琳以文城栅降于李愬。戊子，愬引兵至文城西五里，遣唐州刺史李进诚将甲士八千至城下，召秀琳，城中矢石如雨，众不得前。进诚还报："贼伪降，未可信也。"愬曰："此待我至耳。"即前至城下，秀琳束兵投身马足下，愬抚其背慰劳之，降其众三千人。秀琳将李宪有材勇，愬更其名曰忠义而用之，悉迁妇女于唐州，于是唐、邓军气复振，人有欲战之志。贼中降者相继于道，随其所便而置之。闻有父母者，给粟帛遣之，曰："汝曹皆王人，勿弃亲戚。"众皆感泣。以上收降吴秀琳等。

官军与淮西兵夹溵水而军，诸军相顾望，无敢度溵水者。陈、许兵马使王沛先引兵五千度溵水，据要地为城，于是河阳、宣武、河东、魏博等军相继皆度，进逼郾城。丁亥，李光颜败淮西兵三万于郾城，走其将张伯良，杀士卒什二三。

己丑，李愬遣山河十将董少玢等分兵攻诸栅。其日，少玢下马鞍山，拔路口栅。夏四月，辛卯，山河十将马少良下嵖岈山，擒淮西将柳子野。以上诸军度溵水屡捷。

吴元济以蔡人董昌龄为郾城令，质其母杨氏。杨氏谓昌龄曰："顺死贤于逆生，汝去逆而吾死，乃孝子也；从逆而吾生，是戮吾也。"会官军围青陵，绝郾城归路，郾城守将邓怀金谋于昌龄，昌龄劝之归国，怀金乃请降于李光颜曰："城人之父母妻子皆在蔡州，请公来攻城，吾举烽求救，救兵至，公逆击之，蔡兵必败，然后吾降，则父母妻子庶免矣。"光颜从之。乙未，昌龄、怀金举城降，光颜引兵入据之。以上董昌龄、邓怀金以郾城降。吴元济闻郾城不守，甚惧。时董重质将骡军守洄曲，元济悉发亲近及守城卒诣重质以拒之。

李愬山河十将妫雅、田智荣下冶炉城。丙申，十将阎士荣下白狗、汶港二栅。癸卯，妫雅、田智荣破西平。丙午，游弈兵马使王义破楚城。五月辛酉，李愬遣柳子野、李忠义袭朗山，擒其守将梁希果。

丁丑，李愬遣方城镇遏使李荣宗击青喜城，拔之。以上破诸城栅。愬每得降卒，必亲引问委曲，由是贼中险易远近虚实尽知之。愬厚待吴秀琳，与之谋取蔡。秀琳曰："公欲取蔡，非李祐不可，秀琳无能为也。"祐者，淮西骑将，有勇略，守兴桥栅，常陵暴官军。庚辰，祐帅士卒刈麦于张柴村，愬召厢虞候史用诚，戒之曰："尔以三百骑伏彼林中，又使人摇帜于前，若将焚其麦积者。祐素易官军，必轻骑来逐之，尔乃发骑掩之，必擒之。"用诚如言而往，生擒祐以归。将士以祐向日多杀官军，争请杀之。愬不许，释缚，待以客礼。时愬欲袭蔡，而更密其谋，独召祐及李忠义屏人语，或至夜分，它人莫得预闻。诸将恐祐为变，多谏愬。愬待祐益厚。士卒亦不悦，诸军日有牒称祐为贼内应，且言得贼谍者具言其事。愬恐谤先达于上，己不及救，乃持祐泣曰："岂天不欲平此贼邪！何吾二人相知之深而不能胜众口也。"因谓众曰："诸君既以祐为疑，请令归死于天子。"乃械祐送京师，先密表其状，且曰："若杀祐，则无以成功。"诏释之，以还愬。愬见之喜，执其手曰："尔之得全，社稷之灵也！"乃署散兵马使，令佩刀巡警，出入帐中。或与之同宿，密语不寐达曙，有窃听于帐外者，但闻祐感泣声。时唐、随牙队三千人，号六院兵马，皆山南东道之精锐也。愬又以祐为六院兵马使。以上厚待降将李祐。旧军令，舍贼谍者屠其家。愬除其令，使厚待之，谍反以情告愬，愬益知贼中虚实。乙酉，愬遣兵攻朗山，淮西兵救之，官军不利。众皆怅恨，愬独欢然曰："此吾计也！"乃募敢死士三千人，号曰突将，朝夕自教习之，使常为行备，欲以袭蔡。会久雨，所在积水，未果。

吴元济见其下数叛，兵势日蹙，六月壬戌，上表谢罪，愿束身自归。上遣中使赐诏，许以不死，而为左右及大将董重质所制，不得出。

诸军讨淮、蔡，四年不克，馈运疲弊，民至有以驴耕者。上亦病之，以问宰相。李逢吉等竞言师老财竭，意欲罢兵。以上吴元济穷蹙，朝廷欲罢兵。裴度独无言。上问之，对曰："臣请自往督战。"乙卯，上复谓度曰："卿真能为朕行乎？"对曰："臣誓不与此贼俱生！臣比观吴元济表，势实窘蹙，但诸将心不壹，不并力迫之，故未降耳。若臣自诣行营，诸将恐臣夺其功，必争进破贼矣。"上悦，丙戌，以度为门下侍郎、同平章事兼彰义节度使，仍充淮西宣慰招讨处置使。又以户部侍郎崔群为中书侍郎、同平章事。制下，度以韩弘已为都统，不欲更为招讨，请但称宣慰处置使，仍奏刑部侍郎马总为宣慰副使，右庶子韩愈为彰义行军司马，判官、书记皆朝廷之选，上皆从之。度将行，言于上曰："臣若灭贼，则朝天有期；贼在，则归阙无日。"上为之流涕。八月庚申，度赴淮西，上御通化门送之。右神武将军张茂和，茂昭弟也，尝以胆略自衒于度。度表为都押牙，茂和辞以疾。度奏请斩之。上曰："此忠顺之门，为卿远贬。"辛酉，贬茂和永州司马。以嘉王傅高承简为都押牙。承简，崇文之子也。

李逢吉不欲讨蔡，翰林学士令狐楚与逢吉善，度恐其合中外之势以沮军事，乃请改制书数字，且言其草制失辞。壬戌，罢楚为中书舍人。以上裴度自请视师。

李光颜、乌重胤与淮西战，癸亥，败于贾店。

裴度过襄城南白草原，淮西人以骁骑七百邀之。镇将楚邱曹华知而为备，击却之。度虽辞招讨名，实行元帅事，以郾城为治所。甲申，至郾城。先是，诸道皆有中使监陈，进退不由主将，胜则先使献捷，不利则陵挫百端。度悉奏去之，诸将始得专军事，战多有功。以上裴度驻郾城。

九月庚子，淮西兵寇溵水镇，杀三将，焚刍藁而去。

甲寅，李愬将攻吴房。诸将曰："今日往亡。"愬曰："吾兵少，不足战，宜出其不意。彼以往亡不吾虞，正可击也。"遂往，克其外城，斩首千余级。余众保子城，不敢出。愬引兵还，以诱之，淮西将孙献忠果以骁骑五百追击其背。众惊，将走，愬下马据胡床，令曰："敢退者斩！"返旆力战。献忠死，淮西兵乃退。或劝愬乘胜攻其子城，可拔也，愬曰："非吾计也。"引兵还营。以上李愬攻吴房不取。

李祐言于李愬曰："蔡之精兵皆在洄曲及四境拒守，守州城者皆羸老之卒，可以乘虚直抵其城。比贼将闻之，元济已成擒矣。"愬然之。冬十月甲子，遣掌书记郑澥至郾城，密白裴度。度曰："兵非出奇不胜，常侍良图也。"

裴度帅僚佐观筑城于沱口，董重质帅骑出五沟邀之，大呼而进，注弩挺刃，势将及度。李光颜与田布力战拒之，度仅得入城。贼退，布扼其沟中归路。贼下马逾沟，坠压死者千余人。

辛未，李愬命马步都虞候、随州刺史史旻留镇文城，命李祐、李忠义帅突将三千为前驱，自与监军将三千人为中军，命李进诚将三千人殿其后。军出，不知所之。愬曰："但东行。"行六十里，夜，至张柴村，尽杀其戍卒及烽子。据其栅，命士少休，食干糒，整羁鞴，留义成军五百人镇之，以断洄曲及诸道桥梁，复夜引兵出门。诸将请所之，愬曰："入蔡州取吴元济！"诸将皆失色。监军哭曰："果落李祐奸计！"时大风雪，旌旗裂，人马冻死者相望。天阴黑，自张柴村以东道路，皆官军所未尝行，人人自以为必死，然畏愬，莫敢违。夜半，雪愈甚，行七十里，至州城。近城有鹅鸭池，愬令击之以混军声。自吴少诚拒命，官军不至蔡州城下三十余年，故蔡人不为备。壬申，四鼓，愬至城下，无一人知者。李祐、李忠义钁其城为坎以先登，壮士从之。守门卒方熟寐，尽杀之，而留击柝者，使击柝如故，遂开门纳众。及里城亦然，城中皆不之觉。鸡鸣雪止，愬入居元济外宅。或告元济曰："官军至矣！"元济尚寝，笑曰："俘囚为盗耳！晓当尽戮之。"又有告者曰："城陷矣！"元济曰："此必洄曲子弟就吾求寒衣也。"起听于廷，闻愬军号令曰："常侍传语！"应者近万人。元济始惧，曰："何等常侍，能至于此！"乃帅左右登牙城拒战。

时董重质拥精兵万余人据洄曲。愬曰："元济所望者，重质之救耳。"乃访重质家，厚抚之，遣其子传道持书谕重质。重质遂单骑诣愬降。

愬遣李进诚攻牙城，毁其外门，得甲库，取器械。癸酉，复攻之，烧其南门，民争负薪刍助之，城上矢如蝟毛。晡时，门坏，元济于城上请罪，进诚梯而下之。甲戌，愬以槛车送元济诣京师，且告于裴度。是日，申、光二州及诸镇兵二万余人相继来降。自元济就擒，愬不戮一人，凡元济官吏、帐下、厨厩之卒，皆复其职，使之不疑，然后屯于鞠场以待裴度。以上李愬袭破蔡州。

己卯，淮西行营奏获吴元济，光禄少卿杨元卿言于上曰："淮西大有珍宝，臣能知之，往取必得。"上曰："朕讨淮西，为人除害，珍宝非所求也。"

董重质之去洄曲军也，李光颜驰入其壁，悉降其众。庚辰，裴度遣马总先入蔡州慰抚。辛巳，度建彰义军节，将降卒万余人入城，李愬具橐鞬出迎，拜于路左。度将避之，愬曰："蔡人顽悖，不识上下之分数十年矣。愿公因而示之，使知朝廷之尊。"度乃受之。以上裴度入蔡。李愬还军文城，诸将请曰："始公败于朗山而不忧，胜于吴房而不取，冒大风甚雪而不止，孤军深入而不惧，然卒以成功，皆众人所不谕也，敢问其故？"愬曰："朗山不利，则贼轻我而不为备矣。取吴房，则其众奔蔡，并力固守，故存之以分其兵。风雪阴晦，则烽火不接，不知吾至。孤军深入，则人皆致死，战自倍矣。夫视远者不顾近，虑大者不详细，若矜小胜，恤小败，先自挠矣，何暇立功乎！"众皆服。愬俭于奉己而丰于待士，知贤不疑，见可能断，此其所以成功也。以上李愬自明知略。

裴度以蔡卒为牙兵。或谏曰："蔡人反仄者尚多，不可不备。"度笑曰："吾为彰义节度使，元恶既擒，蔡人则吾人也，又何疑焉？"蔡人闻之感泣。先是，吴氏父子阻兵，禁人偶语于涂，夜不然烛，有以酒食相过从者罪死。度既视事，下令惟禁盗贼，余皆不问，往来者不限昼夜，蔡人始知有生民之乐。

甲申，诏韩弘、裴度条列平蔡将士功状及蔡之将士降者，皆差第以闻。淮西州县百姓给复二年，近贼四州免来年夏税。官军战亡者，皆为收葬，给其家衣粮五年；其因战伤残废者，勿停衣粮。

十一月，上御兴安门受俘，遂以吴元济献庙社，斩于独柳之下。以上功成后事。

初，淮西之人劫于李希烈、吴少诚之威虐，不能自拔，久而老者衰，幼者壮，安于悖逆，不复知有朝廷矣。自少诚以来，遣诸将出兵，皆不束以法制，听各以便宜自战，故人人得尽其才。

韩全义之败于溵水也，于其帐中得朝贵所与问讯书，少诚束以示众，曰："此皆公卿属全义书，云破蔡州日乞一将士妻女为婢妾。"由是众皆愤怒，以死为贼用。虽居中土，其风俗犷戾过于夷貊。故以三州之众，举天下之兵环而攻之，四年然后克之。

官军之攻元济也，李师道募人通使于蔡，察其形势。牙前虞候刘晏平应募，出汴、宋间，潜行至蔡。元济大喜，厚礼而遣之。晏平还至郓，师道屏人而问之，晏平曰："元济暴兵数万于外，阽危如此，而日与仆妾游戏博弈于内，晏然曾无忧色。以愚观之，殆必亡不久矣！"师道素倚淮西为援，闻之惊怒，寻诬以他过杖杀之。

戊子，以李愬为山南东道节度使，赐爵凉国公；加韩弘兼侍中；李光颜、乌重胤等各迁官有差。

韩　愈

平淮西碑

天以唐克肖其德，圣子神孙，继继承承，于千万年，敬戒不息，全付所覆，四海九州，罔有内外，悉主悉臣。高祖、太宗，既除既治；高宗、中、睿，休养生息；至于玄宗，受报收功，极炽而丰，物众地大，孽牙其间；肃宗、代宗，德祖顺考，以勤以容，大慝适去。稂莠不薅，相臣将臣，文恬武嬉，习熟见闻，以为当然。以上历叙唐之先朝。

睿圣文武皇帝，既受群臣朝，乃考图数贡，曰："呜呼！天既全付予有家，今传次在予，予不能事事，其何以见于郊庙？"群臣震慑，奔走率职。明年，平夏；又明年，平蜀；又明年，平江东；又明年，平泽潞；遂定易、定，致魏、博、贝、卫、澶、相，无不从志。皇帝曰："不可究武，予其少息。"以上宪宗前此武功。

九年，蔡将死。蔡人立其子元济以请，不许，遂烧舞阳，犯叶、襄城，以动东都，放兵四劫。皇帝历问于朝，一二臣外，皆曰："蔡帅之不廷授，于今五十年，传三姓四将；其树本坚，兵利卒顽，不与他等。因抚而有，顺且无事。"大官臆决唱声，万口附和，并为一谈，牢不可破。以上廷臣不愿伐蔡。

皇帝曰："惟天惟祖宗所以付任予者，庶其在此，予何敢不力？况一二臣同，不为无助。"曰："光颜，汝为陈、许帅，维是河东、魏博、郃阳三军之在行者，汝皆将之。"曰："重胤，汝故有河阳、怀，今益以汝，维是朔方、义成、陕、益、凤翔、延、庆七军之在行者，汝皆将之。"曰："弘，汝以卒万二千属而子公武往讨之。"曰："文通，汝守寿，维是宣武、淮南、宣歙、浙西四军之行于寿者，汝皆将之。"曰："道古，汝其观察鄂岳。"曰："愬，汝帅唐、邓、随，各以其兵进战。"曰："度，汝长御史，其往视师。"曰："度，惟汝予同，汝遂相予，以赏罚用命不用命。"曰："弘，汝其以节都统诸军。"曰："守谦，汝出入左右，汝惟近臣，其往抚师。"曰："度，汝其往，衣服饮食予士，无寒无饥。以既厥事，遂生蔡人。赐汝节斧，通天御带，卫卒三百。凡兹廷臣，汝择自从，惟其贤能，无惮大吏。庚申，予其临门送汝。"曰："御史，予闵士大夫战甚苦，自今以往，非郊庙祠祀，其无用乐。"以上部署诸将相。

颜、胤、武，合攻其北，大战十六，得栅、城、县二十三，降人卒四万。道古攻其东南，八战，降万三千，再入申，破其外城。文通战其东，十余遇，降万二千。愬入其西，得贼将，辄释不杀，用其策，战比有功。

十二年八月，丞相度至师，都统弘责战益急，颜、胤、武合战益用命，元济尽并其众，洄曲以备。十月壬申，愬用所得贼将，自文城因天大雪，疾驰百二十里，用夜半到蔡，破其门，取元济以献，尽得其属人卒。辛巳，丞相度入蔡，以皇帝命赦其人。淮西平，大飨赉功，师还之日，因以其食赐蔡人。凡蔡卒三万五千，其不乐为兵，愿归为农者十九，悉纵之。斩元济京师。以上平蔡战功。

册功：弘加侍中；愬为左仆射，帅山南东道；颜、胤皆加司空；公武以散骑常侍，帅鄜坊丹延；道古进大夫；文通加散骑常侍。丞相度朝京师，道封晋国公，进阶金紫光禄大夫，以旧官相，而以其副总为工部尚书，领蔡任。既还奏，群臣请纪圣功，被之金石。皇帝以命臣愈。臣愈再拜稽首而献文曰：

唐承天命，遂臣万邦。孰居近土，袭盗以狂。往在玄宗，崇极而圮。河北悍骄，河南附起。四圣不宥，屡兴师征。有不能克，益戍以兵。夫耕不食，妇织不裳。输之以车，为卒赐粮。外多失朝，旷不岳狩。百隶怠官，事亡其旧。以上唐中兴后方镇多叛。

帝时继位，顾瞻咨嗟。惟汝文武，孰恤予家。既斩吴、蜀，旋取山东。魏将首义，六州降从。淮蔡不顺，自以为强。提兵叫欢，欲事故常。始命讨之，遂连奸邻。阴遣刺客，来贼相臣。方战未利，内惊京师。群公上言，莫若惠来。帝为不闻，与神为谋。乃相同德，以讫天诛。以上宪宗与裴相同谋。

乃敕颜、胤，愬、武、古通，咸统于弘，各奏汝功。三方分攻，五万其师。大军北乘，厥数倍之。常兵时曲，军士蠢蠢。既翦陵云，蔡卒大窘。胜之邵陵，郾城来降。自夏入秋，复屯相望。兵顿不励，告功不时。帝哀征夫，命相往厘。士饱而歌，马腾于槽。试之新城，贼遇败逃。尽抽其有，聚以防我。西师跃入，道无留者。以上破蔡。

额额蔡城，其壇千里。既入而有，莫不顺俟。帝有恩言，相度来宣：诛止其魁，释其下人。蔡之卒夫，投甲呼舞；蔡之妇女，迎门笑语。蔡人告饥，船粟往哺；蔡人告寒，赐以缯布。始时蔡人，禁不往来；今相从戏，里门夜开。始时蔡人，进战退戮；今旰而起，左飧右粥。为之择人，以收余孽；选吏赐牛，教而不税。以上裴公惠政。

蔡人有言，始迷不知。今乃大觉，羞前之为。蔡人有言，天子明圣；不顺族诛，顺保性命。汝不吾信，视此蔡方；孰为不顺，往斧其吭。凡叛有数，声势相倚；吾强不支，汝弱奚恃；其告而长，而父而兄；奔走偕来，同我太平。淮、蔡为乱，天子伐之。既代而饥，天子活之。以上蔡人知感。始议伐蔡，卿士莫随。既伐四年，小大并疑。不赦不疑，由天子明。凡此蔡功，惟断乃成。既定淮、蔡，四夷毕来。遂开明堂，坐以治之。

善化黄维申襄校

卷二十四　典志之属一

书

禹贡

禹敷土，随山刊木，奠高山大川。

冀州：既载壶口，治梁及岐。既修太原，至于岳阳；覃怀底绩，至于衡漳。厥土惟白壤，厥赋惟上上错，厥田惟中中。恒、卫既从，大陆既作。岛夷皮服，夹右碣石入于河。

济、河惟兖州。九河既道，雷夏既泽，灉、沮会同。桑土既蚕，是降邱宅土。厥土黑坟，厥草惟繇，厥木惟条。厥田惟中下，厥赋贞，作十有三载乃同。厥贡漆丝，厥篚织文。浮于济、漯，达于河。

海岱惟青州。嵎夷既略，潍、淄其道。厥土白坟，海滨广斥。厥田惟上下，厥赋中上。厥贡盐絺，海物惟错。岱畎丝、枲、铅、松、怪石。莱夷作牧。厥篚檿丝。浮于汶，达于济。

海、岱及淮惟徐州。淮、沂其乂，蒙、羽其艺，大野既猪，东原底平。厥土赤埴坟，草木渐包。厥田惟上中，厥赋中中。厥贡惟土五色，羽畎夏翟，峄阳孤桐，泗滨浮磬，淮夷蠙珠暨鱼。厥篚玄纤、缟。浮于淮、泗，达于河。

淮海惟扬州。彭蠡既猪，阳鸟攸居。三江既入，震泽底定。筱荡既敷，厥草惟夭，厥木惟乔。厥土惟涂泥。厥田惟下下，厥赋下上上错。厥贡惟金三品，瑶、琨、筱、荡、齿、革、羽、毛惟木。岛夷卉服。厥篚织贝，厥包橘柚，锡贡。沿于江、海，达于淮、泗。

荆及衡阳惟荆州。江、汉朝宗于海，九江孔殷，沱、潜既道，云土梦作乂。厥土惟涂泥，厥田惟下中，厥赋上下。厥贡羽、毛、齿、革，惟金三品，杶、榦、栝、柏，砺、砥、砮、丹，惟箘、簵、楛，三邦底贡厥名。包匦菁茅，厥篚玄纁玑组，九江纳锡大龟。浮于江、沱、潜、汉，逾于洛，至于南河。

荆、河惟豫州。伊、洛、瀍、涧既入于河，荥波既猪。导菏泽，被孟猪。厥土惟壤，下土坟垆。厥田惟中上，厥赋错上中。厥贡漆、枲、缔、纻，厥篚纤纩，锡贡磬错。浮于洛，达于河。

华阳、黑水惟梁州。岷、嶓既艺，沱、潜既道。蔡、蒙旅平，和夷底绩。厥土青黎，厥田惟下上，厥赋下中三错。厥贡璆、铁、银、镂、砮、磬，熊、罴、狐、狸、织皮，西倾因桓是来，浮于潜，逾于沔，入于渭，乱于河。

黑水、西河惟雍州。弱水既西，泾属渭汭，漆、沮既从，沣水攸同。荆、岐既旅，终南、惇物，至于鸟鼠。原隰底绩，至于猪野。三危既宅，三苗丕叙。厥土惟黄壤，厥田惟上上，厥赋中下。厥贡惟球、琳、琅玕。浮于积石，至于龙门、西河，会于渭汭。织皮昆仑、析支、渠搜，西戎即叙。

导岍及岐，至于荆山，逾于河；壶口、雷首至于太岳；厎柱、析城至于王屋；太行、恒山至于碣石，入于海。

西倾、朱圉、鸟鼠至于太华；熊耳、外方、桐柏至于陪尾。

导嶓冢，至于荆山；内方，至于大别。

岷山之阳，至于衡山，过九江，至于敷浅原。

导弱水，至于合黎，余波入于流沙。

导黑水，至于三危，入于南海。

导河、积石，至于龙门；南至于华阴，东至于底柱，又东至于孟津，东过洛汭，至于大伾；北过降水，至于大陆；又北播为九河，同为逆河，入于海。

嶓冢导漾，东流为汉，又东，为沧浪之水，过三澨，至于大别，南入于江。东汇泽为彭蠡，东为北江，入于海。

岷山导江，东别为沱，又东至于沣；过九江，至于东陵，东迤北，会于汇；东为中江，入于海。

导沇水，东流为济，入于河，溢为荥；东出于陶邱北，又东至于菏，又东北，会于汶，又北东入于海。

导淮自桐柏，东会于泗、沂，东入于海。

导渭自鸟鼠同穴，东会于沣，又东会于泾，又东过漆、沮，入于河。

导洛自熊耳，东北，会于涧、瀍；又东会于伊，又东北入于河。

九州攸同，四隩既宅，九山刊旅，九川涤源，九泽既陂，四海会同。六府孔修，庶土交正，厎慎财赋，咸则三壤成赋中邦。锡土姓，祗台德先，不距朕行。

五百里甸服：百里赋纳总，二百里纳铚，三百里纳秸服，四百里粟，五百里米。

五百里侯服：百里采，二百里男邦，三百里诸侯。

五百里绥服：三百里揆文教，二百里奋武卫。

五百里要服：三百里夷，二百里蔡。

五百里荒服：三百里蛮，二百里流。

东渐于海，西被于流沙，朔南暨，声教讫于四海。禹锡玄圭，告厥成功。

周　礼

大司乐

大司乐掌成均之法，以治建国之学政，而合国之子弟焉。凡有道者，有德者，使教焉。死则以为乐祖，祭于瞽宗。以乐德教国子，中、和、祗、庸、孝、友；以乐语教国子，兴、道、讽、诵、言、语；以乐舞教国子，舞《云门》《大卷》《大咸》《大磬》《大夏》《大濩》《大武》。以六律、六同、五声、八音、六舞、大合乐，以致鬼、神、示，以和邦国，以谐万民，以安宾客，以说远人，以作动物。乃分乐而序之，以祭、以享、以祀。乃奏黄钟，歌大吕，舞《云门》，以祀天神；乃奏大蔟，歌应钟，舞《咸池》，以祭地示；乃奏姑洗，歌南吕，舞《大磬》，以祀四望；乃奏蕤宾，歌函钟，舞《大夏》，以祭山川；乃奏夷则，歌小吕，舞《大濩》，以享先妣；乃奏无射，歌夹钟，舞《大武》，以享先祖。凡六乐者，文之以五声，播之以八音。凡六乐者，一变而致羽物及川泽之示，再变而致赢物及山林之示，三变而致鳞物及丘陵之示，四变而致毛物及坟衍之示，五变而致介物及土示，六变而致象物及天神。凡乐，圜钟为宫，黄钟为角，大蔟为徵，姑洗为羽，雷鼓、雷鼗，孤竹之管；云和之琴瑟，《云门》之舞。冬日至，于地上之圜丘奏之，若乐六变，则天神皆降，可得而礼矣。凡乐，函钟为宫，大蔟为角，姑洗为徵，南吕为羽，灵鼓、灵鼗，孙竹之管，空桑之琴瑟，《咸池》之舞。夏日至，于泽中之方丘奏之，若乐八变，则地示皆出，可得而礼矣。凡乐，黄钟为宫，大吕为角，大蔟为徵，应钟为羽，路鼓、路鼗，阴竹之管，龙门之琴瑟，九德之歌，《九磬》之舞，于宗庙之中奏之，若乐九变，则人鬼可得而礼矣。凡乐事，大祭祀，宿县，遂以声展之。王出入，则令奏王夏；尸出入，则令奏《肆夏》；牲出入，则令奏《昭夏》，帅国子而舞，大飨不入牲。其他，皆如祭祀。大射，王出入，令奏《王夏》；及射，令奏《驺虞》，诏诸侯以弓矢舞。王大食，三侑，皆令奏钟鼓。王师大献，则令奏恺乐。凡日月食、四镇五岳崩、大傀异灾、诸侯薨，令去乐。大札、大凶、大灾、大臣死，凡国之大忧，令弛县。凡建国，禁其淫声、过声、凶声、慢声。大丧，莅廞乐器。及葬，藏乐器，亦如之。

大司马

大司马之职，掌建邦国之九法，以佐王平邦国。制畿封国，以正邦国；设仪辨位，以等邦国；进贤兴功，以作邦国；建牧立监，以维邦国；制军诘禁，以纠邦国；施贡分职，以任邦国；简稽乡民，以用邦国；均守平则，以安邦国；比小事大，以和邦国。以九伐之法正邦国，冯弱犯寡则眚之，贼贤害民则伐之，暴内陵外则坛之。野荒民散则削之，负固不服则侵之，贼杀其亲则正之，放弑其君则残之，犯令陵政则杜之。外内乱，鸟兽行，则灭之，正月之吉，始和，布政于邦国都鄙，乃悬政象之法于象魏，使万民观政象，挟日而敛之，乃以九畿之籍施邦国之政职。方千里曰国畿，其外方五百里曰侯畿，又其外方五百里曰甸畿，又其外方五百里曰男畿，又其外方五百里曰采畿，又其外方五百里曰卫畿，又其外方五百里曰蛮畿，又其外方五百里曰夷畿，又其外方五百里曰镇畿，又其外方五百里曰蕃畿。凡令赋，以地与民制之：上地，食者参之二，其民可用者家三人；中地，食者半，其民可用者二家五人；下地，食者参之一，其民可用者家二人。中春，教振旅，司马以旗致民，平列陈，如战之陈，辨鼓铎镯铙之用，王执路鼓，诸侯执贲鼓，军将执晋鼓，师帅执提，旅帅执鼙，卒长执铙，两司马执铎，公司马执镯，以教坐作进退疾徐疏数之节。遂以搜田，有司表貉，誓民，鼓，遂围禁，火弊，献禽以祭社。中夏，教茇舍，如振旅之陈，群吏撰车徒，读书契，辨号名之用，帅以门名，县鄙各以其名，家以号名，乡以州名，野以邑名，百官各象其事，以辨军之夜事，其他皆如振旅，遂以苗田，如搜之法，车弊，献禽以享礿。中秋，教治兵，如振旅之陈，辨旗物之用，王载大常，诸侯载旂，军吏载旗，师都载旃，乡遂载物，郊野载旒，百官载旌，各书其事与其号焉，其他皆如振旅。遂以狝田，如搜田之法，罗弊，致禽以祀祊。中冬，教大阅，前期，群吏戒众庶，修战法，虞人莱所田之野，为表；百步则一，为三表，又五十步为一表，田之日，司马建旗于后表之中，群吏以旗物、鼓铎、镯铙，各帅其民而致，质明，弊旗，诛后至者，乃陈车徒，如战之陈，皆坐，群吏听誓于陈前，斩牲以左右徇陈曰：不用命者斩之。中军以鼙令鼓，鼓人皆三鼓，司马振铎，群吏作旗，车徒皆作，鼓行，鸣镯，车徒皆行，及表乃止。三鼓，摝铎，群吏弊旗，车徒皆坐。又三鼓，振铎，作旗，车徒皆作，鼓进，鸣镯，车骤徒趋，及表乃止。坐作如初，乃鼓，车驰徒走，及表乃止。鼓戒三阕，车三发，徒三刺，乃鼓退，鸣铙，且却，及表乃止，坐作如初。遂以狩田，以旌为左右和之门，群吏各帅其车徒，以叙和出，左右陈车徒，有司平之。旌居卒间以分地，前后有屯百步，有司巡其前后，险野，人为主，易野，车为主。既陈，乃设驱逆之车，有司表貉于陈前，中军以鼙令鼓，鼓人皆三鼓，群司马振铎，车徒皆作，遂鼓行，徒衔枚而进。大兽公之，小禽私之，获者取左耳，及所弊，鼓皆駴，车徒皆噪，徒乃弊，致禽馌兽于郊。入，献禽以享烝。及师，大合军，以行禁令，以救无辜，伐有罪。若大师，则掌其戒令，莅大卜，帅执事莅衅主及军器。及致，建大常，比军众，诛后至者。及战，巡陈，视事而赏罚。若师有功，则左执律，右秉钺，以先恺乐献于社。若师不功，则厌而奉主车。王吊劳士庶子，则相。大役，与虑事，属其植，受其要，以待考而赏诛。大会同，则帅士、庶子，而掌其政令。若大射，则合诸侯之六耦。大祭祀、飨食、羞牲鱼，授其祭。大丧，平士大夫。丧祭，奉诏马牲。

职方氏

职方氏掌天下之图，以掌天下之地，辨其邦国、都鄙、四夷、八蛮、七闽、九貉、五戎、六狄之人民，与其财用九谷、六畜之数要，周知其利害，乃辨九州之国，使同贯利。东南曰扬州，其山镇曰会稽，其泽薮曰具区，其川三江，其浸五湖，其利金、锡、竹箭，其民二男五女，其畜宜鸟、兽，其谷宜稻。正南曰荆州，其山镇曰衡山，其泽薮曰云梦，其川江、汉，其浸颍、湛，其利丹、银、齿、革，其民一男二女，其畜宜鸟、兽，其谷宜稻。河南曰豫州，其山镇曰华山，其泽薮曰圃田，其川荥、雒，其浸波、溠，其利林、漆丝枲，其民二男三女，其畜宜六扰，其谷宜五种。正东曰青州，其山镇曰沂山，其泽薮曰望诸，其川淮、泗，其浸沂、沭，其利蒲鱼，其民二男二女，其畜宜鸡、狗，其谷宜稻、麦。河东曰兖州，其山镇曰岱山，其泽薮曰大野，其川河、泲，其浸庐维，其利蒲鱼，其民二男三女，其畜宜六扰，其谷宜四种。正西曰雍州，其山镇曰岳山，其泽薮曰弦蒲，其川泾、汭，其浸渭、洛，其利玉石，其民三男二女，其畜宜牛、马，其谷宜黍、稷。东北曰幽州，其山镇曰医无闾，其泽曰貕养，其川河、泲；其浸灾时，其利鱼、盐，其民一男三女，其畜宜四扰，其谷宜三种。河内曰冀州，其山镇曰霍山，其泽薮曰杨纡，其川漳，其浸汾、潞，其利松柏，其民五男三女，其畜宜牛羊，其谷宜黍、稷。正北曰并州，其山镇曰恒山，其泽薮曰昭余祁，其川乎池，呕夷，其浸涞、易，其利布帛，其民二男三女，其畜宜五扰，其谷宜五种。乃辨九服之邦国，方千里曰王畿，其外方五百里曰侯服，又其外方五百里曰甸服，又其外方五百里曰男服，又其外方五百里曰采服，又其外方五百里曰卫服，又其外方五百里曰蛮服。又其外方五百里曰夷服，又其外方五百里曰镇服，又其外方五百里曰藩服。凡邦国千里，封公以方五百里，则四公；方四百里，则六侯；方三百里，则七伯；方二百里，则二十五子；方百里，则百男，以周知天下。凡邦国小大相维，王设其牧，制其职，各以其所能；制其贡，各以其所有。王将巡狩，则戒于四方曰：各修平乃守，考乃职事，无敢不敬戒，国有大刑。及王之所行，先道，帅其属而巡戒令。王殷国，亦如之。

大司寇

大司寇之职，掌建邦之三典，以佐王刑邦国，诘四方。一曰，刑新国用轻典；二曰，刑平国用中典；三曰，刑乱国用重典。以五刑纠万民：一曰野刑，上功纠力；二曰军刑，上命纠守；三曰乡刑，上德纠孝；四曰官刑，上能纠职；五曰国刑；上愿纠暴。以圜土聚教罢民，凡害人者，寘之圜土而施职事焉，以明刑耻之，其能改者，反于中国，不齿三年。其不能改而出圜土者杀。以两造禁民讼，入束矢于朝，然后听之，以两剂禁民狱，入钧金。三日，乃致于朝，然后听之。以嘉石平罢民，凡万民之有罪过而未丽于法，而害于州里者，桎梏而坐诸嘉石，役诸司空。重罪，旬有三日坐，期役；其次，九日坐，九月役；其次，七日坐，七月役；其次，五日坐，五月役；其下罪，三日坐，三月役，使州里任之，则宥而舍之。以肺石达穷民，凡远近茕独、老幼之欲有复于上，而其长弗达者，立于肺石三日，士听其辞，以告于上，而罪其长。正月之吉，始和，布刑于邦国、都鄙，乃县刑象之法于象魏，使万民观刑象。挟日，而敛之。凡邦之大盟约，莅其盟书，而登之于天府，大史、内史、司会及六官，皆受其贰而藏之。凡诸侯之狱讼，以邦典定之。凡卿大夫之狱讼，以邦法断之。凡庶民之狱讼，以邦成弊之。大祭祀，奉犬牲；若禋祀五帝，则戒之日，莅誓百官，戒于百族。及纳亨，前王；祭之日，亦如之。奉其明水火。凡朝觐、会同，前王，大丧亦如之。大军旅，莅戮于社。凡邦之大事，使其属跸。

仪　礼

士冠礼《仪礼》以"射礼""丧祭礼"为最精详，然不能钞全经，姑钞其篇幅短者。

士冠礼。筮于庙门。主人玄冠，朝服，缁带，素韠，即位于门东，西面。有司如主人服，即位于西方，东面，北上。筮与席、所卦者，具馔于西塾。布席于门中，闑西阈外，西面。筮人执筴，抽上韇，兼执之，进受命于主人。宰自右少退，赞命。筮人许诺，右还，即席坐，西面。卦者在左。卒筮，书卦，执以示主人。主人受视，反之。筮人还，东面，旅占，卒，进，告吉。若不吉，则筮远日，如初仪。彻筮席。宗人告事毕。以上筮日。

主人戒宾。宾礼辞，许。主人再拜，宾答拜。主人退，宾拜送。以上戒宾。

前期三日，筮宾，如求日之仪。以上筮宾。

乃宿宾。宾如主人服，出门左，西面再拜。主人东面答拜，乃宿宾。宾许，主人再拜，宾答拜。主人退，宾拜送。宿赞冠者一人，亦如之。以上宿宾。

厥明夕，为期于庙门之外。主人立于门东，兄弟在其南，少退，西面，北上。有司皆如宿服，立于西方，东面，北上，摈者请期，宰告曰："质明行事。"告兄弟及有司。告事毕。摈者告期于宾之家。以上为期。

夙兴，设洗，直于东荣，南北以堂深，水在洗东。陈服于房中西墉下，东领，北上。爵弁服，纁裳，纯衣，缁带，韎韐。皮弁服：素积，缁带，素韠。玄端，玄裳，黄裳、杂裳可也，缁带，爵韠。缁布冠缺项，青组缨属于缺，缁纚广终幅，长六尺，皮弁笄，爵弁笄，缁组纮，纁边，同箧。栉实于箪。蒲筵二，在南。侧尊一甒醴，在服北。有篚，实勺、觯、角柶。脯醢，南上。爵弁、皮弁、缁布冠各一匴，执以待于西坫南，南面，东上。宾升则东面。以上陈器服。

主人玄端爵韠，立于阼阶下，直东序，西面。兄弟毕袗玄，立于洗东，西面，北上。摈者玄端，负东塾。将冠者采衣，紒，在房中，南面。以上即位。宾如主人服，赞者玄端从之，立于外门之外。

摈者告。主人迎，出门左，西面，再拜。宾答拜。主人揖赞者，与宾揖，先入。每曲揖。至于庙门，揖入。三揖，至于阶，三让。主人升，立于序端，西面。宾西序，东面。赞者盥于洗西，升，立于房中，西面，南上。以上迎宾。

主人之赞者筵于东序，少北，西面。将冠者出房，南面。赞者奠纚、笄、栉于筵南端。宾揖将冠者，将冠者即筵坐。赞者坐，栉，设纚。宾降，主人降。宾辞，主人对。宾盥，卒，壹揖，壹让，升。主人升，复初位。宾筵前坐，正纚，兴，降西阶一等。执冠者升一等，东面授宾。宾右手执项，左手执前，进容，乃祝，坐如初，乃冠，兴，复位。赞者卒。冠者兴，宾揖之。适房，服玄端爵韠，出房，南面。以上始加。

宾揖之，即筵坐，栉，设笄。宾盥、正缅如初，降二等，受皮弁，右执项，左执前，进、祝、加之如初，复位。赞者卒纮。兴，宾揖之。适房，服素积素韠，容，出房，南面。以上再加。

宾降三等，受爵弁，加之，服缥裳靺韐，其他如加皮弁之仪。

彻皮弁、冠、栉、筵，入于房。以上三加。筵于户西，南面。赞者洗于房中，侧酌醴；加柶，覆之，面叶。宾揖，冠者就筵，筵西，南面。宾受醴于户东，加柶，面枋，筵前北面。冠者筵西拜受觯，宾东面答拜。荐脯醢。冠者即筵坐，左执觯，右祭脯醢，以柶祭醴三，兴；筵末坐，啐醴，建柶，兴；降筵，坐奠觯，拜；执觯兴。宾答拜。以上醴冠者。

冠者奠觯于荐东，降筵；北面坐取脯；降自西阶，适东壁，北面见于母。母拜受，子拜送，母又拜。以上冠者见母。

宾降，直西序，东面。主人降，复初位。冠者立于西阶东，南面。宾字之，冠者对。以上字冠者。

宾出，主人送于庙门外。请醴宾，宾礼辞，许。宾就次。以上宾出就次。冠者见于兄弟，兄弟再拜，冠者答拜。见赞者，西面拜，亦如之。入见姑、姊，如见母。以上见兄弟赞者姑姊。

乃易服，服玄冠、玄端、爵韠，奠挚见于君。遂以挚见于乡大夫、乡先生。以上奠挚见君及乡大夫乡先生。

乃醴宾，以壹献之礼。主人酬宾，束帛、俪皮。赞者皆与。赞冠者为介。

宾出，主人送于外门外，再拜；归宾俎。以上醴宾。

若不醴，则醮用酒。尊于房户之间，两瓶，有禁，玄酒在西，加勺，南枋。洗，有篚在西，南顺。始加，醮用脯醢；宾降，取爵于篚，辞降如初；卒洗，升酌。冠者拜受，宾答拜如初。冠者升筵，坐；左执爵，右祭脯醢，祭酒，兴；筵末坐，啐酒；降筵，拜。宾答拜。冠者奠爵于荐东，立于筵西。彻荐、爵，筵尊不彻。加皮弁，如初仪；再醮，摄酒，其他皆如初。加爵弁，如初仪；三醮有干肉折俎，啐之，其他如初。北面取脯，见于母。以上不醴而醮。若杀，则特豚，载合升，离肺实于鼎，设扃鼏。始醮，如初。再醮，两豆，葵菹、蠃醢；两笾，栗、脯。三醮，摄酒如再醮，加俎，啐之，皆如初，啐肺。卒醮，取笾脯以降，如初。以上杀牲醮。

若孤子，则父兄戒、宿。冠之日，主人紒而迎宾，拜，揖，让，立于序端，皆如冠主；礼于阼。凡拜，北面于阼阶上，宾亦北面于西阶上答拜。若杀，则举鼎陈于门外，直东塾，北面。以上孤子冠。

若庶子，则冠于房外，南面，遂醮焉。以上庶子冠。

冠者母不在，则使人受脯于西阶下。以上母不在。

戒宾，曰："某有子某。将加布于其首，愿吾子之教之也。"宾对曰："某不敏，恐不能共事，以病吾子，敢辞。"主人曰："某犹愿吾子之终教之也！"宾对曰："吾子重有命，某敢不从？"以上戒宾之辞。宿，曰："某将加布于某之首，吾子将莅之，敢宿。"宾对曰："某敢不夙兴？"以上宿宾之辞。

始加，祝曰："令月吉日，始加元服。弃尔幼志，顺尔成德。寿考维祺，介尔景福。"再加，曰："吉月令辰，乃申尔服。敬尔威仪，淑慎尔德。眉寿万年，永受胡福。"三加，曰："以岁之正，以月之令，咸加尔服。兄弟具在，以成厥德。黄耇无疆，受天之庆。"以上三加之辞。

醴辞曰："甘醴惟厚，嘉荐令芳。拜受祭之，以定尔祥。承天之休，寿考不忘。"以上醴冠者之辞。

醮辞曰："旨酒既清，嘉荐亶时。始加元服，兄弟具来。孝友时格，永乃保之。"再醮，曰："旨酒既湑，嘉荐伊脯。乃申尔服，礼仪有序。祭此嘉爵，承天之祜。"三醮，曰："旨酒令芳，笾豆有楚。咸加尔服，肴升折俎。承天之庆，受福无疆。"以上三醮之辞。

字辞曰："礼仪既备，令月吉日，昭告尔字。爰字孔嘉，髦士攸宜。宜之于假，永受保之，曰伯某甫。"仲、叔、季惟其所当。以上字辞。

屦，夏用葛。玄端黑屦，青绚繶纯，纯博寸。素积白屦，以魁柎之，缁绚繶纯，纯博寸。爵弁纁屦，黑绚繶纯，纯博寸。冬，皮屦可也。不屦繐屦。以上三屦。

士相见礼

士相见之礼。挚，冬用雉，夏用腒。左头奉之，曰："某也愿见，无由达。某子以命命某见。"主人对曰："某子命某见，吾子有辱。请吾子之就家也，某将走见。"宾对曰："某不足以辱命，请终赐见。"主人对曰："某不敢为仪，固请吾子之就家也，某将走见。"宾对曰："某不敢为仪，固以请。"主人对曰："某也固辞，不得命，将走见。闻吾子称挚，敢辞挚。"宾对曰："某不以挚，不敢见。"主人对曰："某不足以习礼，敢固辞。"宾对曰："某也不依于挚，不敢见，固以请。"主人对曰："某也固辞，不得命，敢不敬从！"出迎于门外，再拜。宾答再拜。主人揖，入门右。宾奉挚，入门左。主人再拜受，宾再拜送挚，出。主人请见，宾反见，退。主人送于门外，再拜。以上请见。

主人复见之，以其挚，曰："曏者，吾子辱使某见。请还挚于将命者。"主人对曰："某也既得见矣，敢辞。"宾对曰："某也非敢求见，请还挚于将命者。"主人对曰："某也既得见矣，敢固辞。”宾对曰：“某不敢以闻，固以请于将命者。”主人对曰：“某也固辞，不得命，敢不从？”宾奉挚入，主人再拜受。宾再拜送挚，出。主人送于门外，再拜。以上复见。

士见于大夫，终辞其挚。于其入也，一拜其辱也。宾退，送，再拜。以上士见大夫。

若尝为臣者，则礼辞其挚，曰：“某也辞，不得命，不敢固辞。”宾入，奠挚，再拜，主人答壹拜，宾出。使摈者还其挚于门外，曰：“某也使其还挚。”宾对曰：“某也既得见矣，敢辞。”摈者对曰：“某也命某：‘某非敢为仪也。’敢以请。”宾对曰：“某也，夫子之贱私，不足以践礼，敢固辞！”摈者对曰：“某也使某，不敢为仪也，固以请！”宾对曰：“某固辞，不得命，敢不从？”再拜受。

下大夫相见以雁，饰之以布，维之以索，如执雉。上大夫相见以羔，饰之以布，四维之，结于面；左头，如麛执之。如士相见之礼。以上大夫相见。

始见于君执挚，至下，容弥蹙。庶人见于君，不为容，进退走。士大夫则奠挚，再拜稽首；君答壹拜。以上始见于君。若他邦之人，则使摈者还其挚，曰：“寡君使某还挚。”宾对曰：“君不有其外臣，臣不敢辞。”再拜稽首，受。以上他邦之人见君。

凡燕见于君，必辩君之南面。若不得，则正方，不疑君。君在堂，升见无方阶，辩君所在。以上燕见于君。

凡言，非对也，妥而后传言。与君言，言使臣。与大人言，言事君。与老者言，言使弟子。与幼者言，言孝弟于父兄。与众言，言忠信慈祥。与居官者言，言忠信。以上言。凡与大人言，始视面，中视抱，卒视面，毋改。众皆若是。若父，则游目，毋上于面，毋下于带。若不言，立则视足，坐则视膝。以上视。

凡侍坐于君子，君子欠伸，问日之早晏，以食具告，改居，则请退可也。夜侍坐，问夜，膳荤，请退可也。以上请退。

　　若君赐之食，则君祭先饭，遍尝膳，饮而俟，君命之食，然后食。若有将食者，则俟君之食，然后食。若君赐之爵，则下席，再拜稽首，受爵，升席祭，卒爵而俟，君卒爵，然后授虚爵。退，坐取屦，隐辟而后屦。君为之兴，则曰："君无为兴，臣不敢辞。"君若降送之。则不敢顾辞，遂出。大夫则辞，退下，比及门三辞。以上君赐之食。

　　若先生异爵者请见之，则辞。辞不得命，则曰："某无以见，辞不得命，将走见。"先见之。以上长者请见。

　　非以君命使，则不称寡。大夫士，则曰寡君之老。凡执币者，不趋，容弥蹙以为仪。执玉者，则唯舒武，举前曳踵。凡自称于君，上大夫则曰下臣。宅者在邦，则曰市井之臣；在野，则曰草茅之臣，庶人则曰刺草之臣。他国之人则曰外臣。以上对君自称及执币执玉。

觐礼

　　觐礼。至于郊，王使人皮弁，用璧劳。侯氏亦皮弁，迎于帷门之外，再拜。使者不答拜，遂执玉，三揖。至于阶，使者不让，先升。侯氏升听命，降，再拜稽首，遂升受玉。使者左还而立，侯氏还璧，使者受。侯氏降，再拜稽首，使者乃出。侯氏乃止使者，使者乃入。侯氏与之让升。侯氏先升，授几。侯氏拜送几；使者设几，答拜。侯氏用束帛、乘马傧使者，使者再拜受。侯氏再拜送币。使者降，以左骖出。侯氏送于门外，再拜。侯氏遂从之。以上郊劳。

　　天子赐舍，曰："伯父，女顺命于王所，赐伯父舍！"侯氏再拜稽首，傧之束帛、乘马。以上赐舍。

　　天子使大夫戒，曰："某日，伯父帅乃初事。"侯氏再拜稽首。以上戒日。

诸侯前朝，皆受舍于朝。同姓西面北上，异姓东面北上。

侯氏裨冕，释币于祢。以上受舍释币。乘墨车，载龙旂、弧韣乃朝以瑞玉，有缫。

天子设斧依于户牖之间，左右几。天子衮冕，负斧依。啬夫承命，告于天子。天子曰："非他，伯父实来，予一人嘉之。伯父其入，予一人将受之。"侯氏入门右，坐奠圭，再拜稽首。摈者谒。侯氏坐取圭，升致命。王受之玉。侯氏降，阶东北面再拜稽首。摈者延之，曰："升！"升成拜，乃出。以上觐。

四享皆束帛加璧，庭实唯国（所）有。奉束帛，匹马卓上，九马随之，中庭西上，奠币，再拜稽首。摈（者）曰："予一人将受之。"侯氏升，致命。王抚玉。侯氏降自西阶，东面授宰币，西阶前再拜稽首，以马出，授人，九马随之。事毕。以上享。

乃右肉袒于庙门之东。乃入门右，北面立，告听事。摈者谒诸天子。天子辞于侯氏，曰："伯父无事，归宁乃邦！"侯氏再拜稽首，出，自屏南适门西，遂入门左，北面立，王劳之。再拜稽首。摈者延之，曰："升！"升成拜，降出。以上请事王劳之。

天子赐侯氏以车服。迎于外门外，再拜。路先设，西上，路下四，亚之，重赐无数，在车南。诸公奉箧服，加命书于其上，升自西阶，东面，大史是右。侯氏升，西面立。大史述命。侯氏降两阶之间；北面再拜稽首，升成拜。大史加书于服上，侯氏受。使者出。侯氏送，再拜，傧使者，诸公赐服者，束帛、四马，傧大史亦如之。

同姓大国则曰伯父，其异姓则曰伯舅。同姓小邦则曰叔父，其异姓则曰叔舅。以上赐车服。

飨，礼，乃归。

诸侯觐于天子，为宫方三百步，四门，坛十有二寻、深四尺，加方明于其上。方明者，木也，方四尺，设六色，东方青，南方赤，西方白，北方黑，上玄，下黄。设六玉，上圭，下璧，南方璋，西方琥，北方璜，东方圭。上介皆奉其君之旃，置于宫，尚左。公、侯、伯、子、男，皆就其旃而立。四传摈。天子乘龙，载大旆，象日月、升龙、降龙；出，拜日于东门之外，反祀方明。礼日于南门外，礼月与四渎于北门外，礼山川邱陵于西门外。

祭天，燔柴。祭山、邱陵，升。祭川，沉。祭地，瘗。以上诸侯觐于天子。

礼　记

祭法《小戴记》惟"丧大记""投壶"二篇首属完备，余皆疏略不详，姑钞其不甚搀杂者。

祭法：有虞氏禘黄帝而郊喾，祖颛顼而宗尧。夏后氏亦禘黄帝而郊鲧，祖颛顼而宗禹。殷人禘喾而郊冥，祖契而宗汤。周人禘喾而郊稷，祖文王而宗武王。以上郊禘祖宗四代不同。

燔柴于泰坛，祭天也；瘗埋于泰折，祭地也；用骍犊。埋少牢于泰昭，祭时也；相近于坎坛，祭寒暑也。王宫，祭日也；夜明，祭月也；幽宗，祭星也；雩宗，祭水旱也；四坎坛，祭四方也。山林、川谷、邱陵，能出云，为风雨，见怪物，皆曰神。有天下者，祭百神。诸侯，在其地则祭之，亡其地则不祭。

大凡生于天地之间者，皆曰命。其万物死，皆曰折；人死，曰鬼；此五代之所不变也。七代之所更立者，禘、郊、宗、祖，其余不变也。以上天地百神历代不变。

天下有王，分地建国，置都立邑，设庙祧坛墠而祭之，乃为亲疏多少之数。是故，王立七庙，一坛一墠。曰考庙，曰王考庙，曰皇考庙，曰显考庙，曰祖考庙，皆月祭之。远庙为祧，有二祧，享尝乃止。去祧为坛，去坛为墠。坛墠有祷焉祭之，无祷，乃止。去墠曰鬼。诸侯立五庙，一坛一墠。曰考庙，曰王考庙，曰皇考庙，皆月祭之；显考庙，祖考庙，享尝乃止。去祖为坛，去坛为墠。坛墠有祷焉祭之，无祷乃止。去墠为鬼。大夫立三庙二坛。曰考庙，曰王考庙，曰皇考庙，享尝乃止。显考祖考无庙，有祷焉，为坛祭之。去坛为鬼，适士二庙一坛。曰考庙，曰王考庙，享尝乃止。显考无庙，有祷焉，为坛祭之。去坛为鬼。官师一庙，曰考庙。王考无庙而祭之，去王考为鬼。庶士庶人无庙，死曰鬼。以上庙祧坛墠多少之数。

王为群姓立社，曰大社。王自为立社，曰王社。诸侯为百姓立社，曰国社。诸侯自为立社，曰侯社。大夫以下，成群立社曰置社。以上立社之名。

王为群姓立七祀，曰司命，曰中霤，曰国门，曰国行，曰泰厉，曰户，曰灶。王自为立七祀。诸侯为国立五祀，曰司命，曰中霤，曰国门，曰国行，曰公厉。诸侯自为立五祀。大夫立三祀，曰族厉，曰门，曰行。适士立二祀，曰门，曰行。庶士，庶人，立一祀，或立户或立灶。以上立祀多少之数。

王下祭殇五：适子适孙适曾孙适玄孙适来孙。诸侯下祭三，大夫下祭二，适士及庶人，祭子而止。以上祭殇之数。

夫圣王之制祭祀也：法施于民，则祀之；以死勤事，则祀之；以劳定国，则祀之；能御大灾，则祀之；能捍大患，则祀之。是故，厉山氏之有天下也，其子曰农，能殖百谷；夏之衰也，周弃继之，故祀以为稷。共工氏之霸九州也，其子曰后土，能平九州，故祀以为社。帝喾能序星辰以著众，尧能赏均刑法以义终，舜勤众事而野死。鲧障洪水而殛死，禹能修鲧之功。黄帝正名百物，以明民共财，颛顼能脩之。契为司徒而民成，冥勤其官而水死。汤以宽治民而除其虐，文王以文治，武王以武功，去民之灾。此皆有功烈于民者也。及夫日月星辰，民所瞻仰也，山林、川谷、邱陵，民所取财用也。非此族也，不在祀典。以上圣贤死后应列祀典者。

投壶

投壶之礼，主人奉矢，司射奉中，使人执壶。主人请曰："某有枉矢哨壶，请以乐宾。"宾曰：子有旨酒嘉肴，某既赐矣，又重以乐，敢辞。主人曰：枉矢哨壶，不足辞也，敢固以请。宾曰："某既赐矣，又重以乐，敢固辞。"主人曰："枉矢哨壶，不足辞也，敢固以请。"宾曰："某固辞不得命，敢不敬从。"宾再拜受，主人般还，曰："辟。"主人阼阶上拜送，宾般还，曰："辟。"已拜，受矢，进即两楹间，退反位，揖宾就筵。

司射进度壶，间以二矢半，反位，设中，东面，执八筭兴。

请宾曰："顺投为入，比投不释，胜饮不胜者，正爵既行，请为胜者立马，一马从二马，三马既立，请庆多马。"请主人亦如之。

命弦者曰："请奏《狸首》，间若一。"大师曰："诺。"

左右告矢具，请拾投。有入者，则司射坐而释一筭焉。宾党于右，主党于左。

卒投，司射执筭曰："左右卒投，请数。"二筭为纯，一纯以取，一筭为奇。遂以奇筭告曰："某贤于某若干纯。"奇则曰奇，钧则曰左右钧。

命酌曰："请行觞。"酌者曰："诺。"当饮者皆跪奉觞，曰："赐灌。"胜者跪曰："敬养。"

正爵既行，请立马。马各直其筭。一马从二马，以庆。庆礼曰："三马既备，请庆多马。"宾主皆曰："诺"。正爵既行，请彻马。

筭多少视其坐。筭，室中五扶，堂上七扶，庭中九扶。筭长尺二寸。壶，颈脩七寸，腹脩五寸，口径二寸半，容斗五升。壶中实小豆焉，为其矢之跃而出也。壶去席二矢半。矢以柘若棘，毋去其皮。鲁令弟子辞曰："毋怃，毋敖，毋偝立，毋逾言，偝立逾言，有常爵。"薛令弟子辞曰："毋怃，毋敖，毋偝立，毋逾言。若是者浮。"司射、庭长，及冠士立者，皆属宾党；乐人及使者、童子，皆属主党。

鼓：○□○○□□○□○○□，半；

○□○○□○○□□○□○：鲁鼓。

○□○○□○○□□○○□□○○□□○。半；

○□○○□□○：薛鼓。

取半以下为投壶礼，尽用之为射礼。

鲁鼓：○□○○□□○○，半；

○□○○□○○□○□○；

薛鼓：○□○○○□○□○□○○○□○○○□○，半；○□○□○○○□○。

史　记

天官书

中宫天极星，其一明者，太一常居也；旁三星三公，或曰子属。后句四星，末大星正妃，余三星后宫之属也。环之，匡卫十二星，藩臣。皆曰紫宫。

前列直斗口三星，隋北端兑，若见若不，曰阴德，或曰天一。紫宫左三星曰天枪，右五星曰天棓，后六星绝汉抵营室，曰阁道。

北斗七星，所谓"璇、玑、玉衡以齐七政"。杓携龙角，衡殷南斗，魁枕参首。用昏建者杓；杓，自华以西南。夜半建者衡；衡，殷中州河、济之间。平旦建者魁；魁，海岱以东北也。斗为帝车，运于中央，临制四乡。分阴阳，建四时，均五行，移节度，定诸纪，皆系于斗。

斗魁戴匡六星曰文昌宫：一曰上将，二曰次将，三曰贵相，四曰司命，五曰司中，六曰司禄。在斗魁中，贵人之牢。魁下六星，两两相比者，名曰三能。三能色齐，君臣和；不齐，为乖戾。辅星明近，辅臣亲强；斥小，疏弱。

杓端有两星：一内为矛，招摇；一外为盾，天锋。有句圜十五星，属杓，曰贱人之牢。其牢中星实则囚多，虚则开出。

天一、枪、棓、矛、盾动摇，角大，兵起。以上中宫。

东宫苍龙，房、心。心为明堂，大星天王，前后星子属。不欲直，直则天王失计。房为府，曰天驷。其阴，右骖。旁有两星曰钤；北一星曰鎋。东北曲十二星曰旗。旗中四星曰天市；中六星曰市楼。市中星众者实；其虚则耗。房南众星曰骑官。

左角，李；右角，将。大角者，天王帝廷。其两旁各有三星，鼎足句之，曰摄提。摄提者，直斗杓所指，以建时节，故曰"摄提格"。亢为疏庙，主疾。其南北两大星，曰南门。氐为天根，主疫。

尾为九子，曰君臣；斥绝，不和。箕为敖客，曰口舌。

火犯守角，则有战。房、心，王者恶之也。以上东宫。

南宫朱鸟，权、衡。衡，太微，三光之廷。匡卫十二星，藩臣：西，将；东，相；南四星，执法；中，端门；门左右，掖门。门内六星，诸侯。其内五星，五帝坐。后聚一十五星，蔚然，曰郎位；傍一大星，将位也。月、五星顺入，轨道，司其出，所守，天子所诛也。其逆入，若不轨道，以所犯命之；中坐，成形，皆群下从谋也。金、火尤甚。廷藩西有隋星五，曰少微，士大夫。权，轩辕。轩辕，黄龙体。前大星，女主象；旁小星，御者后宫属。月、五星守犯者，如衡占。

东井为水事。其西曲星曰钺。钺北，北河；南，南河；两河、天阙间为关梁。舆鬼，鬼祠事；中白者为质。火守南北河，兵起，谷不登。故德成衡，观成潢，伤成钺，祸成井，诛成质。

柳为鸟注，主木草。七星，颈，为员官。主急事。张，素，为厨，主觞客。翼为羽翮，主远客。

轸为车，主风。其旁有一小星，曰长沙星，星不欲明；明与四星等，若五星入轸中，兵大起。轸南众星曰天库楼；库有五车。车星角若益众，及不具，无处车马。以上言南宫。

西宫咸池，曰天五潢。五潢，五帝车舍。火入，旱；金，兵；水，水。中有三柱；柱不具，兵起。

奎曰封豕，为沟渎。娄为聚众。胃为天仓。其南众星曰廥积。

昴曰旄头，胡星也，为白衣会。毕曰罕车，为边兵，主弋猎。其大星旁小星为附耳。附耳摇动，有谗乱臣在侧。昴、毕间为天街。其阴，阴国；阳，阳国。

参为白虎。三星直者，是为衡石。下有三星，兑，曰罚，为斩艾事。其外四星，左右肩股也。小三星隅置，曰觜觿，为虎首，主葆旅事。其南有四星，曰天厕。厕下一星，曰天矢。矢黄则吉；青、白、黑，凶。其西有句曲九星，三处罗：一曰天旗，二曰天苑，三曰九游。其东有大星曰狼。狼角变色，多盗贼。下有四星曰弧，直狼。狼比地有大星，曰南极老人。老人见，治安；不见，兵起。常以秋分时候之于南郊。

附耳入毕中，兵起。以上西宫。

北宫玄武，虚、危。危为盖屋；虚为哭泣之事。

其南有众星，曰羽林天军。军西为垒，或曰钺。旁有一大星为北落。北落若微亡，军星动角益希，及五星犯北落，入军，军起。火、金、水尤甚：火，军忧；水患；木、土，军吉。危东六星，两两相比，曰司空。

营室为清庙，曰离宫、阁道。汉中四星，曰天驷。旁一星，曰王良。王良策马，车骑满野。旁有八星，绝汉，曰天潢。天潢旁，江星。江星动，人涉水。

杵、臼四星，在危南。匏瓜，有青黑星守之，鱼盐贵。

南斗为庙，其北建星。建星者，旗也。牵牛为牺牲。其北河鼓。河鼓大星，上将；左右，左右将。婺女，其北织女。织女，天女孙也。以上北宫恒星至此止。

察日、月之行以揆岁星顺逆。曰东方木，主春，日甲乙。义失者，罚出岁星。岁星赢缩，以其舍命国。所在国不可伐，可以罚人。其趋舍而前曰赢，退舍曰缩。赢，其国有兵不复；缩，其国有忧，将亡，国倾败。其所在，五星皆从而聚于一舍，其下之国可以义致天下。

以摄提格岁：岁阴左行在寅，岁星右转居丑。正月，与斗、牵牛晨出东方，名曰监德。色苍苍有光。其失次，有应见柳。岁早，水；晚，旱。

岁星出，东行十二度，百日而止，反逆行；逆行八度，百日，复东行。岁行三十度十六分度之七，率日行十二分度之一，十二岁而周天。出常东方，以晨；入于西方，用昏。

单阏岁：岁阴在卯，星居子。以二月与婺女、虚、危晨出，曰降入。大有光。其失次，有应见张。名曰降入，其岁大水。

执徐岁：岁阴在辰，星居亥。以三月与营室、东壁晨出，曰青章。青青甚章。其失次；有应见轸。曰青章岁早，旱；晚，水。

大荒骆岁：岁阴在巳，星居戌。以四月与奎、娄、胃、昴晨出，曰跰踵。熊熊赤色，有光。其失次，有应见亢。

敦牂岁：岁阴在午，星居酉。以五月与胃、昴、毕晨出，曰开明。炎炎有光。偃兵；唯利公王，不利治兵。其失次，有应见房。岁早，旱；晚，水。

叶洽岁：岁阴在未，星居申。以六月与觜觿、参晨出，曰长列。昭昭有光。利行兵。其失次，有应见箕。

涒滩岁：岁阴在申，星居未。以七月与东井、舆鬼晨出，曰大音。昭昭白。其失次，有应见牵牛。

作鄂岁：岁阴在酉，星居午。以八月与柳、七星、张晨出，曰为长王。作作有芒。国其昌，熟谷。其失次，有应见危。曰大章。有旱而昌，有女丧，民疾。

阉茂岁：岁阴在戌，星居巳。以九月与翼、轸晨出，曰天睢。白色大明。其失次，有应见东壁。岁水，女丧。

大渊献岁：岁阴在亥，星居辰。以十月与角、亢晨出，曰大章。苍苍然，星若跃而阴出旦，是谓"正平"。起师旅，其率必武；其国有德，将有四海。其失次，有应见娄。

困敦岁：岁阴在子，星居卯。以十一月与氐、房、心晨出，曰天泉。玄色甚明。江池其昌，不利起兵。其失次，有应在昴。

赤奋若岁：岁阴在丑，星居寅，以十二月与尾、箕晨出，曰天皓。黮然黑色甚明。其失次，有应见参。

当居不居，居之又左右摇，未当去去之，与他星会，其国凶。所居久，国有德厚。其角动，乍小乍大，若色数变，人主有忧。

其失次舍以下，进而东北，三月生天棓，长四丈，末兑，进而东南，三月生彗星，长二丈，类彗。退而西北，三月生天欃，长四丈，末兑。退而西南，三月生天枪，长数丈，两头兑。谨视其所见之国，不可举事用兵。其出如浮如沉，其国有土功；如沉如浮，其野亡。色赤而有角，其所居国昌。迎角而战者，不胜。星色赤黄而沉，所居野大穰。色青白而赤灰，所居野有忧。岁星入月，其野有逐相；与太白斗，其野有破军。

岁星一曰摄提，曰重华，曰应星，曰纪星。营室为清庙，岁星庙也。以上木星。

察刚气以处荧惑。曰南方火，主夏，日丙、丁。礼失，罚出荧惑，荧惑失行是也。出则有兵，入则兵散。以其舍命国荧惑。荧惑为勃乱，残贼、疾、丧、饥、兵。反道二舍以上，居之，三月有殃，五月受兵，七月半亡地，九月太半亡地。因与俱出入，国绝祀。居之，殃还至，虽大当小；久而至，当小反大。其南为丈夫，北为女子丧。若角动绕环之，及乍前乍后，左右，殃益大。与他星斗，光相逮，为害；不相逮，不害。五星皆从而聚于一舍，其下国可以礼致天下。

法，出东行十六舍而止；逆行二舍；六旬，复东行，自所止数十舍，十月而入西方；伏行五月，出东方。其出西方曰"反明"，主命者恶之。东行急，一日行一度半。

其行东、西、南、北疾也。兵各聚其下；用战，顺之胜，逆之败。荧惑从太白，军忧；离之，军却。出太白阴，有分军；行其阳，有偏将战。当其行，太白逮之，破军杀将。其入守犯太微、轩辕、营室，主命恶之。心为明堂，荧惑庙也。谨候此。以上火星。

历斗之会以定填星之位。曰中央土，主季夏，日戊、已，黄帝，主德，女主象也。岁填一宿，其所居国吉。未当居而居，若已去而复还，还居之，其国得土，不乃得女。若当居而不居，既已居之，又西东去，其国失土，不乃失女，不可举事用兵。其居久，其国福厚；易，福薄。

其一名曰地侯，主岁。岁行十二度百十二分度之五，日行二十八分度之一，二十八岁周天。其所居，五星皆从而聚于一舍，其下之国，可重致天下。礼、德、义、杀、刑尽失，而填星乃为之动摇。

赢，为王不宁；其缩，有军不复。填星，其色黄，九芒，音曰黄钟宫。其失次上二三宿曰赢，有主命不成，不乃大水。失次下二三宿曰缩，有后戚，其岁不复，不乃天裂若地动。

斗为文太室，填星庙，天子之星也。

木星与土合，为内乱。饥，主勿用战，败；水则变谋而更事；火为旱；金为白衣会若水。金在南曰牝牡，年谷熟，金在北，岁偏无。火与水合为焠，与金合为铄，为丧，皆不可举事，用兵大败。土为忧，主孽卿；大饥，战败，为北军，军困，举事大败。土与水合，穰而拥阏，有覆军，其国不可举事。出，亡地；入，得地。金为疾，为内兵，亡地。三星若合，其宿地国外内有兵与丧，改立公王。四星合，兵丧并起，君子忧，小人流。五星合，是谓易行，有德，受庆，改立大人，掩有四方，子孙蕃昌；无德，受殃若亡。五星皆大，其事亦大；皆小，事亦小。

蚤出者为赢，赢者为客。晚出者为缩，缩者为主人。必有天应见于杓星。同舍为合。相陵为斗，七寸以内必之矣。

五星色白圜，为丧旱；赤圜，则中不平，为兵；青圜，为忧水；黑圜，为疾，多死；黄圜，则吉。赤角犯我城，黄角地之争，白角哭泣之声，青角有兵忧，黑角则水。意，行穷兵之所终。五星同色，天下偃兵，百姓宁昌。春风秋雨，冬寒夏暑，动摇常以此。

填星出百二十日而逆西行，西行百二十日反东行。见三百三十日而入，入三十日复出东方。太岁在甲寅，镇星在东壁，故在营室。以上土星。

察日行以处位太白。曰西方，秋，司兵月行及天矢，日庚、辛，主杀。杀失者，罚出太白。太白失行，以其舍命国。其出行十八舍二百四十日而入。入东方，伏行十一舍百三十日；其入西方，伏行三舍十六日而出。当出不出，当入不入，是谓失舍，不有破军，必有国君之篡。、

其纪上元，以摄提格之岁，与营室晨出东方，至角而入；与营室夕出西方，至角而入；与角晨出，入毕；与角夕出，入毕；与毕晨出，入箕；与毕夕出，入箕；与箕晨出，入柳；与箕夕出，入柳；与柳晨出，入营室；与柳夕出，入营室。凡出入东西各五，为八岁，二百二十日，复与营室晨出东方。其大率，岁一周天。其始出东方，行迟，率日半度，一百二十日，必逆行一二舍；上极而反，东行，行日一度半，一百二十日入。其庳，近日，曰明星，柔；高，远日，曰大嚣，刚。其始出西，行疾，率日一度半，百二十日；上极而行迟，日半度，百二十日，旦入，必逆行一二舍而入。其庳，近日，曰太白，柔；高，远日，曰大相，刚。出以辰、戌，入以丑、未。

当出不出，未当入而入，天下偃兵，兵在外，入。未当出而出，当入而不入，下起兵，有破国。其当期出也，其国昌。其出东为东，入东为北方；出西为西，入西为南方。所居久，其乡利；疾，其乡凶。

出西逆行至东，正西国吉。出东至西，正东国吉。其出不经天；经天，天下革政。

小以角动，兵起。始出大，后小，兵弱；出小，后大，兵强。出高，用兵深吉，浅凶；庳，浅吉，深凶。日方南金居其南，日方北金居其北，曰赢，侯王不宁，用兵进吉退凶。日方南

金居其北，日方北金居其南，曰缩，侯王有忧，用兵退吉进凶。用兵象太白：太白行疾，疾行；迟，迟行。角，敢战。动摇躁，躁。圜以静，静。顺角所指，吉；反之，皆凶。出则出兵，入则入兵。赤角，有战；白角，有丧；黑圜角，忧，有水事；青圜小角，忧，有木事；黄圜和角，有土事，有年。其已出三日而复，有微入，入三日乃复盛出，是谓奘，其下国有军败将北。其已入三日又复微出，出三日而复盛入，其下国有忧；师有粮食兵革，遗人用之；卒虽众，将为人虏。其出西失行，外国败；其出东失行，中国败。其色大圜黄溼，可为好事；其圜大赤，兵盛不战。

太白白，比狼；赤，比心；黄，比参左肩；苍，比参右肩；黑，比奎大星。五星皆从太白而聚乎一舍，其下之国可以兵从天下。居实，有得也；居虚，无得也。行胜色，色胜位，有位胜无位，有色胜无色，行得尽胜之。出而留桑榆间，疾其下国。上而疾，未尽其日，过参天，疾其对国。上复下，下复上，有反将。其入月，将僇。金、木星合，光，其下战不合，兵虽起而不斗；合相毁，野有破军。出西方，昏而出阴，阴兵强；暮食出，小弱；夜半出，中弱；鸡鸣出，大弱：是谓阴陷于阳。其在东方，乘明而出阳，阳兵之强，鸡鸣出，小弱；夜半出，中弱；昏出，大弱：是谓阳陷于阴。太白伏也，以出兵，兵有殃。其出卯南，南胜北方；出卯北，北胜南方；正在卯，东国利。出西北，北胜南方；出酉南，南胜北方；正在酉，西国胜。

其与列星相犯，小战；五星，大战。其相犯，太白出其南，南国败；出其北，北国败。行疾，武；不行，文。色白五芒，出蚤为月蚀，晚为天矢及彗星，将发其国。出东为德，举事左之迎之，吉。出西为刑，举事右之背之，吉。反之皆凶。太白光见景，战胜。昼见而经天，是谓争明，强国弱，小国强，女主昌。

亢为疏庙，太白庙也。太白，大臣也，其号上公。其他名殷星、太正、营星、观星、宫星、明星、大衰、大泽、终星、大相、天浩、序星、月纬。大司马位谨候此。以上金星。

察日辰之会，以治辰星之位。曰北方水，太阴之精，主冬，日壬、癸。刑失者，罚出辰星，以其宿命国。

是正四时：仲春春分，夕出郊奎、娄、胃东五舍，为齐；仲夏夏至，夕出郊东井、舆鬼、柳东七舍，为楚；仲秋秋分，夕出郊角、亢、氐、房东四舍，为汉；仲冬冬至，晨出郊东方，与尾、箕、斗、牵牛俱西，为中国。其出入常以辰、戌、丑、未。

其蚤，为月蚀；晚，为彗星及天矢。其时宜效不效为失，追兵在外不战。一时不出，其时不和；四时不出，天下大饥。其当效而出也，色白为旱，黄为五谷熟，赤为兵，黑为水。出东方，大而白，有兵于外，解。常在东方，其赤，中国胜；其西而赤，外国利。无兵于外而赤，兵起。其与太白俱出东方，皆赤而角，外国大败，中国胜；其与太白俱出西方，皆赤而角，外国利。五星分天之中，积于东方，中国利；积于西方，外国用兵者利。五星皆从辰星而聚于一舍，其所舍之国可以法致天下。辰星不出，太白为客；其出，太白为主。出而与太白不相从，野虽有军，不战。出东方，太白出西方；若出西方，太白出东方，为格，野虽有兵不战。失其时而出，为当寒反温，当温反寒。当出不出，是谓击卒，兵大起。其入太白中而上出，破军杀将，客军胜；下出，客亡地。辰星来抵太白，太白不去，将死。正旗上出，破军杀将，客胜；下出，客亡地。视旗所指，以命破军。其绕环太白，若与斗，大战，客胜。兔过太白，间可械剑，小战，客胜。兔居太白前，军罢；出太白左，小战；摩太白，右数万人战，主人吏死；出太白右，去三尺，军急约战。青角，兵忧；黑角，水。赤行穷兵之所终。

兔七命，曰小正、辰星、天欃、安周星、细爽、能星、钩星。其色黄而小，出而易处，天下之文变而不善矣。兔五色，青圜忧，白圜丧，赤圜中不平，黑圜吉。赤角犯我城，黄角地之争，白角号泣之声。

其出东方，行四舍四十八日，其数二十日，而反入于东方；其出西方，行四舍四十八日，其数二十日，而反入于西方。其一候之营室、角、毕、箕、柳。出房、心间，地动。

辰星之色：春，青黄；夏，赤白；秋，青白，而岁熟；冬，黄而不明。即变其色，其时不昌。春不见，大风，秋则不实。夏不见，有六十日之旱，月蚀。秋不见，有兵，春则不生。冬不见，阴雨六十日，有流邑，夏则不长。七星为员官，辰星庙，蛮夷星也。以上水星。

角、亢、氐，兖州。房、心，豫州。尾、箕，幽州。斗，江、湖。牵牛、婺女，扬州。虚、危，青州。营室至东壁，并州。奎、娄、胃，徐州。昂、毕，冀州。觜觿、参，益州。东井、舆鬼，雍州。柳、七星、张，三河。翼、轸，荆州。以上分野。

两军相当，日晕；晕等，力钧；厚长大，有胜；薄短小，无胜。重抱大破。无抱为和，背为不和，为分离相去。直为自立，立侯王；指晕若曰杀将。负且戴，有喜。圜在中，中胜；在外，外胜。青外赤中，以和相去；赤外青中，以恶相去。气晕先至而后去，居军胜。先至先去，前利后病；后至后去，前病后利；后至先去，前后皆病，居晕不胜。见而去，其发疾，虽胜无功。见半日以上，功大。白虹屈短，上下兑，有者下大流血。日晕制胜，近期三十日，远期六十日。

其食，食所不利；复生，生所利；而食益尽，为主位。以其直及日所宿，加以日时，用命其国也。以上日晕。

月行中道，安宁和平。阴间，多水，阴事。外北三尺，阴星。北三尺，太阴，大水，兵。阳间，骄恣。阳星，多暴狱。太阳，大旱丧也。角、天门，十月为四月，十一月为五月，十二月为六月，水发，近三尺，远五尺。犯四辅，辅臣诛。行南北河，以阴阳言，旱水兵丧。

月蚀岁星，其宿地，饥若亡。荧惑也乱，填星也下犯上，太白也强国以战败，辰星也女乱。食大角，主命者恶之；心，则为内贼乱也；列星，其宿地忧。

月蚀始日，五月者六，六月者五，五月复六，六月者一，而五月者五，凡百一十三月而复始。故月蚀，常也；日蚀，为不臧也。甲、乙，四海之外，日月不占。丙、丁，江、淮、海岱也。戊、己，中州、河、济也。庚、辛，华山以西。壬、癸，恒山以北。日蚀，国君；月蚀，将相当之。以上月行。

国皇星，大而赤，状类南极。所出，其下起兵，兵强；其冲不利。

昭明星，大而白，无角，乍上乍下。所出国，起兵，多变。

五残星，出正东东方之野。其星状类辰星，去地可六丈。

大贼星，出正南南方之野。星去地可六丈，大而赤，数动，有光。

司危星，出正西西方之野。星去地可六丈，大而白，类太白。

狱汉星，出正北北方之野。星去地可六丈，大而赤，数动，察之中青。此四野星所出，出非其方，其下有兵，冲不利。

四填星，所出四隅，去地可四丈。

地维咸光，亦出四隅，去地可三丈，若月始出。所见，下有乱；乱者亡，有德者昌。

烛星，状如太白，其出也不行。见则灭。所烛者，城邑乱。

如星非星，如云非云，命曰归邪。归邪出，必有归国者。

星者，金之散气，本曰火。星众，国吉；少则凶。

汉者，亦金之散气，其本曰水。汉，星多，多水，少则旱，其大经也。

天鼓，有音如雷非雷，音在地而下及地。其所往者，兵发其下。

天狗，状如大奔星，有声，其下止地，类狗。所堕及炎火，望之如火光炎炎冲天。其下圜如数顷田处，上兑者则有黄色，千里破军杀将。

格泽星者，如炎火之状。黄白，起地而上。下大，上兑。其见也，不种而获；不有土功，必有大害。

蚩尤之旗，类彗而后曲，象旗。见则王者征伐四方。

旬始，出于北斗旁，状如雄鸡。其怒，青黑，象伏鳖。

枉矢，类大流星，蛇行而苍黑，望之如有毛羽然。

长庚，如一匹布著天。此星见，兵起。

星坠至地，则石也。河、济之间，时有坠星。

天精而见景星。景星者，德星也。其状无常，常出于有道之国。以上吉星凶星。

凡望云气，仰而望之，三四百里；平望，在桑榆上，千余里二千里；登高而望之，下属地者三千里。云气有兽居上者，胜。

自华以南，气下黑上赤。嵩高、三河之郊，气正赤。恒山之北，气下黑上青。勃、碣、海、岱之间，气皆黑。江、淮之间，气皆白。

徒气白。土功气黄。车气乍高乍下，往往而聚。骑气卑而布。卒气抟。前卑而后高者，疾；前方而后高者，兑；后兑而卑者，却。其气平者其行徐。前高而后卑者，不止而反。气相遇者，卑胜高，兑胜方。气来卑而循车通者，不过三四日，去之五六里见。气来高七八尺者，不过五六日，去之十余里见。气来高丈余二丈者，不过三四十日，去之五六十里见。

稍云精白者，其将悍，其士怯。其大根而前绝远者，当战。青白，其前低者，战胜；其前赤而仰者，战不胜。阵云如立垣。杼云类杼。轴云抟两端兑。杓云如绳者，居前亘天，其半半天。其蜺者类阙旗故。钩云句曲。诸此云见，以五色合占。而泽抟密，其见动人，乃有占；兵必起，合斗其直。

王朔所候，决于日旁。日旁云气，人主象。皆如其形以占。

故北夷之气如群畜穹闾，南夷之气类舟船幡旗。大水处，败军场，破国之虚，下有积钱，金宝之上，皆有气，不可不察。海旁蜄气象楼台；广野气成宫阙然。云气各象其山川人民所积聚。

故候息耗者，入国邑，视封疆田畴之正治，城郭室屋门户之润泽，次至车服畜产精华。实息者，吉；虚耗者，凶。

若烟非烟，若云非云，郁郁纷纷，萧索轮囷，是谓卿云。卿云，见喜气也。若雾非雾，衣冠而不濡，见则其域被甲而趋。

天雷电、虾虹、辟历、夜明者，阳气之动者也，春夏则发，秋冬则藏，故候者无不司之。

天开县物，地动坼绝。山崩及徙，川塞谿垘；水澹泽竭，地长见象。城郭门闾，闺臬枯槁；宫庙邸第，人民所次。谣俗车服，观民饮食。五谷草木，观其所属。仓府厩库，四通之路。六畜禽兽，所产去就；鱼鳖鸟鼠，观其所处。鬼哭若呼，其人逢忤。化言，诚然。以上望云气。

凡候岁美恶，谨候岁始。岁始或冬至日，产气始萌。腊明日，人众卒岁，一会饮食，发阳气，故曰初岁。正月旦，王者岁首；立春日，四时之卒始也。四始者，候之日。

而汉魏鲜集腊明正月旦决八风。风从南方来，大旱；西南，小旱；西方，有兵；西北，戎菽为，小雨，趣兵；北方，为中岁；东北，为上岁；东方，大水；东南，民有疾疫，岁恶。故八风各与其冲对，课多者为胜。多胜少，久胜亟，疾胜徐。旦至食，为麦；食至日昳，为稷；昳至铺，为黍；铺至下铺，为菽；下铺至日入，为麻。欲终日有雨，有云，有风，有日。日当其时者，深而多实；无云有风日，当其时，浅而多实；有云风，无日，当其时，深而少实；有日，无云，不风，当其时者稼有败。如食顷，小败；熟五斗米顷，大败。则风复起，有云，其稼复起。各以其时用云色占种所宜。其雨雪若寒，岁恶。

是日光明，听都邑人民之声。声宫，则岁善，吉；商，则有兵；徵，旱；羽，水；角，岁恶。

或从正月旦比数雨。率日食一升，至七升而极；过之，不占。数至十二日，日直其月，占水旱。为其环城千里内占，则其为天下候，竟正月。月所离列宿，日、风、云，占其国。然必察太岁所在。在金，穰；水，毁；木，饥；火，旱。此其大经也。

正月上甲，风从东方，宜蚕；风从西方，若旦黄云，恶。

冬至短极，县土炭，炭动，鹿角解，兰根出，泉水跃，略以知日至，要决晷景。岁星所在，五谷逢昌。其对为冲，岁乃有殃。以上候岁。

太史公曰：自初生民以来，世主曷尝不历日月星辰？及至五家、三代，绍而明之，内冠带，外夷狄，分中国为十有二州，仰则观象于天，俯则法类于地。天则有日月，地则有阴阳。天有五星，地有五行。天则有列宿，地则有州域。三光者，阴阳之精，气本在地，而圣人统理之。

幽厉以往，尚矣。所见天变，皆国殊窟穴，家占物怪，以合时应，其文图籍祥不法。是以孔子论六经，记异而说不书。至天道命，不传；传其人，不待告；告非其人，虽言不著。

昔之传天数者：高辛之前，重、黎；于唐、虞，羲、和；有夏，昆吾；殷商，巫咸；周室，史佚、苌弘；于宋，子韦；郑则䄕灶；在齐，甘公；楚，唐昧；赵，尹皋；魏，石申。

夫天运，三十岁一小变，百年中变，五百载大变；三大变一纪，三纪而大备：此其大数也。为国者必贵三五。上下各千岁，然后天人之际续备。

太史公推古天变，未有可考于今者。盖略以春秋二百四十二年之间，日蚀三十六，彗星三见，宋襄公时星陨如雨。天子微，诸侯力政，五伯代兴，更为命主，自是之后，众暴寡，大并小。秦、楚、吴、越，夷狄也，为强伯。田氏篡齐，三家分晋，并为战国。争于攻取，兵革更起，城邑数屠，因以饥馑疾疫焦苦，臣主共忧患，其察机祥候星气尤急。近世十二诸侯七国相王，言从衡者继踵，而皋、唐、甘、石因时务论其书传，故其占验凌杂米盐。

二十八舍主十二州，斗秉兼之，所从来久矣。秦之疆也，候在太白，占于狼、弧。吴、楚之疆，候在荧惑，占于鸟衡。燕、齐之疆，候在辰星，占于虚、危。宋、郑之疆，候在岁星，占于房、心。晋之疆，亦候在辰星，占于参罚。

及秦并吞三晋、燕、代，自河山以南者中国。中国于四海内则在东南，为阳；阳则日、岁星、荧惑、填星；占于街南，毕主之。其西北则胡、貉、月氏诸衣旃裘引弓之民，为阴；阴则月、太白、辰星；占于街北，昴主之。故中国山川东北流，其维，首在陇、蜀，尾没于勃、碣。是以秦、晋好用兵，复占太白，太白主中国；而胡、貉数侵掠，独占辰星，辰星出入躁疾，常主夷狄：其大经也。此更为客主人。荧惑为孛，外则理兵，内则理政。故曰"虽有明天子，必视荧惑所在"。诸侯更强，时灾异记，无可录者。

秦始皇之时，十五年彗星四见，久者八十日，长或竟天。其后秦遂以兵灭六王，并中国，外攘四夷，死人如乱麻，因以张楚并起，三十年之间兵相骈藉，不可胜数。自蚩尤以来，未尝若斯也。

项羽救钜鹿，枉矢西流，山东遂合从诸侯，西坑秦人，诛屠咸阳。

汉之兴，五星聚于东井。平城之围，月晕参、毕七重。诸吕作乱，日蚀，昼晦。吴楚七国叛逆，彗星数丈，天狗过梁野；及兵起，遂伏尸流血其下。元光、元狩，蚩尤之旗再见，长则半天。其后京师师四出，诛夷狄者数十年，而伐胡尤甚。越之亡，荧惑守斗；朝鲜之拔，星茀于河戌；兵征大宛，星茀招摇：此其荦荦大者。若至委曲小变，不可胜道。由是观之，未有不先形见而应随之者也。

夫自汉之为天数者，星则唐都，气则王朔，占岁则魏鲜。故甘、石历五星法，唯独荧惑有反逆行；逆行所守，及他星逆行，日月薄蚀，皆以为占。

余观史记，考行事，百年之中，五星无出而不反逆行，反逆行，尝盛大而变色；日月薄蚀，行南北有时：此其大度也。故紫宫、房心、权衡、咸池、虚危列宿部星，此天之五官坐位也，为经，不移徙，大小有差，阔狭有常。水、火、金、木、填星，此五星者，天之五佐，为经纬，见伏有时，所过行赢缩有度。

日变修德，月变省刑，星变结和。凡天变，过度乃占。国君强大，有德者昌；弱小，饰诈者亡。太上修德，其次修政，其次修救，次修禳，正下无之。夫常星之变希见，而三光之占亟用。日月晕适，云风，此天之客气，其发见亦有大运。然其与政事俯仰，最近大人之符。此五者，天之感动。为天数者，必通三五。终始古今，深观时变，察其精粗，则天官备矣。

苍帝行德，天门为之开。赤帝行德，天牢为之空。黄帝行德，天矢为之起。风从西北来，必以庚、辛。一秋中，五至，大赦；三至，小赦。白帝行德，以正月二十日、二十一日，月晕围，常大赦载，谓有太阳也。一曰：白帝行德，毕、昴为之围。围三暮，德乃成；不三暮，及围不合，德不成。二曰：以辰围，不出其旬。黑帝行德，天关为之动。天行德，天子更立年；不德，风雨破石。三能、三衡者，天廷也。客星出天廷，有奇令。

封禅书

自古受命帝王，曷尝不封禅？盖有无其应而用事者矣，未有睹符瑞见而不臻乎泰山者也。虽受命而功不至，至矣而德不洽，洽矣而日有不暇给，是以即事用希。《传》曰："三年不为礼，礼必废；三年不为乐，乐必坏。"每世之隆，则封禅答焉，及衰而息。厥旷远者千有余载，近者数百载，故其仪阙然堙灭，其详不可得而记闻云。以上封禅希旷不举。

《尚书》曰，舜在璇玑玉衡，以齐七政。遂类于上帝，禋于六宗，望山川，遍群神。辑五瑞，择吉月日，见四岳诸牧，还瑞。岁二月，东巡狩，至于岱宗。岱宗，泰山也。柴，望秩于山川。遂觐东后。东后者，诸侯也。合时月正日，同律度量衡，修五礼，五玉三帛二生一死贽。五月，巡狩至南岳。南岳，衡山也。八月，巡狩至西岳。西岳，华山也。十一月，巡狩至北岳。北岳，恒山也。皆如岱宗之礼。中岳，嵩高也。五载一巡狩。

禹遵之。后十四世，至帝孔甲，淫德好神，神渎，二龙去之。其后三世，汤伐桀，欲迁夏社，不可，作夏社。后八世，至帝太戊，有桑谷生于廷，一暮大拱，惧。伊陟曰："妖不胜德。"太戊修德，桑谷死。伊陟赞巫咸，巫咸之兴自此始。后十四世，帝武丁得傅说为相，殷复兴焉，称高宗。有雉登鼎耳雊，武丁惧。祖己曰："修德。"武丁从之，位以永宁。后五世，帝武乙慢神而震死。后三世，帝纣淫乱，武王伐之。由此观之，始未尝不肃祗，后稍怠慢也。

周官曰，冬日至，祀天于南郊，迎长日之至；夏日至，祭地祇。皆用乐舞，而神乃可得而礼也。天子祭天下名山大川，五岳视三公，四渎视诸侯，诸侯祭其疆内名山大川。四渎者，江、河、淮、济也。天子曰明堂、辟雍，诸侯曰泮宫。

周公既相成王，郊祀后稷以配天，宗祀文王于明堂以配上帝。自禹兴而修社祀，后稷稼穑，故有稷祠，郊社所从来尚矣。以上唐虞三代郊祀大略。

自周克殷后十四世，世益衰，礼乐废，诸侯恣行，而幽王为犬戎所败，周东徙雒邑。秦襄公攻戎救周，始列为诸侯。秦襄公既侯，居西垂，自以为主少皞之神，作西畤，祠白帝，其牲用骊驹黄牛羝羊各一云。其后十六年，秦文公东猎汧渭之间，卜居之而吉。文公梦黄蛇自天下属地，其口止于鄜衍。文公问史敦，敦曰："此上帝之征，君其祠之。"于是作鄜畤，用三牲郊祭白帝焉。

自未作鄜畤也，而雍旁故有吴阳武畤，雍东有好畤，皆废无祠。或曰："自古以雍州积高，神明之隩，故立畤郊上帝，诸神祠皆聚云。盖黄帝时尝用事，虽晚周亦郊焉。"其语不经见，搢绅者不道。

作鄜畤后九年，文公获若石云，于陈仓北阪城祠之。其神或岁不至，或岁数来，来也常以夜，光辉若流星，从东南来集于祠城，则若雄鸡，其声殷云，野鸡夜雊。以一牢祠，命曰陈宝。

作鄜畤后七十八年，秦德公既立，卜居雍，"后子孙饮马于河"，遂都雍。雍之诸祠自此兴。用三百牢于鄜畤。作伏祠。磔狗邑四门，以御蛊灾。

德公立二年卒。其后六年，秦宣公作密畤于渭南，祭青帝。

其后十四年，秦缪公立，病卧五日不寤；寤，乃言梦见上帝，上帝命缪公平晋乱。史书而记藏之府。而后世皆曰秦缪公上天。以上秦作畤及祀陈宝。

秦缪公即位九年，齐桓公既霸，会诸侯于葵邱，而欲封禅。管仲曰："古者封泰山禅梁父者七十二家，而夷吾所记者十有二焉。昔无怀氏封泰山，禅云云；虙羲封泰山，禅云云；神农封泰山，禅云云；炎帝封泰山，禅云云；黄帝封泰山，禅亭亭；颛顼封泰山，禅云云；帝喾封泰山，禅云云；尧封泰山，禅云云；舜封泰山，禅云云；禹封泰山，禅会稽；汤封泰山，禅云云；周成王封泰山，禅社首：皆受命然后得封禅。"桓公曰："寡人北伐山戎，过孤竹；西伐大夏，涉流沙，束马悬车，上卑耳之山；南伐至召陵，登熊耳山以望江汉。兵车之会三，而乘车之会六，九合诸侯，一匡天下，诸侯莫违我。昔三代受命，亦何以异乎？"于是管仲睹桓公不可穷以辞，因设之以事，曰："古之封禅，鄗上之黍，北里之禾，所以为盛；江淮之间，一茅三脊，所以为藉也。东海致比目之鱼，西海致比翼之鸟，然后物有不召而自至者十有五焉。今凤凰麒麟不来，嘉谷不生，而蓬蒿藜莠茂，鸱枭数至，而欲封禅，毋乃不可乎？"于是桓公乃止。以上管仲与齐桓公论封禅。是岁，秦缪公内晋君夷吾。其后三置晋国之君，平其乱。缪公立三十九年而卒。

其后百有余年，而孔子论述六艺，传略言易姓而王，封泰山禅乎梁父者七十余王矣，其俎豆之礼不章，盖难言之。或问禘之说，孔子曰："不知。知禘之说，其于天下也视其掌。"诗云纣在位，文王受命，政不及泰山。武王克殷二年，天下未宁而崩。爰周德之洽维成王，成王之封禅则近之矣。及后陪臣执政，季氏旅于泰山，仲尼讥之。

是时苌弘以方事周灵王，诸侯莫朝周，周力少，苌弘乃明鬼神事，设射狸首。狸首者，诸侯之不来者。依物怪欲以致诸侯。

诸侯不从，而晋人执杀苌弘。周人之言方怪者自苌弘。以上孔子不言封禅苌弘以方怪见杀。

其后百余年，秦灵公作吴阳上畤，祭黄帝；作下畤，祭炎帝。

后四十八年，周太史儋见秦献公曰："秦始与周合，合而离，五百岁当复合，合十七年而霸王出焉。"栎阳雨金，秦献公自以为得金瑞，故作畦畤栎阳而祀白帝。

其后百二十岁而秦灭周，周之九鼎入于秦。或曰宋、太邱社亡，而鼎没于泗水彭城下。

其后百一十五年而秦并天下。

秦始皇既并天下而帝，或曰："黄帝得土德，黄龙地螾见。夏得木德，青龙止于郊，草木畅茂。殷得金德，银自山溢。周得火德，有赤乌之符。今秦变周，水德之时。昔秦文公出猎，获黑龙，此其水德之瑞。"于是秦更命河曰"德水"，以冬十月为年首，色上黑，度以六为名，音上大吕，事统上法。

即帝位三年，东巡郡县，祠驺峄山，颂秦功业。于是征从齐、鲁之儒生博士七十人，至乎泰山下。诸儒生或议曰："古者封禅为蒲车，恶伤山之土石草木；埽地而祭，席用菹秸，言其易遵也。"始皇闻此议各乖异，难施用，由此绌儒生。而遂除车道，上自泰山阳至巅，立石颂秦始皇帝德，明其得封也。从阴道下，禅于梁父。其礼颇采太祝之祀雍上帝所用，而封藏皆秘之，世不得而记也。

始皇之上泰山，中阪遇暴风雨，休于大树下。诸儒生既绌，不得与用于封事之礼，闻始皇遇风雨，则讥之。以上秦多异征始皇封禅。

于是始皇遂东游海上，行礼祠名山大川及八神，求仙人羡门之属。八神将自古而有之，或曰太公以来作之。齐所以为齐，以天齐也。其祀绝莫知起时。八神：一曰天主，祠天齐。天齐渊水，居临菑南郊山下者。二曰地主，祠泰山梁父。盖天好阴，祠之必于高山之下，小山之上，命曰"畤"；地贵阳，祭之必于泽中圜邱云。三曰兵主，祠蚩尤。蚩尤在东平陆监乡，齐之西境也。四曰阴主，祠三山。五曰阳主，祠之罘。六曰月主，祠之莱山。皆在齐北，并勃海。七曰日主，祠成山。成山斗入海，最居齐东北隅，以迎日出云。八曰四时主，祠琅邪。琅邪在齐东方，盖岁之所始。皆各用一牢具祠，而巫祝所损益，珪币杂异焉。

自齐威、宣之时，驺子之徒论著终始五德之运，及秦帝而齐人奏之，故始皇采用之。而宋毋忌、正伯侨、充尚、羡门子高最后皆燕人，为方仙道，形解销化，依于鬼神之事。驺衍以阴阳主运显于诸侯，而燕、齐海上之方士传其术不能通，然则怪迂阿谀苟合之徒自此兴，不可胜数也。

自威、宣、燕昭使人入海求蓬莱、方丈、瀛洲。此三神山者，其傅在勃海中，去人不远；患且至，则船风引而去。盖尝有至者，诸仙人及不死之药皆在焉。其物禽兽尽白，而黄金银为宫阙。未至，望之如云；及到，三神山反居水下。临之，风辄引去，终莫能至云。世主莫不甘心焉。及至秦始皇并天下，至海上，则方士言之不可胜数。始皇自以为至海上而恐不及矣，使人乃赍童男女入海求之。船交海中，皆以风为解，曰未能至，望见之焉。其明年，始皇复游海上，至琅邪，过恒山，从上党归。后三年，游碣石，考入海方士，从上郡归。后五年，始皇南至湘山，遂登会稽，并海上，冀遇海中三神山之奇药。不得，还至沙邱崩。以上燕、齐海上多方士，始皇入海求神仙。

二世元年，东巡碣石，并海南，历泰山，至会稽，皆礼祠之，而刻勒始皇所立石书旁，以章始皇之功德。其秋，诸侯畔秦。三年而二世弑死。

始皇封禅之后十三岁，秦亡。诸儒生疾秦焚诗书，诛僇文学，百姓怨其法，天下畔之，皆讹曰："始皇上泰山，为暴风雨所击，不得封禅。"此岂所谓无其德而用事者邪？以上秦最速亡、见封禅不足贵。

昔三代之君皆在河、洛之间，故嵩高为中岳，而四岳各如其方，四渎咸在山东。至秦称帝，都咸阳，则五岳、四渎皆并在东方。自五帝以至秦，轶兴轶衰，名山大川或在诸侯，或在天子，其礼损益世殊，不可胜记。及秦并天下，令祠官所常奉天地名山大川鬼神可得而序也。

于是自殽以东，名山五，大川祠二。曰太室。太室，嵩高也。恒山，泰山，会稽，湘山。水曰济，曰淮。春以脯酒为岁祠，因泮冻，秋涸冻，冬塞祷祠。其牲用牛犊各一，牢具珪币各异。

自华以西，名山七，名川四。曰华山，薄山。薄山者，襄山也。岳山，岐山，吴岳，鸿冢，渎山。渎山，蜀之汶山。水曰河，祠临晋；沔，祠汉中；湫渊，祠朝那；江水，祠蜀。亦春秋泮涸祷赛，如东方名山川；而牲牛犊牢具珪币各异。而四大冢鸿、岐、吴、岳，皆有尝禾。

陈宝节来祠。其河加有尝醪。此皆在雍州之域，近天子之都，故加车一乘，骝驹四。

灞、产、长水、沣、涝、泾、渭皆非大川，以近咸阳，尽得比山川祠，而无诸加。

汧、洛二渊，鸣泽、蒲山、岳嵝山之属，为小山川，亦皆岁祷赛泮涸祠，礼不必同。以上秦祀名山大川。

而雍有日、月、参、辰、南北斗、荧惑、太白、岁星、填星、二十八宿、风伯、雨师、四海、九臣、十四臣、诸布、诸严、诸逑之属，百有余庙。西亦有数十祠。于湖有周天子祠。于下邽有天神。沣、滈有昭明、天子辟池。于社、亳有三社主之祠、寿星祠；而雍菅庙亦有杜主。杜主，故周之右将军，其在秦中，最小鬼之神者。各以岁时奉祠。

唯雍四畤上帝为尊，其光景动人民唯陈宝。故雍四畤，春以为岁祷，因泮冻，秋涸冻，冬赛祠，五月尝驹，及四仲之月祠，若月祠陈宝节来一祠。春夏用骍，秋冬用骝。畤驹四匹，木禺龙栾车一驷，木禺车马一驷，各如其帝色。黄犊羔各四，珪币各有数，皆生瘗埋，无俎豆之具。三年一郊。秦以冬十月为岁首，故常以十月上宿郊见，通权火，拜于咸阳之旁，而衣上白，其用如经祠云。西畤、畦畤，祠如其故，上不亲往。

诸此祠皆太祝常主，以岁时奉祠之。至如他名山川诸鬼及八神之属，上过则祠，去则已。郡县远方神祠者，民各自奉祠，不领于天子之祝官。祝官有秘祝，即有灾祥，辄祝祠移过于下。以上秦诸神祠。

汉兴，高祖之微时，尝杀大蛇。有物曰："蛇，白帝子也，而杀者赤帝子。"高祖初起，祷丰枌榆社。徇沛，为沛公，则祠蚩尤，衅鼓旗。遂以十月至灞上，与诸侯平咸阳，立为汉王。因以十月为年首，而色上赤。

二年，东击项籍而还入关，问："故秦时上帝祠何帝也？"对曰："四帝，有白、青、黄、赤帝之祠。"高祖曰："吾闻天有五帝，而有四，何也？"莫知其说。于是高祖曰："吾知之矣，乃待我而具五也。"乃立黑帝祠，命曰北畤。有司进祠，上不亲往。悉召故秦祝官，复置太祝、太宰，如其故仪礼。因令县为公社。下诏曰："吾甚重祠而敬祭。今上帝之祭及山川诸神当祠者，各以其时礼祠之如故。"

后四岁，天下已定，诏御史，令丰谨治枌榆社，常以四时春以羊彘祠之。令祝官立蚩尤之祠于长安。长安置祠祝官、女巫。

其梁巫，祠天、地、天社、天水、房中、堂上之属；晋巫，祠五帝、东君、云中、司命、巫社、巫祠、族人、先炊之属；秦巫，祠社主、巫保、族累之属；荆巫，祠堂下、巫先、司命、施糜之属；九天巫，祠九天：皆以岁时祠宫中。其河巫祠河于临晋，而南山巫祠南山秦中。秦中者，二世皇帝。各有时月。

其后二岁，或曰周兴而邑邰，立后稷之祠，至今血食天下。于是高祖制诏御史："其令郡国县立灵星祠，常以岁时祠以牛。"

高祖十年春，有司请令县常以春三月及时腊祠社稷以羊豕，民里社各自财以祠。制曰："可。"以上汉高祖。

其后十八年，孝文帝即位。即位十三年，下诏曰："今秘祝移过于下，朕甚不取。自今除之。"

始名山大川在诸侯，诸侯祝各自奉祠，天子官不领。及齐、淮南国废，令太祝尽以岁时致礼如故。

是岁，制曰："朕即位十三年于今，赖宗庙之灵，社稷之福，方内乂安，民人靡疾。间者比年登，朕之不德，何以飨此？皆上帝诸神之赐也。盖闻古者飨其德必报其功，欲有增诸神祠。有司议增雍五畤路车各一乘，驾被具；西畤、畦畤禺车各一乘，禺马四匹，驾被具；其河、湫、汉水加玉各二；及诸祠，各增广坛场，珪币俎豆以差加之。而祝釐者归福于朕，百姓不与焉。自今祝致敬，毋有所祈。"

鲁人公孙臣上书曰："始秦得水德，今汉受之，推终始传，则汉当土德，土德之应黄龙见。宜改正朔，易服色，色上黄。"是时丞相张苍好律历，以为汉乃水德之始，故河决金堤，其符也。年始冬十月，色外黑内赤，与德相应。如公孙臣言，非也。罢之。后三岁，黄龙见成纪。文帝乃召公孙臣，拜为博士，与诸生草改历服色事。其夏，下诏曰："异物之神见于成纪，无害于民，岁以有年。朕祈郊上帝诸神，礼官议，无讳以劳朕。"有司皆曰"古者天子夏亲郊，祀上帝于郊，故曰郊"。于是夏四月，文帝始郊见雍五畤祠，衣皆上赤。

其明年，赵人新垣平以望气见上，言"长安东北有神气，成五采，若人冠绖焉。或曰东北神明之舍，西方神明之墓也。天瑞下，宜立祠上帝，以合符应"。于是作渭阳五帝庙，同宇，帝一殿，面各五门，各如其帝色。祠所用及仪亦如雍五畤。

夏四月，文帝亲拜霸渭之会，以郊见渭阳五帝。五帝庙南临渭，北穿蒲池沟水，权火举而祠，若光辉然属天焉。于是贵平上大夫，赐累千金。而使博士诸生刺六经中作王制，谋议巡狩封禅事。

文帝出长门，若见五人于道北，遂因其直北立五帝坛，祠以五牢具。

其明年，新垣平使人持玉杯，上书阙下献之。平言上曰："阙下有宝玉气来者。"已视之，果有献玉杯者，刻曰"人主延寿"。平又言"臣候日再中"。居顷之，日却复中。于是始更以十七年为元年，令天下大酺。

平言曰："周鼎亡在泗水中，今河溢通泗，臣望东北汾阴直有金宝气，意周鼎其出乎？兆见不迎则不至。"于是上使使治庙汾阴南，临河，欲祠出周鼎。

人有上书告新垣平所言气神事皆诈也。下平吏治，诛夷新垣平。自是之后，文帝怠于改正朔服色神明之事，而渭阳、长门五帝使祠官领，以时致礼，不往焉。

明年，匈奴数入边，兴兵守御。后岁少不登。

数年而孝景即位。十六年，祠官各以岁时祠如故，无有所兴，至今天子。以上汉文帝、景帝。

今天子初即位，尤敬鬼神之祀。

元年，汉兴已六十余岁矣，天下乂安，搢绅之属皆望天子封禅改正度也，而上乡儒术，招贤良，赵绾、王臧等以文学为公卿，欲议古立明堂城南，以朝诸侯。草巡狩封禅改历服色事未就。会窦太后治黄老言，不好儒术，使人微伺得赵绾等奸利事，召按绾、臧，绾、臧自杀，诸所兴为皆废。

后六年，窦太后崩。其明年，征文学之士公孙弘等。

明年，今上初至雍，郊见五畤。后常三岁一郊。是时上求神君，舍之上林中蹄氏观。神君者，长陵女子，以子死，见神于先后宛若。宛若祠之其室，民多往祠。平原君往祠，其后子孙以尊显。及今上即位，则厚礼置祠之内中。闻其言，不见其人云。以上武帝好神异之初。

是时李少君亦以祠灶、谷道、却老方见上，上尊之。少君者，故深泽侯舍人，主方。匿其年及其生长，常自谓七十，能使物，却老。其游以方遍诸侯。无妻子。人闻其能使物及不死，更馈遗之，常余金钱衣食。人皆以为不治生业而饶给，又不知其何所人，愈信，争事之。少君资好方，善为巧发奇中。尝从武安侯饮，坐中有九十余老人，少君乃言与其大父游射处，老人为儿时从其大父，识其处，一坐尽惊。少君见上，上有故铜器，问少君。少君曰："此器齐桓公十年陈于柏寝。"已而案其刻，果齐桓公器。一宫尽骇，以为少君神，数百岁人也。

少君言上曰："祠灶则致物，致物而丹沙可化为黄金，黄金成以为饮食器则益寿，益寿而海中蓬莱仙者乃可见，见之以封禅则不死，黄帝是也。臣尝游海上，见安期生，安期生食巨枣，大如瓜。安期生仙者，通蓬莱中，合则见人，不合则隐。"于是天子始亲祠灶，遣方士入海，求蓬莱安期生之属，而事化丹沙诸药齐为黄金矣。

居久之，李少君病死。天子以为化去不死，而使黄锤史宽舒受其方。求蓬莱安期生莫能得，而海上燕、齐怪迂之方士多更来言神事矣。以上李少君。

亳人谬忌奏祠太一方，曰："天神贵者太一，太一佐曰五帝。古者天子以春秋祭太一东南郊，用太牢，七日，为坛开八通之鬼道。"于是天子令太祝立其祠长安东南郊，常奉祠如忌方。其后人有上书，言"古者天子三年壹用太牢祠神三一：天一、地一、太一"。天子许之，令太祝领祠之于忌太一坛上，如其方。后人复有上书，言"古者天子常以春解祠，祠黄帝用一枭破镜；冥羊用羊祠；马行用一青牡马；太一、泽山君地长用牛；武夷君用干鱼；阴阳使者以一牛"。令祠官领之如其方，而祠于忌太一坛旁。

其后，天子苑有白鹿，以其皮为币，以发瑞应，造白金焉。

其明年，郊雍，获一角兽，若麃然。有司曰："陛下肃祗郊祀，上帝报享，锡一角兽，盖麟云。"于是以荐五畤，畤加一牛以燎。锡诸侯白金，风符应合于天也。

于是济北王以为天子且封禅，乃上书献泰山及其旁邑，天子以他县偿之。常山王有罪，迁，天子封其弟于真定，以续先王祀，而以常山为郡，然后五岳皆在天子之邦。以上祠太一及诸神。

其明年，齐人少翁以鬼神方见上。上有所幸王夫人，夫人卒，少翁以方盖夜致王夫人及灶鬼之貌云，天子自帷中望见焉。于是乃拜少翁为文成将军，赏赐甚多，以客礼礼之。文成言曰："上即欲与神通，宫室被服非象神，神物不至。"乃作画云气车，及各以胜日驾车辟恶鬼。又作甘泉宫，中为台室，画天、地、太一诸鬼神，而置祭具以致天神。居岁余，其方益衰，神不至。乃为帛书以饭牛，详不知，言曰此牛腹中有奇。杀视得书，书言甚怪。天子识其手书，问其人，果是伪书，于是诛文成将军，隐之。

其后则又作柏梁、铜柱、承露仙人掌之属矣。以上文成将军。

文成死明年，天子病鼎湖甚，巫医无所不致，不愈。游水发根言上郡有巫，病而鬼神下之。上召置祠之甘泉。及病，使人问神君。神君言曰："天子无忧病。病少愈，强与我会甘泉。"于是病愈，遂起，幸甘泉，病良已。大赦，置酒寿宫神君。寿宫神君最贵者太一，其佐曰大禁、司命之属，皆从之。弗可得见，闻其言，言与人音等。时去时来，来则风肃然。居室帷中。时昼言，然常以夜。天子祓，然后入。因巫为主人，关饮食。所以言，行下。又置寿宫、北宫，张羽旗，设供具，以礼神君。神君所言，上使人受书其言，命之曰"书法"。其所语，世俗之所知也，无绝殊者，而天子心独喜。其事秘，世莫知也。以上因帝病复、叙神君事。

其后三年，有司言元宜以天瑞命，不宜以一二数。一元曰"建"，二元以长星曰"光"，三元以郊得一角兽曰"狩"云。

其明年冬，天子郊雍，议曰："今上帝朕亲郊，而后土无祀，则礼不答也。"有司与太史公、祠官宽舒议："天地牲角茧栗。今陛下亲祠后土，后土宜于泽中圜丘为五坛，坛一黄犊太牢具，已祠尽瘗，而从祠衣上黄。"于是天子遂东，始立后土祠汾阴脽邱，如宽舒等议。上亲望拜，如上帝礼。礼毕，天子遂至荥阳而还。过雒阳，下诏曰："三代邈绝，远矣难存。其以三十里地封周后为周子南君，以奉其先祀焉。"是岁，天子始巡郡县，浸寻于泰山矣。以上亲祠汾阴后土因巡郡县。

其春，乐成侯上书言栾大。栾大，胶东宫人，故尝与文成将军同师，已而为胶东王尚方。而乐成侯姊为康王后，无子。康王死，他姬子立为王。而康后有淫行，与王不相中，相危以法。康后闻文成已死，而欲自媚于上，乃遣栾大因乐成侯求见言方。天子既诛文成，后悔其蚤死，惜其方不尽，及见栾大，大说。大为人长美，言多方略，而敢为大言，处之不疑。大言曰："臣常往来海中，见安期、羡门之属。顾以臣为贱，不信臣。又以为康王诸侯耳，不足与方。臣数言康王，康王又不用臣。臣之师曰：
'黄金可成，而河决可塞，不死之药可得，仙人可致也。'然臣恐
效文成，则方士皆奄口，恶敢言方哉！"上曰："文成食马肝死
耳。子诚能修其方，我何爱乎！"大曰："臣师非有求人，人者求
之。陛下必欲致之，则贵其使者，令有亲属，以客礼待之，勿
卑，使各佩其信印，乃可使通言于神人。神人尚肯邪不邪。致尊
其使，然后可致也。"于是上使验小方，斗棋，棋自相触击。

是时上方忧河决，而黄金不就，乃拜大为五利将军。居月
余，得四印，佩天士将军、地士将军、大通将军印。制诏御史：
"昔禹疏九江，决四渎。间者河溢皋陆，堤繇不息。朕临天下二
十有八年，天若遗朕士而大通焉。乾称'蜚龙'，'鸿渐于般'，
朕意庶几与焉。其以二千户封地士将军大为乐通侯。"赐列侯甲
第，僮千人。乘舆斥车马帷幄器物以充其家。又以卫长公主妻
之，赍金万斤，更命其邑曰当利公主。天子亲如五利之第。使者
存问供给，相属于道。自大主将相以下，皆置酒其家，献遗之。
于是天子又刻玉印曰"天道将军"，使使衣羽衣，夜立白茅上，
五利将军亦衣羽衣，夜立白茅上受印，以示不臣也。而佩"天
道"者，且为天子道天神也。于是五利常夜祠其家，欲以下神。
神未至而百鬼集矣，然颇能使之。其后装治行，东入海，求其师
云。大见数月，佩六印，贵震天下，而海上燕、齐之间，莫不搤
捥而自言有禁方，能神仙矣。以上五利将军。

其夏六月中，汾阴巫锦为民祠魏脽后土营旁，见地如钩状，
掊视得鼎。鼎大异于众鼎，文镂无款识，怪之，言吏。吏告河东
太守胜，胜以闻。天子使使验问，巫得鼎无奸诈，乃以礼祠，迎
鼎至甘泉，从行，上荐之。至中山，曣腽，有黄云盖焉。有麃
过，上自射之，因以祭云。至长安，公卿大夫皆议请尊宝鼎。天
子曰："间者河溢，岁数不登，故巡祭后土，祈为百姓育谷。今

岁丰庞未报，鼎曷为出哉？"有司皆曰："闻昔泰帝兴神鼎一，一者壹统，天地万物所系终也。黄帝作宝鼎三，象天地人。禹收九牧之金，铸九鼎。皆尝鬺上帝鬼神。遭圣则兴，鼎迁于夏、商。周德衰，宋之社亡，鼎乃沦没，伏而不见。颂云'自堂徂基，自羊徂牛；鼐鼎及鼒，不吴不骜，胡考之休'。今鼎至甘泉，光润龙变，承休无疆。合兹中山，有黄白云降盖，若兽为符，路弓乘矢，集获坛下，报祠大享。唯受命而帝者心知其意而合德焉。鼎宜见于祖祢，藏于帝廷，以合明应。"制曰："可。"以上迎汾阴宝鼎于宫庙。

入海求蓬莱者，言蓬莱不远，而不能至者，殆不见其气。上乃遣望气佐候其气云。

其秋，上幸雍，且郊。或曰"五帝，太一之佐也，宜立太一而上亲郊之"。上疑未定。齐人公孙卿曰："今年得宝鼎，其冬辛巳朔旦冬至，与黄帝时等。"卿有札书曰："黄帝得宝鼎宛朐，问于鬼臾区。鬼臾区对曰：'黄帝得宝鼎神策，是岁己酉朔旦冬至，得天之纪，终而复始。'于是黄帝迎日推策，后率二十岁复朔旦冬至，凡二十推，三百八十年，黄帝仙登于天。"卿因所忠欲奏之。所忠视其书不经，疑其妄书，谢曰："宝鼎事已决矣，尚何以为！"卿因嬖人奏之。上大说，乃召问卿。对曰："受此书申公，申公已死。"上曰："申公何人也？"卿曰："申公，齐人。与安期生通，受黄帝言，无书，独有此鼎书。曰'汉兴复当黄帝之时'。曰'汉之圣者在高祖之孙且曾孙也。宝鼎出而与神通，封禅。封禅七十二王，唯黄帝得上泰山封'。申公曰：'汉主亦当上封，上封则能仙登天矣。黄帝时万诸侯，而神灵之封居七千。天下名山八，而三在蛮夷，五在中国。中国华山、首山、太室、泰山、东莱，此五山黄帝之所常游，与神会。黄帝且战且学仙。患百姓非其道者，乃断斩非鬼神者。百余岁然后得与神通。黄帝郊雍上帝，宿三月。鬼臾区号大鸿，死葬雍，故鸿冢是也。其后黄帝接万灵明廷。明廷者，甘泉也。所谓寒门者，谷口也。黄帝采首山铜，铸鼎于荆山下。鼎既成，有龙垂胡髯下迎黄帝。黄帝上骑，群臣后宫从上者七十余人，龙乃上去。余小臣不得上，乃悉持龙髯，龙髯拔，堕，堕黄帝之弓。百姓仰望黄帝既上天，乃抱其弓与胡髯号，故后世因名其处曰鼎湖，其弓曰乌号。'"于是天子曰："嗟乎！吾诚得如黄帝，吾视去妻子如脱躧耳。"乃拜卿为郎，东使候神于太室。以上公孙卿言黄帝事。

上遂郊雍，至陇西，西登崆峒，幸甘泉。令祠官宽舒等具太一祠坛，祠坛放薄忌太一坛，坛三垓。五帝坛环居其下，各如其方，黄帝西南，除八通鬼道。太一，其所用如雍一畤物，而加醴枣脯之属，杀一狸牛以为俎豆牢具。而五帝独有俎豆醴进。其下四方地，为醳食群臣从者及北斗云。已祠，胙余皆燎之。其牛色白，鹿居其中，彘在鹿中，水而洎之。祭日以牛，祭月以羊彘特。太一祝宰则衣紫及绣。五帝各如其色，日赤，月白。

十一月辛巳朔旦冬至，昧爽，天字始郊拜太一。朝朝日，夕夕月，则揖；而见太一如雍郊礼。其赞飨曰："天始以宝鼎神策授皇帝，朔而又朔，终而复始，皇帝敬拜见焉。"而衣上黄。其祠列火满坛，坛旁亨炊具。有司云"祠上有光焉"。公卿言"皇帝始郊见太一、云阳，有司奉瑄玉嘉牲荐飨。是夜有美光，及昼，黄气上属天"。太史公、祠官宽舒等曰："神灵之休，祐福兆祥，宜因此地光域立太畤坛以明应。令太祝领，秋及腊间祠。三岁天子一郊见。"以上郊雍拜太一至陇西崆峒。

其秋，为伐南越，告祷太一。以牡荆画幡日月北斗登龙，以象太一三星，为太一锋，命曰"灵旗"。为兵祷，则太史奉以指所伐国。而五利将军使不敢入海，之泰山祠。上使人随验，实毋所见。五利妄言见其师，其方尽，多不雠。上乃诛五利。

其冬，公孙卿候神河南，言见仙人迹缑氏城上，有物如雉，往来城上。天子亲幸缑氏城视迹。问卿："得毋效文成、五利乎？"卿曰："仙者非有求人主，人主者求之。其道非少宽假，神不来。言神事，事如迂诞，积以岁乃可致也。"于是郡国各除道，缮治宫观名山神祠，所以望幸也。

其春，既灭南越，上有嬖臣李延年以好音见。上善之，下公卿议，曰："民间祠尚有鼓舞乐，今郊祀而无乐，岂称乎？"公卿曰："古者祠天地皆有乐，而神祇可得而礼。"或曰："太帝使素女鼓五十弦瑟，悲，帝禁不止，故破其瑟为二十五弦。"于是赛南越，祷祠太一、后土，始用乐舞，益召歌儿，作二十五弦及空侯琴瑟自此起。以上杂叙太一旗缑氏迹及音乐事。

其来年冬，上议曰："古者先振兵释旅，然后封禅。"乃遂北巡朔方，勒兵十余万，还祭黄帝冢桥山，释兵须如。上曰："吾闻黄帝不死，今有冢，何也？"或对曰："黄帝已仙上天，群臣葬其衣冠。"既至甘泉，为且用事泰山，先类祠太一。

自得宝鼎，上与公卿诸生议封禅。封禅用希旷绝，莫知其仪礼，而群儒采封禅尚书、周官、王制之望祀射牛事。齐人丁公年九十余，曰："封禅者，合不死之名也。秦皇帝不得上封，陛下必欲上，稍上即无风雨，遂上封矣。"上于是乃令诸儒习射牛，草封禅仪。数年，至且行。天子既闻公孙卿及方士之言，黄帝以上封禅，皆致怪物与神通，欲放黄帝以上接神仙人蓬莱士，高世比德于九皇，而颇采儒术以文之。群儒既已不能辨明封禅事，又牵拘于诗书古文而不能骋。上为封禅祠器示群儒，群儒或曰"不与古同"，徐偃又曰"太常诸生行礼不如鲁善"，周霸属图封禅事，于是上绌偃、霸，而尽罢诸儒不用。

三月，遂东幸缑氏，礼登中岳太室。从官在山下闻若有言"万岁"云。问上，上不言；问下，下不言。于是以三百户封太室奉祠，命曰崇高邑。东上泰山，泰山之草木叶未生，乃令人上石立之泰山巅。

上遂东巡海上，行礼祠八神。齐人之上疏言神怪奇方者以万数，然无验者。乃益发船，令言海中神山者数千人求蓬莱神人。公孙卿持节常先行，候名山，至东莱，言夜见大人，长数丈，就之则不见，见其迹甚大，类禽兽云。群臣有言见一老父牵狗，言"吾欲见巨公"，已忽不见。上即见大迹，未信，及群臣有言老父，则大以为仙人也。宿留海上，予方士传车及间使求仙人以千数。

四月，还至奉高。上念诸儒及方士言封禅人人殊，不经，难施行。天子至梁父，礼祠地主。乙卯，令侍中儒者皮弁荐绅，射牛行事。封泰山下东方，如郊祠太一之礼。封广丈二尺，高九尺，其下则有玉牒书，书秘。礼毕，天子独与侍中奉车子侯上泰山，亦有封。其事皆禁。明日，下阴道。丙辰，禅泰山下趾东北肃然山，如祭后土礼。天子皆亲拜见，衣上黄而尽用乐焉。江淮间一茅三脊为神藉。五色土益杂封。纵远方奇兽蜚禽及白雉诸物，颇以加礼。兕牛犀象之属不用。皆至泰山祭后土。封禅祠；其夜若有光，昼有白云起封中。

天子从禅还，坐明堂，群臣更上寿。于是制诏御史："朕以眇眇之身承至尊，兢兢焉惧不任。维德菲薄，不明于礼乐。修祠太一，若有象景光，屑如有望，震于怪物，欲止不敢，遂登封太山，至于梁父，而后禅肃然。自新，嘉与士大夫更始，赐民百户牛一酒十石，加年八十孤寡布帛二匹。复博、奉高、蛇邱、历城，无出今年租税。其大赦天下，如乙卯赦令。行所过毋有复作。事在二年前，皆勿听治。" 以上北巡勒兵朔方还至甘泉东、礼中岳，又东巡海上遂封泰山禅梁父。又下诏曰："古者天子五载一巡狩，用事泰山，诸侯有朝宿地。其令诸侯各治邸泰山下。"

天子既已封泰山，无风雨灾，而方士更言蓬莱诸神若将可得，于是上欣然庶几遇之，乃复东至海上望，冀遇蓬莱焉。奉车子侯暴病，一日死。上乃遂去，并海上，北至碣石，巡自辽西，历北边至九原。五月，反至甘泉。有司言宝鼎出为元鼎，以今年为元封元年。

其秋，有星茀于东井。后十余日，有星茀于三能。望气王朔言："候独见旗星出如瓜，食顷复入焉。"有司皆曰："陛下建汉家封禅，天其报德星云。"

其来年冬，郊雍五帝。还，拜祝祠太一。赞飨曰："德星昭衍，厥维休祥。寿星仍出，渊耀光明。信星昭见，皇帝敬拜太祝之享。"以上再至海上，由碣石、辽西、九原还至甘泉次年复郊雍。

其春，公孙卿言见神人东莱山，若云"欲见天子"。天子于是幸缑氏城，拜卿为中大夫。遂至东莱，宿留之数日，无所见，见大人迹云。复遣方士求神怪采芝药以千数。是岁旱。于是天子既出无名，乃祷万里沙，过祠泰山。还至瓠子，自临塞决河，留二日，沉祠而去。使二卿将卒塞决河，徙二渠，复禹之故迹焉。以上再至东莱海上临塞决河。

是时既灭两越，越人勇之乃言"越人俗信鬼，而其祠皆见鬼，数有效。昔东瓯王敬鬼，寿至百六十岁。后世怠慢，故衰耗"。乃令越巫立越祝祠，安台无坛，亦祠天神上帝百鬼，而以鸡卜。上信之，越祠鸡卜始用焉。

公孙卿曰："仙人可见，而上往常遽，以故不见。今陛下可为观，如缑城，置脯枣，神人宜可致也。且仙人好楼居。"于是上令长安则作蜚廉桂观，甘泉则作益延寿观，使卿持节设具而候神人。乃作通天台，置祠具其下，将招来神仙之属。于是甘泉更置前殿，始广诸宫室。夏，有芝生殿房内中。天子为塞河，兴通天台，若见有光云，乃下诏："甘泉房中生芝九茎，赦天下，毋有复作。"以上信用越巫多作楼观等事。

其明年，伐朝鲜。夏，旱。公孙卿曰："黄帝时封则天旱，乾封三年。"上乃下诏曰："天旱，意乾封乎？其令天下尊祠灵星焉。"

其明年，上郊雍，通回中道，巡之。春，至鸣泽，从西河归。

其明年冬，上巡南郡，至江陵而东。登礼灊之天柱山，号曰南岳。浮江，自寻阳出枞阳，过彭蠡，礼其名山川。北至瑯琊，并海上。四月中，至奉高修封焉。以上西北巡一次，东南巡至泰山修封一次。

初，天子封泰山，泰山东北趾，古时有明堂处，处险不敞。上欲治明堂奉高旁，未晓其制度。济南人公玉带上黄帝时明堂图。明堂图中有一殿，四面无壁，以茅盖，通水，圜宫垣为复道，上有楼，从西南入，命曰昆仑，天子从之入，以拜祠上帝焉。于是上令奉高作明堂汶上，如带图。及五年修封，则祠太一、五帝于明堂上坐，令高皇帝祠坐对之。祠后土于下房，以二十太牢。天子从昆仑道入，始拜明堂如郊礼。礼毕，燎堂下。而上又上泰山，自有秘祠其巅。而泰山下祠五帝，各如其方，黄帝并赤帝，而有司侍祠焉。山上举火，下悉应之。以上拜祠明堂。

其后二岁，十一月甲子朔旦冬至，推历者以本统。天子亲至泰山，以十一月甲子朔旦冬至日祠上帝明堂，毋修封禅。其赞飨曰："天增授皇帝太元神策，周而复始。皇帝敬拜太一。"东至海上，考入海及方士求神者，莫验，然益遣，冀遇之。

十一月乙酉，柏梁灾。十二月甲午朔，上亲禅高里，祠后土。临勃海，将以望祀蓬莱之属，冀至殊廷焉。

上还，以柏梁灾故，朝受计甘泉。公孙卿曰："黄帝就青灵台，十二日烧，黄帝乃治明廷。明廷，甘泉也。"方士多言古帝王有都甘泉者。其后天子又朝诸侯甘泉，甘泉作诸侯邸。勇之乃曰："越俗有火灾，复起屋必以大，用胜服之。"于是作建章宫，度为千门万户。前殿度高未央。其东则凤阙，高二十余丈。其西则唐中，数十里虎圈。其北治大池，渐台高二十余丈，命曰太液池，中有蓬莱、方丈、瀛洲、壶梁，象海中神山龟鱼之属。其南有玉堂、璧门、大鸟之属。乃立神明台、井幹楼，度五十丈，辇道相属焉。以上柏梁灾后作建章宫。

夏，汉改历，以正月为岁首，而色上黄，官名更印章以五字，为太初元年。是岁，西伐大宛。蝗大起。丁夫人、雒阳虞初等以方祠诅匈奴、大宛焉。

其明年，有司上言雍五畤无牢熟具，芬芳不备。乃令祠官进畤犊牢具，色食所胜，而以木禺马代驹焉。独五帝用驹，行亲郊用驹。及诸名山川用驹者，悉以木禺马代。行过，乃用驹。他礼如故。以上牲牢不具。

其明年，东巡海上，考神仙之属，未有验者。方士有言"黄帝时为五城十二楼，以候神人于执期，命曰迎年"。上许作之如方，命曰明年。上亲礼祠上帝焉。

公玉带曰："黄帝时虽封泰山，然风后、封臣、岐伯令黄帝封东泰山，禅凡山，合符，然后不死焉。"天子既令设祠具，至东泰山，东泰山卑小，不称其声，乃令祠官礼之，而不封禅焉。其后令带奉祠候神物。夏，遂还泰山，修五年之礼如前，而加以禅祠石闾。石闾者，在泰山下趾南方，方士多言此仙人之闾也，故上亲禅焉。

其后五年，复至泰山修封。还过祭恒山。以上屡次修封，以下总叙武帝祠祀。

今天子所兴祠，太一、后土，三年亲郊祠，建汉家封禅，五年一修封。薄忌太一及三一、冥羊、马行、赤星，五，宽舒之祠官以岁时致礼。凡六祠，皆太祝领之。至如八神诸神，明年、凡山他名祠，行过则祠，行去则已。方士所兴祠，各自主，其人终则已，祠官不主。他祠皆如其故。今上封禅，其后十二岁而还，遍于五岳、四渎矣。而方士之候祠神人，入海求蓬莱，终无有验。而公孙卿之候神者，犹以大人之迹为解，无有效。天子益怠厌方士之怪迂语矣，然终羁縻不绝，冀遇其真。自此之后，方士言神祠者弥众，然其效可睹矣。

太史公曰：余从巡祭天地诸神名山川而封禅焉。入寿宫侍祠神语，究观方士祠官之言，于是退而论次自古以来用事于鬼神者，具见其表里。后有君子，得以览焉。若至俎豆珪币之详，献酬之礼，则有司存。

平准书

汉兴，接秦之弊，丈夫从军旅，老弱转粮饷，作业剧而财匮，自天子不能具钧驷，而将相或乘牛车，齐民无藏盖。于是为秦钱重难用，更令民铸钱，一黄金一斤，约法省禁。而不轨逐利之民，蓄积余业以稽市物，物踊腾粜，米至石万钱，马一匹则百金。

天下已平，高祖乃令贾人不得衣丝乘车，重租税以困辱之。孝惠、高后时，为天下初定，复弛商贾之律，然市井之子孙亦不得仕宦为吏。量吏禄，度官用，以赋于民。而山川园池市井租税之入，自天子以至于封君汤沐邑，皆各为私奉养焉，不领于天下之经费。漕转山东粟，以给中都官，岁不过数十万石。

至孝文时，荚钱益多，轻，乃更铸四铢钱，其文为"半两"，令民纵得自铸钱。故吴，诸侯也，以即山铸钱，富埒天子，其后卒以叛逆。邓通，大夫也，以铸钱财过王者。故吴、邓氏钱布天下，而铸钱之禁生焉。

匈奴数侵盗北边，屯戍者多，边粟不足给食当食者。于是募民能输及转粟于边者拜爵，爵得至大庶长。

孝景时，上郡以西旱，亦复修卖爵令，而贱其价以招民；及徒复作，得输粟县官以除罪。益造苑马以广用，而宫室列观舆马益增修矣。

至今上即位数岁，汉兴七十余年之间，国家无事，非遇水旱之灾，民则人给家足，都鄙廪庾皆满，而府库余货财。京师之钱累巨万，贯朽而不可校。太仓之粟陈陈相因，充溢露积于外，至腐败不可食。众庶街巷有马，阡陌之间成群，而乘字牝者摈而不得聚会。守闾阎者食粱肉，为吏者长子孙，居官者以为姓号。故人人自爱而重犯法，先行义而后绌耻辱焉。当此之时，网疏而民富，役财骄溢，或至兼并豪党之徒，以武断于乡曲。宗室有土公卿大夫以下，争于奢侈，室庐舆服僭于上，无限度。物盛而衰，固其变也。

自是之后，严助、朱买臣等招来东瓯，事两越，江、淮之间萧然烦费矣。唐蒙、司马相如开路西南夷，凿山通道千余里，以广巴、蜀，巴、蜀之民罢焉。彭吴贾灭朝鲜，置沧海之郡，则燕、齐之间靡然发动。及王恢设谋马邑，匈奴绝和亲，侵扰北边，兵连而不解，天下苦其劳，而干戈日滋。行者赍，居者送，中外骚扰而相奉，百姓抏弊以巧法，财赂衰耗而不赡。入物者补官，出货者除罪，选举陵迟，廉耻相冒，武力进用，法严令具。兴利之臣自此始也。以上总叙所以用兴利之臣。

其后汉将岁以数万骑出击胡，及车骑将军卫青取匈奴河南地，筑朔方。当是时，汉通西南夷道，作者数万人，千里负担馈粮，率十余钟致一石，散币于邛、僰以集之。数岁道不通，蛮夷因以数攻，吏发兵诛之。悉巴、蜀租赋不足以更之，乃募豪民田南夷，入粟县官，而内受钱于都内。以上募民田南夷入粟兴利之事一。东置沧海之郡，人徒之费拟于南夷。又兴十万余人筑卫朔方，转漕甚辽远，自山东咸被其劳，费数十百巨万，府库益虚。乃募民能入奴婢得以终身复，为郎增秩，及入羊为郎，始于此。以上募民入奴婢入羊兴利之事二。

其后四年，而汉遣大将将六将军，军十余万，击右贤王，获首虏万五千级。明年，大将军将六将军仍再出击胡，得首虏万九千级。捕斩首虏之士受赐黄金二十余万斤，虏数万人皆得厚赏，衣食仰给县官；而汉军之士马死者十余万，兵甲之财转漕之费不与焉。于是大农陈藏钱经耗，赋税既竭，犹不足以奉战士。有司言："天子曰'朕闻五帝之教不相复而治，禹、汤之法不同道而王，所由殊路，而建德一也。北边未安，朕甚悼之。日者，大将军攻匈奴，斩首虏万九千级，留蹛无所食。议令民得买爵及赎禁锢免减罪'。请置赏官，命曰武功爵。级十七万，凡直三十余万金。诸买武功爵官首者试补吏，先除；千夫如五大夫；其有罪又减二等；爵得至乐卿：以显军功。"军功多用越等，大者封侯卿大夫，小者郎吏。吏道杂而多端，则官职耗废。以上卖爵兴利事三。

自公孙弘以《春秋》之义绳臣下取汉相，张汤用峻文决理为廷尉，于是见知之法生，而废格沮诽穷治之狱用矣。其明年，淮南、衡山、江都王谋反迹见，而公卿寻端治之，竟其党与，而坐死者数万人，长吏益惨急而法令明察。

当是之时，招尊方正贤良文学之士，或至公卿大夫。公孙弘以汉相，布被，食不重味，为天下先。然无益于俗，稍骛于功利矣。以上严刑法骛功利之由。

其明年，骠骑仍再出击胡，获首四万。其秋，浑邪王率数万之众来降，于是汉发车二万乘迎之。既至，受赏，赐及有功之士。是岁费凡百余巨万。以上伐胡耗财。

初，先是往十余岁河决观，梁、楚之地固已数困，而缘河之郡堤塞河，辄决坏，费不可胜计。其后番系欲省底柱之漕，穿汾、河渠以为溉田，作者数万人；郑当时为渭漕渠回远，凿直渠自长安至华阴，作者数万人；朔方亦穿渠，作者数万人：各历二三期，功未就，费亦各巨万十数。以上塞河穿渠耗财。

天子为伐胡，盛养马，马之来食长安者数万匹，卒牵掌者关中不足，乃调旁近郡。而胡降者皆衣食县官，县官不给，天子乃损膳，解乘舆驷，出御府禁藏以赡之。以上养马耗财。

其明年，山东被水灾，民多饥乏，于是天子遣使者虚郡国仓廪以振贫民。犹不足，又募豪富人相贷假。尚不能相救，乃徙贫民于关以西，及充朔方以南新秦中，七十余万口，衣食皆仰给县官。数岁，假予产业，使者分部护之，冠盖相望。其费以亿计，不可胜数。以上赈灾耗财。

于是县官大空，而富商大贾或蹛财役贫，转毂百数，废居居邑，封君皆低首仰给。冶铸煮盐，财或累万金，而不佐国家之急，黎民重困。于是天子与公卿议，更钱造币以赡用，而摧浮淫并兼之徒。是时禁苑有白鹿而少府多银锡。自孝文更造四铢钱，至是岁四十余年，从建元以来，用少，县官往往即多铜山而铸钱，民亦间盗铸钱，不可胜数。钱益多而轻，物益少而贵。有司言曰："古者皮币，诸侯以聘享。金有三等，黄金为上，白金为中，赤金为下。今半两钱法重四铢，而奸或盗摩钱里取镕，钱益轻薄而物贵，则远方用币烦费不省。"乃以白鹿皮方尺，缘以藻绩，为皮币，直四十万。王侯宗室朝觐聘享，必以皮币荐璧，然后得行。

又造银锡为白金。以为天用莫如龙，地用莫如马，人用莫如龟，故白金三品：其一曰重八两，圜之，其文龙，名曰"白选"，直三千；二曰以重差小，方之，其文马，直五百；三曰复小，撱之，其文龟，直三百。令县官销半两钱，更铸三铢钱，文如其重。盗铸诸金钱罪皆死，而吏民之盗铸白金者不可胜数。以上鹿皮币白金三品兴利之事四。

于是以东郭咸阳、孔仅为大农丞，领盐铁事；桑弘羊以计算用事，侍中。咸阳，齐之大煮盐，孔仅，南阳大冶，皆致生累千金，故郑当时进言之。弘羊，雒阳贾人子，以心计，年十三侍中。故三人言利事析秋毫矣。

法既益严，吏多废免。兵革数动，民多买复及五大夫，征发之士益鲜。于是除千夫五大夫为吏，不欲者出马；故吏皆适令伐棘上林，作昆明池。

其明年，大将军、骠骑大出击胡，得首虏八九万级，赏赐五十万金，汉军马死者十余万匹，转漕车甲之费不与焉。是时财匮，战士颇不得禄矣。

有司言三铢钱轻，易奸诈，乃更请诸郡国铸五铢钱，周郭其下，令不可磨取镕焉。

大农上盐铁丞孔仅、咸阳言："山海，天地之藏也，皆宜属少府，陛下不私，以属大农佐赋。愿募民自给费，因官器作煮盐，官与牢盆。浮食奇民欲擅管山海之货，以致富羡，役利细民。其沮事之议，不可胜听。敢私铸铁器煮盐者，钛左趾，没入其器物。郡不出铁者，置小铁官，便属在所县。"使孔仅、东郭咸阳乘传举行天下盐铁，作官府，除故盐铁家富者为吏。吏道益杂，不选，而多贾人矣。以上行盐铁兴利之事五。

商贾以币之变，多积货逐利。于是公卿言："郡国颇被灾害，贫民无产业者，募徙广饶之地。陛下损膳省用，出禁钱以振元元，宽贷赋，而民不齐出于南亩，商贾滋众。贫者畜积无有，皆仰县官。异时算轺车贾人缗钱皆有差，请算如故。诸贾人末作贳贷卖买，居邑稽诸物，及商以取利者，虽无市籍，各以其物自占，率缗钱二千而一算。诸作有租及铸，率缗钱四千一算。非吏比者三老、北边骑士，轺车以一算；商贾人轺车二算；船五丈以上一算。匿不自占，占不悉，戍边一岁，没入缗钱。有能告者，以其半畀之。以上算缗钱兴利之事六。贾人有市籍者，及其家属，皆无得籍名田，以便农。敢犯令，没入田僮。”

天子乃思卜式之言，召拜式为中郎，爵左庶长，赐田十顷，布告天下，使明知之。

初，卜式者，河南人也，以田畜为事。亲死，式有少弟，弟壮，式脱身出分，独取畜羊百余，田宅财物尽予弟。式入山牧十余岁，羊致千余头，买田宅。而其弟尽破其业，式辄复分予弟者数矣。是时汉方数使将击匈奴，卜式上书，原输家之半县官助边。天子使使问式：“欲官乎？”式曰：“臣少牧，不习仕宦，不愿也。”使问曰：“家岂有冤，欲言事乎？”式曰：“臣生与人无分争。式邑人贫者贷之，不善者教顺之，所居人皆从式，式何故见冤于人！无所欲言也。”使者曰：“苟如此，子何欲而然？”式曰：“天子诛匈奴，愚以为贤者宜死节于边，有财者宜输委，如此而匈奴可灭也。”使者具其言入以闻。天子以语丞相弘。弘曰：“此非人情。不轨之臣，不可以为化而乱法，愿陛下勿许。”于是上久不报式，数岁，乃罢式。式归，复田牧。岁余，会军数出，浑邪王等降，县官费众，仓府空。其明年，贫民大徙，皆仰给县官，无以尽赡。卜式持钱二十万予河南守，以给徙民。河南上富人助贫人者籍，天子见卜式名，识之，曰“是固前而欲输其家半助边”，乃赐式外繇四百人。式又尽复予县官。是时富豪皆争匿财，唯式尤欲输之助费。天子于是以式终长者，故尊显以风百姓。

初，式不愿为郎。上曰：“吾有羊上林中，欲令子牧之。”式乃拜为郎，布衣屫而牧羊。岁余，羊肥息。上过见其羊，善之。

式曰："非独羊也，治民亦犹是也。以时起居；恶者辄斥去，毋令败群。"上以式为奇，拜为缑氏令试之，缑氏便之。迁为成皋令，将漕最。上以为式朴忠，拜为齐王太傅。以上贵卜式。

而孔仅之使天下铸作器，三年中拜为大农，列于九卿。而桑弘羊为大农丞，筦诸会计事，稍稍置均输以通货物矣。

始令吏得入谷补官，郎至六百石。以上入谷补官兴利之事七。

自造白金五铢钱后五岁，赦吏民之坐盗铸金钱死者数十万人。其不发觉相杀者，不可胜计。赦自出者百余万人。然不能半自出，天下大抵无虑皆铸金钱矣。犯者众，吏不能尽诛取，于是遣博士褚大、徐偃等分曹循行郡国，举兼并之徒守相为吏者。而御史大夫张汤方隆贵用事，减宣、杜周等为中丞，义纵、尹齐、王温舒等用惨急刻深为九卿，而直指夏兰之属始出矣。

而大农颜异诛。初，异为济南亭长，以廉直稍迁至九卿。上与张汤既造白鹿皮币，问异。异曰："今王侯朝贺以苍璧，直数千，而其皮荐反四十万，本末不相称。"天子不说。张汤又与异有郤，及有人告异以它议，事下张汤治异。异与客语，客语初令下有不便者，异不应，微反唇。汤奏异当九卿见令不便，不入言而腹诽，论死。自是之后，有腹诽之法以此，而公卿大夫多谄谀取容矣。以上刑法日峻而颜异诛。

天子既下缗钱令而尊卜式，百姓终莫分财佐县官，于是杨可告缗钱纵矣。

郡国多奸铸钱，钱多轻，而公卿请令京师铸钟官赤侧，一当五，赋官用非赤侧不得行。白金稍贱，民不宝用，县官以令禁之，无益。岁余，白金终废不行。

是岁也，张汤死而民不思。

其后二岁，赤侧钱贱，民巧法用之，不便，又废。于是悉禁郡国无铸钱，专令上林三官铸。钱既多，而令天下非三官钱不得行，诸郡国所前铸钱皆废销之，输其铜三官。而民之铸钱益少，计其费不能相当，唯真工大奸乃盗为之。以上赤侧钱及输铜三官兴利之事八。

卜式相齐，而杨可告缗遍天下，中家以上大抵皆遇告。杜周治之，狱少反者。乃分遣御史廷尉正监分曹往，即治郡国缗钱，得民财物以亿计，奴婢以千万数，田大县数百顷，小县百余顷，宅亦如之。于是商贾中家以上大率破，民偷甘食好衣，不事畜藏之产业，而县官有盐铁缗钱之故，用益饶矣。

益广关，置左右辅。以上杨可告缗即郡国治缗兴利之事九。

初，大农筦盐铁官布多，置水衡，欲以主盐铁；及杨可告缗钱，上林财物众，乃令水衡主上林。上林既充满，益广。是时越欲与汉用船战逐，乃大修昆明池，列观环之。治楼船，高十余丈，旗帜加其上，甚壮。于是天子感之，乃作柏梁台，高数十丈。宫室之修，由此日丽。

乃分缗钱诸官，而水衡、少府、大农、太仆各置农官，往往即郡县比没入田田之。其没入奴婢，分诸苑养狗马禽兽，及与诸官。诸官益杂置多，徙奴婢众，而下河漕度四百万石，及官自籴乃足。以上官多奴婢众耗财。

所忠言："世家子弟富人或斗鸡走狗马，弋猎博戏，乱齐民。"乃征诸犯令，相引数千人，命曰"株送徒"。入财者得补郎，郎选衰矣。以上株送徒入财兴利之事十。

是时山东被河灾，及岁不登数年，人或相食，方一二千里。天子怜之，诏曰："江南火耕水耨，令饥民得流就食江、淮间，欲留之处。"遣使冠盖相属于道，护之，下巴、蜀粟以振之。以上赈山东之灾耗财。

其明年，天子始巡郡国。东渡河，河东守不意行至，不办，自杀。行西逾陇，陇西守以行往卒，天子从官不得食，陇西守自杀。于是上北出萧关，从数万骑，猎新秦中，以勒边兵而归。新秦中或千里无亭徼，于是诛北地太守以下，而令民得畜牧边县，官假马母，三岁而归，及息什一，以除告缗，用充仞新秦中。

既得宝鼎，立后土、太一祠，公卿议封禅事，而天下郡国皆豫治道桥，缮故宫，及当驰道县，县治官储，设供具，而望以待幸。以上巡幸天下耗财。

其明年，南越反，西羌侵边为桀。于是天子为山东不赡，赦天下，因南方楼船卒二十余万人击南越，数万人发三河以西骑击西羌，又数万人渡河筑令居。以上击南越、西羌，筑令居耗财。初置张掖、酒泉郡，而上郡、朔方、西河、河西开田官，斥塞卒六十万人戍田之。中国缮道馈粮，远者三千，近者千余里，皆仰给大农。边兵不足，乃发武库工官兵器以赡之。车骑马乏绝，县官钱少，买马难得，乃著令，令封君以下至三百石以上吏，以差出牝马天下亭，亭有畜字马，岁课息。以上出牝马课息兴利之事十一。

齐相卜式上书曰："臣闻主忧臣辱。南越反，臣愿父子与齐习船者往死之。"天子下诏曰："卜式虽躬耕牧，不以为利，有余辄助县官之用。今天下不幸有急，而式奋愿父子死之，虽未战，可谓义形于内。赐爵关内侯，金六十斤，田十顷。"布告天下，天下莫应。列侯以百数，皆莫求从军击羌、越。至酎，少府省金，而列侯坐酎金失侯者百余人。乃拜式为御史大夫。

式既在位，见郡国多不便，县官作盐铁，铁器苦恶，贾贵，或强令民卖买之。而船有算，商者少，物贵，乃因孔仅言船算事。上由是不悦卜式。

汉连兵三岁，诛羌，灭南越，番禺以西至蜀南者置初郡十七，且以其故俗治，毋赋税。南阳、汉中以往郡，各以地比给初郡吏卒奉食币物，传车马被具。而初郡时时小反，杀吏，汉发南方吏卒往诛之，间岁万余人，费皆仰给大农。大农以均输调盐铁助赋，故能赡之。然兵所过县，为以訾给毋乏而已，不敢言擅赋法矣。以上开置初郡耗财。

其明年，元封元年，卜式贬秩为太子太傅。而桑弘羊为治粟都尉，领大农，尽代仅筦天下盐铁。弘羊以诸官各自市，相与争，物故腾跃，而天下赋输或不偿其僦费，乃请置大农部丞数十人，分部主郡国，各往往县置均输盐铁官，令远方各以其物贵时商贾所转贩者为赋，而相灌输。置平准于京师，都受天下委输。召工官治车诸器，皆仰给大农。大农之诸官，尽笼天下之货物，贵即卖之，贱则买之。如此，富商大贾无所牟大利，则反本，而万物不得腾踊。故抑天下物，名曰"平准"。天子以为然，许之。以上平准兴利之事十二。于是天子北至朔方，东到太山，巡海上，并北边以归。所过赏赐，用帛百余万匹，钱金以巨万计，皆取足大农。

弘羊又请令吏得入粟补官，及罪人赎罪。令民能入粟甘泉各有差，以复终身，不告缗。他郡国各输急处，而诸农各致粟，山东。以上入粟补官赎罪兴利之事十三。漕益岁六百万石。一岁之中，太仓、甘泉仓满。边余谷诸物均输帛五百万匹。民不益赋而天下用饶。于是弘羊赐爵左庶长，黄金再百斤焉。

是岁小旱，上令官求雨，卜式言曰："县官当食租衣税而已，今弘羊令吏坐市列肆，贩物求利。亨弘羊，天乃雨。"是时弘羊固未死也，借卜式恶詈之言作结，若弘羊业已烹杀者，然此太史公之褊衷耳。

太史公曰：农工商交易之路通，而龟贝金钱刀布之币兴焉。所从来久远，自高辛氏之前尚矣，靡得而记云。故《书》道唐虞之际，《诗》述殷周之世，安宁则长庠序，先本绌末，以礼义防于利；事变多故而亦反是。是以物盛则衰，时极而转，一质一文，终始之变也。以上言安宁则尚礼义多，故则尚财利自古已然。禹贡九州，各因其土地所宜，人民所多少而纳职焉。汤武承弊易变，使民不倦，各兢兢所以为治，而稍陵迟衰微。齐桓公用管仲之谋，通轻重之权，徼山海之业，以朝诸侯，用区区之齐显成霸名。魏用李克，尽地力，为强君。自是之后，天下争于战国，贵诈力而贱仁义，先富有而后推让。故庶人之富者或累巨万，而贫者或不厌糟糠；有国强者或并群小以臣诸侯，而弱国或绝祀而灭世。以至于秦，卒并海内。以上言战国及秦专尚富强。虞夏之币，金为三品，或黄，或白，或赤；或钱，或布，或刀，或龟贝。及至秦中，一国之币为三等，黄金以溢名，为上币；铜钱识曰半两，重如其文，为下币。而珠玉、龟贝、银锡之属为器饰宝藏，不为币。然各随时而轻重无常。于是外攘夷狄，内兴功业，海内之士力耕不足粮饷，女子纺绩不足衣服。古者尝竭天下之资财以奉其上，犹自以为不足也。无异故云，事势之流，相激使然，曷足怪焉。以上借秦皇以刺汉武。

卷二十五　典志之属二

汉　书

地理志节钞

本秦京师为内史，分天下作三十六郡。汉兴，以其郡太大，稍复开置，又立诸侯王国。武帝开广三边。故自高祖增二十六，文景各六，武帝二十八，昭帝一，讫于孝平，凡郡国一百三，县邑千三百一十四，道三十二，侯国二百四十一。地东西九千三百二里，南北万三千三百六十八里。提封田一万万四千五百一十三万六千四百五顷，其一万万二百五十二万八千八百八十九顷，邑居道路，山川林泽，群不可垦，其三千二百二十九万九百四十七顷，可垦不可垦，定垦田八百二十七万五百三十六顷。民户千二百二十三万三千六十二，口五千九百五十九万四千九百七十八。汉极盛矣。

凡民函五常之性，而其刚柔缓急，音声不同，系水土之风气，故谓之风；好恶取舍，动静亡常，随君上之情欲，故谓之俗。孔子曰："移风易俗，莫善于乐。"言圣王在上，统理人伦，必移其本，而易其末，此混同天下一之乎中和，然后王教成也。汉承百王之末，国土变改，人民迁徙，成帝时刘向略言其域分，丞相张禹使属颍川朱赣条其风俗，犹未宣究，故辑而论之，终其本末著于篇。

秦地，于天官东井、舆鬼之分野也。其界自宏农故关以西，京兆、扶风、冯翊、北地、上郡、西河、安定、天水、陇西，南有巴、蜀、广汉、犍为、武都，西有金城、武威、张掖、酒泉、敦煌，又西南有牂柯、越巂、益州，皆宜属焉。

秦之先曰柏益，出自帝颛顼，尧时助禹治水，为舜朕虞，养育草木鸟兽，赐姓嬴氏，历夏、殷为诸侯。至周有造父，善驭习马，得华骝、绿耳之乘，幸于穆王，封于赵城，故更为赵氏。后有非子，为周孝王养马汧、渭之间。孝王曰："昔伯益知禽兽，子孙不绝。"乃封为附庸，邑之于秦，今陇西秦亭秦谷是也。至玄孙，氏为庄公，破西戎，有其地。子襄公时，幽王为犬戎所败，平王东迁雒邑，襄公将兵救周有功，赐受郊、酆之地，列为诸侯。后八世，穆公称伯，以河为竟。十余世，孝公用商君，制辕田，开仟伯，东雄诸侯。子惠公初称王，得上郡、西河。孙昭王开巴、蜀，灭周，取九鼎。昭王曾孙政并六国，称皇帝，负力怙威，燔书坑儒，自任私智。至子胡亥，天下畔之。以上秦国始末。

故秦地于《禹贡》时跨雍、梁二州，《诗·风》兼秦、豳两国。昔后稷封斄，公刘处豳，大王徙郊，文王作酆，武王治镐。其民有先王遗风，好稼穑，务本业，故《豳诗》言农桑衣食之本甚备。有鄠、杜竹林，南山檀柘，号称陆海，为九州膏腴。始皇之初，郑国穿渠，引泾水溉田，沃野千里，民以富饶。汉兴，立都长安，徙齐诸田，楚昭、屈、景及诸功臣家于长陵。后世世徙吏二千石、高訾富人及豪桀并兼之家于诸陵。盖亦以强干弱支，非独为奉山园也。是故五方杂厝，风俗不纯，其世家则好礼文，富人则商贾为利，豪桀则游侠通奸。濒南山，近夏阳，多阻险轻薄，易为盗贼，常为天下剧。又郡国辐凑，浮食者多，民去本就末，列侯贵人车服僭上，众庶放效，羞不相及，嫁娶尤崇侈靡，送死过度。以上三辅宏农等郡之俗。

天水、陇西，山多林木，民以板为室屋。及安定、北地、上郡、西河，皆迫近戎狄，修习战备，高上气力，以射猎为先。故《秦诗》曰"在其板屋"；又曰"王于兴师，修我甲兵，与子偕行"。及《车辚》《四载》《小戎》之篇，皆言车马田狩之事。汉兴，六郡良家子选给羽林、期门，以材力为官，名将多出焉。孔子曰："君子有勇而亡谊则为乱，小人有勇而亡谊则为盗。"故此数郡，民俗质木，不耻寇盗。以上天水、陇西六郡之俗。

自武威以西，本匈奴昆邪王、休屠王地，武帝时攘之，初置四郡，以通西域，鬲绝南羌、匈奴。其民或以关东下贫，或以报怨过当，或以谇逆亡道，家属徙焉。习俗颇殊，地广民稀，水草宜畜牧，故凉州之畜为天下饶。保边塞，二千石治之，咸以兵马为务；酒礼之会，上下通焉，吏民相亲。是以其俗风雨时节，谷籴常贱，少盗贼，有和气之应，贤于内郡。此政宽厚，吏不苛刻之所致也。以上武威等四郡之俗。

巴、蜀、广汉本南夷，秦并以为郡，土地肥美，有江水沃野，山林竹木疏食果实之饶。南贾滇、僰僮，西近邛、筰马旄牛。民食稻鱼，亡凶年忧，俗不愁苦，而轻易淫泆，柔弱褊厄。景、武间，文翁为蜀守，教民读书法令，未能笃信道德，反以好文刺讥，贵慕权执。及司马相如游宦京师诸侯，以文辞显于世，乡党慕循其迹。后有王褒、严遵、扬雄之徒，文章冠天下，繇文翁倡其教，相如为之师，故孔子曰："有教无类。"以上巴、蜀、广汉之俗。

武都地杂氐、羌，及犍为、牂柯、越巂，皆西南外夷，武帝初开置。民俗略与巴、蜀同，而武都近天水，俗颇似焉。以上武都、犍为、牂柯、越巂。

　　故秦地天下三分之一，而人众不过什三，然量其富居什六。秦幽吴札观乐，为之歌《秦》，曰："此之谓夏声。夫能夏则大，大之至也，其周旧乎？"

　　自井十度至柳三度，谓之鹑首之次，秦之分也。

　　魏地，觜觿、参之分野也。其界自高陵以东，尽河东、河内，南有陈留及汝南之召陵、滮疆、新汲、西华、长平，颍川之舞阳、郾、许、傿陵，河南之开封、中牟、阳武、酸枣、卷，皆魏分也。

　　河内本殷之旧都，周既灭殷，分其畿内为三国，《诗·风》邶、庸、卫国是也。邶，以封纣子武庚；庸，管叔尹之；卫，蔡叔尹之：以监殷民，谓之三监。故《书序》曰"武王崩，三监畔"，周公诛之，尽以其地封弟康叔，号曰孟侯，以夹辅周室；迁邶、庸之民于雒邑，故邶、庸、卫三国之诗相与同风。《邶诗》曰"在浚之下"，《庸》曰"在浚之郊"；《邶》又曰"亦流于淇"，"河水洋洋"，《庸》曰："送我淇上"，"在彼中河"，《卫》曰："瞻彼淇奥"，"河水洋洋"。故吴公子札聘鲁观周乐，闻《邶》《庸》《卫》之歌，曰："美哉渊乎！吾闻康叔之德如是，是其《卫风》乎？"至十六世，懿公亡道，为狄所灭。齐桓公帅诸侯伐狄，而更封卫于河南曹、楚邱，是为文公。而河内殷虚，更属于晋。康叔之风既歇，而纣之化犹存，故俗刚强，多豪桀侵夺，薄恩礼，好生分。以上河内之俗。

　　河东土地平易，有盐铁之饶，本唐尧所居，《诗·风》唐、魏之国也。周武王子唐叔在母未生，武王梦帝谓己曰："余名而子曰虞，将与之唐，属之参。"及生，名之曰虞。至成王灭唐，而封叔虞。唐有晋水，及叔虞子燮为晋侯云，故参为晋星。其民有先王遗教，君子深思，小人俭陋。故《唐诗·蟋蟀》《山枢》《葛生》之篇曰"今我不乐，日月其迈"；"宛其死矣，它人是偷"；"百岁之后，归于其居"。皆思奢俭之中，念死生之虑。吴札闻《唐》之歌，曰："思深哉！其有陶唐氏之遗民乎？"

魏国，亦姬姓也，在晋之南河曲，故其诗曰"彼汾一曲"；"置诸河之侧"。以上河东之俗。自唐叔十六世至献公，灭魏以封大夫毕万，灭耿以封大夫赵夙，及大夫韩武子食采于韩原，晋于是始大。至于文公，伯诸侯，尊周室，始有河内之士。吴札闻《魏》之歌，曰："美哉沨沨乎！以德辅此，则明主也。"文公后十六世为韩、魏、赵所灭，三家皆自立为诸侯，是为三晋。赵与秦同祖，韩、魏皆姬姓也。自毕万后十世称侯，至孙称王，徙都大梁，故魏一号为梁，七世为秦所灭。以上魏与晋分合之略。

周地，柳、七星、张之分野也。今之河南雒阳、谷成、平阴、偃师、巩、缑氏，是其分也。

昔周公营雒邑，以为在于土中，诸侯蕃屏四方，故立京师。至幽王淫褒姒以灭宗周，子平王东居雒邑。其后五伯更帅诸侯以尊周室，故周于三代最为长久。八百余年至于王赧，乃为秦所兼。初，雒邑与宗周通封畿，东西长而南北短，短长相覆为千里。至襄王以河内赐晋文公，又为诸侯所侵，故其分坠小。

周人之失，巧伪趋利，贵财贱义，高富下贫，憙为商贾，不好仕宦。

自柳三度至张十二度，谓之鹑火之次，周之分也。

韩地，角、亢、氐之分野也。韩分晋得南阳郡及颍川之父城、定陵、襄城、颍阳、颍阴、长社、阳翟、郏，东接汝南，西接宏农，得新安、宜阳，皆韩分也。及《诗·风》陈、郑之国，与韩同星分焉。

郑国，今河南之新郑，本高辛氏火正祝融之虚也。及成皋、荥阳，颍川之崇高、阳城，皆郑分也。本周宣王弟友，为周司徒，食采于宗周畿内，是为郑。郑桓公问于史伯曰："王室多故，何所可以逃死？"史伯曰："四方之国，非王母弟甥舅则夷狄，不可入也。其济、洛、河、颍之间乎！子男之国，虢、会为大，恃执与险，崇侈贪冒，君若寄帑与贿，周乱而敝，必将背君；君以成周之众，奉辞伐罪，亡不克矣。"公曰："南方不可乎？"对曰："夫楚，重黎之后也，黎为高辛氏火正，昭显天地，以生柔嘉之材。姜、嬴、荆、芈，实与诸姬代相干也。姜，伯夷之后也；嬴，伯益之后也。伯夷能礼于神以佐尧，伯益能仪百物以佐舜，其后皆不失祀，而未有兴者，周衰将起，不可逼也。"桓公从其言，乃东寄帑与贿，虢、会受之。后三年，幽王败，桓公死，其子武公与平王东迁，卒定虢、会之地，右雒左泲，食溱、洧焉。土狭而险，山居谷汲，男女亟聚会，故其俗淫。《郑诗》曰："出其东门，有女如云。"又曰："溱与洧，方涣涣兮，士与女，方秉蕑兮。""洵盱且乐，惟士与女，伊其相谑。"此其风也。吴札闻《郑》之歌，曰："美哉！其细已甚，民弗堪也。是其先亡乎？"自武公后二十三世，为韩所灭。以上郑国之俗。

　　陈国，今淮阳之地。陈本太昊之虚，周武王封舜后妫满于陈，是为胡公，妻以元女太姬。妇人尊贵，好祭祀，用史巫，故其俗巫鬼。《陈诗》曰："坎其击鼓，宛邱之下，亡冬亡夏，值其鹭羽。"又曰："东门之枌，宛丘之栩，子仲之子，婆娑其下。"此其风也。吴札闻《陈》之歌，曰："国亡主，其能久乎！"自胡公后二十三世为楚所灭。陈虽属楚，于天文自若其故。以上陈国之俗。

　　颍川、南阳，本夏禹之国。夏人上忠，其敝鄙朴。韩自武子后七世称侯，六世称王，五世而为秦所灭。秦既灭韩，徙天下不轨之民于南阳，故其俗夸奢，上气力，好商贾渔猎，藏匿难制御也。宛，西通武关，东受江淮，一都之会也。宣帝时，郑宏、召信臣为南阳太守，治皆见纪。信臣劝民农桑，去末归本，郡以殷富。颍川，韩都。士有申子、韩非刻害余烈，高仕宦，好文法，民以贪遴争讼生分为失。韩延寿为太守，先之以敬让；黄霸继之，教化大行，狱或八年亡重罪囚。南阳好商贾，召父富以本业；颍川好争讼分异，黄、韩化以笃厚。"君子之德风也，小人之德草也"，信矣。以上颍川、南阳，韩国本俗。

自东井六度至亢六度，谓之寿星之次，郑之分野，与韩同分。

赵地，昴、毕之分野。赵分晋，得赵国。北有信都、真定、常山、中山，又得涿郡之高阳、鄚、州乡；东有广平、巨鹿、清河、河间，又得渤海郡之东平舒、中邑、文安、束州，成平、章武，河以北也；南至浮水、繁阳、内黄、斥邱；西有太原、定襄、云中、五原、上党。上党，本韩之别郡也，远韩近赵，后卒降赵，皆赵分也。

自赵夙后九世称侯，四世敬侯徙都邯郸，至曾孙武灵王称王，五世为秦所灭。

赵、中山地薄人众，犹有沙邱纣淫乱余民。丈夫相聚游戏，悲歌忼慨，起则椎剽掘冢，作奸巧，多弄物，为倡优。女子弹弦跕躧，游媚富贵，遍诸侯之后宫。

邯郸北通燕、涿，南有郑、卫，漳、河之间一都会也。其土广俗杂，大率精急，高气执，轻为奸。以上赵、中山之俗。

太原、上党又多晋公族子孙，以诈力相倾，矜夸功名，报仇过直，嫁取送死奢靡。汉兴，号为难治，常择严猛之将，或任杀伐为威。父兄被诛，子弟怨愤，至告讦刺史二千石，或报杀其亲属。以上太原、上党之俗。

钟、代、石、北，迫近胡寇，民俗懧忕，好气为奸，不事农商，自全晋时，已患其剽悍，而武灵王又益厉之。故冀州之部，盗贼常为它州剧。

定襄、云中、五原，本戎狄地，颇有赵、齐、卫、楚之徙。其民鄙朴，少礼文，好射猎。雁门亦同俗，于天文别属燕。以上钟、代及定襄、云中、五原之俗。

燕地，尾、箕分野也。武王定殷，封召公于燕，其后三十六世与六国俱称王。东有渔阳、右北平、辽西、辽东，西有上谷、代郡、雁门，南得涿郡之易、容城、范阳，北新城、故安、涿县、良乡、新昌，及勃海之安次，皆燕分也。乐浪、玄菟，亦宜属焉。

燕称王十世，秦欲灭六国，燕王太子丹遣勇士荆轲西刺秦王，不成而诛，秦遂举兵灭燕。

蓟，南通齐、赵，勃、碣之间一都会也。初，太子丹宾养勇士，不爱后宫美女，民化以为俗，至今犹然。宾客相过，以妇侍宿，嫁取之夕，男女无别，反以为荣。后稍颇止，然终未改。其俗愚悍少虑，轻薄无威，亦有所长，敢于急人，燕丹遗风也。以上燕、蓟之俗。

上谷至辽东，地广民希，数被胡寇，俗与赵、代相类，有鱼盐枣栗之饶。北隙乌丸、夫余，东贾真番之利。以上上谷、辽东之俗。

玄菟、乐浪，武帝时置，皆朝鲜、濊貉、句骊蛮夷。殷道衰，箕子去之朝鲜，教其民以礼义，田蚕织作。乐浪朝鲜民犯禁八条：相杀以当时偿杀；相伤以谷偿；相盗者男没入为其家奴，女子为婢，欲自赎者，人五十万。虽免为民，俗犹羞之，嫁取无所雠，是以其民终不相盗，无门户之闭，妇人贞信不淫辟。其田民饮食以笾豆，都邑颇放效吏及内郡贾人，往往以杯器食。郡初取吏于辽东，吏见民无闭藏，及贾人往者，夜则为盗，俗稍益薄。今于犯禁浸多，至六十余条。可贵哉，仁贤之化也！然东夷天性柔顺，异于三方之外，故孔子悼道不行，设浮于海，欲居九夷，有以也夫！以上乐浪、元菟之俗。乐浪海中有倭人，分为百余国，以岁时来献见云。

自危四度至斗六度，谓之析木之次，燕之分也。

齐地，虚、危之分野也。东有菑川、东莱、琅邪、高密、胶东，南有泰山、城阳，北有千乘，清河以南，勃海之高乐、高城、重合、阳信，西有济南、平原，皆齐分也。

少昊之世有爽鸠氏，虞、夏时有季崱，汤时有逢公柏陵，殷末有薄姑氏，皆为诸侯，国此地。至周成王时，薄姑氏与四国共作乱，成王灭之，以封师尚父，是为太公。《诗·风》齐国是也。临菑名营邱，故《齐诗》曰，"子之营兮，遭我乎峱之间兮。"又曰："俟我于著乎而。"此亦其舒缓之体也。吴札闻《齐》之歌，曰："泱泱乎，大风也哉！其太公乎？国未可量也。"

古有分土，亡分民。太公以齐地负海舄卤，少五谷而人民寡，乃劝以女工之业，通鱼盐之利，而人物辐凑。后十四世，桓公用管仲，设轻重以富国，合诸侯成伯功，身在陪臣而取三归。故其俗弥侈，织作冰纨绮绣纯丽之物，号为冠带衣履天下。

初，太公治齐，修道术，尊贤智，赏有功，故至今其土多好经术，矜功名，舒缓阔达而足智。其失夸奢朋党，言与行缪，虚诈不情，急之则离散，缓之则放纵。始桓公兄襄公淫乱，姑姊妹不嫁，于是令国中民家长女不得嫁，名曰"巫儿"，为家主祠，嫁者不利其家，民至今以为俗。痛乎，道民之道，可不慎哉！

昔太公始封，周公问："何以治齐？"太公曰："举贤而上功。"周公曰："后世必有篡杀之臣。"其后二十九世为强臣田和所灭，而和自立为齐侯。初，和之先陈公子完有罪来奔齐，齐桓公以为大夫，更称田氏。九世至和而篡齐，至孙威王称王，五世为秦所灭。

临菑，海、岱之间一都会也。其中具五民云。

鲁地，奎、娄之分野也。东至东海，南有泗水，至淮，得临淮之下相、睢陵、僮、取虑，皆鲁分也。

周兴，以少昊之虚曲阜封周公子伯禽为鲁侯，以为周公主。其民有圣人之教化，故孔子曰"齐一变至于鲁，鲁一变至于道"，言近正也。濒洙、泗之水，其民涉度，幼者扶老而代其任。俗既益薄，长老不自安，与幼少相让，故曰："鲁道衰，洙、泗之间断断如也。"孔子闵王道将废，乃修六经，以述唐虞三代之道，弟子受业而通者七十有七人。是以其民好学，上礼义，重廉耻。周公始封，太公问："何以治鲁？"周公曰："尊尊而亲亲。"太公曰："后世浸弱矣。"故鲁自文公以后，禄去公室，政在大夫，季氏逐昭公，陵夷微弱，三十四世而为楚所灭。然本大国，故自为分野。

今去圣久远，周公遗化销微，孔氏庠序衰坏。地狭民众，颇有桑麻之业，亡林泽之饶。俗俭啬爱财，趋商贾，好訾毁，多巧伪，丧祭之礼文备实寡，然其好学犹愈于它俗。

汉兴以来，鲁东海多至卿相。东平、须昌、寿张，皆在济东，属鲁，非宋地也，当考。

宋地，房、心之分野也。今之沛、梁、楚、山阳、济阴、东平及东郡之须昌、寿张，皆宋分也。

周封微子于宋，今之睢阳是也，本陶唐氏火正阏伯之虚也。济阴定陶，《诗·风》曹国也。武王封弟叔振铎于曹，其后稍大，得山阳、陈留，二十余世为宋所灭。

昔尧作游成阳，舜渔雷泽，汤止于亳，故其民犹有先王遗风，重厚多君子，好稼穑，恶衣食，以致畜藏。

宋自微子二十余世，至景公灭曹，灭曹后五世亦为齐、楚、魏所灭，参分其地。魏得其梁、陈留，齐得其济阴、东平，楚得其沛。故今之楚彭城，本宋也，《春秋经》曰"围宋彭城"。宋虽灭，本大国，故自为分野。

沛楚之失，急疾颛己，地薄民贫，而山阳好为奸盗。

卫地，营室、东壁之分野也。今之东郡及魏郡黎阳、河内之野王、朝歌，皆卫分也。

卫本国既为狄所灭，文公徙封楚邱，三十余年，子成公徙于帝邱。故《春秋经》曰"卫迁于帝邱"，今之濮阳是也。本颛顼之虚，故谓之帝邱。夏后之世，昆吾氏居之。成公后十余世，为韩、魏所侵，尽亡其旁邑，独有濮阳。后秦灭濮阳，置东郡，徙之于野王。始皇既并天下，犹独置卫君，二世时乃废为庶人。凡四十世，九百年，最后绝，故独为分野。

卫地有桑间濮上之阻，男女亦呕聚会，声色生焉，故俗称郑、卫之音。周末有子路、夏育，民人慕之，故其俗刚武，上气力。汉兴，二千石治者亦以杀戮为威。宣帝时韩延寿为东郡太守，承圣恩，崇礼义，尊谏争，至今东郡号善为吏，延寿之化也。其失颇奢靡，嫁取送死过度，而野王好气任侠，有濮上风。

楚地，翼、轸之分野也。今之南郡、江夏、零陵、桂阳、武陵、长沙及汉中、汝南郡，尽楚分也。

周成王时，封文、武先师鬻熊之曾孙熊绎于荆蛮，为楚子，居丹阳。后十余世至熊达，是为武王，浸以强大。后五世至严王，总帅诸侯，观兵周室，并吞江、汉之间，内灭陈、鲁之国。后十余世，顷襄王东徙于陈。

楚有江汉川泽山林之饶；江南地广，或火耕水耨。民食鱼稻，以渔猎山伐为业，果蓏蠃蛤，食物常足。故呰窳偷生，而亡积聚，饮食还给，不忧冻饿，亦亡千金之家。信巫鬼，重淫祀。而汉中淫失枝柱，与巴、蜀同俗。汝南之别，皆急疾有气执。江陵，故郢都，西通巫、巴，东有云梦之饶，亦一都会也。

吴地，斗分野也。今之会稽、九江、丹阳、豫章、庐江、广陵、六安、临淮郡，尽吴分也。

殷道既衰，周太王亶父兴郊梁之地，长子太伯，次曰仲雍，少曰公季。公季有圣子昌，太王欲传国焉。太伯、仲雍辞行采药，遂奔荆蛮。公季嗣位，至昌为西伯，受命而王。故孔子美而称曰："太伯，可谓至德也已矣！三以天下让，民无得而称焉。"谓"虞仲夷逸，隐居放言，身中清，废中权"。太伯初奔荆蛮，荆蛮归之，号曰句吴。太伯卒，仲雍立，至曾孙周章，而武王克殷，因而封之。又封周章弟中于河北，是为北吴，后世谓之虞，十二世为晋所灭。后二世而荆蛮之吴子寿梦盛大称王。其少子则季札，有贤材。兄弟欲传国，札让而不受。自太伯、寿梦称王六世，阖庐举伍子胥、孙武为将，战胜攻取，兴伯名于诸侯。至子夫差，诛子胥，用宰嚭，为粤王句践所灭。

吴、粤之君皆好勇，故其民至今好用剑，轻死易发。

粤既并吴，后六世为楚所灭。后秦又击楚，徙寿春，至子为秦所灭。以上吴始末。

寿春、合肥受南北湖皮革、鲍、木之输，亦一都会也。始楚贤臣屈原被谗放流，作《离骚》诸赋以自伤悼。后有宋玉、唐勒之属慕而述之，皆以显名。汉兴，高祖王兄子濞于吴，招致天下之娱游子弟，枚乘、邹阳、严夫子之徒兴于文、景之际。而淮南王安亦都寿春，招宾客著书。而吴有严助、朱买臣，贵显汉朝，文辞并发，故世传《楚辞》。其失巧而少信。初淮南王异国中民家有女者，以待游士而妻之，故至今多女而少男。本吴、粤与楚接比，数相并兼，故民俗略同。

吴东有海盐章山之铜，三江五湖之利，亦江东之一都会也。豫章出黄金，然堇堇物之所有，取之不足以更费。江南卑湿，丈夫多夭。

会稽海外有东鳀人，分为二十余国，以岁时来献见云。

粤地，牵牛、婺女之分野也。今之苍梧、郁林、合浦、交阯、九真、南海、日南，皆粤分也。

其君禹后，帝少康之庶子云，封于会稽，文身断发，以避蛟龙之害。后二十世，至句践称王，与吴王阖庐战，败之隽李。夫差立，句践乘胜复伐吴，吴大破之，栖会稽，臣服请平。后用范蠡、大夫种计，遂伐灭吴，兼并其地。度淮与齐、晋诸侯会，致贡于周。周元王使使赐命为伯，诸侯毕贺。后五世为楚所灭，子孙分散，君服于楚。后十世，至闽君摇，佐诸侯平秦。汉兴，复立摇为粤王。是时，秦南海尉赵佗亦自王，传国至武帝时，尽灭以为郡云。以上粤始末。

处近海，多犀、象、毒冒、珠玑、银、铜、果、布之凑，中国往商贾者多取富焉。番禺，其一都会也。

自合浦、徐闻南入海，得大州，东西南北方千里，武帝元封元年略以为儋耳、珠厓郡。民皆服布如单被，穿中央为贯头。男子耕农，种禾稻、纻麻，女子桑蚕织绩。亡马与虎，民有五畜，山多麈麖。兵则矛、盾、刀，木弓弩、竹矢，或骨为镞。自初为郡县，吏卒中国人多侵陵之，故率数岁壹反。元帝时，遂罢弃之。

自日南障塞、徐闻、合浦船行可五月，有都元国，又船行可四月，有邑卢没国；又船行可二十余日，有谌离国；步行可十余日，有夫甘都卢国。自夫甘都卢国船行可二月余，有黄支国，民俗略与珠厓相类。其州广大，户口多，多异物，自武帝以来皆献见。有译长，属黄门，与应募者俱入海市明珠、璧流离、奇石异物，赍黄金，杂缯而往。所至国皆禀食为耦，蛮夷贾船，转送致之。亦利交易，剽杀人。又苦逢风波溺死，不者数年来还。大珠至围二寸以下。平帝元始中，王莽辅政，欲耀威德，厚遗黄支王，令遣使献生犀牛。自黄支船行可八月，到皮宗；船行可八月，到日南、象林界云。黄支之南，有已程不国，汉之译使自此还矣。

唐　书

兵志

古之有天下国家者，其兴亡治乱，未始不以德，而自战国、秦、汉以来，鲜不以兵。夫兵岂非重事哉！然其因时制变，以苟利趋便，至于无所不为，而考其法制，虽可用于一时，而不足施于后世者多矣，惟唐立府兵之制，颇有足称焉。

盖古者兵法起于井田，自周衰，王制坏而不复；至于府兵，始一寓之于农，其居处、教养、畜材、待事、动作、休息，皆有节目，虽不能尽合古法，盖得其大意焉，此高祖、太宗之所以盛也。至其后世，子孙骄弱，不能谨守，屡变其制。夫置兵所以止乱，及其弊也，适足为乱，又其甚也，至困天下以养乱，而遂至于亡焉。

盖唐有天下二百余年，而兵之大势三变：其始盛时有府兵，府兵后废而为彍骑，彍骑又废，而方镇之兵盛矣。及其末也，强臣悍将兵布天下，而天子亦自置兵于京师，曰禁军。其后天子弱，方镇强，而唐遂以亡灭者，措置之势使然也。若乃将卒、营阵、车旗、器械、征防、守卫，凡兵之事不可以悉记，记其废置、得失、终始、治乱、兴灭之迹，以为后世戒云。

府兵之制，起自西魏、后周，而备于隋，唐兴因之。隋制十二卫，曰翊卫，曰骁骑卫，曰武卫，曰屯卫，曰御卫，曰候卫，为左右，皆有将军以分统诸府之兵。府有郎将、副郎将、坊主、团主，以相统治。又有骠骑、车骑二府，皆有将军。后更骠骑曰鹰扬郎将，车骑曰副郎将。别置折冲、果毅。

自高祖初起，开大将军府，以建成为左领大都督，领左三军，敦煌公为右领大都督，领右三军，元吉统中军。发自太原，有兵三万人。及诸起义以相属与降群盗，得兵二十万。武德初，始置军府，以骠骑、车骑两将军府领之。析关中为十二道，曰万年道、长安道、富平道、醴泉道、同州道、华州道、宁州道、岐州道、豳州道、西麟州道、泾州道、宜州道，皆置府。三年，更以万年道为参旗军，长安道为鼓旗军，富平道为玄戈军，醴泉道为井钺军，同州道为羽林军，华州道为骑官军，宁州道为折威军，岐州道为平道军，豳州道为招摇军，西麟州道为苑游军，泾州道为天纪军，宜州道为天节军。军置将、副各一人，以督耕战，以车骑府统之。六年，以天下既定，遂废十二军，改骠骑曰统军，车骑曰别将。居岁余，十二军复，而军置将军一人，军有坊，置主一人，以检察户口，劝课农桑。

太宗贞观十年，更号统军为折冲都尉，别将为果毅都尉，诸府总曰折冲府。凡天下十道，置府六百三十四，皆有名号，而关内二百六十有一，皆以隶诸卫。凡府三等：兵千二百人为上，千人为中，八百人为下。府置折冲都尉一人，左右果毅都尉各一人，长史、兵曹、别将各一人，校尉六人。士以三百人为团，团有校尉；五十人为队，队有正；十人为火，火有长。火备六驮马。凡火具乌布幕、铁马盂、布槽、锸、䦆、凿、碓、筐、斧、钳、锯皆一，甲床二，镰二；队具火钻一，胸马绳一，首羁、足绊皆三；人具弓一，矢三十，胡禄、横刀、砺石、大觽、毡帽、毡装、行縢皆一，麦饭九斗，米二斗，皆自备，并其介胄、戎具藏于库。有所征行，则视其入而出给之。其番上宿卫者，惟给弓矢、横刀而已。

凡民年二十为兵，六十而免。其能骑而射者为越骑，其余为步兵、武骑、排矟手、步射。

每岁季冬，折冲都尉率五校兵马之在府者，置左右二校尉，位相距百步。每校为步队十，骑队一，皆卷稍幡，展刃旗，散立以俟。角手吹大角一通，诸校皆敛人骑为队；二通，偃旗稍，解幡；三通，旗稍举。左右校击鼓，二校之人合噪而进。右校击钲，队少却，左校进逐至右校立所；左校击钲，少却，右校进逐至左校立所；右校复击钲，队还，左校复薄战；皆击钲，队各还。大角复鸣一通，皆卷幡、摄矢、弛弓、匣刃；二通，旗稍举，队皆进；三通，左右校皆引还。是日也，因纵猎，获各入其人。其隶于卫也，左、右卫皆领六十府，诸卫领五十至四十，其余以隶东宫六率。

凡发府兵，皆下符契，州刺史与折冲勘契乃发。若全府发，则折冲都尉以下皆行；不尽，则果毅行；少则别将行。当给马者，官予其直市之，每匹予钱二万五千。刺史、折冲、果毅岁阅不任战事者鬻之，以其钱更市，不足则一府共足之。

凡当宿卫者番上，兵部以远近给番，五百里为五番，千里七番，一千五百里八番，二千里十番，外为十二番，皆一月上。若简留直卫者，五百里为七番，千里八番，二千里十番，外为十二番，亦月上。

先天二年诏曰："往者分建府卫，计户充兵，裁足周事，二十一入幕，六十一出军，多惮劳以规避匿。今宜取年二十五以上，五十而免。屡征镇者，十年免之。"虽有其言，而事不克行。玄宗开元六年，始诏折冲府兵每六岁一简。自高宗、武后时，天下久不用兵，府兵之法浸坏，番役更代多不以时，卫士稍稍亡匿，至是益耗散，宿卫不能给。宰相张说乃请一切募士宿卫。十一年，取京兆、蒲、同、岐、华府兵及白丁，而益以潞州长从兵，共十二万，号"长从宿卫"，岁二番，命尚书左丞萧嵩与州吏共选之。明年，更号曰"彍骑"。又诏："诸州府马阙，官私共补之。今兵贫难致，乃给以监牧马。"然自是诸府士益多不补，折冲将又积岁不得迁，士人皆耻为之。

十三年，始以彍骑分隶十二卫，总十二万，为六番，每卫万人。京兆彍骑六万六千，华州六千，同州九千，蒲州万二千三百，绛州三千六百，晋州千五百，岐州六千，河南府三千，陕、虢、汝、郑、怀、汴六州各六百，内弩手六千。其制：皆择下户白丁、宗丁、品子强壮五尺七寸以上，不足则兼以户八等五尺以上，皆免征镇、赋役，为四籍，兵部及州、县、卫分掌之。十人为火，五火为团，皆有首长。又择材勇者为番头，颇习弩射。又有羽林军飞骑，亦习弩。凡伏远弩自能施张，纵矢三百步，四发而二中；擘张弩二百三十步，四发而二中；角弓弩二百步，四发而三中；单弓弩百六十步，四发而二中：皆为及第。诸军皆近营为坩，士有便习者，教试之，及第者有赏。

自天宝以后，彍骑之法又稍变废，士皆失拊循。八载，折冲诸府至无兵可交，李林甫遂请停上下鱼书。其后徒有兵额、官吏，而戎器、驮马、锅幕、糗粮并废矣，故时府人目番上宿卫者曰侍官，言侍卫天子；至是，卫佐悉以假人为童奴，京师人耻之，至相骂辱必曰侍官。而六军宿卫皆市人，富者贩缯彩、食粱肉，壮者为角觗、拔河、翘木、扛铁之戏，及禄山反，皆不能受甲矣。

初，府兵之置，居无事时耕于野，其番上者，宿卫京师而已。若四方有事，则命将以出，事解辄罢，兵散于府，将归于朝。故士不失业，而将帅无握兵之重，所以防微渐、绝祸乱之萌也。及府兵法坏而方镇盛，武夫悍将虽无事时，据要险，专方面，既有其土地，又有其人民，又有其甲兵，又有其财赋，以布列天下。然则方镇不得不强，京师不得不弱，故曰措置之势使然者，以此也。

夫所谓方镇者，节度使之兵也。原其始，起于边将之屯防者。唐初，兵之戍边者，大曰军，小曰守捉，曰城，曰镇，而总之者曰道：若卢龙军一，东军等守捉十一，曰平卢道；横海、北平、高阳、经略、安塞、纳降、唐兴、渤海、怀柔、威武、镇远、静塞、雄武、镇安、怀远、保定军十六，曰范阳道；天兵、大同、天安、横野军四，岢岚等守捉五，曰河东道；朔方经略、丰安、定远、新昌、天柱、宥州经略、横塞、天德、天安军九，三受降、丰宁、保宁、乌延等六城，新泉守捉一，曰关内道；赤水、大斗、白亭、豆卢、墨离、建康、宁寇、玉门、伊吾、天山军十，乌城等守捉十四，曰河西道；瀚海、清海、静塞军三，沙钵等守捉十，曰北庭道；保大军一，鹰娑都督一，兰城等守捉八，曰安西道；镇西、天成、振威、安人、绥戎、河源、白水、天威、榆林、临洮、莫门、神策、宁边、威胜、金天、武宁、曜武、积石军十八，平夷、绥和、合川守捉三，曰陇右道；威戎、安夷、昆明、宁远、洪源、通化、松当、平戎、天保、威远军十，羊灌田等守捉十五，新安等城三十二，犍为等镇三十八，曰剑南道；岭南、安南、桂管、邕管、容管经略、清海军六，曰岭南道；福州经略军一，曰江南道；平海军一，东牟、东莱守捉二，蓬莱镇一，曰河南道。此自武德至天宝以前边防之制。其军、城、镇、守捉皆有使，而道有大将一人，曰大总管，已而更曰大都督。至太宗时，行军征讨曰大总管，在其本道曰大都督。自高宗永徽以后，都督带使持节者，始谓之节度使，然犹未以名官。景云二年，以贺拔延嗣为凉州都督、河西节度使。自此而后，接乎开元，朔方、陇右、河东、河西诸镇，皆置节度使。

及范阳节度使安禄山反，犯京师，天子之兵弱不能抗，遂陷两京。肃宗起灵武，而诸镇之兵共起诛贼。其后禄山子庆绪及史思明父子继起，中国大乱，肃宗命李光弼等讨之，号"九节度之师"。久之，大盗既灭，而武夫战卒以功起行阵，列为侯王者，皆除节度使。由是方镇相望于内地，大者连州十余，小者犹兼三四。故兵骄则逐帅，帅强则叛上。或父死子握其兵而不肯代；或取舍由于士卒，往往自择将吏，号为"留后"，以邀命于朝。天子顾力不能制，则忍耻含垢，因而抚之，谓之姑息之政。盖姑息起于兵骄，兵骄由于方镇，姑息愈甚，而兵将愈俱骄。由是号令自出，以相侵击，虏其将帅，并其土地，天子熟视不知所为，反为和解之，莫肯听命。

始时为朝廷患者，号"河朔三镇"。及其末，朱全忠以梁兵、李克用以晋兵更犯京师，而李茂贞、韩建近据岐、华，妄一喜怒，兵已至于国门，天子为杀大臣、罪己悔过，然后去。及昭宗用崔胤召梁兵以诛宦官，而劫天子，天子奔岐，梁兵围之逾年。当此之时，天下之兵无复勤王者。向之所谓三镇者，徒能始祸而已。其他大镇，南则吴、浙、荆、湖、闽、广，西则岐、蜀，北则燕、晋，而梁盗据其中，自国门以外，皆分裂于方镇矣。

故兵之始重于外也，土地、民赋非天子有；既其盛也，号令、征伐非其有；又其甚也，至无尺土，而不能庇其妻子宗族，遂以亡灭。语曰："兵犹火也，弗戢将自焚。"夫恶危乱而欲安全者，庸君常主之能知，至于措置之失，则所谓困天下以养乱也。唐之置兵，既外柄以授人，而末大本小，方区区自为捍卫之计，可不哀哉！

夫所谓天子禁军者，南、北衙兵也。南衙，诸卫兵是也；北衙者，禁军也。

初，高祖以义兵起太原，已定天下，悉罢遣归，其愿留宿卫者三万人。高祖以渭北白渠旁子弃腴田分给之，号"元从禁军"。后老不任事，以其子弟代，谓之"父子军"。及贞观初，太宗择善射者百人，为二番于北门长上，曰"百骑"，以从田猎。又置北衙七营，选材力骁壮，月以一营番上。十二年，始置左右屯营于玄武门，领以诸卫将军，号"飞骑"，其法：取户二等以上、长六尺阔壮者，试弓马四次上、翘关举五、负米五斛行三十步者。复择马射为百骑，衣五色袍，乘六闲驳马，虎皮鞯，为游幸翊卫。

高宗龙朔二年，始取府兵越骑、步射置左右羽林军，大朝会则执仗以卫阶陛，行幸则夹驰道为内仗。武后改百骑曰"千骑"。睿宗又改千骑曰"万骑"，分左、右营。及玄宗以万骑平韦氏，改为左右龙武军，皆用唐元功臣子弟，制若宿卫兵。是时，良家子避征戍者，亦皆纳资隶军，分日更上如羽林。开元十二年，诏左右羽林军、飞骑阙，取京旁州府士，以户部印印其臂，为二籍，羽林、兵部分掌之。末年，禁兵浸耗，及禄山反，天子西驾，禁军从者裁千人，肃宗赴灵武，士不满百，及即位，稍复旧补北军。至德二载，置左右神武军，补元从、扈从官子弟，不足则取它色，带品者同四军，亦曰"神武天骑"，制如羽林。总曰"北衙六军"。又择便骑射者置衙前射生手千人，亦曰"供奉射生官"，又曰"殿前射生手"，分左、右厢，总号曰"左右英武军"。乾元元年，李辅国用事，请选羽林骑士五百人邀巡。李揆曰："汉以南、北军相制，故周勃以北军安刘氏。朝廷置南、北衙，文武区列，以相察伺。今用羽林代金吾警，忽有非常，何以制之？"遂罢。

上元中，以北衙军使卫伯玉为神策军节度使，镇陕州，中使鱼朝恩为观军容使，监其军。初，哥舒翰破吐蕃临洮西之磨环川，即其地置神策军，以成如璆为军使。及安禄山反，如璆以伯玉将兵千人赴难，伯玉与朝恩皆屯于陕。时边土陷蹙，神策故地沦没，即诏伯玉所部兵，号"神策军"，以伯玉为节度使，与陕州节度使郭英乂皆镇陕。其后伯玉罢，以英乂兼神策军节度。英乂入为仆射，军遂统于观军容使。

代宗即位，以射生军入禁中靖难，皆赐名"宝应功臣"，故射生军又号"宝应军"。广德元年，代宗避吐蕃幸陕，朝恩举在陕兵与神策军迎扈，悉号"神策军"。天子幸其营。及京师平，朝恩遂以军归禁中，自将之，然尚未与北军齿也。永泰元年，吐蕃复入寇，朝恩又以神策军屯苑中，自是浸盛，分为左、右厢，势居北军右，遂为天子禁军，非它军比。朝恩乃以观军容宣慰处置使知神策军兵马使。大历四年，请以京兆之好畤，凤翔之麟游、普润，皆隶神策军。明年，复以兴平、武功、扶风、天兴隶之，朝廷不能遏。又用爱将刘希暹为神策虞候，主不法，遂置北军狱，募坊市不逞，诬捕大姓，没产为赏，至有选举旅寓而挟厚赀多横死者。朝恩得罪死，以希暹代为神策军使。是岁，希暹复得罪，以朝恩旧校王驾鹤代将。十数岁，德宗即位，以白志贞代之。是时，神策兵虽处内，而多以裨将将兵征伐，往往有功。

及李希烈反，河北盗且起，数出禁军征伐，神策之士多斗死者。建中四年下诏募兵，以志贞为使，蒐补峻切。郭子仪之婿端王傅吴仲孺殖赀累巨万，以国家有急不自安，请以子率奴马从军。德宗喜甚，为官其子五品。志贞乃请节度、都团练、观察使与世尝任者家，皆出子弟马奴装铠助征，授官如仲孺子。于是豪富者缘为幸，而贫者苦之。神策兵既发殆尽，志贞阴以市人补之，名隶籍而身居市肆。及泾卒溃变，皆戢伏不出，帝遂出奔。初，段秀实见禁兵寡弱，不足备非常，上疏曰："天子万乘，诸侯千，大夫百，盖以大制小，十制一也，尊君卑臣强干弱支之道。今外有不廷之虏，内有梗命之臣，而禁兵不精，其数削少，后有猝故，何以待之？猛虎所以百兽畏者，爪牙也，爪牙废，则孤豚特犬悉能为敌。愿少留意。"至是，方以秀实言为然。

及志贞等流贬，神策都虞候李晟与其军之他将，皆自飞狐道西兵赴难，遂为神策行营节度，屯渭北，军遂振。贞元二年，改神策左右厢为左右神策军，特置监句当左右神策军，以宠中官，而益置大将军以下。又改殿前射生左右厢曰殿前左右射生军，亦置大将军以下。三年，诏射生、神策、六军将士，府县以事办治，先奏乃移军，勿辄逮捕。京兆尹郑叔则建言："京剧轻猾所聚，匿作不常，俟奏报，将失罪人，请非昏田，皆以时捕。"乃可之。俄改殿前左右射生军曰左右神武军，置监左右神威军使。左右神策军皆加将军二员，左右龙武军加将军一员，以待诸道大将有功者。

自肃宗以后，北军增置威武、长兴等军，名类颇多，而废置不一。惟羽林、龙武、神武、神策、神威最盛，总曰左右十军矣。其后京畿之西，多以神策军镇之，皆有屯营。军司之人，散处甸内，皆恃势凌暴，民间苦之。自德宗幸梁还，以神策兵有劳，皆号"兴元元从奉天定难功臣"，恕死罪。中书、御史府、兵部乃不能岁比其籍，京兆又不敢总举名实。三辅人假比于军，一牒至十数。长安奸人多寓占两军，身不宿卫，以钱代行，谓之纳课户。益肆为暴，吏稍禁之，辄先得罪，故当时京尹、赤令皆为之敛屈。十年，京兆尹杨于陵请置挟名敕，五丁许二丁居军，余差以条限，繇是豪强少畏。

十二年，以监句当左神策军、左监门卫大将军、知内侍省事窦文场为左神策军护军中尉，监句当右神策军、右监门卫将军、知内侍省事霍仙鸣为右神策军护军中尉，监右神威军使、内侍兼内谒者监张尚进为右神威军中护军，监左神威军使、内侍兼内谒者监焦希望为左神威军中护军。护军中尉、中护军皆古官，帝既以禁卫假宦官，又以此宠之。十四年，又诏左右神策置统军，以崇亲卫，如六军。时边兵衣饷多不赡，而戍卒屯防，药茗蔬酱之给最厚。诸将务为诡辞，请遥隶神策军，禀赐遂赢旧三倍，繇是塞上往往称神策行营，皆内统于中人矣，其军乃至十五万。

故事，京城诸司、诸使、府、县，皆季以御史巡囚。后以北军地密，未尝至。十九年，监察御史崔薳不知近事，遂入右神策，中尉奏之，帝怒，杖薳四十，流崖州。

顺宗即位，王叔文用事，欲取神策兵柄，乃用故将范希朝为左右神策、京西诸城镇行营兵马节度使，以夺宦者权而不克。元和二年，省神武军。明年，又废左右神威军，合为一，曰"天威军"。八年，废天威军，以其兵骑分隶左右神策军。及僖宗幸蜀，田令孜募神策新军为五十四都，离为十军，令孜自为左右神策十军兼十二卫观军容使，以左右神策大将军为左右神策诸都指挥使，诸都又领以都将，亦曰"都头"。

景福二年，昭宗以藩臣跋扈、天子孤弱，议以宗室典禁兵。及伐李茂贞，乃用嗣覃王允为京西招讨使，神策诸都指挥使李鐈副之，悉发五十四军屯兴平，已而兵自溃。茂贞逼京师，昭宗为斩神策中尉西门重遂、李周谦，乃引去。乾宁元年，王行瑜、韩建及茂贞连兵犯阙，天子又杀宰相韦昭度、李磎，乃去。太原李克用以其兵伐行瑜等，同州节度使王行实入迫神策中尉骆全瓘、刘景宣请天子幸邠州，全瓘、景宣及子继晟与行实纵火东市，帝御承天门，敕诸王率禁军扞之。捧日都头李筠以其军卫楼下，茂贞将阎圭攻筠，矢及楼扆，帝乃与亲王、公主幸筠军，扈跸都头李君实亦以兵至，侍帝出幸莎城、石门。诏嗣薛王知柔入长安收禁军、清宫室，月余乃还。又诏诸王阅亲军，收拾神策亡散，得数万。益置安圣、捧宸、保宁、安化军，曰"殿后四军"，嗣覃王允与嗣延王戒丕将之。三年，茂贞再犯阙，嗣覃王战败，昭宗幸华州。明年，韩建畏诸王有兵，请皆归十六宅，留殿后兵三十人，为控鹤排马官，隶飞龙坊，余悉散之，且列甲围行宫，于是四军二万余人皆罢。又请诛都头李筠，帝恐，为斩于大云桥。俄遂杀十一王。

及还长安，左右神策军复稍置之，以六千人为定。是岁，左右神策中尉刘季述、王仲先以其兵千人废帝，幽之。季述等诛。已而昭宗召朱全忠兵入诛宦官，宦官觉，劫天子幸凤翔。全忠围之岁余，天子乃诛中尉韩全诲、张宏彦等二十余人，以解梁兵，乃还长安。于是悉诛宦官，而神策左右军繇此废矣。诸司悉归尚书省郎官，两军兵皆隶六军，而以崔胤判六军十二卫事。六军者，左右龙武、神武、羽林，其名存而已。自是军司以宰相领。

及全忠归，留步骑万人屯故两军，以子友伦为左右军宿卫都指挥使，禁卫皆汴卒。崔胤乃奏："六军名存而兵亡，非所以壮京师。军皆置步军四将，骑军一将。步将皆兵二百五十人，骑将皆百人，总六千六百人。番上如故事。"乃令六军诸卫副使京兆尹郑元规立格募兵于市，而全忠阴以汴人应之。胤死，以宰相裴枢判左三军，独孤损判右三军，向所募士悉散去。全忠亦兼判左右六军十二卫。及东迁，唯小黄门打球供奉十数人、内园小儿五百人从。至谷水，又尽屠之，易以汴人，于是天子无一人之卫。昭宗遇弑，唐乃亡。

马者，兵之用也；监牧，所以蕃马也，其制起于近世。唐之初起，得突厥马二千四，又得隋马三千于赤岸泽，徙之陇右，监牧之制始于此。其官领以太仆，其属有牧监、副监。监有丞，有主簿、直司、团官、牧尉、排马、牧长、群头，有正，有副。凡群置长一人，十五长置尉一人，岁课功，进排马。又有掌闲，调马习上。又以尚乘掌天子之御。左右六闲：一曰飞黄，二曰吉良，三曰龙媒，四曰騊駼，五曰駃騠，六曰天苑。总十有二闲为二厩，一曰祥麟，二曰凤苑，以系饲之。其后禁中又增置飞龙厩。

初，用太仆少卿张万岁领群牧。自贞观至麟德四十年间，马七十万六千，置八坊岐、豳、泾、宁间，地广千里：一曰保乐，二曰甘露，三曰南普闰，四曰北普闰，五曰岐阳，六曰太平，七曰宜禄，八曰安定。八坊之田，千二百三十顷，募民耕之，以给刍秣。八坊之马为四十八监，而马多地狭不能容，又析八监列布河西丰旷之野。凡马五千为上监，三千为中监，余为下监。监皆有左、右，因地为之名。方其时，天下以一缣易一马。万岁掌马久，恩信行于陇右。

后以太仆少卿鲜于匡俗检校陇右牧监。仪凤中，以太仆少卿李思文检校陇右诸牧监使，监牧有使自是始。后又有群牧都使，有闲厩使，使皆置副，有判官。又立四使：南使十五，西使十六，北使七，东使九。诸坊若泾川、亭川、阙水、洛、赤城，南使统之；清泉、温泉，西使统之；乌氏，北使统之；木硖、万福，东使统之。它皆失传。其后益置八监于盐州、三监于岚州。盐州使八，统白马等坊；岚州使三，统楼烦、玄池、天池之监。

凡征伐而发牧马，先尽强壮，不足则取其次。录色、岁、肤第印记、主名送军，以帐驭之，数上于省。

自万岁失职，马政颇废，永隆中，夏州牧马之死失者十八万四千九百九十。景云二年，诏群牧岁出高品，御史按察之。开元初，国马益耗，太常少卿姜海乃请以空名告身市马于六胡州，率三十匹雠一游击将军。命王毛仲领内外闲厩。九年又诏："天下之有马者，州县皆先以邮递军旅之役，定户复缘以升之。百姓畏苦，乃多不畜马，故骑射之士减曩时。自今诸州民勿限有无荫，能家畜十马以下，免帖驿邮递征行，定户无以马为赀。"毛仲既领闲厩，马稍稍复，始二十四万，至十三年乃四十三万。其后突厥款塞，玄宗厚抚之，岁许朔方军西受降城为互市，以金帛市马，于河东、朔方、陇右牧之。既杂胡种，马乃益壮。

天宝后，诸军战马动以万计。王侯、将相、外戚牛驼羊马之牧布诸道，百倍于县官，皆以封邑号名为印自别；将校亦备私马。议谓秦、汉以来，唐马最盛，天子又锐志武事，遂弱西北蕃。十一载，诏二京旁五百里勿置私牧。十三载，陇右群牧都使奏：马牛驼羊总六十万五千六百，而马三十二万五千七百。

安禄山以内外闲厩都使兼知楼烦监，阴选胜甲马归范阳，故其兵力倾天下而卒反。肃宗收兵至彭原，率官吏马抵平凉，蒐监牧及私群，得马数万，军遂振。至凤翔，又诏公卿百寮以后乘助军。其后边无重兵，吐蕃乘隙陷陇右，苑牧畜马皆没矣。乾元后，回纥恃功，岁入马取缯，马皆病弱不可用。永泰元年，代宗欲亲击虏，鱼朝恩乃请大搜城中百官、士庶马输官，曰"团练马"。下制禁马出城者，已而复罢。德宗建中元年，市关辅马三万实内厩。贞元三年，吐蕃、羌、浑犯塞，诏禁大马出潼、蒲、武关者。元和十一年伐蔡，命中使以绢二万市马河曲。其始置四十八监地，据陇西、金城、平凉、天水，员广千里，繇京度陇，置八坊为会计都领，其间善水草腴田皆隶之。后监牧使与坊皆废，故地存者一归闲厩，旋以给贫民及军吏，间又赐佛寺、道馆几千顷。十二年，闲厩使张茂宗举故事，尽收岐阳坊地，民失业者甚众。十三年，以蔡州牧地为龙陂监。十四年，置临汉监于襄州，牧马三千二百，费田四百顷。穆宗即位，岐人叩阙讼茂宗所夺田，事下御史按治，悉予民。太和七年，度支盐铁使言："银州水甘草丰，请诏刺史刘源市马三千，河西置银川监，以源为使。"襄阳节度使裴度奏停临汉监。开成二年，刘源奏："银川马已七千，若水草乏，则徙牧绥州境。今绥南二百里，四隅险绝，寇路不能通，以数十人守要，畜牧无它患。"乃以隶银川监。

其后阙，不复可纪。

欧阳修

五代史职方考

　　呜呼，自三代以上，莫不分土而治也。后世鉴古矫失，始郡县天下。而自秦、汉以来，为国孰与三代长短？及其亡也，未始不分，至或无地以自存焉。盖得其要，则虽万国而治，失其所守，则虽一天下不能以容，岂非一本于道德哉！唐之盛时，虽名天下为十道，而其势未分。既其衰也，置军节度，号为方镇，镇之大者连州十余，小者犹兼三四，故其兵骄则逐帅，帅强则叛上，土地为其世有，干戈起而相侵，天下之势，自兹而分。然唐自中世多故矣，其兴衰救难，常倚镇兵扶持，而侵凌乱亡，亦终以此。岂其利害之理然欤？自僖、昭以来，日益割裂。梁初，天下别为十一国，南有吴、浙、荆、湖、闽、汉，西有岐、蜀，北有燕、晋，而朱氏所有七十八州以为梁。庄宗初起并、代，取幽、沧，有州三十五，其后又取梁魏、博等十有六州，合五十一州以灭梁。岐王称臣，又得其州七。同光破蜀，已而复失，惟得秦、凤、阶、成四州，而营、平二州陷于契丹，其增置之州一，合一百二十三州以为唐。石氏入立，献十有六州于契丹，而得蜀金州，又增置之州一，合一百九州以为晋。刘氏之初，秦、凤、阶、成复入于蜀，隐帝时增置之州一，合一百六州以为汉。郭氏代汉，十州入于刘旻，世宗取秦、凤、阶、成、瀛、漠及淮南十四州，又增置之州五而废者三，合一百一十八州以为周。宋兴因之。此中国之大略也。其余外属者，强弱相并，不常其得失。至于周末，闽已先亡，而在者七国。自江以下二十一州为南唐，自剑以南及山南西道四十六州为蜀，自湖南北十州为楚，自浙东西十三州为吴越，自岭南北四十七州为南汉，自太原以北十州为东汉，而荆、归、峡三州为南平。合中国所有二百六十八州，而军不在焉。唐之封疆远矣，前史备载，而羁縻寄治虚名之州在其间。五代乱世，文字不完，而时有废省，又或陷于夷狄，不可考究其详。其可见者，具之如谱。

州	梁	唐	晋	汉	周
汴	都	有宣武	都	都	都
洛	都	都	都	都	都
雍	有永平	都	有晋昌	有永兴	有
兖	有泰宁	有	有	有	有罢
沂	有	有	有	有	有
密	有	有	有	有	有
青	有平卢	有	有	有	有
淄	有	有	有	有	有
齐	有	有	有	有	有
棣	有	有	有	有	有
登	有	有	有	有	有
莱	有	有	有	有	有
徐	有武宁	有	有	有	有
宿	有	有	有	有	有
郓	有天平	有	有	有	有
曹	有	有	有威信	有罢	有彰信
濮	有	有	有	有	有
济					有太祖置
宋	有宣武	有归德	有	有	有

州	梁	唐	晋	汉	周
亳	有	有	有	有	有
单	有辉州	有改曰单州	有	有	有
颍	有	有	有	有	有
陈	有	有	有镇安	有军废	有复
蔡	有	有	有	有	有
许	有匡国	有忠武	有	有	有
汝	有	有	有	有	有
郑	有	有	有	有	有
滑	有宣义	有义成	有	有	有
襄	有初曰忠义，后复为山南东道	有	有	有	有
均	有	有	有	有	有
房	有	有	有	有	有
金	有蜀武雄	有蜀	有怀德，寻罢	有	有
邓	有宣化	有威胜	有	有	有武胜
随	有	有	有	有	有
郢	有	有	有	有	有
唐	有	有	有	有	有
复	有	有	有	有	有
安	有宣威	有安远	有罢军	有复	有罢
申	有	有	有	有	有

州	梁	唐	晋	汉	周
蒲	有护国	有	有	有	有
孟	有河阳三城	有	有	有	有
怀	有	有	有	有	有
晋	有初曰定昌，后曰建宁	有建雄	有	有	有
绛	有	有	有	有	有
陕	有镇国	有保义	有	有	有
虢	有	有	有	有	有
华	有感化	有镇国	有	有	有罢军
商	有	有	有	有	有
同	有忠武	有匡国	有	有	有
耀	岐义胜有崇州、静胜	有复曰耀州，改顺义	有	有	有罢军
解				有隐帝置	有
邠	岐静难 有	有	有	有	有
宁	岐 有	有	有	有	有
庆	岐 有	有	有	有	有
衍	岐 有	有	有	有	有
威			有高祖置	有	有改曰环州
鄜	岐保大 有	有	有	有	有
坊	岐 有	有	有	有	有
丹	岐 有	有	有	有	有
延	岐忠义 有	有彰武	有	有	有

续表

州	梁	唐	晋	汉	周
夏	有定难	有	有	有	有
银	有	有	有	有	有
绥	有	有	有	有	有
宥	有	有	有	有	有
灵	有朔方	有	有	有	有
盐	有	有	有	有	有
岐	岐凤翔	有	有	有	有
陇	岐	有	有	有	有
泾	岐彰义	有	有	有	有
原	岐	有	有	有	有
渭	岐	有	有	有	有
武	岐	有	有	有	有
秦	岐雄武蜀天雄	有	有	有	有
成	岐 蜀	有	有	有	有
阶	岐 蜀	有	有	有	有
凤	岐 蜀武兴	有	有	有	有
乾	岐李茂贞置	有	有	有	有
魏	有天雄 唐	有邺都	有邺都	有邺都	有罢都
博	有 唐	有	有	有	有
贝	有 唐	有	有永清	有	有
卫	有 唐	有	有	有	有
澶	有 唐	有	有镇宁	有	有
相	有昭德 唐	有	有彰德	有	有

续表

州	梁	唐	晋	汉	周
邢	有保义　唐	有安国	有	有	有
洺	有	有	有	有	有
磁	有改曰惠州　唐	有复曰磁州	有	有	有
镇	有武顺　唐	有成德	有顺德	有成德	有
冀	有　唐	有	有	有	有
深	有　唐	有	有	有	有
赵	有　唐	有	有	有	有
易	有　唐	有	有	有	有
祁	有　唐	有	有	有	有
定	有义成　唐	有	有	有	有
沧	唐横海	有	有	有	有
景	唐	有	有	有	有废
德	唐	有	有	有	有
滨					有世宗置
瀛	唐	有	契丹	契丹	有
漠	唐	有	契丹	契丹	有
雄					有世宗置
霸					有世宗置
幽	唐卢龙	有	契丹	契丹	契丹
涿	唐	有	契丹	契丹	契丹
檀	唐	有	契丹	契丹	契丹
蓟	唐	有	契丹	契丹	契丹
顺	唐	有	契丹	契丹	契丹

州	梁	唐	晋	汉	周
营	唐	有契丹	契丹	契丹	契丹
平	唐	有契丹	契丹	契丹	契丹
蔚	唐	有	契丹	契丹	契丹
朔	唐振武	有	契丹	契丹	契丹
云	唐大同	有	契丹	契丹	契丹
应	唐	有彰国	契丹	契丹	契丹
新	唐	有威塞	契丹	契丹	契丹
妫	唐	有	契丹	契丹	契丹
儒	唐	有	契丹	契丹	契丹
武	唐	有	契丹	契丹	契丹
寰		有明宗置	契丹	契丹	契丹
忻	唐	有	有	有	东汉
代	唐雁门	有	有	有	东汉
岚	唐	有	有	有	东汉
石	唐	有	有	有	东汉
宪	唐	有	有	有	东汉
麟	唐	有	有	有	东汉
府	唐	有	有永安	有罢军	有永安
并	唐河东	有北都	有	有	东汉
汾	唐	有	有	有	东汉
慈	唐	有	有	有	有
隰	唐	有	有	有	有
泽	唐	有	有	有	有

续表

州	梁	唐	晋	汉	周
潞	唐昭义	有安义	有昭义	有	有
沁	唐	有	有	有	东汉
辽	唐	有	有	有	东汉
扬	吴淮南	吴	南唐	南唐	有
楚	吴	吴	南唐	南唐	有
泗	吴	吴	南唐	南唐	有
滁	吴	吴	南唐	南唐	有
和	吴	吴	南唐	南唐	有
光	吴	吴	南唐	南唐	有
黄	吴	吴	南唐	南唐	有
舒	吴	吴	南唐	南唐	有
蕲	吴	吴	南唐	南唐	有
庐	吴	吴	南唐	南唐	有保信
寿	吴忠正	吴	南唐清淮	南唐	有忠正
海	吴	吴	南唐	南唐	有
泰	吴	吴	南唐	南唐	有
濠	吴	吴	南唐	南唐	有
通					有世宗置
润	吴	吴	南唐	南唐	南唐
常	吴	吴	南唐	南唐	南唐
宣	吴宁国	吴	南唐	南唐	南唐
歙	吴	吴	南唐	南唐	南唐
鄂	吴武昌	吴	南唐	南唐	南唐

州	梁	唐	晋	汉	周
昇	吴	吴	南唐	南唐	南唐
池	吴	吴	南唐	南唐	南唐
饶	吴	吴	南唐	南唐	南唐
信	吴	吴	南唐	南唐	南唐
江	吴	吴	南唐	南唐	南唐
洪	吴镇南	吴	南唐	南唐	南唐
抚	吴	吴	南唐	南唐	南唐
袁	吴	吴	南唐	南唐	南唐
吉	吴	吴	南唐	南唐	南唐
虔	吴	吴	南唐	南唐	南唐
筠			南唐李景置	南唐	南唐
建	闽	闽	南唐	南唐	南唐
汀	闽	闽	南唐	南唐	南唐
剑			南唐李景置	南唐	南唐
漳	闽	闽	南唐留从效	南唐留从效	南唐留从效
泉	闽	闽	南唐留从效	南唐留从效	南唐留从效
福	闽武威	闽	吴越	吴越	吴越
杭	吴越镇海	吴越	吴越	吴越	吴越
越	吴越镇东	吴越	吴越	吴越	吴越
苏	吴越	吴越	吴越	吴越	吴越
湖	吴越	吴越	吴越	吴越	吴越宣德
温	吴越	吴越	吴越静海	吴越	吴越
台	吴越	吴越	吴越	吴越	吴越

州	梁	唐	晋	汉	周
明	吴越	吴越	吴越	吴越	吴越
处	吴越	吴越	吴越	吴越	吴越
衢	吴越	吴越	吴越	吴越	吴越
婺	吴越	吴越	吴越	吴越	吴越
睦	吴越	吴越	吴越	吴越	吴越
秀			吴越元瓘置	吴越	吴越
荆	南平荆南	南平	南平	南平	南平
归	蜀	南平	南平	南平	南平
峡	蜀	南平	南平	南平	南平
益	蜀成都	有　后蜀	蜀	蜀	蜀
汉	蜀	有　后蜀	蜀	蜀	蜀
彭	蜀	有　后蜀	蜀	蜀	蜀
蜀	蜀	有　后蜀	蜀	蜀	蜀
绵	蜀	有　后蜀	蜀	蜀	蜀
眉	蜀	有　后蜀	蜀	蜀	蜀
嘉	蜀	有　后蜀	蜀	蜀	蜀
剑	蜀	有　后蜀	蜀	蜀	蜀
梓	蜀剑南、东川	有　后蜀	蜀	蜀	蜀
遂	蜀武信	有　后蜀	蜀	蜀	蜀
果	蜀	有　后蜀	蜀	蜀	蜀
阆	蜀	有保宁后蜀	蜀	蜀	蜀
普	蜀	有　后蜀	蜀	蜀	蜀
陵	蜀	有　后蜀	蜀	蜀	蜀

续表

州	梁	唐		晋	汉	周
资	蜀	有	后蜀	蜀	蜀	蜀
荣	蜀	有	后蜀	蜀	蜀	蜀
简	蜀	有	后蜀	蜀	蜀	蜀
邛	蜀	有	后蜀	蜀	蜀	蜀
黎	蜀	有	后蜀	蜀	蜀	蜀
雅	蜀永平	有	后蜀	蜀	蜀	蜀
维	蜀	有	后蜀	蜀	蜀	蜀
茂	蜀	有	后蜀	蜀	蜀	蜀
文	蜀	有	后蜀	蜀	蜀	蜀
龙	蜀	有	后蜀	蜀	蜀	蜀
黔	蜀武泰	有	后蜀	蜀	蜀	蜀
施	蜀	有	后蜀	蜀	蜀	蜀
夔	蜀镇江	有	后蜀	蜀	蜀	蜀
忠	蜀	有	后蜀	蜀	蜀	蜀
万	蜀	有	后蜀	蜀	蜀	蜀
兴	蜀	有	后蜀	蜀	蜀	蜀
利	蜀昭武	有	后蜀	蜀	蜀	蜀
开	蜀	有	后蜀	蜀	蜀	蜀
通	蜀	有	后蜀	蜀	蜀	蜀
涪	蜀	有	后蜀	蜀	蜀	蜀
渝	蜀	有	后蜀	蜀	蜀	蜀
泸	蜀	有	后蜀	蜀	蜀	蜀
合	蜀	有	后蜀	蜀	蜀	蜀

续表

州	梁	唐	晋	汉	周
昌	蜀	有 后蜀	蜀	蜀	蜀
巴	蜀	有 后蜀	蜀	蜀	蜀
蓬	蜀	有 后蜀	蜀	蜀	蜀
集	蜀	有 后蜀	蜀	蜀	蜀
壁	蜀	有 后蜀	蜀	蜀	蜀
渠	蜀	有 后蜀	蜀	蜀	蜀
戎	蜀	有 后蜀	蜀	蜀	蜀
梁	蜀山南西道	有 后蜀	蜀	蜀	蜀
洋	蜀武定	有 后蜀	蜀	蜀	蜀
潭	楚武安	楚	楚	楚	周行逢
衡	楚	楚	楚	楚	周行逢
澧	楚	楚	楚	楚	周行逢
朗	楚武平	楚	楚	楚	周行逢
岳	楚	楚	楚	楚	周行逢
道	楚	楚	楚	楚	周行逢
永	楚	楚	楚	楚	周行逢
邵	楚	楚	楚	楚	周行逢
全			楚马希范置	楚	周行逢
辰	楚	楚	楚	楚	周行逢
融	楚	楚	楚	南汉	南汉
郴	楚	楚	楚	南汉	南汉
连	楚	楚	楚	南汉	南汉
昭	楚	楚	楚	南汉	南汉

续表

州	梁	唐	晋	汉	周
宜	楚	楚	楚	南汉	南汉
桂	楚静江	楚	楚	南汉	南汉
贺	楚	楚	楚	南汉	南汉
梧	楚	楚	楚	南汉	南汉
蒙	楚	楚	楚	南汉	南汉
严	楚	楚	楚	南汉	南汉
富	楚	楚	楚	南汉	南汉
柳	楚	楚	楚	南汉	南汉
象	楚	楚	楚	南汉	南汉
容	南汉宁远	南汉	南汉	南汉	南汉
邕	南汉建武	南汉	南汉	南汉	南汉
端	南汉	南汉	南汉	南汉	南汉
康	南汉	南汉	南汉	南汉	南汉
封	南汉	南汉	南汉	南汉	南汉
恩	南汉	南汉	南汉	南汉	南汉
春	南汉	南汉	南汉	南汉	南汉
新	南汉	南汉	南汉	南汉	南汉
高	南汉	南汉	南汉	南汉	南汉
窦	南汉	南汉	南汉	南汉	南汉
雷	南汉	南汉	南汉	南汉	南汉
化	南汉	南汉	南汉	南汉	南汉
韶	南汉	南汉	南汉	南汉	南汉
藤	南汉	南汉	南汉	南汉	南汉

州	梁	唐	晋	汉	周
白	南汉	南汉	南汉	南汉	南汉
廉	南汉	南汉	南汉	南汉	南汉
钦	南汉	南汉	南汉	南汉	南汉
广	南汉清海	南汉	南汉	南汉	南汉
横	南汉	南汉	南汉	南汉	南汉
宾	南汉	南汉	南汉	南汉	南汉
浔	南汉	南汉	南汉	南汉	南汉
惠	南汉	南汉	南汉	南汉	南汉
郁林	南汉	南汉	南汉	南汉	南汉
英		南汉刘龑置	南汉	南汉	南汉
雄		南汉刘龑置	南汉	南汉	南汉
琼	南汉	南汉	南汉	南汉	南汉
崖	南汉	南汉	南汉	南汉	南汉
儋	南汉	南汉	南汉	南汉	南汉
万安	南汉	南汉	南汉	南汉	南汉
罗	南汉	南汉	南汉	南汉	南汉
潘	南汉	南汉	南汉	南汉	南汉
勤	南汉	南汉	南汉	南汉	南汉
泷	南汉	南汉	南汉	南汉	南汉
辨	南汉	南汉	南汉	南汉	南汉

汴州，唐故曰宣武军。梁以汴州为开封府，建为东都。后唐灭梁，复为宣武军。晋天福三年升为东京。汉、周因之。

洛阳，梁、唐、晋、汉、周常以为都。唐故为东都。梁为西都。后唐为洛京。晋为西京，汉、周因之。

雍州，唐故上都，昭宗迁洛，废为佑国军。梁初改京兆府曰大安，佑国军曰永平。唐灭梁，复为西京。晋废为晋昌军。汉改曰永兴，周因之。

曹州，故属宣武军节度。晋开运二年置威信军。汉初，军废。周广顺二年复置彰信军。

宋州，故属宣武军节度。梁初徙置宣武军。唐灭梁，改曰归德。

陈州，故属忠武军节度。晋开运二年置镇安军。汉初，军废。周广顺二年复之。

许州，唐故曰忠武。梁改曰匡国。唐灭梁，复曰忠武。

滑州，唐故曰义成。以避梁王父讳改曰宣义。唐灭梁，复其故。

襄州，唐故曰山南东道。唐、梁之际改曰忠义军。后以延州为忠义，襄州复曰山南东道。

邓州，故属山南东道节度。梁破赵匡凝，分邓州置宣化军。唐改曰威胜。周改曰武胜。

安州，梁置宣威军。唐改曰安远，晋罢，汉复曰安远，周又罢。

晋州，故属护国军节度。梁开平四年置定昌军，贞明三年改曰建宁。唐改曰建雄。

金州，故属山南东道节度。唐末置戎昭军，已而废之，遂入于蜀。至晋高祖时，又置怀德军，寻罢。

陕州，唐故曰保义，梁改曰镇国，后唐复曰保义。

华州，唐故曰镇国，梁改曰感化，后唐复曰镇国。

同州，唐故曰匡国，梁改曰忠武，后唐复曰匡国。

耀州，本华原县，唐末属李茂贞，建为耀州，置义胜军。梁末帝时，茂贞养子温韬以州降梁，梁改耀州为崇州，义胜曰静胜。后唐复为耀州，改曰顺义。

延州，故属保大军节度。梁置忠义军，唐改曰彰武。

魏州，唐故曰大名府，置天雄军，五代皆因之。后唐建邺都，晋、汉因之，至周罢。大名府，后唐曰兴唐，晋曰广晋，汉、周复曰大名。

澶州，故属天雄军节度。晋天福九年置镇宁军。

相州，故属天雄军节度。梁末帝分置昭德军，而天雄军乱，遂入于晋。庄宗灭梁，复属天雄。晋高祖置彰德军。

邢州，故属昭义军节度。昭义所统泽、潞、邢、洺、磁五州。唐末孟方立为昭义军节度使，徙其军额于邢州，而泽、潞二州入于晋。方立但有邢、洺、磁三州。故当唐末有两昭义军。梁、晋之争，或入于梁，或入于晋。梁以邢、洺、磁三州为保义军。庄宗灭梁，改曰安国。

镇州，故曰成德军。梁初以成音犯庙讳，改曰武顺。唐复曰成德，晋又改曰顺德，汉复曰成德。

应州，故属大同军节度。唐明宗即位，以其应州人也，乃置彰国军。

新州，唐同光元年置威塞军。

府州，晋置永安军，汉罢之，周复。

并州，后唐建北都，其军仍曰河东。

潞州，唐故曰昭义。梁末帝时属梁，改曰匡义，岁余，唐灭梁，改曰安义。晋复曰昭义。

庐州，周世宗克淮南，置保信军。

寿州，唐故曰忠正，南唐改曰清淮。周世宗平淮南，复曰忠正。

五代之际，外属之州，扬州曰淮南，宣州曰宁国，鄂州曰武昌，洪州曰镇南，福州曰武威，杭州曰镇海，越州曰镇东，江陵府曰荆南，益州、梓州曰剑南东、西川，遂州曰武信，兴元府曰山南西道，洋州曰武定，黔州曰黔南，潭州曰武安，桂州曰静江，容州曰宁远，邕州曰建武，广州曰清海，皆唐故号，更五代无所易，而今因之者也。其余僭伪改置之名，不可悉考，而不足道，其因著于今者，略注于谱。

济州，周广顺二年置，割郓州之巨野、郓城，兖州之任城，单州之金乡为属县而治巨野。

单州，唐末以宋州之砀山，梁太祖乡里也，为置辉州，已而徙治单父。后唐灭梁，改辉州为单州。其属县置徙，传记不同，今领单父、砀山、成武、鱼台四县。

耀州，李茂贞置，治华原县。梁初改曰崇州，唐同光元年复为耀州。

解州，汉乾祐元年九月置，割河中之闻喜、安邑、解县为属而治解。

威州，晋天福四年置，割灵州之方渠，宁州之末波、乌岭三镇为属而治方渠。周广顺二年改曰环州，显德四年废为通远军。

乾州，李茂贞置，治奉先县。

磁州，梁改曰惠州，唐复曰磁州。

景州，唐故置弓高。周显德二年废为定远军，割其属安陵县属德州，废弓高县入东光县，为定远军治所。

滨州，周显德三年置，以其滨海为名。初，五代之际，置榷盐务于海傍，后为赡国军，周因置州，割棣州之渤海、蒲台为属县而治渤海。

雄州，周显德六年克瓦桥关置，治归义；割易州之容城为属，寻废。

霸州，周显德六年克益津关置，治永清，割漠州之文安，瀛州之大城为属。

通州，本海陵之东境，南唐置静海制置院，周世宗克淮南，升为静海军，后置通州，分其地置静海、海门二县为属而治静海。

筠州，南唐李景置，割洪州之高安、上高、万载、清江四县为属而治高安。

剑州，南唐李景置，割建州之延平、剑浦、富沙三县为属而治延平。

全州，楚王马希范置，以潭州之湘川县为清湘县，又割灌阳县为属而治清湘。

秀州，吴越王钱元璀置，割杭州之嘉兴县为属而治之。

雄州，南汉刘龚割韶州之保昌置，治保昌。

英州，南汉刘龚割广州之浈阳置，治浈阳。

开封府故统六县。梁开平元年，割滑州之酸枣、长垣，郑州之中牟、阳武，宋州之襄邑，曹州之考城更曰戴邑，许州之扶沟、鄢陵，陈州之太康隶焉。唐分酸枣、中牟、襄邑、鄢陵、太康五县还其故，晋升汴州为东京，复割五县隶焉。

雍邱，晋改曰杞，汉复其故。

长垣，唐改曰匡城。

黎阳，故属滑州，晋割隶卫州。

叶、襄城，故属许州，唐割隶汝州。

楚邱，故属单州，梁割隶宋州。

密州胶西，故曰辅唐，梁改曰安邱，唐复其故，晋改曰胶西。

渭南，故属京兆，周改隶华州。

同官，故属京兆府，梁割隶同州，唐割隶耀州。

美原，故属同州，李茂贞置鼎州而治之。梁改为裕州，属顺义军节度。后不见其废时，唐同光三年，割隶耀州。

平凉，故属泾州。唐末渭州陷吐蕃，权于平凉置渭州而县废。后唐清泰三年，以故平凉之安国、耀武两镇置平凉县，属泾州。

临泾，故属泾州。唐末原州陷吐蕃，权于临泾置原州，而泾州兼治其民。后唐清泰三年割隶原州。

鄜州咸宁，周废。

稷山，故属河中，唐割隶绛州。

慈州仵城、吕香，周废。

大名府大名，唐故曰贵乡。后唐改曰广晋，汉改曰大名。

沧州长芦、乾符，周废入清池；无棣，周置保顺军。

安陵，故属景州，周割隶德州。

澶州顿邱，晋置德清军。

博州武水，周废入聊城。

博野，故属深州，周割隶定州。

武康，故属湖州，梁割隶杭州。

福州闽清，梁乾化元年，王审知于梅溪场置。

苏州吴江，梁开平三年，钱镠置。

明州望海，梁开平三年，钱镠置。

处州长松，故曰松阳，梁改曰长松。

潭州龙喜，汉乾祐三年，马希范置。

天长、六合，故属扬州。南唐以天长为军，六合为雄州，周复故。

汉阳，故属鄂州，周置汉阳军。

汉川，故属沔州，周割隶安州。

襄州乐乡，周废入宜城。

邓州临湍，汉改曰临濑；菊潭、向城，周废。

复州竟陵，晋改曰景陵。

监利，故属复州，梁割隶江陵。

唐州慈邱，周废。

商州乾元，汉改曰乾祐，割隶京兆。

洛南，故属华州，周割隶商州。

随州唐城，梁改曰汉东，后唐复旧，晋又改汉东，汉复旧。

雄胜军，本凤州固镇，周置军。

秦州天水、陇城，唐末废，后唐复置。

成州栗亭，后唐置。

自唐有方镇，而史官不录于地理之书，以谓方镇兵戎之事，非职方所掌故也。然而后世因习，以军目地，而没其州名。又今置军者，徒以虚名升建为州府之重，此不可以不书也。州、县，凡唐故而废于五代，若五代所置而见于今者，及县之割隶今因之者，皆宜列以备职方之考。其余尝置而复废，尝改割而复旧者，皆不足书。山川物俗，职方之掌也，五代短世，无所迁变，故亦不复录，而录其方镇军名，以与前史互见之云。

曾　巩

越州赵公救灾记

熙宁八年夏，吴、越大旱。九月，资政殿大学士、右谏议大夫知越州赵公，前民之未饥，为书问属县：灾所被者几乡，民能自食者有几，当廪于官者几人，沟防构筑可僦民使治之者几所，库钱仓粟可发者几何，富人可募出粟者几家，僧道士食之羡粟书于籍者其几具存，使各书以对，而谨其备。以上豫事。

州县吏录民之孤老疾弱、不能自食者二万一千九百余人以告。故事，岁廪穷人，当给粟三千石而止。公敛富人所输及僧道士食之羡者，得粟四万八千余石，佐其费。使自十月朔，人受粟日一升，幼小半之。忧其众相蹂也，使受粟者男女异日，而人受二日之食。忧其且流亡也，于城市郊野为给粟之所，凡五十有七，使各以便受之，而告以去其家者勿给。计官为不足用也，取吏之不在职而寓于境者，给其食而任以事。以上给粟不能自食者。不能自食者，有是具也。能自食者，为之告富人，无得闭粜。又为之出官粟，得五万二千余石，平其价予民。为粜粟之所凡十有八，使籴者自便，如受粟。以上平粜。又僦民完城四千一百丈，为工三万八千，计其佣与钱，又与粟再倍之。民取息钱者，告富人纵予之，而待熟，官为责其偿。弃男女者，使人得收养之。以上以工代赈。

明年春，大疫，为病坊，处疾病之无归者。募僧二人，属以视医药饮食，令无失所时。凡死者，使在处随收瘗之。以上医病、瘗死。

法，廪穷人，尽三月当止，是岁尽五月而止。事有非便文者，公一以自任，不以累其属。有上请者，或便宜多辄行。公于此时，蚤夜惫心力不少懈，事细巨必躬亲。给病者药食，多出私钱。民不幸罹旱疫，得免于转死，虽死，得无失敛埋，皆公力也。

是时，旱疫被吴、越，民饥馑疾疠，死者殆半，灾未有巨于此也。天子东向忧劳，州县推布上恩，人人尽其力。公所拊循，民尤以为得其依归。所以经营绥辑先后终始之际，委曲纤悉，无不备者。其施虽在越，其仁足以示天下；其事虽行于一时，其法足以传后。盖灾沴之行，治世不能使之无，而能为之备。民病而后图之，与夫先事而为计者，则有间矣；不习而有为，与夫素得之者，则有间矣。余故采于越，得公所推行，乐为之识其详，岂独以慰越人之思，将使吏之有志于民者，不幸而遇岁之灾，推公之所已试，其科条可不待顷而具，则公之泽岂小且近乎！

公元丰二年以大学士加太子少保致仕，家于衢。其直道正行在于朝廷、岂弟之实在于身者，此不著。著其荒政可师者，以为越州赵公救灾记云。

序越州鉴湖图

鉴湖，一曰南湖，南并山，北属州城漕渠，东西距江，东江即曹娥江也。西江为西小江，当即钱清江耳。汉顺帝永和五年，会稽太守马臻之所为也，至今九百七十有五年矣。其周三百五十有八里，凡水之出于东南者皆委之。州之东，自城至于东江，其北堤石楗二，阴沟十有九，通民田，田之南属漕渠，北东西属江者皆溉之。州之东六十里，自东城至于东江，其南堤阴沟十有四，通民田，田之北抵漕渠，南并山，西并堤，东属江者皆溉之。州之西三十里，曰柯山斗门，通民田，田之东并城，南并堤，北滨漕渠，西属江者皆溉之。总之，溉山阴、会稽两县十四乡之田九千顷。非湖能溉田九千顷而已，盖田之至江者尽于九千顷也。以上溉田之多。其东曰曹娥斗门，曰蒿口斗门，水之循南堤而东者，由之以入于东江。其西曰广陵斗门，曰新径斗门，水之循北堤而西者，由之以入于西江。其北曰朱储斗门，去湖最远。盖因三江之上、两山之间，疏为二门，而以时视田中之水，小溢则纵其一，大溢则尽纵之，使入于三江之口。所谓湖高于田丈余，田又高海丈余，水少则泄湖溉田，水多则泄田中水入海，故无荒废之田、水旱之岁者也。繇汉以来几千载，其利未尝废也。以上斗门蓄泄之利。

宋兴，民始有盗湖为田者。祥符之间二十七户，庆历之间二户，为田四顷。当是时，三司转运司犹下书切责州县，使复田为湖。然自此吏益慢法，而奸民浸起，至于治平之间，盗湖为田者凡八千余户，为田七百余顷，而湖废几尽矣。其仅存者，东为漕渠，自州至于东城六十里，南通若耶溪，自樵风泾至于桐坞，十里皆水，广不能十余丈，每岁少雨，田未病而湖盖已先涸矣。以上废湖为田。自此以来，人争为计说。蒋堂则谓宜有罚以禁侵耕，有赏以开告者。杜杞则谓盗湖为田者，利在纵湖水，一雨则放声以动州县，而斗门辄发。故为之立石则水，一在五云桥，水深八尺有五寸，会稽主之；一在跨湖桥，水深四尺有五寸，山阴主之。而斗门之钥，使皆纳于州，水溢则遣官视则，而谨其闭纵。又以谓宜益理堤防斗门，其敢田者拔其苗，责其力以复湖，而重其罚。犹以为未也，又以谓宜加两县之长以提举之名，课其督察而为之殿赏。吴奎则谓每岁农隙，当僦人浚湖，积其泥涂以为邱阜，使县主役，而州与转运使、提点刑狱督摄赏罚之。张次山则谓湖废，仅有存者难卒复，宜益广漕路及他便利处，使可漕及注民田里，置石柱以识之，柱之内禁敢田者。刁约则谓宜斥湖三之一与民为田，而益堤使高一丈，则湖可不开，而其利自复。范师道、施元长则谓重侵耕之禁，犹不能使民无犯，而斥湖与民，则侵者孰御？又以湖水较之，高于城中之水，或三尺有六寸，或二尺有六寸，而益堤壅水使高，则水之败城郭庐舍可必也。张伯玉则谓日役五千人浚湖，使至五尺，当十五岁毕，至三尺，当九岁毕。然恐工起之日，浮议外摇，役夫内溃，则虽有智者，犹不能必其成。若日役五千人，益堤使高八尺，当一岁毕。其竹木费，凡九十二万有三千，计越之户二十万有六千，赋之而复其租，其势易足，如此，则利可坐收，而人不烦弊。陈宗言、赵诚复以水势高下难之，又以谓宜从吴奎之议，以岁月复湖。以上杂陈八种论说。当是时，都水善其言，又以谓宜增赏罚之令。其为说如此，可谓博矣。朝廷未尝不听用，著之于法，故罚有自钱三百至于千，又至于五万，刑有自杖百至于徒三年，其文可谓密矣。然而田者不止而日愈多，湖不加浚而日愈废，其故何哉？法令不行，而苟且之俗胜也。

昔谢灵运从宋文帝求会稽回踵湖为田，太守孟颉不听，又求休嵫湖为田，颉又不听，灵运至以语诋之。则利于请湖为田，越之风俗旧矣。然南湖自汉历吴、晋以来，接于唐，又接于钱镠父子之有此州，其利未尝废者，彼或以区区之地当天下，或以数州为镇，或以一国自王，内有供养禄廪之须，外有贡输问馈之奉，非得晏然而已也。故强水土之政以力本利农，亦皆有数，而钱镠之法最详，至今尚多传于人者。则其利之不废，有以也。

近世则不然，天下为一而安于承平之故，在位者重举事而乐因循。而请湖为田者，其言语气力往往足以动人。至于修水土之利，则又费财动众，从古所难。故郑国之役，以谓足以疲秦，而西门豹之治邺渠，人亦以为烦苦，其故如此。则吾之吏，孰肯任难当之怨，来易至之责，以待未然之功乎！故说虽博而未尝行，法虽密而未尝举，田者之所以日多，湖之所以日废，繇是而已。故以为法令不行，而苟且之俗胜者，岂非然哉！

夫千岁之湖，废兴利害，较然易见。然自庆历以来三十余年，遭吏治之因循，至于既废，而世犹莫寤其所以然，况于事之隐微难得，而考者繇苟简之故，而弛坏于冥冥之中，又何知其所以然乎？以上习俗苟且，难于举事。今谓湖不必复者，曰湖田之入既饶矣，此游谈之士为利于侵耕者言之也。夫湖未尽废，则湖下之田旱，此方今之害而众人之所睹也；使湖尽废，则湖之为田亦旱矣，此将来之害而众人之所未睹者。故曰此游谈之士为利于侵耕者言之，而非实知利害者也。谓湖不必浚者，曰益堤壅水而已，"湖不必浚"，前八说中所无，益堤壅水，即刁约、张伯玉之言也。此好辩之士为乐闻苟简者言之也。夫以地势较之，壅水使高，必败城郭，此议者之所已言也；以地势较之，浚湖使下，然后不失其旧，不失其旧，然后不失其宜，此议者之所未言也。又山阴之石则为四尺有五寸，会稽之石则几倍之，壅水使高，则会稽得尺，山阴得半，地之洼隆不并，则益堤未为有补也。故曰此好辩之士为乐闻苟简者言之，而又非实知利害者也。以上二说必不可用。二者既不可用，而欲禁侵耕，开告者，则有赏罚之法矣；欲谨水之蓄泄，则有闭纵之法矣；欲痛绝敢田者，则拔其苗，责其力以复湖，而重其罚，又有法矣；或欲任其责于州县与运使、提点刑狱，或欲以每岁农隙浚湖，或欲禁田石柱之内者，又皆有法矣。欲知浚湖之浅深，用工若干，为日几何；欲知增堤竹木之费几何，使之安出；欲知浚湖之泥涂积之何所，又已计之矣。欲知工起之日，或浮议外摇，役夫内溃，则不可以必其成，又已论之矣。诚能收众说而考其可否，用其可者，而以在我者润泽之，令言必行，法必举，则何功之不可成，何利之不可复哉！以上兼收众说，全在必行。

巩初蒙恩通判此州，问湖之废兴于人，求有能言利害之实者。及到官，然后问图于两县，问书于州与河渠司，至于参核之而图成，熟究之而书具，然后利害之实明。故为论次，庶夫计议者有考焉。熙宁二年冬卧龙斋。

　　　　　　　　　　　　　　　　长沙杨书霖襄校

卷二十六　杂记之属

礼　记

深衣

古者深衣，盖有制度，以应规、矩、绳、权、衡。

短毋见肤，长毋被土。续衽，钩边，要缝半下。袼之高下，可以运肘；袂之长短，反诎之及肘。带，下毋厌髀，上毋厌胁，当无骨者。

制十有二幅，以应十有二月，袂圜以应规，曲袷如矩以应方，负绳及踝以应直，下齐如权衡以应平。故规者，行举手以为容；负绳抱方者，以直其政，方其义也。故《易》曰："坤六二之动，直以方也。"下齐如权衡者，以安志而平心也。五法已施，故圣人服之。故规矩取其无私，绳取其直，权衡取其平，故先王贵之。故可以为文，可以为武，可以摈相，可以治军旅，完且弗费，善衣之次也。

具父母大父母，衣纯以缋；具父母，衣纯以青。如孤子，衣纯以素。纯袂、缘、纯边，广各寸半。

周 礼

梓人

梓人为笋虡。天下之大兽五：脂者、膏者、臝者、羽者、鳞者。宗庙之事，脂者、膏者以为牲，臝者、羽者、鳞者以为笋虡。外骨、内骨、却行、仄行、连行、纡行、以脰鸣者、以注鸣者、以旁鸣者、以翼鸣者、以股鸣者、以胸鸣者，谓之小虫之属，以为雕琢。厚唇弇口，出目短耳，大胸燿后，大体短脰，若是者谓之臝属。恒有力而不能走，其声大而宏。有力而不能走，则于任重宜；大声而宏，则于钟宜。若是者以为钟虡，是故击其所县，而由其虡鸣。锐喙决吻，数目顅脰，小体骞腹，若是者谓之羽属。恒无力而轻，其声清扬而远闻。无力而轻，则于任轻宜；其声清扬而远闻，则于磬宜。若是者以为磬虡，故击其所县，而由其虡鸣。小首而长，抟身而鸿，若是者谓之鳞属，以为笋。凡攫杀、援簭之类，必深其爪，出其目，作其鳞之而。深其爪，出其目，作其鳞之而，则于视必拨尔而怒。苟拨尔而怒，则于任重宜，且其匪色必似鸣矣。爪不深，目不出，鳞之而不作，则必颓尔如委矣，苟颓尔如委，则加任焉，则必如将废措，其匪色必似不鸣矣。

梓人为饮器，勺一升，爵一升，觚三升。献以爵而酬以觚。一献而三酬，则一豆矣；食一豆肉，饮一豆酒，中人之食也。凡试梓饮器，乡衡而实不尽，梓师罪之。

梓人为侯，广与崇方。参分其广，而鹄居一焉。上两个，与其身三；下两个，半之。上纲与下纲出舌寻，缀寸焉。张皮侯而栖鹄，则春以功；张五采之侯，则远国属；张兽侯，则王以息燕。祭侯之礼，以酒脯醢，其辞曰："惟若宁侯，毋或若女不宁侯，不属于王所。故抗而射女，强饮强食，诒女曾孙诸侯百福。"

匠人

匠人建国，水地以县，置槷以县，视以景，为规，识日出之景与日入之景，昼参诸日中之景，夜考之极星，以正朝夕。

匠人营国，方九里，旁三门。国中九经九纬，经涂九轨，左祖右社，面朝后市，市朝一夫。夏后氏世室，堂修二七，广四修一，五室，三四步，四三尺，九阶，四旁两夹窗，白盛，门堂三之二，室三之一。殷人重屋，堂修七寻，堂崇三尺，四阿重屋。周人明堂，度九尺之筵，东西九筵，南北七筵，堂崇一筵，五室，凡室二筵。室中度以几，堂上度以筵，宫中度以寻，野度以步，涂度以轨，庙门容大扃七个，闱门容小扃三个，路门不容乘车之五个，应门二彻参个。内有九室，九嫔居之。外有九室，九卿朝焉。九分其国，以为九分，九卿治之。王宫门阿之制五雉，宫隅之制七雉，城隅之制九雉，经涂九轨，环涂七轨，野涂五轨。门阿之制，以为都城之制。宫隅之制，以为诸侯之城制。环涂以为诸侯经涂，野涂以为都经涂。

匠人为沟洫，耜广五寸，二耜为耦；一耦之伐，广尺深尺，谓之畎；田首倍之，广二尺，深二尺，谓之遂。九夫为井，井间广四尺，深四尺，谓之沟；方十里为成，成间广八尺，深八尺，谓之洫；方百里为同，同间广二寻，深二仞，谓之浍。专达于川，各载其名。凡天下之地势，两山之间，必有川焉，大川之上，必有涂焉。凡沟逆地防，谓之不行。水属不理孙，谓之不行。梢沟三十里，而广倍。凡行奠水，磬折以参伍。欲为渊，则句于矩。凡沟必因水执，防必因地执。善沟者，水漱之；善防者，水淫之。凡为防，广与崇方，其䂓参分去一，大防外䂓。凡沟防，必一日先深之以为式，里为式，然后可以傅众力。凡任索约，大汲其版，谓之无任。茸屋参分，瓦屋四分，囷、窌、仓、城，逆墙六分，堂涂十有二分，窦，其崇三尺，墙厚三尺，崇三之。

轮人

轮人为轮，斩三材必以其时。三材既具，巧者和之。毂也者，以为利转也。辐也者，以为直指也。牙也者，以为固抱也。轮敝，三材不失职，谓之完。望而视其轮，欲其幎尔而下迆也。进而视之，欲其微至也。无所取之，取诸圜也。望其辐，欲其掣尔而纤也。进而视之，欲其肉称也。无所取之，取诸易直也。望其毂，欲其眼也，进而视之，欲其帱之廉也。无所取之，取诸急也。视其绠，欲其蚤之正也，察其菑蚤不齵，则轮虽敝不匡。凡斩毂之道，必矩其阴阳。阳也者，积理而坚；阴也者，疏理而柔。是故以火养其阴，而齐诸其阳，则毂虽敝不藃。毂小而长则柞，大而短则挚。是故六分其轮崇，以其一为之牙围，参分其牙围，而漆其二。椁其漆内而中诎之。以为之毂长，以其长为之围，以其围之防捎其薮。五分其毂之长，去一以为贤，去三以为轵。容毂必直，陈篆必正，施胶必厚，施筋必数，帱必负干。既摩，革色青白，谓之毂之善。参分其毂长，二在外，一在内，以置其辐。凡辐，量其凿深以为辐广。辐广而凿浅，则是以大扤，虽有良工，莫之能固。凿深而辐小，则是固有余，而强不足也，故竑其辐广，以为之弱，则虽有重任，毂不折。参分其辐之长而杀其一，则虽有深泥，亦弗之溓也。参分其股围，去一以为骹围，揉辐必齐，平沈必均，直以指牙，牙得，则无槷而固，不得，则有槷必足见也。六尺有六寸之轮，绠参分寸之二，谓之轮之固。凡为轮，行泽者欲杼，行山者欲侔。杼以行泽，则是刀以割涂也，是故涂不附。侔以行山，则是挎以行石也，是故轮虽敝，不甀于凿。凡揉牙，外不廉而内不挫，旁不肿，谓之用火之善。是故，规之以视其圜也，萬之以视其匡也。县之以视其幅之直也，水之以视其平沈之均也，量其薮以黍，以视其同也，权之以视其轻重之侔也。故可规、可萬、可水、可县、可量、可权也，谓之国工。

轮人为盖，达常围三寸，桯围倍之，六寸。信其桯围以为部广，部广六寸。部长二尺，桯长倍之，四尺者二。十分寸之一，谓之枚，部尊一枚，弓凿广四枚，凿上二枚，凿下四枚，凿深二寸有半，下直二枚，凿端一枚。弓长六尺，谓之庇轵，五尺谓之庇轮，四尺谓之庇轸，参分弓长而揉其一，参分其股围，去一以为蚤围。参分弓长，以其一为之尊，上欲尊而宇欲卑，上尊而宇卑，则吐水，疾而霤远。盖已崇，则难为门也，盖已卑，是蔽目也。是故盖崇十尺，良盖弗冒弗纮，殷亩而驰不队，谓之国工。

舆人

舆人为车，轮崇车广衡长，参如一，谓之参称。参分车广，去一以为隧。参分其隧，一在前，二在后，以揉其式。以其广之半，为之式崇，以其隧之半，为之较崇。六分其广，以一为之轸围。参分轸围，去一以为式围。参分式围，去一以为较围。参分较围，去一以为轵围。参分轵围，去一以为轛围。圜者中规，方者中矩，立者中县，衡者中水，直者如生焉，继者如附焉。凡居材，大与小无并，大倚小则摧，引之则绝，栈车欲弇，饰车欲侈。

辀人

辀人为辀。辀有三度，轴有三理。国马之辀，深四尺有七寸，田马之辀，深四尺，弩马之辀，深三尺有三寸。轴有三理：一者，以为嫩也；二者，以为久也；三者，以为利也。轵前十尺，而策半之。凡任木、任正者，十分其辀之长，以其一为之围。衡任者，五分其长，以其一为之围。小于度，谓之无任。五分其轸间，以其一为之轴围。十分其辀之长，以其一为之当兔之围。参分其兔围，去一以为颈围。五分其颈围，去一以为踵围。凡揉辀，欲其孙而无弧深。今夫大车之辕挚，其登又难，既克其登，其覆车也必易。此无故，惟辕直，且无桡也。是故大车，平地既节轩挚之任，及其登阤，不伏其辕，必纵其牛。此无故，惟辕直，且无桡也。故登阤者，倍任者也，犹能以登，及其下阤也，不援其邸，必缩其牛后。此无故，唯辕直，且无桡也。是故辀欲颀典，辀深则折，浅则负。辀注则利准，利准则久，和则安。辀欲弧而无折，经而无绝，进则与马谋，退则与人谋，终日驰骋，左不楗，行数千里，马不契需，终岁御，衣衽不敝。此唯辀之和也。劝登马力，马力既竭，辀犹能一取焉，良辀环灂，自伏兔不至轵，七寸，轵中有灂，谓之国辀。轸之方也，以象地也；盖之圜也，以象天也；轮辐三十，以象日月也；盖弓二十有八，以象星也；龙旂九斿，以象大火也；鸟旟七斿；以象鹑火也；熊旗六斿，以象伐也；龟蛇四斿，以象营室也；弧旌枉矢，以象弧也。

弓人

弓人为弓，取六材，必以其时，六材既聚，巧者和之。干也者，以为远也；角也者，以为疾也；筋也者，以为深也；胶也者，以为和也；丝也者，以为固也；漆也者，以为受霜露也。凡取干之道七：柘为上，檍次之，檿桑次之，橘次之，木瓜次之，荆次之，竹为下。凡相干，欲赤黑而阳声，赤黑则乡心，阳声则远根。凡析干，射远者用势，势，自然之形势也，谓本曲也，亦谓坚劲也。射深者用直。居干之道，菑栗不迆，菑，斯也，析也，谓以锯析之也。栗，裂之，假借字也。迆，谓迆衺失木之理也。则弓不发。发，谓弓后有伤动也，发读为拨，《战国策》"弓拨矢钩"，《荀子》亦有"拨弓枉矢"。凡相角，秋斁者厚，春斁者薄，稚牛之角直而泽，老牛之角紾而昔。昔，与错通，文理交错也。疢疾险中，瘠牛之角无泽。角欲青白而丰末，夫角之本，蹙于剈而休于气，蹙，近也。剈，与脑通。休，读为煦。是故柔。柔故欲其势也；白也者，势之征也。夫角之中，恒当弓之畏，畏，谓弓渊也，读如"秦师入隈"之隈。畏也者必桡。桡，故欲其坚也；青也者，坚之征也。夫角之末，远于剈而不休于气，是故脆。脆故欲其柔也；丰末也者，柔之征也。角长二尺有五寸，三色不失理，谓之牛戴牛。凡相胶，欲朱色而昔，昔也者，深瑕而泽，紾而抟廉。抟，圜也。廉，棱鄂分明也。鹿胶青白，马胶赤白，牛胶火赤，鼠胶黑，鱼胶饵，犀胶黄，凡昵之类不能方。凡相筋，欲小简而长，大结而泽，小简而长。大结而泽，则其为兽必剽，剽，疾也。以为弓，则岂异于其兽？筋欲敝之敝，敝，谓椎打嚼齿，欲得劳。敝，谓熟之又熟。漆欲测，丝欲沈，测，犹清也。沈，谓丝如在水中时色。得此六材之全，然后可以为良。凡为弓，冬析干而春液角，夏治筋，秋合三材，寒奠体，奠，读为定。冰析灂。冬析干则易，春液角则浠，夏治筋则不烦，秋合三材则合，寒奠体则张不流，冰析灂则审环，春被弦则一年之事。析干必伦，析角无邪，斫目必荼。目，干之节目。荼，读为舒，徐也。斫目不荼，则及其大修也，筋代之受病。夫目也者必强，强者在内而摩其筋，夫筋之所由幨，恒由此作，幨，绝起也。故角三液而干再液。液，渍水也。三渍再渍，所以伸其材，达其性。厚其帤则木坚；薄其帤则需，是故厚其液而节其帤。帤，谓弓中裨干，虽用整木，仍以木片细副之。需，谓不充满。约之不皆约，疏数必偫，斲挚必中，胶之必均。斲挚不中，胶之不均，则及其大修也，大修，言极久也。角代之受病。夫怀胶于内而摩其角。夫角之所由挫，恒由此作。凡居角，长者以次需，恒角而短，恒，读为柜，柜，竟也。是谓逆桡，角短则拊必长，中央强直，而隈之曲处如折，故曰逆桡。引之则纵，释之则不校。引，引满也。释，放弦也。校，疾也。恒角而达，譬如终绁，达，谓角自拊直达于箫，是太长也。终绁，谓常若有竹秘缚之者。非弓之利也。今夫茭解中有变焉，故校；茭解，谓隈与箫相接之处，弓干之端，析为两歧，而以箫剸入干，势向内，箫势向外，形制有变，故抗弦有力，是以校也。于挺臂中有柎焉，故剽。恒角而达，引如终绁，非弓之利。挢干欲孰于火而无赢，挢角欲孰于火而无燂，赢，过孰也。燂，炙烂也。引筋欲尽而无伤其力，鬻胶欲孰而水火相得，然则居旱亦不动，居湿亦不动。苟有贱工，必因角干之湿以为之柔，善者在外，动者在内。虽善于外，必动于内，虽善，亦弗可以为良矣。凡为弓，方其峻而高其柎，长其畏而薄其敝，峻，谓箫隈之中隆起拄弦者。敝，谓把处。柎，谓把处之左右将接角隈者。宛之无已。应下柎之弓，末应将兴。下柎，谓柎不高而力弱也。兴，谓把处有摇撼之患。为柎而发，必动于杌，弓而羽杌，杌者，角与柎相接之处。羽，读为扈，缓也。末应将发。弓有六材焉，维干强之，张如流水。维体防之，引之中参。维角䃂之，弓，与兴为韵。发，与杌为韵。强，与防䃂为韵。欲宛而无负弦，引之如环，释之无失。体如环，材美，工巧，为之时，谓之参均。角不胜干，干不胜筋，谓之参均。量其力有三均。量其力有三均，谓若干胜一石，加角而胜二石，被筋而胜三石，有读为又谓其力又均也。均者三，谓之九和。九和之弓，角与干权，筋三侔，胶三锊，丝三邸，漆三斞。上工以有余，下工以不足。为天子之弓，合九而成规。为诸侯之弓，合七而成规。大夫之弓，合五而成规。士之弓，合三而成规。弓长六尺有六寸，谓之上制，上士服之；弓长六尺有三寸，谓之中制，中士服之；弓长六尺，谓之下制，下士服之。凡为弓，各因其君之躬，志虑血气，丰肉而短，宽缓以荼。荼，古文舒假借字。若是者为之危弓，危弓为之安矢，骨直以立，忿埶以奔。若是者为之安弓，安弓为之危矢，其人安，其弓安，其矢安，则莫能以速中，且不深。其人危，其弓危，其矢危，则莫能以愿中。往体多，来体寡，谓之夹臾之属，利射侯与弋。往体寡，来体多，谓之王弓之属，利射革与质。往体来体若一，谓之唐弓之属，利射深。大和无灂，其次筋角皆有灂而深，其次有灂而疏，其次角无灂。合灂若背手文。角环灂，牛筋蒉灂，麋筋斥蠖灂。和弓毈摩，覆之而角至，谓之句弓。覆之而干至，谓之侯弓。覆之而筋至，谓之深弓。

矢人

矢人为矢，镞矢参分，杀矢参分，一在前，二在后。兵矢、田矢五分，二在前，三在后。茀矢七分，三在前，四在后。一在前者，前有铁重，与二在后者亭平也。五分而二在前，则铁稍轻矣。七分而三在前，则铁更轻矣。参分其长，而杀其一。五分其长，而羽其一。以其笴厚为之羽深。水之以辨其阴阳，夹其阴阳以设其比，夹其比以设其羽。参分其羽以设其刃，则虽有疾风，亦弗之能惮矣。刃长寸围寸，矢之匕中博，自博处至锋，谓之刃，长一寸。全匕则长二寸。矢匕中有脊微高围寸，并脊计之，博则不满寸矣。铤十之，重三垸。前弱则俯，后弱则翔，中弱则纡，中强则扬。羽丰则迟，羽杀则趮。是故夹而摇之，以视其丰杀之节也。桡之，以视其鸿杀之称也。凡相笴，欲生而抟，同抟欲重，生，谓无瑕蠹也。抟，圜也。同重节欲疏，同疏欲栗。

汉　书

修西岳庙记

《山经》曰：泰华之山，削成四方，其高五千仞，广十里。《周礼·职方氏》：华谓之西岳。祭视三公者，以其能兴云雨，产万物，通精气，有益于人，则祀之。故帝舜受尧历数，亲自巡省，设五鼎之奠，升柴燎烟，致敬神祇，乂用昭明。百谷繁殖，黎民时雍，鸟兽率舞，凤凰来仪。暨夏、殷、周，未之有改也。其德休明，则有祯祥；荒淫臊秽，笃灾必降。秦违其典，璧遗鄗池，二世以亡。高祖应运，礼遵陶唐，祭则获福，奕世克昌。亡新滔逆，鬼神不享。建武之初，彗扫顽凶，更率旧章。敢用元牡，牲牷必充。天惟醇祐，万国以康。

光和二年，有汉元舅，五侯之胄，谢阳之孙，曰樊府君，讳毅，字仲德。承考让国，家于河南。究职州郡，辟公府，除防东长中都令。诛强虣，抚瘠民，二鄙以清。命守斯邦，威隆秋霜，恩逾冬日。景化既宣，由复夕惕。惟宠禄之报，顺民之则。孟冬十月，斋祀西岳。以传窄狭，不足处尊卑。庙舍旧久，墙屋倾亚。世室不修，春秋作讥。特部行事荀班，与县令先说以渐补治。设中外馆，图珍奇，画怪兽，岳渎之精，所出祯秀。役不干时而功已著。蹔劳久逸，神永有凭。自古泰山，邸邑犹存，五岳尊同。哀此勤民，独不赖福。乃上复十里内工商严赋，克厌帝心，嘉瑞仍答，风雨应卦，瀸润品物。瀸，与渐同。君举必书，况乃盛德，惠及神人，可无述焉。于是功曹郭敏、主簿魏袭、户曹史许礼等，遂刊元石，铭勒鸿勋，垂曜亿龄，永有铭识。其辞曰：

二仪剖判，清浊始分。阳凝成山，阴积为川。泰气推否，洪波况臻。尧命伯禹，决江开汶。川灵既定，恩覆兆民。乃列祀典，辨于群神。因渎祭地，岳以配天。世主遵循，永享历年。赤锐煌煌，受兹介福。京夏密清，殊俗宾服。令问不违，可谓至德。德音孔昭，实惟我后。出自中兴，大汉之舅。本枝惟百，延庆长久。俾守西岳，达奉神祀。改传饰庙，灵有攸齐。降瑞畲祚，景风凯悌。惟风及雨，成我稷黍。穑民用章，建义室宇。刊铭记诵，克配梁甫。

蔡　邕

陈留东昏库上里社碑

社祀之建尚矣。昔在圣帝，有五行之官，而共工子句龙为后土。及其没也，遂为社祀。故曰社者，土地之主也。《周礼》建为社位，左宗庙，右社稷。戎丑攸行，于是受脤。土膏恒动，于是祈农。又颁之于兆民，春秋之中，命之供祠。故自有国至于黎庶，莫不祀焉。惟斯库里，古阳武之户牖乡也。春秋时，有子华为秦相。汉兴，陈平由此社宰，遂佐高帝克定天下，为右丞相，封曲逆侯。永平之世，虞延为太尉、司空，封公。至嘉平，延弟曾孙放，字子卿，为尚书令。外戚梁冀乘宠作乱，首策诛之。王室以绩封召都亭侯太仆太常司空，毗天子而维四方，克措其功，往烈有常。于是司监爰暨邦人，金以为宰相继踵，咸出斯里，秦一汉三，而虞氏世焉。虽有积善余庆，修身之致，亦斯社之所相也。乃相与树碑作颂，以示后昆云：

唯王建祀，明事百神。乃顾斯社，于我兆民。明德惟馨，其庆聿彰。自嬴及汉，四辅代昌。爰我虞宗，乃世重光。元勋既立，锡兹土疆。乃公乃侯，帝载用康。神人协祚，且巨且长。凡我里人，尽受嘉祥。刊铭金石，永世不忘。汉碑多酬应谀颂之文，此碑亦专为虞氏而作。

王延寿

桐柏庙碑

延熹六年正月八日乙酉，南阳太守中山卢奴张君，处正好礼，尊神敬祀。以淮出平氏，始于大复，潜行地中，见于阳口。立庙桐柏，春秋宗奉，灾异告谴，水旱请求。位比诸侯，圣汉所尊，受珪上帝。太常定甲，郡守奉祀，务洁沈祭。务洁，碑作祎絜，洪景伯以为祎字当是斋字。从郭君以来二十余年，不复身到，遣行承事，《隶释》作遣丞行事。简略不敬。明神弗歆，灾害以生。五岳四渎，与天合德。仲尼慎祭，常若神在。君准则大圣，亲之桐柏，奉见庙祠，崎岖逼狭。开拓神门，立阙四达，增广壝场，饰治华盖，高大殿宇，穷齐传馆，石兽表道，灵龟十四。衢廷宏敞，宫庙高峻。祗慎庆祀，一年再至。躬进牲牷，执玉以沈，为民祈福。灵祇报祐，天地清和，异祥昭格。禽兽硕茂，草木芬芳。黎庶预祉，民用作颂。其辞曰：

泛泛淮源，圣禹所导。汤汤其逝，惟海是造。疏瀹济远，柔顺其道。弱而能强，仁而能武。圣贤立式，明哲所取。定为四渎，与河合矩。烈烈明府，好古之则，虔恭礼祀，不愆其德。惟前废弛，匪恭匪力，灾眚以兴，阴阳以忒。陟彼高冈，臻兹庙侧，肃肃其敬，灵祇降福。雍雍其和，民用悦服。穰穰其庆，年谷丰植。望君舆驾，扶老携集。慕君尘轨，奔走忘食。怀君惠贶，思君罔极。于胥乐兮，传于万亿。韩退之《南海神庙碑》蹊径似仿此文，而青胜于蓝，不啻百倍。

王 粲

荆州文学记

有汉荆州牧刘君，稽古若时，将绍厥绩。乃曰：先王之为世也，则象天地，轨仪宪极。设教导化，叙经志业，用建雍泮焉，立师保焉。作为礼乐以作其性，表陈载籍以持其德。上知所以临下，下知所以事上。官不失守，民听无悖，然后太阶平焉。

夫文学也者，人伦之守，大教之本也。乃命五业从事宋衷所作文学，延朋徒焉。宣德音以赞之，降嘉礼以劝之。五载之间，道化大行。耆德故老綦毋闿等，负书荷器，自远而至者，三百有余人。于是童幼猛进，武人革面，总角佩觽，委介免胄，比肩继踵，川逝泉涌，亹亹如也，兢兢如也。遂训六经，讲礼物，谐八音，协律吕，修纪历，理刑法。六路咸秩，百氏备矣。

天降纯嘏，有所底授。臻于我君，受命既茂。南牧是建，荆衡作守。时迈淳德，宣其丕繇，厥繇伊何？四国交阻。乃赫斯威，爰整其旅。虔夷不若，屡戡寇侮。诞启洪轨，敦崇圣绪。《典》《坟》既章，礼乐咸举。济济搢绅，盛兹阶宇。祁祁髦俊，亦集爰处。和化普畅，休征时叙。品物宣育，百谷繁芜。勋格皇穹，声被四宇。

晋　书

造戾陵遏记

魏使持节都督河北道诸军事、征北将军、建城乡侯、沛国刘靖，字文恭，登梁山以观源流，相漯水以度形势。嘉武安之通渠，羡秦氏之殷富。乃使帐下督丁鸿军士千人，以嘉平二年立遏于水，导高梁河，造戾陵遏，开车箱渠。其遏表云：高梁河者，出自并州，潞河之别源也。长岸峻固，直截中流，积石笼以为主。遏高一丈，东西长三十丈，南北广七十余步。依北岸立水门，门广四丈，立水十丈。山水暴发，则乘遏东下；平流守常，则自门北入，灌田岁二千顷。凡所封地百余万亩。

至景元三年辛酉，诏书以民食转广，陆废不赡。遣谒者樊晨，更制水门，限田千顷，刻地四千三百一十六顷，出给郡县，改定田五千九百三十顷。水流乘车箱渠，自蓟西北，径昌平东，尽渔阳潞县。凡所润舍，四五百里，所灌田万有余顷。高下孔齐，原隰底平。疏之斯溉，决之斯散。导渠口以为涛门，洒滮池以为甘泽。施加于当时，敷被于后世。

晋元康四年，君少子骁骑将军、平乡侯宏，受命使持节监幽州诸军事，领护乌丸校尉宁朔将军。遏立积三十六载。至五年夏六月，洪水暴出，毁损四分之三。剩北岸七十余丈。上渠车箱，所在漫溢。追维前立遏之勋，亲临山川，指授规略。命司马关内侯逄恽、内外将士二千人，起长岸，立石渠，修主遏，治水门。门广四丈，立水五尺。兴复载利通塞之宜，准遵旧制。凡用功四万有余焉。诸部王侯，不召而自至，襁负而趋事者，盖数千人。《诗》载"经始勿亟"；《易》称"民忘其劳"，斯之谓乎。

于是二府文武之士，感秦国思郑渠之绩，魏人置豹祀之义，乃遐慕仁政，追述成功。元康五年十月十一日，刊石立表，以纪勋烈。并记遏制度，永为后式焉。

韩　愈

蓝田县丞厅壁记

丞之职所以贰令，于一邑无所不当问。其下主簿、尉，主簿、尉乃有分职。丞位高而逼，例以嫌不可否事。文书行，吏抱成案诣丞，卷其前，钳以左手，右手摘纸尾，雁鹜行以进，平立睨丞曰："当署。"丞涉笔占位署，惟谨。目吏，问："可不可？"吏曰："得。"则退，不敢略省，漫不知何事。官虽尊，力势反出主簿、尉下。谚数慢必曰丞，至以相訾謷。丞之设，岂端使然哉。

博陵崔斯立种学绩文，以蓄其有，泓涵演迤，日大以肆。贞元初，挟其能，战艺于京师，再进再屈于人。元和初，以前大理评事言得失黜官，再转而为丞兹邑。始至，喟曰："官无卑，顾材不足塞职。"既噤不得施用，又喟曰："丞哉，丞哉，余不负丞，而丞负余。"则尽枿去牙角，一蹑故迹，破崖岸而为之。

丞厅故有记，坏漏污不可读，斯立易桷与瓦，墁治壁，悉书前任人名氏。庭有老槐四行，南墙巨竹千挺，俨立若相持，水㶁㶁循除鸣。斯立痛扫溉，对树二松，日哦其间。有问者辄对曰："余方有公事，子姑去！"

考功郎中、知制诰韩愈记。

郓州溪堂诗并序

宪宗之十四年，始定东平，三分其地，以华州刺史、礼部尚书兼御史大夫扶风马公，为郓、曹、濮节度观察等使，镇其地。既一年，褒其军，号曰"天平军"。上即位之二年，召公入，且将用之。以其人之安公也，复归之镇。上之三年，公为政于郓、曹、濮也适四年矣，治成制定，众志大固，恶绝于心，仁形于色，薄心一力，以供国家之职。以上镇郓大固。于是沂、密始分而残其帅，其后幽、镇、魏不悦于政，相扇继变，复归于旧，徐亦乘势逐帅自置，同于三方。惟郓也截然中居，四邻望之。若防之制水，恃以无恐。以上三方继变，而郓常安。然而皆曰：郓为虏巢，且六十年，将强卒武。曹、濮于郓，州大而近，军所根柢，皆骄以易怨。而公承死亡之后，掇拾之余，剥肤椎髓，公私扫地赤立，新旧不相保持，万目睽睽。公于此时能安以治之，其功为大；若幽、镇、魏、徐之乱，不扇而变，此功反小，何也？公之始至，众未熟化，以武则忿以憾，以恩则横而肆，一以为赤子，一以为龙蛇，惫心罢精，磨以岁月，然后致之，难也；及教之行，众皆戴公为亲父母，夫叛父母，从仇雠，非人之情，故曰易。以上论前后之难易。于是天子以公为尚书右仆射，封扶风县开国伯以褒嘉之。公亦乐众之和，知人之悦，而侈上之赐也。于是为堂于其居之西北隅，号曰"溪堂"，以飨士大夫，通上下之志。既飨，其从事陈曾谓其众言："公之畜此邦，其勤不亦至乎？此邦之人，累公之化，惟所令之，不亦顺乎？上勤下顺，遂跻登兹，不亦休乎？昔者人谓斯何！今者人谓斯何！虽然，斯堂之作，意其有谓，而喑无诗歌，是不考引公德，而接邦人于道也。"乃使来请，以上作溪堂，征诗歌。其诗曰：

帝奠九壤，有叶有年，有荒不条，河岱之间。及我宪考，一收正之，视邦选侯，以公来尸。公来尸之，人始未信，公不饮食，以训以徇：孰饥无食，孰呻孰叹；孰冤不问，不得分愿。孰为邦蟊，节根之螟，羊很狼贪，以口覆城。吹之煦之，摩手拊之；箴之石之，膊而磔之。凡公四封，既富以□，谓公吾父，孰违公令？可以师征，不宁守邦。公作溪堂，播播流水，浅有蒲莲，深有兼苇，公以宾燕，其鼓骇骇。公燕溪堂，宾校醉饱，流有跳鱼，岸有集鸟，既歌以舞，其鼓考考。公在溪堂，公御琴瑟，公暨宾赞，稽经诹律。施用不差，人用不屈。溪有蘩苯，有龟有鱼，公在中流，右诗左书，无我斁遗。此邦是庥。

画记

杂古今人物小画共一卷。骑而立者五人，骑而被甲载兵立者十人，一人骑执大旗前立，骑而被甲载兵行且下牵者十人，骑且负者二人，骑执器者二人，骑拥田犬者一人，骑而牵者二人，骑而驱者三人，执羁靮立者二人。骑而下倚马臂隼而立者一人，骑而驱涉者二人，徒而驱牧者二人。坐而指使者一人，甲胄手弓矢铁钺植者七人，甲胄执帜植者十人，负者七人，偃寝休者二人，甲胄坐睡者一人，方涉者一人，坐而脱足者一人，寒附火者一人，杂执器物役者八人，奉壶矢者一人，舍而具食者十有一人，挹且注者四人，牛牵者二人，驴驱者四人，一人杖而负者，妇人以孺子载而可见者六人，载而上下者三人，孺子戏者九人。凡人之事三十有二，为人大小百二十有三，而莫有同者焉。马大者九匹，于马之中又有上者、下者、行者、牵者、涉者、陆者、翘者、顾者、鸣者、寝者、讹者、立者、人立者、龁者、饮者、溲者、陟者、降者、痒磨树者、嘘者、嗅者、喜相戏者、怒相踶啮者、秣者、骑者、骤者、走者、载服物者、载狐兔者。凡马之事，二十有七，为马大小八十有三，而莫有同者焉。牛大小十一头，橐驼三头，驴如橐驼之数，而加其一焉。隼一，犬羊狐兔麋鹿共三十，旃车三两。杂兵器弓矢、旌旗、刀剑、矛楯、弓服、矢房、甲胄之属，瓶、盂、篸、笠、筐、笘、锜、釜饮食服用之器，壶、矢博弈之具，二百五十有一。皆曲极其妙。

贞元甲戌年，余在京师，甚无事，同居有独孤生申叔者，始得此画，而与余弹棋，余幸胜而获焉。意甚惜之，以为非一工人之所能运思，盖蒙集众工人之所长耳，虽百金不愿易也。明年，出京师，至河阳，与二三客论画品格，因出而观之。座有赵侍御者，君子人也，见之戚然，若有感然。少而进曰："噫，余之手摸也，亡之且二十年矣。余少时常有志乎兹事，得国本，绝人事而摸得之，游闽中而丧焉。居闲处独，时往来余怀也，以其始为之劳而夙好之笃也。今虽遇之，力不能为已，且命工人存其大都焉。"余既甚爱之，又感赵君之事，因以赠之，而记其人物之形状与数，而时观之，以自释焉。

南海神庙碑

海于天地间，为万物最巨。自三代圣王，莫不祀事，考于传记，而南海神次最贵，在北东西三神、河伯之上，号为祝融。天宝中，天子以为古爵莫贵于公侯，故海岳之祝，牺币之数，放而依之，所以致崇极于大神。今王亦爵也，而礼海岳，尚循公侯之事，虚王仪而不用，非致崇极之意也。由是册尊南海神为广利王。祝号祭式，与次俱升；因其故庙，易而新之，在今广州治之东南，海道八十里，扶胥之口，黄水之湾。常以立夏气至，命广州刺史行事祠下，事讫驿闻。以上言南海神之尊，祀事之严。而刺史常节度五岭诸军，仍观察其郡邑，于南方事，无所不统，地大以远，故常选用重人。既贵而富，且不习海事，又当祀时，海常多大风，将往皆忧戚。既进，观顾怖悸，故常以疾为解，而委事于其副，其来已久。故明宫斋庐，上雨旁风，无所盖障；牲酒瘠酸，取具临时；水陆之品，狼籍笾豆。荐裸兴俯，不中仪式；吏

滋不供，神不顾享。盲风怪雨，发作无节，人蒙其害。以上言前
刺史不躬亲其事。

　　元和十二年，始诏用前尚书左丞、国子祭酒鲁国孔公为广州
刺史兼御史大夫，以殿南服。公正直方严，中心乐易，祗慎所
职；治人以明，事神以诚；内外殚尽，不为表裘。至州之明年，
将夏，祝册自京师至，吏以时告，公乃斋祓视册，誓群有司曰：
"册有皇帝名，乃上所自署，其文曰：'嗣天子某，谨遣官某敬
祭。'其恭且严如是，敢有不承！明日，吾将宿庙下，以供晨
事。"明日，吏以风雨白，不听。于是州府文武吏士凡百数，交
谒更谏，皆揖而退。以上叙孔公亲往将事。

　　公遂升舟，风雨少弛，棹夫奏功，云阴解驳，日光穿漏，波
伏不兴。省牲之夕，载阳载阴，将事之夜，天地开除，月星明
概。五鼓既作，牵牛正中，公乃盛服执笏以入。即事，文武宾
属，俯首听位，各执其职；牲肥酒香，樽爵净洁，降登有数，神
具醉饱。海之百灵秘怪，慌惚毕出，蜿蜿蛇蛇，来享饮食。阖庙
旋舻，祥飙送驲，旗纛旌麾，飞扬晻蔼，铙鼓嘲轰，高管噭噪，
武夫奋棹，工师唱和，穹龟长鱼，踊跃后先，乾端坤倪，轩豁呈
露。祀之之岁，风灾熄灭，人厌鱼蟹，五谷胥熟。明年祀归，又
广庙宫而大之。治其庭坛，改作东西两序、斋庖之房，百用具
修。明年其时，公又固往，不懈益虔，岁仍大和，耋艾歌咏。以
上祀神获福。

　　始公之至，尽除他名之税，罢衣食于官之可去者。四方之
使，不以资交；以身为帅，燕享有时，赏与以节；公藏私畜，上
下与足。于是免属州负逋之缗钱廿有四万，米四万二千斛。赋金
之州，耗金一岁八百，因不能偿，皆以丐之。加西南守长之俸，
诛其尤无良不听令者，由是皆自重慎法。人士之落南不能归者，
与流徙之胄百廿八族，用其才良，而廪其无告者。其女子可嫁，

与之钱财，令无失时。刑德并流，方地数千里，不识盗贼；山行海宿，不择处所；事神治人，其可谓备至耳矣。咸愿刻庙石，以著厥美，而系以诗，**以上附叙孔公诸善政。**乃作诗曰：

南海阴墟，祝融之宅；即祀于旁，帝命南伯。吏惰不躬，正自今公；明用享锡，右我家邦。惟明天子，惟慎厥使；我公在官，神人致喜。海岭之陬，既足既濡；胡不均宏，俾执事枢。公行勿迟，公无遽归；匪我私公，神人具依。**四字句凡百廿句，汉赋之气体也。**

汴州东西水门记

贞元十四年正月戊子，陇西公命作东西水门。越三月辛巳朔，水门成。三日癸未，大合乐，设水嬉，会监军、军司马、宾佐僚属、将校熊罴之士，肃四方之宾客以落之。士女和会，阗郭溢郛。既卒事，其从事昌黎韩愈请纪成绩。其词曰：

惟汴州河水自中注，厥初距河为城，其不合者，诞寘联锁于河。宵浮昼湛，舟不潜通。然其襟抱亏疏，风气宣泄，邑居弗宁，讻言屡腾。历载已来，孰究孰思。皇帝御天下十有八载，此邦之人，遭逢疾威，嚣童嗷呼，劫众阻兵，懔懔栗栗，若坠若覆。时维陇西公受命作藩，爰自洛京，单车来临，遂拯其危，遂去其疵，弗肃弗厉，薰为大和，神应祥福，五谷穰熟。既庶而丰，人力有余，监军是咨，司马是谋。乃作水门，为邦之郭，以固风气，以闲寇偷。黄流浑浑，飞阁渠渠，因而饰之，匪为观游。天子之武，惟陇西公是布；天子之文，惟陇西公是宣。河之沄沄，源于昆仑；天子万祀，公多受祉。乃伐山石，刻之日月，尚俾来者，知作之所始。

处州孔子庙碑

自天子至郡邑守长，通得祀而遍天下者，惟社稷与孔子为然。而社祭土，稷祭谷，句龙与弃，乃其佐享，非其专主，又其位所，不屋而坛；岂如孔子用王者事，巍然当座，以门人为配。自天子而下，北面跪祭；进退诚敬，礼如亲弟子者。句龙、弃以功，孔子以德，固自有次第哉！自古多有以功德得其位者，不得常祀；句龙、弃、孔子，皆不得位，而得常祀；然其祀事，皆不如孔子之盛。所谓生人以来，未有如孔子者。其贤过于尧、舜远矣，此其效欤！

郡邑皆有孔子庙，或不能修事；虽设博士弟子，或役于有司，名存实亡，失其所业。独处州刺史邺侯李繁至官，能以为先。既新作孔子庙，又令工改为颜子至子夏十人像，其余六十子，及后大儒公羊高、左丘明、孟轲、荀况、伏生、毛公、韩生、董生、高堂生、扬雄、郑玄等数十人，皆图之壁，选博士弟子，必皆其人。又为置讲堂，教之行礼，肄习其中。置本钱廪米，令可继处以守。庙成，躬率吏及博士弟子，入学行释菜礼。耆老叹嗟，其子弟皆兴于学。邺侯尚文，其于古记无不贯达，故其为政，知所先后，可歌也已，乃作诗曰：

惟此庙学，邺侯所作。厥初庳下，神不以宇；生师所处，亦窘寒暑。乃新斯宫，神降其献；讲读有常，不诚用劝。揭揭元哲，有师之尊；群圣严严，大法以存。像图孔肖，咸在斯堂；以瞻以仪，俾不或忘。后之君子，无废成美；琢词碑石，以赞攸始。

衢州徐偃王庙碑 衢州有偃王庙，其事本支离漫诞，文亦以恢诡出之。其神在若有若无之间。

徐与秦俱出柏翳，为嬴姓，国于夏、殷、周世，咸有大功。秦处西偏，专用武胜；遭世衰，无明天子，遂虎吞诸国为雄；诸国既皆入秦为臣属，秦无所取利，上下相贼害，卒偾其国，而沈其宗。徐处得地中，文德为治，及偃王诞当国，益除去刑争末事，凡所以君国子民待四方，一出于仁义。当此之时，周天子穆王无道，意不在天下，好道士说，得八龙，骑之西游，同王母宴于瑶池之上，歌讴忘归。四方诸侯之争辩者，无所质正，咸宾祭于徐，赘玉帛死生之物于徐之庭者，三十六国，得朱弓赤矢之瑞。穆王闻之恐，遂称受命，命造父御，长驱而归，与楚连谋伐徐。徐不忍斗其民，北走彭城武原山下，百姓随而从之，万有余家。偃王死，民号其山为徐山，凿石为室，以祠偃王。偃王虽走死失国，民戴其嗣为君如初。驹王、章禹，祖孙相望；自秦至今，名公巨人，继迹史书。徐氏十望，其九皆本于偃王；而秦后迄兹无闻家。天于柏翳之绪，非偏有厚薄，施仁与暴之报，自然异也。以上以秦配徐，彰偃王有后。

衢州故会稽太末也。民多姓徐氏，支县龙邱有偃王遗庙，或曰：偃王之逃战，不之彭城，之越城之隅；弃玉几研于会稽之水。或曰：徐子章禹，既执于吴，徐之公族子弟，散之徐、扬二州间。即其居立先王庙云。以上述衢州所以有偃王庙。

开元初，徐姓二人，相属为刺史，帅其部之同姓，改作庙屋，载事于碑。后九十年，当元和九年，而徐氏放复为刺史。放，字达夫；前碑所谓今户部侍郎，其大父也。春行视农，至于龙邱，有事于庙，思惟本原，曰："故制粗朴下窄，不足以揭虔妥灵。而又梁桷赤白，陊剥不治，图像之威，黗昧就灭。藩拔级夷，庭木秃卸。祈盽日慢，祥庆弗下；州之群支，不获荫庥。余惟遗绍，而尸其土，不即不图，以有资聚，罚其可辞！"乃命因故为新，众工齐事，惟月若日，工告讫功，大祠于庙，宗卿咸序应。是岁，州无怪风剧雨，民不夭厉，谷果完实，民皆曰："耿耿祉哉，其不可诬！"以上叙达夫修庙。乃相与请辞京师，归而镵之于石，辞曰：

> 秦杰以颠，徐由逊绵。秦鬼久饥，徐有庙存。婉婉偃王，惟道之耽。以国易仁，为笑于顽。自初擅命，其实几姓。历短晋长，有不偿亡。课其利害，孰与王当。姑蔑之墟，太末之里。谁思王恩，立庙以祀。王之闻孙，世世多有。唯临兹邦，庙土实守。坚峤之后，达夫廓之。王殁万年，如始祔时。王孙多孝，世奉王庙。达夫之来，先慎诏教。尽惠庙民，不主于神。维是达夫，知孝之元。太末之里，姑蔑之城。庙事时修，仁孝振声。宜宠其人，以及后生。嗟嗟维王，虽古谁亢。王死于仁，彼以暴丧。文追作诔，刻示茫茫。

柳州罗池庙碑

罗池庙者，故刺史柳侯庙也。柳侯为州，不鄙夷其民，动以礼法。三年，民各自矜奋："兹土虽远京师，吾等亦天氓，今天幸惠仁侯，若不化服，我则非人。"于是老少相教语，莫违侯令。凡有所为，于其乡闾及于其家，皆曰："吾侯闻之，得无不可于意否？"莫不忖度而后从事。凡令之期，民劝趋之，无有后先，必以其时。于是民业有经，公无负租，流逋四归，乐生兴事，宅有新屋，步有新船，池园洁修，猪牛鸭鸡，肥大蕃息。子严父诏，妇顺夫指，嫁娶葬送，各有条法，出相弟长，入相慈孝。先时，民贫以男女相质，久不得赎，尽没为隶。我侯之至，按国之故，以佣除本，悉夺归之。大修孔子庙，城郭巷道，皆治使端正，树以名木。以上生能泽其民。柳民既皆悦喜。尝与其部将魏忠、谢宁、欧阳翼饮酒驿亭，谓曰："吾弃于时而寄于此，与若等好也。明年吾将死，死而为神，后三年，为庙祀我。"及期而死。三年孟秋辛卯，侯降于州之后堂，欧阳翼等见而拜之。其夕，梦翼而告曰："馆我于罗池。"其月景辰，庙成。大祭，过客李仪醉酒，慢侮堂上，得疾，扶出庙门即死。以上死能食其土。明年春，魏忠、欧阳翼使谢宁来京师，请书其事于石。余谓柳侯生能泽其民，死能惊动福祸之，以食其土，可谓灵也已。作迎享送神诗遗柳民，俾歌以祀焉，而并刻之。柳侯，河东人，讳宗元，字子厚。贤而有文章。尝位于朝，光显矣，已而摈不用。其辞曰：

荔子丹兮蕉黄，杂肴蔬兮进侯堂。侯之船兮两旗，度中流兮风泊之。待侯不来兮，不知我悲。侯乘驹兮入庙，慰我民兮不嗔以笑。鹅之山兮柳之水，桂树团团兮白石齿齿。侯朝出游兮暮来归，春与猿吟兮秋鹤与飞。北方之人兮为侯是非，千秋万岁兮侯无我违。福我兮寿我，驱厉鬼兮山之左。下无苦湿兮高无干，秔稌充羡兮蛇蛟结蟠。我民报事兮无怠其始，自今兮钦于世世。

袁氏先庙碑

袁公滋既成庙，明岁二月，自荆南以旄节朝京师，留六日，得壬子春分，率宗亲子属，用少牢于三室。既事退，言曰："呜呼远哉！维世传德，袭训集余，乃今有济。今祭既不荐金石音声，使工歌诗载烈象容，其奚以饬稚昧于长久？唯敬系羊豕幸有石。如具著先人名迹，因为诗系之语下，于义其可。虽然，余不敢，必属笃古而达于词者。"遂以命愈，愈谢非其人，不获命；则谨条袁氏本所以出，与其世系里居；起周历汉、魏、晋、拓拔、魏、周、隋，入国家以来，高曾祖考，所以劬躬燾后，委祉于公；公之所以逢将承应者。有概有详，而缀以诗。以上叙立碑之由。

其语曰：周树舜后陈，陈公子有为大夫食国之地袁乡者，其子孙世守不失，因自别为袁氏。春秋世，陈常厌于楚，与中国相加尤疏，袁氏犹班班见，可谱。常居阳夏，阳夏至晋属陈郡，故号陈郡袁氏。博士固，申儒遏黄，唱业于前。至司徒安，怀德于身，袁氏遂大显，连世有人；终汉连魏晋，分仕南北。始居华阴，为拓拔魏鸿胪；鸿胪讳恭，生周梁州刺史新县孝侯讳颖。孝侯生隋左卫大将军讳温，去官居华阴，武德九年，以大蓍薨，始葬华州。左卫生南州刺史讳士政。南州生当阳令讳伦，于公为曾祖。当阳生朝散大夫石州司马讳知元；司马生赠工部尚书咸宁令讳晔，是为皇考。袁氏旧族，而当阳以通经为儒，位止县令；石州用《春秋》持身治事，为州司马以终；咸宁备学，而贯以一，文武随用，谋行功从，出入有立，不爵于朝。比三世，宜达而窒，归成后人，数当于公。以上历叙先世。公惟曾大父、大父、皇考比三世，存不大夫食，殁祭在子孙。惟将相能致备物，世弥远，礼则益不及；在慎德行业治，图功载名，以待上可。无细大，无敢不敬畏；无早夜，无敢不思。成于家，进于外，以立于朝。自侍御史历工部员外郎、祠部郎中、谏议大夫、尚书右丞、华州刺史、金吾大将军，由卑而巨，莫不官称；遂为宰相，以赞辨章；仍持节将蜀、滑、襄、荆：略苞河山，秩登禄富，以有庙祀，具如其志。又垂显刻，以教无忘，可谓大孝。以上袁公滋历官功绩。诗曰：

袁自陈分，初尚褰连。越秦造汉，博士发论。司徒任德，忍不锢人。收功阙后，五公重尊。晋氏于南，来处华下。鸿胪孝侯，用适操舍。南州勤治，取最不懈。当阳耽经，唯义之畏。石州烈烈，学专《春秋》。懿哉咸宁，不名一休；趋难避成，与时泛浮。是生孝子，天子之宰；出把将符，群州承楷。数以立庙，禄以备器；由曾及考，同堂异置；柏版松楹，其筵肆肆。维袁之庙，孝孙之为；顺势即宜，以诹以龟；以平其巇，屋墙持持。孝孙来享，来拜庙庭；陟堂进室，亲登筮铏。肩臑胉骼，其尊元清；降登受胙，于庆尔成。维曾维祖，维考之施；于汝孝嗣，以报以祗。凡我有今，非本曷思；刻诗牲系，维以告之。

乌氏庙碑

元和五年，天子曰："卢从史始立议用师于恒，乃阴与寇连，夸谩凶骄，出不逊言，其执以来！"其四月，中贵人承璀，即诱而缚之。其下皆甲以出，操兵趋哗，牙门都将乌公重胤当军门叱曰："天子有命，从有赏，敢违者斩！"于是士皆敛兵还营，卒致从史京师。壬辰，诏用乌公为银青光禄大夫、河阳军节度使，兼御史大夫，封张掖郡开国公。居三年，河阳称治，诏赠其父工部尚书，且曰："其以庙享。"即以其年，营庙于京师崇化里。军佐窃议曰："先公既位常伯，而先夫人无加命，号名差卑，于配不宜。"语闻，诏赠先夫人刘氏沛国太夫人。八年八月，庙成，三室同宇，祀自左领府君而下，作主于第。乙巳，升于庙。以上叙立庙之由。

乌氏著于《春秋》，谱于《世本》，列于《姓苑》，在莒者存，在齐有余枝鸣，皆为大夫。秦有获，为大官。其后世之江南者，家鄱阳；处北者，家张掖；或入夷狄为君长。唐初，察为左武卫大将军，实张掖人。其子曰令望，为左领军卫大将军。孙曰蒙，为中郎将；是生赠尚书，讳承玼，字某。乌氏自莒、齐、秦大夫以来，皆以材力显；及武德已来，始以武功为名将家。以上叙乌氏先世及近四代。

开元中，尚书管平卢先锋军，属破奚、契丹。从战捋禄，走可突干。渤海扰海上，至马都山，吏民逃徙失业；尚书领所部兵，塞其道，堑原累石，绵四百里，深高皆三丈，寇不得进，民还其居，岁罢运钱三千万余。黑水、室韦，以骑五千，来属麾下，边威益张。其后与耿仁智谋，说史思明降；思明复叛，尚书与兄承恩谋杀之。事发，族夷，尚书独走免。李光弼以闻，诏拜"冠军将军"，守右威卫将军，检校殿中监，封昌化郡王、石岭军使。积粟厉兵，出入耕战。以疾去职。贞元十一年二月丁巳，薨于华阴告平里，年若干，即葬于其地。以上专叙赠尚书乌承玼。二子：大夫为长，季曰重元，为某官。铭曰：

　　乌氏在唐，有家于初；左武左领，二祖绍居。中郎少卑，属于尚书；不偿其劳，乃相大夫。授我戎节，制有壇墟；数备礼登，以有宗庙。作庙天都，以致其孝；右祖左孙，爰飨其报。云谁无子，其有无孙；克对无羞，乃惟有人。念昔平卢，为艰为瘁；大夫承之，危不弃义。四方其平，士有怠息；来觐来斋，以馈黍稷。

新修滕王阁记

愈少时，侧闻江南多临观之美，而滕王阁独为第一，有瑰伟绝特之称。及得三王所为序、赋、记等，壮其文辞，益欲往一观而读之，以忘吾忧。系官于朝，愿莫之遂。十四年，以言事斥守揭阳，便道取疾以至海上，又不得过南昌，而观所谓滕王阁者。韩公贬阳山，由湖南郴州以往，未过南昌，故曰便道取疾，贬潮州亦然。其冬，以天子进大号，加恩区内，移刺袁州。袁于南昌为属邑，私喜幸自语，以为当得躬诣大府，受约束于下执事，及其无事且还，倘得一至其处，窃寄目偿所愿焉。至州之七月，诏以中书舍人太原王公为御史中丞，观察江南西道，洪、江、饶、虔、吉、信、抚、袁悉属治所。八州之人，前所不便，及所愿欲而不得者，公至之日，皆罢行之。大者驿闻，小者立变，春生秋杀，阳开阴闭，令修于庭户。数日之间，而人自得于湖山千里之外。吾虽欲出意见，论利害，听命于幕下，而吾州乃无一事可假而行者，又安得舍己所事以勤馆人？则滕王阁又无因而至焉矣。

其岁九月，人吏浃和。公与监军使燕于此阁，文武宾士皆与在席。酒半，合辞言曰："此屋不修，且坏。前公为从事此邦，适理新之，公所为文，实书在壁。今三十年而公来为邦伯，适及期月，公又来燕于此，公乌得无情哉？"公应曰："诺。"于是栋楹梁桷板槛之腐黑挠折者，盖瓦级砖之破缺者，赤白之漫漶不鲜者，治之则已。无侈前人，无废后观。

工既讫功，公以众饮，而以书命愈曰："子其为我记之。"愈既以未得造观为叹，窃喜载名其上，词列三王之次，有荣耀焉；乃不辞而承公命。其江山之好，登望之乐，虽老矣，如获从公游，尚能为公赋之。

科斗书后记

愈叔父当大历世，文辞独行中朝，天下之欲铭述其先人功行，取信来世者，咸归韩氏。于时李监阳冰，独能篆书，而同姓叔父择木善八分，不问可知其人，不如是者，不称三服，故三家传子弟往来。

贞元中，愈事董丞相幕府于汴州。识开封令服之者，阳冰子。授余以其家科斗《孝经》、汉卫宏《官书》。两部合一卷，愈宝蓄之而不暇学。后来京师，为四门博士，识归公。归公好古书，能通之，愈曰："古书得其据依，盖可讲。"因进其所有书属归氏。元和来，愈亟不获让，嗣为铭文，荐道功德。思凡为文辞，宜略识字，因从归公乞观二部书，得之，留月余。张籍令进士贺拔恕写以留愈，盖得其十四五，而归其书归氏。

十一年六月四日，右庶子韩愈记。

柳宗元

始得西山宴游记

自余为僇人，居是州，恒惴栗。其隙也，则施施而行，漫漫而游。日与其徒上高山，入深林，穷回溪，幽泉怪石，无远不到。到则披草而坐，倾壶而醉。醉则更相枕以卧。意有所极，梦亦同趣。觉而起，起而归。以为凡是州之山水有异态者，皆我有也，而未始知西山之怪特。

今年九月二十八日，因坐法华西亭，望西山，始指异之。遂命仆过湘江，缘染溪，斫榛莽，焚茅茷。穷山之高而止。攀援而登，箕踞而遨。则凡数州之土壤，皆在衽席之下。其高下之势，岈然洼然，若垤若穴，尺寸千里，攒蹙累积，莫得遁隐。萦青缭白，外与天际，四望如一。然后知是山之特出，不与培塿为类，悠悠乎与灏气俱，而莫得其涯；洋洋乎与造物者游，而不知其所穷。引觞满酌，颓然就醉，不知日之入。苍然暮色，自远而至，至无所见，而犹不欲归。心凝形释，与万化冥合。然后知吾向之未始游，游于是乎始，故为之文以志。是岁，元和四年也。

钴鉧潭记

钴鉧潭在西山西，其始盖冉水自南奔注，抵山石，屈折东流，其颠委势峻，荡击益暴，啮其涯，故旁广而中深，毕至石乃止，流沫成轮，然后徐行，其清而平者且十亩，有树环焉，有泉悬焉。其上有居者，以予之亟游也，一旦款门来告曰："不胜官租私券之委积，既芟山而更居，愿以潭上田贸财以缓祸。"予乐而如其言。则崇其台，延其槛，行其泉于高者而坠之潭，有声潨然。尤与中秋观月为宜，于以见天之高，气之迥。孰使予乐居夷而忘故土者，非兹潭也欤？

钴鉧潭西小丘记

得西山后八日，寻山口西北道二百步，又得钴鉧潭。西二十五步，当湍而浚者为鱼梁。梁之上有邱焉，生竹树。其石之突怒偃蹇，负土而出，争为奇状者，殆不可数。其嵚然相累而下者，若牛马之饮于溪；其冲然角列而上者，若熊罴之登于山。邱之小不能一亩，可以笼而有之。问其主，曰："唐氏之弃地，货而不售。"问其价，曰："止四百。"余怜而售之。李深源、元克己时同游，皆大喜，出自意外。即更取器用，铲刈秽草。伐去恶木，烈火而焚之。嘉木立，美竹露，奇石显。由其中以望，则山之高，云之浮，溪之流，鸟兽鱼之遨游，举熙熙然回巧献技，以效兹邱之下。枕席而卧，则清泠之状与目谋，潜潜之声与耳谋，悠然而虚者与神谋，渊然而静者与心谋。不匝旬而得异地者二，虽古好事之士，或未能至焉。

噫！以兹邱之胜，致之沣、镐、鄠、杜，则贵游之士争买者，日增千金而愈不可得。今弃是州也，农夫渔父过而陋之，价四百，连岁不能售。而我与深源、克己独喜得之，是其果有遭乎！书于石，所以贺兹邱之遭也。

游黄溪记

北之晋，西适豳，东极吴，南至楚、越之交，其间名山水而州者以百数，永最善。环永之治百里，北至于浯溪，西至于湘之源，南至于泷泉，东至于黄溪东屯，其间名山水而村者以百数，黄溪最善。黄溪距州治七十里，由东屯南行六百步，至黄神祠。

祠之上两山墙立，如丹碧之华叶骈植，与山升降。其缺者为崖峭岩窟。水之中皆小石，平布黄神之上。揭水八十步。至初潭，最奇丽，殆不可状。其略若剖大瓮，侧立千尺，溪水积焉。黛蓄膏渟，来若白虹，沈沈无声，有鱼数百尾，方来会石下。南去又行百步，至第二潭。石皆巍然，临峻流，若颏颌龃龉。其下大石离列，可坐饮食。有鸟赤首乌翼，大如鹄，方东向立。自是又南数里，地皆一状，树益壮，石益瘦，水鸣皆锵然。又南一里，至大冥之川，山舒水缓，有土田。始黄神为人时，居其地。传者曰："黄神王姓，莽之世也。莽既死，神更号黄氏，逃来，择其深峭者潜焉。"始莽尝曰，"余黄虞之后也"，故号其女曰"黄皇室主"。黄与王声相迩，而又有本，其所以传焉者益验。神既居是，民咸安焉。以为有道，死乃俎豆之，为立祠。后稍徙近乎民，今祠在山阴溪水上。元和八年五月十六日，既归为记，以启后之好游者。

永州万石亭记

御史中丞清河男崔公，来莅永州。闲日，登城北墉，临于荒野蓁翳之隙，见怪石特出，度其下必有殊胜。步自西门，以求其墟。伐竹披奥，欹仄以入。绵谷跨溪，皆大石林立，涣若奔云，错若置棋，怒者虎斗，企者鸟厉。抉其穴则鼻口相呀，搜其根则蹄股交峙，环行卒愕，疑若搏噬。于是刮辟朽壤，翦焚榛秽，决涔沟，导伏流，散为疏林，洄为清池。寥廓泓渟，若造物者始判清浊，效奇于兹地，非人力也。乃立游亭，以宅厥中。直亭之西，石若掞分，可以眺望。其上青壁斗绝，沈于渊源，莫究其极。自下而望，则合乎攒峦，与山无穷。

明日，州邑耆老，杂然而至，曰："吾侪生是州，艺是野，眉厖齿鲵。未尝知此。岂天坠地出，设兹神物，以彰我公之德欤？"既贺而请名。公曰："是石之数，不可知也。以其多，而命之曰万石亭。"鳌老又言曰："懿夫公之名亭也，岂专状物而已哉！公尝六为二千石，既盈其数。然而有道之士，咸恨公之嘉绩未洽于人。敢颂休声，祝公于明神。汉之三公，秩号万石，我公之德，宜受兹锡。汉有礼臣，惟万石君。我公之化，始于闺门。道合于古，祐之自天。野夫献词，公寿万年。"

宗元尝以笺奏隶尚书，敢专笔削，以附零陵故事。时元和十年正月五日记。

至小丘西小石潭记

从小丘西行百二十步，隔篁竹，闻水声，如鸣珮环，心乐之。伐竹取道，下见小潭，水尤清冽。全石以为底，近岸卷石底以出，为坻为屿，为嵁为岩。青树翠蔓，蒙络摇缀，参差披拂。潭中鱼可百许头，皆若空游无所依。日光下澈，影布石上，怡然不动；俶尔远逝，往来翕忽，似与游者相乐。

潭西南而望，斗折蛇行，明灭可见。其岸势犬牙参互，不可知其源。坐潭上，四面竹树环合，寂寥无人，凄神寒骨，悄怆幽邃。以其境过清，不可久居，乃记之而去。同游者吴武陵、龚古、余弟宗玄；隶而从者，崔氏二小生，曰恕己，曰奉壹。

袁家渴记

由冉溪西南水行十里，山水之可取者五，莫若钴鉧潭。由溪口而西，陆行，可取者八九，莫若西山。由朝阳岩东南水行，至芜江，可取者三，莫若袁家渴。皆永中幽丽奇处也。楚、越之间，方言谓水之反流者为"渴"，音若"衣褐"之"褐"。渴上与南馆高嶂合，下与百家濑合。其中重洲小溪，澄潭浅渚，间厕曲折，平者深黑，峻者沸白。舟行若穷，忽又无际。有小山出水中，山皆美石，石上生青丛，冬夏常蔚然。其旁多岩洞，其下多白砾，其树多枫楠石楠，梗槠樟柚，草则兰芷。又有异卉，类合欢而蔓生，轇轕水石。每风自四山而下，振动大木，掩苒众草，纷红骇绿，蓊葧香气。冲涛旋濑，退贮溪谷，摇飏葳蕤，与时推移。其大都如此，余无以穷其状。永之人未尝游焉，余得之不敢专也，出而传于世。其地世主袁氏，故以名焉。

石渠记

自渴西南行，不能百步，得石渠，民桥其上。有泉幽幽然，其鸣乍大乍细。渠之广，或咫尺，或倍尺，其长可十许步。其流抵大石，伏出其下。逾石而往，有石泓，菖蒲被之，青鲜环周。又折西行，旁陷岩石下，北堕小潭。潭幅员减百尺，清深多鲦鱼。又北曲行纡余，睨若无穷，然卒入于渴。其侧皆诡石怪木，奇卉美箭，可列坐而麻焉。风摇其巅，韵动崖谷。视之既静，其听始远。予从州牧得之，揽去翳朽，决疏土石，既崇而焚，既酾而盈。惜其未始有传焉者，故累记其所属，遗之其人，书之其阳，俾后好事者求之得以易。元和七年正月八日，蠲渠至大石。十月十九日，逾石得石泓小潭。渠之美于是始穷也。

石涧记

石渠之事既穷，上由桥西北，下土山之阴，民又桥焉。其水之大，倍石渠三之。巨石为底，达于两涯。若床若堂，若陈筵席，若限阃奥。水平布其上，流若织文，响若操琴。揭跣而往，折竹扫陈叶，排腐木，可罗胡床十八九居之。交络之流，触激之音，皆在床下；翠羽之木，龙鳞之石，均荫其上。古之人其有乐于此邪？后之来者，有能追余之践履邪？得意之日，与石渠同。由渴而来者，先石渠，后石涧；由百家濑上而来者，先石涧，后石渠。涧之可穷者，皆出石城村东南，其间可乐者数焉。其上深山幽林，逾峭险，道狭不可穷也。

小石城山记

自西山道口径北，逾黄茅岭而下，有二道：其一西出，寻之无所得；其一少北而东，不过四十丈，土断而川分，有积石横当其垠。其上为睥睨梁㰚之形，其旁出堡坞，有若门焉。窥之正黑，投以小石，洞然有水声，其响之激越，良久乃已。环之可上，望甚远，无土壤而生嘉树美箭，益奇而坚，其疏数偃仰，类智者所施设也。噫！吾疑造物者之有无久矣。及是，愈以为诚有。又怪其不为之于中州，而列是夷狄，更千百年不得一售其技，是固劳而无用，神者傥不宜如是，则其果无乎？或曰："以慰夫贤而辱于此者。"或曰："其气之灵不为伟人，而独为是物，故楚之南少人而多石。"是二者，余未信之。

柳州东亭记

出州南谯门，左行二十六步，有弃地在道南。南值江，西际垂杨传置，东曰东馆。其内草木猥奥，有崖谷，倾亚缺坼。豕得以为囿，蛇得以为薮，人莫能居。至是始命披剶㔉疏，树以竹、箭、松、桱、桂、桧、柏、杉。易为堂亭，峭为杠梁。下上回翔，前出两翼。冯空拒江，江化为湖。众山横环，嶙阔濙湾。当邑居之剧，而忘乎人间，斯亦奇矣。乃取馆之北宇，右辟之以为夕室；取传置之东宇，左辟之以为朝室；又北辟之以为阴室；作屋于北牖下以为阳室；作斯亭于中以为中室。朝室以夕居之，夕室以朝居之，中室日中而居之，阴室以违温风焉，阳室以违凄风焉。若无寒暑也，则朝夕复其号。既成，作石于中室，书以告后之人，庶勿坏。元和十二年九月某日，柳宗元记。

柳州山水近治可游者记

古之州治，在浔水南山石间。今徙在水北，直平四十里，南北东西皆水汇。北有双山，夹道崭然，曰背石山。有支川，东流入于浔水，因是北而东，尽大壁下。其壁曰龙壁。其下多秀石，可砚。南绝水，有山无麓，广百寻，高五丈，下上若一，曰甀山。山之南，皆大山，多奇。又南且西，曰驾鹤山，壮耸环立，古州治负焉。有泉在坎下，恒盈而不流。南有山，正方而崇，类屏者，曰屏山，其西曰四姥山，皆独立不倚。北流浔水濑下。又西曰仙弈之山。山之西可上。其上有穴，穴有屏，有室，有宇。其宇下有流石成形，如肺肝，如茄房，或积于下，如人，如禽，如器物，甚众。东西九十尺，南北少半。东登入于小穴，常有四尺，则廓然甚大。无窍，正黑。烛之，高仅见其宇，皆流石怪状。由屏南室中入小穴，倍常而上，始黑，已而大明，为上室。由上室而上，有穴北出，出之，乃临大野，飞鸟皆视其背。其始登者，得石枰于上，黑肌而赤脉，十有九道，可弈，故以云。其山多柽，多楮，多箈筥之竹，多橐吾。其鸟，多秭归。石鱼之山，全石，无大草木，山小而高，其形如立鱼，在多秭归。西有穴，类仙弈。入其穴，东出，其西北灵泉在东趾下，有麓环之。泉大类毂，雷鸣，西奔二十尺，有洄，在石涧，因伏无所见，多绿青之鱼，及石鲫，多鯈。雷山，两崖皆东西，雷水出焉，蓄崖中曰雷塘，能出云气，作雷雨，变见有光。祷用俎鱼、豆彘、修形、糈稌、阴酒。方望溪云，形当作刑，铏羹也，见《周官》内外饔职。虔则应。在立鱼南，其间多美山，无名而深。峨山在野中，无麓，峨水出焉，东流入于浔水。

零陵三亭记

邑之有观游，或者以为非政，是大不然。夫气烦则虑乱，视雍则志滞。君子必有游息之物，高明之具，使之清宁平夷，恒若有余，然后理达而事成。

零陵县东有山麓，泉出石中，沮洳污涂，群畜食焉，墙藩以蔽之，为县者积数十人，莫知发视。河东薛存义，以吏能闻荆、楚间，潭部举之，假湘源令。会零陵政庬赋扰，民讼于牧，推能济弊，来莅兹邑。遁逃复还，愁痛笑歌，逋租匿役，期月辨理。宿蠹藏奸，披露首服。民既卒税，相与欢归道途，迎贺里闾。门不施胥吏之席，耳不闻鼛鼓之召。鸡豚糗糈，得及宗族。州牧尚焉，旁邑仿焉。然而未尝以剧自挠，山水鸟鱼之乐，澹然自若也。乃发墙藩，驱群畜，决疏沮洳，搜剔山麓，万石如林，积坳为池。爰有嘉木美卉，垂水藂峰，珑玲萧条，清风自生，翠烟自留，不植而遂。鱼乐广闲，鸟慕静深，别孕巢穴，沈浮啸萃，不蓄而富。伐木坠江，流于邑门。陶土以埴，亦在署侧。人无劳力，工得以利。乃作三亭，陟降晦明，高者冠山巅，下者俯清池。更衣膳饔，列置备具，宾以燕好，旅以馆舍。高明游息之道，具于是邑，由薛为首。

在昔裨谌谋野而获，宓子弹琴而理。乱虑滞志，无所容入。则夫观游者，果为政之具欤？薛之志，其果出于是欤？及其弊也，则以玩替政，以荒去理。使继是者咸有薛之志，则邑民之福，其可既乎？余爱其始，而欲久其道，乃撰其事以书于石。薛拜手曰："吾志也。"遂刻之。昌黎志东野则仿东野，志樊宗师则仿宗师，其作罗池碑，似亦仿此等文为之。然如裨谌宓子等句，实未脱唐时骈文畦径，昌黎不屑为也。

序饮

买小邱，一日锄理，二日洗涤，遂置酒溪石上。向之为记所谓牛马之饮者，离坐其背。实觞而流之，接取以饮。乃置监史而令曰：当饮者举筹之十寸者三，逆而投之，能不洄于湝。不止于坻，不沈于底者，过不饮。而洄而止而沈者，饮如筹之数。既或投之，则旋眩滑汩。若舞若跃，速者迟者，去者住者，众皆据石注视，欢忏以助其势。突然而逝，乃得无事。于是或一饮，或再饮。客有娄生图南者，其投之也，一洄一止一沈，独三饮，众乃大笑欢甚。余病痞，不能食酒，至是醉焉。遂损益其令，以穷日夜而不知归。

吾闻昔之饮酒者，有揖让酬酢百拜以为礼者，有叫号屡舞如沸如羹以为极者，有裸裎袒裼以为达者，有资丝竹金石之乐以为和者，有以促数纠逖而为密者，今则举异是焉。故舍百拜而礼，无叫号而极，不袒裼而达，非金石而和，去纠逖而密。简而同，肆而恭，衎衎而从容，于以合山水之乐，成君子之心，宜也。作《序饮》以贻后之人。

序棋

房生直温，与予二弟游，皆好学。予病其确也，思所以休息之者。得木局，隆其中而规焉，其下方以直，置棋二十有四。贵者半，贱者半，贵曰上，贱曰下，咸自第一至十二，下者二乃敌一，用朱墨以别焉。房于是取二毫，如其第书之。既而抵戏者二人，则视其贱者而贱之，贵者而贵之。其使之击触也，必先贱者，不得已而使贵者，则皆栗焉昏焉，亦鲜克以中。其获也，得朱焉则若有余，得墨焉则若不足。

余谛睨之，以思其始，则皆类也，房子一书之而轻重若是。

适近其手而先焉，非能择者其善而朱，否而墨之也。然而上焉而上，下焉而下，贵焉而贵，贱焉而贱，其易彼而敬此，遂以远焉。然则若世之所以贵贱人者，有异房之贵贱兹棋者欤？无亦近而先之耳！有果能择其善否者欤？其敬而易者，亦从而动心矣，有敢议其善否者欤？其得于贵者，有不气扬而志荡者欤？其得于贱者，有不貌慢而心肆者欤？其所谓贵者，有敢轻而使之者欤？所谓贱者，有敢避其使之击触者欤？彼朱而墨者，相去千万不啻，有敢以二敌其一者欤？余墨者徒也，观其始与末，有似棋者，故叙。

范仲淹

岳阳楼记

　　庆历四年春，滕子京谪守巴陵郡。越明年，政通人和，百废具兴，乃重修岳阳楼，增其旧制，刻唐贤今人诗赋于其上，属予作文以记之。

　　予观夫巴陵胜状，在洞庭一湖。衔远山，吞长江，浩浩汤汤，横无际涯。朝辉夕阴，气象万千。此则岳阳楼之大观也，前人之述备矣。然则北通巫峡，南极潇湘，迁客骚人，多会于此。览物之情，得无异乎？

　　若夫霪雨霏霏，连日不开，阴风怒号，浊浪排空，日星隐曜，山岳潜形；商旅不行，樯倾楫摧；薄暮冥冥，虎啸猿啼。登斯楼也，则有去国怀乡，忧谗畏讥，满目萧然，感极而悲者矣。

　　至若春和景明，波澜不惊，上下天光，一碧万顷，沙鸥翔集，锦鳞游泳，岸芷汀兰，郁郁青青。而或长烟一空，皓月千里，浮光跃金，静影沈璧，渔歌互答，此乐何极！登斯楼也，则有心旷神怡，宠辱偕忘，把酒临风，其喜洋洋者矣。

嗟夫！予尝求古仁人之心，或异二者之为，何哉？不以物喜，不以己悲。居庙堂之高，则忧其民；处江湖之远，则忧其君。是进亦忧，退亦忧；然则何时而乐耶？其必曰"先天下之忧而忧，后天下之乐而乐"欤！噫！微斯人，吾谁与归！时六年九月十五日。

欧阳修

襄州谷城县夫子庙记

释奠、释菜，祭之略者也。古者士之见师，以菜为挚，故始入学者必释菜以礼其先师。其学官四时之祭，乃皆释奠。释奠有乐无尸；而释菜无乐，则其又略也，故其礼亡焉。而今释奠幸存，然亦无乐，又不遍举于四时，独春秋行事而已。《记》曰："释奠必有合，有国故则否。"谓凡有国，各自祭其先圣先师，若唐、虞之夔、伯夷，周之周公，鲁之孔子。其国之无焉者，则必合于邻国而祭之。然自孔子没，后之学者莫不宗焉，故天下皆尊以为先圣，而后世无以易。学校废久矣，学者莫知所师，又取孔子门人之高第曰颜回者而配焉，以为先师。隋、唐之际，天下州县皆立学，置学官、生员，而释奠之礼遂以著令。其后州县学废，而释奠之礼，吏以其著令，故得不废。学废矣，无所从祭，则皆庙而祭之。荀卿子曰："仲尼，圣人之不得势者也。"然使其得势，则为尧、舜矣。不幸无时而没，特以学者之故，享弟子春秋之礼。而后之人不推所谓释奠者，徒见官为立祠而州县莫不祭之，则以为夫子之尊由此为盛。甚者，乃谓生虽不得位，而没有所享，以为夫子荣，谓有德之报，虽尧、舜莫若。何其谬论者欤！祭之礼，以迎尸、酌鬯为盛。释奠，荐馔直奠而已，故曰祭之略者。其事有乐舞、授器之礼，今又废，则于其略者又不备焉。然古之所谓吉凶、乡射、宾燕之礼，民得而见焉者，今皆废失，而州县幸有社稷、释奠、风雨雷师之祭，民犹得以识先王之礼器焉。其牲酒器币之数，升降俯仰之节，吏又多不能习，至其临事，举多不中而色不庄，使民无所瞻仰。见者殆焉，因以为古礼不足复用，可胜叹哉！

大宋之兴，于今八十年，天下无事，方修礼乐，崇儒术，以文太平之功。以谓王爵未足以尊夫子，又加至圣之号以褒崇之，讲正其礼，下于州县。而吏或不能谕上意，凡有司簿书之所不责者，谓之不急，非师古好学者莫肯尽心焉。谷城令狄君栗，为其邑未逾时，修文宣王庙，易于县之左，大其正位，为学舍于其旁，藏九经书，率其邑之子弟兴于学。然后考制度，为俎豆、笾筐、樽爵、簠簋凡若干，以与其邑人行事。谷城县政久废，狄君居之，期月称治，又能载国典，修礼兴学，急其有司所不责者，谒谒然惟恐不及，可谓有志之士矣。

岘山亭记

岘山临汉上，望之隐然，盖诸山之小者，而其名特著于荆州者，岂非以其人哉。其人为谁？羊祜叔子、杜预元凯是已。方晋与吴以兵争，常倚荆州以为重，而二子相继于此，遂以平吴而成晋业，其功烈已盖于当世矣。至于风流余韵，蔼然被于江汉之间者，至今人犹思之，而于思叔子也尤深。盖元凯以其功，而叔子以其仁，二子所为虽不同，然皆足以垂于不朽。余颇疑其反自汲汲于后世之名者，何哉？传言叔子尝登兹山，慨然语其属，以谓此山常在，而前世之士皆已湮灭于无闻，因自顾而悲伤。然独不知兹山待已而名著也。元凯铭功于二石，一置兹山之上，一投汉水之渊。是知陵谷有变，而不知石有时而磨灭也。岂皆自喜其名之甚，而过为无穷之虑欤？将自待者厚，而所思者远欤？

山故有亭，世传以为叔子之所游止也。故其屡废而复兴者，由后世慕其名而思其人者多也。熙宁元年，余友人史君中辉以光禄卿来守襄阳。明年，因亭之旧，广而新之，既周以回廊之壮，又大其后轩，使与亭相称。君知名当世，所至有声，襄人安其政而乐从其游也，因以君之官名其后轩为光禄堂，又欲纪其事于石，以与叔子、元凯之名并传于久远。君皆不能止也，乃来以记属于余。

余谓君知慕叔子之风而袭其遗迹，则其为人与其志之所存者可知矣；襄人爱君而安乐之如此，则君之为政于襄者又可知矣。此襄人之所欲书也。若其左右山川之胜势，与夫草木云烟之杳霭，出没于空旷有无之间，而可以备诗人之登高，写《离骚》之极目者，宜其览者自得之。至于亭屡废兴，或自有记，或不必求其详者，皆不复道也。

丰乐亭记

修既治滁之明年，夏，始饮滁水而甘。问诸滁人，得于州南百步之近。其上丰山耸然而特立，下则幽谷窈然而深藏，中有清泉滃然而仰出。俯仰左右，顾而乐之。于是疏泉凿石，辟地以为亭，而与滁人往游其间。

滁于五代干戈之际，用武之地也。昔太祖皇帝尝以周师破李景兵十五万于清流山下，生擒其将皇甫晖、姚凤于滁东门之外，遂以平滁。修尝考其山川，按其图记，升高以望清流之关，欲求晖、凤就擒之所，而故老皆无在者，盖天下之平久矣。自唐失其政，海内分裂，豪杰并起而争，所在为敌国者，何可胜数！及宋受天命，圣人出而四海一。向之凭恃险阻，划削消磨，百年之间，漠然徒见山高而水清。欲问其事，而遗老尽矣。

今滁介于江、淮之间，舟车商贾、四方宾客之所不至，民生不见外事，而安于畎亩衣食，以乐生送死。而孰知上之功德，休养生息，涵煦百年之深也。修之来此，乐其地僻而事简，又爱其俗之安闲。既得斯泉于山谷之间，乃日与滁人仰而望山，俯而听泉，掇幽芳而荫乔木，风霜冰雪，刻露清秀，四时之景，无不可爱。又幸其民乐其岁物之丰成，而喜与予游也。因为本其山川，道其风俗之美，使民知所以安此丰年之乐者，幸生无事之时也。夫宣上恩德，以与民共乐，刺史之事也，遂书以名其亭焉。

曾　巩

宜黄县学记

古之人，自家至于天子之国皆有学，自幼至于长，未尝去于学之中。学有《诗》、《书》、六艺、弦歌洗爵、俯仰之容、升降之节，以习其心体、耳目、手足之举措；又有祭祀、乡射、养老之礼，以习其恭让；进材、论狱、出兵授捷之法，以习其从事。师友以解其惑，劝惩以勉其进，戒其不率，其所以为具如此。而其大要，则务使人人学其性，不独防其邪僻放肆也。虽有刚柔缓急之异，皆可以进之于中，而无过不及。使其识之明，气之充于其心，则用之于进退语默之际，而无不得其宜；临之以祸福死生之故，而无足动其意者。为天下之士，而所以养其身之备如此，则又使知天地事物之变，古今治乱之理，至于损益废置、先后终始之要，无所不知。其在堂户之上，而四海九州之业、万世之策皆得，及出而履天下之任，列百官之中，则随所施为，无不可者。何则？其素所学问然也。

　　盖凡人之起居、饮食、动作之小事，至于修身为国家天下之大体，皆自学出，而无斯须去于教也。其动于视听四支者，必使其洽于内；其谨于初者，必使其要于终。驯之以自然，而待之以积久。噫！何其至也。故其俗之成，则刑罚措；其材之成，则三公百官得其士；其为法之永，则中材可以守；其入人之深，则虽更衰世而不乱。为教之极至此，鼓舞天下，而人不知其从之，岂用力也哉！

　　及三代衰，圣人之制作尽坏，千余年之间，学有存者，亦非古法。人之体性之举动，唯其所自肆，而临政治人之方，固不素讲。士有聪明朴茂之质，而无教养之渐，则其材之不成，夫疑固然。夫疑固然四字，似当作固然无疑。盖以不学未成之材，而为天下之吏，又承衰敝之后，而治不教之民。呜呼！仁政之所以不行，盗贼刑罚之所以积，其不以此也欤！

　　宋兴几百年矣。庆历三年，天子图当世之务，而以学为先，于是天下之学乃得立。而方此之时，抚州之宜黄犹不能有学。士之学者皆相率而寓于州，以群聚讲习。其明年，天下之学复废，士亦皆散去，而春秋释奠之事以著于令，则常以庙祀孔氏，庙废不复理。皇祐元年，会令李君详至，始议立学。而县之士某某与其徒皆自以谓得发愤于此，莫不相励而趋为之。故其材不赋而羡，匠不发而多。其成也，积屋之区若干，而门序正位，讲艺之堂、栖士之舍皆足。积器之数若干，而祀饮寝食之用皆具。其像孔氏而下，从祭之士皆备。其书经史百氏、翰林子墨之文章无外求者。其相基会作之本末，总为日若干而已，何其周且速也！当四方学废之初，有司之议，固以谓学者人情之所不乐。及观此学之作，在其废学数年之后，唯其令之一唱，而四境之内响应而图之，如恐不及。则夫言人之情不乐于学者，其果然也欤？

　　宜黄之学者，固多良士。而李君之为令，威行爱立，讼清事举，其政又良也。夫及良令之时，而顺其慕学发愤之俗，作为宫室教肄之所，以至图书器用之须，莫不皆有，以养其良材之士。虽古之去今远矣，然圣人之典籍皆在，其言可考，其法可求，使其相与学而明之，礼乐节文之详，固有所不得为者。若夫正心修身，为国家天下之大务，则在其进之而已。使一人之行修移之于一家，一家之行修移之于乡邻族党，则一县之风俗成，人材出矣。教化之行，道德之归，非远人也，可不勉欤！县之士来请曰："愿有记。"故记之。十二月某日也。

筠州学记

周衰，先王之迹熄。至汉，六艺出于秦火之余，士学于百家之后。言道德者，矜高远而遗世用；语政理者，务卑近而非师古。刑名兵家之术，则狃于暴诈。惟知经者为善矣，又争为章句训诂之学，以其私见，妄穿凿为说。故先王之道不明，而学者靡然溺于所习。当是时，能明先王之道者，扬雄而已。而雄之书，世未知好也。然士之出于其时者，皆勇于自立，无苟简之心，其取与进退去就，必度于礼义。及其已衰，而搢绅之徒，抗志于强暴之间，至于废锢杀戮而其操愈厉者，相望于先后。故虽有不轨之臣，犹低徊没世，不敢遂其篡夺。以上汉之学者。自此至于魏、晋以来，其风俗之弊、人材之乏久矣。以迄于今，士乃有特起于千载之外，明先王之道，以寤后之学者。世虽不能皆知其意，而往往好之。故习其说者，论道德之旨，而知应务之非近；议政理之体，而知法古之非迂。不乱于百家，不蔽于传疏。其所知者若此，此汉之士所不能及。然能尊而守之者，则未必众也。故乐易惇朴之俗微，而诡欺薄恶之习胜。其于贫富贵贱之地，则养廉远耻之意少，而偷合苟得之行多。此俗化之美，所以未及于汉也。以上今之学者。夫所闻或浅，而其义甚高，与所知有余，而其守不足者，其故何哉？由汉之士察举于乡闾，故不能不笃于自修。至于渐摩之久，则果于义者，非强而能也。今之士选用于文章，故不得不笃于所学。至于循习之深，则得于心者，亦不自知其至也。由是观之，则上所好，下必有甚焉者，岂非信欤！令汉与今有教化开导之方，有庠序养成之法，则士于学行，岂有彼此之偏，先后之过乎？夫《大学》之道，将欲诚意正心修身，以治其国家天下，而必本于先致其知。则知者固善之端，而人之所难至也。以今之士，于人所难至者既几矣，则上之施化，莫易于斯时，顾所以导之如何尔。以上言汉宋虽异，贵有化导之方。

筠为州，在大江之西，其地僻绝。当庆历之初，诏天下立学，而筠独不能应诏，州之士以为病。至治平三年，盖二十有三年矣，始告于知州事、尚书都官郎中董君仪。董君乃与通判州事国子博士郑君蒨相州之东南，得亢爽之地，筑宫于其上。斋祭之室，诵讲之堂，休息之庐，至于庖湢库厩，各以序为。经始于其春，而落成于八月之望。既而来学者常数十百人，二君乃以书走京师，请记于予。

予谓二君之于政，可谓知所务矣。使筠之士相与升降乎其中，讲先王之遗文，以致其知，其贤者超然自信而独立，其中材勉焉以待上之教化，则是宫之作，非独使夫来者玩思于空言，以干世取禄而已。以上筠州立学请记。故为之著予之所闻者以为记，而使归刻焉。

徐孺子祠堂记

汉元兴以后，政出宦者，小人挟其威福，相煽为恶，中材顾望，不知所为。汉既失其操柄，纪纲大坏。然在位公卿大夫，多豪杰特起之士，相与发愤同心，直道正言，分别是非白黑，不少屈其意，至于不容，而织罗钩党之狱起，其执弥坚，而其行弥厉，志虽不就而忠有余。故及其既没，而汉亦以亡。当是之时，天下闻其风、慕其义者，人人感慨奋激，至于解印绶，弃家族，骨肉相勉，趋死而不避。百余年间，擅强大，觊非望者相属，皆逡巡而不敢发。汉能以亡为存，盖其力也。以上言党锢诸公之贤。

孺子于时，豫章太守陈蕃、太尉黄琼辟皆不就，举有道，拜太原太守，安车备礼，召皆不至。盖忘己以为人，与独善于隐约，其操虽殊，其志于仁一也。在位士大夫，抗其节于乱世，不以死生动其心，异于怀禄之臣远矣，然而不屑去者，义在于济物故也。以上言孺子与党锢诸公事异而志同。孺子尝谓郭林宗曰："大木将颠，非一绳所维，何为栖栖不皇宁处？"此其意亦非自足于邱壑，遗世而不顾者也。孔子称颜回："用之则行，舍之则藏，惟我与尔有是夫。"孟子亦称孔子"可以进则进，可以止则止"，乃所愿则学孔子。而《易》于君子小人消长进退，择所宜处，未尝不惟其时则见，其不可而止，此孺子之所以未能以此而易彼也。以上言孺子之进退惟其时。

孺子姓徐名稚，孺子其字也，豫章南昌人。按图记："章水北径南昌城，西历白社，其西有孺子墓；又北历南塘，其东为东湖，湖南小洲上有孺子宅，号孺子台。吴嘉禾中，太守徐熙于孺子墓隧种松，太守谢景于墓侧立碑。晋永安中，太守夏侯嵩于碑旁立思贤亭，世世修治。至拓跋魏时，谓之聘君亭。"今亭尚存，而湖南小洲，世不知其尝为孺子宅，又尝为台也。予为太守之明年，始即其处，结茆为堂，图孺子像，祠以中牢，率州之宾属拜焉。以上叙修葺祠堂。汉至今且千岁，富贵堙灭者不可胜数。孺子不出闾巷，独称思至今。则世之欲以智力取胜者，非惑欤？孺子墓失其地，而台幸可考而知。祠之，所以视邦人以尚德，故并采其出处之意为记焉。

襄州宜城县长渠记

荆及康狼，楚之西山也。水出二山之间，东南而流，春秋之世曰鄢水，左丘明《传》，鲁桓公十有三年，楚屈瑕伐罗，及鄢，乱次以济是也。其后曰夷水，《水经》所谓"汉水又南过宜城县东，夷水注之"是也。又其后曰蛮水，郦道元所谓"夷水避桓温父名，改曰蛮水"是也。秦昭王二十八年，使白起将，攻楚，去鄢百里，立堨，壅是水为渠以灌鄢。鄢，楚都也，遂拔之。秦既得鄢，以为县。汉惠帝三年，改曰宜城。宋孝武帝永初元年，筑宜城之大堤为城，今县治是也。而更谓鄢曰故城。鄢入秦，而白起所为渠因不废。引鄢水以灌田，田皆为沃壤，今长渠是也。以上长渠之原。

长渠至宋至和二年，久堕不治，而田数苦旱，川饮食者无所取，令孙永曼叔率民田渠下者，理渠之坏塞，而去其浅隘，遂完故堨，使水还渠中。自二月丙午始作，至三月癸未而毕，田之受渠水者，皆复其旧。曼叔又与民为约束，时其蓄泄，而止其侵争，民皆以为宜也。以上孙永治长渠。

盖鄢水之出西山，初弃于无用，及白起资以祸楚，而后世顾赖其利。郦道元以谓溉田三千余顷，至今千有余年，而曼叔又举众力而复之，使并渠之民，足食而甘饮，其余粟散于四方。盖水出于西山诸谷者其源广，而流于东南者其势下，至今千有余年，而山川高下之形势无改，故曼叔得因其故迹，兴于既废。使水之源流，与地之高下，一有易于古，则曼叔虽力，亦莫能复也。

夫水莫大于四渎，而河盖数徙，失禹之故道，至于济水，又疑作及。王莽时而绝，况于众流之细，其通塞岂得而常？而后世欲行水溉田者，往往务蹑古人之遗迹，不考夫山川形势古今之同异，故用力多而收功少，是亦其不思也欤？以上孙永修复古迹，亦因山川高下之势。

初，曼叔之复此渠，白其事于知襄州事张瓌唐公。公听之不疑，沮止者不用，故曼叔能以有成。则渠之复，自夫二人者也。方二人者之有为，盖将任其职，非有求于世也。及其后言渠竭者蜂出，然其心盖或有求，故多诡而少实，独长渠之利较然，而二人者之志愈明也。

熙宁六年，余为襄州，过京师，曼叔时为开封，访余于东门，为余道长渠之事，而诿余以考其约束之废举。余至而问焉，民皆以谓贤君之约束，相与守之，传数十年如其初也。余为之定著令，上司农。八年，曼叔去开封，为汝阴，始以书告之。而是秋大旱，独长渠之田无害也。夫宜知其山川与民之利害者，皆为州者之任，故余不得不书以告后之人，而又使之知夫作之所以始也。以上作记之由。

齐州二堂记

齐滨泺水，而初无使客之馆。使客至，则常发民调材木为舍以寓，去则彻之，既费且陋。乃为徙官之废屋，为二堂于泺水之上以舍客，因考其山川而名之。

盖《史记·五帝纪》谓："舜耕历山，渔雷泽，陶河滨，作什器于寿邱，就时于负夏。"郑康成释：历山在河东，雷泽在济阴，负夏卫地。皇甫谧释：寿邱在鲁东门之北，河滨济阴，定陶西南陶邱亭是也。以予考之，耕稼陶渔，皆舜之初，宜同时，则其地不宜相远。二家所释雷泽、河滨、寿邱、负夏，皆在鲁卫之间，地相望，则历山不宜独在河东也。《孟子》又谓舜东夷之人，则陶、渔在济阴，作什器在鲁东门，就时在卫，耕历山在齐，皆东方之地，合于《孟子》。按图记，皆谓《禹贡》所称雷首山在河东，妫水出焉。而此山有九号，历山其一号也。予观《虞书》

及《五帝纪》，盖舜娶尧之二女乃居妫汭，则耕历山盖不同时，而地亦当异。世之好事者，乃因妫水出于雷首，迁就附益，谓历山为雷首之别号，不考其实矣。由是言之，则图记皆谓齐之南山为历山，舜所耕处，故其城名历城，为信然也。今泺上之北堂，其南则历山也，故名之曰历山之堂。

按图，泰山之北，与齐之东南诸谷之水，西北汇于黑水之湾，又西北汇于柏崖之湾，而至于渴马之崖。盖水之来也众，其北析而西也，悍疾尤甚，及至于崖下，则泊然而止。而自崖以北，至于历城之西，盖五十里，而有泉涌出，高或至数尺，其旁之人名之曰趵突之泉。齐人皆谓尝有弃糠于黑水之湾者，而见之于此。盖泉自渴马之崖，潜流地中，而至此复出也。趵突之泉冬温，泉旁之蔬甲经冬常荣，故又谓之温泉。其注而北，则谓之泺水，达于清河，以入于海，舟之通于济者皆于是乎出也。齐多甘泉，冠于天下，其显名者以十数，而色味皆同，以予验之，盖皆泺水之旁出者也。泺水尝见于《春秋》，鲁桓公十有八年，公及齐侯会于泺。杜预释：在历城西北入济。济水自王莽时不能被河南，而泺水之所入者清河也，预盖失之。今泺上之南堂，其西南则泺水之所出也，故名之曰泺源之堂。

夫理使客之馆，而辨其山川者，皆太守之事也，故为之识，使此邦之人尚有考也。熙宁六年二月己丑记。

广德军重修鼓角楼记

熙宁元年冬，广德军作新门鼓角楼成。太守合文武宾属以落之，既而以书走京师，属巩曰："为我记之。"巩辞不能，书反复至五六，辞不获，乃为其文曰：

盖广德居吴之西疆，故障之墟，境大壤沃，食货富穰，人力有余，而狱讼赴诉，财贡输入，以县附庸，道路回阻，众不便利，历世久之。太宗皇帝在位四年，乃按地图，因县立军，使得奏事专决，体如大邦。自是以来，田里辨争，岁时税调，始不勤远，人用宜之。而门闳隑庼，楼观弗饰，于以纳天子之命，出令行化朝夕，吏民交通四方，览示宾客，弊在简陋，不中度程。治平四年，尚书兵部员外郎知制诰钱公辅守是邦，始因丰年，聚材积土，将改而新之。会尚书驾部郎中朱公寿昌来继其任，明年政成，封内无事，乃择能吏，揆时庀徒，以奋以筑，以绳以削，门阿是经，观阙是营，不督不期，役者自劝。自冬十月甲子始事，至十二月甲子卒功。崇墉崛兴，复宇相瞰，壮不及僭，丽不及奢，宪度政理，于是出纳，士吏宾客，于是驰走，尊施一邦，不失宜称。至于伐鼓鸣角，以警昏昕，下漏数刻，以节昼夜，则又新是四器，列而栖之。邦人士女，易其观听，莫不悦喜，推美诵勤。夫礼有必隆，不得而杀；政有必举，不得而废。二公于是兼而得之，宜刻金石，以书美实，使是邦之人，百世之下，于二公之德尚有考也。气体颇近退之，但少奇崛之趣。

王安石

慈溪县学记

天下不可一日而无政教，故学不可一日而亡于天下。古者井天下之田，而党庠、遂序、国学之法，立乎其中。乡射饮酒、春秋合乐、养老劳农、尊贤使能、考艺选言之政，至于受成、献馘、讯囚之事，无不出于学。于此养天下智仁、圣义、忠和之士，以至一偏、一技、一曲之学，无所不养。而又取士大夫之材行完洁，而其施设已尝试于位而去者，以为之师。释奠、释菜，以教不忘其学之所自；迁徙、逼逐，以勉其怠而除其恶。则士朝夕所见所闻，无非所以治天下国家之道，其服习必于仁义，而所学必皆尽其材。一日取以备公卿大夫百执事之选，则其材行皆已素定，而士之备选者，其施设亦皆素所见闻而已，不待阅习而后能者也。古之在上者，事不虑而尽，功不为而足，其要如此而已。此二帝、三王所以治天下国家而立学之本意也。以上古立学之本意。

后世无井田之法，而学亦或存或废。大抵所以治天下国家者，不复皆出于学。而学之士，群居族处，为师弟子之位者，讲章句、课文字而已。至其陵夷之久，则四方之学者，废而为庙，以祀孔子于天下，斫木抟土，如浮屠、道士法，为王者象。州县吏春秋率其属释奠于其堂，而学士或不与焉。盖庙之作，出于学废，而近世之法然也。以上学废乃立孔子庙。今天子即位若干年，颇修法度，而革近世之不然者。当此之时，学稍稍立于天下矣，犹曰州之士满二百人，乃得立学。于是慈溪之士，不得有学，而为孔子庙如故，庙又坏不治。令刘君在中言于州，使民出钱，将修而作之，未及为而去。时庆历某年也。

后林君肇至，则曰："古之所以为学者，吾不得而见，而法者吾不可以毋循也。虽然，吾之人民于此，不可以无教。"即因民钱，作孔子庙，如今之所云，而治其四旁为学舍，讲堂其中，帅县之子弟，起先生杜君醇为之师，而兴于学。噫！林君其有道者邪！夫吏者，无变今之法，而不失古之实，此有道者之所能也。林君之为，其几于此矣。以上林肇因庙立学。林君固贤令，而慈溪小邑，无珍产淫货，以来四方游贩之民；田桑之美，有以自足，无水旱之忧也。无游贩之民，故其俗一而不杂；有以自足，故人慎刑而易治。而吾见其邑之士，亦多美茂之材，易成也。杜君者，越之隐君子，其学行宜为人师者也。夫以小邑得贤令，又得宜为人师者为之师，而以修醇一易治之俗，而进美茂易成之材，虽拘于法，限于势，不得尽如古之所为，吾固信其教化之将行，而风俗之成也。夫教化可以美风俗，虽然，必久而后至于善。而今之吏，其势不能以久也。吾虽喜且幸其将行，而又忧夫来者之不吾继也，于是本其意以告来者。以上众美悉备，求为可继。

芝阁记

祥符时，封泰山以文天下之平，四方以芝来告者万数。其大吏，则天子赐书以宠嘉之，小吏若民，辄锡金帛。方是时，希世有力之大臣，穷搜而远采，山农野老，攀缘狙杙，以上至不测之高，下至涧溪壑谷，分崩裂绝，幽穷隐伏，人迹之所不通，往往求焉。而芝出于九州、四海之间，盖几于尽矣。至今上即位，谦让不德。自大臣不敢言封禅，诏有司以祥瑞告者皆勿纳。于是神奇之产，销藏委翳于蒿藜榛莽之间，而山农野老不复知其为瑞也。则知因一时之好恶，而能成天下之风俗，况于行先王之治哉？太邱陈君，学文而好奇。芝生于庭，能识其为芝，惜其可献而莫售也，故阁于其居之东偏，掇取而藏之。盖其好奇如此。噫！芝一也，或贵于天子，或贵于士，或辱于凡民，夫岂不以时乎哉？士之有道，固不役志于贵贱，而卒所以贵贱者，何以异哉？此予之所以叹也。

度支副使厅壁题名记

三司副使不书前人名姓。嘉祐五年，尚书户部员外郎吕君冲之，始稽之众史，而自李纮已上至查道，得其名，自杨偕已上，得其官，自郭劝已下，又得其在事之岁时，于是书石而镵之东壁。

　　夫合天下之众者财，理天下之财者法，守天下之法者吏也。吏不良则有法而莫守，法不善则有财而莫理。有财而莫理，则阡陌闾巷之贱人，皆能私取予之势，擅万物之利，以与人主争黔首，而放其无穷之欲，非必贵强桀大而后能。如是，而天子犹为不失其民者，盖特号而已耳。虽欲食蔬衣敝，憔悴其身，愁思其心，以幸天下之给足，而安吾政，吾知其犹不得也。然则善吾法而择吏以守之，以理天下之财，虽上古尧、舜，犹不能毋以此为急务，而况于后世之纷纷乎？

　　三司副使，方今之大吏，朝廷所以尊宠之甚备。盖今理财之法有不善者，其势皆得以议于上而改为之，非特当守成法，呰出入，以从有司之事而已。其职事如此。则其人之贤不肖，利害施于天下如何也！观其人，以其在事之岁时，以求其政事之见于今者，而考其所以佐上理财之方，则其人之贤不肖，与世之治否，吾可以坐而得矣。此盖吕君之志也。

游褒禅山记

　　褒禅山亦谓之华山，唐浮图慧褒始舍于其址，而卒葬之，以故其后名之曰褒禅。今所谓慧空禅院者，褒之庐冢也。距其院东五里，所谓华阳洞者，以其在华山之阳名之也。距洞百余步，有碑仆道，其文漫灭，独其为文犹可识，曰花山。今言"华"如"华实"之"华"者，盖音谬也。其下平旷，有泉侧出，而记游者甚众，所谓前洞也。由山以上五六里，有穴窈然，入之甚寒，问其深，则虽好游者不能穷也，谓之后洞。余与四人拥火以入，入之愈深，其进愈难，而其见愈奇。有怠而欲出者，曰："不出，火且尽。"遂与之俱出。盖予所至，比好游者尚不能十一，然视其左右，来而记之者已少。盖其又深，则其至又加少矣。方是时，予之力尚足以入，火尚足以明也。既其出，则或咎其欲出者，而予亦悔其随之，而不得极夫游之乐也。于是予有叹焉。

古人之观于天地、山川、草木、虫鱼、鸟兽，往往有得，以其求思之深而无不在也。夫夷以近，则游者众；险以远，则至者少。而世之奇伟瑰怪非常之观，常在于险远，而人之所罕至焉。故非有志者不能至也。有志矣，不随以止矣，然力不足者，亦不能至也。有志与力，而又不随以怠，至于幽暗昏惑而无物以相之，亦不能至也。然力足以至焉而不至，于人为可讥，而在己为有悔。尽吾志也而不能至者，可以无悔矣，其孰能讥之乎？此予之所得也。余于仆碑，又以悲夫古书之不存，后世之谬其传而莫能名者，何可胜道也哉！此所以学者不可以不深思而慎取之也。四人者，庐陵萧君圭君玉，长乐王回深父，予弟安国平父、安上纯父。至和元年七月某日，临川王某记。

苏　洵

张益州画像记

至和元年秋，蜀人传言有寇至，边军夜呼，野无居人，妖言流闻，京师震惊。方命择帅，天子曰："毋养乱，毋助变。众言朋兴，朕志自定。外乱不作，变且中起。不可以文令，又不可以武竞，惟朕一二大吏，孰为能处兹文武之间，其命往抚朕师？"乃惟曰："张公方平其人。"天子曰："然。"公以亲辞，不可，遂行。冬十一月至蜀。至之日，归屯军，撤守备，使谓郡县："寇来在吾，无尔劳苦。"明年正月朔旦，蜀人相庆如他日，遂以无事。又明年正月，相告留公像于净众寺，公不能禁。眉阳苏洵言于众曰："未乱，易治也。既乱，易治也。有乱之萌，无乱之形，是谓将乱。将乱难治，不可以有乱急，亦不可以无乱弛。惟是元年之秋，如器之攲，未坠于地。惟尔张公，安坐于其旁，颜色不变，徐起而正之。既正，油然而退，无矜容，为天子牧小民不倦。惟尔张公，尔繄以生，惟尔父母。且公尝为我言：'民无常性，惟上所待。人皆曰蜀人多变，于是待之以待盗贼之意，而绳之以绳盗贼之法，重足屏息之民，而以砧斧令。于是民始忍以其父母妻子之所仰赖之身，而弃之于盗贼，故每每大乱。夫约之以礼，驱之以法，惟蜀人为易。至于急之而生变，虽齐、鲁亦然。吾以齐、鲁待蜀人，而蜀人亦自以齐、鲁之人待其身。若夫肆意于法律之外，以威劫其民，吾不忍为也。'呜呼！爱蜀人之深，待蜀人之厚，自公而前，吾未始见也。"皆再拜稽首曰："然。"苏洵又曰："公之恩在尔心，尔死在尔子孙，其功业在史官，无以像为也。且公意不欲，如何？"皆曰："公则何事于斯？虽然，于我心有不释焉。今夫平居闻一善，必问其人之姓名与乡里之所在，以至于其长短大小美恶之状，甚者或诘其平生所嗜好，以想见其为人，而史官亦书之于其传。意使天下之人，思之于心，则存之于目。存之于目，故其思之于心也固。由此观之，像亦不为无助。"苏洵无以诘，遂为之记。公，南京人，慷慨有节，以度量容天下。天下有大事，公可属。系之以诗曰：

天子在祚，岁在甲午。西人传言，有寇在垣。庭有武臣，谋夫如云。天子曰嘻，命我张公。公来自东，旗纛舒舒。西人聚观，于巷于涂。谓公暨暨，公来于于。公谓西人：安尔室家，无敢或讹。讹言不祥，往即尔常。春尔条桑，秋尔涤场。西人稽首，公我父兄。公在西囿，草木骈骈。公宴其僚，伐鼓渊渊。西人来观，祝公万年。有女娟娟，闺闼闲闲。有童哇哇，亦既能言。昔公未来，期汝弃捐。禾麻芃芃，仓庾崇崇。嗟我妇子，乐此岁丰。公在朝廷，天子股肱。天子曰归，公敢不承？作堂严严，有庑有庭。公像在中，朝服冠缨。西人相告，无敢逸荒。公归京师，公像在堂。

苏　轼

表忠观碑

熙宁十年十月戊子，资政殿大学士、右谏议大夫知杭州军州事臣抃言："故吴、越国王钱氏坟庙及其父祖妃夫人子孙之坟，在钱塘者二十有六，在临安者十有一，皆芜废不治，父老过之，有流涕者。谨按故武肃王镠，始以乡兵破走黄巢，名闻江淮。复以八都兵讨刘汉宏，并越州，以奉董昌，而自居于杭。及昌以越叛，则诛昌而并越，尽有浙东西之地。传其子文穆王元瓘。至其孙忠显王仁佐，遂破李景兵，取福州。而仁佐之弟忠懿王俶，又大出兵攻景，以迎周世宗之师。其后卒以国入觐。三世四王，与五代相终始。天下大乱，豪杰蜂起，方是时，以数州之地盗名字者，不可胜数。既覆其族，延及于无辜之民，罔有孑遗。而吴、越地方千里，带甲十万，铸山煮海，象犀珠玉之富，甲于天下，然终不失臣节，贡献相望于道。是以其民至于老死不识兵革，四时嬉游，歌鼓之声相闻，至于今不废，其有德于斯民甚厚。皇宋受命，四方僭乱以次削平。西蜀、江南负其崄远，兵至城下，力屈势穷，然后束手。而河东刘氏，百战守死以抗王师，积骸为城，酾血为池，竭天下之力，仅乃克之。独吴、越不待告命，封府库，籍郡县，请吏于朝。视去其国，如去传舍，其有功于朝廷甚大。昔窦融以河西归汉，光武诏右扶风修理其父祖坟茔，祠以太牢。今钱氏功德，殆过于融，而未及百年，坟庙不治，行道伤嗟，甚非所以劝奖忠臣，慰答民心之义也。臣愿以龙山废佛寺曰妙因院者为观，使钱氏之孙为道士曰自然者居之。凡坟庙之在钱塘者以付自然，其在临安者以付其县之净土寺僧曰道微，岁各度其徒一人，使世掌之。籍其地之所入，以时修其祠宇，封殖其草木，有不治者，县令丞察之，甚者易其人，庶几永终不坠，以称朝廷待钱氏之意。臣抃昧死以闻"。制曰："可。其妙因院改赐名曰表忠观。"铭曰：

> 天目之山，苕水出焉。龙飞凤舞，萃于临安。笃生异人，绝类离群。奋梃大呼，从者如云。仰天誓江，月星晦蒙。强弩射潮，江海为东。杀宏诛昌，奄有吴越。金券玉册，虎符龙节。大城其居，包络山川。左江右湖，控引岛峦。岁时归休，以燕父老。晔如神人，玉带球马。四十一年，寅畏小心。厥篚相望，大贝南金。五朝昏乱，罔堪托国。三王相承，以待有德。既获所归，弗谋弗咨。先王之志，我维行之。天胙忠孝，世有爵邑。允文允武，子孙千亿。帝谓守臣，治其祠坟。毋俾樵牧，愧其后昆。龙山之阳，岿焉新宫。匪私于钱，唯以劝忠。非忠无君，非孝无亲。凡百有位，视此刻文。

超然台记

凡物皆有可观。苟有可观，皆有可乐，非必怪奇伟丽者也。𫘦糟啜醨，皆可以醉，果蔬草木，皆可以饱。推此类也，吾安往而不乐？夫所谓求福而辞祸者，以福可喜而祸可悲也。人之所欲无穷，而物之可以足吾欲者有尽。美恶之辨战乎中，而去取之择交乎前，则可乐者常少，而可悲者常多。是谓求祸而辞福。夫求祸而辞福，岂人之情也哉？物有以盖之矣。彼游于物之内，而不游于物之外。物非有大小也，自其内而观之，未有不高且大者也。彼挟其高大以临我，则我常眩乱反覆，如隙中之观斗，又乌知胜负之所在？是以美恶横生，而忧乐出焉。可不大哀乎！

余自钱塘移守胶西，释舟楫之安，而服车马之劳；去雕墙之美，而庇采椽之居；背湖山之观，而行桑麻之野。始至之日，岁比不登，盗贼满野，狱讼充斥，而斋厨索然，日食杞菊，人固疑余之不乐也。处之期年，而貌加丰，发之白者，日以反黑。余既乐其风俗之醇，而其吏民亦安余之拙也，于是治其园圃，洁其庭宇，伐安邱、高密之木以修补破败，为苟完之计。而园之北，因城以为台者旧矣，稍葺而新之。时相与登览，放意肆志焉。南望马耳、常山，出没隐见，若近若远，庶几有隐君子乎？而其东则卢山，秦人卢敖之所从遁也。西望穆陵，隐然如城郭，师尚父、齐桓公之遗烈犹有存者。北俯潍水，慨然太息，思淮阴之功，而吊其不终。台高而安，深而明，夏凉而冬温。雨雪之朝，风月之夕，余未尝不在，客未尝不从。撷园蔬，取池鱼，酿秫酒，瀹脱粟而食之，曰：乐哉游乎！

方是时，予弟子由适在济南，闻而赋之，且名其台曰超然。以见余之无所往而不乐者，盖游于物之外也。

石钟山记自咸丰四年十二月，楚军水师在湖口为贼所败。自是战争八年，至十一年乃少定。石钟山之片石寸草，诸将士皆能辨识。上钟岩与下钟岩其下皆有洞，可容数百人，深不可穷，形如覆钟。彭侍郎玉麟于钟山之顶建立昭忠祠，乃知钟山以形言之，非以声言之。郦氏、苏氏所言，皆非事实也。

《水经》云："彭蠡之口，有石钟山焉。"郦元以为下临深潭，微风鼓浪，水石相搏，声如洪钟。是说也，人常疑之。今以钟磬置水中，虽大风浪，不能鸣也，而况石乎！至唐李渤始访其遗踪，得双石于潭上，扣而聆之，南声函胡，北音清越，桴止响腾，余韵徐歇，自以为得之矣。然是说也，余尤疑之。石之铿然有声者，所在皆是也，而此独以钟名，何哉？

元丰七年六月丁丑，余自齐安舟行适临汝，而长子迈将赴饶之德兴尉，送之至湖口，因得观所谓石钟者。寺僧使小童持斧，于乱石间择其一二扣之，硿硿焉，余固笑而不信也。至其夜月明，独与迈乘小舟至绝壁下，大石侧立千尺，如猛兽奇鬼，森然欲搏人。而山上栖鹘，闻人声亦惊起，磔磔云霄间。又有若老人咳且笑于山谷中者，或曰："此鹳鹤也。"余方心动欲还，而大声发于水上，噌吰如钟鼓不绝，舟人大恐。徐而察之，则山下皆石穴罅，不知其浅深，微波入焉，涵澹澎湃而为此也。舟回至两山间，将入港口，有大石当中流，可坐百人，空中而多窍，与风水相吞吐，有窾坎镗鞳之声，与向之噌吰者相应，如乐作焉。因笑谓迈曰："汝识之乎？噌吰者，周景王之无射也。窾坎镗鞳者，魏献子之歌钟也。古之人不余欺也。"

事不目见耳闻，而臆断其有无，可乎？郦元之所见闻，殆与余同，而言之不详。士大夫终不肯以小舟夜泊绝壁之下，故莫能知。而渔工水师，虽知而不能言，此世所以不传也。而陋者乃以斧斤考击而求之，自以为得其实。余是以记之，盖叹郦元之简，而笑李渤之陋也。

苏　辙

武昌九曲亭记

子瞻迁于齐安，庐于江上。齐安无名山，而江之南武昌诸山，陂陁蔓延，涧谷深密，中有浮图精舍，西曰西山，东曰寒溪，依山临壑，隐蔽松枥，萧然绝俗，车马之迹不至。每风止日出，江水伏息，子瞻杖策载酒，乘渔舟乱流而南。山中有二三子，好客而喜游，闻子瞻至，幅巾迎笑，相携徜徉而上，穷山之深，力极而息，扫叶席草，酌酒相劳，意适忘反，往往留宿于山上。以此居齐安三年，不知其久也。然将适西山，行于松柏之间，羊肠九曲而获少平，游者至此必息。倚怪石，荫茂木，俯视大江，仰瞻陵阜，旁瞩溪谷，风云变化，林麓向背，皆效于左右。有废亭焉，其遗址甚狭，不足以席众客。其旁古木数十，其大皆百围千尺，不可加以斤斧。子瞻每至其下，辄睥睨终日。一旦大风雷雨，拔出其一，斥其所据，亭得以广。子瞻与客入山视之，笑曰："兹欲以成吾亭邪！"遂相与营之。亭成，而西山之胜始具，子瞻于是最乐。昔余少年，从子瞻游，有山可登，有水可浮，子瞻未始不褰裳先之。有不得至，为之怅然移日。至其翩然独往，逍遥泉石之上，撷林卉，拾涧实，酌水而饮之，见者以为仙也。盖天下之乐无穷，而以适意为悦。方其得意，万物无以易之，及其既厌，未有不洒然自笑者也。譬之饮食杂陈于前，要之一饱而同委于臭腐。夫孰知得失之所在？惟其无愧于中，无责于外，而姑寓焉。此子瞻之所以有乐于是也。

归有光

项脊轩记

项脊轩，旧南阁子也。室仅方丈，可容一人居。百年老屋，尘泥渗漉，雨泽下注，每移案顾视，无可置者。又北向不能得日，日过午已昏。余稍为修葺，使不上漏；前辟四窗，垣墙周庭，以当南日，日影反照，室始洞然。又杂植兰桂竹木于庭，旧时栏楯，亦遂增胜。借书满架，偃仰啸歌，冥然兀坐，万籁有声。而庭阶寂寂，小鸟时来啄食，人至不去。三五之夜，明月半墙，桂影斑驳，风移影动，珊珊可爱。然余居于此，多可喜，亦多可悲。

先是，庭中通南北为一。迨众父异爨，内外多置小门墙，往往而是。东犬西吠，客逾庖而宴，鸡栖于厅。庭中始为篱，已为墙，凡再变矣。家有老妪，尝居于此。妪，先大母婢也。乳二世，先妣抚之甚厚。室西连于中闺，先妣尝一至，妪每谓予曰："某所，而母立于兹。"妪又曰："汝姊在吾怀，呱呱而泣。娘以指叩门扉曰：'儿寒乎？欲食乎？'吾从板外相为应答。"语未毕，余泣，妪亦泣。

余自束发读书轩中，一日大母过余曰："吾儿，久不见若影，何竟日默默在此，大类女郎也？"比去，以手阖扉，自语曰："吾家读书久不效，儿之成，则可待乎？"顷之，持一象笏至，曰："此吾祖太常公宣德间执此以朝，他日汝当用之。"瞻顾遗迹，如在昨日，令人长号不自禁。

轩东故尝为厨，人往从轩前过。余扃牖而居，久之，能以足音辨人。轩凡四遭火，得不焚，殆有神护者。

项脊生曰：蜀清守丹穴，利甲天下，其后秦皇帝筑女怀清台。刘玄德与曹操争天下，诸葛孔明起陇中；方二人之昧昧于一隅也，世何足以知之？余区区处败屋中，方扬眉瞬目，谓有奇景；人知之者，其谓与陷井之蛙何异？

余既为此志，后五年，余妻来归。时至轩中，从余问古事，或凭几学书。吾妻归宁，述诸小妹语曰："闻姊家有阁子，且何谓阁子也？"其后六年，吾妻死，室坏不修。其后二年，余久卧病无聊，乃使人复葺南阁子，其制稍异于前。然自后余多在外，不常居。庭有枇杷树，吾妻死之年所手植也，今已亭亭如盖矣。

姚 鼐

仪郑堂记

"六艺"自周时，儒者有说，孔子作《易传》，左丘明传《春秋》，子夏传《礼》。《丧服礼》后有《记》，儒者颇裒取其文。其后，《礼》或亡而《记》存，又杂以诸子所著书，是为《礼记》。《诗》《书》皆口说，然《尔雅》亦其传之流也。当孔子时，弟子善言德行者固无几，而明于文章制度者，其徒尤多。及遭秦焚书，汉始收辑，文章制度，举疑莫能明，然而儒者说之，不可以已也。汉儒家别派分，各为崇门，及其末造，郑君康成总集其全，综贯绳合，负闳洽之才，通群经之滞义，虽时有拘牵附会，然大体精密，出汉经师之上，又多存旧说，不掩前长，不覆己短。观郑君之辞，以推其志，岂非君子之徒，笃于慕圣，有孔氏之遗风者与？

郑君起青州，弟子传其学既大著，迄魏王肃驳难郑义，欲争其名，伪作古书，曲传私说，学者由是习为轻薄。流至南北朝，世乱而学益坏。自郑、王异术，而风俗人心之厚薄以分。嗟夫！世之说经者，不蕲明圣学诏天下，而顾欲为己名，其必王肃之徒者与！曲阜孔君㧑约博学，工为词章，天下方诵以为善，㧑约顾不自足，作堂于其居，名之曰"仪郑"，自庶几于康成，遗书告余为之记。㧑约之志，可谓善矣。

昔者，圣门颜、闵无书，有书传者或无名，盖古学者为己而已。以㧑约之才，志学不怠，又知足知古人之善，不将去其华而取其实，扩其道而涵其艺，究其业而遗其名，岂特词章无足矜哉？虽说经精善犹末也。以孔子之裔，传孔子之学，世之